DORIS LESSING

KINDER DER GEWALT

ROMANZYKLUS IN FÜNF BÄNDEN

MARTHA QUEST
EINE RICHTIGE EHE
STURMZEICHEN
LANDUMSCHLOSSEN
DIE VIERTORIGE STADT

DORIS LESSING

DIE VIERTORIGE STADT

AUS DEM ENGLISCHEN
ÜBERSETZT VON KARIN KERSTEN
UND IRIS WAGNER

KLETT-COTTA

WIDMUNG

Es war einmal ein Narr, der wurde ausgeschickt, um Mehl und Salz zu kaufen. Er nahm eine Schüssel mit, worin er seine Einkäufe tragen wollte.
»Gib acht«, sagte der Mann, der ihn ausschickte, »daß du nicht beides miteinander vermengst – ich will beides getrennt.«
Als der Krämer die Schüssel mit Mehl gefüllt hatte und das Salz abmaß, sagte der Narr: »Vermenge es nicht mit dem Mehl – hier, ich zeige dir, wo du's hintun sollst!«
Und er drehte die Schüssel um und wies auf die Unterseite, die, zuoberst gekehrt, eine Fläche bot, auf die man das Salz schütten konnte.
Das Mehl fiel natürlich zu Boden.
Aber das Salz war gut aufgehoben.
Als der Narr zu dem Mann zurückkehrte, der ihn ausgeschickt hatte, sagte er: »Hier ist das Salz!«
»Schon recht«, sagte der Mann, »doch wo ist das Mehl?«
»Das muß hier sein«, sagte der Narr und drehte die Schüssel um.
Sowie er das tat, fiel das Salz zu Boden, und natürlich war das Mehl nicht mehr da.

Eine Derwisch-Geschichte aus:
Idries Shah, Die Sufi

TEIL EINS

IHREM WESEN UND IHRER BEDEUTUNG NACH STEHT DIESE KÜSTE NICHT NUR FÜR EIN PREKÄRES GLEICHGEWICHT ZWISCHEN LAND UND WASSERMASSEN; SIE IST ZUGLEICH BEREDTER AUSDRUCK EINES STÄNDIGEN WANDELS, DER SICH GEGENWÄRTIG TATSÄCHLICH VOLLZIEHT, EINES WANDELS, DER DURCH DIE LEBENSPROZESSE VON ORGANISMEN BEWIRKT WIRD. VIELLEICHT TRITT EINEM DIE BEDEUTUNG DIESER TATSACHE AM KLARSTEN VOR AUGEN, WENN MAN AUF EINER BRÜCKE ZWISCHEN DEN KEY-INSELN STEHT UND ÜBER MEILEN EINER VON MANGROVENBEWACHSENEN INSELN GESPRENKELTEN WASSERFLÄCHE HINWEG ZUM HORIZONT SCHAUT. DIES MAG SICH WIE EIN VERTRÄUMTES, VON SEINER VERGANGENHEIT DURCHDRUNGENES LAND AUSNEHMEN. DOCH UNTER DER BRÜCKE TREIBT, LANG UND SCHLANK, EIN MANGROVENSCHÖSSLING, UND AN SEINEM EINEN ENDE BEGINNT SICH BEREITS DER

ANSATZ DER WURZELBILDUNG ZU ZEIGEN, BEGINNEN SICH WURZELN INS WASSER HINABZURECKEN, BEREIT, ZUZUGREIFEN UND FESTEN FUSS ZU FASSEN, WO IMMER EINE SCHLAMMIGE SANDBANK IHM IM WEG LIEGT. MIT DEN JAHREN ÜBERBRÜCKEN DIE MANGROVEN DIE WASSERLÜCKEN ZWISCHEN DEN INSELN; SIE DEHNEN DAS FESTLAND WEITER AUS, SIE SCHAFFEN NEUE INSELN. UND DIE STRÖMUNGEN UNTER DER BRÜCKE, DIE DEN MANGROVENSCHÖSSLING TRAGEN, SIND EINS MIT DEN STRÖMUNGEN, DIE DAS PLANKTON ZU DEN KORALLENTIERCHEN TRAGEN, DIE DAS RIFF WEIT VOR DER KÜSTE BAUEN UND SO EINE MAUER VON FELSENGLEICHER FESTIGKEIT AUFFÜHREN, EINE MAUER, DIE DANN EINES TAGES EIN STÜCK FESTLAND WERDEN MAG. SO WIRD DIESE KÜSTE GESCHAFFEN.

RACHEL CARSON, THE EDGE OF THE SEA

1 Vor sich hatte Martha verschmutztes Fensterglas, dessen untere Hälfte von verschmutztem Musselin verdeckt war. Die offene Tür zeigte ein Rechteck bräunlich-grauer Luft, die vor Nässe dampfte. Die Fronten der Läden gegenüber waren von unbestimmter Farbe. Die Aufschriften der Läden, einst schwarz, braun, golden und weiß, waren nun braun und trübsinnig. Die Aufschrift im oberen Teil der Glasscheibe dieses Raumes lautete – in Spiegelschrift – *Joe's Fish and Chips* und blätterte ab wie ältliche Schokolade.

Sie saß an einem Rechteck aus rosa Wachstuch, auf dem Zukker verschüttet worden war und orangefarbener Tee. In das körnige Geschmier, das daraus entstanden war, hatte jemand einen unvollständigen Namen gekritzelt: Daisy Flet... Ihre dickwandige Tasse war weißlich grau und hatte einen Sprung. Der Teelöffel war aus einem weißlichen Kunststoff und so oft benutzt, daß die Oberfläche von haarfeinen Rillen überzogen war und er die normale biegsame Sprödigkeit verloren hatte; er war jetzt eher eine Art Schwamm. Als sie ihren Tee zur Hälfte getrunken hatte, tauchte innen an der Tassenwand auf halber Höhe eine Fettspur auf: ein Daumenabdruck. Wie fest mußte da eine Hand – die von Iris oder die von Jimmy? – die Tasse gepackt haben, um eine Fettspur zu hinterlassen, die sogar noch nach dem Untertauchen in starken orangefarbenen Tee einen brauchbaren Daumenabdruck für die Polizei abgab?

Auf der anderen Seite des Raumes saß, an einem anderen rosafarbenen Rechteck, Joes Mutter Iris, eine kleine rundliche schmuddelige Frau. Sie war halb eingeschlafen, döste. Sie trug einen Kittel, der vom häufigen Waschen zu einem schmutziggelben Grauton ausgeblichen war. Ein abgestandener, säuerlicher Geruch ging von ihr aus. Der kleine, dickliche, blasse Mann hinter der Theke mit dem allesbeherrschenden Teeballon war nicht Joe, der in den Krieg gegangen und nie nach Hause zurückgekehrt war, da er in Birmingham eine Frau samt ihrer Imbißstube geheiratet hatte. Es war Jimmy, der Partner von Joes Mutter. Jimmy hätte Iris gern geheiratet, doch die wollte nicht wieder heiraten. Einmal reicht, sagte sie. Mittlerweile lebten sie zusammen und hatten vor, auch weiter zusammenzuleben.

Obwohl beide jetzt »eine Ruhepause einlegten«, denn um diese Zeit war das Geschäft flau, und das auch kundgetan hatten, geradeso, als drehten sie an der Tür das Schild mit der Aufschrift GESCHLOSSEN nach außen, beobachteten doch beide Martha. Oder besser gesagt, ihr Interesse war, soweit es überhaupt wach war, auf das konzentriert, was sie als nächstes tun würde, doch waren beide zu höflich, um das offen zu zeigen. Vor ungefähr einer Stunde hatte sie gefragt, ob sie telefonieren dürfe. Bis jetzt hatte sie es noch nicht getan. Von Zeit zu Zeit wechselten die beiden eine Bemerkung, steinschwer vor Teilnahmslosigkeit wie Worte, die im Schlaf gesprochen, im Schlaf gemurmelt werden. Doch stand es Martha frei, sich daran zu beteiligen, wenn sie Lust hatte, und sich zum Wetter und zu Jimmys Gesundheitszustand zu äußern, um den es ebenfalls nicht zum besten bestellt war. Heute tat ihm der Magen weh. In Wirklichkeit wollten sie hören oder herausfinden, weshalb dieser Anruf so wichtig war, daß Martha ihn nicht einfach hinter sich bringen konnte. Die Luft in der Imbißstube, dieser kleinen dunstigen Schachtel, vibrierte vor Anteilnahme, Taktgefühl, Neugier, Zuneigung – mit einem Wort, vor lauter Freundschaft. Da waren sie wieder, all die Zwänge, von denen Martha ein paar selige Wochen, nämlich seit ihrer Ankunft in England, richtiger: in London, befreit gewesen war.

Ein paar Wochen lang war sie anonym, unbemerkt – frei gewesen. Nie zuvor im Leben hatte sie diese Art Freiheit gekannt. In einer Kleinstadt zu leben, wo auch immer, bedeutete, sich hinter einer Maske zu verstecken. In eine Großstadt zu kommen, bedeutete für die, die noch keine kannten, vor allem andern (und überraschenderweise, wenn sie nicht darauf gefaßt waren), eine bestimmte Freiheit: Sämtliche Zwänge sind weg, niemand kümmert sich um einen, die Maske erübrigt sich. Wochenlang hatte sie ohne Beschränkungen, ohne irgendeine Verpflichtung gelebt, ziellos treibend in einem planlosen Auf und Ab, wie ein Ballon – man hatte nichts von ihr erwartet.

Doch seit sie das Zimmer über der Imbißstube genommen hatte, von der außerordentlichen Liebenswürdigkeit, dem Zartgefühl dieses Paars umhüllt worden war, hatte sie eine Entdekkung gemacht: »Matty« war wiedergeboren worden. Nachdem es so viele Jahre keine Verwendung für sie gegeben hatte! Die »Matty« von jetzt war ziemlich amüsant, freimütig, verstand sich darauf, aus ihrer Untüchtigkeit etwas zu machen, war frei von Konventionen, hatte keine Mühe zu sagen, was andere nicht sagten, war sich dabei dieser Eigenschaften jedoch stets bewußt und machte ein Brandopfer daraus. »Matty« bezog ihre Freiheit aus allem, dem andere Menschen sich anpassen mußten, und zwar nicht so sehr, indem sie sich einfach darüber hinwegsetzte, sondern indem sie sich, wenn der Punkt erreicht war, wo Anpassung erwartet werden mochte, durch beabsichtigte Tolpatschigkeit loskaufte – eine Parodie, die – wie jede Parodie – ihrem Anlaß zugleich eine gewisse Reverenz erwies. Eine Geste der Unterwerfung, um es genau zu sagen, eine Huldigung. Geradeso hatte der Hofnarr mit seiner Schweinsblase und seinen Schellen sich Schonung verdient; geradeso erniedrigte der Sklave sich, um seinem Herrn zu schmeicheln: wie damals der verängstigte afrikanische Feldarbeiter, der sich vor ihrem Vater zum Clown gemacht hatte. Und so hatten, wie es schien, kürzlich bestimmte Insassen der Konzentrationslager, weil ihnen das Leben mehr wert war als ihre Menschenwürde, es fertiggebracht, sich über die Grundsätze ihrer Ehrauffassung lustig zu machen, die zuvor die Angelpunkte ihres Lebens gewesen waren, um Gnade bei den Lagerkommandanten zu finden.

Zwischen »Matty« und derlei traurigen Narren bestand nur ein gradueller Unterschied. Irgendwann in ihrer frühen Kindheit, auf jener Farm in der Hochsteppe, war »Matty« von ihr selbst als Überlebensmaßnahme geschaffen worden. Doch weshalb? Um zu verhindern, daß sie statt dessen jemand anders war – wer denn bloß? Sie wußte es nicht mehr. Doch während der letzten paar Jahre, ehe sie von »zu Hause« weggegangen war (das war jetzt nicht mehr das Land, wo sie sich gerade aufhielt,

England, das vorher gewissermaßen »zu Hause« gewesen war, sondern die Stadt, die sie verlassen hatte), hatte »Matty« nicht existiert, sie wurde nicht benötigt. Martha hatte »Matty« nicht vergessen, und es fiel ihr schwer, ihr wieder Herberge zu gewähren. Doch da war sie nun, so, als sei sie nicht jahrelang vom Dienst suspendiert gewesen, bereit, auf einen Knopfdruck hin zu schwatzen, lebhafte Ausrufe hören zu lassen, sich auf eine reizvolle Art daneben zu benehmen, sich wie ein albernes, aber liebenswertes Hündchen zu gebärden. In diesem Haus. Bei Jimmy und Iris. (Bei Stella unten am Fluß nicht, überhaupt nicht.) Hier. Weshalb bloß? Seit einigen Tagen war Martha nun schon in diese Person eingesperrt, »Martha« war der Eindringling, der sich mit »Matty« anlegte, und nicht anders herum. Warum? Außerdem war sie ihrem Gefühl nach heute in Kleider eingesperrt, die jemanden kleideten, der weder Martha noch »Matty« war.

Während der Wochen, die sie in London war, hatte die Sonne geschienen. Seltsam genug, daß sie das mittlerweile so sehen konnte. In einem Land, wo die Sonne ständig so unübersehbar, so eindringlich, so allgegenwärtig war, wo Unwetter, wo Regen die vorherrschende, beherrschende Gegenwart der Sonne nur auf kurze Zeit verhehlen konnten, da sagte man nicht: »Heute hat die Sonne geschienen«, denn das tat sie ja immer. Nach ein paar Wochen in England konnte Martha jedoch sagen: »Heute hat die Sonne geschienen«; und nur wenn sie sich auf jenen anderen Boden zurückversetzte, hatte sie das Gefühl, daß die Sonne in Wahrheit niemals zu scheinen aufhörte. Selbst mitten in der Nacht strahlte die Sonne, umfing sie mit ihrem Strahlen alle Planeten und den Mond, und die Erde hatte, auf ihrer Rundreise weg vom Licht und zu ihm zurück, lediglich das Gesicht abgewandt.

Alle Warnungen der Kenner vor der Scheußlichkeit des englischen Klimas waren ihr während jener Wochen, als die Sonne schien, wie das Geunke von Neidern vorgekommen oder wie diese aufgebauschten Geschichten, die die Alterfahrenen auftischen, um Neulinge das Gruseln zu lehren. Die Sonne hatte tagaus, tagein geschienen, nicht mit dieser prachtvollen goldenen geballten Kraft Afrikas, doch sie hatte stetig von einem blauen hohen Himmel herabgeschienen, der nicht von so einem tiefen, prunkvollen, einem so unverschämten Blau gewesen war wie der Himmel, unter dem sie aufgewachsen war – aber doch blau und heiß und nahezu wolkenlos. Martha hatte die kurzen, hellen Kleider ihrer früheren Garderobe angehabt, die sie beinah gar nicht erst mitgenommen hätte. Sie war mit braunen nackten Armen, braunen Beinen herumgelaufen und einem Haar, das noch die stumpf-goldene Farbe zeigte, die es jener anderen, der brennenden Sonne verdankte. Geradeso als hätte sie das Land ihrer Geburt und seine Unbekümmertheit nicht für immer hinter sich gelassen, war sie von jenem Menschenstrom, jenen Gezeiten getragen worden, die London mit all seinen Hausbesitzern, den Mietern, den Seßhaften immerfort durchfluten: den Besuchern, den Urlaubern, den Leuten, die sich mit dem Gedanken tragen, sich dort niederzulassen, den Leuten, die nach ihren Vorfahren und ihren Wurzeln suchen, den Studenten, den Reisenden, den Ziellosen, den Schnüffelnasen, den Wracks und den Unangepaßten, die eine große Stadt brauchen, um sich darin zu verstecken, weil eine kleine sie nicht dulden kann.

Da war Zimmer auf Zimmer gefolgt, ein billiges Hotel nach dem anderen, da war ein Bett in der Wohnung eines Mannes gewesen, an dessen Namen sie sich nicht erinnern konnte, obwohl sie mit Zuneigung an ihn zurückdachte, die Nächte, während derer sie mit Männern und Frauen herumgezogen war, die auf ebenso lustvolle Weise herumstreiften wie sie, ohne feste Verpflichtung, dann die Nächte mit Jack – so hatte sie gelebt, heiße, blaue, sonnige Wochen lang; dann, vor zwei Tagen war es gewesen, war der Himmel auf einmal heruntergekommen wie eine graubraune Brühe, und Martha trug einen dicken Rock, einen Pullover, Strümpfe und einen schwarzen Mantel, den sie vor ihrem Aufbruch von Mrs. Van der Bylt genau aus diesem Grund bekommen hatte, denn sie sorgte sich (deswegen hatte Martha ihn auch angenommen): Martha hatte einfach nicht wahrhaben wollen, wie scheußlich das englische Klima war. In Wirklichkeit hatte die ältere Frau Martha jedoch viel mehr als nur einen Mantel überreicht, als sie vor der Abreise stand, mehr als dies dicke schwarze matronenhafte Kleidungsstück, das nun in Joes Imbißstube über der hölzernen Lehne eines schmierigen hellgelb gestrichenen Stuhls hing.

Vor einer Stunde hatte sie ihn dorthin gehängt. Sie hätte aufstehen und zu Jimmy und Joes Mutter Iris sagen sollen: »Ich bin in ein paar Minuten wieder da. Ich mache nur einen kleinen Spaziergang.« *Hätte sollen.* Sie hätte sich in dieser Weise äußern, den Mantel anziehen, hinausgehen und spazierengehen *sollen*, um sich den klaren Kopf zu verschaffen, den sie für die anstehenden Entscheidungen brauchte, hätte dann zurückkommen, telefonieren und gemäß ihren Entscheidungen handeln sollen. Ach ja, doch bis einer tat, was er *sollte* – und dann war da auch noch die Feindin »Matty«, die um so vieles stärker war, als sie sich vorher jemals vorzustellen vermocht hätte.

Martha stand auf, und sogleich hoben sich zwei Augenpaare, beide blaßblau, aus denen zwar ein unaufdringliches Wohlwollen sprach, in denen jedoch auch die Sensationsgier glomm, als ihr Blick sich auf sie heftete. Martha begann, den schweren Mantel anzuziehen, der Mrs. Van etliche zambesische Winter lang umhüllt hatte, und sagte: »Ich mache einen kleinen Spaziergang.« Die beiden Gestalten erstarrten auf eine kaum wahrnehmbare Weise: Enttäuschung. Dann Argwohn. Berechtigtermaßen: Schließlich war »Matty«, dieser auf seine verschrobene Weise »reizende« Gast aus einer so ganz anderen Welt, jetzt seit Wochen bei ihnen – hatte sie nicht sogar hinter der Theke gestanden, um sich die Miete für ihr Zimmer oben zu verdienen? Und war sie für diese Gastgeber mit ihrer gutartigen Unersättlichkeit nicht immer zugleich auch der Clown gewesen oder doch jedenfalls allzeit bereit, sich aufziehen zu lassen, der bemühte Tolpatsch, jemand, der nie etwas zu verbergen suchte, was er auch tat? Sie hatten jedes Recht, sich ausgeschlossen, vor den Kopf gestoßen zu fühlen, wenn sie jetzt in diesem kühlen Ton – denn so mußten sie es empfinden – erklärte: »Ich gehe spazieren.« Damit war es nicht getan, nachdem sie ihnen so lange eine »Matty« offeriert hatte. »Ich bin immer froh, wenn ich jemandem mein Herz ausschütten kann«, hatte Iris erwidert und gewartet, daß Martha mit ihren Problemen herausrückte – die sie ihr zu Gefallen hätte erfinden oder wenigstens übertreiben müssen.

Und Martha sagte mit einem kleinen bekümmerten Lachen: »Mir wächst das alles ein bißchen über den Kopf, ich muß wohl mal gründlich nachdenken.« Als sie den Stuhl zurückschob, stieß sie sich am Bein und sagte mit einem halbunterdrückten Aufstöhnen: »Au, verflixt noch mal!«

»Oh, Kindchen, Ihre Nylonstrümpfe!« sagte Joes Mutter und war sofort besänftigt, was auch aus den Blicken sprach, die sie mit Jimmy tauschte, als der sich vorbeugte und lächelnd zusah, wie Martha sich das Bein rieb.

Martha rieb und rieb und schnappte mit einem schmerzlichen Lachen nach Luft, bis sie imstande war, nach solchermaßen entrichtetem Tribut den Rückzug zur Tür anzutreten, vorbei am Telefon auf der Theke, das, wenn sie nur getan hätte, was sie hätte tun *sollen*, zuvor benutzt worden wäre.

Sie verließ die Stätte ihrer Niederlage. Der schmutzige Himmel hing drückend über der langen Straße, die in der einen Richtung nach Südlondon führte und in der anderen zum Fluß und in die Innenstadt. Zu beiden Seiten zwei- und dreistöckige Reihenhäuser, sämtlich noch im Anstrich der Vorkriegszeit, den verblichenen Braun-, Gelb- und Grautönen, die ihnen etwas Mutloses gaben. Etwas Beklommenes. Martha stand vor der Imbißstube, dort, wo *Joe's Fish and Chips* sich deutlich gegen das Beerdigungsschwarz des Verdunklungsrouleaus abhob: Iris und Jimmy waren noch nicht dazu gekommen, es abzunehmen. Die meisten Läden im Erdgeschoß der langen Straße zeigten ein stumpfes Schwarz, und an manchen Fenstern der darüberliegenden Zimmer schaute über oder neben den verschossenen Kretonne- und Chintzvorhängen Schwarz hervor. Der Krieg war seit fünf Jahren zu Ende. Die Straße selbst war leer. Der Verkehr war umgeleitet worden wegen eines gewaltigen Kraters, in dem Männer bis zu den Hüften standen und sich an Gas- oder Telefon- oder Stromleitungen zu schaffen machten. Ein gewaltiges, klaffendes Loch. Kein Kriegsschaden, doch, so behauptete Iris, seit dem Tag, als ein paar hundert Meter weiter die Bombe eingeschlagen hat, leckten die Gasleitungen, und die Straße wurde ständig aufgerissen, so wie jetzt. Der Krater war mit einem Seil abgesperrt, und rotäugige Laternen säumten den Rand. Martha beobachtete die Männer, etwa ein Dutzend, bei der Arbeit. Einer davon war ein Schwarzer. Er trug ein weißliches Baumwollunterhemd. Sein Hosenboden war zerrissen. Es war ein hochaufgeschossener, spindeldürrer Bursche, und sein Gesicht war zu der Ausdruckslosigkeit eines Menschen erstarrt, der eine ungeliebte Arbeit ausführt – nicht anders die Gesichter seiner weißen Kollegen. Muskeln bewegten sich rhythmisch unter grauer Haut, unter schwarzer Haut. Die Muskeln waren eindrucksvolle pralle Beulen, die sich zwischen der stumpfen, dreckverschmierten Haut und den Knochen bewegten. Es war kein einziger Körper darunter, den man hätte auswählen können, um die menschliche Gestalt in ihrer Schönheit vorzuführen, da sie sämtlich in irgendeiner Weise deformiert waren, und es war kein Gesicht darunter, das nicht von Anstrengung, Erschöpfung oder Krankheit gezeichnet war. Alles Leben, alle unmittelbar erkennbaren Regungen von Lebenskraft steckten in den Muskeln. Schaufeln und Spitzhacken rissen einen toten, schweren, feuchten Boden auf. Es war ein gelblicher Boden. In ihn eingebettet war ein System von Tonröhren, Eisenrohren, verknoteten Kabeln. Keine Wurzeln. Keine Bäume in dieser Straße, folglich auch keine Wurzeln. Martha hatte bis dahin noch niemals einen Boden gesehen, der tot war, frei von Wurzeln. Wann diese Straße wohl gebaut worden war? Iris meinte, vor etwa zweihundert Jahren, doch sie wußte es nicht. Zweihundert Jahre lang hatte dieser Boden keinerlei Leben in sich gehabt? Wie lange lebten Wurzeln denn wohl unter einer Kruste von luftundurchlässigem Asphalt? Von dem Krater ging Gasgeruch aus wie Verwesungsgeruch, doch er hatte einen Stich ins Mineralische, nicht sehr viel anders als der abgestandene Geruch eines Minenschachts ein paar Stunden nach der Sprengung.

Martha lief auf den Fluß zu, vorbei an den Fronten der Läden, die jeweils die Stirnseite eines niedrigen rechteckigen Raumes darstellten wie Joes Imbißstube: Kurzwarenhändler, Lebensmittelhändler, Drogerie, Gemüsehändler, Eisenwaren, Fischhändler, und dann das Ganze wieder von vorn: Drogerie, Lebensmittelhändler, Eisenwaren, Lebensmittelhändler, Wäscherei, eine Kneipe. Über ganz London verteilt: Millionen kleiner Läden, jeder im Erdgeschoß eines alten Hauses. Zu beiden Seiten die Reihenhäuser: feucht. Fleckig vor Feuchtigkeit. Unter ihren Füßen feuchter Beton. Von oben her drückte grauer Himmel auf die Straße wie ein Hut.

Was wir vor Augen haben, wenn wir »Meer« oder »Fluß« oder »See« sagen, ist die Wasseroberfläche, wie sie sich bewegt, sich kräuselt oder aufbäumt und sich in Wellen bricht. Wenn man bis zur Hüfte oder bis zum Oberschenkel im Wasser steht, dann trennt eine Haut aus Licht das Naß von der Luft. Müßte man durch die Erde von Afrika waten, dann hätte man Wurzeln um die Beine: Baumwurzeln, dicke, unter der Erde begrabene Äste; dann die scharfkantigeren, dünneren Würzelchen von Büschen, von Gestrüpp und dann ein üppiges Geflecht, die Wurzeln der Gräser – eine von regem Leben erfüllte Matte. Wenn man bis zur Hüfte im Boden einer englischen Landstraße watete, dann gäbe es da auch Baum und Gestrüpp und Buschwerk und Gras. Doch hier würde man sich durch luftlosen, wurzellosen Boden bewegen, der von verknoteten und miteinander verschlungenen Strom- und Telefon- und Gasleitungen durchzogen war.

Und nun die Stelle, wo die Bombe niedergegangen war. Das war der allgemeine Ausdruck: »die Bombe«. Ihre Bombe, eine von den Tausenden, die auf London gefallen waren. Etwa drei Hektar waren dem Erdboden gleich gemacht, da stand kein Gebäude mehr. Oder kaum ein Gebäude – nichts Halbes und nichts Ganzes; als wäre das Gelände weder geräumt noch völlig unangetastet gelassen worden. So als wäre ein gewaltiger Daumen von oben gekommen und hätte die Gebäude achtlos weggerieben – und danach hätte der Besitzer des Daumens Brocken von Trümmern und allen möglichen Unrat weggepustet, doch wiederum achtlos. Der lose Schutt war weg oder an Wänden und Zaun aufgehäuft, doch die einstigen Keller markierten Wasserlöcher, und dann gab es ausgezackte Mauervorsprünge, und ein Haufen Eisenträger rostete vor sich hin. Das Erdgeschoß eines Hauses stand, behelfsmäßig überdacht von Eisenteilen, in der Mitte, und dort ragte eine einzige Wand empor, die unversehrt war bis hin zu den offenen Kaminen, die in jedem einstigen Stockwerk an derselben Stelle saßen.

Das Gelände hatte einen Zaun und ein Schild, auf dem unter gekreuzten Knochen und Totenkopf stand: Lebensgefahr. Kindern ist der Zutritt untersagt. Hinter der Ruine hockte eine Gruppe von Kindern und spielte mit Murmeln, die sie mit dem Daumen über die gelbe Erde schnippten. Als sie vor dem Zaun eine schwarzgekleidete Frau erblickten, erstarrten sie, doch wie bei aufgestörten Tieren verrieten sie die Bewegungen ihrer Augen. Dann verzogen sie sich außer Sicht und verschmolzen mit Mauerwerk und Schutt. Das Tor zu diesem Bombengelände war ein hohes Gatter aus Metall, das durch einen Riegel oder einen Balken aus Bauholz versperrt war. Dieser war ungefähr drei Meter lang und so dick, daß sie ihn selbst dann nicht mit den Armen hätte umspannen können, wenn sie doppelt so lang gewesen wären. Dieses Ding war einmal ein Baum gewesen. Seit einigen Tagen blieb Martha immer wieder bei ihm stehen, um aus ihm schlau zu werden. Doch es fiel schwer, ihn sich als Baum vorzustellen. Seine Oberfläche war nicht glatt: Wenn sie je geglättet worden war, dann war diese glatte Haut jedenfalls schon seit langer Zeit abgenutzt. Sie war zersplittert, zernagt, abgestoßen, ausgezehrt. Wenn man sie berührte, hatte man nicht das Gefühl, es mit Holz zu tun zu haben, sondern eher mit ausgewaschenem Stein. Sie war fast schwammig. Die Feuchtigkeit hatte jede Faser durchdrungen und aufgeschwemmt. Holz, das hatte bedeutet, daß man eine Hand an einen Baumstamm legte und die Lebenssäfte darunter strömten; Holz hatte den Geruch von Rinde bedeutet; Holz war der Geruch geölter Oberflächen gewesen, die Maserungen zeigten. Holz war niemals ein gewaltiger Balken aus einem gräulich-braunen Material gewesen, das nach Nässe, Feuchtigkeit, nach Moder roch und nach dem Gas, das einfach alles in dieser Straße durchtränkt haben mußte, da alles danach roch.

Iris hatte gesagt, »die« hätten diesen gewaltigen Balken an irgendeiner Stelle aus dem Fluß gezogen: Sie konnte sich daran erinnern. Er hatte sich ein Jahrzehnt lang als nützlich erwiesen, indem er eine Treppe gestützt hatte, bis die Bombe Haus, Grundstück und Treppe zerstört hatte, nicht jedoch den Balken. So benutzte man ihn, um das Tor zu versperren, damit die Kinder nicht hereinkonnten. Jedenfalls wurde dies erwartet, doch wenn man durch die Gitterstäbe schaute, konnte man erkennen, daß die andere Seite des Bombengeländes, eine Parallelstraße, überhaupt keinen Zaun hatte, offen war, und daß es dort bloß ein Schild mit Totenschädel und gekreuzten Knochen gab.

In dem klobigen Holz gab es einen Spalt, eher eine Felsspalte als eine Ritze im Holz. Moos wuchs darin. In feineren Ritzen lag Salz wie ausgesät, Salz aus dem salzigen, von den Gezeiten durchspülten Fluß. Iris meinte, das Holz sei wahrscheinlich mal Teil eines Schiffes gewesen. Sie meinte, ein Stück Holz von der Größe müsse Teil eines alten Schiffs gewesen sein, zu der Zeit, als Schiffe aus Holz und nicht aus Metall waren: Wofür hätten sie denn sonst einen derart riesigen Balken benutzen sollen? Ein halbes Dutzend Männer waren nötig gewesen, um ihn dort anzubringen, wo er jetzt war – sie hatte ihnen dabei zugeschaut.

Iris, Joes Mutter, wußte über das Holz Bescheid, über die Häuser, die zerbombt worden waren, über die Leute, die in den Häusern gelebt hatten und die jetzt in Häusern in dem Teil der Straße wohnten, der unversehrt geblieben war: Einige stammten von diesem Gelände, mit seinem Schutt und Staub und Morast. Sie wußte alles über dies Wohnviertel, ein halbes Dutzend

Straßen breit, eine halbe Meile oder eine Meile lang. Und ihre Kenntnis war so detailliert, daß Martha, wenn sie neben ihr herging, das Gefühl hatte, alles zweimal zu erleben, als wäre sie zwei Personen: sie und Iris, wobei ein Auge registrierte, ablehnte, diese absolute Häßlichkeit des ganzen Viertels abwehrte, und das andere Iris' Blick teilte, die das Viertel kannte und liebte. Mit Iris bewegte man sich hier im Stand der Liebe, falls Liebe das richtige Wort ist für eine feine, aber bedingungslose Anerkennung dessen, was ist. Wenn sie an einem Stück nackter Mauer vorbeiging, deren Ziegel von einem bröckeligen modrigen Schmutzigbraun überzogen waren, war Iris imstande zu sagen: Mrs. Black hat diese Mauer 1938 gestrichen, was war das für ein hübsches Rosa! Oder sie schaute zu einem erleuchteten Fenster empor, wo die Vorhänge unter dem schmutzig-schwarzen Verdunkelungsrouleau zugezogen waren, weil jemand noch nicht dazu gekommen war, es abzunehmen, und sagte dann: Molly Smith hat die Vorhänge da oben im ersten Kriegsjahr auf dem Markt gekauft, als es noch etwas gab. Oder sie wich einem Pflasterstein auf dem Trottoir aus und murmelte, die Straßenarbeiter seien einfach nicht imstande, diesen Stein ordentlich einzusetzen, jedesmal stoße sie mit dem Fuß dagegen. Iris, Joes Mutter, hatte von Geburt an in dieser Straße gewohnt. Würde man ihre Erinnerung und die Millionen anderen Erinnerungen der Frauen zusammensetzen, die mit dieser liebevoll besorgten Detailfreude die Geschichte von Fensterbänken, Anstrichen, erneuerten Vorhängen und aus dem Wasser geborgenen Balken in sich bewahrten, dann hätte man ein Aufzeichnungsinstrument, eine Art sechsdimensionaler Karte der Geschichten von Leben und Lieben der Menschen, von London – einen nach Bezirken eingeteilten Stadtplan mit Tiefendimension. Da hatte man London zu suchen – in den Köpfen der Menschen, die von Geburt an in der und der Straße gelebt hatten und sich, wenn sie an einem Balken vorbeikamen, lächelnd erinnerten, wie man ihn damals an einem Donnerstagnachmittag, es regnete, aus der Themse herausgerollt und wie er dann auf dem Trottoir gelegen hatte, bis er das Rückgrat eines Treppenhauses wurde – und dann war die Bombe gefallen.

Martha lief weiter auf den Fluß zu, der selbst noch unsichtbar war, während sie schon die schwerfälligen Gebäude am gegenüberliegenden Ufer erblickte, die »die City« ausmachten. Sie mußte den Fluß überqueren, laufen, bis eine Entscheidung getroffen war, statt herumzulungern und zu trödeln, bis sie sich, mit einem Scherz, der die kleine Münze einer nur vorgetäuschten Zerknirschtheit war, wieder in der Imbißstube einfinden würde – sie hatte sich bei dem Gedanken ertappt, daß sie vielleicht besser umkehrte und diesen Mantel auszog, ehe sie ... Der Mantel war zu warm. Mrs. Van hatte ihn während des Krieges besessen, das heißt, als die Röcke knielang und die Schultern wattiert waren. So, wie Martha ihn trug, eng zusammengehalten durch den Gürtel, verlieh er ihr die schmale Taille, die in diesem Jahr gerade modern war, und ging ihr bis zur halben Wade – ebenfalls Mode. Doch die Falten, die einst Mrs. Vans üppigen Busen schützend umgeben hatten, bauschten sich über Marthas, und die Ärmel reichten ihr gerade bis an die Knöchel. Sie brauchte einen neuen Mantel. Doch sie hatte nicht das Geld, um sich einen zu kaufen. Es waren nur noch fünf Pfund übrig. Deswegen standen ja auch gewisse Entscheidungen drohend bevor, und sie konnte sich nicht länger vor jeglicher Verantwortung drücken. Sie mußte den Anruf heute noch erledigen: Sie sollte Marjories Schwester Phoebe anrufen.

Vor ihr war eine Telefonzelle. Sie war leuchtend rot gewesen und würde es auch wieder sein, doch augenblicklich war sie rosa-orange, und über der Farbe lag ein Hauch von Feuchtigkeit. Doch es war immerhin eine Farbe – Martha ging hinein. Sie öffnete den Mantel, hielt die Tür der Telefonzelle mit dem Fuß auf und atmete erleichtert die kühle nasse Luft ein. Die Nummer von Marjories Schwester hatte sie in der Handtasche. Sie suchte nicht danach. Statt dessen sagte sie sich, Marjories Schwester und das, wofür sie stand, könnten warten, Joes Mutter und Jimmy hingegen nicht. Wenn sie jetzt nicht etwas unternahm ...

noch vier oder fünf Tage dieses träge ziellose Wandern durch London, wie es ihrer Neigung entsprach, während sie sich jede Stunde sagen würde: Ich müßte wirklich in der Imbißstube anrufen; nach weiteren solchen Tagen würde sie nichts dergleichen mehr tun, sondern einfach dort auftauchen, und zwar im letzten Moment, wenn es gar nicht mehr anders ging, um ihren Koffer zu holen. Damit würde sie sie wirklich vor den Kopf stoßen. Obwohl es natürlich nicht minder enttäuschend sein würde, wenn sie sie jetzt, eine halbe Stunde nach ihrem Aufbruch einfach anrief, da sie doch genügend Zeit gehabt hatte, zu sagen, was sie sagen mußte. Es sah ganz so aus, als wäre es unvermeidlich, sie zu enttäuschen. Und weshalb? Hatte sie Versprechungen gemacht, etwas angeboten, das sie ihnen nun vorenthielt? Sie *war* aber nicht »Matty«! Hätten sie denn so nett zu Martha sein können, wenn sie ihnen nicht »Matty« angeboten hätte? Es war zu spät, das herauszufinden. Sie wählte die Nummer der Imbißstube, und Jimmy war am Apparat. Inzwischen waren Leute hereingekommen, die Tee und Margarinebrötchen wollten – die Flaute war vorüber, und sie konnte Stimmen und die üblichen Geräusche hören. »Hier ist Martha, Jimmy.« – »Ah, Sie sind das, Herzchen!« – »Ja.« *Du tust das jetzt nicht mit einem Scherz ab!* Sie kämpfte gegen den Drang, lachend auszurufen, daß ihr da gerade so ein Einfall gekommen sei, so eine spinnige Idee, mal wieder so eine Anwandlung, diese Matty, so eine Verrückte, eine Dummheit nach der anderen ... »Jimmy, ich habe beschlossen, nicht länger bei euch zu bleiben.« – »Ja, wenn das so ist, Herzchen ...« Pause. »Ich habe ab nächster Woche eine Stelle.«

Durch die Vermittlung dieser beiden und ihrer Freunde waren ihr drei Stellen angeboten worden, ganz zu schweigen von einem möglichen Ehemann in Gestalt von Iris' Vetter Stanley. Er sagte nichts. »Ich komme bald vorbei und hole meinen Koffer.« – »Augenblick mal, ich rufe Iris.« Geklapper und dann eine lange Pause. Sie hörte wieder die Stimmen. In der Imbißstube ging es vergnügt zu. Die ganze Zeit kamen Leute herein, die einander und Iris und Jimmy kannten. Viele von ihnen hatten die ganze

Kindheit, ihr ganzes Leben lang miteinander zu tun gehabt. Die meisten hatten den Krieg gemeinsam überstanden. Und sie hatten ihr ihr Herz ausgeschüttet. Jetzt sagte Iris: »Sind Sie das, Herzchen?« – »Iris, wenn Sie das Zimmer vermieten wollen, dann tun Sie es bitte!« Nun war dieses Zimmer nicht gerade leicht zu vermieten, denn es handelte sich um ein winziges Kämmerchen direkt über der Imbißstube, wo es immer laut war und immer nach dem Bratfett, dem dampfenden Tee, dem Fisch roch. Iris wußte, daß Martha wußte: um die Weitervermietung des Zimmers ging es nicht. »Mit Ihnen ist doch alles in Ordnung?« fragte sie besorgt. »Hören Sie, Iris...« Nein, sie würde sich nicht auf irgendwelche faulen Ausreden verlegen. »Ich komme dann demnächst vorbei und hole meinen Koffer.« – »Na schön. Falls es heute abend spät werden sollte, dann sagen Sie uns einfach Bescheid.« – »Ich hole ihn in ein paar Tagen, Iris.« Und nun war der eigentliche Augenblick der Kränkung, des Verrats gekommen, war es zu Ende. Martha kündigte an, daß sie vorhabe, »mit nicht mehr als dem, was sie auf dem Leib trug«, in der kommenden und wahrscheinlich den weiteren Nächten ihr Heil zu versuchen. Und sie hatte das gesagt, ohne zu überlegen, wie man es weniger unverblümt ausdrücken konnte. Martha konnte so etwas tun, Iris hingegen nicht. Kein Gesetz hinderte Iris daran, doch selbst »Matty« hatte sich darüber mokiert, daß sie alles, was sie zum Leben brauchte, in einem Koffer unterbekam: zweimal Unterwäsche, zwei Kleider, ein paar Röcke und Pullover und ein paar Papiere. Selbst »Matty« hatte sich gehütet, allzusehr durchblicken zu lassen, wie sehr sie sich während dieser Wochen in London von allen möglichen Strömungen hatte treiben lassen. Manchmal sagte Iris: »Ich muß doch dieser Tage mal ins Westend rauffahren und mich dort mal umsehen, jetzt, wo der Krieg vorbei ist.« Sie war seit dem Tag des Waffenstillstands nicht »im Westend oben« gewesen, das zwei Meilen und eine halbstündige Busfahrt entfernt war. Gewiß hatte sie, wahrlich eine Napfschnecke auf ihrem Felsen, gewußt, daß Martha sich vom Sog dieser Stadt, die sie selbst niemals besichtigen, niemals kennenlernen würde, widerstandlos hatte mitnehmen und durch die Gegend wirbeln lassen, doch war ihr das nicht unter die Nase gerieben worden wie jetzt, als Martha mit dieser Endgültigkeit gesagt hatte: »Ich hole dann demnächst meinen Koffer ab.« Und schon war sie auf und davon, ging einfach weg von ihnen, ebenso umstandslos, wie sie gekommen war, als sie rein zufällig hereingeschaut hatte, um eine Tasse Tee zu trinken, als ihre Beine nach den stundenlangen Fußmärschen nicht mehr mitmachten. Und nun stand Martha in der Telefonzelle, ein paar hundert Meter von Iris entfernt, spürte, wie die Leitung vor verständnisloser Gekränktheit sirrte, kämpfte ihren letzten und abschließenden Kampf und schwor sich, daß sie jetzt nicht irgendeine putzige Geschichte über ihre Streifzüge durch London erfinden, daß sie sich nicht auf diese Weise Vergebung erkaufen würde. »Sie kommen dann also und holen Ihren Koffer ab?« – »Ja, ich weiß nur nicht genau, wann.« Schweigen. »Es tut mir leid, Iris«, sagte Martha mit einemmal, und das war aufrichtig gemeint, denn sie war niedergeschlagen. »Na, also gut«, sagte Iris kühl.

Mit welchen Worten man wohl das Urteil über sie fällen würde? Sie wußte es nicht, und es war auch nicht wichtig: Was die Leute in dieser Imbißstube tatsächlich sagten, entsprach noch am wenigsten dem, was sie mitzuteilen imstande waren. Aber sie hatte es vollbracht, sie hatte weder irgendwelche Faxen gemacht noch sich auf die falsche Weise entschuldigt. Sie hatte es vollbracht, wenn auch stümperhaft. Und jetzt würde Iris langsam den Hörer auflegen, während sie das Telefon in seine Nische zurückschob, und jedem, der an diesem Nachmittag da war, in einem bestimmten Tonfall aus ihrem reichen Repertoire, das ihren kargen Wortschatz zu einem so vielseitigen Instrument machte, mitteilen: »Das war unsere junge Dame. Hat sich davongemacht.« – »Ach, tatsächlich?« Und das wäre es dann.

So, eine Tür hatte sie damit jedenfalls hinter sich geschlossen, und damit war bewiesen, daß sie auch die seelische Kraft haben würde, die anderen zu schließen. Martha machte den Mantel wieder zu, während ihr die Tränen übers Gesicht rannen, kühl auf heiß. Weinend setzte sie ihren Weg zum Fluß fort. Ein Mann mit einem rötlichen blonden Schnurrbart überholte sie und warf ihr verstohlen aus dem Augenwinkel einen Blick zu, der sofort einen wissenden Ausdruck annahm, als er eine Hilflosigkeit diagnostizierte, mit der sich vielleicht etwas anfangen ließe. Sie warf ihm einen mißbilligenden Blick zu und trocknete sich die Tränen – er setzte seinen Weg fort. Gleich danach tauchte aus einem weiteren Erdloch, in dem Reparaturen am unterirdischen London stattfanden, ein jugendlicher Kopf auf, und eine junge Stimme sagte: »Immer schön lächeln, Schätzchen!«

»Und wie komme ich dazu?« sagte Martha, und er sprang aus seinem Loch herauf. Martha lächelte freundlich. Er war groß und schmächtig und wirkte in jeder Hinsicht unfertig. Sie legte den Maßstab an, den sie entdeckt hatte, seit sie nach England gekommen war, und steckte ihn im Geist in die Uniform eines R.A.F.-Offiziers. Unmöglich. Unmöglich selbst dann, wenn er nichts gesagt und seinen Status nicht durch seine Stimme verraten hätte? Unmöglich. Sie steckte ihn in die Uniform eines Flugzeugmechanikers – das ja.

Sowie sie hier angekommen war, hatte sie mit Hilfe ihrer aus dem Zambesia zu Kriegsbeginn stammenden Erinnerungen an die beiden Nationen begonnen, die Menschen nach ihrer sozialen Stellung einzuordnen. Sie hatte sich nicht oft vertan. Woran lag das? Es war nicht nur die schlechte Ernährung – dieser hier war mit der Entbehrung großgeworden; es war auch irgend etwas an der Art, wie jemand stand, es waren seine Gesten, seine Augen. Und was den hier betraf, er wäre wiederum nicht aus seinem Loch herausgeklettert, wenn sie nicht gesprochen und damit gezeigt hätte, daß sie nicht aus England war und somit aus seinem Tabusystem herausfiel. Er hatte ziemlich dreiste blaue Augen und ein Na-wie-wär's-mit-uns-beiden-Lächeln, das er sich für derartige Gelegenheiten zugelegt hatte. Doch das war alles nur aufgesetzt, er war ein gutmütiger und ernsthafter Mensch. »Wie wär's mit 'ner Tasse Tee?« schlug er mutig vor. Fast hätte Martha gesagt: »Ja, gern«, doch das konnte sie nicht, da sie sich nun einmal entschlossen hatte, daß mit derlei vergnüglichen Aussichten jetzt Schluß sein sollte. »Ich würde gern, aber ich kann nicht«, sagte sie rundheraus. Er musterte eingehend ihr Gesicht und ordnete sie nach irgendwelchen eigenen Kriterien ein. Sie mochten einander und verharrten einen Augenblick auf der Stelle, ehe sie sich für immer trennen würden. Dann sagte er: »Na, also gut, dann ein andermal!«, und verschwand im Nu wieder in der Erde.

»Wiedersehn!« sagte er und griff nach seiner Schaufel.

»Wiedersehn«, sagte Martha und ging weiter.

Jetzt hatte sie den Fluß vor sich. Für Martha war der Fluß immer noch eine Orientierungshilfe im Chaos Londons. Jedesmal, wenn sie sich nicht mehr zurechtfand, was täglich mehrmals passierte, steuerte sie den Fluß an. Ein paar Tage nach ihrer Ankunft in London war sie zwischen den Piers und Docks herumgestreift. Drei, vier Meilen flußabwärts am Südufer gelegen, war das eine Welt aus schwarzen, öligen Schiffsrümpfen, dunklen Landebrücken, dunklen Lagerhäusern, grauem Schmutzwasser, Möwen und angeschwemmtem Salz, die sie von einer Landungsbrücke aus betrachtete, wo ein pilzförmiges, rostendes eisernes Ding die dicken Taue hielt, mit denen eine flache Barke vertäut war, die einen Lastwagen geladen hatte. Auf diesem pilzförmigen Ding saß sie, als ein Beamter aus einem Schuppen herauskam und sagte, daß sie sich dort nicht aufhalten dürfe. Sie wollte schon gehen, als auf einmal Stella zu ihr trat, eine wahre Zigeunerin von einer Frau in einer graugestreiften Schürze. Das ergrauende schwarze Haar hing ihr strähnig in das fahle Gesicht, das ganz von den schlauen schwarzen Augen beherrscht wurde. Diese Frau hatte sie von den Fenstern ihres Hauses beobachtet, das nur ein paar Schritte entfernt war. Martha, in grünem Leinen, Sandalen und sonnengebräunt, hatte die Phantasie der anderen gekitzelt, die der Wachhund ihrer Sippe war, und sie hatte sie zum Tee eingeladen. Und nachdem sie binnen weniger Minuten herausgefunden hatte, daß Martha überall zu bleiben bereit war, wo man sie willkommen hieß, hatte sie ihr ein Zimmer über ihrem Wohnzimmer vermietet.

Stella war die Frau, die Mutter und die Tochter von Dockarbeitern, und in ihrer Küche trank Martha Tee, aß mehrmals am Tag Bratkartoffeln mit Speck und Röstbrot und lauschte den Gesprächen einer Menschenrasse, die jeden Augenblick ihres Lebens mit dem Anlegen von Schiffen und dem Löschen der Ladung zu tun gehabt hatte. Sie sprachen über den Krieg und über die Regierung – und wieder über den Krieg. Das hier war grimmige, erbitterte Arbeiterklasse, klassenbewußt und gewerkschaftlich organisiert. Labour Party? Das blieb abzuwarten, sie liebten die Regierung nicht, und fast fünf Jahre Labour-Regierung waren nicht dazu angetan gewesen, das Vertrauen dieser Menschen zu gewinnen, die nichts und niemandem vertrauten. In jener Küche unterdrückte Martha jegliches Wissen, das sie in Bezug auf Politik je besessen haben mochte, denn ihr war klar, wie amateurhaft sie sich unter diesen Kampfhähnen angehört hätte, für die die Politik, soweit es den Aspekt der Selbstwehr und des täglichen Lebenskampfes betraf, so selbstverständlich war wie das Atmen. Außerdem waren sie, oder war Stella, an Marthas Interesse an England nicht interessiert. Stella schloß Martha ins Herz, weil sie eine unerfüllte Sehnsucht nach Reisen und neuen Erfahrungen in sich trug, die ständig genährt wurde vom Fluß, von den Schiffen, die an ihren Fenstern vorbeischwenkten, von den Erzählungen über fremde Länder. Sie sagte selbst, sie müsse wohl südeuropäisches Blut – spanisches vielleicht oder portugiesisches? – in den Adern haben, das sie dem flüchtigen Besuch irgendeines Matrosen verdankte, so stark war ihre Vorliebe für diesen Teil der Erde. Und dann las sie: Ihr ganzes Leben lang war sie auf der Suche nach Büchern, Comics, Zeitschriften gewesen, die möglicherweise eine Geschichte oder einen Artikel über die See enthielten. Ihre Söhne und ihr Mann zogen sie deswegen auf – bald würde für sie selbst kein Platz mehr sein, sagten sie. Sie hatte alte Überseekoffer, die mit Meeresschätzen vollgestopft waren. Wenn es einen Film über die See gab, dann war sie zur Stelle, und es konnte durchaus vorkommen, daß sie denselben Film ein Dutzendmal von Anfang bis Ende anschaute, wenn darin nur Schiffe oder Seefahrten oder Meutereien oder Piraten vorkamen. Und wenn sie jemanden fand, der sie begleitete, dann besuchte sie das Marinemuseum in Greenwich, wo sie sich mit sämtlichen Segelschiffen, ihrer Geschichte und den Kapitänen, unter denen sie gefahren waren, bestens auskannte. Ja, also ... Stella wollte, daß Martha ihr etwas über die Fremde erzählte, und Martha, die das Gefühl hatte, nichts von dem, was sie bisher erlebt hatte, könne einem derartigen Appetit auf das Wunderbare genügen, machte eine Entdeckung: Es reichte nämlich aus, wenn man sagte, daß die Sonne dort so und so war und der Mond das und das tat, daß die Leute dort um die und die Uhrzeit aufstanden und dies oder jenes aßen oder glaubten – das reichte aus. Weil es anders war. Marthas doch so glanzlose Lebenserfahrungen wurden durch Stellas Hunger ins Wunderbare verzaubert, und als ihr Geld so knapp geworden war, daß sie davon sprach, sich eine Stelle suchen zu müssen, besorgte Stella ihr Arbeit in einer Kneipe, weil der Gedanke, sie zu verlieren, ihr unerträglich war. Die Kneipe gehörte der Frau von Stellas Bruder und lag ein paar hundert Meter vom Flußufer entfernt. So sprachen sie also über Gebiete, die nicht unmittelbar am Themseufer lagen. Ein paar Wochen hatte Martha dann in einem Bereich gelebt, in dem der Geist Stellas unsichtbar die Polizeigewalt ausübte, und war ihre Schutzbefohlene gewesen. Als sie zum Beispiel eines Abends zur Arbeit ging, hatte eine Gruppe von Männern, die von einem Schiff kamen, das gerade Fracht aufnahm, mit dem üblichen Gepfeife und Gezische angefangen, und Stella war aus irgendeiner Küche, wo sie sich gerade besuchsweise aufhielt, aufgetaucht, hatte die Hände in die Hüften gestemmt und über die Straße geschrien, das sei ihre Freundin Martha, und wenn sie keinen Ärger haben wollten ... Und ein Mann, der meinte, Martha könnte eine passende Ehefrau für ihn abgeben, hatte sich an Stella gewandt, als wäre sie Marthas Mutter, um zu fragen, ob sie die Verbindung billigen würde.

Erst als Martha Stella, erst als sie das Haus am Wasser verlassen und die Imbißstuben-Leute kennengelernt hatte, war sie imstande gewesen, Vergleiche zu ziehen und Fragen zu stellen. Warum, beispielsweise, war »Matty« bei Stella und ihrer Sippe auch nicht ein einziges Mal lebendig geworden? Zugegeben, eine andere ihr aufgezwungene Person war es, das hüftenschwenkende, entgegenkommende Mädchen nämlich – oder besser gesagt, es hatte existiert, bis Stella sie aus dieser Zwangslage gerettet hatte. Und dann, weshalb war sie sich denn nicht schlecht vorgekommen, als sie Stella verließ, obwohl Stella nicht gewollt hatte, daß sie wegging? Sie hatte sie nicht vor den Kopf gestoßen, wie sie es jetzt mit den Leuten der Imbißstube tat. Und was Stella selbst anging – diese matriarchale Gebieterin, die in den Nachbarstraßen, ihrem Revier, das Sagen hatte, und das unter lauter Männern, die stolz auf ihre Körperkraft, ihre Tüchtigkeit waren, ihren Lohn durch körperliche Stärke verdienten und jeden danach beurteilten, wie stark er war und was er zu leisten imstande war – ob diese Stella die einzige Boudicca innerhalb der Männergemeinschaften zu beiden Seiten des Flusses war? Und dann war da auch noch diese Geschichte mit »der Arbeiterklasse«, mit dem »Sozialismus«, für die Martha, ehe sie den Fluß überquert hatte, kein Interesse gehabt hatte.

Die Zeitungen hörten keinen Augenblick auf, der Nation und der Welt mitzuteilen, daß Großbritannien, weil es sich in den blutbefleckten Händen der Sozialisten befand, zugrundegerichtet werde, so daß sie eine Nation von Leibeigenen ohne Individualität oder Initiative werden würden, die vor lauter Bequemlichkeit nichts mehr zustande brächten – das alles im Ton eines Pamphletschreibers, der an der Arbeit war, während unter der Guillotine bereits die Köpfe rollten. So belanglos waren diese Zeitungen, gemessen an allem, was sie tatsächlich sah, daß sie einfach nicht glauben konnte, irgendein Mensch lese sie ernsthaft oder irgend jemand sei dazu zu bringen, darin zu schreiben, selbst wenn man ihm ein noch so fürstliches Gehalt anbot. Denn was sie auf der anderen Seite des Flusses, ganz zu schweigen von den Straßen in der Nähe der Imbißstube und bei den Docks, vorgefunden hatte, hatte große Ähnlichkeit mit Verhältnissen, wie sie in Büchern über die dreißiger Jahre beschrieben waren. Was hatte sich denn verändert, so daß die meinungsbildenden Männer im Land (die doch vermutlich glaubten, was sie schrieben) so schreiben konnten? Waren Stella und ihre Angehörigen arm? Ja, sehr arm. Ihnen gehe es besser, sagten sie, doch ihre Ansprüche waren auch sehr gering und niemals gewachsen. Waren Iris und Jimmy arm, wenn man mal davon absah, daß sie die Imbißstube gepachtet hatten und gut aßen? Sehr – nur, sie erwarteten so wenig. Das waren alles Menschen, die kein Recht darauf hatten, viel zu erwarten. Hatten diese Redakteure und Journalisten niemals Iris und Jimmy und Stella kennengelernt, wußten sie denn gar nicht, was man alles herausfinden konnte, wenn man in einen Bus stieg, den Fluß überquerte und eine Woche oder so bei Stella oder Iris lebte? Offensichtlich nicht. Es war nicht zu glauben – aber so war es. Doch wenn sie die Zeitungen las, den Ton der Leitartikel jener Zeit aufnahm – dann hatte sie das Gefühl von Unwirklichkeit, das peinliche Empfinden, es mit einer Art Zeitverschiebung zu tun zu haben. Und das war es, was sie wirklich beschäftigte, was ihre Gedanken völlig gefangennahm: Dies Land hier war in Mythen eingesponnen, narkotisiert, es döste und träumte vor sich hin, denn wenn es eine Tatsache oder einen Faktor gab, der überall anzutreffen war und allem zugrundelag, dann der, daß nichts so war, wie es dargestellt wurde – als hätte der Geist einer bestimmten Art von Rhetorik (eine Folge des Krieges?) alles infiziert und bewirkt, daß einfach keine Tatsache mehr so gesehen werden konnte, wie sie war. Und wenn sie selbst nicht zufällig vor ein paar Wochen den Fluß überquert hätte (während einer der ausgedehnten Busrundfahrten, die sie kreuz und quer durch London geführt hatten – mit dem schlichten Trick, daß sie in Busse stieg und so lange drinblieb, bis sie zu ihrem Ausgangspunkt zurückkehrten) und erst bei Stella und dann bei Iris gewohnt hätte, dann wäre auch sie jetzt nicht imstande, eine Zeitung aufzuschlagen oder Radio zu hören, ohne sich vorzukommen, als befände sie sich mitten in der russischen Revolution oder einer anderen Situation, wo es mit ähnlich fataler Gründlichkeit zuging. Sie wäre nicht imstande gewesen, die schlichte Tatsache für sich aufrechtzuerhalten, daß sich im wesentlichen in diesem Land nicht viel verändert hatte – man brauchte bloß den Leuten bei den Docks und in der Imbißstube zuzuhören, um zu wissen, daß das so war – weshalb sie auch vor allen anderen Phoebe, Marjories Schwester, anrufen mußte – und wann? Heute. Ja.

Es war Ebbe. Möwen kreischten mit ihren Seestimmen über dem niedrigstehenden sumpfigen Wasser und suchten zwischen den stinkenden Schlammbänken nicht etwa nach Fischen, denn die gab es in diesem verschmutzten Gewässer nicht, sondern nach Abfällen. Weißglänzende Schwingen schwebten über verwässerten Chemikalien, zwischen grauen Betonmauern, die ein ungeheures Gewicht trugen. Und es war so häßlich, so furchtbar häßlich. Was für ein Geschlecht war das bloß, das seinen Fluß mit Unrat und Exkrementen anfüllte und ihn so übelriechend zwischen den Gebäuden fließen ließ, die der Ausdruck seines ganzen Stolzes, seiner Geschichte waren? Außer – sie konnte das jetzt nicht sagen, denn nun war sie hier, eine von ihnen, und würde bleiben. Es war an der Zeit, daß sie den Fluß überquerte. Es fiel ihr zwar schwer, ihn zu verlassen, doch sie mußte ihn verlassen. Wie oft kam sie nicht hierher und schaute, die Ellenbogen auf feuchten Beton gestützt, hinunter auf die abebbenden oder dahinjagenden oder -schleichenden Fluten, weil sie hier am stärksten empfinden konnte, was sie – gewesen war, ehe sie von »zu Hause« weggegangen war, um »nach Hause« zu kommen. In einer Straße voller Fremder, auf dem Oberdeck eines Busses in einem Teil Londons, der ausschließlich aus ärmlichen Häuschen mit rauchenden Schornsteinen bestand – wer war sie denn da? Martha? Gewiß nicht »Matty«. Sie fühlte sich schwindlig, leer, war bisweilen verwirrt. Wenn sie jedoch am Fluß war und auf das bewegte Wasser hinabsah, dann hatte sie immer noch das Gefühl – sie selbst zu sein. Sie war imstande, sich wie aus einer Höhe von hundert Metern zu sehen, ein winziges farbiges Klümpchen unter anderen Klümpchen, auf dem Oberdeck eines Busses oder in einer Straße. Heute konnte sie sich, ein schwarzes Klümpchen in Mrs. Vans Mantel, ein kleines schwarzes Klümpchen an einem langen Brückengeländer sehen. Eine winzige Einheit unter Schwärmen. Und dann, wieder unten angekommen, in sich selbst zurückgekehrt, stand sie mit den Armen auf dem feuchten Beton: Das war sie also, ein Hauch, ein Vorgeschmack von Existenz ohne Namen. Der sich – erinnerte. Der wahrnahm. Und viel mehr nicht.

Letzte Woche hatte ein Unbekannter zu ihr gesagt: »Wie heißen Sie denn?« Und Martha hatte, aus dieser Anwandlung heraus, geantwortet: Phyllis Jones. Einen Nachmittag und einen Abend lang war sie Phyllis Jones gewesen, mit einer freierfundenen Geschichte, wie sie während des Kriegs in Bristol gearbeitet hatte. Und ebenso wie es ausreichte, Stella irgendwelche Sätze anzubieten wie »mittags steht die Sonne direkt über einem«, um den ganzen Reiz eines neuen Landes für sie zu beschwören, so schadete es nichts, daß sie nie in Bristol gewesen war, selbst wenn sie mit einem Mann darüber sprach, der sich dort gut auskannte. Es reichte aus, wenn man sagte: Schiffe, Reihenhäuser, und Ja, den und den kenne ich, bei Soundso war ich mal. Während einer solchen Unterhaltung war sie ebensosehr Phyllis Jones wie sie bei Stella Martha war. Die Menschen machten sich ihr Bild von einem nach dem, was sie wünschten, brauchten, und nicht nach dem, was man war, sondern wie es ihren eigenen Bedürfnissen entsprach. Phyllis Jones, eine junge Witwe mit einem kleinen Jungen, ein Gegenstand großen Interesses und großen Mitgefühls für Leslie Haddon, einem Büroangestellten aus Bristol, der ein unglücklich verheirateter Mann war und auf der Suche nach einer »gleichgesinnten Begleiterin« – Phyllis Jones sprach ein paar Stunden lang durch Marthas Mund, bis sie ihn, indem sie Mutterpflichten und die unauslöschliche Erinnerung an ihren toten Ehemann geltend machte, in der Kneipe zurückließ. Und damit auch Phyllis Jones. Und – das war doch interessant – eine Woche später, als wieder ein anderer Unbekannter sie nach ihrem Namen fragte, hätte sie fast Phyllis Jones gesagt, doch das war der falsche Name. Diese Person, eine Frau in einem Zug, paßte nicht für Phyllis Jones, konnte sie nicht lebendig werden lassen. Also war Martha statt dessen jemand gewesen, der Alice Harris hieß. Warum auch nicht.

Jedenfalls für eine Weile. Was für einen Unterschied machte es schon für ihr Identitätsgefühl, diese stumme Feststellung »Ich bin hier«, ob sie nun Phyllis oder Alice oder Martha oder Matty genannt wurde, oder ob ihre Lebensgeschichte nun so oder so aussah? Aber das ging nur für eine Weile. Weil sie wußte, wenn sie jetzt Phoebe anrufen mußte, dann nicht nur, weil sie Geld verdienen und ihren Mitmenschen gegenüber Verantwortungsbewußtsein zeigen mußte. Irgend etwas in ihr (vielleicht der Drang zur Selbstbehauptung?) konnte nicht länger zulassen, daß sie herumlief und herumfuhr und unter diesem oder jenem Namen, in dieser Verkleidung oder jener ihre Zeit mit Reden vertat, daß sie durch einen raschen Kleiderwechsel oder den veränderten Tonfall ihrer Stimme fremde Identitäten ins Leben rief – bis man sich wie ein leerer Raum ohne jedwede Begrenzung vorkam und es keine Rolle mehr spielte, welchen Namen man einem Fremden angab, der einen fragte: Wie heißen Sie? Wer sind Sie?

Martha überquerte den Fluß, wandte ihm den Rücken, lief durch Straßen, die aussahen, als hätten sie gerade ein Erdbeben überstanden, und gelangte zu den Resten der Verwüstung, die die Bombe, die auf die St. Pauls Kathedrale gefallen war, angerichtet hatte. Mit Iris' Worten also dorthin, »wo die Bombe auf der anderen Seite vom Fluß gefallen war«. Sie hatte den Schauplatz am Tag danach aufgesucht. Stella und einige von ihren Männern ebenfalls. Leute, die in der Innenstadt arbeiteten, tauchten aus allen Eingängen auf und eilten zu Bussen und Untergrundbahn: Dieser Tag ging zu Ende – und wo sollte sie heute nacht schlafen? Wieder stand in verblaßtem Orangerosa eine Telefonzelle vor ihr. Sie ging hinein, um Phoebe anzurufen. Alsbald lagen auf dem Stapel Telefonbücher Papierfetzchen mit Telefonnummern – darunter auch die von Phoebe. Und die Nummer der Imbißstube. Wenn sie jetzt dort anriefe, sogar als Martha, und sagen würde: »Ich komme heute abend zurück«, dann würde Jimmy oder Iris sagen: »Sie kommen also zurück, ja?« Und dann würde sie einfach so hereinkommen, und nach einem Augenblick der Ungewißheit, ob sie mit etwas Schmerzlichem kam, einer Beleidigung, würden sie lächeln. Ungeheuer freundlich waren die beiden; ihre Freundlichkeit war stärker als ihr ängstliches Bedürfnis, festzuhalten, für sich zu haben.

Iris empfand für Martha – oder besser gesagt, für Marthas Erfahrung, die es möglich machte, daß sie in das Leben von Joes Imbißstube hereinflatterte wie ein Zugvogel – genau dasselbe, was sie für einen dicken Holzbalken empfand, den man aus den Gezeiten des Flusses gehievt hatte, oder für einen Meter Vorhangstoff, den man nebenher ergattert hat, oder für Teelöffel, die man im Schutt fand, nachdem eine Bombe niedergegangen war. Womit ihre Empfindungen keineswegs geschmälert werden sollten: ganz und gar nicht. Martha war eine Dreingabe gewesen, etwas Geschenktes, Unverdientes – wie damals, als die Kinder, die auf dem Bombengelände spielten, mit einer alten Fleischplatte aus Metall in die Imbißstube gelaufen kamen, die sie unter irgendwelchen kaputten Ziegeln gefunden hatten und die nun dazu diente, um am Sonntagmittag darauf die wöchentliche Fleischration zu schneiden. Ein Schatz. Und für Stella war Martha ein berauschender Wind aus Ländern, die sie niemals zu sehen bekommen würde.

Henry Mathesons Nummer auf einem Busfahrschein: Henry mußte sie auch anrufen. Sie konnte bei Jack schlafen – das heißt, sie konnte es, falls er kein anderes Mädchen da hatte, was jedoch wahrscheinlich war. Sie sollte Henry anrufen. Daß sie keine Lust hatte, Henry anzurufen, entsprang einer Scheu ganz anderer Art als der, Marjories Schwester nicht anrufen zu wollen. Henry Matheson war ein Verwandter von Mr. Maynard. Mr. Maynard hatte sich auf dem Bahnhof eingefunden, als Martha abfuhr, um

Aufwiedersehen zu sagen. Er war sich der Tatsache durchaus bewußt gewesen, daß Martha sich nicht von ihm verabschieden wollte – doch er setzte sich darüber hinweg. Er war von einem Bedürfnis getrieben, das Martha inzwischen wohlvertraut war, so oft hatte sie es bei den verschiedensten Leuten erlebt: Er wollte sicherstellen, daß Martha ihm, oder besser dem, was er repräsentierte, nicht entkam. Die Verwandten seiner Frau, die Mathesons, würden mit dem größten Vergnügen ihre Bekanntschaft machen, hatte er gesagt, und seine gräßliche Anwesenheit hatte die halbe Stunde gewährt, bis der Zug aus dem Bahnhof gedampft war, von dem sie nun endlich, nachdem sie so viele Menschen ins Abenteuer England aufbrechen gesehen hatte, selbst aufgebrochen war. Offensichtlich hatte ihr Verhalten nicht nachdrücklich genug gezeigt, daß sie ihrerseits die Verwandten mit dem größten Vergnügen kennenlernen würde, und so hatte Henry Matheson sie schon am Zubringerbahnhof erwartet, als sie das Schiff verließ. Martha fühlte sich den Maynards gegenüber nicht zu Dankbarkeit verpflichtet, denn die waren alles andere als nett, hatte jedoch das Gefühl, zu Henry wenigstens höflich sein zu müssen, denn *der* war nett. Durchaus charmant und liebenswürdig, hatte er, Auge der Maynards, in jenen Wochen im Hintergrund ausgeharrt, und Martha hatte ihn bestochen, indem sie ihm – nicht »Matty« bot, die war als Figur zu krude für ihn, sondern eine verrückte, abenteuerlustige Freibeuterin, eine Kusine von »Matty«, die, so dachte sie, seinen geheimen Phantasievorstellungen von sich selbst (er war ein durch und durch konformistischer Mensch) in ausreichendem Maße entgegenkam, so daß er sich still verhielt. Sie legte keinen Wert darauf, daß Henry bestimmte Briefe an die Maynards schickte, die Mrs. Maynard veranlassen würden, ihre Mutter in den Bergen unweit des Zambesi anzurufen: »Also, was Ihr Mädel angeht, so sieht es ganz so aus, als . . .«

Der Haken war, Henry hatte ihr eine Stelle in seiner Firma angeboten: Er war Anwalt, und sie kannte sich in Anwaltsbüros aus. Sie hatte jedoch abgelehnt. Typisch für jemanden, der den

Maynards irgendwie nahestand, dachte Martha, daß es nicht genügt hatte, die Stelle einmal abzulehnen: Irgendwo war Henry dermaßen überzeugt von seiner Großzügigkeit und von Marthas Glück, daß er nicht glauben konnte, sie könne so dumm sein, die Stelle auszuschlagen – sondern glauben mußte, daß sie nur zu grün war, um zu wissen, was für eine gute Stelle das war. Derartig gute Stellen waren knapp, das wußte sie. Der einzige Weg, ihn zu überzeugen, war, eine andere anzunehmen.

Sie rief Jack an. »Jack, ich bin's, Martha!« – »Oh, Martha, einen Augenblick mal...« Er war also nicht allein. Sie wartete. Draußen vor der verglasten Zelle, in der Martha stand, hasteten die Leute mit gesenkten Köpfen unter ihrem tiefhängenden weinenden Himmel vorbei. Wie Vieh, das auf den Pferch der Farm zudrängte: Es war derselbe blinde Vorwärtsdrang. Auf einem Karren an der Ecke Obst – hauptsächlich Äpfel. Ein Haufen wachsgrüner Äpfel, regennaß. Und, als Krönung eines Apfelbergs, eine einzige Weintraube, stolz zur Schau gestellt auf einem Büschel Holzwolle. Eine einzige grüne Traube. In Kapstadt, da waren Obststände, Karren, Läden von Trauben übergequollen, da baumelten Weintrauben, wohin man blickte, Trauben in Hülle und Fülle, und eine davon war übers Meer geflogen, um auf diesem Karren vor den Trümmern unweit der St. Pauls Kathedrale zu landen. Während sie mit dem Hörer in der Hand beobachtete, was draußen vorging, nahm eine Frau die Traube hoch, befand, daß sie zu teuer sei, legte sie wieder hin, und eine einzelne Beere rollte von dem Karren aufs Trottoir hinab, wo sie wie ein blaßgrüner Edelstein zwischen trampelnden Füßen liegenblieb. Der Junge, der das Obst verkaufte und der ganz verzweifelt ausgesehen hatte, tauchte hinab nach der Weinbeere, rettete sie, rieb sie, nach einem raschen Blick darauf, an einem Stück Zeitungspapier ab, und wollte sie schon zu der krönenden Traube zurücklegen, als ein kleines Kind, das in einen Regenmantel mit einer Kapuze geknöpft war, die Traube anzustarren begann, die genau auf seiner Augenhöhe lag. Es hatte wahrscheinlich überhaupt noch nie Weintrauben gesehen. Der Junge schob dem Kind die Beere in den Mund. Lächeln: von der jungen Mama zum Jungen, von der Mama zum Kind, um es ebenfalls zum Lächeln zu bewegen, schließlich dann vom Kind zum Jungen. Danke schön! Äpfel wurden gekauft, und das Kind ging an Mamas Hand davon und drehte sich nach den durchscheinenden nassen grünen Beeren um. »Martha, freut mich riesig, daß du dich meldest, aber, Mensch, wo warst du denn?« Er war Südafrikaner, doch sein Akzent hatte sich im Verlauf des Krieges, der ihn hierhin und dorthin verschlagen hatte, abgeschliffen. »Jack, ich habe heute nacht kein Bett!« Am anderen Ende der Leitung wurden die nötigen Kalkulationen angestellt. »Einen Moment, Martha, ich muß nur eben mal...« Wieder wurde das andere Ende der Leitung stumm, blieb jedoch gesprächsbereit: Irgendwo weit weg konnte Martha Stimmen hören, die von Jack, die eines Mädchens. Jack erzählte dem Mädchen, das gerade da war, irgendeine Geschichte. Oder die Wahrheit. Wie sollte sie das wissen? Er kehrte an den Apparat zurück. »Folgendes, Martha: Ich hab bis Mitternacht zu arbeiten.« Sie lachte. Dann lachte er auch. »Mitternacht würde mir gut passen.« – »Bis nachher, Martha!« – »Bis nachher, Jack!«

Wenn sie jetzt nicht Henry anrief, würde sie einen Bus nach Bayswater nehmen und den Abend damit verbringen, mit den anderen Londonbesuchern, Auswanderern, Freibeutern durch die Kneipen zu ziehen. Sie würden über England reden. Und das hieß: etliche Zeit über Henry Matheson und das, was er repräsentierte; und über Iris und Stella und das, was die wieder repräsentierten. Irgendwer hätte eine Zeitung dabei, die sich zeternd über den Anbruch eines strammen Sozialismus in Großbritannien verbreitete und über die Unterschichten, die fett und verschwenderisch würden, während die Oberschichten immer mehr in Armut versanken. Die Fremden würden in die Zeitung schauen und über Iris und Stella reden, denen die schreibgewandten Einheimischen offensichtlich noch nicht begegnet waren.

Sie rief Henrys Büro an. Er sei gerade im Begriff zu gehen,

sagte das Mädchen am Telefon. Die Stimme drückte sich in einem gepflegten Londoner Vorstadtenglisch aus (Martha konnte das bereits einordnen); und genau dies war es, weshalb sie, Martha, falls sie die angebotene Stelle annahm, nicht an einem Platz arbeiten würde, wo sie telefonisch mit Leuten zu tun hätte, sondern in einem Büro, wo sie sich um die Mitarbeiter und nicht, oder wenigstens nicht unmittelbar, um die Klientel verdient machen würde.

Henry kam an den Apparat. »Ja, Martha! Wo haben Sie denn bloß gesteckt? Ich war schon drauf und dran, eine Suchmannschaft loszuschicken!« Sie lachte; aufgeräumte Freibeuterin mit Geheimnissen, die sie zu teilen bereit war. Und sie erwog, ob sie vielleicht damit davonkommen konnte, daß sie, und sei es auch zum drittenmal, einfach sagte: *Henry, ich habe mich entschieden, daß ich die Stelle nicht haben möchte!* »Henry, ich rufe an, weil ich gründlich nachgedacht habe, und ich bin Ihnen auch wirklich dankbar, aber ich werde die Stelle wohl nicht nehmen!« Pause. Die beiden »falschen« Sätze, so umständlich in diese Wortfolge gebracht, um doch nur das zu betonen, was Henry so schwer erträglich finden mußte, hatten ihre Wirkung gleichwohl nicht verfehlt. »Tja, Martha ... Wenn Sie sicher sind ... Aber wir hätten Sie wirklich gern bei uns.« – »Ja, das glaube ich Ihnen ...« Und nun beging sie aus Nervosität einen Fehler. »Ich habe nämlich inzwischen schon gearbeitet.« Damit war es zu spät für eine einleuchtende Lüge, sie konnte nicht mehr zurück. »In einem Pub.« Schweigen. »Das nenne ich wagemutig! Sie haben versprochen, mich anzurufen, Martha! Hören Sie – wie wär's mit einem anständigen Abendessen? Haben Sie Zeit?«

»Ja, furchtbar gern.«

»Gehen wir doch zu Baxter. Kennen Sie das?« Was, wie Martha durchaus wußte, im Klartext hieß: Sind Sie dafür angezogen?

»Selbstverständlich! Das muß man ja kennen, so oft, wie es in den Romanen aus den zwanziger Jahren vorkommt!«

»Ach ja? Was Sie alles gelesen haben – ich komme mir richtig ungebildet vor. Also gut, falls Sie vor mir dort sind, sagen Sie dem alten Knaben, dem Bertie – das ist der Oberkellner –, daß Sie mit mir zu Abend essen.«

»Mach ich. In etwa einer Stunde?«

»Dann trinken wir erst was, und Sie können mir Ihre ganzen Abenteuer erzählen.«

Mittlerweile regnete es stark: ein schmutziger Regen. Martha wäre in der Zelle geblieben, doch ein Mädchen klopfte an die Tür. Martha öffnete sie. Das Mädchen hatte ein nasses Kopftuch auf und trug einen dicken, feuchten Regenmantel. In dieser Kluft verbarg sich ein hübsches englisches Mädchen mit sommersprossigen Wangen. »Wollen Sie bloß ins Trockene, oder wollen Sie telefonieren?« Ein gekränktes Auflachen. »Telefonieren will ich!« – »In dem Fall mache ich Platz.« Erneutes Lachen, aber ein besänftigtes. Sie beobachtete Martha mit einem vorsichtigen Ausdruck und wappnete sich mit ihrem Lächeln wie mit einem Schild. Das hier waren Menschen, die völlig auf Abwehr eingestellt waren. War es der Krieg? Ihre Natur? Doch Martha war so offensichtlich eine Außenseiterin, wie sie da lächelnd und mit ihrem fremden Akzent die Regeln durchbrach, daß das Mädchen es genossen hätte, hätte sie weitergemacht, gesprochen, Barrieren durchbrochen, während es gleichzeitig doch ablehnend und auf der Hut gewesen wäre, wie ein Tier sich Annäherungen gefallen läßt, aber doch bereit bleibt, auf eine ungeschickte Bewegung hin zuzubeißen.

Es regnete in Strömen. Martha ging in ein Tabakgeschäft. Die Frau hinter dem Ladentisch hob den Blick zu Marthas Gesicht und schaute dann auf Marthas Füße hinab. Wasser tropfte von Mrs. Vans Mantel auf den Boden, der bereits schmierig und naß war.

Und nun fragte Martha – obwohl das bedeutete, daß sie den Laden unverzüglich würde verlassen und wieder in den Regen hinausgehen müssen: »Kann ich ein Dutzend Schachteln Streichhölzer haben?«

Verdrossen: »Eine können Sie haben.«

»Ach, ich hätte aber gern ein Dutzend. Wenigstens ein halbes?«

»Wir hatten Krieg, wissen Sie!«

Martha hatte während ihrer ersten Woche an einem Kiosk drei Schachteln Streichhölzer haben wollen. Seitdem ließ sie es sich nicht nehmen, an Kiosken überall in London nach einem Dutzend zu fragen.

»Wir hatten nämlich Krieg, wissen Sie!«

Und mit welcher Feindseligkeit, welcher Ablehnung. Und mit welcher persönlichen Befriedigung.

»Tut mir leid, das hatte ich ganz vergessen.«

»Ja, einige können das offenbar.«

Martha erhielt im Austausch für ihr Zweipencestück eine Schachtel Streichhölzer und lächelte in ein Gesicht, das starr war vor Ärger. Doch das Gesicht sagte, daß sie hier raus mußte, daß sie zur Strafe für ihre herzlose Gleichgültigkeit gegenüber den Leiden ihrer Nation klatschnaß werden sollte.

Martha ging. Ein Bus sah so aus, als gäbe es noch Platz. Sie sprang auf, und der Schaffner sagte: Schön festhalten, Mädchen! Sie lächelte, er lächelte. Übermäßige Erleichterung! Sie hatte während ihres Erfahrungsaustauschs mit anderen Fremden in den Kneipen herausgefunden, daß nicht nur sie allein gegen den Verfolgungswahn anzukämpfen hatte – was gab es nicht alles für unsichtbare Regeln, die man verletzen konnte –, unsichtbare Regeln für die, die nach ihnen lebten, das war der springende Punkt. Während sie sich am Lächeln des Schaffners aufwärmte, ging die Fahrt die Fleet Street entlang, die der kalte Regen unsichtbar machte, am Trafalgar Square vorbei, wo Löwen undeutlich aus kaltem grauem Dampf hervortraten, und hinauf zum Piccadilly Circus, wo der Schaffner sie mit erneutem Lächeln, einem Zwinkern und der Aufforderung, sie solle auf sich aufpassen und sich noch einen schönen Tag machen, auf den Weg schickte.

Mit Henry zusammen hatte sie diesen Platz an einem klaren goldenen Abend, als der Himmel in leuchtende Farben getaucht war, zum erstenmal gesehen. Sie hatte ihn in seiner Zufälligkeit und Unbedeutendheit betrachtet und angesichts der babyhaften Statue zu lachen angefangen.

»Ja, Martha?«

»Das«, hatte sie zu erklären versucht, »ist also der Nabel des Empire!«

Für ihn war es eher ein Teil Londons, durch den man hindurchfuhr, und so versuchte er, sich auf ihren Blickwinkel einzustellen, und gestand dann lächelnd ein, daß er es nicht fertigbrachte: »Ist das denn nicht eher euer Problem als unsers?«

»Aber Henry, darauf kommt es doch nicht so sehr an, verstehen Sie denn nicht?« Denn dieser Wortwechsel schien ihre stundenlangen vergeblichen Bemühungen zusammenzufassen, zu einer wie auch immer gearteten Verständigung zu gelangen, während sie gleichzeitig von der undeutlichen Erinnerung an einen früheren Fehlschlag dieser Art geplagt wurde – was und mit wem und wann war das gewesen? Ach ja, als Kind, wenn ihre Mutter diese Haltung, diesen Dogmatismus, dies »das ist richtig und das ist falsch« an den Tag gelegt und Marthas Reaktion darin bestanden hatte, Fragen zu stellen, Einwände zu erheben, einen Standpunkt zu beziehen, dem Herausforderer einen eigenen Standpunkt entgegenzuhalten – der das Interesse verloren, das Ganze sogar schon vergessen hatte, gar nicht mehr da war.

»Na, es ist doch wohl ein hübsches kleines Plätzchen, wie?« fragte er und sah sie unbehaglich an – aber gerade nur eben das.

»Ach, es ist wohl wieder mal der Krieg«, sagte sie schließlich, »diese ganzen Mythenbildung, das ganze Geschrei, die *Worte* – aber so etwas können Sie nicht sagen, so etwas wie ›hübsches kleines Plätzchen‹.«

»Sie sind eine Romantikerin«, sagte er verstimmt.

»Ach ja, aber Sie wollen einfach nicht Farbe bekennen – so ist das immer, bloß nicht Farbe bekennen, Sie drücken sich einfach ...« Einen Augenblick lang war sie außerstande gewesen, das schmerzliche Gefühl zu verbergen, von dem sie übermannt worden war – alle möglichen halbbegrabenen, halbkindlichen, mythengespeisten Empfindungen wurden an die Oberfläche gezerrt: Was hatten die Worte nicht für eine Macht! Piccadilly Circus, Eros, Nabel der Welt, Mittelpunkt, London, England . . . sie alle zapften unterirdische Flüsse an, in denen weiß der Himmel was für Fabelgeschöpfe schwammen! Sie versuchte, ihren Schmerz zu verbergen, da Henry nicht der Mensch war, der ihn zu teilen verstand.

Sie vermutete, daß sie ihn tatsächlich hatte verbergen können, denn ehe sie sich's versah, drängte er sie in ein Pub, bestellte ihr etwas zu trinken, redete über den Krieg und war sichtlich erleichtert, weil nichts von ihm verlangt werden würde.

»Wissen Sie, Henry, wenn man eine Woche hier ist, dann möchte man einfach nur alle umarmen – nein, ich meine es nicht wörtlich!«

»Ach, und ich hatte schon gehofft . . .«, sagte er und lachte, erleichtert, daß er keine derartige Demonstration über sich ergehen zu lassen brauchte. Er hatte sich sogar unwillkürlich umgeblickt, um zu sehen, ob irgend jemand in der Nähe war, den er kannte.

»Nein, die ganze Insel, euch alle.«

»Ja, wieso denn das? Das müssen Sie mir erzählen!«

»Wenn ich das könnte, dann brauchte ich es nicht so zu empfinden.«

Von außen war Baxter in keiner Hinsicht vornehmer als *Joe's Fish and Chips*. An einer bescheidenen braunen Tür stand *Baxter's* – nur der Name, weiter nichts. Dann gab es noch ein Fenster, und der Musselinvorhang, der es vollständig bedeckte, konnte eine Wäsche vertragen. Martha stand einen Augenblick draußen und genoß diesen köstlichen Anblick, den in einer Stadt nur die Neuankömmlinge kennen: Was mochte hinter dieser Tür, die genauso war wie viele andere, wohl sein? Ein südlicher Innenhof mit einem Zitronenbaum neben einem Brunnen und einem maskierten schlafenden schwarzen Lautenspieler? Ein Mann mit einer roten Decke über der Schulter steht neben einem schwarzen Maultier? Ein bleiches Mädchen im blumenbestickten Musselinkleid steigt mit einer Kerze in der Hand die Treppe hinauf? Zwei alte Männer in bestickten Käppis spielen Schach an einem Feuer? Warum nicht? Wenn doch das, was wirklich passiert, schon dermaßen unwahrscheinlich ist. Letzte Woche hatte sie in Bayswater in einem Treppenhaus aus Versehen die falsche Tür geöffnet, und da stand eine Frau in einem engen schwarzen Korsett mit Wespentaille und einer Perlenkette, die auf ihren üppigen nackten Brüsten ruhte, neben einem Käfig aus Golddraht, so groß wie ein Himmelbett, in dem vielleicht ein Dutzend prächtig gefiederter und gefärbter Vögel saßen. Martha sagte: »Oh, Entschuldigung!« Die Frau antwortete: »Wenn Sie Mr. Pelham suchen, der ist diese Woche in Venedig!«

Sie trat ein. Ein Mann in einem schäbigen Smoking und mit angeklatschtem, schuppigem Haar trat auf sie zu und machte bereits jetzt aus seiner Mißbilligung keinen Hehl. Durch seine Augen erblickte sie eine junge Frau mit feuchtem Haar, feuchtem Mantel und einem übertriebenen Lächeln. Denn Martha war plötzlich grausam, weil dieser Mann sich ganz automatisch so schlecht benahm, wenn sie auch wußte, daß die schlechten Manieren zu seinem Leben gehörten und er genau dafür sein Gehalt bekam. Ein untergeordneter Mann, ein Kellner, trat neben den ersten, den Oberkellner. Gemeinsam musterten sie sie mit einer kalten Routine, so daß sie schließlich nicht mehr an sich halten konnte und zuerst sprach: »Ich bin mit Mr. Matheson verabredet«, sagte sie verlegen. Es folgten ein langes Schweigen und ein rascher Blickwechsel, dann war die Beratschlagung der beiden beendet, und der erste Mann wandte sich anderen Beschäftigungen zu. Der zweite, der noch kein einziges Wort gesagt hatte, führte sie, ohne dabei den Hauptraum zu durchqueren, zu einem Tischchen an der Wand. Er rückte einen Stuhl vom Tisch ab, auf dem sie mit dem Gesicht zur Wand sitzen würde. Er hatte sie nicht aufgefordert, den Mantel abzulegen. Sie tat es, indem sie ihn über die Rückenlehne ihres Stuhls streifte. Der hagere ältliche Mann, der sich sein ganzes Leben lang um derartige Kleinigkeiten gekümmert hatte, musterte sie noch einmal blitzschnell von oben bis unten und das wieder mit einer unverschämten Arroganz, deren Unverblümtheit sie in Erstaunen versetzte. Ihr Pullover und ihr Rock waren passend. Aber doch nicht das Richtige? Wieso denn nicht? Sie wußte es nicht, aber er. Er ging weg und ließ sie warten.

Das Lokal war erst halb voll, denn zum Abendessen war es noch recht früh. Die Leute waren alle im mittleren Alter oder erweckten jedenfalls den Anschein, sie seien es. Als sie mit einiger Mühe hinter sich blickte, sah sie, daß auch zwei junge Leute darunter waren, doch ihre Jugend schien verblichen in dieser Atmosphäre der Gesetztheit, die von den älteren Herrschaften ausging. Ebenso wie die Kellner paßten sie sich in das Dekor ein, das, gemäß unsichtbaren, ungeschriebenen Regeln, entworfen war, zu ihnen zu passen. Das Lokal war gedämpft, schmutzigbraun, ziemlich dunkel, und nicht ein einziger Gegenstand besaß Charme oder Schönheit, sondern jeder war nach seiner Eignung ausgesucht worden, mit diesem Schauplatz zu verschmelzen. Und die Leute besaßen ebenfalls keinerlei Charme oder Ausstrahlung. Dabei, wenn man genau hinsah, waren die Gegenstände teuer: Man hatte seit Kriegsende offensichtlich Geld ausgegeben, um dem Restaurant das zu erhalten, was es immer ausgezeichnet hatte: seine teure Schäbigkeit, Nachlässigkeit. Das Mädchen – das einzige außer Martha – trug ein schwarzes Crêpekleid. Es war häßlich. Martha erkannte das Kleid wieder, weil Marjorie ihr, ehe sie von »zu Hause« weggegangen war, gesagt hatte, was sie brauchen würde – sie übergab ihr eine Liste mit den Kleidungsstücken, die sie brauchen würde, nicht wegen der Kälte oder aus sonstigen praktischen Erwägungen, sondern für bestimmte Gelegenheiten. »Eine Uniform!« hatte Martha ausgerufen. Und das Kleid dort war Teil dieser Uniform, nahm keine Rücksicht auf irgendwelche Vorstellungen von Liebreiz oder Sexualität, tat nichts für das Mädchen, das es trug: Es war ein schwarzes Kleid, das mit einer Perlenkette getragen wurde, und es stand in verwandtschaftlicher Beziehung zu dem Restaurant, seinen Möbeln und den Menschen, die sich darin aufhielten, die, wenn man näher hinsah, gut aussahen, sogar gut gebaut waren und in jedem Fall einen gutgenährten und behaglichen Eindruck machten. Doch jetzt konnte Martha durchaus begreifen, weshalb ihre Kleidung, die Stück für Stück genauso teuer und bestimmt reizvoller war (das heißt, wenn man Kleidung überhaupt danach beurteilen wollte, was sie für die äußere Erscheinung tut), nicht ausreichte, wohl aber das schwarze Kleid: Sie trug nicht die richtige Uniform.

Der springende Punkt dabei war, daß sie Henry gegenüber mit keinem Wort erwähnen durfte, was sie dachte: Er würde das nicht verstehen. Wenn sie heute nacht jedoch bei Jack war, dann brauchte sie nur das Kleid des Mädchens, ihr hübsches, kunstlos geschminktes Gesicht, die trübsinnige Blumentapete, die auffallend selbstsicheren Gesichter der Männer zu erwähnen – und er würde verständnisinnig lachen. Jack würde ganz genau wissen, was sie meinte, wenn sie sagte (obwohl sie das nicht würde aussprechen müssen): Das Schlimme ist ja nur, daß man sich ein Plätzchen aussuchen muß, in das man sich einpaßt, daß man sich für diese oder jene Schicht zurechtstutzen muß. Doch obwohl Henrys Verhältnis zu mir im wesentlichen darauf abzielt, daß ich mir das richtige Plätzchen aussuche, die richtige Schicht finde, würde er mich nicht verstehen; er wäre peinlich berührt, verärgert, wenn ich das sagte.

Ja, weil Jack ein Leben gewählt hatte, das ihm alle Bewegungsfreiheit ließ, würde er das alles verstehen. Doch er konnte den anderen Gedanken, der sie beschäftigte, nicht verstehen, und das Dumme war, daß sie bis jetzt erst einen Menschen getroffen hatte, der es konnte: Marjories Schwester, Phoebe.

Henry kam herein. Zwischen ihm und dem Oberkellner hatte bereits eine stumme Verständigung stattgefunden, denn seine Miene drückte aus, daß er gewillt war, mit Humor zu tragen, daß sie nicht in dieses Restaurant paßte. Und alles bloß, weil das Wetter sich geändert hatte! Vor einem Monat hatte sie in einem anderen schäbig-teuren Restaurant wegen der Hitze ein ärmelloses schwarzes Leinenkleid getragen und sich absolut wohl darin gefühlt – obwohl sie viel besser gekleidet war als irgend jemand sonst in dem Restaurant, denn die anderen waren zu fein für die Gelegenheit, da sie Menschen waren, die sich nicht für Sonnenwetter anzuziehen verstanden. Henry hatte Staat mit ihr gemacht: leicht verlegen, weil ihre Schlichtheit aufreizend war und teilweise auch deshalb, weil sich in England, wenn die Sonne scheint, gleichzeitig eine gewisse Freizügigkeit geltend macht.

Er setzte sich. »Liebe Martha, wie gut Sie wieder aussehen!«

»Ich weiß, daß meine Haare naß sind, aber man hat mich nicht gefragt, ob ich die Damentoilette benutzen möchte – falls die überhaupt eine haben.«

Diese Herausforderung veranlaßte ihn, sie mit einem raschen nachdenklichen Blick zu mustern, ehe er an ihrem Kopf vorbei auf irgendein Stück braunlackiertes Holz blickte und sagte: »Da fällt mir wieder ein, daß meine Tante Maynard mir vor ungefähr zwei Jahren einen Schützling geschickt hat – ich glaube, sie kam aus Kapstadt. Die war vielleicht kampflustig!«

»Mein Problem ist bloß: Welchen Teil Roms soll man sich als Kampfplatz aussuchen?«

»Hmmm«, sagte er.

»Und ich hatte auch keine Ahnung, daß Tante Maynards Lehen sich bis nach Kapstadt erstreckt.«

»Naja, irgendwo da unten.«

Martha überprüfte sich wie eine Maschine: Hatte sie gegessen, hatte sie geschlafen, war sie übermüdet – nein, nein, doch: denn die Wut, die sie plötzlich gepackt hatte, war wirklich ungeheuer stark. Dieser Aspekt von »Matty«, den Henry zum Leben erweckte, war die reine kindische Aggression. Wenn sie es, sofern sie sich genügend in der Hand hatte, vorzog, nicht aggressiv zu sein oder ihre Feindseligkeit durchblicken zu lassen, dann war »Matty« zwar mutwillig, aber charmant – das heißt, sie bat unausgesprochen um Nachsicht. Die Kampflustigkeit war ihr lieber: Sie war einen Schritt besser als der kindliche Kasper.

Henry blickte an Martha vorbei einen Mann an, der gerade hereingekommen war. Er war wie Henry, das sah man auf den ersten Blick: gutaussehend, liebenswürdig, selbstsicher. Er lächelte Henry zu und wollte schon an ihren Tisch treten, doch Henry lächelte anders, und so nahm er einen Tisch auf der anderen Seite des Raumes und verschwand hinter der Speisekarte.

»Ihr Partner?«

Sein Blick streifte gerade eben nur ihr Gesicht. »Ja.«

»Sie hatten ihn gebeten, mich mal anzusehen, doch Sie finden, daß ich im Augenblick nicht ansehbar bin, deshalb haben Sie ihm gefunkt, daß Sie das lieber doch nicht wollen?«

»Er hatte sowieso vor, hier zu essen. Weshalb sollte ich denn nicht wollen, daß er Sie kennenlernt?«

»Ach ja – und warum nun doch nicht?«

In diesem Augenblick kam der Kellner mit der Speisekarte, die er Martha vor die Augen hielt. Sie bestellte die Pâté und den Fisch, doch Henry sagte: »Wenn ich Ihnen etwas raten darf – die Coquille ist ausgezeichnet – was natürlich nicht heißen soll, daß die Pâté es nicht ist.« Er bedachte den grauhaarigen alten Kellner mit einer scherzhaften kleinen Grimasse, und der ging darauf ein.

»Selbstverständlich«, sagte sie und änderte ihre Bestellung. Sie verlangte trockenen Sherry. Der Weinkellner kam mit einer Flasche halbtrockenem Sherry, weil man in dieser Art von Lokalen erwartete, daß eine Dame süßen Sherry trank. Henry bekam einen Amontillado.

Sie trank ihren. Er trank seinen.

»Martha, haben Sie eigentlich schon etwas von Ihrer Mutter gehört?«

Martha merkte, daß dieser einstige Stachel der Wut jetzt keinerlei Wirkung auf sie hatte: War sie gerettet, weil sie Tausende von Seemeilen zwischen sich und ihre Mutter gelegt hatte? Hmmm – möglicherweise.

»Nein, aber werde ich vermutlich demnächst.«

»Sie haben gesagt, Sie hätten vorgehabt, sich Arbeit zu suchen?«

»Ich hatte eine in einer Kneipe, unten bei den Docks.«

»Das war natürlich wieder ein lustiges Leben – aber doch gewiß nicht für lange?«

»Man hat mir auch noch eine Stelle als Sekretärin angeboten, in einer Firma, die Lastwagen vermietet.« Einen dieser Lastwagen fuhr Iris' Vetter: der Mann, den sie Martha zugedacht hatte.

Er wartete. Sie würde ihm nicht helfen.

»Und Sie haben in der Nähe Ihrer Arbeitsstelle gewohnt?«

Fast hätte sie gesagt: »Ja, warum auch nicht?« Doch ihr Interesse erlahmte. Was hatte das denn für einen Sinn?

Und nun kam die Vorspeise. Die Muschelschalen waren mit Kabeljaubrocken gefüllt, die von einer käsefarbigen weißen Soße bedeckt waren. Daß das hier ein Restaurant war, wo die Leute nicht hingingen, um gut, sondern um behaglich zu essen, hatte sie aus dem geschlossen, was sie auf den Tellern in der Nähe gesehen hatte, und noch ehe sie probiert hatte, wußte sie, daß der Fisch wahrscheinlich schlechter sein würde als der, den sie in Joes Imbißstube bei Iris und Jimmy gegessen hatte.

»Es ist sehr gut«, sagte sie hastig, als sie Henrys forschend gehobene Augenbrauen sah.

»Köstlich«, bekräftigte er, so daß sie sich im Geiste notieren konnte, was als bewundernswert galt.

Allein schon als Hausfrau hätte sie an diesem Tisch ein Dutzend Dinge zu bemängeln gehabt: Die Brötchen waren nicht frisch, das Tischtuch gerade noch sauber zu nennen; die Petersilie auf dem Fisch war welk; die Pfeffermühle war fast leer; die Rosen ließen die Köpfe hängen; alles war zweitklassig. Doch Henry kümmerte das nicht, er fühlte sich wohl hier, unter seinesgleichen.

Platzangst packte sie wie ein Fieber, und sie rief sich zur Ordnung: Bleib ruhig, gelassen – du hast das ein für allemal hinter dir, wenn das Essen vorbei ist.

»Doch, das leuchtet mir wirklich ein«, fing er wieder an, »daß das Spaß machen muß, eine Zeitlang mal das Slumleben – ich meine, eine Zeitlang zu experimentieren.«

»Ach, wissen Sie, dazu muß einer schon in diesem Land aufgewachsen sein, um das als Slumleben zu betrachten.«

Sein Gesicht hatte sich verfärbt.

»Na gut, Henry – Sie haben ja recht. Ich könnte solche Arbeit nicht lange machen – aber aus genau demselben Grund, aus dem ich die bei Ihnen nicht annehmen könnte. Das müßten Sie doch eigentlich einsehen? Können Sie das denn wirklich nicht begreifen?«

»Also, ehrlich gesagt, nein.«

Auf dem Stuhl neben ihm lag eine zusammengefaltete Abendzeitung, und selbst von ihrem Platz aus konnte sie, als sie hinüberschielte, erkennen, daß die Schlagzeilen und Leitartikel vom roten, sozialistischen, klassenlosen usw. England handelten.

Sie waren fertig mit ihrem Fisch. Henry hatte für sie beide Kalbsrücken bestellt. Er war nicht schlecht. Der Wein hingegen war in der Tat sehr gut, wunderbar, und Martha trank, obwohl sie wußte, daß das womöglich zu einem Wortwechsel führen würde, den sie, schon ehe es dazu kam, bis ins letzte Detail herbeten konnte. Sie lächelte, ließ ihn bruchstückweise an ihren Reiseeindrücken aus jenem fremden Land jenseits des Flusses teilhaben, und er hörte mit der Miene eines Menschen zu, der selbst nicht abgeneigt ist, einmal zu reisen, und seine Auswahl unter den denkbaren Landschaften des Abenteuers trifft.

Schließlich sagte er: »Wenn es nur das ist, daß Sie ein ruheloser Mensch sind und es Sie in ein, zwei Jahren woanders hinziehen wird, dann würde ich sagen, daß wir das von unseren Angestellten nahezu erwarten – der Krieg hat in den Menschen nun einmal eine gewisse Unruhe hinterlassen – das gilt auch für mich, fürchte ich.«

»Nein, es ist keine Frage der Ruhelosigkeit.«

Entschlossen, daß der öde Dialog, der bedrohlich bevorstand, nicht stattfinden sollte, langte sie nach ihrem Weinglas – und stieß es um. Da der Ober nicht da war, tupfte sie die Lache mit ihrer Serviette auf. Dann juckte sie wieder das Fell.

»Ich hätte gern eine neue Serviette«, sagte sie.

Henry rief den Ober mit einem Blick heran.

»Könnten Sie bitte noch eine Serviette bringen«, sagte er.

Martha mußte plötzlich lachen. Er runzelte verständnislos die Stirn.

»Ich weiß nicht, woher das kommt«, sagte er, »aber es ist so, daß Mädchen ungleich geschickter sind als Männer, wenn es darum geht ... sich auf etwas Neues einzustellen. Sie könnten das, wenn Sie es versuchen würden, glauben Sie mir. Zum Beispiel hatten wir ein Mädchen bei uns im Büro. Sie war nur ... Der Vater diente während des Krieges unter mir, aus einem sehr guten Holz geschnitzt ... Ja, also sie kam zu uns als Stenotypistin, und binnen eines Jahres hatte sie alles mitgekriegt ... Jetzt können Sie sie kaum mehr unterscheiden von ... Beispielsweise macht sie Telefondienst ... Aus irgendeinem Grund schaffen Männer das nicht so gut, die sind nicht so anpassungsfähig. Doch wenn Sie darauf achten würden, wie andere sprechen, dann könnten Sie ... lernen ...«

Die Predigt, die er halb ärgerlich, weil er überhaupt genötigt wurde, seine Position auch nur teilweise zu verbalisieren, halb aus echter Besorgnis gehalten hatte, weil er sich, der Himmel wußte warum, für ihre Zukunft verantwortlich fühlte – diese Predigt führte sie jetzt fort, indem sie die Auslassungen in einem Satz zusammenfaßte:

»Ich könnte lernen, nicht weiter aufzufallen«, sagte sie.

Er setzte sich auf seinem Stuhl zurück, und sein gutaussehendes, helles, feines Gesicht war dunkel vor Ärger.

Es war völlig sinnlos. Doch sie mußte ihr Mütchen kühlen.

»Henry, wenn ich Ihnen nun vorhalten würde, daß dieses Essen hier über fünf Pfund kosten wird, obwohl Sie sich doch wegen des Krieges eigentlich einschränken sollten, und daß die Leute, mit denen ich zusammen war, in einer ganzen Woche nicht soviel für Essen ausgeben, und wenn ich Sie dann bitten würde, sich diese Zeitung da anzuschauen ... Ach, es hat ja doch alles keinen Zweck!«

»Die sind sehr arm, wie?« fragte er rasch.

»Sehr, doch darum geht es nicht.«

Er lehnte sich zurück. »Tja, sind wir das denn in diesen Zeiten nicht alle?«

»Das würde ich nun nicht sagen.«

»Sie sind während des Krieges nicht hier gewesen«, sagte er heftig.

»Ich habe gelernt, daß es darauf für mich nichts mehr zu sagen gibt.«

»Martha, Sie müssen doch einsehen, daß es noch einige Zeit dauern wird, bis dieses arme alte Land wieder auf den Füßen ist.«

»Natürlich.«

»Weiß Gott sind wir arm – aber was wollt ihr denn noch alles? Ihr habt eure Labour-Regierung durchgesetzt. Die sind zwar nicht meine Kragenweite, weit davon entfernt, ich bin wohl eher ein Liberaler, obwohl ich Tory wähle, doch sie sind nun mal dran, sie haben das Sagen – ihr habt also euren Sozialismus. Obwohl es natürlich Leute gibt, die der Meinung sind, daß fünf Jahre Labour Party das Land ruiniert haben. Ich gehöre nicht zu denen, aber Klassenunterschiede sind in diesem Land nicht mehr vorhanden. Was wollt ihr also?«

»Aber Henry – ja also, ich weiß wirklich nicht, wie Sie behaupten können ... glauben können ... Henry, wenn die Leute, mit denen ich zusammen war, hier in diesem Restaurant auftauchten, die würden ja gar nicht hereingelassen ...« Er erstarrte, fühlte sich angegriffen, geschwächt: Genau dieser Punkt war es, über den er nicht nachdenken konnte, vor dem er die Augen verschließen mußte, und folglich handelte es sich um eine Geschmacklosigkeit. »Natürlich denken die nicht daran, hier aufzutauchen – die wissen doch Bescheid. Letztlich wäre ich wahrscheinlich auch nicht reingekommen. Man hätte behauptet, es sei alles besetzt. Ich bin nur reingekommen, weil ich Ihren Namen genannt habe.«

»Wenn die auftauchen würden, ich zumindest wäre geradezu

stolz darauf – das Salz der Erde. Das haben wir im Krieg gelernt.«

»Ganz zu schweigen von dem Krieg davor.«

Jetzt wurde der Wagen mit den Desserts auf sie zugeschoben. Henry wählte für sie und für sich ein Trifle, wenn es hier auch anders hieß. Überall im Restaurant aßen die Leute Kinderpuddings mit französischen Namen.

»Ich weiß wirklich nicht, was Sie und Ihre Leute wollen«, sagte er verdrießlich.

»Daß die Dinge beim Namen genannt werden, weiter nichts. Haben Sie Ihren Onkel Maynard mal persönlich kennengelernt?«

»Nein, aber der war ja offensichtlich eher das schwarze Schaf der Familie, nach dem, was man so mitbekommen hat.«

»Richter Maynard? Na gut, ich dachte gerade an etwas, was er mir mal gesagt hat. Vor zehn Jahren oder noch länger. Er hat gesagt, er könne England nicht ausstehen, weil kein Mensch die Dinge beim Namen nenne. Und deshalb sorge er jetzt in den Kolonien für Recht und Ordnung, wo man das könne. Erst in letzter Zeit habe ich begriffen, wovon er damals sprach.«

»Heuchler«, sagte Henry rasch, »selbstverständlich. So hat man uns schon immer genannt.«

»Nein, nein, wenn ihr Heuchler wärt, das wäre ja immerhin etwas. Ein Heuchler ist jemand, der einen tugendhaften Standpunkt aufrechterhält, obwohl er weiß, daß er falsch ist. Ihr kommt mir alle so – so betäubt vor, ihr seid hypnotisiert, ihr scheint die Tatsachen unmittelbar vor eurer Nase nicht zu sehen – ihr seid die Opfer aller möglichen Schlagworte.«

An diesem Punkt bot der Weinkellner der Dame einen süßen Likör und Henry Brandy an. Die Dame bestand auf Brandy. Der Weinkellner bedachte Henry mit einem teilnahmsvollen Blick, soweit war die Komplizenschaft zwischen ihnen mittlerweile gediehen. Henry runzelte jedoch die Brauen und forderte ihn auf, Brandy zu bringen. Martha und der Brandy lenkten das Gespräch in eine andere Richtung oder veränderten jedenfalls die

Betonung: Henry fand Gelegenheit, jegliche Chance verstreichen zu lassen, wenigstens zuzustimmen, daß an Marthas Worten vielleicht irgend etwas dran sein könnte. Martha, die fidele Weltenbummlerin, die Abenteurerin, gab ihm, vom Wein erwärmt, Gelegenheit, seinem Partner zuzuwinken. An ihrem Tisch erschien John Higham, ebenso charmant und gutaussehend wie er, und das Gesicht, das sich Martha präsentierte, verriet nahezu unverblümt, wie begierig er war, sich dieses Phänomen, für das die Regeln der normalerweise gebotenen Höflichkeit nicht galten, zu Gemüte zu führen – denn er musterte sie offen und unverfroren: geradeso wie die Dockarbeiter, ehe Stella ihnen zu verstehen gab, daß sie vorübergehend eine ihrer Frauen war, ihr von der anderen Straßenseite ihr »Hallo, Schätzchen!« hatten zurufen können. Sie hatte außerhalb der Regeln ihres Lebensbereichs gestanden. Ebensowenig gehörte Martha zu dem von John Higham. Einen Augenblick saßen die beiden Männer Martha vereint gegenüber und beäugten sie. Häßlich war das: hinter ihnen der Kellner und hinter ihm wiederum der Oberkellner; sehr häßlich. Und wieder hätte sie niemals erklären können, weshalb; sie würden nicht wissen, was sie meinte. Sie waren Wilde, Herren und Diener in einem.

»Ich fürchte, Martha will von uns nichts wissen«, sagte Henry provozierend, wenn auch mit einem Lächeln.

»Das tut mir aber leid«, sagte John Higham.

»Ich kann mir einfach nicht vorstellen, wozu Sie mich brauchen, wenn man mal davon absieht, daß die Maynards gern hätten, daß Sie ein Auge auf mich haben.«

Jetzt wechselten sie sogar Blicke – als sei sie nicht imstande zu sehen, daß welche gewechselt wurden, als wären sie unsichtbar. Höchst eigenartige Menschen: Iris und Jimmy, Stella und ihre Männer besaßen mehr Takt, hatten mehr Gefühl dafür, wie sie auf andere wirkten.

»Sie unterschätzen sich«, sagte John Higham. »Sie haben doch in einer Anwaltskanzlei gearbeitet, nicht? Sie haben Erfahrung. Ich weiß auch nicht wieso, doch von den Hunderten von

Mädchen auf dem Stellenmarkt haben nicht sehr viele ... Erfahrung.«

»Nicht, daß wir etwas dagegen hätten, wenn unsere Mädchen heiraten – im Gegenteil. Wir begrüßen das sogar – um so eher bleiben sie«, sagte Henry.

»Und dann haben wir in unserer Praxis zum großen Teil Fälle, die mit dem Ausland zu tun haben – zum Beispiel haben wir eine Menge mit Flüchtlingen zu tun gehabt. Das ganze Durcheinander, das der Krieg angerichtet hat, wieder in Ordnung bringen – so was. Und wir brauchen wirklich jemanden mit – mit einem weiteren Erfahrungshorizont als die meisten englischen Mädchen ihn haben.«

Dagegen konnte Martha nun nichts sagen. Dieses letzte Argument leuchtete ihr ein. Und außerdem befand sie sich in genau derselben Lage, in der sie sich Iris und Jimmy gegenüber befunden hatte und noch befand. Ohne es zu wissen, hatte sie mehr versprochen oder scheinbar mehr versprochen, als sie je zu halten beabsichtigt hatte. Nie hatte sie auch nur einen Augenblick lang erwogen, für Henry zu arbeiten, hatte auf jede erdenkliche Weise nein und wieder nein gesagt. Doch beide Männer erwarteten, daß sie ja sagte: Sie zählten geradezu auf sie. Ein Auftreten, das als Maske herhalten sollte, als Schutz, und das sich als halb kokettes Spielen mit den Möglichkeiten äußerte, war also soviel ernster genommen worden? Oder verhieß allein die Tatsache, daß man mit Menschen zu tun haben mußte, schon mehr? Das war wahrscheinlicher, ja, so verhielt es sich: Doch, doch, diese freischwebenden, herumschnuppernden, herumprobierenden Wesen hatten irgend etwas, das unerträglich, unverzeihlich war – das begann ihr gerade jetzt erst aufzugehen. Aber es war ungerecht, unfair! Sie war jetzt nicht viel länger als ein Vierteljahr in diesem Land und hatte das als eine Zeit betrachtet, in der sie keinerlei Verantwortung zu tragen hatte. Man wollte ihr nicht zugestehen, daß sie herumprobierte, sich umtat, sich herumtrieb. Das aufrichtige Gefühl, von ihr im Stich gelassen worden zu sein, das ihre Freunde von Joes Imbißstube gezeigt hatten (nicht allerdings Stella – und weshalb die nicht?), und die Erwartung, die Henry und John hegten, bewiesen, daß sie unausgesprochene Versprechen gegeben haben mußte: Sie, Martha, hatte irgend etwas an sich, das ihr untersagte, sich treiben zu lassen und sich umzuschauen und wieder woanders hinzuschlüpfen. Andere Menschen durften das wohl: sie nicht. Weshalb zogen sich denn sonst nach einer derart kurzen Zeit ohne Verantwortung (was waren denn schließlich vier Monate?) die Netze bereits zusammen? Denn so empfand sie es. Das Netz war von dem Augenblick an ausgelegt gewesen, als sie Henry mit dem Ausdruck liebenswürdigen Entgegenkommens bei ihrer Ankunft jenseits der Zollschranke erblickt hatte. Es war wahrscheinlich (wenn sie sich das auch nicht gern eingestehen wollte), daß sie vom Temperament her in stärkerem Maße, als ihr lieb war, die ernsthafte Bereitschaft wie Marjories und ihrer Schwester Phoebe besaß, sich mit Beschlag belegen und einbeziehen zu lassen, und diese Veranlagung war an sich schon ein Versprechen, machte Versprechungen und Angebote.

Sie konnte jetzt schwach sein und etwas sagen wie: Ich überlege es mir noch mal. Doch das durfte sie nicht. Und sie durfte nicht »Matty« aufbieten, damit man ihr verzieh. Es kostete sie große Überwindung zu sagen (sie sagte es abrupt und ohne Charme, doch sie sagte es unverblümt): »Also gut. Glauben Sie mir bitte. Ich nehme die Stelle nicht an. Vielen Dank – aber ich will sie nicht.«

»Was schwebt Ihnen statt dessen so vor?« fragte John Higham. Er war verärgert.

»Sie spielt mit dem Gedanken, in einem Pub zu arbeiten«, sagte Henry, und sein Lachen sollte nicht andeuten, daß sie das am Ende nicht tun würde, sondern daß ihr das durchaus zuzutrauen war.

»Ach tatsächlich?« sagte John Higham. »Aber warum auch nicht? Das ist schließlich eine Möglichkeit – herumzukommen, nicht? Das läßt sich nicht leugnen.«

»Der springende Punkt ist«, sagte Martha, schon wieder wütend und bemüht, es nicht zu sein, »ich würde die Arbeit nicht mit Ihren Augen sehen – als etwas Besonderes. Sie begreifen einfach nicht – Sie alle sprechen von den Menschen, die Sie ›die Arbeiterklasse‹ nennen, als wären das – Menschen vom Mond. Nicht, daß Sie Wörter wie ›Arbeiterklasse‹ in den Mund nähmen, das nun nicht – Ach, ich weiß auch nicht«, schloß sie aufrichtig verzagt, »man kann mit Ihnen noch nicht mal darüber reden.«

Wieder gingen zwischen Henry und John Blicke hin und her, und wieder so, als wäre sie gar nicht vorhanden. »Na schön«, sagte John, »das ist ja genau der Grund, weshalb wir so erpicht darauf sind, Sie einzustellen – wir haben nämlich sehr viel mit Menschen zu tun, die einiges durchgemacht haben, und für den Umgang mit denen braucht man jemand, der weiß, wovon diese Menschen reden.«

»Vielleicht«, sagte Martha, »fordert der Umstand, daß man als Flüchtling *einiges durchgemacht hat*, ja etwas mehr als die Erfahrung in einem Pub?«

Jetzt war sie wirklich wütend, wirklich niedergeschlagen. Sogar erschreckt. Schließlich lag das Geschick des Landes in den Händen solcher Menschen, was immer die Zeitungen auch behaupten mochten. Und wenn man mit den Maynards und Leuten dieses Schlages irgendwo in Berührung kam, dann trat immer genau dasselbe ein. Es war, als spräche man – ja, mit Blinden, mit Menschen, die von Geburt an verblendet waren. Genau das waren sie. Was hatte es schon für einen Sinn ... Man konnte ihnen einfach nur aus dem Weg gehen.

Der Kellner kam mit der Rechnung. Das Restaurant hatte sich mittlerweile gefüllt, es war etwa zehn Uhr, und die familiäre Atmosphäre hatte sich noch verstärkt: Man war unter sich, man brauchte sich nicht länger in acht zu nehmen, und man konnte sich eine gewisse Kindlichkeit leisten, so als hätte man hier Zuflucht vor den Bedrohungen der Außenwelt gefunden. Auf der anderen Seite des Raums schnipste ein Mann mit gerötetem Gesicht und dem Blick eines Wüstlings einem Mädchen im flauschigen rosa Pullover Brotkügelchen zu, und die schnippte sie kichernd zurück, während die Kellner mit nachsichtiger Miene zuschauten.

Die Rechnung belief sich auf sechs Pfund.

»Wohin wollen Sie? Können wir Sie mitnehmen?«

»Danke, ich laufe lieber.«

Henry schob seinen Stuhl zurück. Der Kellner wartete mit drei Leuten, die an diesen Tisch wollten. So daß es kein Problem war, rasch hinaus- und wegzukommen, wonach es sie drängte.

Sie lief die Oxford Street hinunter, das heißt, in Augenhöhe zogen die hinter erleuchtetes Glas gesperrten Waren an ihr vorbei, darüber lastete dunkles Mauerwerk. Die Waren, vorwiegend Kleidung, waren genauso schlimm und geschmacklos wie alles andere. Dies ist die großartigste Stadt der Welt, sagte sie sich wiederholt und trödelte, doch nicht so, daß man es gleich bemerkte, unter den Leuten herum, die einen Schaufensterbummel machten. Die größte Stadt, die allergrößte, und das hier ist eine Straße, mit deren Namen ich großgeworden bin, wie Piccadilly Circus. Die Namen dieser Läden sind begehrt, man näht sie in die Kleidung ein – es war nicht ein Gegenstand oder Artikel dabei, an dessen Besitz ihr gelegen gewesen wäre. Natürlich, man hatte einen Krieg hinter sich. Natürlich, selbst fünf Jahre nach einem solchen Krieg mußten die Häuser und Straßen noch abgestützt, notdürftig befestigt, ausgebessert und ungestrichen sein und die Stoffe dünner und ärmlicher. Natürlich. Doch selbst ein Meter eines kriegsbedingt ärmlichen Stoffes kann mit mehr Verstand oder Kunstfertigkeit gewebt werden. Herr im Himmel, zum tausendsten Mal ertappte sie sich bei diesem Gedanken: Was für ein Menschenschlag war das bloß, der unabänderlich und unvermeidlich, oder jedenfalls sah es so aus, das Häßliche, das Ungraziöse wählte? Tja, hier war sie nun, und hier würde sie auch bleiben.

Die Geschäfte hörten auf, und der Himmel öffnete sich über den Bäumen von Hyde Park. Das war nun freilich etwas anderes, oh doch, was Bäume und Gärten anging, da war alles, wie es sein mußte. Sie lief die Bayswater Road hinab, auf der einen Seite den

Park. Wo die Straßenlaternen die ausgewogenen Blattmuster einfingen, trat ihr Grün dramatisch hervor, während sie sich jenseits des Lichts in geheimnisvolle Schatten hüllten, über die der erleuchtete Himmel hinwegzog. Rechts von ihr die pompösen wuchtigen Häuser, die so übertrieben selbstgewiß auf ihrem feuchten Boden standen. Pompöse häßliche Häuser. Sie waren mit Brettern vernagelt oder leer oder behelfsmäßig in Gebrauch, nicht länger Häuser, sondern alle auf halbem Wege zur Nutzung als Hotels. Und nicht gestrichen. Häßlich. Selbst in diesem wechselhaften, mutwilligen Licht – häßlich. Doch sie lief unter den Bäumen, die das Trottoir säumten, und die wirkten wie eine Fortsetzung der Bäume im Park, so daß man den Eindruck haben konnte, als strömte der Verkehr auf der Straße durch sanft beleuchtete Bäume, die hier endeten, und das graue Kliff der Häuser zu ihrer Rechten war der Anfang der Stadt. Es waren jetzt wenig Leute unterwegs. Mit einem Schlag hatte, als sie Oxford Street verlassen hatte, diese Atmosphäre angespannter Aufmerksamkeit eingesetzt, die bedeutete, daß sie vorsichtig sein mußte, wohin sie blickte, weil in diesem Abschnitt der Bayswater Road die Männer den Frauen nachgingen. Unsichtbare Grenzen, unsichtbar markierte Geltungsbereiche: Genau wie auf der anderen Seite des Flusses ein alter Balken mit Flußsalz in den Poren eine Grenze markieren mochte, so daß auf einer Seite Flußufer war und auf der anderen Seite das Gebiet der Landratten, so konnte hier eine Straßenecke oder eine Stunde des Tages besagen: Hier endet eine bestimmte Ordnung.

Martha ging jetzt rasch, geschützt durch die undurchdringliche Häßlichkeit von Mrs. Vans Mantel. Doch war sie eine »junge Frau«, Kategorie »junge Frau« – ja, das durfte sie nicht vergessen und auch nicht, daß entlang dieses Trottoirs eine Kategorie von Lebewesen namens »Mann« hinter oder neben ihr ging, um sich an sie heranzumachen. Das war für ein paar Minuten ihre Rolle, nicht Martha oder »Matty«, nur »junge Frau«. Ein Mann tauchte neben ihr auf, murmelte halb ängstlich, halb aggressiv eine Aufforderung und blieb zurück, als sie ihm ihr abweisend emporgerecktes Profil zeigte. Er blieb zurück und murmelte Worte, die durchaus für ihr Ohr bestimmt waren. Die bedeutendste Stadt der Welt... Wenn ich nur in meinen Kopf bekäme, daß alles nur davon abhängt, daß man stets versucht, die Dinge mit gelassenem Blick zu betrachten, dann *könnte* ich es ja vielleicht begreifen. Marthas Tageshirn war jetzt kühl, gespannt, aufmerksam, auf der Hut – um einen anderen Teil seiner selbst zu behüten, der gerade erst zu erwachen, zuzuhören begonnen hatte, weil sie sich so rasch durch die belebten, erleuchteten Straßen bewegte. Und wenn das geschah – und sie wußte nie, wann es der Fall sein würde –, dann kam es ausschließlich darauf an, zu behüten, das Unwesentliche in Schach zu halten. Diese Aufgabe, die Dinge auseinanderzuhalten, Grenzen zu stecken – was war das für eine Anstrengung! Jimmys und Iris' Imbißstube, die zerbombten Straßen, die Stadt am Fluß, wo Stella lebte, diese Straße mit den Frauenjägern, die prunkvollen fleckigen feuchten Häuser, wo Henry Mathesons und John Highams Eltern und Großeltern gelebt haben mochten, immer eine Familie in einem Haus: Wenn man das auch nur ansatzweise verstehen wollte, war das schon... Doch das Tageshirn, das man hatte, war wie ein Münzautomat, bestand aus Abteilen, aus Fächern...

Jetzt verlangsamte sie ihren Schritt, ja, sie wäre fast stehengeblieben, so sehr überraschte sie der kühle, harte, abweisende Blick einer jungen Frau, die mit dem Rücken zu einer Hecke stand. Natürlich – sie hatte erneut eine unsichtbare Grenze überschritten. Von hier an bis über Queensway hinaus stand auf den Trottoirs eine Prostituierte neben der anderen. Sie standen einzeln oder paarweise, Dutzende. Doch Martha fühlte sich hier freier als auf dem anderen Territorium, das sie gerade erst verlassen hatte und dessen Grenze einfach nur in einer Querstraße bestand. Gerade durch die Reihe der käuflichen Mädchen war sie geschützt, weil die wußten, daß sie nicht zu ihrer Gilde gehörte, und weil ihre feindseligen warnenden Mienen sagten, daß sie verschwinden sollte, hier nichts zu suchen hatte, und sie davor bewahrten, daß man sie ansprach. Drei Sorten Lebewesen gab es hier. Die Frauen, die mit dem Rücken zur Hecke standen und sich feilboten. Die gewöhnlichen Passanten, die jedoch spärlich vertreten waren, vorwiegend Paare, die an diesem Liebesmarkt vorbeieilten, sich dicht an die Laternen hielten und verlegen aussahen, als seien sie nur versehentlich hier, das Gefeilsche jedoch mit verstohlenen Blicken bedachten. Dann die Kunden, Männer aller Altersstufen, die langsam an den Frauen vorbeigingen oder rauchend unter den Bäumen standen und ihre Wahl trafen. Und auf der anderen Straßenseite Polizisten, die in Abständen von zwanzig, dreißig Metern zwischen den Paaren standen und die Verkaufsgespräche nicht direkt verfolgten, sondern nur aus dem Augenwinkel beobachteten, um sicher zu gehen, daß alles reibungslos ablief. Martha ging langsamer, als sie es in dem Abschnitt der Straße hatte tun können, den sie hinter sich gelassen hatte. Die ganze Straße entlang standen sie neben beleuchteten, luftigen Bäumen. Obwohl es leise nieselte, trugen sie ausgeschnittene oder schulterfreie Sommerkleider und hohe dicksohlige Sandalen, die den Rist bloß ließen, und manchmal hatten sie einen flotten Schirm aufgespannt. Doch auch hier gab es keine Eleganz. Sie waren nicht gut gekleidet. Sie teilten den Hang ihrer Nation zum Ungraziösen. Man hatte einen Krieg hinter sich. Mal angenommen, einer dieser Männer, der sich für die Entbehrungen des Krieges schadlos hielt (wie Jack, der immer noch versessen darauf war), näherte sich einem dieser Mädchen mit den Worten: Warum ziehst du nicht mir zuliebe das und das an – irgendwas, was seiner Phantasie entsprechen mochte –, ob sie dann wohl bissig antworten würde: Schon mal gehört, daß wir gerade einen Krieg hinter uns haben? Doch, höchstwahrscheinlich . . . Martha ertappte sich dabei, wie sie sich Zimmer ausmalte, wo die Möbel, die Vorhänge, die verschiedenen Gegenstände Charme, Ausstrahlung besaßen, und ein Mädchen mit Charme, Ausstrahlung, sich langsam entkleidete und eine raffiniert reizvolle Unterwäsche sehen ließ – Phantasievorstellung eines Mannes? Vielleicht waren es ja in der ganzen Stadt einzig die Zimmer dieser Mädchen, an denen irgend etwas reizvoll, heiter, stilvoll war? Na, nach der Art ihrer Aufmachung zu schließen, in der sie da auf dem Trottoir standen, wohl nicht.

Sie hatte die Straße der Prostituierten hinter sich gelassen. Sie näherte sich Notting Hill. Und obwohl sie in der Absicht hierher gelaufen war, zu trödeln und zu schauen, um die Zeit bis Mitternacht herumzubringen, wo sie getrost bei Jack eintreffen konnte, mußte sie sich innerlich wappnen, ehe sie von der Hauptstraße in ein Viertel einbog, das schlimmer war als alles andere. Die Sträßchen jenseits des Flusses waren nie mehr gewesen als eng und dürftig und ärmlich. Das »Westend« war nur ein Markt, dessen wohlbehagliche, wohlgenährte Seite lediglich von den Trottoirs aus nicht zu sehen war. Die enormen Steinhaufen entlang Bayswater Road hatten von Geld gekündet und würden es wieder tun. Doch die Straßen von hier bis zum Kanal waren deprimierend und demütigend: Mit Phantasie war ihnen nicht beizukommen.

Sie wartete darauf, den einen oder anderen Blick auf die Szene zu erhaschen, die durch irgendeine Lichtquelle aus der Dunkelheit erstehen würde, in der die Häuser sich zu Boden duckten, Häuser, die rissig waren und schief und schmutzig und naß, unabsehbare Straßen lang, und dazwischen die mit Brettern vernagelten Lücken, die voller Schutt oder wassergefüllter Krater waren oder aus feuchter Erde bestanden, die man für den Wiederaufbau freigeräumt hatte. Sie lief eine lange, geduckte Straße entlang, die von dunklen Bäumen gesäumt war und in Abständen von flachen Tümpeln eines gelblichen Lichts erhellt wurde, und wappnete sich ganz bewußt gegen die Niedergeschlagenheit, als ihr aufging, daß sich in Wirklichkeit der Teil ihres Bewußtseins, dessen Lebenszeichen sie geradezu hätschelte, ausgedehnt hatte und dabei war, den Rest zu schlucken: Sie befand sich am Rande einer Empfindung – nein, das war das falsche Wort, doch welche Worte waren schon richtig? –, eines Zustands, der tatsächlich eine Überraschung für sie gewesen ist, etwas, das ihr London geschenkt hatte. Sie hatte gelernt, daß sie nur lange genug laufen, leicht genug schlafen mußte, um sich ihrer Träume bewußt zu sein, daß sie essen mußte, wie es gerade kam, und den ganzen Tag lang neue Eindrücke auf sich wirken lassen mußte, dann klärte, erhellte sich ihr ganzes Wesen, wurde sie lebendig und hellsichtig und wach.

Der praktische Teil ihrer Person überprüfte ihren physischen Zustand: Das Essen in dem Restaurant war die erste richtige Mahlzeit seit Tagen gewesen; der Wein der erste Alkohol seit Wochen; wegen des Lärms in der Imbißstube, die um Mitternacht schloß und etwa um fünf wieder aufmachte, hatte sie letzte Nacht kaum geschlafen. Und sie war den ganzen Tag herumgelaufen und dabei hellwach gewesen: Die Bedingungen stimmten also. Zuerst befiel sie angesichts des erleuchteten Raums ein Gefühl des Entsetzens: doch kein starkes, nichts, das einen überwältigen konnte, weniger Furcht als die Scheu davor, ihren Zustand als den einer ungeheuren Fremdheit anzuerkennen, einen Zustand, der sie stets als wachsame Kritikerin herumlaufen ließ. War das Einsamkeit? Doch, vermutlich. Aber wenn das zutraf, was hatte sie denn dann je anderes gekannt? Also war das ebenfalls ein Geschenk: Wenn die Menschen von »Einsamkeit« sprachen, war das für sie etwas äußerst Schreckliches, und sie hatte mit »Einsamkeit« früher einen Schicksalsschlag gemeint, der vielleicht bewirken würde, daß sie sich unter ihren Mitmenschen allein fühlen würde: etwas, das sie in der Zukunft ereilen mochte.

Doch nein, seit sie in London war, war sie allein gewesen und hatte die Erfahrung gemacht, daß sie in ihrem ganzen Leben nie etwas anderes gewesen war. Diese Einsamkeit war nicht etwa ihr Feind, sondern ihr Freund. Dies war die beste Erfahrung, die sie bisher gemacht hatte – endlos durch die Straßen zu laufen, durch Morgen und Nachmittage und Abende, allein, und nicht zu wissen, wo sie sich befand, außer wenn sie neben dem Fluß herlief; manchmal so lange zu laufen, bis sie nicht einmal wußte, in welchem Teil Londons sie sich gerade aufhielt, mit müden Füßen zwar, aber mit einem Kopf, der kühl, wachsam, hellwach auf das Eintreffen des Besuchers wartete, das Eintreffen des Schweigens. Und ihr Herz ... ja, das war der springende Punkt, stets war es ihr Herz, das sich des schmerzlichen Gefühls erwehren mußte, nirgendwohin zu gehören, und das sich dann, wenn man ihm nicht nachgab, beruhigte und besänftigte. Ihr Herz wurde genaugenommen wieder gesund, und danach schaltete sich der Strom ihrer alltäglichen Gedanken aus. Ihr Körper war eine Maschine, verläßlich und unbeirrbar trugen sie ihre Beine; ihr Herz und ihr Tagesbewußtsein waren still.

Das also war es, was sie entdeckt hatte – oder eher, was sie geschenkt bekommen hatte, und es widerstrebte ihr sehr, es aufzugeben. Das war der Grund, weshalb sie nicht dies oder jenes Plätzchen wählen wollte, diese oder jene Stelle, diese oder jene Person, um Henrys und John Highams taktvolle Assistentin zu werden oder auch ein Anhängsel der Leute auf der anderen Seite des Flusses. Wenn sie nur so weitergehen konnte, für alle Zeiten durch die endlosen, feuchten, feindseligen Straßen dieser verwünschten Stadt, die alle so rissig und schütter und finster waren vom Krieg – wenn sie hier nur bleiben konnte, in dieser Zone ihrer Persönlichkeit, die sie gefunden hatte ... ihr Bewußtsein schwang langsam von hell nach dunkel, dunkel nach hell. Eindrücke stellten sich ein: ein Baum, eine Lichtfülle von intensiver Farbenpracht; eine Ziegelmauer, die aus einer orangeglühenden Lichtflut hervortrat, in einem Lichtbalken, der aus einem Fenster fiel; ein Gesicht, das flüchtig durch das Fensterglas schaute, ehe sich der Vorhang mit einem Ruck davor schloß. Ihr Bewußtsein war ein weicher, dunkler, leerer Raum. Nichts anderes war sie. »Matty« war eine unerträglich langweilige Person, an die sie bloß mit schwachem Widerwillen denken konnte, voller Furcht, sie könnte je wieder von ihr befallen werden. Martha – doch, auch die gewöhnliche Martha hatte sich entfernt, konnte betrachtet werden: Sie kam ganz gut zurecht, war nicht weiter wichtig. »Hesse« wiederum war ein Name, den man wie ein Armband von einem Mann erhalten hatte, der ihn in Besitz hatte, damit er im Angesicht von Rechtsanwälten zum Zeitpunkt der Unterzeichnung des Ehevertrags einer Frau gegeben werden konnte. Doch wer war sie denn dann hinter den Banalitäten des Tages? Eine junge Frau? Nein, nichts als eine weiche, dunkle, empfängliche Intelligenz, das war alles. Und wenn sie es versuchte – doch nicht zu angestrengt, nur ein rascher Blitz des Wollens, ein müheloses Sondieren des Möglichen, dann konnte sie sich zurückversetzen in eine andere Zeit, indem sie die Zeit für den Augenblick dieser Bemühungen annullierte, und in einem anderen Land, auf einem anderen Boden stehen. Wie sie so im Sommer fünf Jahre nach dem Krieg feuchte, Gerüche ausströmende Trottoirs unter dem nassen Londoner Himmel entlanglief, war sie (doch, sie war es wirklich, so als habe es da keinerlei Bruch gegeben) Martha Quest, ein junges Mädchen, das unter dem Baum sitzt, von dem aus es eine prachtvolle heiße Landschaft und einen Himmel voller Vögel und Wolken sehen konnte. Und das *wirklich,* nicht in der Phantasie – da saß sie. Oder sie war die Martha, die ein kleines Kind durch belaubte Alleen geschoben hatte, während der Rosenduft aus den Gärten der Stadt stieg. Und *wirklich* war sie da: *Sie* war es, und mit Martha oder sonst einem Namen, der ihr anhaften mochte, hatte das nichts zu tun, nichts auch mit ihrem Aussehen, mit ihrer damaligen Gestalt. Und wenn es ihr gelang, so weiter zu laufen, wie sie es jetzt tat, Tag für Tag, Nacht für Nacht, diese Straße hinab, jene hinauf, vorbei an Häusern, Häusern und noch mehr Häusern, immer nur an ihnen vorbei, an ihren von Jalousien und Vorhängen verschlossenen Augen, hinter denen sich ein trübes Licht verbarg, wenn es ihr nur gelang, das zu tun . . .

Und jetzt, in der Stille, stellte sich etwas ein, das sie vergessen hatte – immer vergaß man das. Sie hatte vergessen, was passieren konnte, wenn die Dunkelheit zunahm und man dachte, sie würde bleiben, stark wie sie war. Das war so, als gäbe es hinter dem weichen Raum einen Besessenen, der nur darauf wartete, mit idiotischen Worten und Sätzen hineinzutanzen. Worte und Sätze und Musikfetzen tändelten irgendwo im Hintergrund ihres Bewußtseins herum. Doch sie hatte wirklich vergessen, daß es da diesen Idioten gab, der das Geschenk der stillen schwingenden Dunkelheit begleitete und dessen Worte nichts zu bedeuten schienen. Sie kamen aus dem Dunkel, trieben eine Weile im Raum umher und zogen weiter ins Dunkel. Dann die Worte von Liedern und Melodien – ja, natürlich, während der letzten paar Wochen war sie mit dieser Phase oder diesem Stadium vertraut geworden. Erst der stille leere Raum, hinter dem eine beobachtende Präsenz stand. Und dann in den stillen Raum hinein, dahinter, sich rüttelnd und schüttelnd, ein Narr oder Idiot. Demütigend! Absurd! Wieder und wieder hatte sie, und mit wieviel Mühe, die Stille erobert, und dann begegnete einem dieser Blödsinn! Sie hatte sich zur Wehr gesetzt. Wieder und wieder hatte sie sich wegen dieses albernen Feindes aus der Stille herausbegeben. Heute abend leistete sie keinen Widerstand: Sie war zu müde. Und außerdem fiel ihr wieder ein, daß sie eine Entdekkung gemacht, einen neuen Gedanken gefunden hatte – oder besser gesagt, ein Gedanke war mit den albernen Worten und den Musikfetzen hereingetrieben: daß man irgendwo in seinem Bewußtsein eine Wellenlänge, ein Band besaß, wo Musik zuckte und dudelte, mit oder ohne Worte; man brauchte sich lediglich einzuschalten und zuzuhören. Und sie hatte die Entdeckung gemacht und dann wieder vergessen, daß die Worte oder Melodien keineswegs zufällig waren: Sie spiegelten einen Zustand oder ein Gefühl. Weil die Worte der Lieder oder die Sätze eine Bedeutung hatten. Man konnte von ihnen lernen, wenn man vor der Banalität, der Albernheit, dem Mischmasch auf diesem Band der Töne unmittelbar hinter (neben?) dem leeren Raum nicht empört oder ärgerlich zurückscheute. Denn Martha hatte der Wellenlänge oder dem Sender an einem anderen Tag erklärt (und hatte vergessen, daß sie das getan hatte): Du hast einen sehr dürftigen Humor, und Geschmack hast du überhaupt keinen! So hatte sie beispielsweise vor ein paar Wochen, als sie am Fluß entlanglief und erst die Stille hergestellt hatte, dann an das Band der Töne gelangte oder von ihm eingefangen wurde, entdeckt, daß sie, obwohl ohnehin keineswegs gleichgültig gegenüber der Tatsache, kein Geld zu haben und am Ende ihrer Mittel angekommen zu sein, doch beunruhigt, ja sogar erschrocken war, weil die Melodie, die da hin- und herhüpfte und endlos wiederholte: »Das Glück, das kann man nicht kaufen«, ihr wie ein höhnisches, quäkendes Baby in ihr Tagesbewußtsein hämmerte, daß sie jetzt Schluß machen und sich Arbeit suchen und wieder eine Verdienstmöglichkeit finden müsse. Und daß sie sich, weil sie Nacht für Nacht an dieser Stelle angekommen und wieder und wieder von dieser entsetzlich frivolen und albernen Stimme belehrt worden war, tatsächlich schrecklich geängstigt und den Entschluß gefaßt hatte, wieder zu leben wie ein verantwortungsbewußter Mensch und das Umherschweifen und Sichtreibenlassen aufzugeben. Was hatte sie also gegen die Methode, wenn die Mitteilung doch nützlich war? In welcher Form sollten nützliche Informationen denn ihrer Vorstellung nach an sie gelangen? In brausenden Akkorden vermutlich oder mit Trompetenklang? Dieser spezielle Teil ihres Gehirns funktionierte jedoch nicht so, und wenn ihr das nicht schmeckte, wenn sie zurückscheute, flüchtete, sich auszuschalten beschloß, sich widersetzte, dann verlor sie auch die Informationen, auf die sie angewiesen war. Die interessantesten Entdeckungen werden durch Banalitäten gemacht. Daß sie jetzt so am Rande des leeren Raums herumzokkelte, war die Ankündigung, daß sie müde war und nach Hause wollte. Schon richtig: Doch ihre Füße hatten ihr das unüberhörbar bereits vor mehr als einer Stunde gesagt. Es waren nicht ihre Füße, ihr Körper, die müde waren, sondern ein anderer Teil ihrer selbst: Ihr ging auf, daß sie in Wirklichkeit ungeheuer angespannt war, und blitzartig sah sie das Eintauchen in die reglose Erschöpfung voraus, die dieser Höhenwanderung folgen würde. Doch wer, was war denn erschöpft, so daß man ihr bedeuten mußte, daß sie erschöpft war?

Sie lief weiter. In ein paar Minuten würde sie Jacks Haus erreicht haben. Das heißt, falls sie nicht zu weit in die umliegenden Straßen ausscherte. Sie wollte noch nicht bei Jack ankommen, so hoch der Preis auch sein mochte, den sie dafür zu zahlen haben würde, daß sie, wie gegenwärtig, einen Höhenrausch ausschließlich aus sich selbst erlebte. Wenn sie bei Jack eintraf – das würde dann wieder ein ganz anderer Ort innerhalb ihrer selbst sein, und wenn sie sich dort erst einmal aufhielt – doch mit einemmal ging ihr auf, daß sie in London nur einen Menschen kannte, der ihr gestatten konnte, so weiterzuleben, wie sie es jetzt tat, wurzellos, ungebunden, frei. Das war Jack. Von ihm ging keinerlei Druck aus. Und sie verstand gerade jetzt, weshalb er so lebte, wie er es tat. Sie hatte es zwar schon vorher »verstanden«, doch verstand sie es jetzt, da sie sich in der Zone des menschlichen Bewußtseins befand, die Jack ebenfalls bewohnte, auf andere Weise. Ja. Doch wenn das so war, weshalb scheute sie dann so sehr vor Jack, vor dem, was er darstellte, zurück – zumindest mit einem beträchtlichen Teil ihrer selbst? Dem Teil, der den Namen Selbsterhaltung trug. Sie wußte das. *Er zahlte einen zu hohen Preis für das, was er bekam.* Sie wußte das. Was war der Preis? Das tanzende Wellenband ließ sie wissen: *Fällt er in den Graben, fressen ihn die Raben, fällt er in den Sumpf . . .*

Ja. Er konnte so nicht weitermachen, er würde fallen. Und sie ebenfalls, wenn sie sich nicht aus diesem Höhenrausch herausbegab. Ach, aber jetzt noch nicht, bitte jetzt noch nicht; sie konnte doch einige Zeit mit ihm zusammensein, in seinem Bereich, nur eine kurze Zeit, ehe sie ihr verantwortungsbewußtes Leben wieder aufnahm? Ihre Verantwortung für das Normale hieß das, für das Gewöhnliche – sie hatte Schulden zu bezahlen, das war es. Man konnte nicht weiterziehen, ehe nicht alle Schulden bezahlt, alle Rechnungen beglichen waren. Entsetzen packte sie, als sie an die Schulden dachte, die sie zu bezahlen hatte: Der Gedanke an Caroline überfiel sie, an die beiden Männer, die sie auf so absurde Weise geheiratet hatte, an ihre Mutter. Schulden. Die mußten bezahlt werden. Ein gewaltiger Abstieg, abwärts, abwärts, lag vor ihr. Dann (wann?) würde eine Welle sie wieder emportragen, dorthin, wo sie jetzt war, auf eine Höhe, und von wo aus sie andere Perspektiven erspähen konnte. Die Melodie sagte: *Mutter, ach, ich mag nicht mehr tanzen . . .* Zum Rasendwerden, lächerlich, banal – seit kurzem war das in ihr lauschendes Bewußtsein gedrungen, sobald sie dessen innere Grenze erreichte. Ständig. *Mutter, ach, ich mag nicht mehr tanzen . . .* Doch, sie wußte nur allzugut, daß sie weitertanzen mußte. Sie wußte es, mittlerweile an beiden Orten: sowohl wenn sie innerhalb des leeren Raumes war, weit weg vom gewöhnlichen Leben, als auch innerhalb des gewöhnlichen Lebens, wenn der Raum ein sehr fernes Land zu sein schien. Sie wußte, was sie zu tun hatte – Marjories Schwester Phoebe mußte sie anrufen. Sie konnte nicht bei Jack bleiben – nicht einmal die kurze Zeit, die er noch weiterleben konnte wie bisher – ehe er *in den Graben* fiel. Die Worte: *Nimm dich in acht!* standen in schwarzen gezackten Lettern über dem leeren Raum. Sie schaute zu, wie sie in einem Sternenregen verblichen, wie Feuerwerkskörper, die durch einen dunklen Nachthimmel tropften. Vielleicht sollte sie Jack warnen? Dieser Gedanke, der Hausfrauengedanke, sagte ihr, daß sie zu sinken anfing, daß sie sich dem Boden näherte. Schließlich konnte sie das nicht lange aufrechterhalten, konnte sie dort nicht bleiben, wo es kühl war und wo es lächerlich war, zu denken: »Ich muß Jack warnen.« Wie komme ich dazu, Jack zu warnen? Verantwortlichkeiten und Verpflichtungen, sie sank ihnen entgegen, rasch . . . Sie mußte weitertanzen . . . *Doch jetzt noch nicht.* Sie gab sich einen Ruck, schüttelte sich, straffte sich und zwang sich nach oben, hinauf durch den stillen Raum bis zu der Welle, die nun, da man ihr keinen Widerstand entgegensetzte, sondern sie akzeptierte, als tosender Lärm gegen ihr inneres Ohr brandete: ein entsetzlicher Klang, Musik, schreiende Stimmen, die Geräusche des Krieges – und durch das alles hindurch . . . Und als ihr klar wurde, daß sie, indem sie die Albernheit und das Chaos dieses Bereichs bereitwillig akzeptierte und sich weder ängstigen noch aufbringen ließ, einen Zustand der Stille und der Distanziertheit erreicht hatte, der von dem Zustand der Stille, den sie bis eben erlebt hatte, so weit entfernt war wie jener Zustand wiederum entfernt war von der Eintönigkeit des gewöhnlichen Lebens, begann sie schon wieder wegzusinken. Während sie sank, sagte sie sich: Vergiß es nicht, vergiß es nicht, laß es nicht entgleiten, denk daran, daß es da ist, bitte, bitte, vergiß es nicht, immerzu vergißt du es wieder, halt daran fest, selbst wenn ... doch wenn sie erst mal mit Jack zusammen wäre, würde es schwerfallen, sich daran zu erinnern. Rasch sank sie, immer weiter hinab: Vor ihr stand eine Telefonzelle, ein Wachtposten, in der Nähe einer Kneipe am Straßenende, die jetzt dunkel war. Ja, doch denk daran, welchen Raum du heute entdeckt hast. Er war weg, völlig weg, nicht einmal mehr eine Erinnerung, und sie sank hinab, außer Reichweite jenes Ortes, wo Worte, Musikfetzen kapriolten und schrillten und Mitteilungen machten. Und sogar der stille Platz darunter entschwand, er war eine Erinnerung, eine entschwindende Erinnerung. Der springende Punkt war, daß Erinnerung nicht möglich war. Man konnte sich nicht erinnern. Das Wissen um einen bestimmten Zustand gehörte zu einem, wenn man sich in ihm befand. Das war Erinnerung. Es hatte keinen Zweck zu sagen: Erinnere dich an den erleuchteten Raum und an seinen wunderbaren Bruder, die Spiralenwindung darüber, wenn man durch das Geräuschband hindurch war. Weil man, wenn man dies hinter sich gelassen hatte, weggesunken war, sich an einem Ort aufhielt, der seine eigenen Erinnerungen, sein eigenes Wissen hatte. Vielleicht mochte einen während des langen Tages mit seiner Arbeit, seiner Verantwortung, den Leuten, dem Lärm, die Ahnung durchzucken: *Diese Orte existieren,* doch das geschah, weil der Tag einen wie auf einer Welle gerade nur für einen kurzen Augenblick emporgehoben hatte. Wenn man diesen Orten nahe war, dann konnte man denken: *Ich kann wieder zu ihnen zurückkehren,* sonst nicht. Weil die Wände dort, wo man jetzt war, aus irgendeinem Grund dünner geworden waren und weil von dem anderen Ort Licht hereinfiel. Deshalb erinnerten die Menschen sich nicht. Sie konnten es nicht. Man erinnerte sich an X, wenn man bei X war, und an Y, wenn man bei Y war. So einfach war das also: Ich muß mich bitte, bitte erinnern ... Sie hatte die Telefonzelle erreicht. Eine hohe Zelle unter einem Baum, der von einem schwarzen Gitter umgeben war. Sie war schon daran vorbei. Weshalb hatte sie jetzt, in diesem Augenblick, telefonieren wollen? Es erschien ihr bereits lächerlich, daß sie das gewollt, das beschlossen hatte. Doch ein Zwang packte sie: Wenn du Phoebe jetzt nicht anrufst, dich verpflichtest, dann bleibst du bei Jack! Warum um alles in der Welt sollte sie nicht bei Jack bleiben? Hatte er je auch nur einen Augenblick lang angedeutet, daß sie nicht bei ihm bleiben sollte? Niemals. *Ruf Marjories Schwester an!* Ach, nun sei doch nicht albern und hab dich nicht so! Morgen wird doch wohl genügen. *Ruf sie jetzt an!* Wenn du Jack siehst, wirst du dich überhaupt nicht mehr erinnern, weshalb du Marjories Schwester anrufen sollst! *Mutter, ach, ich mag nicht mehr tanzen! Dreh dich, mein Mädel, dreh dich im Tanz . . .*

Martha war an der Telefonzelle vorbeigegangen. Sie war rasch vorbeigegangen, um sie hinter sich zu lassen. Es war, als packten sie Hände und drehten sie herum. Von der Telefonzelle rief sie Phoebe an, deren Stimme aus einer Welt der öden und lächerlichen Pflichten und Verantwortlichkeiten kam: Es war fast Mitternacht, und Phoebe arbeitete an einem Bericht. Ja, Martha würde sich morgen mit ihr treffen. Morgen um die Mittagszeit? *Mutter, ach, ich mag nicht mehr tanzen . . .* Morgen abend, Phoebe? Können Sie denn nicht mittags? fragte Phoebe verstimmt, und ihre Stimme drückte aus, daß Martha mit ihrer Zeiteinteilung nichts zu tun hatte und sich gefälligst in das Leben der vielbeschäftigten und verantwortungsbewußten Phoebe einfügen sollte. Ja, ist gut, wir essen zusammen Mittag. Na, also schön, dann um eins zum Essen, Martha. Phoebe legte auf: Sie hatte noch weitere zwei Stunden Schreibtischarbeit vor sich, ehe sie zu Bett gehen konnte. *Mutter, ach, ich mag nicht mehr tanzen!*

Martha setzte ihren Weg zu Jack fort.

2 Die Straße zog sich geduckt und dunkel zwischen dunklen Häuserzeilen hin, die hinter Hecken etwas zurücklagen. Es war kein Licht in den Häusern, und die Straßenlaterne vor Jacks Haus erzeugte eine Lache aus gelblichem Dunst um ihren bemützten Schaft herum. Zwischen ihr und dem nächsten trübgelben Dunstfleck hundert Meter entfernt herrschte Dunkelheit. Die Straße war aufgerissen, und ein kleines rotes Auge zeigte den Rand eines Kraters an. Hinter der Häuserzeile gab es einen vom Schiffsverkehr unberührten Kanal, in dem die Kinder schwammen. Von seinem schmutzigen Wasser, das alte Stühle, Abfall, unerwünschte Würfe von Katzen und Matratzen aufnahm, stieg ein fauliger penetranter Geruch in die Luft dieses Stadtteils auf, den scheinbar kein noch so starker Wind je wegblasen konnte. Hinter der niedrigen Hecke lagen in der Nähe der Eingangstür ein Haufen Ziegelsteine und Schutt aus dem Innern des Hauses. Auf dem Schutthaufen saß eine Katze, die ihre grünglimmenden Augen auf Martha gerichtet hielt. Sie streckte die Hand aus, doch die Katze duckte sich weg. Wenn man zum zweiten Stockwerk hinaufsah, entdeckte man am Fenster einen Lichtspalt, und es mochte gut sein, daß auch noch hinter anderen Mauern dieser schwarzen Straße Menschen wach waren, um ein Baby zu versorgen, mit jemandem zu schlafen oder zu lesen.

Martha klopfte, nur zart, und sofort öffnete die Haustür sich und gab den Blick auf einen Vorraum frei, in dessen trüber Beleuchtung nackte Dielen, abblätternde Wände und eine rissige Decke zu sehen waren. Es roch schrecklich nach vermoderndem Holz. Ein junger Mann starrte Martha an. Ein dürrer Körper trug wie ein Garderobenständer einen dunkelblauen Morgenrock, aus dem unten magere weiße Beine und oben ein dünner Hals und ein mageres wildes Gesicht hervorsahen. Er hatte einen schwarzen Haarschopf und schwarze Augen.

»Ich hab Sie durch den Fensterladen gesehen.«

»Danke. Ist Jack da?«

Er lachte, aber tonlos, ließ die Schultern erbeben, um zu unterstreichen, daß er lachte, und beobachtete dabei aus besorgten, ernsthaften Augen ihre Reaktion. Sie lächelte und wandte das Gesicht, so daß das bedrückende Deckenlicht ihr Lächeln sichtbar machen konnte.

»Die kommen und gehen«, sagte er.

Zum erstenmal in dieser Nacht, in der sie allein durch dunkle Straßen gelaufen war, fürchtete Martha sich. Sie ging langsam auf die Treppe zu und spürte, daß er ihr in dichtem Abstand folgte.

»Wohlgemerkt, ich habe schon schlimmere Häuser gesehen. Während des Krieges.« Er stand unmittelbar in ihrem Rücken.

»Sind Sie ein Freund von Jack?«

»Jedenfalls wohne ich hier, oder?«

Am Treppenabsatz wandte sie sich um, um ihm zuzulächeln: grinsend stand er vor ihr, das Gesicht auf einer Höhe mit ihrem.

»Ich zeig Ihnen, wie ich wohne.« Grinsend zupfte er am Ärmel von Mrs. Vans Mantel. Martha folgte ihm in ein von der Diele abgehendes Zimmer, das einstmals ein Empfangszimmer gewesen war. Es war lang, hoch und hatte noch die Überreste feiner Stuckarbeit an der Decke. Die Fensterläden waren zu, doch gab es darin eine Ritze, und vor der Ritze stand ein Stuhl: ein Beobachtungsposten. Es stand ein Feldbett mit schäbigen Decken im Zimmer und gegen die Wand gelehnt eine Malerleiter mit Haken an der Seite, an denen Hemden, ein Jackett und zwei an den Schnürsenkeln zusammengebundene Paar Schuhe aufgehängt waren. Neben dem Feldbett stand eine Flasche mit einer Kerze, und darunter lag ein Haufen Comics.

»In Deutschland haben die unter den Trümmern gelebt«, sagte er.

»Das habe ich gelesen.«

»Ich war da.«

Als sie ihn jetzt anschaute, verstand sie, was sein wild grinsendes Gesicht, sein starrer Blick und sein ständiges lautloses Lachen zu bedeuten hatten. Er war ganz einfach verrückt.

»In Polen haben sie in der Kanalisation gelebt.«

»Waren Sie dort auch?« fragte sie höflich.

Er lachte mit bebenden Schultern, und seine schwarzen Augen verengten sich zu einem Ausdruck rasenden Argwohns. »Hab ich so was gesagt?«

»Nein.«

»War ich aber. In der Kanalisation. Hab da gekämpft.«

Martha merkte jetzt, daß sie nicht nur Angst hatte, sondern auch müde war. Ihre Beine fühlten sich an wie Steine. Ihr Kopf war schwer. Zwischen ihr und dem leichtfüßigen unbeschwerten Wesen vor nur einer halben Stunde, dessen Kopf wie ein Leuchtturm oder ein Rundfunksender gewesen war, lagen Meilen. Sie dachte: Ich muß mich daran erinnern, ich muß, ich muß, trat jedoch zurück, als der junge Mann einen Schritt näher kam. Immer noch starrte er sie grinsend an. Er hatte die Hände erhoben, als wollte er etwas greifen – nicht sie, sondern ihre schweifende Aufmerksamkeit. Es waren junge, magere, traurige Hände, ziemlich schmutzige.

»Falls Sie an anderen Dingen interessiert sein sollten, dann tut es mir sehr, sehr leid«, sagte er, »sehr!«

»Das Dumme ist, daß ich mich schon ziemlich verspätet habe.«

»Die andere ist um elf gegangen. Ich hab sie rausgelassen. Jetzt ist es genau ein Uhr und neunzehn Minuten.«

»Wenn das so ist, dann muß ich jetzt wirklich rauf. Jack wird schon warten.«

Sie lächelte, wandte sich um, ging hinaus und spürte, daß er unmittelbar hinter ihr war, sein Grinsen irgendwo genau hinter ihrem Kopf stand. Sie stieg jedoch ohne Hast die Treppe hinauf, und als sie den Treppenabsatz erreichte, sagte sie: »Danke, daß Sie mir Ihr Zimmer gezeigt haben!«

»Mehr braucht man nicht. Glocke, Buch und Kerze. Die Kirche auf der anderen Seite vom Kanal hat eine Glocke. Kennen Sie die?«

»Ich hab sie gehört. Gute Nacht!«

Sie stand in einer atmenden Finsternis, vor sich eine Tür, hinter der Licht war, während sie ihn unten in seine Behausung zurückschlurfen hörte. Martha klopfte sachte an die Tür. Keine Antwort. Der Raum, in den sie eintrat, war ein stilles Zimmer mit frischgeweißten Wänden, einem schimmernden dunklen Fußboden, auf dem Läufer lagen, und auf dem schmucken Kaminsims brannten Kerzen. Und es war warm: Die Heizspiralen glommen. Auf einem breiten Bett unter dem Fenster lag Jack und schlief. Er lag nackt unter einer Decke, auf dem Rücken, und hatte die Wange auf die Hand gestützt, als dächte er nach. Was er fast auch hätte tun können: Er hatte einen leichten, wachsamen Schlaf. Martha streifte die Schuhe ab und glitt in einen Sessel, um sich einen Augenblick zu erholen. Wenn sie sich nicht gesetzt hätte, wäre sie umgefallen. Sie dachte: Was für ein Unfug – wenn ich noch fünf Meilen zu laufen hätte, täte ich es und wäre nicht müde, bis ich sie geschafft hätte. Jetzt saß sie, einen Augenblick lang halb bewußtlos. Sie saß mit dem Rücken zum Fensterladen, der die Gerüche vom Kanal unten fernhielt. Über diesem Stockwerk war ein weiteres, leer; ein Jahr lang hatten die Zimmer unmittelbar den Himmel über sich gehabt und Nässe und Wind und Schnee eingelassen, und die Nässe war natürlich in die frischgeweißte Decke eingedrungen, zu der sie jetzt hinaufstarrte. Sie war abgeblättert und rissig geworden, hatte Jack gesagt, hatte angefangen abzubröckeln und sich mit einem modrigen Dunkelbraun vollzusaugen. Dann reparierte Jack das Dach, um das Wasser auszusperren, und räumte den Schutt weg. Unterhalb dieses Stockwerks war noch eins, und obwohl es trocken war und im Krieg nichts abbekommen hatte, war es leer, seit Jahren nicht gestrichen worden und roch nach Mäusen oder Ratten. Darunter wiederum hatte der verrückte junge Mann sein Biwak aufgeschlagen. Auf der anderen Seite der Diele jedoch gab es einen großen leeren Raum, der schön war, doch blätterte seine Innenhülle ab und verfiel. Und unter dem ganzen hohen Haus gab es ein Kellergeschoß, in dem jahrelang das Wasser gestanden hatte. Und nachdem Jack es trockengelegt hatte, fanden sich dort nasser Schutt und alte Bretter. Jetzt war es leer und trocknete langsam ab, so hoffte er, doch schickte es durch das ganze Haus seinen abgestandenen Geruch von Feuchtigkeit. Dieses Zimmer jedoch war blitzblank: Die alten Verdunkelungsrouleaus waren drangeblieben, um zum Thema Schwarz und Weiß beizutragen. An den Wänden hingen Jacks Bilder. Nicht viele – genügend, wie er sagte, um zu zeigen, daß er Maler war. Und in einer Ecke standen eine Staffelei und Farben. Die Bilder waren überwiegend abstrakt und überwiegend schwarz und weiß oder grau und braun. Ein paar davon waren aus seltsamen Materialien gemacht – auf Holz geklebte Stücke Sackleinen, mit Farbe vermischte Brösel von Ziegelsteinen, die auf Holz geschmiert waren; Sand mit Farbe vermischt. Jack war Maler geworden, weil er nach dem Krieg nicht in ein wohlgeordnetes Leben hatte zurückkehren wollen. Er brauchte ein Etikett. Was konnte angesehener sein als ein Maler? Für Jack hatte sich so auf ironische Weise ein Kreis geschlossen. Vielleicht zehn Jahre früher hätte er sich selbst vormachen müssen, daß er Maler sei, um unter diesem Etikett das Leben führen zu können, das er sich wünschte. Der Krieg hatte ihn jedoch gelehrt, daß für nichts anderes Zeit war als für Wesentliches, sagte er. Im Krieg hatte er gelernt, daß man sich nehmen mußte, was man haben wollte, und dann darum kämpfen, daß man es behielt. Wenn man Künstler war, kam man mit allem durch. Entweder mußte man sehr reich oder Künstler oder Verbrecher sein. Er hatte sich Leinwand und eine Staffelei und ein paar Farben angeschafft, hatte einen Haufen alter Bilder in einem Trödelladen erworben, die er der Atmosphäre wegen an den Wänden gestapelt hatte. Ein paar Tage hatte er mit Sand, Schutt, Sackleinenfetzen gearbeitet, mit ein bißchen Leim und ein wenig Farbe, und, wahrhaftig, er war ein Künstler, mit einem Etikett, das er für Pässe und Formulare verwenden konnte.

Im Jahre 1947 war er, ein aus Kriegsdiensten entlassener Matrose, diese Straße entlanggegangen, in der er ein Zimmer gefunden hatte, hatte dann dieses Haus gesehen, damals ein Wrack, eine bloße Hülse mit einem eingefallenen Dach. Er war durch die offene Tür eingetreten und ganz nach oben gegangen.

Er hatte einen Tag in dem Haus verbracht, ohne eigentlich Pläne zu machen oder Entscheidungen zu treffen, doch, wie es schien, waren die ohne sein Wissen zustandegekommen, denn das nächste, woran er sich erinnerte, war, daß er hinausgegangen und mit einem Eimer, einer Scheuerbürste und Seife wiedergekommen war. Das offene Dach über sich, hatte er Schutt weggeräumt und geschrubbt, bis er den Regen auf dem Rücken gefühlt und begriffen hatte, daß das Dach repariert werden mußte. Er reparierte das Dach. Er war fast fertiggewesen, als Garibaldi Vasallo, der Malteke, hereingekommen war. Er war ein kräftiger, dunkelhäutiger Mann, der so aussah, als hätte er eigentlich goldene Ringe in den Ohren haben müssen. Er trug jedoch den Nadelstreifenanzug eines Geschäftsmannes.

»Was machst du denn da, mein Sohn?«

»Ich repariere das Dach«, sagte Jack.

»Daß das mein Haus ist, ist dir aber schon klar?«

»Aber leben tu ich drin, oder?«

Garibaldi Vasallo stieg hinab in das Kellergeschoß, das voll Wasser war, inspizierte jedes Dielenbrett und jeden Zoll Putz in dem verkommenen Gebäude und kehrte dann unter das Dach zurück, da er sich entschieden hatte, es zu kaufen. Kürzlich hatte er befunden, daß der Kauf sich nicht lohnte, weil es in einem zu schlechten Zustand war, wie alle von Bomben erschütterten Häuser dieser Häuserzeile. Doch er beobachtete Jack fünf Minuten bei der Arbeit und sagte dann: »Du wirst rausmüssen.«

»Das können Sie nicht machen – ich genieße Mieterschutz.«

»Wie das denn?«

»Ich wohne hier.«

»Seit wann?«

»Rauchen wir doch eine!«

Jack kam vom Dach herunter, setzte sich im Schneidersitz auf die feuchten Dielenbretter, und Garibaldi Vasallo saß ihm gegenüber, und sie rauchten und diskutierten über den Krieg. Garibaldi Vasallo war bei der Handelsmarine gewesen. Jack auf einem Minensuchboot. Wenn Jack den ganzen Krieg hindurch auf einem Minensuchboot gewesen war, dann konnte er doch nicht in diesem Haus gewohnt haben, wie er hartnäckig behauptete! Er blieb, auf liebenswürdige Weise, bei seinem Anspruch, während er mit Garibaldi Vasallo über seine Minensuchjahre sprach, der seinerseits immer wieder behauptete, dies sei sein Haus. Und so ging das einige Stunden weiter, und dann ging Garibaldi Vasallo weg, um das Haus zu kaufen. Es kostete ihn 450 Pfund. Gleichzeitig kaufte er noch zwei weitere zu je 500 Pfund. Dann verlegte er sich, da es ihm vorderhand an weiterem Kapital mangelte, auf das Geschäft, mögliche andere Käufer aufzuspüren (es waren sehr wenige, da die Häuserzeile dermaßen baufällig war) und ihnen zu verstehen zu geben, daß »die Schwarzen hier Einzug hielten«. Jetzt hatte er überhaupt kein Geld mehr. Er schaute herein, um Jack bei der Arbeit im Obergeschoß des Hauses zuzuschauen, und fing dann selbst an, auf dem Dach eines seiner anderen Häuser zu arbeiten. Mittlerweile hatte Jack seine Habseligkeiten hergeschafft, zum damaligen Zeitpunkt ein Feldbett (von dem nun der verrückte Junge unten Gebrauch machte) und eine Kerze auf einer Flasche. Vom Krieg her hatte er tausend Pfund. Bis dahin hatte er davon noch gar nichts ausgegeben, und die Reparatur des Daches hatte nichts gekostet, da er sich das Werkzeug geliehen und das verfügbare Material aus ausgebombten Häusern in der Nähe verwendet hatte. Mittlerweile säuberte und strich er das zweite Stockwerk, und abends sah Mr. Garibaldi Vasallo herein, um nachzuschauen, was Jack jeweils tat und wie er es tat. Denn zwar war die Navy eine gute Schule für Erfindungsgabe und kleine Fertigkeiten gewesen, doch vom Bauen verstand er nichts, und Bauen war wiederum eine der Tätigkeiten gewesen, mit denen Jack seinen Lebensunterhalt verdient hatte. Als dies Stockwerk völlig neu gestrichen und sauber war, kaufte Jack auf einem Straßenmarkt ein großes Bett, einen Stuhl, eine Kommode und einige Läufer. Gesamtkosten fünf Pfund. Nun hatte Jack sein Zuhause. Strom und Wasserleitungen gab es in dem Haus jedoch nicht. Er benutzte Kerzen und ging ins öffentliche Badehaus und auf die Toilette des alten Kinos an der Ecke, dessen Besitzer er als Entgelt die zerbrochenen Fenster ausbesserte.

Nun fragte Garibaldi ihn, ob er nicht Geschäfte machen wolle, denn Jack hatte dafür gesorgt, daß er über die tausend Pfund Bescheid wußte. Garibaldi wäre selig gewesen, hätte er auch nur die Hälfte, ja selbst nur ein Viertel davon gehabt: Dann hätte er noch ein bombenbeschädigtes Haus kaufen oder eins gut genug herrichten können, um es für das Doppelte dessen zu verkaufen, wofür er es gekauft hatte. Der Gedanke an die tausend Pfund trieb Garibaldi zur Verzweiflung.

»Ach ja«, sagte Jack, »aber ich glaube, ich bin auch so zufrieden.«

Und nun stand Garibaldi in der Mitte des neugestrichenen schwarzen Fußbodens, ein gedrungener mediterraner Mann mit hitzigen mediterranen Augen und bekam einen gewaltigen Wutanfall, während Jack lachte und alten Lack von einer Kommodenschublade abkratzte. Lachend wetterte und wütete Jack zurück, während der dicke Spekulant drohte. Endlich stieß Garibaldi hervor, was er hatte fragen wollen, mit schlauer Berechnung und nur, um mal vorzufühlen: »Und dann gibt's hier keine Elektrizität, das ist illegal!«

»Stimmt«, sagte Jack, »das ganze Haus braucht neue Leitungen.«

»Und das mit den Wasserleitungen ist ekelhaft, nur ein Tier würde in einem Haus ohne Wasserleitung leben!«

Da bot Jack ihm an, für elektrische Leitungen und ein Minimum an Rohren zu sorgen – gegen den halben Anteil am Haus, für zweihundertfünfzig Pfund. Woraufhin Garibaldi wieder zu wüten und zu toben anfing und sagte, das Haus habe bereits an Wert gewonnen, es sei mittlerweile das Doppelte wert. Jack gab lachend und lautstark zurück, das komme ja nur daher, daß er, Jack, es instandgesetzt habe. Garibaldi ging ab und brüllte, bis er an der Haustür war. Draußen war er jedoch still. Es wußten sowieso schon zu viele Leute in der Straße über ihn Bescheid, sie beobachteten ihn und waren ihm nicht wohl gesonnen.

Das nächstemal als er herkam, hatte Jack ihn durch das Fenster gesehen, und er arbeitete an der elektrischen Leitung.

»Du gibst mir 500 Pfund«, sagte Garibaldi.

»Zweihundertfünfundzwanzig«, sagte Jack.

Nach einigen Wochen war die Vereinbarung zustandegekommen, doch brauchte es noch weitere sechs Monate, um Garibaldi zum Notar zu bekommen, denn davor hatte der tödliche Angst. »Ach, mach dir man keine Sorgen«, sagte Jack, der auf einem angesehenen Anwalt mit einer richtigen Kanzlei im Westend bestand. »Mit mir zusammen fährst du gut. Du bist nur ein dreckiger kleiner Dago und ein Gauner, aber ich bin ein Gentleman, und so was merken die sofort.«

Und so war es gekommen, daß Jack zur Hälfte Besitzer dieses prächtigen ramponierten Hauses geworden war, das jetzt ein paar Wasserrohre und ein bißchen Strom besaß ... und deren eines Stockwerk, dies hier, zu den Orten gehörte, die Martha bloß zu betreten brauchte, um sofort das Gefühl zu haben...

Doch das war ein heikler Punkt. Unten auf Stellas Territorium oder bei Iris oder wenn sie durch Straßen lief, die sie nicht kannte, war sie ungeschützt, entblößt, verletzlich, eine Fremde, die innerlich ständig gegen das Zusammenschrumpfen ankämpfen mußte, Ergebnis der Tatsache, daß sie sich ständig in einer Umgebung aufhielt, in der sie unbekannt war, bis dies Gefühl, wenn sie es niedergekämpft hatte, dann zu der Stärke wurde, die ihr Freiheit verschaffte. Hier brauchte sie bloß einzutreten, sich von den Farben Schwarz und Weiß begrüßen zu lassen, und sofort fühlte sie sich zu Hause. Sie war unabweisbar Martha: Das stumpfsinnige, träge Gefühl, zu Hause zu sein, nahm von ihr Besitz. Und sehr weit entfernt war sie von dem aufgeschlossenen, aufnahmebereiten Wesen, das keinen Namen hatte. Leute wie sie sorgten zu dieser Zeit aus irgendeinem Grund für Zimmer, die sauber und kahl und weiß waren: Darin fühlten sie sich zu Hause, geborgen und unangefochten. *Doch sie wollte sich nicht so fühlen* – und warum hatte sie, wenn das so war, Phoebe angerufen?

Jack lag immer noch und schlief. Er atmete flach, aber regelmäßig: Wahrscheinlich schlief er tiefer, als sie angenommen hatte. Ja, natürlich: Er hatte ja die frühen Abendstunden damit verbracht, mit dem Mädchen zu schlafen, das um elf herausgelassen worden war. Sie hätte sich ganz leise ausziehen, leise zu ihm unter die Decke schlüpfen und schlafen sollen. Doch, oh, sie war so müde, sie würde in einen Abgrund von Schlaf hinabsinken, und das wollte sie nicht. Früher oder später würde sie es tun müssen. Sie stand auf, um den Mantel auszuziehen, und diese kleine Bewegung bewirkte schon, daß Jack die Augen öffnete. Sein Kopf war ihr zugewandt, doch sie fragte sich, was er wohl im sanften Kerzenlicht sehen mochte: Sein Ausdruck war feindselig. »Wer...?« fing er an, setzte sich auf und schüttelte den Kopf, um den Schlaf loszuwerden.

»Martha! Verdammt, Mensch ... was ist denn ...« Sie hatte Mrs. Vans Mantel ausgezogen, und nun lächelte er. »Du hast wie eine alte Frau ausgesehen.« Nackt kam er zu ihr und starrte ihr ins Gesicht, während er ihr die Hände auf die Schultern legte. »Verdammt, Martha, das war vielleicht ein Schreck!« Jetzt küßte er ihre Wange, als koste er sie, und legte dann seine eigene Wange an ihre. »Martha«, sagte er und ging zum Spirituskocher, den er zum Kochen benutzte. »Ich mache ein bißchen Kakao. Du siehst verdammt müde aus, Martha.«

Sie beeilte sich, die Kleider abzustreifen, obwohl sie wußte, daß sie sich dadurch am allermeisten von dem entfernte, was sie gewesen war, als sie wach und allein durch die Straßen lief. Sie saß am Fußende des Bettes, wieder zurückgekehrt in jenen Bereich ihres Wesens, wo sie nicht viel mehr war als ein warmer Körper, der sich wohlfühlte. Sie betrachtete Jack, der ihr den Rücken zukehrte: ein großer, ein sehr magerer Mann, sehr weiß, der braune Unterarme hatte wie lange Handschuhe und dessen braunes Haar glatt herabfiel – er trug das Haar ziemlich lang. Dann drehte er sich um, zwei Becher Kakao in der Hand, und kam mit weitausgreifenden, federnden Schritten lächelnd auf das Bett zu. Er setzte sich dicht neben sie und lächelte ihr ins Gesicht. Er war durchaus entzückt. »Du bist also wieder herumgelaufen, wie ich sehe!« – »Ja.« – »Gott, Martha, wie ich dich beneide! Wirklich! Wenn man so nach London kommt, und alles gehört einem – ich weiß nicht recht, wie ich das erklären soll. Ich weiß das noch, ich denke oft daran, aber ich bin jetzt Wohnungsinhaber, und damit ist das vorbei. Tut mir leid. Doch kannst mir's glauben, ich stell mir gern vor, wie du das jetzt machst!«

»Nicht mehr lange.«

»Nein. Du kriegst eine neue Wohnung, und eine Weile ist das gut und schön, und dann nimmt sie dich in Beschlag. Dann sollte man woanders hinziehen.«

»Du tust das aber doch wohl nicht!«

»Aber ich schwör's dir, Martha, als ich die alte Frau da im Sessel sitzen sah, da hab ich einen Schreck bekommen. Ich dachte: Was ist denn das für eine alte Frau da in meinem Zimmer?«

»Grund genug für mich, den derzeitigen Zustand zu beenden«, sagte Martha, »ich muß mir eine Arbeit suchen, um mir einen Mantel kaufen zu können, damit du nicht mehr denken mußt, daß ich eine alte Frau bin.«

Sie saßen so, daß ihre Knie sich beim Sitzen berührten: Zwischen ihnen strömte prickelnde Elektrizität, während sie lächelnd Kakao tranken und einander mit Wohlgefallen ins Gesicht sahen. Jetzt, nach einem fragenden Blick, den sie beantwortete, so daß er wußte, daß der Augenblick gekommen war, blickte er lächelnd dorthin, wo ihre Mitte war, so daß sie sich belebte und zum Mittelpunkt ihrer selbst wurde. Langsam ließ er den Druck seines Blicks über ihren Bauch hinaufwandern, dann etwas verharren, dann erst zu ihrer einen Brust, wo er wieder verharrte, dann zur anderen – ihre Brüste hoben und strafften sich, und er lachte. Nun blickte sie lächelnd auf sein Geschlecht: Es straffte sich und begann sich zu heben. Sie streckte die Hand aus, um ihn zu berühren, er berührte sie; dann schlossen diese Hände sich zusammen, so daß sie durch Hände und Knie zu einem Stromkreis zusammengeschlossen waren. Jetzt, wo sie in einem anschwellenden Rhythmus miteinander verbunden waren, konnten sie eine halbe Stunde, eine Stunde oder die Nacht hindurch sitzen und reden, und alles, was sie sagen würden, oder auch die Momente des Schweigens würden sich hinaufschwingen zu dem Augenblick, wenn sie beginnen würden, miteinander zu schlafen. Wenn sie sich zu früh berührten, dann war es zu stark, löste eine allzu drängende Strömung aus. Dies langsame und genußvolle Hinschauen war wie das vollkommene Ineinandergreifen in einem Getriebe.

»Ich hab dich schon so lange nicht gesehen, Martha – warte mal, es kommt mir vor wie Wochen? Und ich hab über dich nachgedacht.«

Dies »ich hab über dich nachgedacht« stimmte. Er dachte bewußt über seine Mädchen nach und behauptete, daß er auf diesem Weg Verbindung zu ihnen hielte. Doch er sagte es, weil er das Bedürfnis hatte, zu behalten, zu bewahren, zu beruhigen, beruhigt zu werden. Er meinte: *Trotz der anderen Mädchen denke ich an dich.* »Was hast du denn inzwischen gemacht, Martha?«

»Ich habe festgestellt, daß ich mir Arbeit beschaffen muß.«

Doch das interessierte ihn nicht weiter. Frauen hatten irgendwelche Stellen, doch für ihn war das nicht wichtig. Frauen arbeiteten, um sich Kleider zu kaufen, sich für ihn, für sich selbst, für ihre Männer hübsch zu machen. Was für eine Arbeit sie jeweils hatten, war ohne Belang. Was für ein Leben sie außerhalb dieses Zimmers führten, kümmerte ihn nicht, vorausgesetzt, sie kamen wieder. Er meinte es nicht wirklich ernst!

»Ich habe eine Menge darüber nachgedacht, wie es letztesmal war: Ich schwör dir, Martha, mit dir ist da irgend etwas im Spiel, das ich mit den anderen nicht habe.«

Sie war entzückt. Wenn er es sagte, stimmte es, doch das war nicht wichtig: Ihm war danach, es zu sagen.

»Was war das denn für ein Mädchen, das um elf hinausgelassen wurde?« Sie sagte das, um festzustellen, ob sie Eifersucht empfinden würde. Alle möglichen Empfindungen, die sie als die ihren angesehen hatte, hatten sich während der letzten paar Wochen zurückgezogen. Zum Beispiel als Henry ihre Mutter erwähnt hatte: Was für ein Groll, welche Angst waren da in der Vergangenheit aufgeflammt, hatten sie gepackt! Doch jetzt berührte sie das nicht. Und ein leiser Stich der Eifersucht verging sofort wieder: Das waren Empfindungen, hinter denen keine Kraft saß, wie Wasserstrahlen ohne Druck.

»Der ist ein bißchen verrückt, Martha. Er hat's mit der Zeit. Hat eine Tabelle angelegt: Da ist jeder einzelne Tag in Stunden eingeteilt, und jede Stunde streicht er einzeln aus.«

Und jetzt nahm sein Gesicht einen harten, verbissenen Ausdruck an. Denn vor allem ihm saß die Zeit im Nacken. Plötzlich hob er ihre Hand und preßte sie fest gegen die Augen: Sie spürte, wie sich die Rundung des Augapfels gegen ihren Handballen drückte.

»Ist er deswegen hier?«

»Ja, du hast recht. Ich hatte bislang noch gar nicht daran gedacht, doch das ist der Grund. Ich dachte bisher immer, es wär, weil – naja, es stellt Vasallo auf die Probe. Ein anderer Grund ist, daß er wieder in die Klapsmühle kommt, wenn die Polizei ihn aufgreift.«

Er saß reglos mit geschlossenen Augen und hielt ihre Hand so fest, daß ihre Knochen weh taten. Er saß innerhalb seines lebendigen, atmenden Körpers und versicherte sich seiner. Jack hatte vier Jahre auf einem Minensuchboot verbracht und war ständig in Lebensgefahr gewesen. Er war zweimal versenkt worden. Einmal hatte er zwölf Stunden im Wasser verbracht. Was ihm davon geblieben war, war die Ehrfurcht vor dem Körper. Daß sein Körper jetzt existierte, war ein Wunder: Dies Gefühl war niemals von ihm gewichen. Die Zeit rann mit jedem Pulsschlag aus ihm. Thomas hatte das auch gehabt.

Sie dachte an Thomas. Schon wieder? Wenn sie mit Jack zusammen war, dachte sie immer wieder an Thomas, hatte sie festgestellt. Sie dachte nicht an ihre beiden Ehemänner, an Knowell und Hesse, sie dachte an Thomas.

Thomas Stern. Thomas. Wer war Thomas, daß sie nicht aufhören konnte, an ihn zu denken?

Thomas war ein Soldat. Thomas war ein Gärtner. Thomas war ein Händler. Er war der Gatte seiner Frau und der Vater seiner kleinen Tochter. Er war ein Vertriebener, Thomas Stern, der polnische Jude aus Sochaczen, durch eine Wendung des Krieges aus Europa hinaus- und nach Afrika hineingestoßen. Als sie seinen Namen auf die Unterlagen setzten, die ihn zum Angehörigen des Sanitätskorps von Zambesia machten, schrieben sie: Thomas Stern, Pole, *Ausländer*. Als die Deutschen seine Familie im Warschauer Ghetto umgebracht hatten, hatten sie möglicherweise geschrieben (Ob sie Listen geführt hatten?): »Sarah Stern, Abraham Stern, Hagar Stern, Reuben Stern, Deborah Stern, Aaron Stern ...« Thomas war der Sohn und der Bruder dieser Toten. Thomas war der Mann, der einen anderen Mann vorsätzlich getötet hatte, weil er verrückt geworden war und sich dafür entschieden hatte, an die Rache um der Rache willen zu glauben. Thomas war ein Mann, der es vorgezogen hatte, am Rande des Zambesi, in einem Landstrich, der heute von den Wassern des Kariba Dammes überflutet war, mit ein paar besonders »rückständigen« Afrikanern zu leben. Was diese Afrikaner (die jetzt in anderen, vom weißen Mann ausgesuchten Gebieten verstreut und als Stamm tot waren) von Thomas Stern gedacht hatten, war: ein verrückter Weißer mit einem guten Herzen, der mit uns lebt und in seiner Hütte sitzt und Wörter aufs Papier kritzelt. Martha hatte von diesem Mann, der ihr Liebhaber und nicht ihr Mann war, gedacht: »Mit diesem Mann bin ich immer zu Hause.« Martha Quest (dann Martha Knowell, dann Martha Hesse) hatte an Thomas gedacht, immer noch an ihn gedacht.

Thomas hatte im Innern seines Körpers gelebt, als wäre er eine ständig in Auflösung begriffene, sich ständig erneuernde Schale oder eine Gestalt mit vielen verschiedenen Namen und Zeiten. Am Ende hatte Thomas' Art zu leben oder zu sein aus seinem kräftigen, blonden stämmigen Körper etwas Hageres, Dunkles, Verbissenes gemacht. Thomas' Körper atmete Zeit und Tod, doch sein Geist und sein Gedächtnis bewegten sich parallel dazu auf einer anderen Bahn.

Das war der Grund, weshalb sie mit Thomas zusammen gewesen war.

War das der Grund, weshalb sie mit Jack zusammen war?

Ich könnte nicht mit einem Mann zusammen sein, bei dem das fehlt: die Zeit, die in jedem Atemzug lebt. Ich vermute, wenn man einmal eine Art von Wissen erworben hat, dann kann man nicht mehr dahinter zurück . . .

Mit einemmal ging ihr etwas auf: alle Mädchen von Jack hatten dies. Selbstverständlich kam seine Wahl auf diese Weise zustande, während er annahm, daß er ein Lächeln oder die Verheißung eines Körpers wählte.

»Wie ist sie denn, diese Neue?«

»Hübsch ist sie, eine kleine Blonde, weißlich-golden von Kopf bis Fuß, Haare, Haut, alles. Sie sitzt auf meinem Bett wie eine kleine weiß-goldene Statue. Ich wünschte, du könntest sie sehen.«

»Na, wer weiß, vielleicht kommt es ja noch dazu!«

Vor ein paar Wochen hatten Martha und Jack so gesessen wie eben, als ein Mädchen hereinspaziert war. Sie war groß und hellhaarig und hatte ernste braune Augen. Trotz der Hitze trug sie einen eleganten Kamelhaarmantel und hatte lange, seidenumhüllte englische Beine. Sie hatte die beiden erblickt, als sie eintrat, und sich umgewendet, um die Tür zu schließen und die nötige Zeit zu gewinnen, die sie brauchte, um zu entscheiden, wie sie sich verhalten wollte. Als ihr Gesicht wieder sichtbar wurde, lächelte es, und sie näherte sich lächelnd dem Bett. Martha wurde vorgestellt und nickte ihr lächelnd zu. Jack sagte: »Joanna, komm und setz dich zu uns.«

»Ach nein, das ist mir doch etwas zu direkt«, sagte Joanna und lachte amüsiert. Gelassen zog sie sich einen Stuhl heran und setzte sich ganz in ihre Nähe. Die drei lächelten einander an.

»Ich kam gerade vorbei«, sagte sie, woraufhin Jack und Martha lachten, und nach einer Weile lachte sie dann ebenfalls, denn das war hier keine Gegend, durch die man eben mal durchkam.

»Ich wollte einen Blick auf die anderen werfen«, sagte sie barsch und abrupt, ein Eingeständnis, das ihr schwerfiel.

»Tja, da bin ich.«

Joanna musterte Martha langsam von Kopf bis Fuß.

»Sie sind sehr hübsch«, sagte sie.

»Ich würde mit Gewißheit dasselbe von Ihnen sagen.«

Jack saß dabei und war keineswegs verlegen oder amüsiert oder ärgerlich. Er war erfreut und interessiert. Er war nie amüsiert, nie ironisch, niemals aus der Fassung. Er war entzückt, erfreut – oder so unglücklich, daß er sich nicht rühren und nur leidend mit dem Gesicht nach unten auf dem Bett liegen konnte, bis die Last von ihm wich.

»Soll ich euch Kakao machen?« fragte er.

Sie schüttelte lächelnd den Kopf.

»Der Haken ist, Jack, daß wir uns entweder anziehen müssen, oder Joanna muß sich auch ausziehen!«

»Ja, selbstverständlich«, sagte Joanna in ihrer munteren, lakonischen englischen Art.

Jack wollte, daß Joanna sich auszog. Hinterher hatte er zu Martha gesagt, und sein Blick schwamm unübersehbar in Tränen: »Wenn man soviel Vertrauen zu mir gehabt hätte – wenn sie sich ausgezogen hätte, ich schwöre dir, ich wäre ungeheuer glücklich gewesen, ich glaube, das kannst du gar nicht nachfühlen, wie glücklich ich gewesen wäre. Doch jetzt noch nicht. Sie wird es aber tun. Ich bin ganz sicher.«

Er überließ es ihnen, den beiden Frauen, zu entscheiden, wann sie ihm vertrauen wollten. Martha begann sich anzuziehen. Es war während der Hitzewelle gewesen, und sie hatte, während die beiden zuschauten, ohne Hast BH, Unterhose, Unterrock und ein enges blaues Leinenkleid angezogen. Joanna hatte das Kleid bewundert. Dann hatte Jack sich angezogen, und sie waren alle im indischen Restaurant mittagessen gegangen.

Joanna war mit einem Vetter zweiten Grades verlobt, der bei den Guards gewesen war und ein großes Haus auf dem Land besaß. Sie beabsichtigte, ihn zu heiraten, obwohl er bislang nicht mehr unternommen hatte, als sie aggressiv zu küssen, als er sie einmal vom Theater nach Hause brachte. Er war ziemlich betrunken gewesen. Sie kam ein-, zweimal die Woche zu Jack, um mit ihm zu schlafen. Sie war nicht jung, das heißt, sie war kein Mädchen mehr, denn sie hatte den Krieg hinter sich. Vom Krieg hatte sie eins zurückbehalten: das Bedürfnis nach Sicherheit. Die Sicherheit war der Vetter. Für sie selbst war Jack da.

»Ich war zu nah dran im Krieg«, hatte sie zu Martha gesagt und nicht das Gefühl gehabt, etwas erklären zu müssen. »Und die Liebe ist nicht von Dauer, nicht?«

»Die Liebe mag nicht von Dauer sein, wohl aber der Sex«, sagte Jack, als Martha ihm berichtete, was Joanna gesagt hatte. Und er rief sie auf dem Land an, um ihr dasselbe zu sagen. »Ich werde da sein, immer«, sagte er, »vergiß das nicht!«

»Es« war für Joanna die Armut. Das war die Bedrängnis, vor der sie sich fürchtete.

Und für Jack? Er hatte den ganzen Krieg damit zugebracht, so sagte er, von Frauen zu träumen. Und nun war er da und empfing Mädchen, eins, zwei, drei täglich und verbrachte auf diese Weise täglich Stunden im Bett. Und er malte. Beispielsweise hatte er ein Bild gemalt, während Garibaldi ihm zugeschaut hatte. Ernst war es ihm nur mit dem Sex.

Aber das kann doch nicht sein Ernst sein, dachte Martha. Er kann doch nicht den Rest seines Lebens ... doch warum eigentlich nicht? Warum nicht, um Himmels willen? Gemessen an dem, wie die meisten Leute ihr Leben verbrachten ...

Der Junge unten war verrückt. Wegen der Zeit? Tod. Und Jack war auch verrückt. Wegen der Frauen. Tod. Joanna war verrückt – sie trug sich mit der Absicht, ihr Leben mit einem Mann zu verbringen, den sie nicht besonders mochte, weil sie Angst hatte – vor der Armut? Und sie, Martha – aber sie würde ja morgen mit Phoebe mittagessen. Mittlerweile war das nur noch ein paar Stunden hin.

»Wenn ich sie bitten würde, herzukommen, um dich kennenzulernen – kämst du dann?«

»Würde sie das tun?«

»Wenn sie dich wirklich kennenlernen würde ... wenn ich sie dazu kriegen würde ... Frauen, habe ich festgestellt, die eifersüchtig sind, sind es nicht mehr, wenn sie das Mädchen, von dem sie sich diese ganzen Vorstellungen gemacht haben, wirklich kennenlernen. Das wird den Männern jedoch nicht klar, stimmt's?«

Das kommt nur daher, weil du kein ernsthafter Mensch bist, Jack, wir nehmen dich nicht ernst. Weshalb wohl nicht?

»Du bist müde, Martha, hmm?«

»Ich war es, sehr sogar, doch jetzt bin ich's nicht.«

Wieder schaute er sie an: Mitte, Brüste, dann hinunter zu ihren Schenkeln, wieder hinauf zu ihren Augen und lächelte dabei. Doch das Lächeln trübte sich. »Du bist nicht bei mir, du bist nicht ...« Fast hätte er ihre Brüste berührt, doch er zog die Hand zurück und schloß sie wieder um ihre. »Martha, es macht mir nichts aus, wenn du ja sagst – aber warst du mit einem anderen Mann zusammen?«

»Nein – wirklich nicht!«

»Wenn das nämlich der Grund ist, dann sag's mir, und wir versuchen es mit etwas anderem. Ich habe bemerkt, wenn meine Mädchen mit einem anderen Mann zusammen waren, und sei es ihr Gatte, dann geht das hier nicht – irgendwas wird da abgeschaltet. Man muß dann einfach wieder anfangen, man muß einen anständigen, ganz normalen Fick zustandebringen, und der Kontakt ist wieder hergestellt. Aber das ist dann nicht so gut, wie wenn man es macht wie jetzt und die Sache langsam reif werden läßt ...« Er fieberte vor besorgter Unruhe, während er sich vorbeugte und ihr, der Genossin im Felde der Liebe, erklärte, wie er es sah: Seine Expertise duldete keinerlei Aufschub. Er sah aus, als könnte man ihm etwas wegnehmen, hätte es ihm bereits weggenommen. Wußte er, daß sie gedacht hatte: Ich komme nicht wieder her?

»Diese Kleine heute abend, Jane, die war heute nachmittag mit einem Mann zusammen, und als ich mit ihr so dasaß wie wir jetzt, da hat sie mit weitaufgerissenen Augen und voller Wißbegierde gesagt: Jack, ich empfinde heute nicht dasselbe für dich wie vorigen Donnerstag – was ist denn los mit mir? Ich will nicht, daß du mich berührst.«

»Sie hatte mit jemandem geschlafen?«

»Ja, den ganzen Nachmittag.«

Sie lachte, und dann lachte er mit ihr.

»Ich aber nicht, ich nicht.«

»Na gut, dann warten wir, bis der richtige Augenblick da ist.«

»Wer ist sie denn, diese Jane?«

»Eine Engländerin – ein süßes, sanftes, großäugiges englisches kleines Mädchen – du weißt schon.«

»Allerdings. In dem Restaurant saß so eins, wo ich heute abend gewesen bin. Die war ungeheuer hübsch. Und sie trug dies schwarze Kleid, diese Uniform – weißt du, was ich meine? Das kleine Seidenkleid. Mit einer gräßlichen Brosche. Genau *hier* – weißt du, alles war so verkehrt, so häßlich, so abstoßend *schmuck* ...«

»Ja, ja, ja«, sagte er entzückt und lachte.

»Zwischen diesem Kleid und dem Mädchen bestand keinerlei Beziehung. Und dann kam noch eine herein. Sie kannten einander. Und die hatte ein schwarzes Kleidchen an mit einem kleinen viereckigen weißen Halsausschnitt. Wie plumpe kleine Teddybären. Alle spielten Kindergarten. Das war ein Restaurant der oberen Mittelschicht – ich komme langsam dahinter, ich kenne den Unterschied schon. Und ich guckte diese Mädchen an, und es war herzzerreißend, und ich dachte: Na, wenigstens kannst du Jack davon erzählen, der versteht das!«

»Verdammt noch mal, Martha, du bist traurig – das gefällt mir gar nicht!«

Sie lehnte sich gegen seine glatte, nackte Schulter. Doch das war keine tröstliche Schulter, kein hilfreicher Körper: Das war ein Körper für die Liebe. Seinetwegen blieb sie so sitzen. Auf dem Arm, der sie nicht umfaßt hielt, sondern auf seinem Knie lag, richteten die feinen goldenen Haare sich auf, jedes in einer kleinen Hautfalte. Dann erschauderte sein Körper, ein empfindsameres Instrument, als sie bislang gekannt hatte. Dann verstand sie, weshalb: Es hatte zu regnen angefangen, heftig zu regnen, und das Dach hallte davon wider. Das Haus war eine leere Hülse, die vom Regen widerhallte: Der magere, biegsame Körper war wach und ängstlich besorgt wie der eines Tieres, und er legte den Kopf zurück und schnüffelte wie ein Tier, wenn Regen oder Rauch in der Luft liegen. Gemeinsam ließen sie sich zurückfallen, lagen nebeneinander, beide im warmen Zimmer fröstelnd wegen des tosenden Regens, und sahen einander an. Jetzt, wo er sie anschaute und sie ihn, begann die Zeremonie, um deretwillen er die ganze Leidenschaft seines Lebens Frauen gewidmet hatte: denn das war das Feld, auf dem er mit der Zeit kämpfte, mit ihr rang, sie festhielt, sie verstand: Hier stemmte er sich gegen die Tore.

Die beiden Körper lagen einander zugekehrt, lose verbunden durch Arme und Beine; einer lang und weiß, nichts als Knochen und Muskeln, der andere wohlgerundet. Diese beiden getrennten Organismen waren durch den Blick, den sie, Auge in Auge, unablässig tauschten, miteinander verbunden. Jetzt wartete er darauf, daß ihre Finger die lange Narbe in seinem Nacken berühren und auslöschen würden. Als er von einem Schiff, das Schlagseite hatte, ins Wasser getaucht war, war er, unter einem Wellenberg, an irgend etwas Gezacktem vorbeigekommen, das ihm einen Hautlappen von der Schulter gerissen hatte. Den hatte er, als er sich wassertretend an einem treibenden Schiffsbalken festgehalten hatte, im Wasser wiedergefunden, mit einer vom Blutverlust geschwächten Hand aufgefischt und gedacht, es handelte sich um Seetang oder Unrat, den man von sich fernhalten mußte. »Stell dir das mal vor, Martha – da bin ich und halte mich mit einer Hand fest. Ich sage zu der Hand: Halt dich fest, Mensch, halt dich bloß fest, genau das habe ich gesagt, und dann, ich schwör's dir, hab ich diese Hand vergessen, ich hab nicht mehr an sie gedacht, ich hab mich einfach weiter festgehalten, ohne wieder an sie zu denken. Und die andere Hand, die stieß immerfort gegen irgendwelchen Seetang oder irgendwas. Das störte mich, und als ich hingeschaut hab, da war das so eine Art Lappen, der im Wasser lag. Wie so ein Stück Fischfilet. Da war meine Schulter, waren die Schulterknochen. Ich blickte auf den weißen Knochen, auf dem irgend etwas Schmieriges war, und ich dachte: Der ist wie ein Knochen, an dem ein Hund dran war und den er liegengelassen hat, und dann erkannte ich, daß das mein Schulterblatt war. Und das Stück Seetang oder was sonst war das Fleisch von meiner Schulter. Es war gar nichts dran – Haut mit ein paar roten Blutgefäßen –, aber, lieber Himmel, ich hatte keine Ahnung gehabt, wie dünn ich war, das erschreckte mich. Deswegen esse ich auch soviel, ich esse und esse, wegen dieses Fleischlappens. Ich winkelte die schwimmende Hand an und drückte den Lappen auf meinen Nacken und drückte ihn fest dagegen, damit das Blut endlich aufhörte, ins Meer zu strömen. Das Komische war, ich hatte in der Hand kein Gefühl, doch ich hab sie dazu gebracht, zu tun, was ich wollte. Und die Hand, die sich an dem Stück Holz festhielt – die hielt auch weiter fest, doch die war taub – tot. Und da habe ich gelernt, was es mit dem Körper auf sich hat – du kannst ihn dazu bringen, daß er tut, was du willst, und da habe ich auch begriffen, wie es mit dem Sex ist. Das ist doch komisch, nicht? Du kannst deinem Körper sagen, was er tun soll, und er tut es. Einen ganzen Tag lang war ich da im Wasser, beobachtete, wie die Sonne einmal quer über den ganzen Himmel zog und wieder unterging, und das Wasser um mich herum war ganz rot. Manchmal verlor ich die Besinnung, und dann kam ich wieder zu mir, und da war die Sonne, die den ganzen Himmel überstrahlte, alles war glitzernd heiß, und ich dachte, ich sei bereits tot, weil mein Körper von Kopf bis Fuß gefühllos war. Dann dachte ich an die Haifische, wie die uns holen kommen würden, denn das ganze Meer war rot. Doch gab es an dem Tag soviel Fleisch in der See, daß sie mich vermutlich nicht brauchten. Und als ich aufgefischt wurde, mußten sie meinen Arm gewaltsam zurückbiegen, denn die Hand hielt immer noch das Fleisch meiner Schulter fest, wo es hingehörte, und war abgewinkelt und erstarrt wie ein Haken.«

Diese Narbe war eine lange weiße Strieme, die schräg in die Achselhöhle hinunterlief. Martha streichelte sie mit den Fingern, während er an den Nachmittag in einer See voller Trümmer und an die Toten und Sterbenden dachte. Sie streichelte und dachte mit ihm daran. Dann ließ er seine Finger, nachdem er ihre geküßt hatte, die die Erinnerung festhielten und aufbewahrten, über die winzigen Spuren gleiten, die die Schwangerschaft in der Leistengegend und an ihren Oberschenkeln hinterlassen hatte, winzige silbrige Spuren auf weißer Haut, und sie dachte an das Baby, jedes Baby, das den Frauen geboren wird, und an seine absolute Vollkommenheit. Das ist der Grund, weshalb Frauen weinen, wenn ihre Kinder zum erstenmal hinfallen und sich das Knie oder den Ellenbogen aufschürfen: Jener vollkommene Körper, der noch keinerlei Spur aufwies, ach ja, nun erhebt die Welt Anspruch auf ihn – das ist der Augenblick, wenn die Frau ihr Kind abtritt an die Zeit. Sie dachte an Caroline, den vollkommenen kleinen weiblichen Körper, der aus ihrem Körper hervorgegangen war, der nun auf alle Zeiten Narben der Schwangerschaft trug, und es war schwer zu sagen, ob sie Martha war oder ihre Mutter, die sie zur Welt gebracht hatte, oder Caroline, die gebären würde, und unterdessen berührte und verstand Jack die Narben, er hatte den Kopf gehoben, um sie zu betrachten, und in seinem Gesicht stand die Qual seiner Liebe zum Körper und sein Entsetzen über alles, was ihn aufzehrte.

Sie lag und beobachtete das kräftige, knochige Jungengesicht mit den braunen Augen unmittelbar über ihrem, und das Gesicht verlor sich in die Zeit: Sein harter, geradliniger Mund und die Augen waren die des kleinen Tyrannen, seines Vaters; seine Nase, sein herabfallendes braunes Haar waren die seiner Mutter, des verängstigten Farmermädchens, und als er lächelte und den Kopf neben ihrem aufs Kopfkissen sinken ließ, ließ sie die Hand zu den Schenkeln hinabgleiten, deren Unterseite sich unter den Kuppen ihrer Finger körnig und entstellt anfühlte, und seine braunen Augen verengten sich in der Anstrengung, sich zu erinnern. Es war der Sohn eines Farmers im Oranje-Freistaat, eines armen kleinen Farmers mit einer großen Familie: zwei Söhne, eine verschüchterte Frau und drei Töchter, die er anbetete und terrorisierte und die er (behauptete Jack) vergewaltigt hatte, alle drei und jede nur ein einziges Mal. Die Spuren, die er an Jack und dem anderen Jungen hinterlassen hatte, liefen über die Rückseite der Oberschenkel. Er schlug sie ihre ganze Kindheit hindurch mit seinem Lederriemen, und Jack kam erst in dem Augenblick von ihm los, als er in den indischen Laden am Ort ging und sich ein Paar lange Khakihosen kaufte: Männerhosen. Er war zwölf und mußte die Hosenbeine mehr als dreißig Zentimeter umschlagen. Dann war er vor die Veranda getreten, wo sein Vater gerade mit seiner schweigsamen Frau den Sonnenuntergang betrachtete, und hatte dort gestanden – ein Mann. Und als der Vater aufgestanden war, während die Adern an seinem Hals vor Zorn anschwollen, hatte Jack einen dicken Stein aufgehoben, der vor dem Haus am Boden lag, und hatte mit dem wurfbereiten Stein in Schulterhöhe verharrt. Kein Wort war gefallen. Da hatte er gestanden, ein mageres Kind in langen Männerhosen, die die narbigen Hinterseiten seiner Schenkel für alle Zeiten vor seinem Vater verbargen. Die untergehende Sonne stand heiß in seinem Rücken und warf einen langen Schatten geradewegs über die Erde zur Ziegelveranda, wo der Mann, der sein Vater war, aufstand, um die Peitsche zu holen. Doch er blieb stehen, weil sich, als er sich bewegte, auch der Stein in der Hand des Jungen bewegte, während die zu Schlitzen zusammengezogenen braunen Augen (Ebenbild seiner eigenen) ihr Ziel suchten. Der Mann hatte sich wieder hingesetzt. Er hatte den älteren Sohn nicht wieder geschlagen, wohl aber fuhr er fort, den Jüngeren zu schlagen. Das tat er so lange, bis Jack den Elfjährigen zu dem indischen Laden mitnahm und ihm von dem Geld, das er aus dem unter der Matratze versteckten Tabaksbeutel gestohlen hatte, ein Paar Männerhosen kaufte. Gemeinsam waren die beiden Jungen dem Vater gegenübergetreten. Und wieder kein einziges Wort. Nicht ein Wort fiel, während die beiden Jungen am Abend Seite an Seite in die Veranda hineinschauten, wo ihre Eltern saßen und Kaffee tranken. Die Mutter war dann hineingegangen, weil sie es nicht ertragen konnte, und vier weibliche Wesen hatten im Zimmer dahinter gestanden und die Szene draußen beobachtet, zu ängstlich, um auch nur zu weinen.

Ein Jahr später verließ Jack die Farm eines Morgens früh, als die Sonne über dem Saum der sandigen Ebene aufging, und hatte Geld dabei, das er aus dem Versteck unter der Matratze gestohlen hatte. Er bestieg den Zug nach Port Elizabeth. »Und da begriff ich plötzlich, Martha – ich war *wahnsinnig.* Mein ganzes Leben lang, soweit ich an meine Kinderzeit als kleiner Bengel zurückdenken konnte, jeden Augenblick meines Lebens hatte ich meinen Vater gehaßt. Ich stand am Rand des Meeres, und das war schon etwas, das Meer zum erstenmal zu erleben. Ich hatte kaum gewußt, daß das Meer überhaupt existierte. Kein Mensch hatte es je erwähnt oder jedenfalls nicht wirklich. Gott, da möchte man heulen, Mensch, manchmal bringt mich das zum Heulen, diese ganzen kleinen Bengel, die schwarzen und die weißen, überall im Vaterland, und die haben nie das Meer gesehen, und Port Elizabeth und Kapstadt und Durban und Johannesburg sind die großen Städte. Ich stand da und schmiß Steine ins Meer und weinte. Weil ich begriffen hatte – mein Vater, das war überhaupt nichts. Ich selbst kam mir vor wie ein Nichts. Das ganze Leben damit verbracht zu haben, einen armen kleinen Tyrannen auf ein paar Morgen kargem Boden zu hassen, und der hatte nie etwas anderes gekannt. Ich wußte, ich mußte das überwinden, diesen Haß. Ich wußte, wenn ich zur Farm zurückkehrte, dann wäre ich erledigt, ich würde ihn umbringen, ich wußte, ich würde es tun. Ich hatte den größten Teil meiner Kindheit damit zugebracht, mir alle möglichen Methoden auszudenken, wie man den Alten umbringen konnte. Also sagte ich, ich sei achtzehn, und kriegte Arbeit in den Docks. Doch der Haß – der ist da. Er meldet sich wieder, wenn ich es nicht erwarte. Er ist mein Feind. Ich kann doch wohl nicht dies armselige kleine Nichts von einem Farmer im hintersten Oranje-Freistaat hassen – wie kann ich das denn, was hasse ich? Doch ich tue es ... Ich kann es nicht ändern.«

Also streichelte Martha seine Schenkel und folgte mit den Fingern den Spuren, die von einem Ochsenziemer herrührten, den ein kleiner Tyrann geschwungen hatte, der jetzt tot war und unter einem Dornbaum in der roten Erde lag, während Jack die Augen schloß und den Haß in sich aufsteigen ließ, so daß er ihn zügeln und unter Kontrolle halten konnte. Zitternd vor Haß lag er, die Wimpern fest an die Wangen gepreßt, bis er die Spannung im Griff hatte, die Augen öffnete und ihr ins Gesicht lächelte.

Ihr Gesicht, das – von wem stammte es? Denn ihre Augen waren die ihres Vaters und ihr Mund auch, und ihre Nase und der Gesichtsschnitt und selbst die einzelnen Linien, deren späterer Verlauf schon abzusehen war, sowie ein Muttermal waren die ihrer Mutter. Aber es war doch Martha, die nun, mit diesen Zügen ausgestattet, die keineswegs die ihren waren, sondern nur aus dem Vorrat, den Beständen des Menschengeschlechts stammten, neben Jack lag und ihn anlächelte? Wer lächelte da? Wer lächelte zurück, wer, was? – Wenn Martha Jack anlächelte, Jack Martha, diese Körper, die zusammengesetzt waren, als habe ein Bildhauer Nasen, Augen, Hände, Münder zusammengeworfen? Und war das dann Jack, der ihren Kopf zurückbog, so daß er dorthin blicken konnte, wo die dreißig Jahre ihres Lebens hingeschrieben waren – auf die weiche Stelle unmittelbar unter ihrem Kinn? Genau dort und sonst nirgendwo an ihrem Körper zeigte sich der Verschleiß der Zeit. Mit weichen Fingern berührte er die weiche Stelle, die erschauderte, und küßte sie, Tränen in den Augen, so sehr ängstigte ihn die zehrende Zeit. Jack tröstete Martha. Martha empfing Trost von Jack.

Und nun war das Ritual vollständig vollzogen. Sie lagen angespannt da, weil sie die Kraft gebändigt hatten, sie im Griff hatten. Bereit. Doch wenn es schiefgegangen wäre, wenn der Haß sich immer mehr gestaut hätte, explodiert wäre, wie es bisweilen geschah, so daß Jack sich keuchend mit einem Satz von ihr entfernte, um fluchend, heulend und zitternd mit den Fäusten gegen die Wand zu schlagen; wenn er weiß und kalt geworden wäre, während er sich erinnerte, wie entsetzlich es gewesen war damals im Meer, als das Blut aus ihm heraussickerte; wenn sie sich von ihm fort und in die anonyme alte Weiblichkeit hätte treiben lassen, die Männern gegenüber gleichgültig war, etwas Feindseliges, Selbstgenügsames, Weibliches; wenn sie sich in die große Gleichgültigkeit des Kummers hätte sinken lassen, während sie sich vorstellte, wie bald ihr Fleisch über den Knochen schlaff werden würde, der Körper faltig, so daß das Vergnügen, das jetzt zu haben war, gar nicht wert war, daß man es sich verschaffte, denn wie rasch würde es der Vergangenheit angehören; wenn sie sich dann an einem endlich und zärtlich erreichten Punkt voneinander entfernt hätten, dann hätte Jack sie geküßt, wäre aufgesprungen und hätte gesagt: Nein, so ist das nicht richtig, diesmal klappt es nicht – und hätte Kakao für beide gemacht. Diese Anstrengung, die Kontrolle zu erlangen, konnte nichts Halbes dulden, kein sich Gehenlassen: Sex als eine Explosion von Kraft oder deren Schwächung war nicht möglich oder durfte nicht geschehen, weil es Schaden zufügte.

»Martha, weißt du, was ich entdeckt habe – während des Akts? Ich habe begriffen, was Hassen ist. Das ganze Leben sagt man: ›Ich hasse‹, ›ich liebe‹. Doch dann entdeckt man, daß der Haß so was wie eine Wellenlänge ist, in die man sich einschalten kann. Jedenfalls ist er immer da, der Haß ist einfach ein Teil der Welt, wie eine Farbe im Regenbogen. Du kannst in ihn eintreten, als wäre er ein *Ort!* Ganz am Anfang war das, als ich den Sex benutzt habe, um mir den Haß auf meinen Vater auszutreiben, da habe ich das plötzlich kapiert. Wenn du über das ›ich hasse‹ hinausgelangst – dann stellst du fest – *es gibt einen Haß, einen, der immer da ist.* Dann kannst du sagen: *Ich begebe mich jetzt in den Haß hinein, das ist einfach nur eine Kraft.* Weiter nichts, das ist überhaupt nichts, weder gut noch schlecht. Man begibt sich da hinein. Aber man muß sehen, daß man schnell wieder rauskommt, es ist viel, viel zu stark, viel zu gefährlich. Doch das ist wie tausend Volt. Und der Sex. Naja, Martha, ich brauch dir das ja nicht zu erzählen. Aber jedenfalls habe ich das festgestellt. Verstehst du, was ich meine?«

Ihm zuzuhören, seinen Worten zuzuhören, hatte ihr anfangs nichts gegeben: da das nun mal nichts war, was sie für sich selbst herausgefunden hatte. Doch während sie ihm zuhörte, wanderten ihre Gedanken zurück – aber kein Mann außer Thomas war wichtig gewesen. Mit Thomas zu schlafen, das war manchmal wie »tausend Volt« gewesen, doch das war vergangen, sie hatten es nicht aushalten können. Manchmal hatten sie sich voneinander losgerissen und gesessen und geredet, fast ohne einander zu berühren, oder hatten sich sogar ein paar Tage lang nicht getroffen. Irgendwo waren Martha und Thomas da über etwas gestolpert, das einem Wissen nahekam, hatten es jedoch nicht verstanden, davon Gebrauch zu machen, Nutzen daraus zu ziehen.

Doch irgendein Instinkt oder ein Zufall, eine Erfahrung, eine Erkenntnis hatten diesen Mann, Jack, zur Verkörperung von etwas gemacht, das sie nie erlebt oder dessen Existenz sie sich niemals vorgestellt hatte. Sie war ihm zuvor bloß nahegekommen, hatte es jedoch nicht geschafft, zu verstehen. Sex mit Jack war niemals bloß eine Entladung oder die schlichte Befriedigung eines Bedürfnisses, oder besser gesagt: wenn es aus Müdigkeit oder aus Mangel an Kontrolle dazu wurde, dann war es eben ein Fehlschlag, und er zuckte die Achseln und wartete ab und bereitete sich auf das nächste Mal vor. Sex war das langsame, über Stunden und Stunden sich hinziehende Anwachsen – von dem Augenblick an, wenn er mit der Frau zusammentraf, mit der er schlafen würde, Anwachsen einer Macht, einer Kraft, die, wenn sie im Zaum und unter Kontrolle gehalten wurde, beide über den gewöhnlichen Bewußtseinszustand hinaus- und empor- und davontrug, in eine Zone, wo mit Worten nichts auszurichten war.

In dieser Nacht nun, als der Regen immer noch das Haus mit seinem sanften Getrommel umschloß, in diesem langen weißen Zimmer mit den langsam niederbrennenden Kerzen, lagen die beiden Körper auf dem Bett, in einem Zustand einer entspannten absoluten Selbstbeherrschung, und Martha wußte, als sie ihm ins Gesicht – dies Gesicht eines Bauernjungen – blickte, aus seiner selbstversunkenen Konzentration, daß sie weitergehen, die nächste Stufe erreichen konnten: Heute nacht bestand keine Veranlassung, sich einen Fehlschlag einzugestehen, um der Befriedigung willen miteinander zu schlafen, einem neuen Anlauf zuliebe abzubrechen. Er legte sich zu ihr, und sie lagen reglos, fühlten und waren sich der unterschiedlichen Rhythmen in ihren Körpern bewußt, des pulsenden Bluts – des Bluts, das an- und wegströmte; des Atems und seiner Bewegung; beider Bewegungen, die zuerst nicht miteinander übereinstimmten, bis sie sich nacheinander richteten und eins wurden, erst getrennt in jedem der beiden Körper, und dann, über die Grenzen getrennter Körper hinweg, beide Körper gemeinsam. Und dann ein langsames, langsames Anwachsen bis ein anderer Rhythmus, ein hohes, zartes Pochen der Nerven einsetzte, die Kontrolle übernahm. Und die ganze Zeit über blieben sie reglos, völlig reglos, ergriffen von einer höchst wachen Gespanntheit, die Augen geschlossen, während die getrennten Rhythmen ihre Getrenntheit kraftvoll betonten, bis sie in einen stärkeren, kraftvolleren Rhythmus einströmten. So daß die erste Bewegung Körper in Körper keine willentliche von seiner oder ihrer Seite war, sondern vom Rhythmus des Pulsschlages und des Atems abhing, der sie auslöste, erzwang, bestimmte. Die Augen geschlossen, ihren Körpern beinah lauschend, langsam. Und nun nahm Martha durch die Kraft des überlegenen Rhythmus die verschiedenen Zentren ihres Körpers wahr – und durch die ihren die Jacks. Sex: Empfindung, die im Takt mit dem Strömen von Blut und Atem pulste. Herzschlag – Herz: getrennt. Herz mit seiner Regung, »Liebe«, doch isoliert und an sich betrachtet ein kleines Ding, ein Pulsen mit wenig Einfühlung, wie ein animalisches Zueinanderdrängen, eine Wärme. Geschlecht, Herz, die Ströme des automatisch funktionierenden Körpers waren jetzt eins, beisammen: Und darüber ihr Gehirn, kühl und wach beobachtete es und vermerkte. Körper, ein Sog wie die See, doch der Geist oben noch nicht emporgehoben, aufgesogen. Und dann trübte der Geist sich und verlosch, und Martha wurde empor- und weggetragen, und während es sie davontrug, versuchte sie, einen Funken davon festzuhalten, ehe ihr Bewußtsein verlosch, und dachte: Meine Güte, ja, das hatte ich ja ganz vergessen, weshalb können wir uns bloß nicht erinnern, mit Jack, da gibt es diesen einen bestimmten Ort, hat mit Jack als Person nichts zu tun, er ist das Instrument, das weiß, wie man dahinkommt, doch man kann sich nicht daran »erinnern«. Ja, genau, wie wenn man an einem hochgelegenen, vibrierenden Ort die Straße hinuntergeht: Man kann sich nicht daran »erinnern« – das ist derselbe Ort.

Ihr Bewußtsein klärte sich, leerte sich, kleine Gedanken schossen vorbei wie kleine Eisenbahnzüge in einer weiten Landschaft. Ein leeres dunkles Bewußtsein: Bilder zuckten ihr vor den Lidern über die Augen, ungewöhnliche Szenen, oder vielleicht auch gewöhnliche, die nur ungewöhnlich wurden, weil sie ihr mit soviel ernster Nachdrücklichkeit und Intensität vorgeführt wurden: Orte, an denen sie noch nicht gewesen war, Gesichter, die sie nie gesehen hatte, Gärten, Flüsse, das Aufblitzen einer Stadt, in der sie nie gewesen war, dann drangen Stimmen an den leeren dunklen Ort, wo sich ihr Bewußtsein befand. Die Schwingung verlagerte sich und nahm zu: Ihr ganzer Körper befand sich in einer zarten Schwingung wie ein Draht unter sehr großer Spannung: Als sie sich in diesen anderen Zustand hinüberbewegte, sah sie vor ihren Lidern das Bild eines Mannes und einer Frau, die an einem hochgelegenen Ort unter einem blauen Himmel umherliefen und Kinder an der Hand hielten, und sie wurden begleitet von allen Arten von wilden Tieren, die jedoch überhaupt nicht wild waren: ein Löwe, ein Leopard, ein Tiger, Rehwild, Lämmer, alle zahm wie Haustiere, die mit dem Mann und der Frau und den lieblichen Kindern einherliefen, und sie hätte aufschreien mögen über den Verlust, doch es war ein Verlust, der sich nicht fassen, nicht festhalten ließ. Und aus dem schmerzlichen Gefühl des Verlusts stellte sich dann ein anderes Bild ein, das von einem Stimmungs- oder Ortswechsel begleitet war: Sie erblickte ein großes geschichtetes Haus, keins, das fremdländisch war oder in ein anderes Klima gehörte, sondern ein Londoner Haus; es hatte irgend etwas von London, und es war voller Kinder, nicht Kinder, Halbwüchsiger, und ihre Gesichter, als sie sie ihr zukehrten, waren gequält und verletzt, und sie sah sich selbst, eine Frau mittleren Alters, dicker geworden und langsamer, mit dem Gesicht einer Frau mittleren Alters. Ein besorgtes Gesicht, ein Gesicht, aus dem die Entschlossenheit sprach, auszuhalten, nicht nachzugeben – eine furchtbare Qual sprach aus diesem Anblick, ein solcher Schmerz, und sie hörte sich weinen: Rasch war sie durch die Schichten ihres Wesens zurückgefallen und merkte, daß Jack sie umarmt hielt und die Bewegungen ihres Liebesakts aufgehört hatten. Martha, Martha, Martha. Wach auf, Martha, was ist denn, du weinst ja – komm zu dir, was fehlt dir denn?

Er hielt sie, als wäre sie ein Kind in einem Alptraum, und tröstete sie. Sie war wieder bei sich, bei dem Mann, der sie tröstete, in einem Zimmer, das jetzt dunkel war: Die Kerzen waren völlig heruntergebrannt, und jenseits der herabgelassenen Verdunkelungsrouleaus ein grauendes Licht – Morgen.

»Oh, Gott, Jack, es war wie ein Alptraum«, weinte sie in seinen Armen.

»Was, sag doch, was ist denn los?«

»Siehst du Bilder, Jack? Hörst du Stimmen?«

»Ich sehe manchmal Szenen – meinst du Bilder wie Filmszenen?«

»Ja, aber, mein Gott, Jack, diesmal war es wirklich furchtbar.«

»Dann erzähl doch, erzähl es mir, los . . .«

Doch das Haus mit seiner Fracht halbwüchsiger Kinder war verschwunden, und die Frau, die dafür verantwortlich war, für das Haus, für sie, ebenfalls. Sie konnte sich nicht daran »erinnern«: Sie wußte bloß, daß es dagewesen war, das sagte ihr die angstvolle Trauer, die sie jetzt erfüllte.

»Ich weiß nicht mehr. Es ist völlig weg. Und es war albern . . .« Sie setzte sich auf, Jack mit ihr, sie war zurückgekehrt in ihr Tagwesen, und es war albern. Sie war überströmt von ihren Tränen. Ihr Gesicht und ihre Brüste waren tränennaß.

»Entschuldige«, sagte sie.

»Du hast mir vielleicht eine Angst eingejagt, Martha. Ich war vollkommen weg, und dann habe ich dich weinen gehört und mich gefragt: Wer weint denn da? Und dann dämmerte es mir, ja, das muß Martha sein. Also hab ich uns wieder auf den Boden zurückgeholt.« Sie saßen nebeneinander in dem zerwühlten, heißen Bett. Hinter den Verdunkelungsrouleaus war das Licht schon stärker geworden: Die Sonne mußte über den Dächern und Wipfeln Londons aufgegangen sein.

»Hör mal, Martha, du warst gestern nacht schrecklich müde, du warst aufgeregt. Vielleicht war das für uns beide gerade bloß der Augenblick vor dem Höhepunkt, und dann nichts wie geschlafen? Soll ich zusehen, daß du richtig zum Höhepunkt kommst, Martha, und dann schlafen wir ein bißchen?«

»Ach, Jack, ich bin so traurig, da war irgend etwas Schreckliches, aber mir ist eben erst eingefallen, daß es da auch etwas Schönes gab: ein schönes Bild, wie das Goldene Zeitalter, Männer und Frauen und Tiere, die da einträchtig umherliefen. Ich möchte weinen.«

Als sie aufwachte, machte er Kaffee auf dem Spirituskocher. Er war nackt und kehrte ihr den Rücken zu. Ein großer dünner Mann – ein Körper. Auf dem Bett eine Frau, ein Körper.

An der wachen Konzentration, mit der er sich, die Tassen in den Händen, umwandte, erkannte sie, daß er die Spannung, die jetzt träge zwischen ihnen lag, zu einer neuen Aufwärtskurve führen wollte. Es war etwa sieben Uhr morgens. Sie hatte noch fünf Stunden bis zu ihrer Verabredung mit Phoebe. Sie saßen nebeneinander und ließen es, ohne zu reden, geschehen, daß das Rad sie emportrug und mit sich nahm. Als ihr Bewußtsein sich diesmal endlich abschaltete, die Bilder und Stimmen hinter sich ließ, blieb ihr daran keine Erinnerung, war sie sich ihrer selbst nur da bewußt, als sie den langsamen Abstieg unternahm. Die unterschiedlichen Rhythmen trennten sich voneinander, und sie trat in die Normalität ein: die, wie sie jetzt begriff, ein Zustand der Unvereinbarkeit war. Ihr war vorher niemals wirklich klargeworden, wie die einzelnen Teile ihrer Person jeder für sich arbeiteten, individuell, nicht vereint: Das war der Zustand der »Normalität«, wie wir ihn verstehen. Der Atem läuft weiter, das Blut pulst weiter, beide getrennt voneinander; auch mein Geschlecht existiert, und es reagiert nicht; mein Herz empfindet dies und das, und mein Bewußtsein hier oben funktioniert weiter und völlig anders als das Herz. Wenn jedoch der wirkliche sexuelle Höhepunkt erreicht ist, dann bewegt sich alles gemeinsam, und eben dieser Augenblick, wenn alles eine Bewegung ist, bewirkt, daß etwas in Gang gesetzt wird. Dabei betrachten die Menschen den Sex als Drainage, als das, was einen leer macht, und nicht als Energiespender. Sie wußten nicht Bescheid. Doch wie kam es, daß die Menschen nicht Bescheid wußten? Da gab es ein Wissen, das nicht Teil unserer Kultur, sondern nur ahnungsweise vorhanden war. Man konnte durch gewisse Hinweise darauf stoßen. Oder man konnte darüber stolpern. Wie Jack, der zu einer von Blutverlust und Kälte tauben Hand gesagt hatte: Halt dich fest; und weil es ihr so befohlen worden war, hatte sie sich festgehalten, zwölf Stunden lang. Ein Augenblick unter extremen Bedingungen, im Krieg, hatte Jack über ein schlichtes Gesetz seines eigenen Körpers belehrt. Mal angenommen, Jack hätte diese Chance nicht gehabt, ob Jack dann wohl trotzdem einer der Männer hätte werden können, die den Sex als eine Art Währung betrachteten, deren jeweiligen Kurswert es abzuschätzen galt? Jedenfalls, was immer aus Jack hätte werden können, es mußte etwas Extremes sein, soviel stand fest. Jack hätte ebenso ein sexfeindlicher Frömmler sein, er hätte sich ebenso heftig vor der Sexualität fürchten können, wie er jetzt leidenschaftlich das Wissen um ihre Gesetze, ihre Beherrschung und ihren Sinn zu erlangen versuchte. Er wäre heftig und extrem gewesen, welche Richtung er auch immer eingeschlagen hätte – oder in welche auch immer ihn die Wechselfälle seiner Lebenserfahrung gelenkt hätten.

Doch nun, nachdem sie sich stundenlang geliebt hatten, kamen Jack und Martha leicht und auf angenehme Weise zu sich, und ihnen war, als wären sie wieder und wieder von Energieströmen durchspült worden. Sie fühlte sich, als sei sie an einen Dynamo, das Zentrum ihres Lebens, angeschlossen worden. Doch Jack konnte nicht das Zentrum ihres Lebens sein – er würde für keine Frau das Zentrum des Lebens sein. *Warum nicht?* Und als sie erneut bei diesem warnenden Gedanken angelangt war, öffnete sie die Augen und lächelte, um diese Gedanken zu verbergen. Wie emporgespült lagen sie nebeneinander, lächelnd, erfreut und erholt.

Um halb eins rief sie Phoebe an, um ihr zu sagen, daß aus dem Mittagessen heute nichts werden würde, sie müßten es auf morgen verschieben, und hörte sich Phoebes barsche, aber geschäftsmäßige Vorwürfe an, weil sie wußte, daß sie sie verdient hatte. Und er rief Joanna an, um ihr zu sagen, daß sie sich heute nicht sehen konnten, doch morgen würde er sich freuen... »Weißt du, Joanna, Martha ist da, und wir möchten noch nicht aufhören.« Das Gespräch ging weiter, auf seiner Seite liebenswürdig und brüderlich. Martha konnte jedoch aus Joannas Tonfall nicht erschließen, was sie empfand: Wahrscheinlich wußte sie es selbst nicht.

»Sie kommt morgen«, sagte Jack befriedigt.

Sie fingen an, sich anzuziehen, damit sie ausgehen und etwas essen konnten. »Du bist ein ungewöhnlicher Mann«, sagte sie, und er küßte sie dankbar. Doch dachte sie: Weshalb nehmen wir dich denn dann nicht ernst? Doch angesichts der Tatsache, daß sie durch ihr Zusammensein mit ihm in soviel Wissen über die Fähigkeiten ihres eigenen Körpers eingeweiht wurde, schwieg sie nachdenklich. Er hingegen war still, weil er so hungrig war, daß es ihn beinahe verrückt machte. Hunger befiel Jack wie eine Manie, ein Fieber: Wenn er essen mußte, so sagte er, war es, als würde er bei lebendigem Leibe von einem Haufen Ameisen aufgefressen. Er schnitt sich einen Kanten Brot ab, um seinen Hunger zu beschwichtigen, und nagte daran herum, während sie sich fertig anzog und dachte: Das kommt, weil das Essen für Jack eine Überlebensfrage ist, könnte das nicht so sein? Doch damit kam sie nicht weiter – denn war es das schließlich nicht immer? Sie war über alle Bojen, Leuchttürme und Wegzeichen ihrer Selbstkenntnis hinausgegangen: und das bedeutete, daß man derlei Anwandlungen von Mißbilligung abwehren mußte – sie wären wahrscheinlich doch nur nervöse Reaktionen, weiter nichts.

Sie traten hinaus auf die häßliche Straße, wo sich jetzt Arbeiter um einen Krater auf der Fahrbahn drängten, und liefen zwischen abblätternden, schäbigen Häusern, denn das war die Rogers Street bei Tageslicht, kanalaufwärts, bis sie zu einem indischen Restaurant kamen, das etwa zwanzig Minuten entfernt war. Vielleicht eine Stunde verbrachten sie dort und aßen ausgiebig, denn sie waren beide sehr hungrig, und dann schlenderten sie wieder zu seinem Haus zurück. Sie sprachen kaum. Sie hatten einen Zustand erreicht, wo Reden bedeutungslos wurde. Doch auf ihrer Seite war das kein zufriedenes Schweigen. Denn nun, da sie und Jack für einen weiteren Nachmittag und eine weitere Nacht in sein Zimmer zurückkehrten, um miteinander zu schlafen, fing sie an, sich unwohl zu fühlen, weil sie Phoebe versetzt hatte. Sie hätte mit ihr essen müssen! Das war alles nur ein Hinauszögern, ein Aufschieben von etwas, das sie tun mußte. Sie konnte Wochen in Jacks Reich verbringen und mußte am Ende doch immer noch zu Phoebe und dem, für das sie stand. Wäre sie mit Phoebe essen gegangen, dann wäre sie jetzt nicht mit Jack diesem – doch was war das, dem sie sich ausgesetzt fühlte? Weshalb fühlte sie sich so unbehaglich? Müdigkeit? Nein. Schalheit? Nein – dieser Zustand einer angenehmen Leichtigkeit kam dem nicht entfernt nahe. Doch irgendwo ganz dicht unter der Oberfläche regte sich ein quälendes Gefühl und drohte hervorzubrechen: Es war der Schmerz, der die Szene mit dem Londoner Haus und den traurigen Kindern begleitet hatte. Da war das liebliche Bild vom Goldenen Zeitalter, dem goldenen Mann, der Frau und ihren Kindern und Tieren gewesen, doch die Freude, die es begleitet hatte, war nicht so stark wie der Schmerz, der sich zugleich eingestellt hatte. Oh, wenn sie sich nicht zusammennahm, dann würde sie sich die Augen aus dem Kopf weinen – doch das würde nicht ausreichen, nicht an diesem Nachmittag, wo sie so stark sein mußte. Eine Entscheidung oder etwas ähnliches stand bevor, das spürte sie.

Sie waren in das weiß-schwarze Zimmer zurückgekehrt, und nun wurden neue Kerzen angezündet. Sie waren ganz allein in dem großen Haus. Das Zimmer war jetzt steif und kahl; das Bett war von einer straffen braunen Decke überzogen. Es gab nur einen Stuhl, also setzten Martha und Jack sich auf einen Läufer und lehnten sich gegen das Bett. Jack schien nervös. »Was ist denn los, Martha?«

»Ich glaube nicht, daß du in mir heute eine gute Partnerin haben wirst. Vielleicht hättest du doch Joanna kommen lassen sollen.«

»Joanna ist mit ihrem Krickettspieler zum Rennen gegangen. Was ist denn los? Ich sehe doch, daß irgendwas nicht stimmt. Vielleicht ist das meine Schuld. Mir ist die ganze Zeit ein Gedanke im Kopf rumgegangen, und ich hab dir nichts davon gesagt. Wenn du mit einer Frau zusammen bist und mit irgendeinem Gedanken hinter dem Berg hältst, dann reißt der Kontakt ab. Deshalb entfernst du dich dauernd von mir.«

»Schon möglich.« Doch Martha gingen hundert Gedanken im Kopf herum, die sie mit Jack nicht teilen konnte. Schließlich war er wirklich nur ein Junge. Wie er dasaß, das kräftige Gesicht über dem braunen Pullover, die braunen Augen besorgt und eindringlich, war er ein Junge mit der Angst eines Jungen, nicht stark genug zu sein, um behalten zu können, was er in den Händen hatte. Er war fast fünfunddreißig. Doch sie hätte ihn für fünfundzwanzig halten können. Wenn sie ihn jetzt irgendwo zum erstenmal getroffen hätte, hätte sie gedacht: Ein kräftiger, einfacher Junge, ziemlich naiv. Genau das hatte sie gedacht, als sie sich in der Untergrundbahn von ihm hatte ansprechen lassen. Das ganze Wissen, das er besaß, steckte in seinem Körper: Es erreichte niemals sein Gesicht, das starr vor Angst war, daß sie mit dem Gedanken nicht einverstanden wäre, den er mit ihr teilen wollte: Sie und Thomas hatten sich nicht vorgenommen, Gedanken »zu teilen«. Mit Jack stellte man eine schlichte körperliche Vereinigung her, und dann setzte der Kopf sich von selbst in Gang – das war doch in Ordnung, was war daran verkehrt? Wenn sie Thomas nicht haben konnte . . . Weißt du, was du mit dir gemacht hast? sagte Martha niedergeschlagen zu sich selbst. Ich bin eine von diesen Frauen geworden, die mich immer entsetzt haben! Ich habe einen toten Mann. Wie meine Mutter. Wie Mrs. Talbot. Wie Maisie. Ich erwähne »Thomas« mir selbst gegenüber, als wäre damit alles gesagt! Was soll das denn heißen? Ich sage »Thomas« – und spiele mit Jack! Außer daß man das Wort »spielen« für einen so verzweifelt zielstrebigen Menschen wie Jack nicht gut benutzen kann. Na also gut – mal angenommen, Jack wäre tot – würde ich dann sagen »Oh, Jack!« und mit jemand anderem herumspielen? Nein. Ich habe Thomas ernst genommen. Jack nehme ich nicht ernst. Warum nicht? Es spielt keine Rolle, warum nicht.

»Martha, ich weiß nicht, wie ich dir sagen soll, was ich gedacht habe. Ich weiß nicht, wie du es aufnehmen wirst. Weshalb ziehst du nicht her und wohnst hier? Nein, sag nicht nein, denk darüber nach – hier drunter ist doch noch eine Etage. Da könntest du wohnen. Strom ist gelegt, und Wasser und der Telefonanschluß sind da.«

»Du meinst, ich soll mit dir zusammenleben? Aber wie denn?«

»Na, warum denn nicht?« murmelte er, bereits gekränkt und verdrossen. »Du fragst, als ob – du traust mir nicht, das genau habe ich befürchtet.«

»Aber was soll denn Garibaldi Vasallo denken?« versuchte sie zu scherzen.

»Was soll der schon sagen? Das siehst du falsch. Mit dem fahr ich doch Schlitten. Er hatte nicht die geringste Lust, mir die Hälfte von diesem Haus zu geben. Aber er hat's getan – ich hab ihn dazu gekriegt. Außerdem weiß er, daß ich weiß, wie er vorgeht, mit welchen schmutzigen Tricks.«

»Erpressung?«

Seine Miene verdüsterte sich. Mit einemmal sah er verkniffen und häßlich aus. »Erpressung! Das ist ein Wort, das man für anständige Menschen verwendet, nicht für einen dreckigen kleinen Dago.«

»Das Wort hasse ich!« Sie war niedergeschlagen; ihre ganze Energie hatte sie verlassen. Jetzt hatte sie nur den Wunsch, sich eine Decke um den Kopf zu wickeln wie ein Afrikaner, sich zur Wand zu drehen und zu schlafen. »Als ich von zu Hause wegging, glaubte ich wirklich, diese Rassengeschichte vom Hals zu haben. Ist das nicht ulkig? Wie blöd man doch immer wieder ist. Immer phantasiert man sich etwas zurecht, wie es anderswo ist. Doch seit ich hier bin – alles ist genauso gemein wie zu Hause, nur daß die Leute das nicht wissen, alles bleibt im Verborgenen. Und jetzt fängst du an, von Dagos zu reden!«

»Das ist kein Rassismus! Das ist einfach nur – der richtige Ausdruck. Genau das ist er nämlich – ein widerlicher kleiner Dago! Ein Gauner. Gaunern zahlt man in ihrer eigenen Münze heim. Wenn der mich reinlegt, gehe ich mit dem, was ich weiß, zur Polizei. Ich nehme ihm nichts ab, was mir nicht zusteht. Wenn ich einmal mit diesem Haus fertig bin, ist das ein richtiges Haus, und ihn hat es keinen Penny gekostet. Wenn er eine Baufirma beauftragt hätte, hätte es Hunderte von Pfund gekostet – er weiß das. Also inwiefern tue ich ihm Unrecht? Dies Haus gehört mir. Als ich damals hier reingekommen bin und es gesehen und daran zu arbeiten angefangen habe – ich wußte, daß es mir gehörte. Es ist mein Haus, weil ich daran gearbeitet habe.«

Wenn doch jedes Wort wahr war, weshalb fühlte Martha sich unbehaglich? Die Eindringlichkeit, mit der Jack seine Sache vertrat, so als bezichtige man ihn zu Unrecht – lag es daran? »Weshalb hast du es denn nicht kurzerhand gekauft? Er hat 500 Pfund dafür bezahlt. Du hast doch 1000 Pfund auf der Kante!«

»Nein, das verpulvere ich nicht. Das ist meine Zukunft. Ich muß das Geld aufheben. Und das hier ist mein Haus. Ich habe ein Recht darauf, zu sagen, daß du hier wohnen kannst.«

»Aber Jack – du lebst dann hier oben, und ich lebe in der Etage drunter?«

Und nun weinte er. Der Nachdruck, mit dem er seinen Wunsch verfolgte, und seine Angst trieben ihm die Tränen in die Augen. »Warum soll das denn nicht gehen? Du vertraust mir nicht, Martha!«

»Nun hör mal, Jack, du mußt doch einsehen, daß das zweierlei ist – hierherzukommen, um miteinander zu schlafen, wenn man sich verabredet hat – aber du würdest doch wohl nicht ständig mich oder irgendeine andere Frau direkt unter dir haben wollen? Was ich nicht weiß, macht mich nicht heiß!«

»Oh, das hasse ich. Diese Haltung hasse ich. Das genau meine ich damit, daß man mir nicht vertraut. Ich erzähle keinem Mädchen, das hierher kommt, irgendwelche Märchen. Ich lüge keiner was vor. Naja, jedenfalls nicht, wenn ich nicht muß – nur wenn es sich um ein Mädchen handelt, das sonst nicht zu mir käme, wenn ich's nicht täte – die wüßten, daß du hier wohnst.«

»Eine Art Hauptfrau?«

»Was ist denn daran verkehrt? Heiraten willst du ja wohl nicht, wie? Ich meine, nicht wirklich?«

»Nein, ich glaube nicht.« Fast hätte sie gefragt: »Und wie steht's mit Kindern?« Doch die Alptraumvorstellung von dem Haus mit den Kindern und ihr selbst darin kehrte zurück, und sie erschauderte.

»Dir ist kalt, Martha. Ich mach den Heizofen an.« Er stand auf, sichtlich froh, mit seinen Tränen von ihr wegzukommen, und sie war froh, daß der Druck seiner Gegenwart sich für einen Augenblick entfernte.

Er kniete vor den Paraffinöfen, erst vor dem einen, dann vor dem anderen. An der Haltung seiner Schultern konnte sie ablesen, daß gleich etwas Wichtiges kommen würde. Was sich vorher abgespielt hatte, war nicht das, worauf es ankam – die Tränen, die Besorgnis galten dem, was er gleich sagen würde.

»Da ist noch etwas, Martha. Obwohl es mir nicht leicht fällt, es auszusprechen. Gib mir noch eine Minute. So – jetzt haben wir's gleich warm. Hör mal, Martha – ach, verdammt, Mensch, ich fürchte mich, es zu sagen, weil ich nicht will, daß du das falsch verstehst. Aber hättest du gern ein Kind? Ich meine, daß ich dir ein Kind mache?«

Und nun schwieg sie, weil sie entsetzt war. Daß sie sich wenn nicht geschmeichelt, so doch gerührt hätte fühlen müssen, wußte sie. Doch er hatte sich irgendwohin fern jeglicher Realität geflüchtet, die ihr zugänglich war. Weil das der Angelpunkt war. *Sein* Angelpunkt. Sie hatte so etwas nicht erwartet.

»Warum denn nicht, Martha? Du könntest das Baby hier großziehen. Du könntest irgendeine Arbeit annehmen. Irgendwas.«

»Babys brauchen Väter«, sagte Martha, und ihr Tonfall geriet trocken, ohne daß sie es wollte. Sein Körper erstarrte, verkrampfte sich vor Wut, und er hatte ihr immer noch den Rücken zugekehrt.

»Dafür könnte ich dich umbringen, Martha.« Er stieß die Worte zwischen zornig zusammengebissenen Zähnen hervor. Sie rührte sich nicht. Er kehrte zum Bett zurück und blickte ihr aus einem Gesicht, das sich bläulichweiß verfärbt hatte, direkt ins Gesicht. Seine Augen waren klein und schwarz.

»Es tut mir leid«, sagte sie, »aber es geht nicht allein um mich, hm? Du möchtest allen Mädchen Kinder machen, stimmt's? Darum geht es wohl?«

»Ja.«

»Kuckuckseier in die Nester legen?«

»Ja.«

Jetzt haßten sie einander. Doch als er ihr das Gesicht entgegenreckte, das schwarz war vor Haß, schlug eine Welle der Pein zu ihr hinüber. Sie weigerte sich, nachzugeben, sich durch irgend etwas besänftigen zu lassen, und er warf sich mit dem Gesicht nach unten aufs Bett. Steif lag er mit ausgestreckten Armen: tiefste Niedergeschlagenheit. So hatte sie ihn früher schon gesehen. Das war die Haltung, in die seine düsteren Stimmungen ihn versetzten. So konnte er stundenlang liegen, ohne sich zu rühren.

»Hör mal, Jack! Als ich meine kleine Caroline verlassen habe, weißt du, was ich da gedacht habe? Ich dachte: Ich schenke dir die Freiheit, ich schenke dir die Freiheit ...«

»Na schön, ich rede ja nicht von Müttern – ein Kind braucht die Mutter, das sage ich doch, oder? Doch Väter – nein, ich würde mich keinem Kind aufbürden. Tu ich nicht. Könnte ich nicht. Ich hab eine Heidenangst – Angst vor meinem Alten, glaub's mir, das macht mir eine Heidenangst. Ich kann mir nicht denken, daß er sich, als er mich in meine Mutter 'reinpraktiziert hat, vorstellte, daß er mich hassen würde und dann meinen Bruder, und daß er meine Schwestern würde vögeln müssen.«

»Ich hatte eine Art stillschweigendes Abkommen mit dem Kind«, fuhr Martha fort, »als wäre es der einzige Mensch, der verstand, warum ich das tat. Ich schenkte ihr die Freiheit – Freiheit von *mir*. Von der Familie.«

»Ja, ja, ja«, kam es vom Bett, »das stimmt.«

»Nein, es war auf eine schreckliche Weise nicht wahr. Ich war verrückt.«

»Du hattest recht, Martha, widerruf es jetzt nicht!«

»Ich war verrückt. Wie kann ich da also heute zu dir sagen: Du bist verrückt! Ich weiß, was du empfindest. Doch es war ein solcher Unsinn, wenn ich heute daran denke ...« Und Martha begann zu weinen, wenn auch stumm, so daß er sich nicht wieder umdrehen würde. »Unser ganzer Haufen damals, wir waren Kommunisten, wir empfanden dasselbe ...«

»Jeder war Kommunist«, kam die erstickte, wütende Stimme vom Bett. »Was hat denn das damit zu tun? Ich war auch einer eine Zeitlang, während des Krieges. Das war dieser ganze Kram mit der Atlantik Charta – die widerte uns an, wir waren Rote, na und?«

»Ach, manchmal denke ich, in Ländern, die nicht kommunistisch waren, da war der Kommunismus so eine Art Lackmuspapier oder ein Bauchladen, aus dem man sich nahm, was man brauchte. Doch für uns war es selbstverständlich, daß die Familie ein entsetzliches Zwangssystem, eine zum Tode verurteilte Einrichtung war, so eine Art Mechanismus, der dazu diente, alle zu zerstören. Und so ...« Martha weinte haltlos, versuchte jedoch so zu tun, als sei ihre Stimme so rauh, weil sie bewußt »humorvoll« zu sein versuchte. »Und deshalb haben wir die Familie abgeschafft. Für uns sah das so aus, daß die Familie, wenn der Krieg aus wäre und der Kommunismus sich überall ausgebreitet hätte, abgeschafft werden würde. Durch einen Erlaß – versteht sich. Klausel 25 einer neuen Magna Charta: ›Wir erklären die Familie für erledigt.‹ Und dann hätte man das Goldene Zeitalter – keine Familie, keine Neurose. Der Vater wäre ein Zuchthengst und die Mutter ein Brutkasten, die Kinder würden bei der Geburt einer staatlichen Einrichtung übergeben: zu ihrem eigenen Besten, wohlgemerkt, um sie vor dem unausweichlichen Schicksal zu bewahren, daß man sie verderben würde. Alles so überaus einfach. Wir waren alle verdorben und kaputt, das wußten wir, doch die Kinder, die würden davor bewahrt werden.« Jetzt brach ihr die Stimme, und sie weinte laut und heftig. Er rührte sich nicht. Er verharrte in seiner Lage, das Gesicht nach unten, und hörte zu.

Als sie zu sprechen aufhörte, sagte er: »Ihr hattet recht.«

»Wir hatten nicht recht. Ist das nicht komisch? Weißt du, wie viele Menschen nur deswegen Kommunisten geworden sind, weil der Kommunismus Schluß machen würde mit der Familie? Doch der Kommunismus hat nichts dergleichen getan, sondern das Gegenteil!«

»Ich möchte, daß du ein Kind von mir kriegst. Und ich möchte, daß Joanna ihren Gardisten heiratet, und ich werde ihr ein Kind machen. Sie kann es ihm sagen, das ist mir gleich. Ich an seiner Stelle hätte nichts dagegen: Was spielt das schon für eine Rolle, wer einer Frau ein Kind macht? Und ich möchte, daß die kleine Jane ein Kind kriegt. Wir können heiraten, wenn sie das möchte. Und ich möchte, daß Nancy und Joan und Melinda Kinder von mir kriegen. Ich werde sie besuchen, ich werde ihnen Geschenke mitbringen. Ein Vater werde ich jedoch nicht sein. Das würde ich keinem menschlichen Wesen antun.«

Ein sehr langes Schweigen trat ein. Martha weinte ein bißchen, aus hilfloser Schwäche. Er lag stumm und hielt sein Gesicht versteckt. Um das Schwarz des Rouleaus rohe Kanten aus Licht. Außerhalb dieses langen schwarz-weißen Zimmers, in dem kleine Kerzen brannten, herrschte sonnengleißender Nachmittag. Flüchtig: Als sie wieder hinschaute, war die Glut hinter dem Schwarz verblichen. Sie hatte einmal etwas empfunden, das so ungeheuer verkehrt war! Sie hatte nach diesem Empfinden gehandelt – was für einen Sinn hatte es jetzt, zu sagen, was sie hätte tun sollen? Sie würde wahrscheinlich wieder dasselbe tun, wenn sie in derselben Lage wäre. Was spielte es also schon für eine Rolle, was jemand empfand? Oder glaubte? Auf die Handlung kam es an. Und jetzt war Jack so stark von dieser Empfindung bewegt, daß sie ein Kind kriegen könnte, wenn sie nur wollte, und wenn er später das Gefühl hatte: »Ich habe mich damals geirrt, meine Empfindungen waren falsch« – was machte das schon für einen Unterschied? Das Kind wäre da.

Schließlich sagte sie: »Ich habe in meinem ganzen Leben noch keine Familie gesehen, an der mir nicht alles falsch zu sein schien. Doch was habe ich für ein Recht, so zu empfinden? Wie komme ich zu der Vorstellung, daß es etwas Besseres geben könnte? Ich kann nicht aufhören, darüber nachzudenken – warum denn bloß? Vielleicht ist das immer so, ist es immer schon so gewesen? Häßlich. Aber so sehe ich die Welt nun mal. Ich habe mir immer schon den Kopf darüber zerbrochen, daß mit mir irgendwas nicht stimmen kann, wenn ich immer alles, was sich in der Welt abspielt, als häßlich ansehe. So als wäre ich der einzige wache Mensch und alle anderen befänden sich in einem Alptraum, könnten jedoch nicht sehen, daß das so ist. So fühlte ich mich auf dem Schiff, als ich rübergekommen bin – du weißt schon, Vergnügungsreise. Mehrere Hundert Menschen, die ›sich's wohl sein ließen‹, ›mal ordentlich ausgelassen waren‹ – sich amüsierten. Sicher, du kennst Schiffe aus einer anderen Perspektive, du hast auf Schiffen gearbeitet. Das ist was anderes. Doch diese Reise – das war wie in einem Alptraum. Leute, die Geld gespart hatten. Aus ganz Afrika. Nur für diese Fahrt – jahrelang gespart. Vergnügen – dreimal am Tag fressen wie die Schweine, nein, fünfmal, sich betrinken, immer mal gerade so ein bißchen betrunken, geradeso, daß man's aushält. Flirts, Sex als Kitzel. Da war nicht ein Mensch an Bord – außer einem Mädchen. Und die war krank. Sie fuhr zur Behandlung nach England. Wir saßen gewöhnlich allein da und beobachteten. Wir wurden als Spielverderber bezeichnet. Es war, als beobachtete man einen Haufen Menschen, die hypnotisiert waren.«

Von Jack kam nichts. Vielleicht war er ja eingeschlafen. Sie sprach weiter: »Aus irgendeinem Grund habe ich mein ganzes Leben lang so empfunden. Was nützt es, mir zu überlegen, daß mit mir etwas nicht stimmen kann? Man muß dazu stehen, daß man ist, wie man ist, daß man die Dinge so sieht und nicht anders. Was kann man denn sonst machen? Und dann noch etwas, die Kehrseite: Mein ganzes Leben lang habe ich geglaubt, daß es irgendwo, irgendwann einmal nicht so war, daß es nicht so zu sein brauchte. Doch wie komme ich dazu? Letzte Nacht wieder – der Alptraum. Doch gleichzeitig die wunderbare Familie, die da mit ihren freundlichen Tieren herumging. Das Goldene Zeitalter. Wieso denn? Doch ich habe darüber nachgedacht, Jack. Was nützt es schon, wenn man sich ungeheuer herrliche Lebensformen ausdenkt, die sind doch weit und breit nicht in Sicht, oder? Man muß einfach akzeptieren ... Eltern haben keine andere Wahl, als für ihre Kinder die Welt zu sein. Und wenn die Welt zuzeiten häßlich und schlimm ist, dann müssen Eltern diese Bürde auf sich nehmen, sind sie selber häßlich und schlimm.« Wieder fing sie zu weinen an. Diesmal war es Hysterie: Es würde ihr nicht schwerfallen, jetzt umzuschalten und »Matty« zu sein, sich dann über sich selbst lustig zu machen, sich zu entschuldigen ... »Matty« war immer schon ein Aspekt der Hysterie gewesen? Sie faßte sich soweit, daß sie zu Ende sprechen konnte: »Kinder werden in das hineingeboren, was vorhanden ist. Ein Kind wird mit unendlichen Möglichkeiten geboren, gut zu sein. Doch es gibt kein Entrinnen, das ist, als müßte man in ein Brunnenloch hinab, ein schreckliches, dunkles, blindes Brunnenloch, und dann kämpft man sich nach oben durch und hinaus: Und deine Eltern sind ein Teil von dem, aus dem du dich herauskämpfst. Es ist ein Irrtum, anzunehmen, es gäbe einen Weg, um sich da nicht herauskämpfen zu müssen. Das muß jeder. Und wenn man's nicht tut, dann um so schlimmer, kein Mensch wird deinetwegen eine Träne vergießen, ist nicht weiter schade drum, nur für einen selbst, jeder ist selbst dafür zuständig ...« Wieder stieg die Hysterie in einer mächtigen Welle in ihr auf – so stark, daß sie zitterte, daß es sie schüttelte. Sie sagte, was sie wirklich glaubte, und das zu einem Mann, der schlief. Sie lachte, und sie weinte und bebte. Schließlich fing sie sich wieder. Schweigen. Jack hatte den Kopf gewendet: Sein Gesicht war zu sehen. Er hörte zu mit geschlossenen Augen. Die Hand seines weggestreckten Arms war zur Faust geballt und zitterte.

»Entschuldige«, sagte sie nüchtern. »Ich weiß, du haßt solches – Theater.« Jack sagte kein Wort. »Aber in gewissem Sinne ist es ein Kompliment. Ich hätte es vorziehen können, nicht hysterisch zu werden. Doch ich habe etwas herausgefunden, Jack. Über die Hysterie. Es kann so eine Art – Probe sein.« Sie dachte daran, wie sie letzte Nacht umhergelaufen war. Sie konnte sich an den erleuchteten, belebten Raum nicht »erinnern«, obwohl sie wußte, daß er dagewesen war, doch sie konnte sich erinnern, wie sie sich ihm genähert hatte: an irgend etwas Albernes, Überspanntes – Hysterisches. »Wenn du in dir selbst an einen neuen Ort gelangst, wenn du gleich zu irgend etwas Neuem vorstoßen wirst, dann offenbart sich dir das manchmal so: mit Gekicher und Tränen und Hysterie. Das bedeutet, daß Dinge, die du eines Tages richtig verstehen wirst – ausprobiert werden. Zunächst mußt du sie akzeptieren, wie sie sind – albern und zum Kichern ... Jack?« Sie kniete sich dicht neben ihn. »Jack?« Es fehlte nicht viel, und sie hätte gesagt: »Bist du böse?« – wie ein kleines Mädchen, wie »Matty«.

»Ich hab zugehört«, sagte er, »und weißt du, was ich gedacht habe? Vielleicht ist das ja einfach nur Marthas Art und Weise, eine Frau zu sein, auf ihre eigene Weise damit fertig zu werden, was das heißt, zu heiraten und ein Kind zu kriegen. Doch ich begreife wohl, daß es darum nicht ging.« Er setzte sich auf. Er sah niedergeschlagen aus: blaß, krank, und unter den Augen hatte er dunkle Schwellungen. »Tut mir leid, doch ich hab dem nicht folgen können, was du gesagt hast. Es hat mir überhaupt nichts gesagt. Ich weiß, es war für dich selbst bestimmt, und das genügt mir völlig.« Er stieg aus dem Bett. Er schauderte. »Martha, ich bin so hungrig, ich muß was essen!«

Sie waren mittags sehr spät essen gewesen, und es war noch nicht einmal sechs Uhr abends. »Ich habe jeden Knochen einzeln gespürt, als ich da auf dem Bett lag. Manchmal, wenn ich so still liege, dann bin ich ein Skelett: Ich spüre nirgendwo Fleisch, nichts als Knochen. Ich muß ein bißchen was auf die Rippen kriegen.«

Sie kehrten zum indischen Restaurant zurück. Im mageren Sonnenlicht des späten Nachmittags eilten die Leute, die von der Arbeit kamen, die häßliche Straße entlang. In dem Restaurant war der Inder, der ihnen das Mittagessen serviert hatte, immer noch im Dienst. Er kam aus Kalkutta, war von einem Onkel hergerufen worden, der noch ein anderes, viel schickeres Restaurant in Earl's Court besaß. Dies hier war ein neues, kleines Restaurant im Erdgeschoß eines alten Hauses. Der Inder aus Kalkutta, der für einen Hungerlohn in einem kalten, fremden Land arbeitete, um der Armut seiner Familie zu entrinnen, hieß sie mit weißen Zähnen liebenswürdig willkommen und servierte ihnen zum zweitenmal an diesem Tag enorme Essensmengen. Dann kehrten sie zu Jack zurück. Sie waren beide traurig und bedrückt und gingen sanft miteinander um. Als sie ins Haus traten, war die Tür zum Zimmer des grinsenden Jungen offen. Er saß im Schneidersitz mit dem Rücken zur Wand und legte im Licht einer Kerze Patiencen. Er nickte und grinste und winkte. Sie nickten und ließen ihn mit seinem Lächeln allein, das in der dunklen, dumpfen Luft des Treppenhauses verblaßte.

Sie lagen im Bett und hielten einander in den Armen.

»Du kommst also nicht her, um hier zu wohnen, Martha?«

»Nein. Ich kann nicht, Jack.«

»Ich hab's ja gewußt. Deshalb hatte ich wahrscheinlich auch Angst, das Thema anzuschneiden – ich wollte nicht hören, wie du nein sagst.«

»Ich nehme doch an, es findet sich jemand anderes?«

»Ja. Doch es hätte mir gefallen, wenn du mir hättest vertrauen können.« Er fing fast wieder zu weinen an.

»Hast du mal drüber nachgedacht – die ganze Zeit fällen wir Entscheidungen: Doch wie? Es bezieht sich immer auf – fällen wir die nicht, weil wir einer Instanz gehorchen, die wir überhaupt nicht kennen?«

»Nein. *Ich* fälle Entscheidungen!«

»Aha, dann bist du also Herr über dein Schicksal!«

Doch Jack konnte man nicht aufziehen, das ging bei ihm nicht.

»Lach mich ja nicht aus, Martha!«

»Tu ich doch gar nicht! Doch wenn man zurückdenkt, wir denken, wir treffen Entscheidungen – etwas anderes trifft sie für uns.«

»Ach, Martha«, sagte er plötzlich schroff, »du kommst nicht mehr zu mir zurück, du bleibst nicht länger mit mir zusammen!«

»Das habe ich nicht gesagt.«

»Nein? Ich weiß nicht, warum, aber ich dachte, daß du genau das sagen wolltest.«

»Nein.«

»Du mußt mir einfach glauben, daß ich das gern möchte. Ich weiß, was du denkst – du bist eine Frau! Er hat so viele Mädchen, es kommt ihm nicht so drauf an. Doch das stimmt nicht. Ich bin nicht unbeständig. Ich lege keinen Wert darauf, zu wechseln und neue Mädchen zu haben. Ich will Mädchen, die immer wiederkommen, dieselben Mädchen. Ich bin sehr treu, Martha, das mußt du mir glauben!«

Bald danach schlief er ein. Sie war nicht schläfrig. Sie lag und hielt seinen Körper, diesen langen dünnen Käfig aus Knochen, über dem eine so leichte Hülle aus Fleisch atmete. Sie spürte, wie wachsam er war, bereit, auf ein Geräusch oder eine Berührung hin zu erwachen, auch wenn er tief zu schlafen schien. Sie wäre aufgestanden, um sich anzuziehen und zu gehen, wenn sie das hätte tun können, ohne ihn zu wecken. Doch sie wußte, er würde aufwachen, wenn sie auch nur den Arm unter seinem Kopf wegzog. Ihre Hand lag auf seinem Rücken und spürte, wie die einzelnen Rippen von der Wirbelsäule abgingen. Über seine Schulter hinweg blickte sie in die Nische, wo das Fenster war, dessen Fensterläden wegen der Gerüche vom Kanal geschlossen waren. Unter diesem Fenster von Unrat übersäte Hintergärten, ungepflegte Hecken, Abfalleimer, eine ganze Landschaft von schmutzigem Erdreich, das zu einem unkrautumsäumten Kanal abfiel. An einem heißen Nachmittag während der verflossenen Hitzewelle hatte sie am Fenster gesessen und die Kinder beobachtet, die gebräunt waren von sechs Wochen Sonne und wie die Wasserratten zwischen den Wasserpflanzen tauchten und schwammen. Von Zeit zu Zeit kreischte eine Frau aus einem Fenster: Tommy! Annie! Wo seid ihr? Daß ihr mir ja nicht in dem Wasser da unten schwimmt! Die Kinder kauerten im Wasser und blickten zu den Fenstern hinauf. Die Frau wußte, daß die Kinder im Wasser waren und daß dagegen nicht anzukommen war: Sie waren selbst dort herumgeschwommen, als sie noch wendige braune Ratten zwischen Wasserpflanzen waren.

Die Kerze auf dem Boden nahe dem Fenster flackerte wild und verlosch. Der Mann in Marthas Armen schlief. Sein Gesicht, das verweinte Gesicht eines Jungen, lag eine Handbreit von ihrem entfernt. Die Kerzen auf dem Kaminsims brannten eine Weile länger. Dann war das Zimmer ein von Finsternis erfülltes Loch. Dann fiel Martha selbst in das Loch. Sie träumte. Das Bild oder die Vision von dem Haus mit den traurigen Kindern, die sie hinter geschlossenen Lidern gehabt hatte, kehrte wieder, doch war sie nicht ein gestochen scharfes Bild, ein »Standfoto« oder eine Reihe »Standfotos«, sondern ein langer bewegter Traum. Ein großes Londoner Haus – aber nicht dies hier. Draußen gab es Verkehr, aber ebenso waren Bäume vorhanden. Voller Menschen war es. Kinder. Halbwüchsige. Traurig. Es war ein todtrauriger Traum. Aber kein Alptraum: Er war nicht von Angst begleitet. Martha kam in diesem Traum vor, sie war für die Kinder verantwortlich. Sie war besorgt, ängstlich: Doch sie hielt die Festung, hielt die Stellung.

Sie wachten sehr früh auf, weil sie so früh eingeschlafen waren. Es wurde gerade erst hell – etwa um fünf. Jack machte Frühstück auf seinem Spirituskocher. Dann küßte sie ihn und ging. Die Tür zur Diele war immer noch offen, und in dem schummrigen grauen Licht lag der verrückte junge Mann schlafend neben der von selbst erloschenen Kerze auf dem Fußboden. Draußen ein junger Morgen mit einer schwachen, nassen Sonne. Mit ein bißchen Glück würde das ein schöner Tag werden. In Mrs. Vans Mantel eingeschlossen, machte Martha sich auf zu Iris und Jimmy auf der anderen Seite des Flusses.

3 Hoch oben in einem roten Bus fuhr sie durch Straßen, die von einem feuchten Sonnenlicht gefärbt waren, überquerte einen Fluß, der kräftig meerwärts zog, und sah sich auf selber Höhe wie die Möwen – aufblitzende weiße Flügel, gesehen durch trübes Glas. Sie stieg zur Erde oder auf die Straße hinab, als Big Ben eben mitteilte, daß es sieben sei. Aber es hätte keinen Zweck, wenn sie vor acht bei Joes Imbißstube wäre. Für den Haushalt dort begann der Tag in zwei Schüben: der erste etwa um fünf, wenn Iris (Jimmy schlief dann noch) aufstand, um einigen jungen Lastwagenfahrern aus der Pension am Ende der Straße, die von ihrer Wirtin so früh noch nichts zu essen bekamen, Cornflakes, Toast und Rührei aus Eipulver und Tee aufzutischen; ein zweitesmal ging es um neun los, wenn die Seite des Pappschildes mit der Aufschrift GEÖFFNET einladend der Straße zugekehrt wurde. Außer den Anfängern unter den Lastwagenfahrern saßen da noch ein paar ältere Männer, darunter Iris' Vetter Stanley, den sie sich für Martha vorgestellt hatte; und ein paar Reinemachfrauen, die die frühe Büroreinigung hinter sich hatten und auf eine Tasse Tee hereinschauten, ehe sie nach Haus gingen, um ihren Familien das Frühstück hinzustellen. Zwischen fünf und acht war die Imbißstube ein Schauplatz geschäftiger, dampfender Lebhaftigkeit und Intimität. Wenn Martha jetzt, nach zwei Nächten unerklärten Fernbleibens, unerwartet dort einträte, könnte sie das nur als »Matty« tun. Und wenn sie das tat, war sie verloren. *Wenn sie erst mal wieder dran ist, dann sitzt sie mir den restlichen Tag im Nacken, und ich will sie aus dem Weg haben, wenn ich mit Phoebe mittagesse.*

Die Morgensonne blitzte in tausend Fensterscheiben und auf den Schwingen der Möwen. Die prunkvollen Gebäude auf der anderen Seite des Flusses standen wartend, leer; nicht leer: denn zu dieser Stunde war ein Heer von Frauen mit Staubsaugern am Werk, die sie zum Summen und Beben brachten wie die Bienenkörbe. Sie unterbrachen ihre Arbeit für einen Schwatz in den langen Fluren, durch die bald, doch nicht vor zwei Stunden, Männer, die in zehn, fünfzehn, zwanzig Meilen entfernten Vorortschlafzimmern gerade um ein paar letzte Minuten Schlaf kämpften, hereineilen würden, guten Morgen, guten Morgen, guten Morgen, um in Zimmern zu verschwinden, deren Papierkörbe eben geleert worden waren. Herein strömten sie, nur um wieder ausgespuckt zu werden, wenn die Glocke von Big Ben fünf schlug und Tausende von Telefonen auf einen Schlag verstummten. Martha trödelte, verlief sich in dem Gewirr kleiner Straßen, und traf hundert Meter unterhalb des Trümmergrundstücks auf die Straße, in der die Imbißstube lag. Sie wandte sich nach rechts und begrüßte den bearbeiteten Stamm oder Balken. In den nicht einmal zwei Tagen, wo sie ihn nicht gesehen hatte, war eine winzige gelbe Blume aus einer Ritze aufgetaucht. Dieses mächtige, salzige, saure Mehr-Stein-als-Holz-Monument hatte sich ein Krönchen aus grünen Blättern und eine Blume zugelegt. Ein Lüftchen zupfte daran, doch die Blume hielt sich wacker aufrecht, denn ihre Wurzeln hatten sich ordentlich eingegraben. Martha spähte durch eine vergitterte Tür, an der der Totenkopf und das Schild *Kindern ist der Zutritt untersagt* angebracht waren, und sah, daß der Riegel lose in seiner Halterung saß. Sie drückte die Tür auf und ging hinein. Völlig verlassen – war noch zu früh für die Kinder. Doch nein, ein kleines Mädchen mit einem altmodischen schwarzen Pullover über einem weißen Kleid, das wie für einen festlichen Anlaß gestärkt aussah, saß im Staub auf einem Ziegelstein. Es regte sich nicht. »Guten Morgen«, sagte Martha munter, und die Augen des Kindes wurden kreisrund vor Entsetzen. Dann flüchtete es, indem es wie eine Katze über eine Mauer in Sicherheit sprang, dorthin, wo die Frau im schwarzen Mantel nicht hinkam. Wenn das hier eine zerstörte Stadt, eine vergiftete Stadt war, was würden die Ausgräber hundert Jahre später wohl aus dem schließen, was sie hier sahen? Vor Martha erhob sich aus den niedrigen Schuttsäumen eine gezackte Wand, drei Stockwerke hoch. Drei Kamine gab es, einen über dem anderen. Jedes Stockwerk hatte einen anderen Farbton, wie von Moos oder Flechte: Tapete, durchfeuchtet und getrocknet, durchfeuchtet und getrocknet, unzählige Male. Blaßgrün. Darüber ein rosiges, zottiges Braun. Darüber wieder ein trübes Gelb. Wenn man näher herantrat, konnte man da, wo ein langer Streifen von dem Grün weggerissen war, erkennen, daß sich darunter ein dunkleres Grün befand. Martha trat auf einen Mauervorsprung und schob die Fingernägel unter den Tapetenrand. Ein dickes Klebzeug aus Papier: Schicht um Schicht, die jetzt zusammengepappt waren. Einst war jede einzelne eine liebevolle und geliebte Haut der Wände gewesen, die die Leben der Menschen in sich bargen. Doch sie waren mittlerweile miteinander verschmolzen zu einer Art Filz. Martha zog, eine Ecke ging ab. Sie zupfte die einzelnen Schichten auseinander und kam auf dreizehn. Dreizehnmal hatte ein Mann auf einer Leiter gestanden oder vielleicht auf einem Tisch (denn dies hier waren kleine, billig gebaute Häuser mit niedrigen Decken, und wahrscheinlich dürfte der Küchentisch hoch genug gewesen sein) und hatte neues sauberes Papier über die Flecken und Schmutzspuren der Schicht darunter gebreitet. Dreizehnmal hatten eine Ehefrau oder die Kinder gesagt: Doch, das ist sehr hübsch, das gefällt mir, Dad, oder sie hatten gesagt: Nein, wir haben das Falsche ausgesucht. Die beiden Tapeten ganz unten waren recht schön, nach den zwei Fingerbreit zu urteilen, die sie zum Anschauen hatte: sie wurden in dem Maße häßlicher, wie die Jahrzehnte voranschritten. Die oberste war scheußlich, das mußte ein beißendes Grün mit einem schlimmen grellen Muster gewesen sein. In der Mitte war ein ganz hübsches Blümchenmuster, wie der Morgenmantel einer viktorianischen jungen Dame . . . Stimmen von der Straße. Haargenau wie zuvor das kleine Mädchen erstarrte Martha: Polizei! Sie hatte hier nichts zu suchen. Sie schlüpfte von der Mauerkante herunter, schob das feuchte Bündel zusammengeklebter Tapeten in Mrs. Vans Manteltasche und versteckte sich hinter einem Haufen Ziegelsteine, bis sie den Eindruck hatte, ungefährdet auf die Straße hinaustreten zu können.

Hinter dem schmuddeligen Musselin, der die Einsicht in die Imbißstube verwehrte, Umrisse von Körpern; die lebhafte Intimität der frühen Morgenrunde ergoß sich warm nach draußen. Sie war also doch noch zu früh gekommen. Martha bog in die Nebenstraße ein (es war ein Eckhaus), wo es einen Seiteneingang gab, der in einen Hof führte. Die Tür bestand aus Schalbrettern, die mit zwei Querstangen zusammengehalten wurden. Sie war einmal gestrichen worden, denn in den Ritzen saßen krümelige grünliche Farbreste. Jetzt war sie grau. »Von vor dem Krieg«, hatte Iris gesagt. Wenn Iris sagte, etwas sei von vor dem Krieg, dann bedeutete das, daß etwas ersetzt oder repariert oder gestrichen worden wäre, hätte es nicht Krieg gegeben. Sie hätte zum Beispiel nicht gesagt, daß die Mauer aus gelben Ziegelsteinen, die in Kopfhöhe eines großen Mannes mit Glasscherben bestreut war, von vor dem Krieg sei. Martha öffnete die Tür und befand sich in – einem schmucken, wohlgepflegten Garten. Hinter diesen Straßenfronten versteckt, hineingezwängt zwischen Wüsten aus Ziegelstein und Beton, gab es prächtige kleine Gärten. In diesem hier, der die Größe eines großen Zimmers hatte, gab es einen Birnbaum, eine alte Holzbank, die erst vor kurzem von Jimmy einen neuen leuchtend grünen Anstrich erhalten hatte, und eine altgediente Rose rankte sich müßig über die Rückseite des Hauses. Sie stand in voller Blüte, und die Luft war durchdrungen vom Duft ihrer rosa Knospen. In der Ecke dieses Gartens gab es eine Toilette: Das Haus hatte keine Innentoilette. Sie war wie ein kleines Wachhäuschen, und ein Plattenweg führte zu ihr hin, in dessen Ritzen Flockenblumen wuchsen. Unter dem Küchenfenster saß Iris, umrahmt von rosa Rosen. Wenn sie die Frühschicht hinter sich hatte, tat sie, was sie »ein bißchen an der Matratze horchen« nannte: Sie sackte in Schildkrötenhaltung zusammen, die Hand nach einem Krug mit Tee ausgestreckt, die Augen geöffnet, doch ohne wirklich etwas zu sehen. Unterdessen war Jimmy aufgestanden und hatte die Imbißstube übernommen. Er war jetzt nicht in der Küche. Martha stieß die Hintertür auf, und ein schläfriges Starren aus Iris' Augen empfing sie. Dann sagte sie vage: »Ach, Sie sind's!« Martha setzte sich, und Iris deutete auf eine braune Teekanne und gähnte.

»Wir haben Ihre Ration aufgebraucht«, sagte sie. »Schließlich sind Sie ja nicht wiedergekommen, nicht?« Martha goß sich Tee ein. Iris lächelte, doch nahm sie es übel, daß man sie zwang, wach zu werden.

Die Küche war klein. An der einen Wand standen Geräte für die Imbißstube: die Friteuse für den Fisch und die Chips und ein elektrischer Herd, den Jimmy aus den Trümmern weiter unten an der Straße geklaut hatte, nachdem die Bombe niedergegangen war. Dann gab es noch einen altmodischen Holzfeuerungsherd, der als Schrank oder Speisekammer diente.

»Dann sind wir Sie also los?« sagte Iris.

»Ja. Ich bin gekommen, um meine Sachen zu holen.«

»Die sind schon parat. Und ich hab Ihre Lebensmittelkarten und Ihre Marken auf Ihren Koffer gelegt. Oben.«

»Danke, Iris.«

»Stanley ist nebenan, falls Sie ihn sehen wollen.« Martha hatte Stanley nicht sehen wollen, wenn das auch zweifellos ein Beweis für ihre Hartherzigkeit war, und Iris' Ton bedeutete ihr, daß sie ihm nun schon guten Tag sagen müsse, selbst wenn Stanley nicht sonderlich daran lag, sie zu sehen. Doch jetzt, da es unabweisbar an ihr war, nach vorn durchzugehen und dem Mann ihre Anwesenheit kundzutun, den Iris ihr als geeigneten Ehepartner zugedacht hatte, schaffte Martha es eben bis zur Tür, ehe sie sich auflehnte. Wie kam sie eigentlich dazu? Was für Schulden auch immer sie hinter sich zurücklassen würde, Stanley zählte nicht dazu. Schweigend setzte sie sich wieder hin. Die zwei Frauen machten Front gegeneinander: Martha, entschlossen, sich nicht zu entschuldigen, sich nicht an die Brust zu klopfen oder Ausflüchte zu machen, Iris, mittlerweile wach und fühlbar hartnäckig entschlossen, sich schlecht behandelt zu fühlen.

»Ich glaube nicht, daß Stanley und ich zueinander passen«, sagte Martha.

»Na, ich nehm an, daß er sich demnächst schon die Kissen schütteln wird«, sagte Iris tiefbekümmert.

»Ja, aber nicht bei mir«, sagte Martha.

Iris genehmigte sich auf diese Aufforderung zu lachen ein säuerliches kleines Zucken der Mundwinkel, platzte dann gegen ihren Willen laut heraus und hieb mit der Handfläche auf die Tischplatte.

Sie hörte gar nicht wieder auf zu lachen – es strömte aus ihr heraus wie Wasser, es war wie ein Weinen.

»Ach ja«, sagte sie, »doch ein Mann ist ein Mann, und wenn er den Krieg aus den Knochen hat, dann wird er schon sein Plätzchen finden.«

Iris' Ansicht nach war Stanley vom Krieg entwurzelt worden – deshalb habe er sich auch die Lastwagenstrecke fünfmal die Woche nach Birmingham ausgesucht und verbringe seine Wochenenden mit schwerer körperlicher Arbeit – er komme nicht zur Ruhe. Martha hingegen dachte, daß das nichts mit dem Krieg zu tun hatte, sondern in seiner Natur lag. Und sie wußte (anders als Iris, denn sie und Stanley hatten sich verständigt, hatten einen Pakt gegen die Kupplerin geschlossen), daß es in Birmingham eine Frau gab, mit der er die Nächte verbrachte. Er wollte nicht heiraten. Und Martha schon ganz und gar nicht. Obwohl er sie ausreichend gemocht hatte, um ihr eine Stelle als Sekretärin bei der Firma vorzuschlagen, für die er arbeitete.

Nun stand Iris auf und bot Martha die Stirn oder, was wahrscheinlicher war, sie bekräftigte ihr Recht, ihrem Vetter eine Frau auszusuchen, indem sie durch die Durchreiche rief: »Sie ist da!«

Sie setzte sich wieder und sagte zu Martha: »Sie werden sich doch wohl verabschieden wollen, oder etwa nicht?«

Gleich darauf trat Stanley ein. Er war um die vierzig, ein hagerer, schmaler, gebeugter Mann mit harten blauen Augen.

»Ich muß machen, daß ich wegkomme«, sagte Stanley ganz allgemein, »mein Kumpel sitzt schon in der Kiste. Sie haben also offensichtlich Arbeit gefunden, was?« Er sah nicht Martha an, sondern seine Kusine, und gegen sie richtete er so etwas wie eine Warnung oder eine Zurechtweisung. Nicht gegen Martha: Er war ein gerechter Mann und hielt sich etwas darauf zugute.

»Ja, ich denke schon«, sagte Martha.

»Na, dann bist du ja fein raus«, sagte Iris feindselig.

»Bis irgendwann mal«, sagte Stanley und wandte sich auf dem Weg hinaus um, um sie mit einem herzhaften warmen Lächeln zu bedenken, während er Iris mit einem kühlen Lächeln strafte.

»Das ist vielleicht eine Marke«, sagte Iris kummervoll, »in der Wäscherei, da war ein Mädchen, das ihn mochte, aber er doch nicht, er nicht.«

»Wie wollen Sie denn wissen, daß er sich nicht schon ein Mädchen gesucht hat?«

»Ja, das brächte der fertig!« sagte Iris bitter und warf damit für Martha ein Schlaglicht auf irgendeinen Familienkummer, Versäumnis oder Schuld, die sie nun bei der wenigen Zeit, die ihr noch blieb, unmöglich zu begreifen imstande sein würde. Tränen standen in Iris' kurzsichtigen blauen Augen, und sie rührte grimmig in ihrem Tee.

Und nun kam prompt Jimmy herein. Er hatte eine gestreifte Schürze umgebunden und hätte ihr sichtlich gern Vorwürfe gemacht.

»Das heißt also, Sie wollen den Job nicht?«

»Sie hat bereits einen«, sagte Iris, »im Westen oben.«

»Oben im Westen also?«

»Ich weiß noch nicht«, sagte Martha.

»Dann brauchen Sie also keinen Job, den wir Ihnen besorgen könnten?« Er nahm eine große Scheuerbürste und kehrte mit den Worten in die Imbißstube zurück: »Wenn Sie noch nicht gefrühstückt haben, dann bedienen Sie sich ruhig!«

Auf dem Bord über dem alten Herd waren die Wochenrationen aufgebaut. Für jeden getrennt: das Viertelpfund Butter, dreimal, der Speck und für jeden zwei Eier auf einem großen Teller. Und Tee. Marthas Ration war nicht mehr da.

Iris beobachtete Martha aus einem gewohnheitsmäßigen Interesse für die Ungerechtigkeit der Welt, um zu sehen, ob sie Eier, Butter und Speck nehmen würde. Martha mochte die Butter sowieso nicht: ein hartes, salziges Fettzeug. Doch Iris hatte eine große Schüssel Schmalz, das aromatische Destillat von einem Dutzend Sonntagsessen.

»Ah, da hat es wohl wieder jemand auf mein Schmalz abgesehen?« sagte Iris, wieder freundlich, und sie lächelte, als Martha in dem köstlichen, bröckeligen, wohlriechenden Fett Brot röstete, für sich und für Iris, und sie saßen und aßen und tranken Tee, während von nebenan das Geräusch von Jimmys Scheuerbürste zu hören war.

Er kam nicht noch einmal herein: Er hatte nicht vor, ihr zu vergeben. Martha verabschiedete sich von Iris, wurde aufgefordert, hereinzuschauen, wenn ihr danach war, und dann ging sie nach oben, während Iris zu Jimmy in die Imbißstube hinüberging.

In dem winzigen Zimmer über der Imbißstube, das bereits saubergemacht und unpersönlich war, stand ihr Koffer in Türnähe für sie bereit, und obendrauf lag die Lebensmittelkarte. Sie nahm ein Sommerkleid heraus und verstaute Mrs. Vans Mantel und den Pullover und den Rock im Koffer und bereitet sich auf einen Sommertag vor, auch wenn noch keineswegs sicher war, daß der Tag so bleiben würde. Sie verließ das Haus durch den rosenduftenden kleinen Garten.

Es war zehn Uhr morgens. In den großen Gebäuden entlang dem Fluß, von denen aus London verwaltet wurde, trafen Männer und ihre Sekretärinnen zur Arbeit ein. In drei Stunden hatte die Atmosphäre der Stadt sich verändert. Der gewaltige Markt London hatte geöffnet: ein weitläufiger, vielfältiger, abwechslungsreicher Markt, so daß es in jeder Straße eine Ecke, einen Block, ein Zentrum gab, wo man den Eindruck hatte, daß der Reichtum genau hier zusammengeflossen war, um Gestalt gewordenes Geld, Pelze, Teppiche, Silber, Gold, Abendkleider zu offerieren, von denen jedoch, wie beim Eisberg, nur ein Bruchteil sichtbar war, etwa im Namenszug eines Bankiers oder der Vitrine voller Stickereien oder üppiger Pelze, denn vor allem hatte man das Gefühl eines verborgenen Reichtums, und wenn man die feuchten grauen Trottoirs entlang lief, spürte man geradezu, wie sich unter den Füßen unsichtbare Warenlager des Luxus, des Reichtums und der Schönheit erstreckten – meilenweit, ganze Höhlen. Und für die Händler und Kaufleute, denen sie gehörten, war es nicht wichtig zu verkaufen oder auszustellen oder anzubieten. Eine geheime Stadt. Eine verborgene Stadt. Und wenn man, statt an Türen, Schaukästen, den herausgestellten Mustern vorbeizugehen, eine Tür aufstieß, an den eher minderwertigen Verkaufsartikeln vorüberging oder vor einer inneren Tür Einlaß begehrte, die dann nur aufgestoßen zu werden brauchte, denn so wenig Verwegenheit erwarteten die Eigentümer seitens der fügsamen Kunden, daß es nicht einmal einen Türhüter gab – dann plötzlich, abrakadabra!, eine prächtige Treppe, die in die Untergrundstadt London hinabführte, wo über Meilen und Abermeilen die phantastischsten Teppiche und Dekorationsstoffe und Seiden der ganzen Welt gelagert waren.

Martha mußte sich irgend etwas zum Anziehen kaufen. Sie stellte sich vor, sie hätte hundert Pfund dafür übrig, und umschlich die Kleider straßauf, straßab im reichen Knightsbridge. Hätte sie jedoch hundert Pfund besessen, wäre sie nicht imstande gewesen, auch nur einen Penny davon auszugeben. Der Haken war, so ging ihr endlich auf, daß sie nicht wußte, für wen, für was sie sich anziehen sollte. Wenn sie in den Straßen jenseits des Flusses geblieben wäre, bei Iris, Jimmy und Stanley, bei Stella und ihrem Clan, dann hätte es da überhaupt kein Problem gegeben: Die berufstätigen Mädchen hatten einen eigenen Stil und eine eigene Eleganz. Doch man brauchte sich bloß vorzustellen, daß man in Henrys Gegenwart das anziehen sollte, was sie trugen, um die Unmöglichkeit einzusehen: einen engen Rock, eine Bluse, einen Pullover – nein, nein, schon stünde in seinem Gesicht der Ausdruck, der besagte, daß er hier zwar etwas Reizvolles und Erlaubtes vor sich habe – doch außerhalb seines Kodex. Ob er sich dessen bewußt war? Wahrscheinlich nicht. Oder sie konnte die Uniform einer Dame wählen: Man konnte nicht fehlgehen – es gab ganze Läden, die voll davon waren und sonst nichts verkauften. Doch sie »mochte«, wie Iris sagen würde, diese spezielle Uniform nicht. Was also dann? Denn es gab straßenweise Kleider, »Gebrauchsware« aus dem Krieg, häßlich und öde und geschmacklos. Für wen? Was waren das für Männer, für Frauen, die sich ganz bewußt an die Zeichenbretter setzten, um solche Kleider zu entwerfen?

Nein, nicht einmal wenn sie tausend Pfund zur Verfügung gehabt hätte, hätte es hier irgend etwas zu kaufen gegeben – nicht, bevor sie wußte, was sie für eine werden würde. Den Koffer in der Hand trödelte sie herum und schlug die Zeit tot, bis es ein Uhr und damit Zeit war für Phoebe.

Das Restaurant abseits vom Strand war auf niedrigerer Ebene eine Imitation von Baxter; ein großer Raum, besetzt mit kleinen Tischen, an denen jeweils vier Windsorstühle standen. Es gab langweilige geblümte Vorhänge und eine Tapete mit Blumenmuster. Beide entsprachen derselben Vorstellung: Irgendwo hinter beiden stand ein Landhaus oder ein großes Bauernhaus, auf jeden Fall war es das Land mit einer bestimmten Geschmacksrichtung, die seit Jahrhunderten dafür stand. Wenn beide Lokale fünfzig Jahre lang ohne Anstrich oder neue Vorhänge hätten auskommen müssen, dann würden sie sich der Welt immer noch mit unerschütterlicher Selbstachtung präsentieren. Die Speisekarte im Fanny bot dieselbe Art Essen an, jedoch schlichter, ohne Soßen, und viel billiger.

Als Phoebe eintraf, nickte sie dem Kellner zu, der sie kannte, und hatte Martha bereits gründlich inspiziert, ehe sie auch nur saß, wenn auch nach anderen Maßstäben als Henry. Da war die Unterlassung Marthas, sofort nach ihrer Ankunft in London anzurufen, und dann hatte ihre Unzuverlässigkeit noch bestätigt, daß hier vielleicht nicht Frivolität, aber doch ein glücklicheres Naturell vorlag, als Phoebe es aufzuweisen hatte. Marthas Äußeres unterstrich das noch. Phoebe trug einen Rock und einen ziemlich langweiligen Jerseypullover und eine Perlenkette. Martha hingegen trug ein ärmelloses Leinenkleid an einem Tag, den man nur Sommertag nennen konnte, wenn man sehr großzügig war: Und ihr Aufzug trug nicht im mindesten der Tatsache

Rechnung, daß man schließlich dienstlich verabredet war. Außerdem stand ihr Koffer neben dem Stuhl, nach so vielen Wochen in London. Ehe Phoebe auch nur Platz genommen hatte, hatte sie bereits zu verstehen gegeben, daß Martha eine Enttäuschung war. Sie bestellte, während Martha sich nur anschloß: Hühnersuppe aus der Büchse, Kochfisch in einer Eiersoße, Marmeladenbiskuit. Auf dem Tischtuch war ein Fleck.

»Und wie finden Sie London?«

Da Phoebe sie gestellt hatte, war das eine ernsthafte Frage. Martha überlegte. Wem in der Welt konnte sie sagen, was ihr an London aufgefallen war? Jack – vielleicht. Ein bißchen. Und jetzt, weil es Phoebe war, die ihr gegenüber saß, änderte sich das Bild der vergangenen Wochen, und »London« bot sich Martha als eine Abfolge dar, zu der die Stella von den Docks, die Imbißstube und Iris gehörten; Jack, Henry und die Leute in den Straßen und Kneipen. Bruchstücke. Das war hier ein Land, in dem die Menschen sich über die Dunkelheit hinweg, die sie trennte, nicht verständigen konnten. Sie öffnete den Mund, um zu sagen: Ich habe eine Menge über das Klassenproblem . . ., und schloß ihn gleich wieder, obwohl Phoebe gesehen hatte, daß sie zum Reden ansetzte, und nun wartete. Mit Klassen hatte das gar nichts zu tun. In Afrika, als Weiße, war sie so und so gewesen, und wenn sie schwarz gewesen wäre, hätte sie so und so sein müssen. Im menschlichen Bewußtsein gab es irgend etwas, das Trennungen und Unterteilungen vornahm. Sie saß, betrachtete die Suppe vor sich und dachte: Wenn ich esse, wenn ich mit der Routine dieser Mahlzeiten, des Schlafs, der Ordnung anfange, dann trübt sich die nervöse Hellsichtigkeit, in der ich jetzt lebe, und geht verloren. Denn das Wissen, das sie jetzt besaß, die Einsicht in die Natur der Trennung, der Unterteilung (denn eine beliebige Anzahl von Worten taugte zwar zur Feststellung dieses Sachverhalts, doch keines war dabei wirklich von Nutzen) war klar und deutlich – sie verstand, während sie hier saß und die Suppe einen zarten appetitanregenden Dampf zu ihren Nasenlöchern emporsteigen ließ, verstand *wirklich* (aber auf eine neue Weise, befand sich im

Griff einer Vision), wieso menschliche Wesen durch eine kleine Verschiedenheit im Gewebe ihres Lebens so gründlich von einander geschieden sein konnten, daß sie nicht miteinander reden konnten, sondern auf der Hut sein oder gar Feinde sein mußten.

Phoebe wartete. Sie war nie aus England herausgekommen. Martha kam von weit her. Sie wollte etwas hören.

Klassen? Als treuergebene Anhängerin der Labour Party hatte Phoebe sich vermutlich ihrer Abschaffung verschrieben.

Martha nahm den Löffel in die Hand und fing mit der Suppe an. »Beispielsweise denke ich ziemlich viel über Ernährung nach«, sagte sie, um Zeit zu gewinnen, und hatte dabei stark das Gefühl, daß Phoebe eigentlich etwas Besseres verdient hatte.

Die enttäuschte Phoebe sagte, und der tadelnde Unterton war nicht zu überhören: »Nicht weiter verwunderlich unter den gegebenen Umständen.«

Nachdem der Krieg in den Seitenkulissen ihrer Begegnung aufgetreten war, zog er sich wieder zurück: Martha hatte Schuldgefühle. Sie hatte gehört, daß es Phoebe während des Krieges schlecht gegangen war. Ihr Mann war die meiste Zeit weggewesen, abgesehen von den Urlaubstagen, während deren die kleinen Mädchen gezeugt wurden. Die Ehe war kaputtgegangen. Eins der kleinen Mädchen war sehr krank gewesen. Phoebe hatte eine Stelle bei einer Behörde gehabt, hatte Feuerwache gehalten, die Kinder versorgt, war selbst krank gewesen . . . Man konnte sich unter Phoebe schlechterdings nichts anderes vorstellen als eine bewunderungswürdige Frau. Martha schwieg.

»Ich habe genau die richtige Arbeit für Sie«, verkündete Phoebe schließlich, da Martha, die weitgereiste, stumm blieb. Mit dieser einen Ankündigung machte sie bereits einiges klar. Sie gehörte dem linken Flügel der Labour Party an, doch war der wieder nicht so links, daß sie nicht einige bestens bekannte Linksaußen, darunter zum Beispiel ihren Ex-Gatten, als »extremistisch« betrachtet hätte. Ihre Position verlangte von ihr, daß sie sämtliche Kommunisten mit mehr Haß und Argwohn betrachtete als einen Tory. Ihre Schwester Marjorie war – von ihrem Standpunkt aus betrachtet – eine Kommunistin; sie war gefährlich, dogmatisch, hirnverbrannt. Doch das war die Rolle, die Marjorie im Verhältnis zu ihrer älteren Schwester Phoebe schon immer gespielt hatte. Martha war eine Freundin von Marjorie. Doch Mrs. Van der Bylt, die mit einem Dutzend der Organisationen, in denen Phoebe auf Ausschuß- oder Vorstandsebene irgendwelche Posten bekleidete, in Korrespondenz, in ständigem Kontakt stand, hatte ihr Martha schriftlich als wertvolle Mitstreiterin für die gemeinsame Sache angedient. Was bedeutete, daß Marthas Grad von »Rotsein« als erträglich befunden worden war – nicht nur hinsichtlich dessen, was Mrs. Van und vermutlich auch Phoebe persönlich zu ertragen vermochten, als Menschen, sondern auch hinsichtlich dessen, was andere vermutlich ertragen konnten. In einer explosiven Zeit. Schmeichelhaft war das nun durchaus nicht: Martha war sich beileibe nicht sicher, daß es ihr gefiel, so harmlos zu sein. Außerdem, was immer sie sonst noch in London gelernt haben mochte, eins wußte sie mit Gewißheit: Alles, was ihre kommunistischen Freunde ihr über die Armut der arbeitenden Massen, über die blinde Selbstsucht des Mittelstandes (die wahrscheinlich unerhebliche Aristokratie hatte sie nicht kennengelernt) erzählt hatten, war wahr. Mehr als wahr. Wenn sie sich würde politisch betätigen müssen, dann lag der Kommunismus mehr auf ihrer Linie als »Labour« in seinen verschiedenen Schattierungen. Doch hatte sie sich nun seit Tagen auf Phoebe zubewegt und dabei sehr wohl gewußt, daß sie damit über ihre Zukunft entschied. Zumindest über ihre unmittelbare Zukunft. Na gut, eins stand jedenfalls fest: Sie würde unweigerlich auf die eine oder andere Weise in einer falschen Position enden. Das war nicht zu vermeiden. Fragte sich bloß, in welchem Ausmaß?

»Was für eine Arbeit ist das, Phoebe?«

»Wir wollen eine Organisation gründen, die sich für die Befreiung der Kolonien einsetzt, so etwas in der Art. Eine Vereinigung oder Organisation hier, die mit den progressiven Bewegungen dort zusammenarbeitet. Und wir brauchen einen Generalsekretär.«

»Aha.«

Martha dachte über Phoebes »wir« nach. Sie sah sich nicht in der Lage, es zu definieren.

»Eine ziemlich breit angelegte Sache.«

»Verstehe. Gibt es irgendwen, der diese Ziele unterstützen würde?«

Phoebe zögerte, errötete, bedachte Martha mit einem scharfen, doch vorsichtigen Blick und blickte dann nieder auf ihre Suppe. »Gewisse Grenzen würde es allerdings geben müssen. Sie wissen selbstverständlich, daß Kommunisten in der Labour Party – wie auch in anderen Organisationen – verfemt sind?«

»Ja, selbstverständlich«, sagte Martha, geradezu entgegenkommend vor lauter Ärger. Der Ärger war unbegründet. Phoebe tat ihre Pflicht. Wie sie, Martha, es in ihrer Position ebenfalls getan hätte.

Phoebe wartete jetzt darauf, daß Martha unumwunden sagte, wo sie stand. Der Teufel sollte sie holen, wenn sie das tat – außerdem, sie wußte es selbst nicht. Mrs. Vans Empfehlung würde genügen müssen.

Phoebe löffelte verärgert ihre Suppe. Martha tat dasselbe.

»Wir brauchen jemanden, der sich wirklich in den Kolonien auskennt – jemanden, der die Lebensbedingungen dort kennt, Erfahrungen mit den Eingeborenen hat.«

»Um gleich anzufangen – das Wort kann man nicht mehr benutzen: Eingeborene.«

»Ach – nein? Da sehen Sie's ja – deshalb braucht man eben auch . . .«

»Ich glaube aber nicht, daß ich eine derartige Arbeit möchte.«

»Naja, die Bezahlung wäre natürlich nicht sehr gut«, sagte Phoebe und ließ keinen Zweifel daran, daß das in ihren Augen kein Grund war, um irgendeine Arbeit abzulehnen. »Doch in anderer Hinsicht würde man reichlich entschädigt.« Sie meinte, durch die Gesellschaft solcher Menschen wie sie selbst, die interessante Tätigkeit, vor allem dadurch, daß man wußte, man war nützlich – genauso, wie Martha es in ihrer Position gesehen hätte.

»Der Haken ist, ich möchte nicht in dieser Atmosphäre arbeiten. Ich bin ja nach England gekommen, um ihr zu entrinnen.«

Und nun konnte Phoebe gar nicht anders als von Martha enttäuscht zu sein. Allein schon – weshalb stahl sie ihr, Phoebe, eigentlich die Zeit? Was für eine Stelle erwartete sie denn?

»Ach so«, sagte sie, und ihr Mund wurde schmal, als sie nach dem Kellner Ausschau hielt, der die Suppenteller abräumen und den Fisch bringen sollte. Sie hatte es eilig, wollte nicht noch mehr Zeit verschwenden.

Wenn Marjorie da gesessen hätte, hätte sie ihren Gefühlen freien Lauf gelassen und voller Empörung, aber auch Herzlichkeit losgeschrien: Ja, also Matty, wenn du solche Töne anschlägst! Wenn du so anfängst! Na, also dann!

Doch Phoebe war nicht Marjorie. Und Martha war nicht »Matty«, verwehrte »Matty« den Zutritt. Um nicht »Matty« zu sein, mußte sie kühl sein, energisch – hart. So hart wie Phoebe.

Mittlerweile aß Martha schweigend klebrigen Fisch und dachte über Phoebe, über Marjorie nach. Denn das war das eigentliche Erlebnis dieser Mahlzeit, das, was sie davon mitnehmen konnte. Phoebe sah aus wie Marjorie. Hätte sie ohne Vorwarnung plötzlich Phoebe getroffen, hätte Martha sie umarmt, die liebenswürdige und widersprüchliche Marjorie, die jüngere Schwester. Wie lange kannte sie Marjorie? Über zehn Jahre! Sie hatten einander fast täglich gesehen. Marjorie war vor dem Krieg in der Kolonie aufgetaucht, eine »Immigrantin« – ein Mädchen aus England. Alle, die mit ihr zusammenarbeiteten, hatten dieselbe Haltung ihr gegenüber – eine fast belustigte Zuneigung. »Marjorie«, hatten sie gesagt und damit ihre Art von Charme, von verzweifelter Begeisterungsfähigkeit, von Ernsthaftigkeit gemeint. Doch was hatten sie gewußt? Nur dies eine: Marjorie, die jüngere Schwester. Eine bestimmte Art Augen, Nase, Haar und hübsche englische Haut. Und da war sie nun wieder, vor Marthas Augen: als Phoebe.

Was Marjorie zu dem gemacht hatte, was sie war, war folgendes: Ein Arzt in einer englischen Landstadt mit einer Neigung zu Büchern und einem Interesse an Politik hatte zwei Töchter allein aufgezogen, nachdem seine Frau gestorben war, als sie noch klein waren. Sie ähnelten einander sehr: hübsche, blonde, lebhafte englische Mädchen. Phoebe, die ältere, war der um fünf Jahre jüngeren Marjorie gegenüber ebenso herrschsüchtig wie offenherzig. Allmählich hatte Marjorie sich von Phoebe freigemacht, hatte sich freimachen müssen, um sich selbst zu finden. *Trotzdem*, wenn man Phoebe gegenübersaß, die mit Marjories Stimme sprach, die Marjorie so sehr ähnelte, wie sollte man sich da nicht fragen, wer Marjorie eigentlich war? Sie war nicht ihre Stimme, nicht ihr Gesicht, nicht ihr Körper, nicht ihre Augen oder ihr Haar. War es dann also ihre Art? Doch Marjories atemloser, verteidigungsbereiter, aufgeregter Charme – das gehörte alles zur jüngeren Schwester. Sie hatte den Abstand von Phoebe, den sie zum Atmen brauchte, durch ihre Kindheit gewonnen. Marjorie – war das nur die jüngere Schwester? Natürlich nicht.

Doch wer war sie dann, was war sie? Martha hatte keine Ahnung.

Martha saß der energischen, hübschen, tüchtigen Engländerin gegenüber, die Phoebe war, und bemühte sich bewußt, nicht zu Marjorie zu sprechen. Sie war beschämt. Sie hatte Marjorie nie gekannt. Wie immer, so war sie auch mit ihr träge, phantasielos gewesen: Sie hatte nie mehr getan, als mit der jüngeren Schwester zu reden! Ja, und wenn sie nicht aufpaßte, würde sie jetzt auch nicht mehr tun, als mit der älteren Schwester zu reden! Denn dieser Wesenszug war so stark bei Phoebe, daß es schwer vorstellbar war, wie man darüber hinausgelangen sollte.

»Selbstverständlich stehe ich mit meinem Rat zur Verfügung«, sagte Martha.

»*Dazu* finden sich immer jede Menge Leute bereit«, sagte Phoebe sofort, und als sie dann merkte, daß sie sich selbst widersprach, sah sie ärgerlich und plötzlich sehr müde aus. »Wir brauchen Hilfe!« sagte sie.

»Phoebe, haben Sie sich schon einmal in einer bestimmten Atmosphäre *eingesperrt*, eingeschlossen gefühlt?«

»Ja, allerdings«, sagte Phoebe und meinte den Krieg.

»Nein, den Krieg meinte ich nicht«, sagte Martha unbeholfen, denn Phoebe war so ungeheuer vorwurfsvoll.

»Ich kann mir nicht vorstellen, daß ich nicht für das arbeite, an das ich glaube – ganz ehrlich, das kann ich nicht.«

»Muß man denn wirklich innerhalb einer Organisation arbeiten? Naja, ich verstehe schon, weshalb Sie sich ärgern. Sie sind ja schließlich keine Stellenvermittlung. Ich weiß auch nicht, wie ich darauf gekommen bin.«

Phoebes Blick bei dem Wort »Stellenvermittlung« verriet, daß sie genau das gerade gedacht hatte.

»Tja, ich scheine ständig irgendwelche Stellen zur Hand zu haben, die besetzt werden müssen... Also wollen wir mal sehen...«

»Ich kann mir schon denken, worauf es hinausläuft – ich habe für eine Weile erst mal genug von organisierter Politik.«

Phoebe verstummte. Martha wußte, weshalb. Ohne Mrs. Vans Empfehlungen hätte Phoebe sie links liegen lassen als jemanden, dessen Neuerungseifer aus einer leidenschaftlichen Identifizierung mit Rußland, dem reinen und vollkommenen, entsprungen war: wieder so eine Rote mit gebrochenem Herzen, ein schwankendes Rohr im Winde, eine Neurotikerin, eine Niete. Doch Mrs. Van hatte es anders dargestellt. Deshalb saß Phoebe mit zusammengezogenen Brauen und aß mit einem Teelöffel klebrige Biskuittorte. Sie sah Marjorie so sehr ähnlich, daß Martha so etwas wie Schmerz oder Panik verspürte. Es schien unvorstellbar, daß sie nicht sagen sollte: Marjorie!, und dann würde die Person ihr gegenüber reagieren, wie es einer zehnjährigen – Freundschaft? entsprach.

»Mrs. Van der Bylt behauptet, Sie hätten Forschungsarbeit gemacht – etwas in der Art?«

»Ja. Sagen Sie mal, Phoebe, schreiben Sie und Marjorie einander eigentlich manchmal?«

»Wir sind beide keine großen Briefschreiberinnen. Wie geht es ihr? Sie hat noch ein Kind gekriegt, höre ich. Dann sind es jetzt also vier?«

In ihrer Stimme schwang eine Spur von Schmerz, etwas Persönliches mit. »Und ihren Mann habe ich natürlich auch nie kennengelernt.«

»Das ist ein netter Mensch. Einer von der ruhigen Sorte. Er ist Beamter.«

»Das hat sie mir geschrieben«, sagte Phoebe und ließ keinen Zweifel daran, daß sie von Beamten nichts hielt, was Martha daran erinnerte, daß sie selbst einen kämpferischen Unruhestifter aus der Linken geheiratet hatte. Sie hob den Kopf und lächelte Martha zu: die fühlte sich wie am Morgen, zusammen mit Iris und ihrem Stanley – für einen kurzen Augenblick war eine familiäre Bindung beleuchtet, berührt worden.

Wenn sie nun zu ihr sagte: »Ihre Schwester ist eine sehr unglückliche Frau. Sie langweilt sich mit ihrem netten, zuverlässigen Mann. Sie bekommt die Kinder wie unter Zwang. Sie lebt permanent im Zustand des Nervenzusammenbruchs«? – nein, natürlich konnte sie so etwas nicht sagen. Diese Frau verstand Verzweiflung nicht – oder besser gesagt, deren Eingeständnis. Und außerdem wäre eine derartige Mitteilung, falls man darin nicht ein Symptom für Marthas eigene Identifizierung mit der neurotischen Schwäche dieser Welt diagnostizierte – was bestimmt geschehen würde –, doch nur die Bestätigung des immer schon erwarteten Scheiterns der jüngeren Schwester.

»Läuft es gut – wie man so sagt?«

»Hhm, doch, doch ich glaube, die vier kleinen Kinder sind im Augenblick allerdings eine ganz schöne Strapaze.«

»Wieso denn das? Schließlich habt ihr doch jede Menge Dienstboten da unten, nicht?« Die Bissigkeit, mit der sie das, hochrot im Gesicht, hervorstieß, sagte alles über ihr eigenes Leben, das darin bestand, harte, schlechtbezahlte Arbeit zu tun, ständig verantwortlich zu sein und zwei kleine Mädchen ohne Vater großzuziehen – ohne Hilfe, ohne Dienstboten.

»Ich glaube, ich weiß etwas für Sie«, sagte Phoebe und schob damit das Persönliche beiseite, während ihr Gesicht immer noch flammend rot war und ihre Finger das Portemonnaie kneteten. »Da wäre mein Schwager. Mein *Ex*-Schwager. Der braucht jemand, der ihm hilft. Er ist Schriftsteller. Nur so, natürlich. In Wirklichkeit ist es eine Liebhaberei. Er macht auch noch irgendwelche Geschäfte.«

»Welche Art von Schriftsteller?«

Pause. Phoebe nahm einen Schluck von dem dünnen Kaffee, während Martha eine vertraute Atmosphäre wiedererkannte: Oh, ja, sie war schon früher hier gewesen, und der Eindruck war noch ganz frisch. »Er hat es tatsächlich geschafft, daß sie ein Buch von ihm veröffentlicht haben.« Noch ein Schlückchen. »Es ist ziemlich gut besprochen worden.« Es war deutlich, daß die guten Besprechungen nicht nur eine Überraschung, sondern auch eine Enttäuschung waren. Sie mochte wohl den Mann nicht, oder war es das Buch? Nein, die Atmosphäre machte sich so stark bemerkbar, daß Martha dem nächsten Satz mit Zuversicht entgegensah. »Ich habe keine Zeit für Bücher, die nicht von etwas Wirklichem handeln, Sie etwa?«

So hätte auch Marjorie reden können; oder Anton. Aus einer Auswahl ähnlicher Sätze hätte sie auch nehmen können: Ich bin an irgendwelcher Schreiberei aus dem Elfenbeinturm nicht interessiert. Nein, das wäre für Phoebe wahrscheinlich eine allzu literarische Ausdrucksweise.

Martha ließ nicht locker: »Wovon handelt das Buch denn?«

»Ach, nur von persönlichen Empfindungen.«

»Tja, ich brauche aber nun mal eine Arbeit!«

An diesem Punkt blickte Phoebe mit schmalen Lippen auf Marthas Koffer.

»Wo haben Sie denn Ihr Gepäck gelassen?«

Fast hätte Martha »Matty« gestattet, an ihrer Stelle scherzhaft, wegwerfend, charmant zu antworten: Da drin ist meine ganze Habe!

»Das ist mein ganzes Gepäck.«

»Sie müssen eine hervorragende Packerin sein«, sagte Phoebe und machte aus der Not eine Tugend.

»Was sucht er denn? Wie sähe die Arbeit aus?«

»Ach, ich weiß nicht – er rennt ständig durch die Gegend, wissen Sie – hat x Eisen im Feuer. Er wohnt eigentlich fast um die Ecke. Ich habe gerade gedacht, wir könnten ja einfach mal bei ihm vorbeischauen, falls Sie Zeit haben.«

»Ja. Gut.«

»Mal vorbeischauen« war nicht gerade eine Gepflogenheit, der Martha in London begegnet war, das heißt, in dem London, wo die Leute richtig in Häusern wohnten, wohlgeordnete Leben führten im Unterschied zu den Wanderern und Kampierern – das bedeutete wohl, daß Phoebe zu diesem Mann eine besondere Beziehung hatte?

»Ich rufe mal an«, sagte Phoebe.

Man »schaute nicht vorbei«, ohne vorher anzurufen.

Phoebe ging zum Kellner, besprach sich mit ihm und verschwand in einer Tür mit der Aufschrift »Privat«. Sie kehrte mit den Worten zurück: »Mark sagt, wir könnten kommen. Ab halb drei ist er für eine Stunde frei.«

Ja, das entsprach ihren Erfahrungen schon eher: Man machte sich für eine Stunde frei, wenn man eine Verabredung hatte. Worin bestand da der Unterschied? Natürlich – die Dienstboten! Wenn man massenhaft billige Dienstboten hatte, dann konnte man vorbeischauen, zum Essen bleiben, ausgiebig beiläufige Bekanntschaften entwickeln.

Um die Ecke hieß Bloomsbury.

Marthas Arme schmerzten nach dieser Kofferschlepperei. Sie schlug ein Taxi vor. Phoebe fuhr nie Taxi. Sie nahmen den Bus.

Das Haus stand nicht an einem der berühmten Plätze, aber doch beinahe: Vor der Eingangstür sah es so aus, als erhöben die

Bäume und Büsche des Platzes Anspruch auf das Haus. Es war hoch, engbrüstig und steif – genau wie alle Häuser an den Plätzen, und die ganze Gegend zeigte jetzt, da die unterschiedlichen Schattierungen von »Weiß«, die ihre Besitzer vor dem Krieg gewählt hatten, sich zu einem unauffälligen, aber einförmigen Grau eingetrübt hatten, die Einheitlichkeit des ursprünglichen Entwurfs: Häuser, Vorgärten, grasbewachsene Plätze mit alten Bäumen. Mit einem Wort, hier dachte man an die Schönheit Londons, nicht an seine Häßlichkeit. Als sie in der Diele standen, deren dunkler Boden mit Perserbrücken bedeckt war und die sonst sparsam möbliert war, erkannte Martha, daß sie sich zum erstenmal im Leben in einem Rahmen befand, wo sie, wenn sie sich zum Bleiben entschlösse, ohne jeden Zweifel wüßte, wie sie sich benehmen und kleiden sollte. Sie hatte sich einem solchen Rahmen oder selbst dem Gedanken daran immer widersetzt. Wenn sie diese Stelle annahm, dann durfte das nur für sehr kurze Zeit sein. Sie fühlte sich von dem Haus angegriffen – beansprucht. Außerdem paßte sie nicht hierher. Und Phoebe ebenfalls nicht, so fiel ihr auf, denn die war unelegant, wirkte plump, wohingegen sie, Martha, schrill wirkte.

Ein Mann kam die Treppe herunter, nur undeutlich zu sehen, bis er eine Lampe anknipste. Er war dunkelhaarig und mittelgroß, doch kräftig gebaut und hatte ausgeprägte Gesichtszüge, so daß er unmittelbar den Eindruck körperlicher Stärke und Größe machte. Eine starke Ausstrahlung. Doch dann sprach er, und was er ausdrückte, war Ängstlichkeit, Besorgnis, selbst Ärgerlichkeit.

»Das nenne ich wirklich nett ... Lassen Sie mich ...«, und er nahm Phoebes Mantel und Marthas Koffer. »Wenn ich das übernehmen dürfte ... Wirklich, Phoebe, sehr nett von dir, daß du dir soviel Umstände machst.« Er brachte ihnen gegenüber nicht mehr zustande als die Höflichkeit, die er ihnen, für sein Empfinden, schuldig war. Entweder war irgend etwas passiert, seit Phoebe ihn vor einer halben Stunde angerufen hatte, oder er hatte bereits auf den ersten Blick eine Abneigung gegen Martha gefaßt. Worauf Martha – und sie nahm das selbst an sich wahr – mit kindischem Trotz reagierte: Na meinetwegen, ich halte auch nicht viel von dir! Denn das stimmte. Die Koloniebewohnerin in ihr nannte seine Höflichkeit Unaufrichtigkeit, denn er war eindeutig wütend über irgend etwas, und die Besorgnis, die er ausstrahlte, löste Fluchtinstinkte in ihr aus. Sie überlegte, wie sie sich wohl am schnellsten hier herausreden konnte, während Phoebe ihren Mantel zurück verlangte, behauptete, sie habe zu tun und müsse sofort weiter.

»Nein, bleib doch, bitte, Phoebe«, schrie er fast, und sein Gesicht verzog sich gequält bei dem Versuch zu lächeln. »Wollen mal sehen, wo wir ...« Er öffnete eine Tür, die von der Diele abging und dahinter ein Wohnzimmer sehen ließ. »Margaret hat bestimmt nichts dagegen, daß ich ...«

Martha begriff, daß sie jetzt von einem Mann ausgefragt werden würde, der entweder an ihr oder an dieser Art Interview keinen Gefallen hatte, welches von beiden, vermochte sie nicht zu entscheiden, und daß er herauszufinden suchte, wo das Gespräch am besten stattfinden sollte.

»Tut mir schrecklich leid«, sagte Phoebe in rügendem Ton, weil er ihr nicht abnehmen wollte, daß sie ungeheuer beschäftigt war. »Geben Sie mir Bescheid, was dabei herausgekommen ist«, sagte sie zu Martha, »denn falls Sie und Mark nicht miteinander klarkommen, gibt es garantiert noch jede Menge andere Arbeit zu erledigen.« Sie ging.

Martha und Mark Coldridge standen in der Halle, ihren eigenen Entscheidungen überlassen.

»Sie sind wohl nicht die junge Dame aus Birmingham?«

»Nein, wieso?«

»Ach so, na dann ...« Er hielt die Tür auf, und sie betrat den langestreckten, niedrigen, schönen Raum, der so aussah, als hätte sich seit Monaten niemand darin aufgehalten.

»Vor ein paar Wochen hat mir Phoebe nämlich einen ihrer Schützlinge aufdrängen wollen, aus Birmingham, Labour Party oder so was.«

Er sah sie sich genauer an. Sie stand und ließ sich inspizieren und musterte gleichzeitig ihn. Doch sie spürte nur eins: Hier kommen Ansprüche auf mich zu. Nicht nur von ihm, dem Mann, sehr große, obwohl sie sie nicht zu benennen wußte, sondern auch von dem Haus, der Einrichtung – selbst von diesem Stadtteil.

»Schön«, sagte Martha und wurde in dem verzweifelten Verlangen zu entrinnen fast zu »Matty«, »hier muß ein Irrtum vorliegen. Sie haben nicht die Richtige vor sich. Tut mir furchtbar leid – ich gehe wieder.« Und sie war bereits auf dem Weg zur Tür.

»Nein, warten Sie! Wir gehen nach oben«, sagte er, so daß deutlich wurde, daß Margarets Zimmer, wer immer Margaret sein mochte, wahrscheinlich gewählt worden war, um die junge Dame aus Birmingham oder Phoebe abzuschrecken oder einzuschüchtern – jedenfalls galt das Zimmer offenbar als eine Art Niemandsland oder Schutzzone. Sie folgte ihm die Treppe hinauf in ein kleines Zimmer im ersten Stock, das es Martha mit seinen vielen Büchern und Papierstößen und seinem behaglichen Durcheinander erleichterte, sich hinzusetzen.

»Also, wer sind Sie nun?«

Sie antwortete, wobei sie ihm ein Minimum an Information gab und dem Drang widerstand, ihm zu antworten, wie sie es anderen Fremden gegenüber getan hatte – ich bin Patty Jones, ich bin Joan Baker, ich bin die Mutter von Zwillingen oder Schwester eines Seemanns, der . . .

»Und was hat Phoebe gesagt, was für eine Arbeit das wäre? Was stellen Sie sich vor?«

Das war wieder so weit entfernt von dem Auftreten, das ihm geläufig war, verriet wieder soviel Befürchtungen, Abwehr, daß sie schon drauf und dran war, davonzulaufen. Sie musterte sein Gesicht, ehe sie antwortete: ein dunkles, kräftiges, wohlgeformtes Gesicht. Gutaussehend? So gutaussehend, wie es eben ging: Es war verbissen und wachsam.

»Daß Sie jemanden brauchen, der Ihnen bei einem Buch hilft, doch ich glaube wirklich nicht, daß . . .«

»Aha.« Schon war er entspannter. Er lächelte. »Ja, aber so bleiben Sie doch. Ich brauche wirklich jemanden.«

Und jetzt kam ein Blick, den Martha, wäre er ein anderer gewesen, wäre er nicht ein Mann gewesen, dem solche Mittel fremd waren, als hinterlistig bezeichnet hätte. Nein, das nicht, doch etwas wurde hier versteckt, hastig verborgen.

»Ja, also. Ich hab einen äußersten Termin – so hat man mir gesagt. Und ich muß ...« Er verlor völlig den Faden. Er saß halb auf einem Schreibtisch, hatte die Beine hochgezogen, als ruhten sie auf einem Hocker oder Stuhl – doch sie verharrten in der Luft, und schaute sie an wie um eine Ecke herum. Alles war aus dem Lot, unangemessen – mißlich. Martha merkte, daß sie abgestoßen war – nicht von ihm, der ihr eigentlich gefiel, doch von einer Situation. Denn es gab eine. Alles hier in diesem Haus, so begriff sie, würde das absolute Gegenteil dessen sein, was sie vorzufinden gehofft hatte.

Sie nahm sich zusammen und sagte bestimmt: »Ich suche eine Stelle für eine begrenzte Zeit. Ich möchte nirgendwo angebunden sein. Und ich hatte mir Hoffnung auf geregelte Arbeitszeit gemacht.«

Bei der ersten Bedingung war sein Gesicht ruhig geblieben, doch bei der zweiten verdüsterte es sich eindeutig.

»Ach, das ist nur zu verständlich. Doch ich hatte mir eher erhofft ... Wissen Sie, ich arbeite selbst unregelmäßig. Überwiegend nachts. Ich muß tags ins Büro ...«

An dieser Stelle regte sich draußen vor der Tür etwas, so als bereitete sich jemand auf seinen Eintritt vor, dann folgte ein entschiedenes Klopfen, und dann, ehe Mark etwas sagen konnte, trat eine Dame ein mit einem kleinen Jungen an der Hand.

»Ah!« sagte Mark resigniert. Er stand vom Schreibtisch auf. Zu dem kleinen Jungen sagte er: »Na, alter Freund!«, und der Junge, ein rundlicher, dunkelhaariger, sehr blasser Junge mit auffallend abwehrenden dunklen Augen, lächelte traurig. Er schaute sich suchend nach einer geeigneten Sitzgelegenheit um und setzte sich, während die Frau beobachtete, ob er das Richtige tat.

»Das ist meine Mutter«, sagte Mark, »Margaret Patten. Und das ist mein Sohn Francis. Und dies ist Mrs. Hesse.«

Martha hatte das Gefühl, die Dame nur zu gut zu kennen, denn sie war groß, leichtfüßig, lebhaft und wirkte viel jünger, als sie sein mußte, um die Mutter dieses Mannes sein zu können. Sie trug ein schwingendes geblümtes Seidenkleid und hatte Handschuhe bei sich, die sie jetzt auf Marks Schreibtisch niederlegte und, ohne sie anzuschauen, mit tätschelnden Bewegungen, Finger auf Finger, aufeinanderlegte, als lägen sie immer noch auf einem Verkaufstisch, oder als wünschte sie, sie lägen dort. Gleichzeitig nahm sie eine Reihe äußerlicher Merkmale Marthas zu Protokoll: Alter, Kleid, Ausstrahlung, Stil, und man konnte förmlich hören, wie sie überlegte: Hesse? Deutsch? Ein deutscher Name? Deutsche ist sie nicht, nein. Aber Engländerin auch nicht . . .

Marks Ärger wurde immer größer.

»Na, ich hoffe wirklich, daß du endlich jemanden gefunden hast«, erklärte sie. »Willst du dich nicht lieber hinsetzen?« sagte sie zu dem Kind, das aufgestanden war, um seinem Vater näher zu sein. Es setzte sich prompt wieder hin, die Füße parallel nebeneinander, und beobachtete die feindselige Erwachsenenwelt, von der es, so sagten diese Augen mit erschreckender Deutlichkeit, nichts zu erwarten hatte, das nicht schmerzlich war. Martha merkte, daß ihr das Herz weh tat. Dieser kleine Francis war ein unerträglich schmerzlicher Anblick. Unterdessen machte Mrs. Patten sich unverhohlen ein Bild von ihr, während ihr Sohn Mark zuschaute und es ihr verübelte.

»Mrs. Hesse ist eben erst eingetroffen, und wir haben uns noch nicht geeinigt.«

»Ach so«, sagte Margaret Patten und lächelte Martha zu, als geschehe es hinter dem Rücken ihres Sohnes.

»Eigentlich sind wir gerade dabei, uns gegenseitig auszufragen.«

»Ja, dann müssen wir euch wohl euch selbst überlassen, nicht, Francis?«

Sie streckte die Hand aus, und Francis stand sofort auf, um sie zu ergreifen.

»Falls sie bleibt«, sagte Mrs. Patten, »trifft es sich ja gut, daß das große Zimmer eine Weile leerstehen wird – das heißt, wenn die liebe Sally es aushält, wegzubleiben!«

Er sagte nichts. Martha sagte ebenfalls nichts. Sie hatte verschiedene Gründe, um wütend zu sein, die fast alle in der Vergangenheit wurzelten und sich mächtig bemerkbar machten. Sie grollte Mrs. Patten um ihrer selbst und um Marks willen. Und um des Kindes willen. Francis bedachte seinen Vater jetzt mit einem Lächeln, das Mark erwiderte: Wie Gefangene des Schicksals waren sie, die einen flüchtigen Moment der Trauer teilten, bevor es unwiderruflich Abschied nehmen hieß. Dann schob Mrs. Patten ihn aus dem Zimmer.

Eine Pause trat ein, die Mark nutzte, um sich zu fangen. Dann: »Sie hat ihre Handschuhe liegenlassen, verdammt noch mal!« Er schnappte sie und trug sie an die Tür, wo er sie seiner Mutter in die Hand drückte. Wieder wurden Abschiedsfloskeln ausgetauscht. Er kehrte zurück.

»Die Sache ist die«, sagte er, »meine Frau ist in einer Nervenheilanstalt.« Er machte eine Pause und schaute sie nicht an, während sie diese Mitteilung in sich aufnahm. »Meine Mutter hat sich eine ganze Weile sehr um Francis gekümmert, und sie findet, mit einer Frau im Haus wäre es leichter – während der Ferien zum Beispiel.«

Diese Informationen waren so reichlich, daß Martha stumm blieb und sie zu verdauen suchte, während er abwartete. Und als sie darüber nachdachte, sah sie das Gesicht des Kindes vor sich, als es sich zum Abschied umwandte: Es war ein langer, neugieriger, hoffnungsvoller Blick.

Oh, nein, sagte Martha sich, oh, nein, nein, nein!

Schließlich schaute sie Mark abwartend an, und er sagte: »Sie dürfen jedoch nicht denken, daß Sie, falls Sie für mich arbeiten würden – jedenfalls eine Zeitlang, im geringsten für Francis verantwortlich wären oder hier wohnen müßten.«

»Wer wohnt denn hier alles?«

»Eine gute Frage«, sagte er und lachte endlich. »Ja, doch, das hätte ich Ihnen gleich sagen sollen. Na schön, also ich, in der Hauptsache. Und meine Frau – wenn es ihr gut geht...« Eine lange Pause. »Das ist jedoch nicht wahrscheinlich... Sie ist nicht sehr... Es sieht nicht so aus, als würde sie in absehbarer Zeit nach Hause kommen. Oder falls doch, dann ist sie jedenfalls nicht... Meine Mutter kann über das Zimmer verfügen, das Sie unten gesehen haben. Sie empfängt bisweilen Gäste, wenn sie in der Stadt ist. Und dann sind da die Zimmer oben. Die alle jemandem gehören. Oder gehört haben. Wir sind eine große Familie. Wir waren es.«

»Ah, ich verstehe.«

»Ja, das habe ich mir schon gedacht, daß Sie darauf kommen würden.« Das war gleichzeitig ein Appell und eine Entschuldigung. Martha hatte das Gefühl, rasch in einen Abgrund gerissen zu werden, und zwar von ihren eigenen Empfindungen. Zum erstenmal, seit sie in London eingetroffen war, war sie unfrei. Sie wäre am liebsten aus dem Haus gelaufen – irgendwohin. Sie war ungeheuer aufgeregt. Er ebenfalls.

»Die Arbeit selbst«, sagte er schließlich, »ist ziemlich unkompliziert. Nur, verstehen Sie, mein Problem ist, daß ich jemanden brauche, der sich durch – heikle Situationen nicht aus der Fassung bringen läßt.«

Sie verstand völlig. Martha überlegte: Sie hatte kein Geld mehr. Wenn sie in ein Hotel gehen oder sich ein Zimmer suchen mußte, dann mußte sie Mark Coldridge um einen Vorschuß auf ihr Gehalt bitten (das bislang noch nicht erwähnt worden war). Das Zimmer oben (wer wohl Sally war?) wäre ein Gottesgeschenk, bis sie sich selbst etwas suchen konnte. Doch würde das bedeuten, daß sie noch tiefer in diese einengende Lage hineingeriet, in die sie bereits geraten war: Das Gesicht des Kindes ließ sie nicht mehr los. Weshalb war sie nur so dumm gewesen, sich bis auf den letzten Penny zu verausgaben? Hier zu arbeiten, aber anderswo zu wohnen – das ließe sich wohl machen – wahrscheinlich. (Oder doch nicht?) Sie konnte sich Geld leihen. Von wem? Von Jack. Sie würde Jack darum bitten.

»Kann ich es mir überlegen?« sagte sie, und er sagte, kalt vor Enttäuschung, da er das als höfliche Ablehnung interpretierte (was es ja auch fast war): »Oh, selbstverständlich, da tun Sie ganz recht dran!«

»Nicht, daß mir die Vorstellung, mit Ihnen zusammenzuarbeiten, nicht gefiele ... Es ist nur, daß ...«

»Ich verstehe.«

Und dieser Augenblick hätte der Sache ein Ende bereiten können: Sie hätte weggehen und frei sein können. Doch sie konnte es nicht verhindern, daß sie sagte: »Ach, es tut mir leid, es tut mir wirklich furchtbar leid!«

»Hören Sie – Sie könnten entweder – irgendwoanders wohnen, wo Sie möchten, oder hier. Aber es ist fast immer noch jemand da. Es wäre nicht so, daß Sie allein mit mir wären. Sally ist oft da. Sally ist die Frau meines Bruders. Aber in jedem Fall müßte es keine Arbeitszeit sein, die Ihnen nicht zusagt. Doch ich würde Ihnen zwölf Pfund die Woche zahlen, ob Sie nun hier wohnen oder nicht.«

Sein Ton besagte, daß dies großzügig war – was es in der Tat war, viel mehr als auf dem Stellenmarkt üblich.

Martha stand auf. Die Atmosphäre war mittlerweile derart gefühlsgeladen, daß sie es nicht ertragen konnte. »Ich gebe Ihnen noch heute Bescheid. Genügt das?«

Sein Gesicht war plötzlich lebhaft – freundlich, erfreut.

»Oh, fein, fein«, sagte er, »ich hoffe so sehr ... Doch ich möchte Sie wirklich nicht drängen. Und Sie dürfen mir nicht verargen – verstehen Sie, seit ein paar Wochen schon muß ich mich mit Phoebes Kandidatinnen herumplagen, und die sind meist nun einmal ganz entschieden nicht meine eigenen.«

»Sie ist sehr energisch, das stimmt.«

Sie lächelten beide über Phoebes so nützliche Energie, während sie die Treppe hinabstiegen, und Martha fiel wieder ein, wie die Leute über Marjorie gelächelt hatten: ein anderes Lächeln. Seltsam: Über Phoebe könnte man niemals so lächeln wie über Marjorie!

Martha verließ ihn und widerstand seinem Vorschlag, ihren Koffer doch dazulassen und später zu holen.

Wohin konnte sie gehen, während sie ihre Entscheidung fällte?

Wohin sollte sie schon gehen können außer zu Jack? Und jetzt, während sie den hübschen Platz überquerte, wo die sommerlichen Bäume die Zweige in einer kühlen Luft hin- und herbewegten, war sie befreit von jenem Haus, jenem Mann, jenem gequälten Kind. Sie würde zu Jack gehen und ihn fragen, ob sie nach allem schließlich doch im Stockwerk unter ihm wohnen könnte. Wenigstens als Übergang. Sie ging zur Telefonzelle, um Jack anzurufen.

Als er merkte, daß Martha dran war, sprach aus seiner Stimme im ersten Augenblick unüberhörbar tiefe Erleichterung: »Oh, Martha, du machst mich glücklich – ich hab wirklich gedacht, ich würde nie wieder was von dir hören. Ich weiß nicht, wieso ich das angenommen habe.« Dann eine Pause, und es sprach die achtsame leise Stimme, die der Situation angemessen war: Joanna war bei ihm. Er machte Martha mit dieser Tatsache vertraut und erwartete von ihr, daß sie einsähe, daß Joanna, die doch Marthas wegen zweimal vertröstet worden war, sich verdient hatte, nun vorgezogen zu werden. Martha sah es ein. »Hör mal, Jack, kannst du mir ein bißchen Geld leihen? Ich brauche ungefähr zehn Pfund, aber fünf täten es auch.« Daraufhin trat eine sehr lange Pause ein. Endlich antwortete er: »Ja, weißt du, Martha, ich hab nie Geld im Haus.« Er schwieg und wartete, ob ihr nicht eine andere Quelle einfiele. Martha konnte sich des Gedankens nicht erwehren: Typisch, so knickrig wie der ist . . ., der sie mit einer solchen Heftigkeit überfiel, daß sie dies Urteil gleich wieder von sich schob. Aber knickrig oder nicht, sehr wohl hatte er Geld im Haus: wie die alten Farmer von früher, nämlich in einem Beutel unter der Matratze. Und eine ganze Menge. Dann ging ihr auf, daß diese Bitte um Geld in der Tat besagte, daß sie nicht in den Zimmern unter ihm wohnen, sondern in ein Hotel ziehen wollte: Sie bat Jack um Geld, um sich jeglichem Druck zu entziehen, den er vielleicht auf sie ausüben würde. Und er hatte das gespürt: Er spürte es noch.

»Vielleicht könnte Joanna mir ja etwas Geld leihen?« fragte Martha drängend, und die Verzweiflung in ihrer Stimme war nicht zu überhören.

»Warte eine Minute, Martha.«

Martha stand in der Telefonzelle und beobachtete die Leute, die draußen vorbeigingen: Es war wieder Stoßzeit, und der finstere Himmel verriet, daß es gleich regnen würde. Sie war in Panik. Hatte eine Heidenangst. Das war eine gefährliche Klippe in ihrem Leben: Man nahm sich ihrer an. Hatte sich ihrer bereits angenommen? Jacks Stimme war wieder ruhig und gelassen: »Komm doch gleich mal her, Martha, dann können wir drüber reden, ja?«

»Gut. Danke. Dank auch an Joanna.«

»Kommst du mit dem Taxi oder zu Fuß?«

»Mit dem Bus.«

»Bis gleich.«

Er hatte gefragt: Wie lange haben wir, Joanna und ich, noch Zeit, bis du kommst? Sämtliche Gaben einer talentierten Hausfrau für minutiöse Organisation gingen in die Organisation seiner Frauenbekanntschaften ... Sie raste vor Wut. Es war ihr zwar nicht neu, daß Jack auf sein Geld achtete – wenn man das so ausdrücken wollte. Doch sie hatte ihn als großzügig beurteilt: Schließlich hütete er die tausend Pfund als Unterpfand seiner Freiheit. Nie zuvor hatten er oder seine Lebensweise Abneigung oder Widerwillen bei ihr ausgelöst. Jetzt empfand sie beides. Und ebenso gegen den Haushalt, in dem sie sich diesen Nachmittag aufgehalten hatte – ein Haufen schwächlicher Neurotiker, und Phoebe, eine humorlose Selbstgerechte ... Der Haß glühte ihr in den Adern. Sie mußte damit aufhören – mußte, mußte einfach ... Im Gedränge von Menschen, die sauer nach dem Schweiß dieses schwülen Nachmittags rochen, stieg sie in einen Bus in Richtung Westen. Sie war müde. Die Wochen ohne rechten Schlaf, ohne ausreichende Nahrung, das rastlose Umherlaufen machten sich bemerkbar: Sie war nahe dran, endlich in Tränen auszubrechen. Sie wäre gern in einem dunklen Zimmer gewesen, wo sie sich die Decke hätte über den Kopf ziehen können. Der Bus raste die Bayswater Road hinunter. Vor nur zwei Nächten war Martha hier beschwingt und unbeschwert und hellwach entlanggelaufen. Das war die Nacht gewesen, wo sie, während sie lief, begriffen hatte ... doch sie konnte sich jetzt nicht daran erinnern, was es war, das sie da begriffen hatte. Und auch dagegen reagierte sie mit heftigem Widerwillen – sich aufspielen, dachte sie, sich wichtig machen, sich alle möglichen großartigen Wahrheiten ausmalen, wo es doch in Wirklichkeit nichts weiter war als ... Natürlich, wenn du es darauf anlegst, nicht richtig zu schlafen und zu essen und dann stundenlang herumzuschlafen mit so einem verdammten ... Sie sah sich selbst vor sich, eine junge Frau im schwarzen Mantel einer Matrone, wie sie mit einem idiotischen Lächeln im Gesicht durch die dunklen schmutzigen Straßen lief, doch irgendwo im Hinterkopf behauptete sich der Gedanke: Es war da, es war da, es war *doch* da – nur weil du jetzt überhaupt nicht herankommst, kannst du noch lange nicht behaupten, daß es nicht existiert. Sie stieg mit weichen Knien aus dem Bus und taumelte nahezu mit dem schweren Koffer am Kanal entlang, wo die Kinder in einem trüben Sonnenlicht herumplanschten. An Jacks Haustür angekommen, mußte sie sich erst mal anlehnen und tief durchatmen, um sich zu erholen. Auf der Straße gruben Männer in Overalls die Fahrbahn auf und standen dabei bis zur Hüfte in einer fettigen, gelben Erde.

Die Tür wurde, ehe sie noch geläutet hatte, von dem grinsenden jungen Kerl geöffnet: Er hatte durch die Fensterscheibe hinausgeschaut.

»Es ist schon eine oben«, sagte er entzückt.

»Ja, ich weiß. Danke.« Sie ging vorbei und hörte sein idiotisches Kichern. Lieber Himmel, sie konnte doch nicht in diesem Haus wohnen, bei einem Idioten und einem ... Jack kam lächelnd die Treppe herunter, um sie zu begrüßen. Und bei seinem Anblick löste sich ihr Widerwille in schlichte Zuneigung auf. Alles, was sie empfunden hatte, war lediglich der Erschöpfung zuzuschreiben, und man konnte sie nicht für voll nehmen. Ein junger Mann in ausgebeulten blauen Hosen und einem schweren blauen Pullover, den er gewählt hatte, um die Magerkeit zu verdecken, die seine Scham und sein Entsetzen waren, nahm er ihr den Koffer ab und zog sie in dem knöchernen Ring, der sein Arm war, dicht zu sich heran. Er küßte sie und fragte: »Na also, Martha, was ist denn?«

Sie schüttelte den Kopf, den Tränen nahe, und trat vor ihm in das schwarz-weiße Zimmer, wo Joanna angezogen auf dem Stuhl am Fenster saß. Entweder hatte sie sich nicht ausgezogen, oder sie hatte sich Marthas wegen angezogen. Sie trug ihre makellose Kleidung: einen beigefarbenen Rock ohne jede Knitterfalte, einen beigefarbenen Pullover, Seidenstrümpfe, keine Nylons, an den langen Beinen und spiegelblank polierte flache braune Schuhe. Ihr Kamelhaarmantel lag zusammengefaltet über der Lehne eines anderen Stuhls. Sie sah so adrett und blank aus wie ein frischgewaschenes Kind. Lächelnd nickte sie Martha zu. »Möchtest du dich hinlegen?« Immer noch von dem knochigen Halbkreis umfangen, wurde sie in Richtung Bett geschoben.

»Nein. Ich möchte nicht schlafen – noch nicht.«

Es gab nur einen anständigen Stuhl, und auf dem saß Joanna. Sie stand auf und setzte sich aufs Bett, und Martha nahm den Stuhl. Jack wandte sich ab, um Kaffee auf dem Spirituskocher zu machen. Er überließ es ihnen, den beiden Frauen, die Situation zu klären und damit fertigzuwerden.

»Hat der Job nichts getaugt?« wollte er wissen, als keine von beiden etwas sagte.

Und plötzlich explodierte Matty durch Marthas Mund hindurch in einem Schwall von Tränen, in die sich auch ihr Kichern mischte. »Oh, doch, der ist wie für mich geschaffen. Liegt genau auf meiner Linie ...« Ihre Stimme erhob sich zu einem kreischenden Gelächter: »Ihr würdet staunen – der ist maßgeschneidert für mich. Glaubt's mir, der wartet seit Jahren nur auf mich – alles so krank und neurotisch und hoffnungslos, wie man es sich nur vorstellen kann ... und darüber wacht eine herrschsüchtige Mama, und dann ist da noch die Gattin in der Nervenheilanstalt, und der Mann, der einfach nur dasitzt und auf einen Trottel wie mich wartet, der den ganzen Laden schmeißen soll.«

Jacks blauer Rücken war noch über seine Tassen und Löffel gebeugt: Er wartete gespannt. Und hinter Joannas kühlem Gesichtchen, das sie ihrer Erziehung verdankte, standen Abneigung und Beunruhigung. Und die kühle Martha, die die kichernde, tränenselige Matty mit ebensoviel Abstand beobachtet wie Jack und Joanna, wußte, daß es Jack sein würde, der Joannas Reaktion auf diese Situation zu spüren bekommen würde – nicht Martha. Dieser Gedanke gab ihr die Beherrschung wieder. Sie schniefte, wischte sich mit den Händen über Augen und Wangen, denn sie hatte kein Taschentuch, und saß dann schweigend und erholte sich langsam.

»Es gibt jede Menge Jobs in London«, lautete Jacks Kommentar, als er sich mit drei vollen Bechern umwandte – darin war pechschwarzer Kaffee. Auf den Farmen seiner Heimat standen hinten auf den Herden stets siedende mächtige schwarze Kessel, darin war fingerhoch das Kaffeemehl, das täglich neu hinzugeschüttet wurde, um ein Gebräu herzustellen, das auf das Nervensystem schon beim ersten Schluck wie ein Stromstoß wirkte. Die schwarze Flüssigkeit in der Tasse, die Martha in der Hand hielt, wäre in ihrer gegenwärtigen Verfassung zuviel für sie gewesen. Sie hielt die Tasse einfach nur in der Hand.

»Alle Welt will in London leben ...«, sagte Joanna. »Wozu denn bloß? Weshalb lebt ihr denn nicht auf dem Land? Da kann man wie ein menschliches Wesen leben.«

»Joanna kann dir etwas Geld leihen, Martha. Einen Fünfer?«

»Ja«, sagte Joanna, »doch an Ihrer Stelle würde ich London mit dem erstbesten Zug verlassen.«

»Doch man schaut immer wieder mal rein! Mensch – warum legst du dich denn nicht ins Bett und schläfst ein bißchen? Joanna und ich können doch ein bißchen was essen gehen – nicht, Joanna?«

»Ich muß gehen«, sagte Joanna, während sie ihren dicken schwarzen Kaffee nippte und Martha beobachtete.

Martha dachte: Keiner von beiden hat überhaupt *gehört*, was ich gesagt habe. Joanna kann Jack jetzt nicht ertragen, weil er sie meinen hysterischen Anwandlungen ausgesetzt hat, und Jack hat das Gefühl: Martha regt sich auf.

Jack ließ sich auf dem Fußboden nieder. Zuerst setzte er seine Tasse ab, und dann befühlte er den Boden, als grüße er die Erde: So mochte ein afrikanischer Dorfbewohner die Erde mit der einen Hand berühren, sich ihrer vergewissern, ehe er sich hinhockte. Jack kauerte nieder, die Hand flach neben sich auf dem Boden. Wenn er und ich jetzt allein hier wären, dann würden wir miteinander schlafen, und das, was ich gesagt, was ich empfunden habe, würde durch seine Art beantwortet, mit mir zu schlafen. Dies schien ihr eine ungeheuerliche Entdeckung zu sein.

»Was für eine Art Arbeit möchten Sie denn?« fragte Joanna.

»Es geht mir weniger um die Arbeit als solche. Doch ich weiß genau, was ich will.« Denn so war es. Während der letzten paar Minuten war etwas geschehen, hatte sich ein Gewicht verschoben. Sie wußte es.

»Ich möchte«, sagte Martha, »auf eine Weise leben, daß ich nicht nur einfach – zu einem hypnotisierten Tier werde.«

Jack lächelte, weil er aus Zuneigung bald zu erfahren hoffte, was Martha denn so aufregte, hielt die Hand flach an den Boden – Erde. Joanna jedoch sagte mit schroffer Feindseligkeit: »Oh, nein! Davon hatte ich während des Krieges wirklich genug.«

»Was meinst du damit?« fragte Jack und richtete die Antenne seiner Sensibilität auf Joanna.

»Ich weiß schon, was ich damit meine. Und ich habe genug davon. Ich will einfach nichts mehr davon hören.«

»Es war auf dem Schiff. Auf dem Schiff ist mir das klargeworden«, sagte Martha.

»Martha hat die Überfahrt nicht gefallen«, erklärte Jack Joanna. »Aber trotzdem, Martha, das kann doch nicht so schlecht gewesen sein, einfach mit deiner Freundin dazusitzen und alle zu beobachten. Als ich als Passagier zurückkehrte, war das genau dasselbe ...« Jetzt sprach er wie ein Gastgeber, indem er Marthas Kummer zu beschwichtigen suchte. »Doch ich bin die ganze Zeit in der Sporthalle geblieben. Ich wollte damit nichts zu tun haben.«

»Ach ja, aber ich hab's getan, ich hab's getan, und das ist der springende Punkt.«

»Du hast doch gesagt, du hättest mit dem kranken Mädchen dagesessen und zugeschaut – das ist immer gräßlich, ein Haufen Menschen, die zusammengepfercht sind wie die Tiere.«

»Nein.« Martha stand unter einem Zwang, alles zu erklären, ja, selbst Joanna als Verbündete zu beanspruchen, und das ungeachtet der Tatsache, daß Joanna Marthas lebenswichtige Entdeckung mit solcher Feindseligkeit abgelehnt hatte. »Ehe ich weggegangen bin (von zu Hause?), träumte ich immer wieder vom Meer. Immerzu. Es war eine Obsession. Als ich in Kapstadt aus dem Zug stieg, dachte ich: das Meer, doch wir wurden direkt auf das Schiff weiterverfrachtet, und das Meer war Hafenwasser voller Schiffe. Und das Schiff – ich schwör's euch, da war alles dazu angetan, einen vergessen zu lassen, daß das Meer auch nur in der Nähe war. Und wenn man nachts an Deck stand und es anschaute oder auf dem Deck spazierenging, dann kam garantiert jemand und sagte: Mondsüchtig! Oder: Ich hab auch ein paar Pfündchen zugelegt! Stellt euch mal vor – Hunderte von Menschen, von denen manche den ganzen Krieg lang auf diese Fahrt gewartet hatten. Dann war da dies Mädchen, sie war krank. Ich glaube, unheilbar krank. Eine Blutkrankheit. Sie war ein blasses, dünnes Mädchen – kränklich. Wir schlossen uns zusammen. Doch sie akzeptierte mich nicht. Ich war ja gesund, wißt ihr? Sie hatte immer so einen skeptischen, so einen feindseligen

Blick, mit dem sie mich im Auge behielt – so wie Sie manchmal, Joanna.«

»Dessen war ich mir gar nicht bewußt.«

»Doch. Doch. Wo war ich noch stehengeblieben – ach ja. Wir zwei stellten eine Herausforderung für die Männer dar, weil wir nicht mitmachten. Sie dachte, genau deshalb tue ich es. Ja, und vielleicht – oder sagen wir's mal andersherum, das war es dann, was mich da wieder hineinzog, also hatte sie vielleicht recht. In gewisser Hinsicht. Doch die ganze Zeit war sie höflich und ziemlich zynisch und beobachtete, wie lange ich es wohl aushielt bei ihr, statt mich den anderen anzuschließen.«

Joanna sagte: »Sie hätten sich in die Kabine einschließen sollen.« Aus Joannas Tonfall sprach finsterer Zorn.

»Ich teilte die Kabine mit vier anderen. Nicht jeder kann sich eine Einzelkabine leisten – ach, verdammt noch mal, ist das kindisch!«

»Ja, allerdings«, sagte Joanna.

»Ich weiß, wie Martha zumute ist«, sagte Jack, »manches liebe Mal in meinem Leben hätte ich euch wegen eures Geldes umbringen können. Und das ist die Wahrheit. Manches liebe Mal in Port Elizabeth sah ich mir die reichen Touristen an, und glaubt's mir, hätte es eine sichere Methode gegeben, ich hätte euch umgebracht.«

»Aber ich war doch gar nicht dabei!« sagte Joanna fast belustigt.

»Auf dem Schiff dachte ich immer wieder, daß ich für Millionen von Menschen eine reiche Frau war. In ganz Afrika gibt es Menschen, die wissen, daß eine Reise auf einem Passagierschiff der Himmel ist – ihnen auf alle Zeiten unerreichbar. Stellt euch das mal vor. Ich war erst ein paar Tage auf dem Schiff, aber ich erkannte, daß eigentlich alle es haßten. Ich wachte gewöhnlich früh auf und beobachtete, wie die anderen drei Frauen aufwachten – wie sie erst noch halb schliefen und nicht aufwachen wollten, dann unter Stöhnen ganz wach wurden und nach den Zigaretten griffen. Körper in Kojen, die sich danach sehnten, den ganzen Tag lang schlafen zu können, doch der Tag hatte begonnen. Das ganze Schiff voll stöhnender Menschen, die nicht wirklich Lust hatten, aufzustehen und sich zu rasieren und zu waschen und anzuziehen. Und die Ferienkleidung. Die Frauen hatten ein Vermögen oder Monate auf diese Kleidung verwendet, nur für diese Reise. Dann das Frühstück. Alles aß gewaltige fleischhaltige Frühstücksportionen und riß dazu Witze über die Gier. Sie wollten es nicht essen, doch sie mußten, weil es da war und sie dafür bezahlt hatten. Die Stewards, die hinter uns herrannten wie die Kindermädchen, während die Leute darüber witzelten, daß die Stewards ja so wenig verdienten. Auf eins verstehen sich die Südafrikaner, wir alle von da unten – darauf, defensive Witze zu machen und Menschen Geldstücke zuzuwerfen. Nach dem Frühstück wieder die Witzelei, als die Leute zu den Toiletten hinuntergingen. Und eine Stunde später war schon wieder der Steward mit der Suppe da. Und alle aßen Suppe. Dann ging die Trinkerei richtig los: Endlich konnten sie anfangen, sich zu betäuben. Sie waren sowieso schon von dem vielen Essen ganz benommen, und nun noch der Alkohol. Und dann das Mittagessen: Zwei Stunden Nahrungsaufnahme, alles aß und aß und trank. Und dann runter zum Schlafen. Gottseidank konnten sie zwei Stunden Lebenszeit im Schlafe loswerden; manche liefen jedoch auch in der Sonne umher und machten Spiele und rissen Witze über die Pfunde, die runtermüßten. Und dann Tee. Die Leute hatten sich umgezogen. Tee und massenhaft Kuchen. Und dann mit der Dunkelheit begannen die Anzüglichkeiten und die Trinkerei. Überall auf dem Schiff wurde geflirtet. Dabei mochten die Leute ihre Partner nicht einmal besonders, weil das, was sie taten, nicht an das heranreichte, was sie sich monatelang unter der Reise vorgestellt hatten. Und Musik drang aus jeder Ritze des Schiffs. Jeder an Bord außer der Besatzung berauscht von Essen, Trinken und Sex. Und dann ins Bett. Und schnell ins Bett, denn entweder warst du hinter jemandem her oder ein bißchen betrunken. Zurück in die Schlafanzüge und Nachthemden. Zurück ins Vergessen – Gottseidank.«

»Ja, und?« sagte Joanna, gefaßt aber wütend. Ihre Augen glänzten, und ihre Wangen glühten.

»Ich habe meine Zeit in der Sporthalle verbracht«, sagte Jack.

»Ja. Doch es war wie ein – ich kann es nicht erklären. Alles war genauso wie im gewöhnlichen Leben, nur ausgeprägter. Es war ein Alptraum, mit diesem Mädchen zusammenzusitzen. Sie hieß Lily Maxwell und kam aus einem der Bergarbeitervororte von Johannesburg. Ich schwöre, wir waren die einzigen Menschen auf dem ganzen Schiff, die nicht – hypnotisiert waren. Wir saßen da und schauten zu. Doch für mich war das ein neues Gefühl, und für sie – sie hatte schon seit langer Zeit damit gelebt. Sie würde bald sterben. Glaube ich jedenfalls. Sie saß da und schaute lebensfrohen Menschen zu. Sie war die ganze Zeit völlig allein, wißt ihr. Und ich war bei ihr, doch sie wartete nur darauf, daß ich nicht mehr standhielt. Zynisch. Sie wußte, das würde der Fall sein. Sie saß sehr still und beobachtete mich, wie ich die Männer anschaute und die Männer mich. Es kam, wie es kommen mußte. Es dauerte vier Tage. Ein netter Farmer aus dem Oranje-Freistaat. Oh, alles sehr gesittet und manierlich. Und ich war die ganze Zeit schwerfällig und betäubt und erledigt von Essen, Alkohol und Sex.«

»Ich sehe nicht, worauf Sie hinauswollen«, sagte Joanna.

»Oh, Sie verstehen schon«, sagte Martha grob, »ich weiß es. Aber ich war nicht völlig verloren, weil ich mich ständig an den einen Gedanken klammerte: daß ich betäubt und hypnotisiert war, es aber nicht sein mußte. Und vor allem, daß ich keine Angst haben durfte – banal zu sein.«

»Das hatten Sie ja wohl auch nicht«, sagte Joanna. Sie stand auf. Sie wollte gehen.

»Stimmt. Und weiter? Es ist richtig, ich möchte ganz und gar eingebettet sein ins Banale. Mir kommt es vor, als gäbe es eine gigantische Verschwörung, und das ist allein unsere Schuld. Es gibt Leute, die wissen ganz genau, daß sie betäubt sind und nur halbwach, doch dagegen kann man sich wappnen – nur darf man nicht banal sein. Das ist ein Klischee. Oh, ich weiß sehr wohl, an dem, was ich gesagt habe, ist nichts Neues, doch ich habe es damals neu *empfunden* und empfinde es jetzt. Und ich lasse mich davon nicht durch das Gelächter der Leute abbringen, die sich vor Worten wie Klischee oder das Offensichtliche oder das Banale scheuen. Das ist mir doch vorher schon mal aufgegangen? Komisch, wo war denn das? Wer? Irgend jemand – ich hab's vergessen. Immerzu lernen wir Dinge und vergessen sie wieder, und folglich müssen wir sie noch einmal lernen.«

»Sie möchten einfach nur zur Bohème gehören«, sagte Joanna, »anders sein. Na schön, ich hab mir das während des Krieges alles mitangesehen.«

»Nein. Im Gegenteil. Ich erinnere mich, daß ich das schon einige Zeit vorher herausgefunden habe – daß so Lernen aussieht. Plötzlich versteht man etwas, das man schon sein ganzes Leben verstanden hat, aber auf eine neue Weise. Doch die ganze Zeit stehen wir unter dem Druck, etwas anderes anzustreben, das neu scheint, weil neue Wörter damit verbunden sind. Ich aber möchte Wörter als etwas so Gewöhnliches ansehen wie Brot. Oder das Leben. Oder den Tod. Klischees. Ich möchte ständig auf Klischees gestoßen werden.«

Joanna schwang ihre Umhängetasche über ihren hübschen Kamelhaarmantel. Sie wollte gehen. Jack stand bei ihr und beobachtete sie. Er hatte Angst, daß er sie verloren haben könnte. Martha dachte, daß das wahrscheinlich der Fall war. Er hatte nicht »gehört«, was sie gesagt hatte. Nicht mit Bewußtsein. Doch Martha wußte, daß er ihr mit dem Körper hätte antworten können. Und diese Erkenntnis, eine wirklich neue, daß es Menschen gab, die einfach nicht über das Bewußtsein handelten oder funktionierten, bewirkte, daß Jack aus dem Dunkel ins Helle auf sie zu getreten zu sein schien. Sie wußte, wenn sie jetzt ungestört miteinander hätten schlafen können, dann hätte das anders ausgesehen, weil Jack mitbekommen, gespürt, empfunden hätte, was sie gesagt hatte. Würde man ihn jedoch jetzt bitten, in Worte zu fassen, was Martha gesagt hatte, dann würde er antworten: Martha ist müde, sie ist erregt. Die Menschen waren wirklich ungeheuer verschieden. Immer wieder vergaß sie das. Jacks Weise, die Welt zu erleben, und ihre berührten einander nicht. Außer wenn sie miteinander schliefen. Sein Verständnis und sein Austausch vollzog sich durch den Körper.

Unten läutete es. Eine Sekunde lang war Jacks Miene die eines Menschen, den man ertappt hat. Beide Frauen bemerkten es und tauschten sogar ironische kurze Blicke, so stark ist die Macht der Konvention. Denn keiner von beiden war danach zumute. Jack lief nach unten, und sie blieben allein.

Joanna sagte: »Ich weiß schon, was Sie sagen wollen, doch worauf läuft das alles hinaus? Wir sind nun mal machtlos dagegen. Also was hat es für einen Sinn?«

Lebhafter Wortwechsel auf der Treppe, und dann trat als erster Jack ein und sagte: »Es ist Jane!«, wobei er sie bittend ansah. Und Martha und Joanna fragten einander daraufhin stumm, ob sie beide über Jane Bescheid wüßten: Es war der Fall. Und sie wußten, die Spielregeln verlangten, daß sie jetzt gingen. Sie nickten Jack zu, der hinausging und mit einem hübschen kleinen blonden Wesen zurückkehrte, das erhitzt, aufgekratzt war wie ein Baby, das aus reiner Laune gebrüllt hat. Irgendein Liebeskummer hatte das Bedürfnis in ihr ausgelöst, sich gewaltig auszutoben, und sie nahm Jacks Besucherinnen kaum wahr, die aufbruchbereit waren.

Seite an Seite gingen sie und wurden von dem verrückten jungen Kerl hinausgelassen, der sie mit seinem Grinsen dazu beglückwünschte, daß sie eine so zahlreiche und hocherwünschte Gesellschaft waren.

Die beiden gingen durch die Straßen, in die Joanna nie einen Fuß gesetzt hätte, hätte es Jack nicht gegeben. Ihre saubere, tadellose sportliche Kleidung legte einen Abstand zwischen sie und ihre Umgebung.

»Ich glaub, ich nehme den nächsten Zug nach Hause«, bemerkte Joanna, »ich hab fürs erste genug interessante Erlebnisse gehabt.« Es klang immer noch sehr feindselig.

»Werden Sie Jack weiter besuchen?« Denn Martha hatte den Eindruck, daß Joanna das nicht tun würde.

»Ich weiß nicht. Das war eigentlich nicht das, was für mich dabei rausspringen soll. Ich möchte einfach nicht, daß die Dinge dermaßen – interessant und dramatisch sind.«

»Dann entschuldige ich mich dafür, daß ich dazu beigetragen habe.«

»Teilweise ist es meine eigene Schuld. Ich hätte damals nicht hereinplatzen dürfen – Neugier. Geschieht mir ganz recht.«

Martha betonte ihren Akzent, gab sich offen und unverkrampft, weil der Koloniebewohner persönliche Fragen stellen konnte, die einem Engländer verwehrt waren, und wollte dann, selbst auf die Gefahr hin, sich einen Rüffel einzufangen, von ihr wissen: »Werden Sie weiter mit Jack schlafen, wenn Sie verheiratet sind?«

»Ich denke schon. Vielleicht. Ich wüßte keinen Grund, warum nicht.« Bei diesen Worten ließ sie ein kurzes, schroffes Lachen hören. »Wenn ich hier allerdings in irgend etwas hineingezogen werden soll – an Jack als Person bin ich nicht interessiert.«

Martha riskierte die Bemerkung: »Sie sprechen über Jack, wie Männer über Prostituierte reden.«

»Wirklich? Ich glaube nicht, daß ich je mit einem Mann über die Prostitution diskutiert habe. Na gut, was ist denn verkehrt daran? Ich hasse Sex«, fuhr sie ungerührt fort, »ich meine, ich kann dies ganze Getue darum nicht ausstehen. Während des Krieges gab es nichts als Sex, und die Leute sehnten sich verzweifelt nach einander. Doch ich bin wohl gern befriedigt, nehme ich an.«

Und nun mußte Martha schweigen, denn unter dem Gesichtspunkt der Befriedigung konnte sie den Sex mit Jack nicht sehen. Joanna sagte: »Wir sind nichts als Tiere, das ist alles. Weshalb soll man etwas anderes vorgeben? Jack befriedigt mich. Es geht einfach und rasch, und dann ist die Sache erledigt. Genau, was ich gern habe.«

»Aha.«

»Na«, sagte sie mit ihrem kurzen rauhen Lachen, »Sie wollen mir doch wohl nicht erzählen, daß Sie ihn lieben oder irgendso einen Quark?«

»Bestimmt nicht«, sagte Martha und lachte ebenfalls. Die Frage war bloß: Sagte Jack sich, ich befriedige Joanna, kurz, einfach und rasch, weil sie das möchte, und Martha gebe ich – wie immer er das bezeichnen mochte, oder reagierte er einfach nur aus seinem wunderbar sicheren Instinkt heraus?

Sie waren an der Haltestelle und standen zusammen im Zwielicht des Sommerabends. »Jedenfalls«, sagte Joanna, »so sieht das aus. Ich will heiraten, Kinder haben und haufenweise Geld und nie wieder über – das alles nachdenken müssen. Und wenn Sie während des Krieges hier gewesen wären, dann würden Sie wissen, was ich meine. Ich habe den Eindruck, daß viele Leute, die den Krieg nicht erlebt haben, wie Jack und Sie, daran teilzuhaben versuchen, als spürten sie, daß sie was versäumt haben.«

»Jack hat den Krieg nicht erlebt? Er war doch auf einem Minensuchboot, wußten Sie das denn nicht? Er ist versenkt worden.«

»Oh, doch, aber das meinte ich nicht. Ich meine, wenn man nicht hier in England dabei war. Das war etwas anderes.«

»Ach so.«

In diesem Augenblick kam der Bus. Joanna lächelte Martha kühl und förmlich zu, stieg dann in aller Ruhe ein und bemerkte von der Stufe herab: »Ich nehme doch an, wir sehen uns demnächst mal wieder!« Der Bus fuhr davon. Jetzt fiel Martha ein, daß sie alle drei, Jack, Joanna und sie selbst, das Geld vergessen hatten, das sie brauchte. Ganz recht so: Denn des Geldes wegen war sie ja auch nicht zu Jack gegangen. Doch jetzt besaß sie nur noch ungefähr zwei Pfund. Sie konnte in ein billiges Hotel gehen, den Koffer als Unterpfand benutzen und Mark morgen anrufen, um sich mit ihm zu verabreden, damit sie sich endgültig einig werden konnten, auf die englische Weise.

Doch sie war zu müde. Außerdem erinnerte sie sich der Augenblicke, wo sie einander verstanden hatten – oh, ja, nur allzu gut, und dachte: Was hat das denn für einen Sinn? Ich weiß doch ganz genau, daß ich dort einziehen werde. Sie betrat eine Telefonzelle. Es war etwa neun Uhr.

Als Martha eintraf, schien das Haus menschenleer zu sein. Dann kam er die Treppe herab. Er sei bei der Arbeit, sagte er. Martha werde vermutlich lieber erst morgen zu arbeiten anfangen, sonst wäre es ihm natürlich ein Vergnügen . . . Doch sie war so müde, daß nichts in Frage kam als das Bett. Er trug ihr den Koffer in den zweiten Stock hinauf, in ein geräumiges, ruhiges Zimmer. Er hatte das Bett bezogen. Oder irgend jemand sonst. Er ließ sie mit den Worten allein, die Küche sei ganz unten, falls sie sich nachts Kaffee machen wolle – er tue das oft.

Sie schloß die Augen vor einem Zimmer, das eine starke, so vertrauenserweckende Ausstrahlung hatte, daß sie sich sagte, als sie am Einschlafen war: Ich bleibe nur eine Weile, nur kurze Zeit. Ein paar Monate . . .

4 Sie stieg auf zum Licht, durch ganze Lagen von Schlaf hindurch, und kämpfte dagegen an, von der rücklaufenden Strömung wieder nach unten gesogen zu werden. Licht lag auf ihren Lidern. Sie öffnete sie. Das Zimmer war von einem spröden Sonnenlicht erfüllt. In den schwarzen Ästen des Baums auf der anderen Straßenseite hing das Geglitzer von Wasser. Ein kalter schwarzer Baum, von biederen Vorhängen in Grau und Rosa umrahmt: ein Baum auf einer Bühne. Eine weiße Steppdecke schimmerte. Auf dem Weiß saß in Fensternähe der schwarze Kater im Sonnenlicht und putzte sich das Gesicht. In der gegenüberliegenden Ecke putzte eine schwarze Fliege sich den Kopf mit den Vorderbeinen. Katze und Fliege bedienten sich derselben Gesten. Behutsam, gewissermaßen um keine von beiden zu erschrecken, langte Martha nach einer Bürste, setzte sich auf und bürstete sich das Haar. Hinter ihr widmete ein Schatten auf der weißen Wand sich seinem Kopf. Fliege, Katze, Frau, alle waren als Schattenriß nachgebildet. Der Schatten der Katze war eine ebenmäßige Bewegung von Schwarz auf Weiß. Auf der vom Fenster abgelegenen Seite der Fliege eine kleine Verdunkelung, doch die Bewegung der Fliegenbeine war nicht sichtbar. Wenn sie die Größe einer Fliege hätte, ob sie dann wohl imstande wäre, den Schatten jener kraftvollen haarigen Arme zu erkennen? Die Katze beobachtete ihren Schatten, während sie sich mit der Pfote das Gesicht putzte. Ob die Fliege auch ihren Schatten betrachtete, während sie sich putzte?

In London hatte das Sonnenlicht stets eine besondere Betonung: durch den Schatten. Denn zum größten Teil bestand ein Tag aus klarem, aber sonnenlosem Licht, wie Wasser, das Gegenstände barg: Häuser, Bäume, einen Stein, Menschen. In heißen Ländern jedoch war ständig alles unterstrichen, hatte alles sein Abbild. Das Licht flutete weg von der Steppdecke, wieder zum Fenster hinaus. Der Kater, der im Licht pechschwarz gewesen war, zeigte nun das Farbspiel seines Fells. Er war dunkelbraun, mit einem schwarzen Schimmer, und am Kinn hatte er weiße Haare. Die Fliege wirkte schwerelos. Die weiße Wand hinter Martha zeigte, daß sie einen Anstrich nötig hatte. Der schwarze Baum stand ausdruckslos: Er hatte sein Funkeln eingebüßt. Und der Himmel war grau.

Sie brauchte nicht aufzustehen. Noch stundenlang nicht, wenn ihr danach war, im Bett zu bleiben. Denn während Mark, ihr Arbeitgeber, von Mittag an jede Sekunde ihrer Aufmerksamkeit beanspruchte, das heißt, vom Augenblick seiner Rückkehr aus seiner Fabrik oft bis zwei, drei Uhr morgens, wollte er nicht zulassen, daß sie vormittags arbeitete: Das entlaste sein Gewissen, sagte er. Ebensowenig wollte er, daß sie irgend etwas im Haus tat, was allerdings dringend nötig gewesen wäre. So wußte sie beispielsweise, daß es heute vormittag keine Eier und keine Butter im Haus gab und daß der Klempner wegen der Wasserhähne gerufen werden mußte. Doch konnte sie von alldem nichts erledigen. Es gehörte nämlich zu ihrer Aufgabe, nicht Martha selbst, sondern Mark vor seiner Familie zu schützen.

Sie dachte: Naja, ich gehe ja sowieso schon nach kurzer Zeit wieder. Wenn ich mich nun ein einziges Mal über die Regeln hinwegsetzte? Denn schließlich, wenn ich die zwei Wochen, ehe ich gehe, damit verbrächte, hier einfach mal alles in Ordnung zu bringen, was würde das schon ausmachen? Die Hausfrau in ihr sehnte sich danach. Sie hatte Mark noch nicht gesagt, daß sie gehen würde. Er wußte es allerdings. Ausgerechnet kurz vor Weihnachten zu gehen! Das war herzlos, doch sie hatte das nun mal vor, sie mußte, sie konnte nicht anders . . . Meine Güte, so hämmerte sie sich nun schon seit Wochen ein, schrie sie sich zu, es gibt auf der ganzen Welt keinen Grund, weshalb du ein schlechtes Gewissen haben müßtest. Nicht den geringsten. Es ist unsinnig. Du bist dafür nicht verantwortlich, bist es nie gewesen.

Mark hoffte natürlich, auch wenn er das nie sagen würde, daß sie bis nach Weihnachten bleiben würde. Wegen Francis. Wenn Martha blieb, dann konnte das Kind in den Ferien nach Hause kommen. Möglicherweise würden sie Lynda nach Hause lassen. Dann gäbe es eine Art Weihnachten, jedenfalls in dem Maße, daß man Francis gegenüber dies Wort benutzen konnte. Andernfalls würde Mark Francis zu seiner Mutter bringen, was er sehnlichst zu vermeiden wünschte.

Ich muß von hier weg, unbedingt. Jetzt. Oder ich schaffe es nie mehr, loszukommen.

Loszukommen insbesondere von diesem Zimmer, das während der letzten sechs Monate ihr Zuhause geworden war. Jeden Morgen war es ein ungeheures Vergnügen, darin aufzuwachen, unter dem Fenster, das den Baum einrahmte, dessen Laub sie erst in vollem Saft erlebt, dann dünner werden und schließlich fallen gesehen hatte. Es war eine Platane. Der Kater schlief auf ihrem Bett. Doch das bildete sie sich nur ein: Der Kater schlief immer auf diesem Bett, es kümmerte ihn nicht, wer gerade darin lag. Der Kater betrachtete Bett und Zimmer als seins. Wenn sie wegging, würde der Kater genauso dort schlafen, in der Ecke des Bettes, die dem Fenster am nächsten war, würde sich genau an der Stelle putzen und seinen Schatten oder die Vögel im Baum beobachten, würde sich im Sonnenschein auf den Rücken rollen, eine schwarze Plüschkatze, ganz wohlig schnurrende Wärme.

Ein schrecklicher Stich – echter Schmerz. Oh, nein, sie mußte weg und schnell, Weihnachten oder nicht, besonders deshalb, weil ihre Furcht vor dem Weggehen zum guten Teil daher rührte, daß London jetzt auch nicht mehr Platz für sie hatte als Monate zuvor bei ihrer Ankunft. Allerdings besaß sie dank Mark inzwischen etwas Geld – über zweihundert Pfund. Ihr schien, als fände sie nie irgend etwas, für das sie ihr Gehalt ausgeben konnte. Sie würde gehen – in den nächsten Tagen, sich ein Zimmer oder eine kleine Wohnung nehmen und mit all den anderen heimatlosen Kindern von London, die Weihnachten ohne Familie waren, ihr Glück versuchen. Heimatlose Kinder! Früher hätte sie so etwas nicht von sich sagen können – oh, nein, sie war zimperlich geworden, und zwar ungeheuer zimperlich, es war Zeit, daß sie weiterkam, auch wenn sie nie wieder in einem solchen Zimmer wohnen würde. Das ganze Haus war von dieser Art, aus einem Stück, ein Ganzes: Doch niemand konnte sich einfach vornehmen, sich so ein Haus zu schaffen. Es war dazu herangewachsen, nachdem Marks Großmutter es Ende des letzten Jahrhunderts mit dem ausgestattet hatte, was Martha zu Beginn ihres Aufenthaltes als »Antiquitäten« bezeichnet hätte. Ebensowenig war dies Zimmer anmaßend, zudringlich, wie sie zuerst angenommen hatte: im Gegenteil, es war ruhig, es besaß Takt, es war dienstbar. Doch nahm es einen eindeutig gefangen. Geld? Wochenlang war sie, nach ihrer Ankunft, im Zimmer, im Haus herumgestrichen wie eine Katze und hatte die Ecken, die Essenzen, die Gerüche und Erinnerungen erspürt und versucht, diese bestimmte Eigenart zu isolieren, die kein Ort, an dem sie gewesen war, je besessen hatte. Verläßlichkeit? Jeder Gegenstand, jede Oberfläche, jeder Stuhl, jedes Stück Material, Stoff oder Papier besaß – Verläßlichkeit. Kraft. Nichts konnte zerbrechen, sich abnutzen, auseinanderfallen. Vielleicht ging einmal ein Stuhl kaputt, doch in dem Fall würde der mit chirurgischer Präzision wieder zusammengesetzt werden. Die Vorhänge lagen einem schwer in der Hand. Der Teppich und die Brücken lagen dick auf den Dielenbrettern, die selbst schön genug gewesen wären, um unbedeckt zu bleiben, nur gab es eben so viele Brücken und Teppiche. In diesem Haus glaubte nichts an die Möglichkeit der Zerstörung. Wenn man sich vorstellte, in einem solchen Haus aufgewachsen zu sein, sein Kind zu sein . . . auf der anderen Seite des Flurs ertönte eine Kinderstimme. Das war Sallys Kind. Martha hatte das Zimmer mit Beschlag belegt, das Sally benutzte, wenn sie herkam, doch Sally hatte es, da sie nur ein paar Nächte blieb, der Mühe nicht für wert gehalten, Martha daraus zu vertreiben. Sie schlief in James' Zimmer, das als zusätzliches freies Zimmer zur Verfügung stand, da James tot war.

Die Tür öffnete sich, und Paul schlüpfte mit einem schüchternen Lächeln herein. Der Kater sprang vom Bett, um ihm um die Beine zu gehen, und die Fliege summte davon. Er war fünf oder sechs, ein lebhaftes dunkelhaariges Bürschchen voller Charme und Zutraulichkeit.

»Paul!« ertönte die gebieterische Stimme seiner Mutter. »Paul, du *sollst* Martha doch nicht stören!«

Paul grinste Martha an und drückte sich an die Bettkante, den Blick auf die Tür gerichtet, wo seine Mutter gleich erscheinen mußte. Und nun schaute Sallys schöner dunkler Kopf herein. Beim Anblick des ungehorsamen Kindes ließ sie ein ausdrucksvolles, dramatisches »O je!« hören, und dann machte sie es sich in einem Sessel gemütlich. Sie trug einen purpurrot- und gelbgestreiften seidenen Morgenmantel. Das Haar hing in schwarzen Zöpfen zu beiden Seiten ihres aprikosenfarbenen Gesichtchens herab. Ihre sanften braunen Augen strahlten. Sie war (die Familie sagte das zwar nie, versäumte jedoch auch nie, es deutlich zu machen) Jüdin. Das heißt, würde man sie in eine Mittelmeerregion versetzen, würde man meinen, sie sei dort zu Haus. In diesem Zimmer wirkte sie auf fast perverse Weise exotisch. Jetzt hielt sie dem Kind eine kleine Hand hin, und es lief zu ihr, stieg auf ihren Schoß und drückte sich an sie. Mit Vergnügen schnüffelte sie an ihm. So miteinander verschmolzen, strömten sie Zufriedenheit aus. Es fehlte nicht viel, und sie hätte ihn geleckt wie ein Tier sein Junges.

»Ich mache Frühstück«, verkündete sie.

»Ich frühstücke nicht.«

»Na, dann vielleicht eine Tasse Tee?« Sie wollte unten Gesellschaft haben.

»Ich stehe noch nicht auf«, sagte Martha. Zum Teil tat sie es, um Mark zu gehorchen: Er fürchtete Sallys Übergriffe noch mehr als die seiner Mutter. »Und außerdem bin ich um diese Tageszeit gern hier oben.«

»Ach ja, das Zimmer«, rief Sally aus, »als ich da einzog, nach allem da *drüben*, verstehen Sie, was ich meine?« Martha verstand. Und Sally wußte, daß sie verstand. Sie teilten das Wissen von Außenseitern. Sally war vor zehn Jahren Sarah Koenig gewesen, ein Flüchtling aus Deutschland. Da dies eine Familie war, die sich nützlich zu machen verstand, staatsbürgerliches Verantwortungsbewußtsein besaß und sich einiges aufbürdete –

auf ihrem Höhepunkt hatte das im Vordergrund gestanden –, nahm sie natürlich Flüchtlinge auf. Sarah war zusammen mit einem halben Dutzend anderen Flüchtlingen vom Kontinent gekommen. Hier hatte sie Colin, Marks Bruder, kennengelernt und auch geheiratet.

»Bleiben Sie Weihnachten hier?« fragte sie so unumwunden wie immer. »Ich wüßte es gern, weil Mark die Feiertage nämlich bei uns verbringen könnte. Mit Francis. Das wäre nett für Paul.« Sie drückte Paul an sich und blickte halb vorwurfsvoll, halb schmollend auf ihn hinab, um ihn zur Zustimmung zu bewegen. Er vergrub das Gesicht in ihrem seidenen Busen.

Mark meinte, Francis und Paul kämen nicht miteinander aus. Mark würde niemals über die Weihnachtstage zu seinem Bruder Colin fahren, nicht weil er Colin nicht mochte, sondern wegen Sally. Sie schien das nicht zu wissen, oder wenn doch, dann hatte sie ihr Leben nach Maßstäben eingerichtet, die das bedeutungslos werden ließen. So hatte sie beispielsweise, als sie Colin geheiratet hatte, die Familie mitgeheiratet: Sie besaß keine eigene Familie. Antons grimmiger Definition nach war ihr Judentum absolut: Sie hatte keine lebenden Verwandten mehr. Folglich war das jetzt ihre Familie: die Coldridges. Infolgedessen liebte sie sie, und sie mußten sie lieben. Sie lehnten sie gerade nur so weit ab, daß sie froh waren, wenn sie sich anderswo aufhielt. Doch ebensowenig hätte je einer von ihnen ausdrücklich bedauert, daß Colin sie geheiratet hatte, auch deshalb nicht, weil nicht nur zuvor Colin, sondern auch Mark jeweils eine Ehe geschlossen hatten, die nun wirklich danebengegangen war. Aber sie regte sie auf. Was Martha verstehen konnte: Sally regte sie ebenfalls auf mit ihrer Art, ständig innerhalb ihrer eigenen Gefühlswelt zu leben, ohne, das war offenkundig, je den mindesten Verdacht zu hegen, daß es noch andere geben könnte.

Sie sagte: »Und ein Weihnachten mit der Familie wäre gut, habe ich ihm gesagt, statt dieses ganzen Unfugs mit den Spionen! Politik und Kommunismus – Unfug!«

Colin war Physiker. Er arbeitete in Cambridge an irgend etwas, das mit der Atombombe zu tun hatte. Sein Vorgesetzter war festgenommen und der Spionage beschuldigt worden. Colin stand so natürlich unter Verdacht. Die Familie benahm sich, als sei das – nahezu ein Witz. Selbstverständlich, wenn man in solchen Häusern lebte, die voll solcher Möbel waren und man in England »jeden« kannte, dann war Spionage – ein Witz. Oder besser gesagt: die Idee, daß man sie verdächtigen konnte. Colin war Kommunist, wenn Martha auch in den Äußerungen, die Mark über ihn machte, nichts von dem Kommunismus wiedererkennen konnte, den sie erlebt hatte. Doch damals wußte sie natürlich auch noch nichts über England. Sie fand es widerlich, daß sie hier über den Kommunismus sprachen wie über etwas Exzentrisches, das jedoch zu ertragen war, weil es zu seinen Eigenheiten gehörte, die eines Coldridge – so als stottere er oder züchte Pythons. Sie hatten als große Familie die Hand darüber gelegt; jeder hatte so seine Schrullen, seine Eigenarten, und das war eben Colins. Auf Mark, der seinen Bruder liebte und gegen die Familie zu ihm hielt, traf das allerdings nicht zu. Die beiden Brüder waren in dieser Sache isoliert, und Sally-Sarah war ausgeschlossen und litt und beklagte sich immer wieder, daß Mark sie hasse . . . Da saß sie nun in dem prächtigen wärmenden Sessel, eine farbenfrohe kleine Schönheit, mit ihrem hübschen kleinen Sohn und strömte über von einer herzlich gemeinten Taktlosigkeit, von Herzen kommenden Ansprüchen, von Herzen kommender Beharrlichkeit, eine Herausforderung an die Coldridges, die anscheinend nie viel von ihr hergemacht hatten, außer sie hartnäckig »Sally« zu nennen. Na schön, wenn sie taktlos war, so waren die anderen unerträglich, arrogant: Als sie ihnen eine Szene gemacht hatte, weil sie ihr »ihren Namen gestohlen« hätten, hatten sie nur gelacht, und ihr Mann nannte sie immer noch Sally.

Und Martha hätte sie manchmal beinahe Stella genannt, so sehr ähnelte sie jener anderen südlichen Schönheit von vor zehn Jahren, die durch ihr ehrbares Eheleben jedoch in eine Säule der Rechtschaffenheit und der Selbstgerechtigkeit verwandelt worden war.

Und Sarah würde mit der Zeit auch zu einer gutaussehenden, würdevollen Matrone werden?

Unterdessen litt sie, und alle Familienmitglieder mußten mit ihr leiden.

»Macht Colin sich Sorgen?«

»Iwo, der doch nicht«, sagte Sally-Sarah verächtlich, »der doch nicht. Ich sage ihm immer wieder, Schatz, du bist doch wahnsinnig. Wieso bloß Kommunismus? Kommunismus für die Engländer? Die haben doch keine Ahnung von so was! Stimmt das nicht? Sind Sie nicht meiner Meinung?«

»Doch«, sagte Martha.

»Ja. Das stimmt. Geplänkel. Spielereien. Ich sage ihm immer: Du bist wie ein kleiner Junge.«

Colin, Marks älterer Bruder und nun der älteste Sohn, da James nicht mehr lebte, der im Krieg gefallen war, war ein verläßlicher, ernsthafter, zielstrebiger Mann. Seinem Beruf ergeben. Seinem Bruder Mark zufolge das einzige ernsthafte Mitglied der Familie, womit er dessen Zielstrebigkeit meinte, zugleich jedoch Kritik an seiner eigenen Art übte, stets mehrere Eisen gleichzeitig im Feuer zu haben. Colin, der der Wissenschaft ergeben war, war dem Kommunismus ergeben, weil Kommunismus Internationalismus bedeutete, und damit gemeinschaftliche Forschung. Colin hatte im Alter von elf Jahren entschieden, daß die Wissenschaft sein Schicksal war, und hatte seitdem an nichts anderes mehr gedacht. Außer vielleicht gelegentlich an Sally-Sarah? Es konnte ihm wohl kein Vergnügen bereitet haben, sich sagen zu lassen, daß er ein kleiner Junge sei, der nur spielte.

»Ich sag ihm immer: Colin, wenn du auch nur die geringste Ahnung hättest, was Politik anrichten kann – wie ich, oh, ja, Martha, ich weiß es, glauben Sie mir! Sie glauben mir doch?« Da nicht zu erwarten war, daß sie fortfahren würde, ehe Martha das nicht bestätigt hatte, sagte Martha, doch, das tue sie, und dann fuhr Sally-Sarah fort: »Wüßtest du jedoch Bescheid, Colin, habe ich gesagt, dann würdest du nicht mit dem Feuer spielen!«

Jetzt weinte sie. In den prachtvollen Sessel geschmiegt, weinte ein kleines dunkelhaariges Mädchen, und ihr Gesicht war kreideweiß und spitz vor Entsetzen. Und in ihren Armen ihr Sohn, der jetzt ebenfalls unglücklich war und weinte und am Daumen lutschte wie ein Baby.

»Mark sagt, das wird schon gut«, sagte Martha, »schließlich müssen die Colin doch mittlerweile ergebnislos durchleuchtet haben, sonst hätten sie ihn verhaftet!«

»Mark! Was weiß der denn schon. Was denn? Der ist ein Literat. Er spielt mit seinen elektrischen Maschinen. Die spielen ständig, diese Leute hier. Die Polizei verhaftet oft erst später. Fürs erste beobachten sie und stellen Fallen.«

»Naja, aber ich glaube eigentlich nicht...«

»Sie glauben! Was heißt denn hier glauben? Ich *weiß*. Sie sind genau wie die anderen – hier passiert so was nicht? Ja doch, aber es passiert nun mal, nicht? Die tun sich nach Verrätern in der Beamtenschaft um – eine Säuberung. Das passiert gerade jetzt. Die entlassen Leute in den Fabriken, weil jemand möglicherweise Kommunist sein könnte. Und bei der BBC – keine Kommunisten.«

»Ja, ich weiß, doch finde ich nicht, daß das so schlimm ist wie...«

»Schlimm? Was wissen Sie denn? Sie reden genau wie die. Leute verlieren aus politischen Gründen ihre Arbeit. Das kenne ich. Eine Säuberung innerhalb der Beamtenschaft. Das kenne ich. Eine Säuberung innerhalb der Lehrerschaft. Das kenne ich. Glauben Sie etwa, daß sich etwas ändert, wenn man einen anderen Namen verwendet? Nein, das ist nichts anderes. Es ist dasselbe. Die Menschen haben Angst. Auch das kenne ich, ich kenne es.«

Sie vergrub ihr Gesicht im Haar des Kindes und wurde von Schluchzern erschüttert. Der kleine Junge weinte lauthals.

»Ich mache Ihnen Frühstück«, sagte Martha.

»Nein, ich will kein Frühstück. Ich will überhaupt nichts, außer, daß das aufhört mit diesen ewigen... Doch nein, es hört nicht auf. Niemals. Trotzdem, danke Martha.« Sie stand auf und trug das Kind aus dem Zimmer.

Türen wurden zugeworfen. Schubladen wurden zugestoßen. Ein paar Augenblicke später mahnte ihre Stimme das Kind, als sie zur Küche im Erdgeschoß hinabstiegen. Vom Bett aus verfolgte Martha Schritt für Schritt, wie das Frühstück zubereitet wurde: Na, hoffentlich war Mark heute in der Fabrik und wurde nicht gestört.

Ich werde Mark sagen, daß ich gehe. Heute. Ich will in das alles nicht hineingezogen werden... Sie meinte die Atmosphäre der Bedrohung, der Unsicherheit und der Krankheit. Wer hätte geahnt, daß der Einzug in dieses Haus bedeutete, daß sie mit hineingezogen wurde. Denn das war es nicht, was sie gemeint hatte, als sie vom Leben verlangt hatte, selbst mittendrin zu sein. Etwas Neues sollte sie doch wohl anfangen, nicht etwas, was sie bereits erlebt hatte? Weshalb war sie überhaupt hier? Wenn man erst mal eine Sache angefangen hat, sich auf etwas eingestellt hat, dann gibt es kein Loskommen, keine Befreiung, ehe man nicht alles gelernt hat, was sich daraus lernen läßt – ehe man nicht vollständig hineingezogen war. Es lag etwas Unheimliches in der Tatsache, daß der Job, von dem sie bei einem Mittagessen mit Phoebe erfahren hatte, dazu bestimmt gewesen war, sie für eine ganz andere Arbeit zu ködern, sie hierhergeführt hatte, zurück in das, was sie bereits in- und auswendig kannte! Nein, sie würde gehen, wahrscheinlich in etwa einer Woche und garantiert vor Weihnachten, und sich wegen einer anderen Arbeit an Phoebe wenden. Warum sollte sie schließlich nicht doch die Stelle der Generalsekretärin bei dieser »Sache zur Befreiung der Kolonien« annehmen. Wenn man um Politik schon nicht herum kam, dann sollte sie wenigstens praktisch sein und auf die einfachsten Alltäglichkeiten gerichtet. Außerdem, wenn sie die Engländer so hörte – und Leute wie Phoebe, gut informiert, wie sie waren, bildeten da keine Ausnahme –, was die über afrikanische Politik erzählten, dann bestand kein Zweifel, daß sie nützlich sein konnte. Sie kam sich vor, wie Sally-Sarah sich vorkommen mußte, wenn sie Menschen von diesen Inseln über die Invasion oder den Verlust der nationalen Identität sprechen hörte. Erfahrung war durch nichts zu ersetzen. Steckte man Phoebe in Afrika in das, was sie als »progressive Bewegung« bezeichnete, binnen fünf Minuten wäre sie schon als Gegnerin verdächtig, und zwar nicht wegen ihrer Ansichten, sondern wegen ihrer Sprache. Und was Sally-Sarahs schreckliches Wissen anging, nirgendwo in London, nicht einmal im argwöhnischen Dockviertel oder in den armen Vierteln oder unter den heimatlosen Kindern hatte sie auch nur einen Menschen getroffen, der die Unsicherheit der Verhältnisse begriff wie Sally-Sarah. Diese Menschen hier lebten immer noch unter dem Schatten ihres Krieges, lebten immer noch mit Lebensmittelkarten, in ihren Straßen klafften immer noch Lükken oder lagen Trümmer, Männer waren gefallen, Männer waren aus dem Kampf nicht zurückgekehrt – doch das Gesicht, das Sally-Sarah ihr aus dem Sessel entgegenwandte, in dem sie saß und ihr Kind an sich preßte, als wäre sie das Kind und der Kleine eine Art Schild oder Stütze, jenes zerbrechliche entsetzte Gesicht, nein, das Gesicht verstanden die Briten nicht. Und Sally-Sarah hatte völlig recht; alles, was auch immer, das so etwas denkbar erscheinen ließ, war ein Irrweg. Ein Land in der Welt müßte es geben ohne diese Erfahrung. Dies Haus sollte gehätschelt werden, weil eine derartige Erfahrung darin unvorstellbar war. Und doch war es das Haus, aus dem Colin hervorgegangen war, der jetzt beschuldigt wurde, ein Spion zu sein. Und sprach aus Marks Identifizierung mit seinem Bruder denn nicht der Drang, ihn zu verstehen, teilzuhaben?

Mark war der einzige unter den vier Brüdern, der eine unkonventionelle Erziehung genossen hatte. Ihr Vater Henry war ein konservatives Parlamentsmitglied gewesen: Er war konservativ aus Tradition, es steckte ihm im Blut, wie Mark betonte, um Martha begreiflich zu machen, daß es zwei Arten von Torys gab: solche wie seinen Vater, der seiner ganzen Anlage nach außerstande war zu begreifen, daß dieses Land von irgend jemand anderem regiert werden könnte; und die Torys aus intellektueller

Überzeugung, die Mark unerträglich fand. Doch seinen Vater hatte er geliebt und bewundert. Die vier Söhne waren hier aufgewachsen, in diesem Haus und in einem Haus auf dem Land, das beim Tod des Vaters aus steuerlichen Gründen verkauft worden war. Dies Haus gehörte den Söhnen. Margaret Coldridge hatte dann aus Liebe (Mark behauptete, sie habe seinen Vater nicht geliebt, sondern sei mit ihm verheiratet worden) Oscar Enroyde, einen Finanzmakler, geheiratet, und während der vier Jahre, die die Ehe währte, war Margaret in der internationalen Finanzwelt heimisch geworden, die anscheinend eine unliebsame Überraschung für sie gewesen war. Nicht weil sie sie mißbilligte, sondern weil sie englisch war bis in die Knochen und kaum je in England sein konnte. Die Söhne, die noch in der Ausbildung waren, waren die meiste Zeit in England, während die Mutter sich überwiegend in Amerika aufhielt. Das Scheitern ihrer zweiten Ehe begründete sie mit den Worten: »Ich konnte Oscars Freunde nicht ertragen.« Mark sagte, seine Mutter sei im wesentlichen eine Gastgeberin, und zwar einer bestimmten Art: Es war ihr ein Bedürfnis, Gäste anzuziehen und dann zu beherrschen. Als sie mit Oscar Enroyde verheiratet war, hatte sie ihre Gästeliste bereits fertig vorgefunden und ihre Energien hauptsächlich darauf verwendet, Leute von einem der sehr reichen Männer der Welt fernzuhalten. Und außerdem war sie eine Frau von vielfältigen Talenten, die nun sämtlich überflüssig geworden waren. Wenn beispielsweise ein Stuhl zerbrochen war, dann kannte sie genau den richtigen Mann in Kent, der sich mit dieser Art von Stühlen auskannte, und es lag ihr daran, ihn selbst dorthin zu bringen und sich bis ins kleinste Detail äußerst kundig über die Geschichte des Stuhls, seinen Zustand und das, was ihm fehlte, zu unterhalten. Es war ihr zuwider, bedient zu werden.

Während des Krieges war James gefallen. Es gab aus seiner Ehe eine Tochter Elizabeth, die jetzt in die zweite Ehe seiner Frau gehörte. Dies Mädchen, das inzwischen etwa vierzehn war, kam manchmal länger zu Besuch.

Nach dem Krieg heiratete Margaret erneut – kein Mensch

hatte damit gerechnet, außer Mark. Ihr dritter Gatte war ein liebenswürdiger Gutsherr, ein Kunstliebhaber, ein bißchen auch ein Verleger, der im Dienst einer halboffiziellen Einrichtung stand, die mit Kunst zu tun hatte. Er betete Margaret an. Oscar Enroyde hatte Margaret nicht angebetet, sondern sie ihn. Jetzt hatte Margaret eine Menge Gäste. Mark sagte, seine Mutter habe, sogar ihr selbst unbewußt, einen unfehlbaren Instinkt für das, was als nächstes kam, was in der Luft lag, und diese Ehe bewies, daß die Kunst demnächst in Mode sein würde, so unwahrscheinlich das im grauen, farblosen Großbritannien mit all seinen Einschränkungen auch zu sein schien.

Mark empfand weder Zu- noch Abneigung gegen John Patten, diesen Ehemann, doch empfand er eine heftige Abneigung gegen ihn in seiner Rolle als Förderer der Kunst. In dieser Hinsicht gab es Spannungen zwischen Mutter und Sohn, weil Margaret gern gesehen hätte, daß Mark, da er doch »Schriftsteller« war, und zwar nicht nur ein potentieller, sondern ein gedruckter, an ihren Wochenendpartys oder wenigstens gelegentlich an einem der Dinners teilgenommen hätte. Wenn Mark Weihnachten dorthin müßte, wäre ihm das zwar zuwider, doch er würde es tun aus Sorge um das Kind, um das Weihnachtsfest für Francis. Ja, doch das war nicht Marthas Angelegenheit. Es sei denn, die Tatsache allein, daß sie hier war, hierher geraten war durch das, was sich fast wie der bare Zufall ausnahm, machte es zu ihrer Angelegenheit. Hatte sie je auch nur andeutungsweise oder durch ein bestimmtes Verhalten, sei es Mark, sei es Margaret gegenüber, den Schluß nahegelegt, daß sie es als ihre Angelegenheit empfand? Gestern hatte Margaret angerufen, anscheinend wegen ein paar Vorhängen, für die man keine Verwendung hatte, doch in Wirklichkeit, um herauszufinden, ob Martha die Absicht habe, über Weihnachten hierzubleiben. Ihrem heiter beiläufigen Ton hatte sich entnehmen lassen, daß sie gleichzeitig wünschte, Martha wäre nicht da, so daß Mark bei der Party am Boxing Day zur Verfügung stünde, und daß Martha da wäre und sich um Francis kümmerte, weil es bei den Pattens keine anderen Kinder geben würde und sie, Margaret, befürchtete, der Kleine könnte sich unter so vielen Erwachsenen einsam fühlen. Margaret hatte Lynda nicht erwähnt, die in ihren wie in Marthas Gedanken eine so große Rolle spielte. Sie hatte jedoch immerhin gesagt, sie hoffe, daß für Weihnachten alle nötigen Vorräte ins Haus kämen, denn wenn sie, Martha, sich darum nicht kümmere, wer denn dann?

Jetzt beschloß Martha aufzustehen. Unten war es ruhig. Sally-Sarah war wohl einkaufen gegangen. Margaret hatte recht: Sie, Martha, sollte für Lebensmittel und sonstige Vorräte sorgen, ehe sie ging; das nicht zu tun, wäre nun eindeutig neurotisch. Heute würde sie es sich allerdings angelegen sein lassen, das Fehlen von Butter und Eiern nicht zur Kenntnis zu nehmen.

Während der ersten Woche ihrer Anwesenheit hatte Mark sich störrisch dagegen verwahrt, daß sie irgendwelche Haushaltspflichten übernahm. Doch als ihr die Situation klargeworden war und sie ihm das auch gesagt hatte, hatten sie einen Verteidigungspakt gegen die ganze Familie geschlossen.

Welche wünschte, daß Mark sich von seiner Frau Lynda scheiden lassen und wieder heiraten sollte. Natürlich nicht Martha, die gleichermaßen unpassend war. Doch eine Martha im Haus, die sich um den Haushalt kümmerte und nett zu dem Kind war, stellte eine Art Brücke zwischen Marks vorhergegangenem Zustand der völligen Unbeweibtheit und der Möglichkeit einer neuen Heirat dar. Zuvor hatte er sich nämlich stets geweigert, überhaupt irgendeine Frau um sich zu haben, und sei es auch nur eine Sekretärin. Denn er war mit Lynda verheiratet. Das Haus war bereit für ihre Rückkehr. Sie war nur vorübergehend weg, vorübergehend in der Obhut von Ärzten. Sie würde – wenn auch vielleicht nicht so bald – in ein Haus zurückkehren, das leer war und auf sie wartete, und zu einem Kind, das auf seine Mutter wartete.

Das war drei, vier Jahre lang so gegangen.

Francis war in ein Internat geschickt worden, obwohl Mark kein Freund von Internaten war, und lebte das Leben eines Waisenkindes bei seiner Großmutter, die den kleinen Jungen als Last empfand, bei Sally-Sarah und Paul (Colin hatte ständig zu arbeiten, er war selten zu Hause), bei der Familie des anderen Bruders, der von Arthur – Arthur war Phoebes Ex-Gatte, der inzwischen wieder geheiratet hatte. Und manchmal war er bei Phoebe. Manchmal war er allein mit Mark im Haus.

In seinem Zimmer und in Marks Zimmer gab es Fotos von Lynda. Lyndas Kleider hingen in Marks Schränken. Das war alles falsch – die Familie hatte recht. Es trug den Stempel der Maßlosigkeit, der Unwirklichkeit, die auf eine – Leidenschaft schließen ließen; die hinwiesen auf den Vegetationspunkt, jenen Mittelpunkt im Leben eines Menschen, den so wenige Menschen jemals wahrzunehmen vermögen und der die Ursache dafür ist, weshalb das Leben eines Menschen für die Liebsten und Nächsten oft so dunkel, so undurchschaubar bleibt, beleuchtet nur vom Aufflackern dessen, was als ungesund glimmendes Licht erscheint: einer Leidenschaft. Wenn Martha jedoch die Familie wäre, würde sie dasselbe tun, dasselbe empfinden und Mark mit allen zulässigen und unzulässigen Mitteln zu der Einsicht zu bewegen versuchen, daß er nicht den Rest seines Lebens so verbringen konnte, als sei er mit Lynda verheiratet. Die, das war deutlich, nicht ehefähig war. Darin hatte die Familie recht. Lynda war niemals eine Ehefrau, niemals eine Mutter gewesen. Das stand ihr nicht zu Gebote, und Mark hätte niemals versuchen dürfen, auch nur eins von beiden aus ihr zu machen – so sagte die Familie. Und hieran war etwas, das Martha schmerzte und plagte wie ein dicht unter der Oberfläche liegender, geheimer Nerv: Sie hatte Lynda, außer durch unwahrscheinlich schöne Fotos, nicht kennengelernt, doch sie kannte sie, oh, doch, sehr gut sogar, obwohl sie und Martha einander nicht ähnelten und nicht ähneln konnten, weil Martha nicht »krank« war und sich nicht in der Obhut von Ärzten befand. Doch aus einer Vielzahl von Gründen kam Lynda, die in einer sehr teuren Nervenklinik war, weil sie es nicht ertrug, Marks Frau und Francis' Mutter zu sein, Martha zu nahe. Weshalb Martha dieses Haus auch verlassen mußte, und zwar bald.

Sie ging in die Küche hinunter. Auf dem Tisch lag eine Notiz, mit grünem Stift geschrieben: »Martha! Keine Eier! Keine Butter! Der linke Hahn ist undicht! Ich bringe etwas zu essen mit, wenn ich wiederkomme. Gruß, Sarah.« Sie ließ es über sich ergehen – denn was hätte sie auch anderes tun können? –, daß sie für diese Familie Sally war, doch unterschrieb sie stets mit Sarah.

Ein Brief lag auf dem Tisch. Eine Kinderhandschrift. Er kam von dieser widerlichen Schule – einer kalten, herzlosen Kaserne von einer Schule.

»Liebe Martha, wie geht es Dir? Mir geht es sehr gut. Ich brauche Fußballstiefel. Ich mag keinen Fußball. Aber Krickett. Ich hoffe, Du bist Weihnachten da. Herzliche Grüße von Deinem Francis. P. S. Bitte sag Daddy das mit den Stiefeln. Letztesmal hatte er die falsche Größe genommen. Ich wünsche mir einen Chemiekasten zu Weihnachten. Einen richtigen, keinen für kleine Kinder. Bitte sag doch Granny, daß ich einen richtigen haben möchte. Herzliche Grüße, Dein Francis. Bis Weihnachten dann, was für eine Aussicht, haha!«

Nun trat Mark im Morgenrock in die Küche. Er schien ärgerlich zu sein. Ob Sally-Sarah ihn gestört hatte? Er blickte auf den Notizzettel auf dem Tisch: Eier, Butter, Wasserhahn. Sein Ärger wurde dadurch auch nicht geringer.

»Ich trinke Kaffee«, sagte er, »nein, ich mache ihn schon.«

Martha reichte ihm die Zeilen seines Sohnes. Als er sie gelesen hatte, sagte sie: »Ich bleibe über Weihnachten. Doch danach muß ich gehen.« Sie schauten einander an.

»Sie tun das aus Nettigkeit«, sagte er kläglich und haßte sich gleichzeitig dafür.

»Nein, ich möchte es gern. Aber nach Weihnachten, Mark, da muß ich gehen.«

»Selbstverständlich. Sie haben völlig recht. Absolut.«

Sechs Wochen später, an einem bitterkalten Tag, brachte Martha, in ganze Schichten von Pullovern gehüllt, das Kellergeschoß in Ordnung. Es war für die Haushälterin bestimmt, mit der Mark sich endlich abgefunden hatte. Die Geschichte mit dem Kellergeschoß ging bereits seit Weihnachten, sie war der Grundbaß zu so vielen scheinbar vorrangigen Themen gewesen, anscheinend eine Angelegenheit von nebensächlicher Bedeutung, eine lästige Kleinigkeit, eine bloße Frage der Organisation. In Wirklichkeit erkannte sie jetzt jedoch, daß es das Allerwichtigste gewesen war, das einzige Thema, das Entwicklungsmöglichkeiten, die Möglichkeit der Veränderung barg: ein Vegetationspunkt in diesem stagnierenden Durcheinander. Vor Weihnachten war sie abends spät in Marks Arbeitszimmer gegangen, hatte seinem Widerwillen gegen ernsthafte Auseinandersetzungen getrotzt und ihm klargemacht, daß eine Haushälterin ihm sämtliche Vorteile einer Martha und keinen ihrer Nachteile einbrächte. Er wollte es nicht einsehen. Er mochte sie, sagte er: Wie sollte er denn wissen, ob er diese Haushälterin mögen würde? – Das würde er erst dann sehen, wenn er sie eingestellt hätte.

Er wolle keinen fremden Menschen! – Schon, doch sie, Martha, sei ja auch fremd gewesen, als sie hergekommen sei.

Wo sie denn wohnen sollte, diese Haushälterin? – Wieso, da, wo Martha wohnte natürlich, wieso denn nicht?

Ja, aber – Da sei doch noch das Kellergeschoß, weshalb nutze man denn das nicht? Das sei lediglich eine Frage der ...

Ja, ja, ja, murmelte er, dann mache er das eben. Doch jetzt müsse er ...

Mehr hatte er nicht ertragen können. Martha erkannte das und ging hinunter, um das Kellergeschoß zu inspizieren. Es war jahrelang als eine Art Lager genutzt worden, sowohl für das Haus hier als auch für das auf dem Land, als es verkauft wurde. Es war vollgestopft mit Möbeln, Teppichen, Bildern. Einiges davon mußte verkauft werden; Mark sagte, er könne es nicht mitansehen, wie die Möbel seiner Kindheit zum Händler gekarrt würden, doch das ließ sich nicht ändern. Er kam kurz hinunter, bezeichnete die Stücke, die wertvoll waren und nicht weggegeben werden sollten, und alles übrige war von einem Händler abgeholt worden. Und nun war es an Martha, die Wohnung herzurichten, wie es ihr gefiel, da sie ja den Geschmack der künftigen Haushälterin nicht kennen konnten, ehe sie nicht da war. Sie würde eine Luxuswohnung bekommen. Die Wände waren gegen die Feuchtigkeit behandelt worden; Regale waren eingebaut worden; ein Badezimmer und eine Küche waren fertig – fast, denn obwohl sie eine Firma beauftragt hatten, die sich ihre Tüchtigkeit teuer bezahlen ließ, war es unmöglich, irgend etwas ordentlich gemacht zu bekommen. Unterdessen mochten die Handwerker, wo sie nun schon einmal im Haus waren, sich auch des restlichen Hauses annehmen. Da Martha wegging und tatsächlich schon einen Vorschuß auf eine Wohnung gezahlt hatte, hatte sie keine Hemmungen mehr, sich des Hauses anzunehmen. Unter seiner wohlgeordneten Oberfläche war es in einem entsetzlichen Zustand. Wäre es nicht so gebaut gewesen, daß die Abnutzung ihm so leicht nichts anhaben konnte, es wäre völlig verwahrlost, denn Mark hatte sich seit dem Ausbruch von Lyndas Krankheit nicht weiter darum gekümmert, als nach Kräften dafür zu sorgen, daß alles so aufrechterhalten wurde, wie es war (so sagte er selbst). Handwerker drangen im ganzen Haus bis in die Wände und Fußböden vor und verbreiteten den Geruch von frischer Farbe.

Martha setzte sich mit den Handwerkern und ihren Chefs auseinander, während die Menschen, deren Zuhause das war, sich angstvoll und entsetzt verkrochen, und sie hatte den Eindruck, daß sie doch wieder auf die Art von Bühne getreten war, wo zwei oder drei verschiedene Stücke gleichzeitig liefen, denn es schien ausgeschlossen, daß derart widersprüchliche Ereignisse zeitlich oder örtlich in irgendeiner Weise zusammenhingen, außer sie besaßen die Genialität von Träumen und verwandelten sich in irgend etwas anderes, wie Flamingos in Krockettschläger. Margaret beispielsweise gewöhnte sich an, ziemlich regelmäßig hereingestürmt zu kommen, um treffende Bemerkungen anzubringen, etwa wenn-man-etwas-tut-dann-soll-man-es-auch-gründlich-tun, wie eine weiße Hausfrau das mit ihrem schwarzen »Boy« macht, woraufhin der so angesprochene

Handwerker die Nummer des unterwürfigen, aber auch würdevollen Bediensteten spielte, der sich dem Wunsch des Höherstehenden beugt. Danach pflegte Margaret wieder aufzubrechen. Martha war eine Fremde und kein Mitglied der herrschenden Klasse in England, und außerdem kannte sie eine der nützlichen Sprachen, den Jargon der Gewerkschaftsbewegung, und folglich machten die Handwerker sich nicht die Mühe, Theater für sie zu spielen. Nicht einer von ihnen war bereit, auch nur eine Minute mehr zu arbeiten, als er mußte, oder es besser zu machen, als nötig, um gerade damit durchzukommen, und das aus dem allerplausibelsten Grunde. Für ihn sprang dabei nichts heraus, während die Leute, die ihn beschäftigten, lediglich daran interessiert waren, Geld zu machen, denn das war ja ihre Aufgabe. Und außerdem hatte man Krieg gehabt. Es gab keine Arbeit, die diese Männer ausführten, die nicht bald erneut würde getan werden müssen, und zwar sehr bald, so schlecht wurde sie ausgeführt und so minderwertig waren die Materialien. Es kam zu schrecklichen, wenn auch nicht bösartigen Auseinandersetzungen – beide Parteien waren sich über die Grenzen solcher Schlachten schließlich im klaren –, und Martha schmeichelte und stritt und feilschte und erreichte kleine Zugeständnisse. Unterdessen wurde das Haus mit Zeitungen überhäuft, die in den schrillsten Tönen die Zerstörung Großbritanniens durch den Sozialismus (im Land selbst die Labour Party) und den Kommunismus (von außen) beschworen, wie er sich an Leuten manifestierte wie Colin Coldridges Kollege, der für Rußland arbeitete.

Mark hingegen, der tagsüber meist mit seinem Bruder zusammen war, oder sich in seiner Fabrik aufhielt, da er diesen Angriff auf sein Zuhause nicht mit ansehen konnte, verbrachte in dieser Zeit die Nächte damit, in seinem Arbeitszimmer mit Martha zu reden, vor allem über seine Kindheit und über Lynda. Er war kein Mensch, dem das Reden leichtfiel, stellte sie fest, doch seit Weihnachten, das so vieles enthüllt hatte, ging es besser.

Weihnachten war gräßlich gewesen. Zuerst Lynda, die die Ärzte unter der Bedingung nach Hause gelassen hatten, daß sie sofort wieder zurückgebracht wurde, wenn es Anzeichen für eine Überanstrengung gab. Dann Francis, der von der Schule nach Hause gekommen war – um Weihnachten mit seinem Vater und seiner Mutter zu verbringen. So hatte ihm sein aufsichtführender Lehrer mitgeteilt. »Das würde mich freuen«, sagte er oder zitierte er vorsichtig, denn er hatte die Art, Sätze, Wörter auf diese Weise auszuprobieren, die andere über seine Situation geäußert hatten. »Ich muß mich in acht nehmen«, sagte er dann und richtete seine schmerzerfüllten, weitaufgerissenen Augen auf Marthas Gesicht, so daß sie das bestätigen oder bestreiten konnte, »meiner Mutter geht es nicht sehr gut, weißt du, ich darf sie nicht aufregen.«

Eine schreckliche Schule. Ein paar hundert kleine Jungen, die von Männern bewacht wurden. »Die Kleinen« (so bezeichnete Francis die Jungen, die jünger waren als er selbst) von einer Frau mittleren Alters, doch »die Großen« von Männern. Alle schliefen in Schlafsälen, wurden zu bestimmten Spielen angehalten, wurden von den Älteren schikaniert, genau wie diese Institutionen vor allem von ihren Opfern seit Jahrzehnten beschrieben worden waren. Alles ging unverändert weiter, wie das infolge der Trägheit des Vorhandenen nun einmal so ist. Francis trug einen engsitzenden grauen Flanellanzug und Schlips und Kragen; er war besessen von seinen Schnürsenkeln, die ständig aufgingen, und seine weitaufgerissenen braunen Augen waren stets auf der Hut, weil er Angst hatte, irgend etwas falsch zu machen.

Drei Tage vor Weihnachten rief Sally an, um zu fragen, ob sie mit ihrem Kind über die Feiertage herkommen könne, denn ihr Mann sei »einfach unmöglich, Martha! Er ist störrisch wie ein Maultier. Ich bleibe nicht, wo ich nicht erwünscht bin!« Seine Unmöglichkeit bestand offensichtlich darin, daß er mit seiner Frau nicht über die Dinge sprechen wollte, die ihm zu schaffen machten. Er verbrachte jede Minute des Tages mit seinen Vorgesetzten, ließ sich wegen möglicher Kontakte zu internationalen Spionagekreisen und seiner Beziehung zu seinem Freund und

Vorgesetzten, der nun auf seinen Prozeß wartete, ins Kreuzverhör nehmen. Von der Polizei erhielten sie auch Besuch. Er wollte mit seiner Frau nicht darüber sprechen, doch er kam nach London, um mit Mark zu reden. Die Brüder hatten den ganzen Nachmittag miteinander verbracht, und dann war Martha zum Abendessen und für den Rest des Abends dazugekommen. Colin erklärte nahezu sofort, er sei »kein Kommunist, sondern Marxist«.

Martha machte ständig Äußerungen, auf die er einfach reagieren mußte, wenn – er versuchte doch nicht, etwas zu verbergen? War doch wohl kein Mann, dem das Entsetzen die Sprache verschlagen hatte? Wie sollte man sich erklären, daß von seiner Seite so wenig Resonanz kam? Es sei denn, natürlich, er war kein Kommunist und war auch nie einer gewesen? Doch war sie bislang nie diesem Typ Mensch begegnet, der sich, weil er ein bestimmtes kommunistisches Land bewundert oder eine kommunistische Errungenschaft oder um Vater Staat zu ärgern, einen Kommunisten oder Marxisten nennt, ohne sich je der kommunistischen Partei zu nähern. Solche Menschen sind nichts Außergewöhliches, wenn gerade ein lindes Lüftchen weht und es nicht gefährlich ist, den Kommunismus zu bewundern – während des Krieges beispielsweise war das so oder während der späten Fünfziger oder der Sechziger. Doch diese platonische Bewunderung auf dem Höhepunkt des Kalten Krieges war idealistisch oder einfach – verrückt. Es sei denn, ein Coldridge zu sein, enthob einen der Notwendigkeit, sich vorzusehen, und genau das fing Martha an zu glauben.

Denn Colin schien sich nicht im mindesten zu ängstigen. Gewiß, in Marks stiller, sturmfester Studierstube fiel es einem schwer, an irgendeine Gefahr zu glauben. Er schien auch nichts zu verbergen. Im Gegenteil, er sprach den ganzen Abend über seinen Vorgesetzten, der jetzt auf seinen Prozeß wartete und den er häufig besucht und sich, ungeachtet der dringenden Bitten seiner Frau, die gefleht und geweint hatte, damit offenkundig über die Gefahr hinweggesetzt hatte, die das bedeutete (oder sah er sie gar nicht?). Der Mann sei sein Freund, hatte er gesagt, genau wie Mark später sagen sollte: Colin ist mein Bruder.

Es erleichterte ihn sichtlich, von seiner Frau wegzukommen – obwohl er das natürlich nicht sagte. Doch Sally-Sarah war den ganzen Abend in den Gesprächspausen und in den Blicken präsent, die die beiden Männer tauschten, und hinterher wurde Martha klar, daß sie eben an diesem Abend, ohne das wirklich auszusprechen, beschlossen hatten, daß sie Weihnachten herkommen sollte.

Als sie da war, verbrachte sie die Zeit mit ihrem Kind in James' Zimmer, weinend oder schlafend. Der kleine Junge kam von Zeit zu Zeit herunter, das Gesicht noch bleich vom stundenlangen Weinen, und teilte ihnen mit: »Mummy schläft.« Wenn Martha mit Tee oder Kaffee hinaufging, fand sie Sally-Sarah unter einer Daunendecke zusammengerollt, den Daumen im Mund wie ein Kind, doch schlief sie nicht. Sie starrte die Wand an oder zeichnete das Tapetenmuster mit dem Finger nach. »Ich wünschte, ich wäre tot«, sagte sie zu Martha, »wirklich. Ich wünschte, ich wäre tot.«

Lynda traf am Weihnachtsabend ein. Die Fotos zeigten, daß sie eine Schönheit war. Martha wußte ebenfalls, daß sie schöne Kleider anhaben würde, denn die Rechnungen für ihre Garderobe waren enorm. Ein Punkt ihrer Selbstachtung, ein Schritt in Richtung Rückkehr zur Normalität war, daß sie immer tadellos gekleidet sein mußte. Mark bezahlte die Rechnungen bereitwillig.

Lynda traf in Margarets, von einem Chauffeur gesteuerten Wagen ein und betrat ihr Zuhause wie ein Besucher. Sie lächelte ihrem Mann kühl zu und wollte schon dasselbe mit ihrem Sohn tun, als sie sich besann, das Kind auf die Wange küßte und »Liebling!« murmelte, während er vor Scham und Verlegenheit erstarrte. Sie war groß, sehr dünn, und ihrem Gesicht war die Anstrengung anzumerken, die es bedeutete, sich nicht »aufzuregen«. Sie lächelte unablässig, während die ausdrucksvollen grauen Augen aus bräunlich umschatteten Höhlen hervorstarrten. Doch sie starrte nach innen, auf die Stelle, wo sie das Gleichgewicht hielt. Sie war in einen prächtigen fahlen Pelzmantel gehüllt. Ihre Hände, die lang und weiß und hübsch waren, endeten in Nägeln, die bis aufs Fleisch heruntergekaut waren: auf der Nagelhaut waren rundherum rostbraune Flecken. Ihr Haar, das frisch gewaschen war, schimmerte in einem sanften Gold: Ihre ganze Gesundheit schien in ihrem Haar zu stecken. Sofort bat sie darum, daß man sie zu ihrem Zimmer bringen möchte – um sich zu waschen, sagte sie, doch sie blieb den ganzen Abend dort.

Mit dem Zimmer hatte es ein gewisses Problem gegeben. Denn der Anlaß Weihnachten war nun einmal hauptsächlich auf Francis zugeschnitten gewesen, auf Normalität, und da Mutter und Vater das Zimmer teilen sollten oder jedenfalls zumindest dieser Anschein entstehen sollte, wurde Lynda im ehelichen Schlafzimmer – in dem Mark normalerweise schlief – im ersten Stock untergebracht. Mark ließ sich jedoch ein Bett ins Ankleidezimmer stellen, weil, so erklärte er Martha kurz angebunden, um ihr das Nötigste mitzuteilen, Lynda ihn nicht neben sich ertragen konnte. Es sei nötig, damit sie sich nicht aufrege, daß die Tür zwischen Schlafzimmer und Ankleidezimmer abgeschlossen sei. Sie mußten ein neues Schloß machen lassen.

Das Essen am Abend vor Weihnachten wurde eingenommen von Mark, der schweigsam war, aber lächelnd die Entschlossenheit ausstrahlte, seinem Sohn Normalität zu bieten; von Sally-Sarah, die unglücklich war und keinen Versuch machte, das zu verbergen; ihrem Sohn, der den Tränen nah war; von Francis, der die weitaufgerissenen angstvollen Augen auf das Gesicht seines Vaters gerichtet hielt, und von Martha. Während des Essens war Paul auf den Schoß seiner Mutter geklettert, und die beiden hatten einander umschlungen gehalten, ihre Wange an seinen Kopf geschmiegt. Francis beobachtete: Er betrachtete eine Mutter und ihren kleinen Sohn. Nach dem Essen sagte er seinem Vater mit Handschlag gute Nacht. Noch später hörte Martha ihn weinen. Sein Zimmer war neben ihrem. Sie ging, um ihn zu trösten. Er hielt den Atem an, schluckte die Tränen herunter, als sie die Arme um ihn legte. Er wollte davon nichts wissen. Als sie die Tür schloß, hörte sie den gewaltigen Ausbruch, Schluchzen und Tränen und *Geht doch weg und laßt mich in Ruhe*. Das Essen am Weihnachtstag selbst war auch nicht anders, eine Art Belastungsprobe. Lynda saß am Kopf des Tisches und legte das Essen auf, das Martha gekocht hatte: Ihr Sohn beobachtete sie. Colin, dem seine Frau vorgehalten hatte, daß das »das mindeste sei, was er tun könne«, kam gerade nur zu diesem einen Essen und saß es mit finsterer Miene ab, während Sally-Sarah den ausdrucksvollen, tränenschwimmenden Vorwurfsblick auf ihn gerichtet hielt und ihm durch seinen Sohn Vorhaltungen machte. Er brach sofort nach Beendigung der Mahlzeit auf.

»Das haben wir hinter uns, Gott sei Dank«, sagte Mark zu Martha, als er ihr half, übriggebliebenes Essen im Kühlschrank zu verstauen.

Es blieb noch eine ganze Woche, die es hinter sich zu bringen galt und die Martha größtenteils mit Handwerkern und mit Händlern im Kellergeschoß verbrachte. Unterdessen litt die Familie in den verschiedenen Zimmern des Hauses, und Martha empfand die Lächerlichkeit von Möbeln, undichten Dächern und Klempnerarbeit. Das war fast so, als fände im Untergrund ein Guerillakrieg statt, wobei das Gebäude als Schlachtfeld diente, während ebenso freundliche wie untüchtige Männer kamen und gingen, Teppiche verschwanden und auftauchten, der Lärm des Hämmerns und Klopfens Wände und Fußböden erschütterte. Sie forderte Mark auf, die zukünftige Wohnung der Haushälterin zu besichtigen, doch er überließ alles ihr. Lynda sollte von dem Kellergeschoß, dem Verkauf der Möbel nichts erfahren, sagte er. Doch eines Nachmittags, als Martha mit einem Händler unten war, war Lynda in ihrem fahlen Pelz erschienen und zeigte sich kundig, was Werte und Preise betraf: Martha konnte sich kaum vorstellen, daß sie krank war, als sie sie so erlebte. Eine hübsche Wohnung würde das werden, hatte Lynda gesagt, sie hätte nicht übel Lust, selbst darin zu wohnen. Sie hatte sich mit der Bemerkung nach oben zurückgezogen, Martha dürfe Mark nicht erzählen, daß sie, Lynda, hiergewesen sei. »Ich glaube nicht, daß er das gern sehen würde«, sagte sie, »er sähe das nicht gern, wissen Sie!«

Einen Nachmittag verbrachte Lynda mit ihrem Sohn. Sie saßen in »Margarets Zimmer«, dem Empfangszimmer, auf einem großen Sofa. Sie stellte ihm sanft und distanziert Fragen nach seiner Schule. Sie wurden von einem Kind beantwortet, das alles, was es sagte, nach den winzigsten Zeichen, den kleinsten Reaktionen im Gesicht seiner Mutter ausrichtete, als könne ein Wort, ein Satz von ihm ihr schaden oder sie »aufregen«. Und tatsächlich, am Ende dieses Interviews (denn so hörte es sich an) verkündete Lynda plötzlich, sie fühle sich nicht gut und müsse sich hinlegen, und Francis blieb allein neben einem Weihnachtsbaum mit brennenden bunten Glühbirnen sitzen. Mark und Martha, die sich auf der anderen Seite des Flurs im Eßzimmer aufhielten, hörten gedämpftes Weinen.

Mark brach in die Worte aus: »Ich ertrage das nicht – es war ein Fehler – wir müssen sie in die Klinik zurückbringen. Oder ist das besser als gar nichts?«

»Vielleicht, ich glaube schon.«

»Sind Sie sicher?«

»Nein, natürlich bin ich nicht sicher!« Und nun weinte Martha oder jedenfalls beinah, denn sie verstand genau, wie Francis zumute sein mußte: Man weinte nicht, zeigte nicht, daß man litt, wenn man mit Menschen zusammen war, die fühlbar soviel mehr durchmachen mußten als man selbst.

»Entschuldigung«, bat Mark – sie dürfe nicht weinen, sagte er damit. »Doch es gibt überhaupt keinen Weg, irgend etwas richtig zu machen, ist es nicht so?«

»Ich weiß nicht. Vermutlich. Ist das denn nicht besser, als überhaupt keine Mutter zu haben?«

»Oder eine Frau?« sagte Mark. »Aber das ist nicht Ihre eigene Meinung, oder?«

»Meine eigene Meinung spielt keine Rolle.«

»Und *die* denken auch nicht so!«

»Das weiß ich!«

»Meine Mutter hat sich nicht blicken lassen. Sie wäre selig, wenn Lynda sich irgend etwas zuschulden kommen ließe.«

»Wahrscheinlich.«

»Oh, schon gut, schon gut, Sie gehen ja weg. Ich vergesse das immer wieder.«

Ungerechterweise, empörenderweise – so empfand sie es, war das alles ein einziger ironischer Vorwurf. Also tat sie, da so wenig auszurichten war, was sie tun konnte, und widmete sich weiter Wasserhähnen, Regalen, Dielenbrettern.

Jede Nacht hörte sie Francis weinen. Sie schlich zu seiner Tür, öffnete sie, versuchte, sich zu einem weiteren Tröstungsversuch durchzuringen – wo es keinen Trost geben konnte. Einmal spürte er, daß sie da war und setzte sich auf: »Wer ist da?« fragte er. Martha wußte, er hoffte, es sei seine Mutter.

»Ich bin's, Martha. Geht's dir nicht gut?«

»Doch, sehr gut, vielen Dank.« Und er legte sich wieder hin, schweigend, und biß die Zähne zusammen: Genauso wie er es in dem Schlafsaal machen würde, wo er nicht hätte weinen können, ohne daß ein paar Dutzend kleine Jungen es mitbekamen.

Zwei Nächte, ehe Lynda das Haus verlassen sollte, konnte Martha das unterdrückte Weinen von nebenan nicht mehr ertragen und ging in die Küche hinunter, um sich Kaffee zu kochen. Es war etwa drei Uhr morgens. Lynda saß an dem großen Küchentisch, ein Kartenspiel vor sich ausgebreitet. Auf der einen Seite des Kartenspiels lag ein Häufchen Pillen. Lynda trug ein hochgeschlossenes altmodisches Nachthemd voller Falten, Spitzen und Rüschen. Sie bemerkte Martha, ohne groß Notiz von ihr zu nehmen, spielte weiter Karten und summte eine traurige kleine Melodie vor sich hin. Martha machte sich Kaffee und setzte sich ans andere Ende des langen Tisches. Lynda war letzte Woche nicht beim Friseur gewesen, und das Haar hing in matten, farblosen Strähnen herab. Sie schien nur aus ausdrucksvollen, starr blikkenden Augen und Schädel zu bestehen. Die Krankheit oder die

Pillen, von denen sie so viele nahm, bewirkten, daß sie ziemlich stark schwitzte: Sie roch säuerlich. Nichts an diesem kranken Wesen erinnerte Martha an die tüchtige Frau, die ihr geholfen hatte, die Einrichtung des Kellergeschosses zu planen. Sie trank schweigend Kaffee, während Lynda sich summend hin und her wiegte.

»Sie haben also vor zu gehen«, bemerkte sie.

»Ja. Im März.«

»Nein, das werden Sie nicht«, sagte Lynda patzig wie ein Kind. Jetzt linste sie in ihre Karten und sagte: »Es geht auf!« Wütend schob sie die Karten zusammen. Offensichtlich verstieß es gegen ihre eigenen inneren Regeln, wenn die Patience aufging.

»Haben Sie eine Zigarette?« wollte sie jetzt wissen.

Martha reichte ihr ein Päckchen. Lynda nahm sich eine, fischte sich dann mit einem einschmeichelnden, listigen Lächeln noch drei heraus und reihte sie neben den Pillen auf.

»Wenn ich die jetzt nehme, muß ich morgen in die Klinik zurück, nicht übermorgen, weil ich nicht genügend Pillen habe«, erklärte sie. Mit einem herausfordernden Lächeln, das an Martha oder irgendeine Autorität gerichtet war, trennte sie zwei Tabletten von dem Haufen, eine kleine gelbe und eine große gelbe.

»Ich weiß, was Sie jetzt denken«, verkündete sie, hob den Kopf und lächelte Martha zu – diesmal direkt, persönlich und liebenswürdig. Oh, doch, man konnte sehen, wie schön sie war oder sein konnte. »Na schön, Sie haben recht. Doch was hat das für einen Sinn, daß man recht hat?«

Martha sagte nichts.

Lynda schob die beiden Pillen in den Haufen zurück. »Ich bleibe noch bis übermorgen. Doch wozu?« Sie stützte den Kopf in die Hände und wiegte sich summend. Dann schwieg sie einen Augenblick. »Nein«, sagte sie heftig und setzte sich auf, »das stimmt nicht, ich könnte gar nicht raus und es *versuchen*. Wie denn?«

Martha sagte nichts.

Lynda beugte sich vor und spähte Martha ins Gesicht, als höre sie ihr zu.

»Weshalb könnt ihr euch nicht damit abfinden? Manche Menschen taugen nun mal zu nichts. Nutzlos! Nicht zu gebrauchen. Nicht für das normale Leben. Das sag ich euch doch immer wieder. Ich hab es Mark gesagt, als er mich geheiratet hat. Ich hab's ihm gesagt. Weshalb wollt ihr bloß, daß alle so werden wie ihr? Ich weiß, was ich weiß!«

Martha sagte nichts und trank Kaffee. Die große Küche war das reinste Schlachtfeld. Vorhänge, die zum Waschen abgenommen worden waren, lagen gebündelt auf einer Trittleiter. Dielenbretter waren herausgenommen worden, und nahe der Wand lagen Rohre offen. Die Kacheln hinter dem Spülbecken waren abgerissen worden, doch der Mann hatte vergessen, sie wieder anzubringen – er würde morgen früh angerufen werden müssen. Gestern morgen war er um acht Uhr erschienen, um zu kassieren; die Kacheln wieder anzubringen, sei nicht seine Aufgabe, hatte er gesagt, dafür sei jemand anderes zuständig. Der Streit hatte Mark geweckt, dessen Ankleidezimmer über der Küche lag. Ob Mark jetzt da oben auch wach war?

»Mark schläft«, sagte Lynda, »wenn Mark schläft, dann schläft er. Ich bin glücklich, wenn er schläft. Dann weiß ich, daß ich ihn nicht quäle. Manchmal möchte ich ihn umbringen, weil ich dann, wenn er tot wäre, wüßte, daß er nicht meinetwegen unglücklich ist. Verstehen Sie? Ehe ich jetzt in die Küche runtergegangen bin, bin ich zu ihm hineingegangen, um ihn anzuschauen. Ich schaue ihn gern an, wenn er schläft. Als ich mit ihm verheiratet war, bin ich nachts immer aufgewacht, so daß ich ihn schlafen sehen konnte.«

»Sie sind doch jetzt auch noch mit ihm verheiratet«, sagte Martha.

»Sie brauchen nicht irgend etwas zu sagen«, sagte Lynda, »Sie haben das gesagt, weil Sie dachten, das müßten Sie. Wenn ich jetzt schliefe, dann müßten Sie nichts sagen, nicht? Deswegen schlafe ich auch gern. Ich wünschte, ich könnte mein ganzes Leben lang schlafen. Doch dafür geben die mir nicht genügend Tabletten. Ich sag denen dann: Na schön, wenn ihr mir schon nicht zugestehen wollt, daß ich was weiß, weshalb kann ich dann nicht schlafen? Worin liegt denn da der Unterschied, daß man im Zustand der Verblödung lebt – die halten einen nämlich für blöd – oder daß man schläft? Ich bin für niemanden von Nutzen, also könnte ich genausogut schlafen. Wissen Sie«, sagte sie und bedachte sie mit ihrem vertraulichen, bezaubernden Lächeln, in dem sie einen Augenblick lang ganz gegenwärtig war, »ich würde mich schon umbringen, doch ich habe Angst. Schließlich wissen wir doch nicht so genau Bescheid, nicht? Es könnte ja noch schlimmer sein als hier. Sie glauben wohl nicht an Gott, wie?«

»Das ist doch nur ein Wort«, sagte Martha.

»Schon, doch der Teufel ist auch ein Wort. Ich weiß, daß es einen Teufel gibt. Er spricht mit mir.«

Eins von Lyndas Symptomen war, daß sie Stimmen hörte. Doch die Ärzte hatten Mark gesagt, daß dies Symptom schwächer geworden sei, weshalb Lynda auch Weihnachten nach Hause durfte.

Jetzt verzog Lynda das Gesicht, so daß sie plötzlich wie eine bösartige alte Hexe aussah, und beugte sich vor, um Martha zu beäugen.

»Sagen Sie denen das nicht weiter. Ich behalte für mich, was ich weiß. Das muß ich, verstehen Sie!« Sie wiegte sich vor und zurück, vor und zurück. Dann: »Darin besteht die Freiheit, nicht? Jeder hat ein bißchen Freiheit, einen kleinen Freiraum . . .« Sie zeichnete mit dem Finger einen kleinen Kreis von vielleicht drei Zentimeter Durchmesser auf die hölzerne Tischplatte. Sie blickte darauf hinab, beugte sich näher heran. »Das ist ein hübsches Holz, finden Sie nicht auch? Den Tisch habe ich ausgesucht, hat Mark Ihnen das erzählt? Ich habe ihn auf einem Straßenmarkt in Guildford erstanden. Hat zehn Schillinge gekostet. Ein alter Küchentisch, ja, wie der, den wir zu Hause hatten. Der stand in der Küche. Das Dienstpersonal hat daran gegessen. Hübscher als unserer. Die Maserung bei diesem Holz – sehen Sie mal!« Martha trat zu ihr, um die Wirbel aus harter Maserung zu betrachten, um die herum der weiche, fleischige Teil des Holzes abgenutzt oder weggescheuert worden war. Sie betrachteten den Querschnitt einer Windung, die einst ein Vegetationspunkt im Holz gewesen war. Lynda zeichnete sie mit dem Finger nach – befriedigt. »Das ist Freiheit«, sagte sie, »das gehört mir. Mehr lassen die mir nicht. Sie würden mir das auch nicht lassen, wenn sie wüßten, wie sie's mir wegnehmen können. Doch wenn ich zu denen sage: Ich höre keine Stimmen, Sie haben mich geheilt, die Stimmen sind verschwunden – dann können die nichts beweisen. Das ist meine Freiheit. Doch die werden wohl Apparate entwikkeln – das tun die ja immer. Das können die nicht lange aushalten, ein solches Ausmaß an Freiheit. Also werden sie einen Apparat herstellen und ihn an unseren Köpfen festklemmen, und dann können sie sagen: Sie lügen ja, wir können die Stimmen mit dieser Maschine messen. Was versuchen Sie zu verbergen? Was hören Sie? . . .« Sie wiegte sich vor und zurück, vor und zurück in einem immer schneller werdenden Rhythmus. »Doch noch haben sie die Maschine nicht hergestellt. Ich bin immer noch frei. Ich weiß, was ich weiß. Sie glauben mir das doch, wie?«

»Ja«, sagte Martha.

Drohend beugte Lynda sich vor, bereit, zuzustoßen oder zu schlagen; ihre schmuddelige weiße Hand war um ein imaginäres Messer geklammert. »Ja, doch was glauben Sie denn, Martha?«

Ihr Blick richtete sich an Martha vorbei auf die Tür hinter ihr. Martha wandte sich um. Mark stand in der Tür. Er sah erschöpft und erschreckt aus.

Lynda gackerte: »Guck dir den an! Der hätte mich gern im Gefängnis. Der will mir meine Freiheit nicht lassen. Der will mich heilen lassen.«

»Lynda«, sagte er verzweifelt – und sein Ton war völlig deplaziert. Ganz liebevoller Mann, verantwortungsbewußter Ehemann, sagte er: »Lynda, ich bin's, Mark!«

Auf diesen Druck hin lächelte sie, wich sie aus, zog sich in sich selbst zurück und stand auf. Ihre Hand reckte sich nach den Tabletten. Sie lächelte wie ein unartiges Schulmädchen. Sie tat so, als wolle sie die Tabletten in den Mund stecken, ließ dann die Hand wieder fallen und schüttelte sich vor Lachen. »Sie haben mich überzeugt«, sagte sie zu Martha, »Sie haben recht.« Jetzt füllte sie behutsam und akkurat mit sachlicher Miene ein Glas mit Wasser, schluckte zwei Tabletten, und tat die übrigen zusammen mit den Zigaretten in eine Tasse. Das Ganze hielt sie in der ausgestreckten Hand und trug die Tasse mit den Tabletten und den Zigaretten aus der Küche, als sei sie eine Kerze. In ihrem altmodischen Rüschennachthemd sah sie aus wie ein braves Kind, das zu Bett geht.

Mark folgte ihr nach einem hastigen Gutenachtgruß in Marthas Richtung.

Lynda blieb noch einen Tag länger, doch Francis bekam sie nicht mehr zu sehen. Er wurde von seiner Großmutter mit dem großen, von einem Chauffeur gelenkten Wagen abgeholt, um die zweite Ferienwoche bei ihr zu verbringen. Bei sich hatte er einen Chemiekasten, einen richtigen für Erwachsene von Martha, einen Fußball von seinem Vater und einen gewaltigen Haufen Spielsachen von seiner Mutter, die sie telefonisch bei Harrods bestellt hatte.

Ehe Lynda in die Klinik zurückkehrte, stattete sie dem Kellergeschoß einen zweiten Besuch ab. Martha traf sie dort an, als sie gerade einem Handwerker, der ein Regal anbringen wollte, erklärte, er verwende nicht das richtige Holz. Wenn er auch nur den mindesten Handwerkerstolz besäße, sagte sie gerade, dann würde er sich weigern, das Holz zu verwenden, das der Polier ihm aushändigte, denn ein Blinder könnte doch sehen, daß es sich binnen eines Jahres verziehen würde, weil es nicht richtig abgelagert sei. Der Handwerker sagte, ja, er wisse das, doch er werde nur dafür bezahlt, daß er seine Arbeit tue, es sei nicht seine Aufgabe, über das Für und Wider zu diskutieren.

Martha übernahm nun Lyndas Rolle bei dem Streit, rückte dem Polier auf den Pelz, der wiederum sagte, es sei doch nicht seine Schuld, wenn die Firma es vorziehe, schlechte Arbeit zu leisten, dann den Besitzern der Firma, die die Schuld auf den Handwerker schoben. Das Ergebnis dieser und vieler ähnlicher Kämpfe war, daß das Kellergeschoß gegen Ende Januar so aussah, als wäre es zumindest in absehbarer Zeit beziehbar, und wer sollte nun in diesem Kellergeschoß wohnen? Was die Situation erforderte, war eine vernünftige »gestandene Person« – eher eine junge als eine alte, doch Martha konnte sich nicht vorstellen, daß Mark sich so eine aussuchen würde. Phoebe hätte sicher jemanden in petto, sagte er – ob Martha Phoebe vielleicht einmal anrufen könne?

Martha unternahm nichts dergleichen. Denn nun, da die Wohnung fertig – naja, fast fertig war, und bis zu Marthas Weggang nur noch wenige Wochen blieben, ging es ihr darum, dafür zu sorgen, daß die Frau, die ins Haus kam, auch die Richtige für Francis war. Denn wenn es auf irgend etwas ankam, dann darauf, daß Francis diese Schule verließ, die er besuchte. Das würde er jedoch nicht tun können, wenn nicht die richtige Frau im Haus war. Die Haushälterin sollte etliches mehr sein als eine Haushälterin. Die Wohnung sollte an die richtige Person vergeben werden. Martha malte sich aus, wie Francis, wenn er von seiner vernünftigen, humanen Tagesschule nach Hause kam, in diese Wohnung hinuntergehen würde zu der Frau, die dort wohnen würde, um mit ihr zu reden, Abendbrot zu essen, Schularbeiten zu machen – um menschliche Wärme zu finden. Das Problem bestand lediglich darin, Mark zu der Einsicht zu bewegen, daß ...

Sie konfrontierte Mark mit diesem Plan. Oder versuchte es jedenfalls. Er kam ihr damit, daß er zu tun habe, seine ganze Aufmerksamkeit für seine Arbeit brauche, reagierte dann mit Ärger, mit Verlegenheit – dann brach es in einem mächtigen Schwall aus ihm heraus – offensichtlich hatte er das noch nie jemandem sagen können –, wie er sich seine ganze Kindheit anders gefühlt habe als die anderen, und daß er seinem Sohn kein derartiges Unbehagen einpflanzen wolle.

Wie schon gesagt, er war der einzige von den Vieren, der nicht die für seine Klasse normale Erziehung genossen hatte. Die drei anderen Brüder waren aufs Internat und zur Universität gegangen. Mark war der Eigenbrötler gewesen, ein schweigsames, wachsames, unbequemes Kind – und das von Natur aus. Und Margaret, die damals gerade unter dem Einfluß von Freunden stand, die Erziehungsreformer waren, hatte ihn auf die Schule von Neill geschickt. Nicht für lange: Die war zu radikal, hatte sie befunden. Mark erinnerte sich, daß die Schule ihm Spaß gemacht hatte, daß er es jedoch als mühsam empfand, sich wieder auf die Welt, seine eigene, einzustellen, wenn er die Ferien zu Hause verbrachte. Margaret hatte ihn auf eine »progressive« Schule geschickt, die auf Neillschen Grundsätzen basierte, aber weniger »radikal« war. Daraufhin war es Mark leichter gefallen, seine beiden Welten miteinander in Einklang zu bringen, doch war er immer noch von seinen Brüdern abgeschnitten, die ihn und seine Schule (jede Schule außer ihrer eigenen, die über jede Kritik erhaben war) als komisch und als Herausforderung empfanden. Wenn er konnte, ging er in den Ferien lieber zu Schulfreunden. Er war selten zu Hause. Dann starb sein Vater, das Landhaus wurde verkauft, und Margaret heiratete ihren Finanzmakler. Mark verbrachte die Ferien in Amerika. Dort lernte er seinen Bruder Colin näher kennen, und die beiden wurden Freunde. Mark war nicht auf die Universität gegangen. Seine Erziehung, seine Erfahrung hatten bewirkt, daß er mit seiner Klasse nicht mehr zurechtkam. Jetzt sagte er, er wolle Francis das ersparen, der habe ohnehin schon so ein schweres Leben.

Und dann wandte er ihr den Rücken, griff sich aufs Geratewohl ein Buch und schaute stehend hinein, und sein angespannter Rücken sagte ihr gleichzeitig, daß er zwar wollte, daß Martha weiterredete, jedoch entschlossen war, ihr nicht nachzugeben. Martha nahm sich zusammen und sprach weiter, da es nun mal keinen anderen Weg gab, Mark gegenüber derart belastete Themen aufs Tapet zu bringen, als sich einzumischen, hereinzuplatzen, auf ihn einzuhämmern. Nie in ihrem Leben hatte sie einen derart abgeschotteten, derart abwehrenden Menschen kennengelernt. Wenn Themen aufkamen, die für ihn schmerzlich waren, dann verschloß sich sein dunkles Gesicht, dessen vorherrschender Ausdruck eigentlich der einer hartnäckigen Wißbegierde war, wurden seine Lippen schmal, und er wandte sich ab.

Seinem Rücken schrie Martha entgegen: »Aber Mark, was für eine Logik oder was für ein gesunder Menschenverstand soll denn das sein! Von einer auch nur halbwegs anständigen, menschlichen Haltung mal ganz abgesehen! Sie sagen, Sie seien froh, daß man Sie nicht aufs Internat geschickt hat, Sie sagen, Ihr Aufenthalt in Amerika sei das Beste gewesen, was man Ihnen habe antun können – Sie ziehen wie ein Sozialist im Hyde Park über die Oberschicht her, und jetzt schicken Sie Francis in diese Knochenmühle. Wozu denn bloß?«

Immer noch abgewandt, antwortete er: »Die besitzen eine gewisse Stärke. Mir geht sie ab. Ich möchte, daß er sie mitbekommt.«

»Was für eine Stärke denn? Wer hat die?«

»Ach ... ein paar von denen. Oh, ich leugne gar nicht, daß das eine Art von Engstirnigkeit ist. Die sind verblendet. Wenn man so will. Doch es ist Stärke. Man braucht so etwas.«

Sein toter Bruder (und Mark wäre, wie das bewies, was er schrieb, der letzte gewesen, um einen Tod im Krieg als etwas rein Willkürliches zu betrachten, das mit der Eigenart dieses Menschen nichts zu tun hatte) war, als der Krieg ausbrach, gerade im Begriff gewesen, seinen Posten oder seine Posten als Präsident verschiedener Gesellschaften hinzuschmeißen, um nach Kenia zu gehen und Farmer zu werden. Leute seines Schlages nahmen das wohl kaum als Beweis für Nonkonformismus, doch der Grund, weshalb er es tun wollte, war, daß England für ihn kein Land mehr war, in dem man Kinder großziehen konnte, die Menschen hatten nichts anderes im Kopf als Geld. Der zweite Bruder war Colin. Dann kam Mark. Dann kam Arthur, der Linksradikale, und das war in den Augen der Coldridges nicht viel besser als ein Straßenagitator.

»Na, also schön«, sagte Mark, und sein Rücken war ihr immer

noch entschlossen zugekehrt. »Nehmen wir mal Arthur. Der redet zwar der Revolution das Wort, doch wenn man den mal neben diesen ganzen kommunistischen Parteiabschaum stellt, dann sieht man den Unterschied.«

»Was denn für einen Abschaum?«

»Von der Bande möchte ich keinem im Dunkeln begegnen. Doch Arthur – wenn der etwas sagt, dann weiß man, so verhält sich das. Verstehen Sie? Man kann ihm vertrauen.«

Und nun wußte Martha nichts zu erwidern: Er erzählte ihr gerade, daß Arthur ein Gentleman sei.

Außerstande zu antworten, setzte sie sich und wartete. Wie üblich war es lange nach Mitternacht, und auf der Straße draußen war es still. Dies Zimmer war still. Es hatte zwei Mittelpunkte oder interessante Bereiche. Der eine war der Schreibtisch mit den Stapeln von Notizzetteln, Notizbüchern, der Schreibmaschine. Der andere war ein Tisch, auf dem alle möglichen Modelle und Prototypen standen und sich die Diagramme und Blaupausen stapelten, die mit den Apparaten zu tun hatten, die in der Fabrik hergestellt wurden. Marks Unternehmen, das er nach dem Krieg aufgemacht hatte, produzierte elektronische Geräte, wie sie in Krankenhäusern und überhaupt von Ärzten verwendet wurden. Er arbeitete mit einem Mann namens Jimmy Wood zusammen. Das Geld, das sie an ein, zwei regelmäßigen Kunden verdienten, benutzten sie, um zu experimentieren und zu erfinden und das zu finanzieren, womit die beiden Männer die meiste Zeit zu verbringen schienen: in der Fabrik im Büro zu sitzen und sich gesprächsweise zu neuen Ideen vorzuarbeiten.

Schließlich wandte Mark sich um. Es kostete ihn einige Mühe. Und als er sich hinsetzte und ihr ins Auge sah, mußte er sich dazu überwinden.

»Ich widerspreche mir vermutlich selbst?«

»Ich muß einfach immer an Francis denken, wie der die halbe Nacht weint.«

»Er wird das Übliche, eine Mutter und all das, ja doch niemals bekommen – sollte er dann nicht wenigstens das andere haben, das ihm Halt geben wird?«

»Könnten Sie denn nicht einen Kompromiß machen?« schlug sie vor und versuchte es notgedrungen mit einem »humorvollen« Ton. »Ich meine, müssen Sie denn unbedingt eine Schule aussuchen, die die reinste Karikatur ist? Gibt es denn keine anderen?«

»Meine Brüder waren dort.«

»Na, dann ist ja alles in Ordnung, hm?«

»Margaret ist auf Ihrer Seite. Sie wollte, daß ich ihn auf meine alte Penne schicke.«

»Und warum haben Sie das nicht getan?«

Jetzt stand er hastig auf und trat ans Fenster, um die Vorhänge zu mustern. Sie waren gereinigt worden. Das letztemal, als er das gemacht hatte, um einen wunden Punkt zu umgehen, hatte er gemurmelt: »Die müssen gereinigt werden.« Dann hatte er sich mit den Worten umgewandt: »Ich habe ein Talent für tragische Liebesgeschichten.« Denn er hatte vor Lynda schon ein paar aussichtslose Leidenschaften gehabt.

Der Grund, weshalb Mark nicht wollte, daß Francis auf seine eigene Schule, die gemäßigt progressive Schule, ging, wo er schließlich glücklich gewesen war, war, daß er in seinen eigenen Augen ein Versager war – oder jedenfalls reimte Martha sich das als das Wahrscheinlichste zusammen. Mark hatte das Gefühl, seine Erzieher enttäuscht zu haben; genauso wie er sich, wäre er wie sein älterer Bruder James nach Eton gegangen, hätte fühlen mögen, wenn er Gelder unterschlagen hätte. Seine Schule hatte auf seelische Ausgeglichenheit, Reife usw. abgezielt. Tja, und dies Ziel hatte er nun mal nicht erreicht. Wenn er Francis hinschickte, würde Francis dort als Sohn eines Versagers gelten – irgend etwas in dieser Richtung schien Mark zu empfinden.

Doch diese Unterhaltung zeitigte Früchte, denn Mark suchte seine Mutter auf, die wiederum Martha besuchen kam. Das Treffen fand in »Margarets Zimmer« statt, und Margaret saß auf der Kante eines ihrer hübschen Stühle, die Handschuhe in der Hand, und sah Martha lächelnd an.

»Wie gut Sie Mark doch getan haben! Es ist ein Jammer, daß Sie einfach so weggehen müssen!«

»Das mag wohl sein, aber es geht nicht anders.«

»Selbstverständlich. Was hatten Sie doch noch vor? Ich komme nicht drauf.«

Um mit dieser Art von formvollendeter Unverschämtheit fertigzuwerden, brauchte man unbedingt die Art Erziehung, die Mark Francis gegenwärtig angedeihen ließ. Das heißt, um elegant damit fertigzuwerden. Martha schaffte es nur unelegant.

»Was schreibt Mark denn im Augenblick?«

»Da fragen Sie ihn wohl besser selbst!«

»Hat er denn überhaupt etwas gearbeitet, seit Sie hier sind?«

»Aber er arbeitet doch immer sehr viel.«

»Ich meinte, an einem neuen Buch. Mit diesen elektrischen Spielsachen herumspielen kann doch jeder.«

»Ich glaube nicht, daß er das selbst so sieht.«

»Hmmm. Schön. Ich hoffe, Sie gehen nicht gerade, wenn er mitten in einer Sache drinsteckt. Die Leute werden sich bald fragen, ob das Buch nur eine Eintagsfliege war.«

Obwohl sie sich bewußt war, daß ihr Schweigen jetzt wie eine Pikiertheit wirken mußte – schwieg Martha.

»Na, also schön. Dann wollen wir doch mal sehen, was Sie mit dem Kellergeschoß angestellt haben!«

Es bereitete Martha großes Vergnügen, Margaret in die Kellerwohnung zu führen. Denn selbst als sie gewienert, abgestaubt und eingerichtet war, ähnelte sie überhaupt nicht dem übrigen Haus. Sie war reizend, sie war behaglich – und sie besaß keinerlei Leben. Vielleicht mußte ja, damit Zimmer so aussahen, wie die oben, ein Mensch, nachdem er (sagen wir, monatelang) das Gefühl gehabt hatte, daß mit dem Stuhl da irgend etwas nicht stimmte, oder mit dem Tisch dort, das Möbel um ein paar Zentimeter verrücken, genau *dorthin,* wo das Licht darauf fallen würde, gerade *so,* oder es in einem ganz bestimmten Verhältnis zu einem Läufer, einem Sims stand? Martha erwartete halb, daß

Margaret, wenn sie sich in der Wohnung aufhielt, darin herumging, diese fehlende Eigenschaft mitbringen würde.

Aber Margaret sagte: »Doch, sehr hübsch. Es muß nur noch bewohnt werden.« Und ging wieder nach oben.

Ehe sie aufbrach, sagte sie: »Seien Sie lieb und sehen Sie zu, daß er nicht allzusehr in der Patsche sitzt, wenn Sie gehen!«

Diese Äußerung, die doch an sich weit beleidigender war als andere, die sie angebracht hatte, war eigentlich die zu Herzen gehendste – soviel Bedeutung kann der Tonfall haben. Doch sie zielte an dem vorbei, was Mark eigentlich von einer »Sekretärin« wollte, ebenso wie an seinem Verhältnis zu seiner Arbeit und an dem, was Martha dazu beitragen konnte.

Anfangs, als Martha darauf gewartet hatte, daß er ihr als seiner »Sekretärin« Tipparbeit oder etwas Ähnliches geben würde, mußte sie feststellen, daß sie statt dessen in seinem Arbeitszimmer saßen und redeten. Sie brauchte einige Zeit, um zu begreifen, daß er seine eigenen Verhaltensweisen durch die anderer Menschen definierte – durch ihre, denn sie war nun mal da. Auch verstand sie nicht ohne weiteres, wie schwer es ihm fiel, zu reden. Er drängte und stachelte sie zu irgendwelchen Äußerungen an, hörte zu, kam mit Kommentaren darauf zurück, wenn auch manchmal erst Tage später. Teilweise war das eine Methode, über sein Leben zu reden: Es sah so aus, als habe er nie jemanden zum Reden gehabt. In der Schule auch nicht? Doch, schon, aber er hatte keine engen Freunde gehabt. Auch nicht danach? Naja, da war Colin gewesen. Und natürlich waren da Lynda und andere gewesen. »Aber man spricht doch nicht mit den Menschen, in die man verliebt ist, ist das nicht so?« Das alles war für Martha, die, was so gut war wie ein Dutzend Universitäten, die Redeküchen des Sozialismus durchlaufen hatte, nur schwer nachfühlbar.

Mark hatte Martha gebeten, seinen Roman zu lesen, und es war typisch für ihn, daß er nicht annahm, sie könne ihn bereits gelesen und darüber nachgedacht haben. Er habe ihn, sagte er, selbst gerade wieder gelesen.

Der Roman, er war kurz, war 1948 erschienen. Entstanden war er jedoch 1946, während Mark in Österreich als Mitglied der Besatzungstruppen darauf wartete, demobilisiert zu werden. Das Buch war, wie man so schön sagt, viel beachtet worden. Das kam daher, sagte Mark, und er konstatierte das in aller Nüchternheit, daß er ein Coldridge war. Wenn man etwas näher hinsah (Martha hielt das für eine ungerechte Einschätzung, auch wenn es ihn sichtlich amüsierte), stellte sich heraus, daß die für Literatur zuständigen Redakteure, die Rezensenten, die Leute, die zu dem Zeitpunkt in Kunstfragen in England das Sagen hatten, zwar nicht mit Mark, aber mit seinen Brüdern auf der Schule oder der Universität gewesen waren und Margaret »kannten«, oder wenigstens kannten sie sich alle untereinander. Kein mit Literatur vertrauter Mensch kommt aus einem anderen Land nach Großbritannien, ohne zu erwarten, daß er dort eine Art wundervollen freien Markt der Künste vorfinden wird, der für internationale Einflüsse offen ist, von edlen Motiven bestimmt und von selbstlosen Literaturnarren in Gang gehalten, die von überallher dorthin gelockt worden sind. Diese hohe Qualität, die hohen Maßstäbe – die wurden ja doch wohl nicht von x-beliebigen Leuten gepflegt, die mit Marks Brüdern zur Schule gegangen sind und Margaret »kannten«? Ja, warum denn nicht?, wollte Mark wissen, als er endlich sah, daß sie ungläubig aufnahm, was für ihn selbstverständlich war. Warum denn nicht? Wenn es funktionierte?

Mark hatte das Manuskript aus Österreich an Jack geschickt, einen Freund von Colin und einstigen Gast Margarets: Er war inzwischen Teilhaber eines Verlages geworden. Er war selbstverständlich davon ausgegangen, daß das Buch »bemerkt« werden, und nicht, kaum erwähnt, untergehen würde, wie das mit der Hälfte der in Großbritannien veröffentlichten Romane geschieht. Was ihn dann allerdings verstörte, war der Ton oder Tenor der Rezensionen: Sie waren kalt, ablehnend, ja feindselig. Er verstand den Grund nicht.

»Ich nehme an, die wollten sich nach allen Seiten absichern«, sagte er verachtungsvoll, »bei einem noch unbeschriebenen Blatt weiß man schließlich nie! Eine feige Bande.«

Ein Rezensent beklagte, daß das Buch so geschrieben sei, als sei der Krieg schon hundert Jahre vorbei, und nicht so, als sei es während der elenden Zeit seiner Nachwirkungen entstanden. Es sei fatalistisch, hieß es. Es sei pessimistisch, es sei deterministisch. Es sei ohne Mitgefühl, und es sei kalt.

»Das kommt daher, daß Sie nicht empört sind. Sie sind nicht entsetzt.«

»Weswegen?«

»Sehen Sie sich doch die Literatur an, die dieser Krieg hervorgebracht hat – es ist natürlich noch nicht viel. Und das ist an sich schon schwer verzeihlich – einen Roman herauszubringen, noch ehe die Geschütze zu feuern aufgehört haben. Wenn das nicht gefühllos ist!«

»Ich hatte doch nichts zu tun. Niemand von uns hatte irgend etwas zu tun.«

»Doch das, was sonst geschrieben worden ist, das hat einen bestimmten Tenor – Protest. Abscheu.«

»Ich sehe keinen Protest. Alles geht einfach seinen Gang.«

»Und dann die Romane vom Ersten Weltkrieg, Elegien auf verlorene Paradiese oder Zorn.«

»Und was soll das für einen Sinn haben, daß man immer noch genauso empfindet?«

»Sie müßten doch aber imstande sein zu begreifen, weshalb andere Menschen sich vor den Kopf gestoßen fühlen!«

Die Weltanschauung, die aus dem Roman sprach, nahm die Menschheit als eine Spielart des lebenden Organismus, ein organisches Ganzes wahr, und der Krieg war ein Ausbruch, der sich an ihm vollzog – einer, mit dem zu rechnen war. Aus dieser Einstellung ging hervor, auch wenn das nicht geschildert wurde, daß der Krieg unweigerlich geschehen mußte, daß nichts ihn hätte verhindern können und daß es weitere Ausbrüche kriegerischer Natur geben würde. Das traf nun ganz und gar nicht die Stimmung der späten Vierziger, als Regierungen, Politiker und

Presse so redeten, als könne der Krieg, der nächste, nicht nur verhindert werden, sondern als wäre gerade das, womit sie jeweils befaßt waren, das Mittel, um ihn zu verhindern.

Mark betrachtete die Aktivitäten von Presse, Politikern und Generälen jedoch als Sandkastenspiele von Kindern. Wie er in ein paar Abschnitten skizziert hatte – mehr bedurfte es bei einer derart durchschaubaren Angelegenheit nicht, die ganzen dreißiger Jahre hindurch war der kommende Krieg organisiert, geplant, erwartet worden; die Nationen hatten intrigiert und gemeinsame Sache gemacht und Posten bezogen und gefeilscht – der springende Punkt bei diesem Krieg jedoch, der, der dann seinen Verlauf bestimmt hatte, den hatte niemand vorhergesehen: daß das bolschewistische Rußland Seite an Seite mit Großbritannien und Amerika kämpfen würde. Und das, obwohl die mächtigsten gesellschaftlichen Gruppen in unserer Nation und in Amerika in die entgegengesetzte Richtung gearbeitet hatten. Das brauchte man wohl nicht weiter auszuführen – es lag auf der Hand. Es hatte keine Rolle gespielt, was sie geplant hatten, da der Mensch nun mal der Gefangene der Ereignisse war, die sich vollzogen. Doch in dem Augenblick, als der Krieg sich zu seinem Ende vorgearbeitet hatte, da hätten, wie eine Krankheit, die ihren Gang geht, Regierungen, Generäle, Zeitungen wieder angefangen, Pläne zu machen, amtliche Verlautbarungen und Prognosen zu formulieren, die bewiesen, daß sie außerstande waren, noch das augenfälligste Faktum zu sehen, und mochten sie es auch unmittelbar vor der Nase haben. Man durfte sie nicht ernst nehmen.

Und Mark konnte nicht erkennen, daß eine derartige Haltung zu dem Zeitpunkt Anstoß erregen mußte. Für ihn war das alles selbstverständlich. Und Martha vertrat bei ihrem Versuch, ihm das begreiflich zu machen, schließlich jene Naivität, jene Unfähigkeit, aus offenkundigen Tatsachen Schlüsse zu ziehen, die zu verstehen ihm so schwerfielen.

Unterdessen machte Martha – ganz unerwartet – eine Entdeckung. »Matty« wurde zu neuem Leben erweckt. »Matty« war in diesem Haus nicht in Erscheinung getreten, sie hatte keinen ihrer Auftritte gehabt. Wohl aber eine andere Person – und sie brauchte einige Zeit, um zu erkennen, daß die bloß ein Aspekt der Hydra »Matty« war. Es war – zuerst taufte Martha sie »die Kommunistin«, mußte die Benennung dann jedoch auf »die Anwältin« ausweiten, da das eine Maske war, die beispielsweise auch zu Marjories Schwester Phoebe gehörte. Diese Person nun schlug schrille Töne an, verwendete Schlagworte, war belehrend und einschüchternd, und ein Wort genügte, damit sie sich in langen Tiraden erging. »Ich bin an Vorträgen nicht interessiert!« hatte Mark am Beginn seiner Beziehung zu dieser Volksrednerin gesagt. Martha war sich gar nicht bewußt gewesen, daß sie Vorträge hielt. Zwischen dem tolpatschigen Clown, der sich selbst zum Gespött machte, und der »Anwältin« bestand eine Beziehung: Martha begann sie zu erkennen. Sie hatte reichlich Gelegenheit, sie zu studieren, da der Roman die »Anwältin« zu ungeheurer Lebhaftigkeit aufstachelte.

Auf Marks Behauptung, in hundert Jahren würden die Menschen (falls es dann noch welche gab) den Zweiten Weltkrieg nicht mehr genauso beschreiben, wie die Menschen das im Jahr 1950 – dem, das gerade begonnen hatte – taten, sagte Martha: »Selbstverständlich nicht.«

Sie würden ihn jedoch nicht als Sieg des Guten über das Böse beurteilen, sie würden Hitlers Armeen nicht als schlimmer ansehen als die, gegen die sie selbst kämpften. Sie würden lediglich sagen: Zwischen 1939 und 1945 hatte der Krieg folgendes Gesicht. Moral diente immer nur denen als Rechtfertigung, die bereit waren, Krieg zu machen.

Doch hier litt Martha. Mark hatte während des letzten Kriegsjahres erlebt, wie eins der Konzentrationslager geöffnet wurde – genau wie damals Thomas' Freund, dessen Brief seine spätere Entwicklung ausgelöst hatte. Oder jedenfalls hatte es so ausgesehen.

»Was erwartet man denn von mir?« wollte Mark wissen. »Daß ich sage: Diese verdammten Hunnen? Oder was?«

»Ja, also was sagen Sie denn nun?« verlangte Martha Auskunft.

»Wenn ich soweit gehe, etwas über Rußland zu sagen, dann tauschen wir hier Grausamkeiten aus. Ich kann diese Art Gespräch nicht ertragen! Sie sagen: Gaskammern. Ich sage: Zwangskollektivierung der Bauern. Sie sagen: Herrenrasse. Ich sage: Säuberungen. Sie sagen: Freiheit. Ich sage: Freiheit. Was hat das denn für einen Sinn?«

Worauf die »Anwältin« Nacht für Nacht argumentiert, Zahlen angeführt, mit allem Nachdruck ihren Standpunkt vertreten hatte, während er dasaß und zuhörte. »Es gibt also keinen Fortschritt, es spielt keine Rolle, welche Haltung einer einnimmt, man könnte ebensogut für Hitler gekämpft haben?«

»Wenn man eine Vergleichsrechnung der Grausamkeiten aufmachen will – selbstverständlich.«

»Und was sonst?«

»Das ist alles.«

»Ach nein, habe ich das nicht schon mal erlebt? Wann war das? Ich muß zwanzig gewesen sein – nicht viel älter. Nichts war letztlich von Bedeutung, ein Lied, das mir ein Schwachkopf vorgesungen hat. Das war ein Mann, der Mr. Maynard hieß.«

»Wir haben irgendwelche Vettern zweiten Grades, die Maynard heißen. Stammte er aus Wiltshire?«

»Das weiß *ich* doch nicht! Was ich allerdings weiß: Daß ich ihn bekämpft habe, war das Beste, das ich je getan habe.«

»Bekämpft«, sagte Mark angewidert.

»Na schön, wenn das stimmt, weshalb soll man sich dann noch Sorgen um Colin machen?«

Doch hier wandte Mark sich ab, fummelte an Schubladen herum, spielte mit Bleistiften, dem Knipser der Lampe, wurde wütend, bitter. Da sie dabei war zu beobachten, wie die Seelen in ihrer eigenen Brust sich bekriegten, fiel es ihr leichter, die seinen zu erkennen.

Die eine war der kühle Beobachter, der vorauszusehen imstande war, wie die Ereignisse in hundert Jahren gesehen werden mochten. Immer? Mark war mit der Fähigkeit, ihn schon jetzt so zu sehen, durch diesen Krieg gegangen? Hmm – schon möglich.

Dann die andere, bei der Erwähnung seines Bruders, ein kalter, wütender Mann, der Bruder der »Anwältin«.

»Fortschritt«, murmelte dieser wütende Mann – weniger an Martha gewandt als an sich selbst – möglicherweise handelte es sich um die Art Selbstgespräch, das man führt, wenn die anderen schlafen. »Damit habe ich nichts am Hut. Darauf gebe ich nichts. Wenn sich irgend etwas zum Besseren entwickelt, dann nicht, weil eine Nation sich einbildet, besser oder humaner zu sein als eine andere. Das ist eine Farce – ist es immer gewesen. Wie die Menschen sich selbst sehen – Ammenmärchen. Wenn man sich mal ansieht, was gegenwärtig passiert! Der Kalte Krieg! Was für eine Ausdrucksweise! Was steckt denn da für eine Denkweise dahinter? Die Melodie ändert sich von Jahr zu Jahr – na schön, warum nicht, tut sie ja immer –, doch man erwartet wohl nicht von mir, daß ich das ernst nehme? Tut Colin das denn? Colins Standpunkt ist, daß er jahrelang ein Verbündeter der Sowjetunion war und die ganze Zeit um den Austausch wissenschaftlicher Informationen gekämpft hat – das haben sie alle getan, die Wissenschaftler ...«

»Weil die Regierungen dieses Landes und Amerikas alles getan haben, um diesen Austausch zu verhindern, weil es ihnen verhaßt war, mit Rußland verbündet zu sein.«

»Selbstverständlich. Klar. Doch für die Russen galt dasselbe. Colin ist nun aber mal Wissenschaftler. Er ist kein Politmensch. Er tritt für den Internationalismus der Wissenschaft ein. Schön, ich stehe auf seiten meines Bruders.«

»Dann ist es aber kindisch, sich über Wörter wie Verräter aufzuregen!«

»Aufzuregen! Ich hab eine Heidenangst. Ich habe nie gedacht, daß so was möglich wäre – in diesem Lande! Soweit ich sehe, hat Colin keine Angst. Soweit es ihn betrifft, ist alles vollkommen klar – sie sind im Recht und damit basta.« Mit »sie« meinte Mark Colin und seinen Vorgesetzten, der gegenwärtig auf seinen Prozeß wartete. »Die beiden sagen, Amerika wolle Krieg mit Rußland anfangen. Amerika wolle Rußland zerstören. Ehe Rußland die Atombombe hat. Na, selbstverständlich will Amerika Rußland zerstören, man braucht bloß die Zeitungen zu lesen. Colin behauptet, es gehe um den Kommunismus. Ich hingegen glaube, daß die Nationen nicht ohne Krieg auskommen können. Wenn es nicht Rußland wäre, wäre es ein anderes Land. Wenn die beiden es jedoch schafften, Rußland mit Informationen über die Bombe zu versorgen, so daß sie dort auch eine bauen könnten, dann würde Rußland Amerika ebenbürtig, und die Amerikaner hätten Angst, einen Krieg anzufangen.«

»Sagt Colin etwa, daß er das gemacht hat? Denn dann sollten Sie besser kein Wort darüber verlauten lassen.«

»Nein, das sagt er nicht. Er sagt nur, daß das logisch sei. Es ist seine Ansicht in dieser Sache. Er ist dazu berechtigt.«

»Trotzdem, darüber sollten Sie lieber schweigen.«

»Wieso denn? Das ist mein Land. Oder jedenfalls dachte ich das immer. Was mir jedoch Angst macht, ist – daß ich eine Heidenangst habe. Ich finde, Wörter wie Verräter und Verrat und das ganze Zeug sind kindisch. Unfug. Die haben nie zu etwas anderem gedient, als die einfachen Leute einzuschüchtern, damit sie brav sind. Plötzlich habe ich Angst. Ich habe die Zeitungen aus den Vereinigten Staaten gelesen – na schön, die verlegen sich da drüben sowieso immer gleich auf Pogrome, das ist ihre Spezialität. Doch daß das jetzt hier anfängt ... Ich lese unsere Zeitungen und sehe das Wort Verräter in fetten schwarzen Lettern und merke, daß mir kalt wird – im wörtlichen Sinne kalt vor Angst. Empfinden Sie das denn nicht so?«

»Doch, genauso.« Er hatte sie nie gefragt, ob sie in Colins Lage Informationen über die Bombe an Rußland weitergeben würde. Er redete um den heißen Brei herum und kehrte dann wieder zu diesem Punkt zurück, wobei er sie ansah, als erwarte er, daß sie offen sagte, wo sie stand, zu welcher Haltung die

Angst sie getrieben hatte: Die Zeitungslektüre, der sie sich jeden Morgen stundenlang unterzog, entmutigte sie.

»Worauf es hinausläuft, ist doch, daß ich, Gott oder wem auch immer sei's gedankt, nicht in Colins Lage bin und glaube, daß es meine Pflicht ist, Rußland Informationen zu geben. Ich glaube nicht, daß ich den Schneid dazu hätte.«

»Ja. Darauf läuft es ungefähr hinaus. Doch fürs erste ... Aber er ist mein Bruder. Ich werde ihn bis ins Letzte unterstützen.« Und bei diesen Worten war er ganz grimmige unbeirrbare Entschlossenheit.

Ein anderer Mensch trat in Erscheinung, wenn seine Mutter das Haus betrat. Wieder war das ein Mann, der sich abwandte – doch war er, so befand Martha, um einige Jahre jünger. Wenn Margaret, nachdem sie angerufen hatte – sie kam niemals unangemeldet, weil man, so ließ sie sich vernehmen, bei seinen erwachsenen Kindern niemals ohne Vorwarnung vorbeischauen sollte –, aus ihrem Wagen auftauchte, um mit ihnen zu Mittag oder zu Abend zu essen oder Tee zu trinken, dann schien Mark, der vor ihrer Ankunft nicht hatte arbeiten können, zu schrumpfen und jünger zu werden. Er war grob zu ihr oder kurz angebunden. In letzter Zeit verfolgten ihre Besuche den Zweck, über Colin zu reden – der dauernd zu viel zu tun hatte, um sie zu besuchen oder zu empfangen, beschwerte sie sich. Und Mark sagte dann ständig: »Das weiß ich nicht. Keine Ahnung. Weshalb fragst du ihn denn nicht selbst?« Unterdessen beobachtete er sie mit hilfloser Faszination, als sei sie eine Macht, die er mit keinem Wort und keiner Handlung günstig stimmen konnte. Er führte sich tatsächlich auf, als wäre er ungefähr fünfzehn, ein Junge, der gerade erst anfängt, seine Männlichkeit gegen seine Familie durchzusetzen.

Und Margaret beklagte sich wiederum bei Martha, Mark sei störrisch wie ein Maultier, verschlossen wie eine Auster. Nein, sie habe nicht die Absicht, Martha in eine schiefe Lage zu bringen, doch dieser Kritiker damals – der habe den Nagel auf den Kopf getroffen – der gute alte Bertie. Vielleicht kannte Martha ja

Bertie Worth? Ach, nicht? Der sei früher oft bei ihnen gewesen, ehe das andere Haus verkauft worden sei. Bertie habe jedoch in der *Times* geschrieben, daß Mark keinen Sinn für Moral besitze. Es fehle ihm das Gefühl für die wesentlichen Werte. Und sie rauschte hinaus.

Um dann, weniger temperamentvoll, wiederzukehren und ihnen auf eine seltsam undurchschaubare Art mitzuteilen, sie habe genau die richtige Frau für das Kellergeschoß. Es handelte sich um eine Mrs. Ashe, die Witwe eines Major Ashe, der bei der Indien-Armee gewesen war. Es stellte sich heraus, daß sie fast siebzig und sehr schwierig war. Das sollte genau die Richtige sein, um den Haushalt zu führen und Francis zu geben, was er brauchte? Als ihr das vorgehalten wurde, schrie Margaret förmlich auf: Das sei doch aber so eine liebe alte Dame! Sie sah ungeheuer schuldbewußt aus. Die führt doch was im Schilde – schon wieder, sagte Mark. Was wohl?

Margaret zog sich zurück. Doch nur vorübergehend. Mit Telefongesprächen und Besuchen betrieb sie weiter die Sache von Mrs. Ashe. Warum bloß? Irgend etwas war daran seltsam, irgend etwas stimmte nicht. Sie kamen jedoch nicht dahinter, insbesondere deshalb nicht, weil ja sowieso schon alles im Leben falsch, häßlich war und ständig auf so vieles angespielt und so vieles verborgen wurde – so daß jeden Augenblick mit irgendeinem Ausbruch zu rechnen war. Ja, sie warteten auf etwas. Sie harrten der Dinge, die da kommen sollten. Oder besser gesagt, Mark tat es: Martha würde es nur so lange tun, bis sie ging.

Ehe sie ging, konnte sie wenigstens den Versuch unternehmen, etwas für Marks Finanzen zu tun. Er bat sie, »Vorschläge zu machen«. Marks Vater hatte zwar Geld hinterlassen, jedoch nicht viel. Die Unterhaltung dieses Hauses, das den drei Brüdern gemeinsam gehörte, wurde von Mark bezahlt, der darin wohnte. Für sich selbst gab er nichts aus, aber Lynda und Francis kosteten eine Menge. Und Martha mit ihrem Gehalt ebenfalls, hielt sie ihm vor Augen. Doch das würde ja nicht mehr lange der Fall sein.

Der Verleger, der ein Freund der Familie war, hatte mit Mark einen Vertrag geschlossen, der keinerlei Konzessionen an die Freundschaft machte. Er hatte ihm einen Vorschuß von hundertfünfzig Pfund gegeben, und viel mehr hatte er an dem Kriegsroman nicht verdient bis zu dem Zeitpunkt, als der Verkauf aufhörte. Er hatte über drei weitere Bücher zu denselben Bedingungen abgeschlossen. Ein lachhafter Vertrag, den er nicht hätte unterzeichnen sollen. Er hatte jedoch keinen Agenten. Ein zweiter Roman war begonnen und wieder aufgegeben worden – er hatte Einfälle für weitere, sagte jedoch, er sei nicht sonderlich daran interessiert, ein weiteres Buch zu schreiben. Er sei kein Schriftsteller, sagte er. Vermutlich würde er eines Tages dann doch ein neues Buch schreiben.

Die Fabrik machte Geld mit den Apparaten für Krankenhäuser. Sie konnte mehr abwerfen. Doch Mark sagte, dieser Gesichtspunkt an dem Geschäft interessiere ihn nicht. Wenn er den Profit nicht dafür verwenden könne, »sich mit neuen Ideen zu amüsieren«, wie er es nannte, dann würde er sich keinen Deut um die Fabrik scheren.

Ob er denn den Kriegsroman nicht nach Amerika verkaufen könne?

Eine amerikanische Agentin kam Mark besuchen, der sie in seinem Arbeitszimmer empfing. Sie war etwa fünfunddreißig, gut gekleidet und strahlte professionelle Freundlichkeit aus. Mit Rücksicht auf sie (das war wohl in der Tat das mindeste) gab Mark »den Schriftsteller« zum besten, und Martha war die »Sekretärin des Schriftstellers«.

Miss Sayers saß bequem in ihrem Sessel und führte ebenso entspannt wie zielstrebig das Interview, das schließlich nur eines von vielen war, die sie auf ihrer Rundreise in England mit Schriftstellern führen mußte. Sie sagte, *als solcher* gefalle ihr Marks Roman, doch die Art von Buch, der Protestroman, sei überholt.

Sie betrachte sein Buch als Protestroman?

Krieg war nichts Gutes, und folglich war ein Roman über den

Krieg ein Protestroman – so schien sich das in ihrem Kopf auszunehmen. Oder vielleicht hatte sie ihn ja gar nicht gelesen? Immerhin kam ihr der Name der Hauptfigur geläufig über die Zunge.

Vielleicht gehörte sie zu den Menschen, die sich nicht aufs Lesen verstanden. Das konnte man schließlich nur von sehr wenigen sagen.

Wie auch immer, sie erklärte, daß Kriegsromane in ihrem Land derzeit schwer verkäuflich seien. Doch interessiere sie sich für Marks zweites Buch. Das sei auch der Grund, weshalb sie hier sei: Der Gedanke, daß sie Marks zweites Buch betreuen könnte, schmeichle ihr wirklich ungeheuer, da es sein erstes doch bestimmt noch übertreffen würde. Wovon es denn handele, sein neues Buch?

»Vom Leben«, sagte Mark in verbindlichem Ton und durchaus in der Absicht, grob zu sein.

»Na gewiß doch«, schrie sie fröhlich, »das muß es ja wohl!«

Doch vielleicht könne Mark ihr ja schon eine ungefähre Idee davon geben, dann wäre sie nämlich in der Lage ...

»Sie sind Agentin, sagen Sie?«

»Ja, ganz richtig. Und Sie werden feststellen, eine der bekanntesten!«

»Aha. Tja, vielleicht warten Sie dann doch besser ab, bis das Buch fertig ist? Sonst verfalle ich womöglich noch darauf, es umzuschreiben, damit Sie es an den Mann bringen können!«

»Lieber Mark, Sie denken doch wohl hoffentlich nicht, daß ich imstande wäre, auch nur den *geringsten* Druck auf meine Autoren auszuüben – aber es stimmt, daß ich mich als Freundin meiner Autoren empfinde, und die Vorstellung, daß sie Wert auf meinen Rat legen, gefällt mir in der Tat.«

»Und wie könnte dieser Rat lauten?«

Nun hob sie stirnrunzelnd zu einem kurzen Vortrag an, wie eine Lehrerin, die sich anstrengt, sich an den Wortlaut ihrer Notizen zu erinnern. Es war ein Vortrag, soviel war deutlich, den sie schon viele Male gehalten hatte.

Was Mark begreifen müsse, sagte sie, sei, daß nur zweitklassige Autoren sich mit gesellschaftlichen Bedingungen oder Politik oder überhaupt in irgendeiner Weise mit irgendwelchen öffentlichen Angelegenheiten abgäben oder auch mit . . .

»Na, ich weiß nicht – da gab es doch immerhin Tolstoi und Balzac und Dickens und . . .«

Ihre Miene erstarrte unter der Anstrengung, diese Namen, »Klassiker« (sie hatte sie doch wohl gelesen?), mit ihrem Thema in Verbindung zu bringen.

»Diese ganze Richtung eben«, sagte sie, unbeirrbar, mit Nachdruck, »der wirklich große Künstler schafft Wahrheit und Schönheit aus sich heraus, er beschäftigt sich mit den ewigen Wahrheiten . . .« Und so fort.

Der Vortrag dauerte etwa fünfzehn Minuten. Fasziniert lauschten Mark und Martha schweigend den Anschauungen, wie sie gegenwärtig in Amerika im Schwange waren und von dieser fremden Zunge nun so flüssig zum Ausdruck gebracht wurden.

Schließlich fragte sie Mark, ob er bereit sei, zu unterschrieben, daß sie die erste Option auf sein neues Buch habe, wenn es fertig sei. Zahlen wolle sie dafür allerdings nichts – seine Entschädigung bestehe darin, daß er dann eine Agentin und Freundin in ihr habe.

Bevor sie ging, bat sie, telefonieren zu dürfen: Sie mußte sich vergewissern, ob es bei ihrem Gespräch mit dem nächsten Autor bleiben würde, einem jungen Mann aus Wales, über den sie wissen wollte, ob es (Marks Ansicht nach) stimme, daß er der beste Lyriker seit Auden sei.

Dieser Besuch warf interessante Fragen auf . . . Eine lautete: Wenn Marks Buch jetzt veröffentlicht worden wäre statt 1947, wie wäre es dann wohl aufgenommen worden? Zwei, drei Jahre hatten das Klima völlig verändert. »Passé« waren humanitäre Gefühle, Anteilnahme, Protest, Zorn. Was »gefragt« war, war die Anschauung, die die tüchtige Miss Sayers dargelegt hatte. Und wieso? Das war in der Tat ganz simpel. Der »Kalte Krieg« griff von der Politik auf die Künste über, hatte bereits übergegriffen. Jegliche Anschauung, die insgeheim mit »Kommunismus« in Verbindung gebracht wurde, war tatsächlich suspekt, ja gefährlich. Nur wenige Intellektuelle hatten während der dreißiger und vierziger Jahre nicht in irgendeiner Form mit der Linken zu tun gehabt. Und genau diese Intellektuellen waren es, die mittlerweile auf die eine oder andere Weise den Kunstmarkt beherrschten. Durch die Bank propagierten sie jetzt aus Leibeskräften eine Anschauung, die sich in dem Schlagwort vom Dichter im Elfenbeinturm zusammenfassen ließ: Was auf diese Weise geschrieben wurde, das war bewunderswert, subtil, reif, gut und vor allem Kunst. Sein Gegenteil war roh, kindisch, schlecht, kunstlos.

In Amerika kann sich eine politisch reaktionäre Periode ebensowohl vorhersagen lassen, wenn Verleger und Agenten und Leitartikler, diese empfindlichsten aller Stimmungsbarometer, in Fettdruck von der Kunst sprechen, wie wenn Diskussionsrunden von Psychoanalytikern Erklärungen des Inhalts abgeben, daß die politische Rebellion eines Teils der Jugend ein Zeichen seelischer Unreife sei. In England stehen harte Zeiten bevor, wenn es eine ganze Schwemme von Artikeln über Jane Austen und Flaubert gibt. »Jane Austen gegen Thomas Hardy«, »Flaubert, der Meister, Zola, der Journalist«. »Außer Sappho, Jane Austen und Firbank, die man als geeignete Bewohner jenes Elfenbeinturms erachten könnte, der ...«

Wenn der Kriegsroman jetzt veröffentlicht worden wäre, hätte er sich bequem im Innern des Elfenbeinturms unterbringen lassen.

Womöglich hätte er so etwas Geld eingebracht?

So wie die Lage war, hatte Mark sein Konto um tausend Pfund überzogen, und seine Bank protestierte bereits, und dann gab es noch unbezahlte Rechnungen in beträchtlicher Höhe von Lyndas Klinik und Francis' Schule.

Es mußte etwas geschehen.

Da sie nicht wußten, was das sein konnte, sprachen sie darüber. Mit fruchtbaren Ergebnissen, wie sich herausstellte.

An einem entscheidenden Abend waren sie in seinem Arbeitszimmer. Es war nach zwölf. Die Vorhänge schlossen eine kalte, triefnasse Nacht aus. Das Licht war gedämpft. Mark, in bequemer Hose und Pullover, lag auf der Couch – sein Platz. Martha saß am Schreibtisch – ihr Platz. Sie tranken Brandy, waren ein bißchen beschwipst, fühlten sich fürs erste geborgen, das Gefühl der Bedrohung war ausgesperrt. Dies war schließlich ein warmes, heiteres Zimmer. Einst war es ein warmes und heiteres Haus gewesen. Wenn man Mark so sah, konnte man ihn sich als warmherzigen, aufgeschlossenen jungen Mann vorstellen. Selbst jetzt war seine Miene entspannt, und er lächelte, als er Martha aufzog.

»Ja, und wie möchtest du dann statt dessen leben? Hinter jedem deiner Worte steckt doch wohl die Überzeugung, daß es eine andere Art zu leben gibt. Wußtest du das schon?«

»Gibt es die denn nicht? Alles muß immer und ewig so weitergehen wie jetzt. Etwas Besseres ist nicht denkbar?«

»Na schön, aber du hast dich dazu noch nicht geäußert!«

»Ich möchte mich nicht in zwei Personen aufspalten müssen. Darum...« Er behielt sein fragendes Lächeln bei. »Ja, was man mir in London an Möglichkeiten auch angeboten hat – jedesmal hätte ich mich zur Hälfte auf Eis legen müssen. So tun müssen, als existiere ein Teil von mir gar nicht.«

»Und hier?«

Und nun hieß es, unbedingt auszuweichen, vom Thema abzugehen, weil das phantastisch war, daß er so was überhaupt fragen konnte: Daran ließ sich ermessen, wie sehr er selbst von sich abgeschnitten war, oder, genauer gesagt, in Bezug auf Lynda auf Eis lag.

Mit Thomas wäre ein solches Gespräch nicht nötig gewesen, mußte sie wider Willen denken.

Etliche Abende, zu vorgerückter Stunde, hatte sich nach diesen freundschaftlichen Gesprächen die sexuelle Anziehung zwischen ihnen bemerkbar gemacht – selbstverständlich. Aber nicht unverhohlen, in aller Aufrichtigkeit. Leicht beklommen waren sie miteinander ins Bett gegangen, hatten ihr Vergnügen gehabt oder auch nicht, und am Morgen hatte ihr Umgang etwas Schuldbewußtes, ja, es bestand eine gewisse Verlegenheit. Was daher kam, daß sie miteinander geschlafen hatten, weil ein Mann und eine Frau bisweilen allein in diesem Haus waren. Mit manchen Männern wäre daran nichts Anstößiges gewesen, nicht jedoch mit Mark. Sah, oder besser gesagt, empfand er das nicht so?

Eines Abends, vor Weihnachten, hatte sie Jack angerufen. Eine Stimme, die sie nicht kannte, sagte, Jack sei irgendwo im Norden im Krankenhaus. Er habe was an der Lunge. Nein, er wolle nicht, daß seine Anschrift weitergegeben werde. Nein, Briefe sollten auch nicht an ihn weitergeschickt werden. Selbstverständlich nicht: Jack, dessen ganzer Stolz in seinem Körper steckte, würde nur den einen Wunsch haben: sich an einem dunklen, versteckten Ort zu verkriechen, bis es ihm wieder besser ging.

»Naja«, sagte er, wieder in diesem ungerechtfertigten Ton des Vorwurfs, »du gehst ja weg. Da tust du ganz recht dran.«

»Ich bin nicht das, was hier gebraucht wird!«

»Schon wahr, doch was *wird* gebraucht? Na, schön – ich möchte nicht . . . Du gehst also weg, um . . . Weißt du eigentlich, nach was du suchst, Martha?«

Und er fing an, es ihr zu erzählen. Sie suchte, ohne es zu wissen, nach der mythischen Stadt, derjenigen, die in Legenden und Fabeln und Märchen vorkam, und (hier lachte er über sie, doch voller Sympathie) das war eine hierarchisch aufgebaute Stadt, weshalb sie sich weigerte, auch nur einen Gedanken daran zu verschwenden. Und er fing an, sie zu beschreiben, so genau, als habe er dort gelebt, und sie, die ihn ebenfalls liebevoll auslachte, weil er diese archetypische Stadt so gut kannte und doch behauptete, an nichts zu glauben als an die ständige Wiederkehr von Zerstörung und Chaos, sie trug ihren Teil bei zu einer ausführlichen, detaillierten phantastischen Rekonstruktion, die, als sie am Ende angelangt waren, so ausgereift war wie eine Bauzeichnung.

Großzügige Straßen liefen von Norden und Süden, Osten und Westen auf die Stadt zu. Nachdem sie dort geziemenden Einlaß gefunden hatten, teilten sie sich bogenförmig und bildeten eine Ringstraße, innerhalb dieser es kleinere gab: ein Netz von Bögen, durchschnitten von Straßen, die auf ein Zentrum zu liefen. Sämtliche Straßen waren breit, mit Steinen gepflastert und von Bäumen gesäumt. Das Zentrum war mit Bäumen bepflanzt, zwischen denen die Gebäude standen. Das waren die Schulen und Bibliotheken, und dann gab es noch Marktplätze. Ihre Funktionen waren jedoch nicht so streng festgelegt. So mochte auf den Marktplätzen Unterricht stattfinden, und in einem Gebäude, das nach einem Tempel oder sonst einer Andachtsstätte aussah, konnte man vielleicht irgendwelche Waren kaufen oder tauschen. Teppiche beispielsweise oder Schmuck oder Gedichte. Es gab zwar kein Gebäude, das der Stadt als Mittelpunkt diente, doch die Leute behaupteten, daß es irgendwo doch so etwas gäbe wie einen Schwerpunkt oder Knotenpunkt – unter der Stadt vielleicht, vielleicht auch in einem kleinen, allem Anschein nach nichtssagenden Raum in einer der Bibliotheken oder nicht weit von einem der Marktplätze. Es mochte aber auch sein, daß sich in diesem Gerede der Leute über den Raum ihre Überzeugung ausdrückte, daß in dieser Stadt Menschen existierten, die eine Art Mittelpunkt bildeten, fast so eine Art Energiezentrale, und die zwar keine bestimmte Funktion oder kein Amt hatten, die Stadt jedoch am Leben erhielten. Die Stadt war einst vor langer Zeit als Ganzes geplant und als Ganzes war sie auch erbaut worden. Sie war nicht allmählich und planlos entstanden, wie wir das gewöhnlich von einer Stadt annehmen. Jedes einzelne ihrer Häuser war geplant worden und auch, wer darin wohnen sollte. Jeder Mensch in der Stadt hatte seine Aufgabe und seinen Platz, doch hatte diese Gesellschaft nichts Starres: Die Menschen konnten sich nach Belieben hinaus bewegen und Wohnort und Aufgaben wechseln. Es war eine Gartenstadt. Eine beträchtliche Zahl ihrer Bewohner widmete ihr Leben den Gärten, Brunnen und Parks. Selbst mit den Eigentümlichkeiten und Eigenschaften der Bäume und der Büsche und Blumen kannte man sich aus und pflanzte sie jeweils genau im richtigen Verhältnis zu anderen Pflanzen, zu den Menschen und Gebäuden, und unter den Gärtnern, so erzählte man sich, hätte man auch die meisten von den Menschen angetroffen, die die Stadt insgeheim beschützten und nährten, wenn man sie nur hätte erkennen können.

»Und so«, sagte Mark, um seinen Standpunkt klarzumachen, »ging das Tausende von Jahre – bis eines Tages ein Unglück geschah, etwas so Sinnloses und Dummes wie ein Erdbeben, das die Stadt verschlang, oder vielleicht war es auch ein Meteor aus dem Weltraum.«

»Oh, nein«, widersprach Martha, um ihren Standpunkt klarzumachen, »um diese Stadt herum, wie um alle Städte, die wir kennen, zum Beispiel Johannesburg, wuchs eine Schattenstadt der Armut und der Gemeinheit. Eine Slumstadt. Um diese wundervolle, wohlgeordnete Stadt herum eine andere, in der Hunger und Schmutz herrschten und die Lebensdauer der Menschen kurz war. Und eines Tages überrannten die Menschen aus der äußeren Stadt die innere und zerstörten sie.«

Am nächsten Tag ging Mark nicht in die Fabrik. Er saß in seinem Arbeitszimmer, und gegen Abend hatte er eine Erzählung, eine Skizze von dieser Stadt zustandegebracht. Sie war für Martha. Er war aufgeregt, und Martha war es ebenfalls. Sie fanden, die Erzählung müsse länger werden. Er nahm die Seiten wieder an sich und machte sich an die Arbeit.

Die zweite Fassung war ziemlich lang – länger als eine Erzählung. In der ersten Fassung war die Stadt unter plötzlich einsetzenden Sandstürmen begraben worden. In der zweiten erhob sich außerhalb der Gartenstadt ringsum die Schattenstadt von Menschen, die neidvoll auf die innen gelegene, begünstigte Stadt schauten. Immerfort sprachen sie davon, daß sie sie angreifen wollten. Sie hatten jedoch Angst davor – weshalb, wußten sie nicht. Jahrhunderte vergingen. Die äußere Stadt wurde reich und stark. Sie wurde sogar nach dem Plan der inneren neu errichtet, denn man eiferte ihr in allem nach. Sie hatte Gärten und

Springbrunnen und – einen Tempel mit einer Hierarchie von Priestern. Doch die äußere Stadt war der inneren nicht gleich, so oft und laut sie das auch behaupten mochte. Innen herrschten Harmonie, Ordnung – Freude. Draußen kämpften die Menschen um Macht und Geld und Anerkennung, es gab Soldaten und den ständigen Aufstieg und Niedergang von Dynastien, die vom Heer getragen wurden. Dann wollte eine der herrschenden Familien sich den anderen gegenüber einen Vorteil verschaffen und schickte Abgesandte ins Innere, die denen in der inneren Stadt ihr Geheimnis abkaufen sollten. Sie erhielten jedoch die Antwort, daß das Geheimnis sich nicht kaufen oder wegnehmen lasse: Man könne es sich nur verdienen oder als Geschenk empfangen. Die Herrscher der äußeren Stadt waren wütend: Sie verstanden diese Antwort nicht. Sie stürmten die innere Stadt und töteten alle Bewohner. Sie suchten nach den verborgenen Menschen, von denen die Legenden berichteten, die bis in die äußere Stadt gedrungen waren. Sie konnten sie nicht finden. Als die Plünderung der Stadt beendet war, kam eine Geschichte auf, angeblich unter den Soldaten: Es hieß, jemand habe tatsächlich einen achteckigen Raum unter einer Bibliothek gefunden. Irgend etwas an diesem Raum, niemand konnte sagen, was, hatte die Plünderer beeindruckt. Sie rissen das Dach herunter, rissen den Fußboden auf – doch es war nichts zu finden. Der Raum war leer.

Nun verkündeten die Herrscher, daß alles so weitergehen solle wie bisher: Das war also die magische Stadt, sie stand jedermann offen. Sie wollten sie mit Hilfe ihrer Priester und Soldaten verwalten.

Doch besaßen sie natürlich das Geheimnis nicht, und nun wurde die alte Stadt der Legende genauso, wie die äußere Stadt gewesen war. Zugleich war das jedoch der Zeitpunkt, als die Stadt in die Geschichte einging – zuvor war sie nicht bekannt gewesen, außer den Leuten, die in ihr und um sie herum lebten. Jetzt errang sie ein außerordentliches Maß an Ruhm und Macht, und sie dehnte sich aus zu einem Königreich und dann zu einem Kaiserreich, das andere Städte und Länder überfiel. Es besaß eine erlesene Literatur und eine eigene Kunst und wurde um seinen Reichtum und seine Leistungen beneidet. Und ein ganzer Zweig der Gelehrsamkeit befaßte sich mit der Geschichte der alten entschwundenen Stadt, die auf den immer noch lebendigen Legenden beruhte, und dieser Aspekt der Kultur lag in den Händen der Priesterschaft.

In dieser Fassung war die ursprüngliche Stadt in einer Wüste, vielleicht in Nordafrika oder in Asien, erbaut worden. Nichts als Hunderte von Meilen Sand unter einer sengenden Sonne. Dann wurden die Oasen zahlreicher. Und dann, noch in der Wüste, so daß die prächtigen Straßen, die hineinführten, buchstäblich im Sand anfingen, kam die Stadt.

Reisende, die von der Wüste hereinkamen, hätten nur schwer sagen können, wann ihr Fuß zuerst die eigentliche Straße berührte. Dann tauchten zu beiden Seiten Bäume auf, dann in der Ferne die ersten Häuser der Stadt. Meilenlang führte der heiße, staubige Weg über schweigenden, gelben Sand, dann kam die weiße Stadt mit ihren scharfumrissenen schwarzen Schatten und ihren schattigen Gärten, und darüber stand ein blauer Himmel, vor dem die Vögel kreisten und in den sich Kuppeln und Turmspitzen und Stimmenlärm erhoben.

Mark gefiel die zweite Fassung, und Martha begann sie abzutippen. Dann bat er sie, wieder aufzuhören. Er wollte noch weiter daran arbeiten. Es stellte sich heraus, daß er vorhatte, eine Art Roman daraus zu machen: etwas viel Ausführlicheres, Detaillierteres. Doch in weniger als zwei Wochen würde sie gehen.

Sie erfuhr, daß die Wohnung, für die sie einen Mietvorschuß gezahlt hatte, noch nicht beziehbar war. Sie befand sich in einem großen Wohnhaus auf einem Bombengelände nicht weit von Notting Hill Gate. Sie würde mindestens noch einen Monat lang nicht beziehbar sein.

Francis sollte für die Trimesterferien nach Hause kommen. Es wäre schön, wenn Martha dann da wäre.

Martha bot an, noch einen Monat zu bleiben. Es wurde abgemacht, daß sie Ende März gehen würde.

Vorerst war noch Februar. Es gab nicht viel für sie zu tun. Sie schrieb ein paar Geschäftsbriefe, kümmerte sich um Rechnungen, hielt das Haus in Ordnung, versah das Kellergeschoß mit Bett- und Tischwäsche, Bestecken und derlei Dingen. Einen großen Teil ihrer Zeit verbrachte sie in ihrem Zimmer, bei dem schwarzen Kater, der, während er unter ihrer Hand einen Bukkel machte und sich am Fußende ihres Bettes niederließ, doch keinen Hehl daraus machte, daß sie hier, in dieser Wohnung, seiner Wohnung, nur eine Gastrolle spielte.

Wieder wartete sie! Immer wartete sie auf etwas! – sie ertappte sich, wie sie böse vor sich hinmurmelte.

Alles in allem bestand ihre Aufgabe anscheinend darin, Mark abzuschirmen – vor Journalisten, vor Leuten, die unter diesem oder jenem Vorwand anriefen – vor jedermann, der nicht begriff, unter welchem Druck Mark stand.

Weshalb sie auch protestierte, als Margaret anrief, um mitzuteilen, daß sie eine Wahlparty plane: Die Wahlen standen in zwei Wochen an.

Martha sagte: »Ich glaube nicht, daß Mark sich dem jetzt gewachsen fühlen würde« – und hätte ums Haar hinzugesetzt: »Sagen Sie ihm aber nicht, daß ich das gesagt habe.«

»Das glaube ich gerne«, sagte Margaret, »aber wir sollten doch versuchen, uns wie normale Menschen zu benehmen, finden Sie nicht auch?«

Was Martha zu der Überlegung veranlaßte, daß »sich wie normale Menschen benehmen« in dieser Familie hieß, Wahlpartys abzuhalten, denn Margaret veranstaltete offenbar jedesmal eine. Weshalb veranstaltet sie die denn dann nicht bei sich zu Hause? – so lautete Marks wütende Frage, als er von dem Vorhaben erfuhr. Margaret fand jedoch, daß es netter wäre, wenn sie in London stattfände, wo die Leute auf dem Hin- oder Rückweg hereinschauen konnten, etwa wenn sie ihre Wahllokale aufsuchten, zu den Wahlpartys in den Hotels gingen und was es sonst noch alles gab. Das war jedoch nicht der eigentliche Grund. Sie hatte einen Fernsehapparat gekauft, ein neues Spielzeug, und der funktionierte dummerweise in Sussex nicht ordentlich. Sie regte an, die Wahl in Marks Haus im Fernsehen zu verfolgen.

Dies sollte die erste richtige Fernsehwahl werden.

Margaret traf mit ihrem Apparat und mit einem Techniker ein, der ihn installieren sollte. Mark war in Cambridge.

Martha blieb in ihrem Zimmer und hörte mit an, wie Margarets laute, sachkundige Stimme dem Techniker Anweisungen erteilte. Dann sah sie den Mann auf dem Trottoir unterhalb ihres Fensters weggehen. Sie wappnete sich innerlich, denn sie wußte, was jetzt passieren würde.

Schritte erklangen auf der Treppe – feste Schritte. Dann ein Klopfen an der Tür – ein zuversichtliches Klopfen. Und schon trat die lächelnde Margaret ein. Das Problem war, daß Martha sie, seit sie sich über diese Feindin nicht mehr aufzuregen vermochte, ziemlich gut leiden konnte: Diese tüchtige ältere Frau, die mit allem allein deshalb so gut fertig wurde, weil sie über die Kraft der langen Erfahrung verfügte.

Ach, wie beschwerlich ist das doch für eine ältere Frau, die stets für jedermann das Ebenbild der eigenen schwierigen Mutter ist und die die Blicke jüngerer Frauen hinnehmen – und erwidern – muß, die ihre eigene Zukunft mustern, genau wie man es einst selbst zu tun pflegte, und dann denken: *Wie wenig Zeit mir noch bleibt!* Ach, wie lästig – und wie ermüdend, die Zielscheibe solcher verwickelter Empfindungen zu sein, von denen keine irgend etwas mit einem selbst zu tun hat.

Margaret setzte sich ans Fußende des Bettes, ehe ihr einfiel, daß sie Martha zuvor hätte um Erlaubnis fragen müssen. Da es ihr zu spät einfiel, beschloß sie, nichts dergleichen zu sagen. Doch ihr Ausdruck war trotzig, als sie den alten Kater streichelte. »Armer alter Starkie«, sagte sie, »aber naja, du siehst ja ganz so aus, als wärst du zufrieden mit dir und der Welt. Wirklich, du bist ein verwöhntes Viech!«

Martha hatte sich selbst auf der anderen Seite des Zimmers auf einen Stuhl gesetzt.

»Wo ist denn Mark?« wollte Margaret wissen.

»In Cambridge.«

»Er war immer schon so, wissen Sie, läßt sich immer in irgend etwas hineinziehen.«

Das hörte sich ja ganz so an, als sei Colin, ihr Sohn, weniger ihr Sohn als Mark?

Sie fuhr fort: »Schließlich sollte Colin, wenn er unbedingt weiter so albern sein will, nicht auch noch erwarten, daß man... wieso muß er sich eigentlich hinter diesen Mann stellen? Diesen Wie-heißt-er-noch? Er hat doch schließlich nur mit ihm zusammengearbeitet, oder etwa nicht?« Sie wartete ab, um zu hören, ob Martha ihr dazu irgend etwas sagen konnte. Martha konnte es nicht. »Und Mark sitzt natürlich wieder auf dem hohen Roß, was die ganze Sache angeht. So war er immer schon. Mark ist stur. Colin ebenfalls. Jeder auf seine Weise. Und dann ist da natürlich noch Arthur – unwahrscheinlich, daß der sich als Spion für Rußland betätigt, wo er die doch so haßt. Immerhin etwas. Man wird ja so bescheiden.«

Margaret war einmal eine feingliedrige, anmutige englische Schönheit gewesen wie Lynda. Jetzt war sie eine hochgewachsene, gutaussehende, grauäugige Frau mit eleganten Händen. Martha beobachtete, mit welcher Behutsamkeit diese Hände den Kater streichelten. Der Kater fing laut zu schnurren an. Margaret nahm ihn hoch und legte wie ein Kind das Ohr an sein Fell, um ihn schnurren zu hören. Der Kater hatte es jedoch nicht gern, daß man ihn hochnahm, und hörte auf zu schnurren.

»Und was empfinden Sie für Mark?« wollte Margaret wissen.

Und nun mußte Martha doch lachen – vor lauter Ärger. Und, so vermutete sie, wohl auch aus Zuneigung. Margarets angestrengtes Lächeln signalisierte die Bereitschaft, sich über die Ursache dieses Lachens aufklären zu lassen. Sie setzte den Kater ab, der sich auf den Rücken rollen ließ und zu schnurren begann. Margaret streichelte den Kater. Sie hatte Tränen in den Augen.

Diese Tränen waren sehr rührend. »Hören Sie, Margaret, eine Sache gibt es, die keiner von Ihnen einzusehen imstande scheint. Mark liebt Lynda. Ich verstehe schon, weshalb die ganze Familie ... doch es ist nun mal so.«

»Aber das ist doch lächerlich. War es immer schon. Und vor Lynda war es eine Amerikanerin, eine Kusine von Oscar. Hoffnungslos – ein hoffnungsloses Mädchen. Und Mark war ihr herzlich egal – während er wie ein Hündchen hinter ihr herlief.«

»Ja, haben Sie selbst denn nie jemanden geliebt, der völlig hoffnungslos und unmöglich war?«

Der Kater hatte sich entfernt und brachte mit der Zunge sein zerwühltes Fell wieder in Ordnung.

Aus dem grauen Blick, mit dem Martha jetzt bedacht wurde, sprach Verdruß. Martha erkannte darin unschwer das Gefühl wieder, das jemand hat, wenn man ihn mit einer Wahrheit konfrontiert, die für einen selbst auf der Hand liegt, dem anderen jedoch entgangen ist.

»Doch, das habe ich. Ich war in Oscar verliebt. Ich habe ihn vergöttert. Doch man muß schließlich leben – man *muß* einfach. Ich *weiß* das. Ich hätte mit Oscar verheiratet bleiben können. Doch ich – leide nun mal nicht gern, das war es wohl. Ich hasse es geradezu. Manche Menschen genießen das, wenn man sie schlecht behandelt. Ich war nicht Oscars erste Frau, und ich werde auch nicht seine letzte gewesen sein – auf die Dauer. Soweit ich gehört habe, hat die Frau, die er demnächst heiraten wird, nichts zu lachen. Genausowenig wie ich. Martha, sagen Sie doch – ich *muß* wirklich ... Haben Sie denn überhaupt keinen Einfluß auf Mark?«

Nun ließ sie den Tränen ihren Lauf, und zwar, soweit Martha sehen konnte, ungehemmt, denn Margaret hatte bemerkt, daß Martha sich durch Tränen beeinflussen ließ. Jetzt war Martha ungeheuer wütend. Der Groll von Monaten machte sich Luft.

»Ich weiß, Sie sind viel älter als ich und wer weiß wie erfahren, und es ist Ihnen stets gelungen, genau das zu tun, was Sie wollten. Doch Sie kommen mir vor wie ein kleines Mädchen. Sie können nun mal nicht immer Ihren Willen haben. Das haben Sie doch stets geschafft, nicht? Sie können andere Menschen nicht immer daran hindern, bestimmte Dinge zu tun, bloß weil Sie finden, daß das nicht gut für sie ist.«

Margaret starrte Martha an, weniger überrascht als wachsam. Dann wandte sie ihr nasses Gesicht ab und betupfte es. Martha blickte auf einen beruhigend gelassenen Rücken. Noch mehr als zuvor hatte sie das Gefühl, ein Instrument zu sein, auf dem man spielte. Wenn das Gesicht sich ihr wieder zuwandte, was für einen Ausdruck hatte es dann wohl angenommen?

Nein, sie war ungerecht. Wahrscheinlich handelte Margaret rein instinktiv – falls das irgend etwas besser machte!

Einmal mehr sah Martha sich mit der Gegenwart einer starken älteren Frau konfrontiert, während in ihr selbst widerstreitende Empfindungen brodelten, derer sie nicht Herr zu werden vermochte. Irgendwann einmal würde sie lernen müssen, ihrer Herr zu werden.

Margaret wandte ihr ein ruhiges, ernüchtertes Gesicht zu.

»Ich kann Ihnen da nicht zustimmen«, sagte sie, »wenn jemand etwas tut, was einfach *Unfug* ist, dann versucht man, ihn davon abzubringen. Ich wäre froh, wenn Sie das bei Mark versuchten. Er sollte das Land eine Weile verlassen. Er könnte Francis mitnehmen. Vielleicht würde er sich ja sogar in jemanden verlieben, der etwas taugt.«

Martha lachte grollerfüllt auf. »Sie können also nicht einsehen, daß er so etwas niemals tun könnte? Daß er zu etwas Derartigem einfach nicht imstande ist?«

»Nein. Ich wäre nur froh, wenn Sie es versuchen würden.«

»Nein. Dazu habe ich kein Recht – keiner hat das. Jedenfalls nicht, wenn man nicht selbst in einer Sache mit drinsteckt und sich selbst die Finger schmutzig macht. Nur wenn man kämpft.«

»Und das wollen Sie nicht?«

»Wie käme ich dazu? Ich habe das Schlamassel schließlich nicht angerichtet!«

»Sie wollen wahrscheinlich wieder heiraten?«

»Ach, du meine Güte!« Martha war fassungslos. »Ich will doch deswegen noch nicht heiraten! Sie reden ja wie ein – Hellseher oder so was.«

»Ach ja? Ich wüßte nicht inwiefern? Weshalb denn nicht, wenn Sie das doch gern möchten?«

»Also, man sagt doch nicht: Ich will heiraten, und dann geht man los und hält Ausschau nach ... das meinten Sie doch wohl?«

Margaret lächelte beinah: Sie wollte Martha entgegenkommen.

Martha stand jetzt auf und trat Margaret gegenüber, die ihrerseits aufstand, bereit, zu gehen. Die beiden Frauen waren wütend auf einander.

»Wenn Mark sich von Lynda scheiden ließe, dann wäre damit überhaupt nichts gewonnen. Entweder würde er sich Lyndas wegen vor Gram verzehren, oder er würde sich in jemand anderen verlieben, der lächerlich und völlig ungeeignet ist. Sehen Sie das denn nicht ein?«

»Ehrlich gesagt, nein«, sagte Margaret gedehnt, »ganz und gar nicht. Aber ich muß mich wohl Ihrer überlegenen Weisheit beugen.«

An der Tür sagte sie: »Der Mann hat den Fernsehapparat angeschlossen. Es wird sicher ganz lustig, das im Fernsehen zu verfolgen.« Sie lachte, und es kam, wie es schien, von Herzen. Sie freute sich auf den Abend. »In der guten alten Zeit mußte ich, wenn ich eine Wahlparty gab, darauf achten, daß die Rechten und die Linken nicht aneinander gerieten. Jetzt sind es die Linken und die Linken. Colin wird ja wohl nicht kommen – er kann vermutlich nicht, denn der Prozeß beginnt doch gerade.«

»Ich weiß nicht.«

»Na, jedenfalls, wenn man die Leute einfach nur in ein Zimmer steckt, dann müssen sie sich schon benehmen. Obwohl ich allerdings sagen muß, wenn Colin kommt, dann wird das heikel mit Phoebe und Arthur und Arthurs Frau. Ich kriege wirklich nicht in meinen Kopf, weshalb sie die Bolschewisten so sehr hassen, wenn sie doch genau dieselben Ziele haben wie die. Wenn es nach deren Nase ginge, dann wäre es hier genauso schlimm wie in Rußland – viel fehlt ja ohnehin nicht mehr.«

Sprach's und ging wieder nach unten, um Getränke und Essen für ihre Party vorzubereiten.

Als es Abend war, war das große Zimmer, das Martha bislang nur tot und wie mit unsichtbaren Möbelschonern zugehängt erlebt hatte, voller Blumen, und am einen Ende stand ein Büffet, am anderen der Fernsehapparat. Jetzt präsentierte es sich mit seiner diskreten Festlichkeit als geeignete Räumlichkeit für eine Party. Die ersten Leute trafen schon früh ein, von dem Fernsehapparat nicht weniger angezogen als von der Wahl: Die meisten hatten noch keinen Fernseher oder lehnten es ab, einen zu haben, oder würden sich vielleicht einen anschaffen, wenn dieser hier überzeugte. Mit einem Wort, der Apparat war der Mittelpunkt der Party, geradezu Ehrengast. Margaret war der einzige Mensch, der ihn himmlisch fand. Die meisten Leute wirkten beklommen: Tatsächlich konnte man die politische Vorliebe jedes einzelnen mehr oder minder aus der Haltung erschließen, die er gegenüber dem Fernsehapparat einnahm.

Nach und nach mußten sich etwa fünfzig Menschen in dem Raum eingefunden haben, in dem eher die Atmosphäre eines Wettbüros oder eines Pferderennens herrschte, und das, obwohl sie sich doch außerhalb dieses Zimmers, das ihnen einen Waffenstillstand auferlegte, aufs heftigste befehdeten. Wetten wurden abgeschlossen, Siege und Niederlagen wurden mit Hoch- oder Buhrufen quittiert, und alles lief in der allergrößten Wohlgelauntheit ab.

Die Torys wurden von Margaret selbst und von einem Mann repräsentiert, der schon früh auf dem Schauplatz erschien, ein ruhiger Mann von formvollendeter Höflichkeit, dem Margaret das Kellergeschoß vorführte. Ob sie den für einen weiteren passenden Bewohner hielt? Dieser Mann, Mr. Hilary Marsh, war leicht zu übersehen, und Martha beachtete ihn nicht besonders – später wünschte sie dann, daß sie ihm mehr Aufmerksamkeit geschenkt hätte. Was sich hingegen stark bemerkbar machte, war der Geist von Margarets erstem Gatten, und ihr zuliebe hofften sogar die aus dem gegnerischen Lager, daß der Konservative, der dessen Sitz im Parlament gegenwärtig innehatte, ihn auch weiter behalten würde: was auch eintrat. Die konservativ eingestellten Anwesenden vertraten die Ansicht, daß fünf Jahre Labour-Regierung das Land durch die Einführung eines radikalen, ruinösen Sozialismus zugrunde gerichtet hatten, doch die Wähler (so hofften sie an diesem Abend) würden ihren Irrtum einsehen und erkennen, wohin ihre Undankbarkeit gegen ihre naturgewollten Regenten sie gebracht hatte, und die Konservativen wieder nach vorn bringen.

Jene Fraktion innerhalb der Labour Party, die gegenwärtig die Zügel in der Hand hielt (ein paar Minister waren anwesend), wurde von Margarets derzeitigem Gatten John repräsentiert, einem angenehmen Mann ohne sonderliche Ausstrahlung, aber auch ohne irgendwelche unsympathischen Züge. Er lächelte den Gästen (die eher die Margarets waren als seine, so mußte man es empfinden) aufmerksam zu und kümmerte sich um das Fernsehbild. Er hatte irgend etwas Gedämpftes, so als müsse er sich ständig zurückhalten oder zügeln – was immer er für ein Mensch sein mochte, es ging ein leichtes Unbehagen von ihm aus, das sich schwer beim Namen nennen ließ. Martha merkte sehr wohl: Er kehrte ihr nur die Oberfläche einer bemerkenswerten Selbstkontrolle zu, während er sich aufs höflichste nach Marks Wohlergehen, nach Colin erkundigte. Sie war froh, als er sich anderen Gästen zuwandte.

Diese, die Labour-Pfründeninhaber, vertraten die Ansicht, das Land sei nach dem Krieg und insbesondere nach Jahren der Tory-Herrschaft in einem derartig schlechten Zustand gewesen, daß man von ihnen nicht mehr habe erwarten können, als das, was sie geschafft hätten, und es sei nicht ihre Schuld, daß die meisten Wahlversprechen uneingelöst geblieben seien: »Das Land« (eine Formulierung, die den ganzen Abend lang immer wieder zu hören war) werde das verstehen und ihnen mit einer größeren Mehrheit als bisher erneut zur Macht verhelfen.

Der linke Flügel der Labour Party war durch Phoebe, Phoebes Ex-Gatten Arthur und durch seine gegenwärtige Frau Mary vertreten. Phoebe traf früh mit ihren kleinen Töchtern ein, niedlichen blonden Dingern, die ganz aufgeregt waren, weil sie zum erstenmal im Leben lange aufbleiben durften. Arthurs neue Frau kam ebenfalls früh und brachte die beiden Kinder der neuen Familie mit. Phoebe und Mary, die eng befreundet waren und das seit vielen Jahren, begrüßten gemeinsam Arthur, als dieser spät mit einer erklecklichen Zahl von Anhängern erschien. Er hatte seinen Sitz in Süd-London halten können, wenn auch unter Stimmverlusten. Alle waren sehr aufgeregt, und er war ein Held an diesem Abend. Martha war gespannt, ob sie in ihm erneut jemandem begegnen würde, der das leibliche Ebenbild eines Menschen war, den sie bereits kannte – wie Mark und Colin, die das Ebenbild ihres verstorbenen Vaters und dabei im Wesen völlig verschieden waren. Arthur sah jedoch nicht aus wie sein Vater bzw. seine beiden Brüder. Er war ein energisch wirkender Mann mit einem offenen Gesicht und forschenden blauen Augen, ein kantiger, markiger, herber Mann. Ein Agitator. Ein Redner. Ein Störenfried. Sein halbstündiger Besuch schien in der Tat zu bewirken, daß sich trotz des allgemeinen Wohlbefindens eine gewisse Spannung bemerkbar machte, und die Leute schienen froh zu sein, als er ging und seine Frau und seine Kinder mitnahm, ebenso wie seine frühere Frau samt Kindern. Diese Angehörigen des linken Labour-Flügels glaubten alle, daß eine Labour-Regierung, die nach einem solchen Krieg und nach Jahren der Tory-Mißherrschaft an der Macht war, genauso sein mußte, wie ihr von Leuten wie Margaret und praktisch der gesamten Presse vorgeworfen wurde – entschieden sozialistisch. Sie verachteten den größeren Teil der Partei, der sie angehörten, weil er feige, halbherzig, nicht sozialistisch war. Sie glaubten allerdings, daß die Wählerschaft die Labour Party wieder ins Amt wählen würde, weil es innerhalb der Partei Leute wie Arthur gab, die sie immer noch zwingen konnten, das zu sein, was sie eigentlich sein sollte.

Mark war nicht da. Colin war nicht da. Unsichtbar und dabei stark spürbar war »der Kommunismus« – eine Drohung. Jeder wußte, daß Mark bei seinem Bruder war und daß sein Bruder sich in argen Schwierigkeiten befand. Die Leute fragten entweder in mitfühlendem Ton nach den beiden oder – was häufiger der Fall war – sie erwähnten sie überhaupt nicht.

Wenn Mark und Colin den Kommunismus repräsentierten, dann repräsentierten sie die Ansicht, daß die Labour Party immer schon eine Funktion des Kapitalismus gewesen sei, es immer sein würde und niemals etwas anderes sein konnte, die Kraft oder die Richtung innerhalb der britischen Nation, die den Kapitalismus in Gang hielt, am Leben erhielt, ihm Mut machte – und daß sie nicht einmal dann etwas anderes würde sein können, wenn die Labour Party ausschließlich aus Arthurs bestehen würde (der die Kommunisten, die hiesigen wie die internationalen, natürlich mit leidenschaftlicher Erbitterung haßte). Die Labour Party war ans Ruder gekommen, weil der Kapitalismus (die Torys) nach dem Krieg in der Bredouille war, der richtige Augenblick, um ans Ruder zu kommen. Die Labour Party hatte keines ihrer Wahlversprechen erfüllt, weil das nun einmal nicht möglich gewesen war – nur eine kommunistische Regierung war imstande, radikale Veränderungen herbeizuführen. Und hier, so der kommunistische Standpunkt, stand man vor einem interessanten Paradox oder einer politischen Anomalie: Denn wenigstens ein Jahrhundert lang hatte der Kommunismus es als Aufgabe des sozialistischen Nichtkommunismus definiert, eben diese Funktion zu erfüllen: der Fatalismus, der Determinismus, der auf diese eigenartige Weise im Erbe dieser revolutionären Partei verwurzelt ist, mußte es mit sich bringen, daß die Labour Party oder die Sozialdemokratie von Natur aus nicht mehr tun konnte, als der Kapitalismus zuließ. Quod erat demonstrandum. Weshalb dann aber all die Schmähungen, das ganze wüste Geunke, wie es dank Labour bergab ginge, die ganze Emotionalität – weshalb ein solcher Aufschrei der Empörung über diese Labour Party, die doch keinerlei Bewegungsfreiheit besaß und nur dem vorgesehenen Handlungsschema folgte? Man konnte darin ja fast so etwas wie eine Art Liebe oder Hoffnung erblicken, so als hielte sich aller »Unausweichlichkeit«, aller Determiniertheit zum Trotz tatsächlich seit eh und je hartnäckig die halbe Hoffnung, daß die Labour Party vielleicht schließlich doch – sozialistisch sein könnte.

Unter den Gästen befand sich ebenfalls, wenn auch nicht für lange (Politiker langweilten ihn, sagte er), Jimmy Wood, Marks Partner. Er war ein kleiner, blonder Mann. Zierlich. Auf seinem großen Schädel wuchs weiches Babyhaar. Er wahrte die ganze Zeit ein bemühtes, fast ängstliches Lächeln. Er ging mit einem Glas Whisky in der Hand umher, hörte und schaute sich um und hielt sich mit diesem unausgesetzten halben Lächeln stets am Rande der einzelnen Gruppen. Sein Blick galt nicht dem Fernsehapparat, immer nur den anderen Gästen, so als habe das Verhängnis ihn dazu bestimmt, ein Fremder zu bleiben. Er sprach kurz mit Martha, lächelnd, oder eher grinsend, und umklammerte dabei sein Glas. Er trug eine starke Brille. Dahinter verbargen sich kleine, angestrengt blickende Augen. Mark behauptete, er gehöre zu einem bestimmten Typ von genialem Wissenschaftler.

Als der Abend zur Hälfte vorüber war, rief Mark aus Cambridge an, um Martha zu bitten, sie möge doch James' Zimmer für Sally fertigmachen – er bringe sie mit. Paul ebenfalls.

Martha verließ die Party folglich für eine Weile. Als sie wiederkam, hieß es gerade, daß Labour es allenfalls mit einer knapperen Mehrheit wieder schaffen könne. Margaret und ein paar Tory-Freunde, die von einem nahegelegenen Hotel gekommen waren, tranken auf die Niederlage der Roten (Labour). Diejenigen »Roten«, die gerade in der Nähe standen, stießen daraufhin auf das Gegenteil an – alles war sehr lustig. Mark hatte sich bedrängt, ja sogar verängstigt angehört. Jimmy Wood ging, als er erfuhr, daß Mark noch mindestens zwei Stunden auf sich warten lassen würde. Mark sagte, Jimmy und er redeten manchmal – tagelang. Mark sagte, Jimmy sei ein einsamer Mann und so wenig geneigt, über persönliche Dinge zu sprechen, daß er bis heute nicht wisse, ob er verheiratet sei.

Zwei neue Gäste befanden sich im Zimmer. Junge Männer. Einer war Graham Patten, Johns Sohn aus einer früheren Ehe. Er hatte einen Freund mitgebracht. Beide absolvierten ihr letztes Jahr in Oxford. Sie standen abseits der lärmerfüllten Szene und verachteten sie. Auch gaben sie sich alle Mühe, das Fernsehen zu verachten. Politik war zum damaligen Zeitpunkt bei den englischen Studenten höherer Semester nicht in Mode. Graham und Andrew hielten Politik für geradezu lächerlich. In Mode war hingegen der Dandy: Sie trugen bestickte Westen und verschmähten es, ihre Capes abzulegen – das eine schwarz mit hellrotem Futter, das andere hellrot und mit Leopardenfell gefüttert. Beide trugen ein hochmütiges Lächeln zur Schau, bis sich irgend jemand, der ihre vergeblichen Anstrengungen nicht mehr mit ansehen konnte, zu ihnen gesellte, so daß sie einen ganzen Schwall von Bemerkungen zu allen möglichen Themen loswerden konnten. Sie waren ein bißchen erträglicher, als sie einiges getrunken hatten, wenn auch nicht gerade besonders liebenswert.

Man hörte, wie Margaret sich für ihr Benehmen entschuldigte: Das werde sich schon noch auswachsen, sagte sie.

Mark hatte Martha gesagt, er würde mit Sally und dem Kind gleich nach oben gehen. Sie horchte auf sein Eintreffen, und trat unauffällig in die Diele, als sie ihn hörte. Doch Margaret begleitete gerade ein paar Gäste hinaus. Die kurze Szene, die sich daraus ergab, stand Martha später deutlich vor Augen.

An der Tür stand eine Gruppe lärmender, beschwipster Leute, die zu dem Hotel zurückwollten, wo es den eindrucksvollen Stimmenschwund zu feiern galt, den Labour erlitten hatte. Margaret sagte gerade: »Auf Wiedersehen, auf Wiedersehen!«, beobachtete dabei jedoch Mark, der mit Sally-Sarah auf der Treppe stand, die Paul auf dem Arm hielt. Neben Margaret stand Hilary Marsh, der sie alle beobachtete – ein unscheinbarer Mann mit einem stillen Lächeln. Sally-Sarah sah krank aus. Der kleine Junge hatte den Daumen im Mund und starrte mit großen, blanken, entsetzten Augen über die Schulter seiner Mutter. Die beiden waren in die Reisedecke aus Marks Auto gehüllt. In diesem fröhlichen Getöse (der Lärm aus dem großen Zimmer war ohrenbetäubend, wenn man ihn von draußen hörte) wirkten sie wie Flüchtlinge, wie Menschen auf der Flucht.

Mark rief Martha mit den Augen zu sich. Sie trat neben Sally-Sarah, während Margaret mit den Worten auf sie zuging: »Sally! Ist Colin auch da? Was ist denn los?«

Martha geleitete die zwei nach oben, weg von Margaret und ihrer Party, während Mark unten blieb. Sally-Sarah war völlig passiv. Sie zitterte. Sie stand in dem großen Schlafzimmer im zweiten Stock, bis Martha sie aufforderte, sich doch zu setzen. Sie saß und starrte vor sich hin, bis Martha sagte, vielleicht wolle sie ja zu Bett gehen. Martha nahm das Kind und zog es aus. Sally-Sarah zog sich aus wie ein Automat. Auf Marthas Angebot, ihr Tee, Kaffee oder Milch zu bringen, reagierte sie nicht. Martha steckte beide in dasselbe Bett.

Als sie sie verließ, hatte Sally-Sarah noch kein einziges Wort gesagt.

Unten bewirkte Marks Anwesenheit, daß der große Raum sich rasch leerte. Er stand mit dem Rücken zur Wand, ernst, sorgenvoll, und sah an den beiden höheren Semestern vorbei, die vor ihm standen. Nun war deutlich, weshalb sie auf diese Party gekommen waren: um den Schriftsteller zu treffen. Anscheinend hatte irgendein Tutor oder Dozent gesagt, Marks Roman sei von Kierkegaard beeinflußt. Andrew hatte sein schlaues junges Gesicht, das mittlerweile ziemlich gerötet war vom Trinken, dicht an Marks herangeschoben, und er traktierte ihn mit ganzen Serien von Bemerkungen, die er unbedingt loswerden wollte. Er schien die Meinung des Tutors nicht zu teilen. Er erklärte Mark, weshalb man den Roman mit Stendhals *Rot und Schwarz* vergleichen müsse. Mark hörte nicht zu. In der Nähe dieser Gruppe stand Hilary Marsh und beobachtete sie. Martha trat auf sie zu, um Mark zu befreien. Sie hörte zu, während die beiden jungen Männer, die sie widerstrebend als Ersatz akzeptierten, ihrem literarischen Einfallsreichtum weiter freien Lauf ließen; ihre Blicke gingen dabei an ihr vorbei zu Mark. Hilary Marsh drückte Mark gegenüber seine Besorgnis wegen seines Bruders Colin aus. Nach wenigen Augenblicken sagte Mark: »Ja, ja. Wenn Sie mich bitte entschuldigen wollen ...« und verließ das Zimmer.

Nun kam den beiden jungen Männern in den Sinn, daß Mark sich vielleicht wegen seines Bruders Colin aufregte, dessen Namen an diesem Tag durch alle Zeitungen gegangen war. Als Martha die Party schließlich verließ, ergingen sie sich Hilary Marsh gegenüber, der ihnen, wie es aussah, durchaus nicht ungern zuhörte, in geistreichen Bemerkungen über Spione.

Oben fand Martha Mark in Sally-Sarahs Zimmer. Sie schlief nicht. Sie lag zusammengerollt im Bett, wie ein Kind, und ihr Kind schlief neben ihr. Aus ihren Augen sprach Entsetzen.

Sie sagte: »Danke. Vielen Dank. Sehr freundlich von dir. Danke. Danke.«

Mark und Martha ließen sie allein.

»Ich sag's dir morgen«, sagte Mark. »Ich muß mich erst mal befreien von dieser ...« Er ging wieder nach unten.

Colins Chef, der Mann, mit dem er jahrelang zusammengearbeitet hatte, war zu vierzehn Jahren Gefängnis verurteilt worden, wegen Weitergabe wissenschaftlicher Informationen an die Russen. Am nächsten Tag blieb Mark in seinem Zimmer. Martha kaufte immer neue Zeitungen. Am späten Nachmittag wurde gemeldet, daß Colin Coldridge, Sohn von etc. etc. und Bruder des Schriftstellers Mark Coldridge und von Arthur Coldridge, dem bekannten Parlamentarier, Mitglied des linken Flügels, aus dem Land geflohen sei, vermutlich nach Rußland, und seine Frau und seinen Sohn zurückgelassen habe.

Martha ging mit dieser Zeitung zu Mark. »Hast du das gewußt?« fragte sie.

»Ich wußte, daß er es vorhatte.«

»Sollen wir uns um Sally kümmern?«

»Ich weiß nicht. Vermutlich.«

»Hat er darüber nichts gesagt?«

»Ich habe ihn gestern nicht gesehen. Ich habe ihn nicht erwischt. Ich habe im Hotel einen Anruf von ihm bekommen. Er war in einer Telefonzelle. Er hat nur gesagt, er müsse eine Zeitlang weg. Dann hat er aufgelegt.«

Sally-Sarah kam zum Abendessen mit ihrem Kleinen herunter. Sie trug ihren purpurrot- und goldgestreiften Morgenrock. Im ganzen wirkte sie gefaßt. Das Telefonläuten in Marks Arbeitszimmer hörte nicht auf, doch sie hoben nicht ab. Vor dem Haus standen in Grüppchen die Zeitungsleute. Sie erzählten Sally nichts davon, doch nach dem Abendessen trat sie an ein Fenster und schaute hinaus auf die Männer in den Regenmänteln mit den Kameras und Notizbüchern.

Dann bat sie Mark und Martha, sich einen Tag um Paul zu kümmern. Sie wollte nach Cambridge fahren, um ein paar Sachen zu holen. Sie redeten ihr das aus: Sie solle das nicht selbst machen. Sie schien einverstanden zu sein. Spätabends, als sie hinaufgingen, um zu fragen, ob sie irgend etwas brauche, stellten sie fest, daß sie sich aus dem Haus gestohlen hatte, obwohl man sich nicht recht vorstellen konnte, wie sie das bewerkstelligt haben sollte, ohne die Aufmerksamkeit der Zeitungsleute zu erregen.

Am Morgen half Martha Paul beim Aufstehen und erzählte ihm irgendwelche tröstlichen Geschichten. Seine Mutter sei nach Hause gefahren, um etwas zu holen, und sein Vater habe irgendwohin gemußt, um dort zu arbeiten. Sein Vater beschäftigte Paul nicht weiter: Er hatte ihn ja so wenig zu sehen bekommen. Ein-, zweimal fragte er nach seiner Mutter, doch ansonsten spielte er vergnügt.

Als Sally mittags nicht zurückkehrte, rief Mark in der Wohnung in Cambridge an. Niemand nahm ab. Kurz danach, Mark wollte gerade nach Cambridge aufbrechen, rief die Polizei an. Sally-Sarah war in die Wohnung gegangen und hatte den Gashahn aufgedreht. Sie hatte keine Mitteilung hinterlassen – nichts.

Und jetzt sagte Mark, obwohl das völlig überflüssig war: »Du kannst jetzt nicht weggehen, Martha. Das kannst du doch einfach nicht.«

»Nein«, sagte sie.

»Ich glaube nicht, daß Colin vorhat, zurückzukommen. Er hat zwar nie etwas *gesagt* – jedenfalls nicht direkt. Doch manches, das mir vorher unverständlich war, wird mir jetzt klar.«

Martha rief den Makler an, um ihm mitzuteilen, daß sie die Wohnung nicht nehmen würde, die jetzt beinahe fertig war. Die ungehobelte Unliebenswürdigkeit, die den Umgangston der Zeit beherrschte, sprach aus ihm, als er erwiderte: »Na schön, wenn Sie die Wohnung nicht wollen, es gibt genügend andere Interessenten. Aber Ihnen ist schon klar, daß Sie Ihre Mietvorauszahlung nicht wiederkriegen?«

Das Leben zerfaserte in lauter Kleinkram, der bewältigt werden wollte, mit dem es sich auseinanderzusetzen galt. Einzelheiten, lauter Einzelheiten, Journalisten, Zeitungen, Anrufe, Drohbriefe.

Um Paul mußte man sich kümmern, Francis mußte man irgend etwas sagen – doch was?

Eins wurde sofort deutlich. Mark wäre künftig isoliert. Da er es ablehnte, seinen Bruder zu verurteilen, Auskünfte zu geben oder mit der Polizei »zusammenzuarbeiten« – was man hartnäckig von ihm verlangte –, wurde er mit Colin in einen Topf geworfen – einem Landesverräter.

Margaret rief an. Nachdem sie sich wegen Paul erkundigt hatte, fing sie von der Wohnung im Kellergeschoß zu reden an. Mark sagte, seine Mutter habe über der Krise wohl den Verstand verloren. Sie wollte, daß Mrs. Ashe, die Witwe aus Indien, in die Wohnung zog. Sie wollte das offensichtlich so sehr, daß sie drauf und dran war, Mrs. Ashe selbst herzubringen und ihr beim Einzug zu helfen. Sie hörte nicht auf, wegen Mrs. Ashe und der Kellerwohnung anzurufen, bis Mark der Kragen platzte.

Dann schrieb sie einen Brief wegen Mrs. Ashe. Es war ein ungeheuerlicher Brief – flehentliche Bitte, Drohung, Entschuldigung: Martha mußte zugeben, daß Margaret wohl vorübergehend aus dem Gleichgewicht geraten war. Doch sie hatten keine Zeit, sich Margarets wegen Sorgen zu machen.

Mark sagte: »Es wird eine schlimme Zeit werden.«

Es war bereits eine schlimme Zeit, nichts als ein heilloses Durcheinander, Leid und Argwohn und Zweifel.

TEIL ZWEI

DER MANN OHNE EIGENSCHAFTEN DACHTE ABER NUN EINMAL NACH. MAN ZIEHE DEN SCHLUSS DARAUS, DASS DIES WENIGSTENS ZUM TEIL KEINE PERSÖNLICHE ANGELEGENHEIT WAR. WAS IST ES DANN? AUS- UND EINGEHENDE WELT; SEITEN DER WELT, DIE SICH IN EINEM KOPF ZUSAMMENBILDEN. ES WAR IHM DURCHAUS NICHTS WICHTIGES EINGEFALLEN; NACHDEM ER SICH MIT DEM WASSER ALS BEISPIEL BESCHÄFTIGT HATTE, WAR IHM NICHTS EINGEFALLEN, ALS DASS WASSER EIN WESEN, DREIMAL SO GROSS WIE DAS LAND IST, SELBST WENN MAN BLOSS DAS BERÜCKSICHTIGT, WAS JEDER ALS WASSER ERKENNT, FLUSS, MEER, SEE, QUELLE. MAN HAT LANGE GEGLAUBT, ES SEI VERWANDT MIT DER LUFT. DER GROSSE NEWTON HAT DAS GETAN UND IST IN DEN MEISTEN ANDEREN SEINER GEDANKEN TROTZDEM NOCH WIE VON HEUTE. NACH DER MEINUNG DER GRIECHEN WAREN DIE WELT UND DAS LEBEN AUS DEM WASSER HERVORGEGANGEN. ES WAR EIN GOTT; OKEANOS. SPÄTER ERFAND MAN NIXEN, ELFEN, UNDINEN, NYMPHEN. MAN HAT TEMPEL UND ORAKEL AN SEINEN UFERN GEGRÜNDET. MAN HAT ABER AUCH DIE DOME VON HILDESHEIM, PADERBORN, BREMEN ÜBER QUELLEN GEBAUT, UND SIEHE, DIESE DOME STEHEN DOCH NOCH?

UND MAN TAUFT AUCH NOCH MIT WASSER? UND GIBT ES NICHT WASSERFREUNDE UND NATURHEILAPOSTEL, DEREN SEELE SO ETWAS EIGENARTIG GRABHAFT GESUNDES HAT? DA WAR ALSO IN DER WELT EINE STELLE WIE EIN VERWISCHTER PUNKT ODER NIEDERGETRETENES GRAS. UND NATÜRLICH HATTE DER MANN OHNE EIGENSCHAFTEN AUCH DAS NEUZEITLICHE WISSEN IRGENDWO IM BEWUSSTSEIN, OB ER DARAN GERADE DACHTE ODER NICHT. UND DA IST NUN WASSER EINE FARBLOSE, NUR IN DICKEN SCHICHTEN BLAUE, GERUCH- UND GESCHMACKLOSE FLÜSSIGKEIT, WAS MAN SO OFT IN DER SCHULE AUFGESAGT HAT, DASS MAN ES NIE WIEDER VERGESSEN KANN, OBGLEICH PHYSIOLOGISCH AUCH BAKTERIEN, PFLANZENSTOFFE, LUFT, EISEN, SCHWEFELSAURER UND DOPPELTKOHLENSAUERER KALK DAZUGEHÖREN UND DAS URBILD ALLER FLÜSSIGKEITEN PHYSIKALISCH IM GRUNDE GAR KEINE FLÜSSIGKEIT, SONDERN JE NACHDEM EIN FESTER KÖRPER, EINE FLÜSSIGKEIT ODER EIN GAS IST. SCHLIESSLICH LÖST SICH DAS GANZE IN SYSTEME VON FORMELN AUF, DIE UNTEREINANDER IRGENDWIE ZUSAMMENHÄNGEN, UND ES GIBT IN DER WEITEN WELT NUR EINIGE DUTZEND MENSCHEN, DIE SELBST VON EINEM SO

EINFACHEN DING, WIE ES WASSER IST, DAS GLEICHE DENKEN; ALLE ANDEREN REDEN DAVON IN SPRACHEN, DIE ZWISCHEN HEUTE UND EINIGEN TAUSEND JAHREN FRÜHER IRGENDWO ZU HAUSE SIND. MAN MUSS ALSO SAGEN, DASS EIN MENSCH, WENN ER NUR EIN BISSCHEN NACHDENKT, GEWISSERMASSEN IN RECHT UNORDENTLICHE GESELLSCHAFT GERÄT.

ROBERT MUSIL,
DER MANN OHNE EIGENSCHAFTEN

1 Eine schlimme Zeit wird durch ein Ereignis angekündigt. Eine Frau dreht den Gashahn auf, weil ihr Überlebenswille erschöpft ist. Dies Ereignis unterscheidet sich qualitativ von vorhergegangenen Ereignissen. Es ist überraschend. Doch es hätte nicht überraschend sein sollen. Es wäre vorhersehbar gewesen. Doch das Vorstellungsvermögen hatte nur mit halber Kraft gearbeitet... Nicht zum erstenmal befand Martha sich an diesem Punkt.

Wenn eine schlimme Zeit anfängt, dann ist das so, als tauchte auf einem glatten grünen Rasen ein Maulwurf auf, als trüge ein klarer Fluß mit einemmal eine Leiche mit sich. Vor dem Auftauchen des Maulwurfs, der Leiche, konnte man sich den Rasen gar nicht anders vorstellen, denn als erfreulichen Anblick, den Fluß nicht anders als erquickend. Doch ein Rasen kann allezeit einen Maulwurf aufnehmen, ein Fluß einen Leichnam... Nicht zum erstenmal befand Martha sich an diesem Punkt.

Daß Sally sagte, sie wolle für etwa einen Tag in ihre Wohnung zurückkehren und den Kleinen in London lassen, das hatte ihr so gar nicht ähnlich gesehen, war ihr so gar nicht zuzutrauen gewesen, und wenn Martha wachsam gewesen wäre, dann hätte sie – doch was denn eigentlich? Die Polizei gerufen? Den Arzt? Martha konnte sich beim besten Willen nicht vorstellen, welche Worte sie gebraucht hätte: »Sally, du hast doch nicht etwa vor...? Oh, nein, bitte tu das nicht! – In ein paar Tagen fühlst du dich bestimmt besser... Leg dich ein bißchen hin, und wir besorgen dir ein Beruhigungsmittel. Sally, du bist ein Feigling! Wie *kannst* du nur an so etwas denken... Und was soll aus dem Kleinen werden – der kann doch ohne dich gar nicht leben!«

(Die Menschen sind ungeheuer entbehrlich, fühlen sich so oder fühlen sich *im Moment* so.)

»Sally, wir müssen dich einsperren, bis du wieder zur Vernunft kommst!«

Sally war in ihre Wohnung zurückgekehrt, um Sarah zu werden. Was sie wohl wirklich empfunden hatte, als die Familie, die sie aufgenommen hatte, dazu nur gegen den Passierschein einer

Sally bereit gewesen war? »Die haben mich immer Sally genannt«, sagte sie einmal und wechselte mit Martha einen Blick, den die Familie selbst wahrscheinlich gar nicht hätte verstehen können. Wenn sie sich geweigert hätte, Sally zu sein, darauf bestanden hätte, Sarah zu bleiben, hätte sie dann auch allein die Fahrt zurück zu ihrer verwaisten Wohnung machen müssen, wo sie den Gashahn aufdrehen konnte?

Vor diesem zweifachen Ereignis, Colins Verschwinden, Sallys Tod, war das Leben anders gewesen, wie aus einem anderen Stoff, fast erschien es, wenn man jetzt zurückblickte, wie – nein, nicht wie das Glück. Glück, Unglück – das waren nicht die Worte, die man im Umkreis dieser Familie gebrauchen konnte, da doch in jedem Mitglied die Möglichkeit – der Katastrophe steckte. Denn das war es doch? Aber das hatte schon vor dem zweifachen Ereignis gegolten. Wie war es aber dann möglich gewesen, daß Martha das Gefühl haben konnte, die »Hinhalteoperation« hätte verhindern können, was doch so lautstark angekündigt worden war? Ein solches Versagen war anscheinend unabwendbar gewesen. Doch wenn man jetzt am Tag nach Sallys Tod zurückblickte, und sei es nur auf den Tag vor ihrem Tod, dann war einem, als habe eine Bombe eingeschlagen.

So fängt ein Krieg an. In das Leben der Friedenszeit platzt eine Ankündigung, eine Drohung. Irgendwo geht eine Bombe nieder, werden potentielle Verräter in aller Stille kassiert. Und eine Zeitlang, Tage, Monate, vielleicht auch ein Jahr, hat das Leben alle Eigenschaften eines Lebens in Friedenszeiten, das dabei allerdings von kriegsmäßigen Ereignissen gestört wird. Wenn es jedoch über lange Zeit Krieg gegeben hat, dann ist jedes Ereignis kriegerischer Natur, bleibt nichts vom Frieden. Die Ereignisse und das Leben, in das sie eingebettet sind, sind von gleicher Beschaffenheit. Da es aber nun einmal nicht möglich ist, daß Ereignisse nicht Teil des Lebens sind, worin sie geschehen – es ist nicht möglich, daß eine Bombe ein Lebensgefüge zerreißt, von dem sie völlig unabhängig ist –, heißt das alles nur, daß man nicht richtig begriffen, nicht aufgepaßt hat.

Und wenn die Bombe dann explodiert, das vorbereitende (so schien es jedenfalls) Ereignis eingetreten ist, dann versucht die menschliche Seele immer noch, das Zufällige zu betonen, die Sache herunterzuspielen. Martha ließ es sich ebenso wie Mark angelegen sein, das zweifache Ereignis möglichst zu verharmlosen, als hätten sie das Gefühl, es mit einer einmaligen Angelegenheit ohne Folgen und ohne Ursachen zu tun zu haben. Oder jedenfalls hatte man den Eindruck, daß sie so empfanden. Denn da oben, im ersten Stock, der kleine Junge spielte, dessen Mutter tot und dessen Vater verschwunden war, erörteten sie, wie sie das Ganze abmildern und verharmlosen könnten. »Wie man den Schlag dämpfen könnte«, wie Mark es ausdrückte.

Nächste Woche war Pauls sechster Geburtstag. Er hatte Pläne für seinen Geburtstag gemacht. Seine Mutter hatte von einer Party gesprochen. Irgendeine Art Party mußte schon stattfinden.

»Ist meine Mutter denn dann wieder da?« fragte Paul.

»Das denke ich doch«, sagte Mark und wandte sich ab, als er das Aufflackern von Panik in den schwarzen Augen sah. Paul war noch nie von seiner Mutter getrennt gewesen, nicht einen einzigen Tag lang. Und jetzt sagte sein Onkel: »Das denke ich doch.« Paul wurde sehr fröhlich, geradezu manisch. Er raste überall in dem großen Haus herum, hopste auf die Betten, neckte den Kater, stellte sich an ein Fenster nach dem anderen und schaute hinaus. Durch eins davon würde er seine Mutter kommen sehen. Er wandte sich um und sah, daß Mark und Martha ihn beobachteten. Dann zog er die schweren Vorhänge zu, so daß er vor ihnen verborgen war. Er nahm den schwarzen Kater mit ins Bett und umarmte und küßte das Tier, das es über sich ergehen ließ. Von Martha oder Mark ließ Paul sich jedoch nicht gern berühren. Besonders von Mark nicht. Er war an den Umgang mit einem Mann nicht gewöhnt, denn sein Vater war zwar freundlich gewesen, hatte sich jedoch bemüht (das hatte er sogar selbst gesagt), den Gefühlsüberschwang der unglücklichen Sally-Sarah dadurch auszugleichen, daß er herzlich, aber zurückhaltend war.

Mark und Martha waren Gefangene des Hauses, weil draußen die Reporter patrouillierten. Paul wollte gern spazierengehen. Er sagte nicht, daß er seine Mutter unterwegs zu entdecken hoffte. Sie sagten ihm, daß jetzt niemand spazieren gehe. Wenn er hinausschaute, sah er Männer, die hineinzuspähen versuchten, und fragte dann, wer das sei. Er versuchte, durch die Hintertür zu entwischen, stieß jedoch auf der Schwelle auf einen lächelnden Mann, der ihn erschreckte. Er stand vor der Tür des Arbeitszimmers und lauschte, wenn Martha Anrufe beantwortete. Nein, Mr. Coldridge war nicht zu Hause; nein, er konnte nicht ans Telefon kommen; nein, zu Mr. Coldridges Bruder hatten sie keinerlei Kommentare abzugeben.

»Ist Mr. Coldridges Bruder mein Daddy?« wollte er wissen.

Sie beantragten eine neue Nummer beim Fernsprechamt. Die wurde bewilligt, und ein paar Tage herrschte Ruhe. Doch dann bekam ein Reporter von Jimmy Wood in der Fabrik die neue Nummer. Sie hatten Jimmy Wood gebeten, sie niemandem zu geben. Seine Erklärung lautete, der Mann habe so geklungen, »als habe er sie wirklich dringend gebraucht«. Die Nummer wurde abermals geändert. Wieder wurde Jimmy aufgefordert, sie niemandem zu geben. Doch er tat es erneut: Er habe angenommen, erklärte er, der Mann, der sich erkundigt habe, sei ein Elektronikexperte. Schließlich habe er das gesagt. Jimmys Rolle während der langen Belagerung bestand einfach darin – daß er sie nicht begriff. Mark bat Jimmy, zu ihnen ins Haus zu kommen, so daß man ihm klarmachen konnte, worum es ging. Er müsse sich vor den Journalisten in acht nehmen, wurde ihm gesagt. Er wurde vor der Eingangstür von einer Gruppe von Männern umringt, die auf Neuigkeiten brannten. Lächelnd erzählte er ihnen alles, was er wußte. Nicht viel, nicht mehr, als Mark wußte, doch verbindlich und bereitwillig plauderte er und lächelte immer noch, als er das Haus betrat. Doch damals lächelte er sowieso ständig. Irgendwann im Leben hatte er beschlossen, daß man dem Leben am besten mit diesem Lächeln entgegentrat, und er ließ es nie erlöschen. Eine Abwehrmaßnahme? Eine Erklärung?

Wie sollte man das wissen? Doch dieser kleine, grazile Mann mit seinem von Babyhaar bedeckten, eindrucksvollen Kopf – lächelte, als könne er einfach nicht anders. Sie redeten ihm zu: Bitte, seien Sie vorsichtig, bringen Sie uns nicht in Schwierigkeiten, sprechen Sie nicht mit der Presse, und er lächelte. Fast sofort fing er an, davon zu sprechen, wie es in der Fabrik stand. Es schien, als könne er nicht einsehen, wozu dies ganze Getue nötig sei.

Doch er versprach, weniger ungeduldig als nachsichtig, daß er die Telefonnummer niemandem geben würde.

Dann war es eine Weile ruhig. Allerdings rief Margaret von ihrem Landhaus an. Sie hatte sich seit der Wahlparty nicht bei ihnen sehen lassen. Sie machte sich Gedanken wegen Francis. »Ihr solltet ihn nach Hause holen«, sagte sie, »er muß doch Entsetzliches durchmachen auf dieser gemeinen Schule.«

»Aber mit den Journalisten hier wäre es doch noch schlimmer!«

»Meinen Sie? Ich weiß nicht recht. Mark könnte sie ohne Mühe loswerden, wenn er wollte.«

»Schon, doch ich glaube nicht, daß er dazu bereit wäre.«

»Sie sollten ihn dazu bewegen.«

»Vielleicht möchten Sie mit ihm sprechen?«

»Nein. Wirklich nicht. Ich habe keine Geduld mehr, mit diesen ... Haben Sie die Kellerwohnung vermietet?«

»Die Kellerwohnung!«

»Mrs. Ashe möchte sie immer noch.«

»Aber, Margaret, um Himmels willen ...«

Margarets Ton war befangen gewesen, als sie von der Kellerwohnung angefangen hatte. Hastig sprach sie weiter: »Aber er war ja schon immer so verbohrt. Immer schon!«

»Ich finde, Sie sollten das direkt mit ihm besprechen.«

»Naja, schön, aber – und vergessen Sie das mit Mrs. Ashe nicht. Ich muß jetzt wirklich auflegen, ich muß dringend etwas ...« Und sie legte auf.

Das war so eigenartig, klang irgendwie so falsch, daß Martha einfach nicht darüber nachdenken konnte und vergaß, es Mark zu erzählen.

Dann war Mark selbst am Apparat, als seine Mutter wieder anrief.

Margaret hatte Francis' Schule angerufen, und der Direktor hatte gesagt, Francis gehe es gut. Soweit er wisse, habe die Neuigkeit die Schule nicht erreicht. »Doch das ist ja ein solcher Dummkopf«, sagte Margaret, »ich habe ihn gefragt, ob er die Zeitungen aus dem Haus verbannt habe, und da hat er gesagt, er sei sicher, daß seine Jungen wüßten, was *esprit de corps* bedeutet!«

»Vielleicht könntest du Francis ja ein oder zwei Wochen zu dir nehmen?«

»Ach, ich weiß nicht – und außerdem fahre ich nächste Woche nach Amerika.«

»Aber bis dahin könntest du ihn doch nehmen, oder?«

»Ich glaube wirklich, daß das nicht ...«

Dann fing sie wieder von Mrs. Ashe an.

Mark sagte, er habe keine Zeit, jetzt den Vermieter zu spielen, und legte auf. Das war wieder ein so ungeheuerliches Verhalten von Margaret gewesen, daß Mark die Sache wie Martha einfach auf sich beruhen ließ.

Paul hatte das Gespräch von draußen mitangehört.

»Weshalb soll Francis denn zu seiner Großmutter?« fragte er.

»Das ist doch auch deine Großmutter.«

»Nein, ist sie nicht. Sie kann meine Mummy nicht leiden!«

»Naja, es wäre ja auch nur für kurze Zeit gewesen.«

Sie versuchte, ihn auf den Arm zu nehmen. Er war ein Bündel schwerer Glieder. Die schwarzen, erschrockenen Augen, in denen jedoch bereits Schlauheit glomm, fixierten Marthas Gesicht, während er sich in ihren Armen steif machte. Sie setzte ihn wieder ab.

»Ich will nicht, daß Francis' Granny zu meiner Party kommt!«

»Sie kommt ja auch nicht.«

Sein Geburtstag war am übernächsten Tag.

»Ich will meine Party, ich will meine Party«, schluchzte er auf dem Boden sitzend. Er wollte sagen, ich will meine Mutter.

Am nächsten Morgen band Martha sich ein Kopftuch um und zog Mrs. Vans alten Mantel an. Um acht Uhr verließ sie unbemerkt das Haus durch die Hintertür. Erst zwei Journalisten waren eingetroffen, und die standen auf der Vorderseite. Sie fuhr durch London zu Harrods und kaufte einen Kuchen und Geschenke für die Party. Als sie wieder vor der Haustür stand, schien der Weg frei. Doch ehe sie drinnen war, rannte ein Mann herbei.

»Wer sind Sie?« wollte er wissen.

»Ich arbeite für Mr. Coldridge. Ich mache hier sauber.«

Sie hatte den Schlüssel bereits im Schloß, doch er hielt sie am anderen Arm fest, mit dem sie die Päckchen umklammerte.

In seiner Miene stand lebhafter Argwohn, aber auch das Entzücken, das ihm die Jagd bereitete.

»Was ist denn da drinnen los?«

»Das weiß ich nicht. Ich bin bloß die Putzfrau.«

Die Aufmachung stimmte zwar, aber ihre Stimme nicht. Seine Miene war unerbittlich, selbstgerecht. Das war ein Mann, dem es um die Entlarvung des Bösen zu tun war. Er zog fünf Pfund aus der Tasche. Er zögerte. Fünf Pfund waren mehr als genug für eine Putzfrau, jedoch zu wenig für eine Freundin oder Geliebte von Mark Coldridge oder jemanden, der mit ihm unter einer Decke steckte. Dies Zögern nahm ihm seine Zielstrebigkeit: Martha entwand ihm ihren Arm und stürzte ins Haus. Die Päckchen flogen auf den Küchenfußboden. Vor dem Fenster, das nach hinten hinausging, tauchte sein Kopf auf. Wütend fletschte er sie an. Solchermaßen eingerahmt, hervorgehoben, war das fast – ja, komisch. Er sah aus wie ein schlechter Schauspieler in einem Melodrama: Meine Beute ist mir entkommen ...!

Einer der Aspekte einer schlimmen Zeit, noch ehe man ihren Geist richtig zu spüren bekommen hat, ist, daß alles etwas Parodistisches oder Burleskes an sich hat. Martha stand in der Küche, schaute in das häßliche, drohende Gesicht und mußte sich das Lachen verbeißen. Ein nervöses Lachen, gewiß, und als er ihr mit der geballten Faust drohte, war das abstoßend, und sie bekam Angst. Am selben Abend war unter dem Stoß Zeitungen, die der Laufjunge des Zeitschriftenhändlers an den Reportern vorbei ins Haus lieferte, ein Blatt, das mit der Geschichte von einer geheimnisvollen Frau aufwartete, die Zugang zu Mr. Coldridges Haus hatte und ihren Namen nicht preisgeben wollte.

Am nächsten Tag war der Geburtstag. Am Morgen bekam Paul seine Geschenke, und Mark und Martha schauten zu, während er sie öffnete. Er wühlte sie durch und warf eins nach dem anderen achtlos zur Seite: Er suchte nach Zeichen von seiner Mutter. Er hatte seine Mutter einige Tage lang nicht erwähnt. Es war eindeutig, daß der Geburtstag für ihn zu dem Talisman geworden war, der seine Mutter herbeizaubern würde. Die Geschenke hatten es nicht getan, aber da war ja auch noch die Party.

Nach dem Frühstück ging er in Marks Arbeitszimmer, stellte sich an den Schreibtisch und beobachtete Mark, der so tat, als arbeite er. Inzwischen warteten sie bereits darauf, daß er fragen würde: Wo ist meine Mutter? so daß sie ihm die Wahrheit sagen konnten. Was sie schon früher hätten tun müssen. Doch der geeignete Augenblick war verstrichen, und nun wußten sie nicht, was sie tun sollten. Alles war verkehrt, die »Party« absurd, die Geschenke ein Fehler.

Aber jetzt wußten sie nicht, wie sie es bewerkstelligen sollten, daß die Party nicht stattfand.

Martha legte eine festliche Decke auf den Tisch im Eßzimmer. Doch Paul verlangte, daß die Party in der Küche stattfinden sollte. Durch die Eingangstür vorn kam nichts, nur bündelweise Zeitungen, die durch den Briefschlitz fielen. Durch die Hintertür hingegen konnte man Einlaß finden. Also erwartete er, daß seine Mutter durch die Hintertür kommen würde.

Martha baute den Kuchen mit den sechs Kerzen auf dem Küchentisch auf und außerdem Kekse und Törtchen. Während sich Martha mit diesen rührenden Vorbereitungen zu schaffen machte, stand Paul direkt vor der Küchentür und beobachtete sie. Mark versuchte, Pauls Aufmerksamkeit dadurch auf sich zu ziehen, daß er mit einer Holzeisenbahn auf dem Boden spielte. Ab und zu tauschten die beiden Erwachsenen Blicke der Hilflosigkeit und der Scham, weil sie nicht verhindert hatten, daß es zu dieser Szene kam.

An der Hintertür ertönte kräftiges Klopfen, und der kleine Junge stürzte mit dem Aufschrei »Das ist sie! Das ist meine Mummy!« darauf zu, um aufzumachen. Zwei Männer standen davor. Der eine war der Journalist von gestern, dessen Miene wütend und beleidigt war; der andere war ein kräftiger, lächelnder Mann.

»Wo ist meine Mummy?« schrie Paul.

Die beiden blickten einander an und musterten dann Martha, die Kuchen zurechtstellte, und Mark, der mit der Eisenbahn spielte.

Der kräftige Mann sagte: »Nun mal ruhig, Junge, schön ruhig. Deine Mummy kommt nämlich nicht, weißt du!«

»Warum nicht? Warum denn nicht?« schrie Paul und warf sich zu Boden. Mit dem Gesicht nach unten schlug er hart immer wieder mit dem Kopf gegen den Boden, während ihm die Tränen aus den Augen stürzten.

»Ist das der Junge von Colin Coldridge?« fragte der verdrießliche Mann und beugte sich hinab, um ihn auf Details zu untersuchen, die sich schildern ließen.

Jetzt kam Mark von den Knien hoch und trat auf die Journalisten zu. Der Mann von gestern zeigte Argwohn und Wut. Der kräftige Mann lächelte einschmeichelnd. Das Kind fuhr fort, mit dem Kopf gegen den Boden zu schlagen und geräuschvoll zu weinen. Mark mit seinen weitaufgerissenen Augen und dem offenen Mund in dem weißen Gesicht wirkte komisch.

»Nun mal keine Aufregung«, sagte der kräftige Mann wieder und wich übertrieben zurück, um Angst zu mimen: Er machte sich lustig über Mark.

Der selbstgerechte Mann machte sich inzwischen im Geiste

Notizen über die Küche. Dann wandte er seine Aufmerksamkeit erneut Paul zu, der sich zu seinen Füßen krümmte, und sagte anklagend: »Weshalb haben Sie denn dem Jungen das mit seiner Mutter nicht gesagt?«

Worauf Paul vom Boden hochschoß und mit solcher Heftigkeit die Knie seines Onkels umklammerte, daß Mark strauchelte und an einer Stuhllehne Halt suchte. »Was ist denn mit meiner Mummy?« schrie Paul. »Wo ist meine Mummy?«

»Deine Mummy ist ...« Der Journalist hielt inne; er brachte es nicht über sich, dem Kind das Wort »tot« ins Gesicht zu sagen.

Mit einem undeutlichen Murmeln des Abscheus zog er sich zurück. Der gutaufgelegte Kumpel lächelte geringschätzig und sagte: »Hier ist meine Karte.« Er legte ein Stückchen Karton auf den Tisch neben den Kuchen. *Miles Tangin. The Daily* – »Wenn Sie kooperativ wären, Mr. Coldridge«, sagte er ermunternd, »dann wäre das eine Erleichterung.«

»Ich werde mich bei Ihrem Herausgeber beschweren«, sagte Mark über Pauls Kopf hinweg. Das Kind schluchzte geräuschvoll und hielt Marks Knie umklammert, so daß Mark sich mit der einen Hand an der Stuhllehne aufrechthalten mußte, während er Paul mit der anderen zu beruhigen versuchte.

»Dann tun Sie das mal«, sagte der erste Mann in verächtlichem Ingrimm.

Die zwei entfernten sich gemeinsam.

Mark trug das schluchzende Kind ins Bett.

Im Bett war er ruhiger und wimmerte bloß ein bißchen, während er sie beobachtete. Er wartete.

»Wo ist meine Mummy?« fragte er schließlich.

Martha sagte: »Sie ist tot, Paul.«

Paul nahm ihr das ab. Es war eine Tatsache, die mit den Ereignissen der letzten Woche übereinstimmte.

»Und ist mein Daddy auch tot?«

»Nein«, sagte Mark mit Nachdruck. Doch er wußte ebensowohl wie Martha, daß er ihnen natürlich nicht glauben würde. Sie hatten ihn angelogen: Sie logen ihn wahrscheinlich schon wieder an.

»Er ist nicht da«, sagte Martha, »doch er kommt wieder zurück.«

Paul sagte nichts. Er lag nur und starrte sie mit seinen schwarzen mißtrauischen Augen an. Dann wandte er das Gesicht zur Wand und wollte nichts mehr von ihnen wissen. Sie blieben bei ihm. Stunde um Stunde verging. Er schlief nicht. Er nickte immer wieder ein, doch wimmerte er im Schlaf, und das weckte ihn wieder auf. Es war fast Morgen, als er endlich in einen tiefen Schlaf fiel.

Ihre Tage waren ab jetzt Paul gewidmet, dem Kind, das ihnen nicht vertrauen konnte. Er war schweigsam, verhielt sich ausweichend und lustlos. Ganze Stunden verbrachte er damit, zusammengerollt in einem Sessel in der Küche zu sitzen und am Daumen zu lutschen. Gewöhnlich antwortete er nicht, wenn Martha oder Mark ihn ansprachen. Er machte nicht den Eindruck, als versuche er, wieder ein Baby zu sein, das gefüttert werden wollte, sondern es war eher, als könne er wirklich mit Nahrung, mit Mahlzeiten nichts anfangen. Gewöhnlich saß er und hörte zu, oder hörte scheinbar zu, wenn sie ihm etwas vorlasen oder ihm Geschichten erzählten. Er saß still und hörte sich die Kinderprogramme im Radio an. Wenn man ihn zu Bett brachte, schlief er. Wenn er aus den Fenstern nach hinten oder zur Straße hinausschaute und die Gruppe der Reporter warten sah, dann musterte er sie und sah Mark oder Martha fragend an. Es schien, als habe er Angst, Fragen zu stellen. Doch sie hätten sie ohnehin nicht zu beantworten gewußt.

An den Abenden saßen die beiden in Marks Arbeitszimmer. Marks weißes Gesicht hatte einen starren, maskenhaften Ausdruck angenommen, als risse er angesichts des Unglaublichen, des Unmöglichen die Augen auf. Er glaubte nicht, was geschah. Weil er Mark Coldridge war, dem so etwas nicht zustoßen konnte.

Doch war er gleichzeitig der Mark Coldridge, der das Buch

über den Krieg geschrieben hatte, aus dem das tiefste Verständnis dafür sprach, wie solche Dinge passieren konnten – passieren mußten. Martha wartete darauf, mit dem Mann reden zu können, der das Buch geschrieben hatte: Doch er war nicht da.

Mark sagte immer wieder Sachen wie: »Wir müssen Paul zur Schule schicken, damit er darüber hinwegkommt.« Oder: »Wenn der Wirbel sich gelegt hat, fahre ich mit Francis und Paul irgendwohin in die Ferien.«

Er sprach immer noch wie von einer Situation, die normal genug war, um sich wieder beruhigen zu können. Er konnte den Gedanken nicht ertragen, daß etwas nicht Wiedergutzumachendes geschehen war und daß sie, oder zumindest er, den Folgen ins Auge schauen mußten, Folgen, bei denen es um Leben oder Tod gehen würde.

Doch wie konnte Martha Mark tadeln, wenn sie sich doch selbst jeden Tag mehrmals bei dem Gedanken ertappte: Ehe Sally sich umgebracht hat, da ... Ehe Colin weggegangen ist ... Dem Gedanken an das zweifache Ereignis, das ihre Nerven, die nur noch träge zu reagieren vermochten, doch immer noch als Wendemarke empfanden. Und es war ebensosehr ihr Fehler wie der von Mark, daß Paul nicht die Wahrheit zu hören bekommen hatte (in dem Ausmaß, wie man einem Kind von sechs Jahren die Wahrheit sagen konnte), so daß er jetzt keinem mehr traute; und es war ebensosehr ihr Fehler gewesen, die Sache so zu handhaben, daß die Wahrheit dann durch Journalisten herausgekommen war, die nach Neuigkeiten schnüffelten.

Und was hatte das für einen Sinn, daß man jetzt Schuldgefühle hatte, was nützte es, sich selbst und Mark zu kritisieren, wenn sie doch immer noch nicht wußten, wie sie sich verhalten sollten, immer noch Nacht für Nacht mit einer Karaffe altem Brandy auf dem Schreibtisch in dem Arbeitszimmer mit seinen Bücherwänden saßen, und wenn doch immer, wenn sie handelten, etwas Absurdes oder noch Schlimmeres dabei herauskam? Denn sie hatten das Gefühl für die normalen Vorgänge des Lebens verloren.

Eines Nachmittags hatten sie durch die Gardine beobachtet, wie ein paar Presseleute auf der Suche nach belastenden Unterlagen ihre Mülltonnen durchwühlten.

Einer von ihnen war Miles Tangin gewesen. Mark hatte den Herausgeber angerufen, um sich zu beschweren, war nicht zu ihm vorgedrungen und hatte die Nachricht hinterlassen, daß man ihn zurückrufen möge. Er war auch zurückgerufen worden – von Miles Tangin. Daraufhin mußte die Telefonnummer erneut geändert werden.

Martha schlug vor, die Polizei um die Bewachung von Vorder- und Hinterausgang zu bitten, damit sie sich die Journalisten vom Leib halten konnten.

Mark war wütend. »Ich werde mich doch nicht in meinem eigenen Haus, in meinem eigenen Land von der Polizei bewachen lassen, bloß wegen so einer Rotte ... Ich werde Margaret dazu bringen, daß sie dem Herausgeber mitteilt, was hier los ist. Die kennt den bestimmt.«

Er rief bei seiner Mutter im Landhaus an. Erst als das Telefon bereits einige Minuten geläutet hatte, ging ihnen auf, daß es nach zwei Uhr morgens war. Nach langem Warten kam John ans Telefon. Selbstverständlich war er höflich. Mark sprach mit dem farblosen Gatten seiner Mutter, einem Mann, den er verachtete, obwohl er es ihm gegenüber selbstverständlich nie an Höflichkeit hatte fehlen lassen. Martha saß auf einem alten braunen Sofa und spürte den weichen Samt, der gegen ihre Finger rieb. Sie beobachtete Mark, wie er den Telefonhörer umklammerte, als könne der Apparat selbst mit Verstand oder Schutz aufwarten. Während der letzten paar Wochen hatte er über zehn Kilo abgenommen. Seine Kleider schlotterten. Seine Finger waren bis zum ersten Gelenk fleckig vom Nikotin. Er sah halb wahnsinnig aus.

John sagte, Margaret habe einen anstrengenden Tag gehabt und schlafe. Die Presse war bei ihnen draußen gewesen, und das Telefon stand nicht mehr still.

»Ich möchte mit ihr sprechen«, sagte Mark.

»Ich sage ihr morgen früh, daß du angerufen hast.«

»Dann kannst du ihr auch gleich sagen, daß sie sich diese Zeitungschefs vornehmen und uns deren Hunde vom Hals halten soll«, sagte Mark.

Ein gekränktes Auflachen.

»Vielleicht bist du ja bereit, der Presse gegenüber irgendeine Mitteilung abzugeben?« schlug Margarets Gatte vor.

»Was für eine Mitteilung stellst du dir denn so vor?«

Wieder ein Auflachen. »Wie die Dinge liegen, ist deine Mutter, meine Frau, die Mutter eines Mannes, der hinter den Eisernen Vorhang geflohen ist und der Spionage verdächtigt wird, und die Mutter eines weiteren Sohnes, der sich wiederum weigert, sich von seinem Bruder loszusagen.«

»Doch er ist nun mal zufällig mein Bruder«, erwiderte Mark. Wieder schien er ungläubig. Das genau war es, was er nicht glauben konnte: daß so etwas passieren oder – ihm passieren konnte.

»Aber was mögen die denn von mir erwarten?« fragte er Martha. Und er hörte ihr mit diesem faszinierten Blick aus weitaufgerissenen Augen zu, als könne es ihm ja diesmal vielleicht gelingen zu begreifen, was er beim letztenmal nicht hatte begreifen können.

Erneut sagte sie: »Die erwarten, daß du öffentlich erklärst, daß du mit deinem Bruder und seiner ganzen Arbeit nichts zu tun haben willst. Und daß du deine Loyalität gegenüber diesem Land öffentlich bekräftigst.«

»Aber, mein Gott«, sagte er leise, »ich meine – die können doch nicht . . . Das ist doch *dies* Land und nicht etwa . . . Ich meine, die Amerikaner oder die Russen oder solche Leute. Doch nicht hier . . .«

Er schaute sie voller Abneigung an.

»Erzähl mir ja nicht, daß ich das deiner Meinung nach tun soll. Er ist mein Bruder«, sagte er starrsinnig. Als wäre eigentlich sie der Feind.

»Du fragst mich doch dauernd, was sie von dir wollen.«

Seine Augen glühten dunkel vor Abwehr. Er hatte sich völlig in sich selbst zurückgezogen. Dann sah er ein, daß er aus einer

Verbündeten eine Feindin gemacht hatte, lächelte, wenn auch förmlich, und goß ihr einen Brandy ein.

»Tut mir leid«, sagte er.

Am nächsten Morgen rief Margaret an. Es war noch sehr früh. Mark schlief noch halb. Er kam zu Martha nach oben und meinte, seine Mutter sei wahnsinnig geworden. Sie hatte wegen des Kellergeschosses und Mrs. Ashe angerufen.

Sie begriffen es einfach nicht. Martha meinte, vielleicht sei das Margarets Methode, die Normalität aufrecht zu erhalten. Sie hatte wahrscheinlich recht: Die Besorgnis wegen irgendwelcher Kellerwohnungen, die vermietet werden mußten, war besser als das, was alle anderen taten. Es ging sogar etwas Beruhigendes von ihrem Verhalten aus.

Während sie darüber sprachen, klingelte das Telefon erneut. Mark ging an den Apparat. Er kehrte nicht zurück, also ging Martha zu ihm hinunter. Er saß mit einem sehr weißen Gesicht neben dem Telefon.

Margarets zweiter Anruf war hysterisch gewesen. Sie hatte geschrien, Mark ruiniere ihr Leben. Das Wenigste, was er tun könne, sei doch wohl, Mrs. Ashe ins Haus zu nehmen. Auf seine Bitte hin, ihm doch zu erklären, was es mit dieser Mrs. Ashe auf sich habe, hatte Margaret nach einer Pause irgend etwas von Hilary Marsh gemurmelt – und damit waren wohl alle Zweifel hinsichtlich der Vertrauenswürdigkeit Mrs. Ashes beseitigt. Und schließlich war es Mark wie Schuppen von den Augen gefallen – aber so plötzlich, daß er einfach den Hörer aufgelegt hatte.

Hilary Marsh, der korrekte, unauffällige Herr von der Wahlparty, war schon seit vielen Jahren mit Margaret befreundet. Er war beim Außenministerium. Vor Wochen war er bei Margaret gewesen, um sie zu fragen, was sie über die Verbindungen ihres Sohnes Colin wisse. Sie hatte nichts gewußt, hatte jedoch gesagt, Mark wisse Bescheid, doch der wolle ja nie mit ihr reden, so verbohrt wie der sei – immer schon gewesen sei. Hilary Marsh hatte daraufhin gemeint, vielleicht sei das ja eine gute Idee, wenn eine sehr alte Freundin von ihm in die Kellerwohnung einziehe? Das sei eine Frau von der vernünftigen Sorte, die für sie beide ein Auge auf Mark haben könnte.

Als Mark diesen Schlag verdaut hatte, rief er seinerseits seine Mutter an und wollte von ihr wissen, wie sie diesen Versuch, ihm nachspionieren zu lassen, eigentlich zu erklären gedächte. Frostig antwortete sie: »Du hast es nötig, mir etwas von Spionieren zu erzählen!« Als er darauf geschwiegen hatte, hatte sie geschrien: »Du hast mein Leben ruiniert! Du hast Johns Karriere ruiniert!« Und hatte aufgelegt.

Es stellte sich heraus, daß John Patten in seiner Eigenschaft als Vertreter von British Culture in Amerika eine Vortragsreise hatte unternehmen wollen. Die Amerikaner waren jedoch nicht erbaut davon gewesen, daß er der Gatte der Frau war, die einen Colin Coldridge in die Welt gesetzt hatte. Sie wurden inoffiziell und auf taktvolle Weise bei der Organisation vorstellig, bei der John Patten beschäftigt war. Diese Organisation hatte sich gar nicht genug entschuldigen können und volles Verständnis für die amerikanischen Reaktionen in dieser Angelegenheit gehabt. Nach einer langen Komiteesitzung hatte jemand die Meinung vertreten, es sei besser, wenn die Sache nicht publik gemacht würde, sondern man statt dessen die Vortragsreise zum Thema »Zeitgenössische britische Literatur« einfach verschöbe. Alle stimmten zu. Der Vorsitzende hatte John Patten angerufen, während die Sitzung noch im Gang war. Er bat sie um ein wenig Bedenkzeit – nur ein paar Minuten. Er fragte Margaret, was sie von der Sache halte. Margaret rief ihren alten Freund Hilary Marsh an, der der Meinung war, diese Art des Vorgehens sei für alle Beteiligten die beste.

Mark machte Martha mit diesen Tatsachen vertraut und wartete dann auf ihre Erklärung. Er sah sehr, sehr krank aus. Er zitterte. Immer wieder fielen ihm die Zigaretten herunter. Die Kluft zwischen dem, was ein Coldridge für möglich hielt, und dem, was derzeit geschah, hatte sich in einem Maße erweitert, daß er sich in einer Art Zusammenbruch befand. Martha schlug ihm vor, sich ins Bett zu legen und den ganzen Tag liegen zu bleiben. Er ging und legte sich hin.

Es war Zeit, Paul anzuziehen. Er saß mit gekreuzten Beinen auf dem Kopfkissen und wartete auf sie. Er sagte: »Und soll ich jetzt hier wohnen?«

»Ja, ich glaube schon.«

»Ich will aber nicht.«

»Ich fürchte, du wirst müssen, Paul.« Das war beinah kühl – sie war im Geist bei Mark, der kurz vor dem Zusammenbruch stand. Es war kein Tonfall, den Paul im Leben schon einmal zu hören bekommen hatte.

Er fixierte sie mit einem langen, nachdenklichen Blick. Dann stieg er aus dem Bett. Sallys Kind hatte sich bislang beim Anziehen nicht gerade geschickt angestellt. Jetzt zog er sich an, langsam, aber durchaus nicht ungeschickt, während sie dasaß und zuschaute.

»So, und jetzt frühstücken wir«, sagte sie. Gehorsam kam er mit in die Küche hinunter. Gehorsam saß er am Tisch, während sie das Frühstück zubereitete. Er schaute auf das Fenster, hinter dem nichts zu sehen war. Martha sah nach, ob die obligaten Journalisten da waren. Waren sie aber nicht, nur ein Karton mit Lebensmitteln, die ihnen zugestellt worden waren, stand direkt vor der Tür.

Sie wollte gerade die Tür aufmachen und den Karton hereinholen, als Paul sagte: »Ich möchte spazierengehen.«

»Wir können noch nicht spazierengehen«, sagte Martha.

»Du willst bloß nicht, daß die mir erzählen, daß mein Daddy tot ist«, sagte er. Dann stieß er den Teller mit Eiern vom Tisch, lachte, als er am Boden zerbrach, und lief weinend nach oben in sein Schlafzimmer.

Martha öffnete die Tür, um die Lebensmittel hereinzuholen, und stand vor Miles Tangin.

»Guten Morgen«, sagte er verbindlich.

Sie versuchte, die Tür zuzumachen, doch sein Fuß war dazwischen.

»Irgendwelche Neuigkeiten für mich?« wollte er wissen.

»Nicht die geringsten.«

»Darf ich fragen, wer Sie sind?«

»Gewiß, ich arbeite für Mr. Coldridge.«

»Und Sie wohnen hier?« forschte er. In seinem Gesicht wechselten zwei Empfindungen einander ab oder überlagerten einander: Jedenfalls gelang es ihm, gleichzeitig die Kumpelhaftigkeit aufrecht zu erhalten, die sein Verständnis für ihre Lage signalisieren sollte – er war schließlich ein Mann von Welt! –, und die Schlüpfrigkeit, mit der er die Geschichte dem Publikum zu erzählen gedachte.

»Wie heißen Sie?«

»Finden Sie's doch raus! Dann haben Sie wenigstens was zu tun!«

»Na, na«, sagte er, »es steht Ihnen überhaupt nicht zu, diesen Ton anzuschlagen, wissen Sie!«

Er lehnte inzwischen im Türrahmen und hielt die Tür offen. Er blickte an ihr vorbei auf das Gemisch von zerlaufenen Eiern und Scherben auf dem Fußboden.

»Seine Frau ist in der Klapsmühle, soweit ich gehört habe?«

Sie erinnerte sich, daß die Bratpfanne mit heißem Fett auf dem Herd stand. Sie holte die Pfanne und baute sich vor ihm auf.

»Das haben Sie im Gesicht, wenn Sie jetzt nicht verschwinden«, sagte sie.

»Aber, aber, aber!« sagte er sanft. Er setzte dieses Lächeln auf, das besagt: Ich weiß eine Frau mit Temperament zu schätzen! Als er dann jedoch merkte, daß es ihr ernst war, wurde sein Ausdruck gemein. Sie näherte sich und hob die Pfanne.

»Sagen Sie mal«, sagte sie, »haben Sie, während Sie hinter dieser pikanten Geschichte her waren, vielleicht auch mal an das Kind gedacht?«

Und jetzt schwappte er vor Anteilnahme nur so über: Das Unschuldsgesicht des anständigen Kerls wurde ganz weich und traurig. »Aber ich tue doch bloß meine Pflicht«, sagte er, »doch,

Sie dürfen mir glauben, ich krieg nachts kein Auge zu, so leid tut mir der kleine Kerl.«

»Und ich tu auch bloß meine Pflicht, wenn Sie jetzt nicht verschwinden!«

Er ging hinaus, und sie schloß die Tür ab.

An diesem Abend wurde die Coldridge-Story mit einem Meisterstück von Miles Tangin um ein Element erweitert. Die zuvor schon erwähnte zwielichtige weibliche Figur erschien jetzt als eine Art Wachhund oder Wachsoldat von Mark Coldridge. Es wurden Verbindungen zur sowjetischen Botschaft angedeutet. Sie hatte einen ausländischen Akzent. Sie stand unter Schweigepflicht. Für einige Tage verdoppelte sich die Wachsamkeit der Reporter: Es hatte bereits Anzeichen der Ermüdung gegeben. Martha mußte, wenn sie sich im Haus bewegte, aufpassen, daß sie nicht am Fenster gesehen wurde.

Oben lag in seinem Zimmer Paul im Bett und spielte mit dem Kater. Sie brachte ihm das Essen ans Bett. In einem anderen lag Mark rauchend und grübelnd im Dunkeln. Nach einer Weile stand er auf, ging in sein Arbeitszimmer hinunter und las sehr gründlich sämtliche Zeitungen vom Beginn der Affäre bis zum gegenwärtigen Zeitpunkt. Er hatte die Ausgaben von mehreren Wochen zu lesen. Darunter waren die seriösen Zeitungen, die populäre Presse und die gehobenen Zeitschriften, die sich tiefschürfend mit dem Thema Landesverrat auseinandersetzten und deren Artikel einen sehr esoterischen intellektuellen Ton anschlugen.

Als er damit fertig war, sagte Mark, endlich habe er den Sinn der alten Redensart verstanden, daß die Vaterlandsliebe die letzte Zuflucht eines alten Schurken sei.

Er schien recht gelassen, als er das sagte. Zwar war er noch krank oder sah wenigstens krank aus, doch hatte er sich in der Gewalt. Und er hatte eine Entscheidung gefällt. Er würde aufs Land fahren, zu seiner alten Kinderfrau, die für ihn und Colin gesorgt hatte, und Paul würde er mitnehmen.

»Und was ist mit Francis – in einem Monat sind doch Ferien?«

»Er kann auch zu Nanny Butts kommen – dort wird es ruhig sein. Und vielleicht hat die Lage sich dann ja auch beruhigt.«

Als er und Paul fertig und die Koffer gepackt waren, sagte er: »Ich fürchte, du wirst den Lockvogel machen müssen.«

Martha zog einen Mantel an, setzte eine gleichgültige Miene auf und spazierte in aller Offenheit zur Vordertür hinaus. Die Gruppe Männer, die draußen warteten, schienen zunächst ihren Augen nicht zu trauen. Wegen ihrer Unverschämtheit? Weil sie sie herausforderte? Jedenfalls hatte sie schon mehrere Schritte zurückgelegt, ehe sie losjagten. Einer von ihnen bot ihr hundert Pfund für die Geschichte. Sie lächelte. Er erhöhte auf zweihundert. Sie lächelte erneut. Sie bog um die Ecke und betrat ein Café. Alle kamen mit rein. Sie hielt sie mit der Diskussion über das mögliche Honorar für ihre Enthüllungen über den Coldridge-Haushalt auf, bis sie sicher sein konnte, daß Mark und Paul unbehelligt weggekommen waren. Dann ging sie zurück zum Vordereingang. Der Wagen stand nicht mehr da. Mark Coldridge war weg. »Saubere Arbeit«, sagte der eine von ihnen lachend. Doch andere, Hasser von Beruf, knurrten und murmelten zwischen den Zähnen, wie man sich die Parodie des Journalisten in einem schlechten Film oder in der Komödie vorstellt.

Nun gab es im Innern des Hauses nur noch Martha. Sie ging offen ein und aus und lächelte den beiden hoffnungsvollen Journalisten zu, die noch geblieben waren. Dann nur noch einem. Doch auch der verschwand. Dann herrschte Frieden, bis Miles Tangin an die Vordertür klopfte und um Einlaß bat. Er habe ihr einen Vorschlag zu machen, sagte er. Sie war wütend. Er war verbindlich. Sein Auftreten war das eines Mannes, dem man Unrecht tat und der nur darum bemüht war, alles zu erklären. Der vorwurfsvolle Ton, mit dem er sich über ihren Mangel an Verständnis beklagte, klang echt. Sie hätte sich zurückziehen sollen, um ihrer Wut erst einmal Nahrung zu geben und ihre Wachsamkeit zu schärfen. Doch sie ließ ihn herein. Zum großen Teil aus reiner Neugier. Neugierig hörte sie ihm zu, als er ihr eintausend Pfund für die Geschichte von Marks Geliebten bot. Er nahm ihre

Ablehnung mit der Bemerkung entgegen, alles habe seinen Preis, doch mehr sei die Geschichte nicht wert. Er schien zu erwarten, daß sie sich dadurch herabgesetzt fühlen würde, ja, er machte sogar eine tröstliche Bemerkung: Wenn Mark als Schriftsteller bekannter wäre, dann würden mehr als tausend Pfund dabei herausspringen. Wenn es allerdings irgendeine Gerechtigkeit gäbe, dann *wäre* er natürlich bekannter. Es stellte sich heraus, daß er Mark bewunderte, weil der – nach *Im Westen nichts Neues* – das einzige Buch geschrieben habe, das wirklich sein Geld wert sei. Wenn er, Miles Tangin, Kritiker wäre, dann würde Mark Gerechtigkeit widerfahren, doch, der Himmel möge ihm vergeben, er sei nun mal Journalist. Doch nicht auf ewig: Er schreibe an einem Roman. Außerdem bewundere er Mark auch noch für seinen guten Geschmack (Martha verstehe das doch hoffentlich nicht falsch?). Das Haus müsse doch sehr leer sein, wenn Mark nicht da war? Martha solle nun mal nicht so gucken, im Krieg und in der Liebe seien alle Mittel erlaubt. Sowieso werde er später noch mal mit seinem Antrag antanzen – sie sei nun mal seine Kragenweite. Doch zunächst mal müsse er sehen, daß er weiterkam, er müsse los, aufs Land, Mark Coldridge auftreiben.

»Großbritannien ist aber ganz schön groß«, sagte Martha.

»Nein, Schatz, keineswegs. Wenn einer von diesen Oberklassentypen untertauchen will, dann geht er immer zu seinem alten Lehrer oder zu seiner Kinderfrau. Ich weiß, was sich in deren Köpfen abspielt.«

Er ging mit zuvorkommender Miene.

Sie rief Mark an, um ihn zu warnen. Doch es war bereits der erste Journalist bei Nanny Butts erschienen. Mark würde nach London zurückkehren.

Er kam am selben Abend. Er war bei seiner ehemaligen Schule gewesen, hatte dem Direktor die Lage erklärt, und Paul war bereits dort untergebracht.

Und jetzt, sagte Mark, sollen sie meinetwegen ruhig kommen. Er diktierte einen kurzen Text für die Presse, aus dem hervorging, daß er mit ganzer Seele hinter seinem Bruder stand, was immer dieser für Handlungen für richtig erachtet haben mochte. Als er gefragt wurde, ob er Kommunist sei, antwortete er, wenn ihn das zu einem mache, dann sei er einer.

Und nun herrschte Stille.

Mark war in seinem Arbeitszimmer, aus dem er kaum herauskam. In welcher Gemütsverfassung er sich befand, wußte sie nicht. Er wirkte kühl, schroff, wie er auftrat, aber auch erregt.

Sie hielt sich in ihrem Zimmer auf und versuchte, sich vorzustellen, was aller Wahrscheinlichkeit nach als nächstes passieren würde, um nicht von den Ereignissen überrascht zu werden. Die unmittelbar feststehenden Tatsachen waren, daß Francis bald zu Hause sein würde, nachdem er zweifellos eine schreckliche Zeit hinter sich hatte; Mark hatte zwar die üblichen wöchentlichen Briefe an ihn geschrieben, doch hatte er die Sensationsmeldungen nicht erwähnt, die wochenlang in sämtlichen Zeitungen gestanden hatten: Francis hatte die Zeitungen bestimmt gesehen. Paul, der sich im Schockzustand befand, war in eine Schule gesteckt worden, die, »progressiv« oder nicht, immer noch ein Internat war. Mark seinerseits stand, soweit sie das einschätzen konnte, unter Schock. Er beschäftigte sich mit Bestimmtheit nicht mit dem mittlerweile drängenden Finanzproblem.

Lyndas Klinikrechnungen waren unbezahlt. Dann war da Francis' – sehr teure – Schule, und nun noch die von Paul. Wollte man das alles vom Tisch haben, mußte Mark im nächsten Monat eigentlich ein paar tausend Pfund auftreiben. Doch kam er nicht einmal an ein paar tausend Schillinge heran.

Die Fabrik? Doch sie mischte sich nicht gern in Dinge ein, von denen sie nichts verstand. Dann kam eines Nachmittags Jimmy Wood, um Mark zu besuchen. Marks Tür war verschlossen. Folglich unterhielt sich Martha mit Jimmy.

Oder sagen wir, sie versuchte es. Sie waren in der Küche und tranken Tee und aßen Kuchen – machten alles, was normal und beruhigend war. Und da saß er, lächelnd wie immer, und ihm gegenüber sie, und sie versuchte, ihn zu verstehen. Sie hatte eingesehen, daß er ein menschliches Wesen war, das nicht nach dem vorherrschenden Modell konstruiert war, doch das half ihr nicht weiter. Wenn man Jimmy näherkam oder ihm näherzukommen versuchte, verstand man, wie man sich sonst auf andere Menschen einstellte. Sie waren wütend, sie waren erfreut, sie waren traurig, sie waren entsetzt. Sie mochten im Lauf eines Nachmittags alles Mögliche sein, doch in einem bestimmten Moment sprach man jeweils mit einem wütenden Menschen, einem ängstlichen Menschen: Man stellte sich auf einen Gemütszustand, eine Gefühlslage ein. Doch bei Jimmy Wood? Da saß er nun lächelnd, aß tüchtig Kuchen, wollte noch mehr und stand sogar auf, um den Kessel wieder zu füllen und aufzusetzen. So ging das eine ganze Zeit: Ein Mann genoß die Teestunde. Er war hergekommen, weil er etwas mitteilen wollte. Da Mark nicht zur Verfügung stand, teilte er es Martha mit. Doch was? Irgend etwas beunruhigte ihn. Seine Bewegungen waren die eines aufgeregten Mannes. Seine Augen waren hinter der eindrucksvollen Brille versteckt, und sein Mund, ein dünnlippiger, rosiger, geschwungener Mund, lächelte.

Regte er sich vielleicht darüber auf, daß Mark sich als Kommunisten bezeichnete? Martha streckte die Fühler in diese Richtung aus – doch nein. Da kam keinerlei Resonanz. Ja, das war es, was sie so aus dem Gleichgewicht brachte: Wo man bei anderen Menschen auf Resonanz stieß, kam bei ihm nichts. Er wollte die Fabrik verlassen und sich anderswo Arbeit suchen. Doch sagte er das völlig unbeteiligt – eine Tatsache, die sich nach vielleicht einer Stunde herauskristallisierte. Und weshalb? Er sprach von zwei Verträgen, die nicht erneuert worden seien. Wußte er, weshalb nicht? Er nahm an, daß das »ganze Gedöns wegen Mark in den Zeitungen« der Grund dafür sei. Doch darum ging es ihm nicht. War er denn der Meinung, daß die Fabrik würde schließen müssen? Nein, nicht unbedingt. Sie konnten sich noch monatelang, vielleicht ein Jahr über Wasser halten. Doch in einer Fabrik in Wales gab es einen Posten, der ihm zusagen würde. Martha wies darauf hin, wie sehr Mark sich aufregen würde, wenn er ginge. Sie hatten doch jahrelang zusammen gearbeitet. Soweit sie es dem maskenhaften Gesicht entnehmen konnte, setzte Jimmy das in Verlegenheit. Sie ließ nicht locker: »Er hat Sie sehr gern«, und sah sich immer nur dem mächtigen Babykopf, den funkelnden runden Brillengläsern und dem lächelnden rosigen Mund gegenüber. Sie fühlte sich ungeheuer unwohl. Er schenkte sich noch mehr Tee ein und pickte mit einem befeuchteten Zeigefinger energisch einzelne Korinthen auf.

Martha ging im Geist die verschiedenen Punkte noch einmal durch, die zur Sprache gekommen waren. Politik nicht – nein. Das war für ihn das Allerunwichtigste überhaupt. Geld nicht – das Geschäft würde vorübergehende Engpässe überstehen. Aufs Geratewohl sagte sie: »Mark wird wohl in ein paar Tagen wieder weiterarbeiten. Vielleicht sogar noch eher.« Und jetzt begann Jimmy, als hätte er nie etwas von Weggehen gesagt, von einem Apparat zu sprechen, den er und Mark zu bauen vorgehabt hatten. Es war, als hätte sie einen Schalter betätigt, der ihn wieder in Gang setzte. Aus seinen Bemerkungen, die ganz planlos, ja unzusammenhängend waren, ergab sich ein Bild von Mark und ihm, wie sie ganze Tage im Büro der Fabrik verbrachten, mit Blaupausen und wissenschaftlichen Unterlagen und ihren eigenen Phantasien – und redeten. Verhielt es sich also so, daß er das, beinahe selbst ein Apparat (so empfand sie es unwillkürlich), brauchte, daß man ihm etwas vorenthalten hatte, er einen Mangel empfunden hatte, den er jedoch gar nicht zu bezeichnen wußte – und daß er nun, da er gehört hatte, dieses Bedürfnis zu reden würde in absehbarer Zeit gestillt werden, willens war, so weiterzumachen wie bisher? Jedenfalls ging er nach ungefähr drei Stunden, nachdem er lächelnd bemerkt hatte, der Vorarbeiter habe gesagt, er hoffe Mark bald zu sehen, um ihm zu versichern, er und die Männer fänden, daß man ihm entsetzlich übel mitgespielt habe – sie würden jedenfalls zu ihm halten.

Martha schrieb auf ein Stück Papier: »Ich werde aus Deinem Jimmy Wood zwar nicht schlau, doch er sagt, der Vorarbeiter werde zu Dir stehen. Ich glaube, Jimmy geht demnächst weg, wenn Du nicht bald mit ihm redest.« Den Zettel schob sie unter der Tür des Arbeitszimmers durch.

Die finanziellen Probleme waren nicht gelöst worden.

Eins konnte man immerhin sofort tun: Die Kellerwohnung vermieten.

Martha schob einen weiteren Zettel unter der Tür durch, auf dem stand, daß Mark sofort an Lyndas Klinik schreiben und um Zahlungsaufschub bitten müsse – die letzte Rechnung war kategorisch gewesen.

Mark rief die Klinik an. Der Arzt regte an, Mrs. Coldridge doch vielleicht übers Wochenende nach Hause zu holen: Sie hatte einen Zukunftsplan, der Marks Mithilfe erforderlich machte und ihm vielleicht in finanzieller Hinsicht helfen konnte. Er selbst jedenfalls, sagte Dr. Lamb, sei geneigt zu sagen, daß es Lynda besser gehe; geheilt sei sie nicht, aber es gehe ihr besser.

Lynda kam übers Wochenende nach Hause. Sie war wie ein Gast. Mark kam aus seinem Arbeitszimmer heraus und war wie ein Gastgeber. Sie sagte, sie wolle die Klinik gern verlassen und ins Kellergeschoß einziehen. Nein, um ganz auf sich gestellt zu sein, dazu gehe es ihr noch nicht gut genug, doch sie könne es mit einer Freundin aus der Klinik teilen. Mit einem Lachen erklärte sie, sie glaube nicht, daß Mark ihre Freundin, Dorothy heiße sie, mögen werde. Manchmal möge sie sie auch nicht. Doch sie kämen miteinander aus.

Mark sagte, selbstverständlich würde er alles tun, was sie wolle.

Einen Augenblick später nahm sie ihre kleine Pillenschachtel an sich und ging zum Schlafen nach oben.

Später, Martha war eigentlich schon bereit, sich schlafen zu legen, machte ihr Gespür für die Dinge, die noch unausgesprochen geblieben waren, sich so stark bemerkbar, daß es sie in die Küche trieb. Dort saß Lynda in ihrem Morgenrock und hatte die Karten vor sich ausgebreitet.

»Wenn ich hier im Haus leben würde«, sagte Lynda und nahm damit das Gespräch wieder auf, »dann würde das nicht soviel kosten, nicht? Ach nein – ich will damit nicht sagen, daß ich Marks Frau sein möchte, das könnte ich nicht. Doch wenn ich hier im Haus wäre, dann wäre das doch besser, oder? Dann könnten die nicht behaupten, daß Sie ihn mir wegnehmen.«

»Wieso, sagen die Leute das?«

»Irgend etwas müssen sie ja wohl sagen, nicht?«

»Vermutlich. Doch wir hatten so viel mit dieser anderen Geschichte zu schaffen.«

»Ach ja, die Politik. Na gut, aber damit habe ich nun überhaupt nichts im Sinn. Das ist ja völlig bedeutungslos. Aber Dorothy hat ein bißchen eigenes Geld. Sie könnte etwas Miete bezahlen. Das wäre doch eine gewisse Erleichterung, meinen Sie nicht?«

Sie schob ihre Karten zusammen und summte ein Weilchen heiter vor sich hin. »Natürlich, da wäre auch noch Francis. Doch der hat ja ohnehin keine Mutter. Und ich dachte, es wäre besser, wenn er mich im Haus hat als überhaupt nicht – ich meine, seinen Freunden gegenüber.«

Wieder wurden Karten gemischt, wurde gesummt.

»Und wegen der Kleider. Ich hab doch das ganze Geld für Kleider auf dem Konto. Sie müssen dafür sorgen, daß er es nimmt. Das wollte er nämlich, wissen Sie – daß ich immer schön aussehe.«

»Ja, doch ich glaube nicht, daß er das annehmen wird.«

»Ich hätte nichts dagegen, wenn er sich von mir scheiden lassen würde. Ich weiß, daß das wirklich das Beste wäre. Doch er würde sich nie von mir scheiden lassen, ich weiß es.«

»Das stimmt.«

»Das ist für mich alles nicht von Bedeutung – das ist alles nicht das, was für mich wichtig ist.«

Und jetzt betrachtete sie Martha aus nächster Nähe, musterte sie. Sie saß vorgebeugt, das Kinn in die Hand gestützt und schaute. Vielleicht versuchte sie ja, etwas herauszufinden? Wollte sie vielleicht wissen, ob Martha erraten konnte, was im Leben für sie von Bedeutung war? Sie sah enttäuscht aus. Sie seufzte sogar und vollführte eine bockige kleine Geste der Enttäuschung, als sie sich wieder ihren Karten zuwandte.

»Sie können zu Bett gehen, wenn Sie möchten«, sagte sie, »ich fühle mich auch allein wohl.«

Das war am Freitag gewesen. Früh am nächsten Morgen rief Pauls neuer Direktor an und sagte, er hielte es für sinnvoll, wenn das Kind übers Wochenende nach Hause käme: Er und das Kollegium fänden, daß ihm das helfen könnte.

Sein Name war Edwards. Er schien tüchtig. Er klang beherrscht. Martha fand, er und seine Kollegen hätten jeden Grund, keineswegs so beherrscht zu sein, bei der Verfassung, in der Paul sich befand. Sie fand, es hätte ihm durchaus zugestanden, mehr zu sagen als bloß, daß »Paul ziemlich verwirrt wirke«.

Paul wurde auf dem Dorfbahnhof fünfzig Meilen entfernt in den Zug gesetzt und von Mark abgeholt. Als Paul aus dem Wagen stieg, ein blasses, abweisendes, schwarzäugiges verlorenes Kerlchen, steckte er bereits in der Uniform der progressiven Schulen – Jeans und Pullover. Er trat in das Empfangszimmer, wo Lynda saß, wie ein Gast wirkte sie in ihrem hellen Pelzmantel, und rauchte und ihre kleine Schachtel mit den Pillen bewachte.

Sie musterte Paul eine Weile, während er ihr gegenüber in einem Sessel hin und her rutschte. Dann lächelte sie ihm mit ihrem breiten, schönen Lächeln zu. Zögernd lächelte er zurück, ein eher tastendes Angebot. Langsam näherte er sich Lynda, drückte sich an ihr entlang und versuchte dann, auf ihren Schoß zu klettern. Doch sie hielt ihn davon ab.

»Ich lasse mich nicht gern anfassen«, sagte sie, »doch du kannst dich hierher setzen.« Sie wies auf den Platz neben sich. Er setzte sich dicht neben sie und wollte sich an sie schmiegen, wie er es bei seiner Mutter getan hätte. Doch Lynda scheute vor der Berührung zurück. Er spürte es und rückte ab, wobei er ihr forschend ins Gesicht sah, wie um daran abzulesen, wie weit er abrücken mußte. So saßen sie nebeneinander, und zwischen ihnen war eine Lücke.

Martha und Mark beschäftigten sich angelegentlich mit den Teevorbereitungen. Wahrscheinlich dürfte so etwas wie das gar nicht passieren. Doch dann dürfte sowieso nichts von all dem passieren, was gegenwärtig geschah.

»Weshalb läßt du dich denn nicht gern anfassen?«

»Weil ich krank bin.«

»Meine Mutter hatte das gern.«

»Ich bin aber nicht wie deine Mutter.«

»Sie ist tot.«

»Sie hat sich umgebracht«, sagte Lynda.

»Weshalb hat sie das gemacht?«

»Manche Menschen leben nicht gern.«

»Hatte sie mich denn nicht gern?«

»Doch, sehr«, sagte Lynda.

»Ich glaube nicht, daß sie mich gern hatte. Sonst hätte sie sich doch nicht umgebracht!«

»Das kann man daraus nicht schließen.«

»Doch, kann man wohl.«

Lynda hatte sich anders hingesetzt, so daß sie Paul jetzt mit einem direkten, gelassenen Lächeln anschaute. Und er saß vorgebeugt und starrte hinauf in ihr wahrheitskündendes Gesicht.

»Hat mein Daddy denn nicht gern gelebt?«

»Das sagst du wohl, weil du denkst, daß er tot ist?«

»Ja, er ist tot.«

»Nein, ich glaube nicht, daß er tot ist.«

»Ist er wohl! Ich weiß es.«

Ein Tränenausbruch stand bevor, doch Lynda machte keinen Versuch, ihn aufzuhalten.

»Nein. Es könnte zwar sein, doch wir glauben das nicht. Und es ist gut möglich, daß er wiederkommt.«

»Er kommt bestimmt nicht wieder, weil er mich nicht mag.«

»Du nimmst dich selbst viel zu wichtig«, sagte die kranke Frau zu dem verzweifelten Kind. »Dein Daddy hatte eine bestimmte Arbeit vor. Die war wichtig. Wenn er weggegangen ist, dann nicht deinetwegen und nicht wegen deiner Mutter.«

»Hat meine Mutter sich umgebracht, weil er weggegangen ist?«

»Nein. Er ist weggegangen, und sie hat sich umgebracht – die beiden Dinge sind gleichzeitig geschehen.«

»Wie hat sie sich denn umgebracht?«

»Sie hat aufgehört zu atmen.«

»Könnte ich das auch?«

»Ja, wenn du es wolltest.«

»Willst du das auch?«

»Manchmal.«

»Und wirst du es machen?«

»Nein.«

»Und warum nicht?«

»Weil ich jedesmal, wenn ich es eigentlich möchte, beschließe, am Leben zu bleiben und abzuwarten, was als nächstes passiert. Das ist doch interessant.«

Er ließ ein erschrecktes Lachen hören und schien sich wieder an sie schmiegen zu wollen. Seine Hand berührte ihre, und er fühlte, wie sie sich entzog. Brav legte er beide Hände auf die Knie.

»Die anderen Kinder in der Schule, die haben Vater und Mutter, und da fahren sie in den Ferien hin.«

»Tja, du hast nun eben keine.«

»Und weshalb nicht?«

»Das habe ich dir doch gesagt.«

Sie bemerkten, daß sein Gesicht rot geworden war und er den Mund zusammenkniff.

Lynda versetzte ihm einen Klaps. »Laß das! Davon stirbst du nicht.«

»Doch, wenn ich will.«

»Jedenfalls ist es albern. Jetzt bist du unglücklich, doch wer weiß, vielleicht bist du ja später glücklich.«

»Bin ich unglücklich?«

»Ja, du bist sehr unglücklich.«

»Das will ich aber nicht.«

»Das glaube ich gern. Doch du bist es.«

Sie lächelte und stand auf. Sie nahm sich eine Tasse Tee vom Tablett und süßte ihn. Dann ging sie mit der Tasse auf die Tür zu.

»Weshalb gehst du denn weg? Kann ich mitkommen?«

»Nein. Ich kann nicht lange mit anderen Menschen zusammen sein. Ich bin nämlich krank.«

»Und wo bist du krank?«

Und nun kam ein schlimmer, quälender Augenblick, der wie ein Schock wirkte: »Ich muß mich in acht nehmen. Ich muß auf der Hut sein«, sagte sie, »und deshalb bin ich eben krank.« Er war zu ihr gestürzt, stand nahe bei ihr und schaute zu ihr hinauf. Sie beugte sich zu ihm hinab, riß die Augen auf und lächelte ihm heimlichtuerisch direkt ins Gesicht: »Ich weiß bestimmte Dinge, verstehst du! Das mögen die nicht.«

Er sah ängstlich aus, schreckte zurück. Der kleine rührende Junge stand und starrte zu der großen Frau hinauf. Und sie fühlte, daß sie etwas falsch gemacht hatte. Ihr Lächeln schwand. Sie sah krank und bekümmert aus.

Doch er brauchte sie zu sehr, um Angst vor ihr zu haben. Ehe sie noch draußen war, war er schon wieder bei ihr. Bemüht, sie nicht zu berühren, stellte er sich so dicht vor sie, wie es ging.

»Lynda, Lynda! Bist du jetzt meine Mutter?«

»Nein. Du hast keine Mutter.«

»Bist du Francis' Mutter.«

»Ja. Ich glaube wohl. Nicht wirklich. Ich eigne mich nicht gut dafür, so etwas zu sein. Manche Menschen sind so.«

Er ließ den Kopf hängen und steckte den Finger in den Mund.

»Doch ich bin deine Freundin, Paul! Möchtest du das?«

Er nickte bloß und schaute sie nicht an. Dann warf er ihr einen verängstigten Blick zu und bemerkte wieder ihr wunderbares Lächeln. Langsam verklärte sich seine Miene.

Sie ging in ihr Zimmer. Später ging Paul zu ihr und durfte auch hinein. Er blieb etwa eine halbe Stunde bei ihr. Sie wußten zwar nicht, was die beiden gesagt oder empfunden hatten, doch Paul war die ganze Zeit fröhlich, während er sein Abendbrot aß, und dann bat er Mark, ihm eine Geschichte zu erzählen. Als sie zu Ende war, sagte er, am nächsten Morgen würde er gern zur Schule zurückfahren.

Mark brachte ihn im Auto hin. Als er zurückkehrte, richtete sich Lynda in der Kellerwohnung ein.

Er rief die Klinik an.

Mark sagte zu ihr: »Die finden, du habest dich enorm erholt.«

Er schaute zu, wie Lynda und Martha das Bett für Lynda zurechtmachten. In Wirklichkeit wollte er damit sagen: Vielleicht wirst du ja doch noch völlig gesund und kannst wieder meine Frau sein.

Doch Lynda lächelte ihm zu und sagte: »Was für gräßliche Dummköpfe das sind! Solche Dummköpfe! Naja, Gottseidank, kann ich nur sagen.« Sie lachte verächtlich. Sie lächelte den ganzen Abend verächtlich vor sich hin, murmelte jedoch ein-, zweimal: »Aber trotzdem muß ich mich in acht nehmen.«

Sie traute sich nicht zu, allein im Kellergeschoß zu sein. Martha zog nach unten und schlief ein paar Nächte im Wohnzimmer. Dann jedoch kam Dorothy, Lyndas Freundin, und zog zu ihr. Sie war eine Mrs. Quentin, doch, wie es schien, lebte ihr Gatte mit einer anderen Frau irgendwo in Irland. Sie war eine stattliche, dunkelhaarige Frau mit langsamen Bewegungen, die sehr besorgt darum war, welchen Eindruck sie wohl auf andere machte, und gern scherzte. Sie besaß eine beachtliche Menge Schnickschnack, den sie überall in der Wohnung unterbrachte, ehe sie noch ihre Kleider ausgepackt hatte. Weder Mark noch Martha fiel es leicht, sich vorzustellen, was Lynda und sie verbinden mochte.

Doch Lynda war froh, sie bei sich zu haben, stieß sich nicht an den bestickten Samtherzen, den an die Wand gepinnten Titelbildern von Illustrierten, den Puppen, stieß sich auch nicht an der besitzergreifenden Art ihrer Freundin. Es schien, daß sie es gern hatte, wenn Dorothy sie aufforderte, dies zu tun und jenes zu tun, es gern hatte, wenn Dorothy zu Mark sagte: »Ich glaube, es wird Zeit, daß Lynda ins Bett kommt.«

Mark gefiel das nicht. Einmal schaute Lynda, als Dorothy ihr gebot, ihre Tabletten zu nehmen, hinüber zu Marks feindseligem Gesicht und lachte ungeniert los. Es war eine Art Triumph.

Lynda wollte Dorothy als Schutz gegen Mark hier haben, als Schutz davor, Marks Frau sein zu müssen.

Wenn Mark oder Martha ins Kellergeschoß hinunterstiegen, um ihre Hilfe oder ihre Gesellschaft anzubieten, dann wurden die beiden Frauen zu einem Bollwerk der Abwehr, hinter dem sie sich verschanzten und das alle anderen ausschloß. Sie tauschten intime Scherze und machten Anspielungen auf die Klinik. Sie hatten etwas von zwei Schulmädchen, die ganz in einer weltfeindlichen Freundschaft aufgehen.

Kurz gesagt, daß Lynda jetzt wieder da war und mit einer Freundin, die Geld hatte und etwas Miete zahlen konnte, im Kellergeschoß wohnte, hatte gewisse Auswirkungen auf die Finanzen des Haushalts, aber sonst änderte sich dadurch nicht viel.

2 Die schlimme Zeit dauerte nun schon – doch eine der Eigentümlichkeiten einer schlimmen Zeit ist, daß sie endlos zu sein scheint. Ganz gewiß ragte alles, was geschah, ragten die Ereignisse schon lange nicht mehr als unerfreuliche Unglücksfälle, als Vorboten heraus. Das Leben als Ganzes war lastend geworden, gemein und von Furcht beherrscht. Martha versuchte bisweilen, sich im Geist an Orte, in Zeiten zurückzuversetzen, wo die Dinge noch normal gewesen waren (doch was meinte sie eigentlich damit?), aber es gelang ihr nicht. Ihr Gedächtnis war ein Gefangener des Gegenwärtigen. Und wenn sie nach vorn zu blicken versuchte, denn schließlich mußte dies hier sich einmal ändern, da alles sich änderte, dann konnte sie nichts anderes sehen als eine Verschlimmerung. Der vergiftete Fluß würde sich tosend über alles ergießen wie über einen felsigen Katarakt – doch keineswegs in einen Teich der Stille münden. Wahrscheinlich würde es wieder Krieg geben. Doch so etwas überhaupt zu denken, bedeutete, daß sie überhaupt nichts aus dem Krieg gelernt hatte, der doch erst vor so kurzer Zeit zu Ende gegangen war. Es gab ja augenblicklich in einer anderen Weltgegend, von der vorher noch niemand etwas gehört hatte, Krieg: in Korea. Ein abscheulicher Krieg. Und wenn sie Koreanerin wäre, dann würde sie jetzt nicht sagen: Es wird Krieg geben. Und wenn sie in Amerika lebte – naja, von dort aus betrachtet, nähme sich England geradzu idyllisch aus. In Amerika hätte sie bestimmt ihre Arbeit verloren, säße sie wahrscheinlich im Gefängnis. Dort hätte sie den Wunsch zu emigrieren, vorausgesetzt, sie bekäme einen Paß, was zweifelhaft wäre. In ein liberales Land wie England. Das so viele Amerikaner als sichere Zuflucht empfanden.

Doch die befanden sich auch nicht in einem Haus wie diesem.

Nichts konnte Martha daran hindern zu gehen. Sie brauchte nur ihre Koffer zu packen und das Haus zu verlassen. Ja, und weshalb tat sie es dann nicht? Sie konnte nicht – ebensowenig, wie sie es anfangs hatte verhindern können, hierherzukommen. Außerdem, wo sollte sie denn hin? Beispielsweise war sie etliche

Male in dem Haus von Marks alter Kinderfrau auf dem Land gewesen, um Francis zu besuchen, ihn hinzubringen oder nach Hause zu holen. Das Haus dort in seinem alten Dorf mit seinen ruhigen Bewohnern, das war England, wie man es sich immer vorgestellt hatte. Wenn man einmal davon absah, daß zehn Meilen entfernt ein Militärgelände lag, wo geheime neue Atomwaffen entwickelt wurden; und vierzig Meilen entfernt in einer anderen Richtung befand sich eine Fabrik, wo Gase und Gifte für den Kriegsgebrauch hergestellt wurden. Mary Butts und Harold Butts pflegten ihren Garten, bauten Gemüse an, hielten Hühner und schenkten Francis frische Eier und Blumen, die er in die Großstadt London mitnehmen sollte – die sie nicht mochten: Es sei ihnen zu laut, sagten sie. Sie waren ein Ehepaar in den Fünfzigern. Harold Butts war immer schon Gärtner gewesen; viele Jahre lang bei Margaret. Mary Butts war immer Kinderfrau gewesen. Sie hatten den Coldridges gedient, solange sie noch in Stellung waren, und sie dienten ihnen auch während ihres Ruhestands weiter. Es waren unendlich freundliche und gutherzige Menschen. Auch Martha, einer Freundin des jungen Mark, begegneten sie mit Freundlichkeit und baten sie, doch zu bleiben. In dem Schlafkämmerchen eines Häuschens, das den ganzen Sommer über nach den Blumen duftete, die Harold Butts zog, lag Martha und dachte: Ja, das ist England, das meinten sie, wenn sie England sagten. Das ist es, was mein Vater gemeint hat: An so einem Ort ist er aufgewachsen. Die Butts erwähnten nie die Todesfabriken, die so nah waren. Einmal ist England für die, die es nie verlassen haben, kein kleines Land, und zehn Meilen, vierzig Meilen sind große Entfernungen. Zum anderen waren das Menschen, die nicht verstanden, daß . . . was? Harold Butts hatte im Ersten Weltkrieg gekämpft. In Frankreich. Doch grauenhafte Dinge, Anarchie kamen in anderen Ländern vor, nicht in England.

Hätte Martha in jenem Häuschen gelebt, sie hätte diese Fabriken nicht vergessen können. Wenn sie in dem blumenduftenden Schlafzimmer wachlag, die Butts schlummerten hinter der einen, Francis hinter der anderen Wand, dann kam sie nicht umhin, über den Unterschied zwischen den beiden und sich selbst nachzudenken. So wie sie war, würde es keinen Unterschied machen, ob sie nun hier bei den Butts blieb und sich in dem hübschen Dorf Arbeit suchte. Sie konnte genausogut in das Haus nach London zurückkehren. Die Butts waren eine Zuflucht, sie standen dafür, daß es eine heile Welt geben konnte. Gemeinheit prallte von ihnen einfach ab. Ganz zu Anfang der schlimmen Zeit waren sie von einem Mann namens Bartlett aufgesucht worden. Der Besuch hatte sie verstört. Mary Butts hatte Mark einen Brief geschrieben: »Er schien ein recht netter Herr zu sein, doch Mr. Butts fand, es stehe ihm nicht zu, hinter Ihrem Rücken Fragen über Sie zu stellen. Mr. Butts hat zu ihm gesagt, solche Dinge möge er doch besser Mr. Coldridge fragen. Das hat er ihm klipp und klar gesagt. Liebe Grüße von uns beiden an den kleinen Francis. Hochachtungsvoll, Ihre Mary Butts.«

Ehe Mark dieser Brief erreichte, war er bereits von Mr. Bartlett aufgesucht worden, der sich der üblichen Verkehrsformen bediente, um den Weg zum Tee im Empfangszimmer zu finden. Er sagte, er sei ein alter Freund von James, dem verstorbenen Bruder. Mark bot Tee und Kuchen an und sprach mit einem Mann, der James in Cambridge gekannt hatte. Margaret hatte er ebenfalls einen Besuch abgestattet. Er war ein alter Spezi von Margaret – wer war das schließlich nicht? Ottery Bartlett plauderte über seine letzten Begegnungen mit Margaret, und Mark, von Natur aus keineswegs ein argwöhnischer Mensch, wartete, daß er mit seinem Anliegen herausrückte. Vielleicht interessierte er sich ja für Literatur? Sollte er vielleicht etwas für ein Buch tun, das er geschrieben hatte? Mr. Bartlett kam auf Colin zu sprechen. Eine Zeitlang erörterten sie aufs freundlichste den himmelweiten Unterschied zwischen der Einschätzung Colins als Spion und seiner eigenen Einschätzung dessen, was er getan hatte (wenn er etwas getan hatte), daß er sich nämlich sinnvollerweise an einem Austausch von wissenschaftlichen Informationen zwischen Kollegen beteiligt hatte.

Aus der Teezeit wurde die Apéritifzeit, die alsbald in die Essenszeit überging. Martha kochte und stellte ein improvisiertes Abendessen auf den Tisch, an dem sie auch teilnahm. Sie hatte andere Dinge im Kopf und dachte nicht weiter über Mr. Bartlett nach, außer, daß es nett für Mark sein mußte, daß endlich einer der alten Freunde der Familie bereit war, ihn zu besuchen. Denn Mark war offensichtlich gerührt: Die Herzlichkeit, mit der er Mr. Bartlett bedachte, zeigte Martha, wie stark er seine Isolation gespürt haben mußte. Während des Abendessens sprachen sie über Sally-Sarah und Marks Beziehung zu Paul. Mr. Bartlett hatte Mitleid mit Lynda – er hatte sie vor langer Zeit einmal kennengelernt –, und er zeigte teilnahmsvolles Interesse für Marthas Anwesenheit im Haus. Nach dem Essen ließ Martha die beiden Männer mit ihrem Brandy allein. Spät nachts, sie war fast schon im Bett, war Mark in ihr Zimmer geplatzt und hatte verlangt, daß sie sofort ins Arbeitszimmer herunterkam. Gerade eben war ihm ein Licht aufgegangen – alles paßte genau zusammen. Was für ein unglaublicher Trottel er, Mark, doch war: Hundertmal im Lauf des Nachmittags und des Abends hätte er sehen können, was Ottery Bartlett für einer war, wenn er seine Sinne beieinander gehabt hätte. Jetzt brauchte er Martha, um die Unterhaltung mit ihm zu rekonstruieren. Er befand sich jenseits einer normalen Wut, im Zustand krankhafter, wutschnaubender Raserei, so daß er immer wieder in unverständliche Ausrufe und Protestgeschrei ausbrach. Sie konnten keinen klaren Gedanken fassen. Sie konnten nicht das Geringste besprechen in jener Nacht: Mark hatte getrunken, bis er nur noch lallen konnte. Was ihn am meisten empörte, war, daß dieser Mensch James benutzt hatte, die Familie, um sich Einlaß zu verschaffen.

Am nächsten Tag kam der Brief von Nanny Butts, und der Zorn erhielt neue Nahrung. Als er sich etwas gelegt hatte, konnten sie endlich besprechen, was vorgefallen war.

Der Mann war wahrscheinlich vom Außenministerium, konnte jedoch ebensogut von einem der etwa sechs Geheimdienste sein, die in England tätig waren. Er hatte einmal Hilary

Marsh erwähnt, doch das bewies noch nichts. Ohnehin war es nicht wichtig. Die (wer?) nahmen an, Mark wisse, wo sein Bruder sich aufhielt. Oder wenn nicht das, dann, daß er wenigstens in Verbindung mit ihm stand. Und daß er wahrscheinlich heimlich Mitglied der Kommunistischen Partei war. In dem Fall konnte es sein, daß er nebenher nützliche Informationen über die Kommunistische Partei liefern würde. (Und wäre er Mitglied gewesen, dann hätte er das auch bestimmt getan, so unglaublich vernagelt, wie Mark einen ganzen Nachmittag und einen Abend lang gewesen war.) Am Ende konnte Mark dann, wenn man es nur richtig anstellte, vielleicht Agent für Großbritannien werden, ob er nun Mitglied der Kommunistischen Partei war oder nicht. Bis zu diesem letzten Punkt drangen Mark und Martha mit ihren Überlegungen ein paar Tage lang gar nicht vor. Doch als sie immer wieder durchgingen, was an jenem Tag geredet worden war, stießen sie mit der Nase auf ein Dutzend Augenblicke, wo das Gespräch – auf sehr behutsame Weise natürlich, nur andeutungsweise – diesen Punkt berührt hatte.

»Ein Spion!« sagte Mark. »Ich! Ein Spion!«

Und ebenso, Martha sah es richtig vor sich, hatte Colin wahrscheinlich reagiert, als er sich seiner Version eines Ottery Bartlett gegenübersah: Was! Ich? Colin Coldridge – ein Spion?

Und einige Stunden lang drehte Mark wieder und wieder das unglaubliche Faktum um und um, besah es von allen Seiten: Hilary Marsh, Ottery Bartlett, das waren doch Ehrenmänner! Und doch waren sie bereit, solche Aufgaben zu übernehmen! Er konnte es nicht glauben. Es war eindeutig, daß er es nicht begriff.

Dieser Vorfall war es, der ihn abermals für eine Woche stummen Unglücks in sein Arbeitszimmer trieb, wo eine Flasche Cognac auf die andere folgte. Und dieser Vorfall, der Besuch von Ottery Bartlett, war es auch, dem sie einen ganz neuen Menschen verdankten. Bis dahin war er der Mark Coldridge gewesen, den Martha kennengelernt hatte – ständig unter Anspannung; zutiefst unglücklich, aber doch er selbst.

Es gibt eine bestimmte Art Engländer: Wenn er erfährt, daß sein Land (wie jedes andere) Spione einsetzt; oder (wie jedes andere) Telefone anzapft, Briefe öffnet und Akten über seine Bürger führt; oder (wie jedes andere) Polizisten beschäftigt, die Bestechungsgelder nehmen, Verdächtige verprügeln, Informationen manipulieren usw., dann erleidet er einen Nervenzusammenbruch. In extremen Fällen geht so ein Mann ins Kloster oder konvertiert von heute auf morgen – zu irgendeinem Glauben, der sich gerade anbietet.

Der Engländer dieses Schlages ist in anderen Ländern natürlich schon generationenlang Gegenstand amüsierter und durchaus liebevoller Betrachtungen. Manchmal waren sie aber auch nicht so amüsiert oder liebevoll.

In jener Woche trat Martha in das Arbeitszimmer, wo Mark rotäugig und halbbetrunken auf und ab und im Kreis herumlief, um ihm die folgende Geschichte zu erzählen, der sie irgendwo einmal begegnet war.

Irgendwann im Verlauf des Zweiten Weltkriegs war ein bestimmtes Mitglied eines gewissen Britischen Geheimdienstes beauftragt worden, nach (sagen wir:) Istanbul zu fahren, um Erkundigungen über die mutmaßlichen Absichten der Russen in bezug auf dies oder jenes einzuholen. Der Ort, an dem er diese Informationen mit der größten Wahrscheinlichkeit erhalten würde, so sagte man ihm, sei das Bett einer britischen Beamtengattin. Sie hatte sich in der Vergangenheit als wahrer Born der Information erwiesen und war so indiskret wie schön. Einem Russen konnte sie einfach nicht widerstehen. Der Held dieser Geschichte brach pflichtgemäß nach der fraglichen Stadt auf, kehrte jedoch zum festgesetzten Termin nicht zurück. Er wurde herbeigerufen. Als er wieder in London war und von seinen Vorgesetzten befragt wurde, gestand er, daß er nichts in Erfahrung gebracht hatte. Doch, die Dame beginne, ihn zu reizen, sagte er. Aber ihr Lebenswandel stoße ihn ab, und außerdem habe er jahrelang mit dem Gatten zu tun gehabt.

Mark fand das nicht amüsant. »Völlig recht hatte er«, sagte

er. Und kehrte zu seinem Brandy, seinem Zorn – und seiner Krankheit zurück. Zum erstenmal im Leben hatte er Migräne.

Martha wiederum kehrte zu ihren Reflexionen über Marks Charakter zurück. Als Hilary Marsh zur Wahlparty gekommen war, hatte er eine alte Freundschaft dazu benutzt, um zu spionieren. Mark war wütend gewesen, doch mehr über seine Mutter als über Hilary Marsh. Als Hilary Marsh seine Mutter und eine alte Freundschaft benutzen wollte, die Witwe Ashe ins Kellergeschoß einzuquartieren und Mark auf diese Weise nachzuspionieren, da war Mark wütend gewesen. Doch es hatte des wirklichen Besuchs von Ottery Bartlett, der sich eine alte Freundschaft zunutze machte, in Marks Haus bedurft, um ihn mehr als wütend zu machen.

Wenn man einmal annahm, Ottery Bartlett wäre nicht gekommen, hätte die Butts nicht aufgesucht, wäre Mark dann der Mark geblieben, der voller Hohn über »die Genossen« redete, denen er nicht von hier bis an die Wand traute? Sehr gut möglich.

Nachdem er eine Woche krank und halbbetrunken gewesen war, rief er einen Mann an, einen Freund seines Bruders Colin, einen Kommunisten. Er fuhr zu ihm und blieb ein verlängertes Wochenende. Das folgende Wochenende kam Freddie Postings zu Besuch, und mehrere seiner Freunde verbrachten den Sonntagnachmittag und -abend in Marks Arbeitszimmer. Martha war nicht dabei. Sie wurde mit kühler Freundlichkeit behandelt. Mark hatte eine plötzliche, dramatische Bekehrung durchgemacht, und Martha war imstande, sie durch ihre rasch aufeinanderfolgenden Stadien hindurch zu verfolgen, bis sie, soweit sie sehen konnte, mit der identisch war, die sie selbst vor zehn Jahren durchgemacht hatte. Als sei es ihm wie Schuppen von den Augen gefallen, richtete Mark den Blick auf die Mängel seines eigenen Landes, die er zuvor nicht bemerkt, heruntergespielt oder deren Existenz er nicht für möglich gehalten hatte. In sich selbst, wie er bislang gewesen war, erblickte er einen Heuchler, einen absichtlich Verblendeten und auf jeden Fall einen Menschen, den die Leiden anderer kalt ließen. Er hatte einen neuen Standpunkt, einen neuen Wortschatz, neue Freunde. Er machte mit seiner neuen Person, aufgrund eigener Erfahrung, den Prozeß durch, der Nationen oder Parteien oder Menschen affizieren kann und sich darin ausdrückt, daß man alles, was an einem selbst gut ist, mit einer guten Sache identifiziert, und alles, was schlecht ist, mit dem Feind. Das Interessante an Marks Konversion war jedoch, daß der gegenwärtige Augenblick nicht zuließ, daß man die eigene Sache als vollkommen ansah und daß das halbe Dutzend Männer und Frauen, die jetzt ins Haus kamen, dem Wenigen nach zu urteilen, was Martha von ihnen zu sehen bekam, nicht der Typ von Kommunisten waren, denen eine solche Einstellung zuzutrauen war. Dabei benutzte Mark, wenn sie sich beim Frühstück trafen oder bei Gesprächen über Lynda und die Kinder, eine Sprache, die ihrer eigenen von vor zehn Jahren glich. Er war in eine bestimmte Person umgestiegen, oder, wenn man so will, in einen bestimmten geistigen Zustand, und er lebte darin.

Und geradeso, als habe er Martha gegenüber niemals eingewendet, daß er politische Vereinfachungen nicht ertragen könne oder auch Parteilichkeit, als habe er niemals den Roman geschrieben, worin das, was Hilary Marsh und Ottery Bartlett vertraten, als selbstverständlich galt, war er »der Anwalt« geworden. Martha erkannte, daß diese Haltung, die die ihre gewesen war, wenn auch bereits geschwächt, als sie ins Haus kam, und in den Diskussionen mit Mark nur für kurze Zeit noch einmal entschiedener hervorgetreten war, von ihm übernommen worden war. Wenn sie ihn jetzt anschaute, dann sah sie sich selbst, wie sie früher gewesen war: zornsprühende Augen, wütend, ausfallend, unfähig zuzuhören.

Sie hatten die Rollen getauscht.

Während der Zeit, es waren ein paar Monate, in denen Mark sich in diesem Zustand befand, war sie zum größten Teil seine Sekretärin. Sie kümmerte sich ums Haus, versuchte, nicht sonderlich geschickt, für die Kinder da zu sein und schaffte es, den

Roman über die Stadt in der Wüste vor der Vernichtung zu bewahren.

Er hätte ihn am liebsten zerfetzt. Er konnte gar nicht begreifen, wie er solchen »Elfenbeinturm-Quatsch« hatte schreiben können.

Martha nahm sich das Manuskript vor. Er hatte eine endgültige Fassung abgeschlossen, ehe der »Anwalt« auf den Plan getreten war. Es war ein kühler, unbeteiligter Bericht, nach Art einer historischen Chronik, über Wohl und Wehe einer Stadt und die Richtlinien, nach denen sie regiert wurde, sowie über den Neid derer, die um sie herum lebten und nicht zu ihr gehörten und die immer stärker wurden und sie schließlich überrannten, zerstörten und die mindere Kopie dessen errichteten, was sie zerstört hatten. Hieran waren noch einige geringfügige ordnende Änderungen nötig, Kleinigkeiten zu streichen, die jedoch aus der letzten Zeit stammten. »Der Anwalt« hatte einige Zusätze gemacht. Die waren roh und ausfällig und gefühlsgeladen, Textfetzen, die in Form von handschriftlichen Zusätzen in die getippten Seiten eingefügt waren. Er hatte bestimmte Episoden aus der Geschichte herausgenommen und erweitert, um bestimmten Figuren psychologische Tiefe zu verleihen. »Ich habe versucht, etwas Leben in das verdammte Ding zu bringen«, sagte er zu Martha, »das verdammte Ding war ohne jeden Saft.« Das Dumme war nur, daß »Leben« oder gar »Saft« in jener Geschichte keinen Platz hatten, oder jedenfalls nicht in dieser Form. Wenn man die Geschichte jetzt las, also mit den Zusätzen aus der letzten Zeit, dann hatte man das Gefühl, einer Schlacht zwischen zwei verschiedenen Persönlichkeiten zuzuschauen.

Sie sagte Mark das, und er antwortete: »Ich bin an subjektiver Kritik nicht interessiert.« Dieser Satz bedeutete in diesem Zusammenhang gar nichts: Er war zur Zeit in linken Kreisen gängige Münze. Phoebe benutzte ihn ebenso wie, sagen wir, Stalin.

Jetzt fiel Martha jenes alte Manuskript oder der Stoß ameisenzerfressener Aufzeichnungen wieder ein, den sie mit nach

England genommen hatte, weil sie nicht gewußt hatte, was sie sonst damit hätte machen sollen. Das Manuskript hatte die ganze Zeit in einem Koffer auf dem Dachboden gelegen. Sie holte es herunter und legte es neben das Manuskript von *Eine Stadt in der Wüste*. Thomas' Vermächtnis. Marks Buch. Und das Interessante war: Die Einfügungen in den ursprünglichen Text, die Mark gemacht hatte, ihre hitzige, unbeholfene Gefühlsbetontheit, glichen zum größten Teil dem, was Thomas geschrieben hatte. Sie waren derselben Quelle entsprungen, hatten dieselbe Wellenlänge. Irgendwo bewohnten die beiden außerordentlich verschiedenen Menschen Mark und Thomas denselben Ort und hatten dort Verbindung miteinander. Vielleicht war dies gemeinsame Terrain nur klein, denn Thomas' stärkster Zug, der höhnische Zorn, der Nihilismus, kam bei Mark nicht vor. Marks Einschübe, die man dem Ganzen zuliebe würde rausnehmen müssen, waren in roter Tinte gekritzelt. Thomas' Zusätze und Überschriften mit Rotstift geschrieben. Von hier aus, von diesem Ausgangspunkt war Thomas Wahnsinn und Tod entgegengegangen. Und Mark? Jedenfalls war das eine Art Abstieg, ein Sicheinlassen. Bücher zu schreiben wie *Eine Stadt in der Wüste* oder das Kriegsbuch, beide kühl, distanziert, unbeteiligt, mußte man sich erarbeiten; man mußte so ein Mensch sein. Mark war es nicht. Zumindest noch nicht. Wahrscheinlich würde er als nächstes ein unbeholfenes, krudes Buch schreiben. Wenn Menschen ein neues Gebiet in sich selbst erschließen, etwas Neues zu tun anfangen, dann muß das zunächst ungeschickt und unbeholfen geschehen, wie wenn ein Baby zu laufen anfängt ... Diese Überlegung rührte an eine Antenne ihres Gedächtnisses: Das hatte sie doch schon einmal gedacht – aber wann? Oder jedenfalls etwas Ähnliches. Jack – sie mußte an Jack denken. Sie war irgendwohin gegangen – zu Jack? Ihr war schon einmal aufgegangen, daß das Neue, eine Offenbarung, sich auf dem Weg durch eine Zone des Chaos, des Konfliktes einstellen mußte. Einen anderen Weg gab es nicht.

Sie sagte zu Mark, wenn er ihr nicht ausdrücklich untersage, das Manuskript an die Verlage zu schicken, dann werde sie es tun, nachdem sie die plumpen Zusätze wieder herausgenommen hätte.

Er widersetzte sich nicht und murmelte bloß, es sei vermutlich auch nicht schlechter als die meisten anderen, und so schickte sie es los. Sie hatte angenommen, daß er mit den Fahnen und den Einzelheiten der Veröffentlichung nicht würde behelligt werden wollen, doch er tat diese Arbeit selbst und offensichtlich mit Interesse. Allerdings mit der wütenden Energie, mit der er während dieser ganzen schlimmen Zeit alles anging. Monatelang schlief er kaum. Jeden Morgen war er gegen fünf Uhr auf, um zu lesen und sein Wissen zu erweitern. Er sei entsetzlich unwissend, behauptete er, er wisse nichts. Er studierte Wirtschaftslehre und Geschichte, d. h. Geschichte, die noch inoffizielle Geschichte, also noch lebendig ist – die nicht gelehrt, noch nicht zitiert oder von einer Schule akademischen Denkens vertreten wird. Sein Arbeitszimmer war voll: Bücher von Journalisten, Reportageromane, Zeitungsnachrichten und Statistiken, geordnet nach bestimmten Gesichtspunkten, und Dokumentationen, gewöhnlich schlecht hektographiert oder getippt, wie sie politische Gruppen herausbringen, deren Ansichten nicht populär sind. Und wie Martha ein Jahrzehnt früher bekam er eine Ahnung von der jüngsten Geschichte, die der Schatten oder das Gegenbild dessen war, was gelehrt wurde – was selbst an seiner Schule gelehrt worden war, so »progressiv« sie auch war.

Gleichzeitig versuchte er in den Stunden, wenn alles noch schlief, einen Gegenstand für einen neuen Roman zu finden – einen, den er billigen konnte. »Ich will über irgend etwas Wirkliches schreiben!« sagte er grimmig zu Martha. Mit feindseligem Unterton: Denn sie war die Feindin innerhalb der eigenen Mauern; sie war für das »unrealistische« Buch *Eine Stadt in der Wüste* verantwortlich, dessen Fahnen er gerade mit soviel Energie korrigierte. Mit Martha, der Feindin, diskutierte er mögliche Themen. Er dachte eine Weile daran, Mary und Harold Butts zum Thema eines Romans zu machen. Denn er sah sie als Opfer der Coldrigdes, ihrer Unterdrücker. Doch nach einem Wochenende mit Butts und seinem Sohn Francis kam er zurück und sagte: Es sei sinnlos, über solchen feudalistischen Quatsch zu schreiben – das sei hier ein Industrieland. Seine Vormittage verbrachte er bei Jimmy in der Fabrik, teilweise mit Gesprächen, die der Treibstoff für Jimmys Erfindungsgeist waren, teilweise, um über seine Angestellten nachzudenken. Er war überzeugt, daß er sich bis dahin noch nie mit ihnen beschäftigt hatte. Eines Morgens suchte er seinen Vorarbeiter und die sechs Arbeiter auf, die schon seit Anfang des Unternehmens bei ihm waren, und dankte ihnen für ihre Solidarität. Daß Jimmy auf seine lächelnde Weise Martha diese Geschichte weitererzählte, lag, wie sie begriff, weniger daran, daß er Aufklärung wünschte, als daß er beruhigt werden wollte. Für ihn war Marks neues Steckenpferd reine Zeitverschwendung, und ohnehin war Marks Ansprache nicht richtig verstanden worden: Denn die Unterstützung, die der Vorarbeiter und die anderen Männer ihm gegeben hatten, verdankte er nicht seinen sozialistischen Treueeiden, sondern der Tatsache, daß sie Mark mochten. Mark erkannte das nicht ohne Bedauern. Wieder nur Feudalismus, sagte er. Er verbrachte Stunden damit, durch die Straßen im Umkreis seiner Fabrik zu laufen, die in einer Slumgegend von Nord-London stand. Nicht, daß er diese Straßen nicht schon vorher gesehen oder die Existenz von Armut nicht schon längst zur Kenntnis genommen hätte – nur hatte seine Phantasie sich nie damit beschäftigt, hatte er sich nie damit verbunden gefühlt. Jetzt fühlte er sich verbunden, und eine Weile dachte er an einen Roman, der in jenen trostlosen Straßen spielen sollte, doch seine neuen Freunde nahmen ihm den Schwung, indem sie geltend machten, daß derlei Romane, wie sie innerhalb und im Umfeld von sozialistischen Parteien produziert wurden, genau das waren, wovon die Strömung innerhalb der kommunistischen Partei, die sie vertraten, wegzukommen suchte: Der proletarische Roman war tot. Mark als Neubekehrter, für den alles noch ganz neu war, widersprach ihnen. Er schrieb sogar ein paar Kapitel. Er folgte damit einem schlichten Gebot der Logik. Das *und, und, und; folglich, folglich, folglich; a, b, c, d* der kommunistischen Logik ist immer unwiderlegbar, denn während dieser spezielle Typus Fakten, Zahlen, Überzeugungen schluckt wie eine Maschine, um sie wieder auszuspeien, besteht er im wesentlichen doch nur aus Gefühlen. Und ist dabei zeitlos – jedenfalls, sagen wir mal, innerhalb der Grenzen von 1917 bis – doch wie lange es dieses Wesen geben wird, wissen wir noch nicht. Ein halbes Dutzend Jahrzehnte leidenschaftlichen sozialistischen Polemisierens über »die Kunst« waren für die Katz gewesen – klick, klick, klick machte die Maschine, gut geschmiert vom Zorn, folglich, folglich, folglich – und da war er, »der proletarische Roman«.

Da waren sie, die zwei Kapitel von Marks Roman über die Arbeiterklasse mit dem Titel *Arbeitende Hände*. Weder seine neuen Freunde noch Martha mußten ihm sagen, daß sie fürchterlich waren. Und spät nachts, wenn die Freunde gegangen waren, kam er zu Martha, um weiterzureden, bis zum Morgen zu reden, falls sie bereit war, so lange aufzubleiben. Während er jedoch von jener emotionalen Energiequelle angetrieben wurde, die nichts als die reinste, ungetrübte Überzeugung ist, war Martha vollkommen lethargisch. Die schlimme Zeit brachte für sie ein plötzliches Absacken in die Erschöpfung. Sie schlief zu lange, sie aß zuviel, sie war die Trägheit in Person und uneins mit allem. Und sie beobachtete Mark, so als beobachte sie die junge Martha von einst. Und sie mußte etwas erkennen, das ihr bislang noch nicht aufgegangen war: Ihr Gedächtnis hatte sich getrübt. Vor nur zehn Jahren – und was waren schon zehn Jahre? Doch es war, als wäre ihre Vergangenheit mit Marks Gegenwart in eins geflossen. Fast, als wäre Mark sie selbst oder sie Mark. Wenn sie sich auch sagte: Ja, das habe ich getan, das habe ich gedacht, das Buch habe ich auch gelesen, genau dies Vokabular habe ich auch gebraucht – dann war sie doch nicht imstande, sich selbst dorthin zurückzuversetzen, an jenen Ort innerhalb ihrer selbst, an dem sie gewesen war, denn dieser Ort war von Mark eingenommen worden.

In Mark lebten jetzt wenigstens ein halbes Dutzend verschiedene Wesen, die allem Anschein nach Seite an Seite mit der größten Effektivität am Werke waren und die Existenz der anderen nicht zur Kenntnis nahmen. Denn »der Anwalt« hinderte ihn letztlich doch nicht daran, mit der Feindin Martha zu sprechen und sogar ihren Rat einzuholen. Er hinderte ihn nicht daran, Harold und Mary Butts zu besuchen, bei denen er sich benahm wie eh und je: feudal. Er hinderte ihn nicht daran, täglich stundenlang mit Jimmy zu reden und zwar auf die Weise, die Jimmy brauchte – in der humorvollen, versponnenen, schöpferisch verspielten Form, die dann erstaunlicherweise zu den Modellen dieses oder jenes Apparats führte, von denen es in seinem Arbeitszimmer wimmelte. Wie er auch nicht etwa weniger geduldig seine Rolle als Lyndas potentieller oder einstiger Ehemann ausfüllte, auch wenn diese Person auf Eis lag. Dabei galt doch die Neurose, überhaupt jede Art von seelischer Störung damals in der kommunistischen Partei per Definition als reaktionär und bourgeois.

Und er versuchte auf geduldige, unbeholfene, in der Tat rührende Weise Francis ein Vater zu sein, während er Martha gleichzeitig in einer Sprache, die sie, wie sie wußte, selbst benutzt hatte, erklärte, daß die Familie zum Untergang verurteilt sei.

Er versuchte auch Paul ein Vater zu sein, doch Paul wollte von ihm nichts wissen. Das Kind kam über die Ferien nach Hause und verbrachte seine Zeit mit Lynda, seiner Freundin. Die zwei Jahre, seit er Waise geworden war, hatten Paul zu einem lebhaften, angriffslustigen, selbstgenügsamen kleinen Jungen gemacht, der zwar schlau war in der Schule, aber, wie es im Schulbericht hieß, »gern gesellschaftlich unangemessenen Umgang suchte«. Zu Mark hatte er zweifellos keine Beziehung: Es war wirklich so, als existiere Mark für ihn nicht. Mark mochte ihm immer wieder Zoobesuche, Spaziergänge im Park vorschlagen oder ihm anbieten, ihm eine Geschichte zu erzählen: Paul schien ihn gar nicht zu hören. Mark sagte, manchmal komme er sich wie unsichtbar vor.

Denn um unhöfliche Grobheit handelte es sich nicht. Paul schaute einfach durch ihn hindurch oder sagte zu Martha: »Kann ich jetzt zu Lynda runtergehen?«

Wenn Paul zu Hause war, war das Haus offen, stand die Tür zum Kellergeschoß immer einen Spalt auf. Was niemals vorkam, wenn er nicht da war: Dann wurde das Kellergeschoß zu einer getrennten, fast geheimen Einrichtung.

Anders verhielt es sich mit Francis. Seine Mutter war »zu Hause« (und nicht in einer Nervenheilanstalt), und das erleichterte ihm das Leben in der Schule, wie Lynda gesagt hatte. Doch brachte er seine Freunde nicht mit nach Hause.

In den ersten Ferien unmittelbar nach dem Tod von Pauls Mutter kam Francis nach einer schlimmen Zeit von der Schule zurück. Er war verändert. Er war immer still, ernst, wachsam gewesen, doch nun war er plötzlich zu etwas geworden – das Martha nicht ohne schmerzliche Empfindung wiedererkannte: Er war der Clown. Als Reaktion auf die rohe Hänselei (wenn nicht Schlimmeres), weil sein Vater ein Landesverräter und sein Onkel verdächtigt wurde, ein Kommunist, ein Roter zu sein – gab er vor, selbst einer zu sein. Er hatte Scherze gemacht; hatte, alles im Scherz, kommunistische Redensarten übernommen, die er aus den Zeitungen hatte. Ja, da war der Mechanismus, den Martha so gut kannte: Doch konnte sie bei sich nicht nachvollziehen, was die »Matty« hervorgebracht hatte. »Matty« hatte gescherzt, sich durch Tolpatschigkeit freigekauft, sich über sich selbst lustig gemacht; Francis scherzte, kasperte, kaufte sich durch ein lärmiges Clownsgehabe frei. In dieser Verfassung besuchte er seine Mutter und die wachsame Freundin seiner Mutter im Kellergeschoß. Er war laut; er tobte überall herum – er war eine arge Plage für die beiden kranken Frauen.

Dann kam die Zeit, und zwar sehr rasch, wo er nach Hause kam und seinen Vater von kommunistischen Freunden umgeben fand. Das waren keine Witzfiguren, sondern Menschen. Seine Clownsnummer Kommunismus geriet unbeholfen und verfehlte ihre Wirkung. Es kam zu wilden Wutausbrüchen und hysterischen Szenen. Nach diesen Ferien war es dann auch, daß seine Schule berichtete, seine Leistungen seien plötzlich sehr schlecht geworden, er gehöre zu den Letzten in der Klasse. Da es sich nicht um eine »progressive« Schule handelte, bezeichnete man ihn als faul und ungezogen. Sein Vater sollte ihn ordentlich ins Gebet nehmen. Mark fuhr zur Schule, um mit Francis zu sprechen, doch das Kind verschanzte sich hinter feindseliger Schweigsamkeit und sagte immer nur sehr höflich: Ja, Sir, nein, Sir.

Als die nächsten Ferien heranrückten, sagte Francis, er wolle sie gern bei Nanny Butts verbringen. Seitdem fuhr er immer dorthin. Mark besuchte ihn dort und sagte, als er zurückkehrte, betrübt zu Martha: »Er ist genau wie ich – ich fand es auch immer fürchterlich, wenn ich nach Hause sollte.«

Bei den Butts konnte Francis seine Clownsrolle ausleben, ohne in Konflikte zu geraten: Seine Schulperson und seine Ferienperson waren eins. Nanny Butts regte sich gar nicht auf. Sie schrieb: »Francis ist ein sehr fröhlicher kleiner Junge, der sich niemals langweilt. Es ist wirklich ein Segen, wenn man an seine arme Mutter denkt.«

Doch einmal, als Martha im Dorf war, weil sie Francis zur Schule zurückbringen sollte, bekam sie einen flüchtigen Eindruck von einem anderen Francis.

Es war spätabends, im Sommer, und Zeit für Francis, schlafen zu gehen. Martha ging hinaus, durch den Garten und auf das langgestreckte Feld dahinter, das zu einem Fluß abfiel. Francis kam herauf, auf sie zu, und hatte ein kleines Mädchen bei sich. Er war immer noch ein stämmiger, gedrungener Junge, und sein schwarzer Kopf bewegte sich auf derselben Höhe wie das schaumige Weiß der halbreifen Haferähren. Er hielt das kleine Mädchen bei der Hand und neigte sich mit der liebevollen Fürsorglichkeit zu ihr, wie ein Erwachsener sie einem Kind gegenüber an den Tag legt. Ein Pfad führte durch einen Birkenwald zu einem halbversteckten Häuschen. Francis führte das Mädchen zu diesem Pfad, und von dort aus rannte es nach Hause und drehte sich noch einmal um, um Francis zuzuwinken. Er stand und winkte lächelnd zurück. Sein Lächeln schwand. Er wandte sich um und lief langsam am Saum des Feldes entlang. Ernst, nachdenklich, ließ er dabei eine Hand über die gefiederten Spitzen der Halme gleiten. Dann erblickte er die wartende Martha. Einen Augenblick konnte man den Mechanismus arbeiten sehen: erst verblüffte Abwehr, dann wurde das Lächeln aufgesetzt, und ein heiterer, grinsender Francis rannte auf Martha zu und schrie, als er bei ihr angelangt war: »Gibt's Essen? Prima!« Und radschlagend ging es durch den Garten ins Haus.

Zwischen Pauls Besuchen, wenn die Tür zum Kellergeschoß geschlossen war, gingen die beiden oben nur dann nach unten, wenn sie dazu aufgefordert wurden. Das hatten sie mittlerweile gelernt. Immer war es Lynda, die von dem einen Teil des Hauses aus bei ihnen anrief und sie fragte, ob sie Lust auf eine Tasse Kaffee hätten. Und sie fragte Mark nie, wenn er allein war. Das bedeutete, wenn man recht darüber nachdachte, daß sie durch die Fenster beobachten mußte, wer jeweils das Haus verließ und betrat. Und es bedeutete, wenn man es recht bedachte, ebenfalls, daß solche Einladungen infolge irgendwelcher Konflikte mit Dorothy zustande kamen. Denn bei diesen Gelegenheiten saß Dorothy gewöhnlich still und ein ziemliches Stück entfernt dabei und beobachtete. Und Lynda bedachte sie verstohlen mit kleinen trotzig schuldbewußten Blicken wie ein kleines Mädchen, das sich gegen den Willen seiner Eltern durchgesetzt hat. Mark war höflich zu Dorothy. Nicht, daß er ihr irgend etwas Schlechtes gewünscht oder sie am liebsten aus dem Haus gehabt hätte – wenn Lynda sie bei sich wollte, dann sollte Lynda ihren Willen haben. Doch gab es keine Beziehung zwischen ihm und Dorothy: Er behandelte die Freundin seiner Frau mit Höflichkeit. Die Gefühlswelt, in der Dorothy und Lynda miteinander lebten, war, wie immer die aussehen mochte, für ihn nicht existent. Er war Lyndas Mann, der Lynda mit zärtlich-fürsorglicher Aufmerksamkeit bedachte. Zu viert saßen sie vielleicht eine Stunde in dem höchst merkwürdigen Zimmer, das jetzt zutiefst geprägt war von einer Unstimmigkeit: Die schönen Möbel, jedes einzelne Stück der Traum eines Museumsdirektors, die Brücken, Lyndas kleine Habseligkeiten, eine Lieblingslampe noch von zu Hause, Bücher – das war die eine Welt, die Lyndas. Doch jeder Zentimeter der Wände, jede Fläche, wo sich etwas abstellen ließ, war vollgepflastert mit Dorothy – einem sammelwütigen Schulmädchen, das für die Königsfamilie und für Filmstars schwärmte. Die Vorhänge waren stets zugezogen: Sie lebten bei künstlicher Beleuchtung. Es roch schwach nach Krankheit und Medizin.

Die vier saßen und tranken Kaffee, und Mark sprach mit Lynda, während Martha mit Dorothy zu reden versuchte, die jedoch niemals den traurigen, besorgten Blick von Lynda wandte.

Eine wachsende unruhevolle Spannung breitete sich aus. Lynda rauchte wütend und verstreute Asche. Dann sprang Mark irgendwann auf und fragte: »Wie wär's, wenn wir die Vorhänge ein bißchen aufziehen würden?«

»Ja, ja«, stimmte Lynda geradezu eilfertig zu, warf Dorothy jedoch gleichzeitig einen hastigen Blick zu, um ihr zu versichern, daß sie bald wieder allein wären.

Mark zog die Vorhänge auf und ließ den kalten Tag herein. Da saßen dann zwei kranke Frauen, dem Licht preisgegeben, und trugen lächelnd Stärke zur Schau.

Lyndas Pelzmantel, ihre Handtasche, ein Halstuch, die Sonnenbrille lagen wahllos auf die Sessel verteilt.

»Lynda, ob es nicht besser wäre, wenn ...«

»Ja«, sagte sie eifrig, »ja, Mark ...« Und sie hängte den Mantel im Flur auf und raffte die anderen Sachen zusammen, um sie ins Schlafzimmer zu bringen, in dem, das zeigte der flüchtige Blick durch die offene Tür, eine ungeheure Unordnung herrschte. Sie schloß die Tür vor dem Durcheinander und saß mit mitleiderregendem Lächeln da. Mittlerweile sehnten sie seinen Aufbruch herbei.

Einmal fingen die beiden Frauen, nachdem sie gegangen waren, heftig zu streiten an, ehe sie auch nur die Treppe hinaufgestiegen waren. Dann hörten sie Weinen. Wessen? Das konnten sie nicht mit Bestimmtheit sagen.

Mark gab jedoch nicht auf. Eine Zeitlang lud er beide ein-, zweimal die Woche zum Abendessen nach oben. An diesen Abenden kamen seine neuen Freunde nicht, und Martha und er gaben sich alle Mühe mit dem Essen.

Da saßen dann Lynda und Dorothy, die Handtaschen neben sich, und benahmen sich mustergültig.

Mark blieb ein Ehemann. Seine größten Vorzüge, Vorzüge, von denen er bis dahin noch gar nicht gewußt hatte, daß er sie besaß, hatte er aufgeboten, als er entdeckte, daß er eine kranke Frau geheiratet hatte: Monate-, dann jahrelang hatte er, während Lynda zerbrach, eine von Liebe genährte Stärke aufgebracht und konnte nun (das war der springende Punkt) einfach nicht glauben, daß sie dafür keine Verwendung mehr hatte. Doch sie hatte sie damals nicht ertragen können, und sie konnte sie auch jetzt nicht ertragen.

Am Ende einer dieser Abendeinladungen sagte sie plötzlich, wenn auch immer noch lächelnd, so sehr fürchtete sie sich vor ihrer eigenen Heftigkeit, mit einer leisen, bösen Stimme: »Laß mich in Ruhe, Mark, du bringst mich noch um!«

Und lief in Tränen aufgelöst ins Kellergeschoß hinunter, und Dorothy polterte hinter ihr her.

Während das alles stattfand, gab es noch andere Zwischenfälle, doch es mußten erst drei oder vier passieren, bis sich ein bestimmtes Muster erkennen ließ.

Dorothy hatte es übernommen, die Wohnung in Ordnung zu halten, obwohl Mark und Martha angeboten hatten, sich darum zu kümmern wie um das übrige Haus. Dorothy war eine tüchtige Frau oder war es jedenfalls gewesen. Während des Kriegs hatte sie eine Fabrik geleitet, die Teile von Bomben herstellte; vierzig Frauen etwa hatten unter ihr gearbeitet. Daß man normal wurde, bedeutete für Dorothy, einmal mehr zu lernen, tüchtig zu sein. Sie war es denn auch, die eine Putzfrau anstellte, Lebensmittel bestellte, manchmal einkaufen ging – die sich um alles kümmerte. Dann ging irgend etwas kaputt, eine Kleinigkeit wie ein Wasserhahn oder das Telefon. Dorothy nahm Kontakt mit der Maschinerie der Außenwelt auf. Etwa eine Woche später begegnete Martha dann einer der Frauen, als sie gerade Wasser in einem Eimer nach unten trug oder hinaufkam, um zu telefonieren. Wenn sie oder Mark die Angelegenheit dann endlich in die Hand nahmen, präsentierte Dorothy ihnen einen Zettel, der ungefähr so aussah:

Freitagabend: Lynda hat gesagt, der Hahn tropft. Habe fünf Klempner angerufen. Bei dreien hat sich keiner gemeldet. Das *trotz der Tatsache,* daß sie als Uhrzeit, wo man anrufen soll, angegeben haben: nach sechs. Der vierte hat gesagt, er käme um neun. Ist nie gekommen. Der fünfte sagte, er käme Samstagmorgen um zehn.

Samstagmorgen: Auf den Klempner gewartet. Als er um zwölf noch nicht aufgetaucht war, bin ich einkaufen gegangen. Lynda hat sich schlafen gelegt. Der Mann kam, während ich weg war. Ich habe ihn am selben Nachmittag angerufen. Es hat keiner abgenommen.

Samstagabend: Habe ihn angerufen. Seine Frau war dran. Sie hat gesagt, es sei Wochenende. Ihr Mann arbeite am Wochenende nicht. Sie empfahl mir, Mr. Black in Canonbury anzurufen. Seine Frau hat gesagt, er käme auch am Wochenende. Habe eine Nachricht hinterlassen.

Sonntagmorgen: Mr. Black angerufen. War nicht da. Seine Frau hat gesagt, sie würde versuchen, ihn am Nachmittag zu uns zu schicken. Ich blieb auf, statt mich hinzulegen.

Sonntagnachmittag: Mr. Black hat angerufen. Er hat gesagt, wenn es nichts Dringendes sei, käme er Montag. Habe ihn wieder abbestellt. Habe ihm gesagt, wenn er so bequem sei, würde er als Handwerker sowieso nichts taugen.

Montagmorgen: Den ersten Klempner angerufen. Seine Frau sagte, er käme am selben Nachmittag.

Montagnachmittag: Ist nicht gekommen. Mittlerweile leckte der Wasserhahn sehr. Habe den Haupthahn abgedreht.

Die Frage ist nun: Steht es uns nicht zu, wegen Zeitverlust und Beschädigung und Belästigung vor Gericht zu gehen? Als er *endlich* am Mittwochnachmittag auftauchte, *hatte er die Frechheit* zu sagen, er schicke eine Rechnung für das erste Mal, wo er da war (siehe Samstagmorgen), woraufhin ich ihm gesagt habe, er solle machen, daß er wegkomme.

Dies oder ähnliches kam ziemlich häufig vor, wie in jedem Haushalt. Dorothy war immer im Recht. Jedesmal steigerte sie sich in den Zustand wütender, hilfloser Empörung, der dahin führte, daß sie sich ins Bett legen mußte, und Lynda pflegte sie dann.

Mark schritt bei jeder neuen Krise ein, und das verschaffte ihm mehrere Tage lang Kontakt mit Lynda, so lange, wie Dorothy krank war. Der Grund, weshalb Dorothy niemals, es sei denn die Situation wäre hoffnungslos – kein Wasser, kein Gas, kein Strom –, nach oben gehen und um Hilfe bitten wollte, war, daß damit Mark oder Marks Vertreterin Martha auf den Plan getreten wären. Es bedeutete, daß sie, Dorothy, Lynda gegenüber versagt hätte. Es bedeutete den Absturz in das Gefühl der Untüchtigkeit in einem dunklen Schlafzimmer und das Abschalten mit Hilfe von Betäubungsmitteln.

Mark und Lynda brachten es, wenn Dorothy in ihrem Schlafzimmer lag und schlief, auf ein paar Stunden des Zusammenseins, sogar der Heiterkeit.

Das Telefon oder der Wasserhahn war wieder in Ordnung gebracht, und schon kehrte Lynda ins Kellergeschoß zurück, und die Tür wurde verschlossen.

Mark suchte Martha in ihrem Zimmer auf. Wenn er das tat, dann war etwas Wichtiges los, gab es etwas, worüber es ihm schwerfiel zu sprechen; vielleicht hatte er den ganzen Tag an dem Entschluß gearbeitet, mit ihr darüber zu reden, vielleicht sogar mehrere Tage.

Sie hatte im Dunkeln gesessen und durch das Fenster die zerzauste Platane angeschaut, die der Spätherbst gelichtet hatte. Das Klopfen an der Tür war abrupt, aber leise.

»Darf ich reinkommen?« Er knipste das Licht an und sah, wie stets, eine ganze Reihe von Zimmern in diesem einen, bis zurück zu der Zeit, als kleine Kinder darin gespielt hatten, und er unter ihnen.

Er wandte sich wieder der Gegenwart zu, wo eine Frau im roten Morgenrock mit ungekämmtem Haar an einem dunklen Fenster saß und hinaussah, neben sich einen schlafenden Kater.

Der Kater erwachte, stolzierte zu ihm hinüber, schaute in sein Gesicht hinauf und miaute. Mark setzte sich und nahm den Kater auf die Knie. Er war im Morgenrock. Sie waren wie ein altes Ehepaar oder wie Bruder und Schwester.

Dieser Gedanke ging von ihr zu ihm, und er sagte: »Das ist hier kein Leben für dich.«

»Für dich auch nicht.«

»Denkst du nie daran, zu heiraten?«

»Doch. Manchmal.« Die Besorgnis in seinem Gesicht hatte mit ihr zu tun, nicht mit dem, weshalb er gekommen war. »Man sagt also, ich sei hinter dir her?«

Sein Gesicht verfärbte sich sofort, und er setzte sich anders hin – der Kater sprang ärgerlich zu Boden.

»Ja. Macht dir das etwas aus?«

»Nein. Doch, ein bißchen. Nicht viel.«

»Es war dumm von mir. Ich hatte völlig vergessen, daß ... Naja, wo doch alles andere ...«

»Du solltest besser gar nicht hinhören.« Während sie sprach, merkte sie, daß sie mehr sagte: Weshalb läßt du dich denn beeinflussen? Er hörte das heraus, warf ihr einen scharfen Blick zu und nahm es zur Kenntnis. In einer anderen Stimmung wäre er zum »Anwalt« geworden. Heute abend jedoch nicht. Er war Lyndas Gatte.

»Ich möchte dich etwas fragen. Ich frage mich ständig – ich meine, mit einer Sache komme ich einfach nicht klar. Es geht um Lynda. Weshalb rege ich sie bloß so auf? Weißt du das?«

»Du verlangst immer zuviel von ihr.«

»Aber wie soll es ihr denn je wieder gut gehen, wenn ... Ich meine, was soll es denn für einen Sinn haben, daß sie nach Hause gekommen ist?«

Sie brachte es nicht über sich zu sagen, was sie dachte.

»Du willst damit sagen, daß es nur darum ging, sie aus der Klinik rauszuholen? Ich meine, das kann doch nicht alles gewesen sein – ich bin doch schließlich auch noch da!«

»Sie hatte ja keine große Wahl.«

»Sie hätte doch weggehen und sich eine Wohnung nehmen können mit dieser ... Was hat sie denn daran gehindert?«

»Ich weiß es nicht.«

»Sie ist *hierher*gekommen, weil *ich* hier bin.«

»Und Francis.«

»Der ist doch nie da. Den sieht sie doch nie.«

»Vielleicht möchte sie das ja. Ich weiß es nicht, Mark. Wie soll ich das denn wissen?«

»Glaubst du, daß die beiden lesbisch sind?« Es fiel ihm schwer, das auszusprechen. Er war ganz weiß geworden, nichts als dunkel glühende Augen in einem weißen Gesicht. Eine Maske oder ein Ausdruck ist für mehrere unterschiedliche Empfindungen gut. So sah Mark aus, wenn er über die Nachsicht seiner Mutter gegenüber Hilary Marsh oder die Affäre mit Ottery Bartlett nachdachte. Das war Zorn. Das war Unglück.

»Ich weiß es nicht. Vielleicht ein bißchen. Ich habe nie welche kennengelernt. Doch ich kann mir nicht vorstellen, daß dies das Ausschlaggebende ist. Es geht wahrscheinlich mehr darum, daß sie einander gewähren lassen.«

»Eine gräßliche Frau, gräßlich, gräßlich.«

»Ach naja ... ich weiß nicht.«

»Du würdest ja wohl dein Leben nicht mit der verbringen wollen!«

»Nein, das nicht. Aber ich bin auch nicht krank.«

Lynda war von einer ganzen Reihe von Ärzten untersucht worden: Das Ergebnis waren eine ganze Reihe von Diagnosen gewesen. Sie war depressiv; sie war manisch-depressiv; sie war paranoid; sie war schizophren. Letzteres am häufigsten. In einer anderen Sparte oder nach anderen Klassifikationsmerkmalen war sie neurotisch, war sie psychotisch. Am häufigsten letzteres.

»Die haben doch gesagt, es gehe ihr besser. Ich merke davon nichts.«

»Aber sie kommt doch wirklich ohne Klinik zurecht!«

»Schon, aber ... Als wir verheiratet waren, da fiel ihr das nie leicht – Sex, meine ich. Nicht, daß sie nicht ... sie ist durchaus normal. Allerdings, was ist schon normal? Doch wie soll ich das denn wissen? Es ist ja nicht so, daß ich enorme Erfahrungen gehabt hätte, als wir geheiratet haben. Nicht, daß ich ausgiebige Vergleichsmöglichkeiten hätte. Doch ich weiß noch, daß mir das immer auffiel – die Tatsache, daß sie in der Lage war, mit mir zu schlafen, war für sie eine Art Prüfung. Verstehst du das?«

»Wie sollte ich das verstehen können? Das kann man doch heute von sehr vielen Menschen sagen. Sex ist so eine Art Maßstab, und man muß ihm genügen. Warst du ihr erster Liebhaber?«

»Ja. Doch. Ich bin sicher. Doch manchmal habe ich mit einer Ertrinkenden geschlafen.«

»Sie wollte gerettet werden?«

»Ja. Ja, genau das!« Er war aufgeregt, weil er klar zu sehen begann. »Manchmal dachte ich: Mein Gott, ich ermorde diese Frau noch! Du hast doch gehört, wie sie gesagt hat: Mark, du bringst mich noch um!«

»Ja, aber das ...«

»Nein, nein, das hat etwas bedeutet. Das paßte ins Bild. Sie hat immer gesagt: ›Rette mich, Mark, rette mich!‹ Na, ich hab mir jedenfalls alle Mühe gegeben.«

»Ja.«

»Und was nun? Was erwarten sie denn? Daß man sie – einfach ertrinken läßt?«

Er saß da, weiß und steif, und hatte Tränen in den Augen.

Bei diesem Mann konnte man nicht ohne weiteres auf den

alterprobten Balsam einer Umarmung, der Wärme, des leichten Trosts zurückgreifen. Sie zog einen Sessel neben seinen und nahm seine Hand. Die Tränen rannen ihm übers Gesicht.

»Mark, hör zu. Sie wird nicht deine Frau werden. Sie wird das niemals werden. Irgendwann mußt du das doch einsehen.«

»Du willst sagen, ich soll mir eine andere Frau suchen? Ach, diese Art Ratschläge habe ich in letzter Zeit reichlich zu hören bekommen, das darfst du mir glauben! Die haben sogar gesagt, ich solle dich heiraten!«

»Also, ich gehöre nun weiß Gott nicht zu denen, die sagen, daß man um des Heiratens willen heiraten sollte. Aber, Mark, du mußt Lynda aufgeben. Ich meine damit, du mußt aufhören, darauf zu warten, daß sie anders wird.«

»Wenn ich sie nicht haben kann, dann will ich überhaupt keine.«

»Na schön, dann nimmst du eben keine.«

»Doch warum soll das denn nicht gehen? An dem einen Nachmittag, als die gräßliche Frau nicht da war, da war das so wie – es war so, wie am Anfang unserer Ehe.« Nach einer Weile, als sie nichts sagte, erschlaffte seine angespannte Hand in ihrer, und er stand auf. Der Blick, mit dem er sie bedachte, war gekränkt: Sie hatte ihm nicht geholfen, nicht gesagt, was er hören wollte.

Am nächsten Tag fragte er Lynda, ob sie übers Wochenende mit ihm zu Mary und Harold Butts fahren wolle. Sie hatte Nanny Butts immer sehr gemocht.

»Ja, ja, selbstverständlich«, sagte Lynda, »furchtbar gern. Was für eine schöne Idee!«

Sie wollten am Freitagnachmittag mit dem Wagen losfahren. Am Morgen waren wütend erhobene Stimmen aus dem Kellergeschoß zu hören, Schreie, die in Weinen übergingen. Gegenstände krachten gegen die Wände, Türen wurden zugeworfen.

Mark packte einen Koffer und ging zur vereinbarten Zeit nach unten, um Lynda abzuholen. Lynda saß im Morgenmantel auf dem Bett, und ihr verzagtes, bebendes Lächeln galt nicht Mark, sondern dem Leben ganz allgemein. Dorothy saß strickend im

Nebenzimmer. Sie machte aus lila und roter Wolle eine Kaffeemütze. Lyndas Kleider lagen in einem Haufen neben dem Koffer auf dem Boden.

Dann stand Lynda auf, immer noch lächelnd, verließ das Schlafzimmer und stieg die Treppe hinauf, und ihr Mann folgte ihr. In Marks Schlafzimmer stand auf dem Nachttisch die Fotografie einer strahlenden jungen Schönheit, die der schmuddeligen, kranken, säuerlich riechenden Lynda entgegenlächelte.

Die Kranke knirschte vor Wut mit den Zähnen, griff sich die Fotografie, schaute sie haßerfüllt an und schmiß sie auf den Boden, wo sie zu einem Häufchen Glas und Holz zerbrach. Dann ging sie in das Arbeitszimmer. An der einen Wand standen auf einem langen Tisch Jimmys Modelle elektronischer Apparate. Eins davon war die Weiterentwicklung bereits existierender Apparate, die das menschliche Gehirn mit Hilfe elektrischer Impulse nachzeichnen konnten. Diese Apparate zerschmetterte sie einen nach dem anderen.

Dann ging sie wieder nach unten und verschloß die Tür zum Kellergeschoß hinter sich.

Spät nachts sah Martha auf ihrem Weg nach oben ins Schlafzimmer die Tür des Arbeitszimmers offenstehen. Mark saß an seinem Schreibtisch, und das Gesicht, das er hob, als sie eintrat, war die weiße Maske mit den schwarzen Augen.

»Martha – könntest du das – das Bild wegschaffen? Ich kann es nicht.«

Sie ging ins Schlafzimmer, fegte das Glas und die Stücke des Rahmens zusammen und hob das Foto der jungen Lynda auf – es war unbeschädigt. Es fiel ihr schwer, das schöne Gesicht zu zerreißen, doch sie zerriß es und ließ alles im Mülleimer verschwinden.

Als sie zum zweitenmal am Arbeitszimmer vorbeikam, rief Mark sie herein.

»Ich will versuchen, meinen Bruder zu finden«, sagte er.

Hätte sie das vorhersehen können, wenn sie die Augen offengehalten hätte? Möglich. Das war ein Schock. Sie setzte sich, sah ihm direkt in sein herausforderndes Gesicht und forderte ihn heraus.

»Das kannst du nicht.«

»Und ob ich das kann.«

»Was stellst du dir eigentlich vor? Willst du da in Moskau auftauchen und sagen: Wo ist mein Bruder?«

»Ja.«

»Aber der kann überall sein – nicht unbedingt nur in Rußland. Und du würdest auch kein Visum bekommen.«

»Ich habe im Krieg Leute gekannt, die nach Nazideutschland rein und wieder rausgekommen sind. Mein Bruder James hat das mal gemacht. Er hatte irgendeinen Geheimauftrag.«

»Dein Bruder James hat für einen Geheimdienst gearbeitet?«

»Es war eben Krieg. Viele haben das getan.«

»Wenn du umkommst, dann hat Francis keinen Vater. Und was soll aus Paul werden?«

Außer dem weißen Gesicht und den erbitterten schwarzen Augen schien von ihm nichts übrig zu sein. Dann wurde irgendein Hebel in ihm umgelegt, und er wurde rot und sagte: »Kapitalistische Propaganda. Du bist eine Ex-Kommunistin. Und genauso redest du auch.«

»Lassen wir den Kommunismus und den Kapitalismus mal einen Augenblick beiseite. Doch wenn du hinter dem Eisernen Vorhang herumschnüffelst und unbequem wirst, dann landest du in einer Zelle. Oder Schlimmeres.«

Ein höhnisches Lächeln. Ein kommunistisches Lächeln. Nicht zu unterscheiden natürlich von sonst irgendeinem Lächeln. Doch melodramatisch, ungeheuerlich. Insbesondere in diesem Gesicht, in diesem stillen Arbeitszimmer, in diesem Haus. Und in der Radlett Street, Bloomsbury, London.

»Oder liest du keine Zeitungen?«

»Na, also wirklich!« sagte er mit einem Hohnlachen.

»Also schön, dann geh und frag die Genossen – du fragst sie einfach nur, ob du zu einer Botschaft gehen und sagen kannst: Ich möchte gern ein Visum haben, damit ich nach Rußland fahren und meinen Bruder suchen kann, der sich in den Osten abgesetzt hat, weil ...«

»Weil er ein Spion ist? Er ist kein Spion. Ich versichere dir, das ist nicht möglich.«

»Du hast doch gerade gesagt, daß dein Bruder James einer war.«

»Das ist aber nicht ... Wenn du den Unterschied nicht sehen kannst, dann ...«

»Wahrscheinlich ist nichts weiter passiert, als daß Colin einen Besuch von jemandem wie Hilary Marsh erhalten hat und in Panik geraten ist.«

»Colin ist niemand, dem man leicht Angst einjagen kann.«

»Dann war es aber einfältig von ihm, keine Angst zu haben. Du hattest Angst. Ich ebenfalls. Ich habe auch jetzt Angst.«

»Ich bin jederzeit bereit, dir zuzuhören, Martha, das weißt du. Doch wenn du anfängst, wie die Revolverpresse zu reden, dann tut es mir leid.«

»Hast du wirklich einen der Genossen deswegen gefragt? Warum tust du es nicht?«

»Das werde ich. Gute Nacht.« Und damit war die Feindin entlassen.

Einige Wochen lang blieb sie die Feindin. Abend für Abend bat er seine Freunde her oder ging zu ihnen. Sie wurde ihnen nicht präsentiert. Sie trafen sich nickend und lächelnd auf der Treppe. Dann kam, ein Ergebnis von Marks Anfragen, Patty Samuels zu einem förmlichen Gespräch ins Haus zu Mark. Sie waren eine Stunde oder mehr zusammen. Martha wollte wissen, wie der Rat denn gelautet habe.

Mark sagte beiläufig, alles in allem werde es als nicht empfehlenswert angesehen. Dann setzte er mit einem verlegenen Lachen und einem ebensolchen Blick hinzu: »Das war vielleicht ein Schlachtroß!«

Doch er hatte sie gemocht, oder sie hatte ihn gereizt. Sie kam wieder und gehörte dann zu den Leuten, die abends allein oder mit anderen hereinschauten. Sie war eine lebhafte, vitale Frau

Anfang dreißig und eine Veteranin der Partei, niemandem ähnlich, den Mark je kennengelernt hatte, doch wie Dutzende, die Martha kennengelernt hatte – und genau wie sie selbst für eine kurze Zeit gewesen war.

Patty war in jeder Hinsicht das Gegenteil von Lynda.

Und diesmal war Martha imstande, vorherzusehen, was geschehen würde.

Während Mark mit Patty ein Verhältnis anfing, hatte Lynda in ihrem Kellergeschoß einen Rückfall. Eine Weile stand es auf der Kippe, ob sie in die Klinik zurück mußte oder nicht.

Dorothy kam ein paar Tage nach dem Zwischenfall mit der Fotografie zu Martha nach oben und fragte sie, ob sie nicht herunterkommen und Lynda besuchen könne, die sie sehen wolle.

Lynda war im Bett und schluchzte hysterisch, daß sie zu nichts tauge, sie habe Mark zugrunde gerichtet und verstehe nicht, weshalb er sie nicht umbringe. Sie wäre froh, wenn Mark sie umgebracht hätte. Wenn Mark sie nicht umbringe, dann bringe sie sich selbst um.

Martha wollte Dr. Lamb rufen, den beide Frauen schließlich regelmäßig aufsuchten, um sich Tabletten verschreiben zu lassen und sich Rat zu holen. Dorothy bat Martha unter Tränen, das nicht zu tun. Dr. Lamb würde Lynda in die Klinik zurückschikken; sie beide würden in die Klinik zurück müssen. Lynda schloß sich Dorothy mit Tränen und flehenden Bitten an. Weshalb hatte Lynda denn dann um einen Besuch Marthas gebeten?

Dann erkannte Martha, daß sie Marks Stellvertreterin war. Lynda konnte Mark selbst nicht ins Auge sehen. Doch sie konnte Martha sagen, was sie sich Mark nicht zu sagen traute. Lynda hatte nicht vor, sich umzubringen. Diese bitteren Tränen und Selbstvorwürfe waren ein Weg, Mark – durch Martha – und Dorothy und vielleicht auch sich selbst ihren Kummer darüber mitzuteilen, daß sie nicht Marks Frau sein konnte, aber auch ihre Absicht, dies zu verweigern. Es war also ein Vorwurf gegen Mark: Siehst du, du machst mich krank, weil du soviel von mir verlangst! Als Mark hörte, daß Lynda krank war, erschien er im

Kellergeschoß, doch Lynda verlangte kreischend, er solle weggehen. Er ging.

Lynda weinte, weil sie so gemein und so lebensuntüchtig sei. Doch ihre Erleichterung war nicht zu überhören. Eine Weile blieb Mark dem Kellergeschoß fern. Doch Martha hatte Zutritt und erstattete ihm Bericht.

Ein paar Wochen lang blieb Lynda niedergeschlagen und weinerlich. Nichts konnte, so schien es, ihrem Elend abhelfen. Dann kam Paul für einen Ferienmonat nach Hause, und ihr Befinden besserte sich.

Lynda und Paul zusammen – das war bezaubernd, entzükkend; sie waren wie zwei Kinder. Dorothy beobachtete sie mit Nachsicht: Lyndas Mutter war sie ohnehin schon, und nun wurde sie auch noch die von Paul. Denn Lynda konnte es immer noch nicht ertragen, daß man sie berührte. Und so saß Paul denn auf Dorothys ausladendem, heimeligem, traurigem Schoß, wurde geherzt und bekam Süßigkeiten. Mit Lynda hingegen spielte er. Martha erfand Vorwände, um hinuntergehen und die beiden beobachten zu können. Sie sah Sally-Sarah wieder. Doch, da war sie, in ihrem Kind, ein strahlendes, überschwenglich lebhaftes Wesen, ungeheuer charmant und fordernd, wenn es um Gefühlsansprüche ging, das sich an Dorothy schmiegte und Martha die Arme um den Hals warf und ganz still neben Lynda saß, die Hände im Schoß, und lächelnd ihren phantastischen Geschichten zuhörte.

Doch das war im Kellergeschoß. Im übrigen Haus war Paul ein gleichmütiger, gewitzter, schlauer kleiner Junge (»schlau wie ein Alter!« hatte ein Lehrer es nebenher einmal ausgedrückt), den niemand zu berühren oder zu hätscheln oder zu streicheln gewagt hätte.

Dann gingen die Ferien zu Ende, Paul kehrte in die Schule zurück, und Lynda ging es weiter gut.

Im Haus war ein neues Gleichgewicht entstanden. Oben war Mark, der ganz von seiner sich anbahnenden Affäre mit Patty Samuels in Anspruch genommen war. Es sah so aus, als erwarte er nun nichts mehr von Lynda. Martha bekam er sehr wenig zu Gesicht, und von der Suche nach seinem Bruder sprach er überhaupt nicht mehr.

Im Kellergeschoß versuchten die beiden kranken Frauen, ihren Lebensbereich zu erweitern, wie normale Menschen zu werden. Dorothy fing jetzt an, die Wohnung zu verlassen, was sie bis dahin nicht gewollt hatte. Sie kaufte ein, ging manchmal ins Kino und sprach davon, sich Arbeit zu suchen. Lynda verließ die Wohnung jedoch nicht. Sie bekamen Besuch, meist von Frauen. Zu solchen Gelegenheiten bemühte Lynda sich, sich gut anzuziehen und wieder schön auszusehen. Einmal baten sie Martha dazu. Es stellte sich heraus, daß eine spiritistische Sitzung beabsichtigt war. Ein paar Männer und ein halbes Dutzend Frauen waren gekommen. Es herrschte nur gedämpftes Licht in dem Zimmer mit seinen schweren Vorhängen und der Luft, die nach Medikamenten und nach Angst roch, und eine Frau namens Mrs. Mellendip beschwor Geister: nach Aussagen einiger Anwesender erfolgreich, soweit es sie betraf. Danach suchte Martha es zu vermeiden, nach unten zu gehen, wenn die beiden nicht allein waren. Denn sonst wurde ausgiebig Tee getrunken, aus der Hand gelesen und die Zukunft vorhergesagt. Ganze Nachmittage und Abende saßen sie und legten wieder und wieder die Karten, um sich Rat zu holen für den Kauf einer neuen Handtasche oder eine Frisur. Sie arbeiteten die Horoskope für sich selbst, ihre Freunde, ihre Ärzte und für Prominente aus. Mrs. Mellendip verdiente sich ihren Lebensunterhalt als Horoskopstellerin, berechnete Lynda oder Dorothy jedoch nichts. Ohne darum gebeten worden zu sein, stellte sie auch Marthas. Es war eher eine Charakterdeutung, die allerdings äußerst scharfsinnig war. Martha gab das zu, sagte jedoch, sie habe nichts über sich erfahren, was sie nicht bereits gewußt hätte. Worauf Mrs. Mellendip, eine kräftige, energische, gutaussehende Frau von Mitte fünfzig, erwiderte: »Ja, meine Liebe, ich könnte Ihnen mehr sagen, wenn Sie mehr wüßten« – eine Bemerkung, die durchaus der Linie oder dem Ton dieser Versammlungen entsprach. Denn wenn die Teeblätter oder die Karten bekräftigten, was ein Mensch bereits wußte, dann war das kein Zeichen des Versagens, sondern des Erfolgs und vermehrte nur Mrs. Mellendips Vertrauen in sich selbst und ihre Kräfte.

Martha äußerte Lynda gegenüber, daß sie nicht sehr viel Wert auf ihre neuen Freunde lege, was Lynda auf ihre Art hinnahm: Sie war nachsichtig mit den Uneinsichtigen. Danach sagte sie dann immer, wenn sie Martha anrief: »Haben Sie Zeit für einen Besuch in der Zelle der Verdammten?« oder etwas ähnlich Scherzhaftes.

Martha war viel allein, blies Trübsal, so still war ihr Leben geworden. Sie tat ihre Arbeit, das war alles. Der Haushalt funktionierte, das Leben der Kinder war geregelt, Marks Angelegenheiten gingen ihren Gang. Doch was tat sie denn wirklich? Was hätte sie eigentlich tun sollen? Sie wußte es nicht. Sie saß in ihrem Zimmer und beobachtete, wie das Gerippe der Platane unter dem Frühlingsgrün verschwand. Der Frühling regte sich flüchtig in ihren Adern. Sie beobachtete. Sie war ein Mensch, der anderen Menschen bei ihrem bewegten Leben zuschaute. Traf das zu? Wenn Mark oder Lynda oder sogar Mrs. Mellendip sie ansahen, sahen sie dann eine Frau, die beobachtete und abwartete – die passiv blieb?

Auf was wartete sie denn? Darauf, daß die schlimme Zeit vorüberging. Es war, als wartete man auf das Ende des Krieges. Schlimmer: Der Krieg war einfacher, er hatte eine Form, man wußte, was man zu empfinden hatte, auch wenn man dem nicht nachkam. Im letzten Krieg zumindest war das leicht gewesen: Kopf und Herz waren sich einig gewesen. Es mochte kommen, was kommen wollte, sie und alle, die sie kannte, hatten sich mit ihrem Land identifizieren können, mit ihrer Seite. Und selbst jetzt, wenn man an all die Parolen und Reden und die Propaganda zurückdachte, jetzt, wo alle Rechnungen abgeschlossen waren, konnte man immer noch sagen: »Doch, wir hatten recht, der Faschismus war schlimmer als alles andere.«

Doch jetzt? Wenn jetzt ein neuer Krieg anfinge, der von Korea seinen Ausgang nahm, wenn jetzt, um eine Formel der Zeit zu benutzen, »Amerika die Bombe auf Rußland werfen würde, ehe Rußland selbst eine entwickeln konnte« – was würde sie dann empfinden? Es nützte nichts, hier zu sitzen und zu denken: *Das passiert nicht,* denn es konnte sehr wohl passieren, und jetzt war der Augenblick, um zu entscheiden, was zu tun war. Das zu entscheiden, hieß nur, entscheiden oder entziffern, was sie empfand. Dieses Land würde sich mit Amerika verbünden, davon konnte man wohl ausgehen. Sie konnte Amerika nicht ertragen; sie konnte den Kommunismus nicht ertragen. Sie würde das eine oder das andere ertragen müssen. Gleichgültig, welche Form der Krieg diesmal annehmen würde, und er wäre nicht weit weg wie der letzte, sondern wäre wahrscheinlich allgegenwärtig mit seinen schleichend sich ausbreitenden Giften und der Panik und der Hysterie und dem Entsetzen angesichts des Unbekannten, sie würde eine Verräterin sein müssen, und das nicht nur im Hinblick auf die Gesellschaft – ihr Land – und im Hinblick auf ihre »Seite« – den Sozialismus –, sondern auch sich selbst gegenüber. Denn einen Mittelweg würde es nicht geben. Na gut, dann würde sie eben eine Patriotin und ein Feigling sein, immer noch besser als eine Landesverräterin und ein Feigling ... Sie war ungeheuer müde. Lethargie durchdrang sie wie ein unsichtbares Gift. Ganze Abende saß sie, während es immer dunkler wurde, und schaute auf die Straße hinaus, auf den Baum mit seinem Leben, und sie begann an Tod, an Selbstmord zu denken. Wenn der Krieg losginge, dann würde sie es tun, sich umbringen.

Die Gedanken an den Tod erfüllten langsam das Zimmer. Wenn sie es betrat, betrat sie eine Zone, in der der Tod wartete. Während der Frühling aus London allmählich eine blütenprangende, grüne Stadt machte, ließ sie es geschehen, daß sie immer weiter abglitt ... Und dann, eines Nachmittags, als sie unten gewesen war, um Lynda zu besuchen, dachte sie, wie seltsam das doch war ... Vor wenigen Wochen noch war es das Kellergeschoß oder vielmehr Lynda gewesen, die vom Sterben, vom Selbstmord, von Umbringen gesprochen hatte. Und jetzt, obwohl sich an den äußeren Umständen doch überhaupt nichts geändert hatte, war das Kellergeschoß wieder lebendig, gab es wieder Zukunftsaussichten, über die gesprochen wurde – wenn sie auch nur in einem Kleid bestehen mochten oder darin, daß Dr. Lambs Horoskop versprach, er werde beim nächsten der allmonatlich fälligen Besuche, der nächste Woche anstand, guter Laune sein. Der Tod hatte sich nach oben in Marthas Zimmer im zweiten Stock verlagert.

Es schien so, als habe ihre Fähigkeit, das zu denken und zu erkennen, die Macht, den Nebel im Zimmer aufzulösen, einen frischen Luftzug auszulösen.

Es gelang ihr, sich der lustlosen Frau zu entwinden, die Stunde um Stunde dasaß und aus dem Fenster schaute.

Sie hatte eine flüchtige Ahnung von einer Lebensansicht, in der das Haus und die Menschen darin als Ganzes präsent waren, ein Ganzes bildeten. Es war kein flüchtiger Blick oder Einblick, der sich ohne weiteres innerhalb der gewöhnlichen Atmosphäre herstellen ließ. Er kam spät nachts, und hinterher erinnerte Martha sich, daß der Ausdruck »etwas gemeinsam haben« so lange, wie der Zustand andauerte, eine reale Bedeutung gehabt hatte. Sie alle in diesem Haus hatten etwas gemeinsam, stellten gemeinsam irgend etwas dar.

Mark und Genossen, sämtlich wütende Energie und Abwehrbereitschaft; Lynda und ihre Dorothy im Zwielicht ihres Kellergeschosses; Martha in völliger Passivität; diese beiden traurigen Kinder, die die Vergangenheit und die Zukunft der Erwachsenen waren – doch ein Betrachter von außen, jemand, der in dieses Haus schauen würde wie in eine Schachtel, deren Deckel man abheben konnte, wäre auf eine merkwürdige Tatsache gestoßen. Martha, die sich von dem Haus, von den Stimmungen seiner Bewohner hatte bezwingen lassen, war der einzige Mensch darin, der keinerlei Grund hatte, zu leiden, sich niederdrücken zu lassen, und doch war sie die einzige, die sich (zu diesem Zeitpunkt, in diesem speziellen Frühjahr) niederdrücken ließe, die litt, die ans Sterben dachte.

Martha war plötzlich (nicht ohne weiteres, aber nach einigem Bemühen) imstande, in das Haus hineinzuschauen, diesen Blickwinkel zu übernehmen. Als sie das tat, hellte die todesschwangere Düsternis ihres Zimmers sich auf, lastete nicht länger und verflüchtigte sich.

Da war sie nun, friedlich, leer, in ihrem Zimmer. Sie schaute zu, wie andere Menschen etwas aus ihrem Leben machten. Und sie? In jedem Leben gibt es ein Ansteigen der Wachstumskurve und ein Abfallen; gibt es einen steuernden Druck, so wie der Lebenssaft in einem Baum hinaufsteigt, durch einen Ast, in das Holz vom Vorjahr und dort dann aus einem tot aussehenden Auge oder einem Wachstumsknoten einen neuen Zweig austreibt, in einer Gestalt, die unausweichlich vorgezeichnet ist, die jedoch nur er selbst kennt, bis er sichtbar wird. Doch hier saß sie nun und schaute mit an, wie der Lebenssaft in anderen Menschen nach oben drängte, und spürte selbst nichts davon.

Einer der Beobachter oder Kritiker, die, so könnte man sich doch vorstellen, durch das Dach hinabschauten, würde sagen: Ein Mann. Das ist eine junge Frau, und die will einen Mann. Martha war jetzt fast drei Jahre hier, und sie hatte jeden Gedanken an einen Mann, an eine Ehe und die meiste Zeit selbst den an Sex beiseitegeschoben. Sie hatte geschlummert.

Und jetzt übermannte sie der Wunsch nach Sex. Man brauchte nur zu denken: Ein Mann, ich brauch einen Mann, und schon setzt der Sex zur Invasion an. Mark? Wollte sie Mark? Sie brauchte es bloß zu denken, und schon war es so. Dabei hatte sie das nicht gewollt. Plötzlich merkte sie, wie eifersüchtig sie auf Patty Samuels war. Dann, kurz darauf, packte sie eine von Zorn und Selbstmitleid erfüllte Eifersucht auf Lynda, die jahrelang Marks Liebe besessen hatte, *ohne sie sich verdient zu haben.* Die Absurdität dieses Gedankens ging ihr eine Weile gar nicht auf. Sie war wie besessen. Sie wurde von gehässigen Empfindungen geradezu geschüttelt. Das Zimmer, vor ein paar Wochen noch dunstig von der Lustlosigkeit eines lebensmüden Dahintreibens, war jetzt angefüllt mit sexuellen Phantasien, Zorn, Haß.

Auf der Treppe begegnete sie Männern auf dem Weg von oder zu Marks Arbeitszimmer. Sie betrachtete sie als Männer: Diesen hier? Den da? Sie nickte einer grüßenden Patty Samuels zu und haßte sie. Sie war außerstande, ins Kellergeschoß hinunterzugehen: Sie haßte Lynda.

In dieser Verfassung rief sie wieder einmal im Haus am Kanal an. Jack war am Apparat. Er sagte, er würde sich sehr freuen, Martha zu sehen.

In dieser Verfassung machte sie eine Fahrt quer durch London, um eine Erinnerung zu besuchen.

Die Häuserzeile war, seit sie zum letztenmal hiergewesen war, teilweise wieder hergerichtet worden. Manche Häuser waren immer noch Leichname mit leprösen Gesichtern, andere waren schmuck und hatten heiter gestrichene Türen. In Jacks Haus empfing sie ein Hausflur, der mit Teppichen ausgelegt und sanft beleuchtet war. Die Tür zu dem Zimmer, worin der verrückte junge Mann kampiert hatte, stand offen. Es war jetzt irgend jemandes Wohnzimmer, ein hübsches Zimmer mit Sofas und Sesseln und Büchern. Eine junge Frau kam mit einem Baby auf dem Arm aus diesem Zimmer und verschwand mit einem Lächeln in das Zimmer auf der gegenüberliegenden Seite des Flurs.

Bereits halb ernüchtert, stieg Martha die Treppe hinauf. Jacks Tür wurde von einem pummeligen blonden Mädchen geöffnet, das mit leiser Stimme sagte: »Kommen Sie rein – Sie sind Martha, nicht? Er schläft.«

Das Atelier hatte sich nicht verändert. Doch Jack saß mit Kissen im Rücken im Bett, und die Atmosphäre war die eines Krankenzimmers. Das blonde Mädchen kehrte zu ihrem Stuhl neben dem Bett zurück. Jack öffnete die Augen und sagte: »Hallo, Martha.« Dann fing er an zu husten. Der Husten machte ihn wach. Er versuchte, sich aufrecht hinzusetzen, schaffte es jedoch nicht, fiel wieder zurück und hielt im Liegen Marthas Hand und die des blonden Mädchens. Er hatte leuchtende, wilde Augen, und die Knochen in seinem Gesicht glühten fiebrig. Sehr mager war er.

Martha blieb, bis er wieder einschlief.

Im Flur sagte Betty, das blonde Mädchen, als Martha ging, Jack habe darauf bestanden, das Sanatorium gegen den Rat der Ärzte zu verlassen, und sie pflege ihn. Sie werde ihn jedoch überreden, dorthin zurückzukehren – wenn er bloß durchhalten würde im Sanatorium, dann würde er geheilt, behaupteten die. Jack mache sich jedoch große Sorgen wegen des Hauses: Wenn er nicht da wäre, dann würde Mr. Vasallo, ein nicht sehr angenehmer Mann, das für sich ausnutzen – bitte, Martha sei doch eine alte Freundin, ob sie nicht wiederkommen wolle?

Geheilt verließ Martha das Haus und kehrte nach Hause zurück.

Sie war jedoch nicht geheilt vom Zorn, vom Haß.

Vor ein paar Wochen hatte sie dabeigesessen und zugeschaut, wie Lynda und Dorothy ihre Zukunftsdeutung, ihre Astrologie betrieben; und Mark und Patty Samuels mit ihrem Kommunismus beobachtet. Sie hatte interessiert zugeschaut, als gäbe es dazu nichts weiter zu sagen als: Tja, das machen die eben, so sind die nun mal.

Jetzt hatte sie heftiger Widerwille gegen die bevorzugten Aktivitäten des Kellergeschosses gepackt, und Mark und seine Politik widerten sie an.

Noch vor ein paar Wochen hatte sie die Zeitungen gelesen, die von der Linken, Rechten und der Mitte ins Haus fluteten, hatte sie auf diese Weise verfolgt, wie die verschiedenen Strömungen sich verquickten oder aufeinander einwirkten. Jetzt las sie die rechte Presse, als habe sie jedes Wort selbst geschrieben, und die Zeitungen der Linken las sie nicht nur angst-, sondern auch haßerfüllt. Es gelang ihr gerade noch, soviel Objektivität zu wahren, daß sie erkennen konnte, wie tief diese Angst ging. Sie war von einer weiteren Konversion bedroht. Das war ihr klar. Doch genügte das nicht, um sie abzuwenden, um den Ekel zu vertreiben. Eine kommunistische Wendung aus Marks Mund oder der Ausdruck unbekümmert heiterer Tüchtigkeit in Pattys Gesicht, und wütende Gereiztheit packte sie.

Dabei genügten, wenn sie in dieser Verfassung war, ein Bündel Äußerungen oder eine bestimmte Satzfolge aus dem Arsenal der Rechten, die ja eigentlich das objektivierten, was sie empfand, damit sie dessen krude Häßlichkeit zu sehen vermochte, und schon schwenkte sie um – nicht auf irgendeine Position, die sie sich zu eigen machen, die sie einnehmen, dulden, verstehen konnte, sondern in den Linksradikalismus, geradeso, als habe sie sich nie davon entfernt.

Ein paar Tage lang wechselte sie von einem Standpunkt zum anderen; einen Tag war sie erbittert »antikommunistisch« – auf die selbstgerechteste Weise. Am nächsten war sie die lauterste, ergebenste, selbstgerechteste Kommunistin. Die beiden Zustände blieben dabei völlig unverbunden – allem Anschein nach.

In dieser Verfassung hatte sie einen Traum, an den sie sich zwar nicht deutlich erinnern konnte, der sie aber mit einer Warnung weckte. Sie murmelte: »Wenn ich das zulasse, dann muß ich das noch mal durchmachen, dann bin ich gezwungen, das noch mal zu machen.« Sie schlief wieder ein und erwachte an einem klaren Morgen, draußen war Sommer, der Himmel blitzte vor lauter Sonne und weißen Wolken, und sie wußte, daß sie im Schlaf einen Wandel erlebt hatte. Sie wußte, als habe ihr das jemand gesagt, wenn sie es sich jetzt gestattete, Mark zu hassen, Patty Samuels zu hassen, die Genossen zu hassen, dann wäre das noch schlimmer, als hasse man sich selbst als jüngere Martha. Sie wäre von Schlimmerem bedroht als davon, »das alles noch mal zu machen«. In ihrem Innern läge auf der Lauer, was sie haßte, um in Menschenfresserverkleidungen, die sie sich jetzt nicht ausmalen konnte, aufzutauchen. Und das wäre dasselbe, als wenn sie zum Kommunismus zurückkehren würde. Die Gestalten eines Hasses, der viel weiter reichte, als sie sich es vorstellen konnte, warteten wie die Schatten an der Kinderzimmerwand darauf, daß die Angst sie ausfüllen und in Bewegung setzen würde.

Doch obwohl sie jetzt wußte, was sie zu tun hatte, konnte sie es nicht tun. Die Tatkraft, die nötig war, die Anstrengung – sie konnte sie nicht aufbringen. Wieder und wieder gelangte sie von selbst an den Punkt, wo es die Knoten heftiger Empfindungen zu lösen galt, und scheute dann zurück, bockte. Nein, nein, das konnte sie nicht. Tagelang kam sie nicht aus dem Zustand heraus, den man als Schmollen bezeichnet, wandte sich immer wieder ab und sagte nein, nein.

Dann eines Nachts träumte sie von Patty Samuels, die ebenfalls in jüngerer Gestalt auftrat. Patty näherte sich ihr lächelnd. Doch Martha wandte sich zornig ab. Patty Samuels, die sich zu einer Armee vervielfacht hatte und nun den Umriß einer Nation besaß, von der nichts als unheilvoll drohende Gewalt ausging, umzingelte Martha und drohte ihr mit dem Tod. Das war ein Alptraum, und Martha wurde dadurch hellwach. Sie saß in dem dunklen Zimmer, an dessen Wänden sich der Schatten des Baumes bewegte – Schatten auf einem Schatten, und horchte dem Traum nach. Sie konnte nicht schlafen. Der Mond ging auf. Licht drang ins Zimmer, und der Schatten des Baumes zerging. Über die Schulter der Erde hinweg fing der Mond Licht von der Sonne ein. Stille breitete sich im Zimmer aus angesichts dieser Vision der kleinen Erde, deren eine Hälfte in Sonnenlicht, die andere in Mondlicht gebadet war.

Als sie Patty Samuels am nächsten Tag in der Küche traf, vermochte sie ihrem jüngeren Ebenbild zuzulächeln. Ihr Gesicht verlor die Angespanntheit, überall am Körper lockerten sich Muskeln, von deren Verkrampfung sie gar nichts gewußt hatte.

Patty Samuels trug einen flotten blauen Rock und eine weiße Bluse und hatte einen Koffer mit einem Haufen Papiere bei sich. Sie behandelte Martha erst kühl, erwärmte sich nach einigem Zögern jedoch. Weil, das sah Martha, Patty fühlte, daß Martha sich verändert hatte. So machte in der Küche, während sie einander beobachteten, erst Patty Kaffee, dann machte Martha Kaffee, und keine hatte es eilig, wieder nach oben zu kommen. Bald saßen sie Kaffee trinkend am Tisch und ließen der Gutwilligkeit ihren Lauf.

Patty hatte Martha gegenüber zuerst die harte Schale der Verachtung zur Schau getragen, die mit den Worten »Exkommunistin, die das Handtuch geworfen hat« einhergeht. Einmal hatte sie, so daß Martha es hören konnte, gemurmelt: »Ja, natürlich machen die Leute sich dünn, wenn die Sache brenzlig wird . . .«

Patty Samuels war Kommunistin geworden, als sie zwanzig war, zur Zeit des Spanischen Bürgerkriegs. Sie hatte ihr Leben damit verbracht, Organisationsarbeit zu leisten. Sie war Sekretärin oder Assistentin von kommunistischen Funktionären oder selbst Funktionärin gewesen, wenn auch keine von Bedeutung. Jetzt machte sie »Kulturarbeit«. Sie benutzte den Ausdruck mittlerweile mit Ironie; fünf Jahre zuvor hätte sie Ironie noch als Verrat betrachtet. Einen großen Teil ihrer Zeit verbrachte sie, indem sie mit der Sowjetunion und anderen osteuropäischen Ländern einen zähen Kampf darum führte, daß diese ihre Vorstellungen von zügiger Abwicklung, was Visa für Delegationen usw. betraf, mit ihren eigenen abstimmten. Das war eine Aufgabe, die selbst die Widerstandsfähigsten immer wieder zum Nervenzusammenbruch trieb, und so zeigte auch Patty, eine gar nicht zimperliche Frau, Anzeichen von Anspannung. Außerdem lag es in der Natur der Sache, daß sie viele Menschen in Rußland oder anderen kommunistischen Ländern kennen mußte, die im Gefängnis verschwunden oder tot waren, und die meisten ihrer Freunde in Großbritannien oder Amerika waren Verdächtigungen ausgesetzt, waren ohne Paß oder steckten sonst in irgendwelchen Schwierigkeiten.

Das Verhältnis, das zwischen ihr und Martha bestand, war merkwürdig, denn es beruhte wohl auf einem weitgehenden Verständnis füreinander, das der gemeinsamen Erfahrung entsprang, war aber doch voller Feindseligkeit. Denn zu dem speziellen Zeitpunkt gab es niemanden, der von den Genossen mehr gehaßt, geschmäht und mit Mißtrauen bedacht wurde, als Leute wie Martha.

Was Patty Samuels gern wollte, so erkannte Martha, was sie schon seit langem gewollt hatte, war, über Mark reden. Während dieser ersten Fühlungnahme über den Kaffeetassen sprachen sie nicht über Mark, doch als ihre Freundschaft bei allen Vorbehalten wuchs, fing Patty, und zwar geradezu mit Besessenheit, über Mark, seine Freunde, seine Lebensweise zu sprechen an.

Sie argwöhnte natürlich, daß Martha in Mark verliebt sei. »Im Krieg und in der Liebe ist alles erlaubt«, sagte sie einmal und schien davon auszugehen, daß hier eine natürliche Rivalität bestand. Sie beunruhigte sich jedoch weit mehr wegen Lynda, der sie noch nicht begegnet war; es dauerte einige Zeit, bis Lynda Eingang in ihre Gespräche fand.

Sie verstand Mark nicht. »Diese Oberklassentypen?« sagte oder fragte sie häufig, oder: »Leute wie der?«; oder: »Diese politischen Halbjungfrauen?«

Die Liebschaft war argen Schwierigkeiten ausgesetzt.

»Weißt du, was ich manchmal glaube, Martha? Ich glaube, Mark denkt, irgendwann in nächster Zeit werde ich im Zustand äußerster Leidenschaftlichkeit die Wahrheit über seinen Bruder ausspucken – er kommt immer wieder darauf zurück. Ich sage ihm ständig, daß ich nichts darüber weiß, ich meine, wie kommt er bloß zu der Annahme? Er weiß einfach überhaupt nicht, was gespielt wird!«

Wissen, was gespielt wird: der schmerzliche Ausdruck zum damaligen Zeitpunkt für die bitteren Realitäten des Kommunismus, der alsbald in jener anderen Ausdrucksweise aufgehen sollte: »Stalinismus«. Bald begann sie, da sie Vertrauen zu Martha, der Feindin, gefaßt hatte, darüber zu diskutieren oder sagen wir, durchblicken zu lassen oder gesprächsweise einzukreisen, was innerhalb des kommunistischen Lagers vorging. Etliches brauchte nicht gesagt zu werden: denn Erfahrung war nun einmal durch nichts zu ersetzen. Martha hörte die meiste Zeit zu. Die meiste Zeit, insoweit einer seinem jüngeren Ebenbild überhaupt zuhört; man hört seine eigene jüngere Stimme, die von einem abprallt. Peinvoll. Jedoch nicht zu verwerfen oder von der Hand zu weisen, ohne daß man sich erheblichen Ärger einhandelte.

Sehr schmerzlich für sie beide, diese Gelegenheiten, wenn sie Kaffee tranken, oder Patty in Marthas Zimmer hinaufkam. Patty mußte sich einer Seite ihres Wesens erwehren, von deren Existenz sie noch gar nichts gewußt hatte und die sie fürchtete und verachtete.

Mark war der Feind: Er war ein Kapitalist, Angehöriger einer alten Oberklassenfamilie, zu allem Überfluß auch noch ein Intellektueller. Und doch faszinierte sie das alles, und sie wußte es auch. Mit dem größten Vergnügen hätte sie diese Welt kennengelernt. Doch selbst sie, die doch aus eigener Erfahrung allen Grund gehabt hätte, die Gegebenheiten der Isolation zu verstehen, verstand nicht, in welchem Maße Mark von seiner Welt abgeschnitten war. Sie glaubte, daß Mark sie vorsätzlich von seinem wirklichen Leben, seinen Freunden fernhielt. Einmal fragte sie: »Sag mal, ist Mark knickrig mit dem Haushaltsgeld? Ich meine, sieht er genau aufs Geld?« Sie sah überhaupt nicht, daß die Anziehungskraft, die sie auf ihn ausübte, gerade von ihrer Welt ausging, der sie entwachsen war. Die Tatsache, daß sie jahrelang in möblierten Zimmern gelebt, schlecht – wenn überhaupt – in Imbißstuben, in billigen Restaurants gegessen, keine Ferien gemacht und für lächerliches Geld wie ein Pferd gearbeitet hatte, mit einem Wort: der Sache ergeben gewesen war, erschien Mark – nicht romantisch, aber bewundernswert. Er bewunderte sie. Er genoß es, an diesem Leben zu nippen, zu dem er, wie er wußte, nicht in der Lage war. Er liebte es, spät nachts in ihrem schäbigen Zimmer nicht weit von King's Cross aufzutauchen und sie immer noch bei der Arbeit für ihre Sache anzutreffen. Und er sah anders als Martha nicht, daß sie demnächst ausbrechen würde. Er nahm an, daß sie nicht mit ihm über »Die Partei« diskutieren wollte, liege an ihrer Verschwiegenheit oder womöglich sogar daran, daß sie Tatsachen über seinen Bruder vor ihm verbarg. Die Wahrheit war jedoch, daß er ihr eine gewisse Erholung von der Monotonie ihres Lebens und ihrer Arbeit verschaffte.

Hinter der ganzen wohlgelaunten Tüchtigkeit verbarg sich eine sehr müde Frau. Und eine verängstigte. Schließlich ging sie auf die Fünfunddreißig zu. Sie war verheiratet gewesen und hatte sich scheiden lassen. Doch das lag schon einige Zeit zurück. Sie hatte ein paar Affären gehabt. Sie wollte gern Kinder. Sie begann zu erkennen, daß Mark sie niemals heiraten würde. Und jetzt kam sie auf Lynda zu sprechen. »Er sollte sich doch wohl besser von ihr scheiden lassen?« sagte sie immer wieder.

Eines Tages lernte sie Lynda kennen, als die wegen irgend etwas nach oben gekommen war. Sie erblickte eine sehr dünne, unordentlich aussehende Frau mit weitaufgerissenen, angestrengt blickenden Augen und in einem Kleid, das so aussah, als hätte sie darin geschlafen.

Diese Begegnung verwandelte Patty.

»Du sagst, er liebt sie?« wollte sie wissen, und ihr Ton war damals charakteristisch für sie: Sie schien beunruhigt, aber entschlossen, den Tatsachen ins Auge zu sehen.

»Ja, das glaube ich schon.«

»Na, meiner Vorstellung von Liebe entspricht das nun gerade nicht. Ich meine, was hat das denn für einen Sinn, in jemanden verliebt zu sein, der dir nie etwas geben kann?« Sie erschrak selbst, als sie sich das sagen hörte, denn sie hatte eine Absicht kundgetan und wußte es. Schließlich lachte sie. »Ich werde schließlich auch nicht jünger, oder?« Und abschließend: »Ich finde, Liebe sollte doch eine Partnerschaft sein.«

Es kam nicht zu einem dramatischen Ende der Affäre. Schon deshalb nicht, weil sie in Marks soziales Leben eingebettet war. Die Leute, die ihn besuchen kamen, waren ihre Freunde, und wenn er zu ihnen nach Hause ging, dann traf er dort häufig auch Patty.

3 Die schlimme Zeit nahm ihren Fortgang. Sie drückte sich in einer Reihe voneinander unabhängiger Ereignisse in diesem oder jenem Teil der Welt aus, deren gemeinsames Merkmal das Grauen war; und ein sinnloses Grauen. Wenn man die Nachricht von irgendeinem dieser Ereignisse hörte, las, sah, war die einzig mögliche Reaktion immer nur Ungläubigkeit: eine solche Barbarei, eine solche Grausamkeit, das war einfach nicht möglich. Und überall in diesem Land, in der Welt saßen Menschen wie man selbst und lasen, schauten, beobachteten in genau derselben Verfassung: Das ist doch nicht möglich; so etwas kann doch gar nicht passieren; das ist alles so haarsträubend unsinnig, daß ich es einfach nicht glauben kann... Der Koreakrieg hatte den Gipfel der Bedrohlichkeit für die Welt erreicht, die Propaganda auf beiden Seiten war an einem Punkt angelangt, wo kein vernünftiger Mensch mehr ein Wort davon glauben konnte, und monatelang sah es so aus, als könne nichts Amerika davon abhalten, »die Bombe« einzusetzen. Die Hysterie in Amerika hatte sich in einem Maße gesteigert, daß diese stolze Nation schließlich von außen aussah wie ein von Flöhen befallener Hund, der, zum Wahnsinn getrieben, um sich schnappt und sich ins eigene Fleisch beißt. Und ein Mann namens Joe McCarthy, der sich durch nichts auszeichnete als durch die Fähigkeit, andere Menschen zu terrorisieren, konnte tun und lassen, was er wollte. Überall in Afrika kämpften Länder auf unterschiedliche Weise gegen den Weißen Mann, doch in Kenia herrschte ein richtiger Krieg, in dem beide Seiten (wie in Korea) mit allen nur erdenklichen Gemeinheiten und Lügen operierten.

In den kommunistischen Ländern wurde alles immer nur schlimmer. In Südamerika – doch wichtige Dinge haben den Vorrang; ganze Kontinente, von Ländern ganz zu schweigen, müssen unbeachtet bleiben, wenn die Zukunft der Menschheit an irgendeinem Punkt der Welt auf dem Spiel steht, einem Punkt, der sich wie ein Stecknadelkopf ausnimmt – irgendwo: in Korea, in Berlin, in Vietnam... Was nun Kenia anging, so war das zwar übel, es war ein Wendepunkt und eine Wegscheide (usw. usw.) für

Afrika, doch es war nicht von vitaler Bedeutung. Es war nicht wahrscheinlich, daß von dort ein Weltkrieg ausgehen würde. Die Vorgänge dort wirkten sich allerdings in unschöner Weise auf die Atmosphäre in Großbritannien aus, das ohnehin schon feige und korrupt war, weil es die vergifteten Winde von jenseits des Atlantik atmete. Diese Vorgänge wirkten beispielsweise auch auf Arthur Coldridge und seine Ex-Gattin Phoebe.

Als Martha Patty Samuels' Freundin wurde und somit aufhörte, eine Verräterin und Feindin zu sein, fand sie – über Patty – Aufnahme in der Gruppe von Genossen, die sich allabendlich entweder in Marks Haus oder in einem Café oder einer Kneipe trafen. Sie wurde zu Gesprächen, Diskussionen, Debatten zugelassen. Es war lange her, daß sie das letztemal in einem selbsternannten Komitee gewesen war. Sie fand dort Aufnahme, als es, wie sie sofort erkannte, kurz vor der Auflösung stand. Zwei, drei Jahre lang war das eine stramme, widerstandsfähige kleine Gruppe gewesen: Mark, Patty Samuels, Freddie Postings, ein Physiker und Freund von Colin; Gerald Smith, ein marxistischer Historiker von einer Provinzuniversität; Bob Hasty, ein Ökonom; und noch ein, zwei andere. Mark war der einzige Nicht-Kommunist. Von diesen allen würde in zwei, drei Jahren nicht einer mehr Kommunist sein. Mittlerweile standen sie unter heftigem Beschuß aus dem eigenen Lager, das sie kritisierten, wenn auch niemals öffentlich, da das schon alle anderen taten. Und sie waren den subtilen, schleichenden halb versteckten Pressionen von außen ausgesetzt, die für die Zeit charakteristisch waren.

Beispielsweise war Freddie Postings' fällige Beförderung ausgeblieben, hatte man ihm eine neue Arbeit zugeteilt, die ihn nicht interessierte und wo er nicht befördert werden konnte, und zwar aufgrund seiner früheren Verbindung zu Colin, wie ihm sein Vorgesetzter eines Abends im Zustand der Trunkenheit mitgeteilt hatte. Gerald Smith hatte seine Frau an eine Nervenklinik verloren: Sie hatte die gesellschaftliche Isolation nicht ertragen können, der sie als seine Frau ausgesetzt war, eine Isolation, die niemals erklärt, in Worte gefaßt, offen vertreten wurde, sondern nur immer weiter getrieben, bis ihre Nerven nicht mehr mitmachten. Bob Hasty – doch auf unterschiedliche Weise war es für alle das gleiche. In Amerika hätten sie sich vor Komitees verteidigen, entscheiden müssen, ob sie ihre Freunde und Verbündeten verraten sollten oder nicht. Hier wurde nichts dergleichen von ihnen verlangt: Sie hatten bloß eine schlimme Zeit durchzumachen. In dieser Gruppe konnten sie sich entspannen, Kraft zum Weitermachen schöpfen, die nötige Luft zum Atmen finden. Bloß: was war das für eine Luft? Es klingt zwar eigenartig, doch wenn sie zu einem Teil aus dem Glauben an die Menschheit bestand, dann bestand sie zu zwei Teilen aus schierem Nihilismus, einer schmerzlichen, verzweifelten, wütenden Absage an jeglichen Glauben, geradeso, als müßten sie, von außen bedroht durch die bösen Absichten und die Zerstörungsarbeit von Freund und Feind, innerhalb ihres Kreises dieselben Eigenschaften in homöopathischen Dosen herstellen. Es war der Nihilismus aus Thomas' Vermächtnis. Hier fand sie ihn also wieder. Hier? Und wieso? Manchmal kam es Martha vor, als sei Thomas hereingekommen, ein dürrer, verbitterter Mann, den die Sonne in seinem Flußtal fast schwarz gebrannt hatte, und lehnte lächelnd neben der Tür: Die Atmosphäre hatte ihn angezogen, die seiner eigenen Stimmung so sehr entsprach.

Sie hielt jedoch nicht lange an. Jimmy Wood fing an, bei ihnen hereinzuschauen. Selbst noch vor ein paar Monaten wäre das unmöglich gewesen: seine politische Haltung oder richtiger gesagt, daß er überhaupt keine besaß, hätte ihn ausgeschlossen. Doch die Verhältnisse änderten sich: Hier war Martha, eine Feindin, und hier war Jimmy. Und weshalb kam er? Eine Weile redeten die anderen, redeten und redeten, über Korea und Amerika und die Freiheit, über Stalin und die Freiheit, über Kenia und den Krieg und die Freiheit, über Berlin und Rußland und die Freiheit. Er langweilte sich, saß da mit seinem unentwegten Babylächeln und wartete. Sobald er konnte, brachte er seine eigene Leidenschaft aufs Tapet – nein, das Wort ließ sich auf Jimmy Wood nun wirklich unter keinen Umständen anwenden.

Dann also sein Interesse. Er kam in dies Haus, das fing an deutlich zu werden, weil Mark nicht oft genug in der Fabrik war. Mark redete nicht genug mit Jimmy. Jimmy war hier, um sich die ihm zustehende Ration Brennstoff abzuholen – und der bestand im Reden. Wahrscheinlich war er sich dessen überhaupt nicht bewußt, wenn er herkam, konnte es jedoch nicht lassen, und wenn Mark es ihm nicht zugestanden hätte, dann hätte er sich aus dem Staub gemacht.

Bis Martha das erkannt hatte, erkannte sie es nicht wirklich – um sich der Redeweise zu bedienen, wie sie im Kellergeschoß gang und gäbe war. Auch erkannte sie es nicht sofort. Eine Zeitlang war einfach Jimmy da, unerklärlicherweise, ja sogar peinlicherweise, ein ziemlich schweigsamer, doch stets lächelnder Besucher unter lauter Leuten, die über Politik redeten oder sich welche zu Gemüte führten. Er wandte einem Redenden nach dem anderen das Gesicht, oder besser gesagt, die Brillengläser zu, bis Mark zu sprechen anfing. Dann preschte Jimmy vor, auf einmal ein Ausbund der Aufmerksamkeit und der Energie, wie der Hütehund in die Schafsherde fährt. Er sonderte Mark aus, holte ihn heraus, zu sich heran. Und im Handumdrehen sprachen Jimmy und Mark – nicht unbedingt über wissenschaftliche Dinge, durchaus nicht. Es konnte alles sein, selbst Politik. Und dann, während die anderen zuhörten, denn die Distanz des kleinen Mannes ihnen gegenüber, die sie verstummen ließ, war ungeheuerlich, geradeso, als existierten sie gar nicht, als existierte nur Mark, schwenkte das Gespräch in eine Richtung, die von den Angelegenheiten der Fabrik nicht mehr weit entfernt war. Alsbald schaltete Freddie Postings, der Physiker, sich ein. Die Politik wurde beiseitegeschoben, und es war von Physik die Rede. Aber nicht lange, nicht so, daß Mark nicht mithalten konnte. Es spielte keine Rolle, was jeweils Thema des Gesprächs war, erkannte Martha. Worauf es ankam, war, daß Mark sich in einem Dialog mit Jimmy befand. Jimmy hatte wahrscheinlich völlig unbewußt das Gesprächsthema so hingebogen, daß es Marks größtmöglicher Aufmerksamkeit sicher sein konnte. Denn das war es, was er brauchte. Deshalb kam er her. Und das bekam er auch. Weshalb bloß? Er war nicht stärker, nicht intelligenter, nicht besser unterrichtet als alle anderen auch. Jimmy dominierte über die Gruppe, das informelle Komitee. Jimmy zerstörte es. Er tat es, indem er dominierte. Er dominierte sogar noch, als Phoebe und Arthur kamen.

Ihr Auftauchen war schier ungeheuerlich, ja, bis es soweit war, eigentlich unmöglich. Zwei, drei Jahre lang hatten die Brüder derart gegensätzliche Haltungen eingenommen, daß sie allenfalls in Form von kurzen Geschäftsbriefen miteinander verkehrten. Arthur und Phoebe, die Gruppierung innerhalb der Labour Party, der sie zugehörten, betrieben, wie alle anderen, mit Eifer ihren Kreuzzug gegen den Kommunismus. Als dann der Krieg in Kenia begann, da gehörten Arthur und Phoebe zu der kleinen Zahl von Menschen in Großbritannien, die die Seite der Afrikaner unterstützten und sich laut für den Rückzug der Briten einsetzten. Sie wurden zunehmend unpopulärer.

Sie haßten den Kommunismus zwar auch weiterhin, doch schien das nebensächlich, als eine vielgelesene Zeitung eine Kampagne gegen die Familie Coldridge lancierte, diesen Fuchsbau von Landesverrätern, Spionen und Zerstörern Großbritanniens. »Wie lange wird man staatlicherseits diese Feinde noch innerhalb unserer Tore dulden . . .«; »Die Familie Coldridge setzt ihr Werk fort, jene Freiheiten zu unterhöhlen, die . . .« usw. usw.

Da das nicht das erste Mal war, daß Mark sich mit einer Zeitung auseinandersetzte, die dafür eintrat, ihn doch besser einzusperren, griff er auf frühere Pläne zurück, die diesmal jedoch auch Arthur und Phoebe einschlossen. Es stimmte zwar, daß Arthur Abgeordneter und Phoebes Arbeit in ihren verschiedenen Organisationen unanstößig und für jedermann durchschaubar war. Doch was immer sie trennen mochte, über eine schlichte Tatsache waren sie sich im klaren: daß in Zeiten allgemeiner Hysterie alles möglich war. Ganze Nationen verfielen über Nacht dem Wahnsinn. Es war in Stalins Rußland geschehen. Es war in Deutschland geschehen. Es war im England des Ersten Weltkriegs geschehen. Es geschah gegenwärtig in den Vereinigten Staaten. Die kleinste Drehung der Schraube in die eine oder andere Richtung, und jeder konnte eingesperrt werden, die Arbeit verlieren, ins Gefängnis gesteckt, interniert werden. Oder möglicherweise getötet.

Es war gerade in dem Augenblick, als die schlimme Zeit eigentlich zu Ende ging oder sich ihrem Ende näherte, daß sie auch den Höhepunkt ihrer Widerwärtigkeit erreichte. Man lebte gewissermaßen von der Hand in den Mund und versuchte dabei, vorauszuplanen und dabei mit Möglichkeiten zu rechnen, die man allenfalls erahnen konnte. Sie waren eine Gruppe isolierter einzelner, die sehr wenig gemeinsam hatten und die nur die Gefahr zu einander trieb. Ihre Verschiedenheit trat infolge der nervlichen Anspannung noch stärker hervor. Phoebe etwa schien sich ständig in einem Zustand zu befinden, der von Hysterie nicht allzu weit entfernt war. Sie war bissig, grob und unliebenswürdig. Mark war verdrießlich und verschlossen. Martha war lustlos. Arthur, von Natur aus angriffslustig, war noch am besten dran – doch er hatte einen Hang zur Niedergeschlagenheit, etwas für ihn Ungewöhnliches.

Die Frage war, wer sich um die Kinder kümmern sollte, falls sie alle eingesperrt wurden. Nicht Martha, die in dieser Hinsicht so gefährdet war wie alle anderen. Nicht Lynda, die doch von einem Augenblick zum anderen wieder aus dem Gleis geraten konnte. Margaret sprach weder mit Arthur noch mit Mark, das heißt, wenn man diesen Ausdruck wörtlich nahm. Sie schrieb ihnen Briefe, worin sie sie zur Vernunft zu bringen suchte: Die Schwarzen in Kenia seien doch alles nur schmutzige Wilde – sie legte allerhand Artikel über die Mau-Mau bei; Mark zerstöre die Demokratie. Nachdem zu schließen, wie sie sich in der Vergangenheit verhalten hatte, würde sie es gutheißen, wenn man sie einsperrte, wenn sie es nicht gar selbst betreiben würde.

Schließlich fragten sie Mary und Harold Butts, ob sie herkommen und in dem Londoner Haus wohnen, sich um Paul und Francis kümmern und ein Auge auf Lynda und Dorothy haben würden. Dazu erklärten sie sich in aller Gelassenheit bereit, und daran änderte sich auch nichts, als ihre Zuständigkeit auch noch auf sämtliche Kinder von Arthur und möglicherweise die von Phoebe ausgedehnt wurde.

Das selbsternannte Komitee konnte nun unmöglich weiter über Politik diskutieren, weil Arthur und Phoebe so oft da waren und sich an deren feindseliger Haltung gegenüber dem Kommunismus nichts geändert hatte. Politische Diskussionen sind letztlich ja nur möglich, wenn alle Leute einer Meinung sind oder wenigstens irgend etwas gemeinsam haben. Sie waren sich alle einig über Afrika, über Kenia. Sie waren sich einig über – eine große Zahl von Fragen, doch nicht über das, was in erster Linie den Hauptgrund für das Bestehen dieser Gruppe ausmachte. Die Treffen wurden seltener und hörten dann ganz auf.

Mark verbrachte jetzt mehr Zeit mit Arthur – die Brüder hatten einander immer gemocht. Seine Kinder kamen, um mit Paul zu spielen. Die kleinen Mädchen von Phoebe ebenfalls. Es kam zu gemeinsamen Ferien bei Nanny Butts mit sämtlichen Kindern, sieben an der Zahl, und Mark und Martha und Phoebe und Arthur und seiner Frau. Patty sah Mark zwei Wochen lang nicht – sie fühle sich nicht gut, sagte sie. Sie war von höheren Funktionären der Partei herbeizitiert und auf ihre politische Linie angesprochen worden – die sei nicht zufriedenstellend, sagten sie. Ihr war nicht direkt mit Ausschluß gedroht worden, doch sie sollte ihren Standpunkt überdenken. Was sie nun auch tun wollte. Bei Nanny Butts trafen sie endgültige Vereinbarungen wegen der Kinder für den Fall, daß die gesamte Mannschaft der Erwachsenen im Gefängnis oder im Internierungslager verschwinden sollte. Als Arthur Coldridge eines Abends zum Parlament unterwegs war, wurde sein Wagen angehalten, und ein paar Maskierte erklärten ihm, »wenn er die Weißen in Kenia nicht in Ruhe lasse und sich die Schwarzen aus dem Kopf schlage«, dann würden sie dafür sorgen, daß ihm ein häßlicher Unfall zustieße. Er meldete den Vorfall der Polizei. Seine Garage wurde in die Luft gejagt, doch es ließ sich unmöglich nachweisen, wer das getan hatte. Das

Klima verschlechterte sich – konnte es überhaupt noch schlechter werden? Selbst in dem Dorf unten hatte man das Gefühl, sich im Belagerungszustand zu befinden. Sie blieben im Häuschen, vermieden es, in den Garten hinauszugehen, weil fortwährend Leute über die Hecken zu starren schienen. Nanny Butts erhielt ein paar Drohbriefe; die Kinder stellten fest, daß ihre Freunde aus dem Dorf nicht mit ihnen spielen konnten.

Dann begann die Lage sich zu verändern. Der Wandel begann für Mark mit der Veröffentlichung von *Eine Stadt in der Wüste*. Im ganzen hatte er dies ignoriert, weil er immer noch nicht wußte, ob er nun bedauern sollte, daß er es geschrieben hatte, oder nicht. Die Rezensionen waren ziemlich gut. Die literarische Welt verharrte immer noch in ihrer Haltung der »Nichteinmischung«, sie beanspruchte immer noch alle schriftstellerische Tugend für den Elfenbeinturm. *Eine Stadt in der Wüste* wurde dieser Stimmung in allen Belangen gerecht. Der Roman handelte von nichts, das irgendwie kontrovers, politisch oder sozial war. Es ließ sich unbeschadet als allegorisch abtun, und vor allem konnte es unmöglich die Billigung der Kommunisten finden. Es ließ sich anstandslos loben, und es wurde gelobt, obwohl Mark nun schon vier Jahre lang als Kommunist bekannt war.

Entscheidend war dabei die Gewißheit, daß in dieser kleinen, inzestuösen Welt, wo jeder irgendwann einmal Mark oder Margaret oder Marks Brüder gekannt hatte, wo jeder nur allzugut wußte (wie sollte es anders sein, da doch jeder einmal rot oder rosa gewesen war?), was »gespielt wurde«, daß einmal die Zeit kommen würde, wo Mark, wie sie selbst es auch getan hatten, Einkehr halten und dem Kommunismus eine Absage erteilen würde. *Eine Stadt in der Wüste* wurde als Beweis für einen Gesinnungswechsel genommen: Ein Kommunist konnte so etwas unmöglich geschrieben haben.

Patty Samuels beispielsweise empfand es als entsetzlich reaktionär. Das Verhältnis ging endgültig in die Brüche: Das Erscheinen dieses Romans und die guten Kritiken beschleunigten den Prozeß.

Das bedeutete nun aber nicht, daß Mark sie seltener gesehen hätte – er sah sie häufiger. Denn sie hatte einen Nervenzusammenbruch. Stalin war gestorben, die Situation der kommunistischen Welt war chaotisch und die von Patty gleichfalls. Das Problem war, daß Nervenzusammenbrüche als mit progressiven Menschen unvereinbar galten. Sozialistische Kreise leugneten, daß es psychische Störungen geben könne oder fingen gerade erst an, so etwas für möglich zu halten, und so wurde Pattys Krankheit als rein physische hingestellt – ihr Arzt war Mitglied der Kommunistischen Partei. Sie hatte schlimme Kopfschmerzen und Herzbeschwerden, doch als Mark die Vermutung äußerte, sie sei vielleicht nervlich überbeansprucht, fuhr sie ihn an: »Vielen Dank – doch wer ist hier eigentlich der Neurotiker?« Sie schrieb ihm einen von Gefühlen diktierten, beleidigenden Brief über *Eine Stadt*, worin sie ihm unter anderem erklärte, er sei eine feige Ratte und spreche von Schiffen, die am Sinken seien oder auch nicht und die man doch würde wieder flicken können usw. Er machte sich große Sorgen um sie. Mark hatte sich Patty zugewandt, weil er in ihr den Inbegriff eines moralisch gesunden und selbstlosen Lebens gesehen hatte. Und jetzt mußte er, bereits zum zweitenmal im Leben, feststellen, daß er eine Frau am Hals hatte, die am Zusammenbrechen war. Erneut mobilisierte das seine besten Kräfte. Martha stellte sich vor, daß er so mit Lynda gewesen sein mußte, als sie anfing, krank zu werden: Er war die Nettigkeit und die Unerschütterlichkeit selbst. Doch er war sehr unglücklich. Nicht Pattys wegen – das war für ihn längst vorbei. Noch, zu diesem Zeitpunkt, Lyndas wegen, denn die befand sich in einer Art ausgeglichenem Zustand.

Sondern weil er nicht verstand, was los war. Es war einfach unmöglich, daß man behauptete, er würde langsam antikommunistisch. Allein schon deswegen, weil das ja Verrat an seinem Bruder bedeutet hätte – so sah er es oder empfand er es jedenfalls. Doch schlimmer war: er hatte in einer sehr gefühlsgeladenen Zeit eine Gruppe kennengelernt, die gelassen, umsichtig war und frei von jeder Hysterie. Und jetzt ergriffen die Zweifel sie wie ein Fieber, brachen die Konflikte auf, ließen sie ihren Gefühlen freien Lauf und das wegen Stalin, der für Mark nie mehr gewesen war als ein nützlicher Kriegsherr, »eher wie Churchill«. Nie war Mark so sehr ein Coldridge gewesen, wie wenn es um Stalin ging. Solche Leute mußte es wohl geben, nahm er an, »man brauchte schließlich Politiker«. Doch daß er solche Ansichten in einer solchen Sprache Leuten gegenüber vertrat, die sich zusehends in Stalinisten und Antistalinisten spalteten, bewies schlagender als je zuvor (falls es dazu überhaupt eines Beweises bedurfte), daß er, Mark, nie gewußt hatte, was gespielt wurde.

Aber er hatte sich nicht verändert, fand er, er, seine Ansichten waren dieselben geblieben. Doch plötzlich wurde er, nachdem er vier Jahre lang geächtet gewesen war, zum Essen eingeladen. Das Telefon, das so lange Zeit stumm gewesen war, wurde wieder lebendig, als die alten Freunde anriefen, als sei nichts geschehen. Die intellektuellen Wochenzeitschriften baten um Artikel und Rezensionen. Beträchtliche Geldsummen wurden ihm für seine »Enthüllungen« über die Kommunistische Partei geboten, unter anderem von Miles Tangin, der zwar die Zeitung gewechselt hatte, nicht aber seine Einstellung, daß er, Miles Tangin, keinerlei Verbindung zu dem hatte, was er schrieb. Die Zeitung hieß *The Evening X* statt *Daily Y*, doch beide hatten Artikelserien laufen mit Überschriften wie »Ich arbeitete für Stalin« oder: »Fünfzehn Jahre in der kommunistischen Hölle« usw., worin sich nicht nur die Leute öffentlich an die Brust schlugen, die sich in kommunistischen Höllen aufgehalten hatten, sondern auch solche, die Mitglieder der Kommunistischen Partei in Großbritannien gewesen waren. Der Brief, in dem Miles Mark 500 Pfund für seine Enthüllungen bot, enthielt auch die Bitte, ihn doch Harry Pollitt vorzustellen (der als enger Freund von Mark galt), denn: »Wie ich gehört habe, ist das ein anständiger Kerl«.

Mark schien weniger das Gefühl zu haben, daß die Leute wankelmütig waren – davon konnte man ausgehen –, als daß sie kein Ehrgefühl hatten. Er hatte dies Wort eine Zeitlang nicht benutzt. Jetzt benutzte er es wieder. Er benutzte es, als sei überhaupt nichts vorgefallen.

Mit einem Wort, sein Abstecher weg von sich selbst zum Kommunismus war vorbei. Er hatte sich eine Dosis Kommunismus einverleibt. Manche Menschen können sich oft und heftig verlieben, doch es berührt sie nicht weiter. Wenn es vorbei ist, sind sie unverändert. Ähnlich genehmigen sich manche Menschen eine Dosis von dieser oder jener Politik oder Religion: doch es berührt sie nicht wirklich.

Mark hatte sich nicht verändert. Es war nie sehr tief gegangen. Wahrscheinlich war es allein der Tatsache zu verdanken, daß sein Bruder angeblich Kommunist war, daß er nun nicht mehr sagte, man könne einem Kommunisten nicht von hier bis an die Wand trauen.

Statt dessen sagte er, es gebe keine Ehre mehr im öffentlichen Leben.

Wenn das aber so war, fragte Martha sich, weshalb verbrachte er denn dann soviel Zeit mit Jimmy? Sie hatte einmal zu Mark gesagt, wenn jemand zu Jimmy käme und ihn bäte, ein wirksameres Folterinstrument für ihn zu entwerfen, dann würde der das ohne Zögern tun: Die ethischen Aspekte der Angelegenheit würde er mit jener vagen Grimasse des Unbehagens beiseite schieben, die er auch für Marks politische und persönliche Probleme bereithielt. Mark hatte darauf gesagt: Ja, ja, das sei sehr wahrscheinlich, so sei er in der Tat. Mark erwartete demzufolge also kein »Ehrgefühl« von Jimmy. Doch von Miles Tangin erwartete er es?

Sie diskutierten darüber. Sie diskutierten über Ehre und Politik auf dieser Ebene und nahmen so ihre abendlichen Sitzungen im Arbeitszimmer wieder auf. Sie tranken Brandy, rauchten, waren sehr viel zusammen. Patty war zu einer Schwester nach Essex gefahren, dieses ebene Land; man ging davon aus, daß die Seewinde, die Marschen, die Vögel, alles zusammen, sich wahrscheinlich bessernd auf ihr Herz und ihre Kopfschmerzen auswirken würden.

»Du bist wahrlich ein Geschenk des Himmels«, sagte Mark, »du bist immer so ruhig.«

Mark hatte Martha also immer schon als ruhig angesehen? Doch er wählte einen Augenblick für dieses Wort, der ein bezeichnendes Licht auf diese Art von Ruhe warf.

Ein paar Wochen vor dem Erscheinen von *Eine Stadt in der Wüste*, das heißt, bevor Mark sein öffentliches Ansehen wiederfand, hatte Martha einen Brief von Mrs. Quest erhalten, worin sie ihre Absicht ankündigte, nach England zu kommen. Schön, wieso auch nicht? Das lag schließlich nahe. Als Martha den Brief hinlegte, merkte sie, daß sie von Kopf bis Fuß zitterte. Sie saß mit dem Brief in der Hand, ruhig, doch sie zitterte. Eine Woche später, als ein zweiter Brief eintraf, der ein Ankunftsdatum enthielt, ging Martha auf, daß sie – eine Woche lang im Bett geblieben und ausschließlich zu den nächtlichen Sitzungen mit Mark aufgestanden war. Sie war nicht imstande gewesen aufzustehen. Sie hatte im Halbdunkel, in einer Art Halbschlaf im Bett gelegen, wie unter Wasser. Dabei hätte sie nicht einmal sagen können, daß sie unglücklich war. Sie war ruhig gewesen. Doch sie hatte nicht aufstehen können.

Ein dritter Brief. Bis zur Ankunft waren es noch ein paar Wochen. Dieser Brief mußte gründlich gelesen werden. Er begann: Mein liebes Mädchen, und endete: Deine Dich liebende Mutter. Dazwischen seitenweise Tadel, Vorwürfe, Haß. Martha hatte immer solche Briefe von ihrer Mutter bekommen. Jahrelang – wann hatte das angefangen? Doch sie konnte sich nicht mehr erinnern. Sie las sie nicht. Oder besser gesagt, sie hatte eine Technik erlernt, sie zu lesen, die darin bestand, daß sie sie rasch überflog, um ihnen die nötigen Fakten zu entnehmen, gegen schmerzliche Regungen jedoch geschützt war. In ihrem Zimmer gab es einen ganzen Koffer voller Briefe von Mrs. Quest, die mit »Mein liebes Mädchen« begannen und mit »Deine Dich liebende Mutter« endeten. Martha widerum schrieb einmal die Woche einen Brief an ihre Mutter, wie ein Schulmädchen, in denen nichts stand, das nicht höflich, ja herzlich war.

Nun zwang sie sich, vier Jahrgänge Briefe zu lesen. Es dauerte Tage. Sie war krank – aber sehr ruhig. Jetzt mußte Martha Mark irgend etwas sagen. Also sagte sie, sie sei erkältet. Er war nett – er war immer nett, aber besonders nett war er, wenn er eine kranke Frau auf dem Hals hatte. Martha suchte in seiner Miene nach Anzeichen dafür, daß er vielleicht das Gefühl hatte, sie befinde sich auf demselben Weg wie Lynda, wie Patty. Doch wenn er diesen Eindruck hatte, dann ließ er davon jedenfalls nichts verlauten. Er kam mit Wärmflaschen und Orangen und Aspirin und saß bei ihr im dunklen Zimmer. Er erzählte Geschichten, Anekdoten. Sie hörte nicht richtig zu. Sie drehten sich um ein Geschwisterpaar namens Rachel und Aaron. Ihr war, als kenne sie die schon. Dann ging ihr auf, daß Mark damit begonnen hatte, sich redend in ein neues Buch hineinzufinden, das auf dem Boden seines Verhältnisses mit Patty entstand, doch war Patty mit Sally-Sarah verschmolzen. Mark quälten Schuldgefühle wegen Sally-Sarah: Wenn er, Mark, nicht so begriffsstutzig gewesen wäre, dann hätte sie sich nicht umbringen müssen. Mark nahm die Bürde der Mitschuld am Schicksal der Juden im letzten Krieg auf sich. Da war Patty, da war Sally-Sarah, und da war, auch wenn Martha nicht sofort aufging, daß die Geschichten deshalb halbvertraut auf sie wirkten, auch Thomas. Mark hatte den Stoß handgeschriebener, ameisenzerfressener Seiten gefunden und machte davon bei der Erfindung des Geschwisterpaars, polnischer Juden, Gebrauch . . . wie eigenartig das war, hier zu liegen und zu hören, wie Marks Stimme von Aaron, einem jüdischen Jungen aus Polen erzählte, der gleichzeitig Thomas war.

Rachel und Aaron waren dunkelhaarige, springlebendige, hübsche Geschöpfe, Kinder eines Getreidehändlers nahe der deutschen Grenze. Aaron war von seinem Vater einmal so gewaltig verprügelt worden, daß er eine Woche lang nicht sitzen konnte. Er hatte sich geweigert, zur Schule zu gehen – der Lehrer tauge nichts, sagte er, der Lehrer könne noch nicht einmal Latein . . . Wie war Thomas' Stimme eigentlich gewesen? Martha konnte sich nicht erinnern. Sie konnte die von Mark hören, sie sah Aaron vor sich aufblitzen, den rebellischen Jungen. Wie hatte Thomas in Wirklichkeit eigentlich ausgesehen? Er hatte überhaupt nicht wie Aaron ausgesehen, nein: Er war kräftig und blond und blauäugig gewesen. Jedenfalls eine Zeitlang. Es hatte zwei Thomasse gegeben, von denen einer ihr fremd gewesen war, ein düsterer, verbitterter Mann – wie Aaron vielleicht geworden wäre, wenn er nicht im Konzentrationslager gestorben wäre.

Ganze Bereiche ihres Lebens waren Martha entglitten. Sie lag, hörte Mark mit halbem Ohr zu und versuchte, sich an die einfachsten Dinge zu erinnern. Ihre Kindheit war entschwunden bis auf kleine leuchtende, isolierte Ereignisse. Beispielsweise hatte sie einmal unter einem Baum gesessen und über das Veld geschaut und sich eine Stadt vorgestellt, die aus dem Gestrüpp hervorleuchtete. Eine ideale Stadt voller Brunnen und Blumen. Wie Marks Stadt. Vielleicht dieselbe Stadt, doch beide waren schließlich nur ausgedacht. Wie hatte denn der Landstrich dort ausgesehen? Sie konnte sich nicht erinnern. Die blauen Berge am Horizont ragten hoch in einen unbewegten blauen Himmel hinauf und waren weißgestreift vom Schnee. Wie war denn das Haus gewesen? Es war weg. Ein schäbiges altes Haus mit einem Strohdach, doch sie sah es nicht vor sich. Und drinnen? Alles weg. Sogar ihr Schlafzimmer, das einmal ihr Reich, ihr Refugium gewesen war und ihr vertraut bis hin zur Pinselspur an der Wand und bis zum unterschiedlichen Glanz der einzelnen Strohhalme, wenn die Lampen hereingebracht wurden. Und danach war sie verheiratet gewesen. Sie hatte mit Douglas Knowell in verschiedenen Wohnungen gelebt. Sie hatte ein großes Haus gehabt. Sie hatte eine Tochter gehabt. Caroline war ein hübsches kleines Mädchen gewesen. Sie war inzwischen wie alt? Zwölf. Doch das war nicht möglich. Und von der langen Zeit (oder jedenfalls war sie ihr damals lang vorgekommen), wo sie zuerst so eine aktive, vielbeschäftigte Kommunistin und dann so ein aktives, vielbeschäftigtes soziales Wesen gewesen war – was war davon denn übriggeblieben? Anton. Sie konnte sich an die Zimmer, in denen sie mit Anton gewohnt hatte, nicht erinnern. Thomas. Sie konnte sich nicht an seine Stimme erinnern, konnte sie nicht hören. Was von Thomas noch lebendig war in ihrer Erinnerung, war – der kräftige Geruch frisch gewässerter Pflanzen, Blätter und Zweige, das Geräusch eines Platzregens auf der Erde, die Sonne auf einem tropfnassen Baum.

Die lange Krankheit ihres Vaters; ihre Mutter – ach, das war es also, und sie wußte Bescheid. Sie hatte den Schmerz von sich weggeschoben und ihr halbes Leben gleich mit. Ihr Gedächtnis war weg. Naja, fast. Doch in ein paar Wochen würde Mrs. Quest in diesem Haus eintreffen, in dieses Leben Einzug halten, das Martha jetzt führte, und wie gewöhnlich durfte sie wieder nicht das geringste davon mitbekommen, weil es sie so aufregen würde. Aus den Briefen, die Martha sich zu lesen zwang, ging eindeutig hervor, daß Mrs. Quest vorhatte, künftig in London zu leben, und zwar bei Martha. Das war immer schon ihr Wunschtraum gewesen. Doch was für Erinnerungen an Martha hatte sie sich wohl genehmigt, um daran auch glauben zu können? Als allererstes hatte sie sich über die Anschrift hergemacht: Sie kannte die Gegend sehr gut. Ihr Vater hatte sie als Mädchen oft ins Britische Museum mitgenommen. Sie meinte sich an das Haus zu erinnern: War das nicht das große weiße an der Ecke mit den Balkons, die in diesem hübschen Grün gestrichen waren? Martha war also die Sekretärin eines Schriftstellers. War der denn bekannt? Mrs. Quest schien den Namen nicht zu kennen. Schön, vielleicht konnte Martha ja in der Nähe ein Zimmer für sie finden, obwohl alte Damen natürlich nicht viel Platz beanspruchten, und es würde ihr doch wohl hoffentlich etwas einfallen, wie sie sich nützlich machen konnte.

Mrs. Quest hatte vor, in diesem Haus zu leben, als Marthas Mutter, und an irgendeinem Leben teilzuhaben, das sie sich ausgedacht hatte. Bloomsbury. Für Mrs. Quest bedeutete das nicht Literatur, diese Art von Assoziation hätte sie nicht. Es bedeutete Ausflüge ins Britische Museum. Sie hatte geschrieben, daß sie Martha bei der Arbeit würde helfen können – sie hatte tippen gelernt. Das war natürlich Salz in Marthas Wunden – insbesondere, weil ihre Mutter ja gar nicht wissen konnte, welches Pathos darin steckte. Mrs. Quest hatte sich auf einem der seltenen Ausflüge in die Stadt eine gebrauchte Schreibmaschine gekauft, und auf der Farm in den Bergen hatte sie Maschineschreiben gelernt, so daß Martha sie gewiß mit offenen Armen aufnehmen würde. Sie war mit ihrem Sohn und ihrer Schwiegertochter nicht zurechtgekommen. Daß das schließlich ein recht verbreitetes Phänomen war, schien der alten Dame nicht aufzugehen: Es war die Schuld der modernen jungen Leute (sie brachte es nicht über sich zu sagen, es sei die Schuld ihres Sohnes und seiner Frau), und wenn die Kinder auch reizend waren, so waren sie doch schlecht erzogen. Natürlich war es auch nicht gerade vernünftig, sich vier Kinder anzuschaffen, jedenfalls wenn die Farm nicht eben viel abwarf, doch von irgendwelchen Ratschlägen hatten Jonathan und Martha natürlich nie etwas wissen wollen. Jetzt sprachen sie sogar von einem fünften Kind. Sie hoffte nur, daß die Tabakpreise ... und so fort.

Die Briefe folgten jetzt rascher aufeinander, manchmal kamen zwei oder drei mit derselben Post. Details, Details, Details: Da ging es um die Reise, die bis ins letzte Haarnetz und in die letzte Zwirnrolle organisiert sein wollte, und um ein London vor vierzig Jahren, das in Mrs. Quests Vorstellung existierte und über das es sich nun brieflich auf der Ebene von Straßenbahnlinien und den verschiedenen Miederwaren, die sie bei Harrods führten, zu verständigen galt. Ob Martha wohl mal bei Army and Navy Stores anrufen könne, um zu fragen, ob sie diesen bestimmten Flanell noch hatten und falls ja, ob Martha dann wohl anderthalb Meter davon kaufen könne – ängstliche Besorgnis. Mrs. Quest befand sich im Zustand einer fieberhaften ängstlichen Besorgnis, denn während sie immer wieder sagte, sie rechne damit, daß sich alles mögliche geändert habe, versuchte sie sich, ehe sie kam, weiszumachen, daß genau dies nicht der Fall war. Mrs. Quest würde demnächst das London von vor dem Ersten Weltkrieg besuchen und ihre Tochter, die eine angenehme Stellung als Sekretärin bei einem Schriftsteller hatte.

Zum erstenmal hatte sie in Marks Miene den Ausdruck geduldiger Besorgnis gesehen, und das trieb sie aus dem Bett. Sie hatte einen Monat darin verbracht und Briefe gelesen und wiedergelesen; doch genauso, wie man die Hand prüfend ins heiße Wasser taucht. Hinein mit der Hand – schnell, nein, zu heiß – wieder raus; kleine Pause – wieder hinein ... Nein, nein, das halte ich nicht aus. Sei doch nicht so ein Feigling, nun mach schon, streck sie aus. So wurden die Briefe gelesen, und eines Abends merkte Martha, daß Mark an ihrem Bett gesessen und geredet hatte, und sie hatte kein einziges Wort mitbekommen. Und er saß da und schaute sie an, und es war ihm anzusehen, wie qualvoll es für ihn war.

Martha ging ins Kellergeschoß hinunter, um Lynda um Rat zu fragen. Die beiden Frauen wohnten inzwischen schon fast vier Jahre dort. Dorothy hatte eine Stelle. Oder besser gesagt, sie hatte eine Stelle nach der anderen, denn ihr perfektionistisches Genörgel trieb einen Arbeitgeber nach dem anderen zum Wahnsinn. Sie arbeitete halbtags. Während der anderen Hälfte des Tages machte sie die Wohnung sauber und fertigte Puppen und Teewärmer und Kissenbezüge an. Lynda hingegen stand nie vor etwa zwölf auf und zog sich manchmal tagelang nicht richtig an, es sei denn, es kamen Gäste. Sie wanderte ziellos umher, rauchte, kochte ein bißchen, legte Karten, machte Tee für Mrs. Mellendip und ihre Freunde, las astrologische Zeitschriften.

Martha setzte sich Lynda und ihren ausgebreiteten Karten gegenüber und sagte: »Ich glaube, ich bin am Rande eines Nervenzusammenbruchs.«

»Ach ja?« sagte Lynda.

»Meine Mutter kommt.«

»Oh, je – das!« sagte Lynda mitfühlend. Vor Jahren waren diese Worte feurig gewesen. Doch die Empfindung dahinter war erloschen.

»Was soll ich bloß tun?«

»Wenn man einen kriegt, kriegt man nun mal einen.«

»Ich kann aber keinen kriegen, wenn sie hier ist. Sonst gern.«

»Das ist ja das Problem, nicht?«

»Ich muß irgend etwas unternehmen.«

»Man läßt sich mit denen besser nicht ein«, sagte Lynda, »wenn Sie meinen Rat hören wollen.«

»Aber die helfen einem doch, oder? – die Psychiater?«

Lynda lächelte und beobachtete Martha aus großen blaugeränderten Augen. »Naja«, sagte sie.

Zum erstenmal vergoß Martha hysterische Tränenströme. »Ich muß aber etwas unternehmen, ich muß einfach.«

Lynda unternahm keinen Versuch, aufzustehen, Martha zu trösten, damit sie aufhörte zu weinen. Jahrelang, so sagten ihre Miene und ihre Pose, hatte sie mitangesehen, wie Menschen weinten, schrien, zusammenbrachen: Man sah das mit an.

Sie legte Karten, und nach ein paar Minuten machte sie Tee. Marthas Kopf lag zwischen den verstreuten Karten; sie hatte das Gefühl, am Ende zu sein.

»Und was ist mit Mark?« sagte Martha. »Ich kann das Mark doch nicht antun.«

»Armer alter Mark«, sagte Lynda, »er hat wirklich nichts zu lachen.«

Martha ging wieder nach oben ins Bett. Später stieg Mrs. Mellendip die Treppe hinauf, um sie zu besuchen. Sie trug ein äußerst akkurates rotes Kostüm und hatte eine große Handtasche dabei. Ihr Haar war grau, kurzgeschnitten und gepflegt. Sie sah wie eine Geschäftsfrau aus. Sie trat munter, freundlich und bestimmt auf.

Sie hatte für den bevorstehenden Besuch die Prophezeiungen der Sterne ergründet. Die Aussichten waren zwangsläufig nicht rosig, doch wäre es hilfreich, so meinte sie, Mrs. Quests Geburtsdatum zu kennen: Vielleicht ließ sich damit etwas anfangen, das weiterhalf. Martha mußte sich auf einiges gefaßt machen. Doch sprach manches an ihrem Horoskop dafür, daß es an Martha lag, was sie daraus machte. Manchmal ersah man aus den

Karten nichts als das heillose Desaster, und bei solchen Gelegenheiten riet Mrs. Mellendip, eine Reise zu machen oder irgendwo auszuspannen – sich davonzumachen. Doch es gab auch schlechte Zeiten, die gleichzeitig gut waren, das heißt, die die Möglichkeit des Guten in sich bargen, der Veränderung, der Erweiterung der Erfahrungen, wenn man rechten Gebrauch davon machte. Folglich riet sie Martha auch nicht, wegzufahren, sondern zu bleiben, wo sie war, und es durchzustehen. Martha hatte Mrs. Mellendip überhaupt nicht um Rat gebeten. Sie lag stumm im Halbdunkel und lauschte der vernünftig klingenden Stimme. Die weitersprach. Der Rat war genau von der Art, wie sie, Martha, ihn geben würde, säße sie in dem Sessel und Mrs. Mellendip läge hilflos im Bett. Obwohl man sich Mrs. Mellendip nicht hilflos oder krank vorstellen konnte.

Sie erklärte Mrs. Mellendip, sie habe nicht daran gedacht, wegzulaufen. Eine kleine Pause. »Es ist nichts gegen das Weglaufen einzuwenden, wenn man weiß, daß man mit dem Bleiben nichts ausrichten kann.«

Dieser Leitsatz wurde in einem Ton gesagt, der keinerlei Widerspruch duldete.

Marthas Problem würde gelöst werden, ihre derzeitige Schwäche verschwinden, alles war in Ordnung. Martha war voller Zuversicht.

Voller Zuversicht setzte sie sich auf, bereit, es mit dem Leben aufzunehmen – und legte sich wieder hin, weil ihr der Gedanke kam, daß sie sich ebensosehr gestärkt gefühlt hätte, wenn Mrs. Mellendip gesagt hätte: Ende gut, alles gut, oder sogar: Ein Spatz in der Hand ist besser als die Taube auf dem Dach. Es bedurfte lediglich ihrer lächelnden Bestimmtheit, Mrs. Mellendip war ein Mensch mit Kraftreserven, und sie war imstande, den Menschen um sie herum etwas von dieser Kraft einzuflößen.

Martha lag und betrachtete ihre alte Widersacherin, die tüchtige Frau mittleren Alters. Hier war sie wieder, Martha, ein armes, verwirrtes hilfloses Geschöpf, das mit Neid eine Mrs. Mellendip beobachtete, die so stark war. Und ruhig. Ruhig. Mark behauptete, Martha sei ruhig.

Martha kam in den Sinn, daß sie schließlich – wie alt war sie eigentlich? Fast fünfunddreißig. Für andere Menschen war sie inzwischen selbst so ein Wesen voller Zuversicht und Kraft. Es war zwar unmöglich, aber fast konnte man diesen Eindruck haben. Die Zeit, die liebe Zeit, hatte das bewirkt, daß sie jetzt hier auf dem Bett lag, ein kleines Mädchen, das im Innern nach der Mama weinte: Mama, warum bist du so kalt, so unfreundlich, und die bewundernswerte Ruhe von Mrs. Mellendip mit Neid betrachtete. Doch wenn sie aufstand, um ihre Rolle in diesem Haushalt wieder einzunehmen, dann wäre es völlig egal, ob nun sie oder aber Mrs. Mellendip sagte: Die Zeit heilt alle Wunden. Oder: Beides auf einmal geht nun mal nicht.

Dann lag Mrs. Mellendip wohl auch manchmal wie ein kleines Mädchen in einem verdunkelten Zimmer auf dem Bett und empfand nichts als hilflosen Neid auf die Starken?

Panik überschwemmte Martha. Sie begriff: das kam daher, weil sie sich Mrs. Mellendip um keinen Preis anders als unfehlbar vorstellen wollte. Wenn sie sich jetzt nicht einen Ruck gab, dann würde sie binnen eines Monats zu der Gruppe gehören, die im Kellergeschoß ein- und ausging und die Karten las und Teeblätter am Tassenboden herumschwenkte. Eine eigenartige Geste war das, das schnelle, kreisende Rucken der Hand, um Teeblätter und Flüssigkeit zu trennen. Genau dieselbe wie bei dem Mann, der die Pfanne mit dem zermahlenen Felsgestein schwenkt, um Gold zu finden: eine Art kreisendes Rütteln, und die Flüssigkeit nahm die leichte, überflüssige Krume mit weg und ließ das schwere, möglicherweise goldträchtige Sediment am Boden zurück. Man war darübergebeugt und spähte hinein, spähte auf ein Häufchen Teeblätter, einen schmutzigen Fleck aus nassem Kies, der glitzerte.

»Mrs. Mellendip«, fing sie an.

»Warum nennen Sie mich denn nicht Rosa?«

Ja, warum nicht? Sie hatte Mrs. Mellendip während der letzten Monate doch schließlich x-mal im Haus getroffen? Rosa Mellendip wartete mit einem Lächeln, das nicht ganz frei war von Ironie, auf Marthas Antwort.

Die Antwort lautete natürlich, daß sie sich nicht mit ihr gemein machen wollte. Es war Feigheit. Damit die vernünftigen Freunde, die man hatte, nur ja nicht auf die Idee kamen ... Bei der Vorstellung wand sie sich vor Verlegenheit. »Rosa«, sagte sie, »ich denke darüber nach. Es ist wirklich nett von Ihnen, daß Sie raufgekommen sind.«

Sie sagte das kleinlaut, ohne Selbstvertrauen, fast als entschuldigte sie sich, weil sie sie damit ja eigentlich zum Gehen aufforderte. Immerhin hatte sie nicht auch noch ein nervöses Lachen hören lassen oder eine Geste gemacht wie ein angstvoll zurückweichendes Hündchen. Sie war nicht »Matty« gewesen. Denn eigentlich sah es eher so aus, als könne sie für den Rest ihres Lebens erwarten, daß »Matty« jedesmal, wenn sie sich im Zustand der Schwäche oder der Niedergeschlagenheit befand, völlig unverändert auftauchen würde, geradeso wie sie als Neunjährige gewesen war, ein Clown, der sich gräßlicherweise für alles und jedes entschuldigte. Und da stand sie nun wieder neben dem Bett, auf den Plan gerufen von der vor Selbstvertrauen strotzenden Rosa.

Lächelnd stand Rosa auf. Lächelnd schaute sie aus dem Fenster und betrachtete den Baum. Dann nickte sie, lächelte und ging.

Martha empfand eine unangemessene Erleichterung, so als sei eine Bedrohung gewichen. Was an sich schon gefährlich war. Die Kellerwohnung und ihre Bewohner isolierten sich in ihrer Vorstellung, als sei das das Territorium einer Überzahl von fremden Wesen, gegen die sie sich schützen mußte, zu denen sie keine Beziehung unterhalten durfte. Im Grunde vollzog sich gegenwärtig genau derselbe Prozeß wie vor einigen Monaten, als sie den »Kommunismus«, das heißt Patty, Mark und ihre Freunde, beobachtet, sich, uneins mit sich selbst, den anderen entfremdet hatte und um Haaresbreite eine haßerfüllte Gegnerin geworden wäre. Jetzt fehlte nicht viel, und sie würde sich im Nu in eine Feindin der Schattenwelt im Kellergeschoß verwandeln. Sie konnte dabei zusehen, wie die entsprechenden Mechanismen in ihrem Inneren am Werk waren und Rosa Mellendip zuerst in ein lächerliches, dann in ein bedrohliches Licht stellten. Sie verwandelte sich in jemanden, den es zu zerstören galt wie die Hexe im Mittelalter. Schafft sie beiseite! Aus den Augen mit ihr! Rettet die arme Lynda, rettet die arme Dorothy, rettet all die willensschwachen Narren vor der machtlüsternen, verhängnisvollen Frau ...

Was war das letzten Endes hier doch für ein unbeschreiblicher Haushalt, der, als ganzer genommen, eine solche Vielzahl von Einstellungen, von Standpunkten umschloß! Menschen, die in irgendeiner Art von Austausch, Verknüpfung, Beziehung stehen, bilden ein Ganzes. (Wie schon vorher, so war diese Empfindung auch diesmal von einer Erregung begleitet, die ihre Bedeutung hervorhob, so als sei in ihrem Innern noch ein anders beschaffenes Wahrnehmungssystem am Werk, das es ihr ermöglichte, und sei es auch nur flüchtig, die Verbindung zwischen allen im Haus wirklich zu *spüren.*) Mrs. Mellendip, die es fertigbrachte zu sagen: »Dorothy, am Donnerstag nimmst du dich besser den ganzen Tag lang in acht, da bist du unfallgefährdet.« Und die Genossen, die ... Ja, schon, aber jener Gegenpol oder jenes Gegengewicht hatte sich verlagert, war dabei, sich aufzulösen.

In Marks Augen war Rosa Mellendip lächerlich. Für sie und ihren Einfluß auf Lynda hatte er nur eine Art halb gekränktes, halb amüsiertes Schnauben übrig, in dem auch Abscheu mitschwang. Vielleicht genügte ja schon ein gewisser Druck, ein kleiner Stimmungswandel, und aus dem widerstrebend Amüsierten würde einer werden, der die Reisigbündel anzündete, die Galgen aufrichtete? Wenn Martha sich ansah, was in ihr so alles vorging, dann konnte sie nur sagen: In der Tat, dazu gehörte nur sehr wenig. Da war etwa Jimmy Wood. Doch hier kam Martha nicht weiter. Der bloße Gedanke an Jimmy erfüllte sie schon mit Unbehagen, und sie wußte nicht, weshalb: Ihn und Rosa Mellendip in eine Reihe stellen zu wollen, war ein fruchtloses Unterfangen – da konnte man nur die Achseln zucken. Jimmy Wood würde warten müssen, sie mußte sich wieder auf die Beine bringen, sich überwinden und wieder arbeiten. Und nicht mit Hilfe von Rosa Mellendip – einfach deshalb nicht, weil es ihr, Martha, so leicht fallen würde, ein Mensch zu werden, der Mittwoch keinen Schritt vor die Tür täte, wenn die Sterne nicht den richtigen Schatten warfen.

Martha stand auf und zog sich an. Noch ehe sie damit fertig war, wußte sie, was sie tun würde. Sie zog einen Mantel an, nahm ein paar sehr große Einkaufskörbe und steuerte jene Londoner Straßen an, deren Fassaden zugleich die Schaukästen für die Millionen Bücher sind, die sie bergen.

Irgendwann einmal in Marthas Leben war ihr die Gewißheit eingeflößt worden oder hatte sie instinktiv erkannt, daß man nie irgend etwas lesen konnte, ehe man es nicht wollte, nie irgend etwas lernen konnte, ehe man es nicht brauchte. Sie stand vor einer weiteren kurzen, intensiven Periode des Lesens, in deren Verlauf sie sich einen Überblick über das Wesentliche verschaffte, die notwendigen Informationen, mehr nicht. Sie sah sich nach Büchern um, die ihr über das Wissensgebiet Aufschluß verschaffen würden, das in dem Haus in der Radlett Street stets als »Dr. Lamb« Erwähnung fand. Sie wußte nichts darüber, hatte nichts gelesen. Doch soviel hatte sie immerhin »am Rande« mitbekommen, daß sie ungefähr wußte, nach welchen Büchern, nach welchen Verfassern sie fragen mußte. Die Namen der beiden hervorragenden Vertreter, die gewissermaßen die beiden Pole oder Gesichter dieser Wissenschaft oder Kunst bilden, waren leicht zu merken. »Freud« und »Jung« waren leicht zu merken. Sie schnüffelte und stöberte und roch sich durch das Gebiet zwischen beiden und kehrte bei Einbruch der Dunkelheit mit vollen Körben zurück. Dutzende weiterer Bücher waren bestellt. Diese Bücher hatte sie jetzt im ganzen Zimmer ausgebreitet und ließ sich häuslich unter ihnen nieder. Mark kam spätabends herein, fand sie so, setzte sich eine Weile dazu, um ihr zuzuschauen oder

Kommentare abzugeben, und war erleichtert. Weil sie auf war und *irgend etwas* tat. Was das war, war eine andere Sache. Ein Mann, der so viele Hunderte von Pfund für Kliniken und Dr. Lamb ausgegeben hatte, um die arme Lynda zu heilen, konnte der Sache schwerlich anders als mit Skepsis begegnen. Doch Martha war wieder wie immer: Seine Freundin hatte ins Alltagsleben zurückgefunden, und deshalb war er erleichtert.

Während ihr das Entsetzen angesichts des kommenden Ereignisses den Magen zusammenkrampfte, benahm Martha sich ganz normal und war verwundert, daß sie dazu imstande war. Um Mark zu beruhigen, kochte sie ein paarmal recht gut, sie gingen sogar ein-, zweimal ins Restaurant, und sie kaufte sich ein paar Kleider und ließ sich das Haar machen. Im Spiegel erblickte sie eine kräftige, tüchtig wirkende Frau mit einem frischen, zarten Make-up und in einem attraktiven dunklen Goldton schimmerndem Haar. Die geschminkten dunklen Augen schienen unverändert.

Gleichzeitig las sie. Sie las und las. Sie suchte und blätterte und vertiefte sich und nahm sich, was sie brauchte. Am Ende ging sie aus dieser Beschäftigung, die einem Universitätskurs gleichkam, mit einer wesentlichen Erkenntnis hervor: daß diese Leute, die eine bestimmte Wissenschaft oder Kunst ausübten, sich absolut über nichts einig waren.

Vor hundert Jahren (oder jedenfalls ungefähr) hatte es diese Art, den Menschen zu betrachten, nicht gegeben. Ein Mensch war das, als was er erschien. Und dann hui!, waren die bedeutenden Vertreter auf den Plan getreten, und ein Mensch war ein Eisberg. Doch jetzt, ein Jahrhundert später, hatten die verschiedensten, sehr energisch auftretenden Leute sehr entschiedene Ansichten, die sie zu Papier brachten und auf Konferenzen überall in Europa und Amerika unermüdlich vertraten. Nicht jedoch in Rußland und China: dort war dieser Blickwinkel suspekt.

Na schön, in irgendeinen Dogmenkäfig würde Martha sich jedenfalls nicht führen lassen, denn für Dogmen gab es per definitionem keine Grundlage.

Wieder ging sie ins Kellergeschoß hinunter, um Lynda zu besuchen, und es kümmerte sie nicht, ob deren Freunde da waren oder nicht. Lynda saß rauchend auf ihrem Bett. Im Wohnzimmer wickelte Dorothy dunkelblaue Wolle auf, die ihr ein grauhaariger kleiner Mann mit beiden Händen hielt. Unterdessen starrte er Dorothy an, die er gern heiraten wollte. Dorothy konzentrierte sich auf die Wolle und ignorierte ihn.

Martha setzte sich neben Lynda aufs Bett.

Sie sagte: »Was ist Dr. Lamb eigentlich für ein Mensch?«

»Ach, die sind alle gleich!«

»Das kann doch nicht sein!«

»Na, das gehört ja gerade zu ihrem Repertoire: Es soll eigentlich keine Rolle spielen, wie sie persönlich sind.«

»Aber das ist doch lächerlich.«

»Ich an Ihrer Stelle würde es nicht machen.«

»Ich kann doch abbrechen, wenn es nichts taugt.«

Das trug Martha einen ziemlich sauren Blick ein: Lynda empfand das offensichtlich als schlechten Scherz. »Die kriegen Sie schon an die Angel!«

»Was würden Sie denn dann tun?« fragte Martha.

Und daraufhin vollzog Lynda wieder eine ihrer abrupten Kehrtwendungen. Eben noch war sie eine lustlos und erschöpft wirkende Frau, die lächelte oder auch nicht, höflich war, eben mehr oder minder normal, einen Augenblick später war sie eine halbe Xanthippe. Sie fuhr auf und starrte sie aus weit aufgerissenen Augen an. »Ich? Eine Nichts-weiter-als?«

Diese Wendung gehörte zum Jargon des Kellergeschosses. Liebevoll oder wütend oder aufsässig sagte Dorothy zu Lynda oder Lynda zu Dorothy: du – eine Nichts-weiter-als! Manchmal schrie Lynda hysterisch: Ich bin eine Nichts-weiter-als, ist das klar! und mußte in Ruhe gelassen werden.

Eine Nichts-weiter-als konnte man nichts fragen.

»Das wollen die ja gerade«, sagte Lynda zähneknirschend. »Darauf legen die es ja an: eine Nichts-weiter-als aus einem zu machen.«

»Das verstehe ich nicht.«

»Das werden Sie schon noch!«

Und Lynda warf sich aufs Bett und wandte mit einer scharfen, abweisenden Bewegung das Gesicht ab, und ihr weggerecktes Kinn war wie eine geschlossene Tür, die Martha unwiderruflich zum Gehen aufforderte. Über ihrem Kinn starrten die Augen die Wand an – ausdruckslos. Martha mußte gehen.

Martha setzte sich nebenan zu Dorothy und ihrem aufmerksamen Möchte-gern-Gatten. Dorothy stapelte jetzt blaue Wollbälle in einen selbstgemachten Bastkorb.

»Was hat das eigentlich mit diesem Nichts-weiter-als auf sich?« fragte Martha.

»Ach, das ist nur einer von unseren Scherzen«, sagte Dorothy.

»Bitte, sagen Sie's mir!«

Dorothy warf ihrem Galan einen übertrieben gebieterischen Blick zu, woraufhin der sich entschuldigend erhob und mit entschuldigendem Nicken und Lächeln davontrottete.

»Er geht mir auf die Nerven«, sagte Dorothy, »ich sage ihm ständig: Du gehst mir auf die Nerven, aber er kann es offenbar nicht oft genug hören und kommt immer wieder.«

Er mußte das mitbekommen haben oder wenigstens einen Teil davon – denn er war erst im Flur. Doch er steckte den Kopf herein und sagte quengelig: »Bis morgen dann, Dorothy! Du bist ein böses Mädchen!« Mit stolzem Blick zuckte sie majestätisch die Achseln; er zog seinen Mausekopf zurück.

»Heiraten!« sagte Dorothy. »Ich meine, was sollte denn dann zum Beispiel aus Lynda werden?«

»Und die Sache mit dem Nichts-weiter-als?« sagte Martha.

»Ach, das hat nicht viel zu sagen. Das ist nur so ein Scherz, noch aus der Klinik. Wissen Sie, das ist immer das Schönste für die, wenn die sagen können: Sie sind doch nur – was auch immer. Die brauchen Wochen und Wochen, um da anzukommen, und am Ende ist man dann nichts weiter als Elektra. Sie wissen doch – das Mädchen, das seine Mutter umgebracht hat!«

Martha sagte: »Ja!«, und Dorothy nickte. Es war ein friedliches Lächeln, eins von der zahmen Sorte. Nachdem der Mann gegangen war, schien ihr der Sinn fürs Theatralische völlig vergangen. Eine stattliche, traurige sanfte Frau saß und sortierte Wollknäuel und plauderte wie gewöhnlich, als ginge es um Eier und Butter.

»Sie wollen doch nichts weiter, als mit Ihrem Vater schlafen. Das ist doch nichts weiter als ihr Bruder. Nichts weiter, nichts weiter – weiter nichts ...« Das hörte sich wie ein Wiegenlied oder ein Abzählvers an. »Ich bin doch weiter nichts als eine Depressive.«

»Und was ist Lynda?«

»Ja, Lynda, bei der ist das alles immer komplizierter.« Das sagte sie mit Stolz: Dorothy war stolz auf Lyndas vielschichtigen Charakter. »Mal ist Lynda das, und dann ist sie wieder das. Doch darauf kommt es nicht an. Was immer für eine Nichts-weiter-als man jeweils gerade ist, das ist das einzige, was zählt, bis dann eine andere Nichts-weiter-als dran ist. Demnach, was ich als letztes gehört habe, war Lynda nichts weiter als Kassandra, doch wer weiß, was sie mittlerweile ist?«

Martha rief Dr. Lamb an und bat um einen Termin. Die Sekretärin fragte nach Mrs. Coldridge, und Martha sagte, es sei für sie selbst. Der Termin war in zwei Wochen. Martha stellte mit Interesse fest, daß sie sich ärgerte, weil es nicht morgen schon ging. Wenn Martha schon die ganze Nacht wachgelegen hatte, um diesen hochwichtigen Schritt zu beschließen, dann sollte Dr. Lamb natürlich in dem Augenblick, wo sie sich entschieden hatte, auch zur Verfügung stehen. Krisen und Unglück stürzten auf sie zu – der Besuch ihrer Mutter stand ins Haus. Dr. Lamb war verantwortungslos, ja geradezu herzlos: Es war schließlich keine Zeit zu verlieren.

Zwei Wochen. Sie beschloß, nicht ins Bett zurückzukehren und Mark keinen Anlaß zur Besorgnis zu geben. Sie trug ihm gegenüber die allergrößte Ruhe und Zuversicht zur Schau, und er nahm es erleichtert zur Kenntnis. Sie war erstaunt, daß sie das fertigbrachte. Unterdessen saß sie, um keine Zeit zu verlieren, in einem Sessel – das Bett hätte sie wie Treibsand in die Tiefe ziehen können – und versuchte, ihre verlorene Vergangenheit wiederherzustellen. Jeden Tag entglitt sie ihr mehr. Manchmal kam sie sich vor wie ein Mensch, der in einer fremden Stadt aufwacht und nicht weiß, wer er oder sie ist. Da saß sie, sie selbst. Ihr Name war Martha – ein Etikett, das sich mit ihrem Selbstgefühl hinlänglich vertrug. Manchmal stand sie auf und schaute in den Spiegel, aus dem dringenden Bedürfnis, die Widerspiegelung jener Existenz zu sehen, die ohne besonderen Grund Martha genannt wurde. Im Spiegel sah man eine Frau mit einem sympathischen Gesicht, deren Name Martha war. Sie hatte dunkle Augen, sie lächelte oder runzelte die Stirn. Einmal war sie im Zustand quälender Unruhe vor den Spiegel getreten, und da hatte sie ein zerzaustes, vor Panik starres Wesen gesehen, das an den Nägeln kaute. Sie beobachtete dies Wesen, das von Angst gepeinigt wurde. *Wer* beobachtete da?

Sie saß im Sessel. Draußen vor dem eleganten, hohen Fenster mit seinen zierlich gerahmten Scheiben ein Baum. Nichts war erstaunlicher und wunderbarer als der Baum dort, ein Lebewesen, dessen grüne Gliedmaßen aus einer grauen Oberfläche aufschossen. Unterhalb der grauen Erdoberfläche gab es ein Geflecht von Wurzeln, das in einem gewissen Zusammenhang mit der Gestalt und dem Verlauf seiner Äste stand. Dies seltsame Wesen gegenüber dem Fenster war eine Art Leitungsrohr für die unterirdischen Flüsse von London, die seinen Stamm hinaufeilten und sich durch hundert Äste nach außen verteilten, um sich in die Luft zu verlieren und aufwärts zu verströmen, sich der feuchten Wolkendecke des Londoner Himmels anzuschließen. Sie hatte das Gefühl, noch nie zuvor einen Baum gesehen zu haben. Das Wort »Baum« war dem Wesen auf dem Trottoir fremd. Baum, Baum, sagte sie immer wieder, wie sie Martha, Martha sagte, und spürte dabei, wie wenig es auf diese Silben ankam, die sich der konkreten Wirklichkeit des lebenden Organismus bemächtigten. Und als hätte sie nicht vier Jahre lang in diesem Zimmer gelebt, kam ihr alles darin ungewöhnlich und neu vor, und als der alte schwarze Kater aufstand von der weißen Überdecke und einen Buckel machte, da teilte sich die Wonne jener Bewegung Marthas Rücken mit.

Sie ging ins Kellergeschoß, um Lynda zu besuchen: Sie hatte ja sonst niemanden, der sie verstehen konnte.

»Lynda, wissen Sie, wer Sie sind?«

»Ich.«

»Sehen Sie das, wenn Sie in den Spiegel schauen?«

»Nein. Nicht oft. Manchmal.«

»Wann denn?«

»Ach, ich weiß nicht. Das kommt eben manchmal vor.«

»Sind Sie immer jemand, der Sie beobachtet?«

»Mal mehr, mal weniger.«

Lynda saß in einem rüschenbesetzten weißen Negligé auf dem Bett und lackierte sich die Fußnägel, ein Vorgang, der ihre ganze Aufmerksamkeit beanspruchte.

Jetzt wackelte sie mit den Zehen, die in hellrosa Muschelschalen endeten. Sie lachte entzückt und schaute Martha an, die genau verstand, was sie damit sagen wollte, und ebenfalls lachte.

»Wie auch immer«, sagte Lynda. »Sehen Sie sich besser vor. Das dürfen Sie denen nicht erzählen.«

»Was?«

»Das mit den zweien. Manchmal ist man mehr der, der beobachtet, und manchmal rückt diese Person in weite Ferne, und man ist mehr diejenige, die beobachtet wird. Doch danach halten die ja gerade Ausschau, und wenn man die Dummheit begeht und das sagt, dann ist es bewiesen. Dann ist man schizophren.«

»Ein Nichts-weiter-als?«

»Naja, das kommt darauf an. Das war ich zwar lange Zeit für einen Arzt, als Dr. Lamb in Amerika war, aber Dr. Lamb hatte andere Vorstellungen. Aber Sie sollten denen das nicht erzählen, hören Sie, Sie sollten auf der Hut sein. Obwohl es sehr schwierig ist, weil sie einen reinlegen.«

»Das Problem ist nur, wenn ich das jetzt gerade bin, dann war ich es immer schon. Jetzt allerdings in stärkerem Maße.«

»Jedenfalls, wenn die Sie reinlegen, so daß Sie denen das alles erzählen, dann sagen Sie besser das Gegenteil: daß es nicht mehr so stark ist wie früher. Denn so wie die es sehen, heißt es dann, daß Ihr Zustand sich gebessert hat und nicht verschlimmert.«

Martha ging auf, daß sie jahrelang der Meinung gewesen war, das, was im Kellergeschoß geredet wurde und was sie mitbekommen oder nur halb mitbekommen hatte, sei zu verrückt, um mehr als Mitleid erregen zu können. Jetzt verstand sie – oder doch vieles davon. Sie lernte sogar, sich dieser Sprache zu bedienen. Etliche von den Besuchern des Kellergeschosses waren in Nervenheilanstalten gewesen oder befanden sich in irgendeiner Behandlung. Einer davon war Dorothys Möchte-gern-Gatte, der grauhaarige kleine Mann, der nur aus liebenden, bettelnden Hundeblicken zu bestehen schien. Er war schizophren, sagten sie, oder er war es wenigstens zeitweise. Manchmal, wenn es ihm schlecht ging, fand er sich bei seinem Arzt ein und wurde dann wieder für ein paar Wochen in die Klinik aufgenommen. Er bekam gewaltige Mengen Tabletten, sein Zustand besserte sich, und dann wurde er wieder entlassen.

Jahrelang, ihr ganzes Leben lang, war die Welt der Geisteskrankheit und der Ärzte, die sich damit befaßten, ihr fremd gewesen. Sie hatte nicht einmal etwas Beängstigendes darin gesehen: es war einfach etwas ganz Fernes gewesen. Wenn sie jetzt zurückblickte, konnte sie sich zwar an bestimmte Leute erinnern – eine Freundin, den Mann einer Freundin, irgend jemandes Mutter, die irgendeine Art von »Zusammenbruch« gehabt hatten. Doch hatte sie darüber nicht nachgedacht. Angst? Hatte sie sich davor gefürchtet? Nein, denn von dem Augenblick an, wo es geheißen hatte: der und der ist geisteskrank, die und die hat einen Zusammenbruch gehabt, ging es sie nichts mehr an; die Worte, die Etiketten hatten sie von ihr entfernt, sie aus ihrem Erfahrungsbereich herausgefegt. Dabei hatte sie ihr ganzes Leben lang immer wieder in einer Atmosphäre der Anspannung, der nervlichen Belastung, der Neurose gelebt, die auch unumwunden zugegeben, offen diskutiert worden waren. Leute waren neurotisch. Leute sagten von sich selbst, sie seien neurotisch. Andere sagten von anderen Leuten, sie seien neurotisch. Früher einmal hatte man von Menschen gesagt, Soundso ist unfreundlich oder übellaunig oder unduldsam oder ein Tyrann. Jetzt waren sie neurotisch. Doch zwischen diesem Klima, der normalen Luft, in der man immer gelebt hatte, und jener anderen Sphäre mit den Menschen in psychiatrischer Behandlung hatte eine strikte Trennung bestanden.

Doch jetzt, da sie dies Anderssein selbst erlebte, hatte sie plötzlich das Gefühl, blind gewesen zu sein. Denn plötzlich war die Geisteskrankheit (im Unterschied zur Neurose) keineswegs mehr etwas, das irgendwo anders vorkam, sondern etwas, das überall um sie herum existierte und, was noch merkwürdiger war, schon lange Zeit um sie herum existiert hatte. Da waren nicht nur Lynda und Dorothy, da waren auch deren Freunde, in denen sie zuvor Menschen gesehen hatte, die einen unseligen Hang zu Rosa Mellendip hatten. Martha fiel ein, daß Gerald Smith, einer der Genossen (er war inzwischen bereits ein Ex-Genosse), eine Frau hatte, die in der Nervenheilanstalt war. Sie wollte von Mark wissen, was denn mit der Frau los sei. Sie selbst hatte sie nicht kennengelernt, aber Mark. Mark sagte bloß, sie scheine ein recht nettes Mädchen zu sein, ein bißchen überfordert vielleicht. Was denn mit ihr los sei? Sie sei depressiv gewesen; sie hatten sie jedoch schockbehandelt und meinten, es gehe ihr etwas besser. Gerald sage, sie komme vielleicht bald nach Hause, doch fürs erste versuchten sie es noch mit weiteren Schockbehandlungen. Dann war da noch Patty Samuels, von der Martha Briefe aus Essex bekam, die verzweifelt um einen munteren Ton bemüht waren. Patty wollte natürlich etwas über Mark erfahren, und Martha gab die gewünschten Auskünfte. In einem ihrer letzten Briefe hatte Patty gesagt, sie glaube, daß sie vielleicht ein bißchen verrückt sei: »Besser, ich gebe es zu, dann ist die Sache geklärt.« Sie ging zu einem Psychiater in Norwich.

Und, wie es sich so traf, war jetzt auch noch Mavis Wood ins Spiel gekommen: Wie sich herausgestellt hatte, war Jimmy seit dem zwanzigsten Lebensjahr verheiratet. Mavis Wood war unglücklich wegen ihrer Ehe. Sie hatte ihre Mutter besucht und ihre beiden verheirateten Schwestern, die sie gefragt hatten, ob Jimmy denn auch gut für sie sorge – die Mutter; ob er seinen ehelichen Pflichten nachkomme – die eine Schwester; und ob er nett zu den Kindern sei – die andere. Mavis hatte allen dreien mit ja geantwortet und hatte nachher furchtbare Gewissensbisse gehabt. Zweifellos war es allein ihr Fehler, daß sie unglücklich war. Als Mark sie drängte, doch zu sagen, was ihr denn fehle, mußte sie weinen und sagte, manchmal denke sie, Jimmy sei überhaupt nicht richtig da, doch natürlich müsse das ihre Schuld sein, wenn Mark doch sage, daß er wirklich existiere.

Mark kam damit zu Martha, die darauf erwiderte, natürlich sei Jimmy nicht ganz da – wenn auch der Himmel wissen mochte, welcher Teil von ihm nicht da war. Mark, der nach wie vor Jimmys ergebener Bewunderer war, entgegnete, das Zusammenleben mit Genies sei nun mal bekanntermaßen schwierig, und Mavis scheine ohnehin nicht gerade die Hellste zu sein. Letzte Woche nun hatte die arme Mavis zu schreien angefangen und zwei volle Tage durchgeschrieen, während Jimmy lächelnd durchs Haus geflattert war und sie gefragt hatte, was denn los sei. Mavis war in die Klinik gekommen, und um die beiden Kinder kümmerte sich die eine Schwester – die, die gefragt hatte, ob er nett zu den Kindern sei. Jimmy müsse sehr beunruhigt sein, meinte Mark, doch glücklicherweise habe er dafür nicht die Zeit: In der Fabrik gab es soviel zu tun, und er hatte, wie sich heraussstellte, obendrein zu schreiben angefangen. Er schrieb Raumfahrerromane: so hieß das, wenn Mark auch nicht verstand, wieso »Raumfahrer«, doch er nehme an, ein Wort sei dafür genausogut wie ein anderes.

Jetzt waren es nur noch zwei Tage bis zu ihrem Termin bei Dr. Lamb. Die Briefe von Mrs. Quest trafen inzwischen täglich bündelweise ein. Martha zwang sich, sie zu lesen. Allein schon der

Akt, die Hand nach einem Brief auszustrecken und ihn aufzureißen, bewirkte, daß wie auf Knopfdruck oder als habe jemand Schleusentore geöffnet, zwei heftig widerstreitende Empfindungen in ihr entfesselt wurden. Die eine war Mitleid, unerträglich starkes, sengendes Mitleid. Die andere war das wilde Bedürfnis, loszulaufen – irgendwohin. Zur Not nur bis unter die Bettdecke. Folglich saß sie und raste vor fruchtloser Auflehnung. Gegen was denn? Eine arme, einsame alte Frau, der das Leben bis auf kurze Augenblicke stets alles vorenthalten hatte, was sie gern gehabt hätte. Doch immerhin, und das war das eigentlich Wichtige, während sie saß und wütete, gelang es ihr, einen Teil ihrer Vergangenheit wiederzubeleben, der verloren gegangen war. Sie erinnerte sich an die aufbrausende Jugendliche, die sie gewesen war, ein Mädchen, das nach allem griff, das als Waffe im Überlebenskampf taugte: Den eigenen Körper hatte sie als herausforderndes Reizmittel eingesetzt, ihre Kleidung, Ideen, Gedanken, Bücher, andere Menschen – alles. So ein Wesen war sie gewiß gewesen und war es jetzt, als sie die rührenden, herzzerreißenden Briefe las. Und als sie saß und las und wieder zu dem heranwachsenden Mädchen wurde, fiel ihr ein, daß es selbst damals jene andere Person, die stumme Beobachterin, die Zeugin gegeben hatte. Nichts anderes war von Dauer gewesen. Sie kehrte vor den Spiegel zurück und erinnerte sich an das Gesicht des Mädchens: Sie sah es wieder vor sich, ein Schatten hinter dem Gesicht, das sie jetzt sah, zwei Gesichter, das gegenwärtige und eins der Gesichter der Vergangenheit. Sie waren durch die Augen miteinander verbunden.

Dann passierte etwas, das unglaublich grausam schien. Dr. Lambs Sekretärin rief an, um mitzuteilen, daß Dr. Lamb krank sei, er habe eine sehr schlimme Erkältung. Sie machten am besten einen vorläufigen Termin in vierzehn Tagen aus.

Martha brach zusammen. Sie kroch zurück unter die Bettdecke. Ihre Mutter würde ankommen, ehe sie noch nach dem Treibholz in der wütenden See, nach Dr. Lamb, würde greifen können. Sie war sich selbst überlassen, schutzlos, und Dr. Lamb war grausam, er ließ sie im Stich. (Ein Teil von ihr beobachtete jedoch diese durchaus vorhersehbaren Reaktionen, die so anschaulich in den Büchern beschrieben waren, die sie kürzlich gelesen hatte.) Als die, die beobachtete, lächelte sie, als die, die reagierte, wälzte sie sich panisch im Bett und weinte.

Von Mrs. Quest kam ein Brief, aus dem hervorging, daß sie ihr Abreisedatum für ein paar Monate verschoben hatte. Sie blieb noch bei Freunden in Kapstadt. Zu dem Zeitpunkt stürzte Martha sich nur auf diese eine Tatsache: Sie war gerettet. Als sie diesen Brief dann später richtig las, erkannte sie, daß Mrs. Quest ihren Besuch, dem sie mit ebensolchem Entsetzen entgegensah wie Martha, aufgeschoben hatte, um sich genügend lange auf die Qual vorbereiten zu können, die, wie sie (irgendwo im Innern) wußte, auf sie zukam. Mrs. Quest hatte sich jedoch nicht eingestanden, daß das der Grund für ihr Verhalten war. Die Angst vor dem Schmerz, das Vorwissen nahm eine andere Tönung an und mündete in eine Flut von Vorwürfen gegen Martha, die unfreundlich und schnöde war: Weshalb hatte sie denn die letzten beiden Briefe nicht beantwortet? Und sie hatte nichts von den Unterhemden gesagt, die Mrs. Quest sie zu kaufen gebeten hatte. Naja, damit war wohl vollkommen klar, daß Mrs. Quest sie selbst würde besorgen müssen, obwohl das doch wohl nicht zuviel verlangt gewesen wäre, wenn sie ...

Das Martyrium war noch einmal aufgeschoben worden – doch es war nicht aufzuhalten. Dr. Lamb, der grausame Verräter, mochte sie abermals sitzenlassen. Und Martha lag im Dunkeln und rührte sich nicht.

Später kam sie zu der Überzeugung, daß dieser doppelte Aufschub das größte Glück war, das ihr je widerfahren war. Wenn er nicht eingetreten wäre, wenn Dr. Lamb nicht erkältet gewesen und Martha zu ihm gegangen wäre, ohne im geringsten gelernt zu haben, wie sie sich selbst helfen konnte – sie war überzeugt, sie wäre verloren gewesen. Vielleicht. Vielleicht auch nicht. Und vielleicht gibt es so etwas wie Glück überhaupt nicht, wie es ja auch kein zufälliges Zusammentreffen gibt.

Doch es fügte sich, daß Dr. Lamb erst einen Monat später wieder zu arbeiten anfing, und Mrs. Quest blieb bei ihrer Freundin in Kapstadt, wo die Eichen sie an England erinnerten und die Hänge der Berge von Reben bedeckt waren und wo sie von ihren Schlafzimmerfenstern hoch über den Hängen der Unterstadt die Schiffe im Hafen von Kapstadt sehen konnte, die dort ein- und ausliefen.

Martha kroch aus dem Bett. Sie setzte sich hin und schaute den Baum an. Früher einmal hatte sie auf rohen Dielenbrettern gelegen, durch die der Geruch frisch gewässerter Erde aufgestiegen war: Die Äste eines Baumes blickten hoch oben durch ein Fensterviereck herein, sie trieften vor Nässe, rochen nach Nässe, trugen sonnengewürzte Luft. Sie versuchte sich in jenes kleine Zimmer von einst, hoch oben auf dem Speicher hineinzuversetzen, die Zweige jenes anderen Baumes wiederzusehen: Was sie sah, war jedoch der hier, die Platane. Sie versuchte es weiter. Die Umrisse von zwei Bäumen kämpften vor ihrem geistigen Auge miteinander, und die Platane wurde zu einem Baum, der orangefarben unter einer afrikanischen Sonne glühte. Er verschwand wieder, wurde wieder zu einer Platane. Sie kämpfte. Sie war auf dem Speicher, oder besser gesagt, sie war umhüllt von einer Mischung von Düften, nassem Grün, durchweichtem Erdboden, Baum, Luft, Rosen. Der Speicher nahm Konturen an. Thomas kam heraufgeklettert, ein starker brauner Mann mit Farmerhänden. Sie hielt dies Bild fest. Sie hielt Thomas fest. Indem sie Thomas festhielt und sich von seiner starken Ausstrahlung führen ließ, bewegte sie sich aus dem Speicher hinaus und fand den Weg in das Café mit seinem Armeegeruch, dem Geruch von heißem Fett und Bohnerwachs. Sie rief sich den riesigen Saal mit den essenden Menschen, mit Athen, mit Solly und Joss und Jasmine zurück, sie hielt sie fest und bewegte sich die Alleen hinauf und betrat das Haus inmitten des Gartens, wo ihre Mutter . . . und jetzt kam der Schmerz mit einem sengenden Brennen, und alles brach ihr zusammen.

Erschöpft lag sie, als alles, was sie wiederbekommen hatte,

erneut verschwunden war. Langsam setzte sie sich auf, nahm einen Faden wieder hoch, ein Bruchstück, ein Fetzchen: Sonnenlicht auf einer Mauer, eine Stimme, ein Lächeln, und arbeitete sich abermals zu dem Punkt vor, wo sie das Haus betreten mußte, mit seinen Pflanzen, die an den sonnenbeschienenen Verandamauern standen, und Mrs. Quest... Sie hielt es fest. Wie einer die Hand in heißes Wasser steckt, sie darin verharren läßt, wieder herauszieht, sie zaghaft wieder hineinhält, wieder herauszieht – so arbeitete sie. Das Haus in der Allee war wieder da, und sie betrat das Zimmer, das nach Medizin und Stuhl roch und sah das weiße Gesicht ihres Vaters auf einem Kopfkissen liegen. Bald schon kam ihre Mutter herein, und sie sah zu, wie sie ein Glas mit einer rosa Medizin füllte und dann stirnrunzelnd an das Bett trat, hörte ihre Stimme sagen: »Alfred, an deiner Stelle würde ich das jetzt einnehmen, du hast doch heute abend soviel Huhn gegessen.«

Dann fiel sie zurück, unfähig, sich zu rühren, etwas zu empfinden, zu denken. Doch was sie ausgegraben hatte, das blieb. Kleine, selbstgenügsame Landschaften, schmerzerhellt, die blieben. Sie konnte sie verlassen und wieder aufsuchen. Dann kehrte sie zu dem Haus auf einem Hügel auf dem Veld zurück. Nichts blieb davon. Von der Farm blieb nichts als heißes Sonnenlicht, ein Sternengeglitzer. In sternklaren Nächten hatten sie in Liegestühlen draußen gesessen und die Sterne beobachtet, die Feuer beobachtet, die wie rote Lichtketten über den Hügeln brannten. Dort saß sie jetzt noch einmal. Das kratzige Segeltuch. Eine Eule. Das Lampenlicht fiel auf einen steinigen Abhang. Starker Verbenenduft – ihre Mutter stand, vom Licht umrissen, in der Tür und sagte mit einer munteren Stimme, die von drinnen kam: »Zeit fürs Bett – es ist schon spät!« Der Schmerz kam und schluckte alles. Und wieder begab sich Martha geduldig dorthin zurück, wo die Blumen dufteten, eine Eule schrie, die Pfeife ihres Vaters duftete. Bald danach bewegte sie sich ins Haus. Zimmer für Zimmer ließ sie es entstehen, oder sagen wir, indem sie ein Detail festhielt – ein Kissen, das Gewebe eines Vorhangs, das

Licht auf den Strohhalmen, ließ sie es geschehen, daß auch alles übrige wiederkam. Langsam. Es ging sehr langsam. Es war sehr schmerzlich. Es war ungeheuer anstrengend. Ihr Magen krampfte sich zusammen und schmerzte. Sie kämpfte. *Wer* kämpfte da eigentlich? Sie konnte auf einem Stuhl sitzen, oder sagen wir, sie fühlte sich von sanfter Hand gestützt, und einen Baum anschauen, oder besser gesagt, ein braungraues Ding, das aus dem Pflaster herausragte und zu einer grünen Masse wurde, die aus tausend kleinen grünen Stückchen zusammengesetzt war – schauen, empfinden, leer wie ein Becken. Wer? In dem Becken fand sich ein Wort ein – Platane. Dann kam »Stuhl«; in dem Bekken fanden sich Düfte, Geräusche, Stimmen, Bilder ein. Wenn die Düfte, Geräusche, Bilder, Worte schwanden, blieb sie zurück. Wer? Wenn man sie eines Tages ohne Gedächtnis in einer neuen Stadt finden und zu ihr sagen würde: »Wie heißen Sie?« dann würde sie vielleicht sagen: Wie war das noch gleich – ja, Rosalind Macintosh. Oder Montague Jones. Warum auch nicht? Das Gefühl ihrer selbst, das zurückblieb, war geschlechtslos. Nehmen wir einmal an, sie schlösse die Augen, hielte dies Gefühl, dies Wesen fest und stellte sich selbst im Körper eines Mannes vor? Warum nicht. Ein älterer Mann, von kräftiger Statur, breitgebaut, mit schlaff gewordener Haut, blauäugig, ein grüblerischer Mann, mit einer Lebensgeschichte, die von Arbeit, Frauen und Kindern ausgefüllt war. Warum nicht? Oder ein junger Mann, Aaron, Rachels Bruder, ein beweglicher, lebensprühender Junge. Oder, wenn sie das Gefühl ihrer selbst auf eine andere Gestalt übertrug, auf ein Pferd, ein kleines weißes Pferd. Sie sah es; sie brachte sich darin unter, sah die Welt zu beiden Seiten des Kopfes, zwei langgezogene Streifen Gras und Büsche. Wer bist du denn dann? Wieso, ich natürlich, wer denn sonst, Pferd, Frau, Mann oder Baum, ein funkelndes facettenreiches, individuelles Wesen aus atmendem Grün, hier ist das Gefühl meiner selbst, namenlos, erkennbar bloß für mich. Wer, was?

Dies Wesen ging in dem Haus auf dem Kopje ein und aus, und jede Einzelheit eines jeden Zimmers war deutlich, scharf erkennbar. Ließ man dieses Wesen jedoch Martha werden – dann ging sie unter in einer Woge brennenden Schmerzes. Recht so, kämpf dagegen an.

Sie kämpfte. Das Haus war wieder da, das Land um das Haus herum war wieder da, sie war imstande, in der Vorstellung unter dem Baum zu sitzen und über das Tal zu schauen, wie es gewesen war, ein flaches, struppiges Tal mit den verschiedenen Grün-, Rot- und Brauntönen. Doch hatte sie gewaltige Gedächtnislükken. Noch Monate, sogar jahrelang konnte sie lediglich sagen: Ich war in diesen und jenen Zimmern, diesen Straßen, zur damaligen Zeit waren diese oder jene Menschen um mich herum. Sie lag, hielt ein Detail fest, ein Kissen, eine Blume, eine Stimme, das Licht auf den Gläsern einer Brille. Weiße Schuhe: weiße Schuhchen, Kinderschuhe; ein kleines Mädchen in einem rosafarbenen Kleid mit schimmernden schwarzen Locken. Es wandte Martha das Gesicht zu, ein kleines, ziemlich scharfgeschnittenes Gesicht mit einem wachsamen Ausdruck. Sein Lächeln war angestrengt. Martha streckte die Hand nach dem Lächeln aus, sah, wie es sich in Tränen auflöste: Martha hörte sich weinen. Sie weinte, während ein kleines Mädchen mit ihr weinte, Mama, Mama, warum bist du so kalt, so unfreundlich, warum hast du mich nie geliebt?

Tag für Tag durchmaß Martha das Zimmer in der Radlett Street, lag dort, saß dort; erfüllte die unerläßlichen Pflichten zureichend. »Möchtest du, daß ich für heute abend etwas koche, Mark? Na fein, und wann möchtest du essen?« Mark und Martha saßen einander am Eßtisch gegenüber und plauderten. Ihr bevorstehender Besuch bei Dr. Lamb gefiel ihm nicht, erfüllte ihn mit Unbehagen.

»Ich sehe wirklich nicht, was die für dich tun können, diese Leute, aber wenn du sagst, du ...«

Dr. Lamb konnte nichts für die Person oder das Wesen tun, das unausgesetzt da war, dies bloße Gefühl des Daseins. Doch er konnte, er *mußte* etwas für Martha tun.

Irgendwo weit zurück, jenseits der Reichweite ihres Gedächtnisses, war eine wütende, kampflustige, grollende Martha geboren worden. Das war das Ergebnis eines Kampfes gegen das Mitleid. Mitleid war vor langer Zeit ein Feind gewesen. Mitleid hätte sich zerstörerisch auswirken können.

Was Dr. Lamb für sie tun mußte, war, ihr das Mitleid zurückzugeben und die Kraft, es aufrechtzuerhalten und sich nicht dadurch zerstören zu lassen. Sie mußte, wenn ihre Mutter kam, imstande sein, sie zu bemitleiden, sie zu lieben und zu verwöhnen und sich nicht zerstören zu lassen.

Dr. Lamb, so stellte sich heraus, war ein Mann mittleren Alters, der einen gediegenen dunklen Anzug trug. Er hatte ein energisches, doch zurückhaltendes Gesicht. Bei näherem Hinsehen wurde deutlich, daß sein unnahbarer Ausdruck von der Brille herrührte. Sein reger Instinkt für die Empfindungen seiner Besucher zeigte sich darin, daß er sie in dem Augenblick abnahm, als Martha feststellte, daß sie in der Brille einen Schutzwall vor sich hatte, den sie nicht zu durchdringen vermochte. Ein recht sympathisch aussehender Mann; der entschlossene Mund war dafür geschaffen, dem Humor die Zeit und den Ort zuzuweisen, der ihm zukam. Bei Kongressen, deren Berichte sie studiert hatte, bewies Dr. Lamb einen nicht unbeträchtlichen Sinn für trockenen Witz. Ein durchaus sympathischer Mann. Sie schaute ihn sich an. Sie hörte, was Lynda über ihn gesagt hatte, was Dorothy gesagt hatte, was Mark gesagt hatte. »Wohl kein übler Kerl.« Lynda hatte einmal geschrien, ein Teufel sei der.

Er war ein runder Mann: rundes Gesicht, runder Kopf, rundlicher Körper, und die dazugehörigen Hände: feinfühlige und selbstsichere Hände. Er saß in einem schwarzen Ledersessel, den Rücken im rechten Winkel zum Fenster, so daß dessen Licht ungehindert auf seine Besucher fiel. Das Zimmer war absolut zweckmäßig eingerichtet. Quadratisch und weiß, hatte einen Schreibtisch, eine schwarze Ledercouch mit einer zusammengefalteten Schottendecke am Fußende, ein paar Ledersessel. Im ganzen Zimmer ließ sich kein Gegenstand mit Dr. Lamb als Person verbinden, außer vielleicht der Decke. Denn die Art Zimmer, die Dr. Lamb als Person bevorzugen würde, war nicht dieses hier. Wenn er morgens diesen Anzug anzog, dann zog er seinen Beruf an. Wenn er diesen Raum betrat, dann betrat der den Bereich des Unpersönlichen. Dabei mußte die Luft in diesem Zimmer gesättigt, geschwängert sein von schmerzlichen und heftigen Empfindungen, die man nur nicht sehen konnte: Wahrscheinlich Jahre der Angst und des Entsetzens hatten sich darin niedergeschlagen. Die Wände mußten davon getränkt sein, förmlich vibrieren. Gefühle. Doch nicht die von Dr. Lamb.

Als sie dort saß, während Dr. Lamb höflich abwartete, daß sie zu sprechen anfing, hatte sie mit einemmal einen so ungeheuer starken Eindruck von diesem Vorgehen, diesem Prozeß, daß es ihr die Sprache verschlug. Hunderte und Tausende, ja, Millionen von Menschen betraten dieses Zimmer oder andere dieser Art, kamen zu Dr. Lamb oder Menschen wie ihm, weil ihr Leben in eine Sackgasse geraten war. Was hatten sie denn vor hundert Jahren gemacht? Und was würden sie in hundert Jahren machen? Innerhalb einer so kurzen Zeitspanne war dieses Phänomen entstanden, Dr. Lamb, der, weil er etliche Jahre damit verbracht hatte, akademische Grade zu erwerben, nun hier sitzen und urteilen konnte, sagen konnte: Dies und jenes stimmt mit Martha nicht; *der bereit war, die Verantwortung für die Ergebnisse dessen zu übernehmen, was er entschied;* der ungerührt mit anhörte, wenn Lynda schrie, er sei ein Teufel, oder Mark behauptete, er sei kein übler Kerl. Die Gesellschaft hatte das so gewollt. Hatte es jedenfalls geduldet: Auch Martha war bereit, an mehreren Tagen in der Woche weiß Gott wieviele Jahre lang hierherzukommen und jeden Penny dafür auszugeben, den sie auf dem Konto hatte.

Ob er seine Frau schlug oder abweisend zu seinen Kindern war, ob er ein arroganter Mensch war oder ein bescheidener – das spielte überhaupt keine Rolle. Wie bei einem Darsteller in einem Stück, der eine Maske trug, die sagte: »Ich bin die Weisheit«, spielte es keine Rolle, was er für ein Mensch war. Falls Martha aufgrund der Einsichten, nach denen sie ihr Leben außerhalb dieses öden Zimmers einrichtete, zu dem Schluß käme, daß es Dr. Lamb an Einsicht fehlte oder daß er überheblich war, dann konnte dieser Schluß hier in diesem Zimmer nur bedeuten, daß sie gegen ihr eigenes besseres Ich, wie es von Dr. Lamb repräsentiert wurde, ankämpfte, einen Widerstand dagegen setzte. Denn alle Empfindungen in diesem Zimmer, alle Verhaltensweisen, Überzeugungen waren ihre, niemals die seinen. Wenn es Dr. Lamb beliebte, konnte er monate- oder gar jahrelang absolut stumm dasitzen oder Rat und Anleitung geben (wie es seiner Überzeugung entsprach) – doch soweit es ihn betraf und auch die Gesellschaft, solange Martha sich gequält oder kritisch gegen ihn wandte, vereitelte sie eine Entwicklung, die zu ihrem eigenen Besten war.

Doch außerhalb dieses Zimmers ginge er dann vielleicht zu einem Treffen mit Kollegen, die sich untereinander nicht einig waren, oder schriebe vielleicht Aufsätze für medizinische Zeitschriften, die anderen Aufsätzen widersprachen, oder liebte vielleicht seine Kinder nicht, so daß die wieder Patienten von anderen Männern oder Frauen würden, die Masken trugen, Masken, die behaupteten: Weisheit. Wahrheit.

Ja, was wollte sie denn dann eigentlich hier?

Sie war hier, weil sie nicht wußte, wo sie sonst hingehen sollte.

Er nahm eine andere Haltung in seinem Sessel ein und sprach. Erst über Lynda, dann über Mark und über Dorothy. Er wollte herausfinden, ob seine Behandlung der beiden kranken Frauen wegen Martha vielleicht umgestellt werden mußte, oder ob Martha wegen einer von beiden hier war.

Während er sprach, stellte sie fest, daß ihre Einstellung zu Dr. Lamb immer mehr an Objektivität verlor, immer mehr zu der von Lynda und Dorothy wurde: Sie sah ihn jetzt als jemand Mächtigen, den es zu besänftigen galt. Das löste Ärger in ihr aus. Als sie schließlich bei ihr selbst angelangt waren, merkte sie, daß sie inzwischen schon eine Haltung eingenommen hatte, die besagte: Ich ärgere mich über Sie, ich fürchte Sie. Er beobachtete sie, und ihm entging nichts.

Gefragt, weshalb sie denn zu ihm gekommen sei, trug sie ihm ihre Ansicht von seinem Beruf vor, so wie er ihr vor nur wenigen Minuten vor Augen gestanden hatte, und wollte dann wissen, ob er glaube, daß man für jemanden mit solch einer Einstellung etwas tun könne. Nun hatte sie das, was sie gedacht hatte, aus reiner Höflichkeit im Ton etwas abgemildert, aber es kam doch immer noch aggressiv genug heraus. Er hörte ausdruckslos zu, als könne die Situation, die sie beschrieb und die doch in jeder Hinsicht ungeheuerlich war, mit ihm schlechterdings nichts zu tun haben.

Er wollte wissen, ob es ein unmittelbares Problem gebe, das sie hergeführt habe.

Sie sagte, es bestehe darin, daß ihre Mutter ihr demnächst einen Besuch abstatten würde. Ihr Problem bestehe darin, daß das, was ihre Intelligenz ihr sage, keinerlei Auswirkung auf ihre Empfindungen habe. Ihr Verstand sage ihr, daß ihre Mutter doch schließlich liebevolle Unterstützung und tröstliche Gesellschaft verdient habe, bis sie sterbe. Ihre Empfindungen aber machten aus ihr ein Wesen, das sich unter der Bettdecke versteckte, ohne Willenskraft und Energie ... Naja, so ganz stimmte das natürlich nicht, doch sie dachte an Lyndas Warnung und schaffte es, den Mund zu halten.

»Hmm«, lautete Dr. Lambs Kommentar.

Er warf einen flüchtigen Blick auf die Uhr, die an unübersehbarer Stelle angebracht war. Sie war erstaunt, als sie feststellen mußte, daß bereits über eine halbe Stunde vorbei war.

Nun stellte Dr. Lamb eine Reihe von Behauptungen auf, die alle mit der Auffassung dieser speziellen Schule von der menschlichen Seele zu tun hatten, mit der sie nun einmal nicht übereinstimmen konnte. Doch natürlich wußte er, daß sie damit nicht einverstanden sein konnte. Sie beobachtete ihn, während der Zorn in ihr hochstieg, und erkannte, daß er seine Worte mit Bedacht wählte. Ungeheuer wütend, konterte sie mit ihrer eigenen Auffassung. Fünf Minuten vor Schluß hatte sie sich in die totale Ablehnung dessen hineingeredet, wofür Dr. Lamb stand. Woraufhin er vernünftigerweise sagte, in dem Fall glaube er nicht, ihr helfen zu können. Daraufhin übermannte sie das Gefühl, abgelehnt, zurückgewiesen, hinausgesetzt worden zu sein, was sie dazu veranlaßte, um einen weiteren Termin zum frühstmöglichen Zeitpunkt zu bitten. Ginge es morgen?

Leider nicht, Dr. Lamb hatte soviel zu tun, doch wie es in zwei Tagen aussähe?

Sie ging. Im Taxi stellte sie zwei Dinge fest. Das erste: Sie war erschöpft. Der plötzliche Wutausbruch, den er so geschickt provoziert hatte, hatte sie ausgelaugt. Keine Empfindung regte sich in ihr. Das zweite: Er hatte nicht einen Augenblick lang nicht genau gewußt, was er tat, wie es auch nicht einen Augenblick gegeben hatte, wo sie nicht beobachtet hatte, was er tat, und es verstanden hatte.

Zu Hause angekommen, legte sie sich ins Bett. Sie hatte sich für den Abend vorgenommen, hart an der Wiederentdeckung ihrer Vergangenheit zu arbeiten. Doch sie hatte die Energie nicht. Wochenlang hatte sie die Energie für diese härteste aller Anstrengungen aufgebracht, hatte sie sogar gehabt, wenn sie zu tun hatte, sich Sorgen machte oder *fast* gelähmt war von dem Gedanken: Sie kommt, sie kommt.

Heute abend jedoch nicht. Dabei stand für sie doch absolut fest, da gab es gar keinen Zweifel, daß diese »Arbeit« wichtiger war als alles andere, wichtiger als alles, das Dr. Lamb oder irgend jemand sonst für sie tun konnte. Doch sie hatte sich verpflichtet, zu Dr. Lamb zurückzukehren.

Sie blieb lustlos, war einfach nur ein Mensch, der dann und dann wieder zu Dr. Lamb gehen würde. Sie war nicht imstande, an ihrer Vergangenheit zu arbeiten. Ja, tatsächlich schien die Person, die dazu imstande gewesen war, sich entfernt zu haben.

Während der nächsten Stunde sprach sie. Das war der analytische Prozeß: der Patient redete und redete, und der Arzt hörte zu. Dieses Vorgehen leuchtete ein. Sie verstand dies, nicht nur theoretisch, sondern auch aus Erfahrung. Man sprach, man sagte dies oder jenes: Schließlich »hörte« man zum erstenmal, was das eigene Leben jahrelang wieder und wieder auf unterschiedliche Weise gesagt hatte. Man hatte vorher nichts gehört, weil man nichts »zum Hören« gehabt hatte. Leben bedeutete einfach nur, verschiedene »Ohren«, Sinne auszubilden, mit deren Hilfe man »hörte«, erfuhr, was man vorher nicht hatte hören oder erfahren können.

Dann verkörperte Dr. Lamb also das Wachstumsprinzip im Leben, das einen nährte, weiterentwickelte, so daß man dort »Ohren« bekam, wo man zuvor keine gehabt hatte?

Sie sprach. Sie hatte keinerlei Empfindung. Sie hatte keine Empfindungen mehr gehabt, seit sie letztesmal, vor zwei Tagen, hier gesessen hatte. Als sie ging, war es, als wäre nichts geschehen. Doch nein, das stimmte nicht ganz: Denn sie war dorthingegangen – das war passiert. Und dieser Vorgang, nämlich daß man sich Dr. Lamb aussetzte, schien die andere Arbeit zu vernichten, die Arbeit, die die stumme Beobachterin veranlaßt hatte.

Beim drittenmal wußte sie von dem Augenblick an, als sie sich hinsetzte, daß Dr. Lamb heute etwas anderes versuchen wollte als gestern. Mit äußerstem Geschick warf er ihr die Köder zu, um sie wieder und wieder auf Punkte zu bringen, die sie wütend machen würden. Sie beobachtete das und umging es, kämpfte dagegen an, wich zurück, weil sie die darauf folgende Erschöpfung mehr fürchtete als alles andere. Dann brach sie zusammen, wie es sich gehörte: Sie weinte, sie schrie, sie brüllte. Er blieb ausdruckslos, ungerührt. Sie kroch nach Hause, wie eine Fliege auf klebrigem Papier, und verkroch sich im Bett. Inzwischen erschien ihr die Vorstellung, daß sie einmal die Energie besessen hatte, in einem Sessel zu sitzen und mit ihrem eigenen Bewußtsein, ihrer Erinnerung zu ringen, ungeheur grotesk. Sie wußte, sie sollte nicht wieder zu Dr. Lamb gehen. Wenn ihr Ich, ihr Selbsterhaltungstrieb dadurch zerstört wurde, dann war das gravierender als alles andere, und da durfte sie sich auf nichts einlassen.

Lyndas Worte fielen ihr wieder ein: »Ach, die kriegen Sie schon an die Angel!«

Sie rief Lynda unten an und bat sie, heraufzukommen und sie zu besuchen. Lynda kam, in einem rosa Morgenrock, der, wie immer, einen Hauch von Schmuddeligkeit hatte. In der Hand hielt sie die kleine juwelenbesetzte Schachtel von Mark, in der sie ihre Tabletten aufbewahrte.

Lynda setzte sich in den Sessel. Der Kater sprang ihr schnurrend auf den Schoß. Martha lag im Bett und beobachtete Lynda.

»Ich möchte Sie etwas fragen.«

»Ja?« Lynda musterte Martha aus der Entfernung mit einem scharfsinnigen, wohl eher ungehaltenen Ausdruck.

»Wenn Sie mit den Ärzten gesprochen, eine Psychotherapie gemacht haben, hat Ihnen das überhaupt irgend etwas gebracht?«

»Na, man erfährt wohl etwas über sich selbst.«

Mehr kam nicht. Wenn sie diesen Ton anschlug, wußte Martha, es bedeutete, daß man dumm war. Lynda war nach oben gekommen, sie saß hier und war durchaus gewillt zu reden – doch Martha mußte die richtigen Fragen stellen.

»Was tut er denn dann jetzt für Sie? Wenn Sie zu ihm gehen?«

»Jetzt kriege ich Tabletten.«

Pause. Hier kam man nicht weiter. Lynda summte der Katze etwas vor. Nach einer angemessenen Frist erhob sie sich, um zu gehen.

An der Tür sagte sie: »An Ihrer Stelle würde ich keine Tabletten nehmen, ich meine, wenn die Ihnen Tabletten geben, nehmen Sie sie nicht. Um keinen Preis.«

Sie ging. Martha lag da und dachte, daß diese beiden Frauen mit Hilfe von Tabletten lebten, ihr Leben durch Tabletten geregelt wurde wie auch durch ihre Arztbesuche, wo sie Rezepte für weitere Tabletten bekamen.

Natürlich, Lynda war paranoid: Einer der Ärzte, bei denen sie gewesen war, hatte das gesagt.

Am nächsten Tag sagte sie zur Dr. Lamb: »Macht es Ihnen etwas aus, mir zu sagen, wie meine Diagnose lautet? Was mit mir nicht stimmt?«

»Aber ganz und gar nicht, Mrs. Hesse«, sagte er sofort und erklärte mit der Bereitwilligkeit auszupacken, die die Taktik seiner speziellen Sekte war: »Sie sind manisch-depressiv mit schizoiden Zügen.«

Martha verkniff sich einen Scherz, den sie gemacht hätte, wenn Dorothy ihn nicht ununterbrochen gemacht hätte. »Wenn das die Depression ist, wann kommt denn dann die Manie?«

Eine von Lyndas Diagnosen (nicht die von Dr. Lamb, sondern die eines anderen Arztes) hatte gelautet, sie sei manisch-depressiv mit schizoiden Zügen.

»Dr. Lamb, was heißt denn schizoid?«

»Tja, das läßt sich nicht mit drei Worten beantworten.«

»Aber so eine ungefähre Definition für den alltäglichen Gebrauch können Sie mir doch geben?«

»Es bedeutet nicht, daß Sie zwei Personen gleichzeitig sind.«

»Ach nein?«

»Das ist eine laienhafte Ansicht.«

»Dann hätte das beispielsweise nichts zu tun mit dem Teil von mir, der mich die ganze Zeit beobachtet?«

Sie nahm die Gefahr ungeachtet Lyndas Warnung in Kauf. Sie mußte es sagen: Dieses Vorgehen, daß man so einem schweigenden Zuhörer gegenübersaß, in diesem Fall Dr. Lamb, zwang einen, es zu sagen, alles zu sagen. Sie wußte mittlerweile, daß es völlig gleichgültig war, ob sie außerhalb dieses Zimmers beschloß, dies oder jenes nicht zu sagen, dies oder jenes zu sein: Er köderte sie wie einen Fisch. Das Gegenmittel war, sich zu verstellen. Das war Lyndas Waffe. Marthas nicht. Verstellung war die Waffe der Verzweifelten. Dann war Martha also nicht verzweifelt?

Er hatte ihre Angst sofort gespürt, denn jetzt sagte er in herzlichem, beruhigendem Ton: »Na, und wenn das so wäre, was wäre dann?«

Er wartete, daß sie weitersprach.

Sie beschloß, nichts mehr zu sagen, und sprach weiter: »Dr.

Lamb, mit welchen Worten würden Sie es denn beschreiben? Wie würden Sie es denn ausdrücken?«

Er zögerte. Dann lachte er. »Ich fände es besser, wenn Sie mir das sagen würden, Mrs. Hesse!«

Martha lauschte einen Augenblick den Warnglocken und sagte dann: »Ich würde das meinen besten Teil nennen. Den einzigen, der wirklich da ist – der jedenfalls von Dauer ist.«

»Aha«, sagte er freundlich, »verstehe.«

Er wartete. Es war, als wären die Wetten abgeschlossen, der Grund abgesteckt worden.

Sie wartete.

Ihr Gespräch endete damit, daß beide da saßen und schwiegen.

Sie fuhr mit dem Gefühl nach Hause, sich verraten zu haben.

Sie lag mit dem Gesicht nach unten auf dem Boden, das Licht war aus, als sie keine Handbreit von ihrem Gesicht entfernt einen Schuh mit einem Fuß darin erblickte. Sie drehte sich herum. Mark saß mit dem Kater auf dem Knie im Sessel und beobachtete sie.

»Aber, aber«, sagte er.

Dann, es kam, wie es kommen mußte, hatte Mark es zum drittenmal im Leben mit einer Frau zu tun, die sich an ihn klammerte – »Rette mich, rette mich«, und wieder wurde er zu Mark, dem Starken, Mark, dem Tröster.

Der Körper eines Mannes: das Land, in dem sie (wieviel? waren es vier?) Jahre nicht gewesen war.

Natürlich hätten sie das schon vor Jahren tun sollen, gleich von Anfang an. Was für Dummköpfe sie doch gewesen waren! (Denn in diesem Land, wo die normalerweise geltenden Regeln außer Kraft gesetzt sind, sagt man solche Sachen, tut man so, als sei die lange traurige Affäre mit Patty Samuels nicht so unvermeidlich gewesen wie diese hier, dabei gehorchen doch beide denselben Gesetzen.)

Das Zimmer war jenseits der Schmerzzone. Es vibrierte von der gemeinsamen Vertraulichkeit, von Vertrauen, Glück, Liebe.

Nur daß irgendwo in Martha die Person steckte, die beobachtete und wartete. Oh, Gott, wenn sie diese Person bloß töten, sie, es, ihn wegschicken, zum Schweigen bringen könnte, bloß ein einziges Mal noch gänzlich in der Geborgenheit dieser weichen, warmen Körper verschwinden könnte, deren Sprache schöner und klüger war als jede andere ...

»Mark, gibt es in dir jemanden, der immer beobachtet, was vor sich geht, der immer von dir getrennt ist?«

Der liebevolle Körper war plötzlich angespannt. Nach einer Weile: »Nein.«

»Lynda hat doch so etwas gesagt, nicht?«

»Ja, ich glaube.«

Also schnell wieder miteinander schlafen, alles andere zudekken, diesen Augenblick, wo das gewöhnliche Leben sich wieder zu Wort meldete – vergiß es, rasch.

»Sag mal, Martha – war die immer schon da – diese andere Person?«

»Ja. Und es wird stärker.«

Er tröstete sie. Er war unendlich liebevoll und stark.

»Sag doch mal, Mark, als Junge, warst du da jemals bei Margaret, wenn sie krank war – oder so etwas?«

»Ich glaube nicht, daß meine Mutter je im Leben krank gewesen ist.«

»Oder unglücklich?«

»In einem meiner Gespräche mit eurem Dr. Lamb wollte er auf so etwas hinaus.«

Nun, da Dr. Lamb erst mal im Spiel war, bestand wenig Aussicht, ihn wieder loszuwerden.

»Ich habe ihm geantwortet, selbst wenn das stimmte, hielte ich es nicht für wichtig. Denn darauf läuft es doch bei denen hinaus: Sie beißen sich irgendwo fest, und dann muß das für alles und jedes herhalten.«

»Ja.«

»In gewisser Hinsicht hatte er sogar recht. Ich bin in den Ferien mal mit ihr nach Schottland gefahren. Da war sie wohl das, was man als krank bezeichnen würde. Mein Vater war gerade gestorben. Ich glaubte damals, sie sei zu Tode betrübt. War sie wohl auch. Doch sie war bereits in Oscar verliebt. Ich habe sie deswegen gehaßt – halb wußte ich Bescheid. Wenn ich jetzt zurückblicke, ist mir klar, daß sie diese Ferien mit mir verbracht hat, weil sie gewissermaßen Abbitte tun wollte. Ich durfte mich ihrer annehmen. Nie in meinem Leben war ich so glücklich gewesen wie da. Dann am Ende der Ferien teilte sie mir mit, daß sie Oscar heiraten werde. Ich kam mir vor, als wäre ich veralbert worden. Ich habe das Lamb gegenüber auch alles zugegeben ...«

»Ulkig, nicht, daß man automatisch von *zugeben* redet – so als hätte der das Recht ...«

»Na schön, ich *sagte* also zu ihm ... Ich konnte mich deshalb um Lynda kümmern, weil während der Zeit damals mit meiner Mutter irgend etwas mit mir passiert ist. Von ihr aus gesehen, bezahlte sie irgendeine Schuld gegenüber einem ihrer Söhne. Falls sie überhaupt darüber nachgedacht hat – sie neigt nicht zum Sinnieren. Doch was mich angeht, ich lernte während jener Zeit, daß ich kein kleiner Junge mehr war. Ich kümmerte mich um alles – sie und mich, um alles, drei Monate lang.«

Lynda, dann Patty, und jetzt ich, dachte Martha.

Er sagte: »Nimm Patty. Ich habe ihr helfen können. Ich weiß, daß ich dir helfen kann. Wenn der daraus ein System machen will, meinetwegen. Doch dann gibt es überhaupt nichts anders mehr, wenn man sich darauf verlegt, alles unter diesem Gesichtswinkel zu betrachten. Das ist das Mißliche an diesen Leuten: sie denken, es reicht schon aus, wenn sie dir sagen: Sie verhalten sich so, weil Sie mit sechseinhalb oder sechzehneinhalb das und das getan haben. Ich kann darauf nur antworten: Ja, und? Und ein bestimmter Typ Mensch erhebt sich selbst zum Richter über andere. Na, dann viel Glück dabei.«

Der Haken ist nur, dachte Martha, du hast noch nie mit der Decke überm Kopf wochenlang im Bett liegen müssen, weil du einfach nicht aufstehen konntest.

Er sagte: »Wer ist denn Dr. Lamb? Er spielt eine Rolle in

meinem Leben seit – warte, es müssen nun bald schon zehn Jahre sein. Wenn du dich jetzt von ihm behandeln läßt, dann wird es noch viel länger der Fall sein. Demnächst werde ich ein reizendes Briefchen von ihm bekommen – ob ich wohl mal reinschauen und ein Wort mit ihm über Martha reden würde? Ich trotte also hin. Dann werden wir über Lynda und Martha plaudern. Lynda kann ohne ihn nicht leben. Doch letzten Endes – wer ist er denn überhaupt? Wohl kein übler Kerl, nehme ich an.«

Eine Woche hielt sie sich von Dr. Lamb fern: Sie war gut aufgehoben bei Mark, und nichts außerhalb der Landschaft, die sie mit ihm bewohnte, existierte.

Dann trieb ein Datum auf dem Kalender, das noch drei Wochen entfernt war, sie wieder hin.

Sie redete. Sie redete über Mechanismen.

Schließlich sagte er: »Wenn Sie sich diesem Mechanismus unterwerfen, dann tun Sie nur das und nichts anderes.« Das war wohlbeabsichtigt; sie merkte, daß er etwas damit bezweckte.

»Nein. Selbst wenn ich hundertprozentig im Griff dieses Mechanismus wäre, dann wäre das nicht alles.«

»Was wären Sie denn noch?«

Obwohl Martha doch erneut beschlossen hatte, die stumme Beobachterin nicht zu erwähnen, um ihr tiefstes Inneres zu schützen, sagte sie angriffslustig: »Ich wäre die Person, die beobachtet.«

Er überging das. Es war schon ungeheuerlich, wie sie wach, lebhaft, sämtliche Sinnesorgane im Einsatz, sitzen und die blitzartigen Regungen seines – Bewußtseins? spüren konnte. Nein, das war nicht nur sein Bewußtsein – in diese Arbeit brachte er seine gesamten Fähigkeiten ein, ein fühlendes Ganzes – entsetzlich. Ganz gezielt sagte er: »Jetzt schlafen Sie mit Mark – ausgerechnet, wenn Ihre Mutter kommt. Dafür gibt es nur einen Grund. Sie sagen Ihrer Mutter damit: ›Sieh mal, ich bin jetzt erwachsen!‹«

Sie lachte – vor lauter Überraschung, daß er sich das ausgesucht hatte; er hätte eine weit schwerwiegendere Provokation wählen können. Einen Augenblick lang schien er aus dem Konzept, weil sie lachte.

»Gewiß. Das weiß ich. Diesen Teil des Mechanismus kann ich genausogut erklären wie Sie. Meine Mutter war eine Frau, die ihre eigene Sexualität haßte, und meine haßte sie ebenfalls. Ich hatte immer ein Junge werden sollen – das war schon vor meiner Geburt so. Sie wußte, ich würde ein Junge werden. Sie hatte einen Jungensnamen für mich ausgesucht. Meine Methode, sie zu bekämpfen, war – daß ich den Clown gespielt habe.« (Martha merkte, während sie das sagte, daß man eine Sache dadurch, daß man sie aussprach, schließlich anders aufzufassen begann.) »Sie machte sich ständig über mich lustig, weil ich in den Dingen, die Jungen können, nicht gut war. Mein Bruder war stets der Überlegene. Doch nicht ein einziges Mal habe ich das gesagt, was ich hätte sagen sollen: Ich bin doch ein Mädchen, weshalb soll ich denn dann gut sein in Sachen, die für Jungen bestimmt sind? Nein, ich machte das alles auch, doch ich machte es schlecht und lachte über mich selbst. Ich spielte den Clown, und sie lachte über mich. Es war eine Art Selbstschutz. Das weiß ich. Als ich dann endlich ein Mädchen wurde, und ich sehnte mich endlose Jahre nach dem Augenblick, wo ich einen Busen haben und eine Frau sein würde, da war ich endlich imstande, es mit ihr aufzunehmen. Ich nähte mir schöne Kleider, und für lange Zeit war jeder Mann, den ich hatte, eine Waffe gegen sie. Denken Sie denn, ich weiß das nicht?«

Er wartete. Sie sprach nicht weiter.

»Was wissen Sie denn dann eigentlich *nicht*?« wollte er wissen; und er stellte die Frage absichtlich in ironischem Ton.

»Es geht doch darum, *wie* man es weiß«, sagte sie und wartete darauf, daß er ihr in diesem Punkt beipflichten würde, der gewagtesten Erkenntnis, zu der sie es im Leben gebracht hatte.

Er suchte instinktiv die richtigen Worte, um sie zu provozieren. Er wollte provozieren. Er wollte . . . ein Wort kam ihr in den Sinn. Es war »explodieren«. Ja. Er wollte eine Explosion. Das war ein bedeutungsschwangeres Wort. Doch sie kam nicht dazu, dem sofort nachzugehen.

»Ich glaube, Sie sind stolz auf Ihr Wissen – stolzer als auf irgend etwas sonst. Stolz sind Sie auf Ihre Intelligenz. Sie bekämpfen Ihre Mutter immer noch mit jenem – mit der männlichen Intelligenz.«

Er wartete, hellwach, und ließ sie nicht aus den Augen.

Zorn flammte in ihr auf – doch sie hielt ihn im Zaum.

»Ich habe das nicht aus Büchern. Ich habe das erlebt. Kennen Sie die aus Erfahrung, die männliche Intelligenz?«

»Ja, ja!« sagte er, gezielt, kalt, und beobachtete.

»Meine erste Waffe war die Sexualität. Meine zweite war das, was ich mir aus Büchern geholt habe?«

Er saß hellwach und stöberte in seinem Wissen über sie herum – nach den richtigen Worten. Er war ganz lebendige, wache, aufmerksame Angriffslust. Sie ganz wache, aufmerksame Abwehr.

Die Zeit war gleich um. Beide dachten es im selben Moment, und er warf absichtlich einen Blick auf die Uhr. Noch fünf Minuten. Er tastete umher nach dem Zünder, der die Explosion auslösen würde. Fieberhaft überprüfte sie im Geist sämtliche Zünder, die vielleicht in Frage kamen. Koste es, was es wolle – was immer auch passieren würde, sie würde nicht explodieren – *sie brauchte ihre Energie.*

»Sie haben, glaube ich, gesagt, diese Person, dieser Beobachter in Ihnen, könnte auch männlich sein?«

»Ach, ohne weiteres. Oder sonst irgend etwas. Ein Pferd ...« Während sie das sagte, dachte sie: ein Pferd, männlich. Was war denn der Baum? Sie sagte zwar nicht »ein Baum«, doch getrieben von diesem ungeheuerlichen Bedürfnis, zu besänftigen, ihrem inneren Verräter, sagte sie statt dessen und griff sich damit ein Wort aus dem Arsenal männlicher Worte heraus: »... oder auch ein Schnellzug ... Wissen Sie, weshalb ich das gesagt habe? Ich saß nämlich einmal in meinem Zimmer und dachte: Der Besuch meiner Mutter braust auf mich zu wie ein Schnellzug.« Männlich.

Das würde Dr. Lamb gefallen. »Nein, ich sehe mich nicht selbst als Schnellzug – der Ausdruck ist an die falsche Stelle gerutscht, weil ich Pferd gesagt habe, und ich wußte, Sie würden denken: Hah! Männlich. Als leeres Becken, bitte sehr. Das ist rund. Weiblich ...«

Sie wartete. Und dann preschte er vor, unterlief ihre Deckung.

»Und der andere Grund, weshalb Sie mit Mark schlafen, ist, daß Sie mir auf diese Weise sagen: Ich finde Sie nicht attraktiv, Dr. Lamb, ich habe einen anderen Mann.«

Martha packte die Wut. Sie sah rot. »Blödsinn!« fauchte sie, während sie sich an den Gedanken klammerte, daß die Luft um sie herum rot gewesen ist – für den Bruchteil eines Augenblicks. Keineswegs eine Metapher. Eine Welle aus grellem Hellrot, Funken sprühend, war zu gewöhnlicher Luft verblaßt, doch das Verblassen selbst, seine Dauer, hatte etwas an sich gehabt, das zu einer anderen Maßeinheit oder Wellenlänge der Zeit gehörte. Doch jetzt war sie ausgepumpt. Sie war explodiert. Er sah auf die Uhr. Das Gespräch war vorbei. Er hatte getan, was er vorgehabt hatte.

Sie saß und dachte nach. Sie notierte sich im Geist, woran sie denken und worüber sie nachdenken wollte, um es im nachhinein zu verstehen.

Er lächelte freundlich: »Sie sind nicht der Typ«, sagte er, »der so ohne weiteres zugeben wird, daß er sich zu einem Mann hingezogen fühlt.«

Das ging nun vollkommen daneben. Es stimmte einfach nicht. Doch ihr wurde plötzlich etwas klar – sie haschte nach einer Erkenntnis, die ihr durch den Kopf schoß. Sie lautete: *Es kommt nicht annähernd so sehr auf das an, was er gesagt hat, wie auf den Zeitpunkt, den er dafür gewählt hat.*

Sie sagte: »Das stimmt nicht. Ich fühle mich leicht zu Männern hingezogen. Und wenn Sie nicht mein Arzt wären, könnte ich mich ohne weiteres auch zu Ihnen hingezogen fühlen. Es ist sogar tatsächlich der Fall. Darum geht es überhaupt nicht.«

Er lächelte, rückblickend auf das eben Geschehene, mit bewußt zur Schau getragenem Sarkasmus. Zünder brauchte er jetzt keine – für heute war die Arbeit getan. Sie war explodiert. Er fettete bloß die Waffen für nächstesmal. Irgendwann in der Zukunft, vielleicht bei der nächsten Sitzung, *auf jeden Fall im richtigen Moment,* würde er sagen: Sie sind keine Frau, die so ohne weiteres zugibt, daß sie sich zu einem Mann hingezogen fühlt – und sie würde vor Wut explodieren. Oder – doch fast alles eignete sich dafür. Sie sind eine Frau, die es allzu eilig damit hat zu versichern, daß sie sich zu einem Mann hingezogen fühlt – weshalb? *Es kam nur auf den richtigen Zeitpunkt an: Der ganze Prozeß war darauf aufgebaut.*

Gedankenverloren fuhr sie nach Hause.

Zu Mark. Ins Bett. Zur Liebe. Zum Glück. Zu dieser Zeit war sie eine Frau, die es ohne Bett nicht aushielt. Dabei war doch der Sex ein Bedürfnis gewesen, das sie aus freien Stücken vier Jahre vernachlässigt hatte. Außer während der kurzen Zeit, als sie sich, Folge eines bestimmten Mechanismus, der Eifersucht auf Patty Samuels, in heftigem Verlangen nach Mark verzehrt hatte. Es hätte ohne weiteres passieren können, daß sie nie mit Mark ins Bett gegangen wäre, wie sie niemals mit Dr. Lamb ins Bett gehen würde. Wenn sie mit Dr. Lamb ins Bett ginge, dann würde sie ohne Mühe das wunderbare Land der Liebe betreten, wie das wohl alle Männer und Frauen tun, die »dieselbe Wellenlänge« haben. Sie hatte Rot gesehen. Sie hatte eine ungewöhnliche Erfahrung gemacht. Die gar nicht ungewöhnlich ausgesehen hatte. Jetzt mußte sie sich unbedingt sagen: Vergiß sie nicht, nimm sie nicht als selbstverständlich hin – du mußt darüber nachdenken.

Es gab noch ungeheuer viele andere Dinge, über die nachgedacht werden mußte.

Immer noch schob Mrs. Quest ihren Besuch auf, drohte sie, ihn aufzuschieben, versprach sie, ihn demnächst anzutreten. Jeder Brief schien als Antwort auf einen von Martha geschrieben, der seinerseits aufgeschoben, abgelehnt oder eingeladen hatte. Martha fuhr jedoch fort, alle zwei, drei Tage denselben Brief zu schreiben: Dein Zimmer ist bereit, und ich warte auf Deinen Besuch.

In einem hübschen Haus an den Hängen oberhalb von Kapstadt lag eine alte Dame im Kampf mit einem abweisenden kalten Dämon, der für sie den Namen Martha trug.

Martha wurde von Dr. Lamb behandelt. Doch sah sie Dr. Lamb nicht. Theoretisch ging sie dreimal die Woche zu ihm. Praktisch verschob sie einen Termin nach dem anderen. Es war schlichtweg eine Frage der seelischen Ökonomie, da ihr Austausch sich nun mal im Medium der Energie vollzog. Sie wollte Dr. Lamb sehen, jeder Stunde sah sie mit wachsender, erwartungsvoller Spannung entgegen, sagte dann jedoch ab. Wenn es nämlich ernst wurde, dann konnte sie die Aussicht auf den Absturz in die Lethargie nicht ertragen, der die unvermeidliche Folge davon war, daß Dr. Lamb sie wütend machte, so daß sie explodierte. Sie hatte zuviel zu tun.

Zuerst einmal war da Mark. Dann kam seine Arbeit. Die Verleger hatten angefragt, wo denn sein nächstes Buch bleibe. Mark hatte mit dem Scherz geantwortet, er sei ein Alle-fünf-Jahre-einmal-Autor. Doch damit wäre es nicht getan. Der Buchmarkt war ständig in Bewegung. Literatur zu verkaufen, ist ein Gewerbe wie alle anderen auch. Ein Buch erscheint, ein »Name« wird herausgestellt, die Rezensenten werden tätig; ein paar Monate später ist das Buch gelaufen, erledigt. Wo bleibt das nächste? Schön, Mark arbeitete an der Geschichte von Rachel und Aaron. Wann würde das denn fertig? So gefragt, mußte Mark der Tatsache ins Auge sehen, daß es gar nicht fertig werden würde. Er schrieb es für sich selbst, vielleicht für Martha oder die tote Sally-Sarah. Auch für Thomas?

Die Frage war vielleicht eher, ob es überhaupt von Mark geschrieben wurde. Bestimmt kämen die Bewunderer des Kriegsromans oder von *Eine Stadt in der Wüste* nie auf die Idee. Wenn Mark vorgehabt hatte, ein Buch zu schreiben, das von Blut, Schweiß und Tränen handelte, hier war es. Es hatte gute Partien. Doch um daraus ein gutes Buch zu machen, würde man alle

Teile herausnehmen müssen, die gefühlsbetont und von wilden Gesten des Protests bestimmt waren. Vielleicht konnte er aus denen ja ein eigenständiges Buch machen? Hatte er denn zwei Bücher geschrieben? Einen Roman und ein Stück? Die gefühlsgeladenen Passagen waren meist in Dialogform geschrieben. Interessant, wenn man darüber nachdachte: Mark wird von Zorn und den anderen Gefühlsregungen gepackt, die seiner Arbeit normalerweise in geradezu auffälligem Maße abgehen, muß sich dann in Charaktere spalten, die umstandslos eine Bühne hätten betreten und wieder abgehen können: Die Regieanweisungen waren bereits da.

Miriam *(spricht langsam, stockend. Sie ist sehr erschreckt)*: Aber Aaron, wenn sie dich kriegen, dann bringen sie dich um . . . (Miriam war Aarons Mutter.)

Und so weiter.

Während sie darüber nachdachten, darüber sprachen, breiteten sie die maschinengeschriebenen Blätter über sämtliche Fußböden, den Schreibtisch, das Bett aus, in dem sie soviel Zeit verbrachten.

Der Verleger Terence Boles ließ nicht locker. »Aber Mark, Sie müssen doch dafür sorgen, daß Ihr Name im Gespräch bleibt!« Sein Ton war scherzhaft, doch er meinte es ernst. Hatte Mark denn nicht sonst irgend etwas, das veröffentlicht werden konnte? Irgend etwas hatte er doch wohl in der Schublade?

Und zufällig war das tatsächlich der Fall. Lange, lange vor dem Krieg, noch als Junge, hatte Mark eine Reihe Geschichten oder Kurzgeschichten über das Haus seiner Mutter auf dem Land geschrieben, wo sie Politiker, Schriftsteller, Geschäftspartner empfangen hatte. Die Kurzgeschichten handelten von den Gästen. Sie waren höchst phantasievoll, denn Mark war selten zu Hause gewesen, und so waren sie aufgrund von Äußerungen seiner Brüder erfunden, konstruiert worden. Die meisten Äußerungen waren von Colin gewesen. Colin hatte das, was sich da so abspielte, überwiegend komisch gefunden. Colin hatte damals einen sehr ausgeprägten Sinn für Humor besessen – Mark war überrascht, als ihm das wieder einfiel: Lange Jahre hatte man bei Colin nicht so etwas vermutet wie Sinn für Komik oder auch nur die Gabe, sich zu amüsieren. Der Krieg mußte diesen Wandel bewirkt haben. Diese Geschichten waren weniger unreif als spröde. Man hatte den Eindruck, daß Marks geistiges Wesen, der Schriftsteller, die Person in ihm, die schrieb, nie »jung« gewesen, sondern als alter Mann geboren worden war. Das war nicht die Perspektive eines halbwüchsigen Jungen, sondern die eines humorvollen reifen Beobachters, der zum Teil Colin war, größtenteils jedoch Mark selbst.

Immerhin kamen diese Kurzgeschichten, wenn man sie in Buchform brachte, durchaus für eine Veröffentlichung in Frage. Nichts Aufregendes, aber brauchbar. Eine Hinhaltetaktik, etwas, um die Maschine in Gang zu halten, während Mark überlegte, was er als nächstes tun wollte. Während er überlegte, tat er weiter, was ihm gefiel: Das bemerkenswerte Manuskript reifte, in dem zwei Tote zwei Figuren speisten, die bald ermordet werden würden, die der Geschwister Rachel und Aaron, der Kinder Miriams.

Martha polierte die Kurzgeschichten auf. Sie machte das Zimmer für ihre Mutter zurecht. Sie und Mark gingen miteinander ins Bett, verharrten wie verzaubert innerhalb eines von Zärtlichkeit beherrschten, märchenhaften Lebens, wo es keine Verantwortlichkeit, keine Zeit gab.

Und aus dem Martha eines Morgens mit der Gewißheit erwachte, daß heute in zwei Tagen ihre Mutter eintreffen würde.

Sie rannte zum Telefon, um den Termin zu bestätigen, den sie mit Dr. Lamb vereinbart hatte.

Während der langen Fahrt durch den heißen, lärmigen Verkehr eines Sommertages beschäftigte sie der Gedanke, daß er sie zum »Explodieren« bringen würde. Weshalb bloß? Weshalb bestand das Heilmittel gegen ihre lethargischen Anwandlungen darin, daß man sie zur Explosion brachte? Ihrer Erinnerung nach war das in keinem der ungezählten Bücher, die sie gelesen hatte, so dargestellt worden. Da war das Wort Katharsis. Hhm. Und was war das? Eine Explosion. Das also war es, was in den alten Stücken, im alten Theater mit den Menschen passiert war? Mitleid und Schrecken – man wurde gezwungen, das durchzumachen, man explodierte, man ging befriedet daraus hervor? Was war denn das Ergebnis dieses lange Jahre währenden Prozesses, während dessen man mehrmals die Woche auf so gekonnte Weise von Dr. Lamb zum Explodieren gebracht wurde? Eine ständige Wiederholung desselben geschickt ausgedachten Prozesses, die Explosion bestimmter Energien. Verwerflicher Energien? Wumm, wumm – und Entsetzen, Angst, Wut, Groll fliegen in einem Energieausbruch in die Luft. *Rot.* Auch das Mitleid. Welche Farbe hatte denn Mitleid? Egal – wumm! In die Luft damit, wumm, wumm. Und wumm – in die Luft mit Liebe, Zuneigung, Anteilnahme? Jahraus jahrein, jedenfalls für manche Menschen.

Als sie mit Terence Boles über das Buch geplaudert hatte, hatte der bemerkt, seine Frau beende diese Woche ihre Analyse. Im Augenblick hatte sie nicht zugehört, war sie in Gedanken bei dem Buch *Zu Gast bei einer Dame der Gesellschaft* gewesen. Was für ein ungeheuerlicher Ausdruck das doch war: seine Analyse beenden. Terence hatte das ganz beiläufig erwähnt – er hatte das nicht ungeheuerlich gefunden. »Meine Lebenshaltungskosten werden nächste Woche drastisch sinken«, hatte er launig gesagt, »meine Frau beendet ihre Analyse.«

An einem bestimmten Punkt, nachdem man jahrelang von Dr. Lamb zum Explodieren gebracht wurde, trat man vor, ein ausgereiftes, menschliches Wesen, und war »fertig«.

Sie saß Dr. Lamb in dem Ledersessel gegenüber; mit einem Teil ihres Gehirns verstand sie: er wollte gern darüber mit ihr sprechen, daß sie mit Mark schlief und den Wunsch hatte, mit ihm, Dr. Lamb, zu schlafen. Sie überlegte, was das wohl bedeuten mochte, was sie, was Dr. Lamb wohl damit meinen mochten, wenn sie sagten »seine Analyse beenden«, als sie Dr. Lamb sagen hörte: »Ich nehme an, es wird Ihnen klarer sein, wenn Sie fertig sind.«

»Entschuldigen Sie, ich habe nicht zugehört. Was haben Sie gesagt?«

»Ich habe gesagt, wenn Sie Ihre Analyse beendet haben, Mrs. Hesse, werden Sie das schon im richtigen Verhältnis sehen.«

»Wie sind Sie denn jetzt darauf gekommen?«

Er schien amüsiert.

Dr. Lamb hatte nie zuvor von der Beendigung der Analyse gesprochen.

Sie hatte nie zuvor über die Beendigung der Analyse nachgedacht.

Vor ein paar Wochen hatte sie hier gesessen, und die Luft im Zimmer war hellrot aufgeblitzt. Sie hatte buchstäblich »rot gesehen«. Das lodernde Rot war langsam verblichen, als ihre Wut abgeklungen war.

»Ich lege Ihnen den Gedanken nahe, Mrs. Hesse, daß Sie sich schuldig fühlen, weil Sie mit Mark schlafen. Sie sagen Ihre Verabredungen mit mir in letzter Minute ab, weil Sie fürchten, daß ich Sie bestrafen werde.«

Sie ließ sich das durch den Kopf gehen.

»Wie könnten Sie mich denn bestrafen?«

Die Zeit war um. Sie vereinbarte einen Termin in einer Woche, weil ihre Mutter kam und sie sicher sein konnte, keine Zeit für sich zu haben. Sie fuhr nach Haus.

4 Eine alte Dame saß auf einem von Blumen überquellenden Balkon hoch oben über dem atmenden Meer. Hinter ihr erhob sich der berühmte Berg. Sie hatte ihn betrachtet, bewundert, war auf ihn hinaufgefahren worden, hatte in zahlreichen Ausrufen ihr Entzücken über ihn und seine prächtigen Ausblicke kundgetan. Milly war unglaublich nett: Sie schleppte sie über die ganze Halbinsel, überallhin, wo es etwas Schönes zu sehen gab. Milly hatte einen zweiten Ausflug auf den Berg vorgeschlagen: Mrs. Quest hatte sich störrisch geweigert. Sie hatte geglaubt, sie sei höflich gewesen, hatte auch halb geglaubt, genau das habe sie gewollt, durch die Gegend geschleppt zu werden... Meine Güte, hatte sie das Wort wirklich benutzt? War sie unhöflich gewesen? Sie hatte bestimmt nicht querköpfig sein wollen – ihre eigene Stimme hatte sie entsetzt. Erst hatte sie Millys Gesichtsausdruck bemerkt, dann, als sie sich gefragt hatte, was den wohl ausgelöst haben mochte, ihre eigene Stimme gehört. Sie war doch bestimmt nicht... Zerknirscht, nervös erging sie sich in lauten Beteuerungen. Es war gräßlich! Milly, die so angestrengt arbeitete, hatte ihre eigenen Pläne so oft zurückgestellt, da war Mrs. Quest sich sicher, um Eichenwälder und Weinberge und was es sonst noch Schönes gab mit ihr zu besichtigen!

Doch Milly war eine junge Frau, die wirklich von Grund auf nett war, anders als andere, die – hier trübte Mrs. Quests Bewußtsein sich flüchtig, weil es sich weigerte, genau festzulegen, wer eigentlich so wenig nett war.

Milly war schweigsam und nachdenklich gewesen und hatte dann angeregt, May solle doch selbst darum bitten, wenn ihr danach war, daß man mit dem Wagen etwas unternahm: »Bitte, liebe May, ich möchte wirklich, daß Sie tun, wozu Sie Lust haben!«

Diese Worte hätten ums Haar erneut eine wütende Reaktion ausgelöst: Wann hatte sie denn je tun können, wozu sie Lust hatte? Wann hatte sie sich denn einmal nicht für andere aufgeopfert? Doch sie lernte allmählich, diese Worte nicht mehr auszusprechen, wie oft sie sie auch denken mochte. Denn wenn sie sie aussprach, dann nahmen die Gesichter der Leute diesen Ausdruck an, der . . . Leute? Ihrer Kinder. Ihrer eigenen Kinder, für die sie sich . . .

Alte Menschen, Dienstboten, Kinder, Sklaven, alle, die nicht selbst über ihr Leben bestimmen können, suchen Gesichter nach winzigen Zeichen ab – Augen, Kopfbewegungen, Lippen –, wie Wetterbeobachter den Himmel absuchen. Es kam Mrs. Quest vor, als habe sie jetzt schon jahrelang insgeheim das Gesicht ihres Sohnes, das seiner Frau nach diesem Ausdruck abgesucht. Eine Zeitlang hatte sie nicht vermocht, dem einen Namen zu geben, denn die Wahrheit war einfach unvorstellbar. Wie kam es bloß, daß die Tatsache, daß sie ihr eigenes Leben geopfert hatte, solche Peinlichkeit auslöste? Als wäre sie ein ungezogenes kleines Mädchen, das taktlose Bemerkungen machte, oder ein Hund, der zwar getätschelt und gefüttert werden mußte, einen jedoch dadurch, daß er bellend hochsprang und einem das Gesicht leckte, in Verlegenheit setzte.

Milly hatte diesen peinlich berührten Ausdruck nicht gehabt, obwohl sie vielleicht verletzt war oder dachte: Weshalb hat sie denn das nicht früher gesagt?

Ja, weshalb hatte Mrs. Quest das denn nicht früher gesagt? Denn Milly *war* doch wirklich so nett . . . anders als . . . Milly war *wirklich* nett. Sie gab einem nie das Gefühl, daß man . . . Mrs. Quest wollte sich nicht daran erinnern, wie sie sich gefühlt hatte. Sie wollte nicht darüber nachdenken, daß Milly, eine junge Frau, die keinen Deut weniger beschäftigt, weniger pflichtbewußt war als ihre eigenen Kinder, Zeit hatte, *wirklich* nett zu jemandem zu sein, während die beiden . . . Sie wollte nicht über die letzten paar Jahre auf der hochgelegenen, trockenen Farm inmitten der Berge nachdenken. Sie hatte die Nase voll von Bergen, Gipfeln, Felsen, der Trockenheit und den Winden, die einem die Haut gerbten, bis man meinte, man sei nur noch gedörrte Haut über alten Knochen.

Mrs. Quest saß inmitten von Blumen hoch oben über dem

Meer. Sie hatte das Gefühl, wenn sie sich vorbeugte, könnte sie die Hand hineintauchen oder sogar ein Spielzeugschiff hochnehmen oder sich einfach wie ein Seevogel über die steif gekräuselte, hüpfende oder unerschütterliche Wasseroberfläche treiben lassen, um wie der Wind auf bewegtem Blau oder Grün oder Grau zu spielen.

Sie hatte das Meer immer geliebt. Sie war der Teil der Familie gewesen, der das Meer liebte. »Was mir wirklich Vergnügen macht, ist eine richtige Seereise.« Als Kind Ferien auf der Isle of Wight, Fahrten nach Cowes, Reisen über den Kanal oder nach Irland; spärliche Beglückungen für eine Seenärrin, die sie immer gewesen war, denn sie wußte, daß sie ungeachtet ihrer Eingeschränktheit wie die richtigen Seeleute geboren war für Segelschiffe, Handelsschiffe, Seehäfen, Meeresinseln, Seewinde, streng schmeckende, fremde Küsten und für die Männer, die sie in Karten einzeichneten. Für sie war die See, was die Wüsten für den Wüstenliebhaber waren oder die Berge für diese Verrückten (oder jedenfalls kamen sie denen so vor, die die Berge nicht liebten), die es vorzogen, unter absurden Umständen, in den Stürmen und Lawinen der Gipfel zu sterben.

Wenn dies so war, wie kam es dann, daß sie dreißig und mehr Jahre auf der Hochsteppe verbracht hatte, weit, weit oberhalb des Meeresspiegels, wo einen allenfalls das Geräusch des Windes im hohen Gras oder ein Makrelenhimmel bei Sonnenuntergang an die See erinnerten?

Denn, wie sie da saß und tief die salzige Luft einsog, konnte sie sich dem Gedanken nicht verschließen, daß man sich zwar jeden einzelnen Tag seines Lebens sagen mochte, man liebe die See, dabei aber, außer in der verfälschenden wehmütigen Erinnerung, ganz vergaß, was die See sein konnte.

Wie hatte ein Meeresgeschöpf wie sie es nur fertigbringen können, ihr Leben so einzurichten, daß sie fernab vom Meer lebte? Was war da bloß passiert?

Schlicht und einfach daß sie Mr. Quest geheiratet hatte; und infolgedessen hatte sie ihr Leben als Farmersfrau auf der Hochsteppe verbracht statt als Frau eines Seemanns in der Nähe eines Hafens.

Eine alte Dame mit erwachsenen Kindern und fünf Enkelkindern saß da und dachte: Vielleicht habe ich einen Fehler gemacht, vielleicht hätte ich doch eher ...

Sie dachte es voller Trotz – dieser Gedanke stand ihr doch zu, oder etwa nicht? Schließlich hatte es ja von ihr abgehangen, von ihrer Wahl – oder etwa nicht? Doch irgend etwas an dem Gedanken selbst bewirkte, daß sich ihr Bewußtsein plötzlich trübte, wie bei einer Ohnmacht, sich weigerte, weiterzuarbeiten. In letzter Zeit kam es immer häufiger vor, daß ihre Gedanken in Zonen vorstießen, wo sie bockten, zurückscheuten, sich festfraßen – oder sie ertappte sich dabei, daß sie scharf und kurz auflachte, wie ein unterdrücktes Schnauben klang das. Dann blickte sie sich immer rasch um, um zu sehen, ob es jemand gemerkt hatte. Doch nein, sie war ja täglich stundenlang allein in der Wohnung und konnte Selbstgespräche führen, wenn ihr danach war. Und das tat sie auch. Warum auch nicht? Machte das denn nicht jeder? Die Frau ihres Sohnes mochte ihr zwar diesen bestimmten Blick zuwerfen, doch sie sprach auch mit sich selbst: Aber die war ja eine junge Frau, die, wenn man sie dabei erwischte, einen Scherz darüber machen konnte, ja sogar vorgeben konnte, dies sei besonders reizend. Wenn dagegen eine alte Frau mit sich selbst sprach, dann erntete man diesen Blick.

Hier war sie jeden Morgen allein, bis mittags, wenn der Kleine von Milly aus dem Kindergarten nach Hause kam und das farbige Mädchen eintraf, das saubermachte und sich um den Jungen kümmerte. An den Nachmittagen wurde Mrs. Quest dann eine hilfreiche alte Dame – wozu war sie denn sonst überhaupt am Leben, wenn nicht, um anderen zu helfen? Doch an den Vormittagen – was war sie denn da?

Manchmal schlüpfte sie, Seevogel, Seemannsfrau, die sie war, vom Balkon, um in den Spiegel zu schauen, und sah ein schüchternes, trotziges altes Gesicht, dessen Haut der Wind gerunzelt hatte. Doch ihr Geist trübte sich, trübte sich immer wieder: Sie kehrte auf den Balkon zurück, wo sie saß und mit etwas Verborgenem rang, mit etwas, an das sie nicht herankam; sie wußte nicht, wie sie es anstellen sollte: Irgendwelche Realitäten oder Gefühle stießen ständig aufeinander, konnten sich jedoch nicht verbinden, sie paßten nicht zueinander.

Eine alte Dame, die allein da sitzt und an die Kinder, die Enkelkinder denkt, die kann schon mal zu sich selbst sagen: Euch brauchte es eigentlich gar nicht zu geben, nicht einen von euch! Ich hätte ja Johnnie oder Freddie oder Paul heiraten können. Und was wäre dann aus euch geworden?

Es war ihr überlassen gewesen, so etwa vor vierzig Jahren, zu sagen: Ich wähle dich oder dich oder dich . . ., und wegen dieser Wahl waren die und die Kinder, neue Erdenbürger, auf die Welt gekommen; hätte sie jedoch eine andere Wahl getroffen, dann wären sie anders gewesen. Doch brauchte sie nicht erst damit anzufangen, sich Jonathan oder Martha anders vorzustellen. Die waren nun einmal da. Die Tatsache, daß sie sich nur allzu genau den peinlich berührten Blick vorstellen konnte, mit der beide sie bedacht hätten, wäre sie ihnen mit so einem Einfall gekommen, bewies nur, wie lächerlich das war. Doch wenn es wirklich lächerlich war, was war dann mit ihrer Wahl? Genau hier stieß sie auf eine Ungeheuerlichkeit, eine Widersinnigkeit, den Kern von etwas Schrecklichem . . . so als wäre sie, May Quest, nichts, ein Garnichts, ein bloßer Kanal.

Wie in einem Liebesroman oder einem Märchen sah sie sich, wie sie, eine launische Schöne, erst mit diesem oder jenem anbändelte, und sich dann selbst einem Mann versprach: Ich, eure so verachtete Mutter, habe mich eurem Vater, eurem Großvater zu eigen gegeben – ihr verdankt eure Existenz meiner Wahl.

Solche Gedanken hegen alte Damen, während sie die Marmelade reichen oder Socken stopfen – und beobachten dabei ängstlich wie Dienstboten oder kleine Kinder die Gesichter ihrer mächtigen Kinder, die sich, Gott segne sie, einbilden, daß sie über ihr Leben selbst bestimmen können. (Mrs. Quest auf ihrem

Balkon hörte sich kichern und fuhr herum – alles in Ordnung, sie war allein.)

Vor dreißig oder vierzig Jahren erwählte ich, damals eine umschwärmte und begehrte junge Frau ...

Obwohl sie selbstverständlich nicht schön gewesen war. Sie war ein häßliches Entlein gewesen. Immer hatte es geheißen: Du bist das häßliche Entlein. »Wie schade, daß sie so ein häßliches Entlein ist.« Häßliches Entlein, Aschenputtel, *Plain Jane* hatten sie sie aus Spaß genannt, und sie hatte es gutmütig akzeptiert. Sie wurde gezwungen so zu sein: gutmütig. *Weshalb war sie unansehnlich gewesen?* Schließlich hatte sie eine schöne Mutter gehabt. Hier regte sich ein Gedanke, den sie schon früher einmal gehabt zu haben meinte, aber ach, das war ja so lange her – wann war das denn gewesen? Als sie noch ein junges Mädchen war? Sie hatte in die Spiegel geschaut, sich das Haar mal so, mal so gebunden, sich auf die Lippen gebissen, damit sie rot wurden: Sie hatten sie ausgelacht, sie aufgezogen. *Vielleicht war sie ja überhaupt nie unansehnlich gewesen?* Dieser Gedanke, der entsetzliche Schlußfolgerungen nahelegte, näherte sich ihrem Bewußtsein, erhielt keinen Zutritt, wie er schon früher ausgesperrt worden war, klopfte jedoch erneut an ...

Mrs. Quest, die sich nie von ihren Fotos trennte, wühlte in ihrem Schrankkoffer und schlug ein Album aus ihrer Mädchenzeit auf. Ein ernsthaftes, rundgesichtiges Mädchen, das das Haar zurückgekämmt und mit einem Band zusammengebunden hatte, starrte zurück. Unansehnlich. Wieso denn unansehnlich? Als hätte man vor dem jungen Gesicht eine Maske oder einen Schleier weggezogen, sah sie sich, das arme häßliche Entlein, als gutaussehendes Mädchen. Wenn sie sich hätte anmalen und pudern können, wie das heute alle taten, oder ihr Haar anders tragen, ohne ausgelacht zu werden, dann wäre sie keineswegs unansehnlich gewesen! Und sie hatte eine gute Figur gehabt – das hatten sie ihr immer zugestanden. Und natürlich hatte sie sich auch immer gut gehalten, anders als diese Mädchen heutzutage, die nur immer durch die Gegend schlurften. Wer eigentlich?

Martha? Jonathans Frau? Milly? Schlurfende, vertrante, angemalte und zugepuderte faule Flittchen, die Ragtime tanzten und zu Tanztees gingen und Cocktails schlürften und garantiert nichts taugten, ein Fries verantwortungsloser und pflichtvergessener Mädchen rollte vor den Augen der alten Dame vorbei – und verschwand wie der häßliche Schleier über ihrem eigenen Foto. Vielleicht sollte sie etwas an ihrer Ausdrucksweise ändern? Was war das denn, was die Leute immer so peinlich berührte? Doch war das recht, daß man eine alte Frau kritisierte, bloß weil deren Jargon überholt war? War das nett? Was kam es schließlich auf ein Wort an . . . und weshalb wurde sie denn ständig bestraft, hatten sie denn immer noch nicht genug, mit so einer unglücklichen Kindheit, wie sie sie gehabt hatte – *Plain Jane*. Sie war hübsch gewesen. Wäre jedoch vielleicht noch hübscher gewesen, wenn nur ein einziger so nett gewesen wäre, ihr zu helfen oder ihr Mut zu machen. Der Zorn gurgelte und kochte, ein schrecklicher Zorn, der allem zugrunde zu liegen schien, was sie tat, wie eine Unterströmung im Meer, bereit, auf ein Wort oder einen Blick emporzukochen und einen zu überwältigen.

Außerdem, selbst wenn sie unansehnlich gewesen wäre, bedeutete das noch nicht, daß nicht etliche Männer eine gute Ehefrau in ihr gesehen hätten. Da war zum Beispiel der junge Marinearzt, der im Ersten Krieg gefallen war. Er hatte sich zwar nie »erklärt«, doch jeder wußte damals, was er für sie empfand. Jahrelang hatte sein Foto auf ihrer Frisierkommode gestanden – wo war es überhaupt? Wo hatte sie es gelassen? Sie hatte es doch bestimmt nicht verloren?

Doch weshalb gerade dies Foto, weshalb nicht irgendwelche anderen? Es war, als habe man ihr nur ein Foto, eine andere Liebe zugestanden – ein Zugeständnis ihrer Familie: Vielleicht hätte Mummy ja den armen Arzt geheiratet, der im Ersten Weltkrieg gefallen ist. Ihre verlorene Liebe. Die tote Liebe von der armen Mummy, eine Erinnerung, eine offizielle Erinnerung, die Erinnerung der Familie, und sie hatte es zugelassen, daß das auch ihre Erinnerung wurde. Weshalb bloß? Weshalb hatte sie sich nicht dagegen verwahrt, *Plain Jane* zu sein? Weshalb hatte sie geheiratet ... Warum, warum, warum, warum! Was für ein Unfug das alles war, angefangen bei dem traurigen braven Mädchen mit diesem Schulmädchengesicht. Zu dem Zeitpunkt, als sie heiratete, gab es ein halbes Dutzend Männer, die sie heiraten wollten. Alles Patienten; Männer wollten immer ihre Krankenschwestern heiraten. Männer *heirateten* ihre Krankenschwestern. Ihr Mann hatte sie geheiratet. Der gutaussehende Captain Quest hatte seine unansehnliche Krankenschwester geheiratet. Und was war mit den anderen? Seltsam, daß sie die als mögliche Ehemänner, und das waren sie ja schließlich gewesen, so überhaupt nicht in Betracht gezogen hatte. Sie hatten um ihre Hand angehalten – oder zu verstehen gegeben, daß sie es täten, wenn sie Aussichten bei ihr hätten. Doch sie hatte sie nicht in Betracht gezogen – weshalb bloß nicht? Sie hatte eine Ehe mit dem Marinearzt zwar erwogen, hatte aber den Soldaten geheiratet, der dann Farmer wurde. Doch die anderen hatte sie nicht nur nicht geheiratet, sie hatte sie sich noch nicht einmal als künftige Ehemänner vorgestellt. Dabei waren die keineswegs schlechter gewesen als der Arzt oder der Soldat. Ja, selbstverständlich hatte sie geliebt. Zweimal. Liebe. Eine alte Dame, die das Wort Liebe jahrzehntelang selbstsicher im Munde geführt hatte, stutzte, und ihr Mund sah wie der schmallippige, geschürzte Mund eines ungeliebten kleinen Mädchens oder der einer Frau aus, die an einen Mann geraten war, der seine Mutter geheiratet hatte. Liebe, dachte sie, Liebe – ihr Bewußtsein trübte sich. Wenn das Liebe war, dann hatte die ihr ein hartes, trauriges Leben erst auf der einen Farm eingetragen, mit ihrem Mann zusammen, und dann dasselbe auf einer anderen Farm, bei ihrem Sohn, Hunderte von Meilen entfernt von ihrer wahren Liebe, der See.

Manchmal nach diesen langen, trägen Vormittagen, wo ihr war, als hätte das Meer sie überschwemmt, sie mit einem sanften, blauen, murmelnden Frieden erfüllt, dachte sie, wenn sie wieder hineinging, um mit dem kleinen Jungen zu spielen und

Marie, dem farbigen Mädchen, zu helfen: Wenn ich so hätte leben können, ich selbst hätte sein können, wäre ich dann nicht auch so gütig und freundlich geworden, wie ich es jetzt gerade bin, statt langsam zu einer ...

Hatte sie je eine andere Wahl gehabt? Wenn die Wahl ihres Gatten, die sie getroffen hatte, überhaupt keine Wahl gewesen war – wie die unerschütterliche Endgültigkeit ihrer Kinder, ihrer Enkelkinder bewies, was für eine Wahl hatte sie denn dann je gehabt? Für diese ganzen flatterhaften Mädchen heute war das natürlich etwas anderes, die machten, was sie wollten, man brauchte nur Martha anzusehen: Garantiert machte die, was sie wollte, wie schon immer, selbstsüchtig, rücksichtslos, unmoralisch ... Mrs. Quest tat der Kopf weh, ihr war übel. Heutzutage wählten die Mädchen tatsächlich, sie waren frei: Als sie jedoch jung gewesen war, da gab es für die Mädchen nur diesen kurzen Augenblick vor der Heirat, wo *Plain Jane* umworben worden war, sich einen Mann aussuchen konnte, ja oder nein sagen, ich will diesen und nicht den da, ehe sie Mutter und Krankenschwester wurde und keine andere Wahl hatte, als sich aufzuopfern.

Sie mußte sich hüten, dies Wort je zu gebrauchen, wenn sie bei Martha war – da würde sie noch von Glück sagen können, wenn es bei ein bißchen Peinlichkeit blieb! Nein, wahrscheinlich würde es eine kalte, harte Auseinandersetzung nach sich ziehen – Unfreundlichkeit. Eine schreckliche Art von gesundem Menschenverstand war das, eine schreckliche Logik. Wie die von Jonathan. Jedes Wort war eine Falle, man mußte auf jede Silbe aufpassen, die man sprach.

An den Abenden hier mit Milly sprach sie hingegen so, wie es ihr in den Sinn kam. Milly mochte sie. Milly war froh, sie bei sich zu haben, weil ihr Mann nicht da war. Milly erinnerte sie sehr an eine Schulfreundin, die sie einmal gehabt hatte. Sie hatte das zaghaft geäußert, und Milly hatte nichts dagegen gehabt: Alte Damen lernen selten neue Gesichter, neue Menschen kennen. Milly, die Tochter einer alten Freundin, war mit ihrem blassen Gesichtchen, ihrer Ernsthaftigkeit, ihrem Hang zu Kopfschmerzen und Trägheit Rosemary dermaßen ähnlich! Milly, die sie aufgefordert hatte, die Woche bei ihr zu bleiben, während sie auf die Abfahrt des Schiffes wartete, genau wie Rosemary es einst getan hatte, lud sie ein, so lange zu bleiben, wie sie mochte, »sich ganz zu Hause zu fühlen«. Millys Mann war Journalist, und er nahm an irgendeiner internationalen Veranstaltung in Amerika teil. Milly unterrichtete an der Universität. Dem kleinen Jungen, dachte Mrs. Quest, fehlten wohl die Eltern, obwohl das farbige Mädchen ziemlich passabel war. Weshalb mußte Milly denn überhaupt arbeiten – doch sie mußte aufhören herumzukritteln, das ging sie nichts an.

Als sie Milly gegenüber behutsam auf dies Thema zu sprechen kam, erfuhr Mrs. Quest, daß es in Johannesburg eine Frau aus erster Ehe gab, die Alimente erhielt. Millys Gehalt war nötig, damit sie leben konnten. Ob Milly das denn etwas ausmachte? Mrs. Quest fragte es sich – doch sie durfte nicht so neugierig sein. Als sie darauf zu sprechen kam, fand sie Milly willig, darüber zu diskutieren, das Ganze mit Humor zu nehmen. Mit Milly konnte sie reden wie ein normaler Mensch, doch nicht mit ...

Auf der anderen Farm hatte sie jahrelang mit niemandem gesprochen.

Als die alte Dame dort hinkam, waren zwei kleine Kinder bereits da, und ein drittes war unterwegs. Jonathan wie auch Bessie arbeiteten sehr hart. Die Farm war noch im Aufbau. Das Haus war groß. Mrs. Quest hatte sich über einen Mangel an Beschäftigung nicht zu beklagen. »Wenn es irgend etwas gibt, was ich weiß«, sagte sie zu sich selbst und zu den beiden, »dann, wie hart eine Farmersfrau arbeitet!« Sie beschäftigte sich mit den Kindern und war sich sicher, daß Bessie nichts dagegen hatte. Als das Baby da war, übernahm Bessie als zusätzliche Pflicht die Verantwortung für das Milchvieh. Mrs. Quest fand das nicht richtig: Es reichte völlig aus, daß sie Mutter und Farmersfrau war. Doch Bessie war nicht zu belehren. Sehr bald war sie erneut schwanger, und auf ihre Andeutung, daß das zu früh sei, entgegnete sie, die Schwangerschaft sei »geplant« gewesen. Das junge

Paar hatte vier Kinder geplant, wie sie geplant hatten, diese abgelegene, unerschlossene Farm zu kaufen und ein großes Steinhaus draufzusetzen.

Es war alles zuviel, sie wollten zuviel, sie waren beide erschöpft, sahen blaß aus, waren von morgens um sechs bis abends um neun auf den Beinen, und dann kamen sie natürlich manche Nacht wegen der Kinder nicht recht zur Ruhe.

Das Ganze war einfach absurd: Mrs. Quest lag nachts wach und grübelte und grämte sich, aus Angst, sie könnte nicht rechtzeitig hören, wenn eins der Kleinen schrie, und nicht bei ihm sein, ehe es ihren Sohn oder seine Frau weckte. Dann hatte es den ersten großen Krach gegeben. Bessie hatte sie eines Morgens beim Frühstück angefahren, Mrs. Quest hatte sich verteidigt, der junge Ehemann war, äußerst widerstrebend, so schien es, der Farmarbeit ferngeblieben (womit er Mrs. Quest ein schlechtes Gewissen bereitete), um die beiden Frauen zu beruhigen. Der »Krach« ging den ganzen Morgen weiter. Hinterher sah Mrs. Quest bloß noch die Gesichter der beiden vor sich, die ihr gegenüber saßen – gereizt, verdrossen – peinlich berührt. Immer wieder sagten sie: »Du mußt versuchen zu verstehen, daß nicht alle Menschen das Leben so sehen wie du«, und: »Ja, schon, doch wir sind nun mal anderer Meinung.« Wir! Wenn das Wort »wir« von dieser Einheit, ihrem Sohn und seiner Frau, gebraucht wurde, hatte es ihr jedesmal einen Stich versetzt. Sie hatte sich beschwert, daß sie »hinter ihrem Rücken über sie redeten« und daß Jonathan »immer auf ihrer Seite sei«.

Danach blieb sie tagelang in ihrem Zimmer, erfüllt von jener vergrämten Besorgnis, die sie immer »Liebe« genannt hatte. Doch auch ihrem Gerechtigkeitsempfinden hatte es einen Stoß versetzt. Was sie gesagt hatten, stimmte. Im Grunde ihres Herzens fühlte sie: sie hätte überhaupt nicht auf dieser Farm sein dürfen. Sie empfand das sogar als eine Art Verrat.

Solange die Quests ihre frühere Farm bearbeiteten, hatte es einen ständig wiederkehrenden Refrain gegeben: »Von der Farm wegkommen; wenn wir von der Farm wegkönnen; wenn wir das mal alles los sind.« Doch der junge Jonathan hatte nach seiner Entlassung aus der Armee nichts eiligeres zu tun gehabt, als wieder auf eine Farm zurückzukehren, nicht dieselbe, sondern eine, die viel schlimmer war: nicht erschlossen, nichts als Hunderte von Hektar Leere. Mitten in den Bergen. Einmal hatte Mrs. Quest ihnen Zahlen unter die Nase gehalten, die bewiesen, daß sie von derselben Geldsumme (die klein war, aber sie fingen natürlich wie alle anderen auch gleich mit Darlehen an) eine bereits erschlossene Farm näher bei der Stadt hätten kaufen können. Woraufhin sie – peinlich berührt ausgesehen hatten. Sie mochten diese Farm. Genau das gefiel ihnen. Und es machte ihnen gar nichts aus, Geld zu leihen – sie mußten sich doch kein prächtiges Steinhaus mit viel zu vielen Zimmern bauen, wenn ein kleineres es auch getan hätte. Steine kosten doch nichts, sagten sie.

Wieso mußten sie denn hier oben mit Milchvieh anfangen – es gab doch meilenweit im Umkreis kein Milchvieh. Das sei es ja gerade, sagten sie. Weshalb denn ein Dutzend Trockenschuppen für den Tabak, wenn ein paar es auch getan hätten, jedenfalls anfangs. Jonathan blieb ausweichend, beschwichtigend, und Mrs. Quest erriet sehr wohl, was er nicht sagte: Daß er entschlossen war, nicht so zu werden wie sein Vater, der immer hochzufrieden oder jedenfalls so verträumt gewesen war, sich eben so durchzuwursteln und zu hoffen, daß nächstes Jahr alles besser werden würde. Das junge Paar empfand sich als Pioniere. Mrs. Quest erlebte hier die Geburt einer wirklich großen Farm und einer großen Familie. Na schön, wenn sie sich unbedingt dabei umbringen wollten, dann war das wohl ihre Sache.

Nach dem Krach begann ein neuer Abschnitt. Mrs. Quest mied Bessie; Bessie mied sie. Mit mißbilligend zusammengepreßten Lippen vernahm die alte Dame, daß sie ein paar schwarze Kinder einstellen wollten, die sich als Kindermädchen um die weißen Kinder kümmern sollten. Sie war weiterhin der Überzeugung, daß schwarze Haut nicht mit weißer in Berührung kommen sollte. Sie sagte nichts, obwohl es sie fast zur Raserei brachte. Dann fing sie an, einen Blumengarten anzulegen. Das Ehepaar hatte keine Zeit dafür. Wenn sie sich auf irgend etwas verstand, dann waren das Gärten. An einem felsigen Hang, von dem man über ein Tal hinweg auf die Berge schauen konnte, legte sie einen Garten an, der alsbald von Rosen, Bougainvillen, Jacarandas, Zypressen, Jasmin, Bleiwurz und Lilien nur so strotzte. Dann legte sie einen Gemüsegarten an. Als in beiden alles nach Wunsch lief und eine neue Windmühle installiert war, schlug sie vor, neben den Hühnern Enten zu halten. Um die Hühner kümmerte sie sich bereits. Dann fragte sie Bessie, ob es ihr recht sei, wenn sie sich um das Milchvieh kümmerte? Sie war darauf gefaßt gewesen, eine Abfuhr erteilt zu bekommen, doch Bessie war sofort einverstanden. Hatte sie nur darauf gewartet, daß die alte Dame das vorschlagen würde? Ein neuer häßlicher Verdacht keimte in ihr: War Bessie anfangs aufs Feld arbeiten gegangen, damit sie von ihr, ihrer Schwiegermutter, wegkam?

Sie wußte es nicht. Sie nahm es an. Jedenfalls verbrachte Bessie mehr Zeit im Haus, wo sie eigentlich auch hingehörte, und Mrs. Quest, eine alte Dame von fünfundsechzig, dann sechsundsechzig – meine Güte, bald würde sie siebzig, stand mit Wonne um sechs Uhr auf, machte sich eine Kleinigkeit zum Frühstück, kam der Familie gar nicht erst in die Quere und war schon draußen bei ihren Gärten und dem Vieh, wenn der Morgen noch jung war.

Sie arbeitete. Sie arbeitete. Sie hatte noch nie so hart gearbeitet. Und abends war sie genau wie die beiden anderen um neun im Bett. Mrs. Quest sah die Kinder kaum. Ob Bessie sie von ihr fernhielt? Sie waren ständig in der Obhut dieser dreckigen schwarzen ...

Bei den Mahlzeiten studierte sie manchmal Bessies Gesicht und dachte: Warum bloß gerade dieses Mädchen? Bessie war eine untersetzte, pummelige, dunkelhaarige Frau, deren einst rosige Wangen jetzt blaß waren. Sie hatte braune Augen – ziemlich kleine, fand Mrs. Quest. Sie war vermutlich nicht die Schlechteste, dachte die alte Dame. Manchmal, wenn sich tagsüber ihre

Wege kreuzten, drehte Mrs. Quest sich um und beobachtete mit zusammengekniffenen Augen unter dem Strohhut die pummelige, dunkelhaarige Frau, die mit der zielstrebigen Munterkeit, die ihre Art war, unterwegs war zur Speisekammer oder in den Vorratsraum, und dachte: Das ist die Frau meines Sohnes. *Warum bloß gerade die?* Mrs. Quest konnte sich nicht erinnern, über den Austausch von Höflichkeiten hinaus je ein Wort mit ihr geredet zu haben: Sie hatten nie wirklich miteinander gesprochen oder einander etwas anvertraut.

Mrs. Quest war einsam, wie sie es auf der anderen Farm mit ihrem Mann gewesen war, der seine eigenen Gedanken interessanter fand als ihre Gesellschaft.

Einsam, wie sie war, grübelte sie über die Kinder, über die Vergangenheit nach. Sie machte sich Sorgen um Martha, deren Briefe nichtssagend waren, insbesondere was die Frage der Heirat anging.

Es kam zu einem weiteren Krach, wenn man dieses Wort auf die schrecklichen, kalten, brüsken, dann wieder beschwichtigenden Diskussionen anwenden konnte, die die drei, bleich vor Spannung und Nervosität, führten. Logisch – das war das richtige Wort für Jonathan und für seine Frau. Denn wenn sie sich beklagte, daß sie auf die siebzig zuginge und den ganzen Tag arbeite, dann wollte sie natürlich nicht zu arbeiten aufhören, sondern nur geliebt und für ihre Arbeit gelobt werden.

Das führte, wenn auch nicht sofort, dazu, daß eine Veränderung eintrat. Ohne Umschweife verkündete Jonathan ihr, er nehme sich einen Assistenten. Er wolle gern, daß der im Haus wohne – das sei praktischer, sagte er. Er dachte daran, der alten Dame ein eigenes Haus zu bauen. Sie hörte mit glänzenden Augen zu, ungläubig. Sie warfen sie raus! Das war die Wahrheit, doch die Wahrheit konnte sich diese Art kalter Logik natürlich nicht eingestehen.

Er baute ihr ein Haus mit zwei Zimmern und einer langgezogenen Veranda, etwa hundert Meter von ihrem eigenen entfernt, mit Blick auf die Berge, und die Fenster reichten fast bis zum

Boden, so daß die Zimmer überall die Berge hereinließen – Berge, Berge, wohin man schaute. Sie mochte das Haus. Sie bezog es mit einem ruhigen, grimmigen Lächeln und sagte, wie sehr es ihr gefiele. Nein, sie koche lieber selbst für sich. Doch, ab und zu käme sie auch zu den Mahlzeiten der Familie, vielleicht am Sonntag – nein, selbstverständlich sollten sie sich dann nicht extra Umstände machen. Ja, das sei ihr klar, daß der Assistent sich um das Milchvieh kümmern würde. Ob man ihr denn erlauben würde, die Hühner und die Enten zu behalten? Die Unverschämtheit dieser kleinen Frage nach ihrem vorangegangenen Ausbruch – *Ich bin doch nichts als eine unbezahlte Dienstbotin* – ging ihr nicht auf, weil sie nichts dergleichen im Sinn gehabt hatte. Sie verdiente ihre wütenden, verdrossenen Mienen nicht, das wußte sie.

Sie beschworen sie, bettelten, flehten sie an, sich doch nicht soviel Arbeit aufzuhalsen, und als sie antwortete, sie sei durchaus imstande, für Enten, Hühner und die Gärten zu sorgen, schickten sie ihr Steven als Helfer.

Steven war ein zwölfjähriger Junge. Seinen richtigen Namen erfuhr sie nie. Er war von einem anderen Farmer Steven genannt worden, bei dem er gearbeitet hatte, ehe er hierherkam. Sie sagte, sie wolle Steven nicht. Sie ließen sich auf keine Auseinandersetzung ein, wiesen Steven lediglich an, bei ihr zu bleiben. Dann folgte eine ebenso peinliche wie absurde Periode: Mrs. Quest sah mit verbissener, wütender Miene nach Hühnern, Enten, Gärten, gefolgt von Steven, der ihr zu helfen versuchte und jedesmal kurz abgefertigt wurde, wenn er fragte: »Was soll ich tun, Missus?«

Steven erschien ihr als der Gipfel aller Beleidigungen. Nachts lag sie wach und wütete und raste und redete mit sich selbst – am Ende ihres Lebens scheuchte man sie, May Quest, beiseite wie einen alten Hund und gab ihr obendrein einen schwarzen Aufpasser namens Steven.

Zwei Jahre später, als Mrs. Quest wegging, um England zu besuchen, weinte sie, und sie wußte, das galt nicht ihrem Sohn oder ihren Enkelkindern, sondern Steven.

Wochenlang sah sie ihn nur durch einen Nebel des Zorns hindurch. Sie sah ein junges schwarzes Gesicht, das stets ihr eigenes beobachtete. Er war ein großes Kind, sehr dünn, offensichtlich unterernährt. Sie fing an, ihn auszuschimpfen, warum er sich nicht ordentlich wasche, und gab ihm Brot und Gemüse aus ihrer kleinen Küche. Ihr ging auf, daß er noch ein Kind war, dreihundert Meilen von seinem Dorf entfernt; daß er in der Nähe niemanden hatte als einen sogenannten »Bruder«, und der lebte auf einer Farm zwanzig Meilen entfernt, und daß sie, May Quest, das einzige menschliche Wesen war, zu dem er überhaupt Kontakt hatte. Er verbrachte seine ganze Zeit mit ihr – um zehn Uhr abends erst ging er in die Siedlung. Wenn man ihm sagte, er könne früher gehen, antwortete er einfach, er bleibe lieber bei ihr, er habe keine »Brüder« in der Siedlung. Er zog es vor, bei einer bösen häßlichen alten Frau zu bleiben (Mrs. Quest hatte ihr Gesicht im Spiegel gesehen, der ihr zeigte was sie von Steven hielt), statt bei seinen eigenen Leuten zu sein? Schließlich dachte sie daran, daß er ja erst zwölf war und allein, einsam. Sie begann mit ihm zu reden.

Sie saßen auf der kleinen Veranda und schauten zu den Bergen hinauf. Sie saß in einem Korbstuhl, kerzengerade, und strickte. Das Kind saß am Rand der Veranda, die nackten Füße am Boden, und zeichnete mit dem Zeigefinger Bilder in den Sand oder spielte mit einem Kieselstein, den es von einer Hand in die andere fallen ließ. Er sprach über sein Dorf. Er sagte, er habe eine Großmutter. Er vermisse seine Großmutter. Mrs. Quest empfand, als sie so mit einer alten schwarzen Frau in einem Eingeborenendorf verglichen wurde, eine Mischung aus Wehmut und Ärger, doch es stand keine rechte Überzeugung dahinter. Im Grunde amüsierte sie sich. Sie begann, ihm einen Pullover zu stricken: Er besaß ein Paar Shorts, ein Unterhemd und eine Decke – das war alles.

Manchmal saßen sie schweigend und beobachteten vielleicht die vier weißen Kinder, die ein paar hundert Meter entfernt unter Bäumen spielten, beaufsichtigt von den beiden schwarzen

Kindern. Mrs. Quest fragte, ob Steven sich mit denen nicht anfreunden wolle? Rasch sagte er, nein, die waren nicht von seinem Stamm, und sie konnten sich nur auf Englisch verständigen. Und überhaupt, sagte er mit zusammengezogenen Brauen, »ich bin gern mit Ihnen zusammen, Missus«. Das schmerzte die alte Dame. Es plagte sie, daß sie so unfreundlich gewesen war. Und es plagte sie noch mehr: Seit dreißig Jahren war sie nun in diesem Land und hatte bisher noch nie mit einem Schwarzen geredet – jedenfalls nicht so, wie sie es jetzt tat. Sie wäre früher nicht auf den Gedanken gekommen, daß die Hunderte von Schwarzen, die es auf der alten Farm gegeben hatte und die es auch auf dieser gab, vielleicht gar nicht miteinander sprechen konnten, weil sie keine gemeinsame Sprache hatten, oder daß ein Kind einsam sein und seine alte Großmutter vermissen könnte – oder daß ein Schwarzer von Natur aus ein Einzelgänger sein könnte. Denn es war deutlich, Steven war einer. Er war, gestand er, auch in seinem Dorf immer schon gern allein gewesen. Sie hatten ihn deshalb geneckt. Sie hatten ihn Der-seine-eigenen-Wege-geht genannt. Mrs. Quest erzählte Steven die Geschichte von der Katze, die ihre eigenen Wege ging. Er lachte, war entzückt. Mrs. Quest besorgte sich heimlich die Erzählungen von Kipling, so daß sie ihr Gedächtnis auffrischen konnte, und erzählte ihm noch andere. Er revanchierte sich, indem er ihr Geschichten aus seinem Dorf erzählte, und er sang ihr Lieder vor.

Wenn Mrs. Quest morgens aufwachte, blieb sie lächelnd liegen und wartete auf den Augenblick, wenn sie seine nackten Füße auf den Ziegeln der Veranda hören würde, das leise Schleifen der Tür auf dem Zement, die Geräusche, wenn er sich in der Küche hin und her bewegte, und wenn sie dann sein strahlendes Gesicht erblicken würde, wenn er ganz leise die Tür aufmachte, um zu sehen, ob sie wach war und er den Tee bringen konnte. Sie hatte es eilig, zu baden und sich anzuziehen, weil es sie auf die Veranda zog, wo sie gleich wieder mit ihrem Freund sitzen und reden würde. Eines Tages sagte er: »Sie haben ein schwarzes Herz, Missus, Sie sind meine Mutter.« Mrs. Quest konnte nicht sprechen: Sie weinte. Eines Morgens stieß sie einen Schmerzensschrei aus, als sie das Bein bewegte – ihre alte Arthritis meldete sich wieder –, und er war mit einem Satz bei ihr, um ihr Knie zu reiben. Wellen von Ekel stiegen in ihr hoch, ebbten dann jedoch ab und vergingen. Ein schwarzes Kind rieb ihr das Knie, wie, so sagte er, er seiner Granny oft die Beine gerieben hatte, wenn sie Schmerzen hatte. Unerträglich, sich zu fragen, was sie jetzt empfand, was sie empfunden hatte: Sie hatte arges Kopfweh, schlief schlecht, ein niederdrückender Gram plagte sie, eine Empfindung, hinter der sie selbst ihr schlechtes Gewissen vermutete.

Als man sie eines Sonntags, sie aß mit der Familie und dem neuen Assistenten zu Mittag, fragte, ob sie Steven möge oder ob sie lieber einen anderen Boy wolle, sagte sie nein, er scheine ein recht netter Junge zu sein, sie habe nichts gegen ihn. Und während sie das sagte, ging ihr auf, wie weit sie sich von der Frau entfernt hatte, die in solch einer Situation gesagt hätte, er sei durchtrieben, er sei schmutzig – er sei schwarz. Sie schämte sich ihres neuen Freundes, versuchte, ein Auge darauf zu haben, daß ihr Sohn oder seine Frau nicht dahinterkamen, daß sie Steven Geschichten erzählte oder mit ihm sprach. Ein-, zweimal bemerkten sie es doch: Man stellte ihr Fragen. Sie sagten, hoffentlich verdürbe sie ihn nicht. Sie gab mit gebührender Strenge zurück, sie hoffe doch nach so langer Zeit zu wissen, wie man Kaffern zu behandeln habe. Sie witzelten, das ginge aber heutzutage nicht an, daß man Kaffern sagte oder *munts*, man sollte Afrikaner sagen, das sagten jedenfalls diese Politiker in der Stadt, die gern den Mund so voll nahmen und die Schwarzen verhätschelten. Sie bemerkte, denn es schien ihr gänzlich unwichtig, wenn sie es wollten, dann würde sie sie Afrikaner nennen. War sie denn nach so langer Zeit selbst keine Afrikanerin? wollte sie wissen.

Nach fast zwei Jahren kam ein Mann durch die Siedlung, der eine Botschaft von Stevens Vater mitbrachte. Sie wollten ihn bei sich zu Hause haben, falls er genug für seine Steuer verdient hätte. Steven versicherte der alten Dame, er müsse nach Hause, käme jedoch bald wieder.

»Wann denn?«

»Ach, vielleicht soll ich beim Pflanzen helfen, die Regenzeit wird bald losgehen.«

»Wirst du nach der Pflanzzeit wiederkommen?«

»Oh, ja, Missus, ja, ich komme wieder.«

Natürlich, Schwarze, Kaffern, Afrikaner haben kein Zeitgefühl. Sie wußte, sie konnte so etwas nicht fragen. Sie wußte, sie durfte das nicht – welches Recht hatte sie? Und außerdem war sie höchst beunruhigt darüber, wie weit sie sich von ihrer einstigen Haltung entfernt haben mußte, wenn sie sich jetzt schon grämte, weil ein schwarzer Junge in sein Dorf zurückkehrte. Diese Beunruhigung schlug in Groll gegen ihren Sohn und seine Frau um. Wenn die bloß nicht so kalt, so gefühllos wären! – *die hatten weiße Herzen!*, mußte sie denken. Sie dachte, daß es unvorstellbar sei, mit diesem Kind einen dieser kalten logischen Wortwechsel zu führen, die ohne Gefühle, ohne Herz waren, nur eine Art Wortgefecht, bei dem Gefühle unzulässig waren. Sie dachte: Na, schön, die finden, ich sei eine ermüdende alte Frau. Natürlich, das ist nun mal so. Doch weshalb ziehen die mich denn dann nicht damit auf, witzeln darüber, statt mir immerzu mit diesem folglich und weil und wenn und aber zu kommen? Wenn ich mit Steve zusammen bin und habe schlechte Laune, dann zieht er mich auf, bringt er mich zum Lachen.

Sie dachte, daß es für diese Schwarzen selbstverständlich war, daß eine alte Frau schwierig und auf Herzenstakt angewiesen war. Steven hatte von alten Leuten gesprochen, die böse oder ein bißchen verrückt waren oder sogar andere Leute schlugen – sie waren eben alt, schien er sagen zu wollen, das stand ihnen zu, sie hatten ein Recht darauf, schwierig zu sein. Nicht aber Mrs. Quest, nicht bei ihren eigenen Kindern.

Sie sagte, vielleicht würde sie ja nach England fahren, um Martha zu besuchen. Doch, natürlich käme sie wieder zurück. Sie hörte denselben vagen Unterton aus ihrer Stimme heraus, der auch aus Stevens Stimme zu hören gewesen war: Ja, nach den Regenfällen komme ich wieder. Er kam aber nicht wieder. Wieso sollte er auch? Er war vierzehn. Auf dieser Farm verdiente er als Schoßtier oder Dienstbote einer alten weißen Frau monatlich ein Pfund – und, das war der springende Punkt, lernte die Welt nicht kennen. Er sagte, er wolle in eine große Stadt, eine richtige Stadt wie Salisbury. Er hatte noch nie eine Stadt des weißen Mannes gesehen. Natürlich. Das war nur natürlich. Doch wenn Mrs. Quest von England in ihr Häuschen zurückkehren würde, wohin man sie in Pension geschickt hatte, dann wäre sie wieder allein. Nein, sie würde sehen, ob Martha ... Schließlich, die Menschen änderten sich mit der Zeit ... ihr, May Quest, war das nicht anders ergangen ... Sie hatte von einem schwarzen Jungen gesagt bekommen, sie habe ein schwarzes Herz! Daran würde Martha ganz schön zu kauen haben!

Steven brach eines Sonntagmorgens auf, mit der zusammengerollten Decke über der Schulter und in einem von Mrs. Quest gestrickten Pullover und einem alten Hemd von Jonathan. Seine Habseligkeiten. Er wollte den Weg nach Hause mit ein paar Stammesbrüdern machen, die in dieselbe Richtung gingen. Lächelnd drückte er sich auf der Veranda herum. Die lächelnde Mrs. Quest ebenfalls. Dann sagte sie munter: »Ja, Steven, wir werden beide weitgereist sein, wenn wir uns wiedersehen!«

»Ja, Missus, auf Wiedersehen, Missus!« Er ging den Pfad hinunter, der zwischen Bäumen verschwand, und Mrs. Quest legte sich aufs Bett und weinte.

Und nach Steven nun Marie, das farbige Mädchen. Sie holte den kleinen Jungen vom Kindergarten ab, gab ihm zu essen und machte dann die Wohnung sauber, während er sein Mittagsschläfchen hielt. Dann bereitete sie das Essen vor, stopfte, machte Tee für Mrs. Quest. Sie war ein munteres kleines Ding, das etwa achtzehn sein mochte. Sie hatte zwei Kinder, um die ihre Mutter sich kümmerte, wenn sie arbeiten ging. Mrs. Quest hatte den Verdacht, daß sie unehelich waren. Marie war gläubig. Mrs. Quest, die selbst gläubig war, fand, Maries Religiosität sei fast etwas zuviel des Guten. Marie durfte nicht rauchen, nicht trinken, nicht ins Kino oder tanzen gehen oder auch – doch Milly sagte, ja, die Kinder seien unehelich. Milly schien das nicht weiter aufzuregen. Sie und ihr Mann waren Liberale; sie haßten die Nationalisten und hielten es für selbstverständlich, daß Mrs. Quest die Apartheid genau wie sie selbst als kriminell betrachtete. Wenn Marie lange dableiben mußte, um das Kind zu hüten, dann schlief sie in einem freien Zimmer, und sie setzte sich mit ihnen an den Tisch, wenn sie während der Essenszeit da war. Mrs. Quest dachte: Naja, für die mag das ja das Richtige sein, doch was wissen die schon von unseren Problemen! Milly und ihr Mann waren jetzt fünf Jahre am Kap und hatten vor, nach England zurückzukehren, sowie es ging.

Nicht, daß Mrs. Quest Marie etwa nicht leiden konnte, im Gegenteil. Sie war auf ihre Weise ein sehr gutes Mädchen, sauber und pflichtbewußt dem Kind gegenüber. Einmal, als Mrs. Quest Kopfweh hatte, steckte Marie sie in einem abgedunkelten Zimmer ins Bett und legte ihr essiggetränkte Tuchstreifen über die Stirn. Marie sprach viel über ihre eigenen Kinder, über ihre Mutter und über Gott, der das geduldige Ausharren in diesem Tränental belohne. Mrs. Quest hörte ihr zu und dachte, daß ihr eigener Glaube jetzt nicht mehr ganz so aussah, früher aber einmal ganz genauso gewesen war. Sie bemerkte mit diesem verhalten grimmigen Humor, der andere, wie sie wußte, aufbrachte, wenn auch nicht Milly, die ihn teilte, sie hoffe es von Herzen, doch Beweise gebe es dafür ja nicht sonderlich viele. Marie seufzte, lächelte und sagte, sie werde für Mrs. Quest beten. Wenn sie die Nachmittage so mit Marie verbrachte, dachte die alte Dame an Steven, den sie wahrscheinlich nie wiedersehen würde, und rief sich ins Gedächtnis, daß sie in England die Rassenprobleme los wäre. Sie nahm sich ganz fest vor, das nie mit Martha zu erörtern – das durfte sie wirklich nicht vergessen.

Ihre angenehme Vertraulichkeit mit Milly hörte auf, als deren Mann Bob aus Amerika zurückkam. Er wußte über alles Bescheid, war gut informiert, tatkräftig. Ein untersetzter, drahtiger Mann mit rötlichem Haar, der den Eindruck erweckte, er habe die Hände unentwegt voller Unterlagen und Zeitungen, und er schien Mrs. Quest nicht gut genug für Milly. An den Abenden, an denen er nicht in seiner Redaktion war, erging er sich in Erklärungen über Gott und die Welt, insbesondere über Amerika, ein Land, für das er keine Bewunderung übrig hatte. Er war rechthaberisch, was Afrika, was die Regierung ihres eigenen Landes anging. Mrs. Quest hatte einige Mühe, taktvoll zu sein, ja und nein zu sagen und nicht zu widersprechen.

Von ihm erfuhr sie auch, daß der Arbeitgeber ihrer Tochter, Mark Coldridge, ein bekannter kommunistischer Schriftsteller war. Man gab ihr einen Roman zu lesen, den sie kalt und intellektuell fand. Er schilderte eine ideale kommunistische Stadt irgendwo im Mittleren Osten. Als sie den Roman dann mit Bob besprach, oder besser gesagt, als sie sich seine Ansichten dazu anhörte, war sie seiner Meinung: Die kommunistische Propaganda war gefährlich, weil sie so unaufrichtig war. Keine kommunistische Stadt war wie die von ihm beschriebene, und es hatte auch noch nie eine solche gegeben. Aber naive Menschen oder rückständige (wie die Afrikaner) mochten das Buch lesen und alles glauben. Bob hielt nichts von Zensur, war jedoch der Ansicht, daß gewisse Arten von Propaganda verboten werden sollten: dieser Roman zum Beispiel.

Ob ihre Tochter denn Kommunistin sei, wollte er wissen. Mrs. Quest sagte, das müsse sie wohl annehmen.

Sie erinnerte sich an einen Brief von Martha, worin es hieß, sie sei keine. Mrs. Quest hatte eine Pappschachtel, in der sie sämtliche Briefe von Martha aufhob. Sie brachte einen Abend damit zu, sich durch die Briefe zu lesen, die so wenig sagten, bis sie den fand, den sie suchte. Er war vor etwa zwei Jahren geschrieben. Die Sätze, auf die es ankam, lauteten: Du weißt doch, daß ich keine Kommunistin bin; was meinst Du, vielleicht wäre es ja eine gute Idee, die Politik einfach aus dem Spiel zu lassen?

Doch wahrscheinlich log sie: Die waren verschlagen.

Mrs. Quest schloß Marthas Briefe weg. Sie war verwirrt, eine panische Unruhe ergriff sie. Sie konnte sich nicht erinnern, Martha je etwas über Politik geschrieben zu haben. Worüber hatte sie denn bloß geschrieben? Sie hatte in letzter Zeit natürlich eine Menge geschrieben, doch das war nur, weil sie nicht zur Last fallen wollte, wenn sie kam, sie wollte, daß alles vorher geklärt war.

Ihr kam zum Bewußtsein, daß sie Martha täglich drei, vier Briefe schrieb; auf dem Balkon hoch über dem Meer und ehe sie morgens aufstand und ehe sie sich abends zu Bett legte. War das denn nicht nur natürlich?

Natürlich schrieb man immer dann Briefe, wenn ... Ihre Gedanken wurden vage.

Und ebenso blieb ihr Bewußtsein ausgeschaltet, wenn sie die Briefe schrieb, schnell, flüssig, ohne nachzudenken, Seite um Seite, und sie klebte sie zu, ohne sie durchzulesen. Sie brachte sie gesammelt zum Briefkasten, jeden Morgen nach dem Frühstück, und dachte dabei unbestimmt: So, das wäre erledigt.

Sie war froh, als der Zeitpunkt der Abreise gekommen war. Sie war schon zwei Tage vorher gestiefelt und gespornt. Am Tag davor fühlt sie sich schlecht, meinte, gar nicht aufstehen zu können, sie hatte Schmerzen, und ihre Beine waren wie Blei. Milly war an dem Tag nicht arbeiten gegangen. Sie blieb da, ruhig, liebevoll bemüht, und sagte lediglich, wenn Mrs. Quest mit diesem Schiff nicht fahren könne, dann gäbe es ja in wenigen Wochen wieder eins. Mrs. Quest lag im Bett und betrachtete das sanfte, humorvolle Gesicht der jungen Frau; sie wußte, daß Milly ihretwegen mit ihrem Mann Streit gehabt hatte. Sie hatte den Streit durch die dünnen Wände mitangehört. Dann trat Bob ins Zimmer und sagte, er rufe jetzt den Arzt an. Milly nahm offenbar an, Mrs. Quest bemerke die Blicke nicht, die sie ihrem Mann zuwarf? Sie hielten sie wohl für dumm? Ihr Ton war munter, als sie verkündete, ein Arzt sei nicht nötig, wenn es soweit wäre, dann sei sie auch reisefertig.

Munter verließ Bob das Zimmer. Milly küßte die alte Frau und umarmte sie kurz. »Armes Altchen«, murmelte sie, und Mrs. Quest, den Tränen der Dankbarkeit nahe, erwiderte munter, keineswegs sei sie ein armes Altchen! Die beiden Frauen tauschten mit dem ihnen gemeinsamen grimmigen Humor einen langen verständnisinnigen Blick aus nächster Nähe – dann hörte Mrs. Quest, wie sie lachte, ein unterdrücktes Pusten oder Keuchen.

Milly nickte, als wolle sie sagen: Schon, doch das genügt leider nicht! Es betrifft auch meinen Mann!, und verließ das Zimmer, um in ihr Schlafzimmer zu gehen, wo es zu einer ehelichen Auseinandersetzung kam. Mrs. Quest begriff, worum es ging, nicht aber die einzelnen Worte, die sie nicht genau verstehen konnte.

Oh, je, dachte sie, diese gräßlichen, rechthaberischen, dogmatischen Menschen – na, Gottseidank fuhr sie ja morgen ab.

Am nächsten Morgen war sie vor Tagesanbruch auf, um ein letztes Mal auf dem Balkon sitzen zu können. Die Sonne ging über einem flachen, grauen Meer auf, färbte es purpurrot und grün, bemalte das prächtige Schiff, das Mrs. Quest nach England bringen sollte, mit unschuldigen Tuschkastenfarben. Der Himmel vibrierte vor Licht. Sie saß in einer strahlend hellen Welt, die sie arg ermüdete, schaute die Sonne an und sagte zu ihr: Dich sehe ich jedenfalls nicht wieder, Gott sei's gedankt, als schiene über England eine gänzliche andere, freundlich bescheidene Sonne.

Sie wurde von Milly zum Schiff gebracht und bekam einen Blumenstrauß von ihr. In ihrer Kabine lagen Pralinen. Sie und zwei andere alte Damen richteten sich mit ihren vielen Habseligkeiten auf beengtestem Raum ein. Sie kehrte wieder auf das Deck zurück, zu dem sie laut Fahrkarte Zutritt hatte, und sah zu, wie Kapstadt kleiner und kleiner wurde und ihren Blicken zu entgleiten begann. Sie hatte das Bedürfnis, sich von ihrem Afrika zu verabschieden, wie es ihr ein Bedürfnis gewesen war, sich von seiner Sonne zu verabschieden. In der verwirrenden Leere, die dieser Augenblick in ihr auslöste, hielt sie sich an statthafte und angemessene Gedanken: Da waren die Zeit, die verging, das Leben, das anders verlief, als man es erwartet hatte, und der Tod, der unausweichlich war. Sie war vergnügt, denn das fröhliche Treiben bei der Abfahrt, die Blumen, die Pralinen, das Abschiedstelegramm von ihrem Sohn taten ihr wohl. Während sie das alles, ihre Gedanken eingeschlossen, einer Überprüfung unterzog, wie sie es bei einer Beerdigung mit der Zahl der Kränze oder bei einer Parade mit der Zahl der Soldaten gemacht hätte, war sie sich bewußt, daß ihre Seele hinter all den Gesten und Ritualen, auf die sie wie immer angewiesen war, bloß lag, ungeschützt und dabei sehr ruhig. Eigentlich hatte sie das Gefühl, einen ungeheuer klaren Kopf zu haben: Vielleicht kam es daher, daß sie so früh aufgestanden war. Sie nahm sich einen Stuhl so nah wie möglich an der Reling, unter lauter Menschen, die wie eine Viehherde umherstampften, weil sie hoffte, daß sie auf ihrem Platz vielleicht etwas salzige Gischt abbekäme. Als sie vor vielen, vielen Jahren die Herfahrt gemacht hatte, waren die Leute denn da auch so herumgerannt, lärmend und schreiend, und hatten sich Kämpfe um die Stewards und die Plätze geliefert? Wenn ja, dann hatte sie es vergessen.

Sie mahnte sich, es nicht soweit kommen zu lassen, daß sie vor Müdigkeit in Gegenwart anderer Selbstgespräche hielt, und blieb so lange sitzen, bis das Durcheinander sich gelegt hatte und alles seinen geregelten Gang zu gehen begann. Dann stieg sie hinab, um herauszufinden, welcher Platz innerhalb dieser gewaltigen Maschinerie ihr zugedacht war. Sie tat das insgeheim mit grimmigem Vergnügen: Auf dieser langersehnten Seereise würde sie, dieser kühne Zugvogel, eine alte Dame unter alten Damen sein. Sie hatte das ganz vergessen.

Am Ende des ersten Tages konnte man den Eindruck haben, als gehorchten diese Hunderte von Menschen Vorschriften, die man für sie aufgestellt hatte: Zuerst wurden sie nach Altersgruppen sortiert. Die Kinder liefen in ihrer privaten Welt herum, achteten nicht auf die Erwachsenenwelt, bemerkten sich nur gegenseitig. Die jungen Leute – und von denen schien es unglaublich viele zu geben – flirteten und tranken und spielten Spiele – und blieben unter sich. Mrs. Quest fand ihr Benehmen widerlich, doch sie behielt das für sich: Sie wußte ja, sie war altmodisch. Und dann waren da die Ehepaare, die sich um ihre Kinder sorgten. Und diese wiederum wurden zu älteren Herrschaften, und dann die Alten, hauptsächlich Frauen. Alte Männer gab es nur ein oder zwei. So waren die Tische im Speisesaal angeordnet worden, und dementsprechend verhielten sich alle.

Mrs. Quest, eine alte Dame unter alten Damen, alles Witwen (denn Frauen leben viel länger als Männer), saß in ihrem Liegestuhl, den man dorthin gestellt hatte, wo es schön windgeschützt war. Sie hätte viel lieber im Wind gesessen. Sie hatte eine Decke über den Knien und strickte ständig irgend etwas: Alle strickten oder nähten und schauten andern beim Spielen zu. Wenn Mrs. Quest behauptet hatte, sie reise schrecklich gern, dann waren damit zu einem guten Teil die Spiele gemeint gewesen; sie konnte gar nicht genug bekommen von der Atmosphäre organisierter Fröhlichkeit, den Scherzen, den Frotzeleien, der ganzen Kameradschaftlichkeit. Immer schon ... Doch stimmte das denn, fragte sie sich. Naja, sie war natürlich immer gutmütig und ein prima Kerl gewesen. Jetzt, prima Kerl, der sie war, und folgsam wie immer, spielte sie Whist und Bridge. Sie spielte gut. Sie liebte Whist und Bridge. Doch sie spielte nicht den ganzen Nachmittag und Abend wie manche anderen, sie spielte jeden Nachmittag etwa ein Stündchen, tat ihre Schuldigkeit und kehrte wieder auf das Deck zurück. Am Abend war das Deck voll von küssenden Paaren. Nicht bloß küssenden, argwöhnte sie. Sie versuchte, keine Notiz von ihnen zu nehmen, betrachtete die Sterne über ihr und gebot dem Gedanken Einhalt, daß die Sterne in England anders wären. Die alten Damen ließen sich vernehmen, bald werde das Kreuz des Südens sie verlassen, doch Mrs. Quest ertappte sich bei dem Gedanken, daß die ja alle, eine wie die andere, aus der Stadt kamen, also was wußten die denn schon von den Sternen oder dem Kreuz – oder von Afrika? Sie hatte mit denen so wenig gemein wie mit einer Frau, die überhaupt nie aus England herausgekommen war. Insgeheim verglich sie ihre Jahrzehnte in Afrika mit ihren und versuchte, sie nicht zu verachten. Sie durfte nicht ständig an allen etwas auszusetzen haben, das mußte sie sich wirklich verbieten! Sie redeten, was alte Damen so reden, und Mrs. Quest tat ihre Schuldigkeit. Hier, so hätte man annehmen können, war der richtige Platz, wo sie die Last der langen letzten Krankheit ihres Mannes hätte abladen und ihre Gedanken über ihre Kinder hätte loswerden können. Doch die alten Frauen hatten jede selbst ihr Päckchen zu tragen. Es war, als sei schon wieder eine Anschlagtafel errichtet worden, auf der mit unsichtbarer Tinte geschrieben stand: Du sollst den Klagen deiner alten Schwestern Gehör schenken, wie sie den deinen Gehör schenken.

Jede erzählte ihre Geschichte, und die anderen hörten zu. Doch wenn Mrs. Quest wahrheitsgemäß die langen Jahre jener sich hinschleppenden Krankheit hätte erzählen wollen – ach je, das hätte ja bis zum Ende der Reise gedauert. Und alle hatten sie Söhne, die am letzten Krieg teilgenommen hatten, und sie hatten alle Kinder, mittlerweile erwachsene, und neigten zur Unaufrichtigkeit, wenn sie über sie sprachen. Mrs. Quest konnte sich gut aus der Affäre ziehen: Sie hatte ja ihren Sohn auf seiner großartigen Farm in den Bergen, der ordentlich verheiratet war und vier Kinder hatte. Mrs. Quest hatte vier Enkelkinder – fünf. Da war ja auch noch Caroline. Mrs. Quest fand Trost in der Tatsache, daß sie, so wie die moderne Zeit nun mal war, nicht die einzige war, deren Tochter Bekanntschaft mit dem Scheidungsgericht gemacht hatte. Sie war jedoch die einzige, deren Enkelin nicht bei ihrer Mutter aufwuchs. Darüber ging sie ziemlich rasch hinweg, obwohl Caroline ihr Liebling hätte sein können, so ein zielbewußtes, schlaues, guterzogenes Mädchen, wie sie war, wenn das auch schon beunruhigende Ausmaße annahm. Die Wahrheit war, Caroline neigte dazu, ihre alte Großmutter zu bevormunden, wenn sie in die Stadt kam, um mit ihr den Tag zu verbringen.

Die Gespräche ermüdeten Mrs. Quest. Sie war wirklich sehr müde. Das mußte die Seeluft sein. Sie stand spät auf. Sie hielt ein Mittagsschläfchen. Sie ging früh schlafen. Die lärmigen Mahlzeiten im Speisesaal, wo die Leute wirklich unglaubliche Mengen zu verspeisen schienen, erschöpften sie. Sie blieb manchmal an Deck und bat den Decksteward, ihr eine Tasse Suppe zu bringen.

Er war ein reizender junger Mann, den entweder die Gesetze seines eigenen Naturells oder ein umsichtiges Management dazu erwählt hatten, alte Damen zu bedienen. Sie wetteiferten alle miteinander, wenn es darum ging, wem dieser junge Mann, der so etwas wie der ideale Sohn der Phantasie war (unmännlich und im wirklichen Leben nicht eine Minute zu ertragen, da er stets gehorsam, aufmerksam und rücksichtsvoll war), die Lieblingspralinen oder einen Umhang oder ein Kissen bringen sollte. Sie begleiteten ihn seufzend mit ihren Blicken, wenn er mit Tabletts und Tassen auf sie zugesegelt kam, wobei er auf den Ballen balancierte, um das Schwanken des Schiffes aufzufangen, und aus dieser Fähigkeit eine komische Einlage machte. Während sie so lächelten und seufzten, kam es auch vor, daß sie Blicke tauschten; sie wußten ganz genau, weshalb dieser und kein anderer sie bediente. Man hielt sie wohl für einfältig?

Daß man sie nicht für einfältig halten sollte, weil sie diese Verkleidung trugen – weißes Haar, Friedhofsgesichter, unsichtbare Körper –, war ihnen allen ein Anliegen: Es war die Wurzel ihrer Reizbarkeit, ihrer Anfälle von Übellaunigkeit. Und nur unter ihresgleichen, unter sich, pochten sie auf ihre Würde, fochten sie gesittet kleine Rangfragen aus, erhoben sie Anspruch auf kleine Privilegien. Wer sonst würde ihnen das einräumen?

Die Reise war zur Hälfte vorbei. Die Gruppe begann sich mehr und mehr in Paare aufzulösen. Da war eine Mrs. Foster, die als junge Frau ein paar Jahre auf einer Farm gelebt hatte. Mit der konnte Mrs. Quest sprechen. Sie saßen und redeten in ihrer offiziellen Sprache über Zeit, Leben, Tod; doch die Erfahrung verlieh noch den einfachsten Sätzen eine Hintergründigkeit, die es ihnen manchmal schwer machte, einander ins Gesicht zu sehen. So mochte etwa die eine alte Dame zur anderen sagen, während sie die jungen Leute beim Flirten beobachteten, die jungverheirateten Ehepaaren mit ihren Kindern, all diese glatten, unbeschwert wirkenden Körper: »Ja, doch was wissen die schon vom Leben?« Das war wie ein Fluch oder ein Bann.

Eine Gruppe alter Frauen in ihren Wolljacken und ihren

warmen Halstüchern, mit ihren Haarnetzen, ihrem Strickzeug und mit ihrer vorsichtigen Ausdrucksweise überschütteten die jungen Leute mit ihren kummervollen Blicken, und es kam vor, daß die Jungen, wenn sie in ihre Richtung blickten, einen Augenblick innehielten, verstummten, ja sich sogar in eine andere Ecke des Schiffs zurückzogen.

Vor dreißig Jahren, auf der Herfahrt nach Afrika, war Mrs. Quest eine von ihnen gewesen, eine kräftige junge Frau mit zwei kleinen Kindern, einem gutaussehenden Ehemann, und zugleich eine Krankenschwester. Dreißig Jahre, sagte sie sich immer wieder, als habe sie Anspruch auf diese Worte, diese Vorstellung, doch sie wollten nicht lebendig werden. Es gelang ihr nicht, ihnen irgendeine Bedeutung zu verleihen. Sie wußte, wenn sie das zu einer der jungen Frauen sagte – dreißig Jahre –, dann würde diese daraus nur die Verheißung endloser Möglichkeiten hören, als wäre das der Dauerberechtigungsschein für einen Spieltisch. Doch wenn Mrs. Quest sagte: dreißig Jahre, dreißig Jahre, dreißig Jahre, dann konnte sie diese Worte allenfalls mit dem füllen, was sie nach einer schlechten Nacht empfand: Sie hatte alles mögliche geträumt, sie hatte von einem Exil geträumt, von Höhen und von Dürre und Bergen.

Mrs. Foster und sie, die jeweils die Gesellschaft der anderen suchten, weil sie etwas gemeinsam hatten, sagten eigentlich sehr wenig. Sie saßen schweigsam im Schutz der Zweisamkeit und beobachteten die Jungen – nahmen dabei jedoch ihre Blicke in acht, denn was in denen zu lesen stand, war unerträglich traurig.

Mrs. Quest ging immer wieder die großen Worte, die Phrasen durch. Eins davon war Empire. (Sie versuchte es in Commonwealth umzuändern, doch das war nicht dasselbe.) Pflicht war ein weiteres Wort. Gott wieder ein anderes. Zum Gottesdienst am Sonntag waren gerade fünfzig Leute gekommen – von Hunderten, die an Bord waren. Die hatten alle zuviel damit zu tun, sich zu amüsieren. Mrs. Quest hatte immer versucht, ihre Pflicht zu tun. Gelassen ging sie zu den Zehn Geboten über und dachte, daß sie, ohne sich verstecken zu müssen, sagen konnte, daß ihr Leben nach ihnen ausgerichtet gewesen sei. Mrs. Foster war nicht religiös: Auch sie war allein, war unterwegs nach England, um alte Freunde zu besuchen, die sie zwanzig Jahre nicht gesehen hatte, weil, das war Mrs. Quest völlig klar, ihre Kinder sie nicht wollten. Mrs. Foster war am Sonntag nicht beim Gottesdienst gewesen. Was machte das letztlich für einen Unterschied? Und sie, Mrs. Quest, war eine weiße Siedlerin (einst ein stolzer Anspruch, kein Stigma wie jetzt), eine Blutsaugerin, eine Ausbeuterin: Bob hatte daran kaum einen Zweifel gelassen. Ihr Kopf dröhnte von Worten, Sätzen, Gebetsfetzen, Chorälen und Bemerkungen über Leben und Tod, von denen sie sich ihr ganzes Leben lang genährt, auf die sie sich gestützt hatte. Doch sie war wirklich sehr, sehr müde. Sie sagte sich, vor zwei Jahren habe sie doch auf der Farm noch genauso hart gearbeitet wie ihre Schwiegertochter und ihr Sohn, und zwei Jahre konnten doch wohl nicht gut eine alte Frau aus ihr gemacht haben, die immer müde war und bedient werden mußte. Doch so war es.

Man hatte sie gezwungen, eine alte Frau zu werden: Sie war gezwungen worden, sich dieser Schar alter Hennen anzuschließen, mit denen sie nichts gemein hatte. Man zwang sie ständig, Bridge zu spielen und windgeschützt zu sitzen und die Zeit zu verschlafen, weil sie nichts zu tun hatte.

Mrs. Quest hatte das Gefühl, ein Wort, ein Wink mit dem Zauberstab würde genügen, und sie wäre wieder eine junge Ehefrau, tüchtig und selbstgewiß – wie das Mädchen da drüben, ein sonnengebräuntes, gesundes junges Geschöpf, das den ganzen Tag mit ihrem Mann und einer Gruppe von Freunden an Deck spielte. Das war ein prima Kerl, ein Mädchen zum Pferdestehlen. Die alte Frau beobachtete die junge Frau. Sie würde ihren Liegestuhl unter irgendeinem Vorwand woanders hinrücken, damit sie Olive Prentiss immer im Blickfeld hatte. Sie hatte den Eindruck, daß zwischen ihnen eine gewisse Vertrautheit herrschte, die sie, obwohl sie nie ein Wort gewechselt hatten, für einander empfanden. Die alte Dame wartete auf die Augenblicke, wo das Mädchen in ihre Richtung blickte, wartete darauf, daß sie lächeln würde. Was sie einmal auch tat. Dann sagte sie »Guten Morgen!«, und am nächsten Tag fragte sie, wie es Mrs. Quest gehe. Mrs. Quest stellte sich vor, wie Olive kommen und sie um Rat fragen würde – »Wo Sie doch soviel Erfahrung haben ...« Mrs. Quest riet ihr, mit dem Kinderkriegen nicht allzulange zu warten: Kinder waren das einzige im Leben, das zu haben sich wirklich lohnte.

Eines Abends stand Mrs. Quest an der Reling und betrachtete ihr vorbeirauschendes Meer. Es war dunkel, und nur aus einer Tür fiel ein bißchen Licht. Ein paar Schritte von ihr entfernt kam Olive Prentiss heraus, allein. Sie sah mitgenommen aus – schuldbewußt? Sie wandte der Reling den Rücken zu und sah in beide Richtungen des Decks. Die alte Dame bemerkte sie nicht. Sie hockte sich halb hin, griff mit der Hand unter einen kurzen weißen Rock, zog einen kleinen blutigen Wattebausch hervor und warf ihn über die Reling ins Meer. Sie stand wieder auf, blickte sich rasch um – und erblickte Mrs. Quest. Mrs. Quest schnürte die Erregung den Hals zu. Die Entrüstung, nannte sie es später: Die Gelassenheit dieses Mädchens war das eigentlich Schockierende. Ein paar flüchtige Blicke nach allen Richtungen, wobei sie Mrs. Quest nicht bemerkte (ich bin also unsichtbar? fragte die alte Dame sich wütend), dann das rasche, geübte Niederhocken und die Beseitigung des gräßlichen Gegenstands. Daß sie Mrs. Quest danach erblickte, bewirkte nicht mehr als einen flüchtigen Augenblick der Überraschung. Dann lächelte sie und sagte: »Da unten ist viel Platz!« Sie stand noch einen Augenblick unschlüssig herum – aus *Höflichkeit*, wie Mrs. Quest ungläubig erkannte –, lächelte erneut und ging in die Lounge.

Mrs. Quest schäumte, raste, litt. Als sie ein Mädchen war ... doch die Erinnerung daran war ihr plötzlich unerträglich: Was war es denn anderes gewesen als eine lange Geschichte der Demütigung und der Heimlichkeiten, riesige blutige Lappen, die scheuerten und rochen und die man immer heimlich wusch oder verbarg oder zu verbrennen versuchte; Kopfschmerzen und Rückenschmerzen und alle möglichen taktvollen Manöver mit

Brüdern und einem Vater, die in dieser Beziehung nie etwas begriffen, und dann die Brust, diese Brust, die zu knospen begann, und über die die Familie Witze gemacht hatte, über die sie errötet war – doch sie war ja ein prima Kerl und nahm nichts krumm.

Sie ging früh zu Bett und fühlte sich krank. Sie strich Olive Prentiss aus ihrem Gedächtnis und damit auch den ganzen Vorfall und die Erinnerungen, die er emporgelockt hatte.

Da unten ist viel Platz, in der Tat!

Mrs. Quest, inzwischen noch zwei Tage von England entfernt, beschloß, nicht aufzustehen. Sie fühle sich schlecht, erklärte sie Mrs. Foster, die sie besuchen kam. Mrs. Foster war liebenswürdig, taktvoll: viel zu taktvoll, um einen Arzt oder irgendwelche Medikamente vorzuschlagen.

Ein Kabinenmädchen machte ein großes Getue um sie. Eine Kabinengenossin, eine alte Mrs. Jones aus Johannesburg, bot im Austausch ihre eigenen Symptome an. Mrs. Quest hörte zu und dachte dabei, Mrs. Jones wolle nichts als ein bißchen Aufmerksamkeit, während ihr nicht das geringste fehlte.

Sie lag in ihrer Koje, genoß das Schwanken und Stampfen des Schiffes unter ihr und erinnerte sich, auf der Herfahrt dasselbe Vergnügen empfunden zu haben. Jetzt dachte sie statt an Martha an ihre eigene Mädchenzeit, die sie »England« nannte. Durch ihr Gehirn zogen Sätze, Worte, ihre offizielle Erinnerung: Der Schmerz kam schnell, in dem Maße, wie sie sich Martha näherte, so daß sie zu altbewährten Hilfsmitteln greifen mußte.

Sagt, was ihr wollt, sie hatte als Mädchen ihren Spaß gehabt: Die jungen Leute damals hatten auf anständige Weise viel Spaß – nicht, daß man diesen Ausdruck heute noch hätte verwenden können, der war offensichtlich nur noch ein Witz! Doch diese dauernde widerliche Betonung von Sex, so etwas hatte es damals überhaupt nicht gegeben: Das Mädchen im Schwimmbecken gestern, bei der konnte man die Brüste sehen, einmal waren sogar ihre Brustwarzen zu sehen gewesen, als sie aus dem Schwimmbecken stieg. Das war nicht nett gegenüber der Mannschaft; viele von denen waren Farbige, unverantwortlich war das. Nein, wenn sie und ihre Freundinnen und die Brüder ihrer Freundinnen sich zu ihren Hausmusikabenden oder Theaterbesuchen und Konzertbesuchen getroffen hatten, dann war so etwas nicht im Spiel gewesen. Und nicht etwa, daß sie viel Geld gehabt hätten – nein, damals wußte man sich auch so zu amüsieren. Sie spielten gesunde Spiele, und keiner von ihnen war kränklich. Nicht wie die jungen Leute jetzt, die nur auf ihr Vergnügen aus waren, die glaubten nicht an Gott, und diese Mädchen, die reinen Flittchen, angemalt wer weiß wie und dann nur Trinken und Sex . . . Doch das war vor dem Krieg gewesen natürlich, vor dem alten Krieg . . .

In der Nacht, bevor das Schiff in Tilbury anlegte, lag Mrs. Quest wach und bemühte sich, keine lauten Selbstgespräche zu führen. Am Morgen sagte eine von den anderen: »Sie hatten wohl keine sehr gute Nacht, meine Liebe?«

Der Ton war nicht gerade liebenswürdig – doch was machte das schon, diese schreckliche Reise war gottlob vorüber, das war erledigt: Tja, manches im Leben läuft eben nicht so, wie man es sich vorher vorstellt.

Bevor Martha sie sah, hatte Mrs. Quest Martha schon beobachtet – erst vom Schiff aus, wo jemand einen Feldstecher hatte, und dann in der Warteschlange beim Zoll. Martha war in Begleitung eines Mannes und eines kleinen Jungen von vielleicht zehn. Martha sah müde aus. Dem Mann schien sie nicht viel mitzuteilen zu haben, jedenfalls sprachen sie kaum miteinander; doch mit dem Kind lachte sie und scherzte. Einmal spielte sie so was wie Verstecken mit ihm hinter irgendwelchen Gepäckbergen. Als Mrs. Quest dann zu Martha kam, waren der Mann und das Kind verschwunden.

Sie küßten einander.

»Hattest du nicht jemanden bei dir?« wollte Mrs. Quest wissen.

»Doch. Mark und Paul sind mitgekommen – Mark hatte Paul versprochen, ihm heute die Docks zu zeigen.«

Mark war der Schrifststeller – doch wer war Paul?

»Hab ich dir das nicht erzählt?« fragte Martha. »Paul ist doch der Neffe.«

Doch, das hatte Martha ihr erzählt: Da waren gewisse Tatsachen vorgekommen, in den Briefen. Das Kind mußte demnach der Sohn des kommunistischen Spions sein, über den Bob so gut Bescheid gewußt hatte.

Es fiel Mrs. Quest nicht gerade leicht, doch sie sagte nur: »Dann zieht Mr. Coldridge also das Kind auf?«

Martha bemerkte: »Wenn man das so nennen kann.« Das klang ziemlich grimmig. Mrs. Quest warf ihr einen raschen Blick zu: Martha lächelte seltsam. Mrs. Quest dachte: Das hätte jetzt auch Milly sein können! In dem Wunsch, Martha näherzukommen, einen Kontakt zu ihr herzustellen, sagte sie versuchsweise: »Ja, das kann nicht gerade leicht sein, wenn man bedenkt, was in seiner Familie alles vorgefallen ist.«

Marthas Lächeln erlosch. »Nein«, sagte sie.

Sie saßen in einem Taxi, das bis auf den letzten Zentimeter von Mrs. Quests Gepäck ausgefüllt war.

Martha wandte sich ihrer Mutter zu und sagte, wieder mit diesem trockenen Humor, der ihre Mutter euphorisch stimmte: »Wir haben gedacht, daß es die Sache erleichtert, wenn wir – du und ich heute besser allein sind.« Sie wartete und lächelte ihrer Mutter direkt ins Gesicht.

Mrs. Quest suchte verzweifelt nach Worten, die diesem Anlaß angemessen waren. »Und wer ist *wir*?« fragte sie schließlich.

Martha wurde noch um einiges blasser und preßte die Lippen zusammen.

Mrs. Quest hätte in ihrer Verzweiflung am liebsten herausgeschrien: Nein, nein, ich hatte nicht die Absicht ...

Martha sagte: »Mark. Er ist schließlich mein Arbeitgeber. Nehme ich jedenfalls an«, setzte sie hinzu, als verzweifelte sie an sich selbst, was immerhin auf die Möglichkeit hindeutete, daß sie wieder zu der kühlen, trockenen Ironie zurückkehren würde. Nie hätte Mrs. Quest geglaubt, daß sie und ihre Tochter sich je würden in dieser Haltung begegnen können.

Ängstlich geworden, befahl Mrs. Quest sich jetzt, den Mund zu halten. Später. Später würden sie das schon hinkriegen. Jetzt hatte irgendein böser Geist sich ihrer Zunge bemächtigt, sie hatte wirklich nicht die Absicht gehabt ...

Martha sagte: »Ich habe den Fahrer gebeten, an der St. Pauls Kathedrale vorbeizufahren. Und dann über Piccadilly Circus und am Buckingham Palast vorbei. Aber falls du zu müde bist ...«

Mrs. Quest nahm das zur Kenntnis wie ein Kind, dem Bonbons versprochen werden, nachdem es über das Alter hinaus ist. Doch sie wußte, Martha meinte es gut. Und natürlich sehnte sie sich danach, St. Paul und das alles wiederzusehen.

Martha gab sich alle Mühe, wie ihre Mutter ihr anmerken konnte: »Ich habe erst gewußt, wovon du die ganzen Jahre gesprochen hast, als ich wirklich davor stand.«

Und jetzt hörte Mrs. Quest ihr eigenes schnaubendes Lachen. »Wann warst du denn zum letztenmal in der St. Pauls Kathedrale oder beim Changing of the Guard?«

Martha sah sie nicht an; sie hatte den Blick abgewandt und schaute aus dem Fenster. Mrs. Quest war jetzt genauso blaß wie ihre Tochter. Schweigend fuhren sie an der Kathedrale vorbei. In der Fleet Street sagte sie zaghaft: »Vielleicht bin ich doch zu müde, vielleicht ...«

Martha beugte sich vor, klopfte an die Scheibe und gab die neue Richtung an.

Dann verlegte sie sich darauf, höflich zu sein, wie ihre Mutter feststellte. Sie stellte reihenweise Fragen über ihren Bruder, über Bessie, die Kinder, die Farm, die Überfahrt, und Mrs. Quest antwortete im selben Ton. Caroline erwähnte Martha nicht. Mrs. Quest wagte sich soweit vor, zu sagen, sie glaube, Caroline gehe es gut; sie sei ein schlaues Mädchen. Ihre Schulzeugnisse seien immer sehr gut. Martha sagte nichts.

Später sagte sie, als wolle sie sich dafür entschuldigen: »London muß sich doch sehr verändert haben?«

»Wie sollte es anders sein«, sagte Mrs. Quest. Insgeheim fand sie, daß es sich nicht sehr verändert hatte. Doch wahrscheinlich wäre Martha gekränkt, wenn sie das sagte. Gebäude waren verändert, Wahrzeichen verschwunden, doch das, was an dem Ort wesentlich war, was konnte das schon ändern – seine lastende graue Schwere?

Und als sie am Museum vorbeifuhren, war alles unverändert, und Mrs. Quest vergaß einen Augenblick lang ihre Tochter und dachte nur noch daran, wie sie als Mädchen mit ihrem Vater hier entlanggegangen war.

Sie lächelte, als das Taxi vorm Haus hielt. Sie stand wartend auf dem Trottoir, während Martha den Fahrer bezahlte. Dann ging ihr auf, daß der Taxifahrer und Martha mit vereinten Kräften das Gepäck ins Haus schleppten: Es gab also keine Dienstboten? Sie half. Zwei ausladende Überseekoffer, drei geräumige Reisekoffer und ein Dutzend Pakete und Bündel wurden in der Diele verstaut. »Nein, die bringt Mark schon rauf, wenn er nach Hause kommt«, sagte Martha, doch die schuldbewußte Mrs. Quest bestand darauf, alles mit Marthas Hilfe hinaufzutragen, alles, womit zwei Frauen fertigwerden konnten, und das hieß alles, bis auf die zwei Schrankkoffer. Sie war in einem ganz reizenden Schlafzimmer im dritten Stock untergebracht. Mrs. Quest unterdrückte das Verlangen, zu sagen, daß sie ihre ganze Mädchenzeit das vordere Schlafzimmer im dritten Stock gehabt hatte: Jetzt war ihr zumute, als sei sie nach Hause gekommen. Martha stand neben einem Tisch, auf dem sich alle möglichen Gegenstände türmten: Offenbar wollte sie, daß ihre Mutter Notiz von ihnen nahm. Mrs. Quest erblickte Flanell, eine Wärmflasche, Sicherheitsnadeln und noch andere Sachen.

»Die habe ich für dich besorgt«, sagte Martha.

Mrs. Quest mußte erst nachdenken, was das wohl heißen sollte.

»Ach, die Mühe hättest du dir sparen können«, sagte sie, »ich bin durchaus imstande, einkaufen zu gehen, würde ich meinen.«

Sie hätte sich die Zunge abbeißen können, doch es war zu spät. Martha wandte sich mit knallrotem Gesicht ab. Als sie sich wieder umwandte, war sie kreidebleich und wich den flehenden Blicken ihrer Mutter aus.

»Das Badezimmer ist auf der anderen Seite des Flurs«, sagte sie hastig, »ich geh schon mal und mache Tee ...«

Sie rannte fast aus dem Zimmer und rief nur noch über die Schulter: »Ich bin in der Küche – im Erdgeschoß!«

Mrs. Quest ging im Zimmer umher, um sich zu erholen, stellte fest, daß das Zimmer alles, aber wirklich auch alles erfüllte, was sie sich nur hätte ausmalen können. Später würde sie das genießen, doch zuerst ...

Sie wusch sich und bürstete sich das Haar, so rasch sie konnte, stieg die Treppe hinab und fand die Küche. Es war eine sehr ansprechende Küche, eine Art Ehe zwischen einer viktorianischen Küche mit Speiseschränken und Vorratskammern, die davon abgingen, und einer modernen Küche mit ihren Geräten und Finessen. Martha hob gerade ein Tablett von einem riesigen Tisch, und sie führte sie durchs Haus zu einem Wohnzimmer, das, wie Mrs. Quest gleich sah, nicht viel benutzt wurde.

»Du brauchst dir meinetwegen nicht solche Umstände zu machen«, sagte sie, »ich möchte niemandem zur Last fallen.«

»Ich dachte, daß dies Zimmer dir gefallen würde«, sagte Martha, »es ist ein hübscher Raum. Er sieht nicht so aus, als würde er viel benutzt, doch immer, wenn wir hier sitzen ...«

Offensichtlich freute sich Martha über die Gelegenheit, in diesem Zimmer zu sitzen – ja, dann mußte sie sich allerdings verändert haben!

Sie tranken Tee, aßen winzige Stückchen Kuchen, der anderen zu Gefallen, und tauschten Mitteilungen aus.

Später sagte Martha, Mark komme heute nicht zurück: Er fahre Paul zur Schule zurück und gehe morgens direkt zur Arbeit in die Fabrik – sie würden ihn wahrscheinlich erst am nächsten Abend sehen.

Blieb noch das Abendessen: Mrs. Quest hatte beschlossen, sie sei sehr müde und müsse schlafen. Morgen, dachte sie, morgen würden sie besser miteinander zurechtkommen. Sie gaben sich einen Gutenachtkuß, und dann richtete die alte Dame sich mit ihren Besitztümern in ihrem Schlafzimmer ein und schrieb, schon im Bett, einen endlosen Brief an ihren Sohn, Seite um Seite, bis sie, als ihr die Stille um sie herum auffiel, zur Uhr schaute und feststellte, daß es drei Uhr morgens war. Sie lag wach und mahnte ihre Zunge, sie morgen nicht im Stich zu lassen.

Am Morgen wachte sie spät auf, und Martha stand uneingeschränkt zu ihrer Verfügung. Sie fuhren mit Taxis und auf dem Oberdeck der Busse durch London und sahen, nahmen sie jedenfalls an, dieselbe Stadt, doch Mrs. Quest, die auf Augenblicke wie die gestern lauerte, die sie sich hatte entgehen lassen, wartete vergeblich. Martha war Besuchen bei Libertys und Harrods nicht abgeneigt und bereit, in beiden Kaufhäusern soviel Zeit zu verbringen, wie die alte Dame wünschte. Als Mrs. Quest zum Tee bei Fuller eingeladen wurde, lehnte sie in ziemlich schroffem Ton ab: Wieder fühlte sie sich wie ein Schulkind, das man ausführt, um ihm etwas zu spendieren. Sie ging sehr früh zu Bett. Der Kopf tat ihr weh.

Sie wachte früh auf und ging in die Küche hinunter, um sich Tee zu kochen. Sie war leise, um niemanden zu stören. Unten traf sie Mark, der bereits angezogen war; er war liebenswürdig, aber geistesabwesend. Er verließ das Haus, um in die Fabrik zu fahren, als Mrs. Coles, die Putzfrau, eintraf. Mrs. Coles setzte sich, um eine Tasse Tee zu trinken. Mrs. Quest wußte, daß sich in England einiges geändert hatte, doch nachdem eine halbe Stunde verstrichen war, für die doch schließlich irgend jemand zahlen mußte, und Mrs. Coles, eine ältere Frau, die sich über die Lebensmittelpreise und ihre Füße beklagte, keinerlei Anstalten machte, mit der Arbeit anzufangen, sagte Mrs. Quest, sie gehe nach oben, um ihr Zimmer in Ordnung zu bringen. Mrs. Coles und Martha riefen wie aus einem Munde, das solle sie doch bloß lassen, doch sie ging mit Staubtüchern und Staubsauger bewaffnet nach oben.

Sie machte ihr Zimmer und das Badezimmer, und kam sich dabei wie ein Verbrecher vor. Später kam Martha nach oben.

Mrs. Quest sah sofort, daß sie ein Wörtchen mit ihr reden wollte. Sie setzte sich und fischte nervös nach einer Zigarette, während Martha sich ebenfalls setzte. Sie bot ihrer Mutter eine Zigarette an.

»Du hast dich schon immer von Dienstboten ausbeuten lassen«, fing Mrs. Quest störrisch an.

»Ja, mag sein, darum geht's jetzt aber nicht. Paß auf – du merkst ja, ich möchte dir etwas sagen.«

Mrs. Quest setzte eine freundliche Miene auf.

»Ja. Ich weiß auch nicht, woher das kommt, doch wir scheinen uns immer – na, wie dem auch sei. Was ich verhindern möchte, ist, daß wir das Ganze diesmal hinter uns bringen, indem wir so tun – nein, das meine ich nicht. Ich meine, du konntest nie leiden, was und wie ich bin. Doch was hat das denn für einen Zweck, sich ... Wir könnten entweder gute Miene zum bösen Spiel machen und höflich sein und das alles – aber wäre es denn nicht besser, wenn wir mal versuchen würden ...«

Während Mrs. Quest sich das anhörte, musterte sie das Gesicht ihrer Tochter: jedes Muskelzucken, noch die kleine Regung des Auges, die ihre Worte begleiteten, die angespannten Hände. Sie hatte das Gefühl, endlich, unmittelbar vor konkreten Entdeckungen zu stehen. Ein süßes Gefühl des Triumphs durchstörmte sie, als sie ihre Tochter so wie eine, wenn auch trotzige, Bittstellerin vor sich sah.

»Weißt du«, sagte Martha, »mir ist klar, daß das hier nicht gerade ein orthodoxer Haushalt ist, doch wenn du das einfach so nimmst, wie es ist, dann ...«

»Heiratest du ihn denn nicht?« fragte Mrs. Quest flehentlich und hätte sich gleichzeitig die Zunge abbeißen können.

Martha lachte. Sie lachte verzweifelt, als könne sie gar nicht anders als immer nur lachen, als sei sie vom Schicksal dazu verurteilt.

Mrs. Quest sagte: »Das wird schon seine Richtigkeit haben!«

»Ja, vermutlich. Doch, weißt du, worum es mir eigentlich geht ...«

Und nun kamen die Worte, die für Mrs. Quest wie ein Schlag ins Gesicht waren oder wie eine zufallende Tür. »Du weißt doch, wir haben nun mal nicht alle dieselben Ansichten über das Leben!«

»Nein. Aber das habe ich auch noch *nie irgend jemandem* gegenüber behauptet!«

Schweigen. Martha stand auf, trat ans Fenster und schaute hinaus, und Mrs. Quest fixierte ihren Rücken.

»Du lebst also mit ihm zusammen?«

»Also – ach, meinetwegen. Doch nein, alles in allem ist das eher nicht der Fall, glaube ich.«

»Denn ich kann mir beim besten Willen nicht vorstellen, was seine Frau davon halten soll ...«

»Ich habe dir doch erzählt, daß sie hier ist, im Haus. Sie ist unten. Sie ist krank.«

Mrs. Quests Gedanken überschlugen sich: Hatte man ihr das erzählt? Wenn ja, dann jedenfalls nicht auf eine Weise, die einem einleuchtete.

Martha wandte sich um. »Macht ja auch nichts. Ich weiß auch nicht, woher das kommt, daß wir anscheinend nie ...«

Wieder erfüllte Mrs. Quest dies Gefühl des Triumphs, als habe sie einen Sieg errungen. Diese Abbitte, die das Mädchen ihr anzubieten schien, war stets der Höhepunkt aller Phantasien, die um Martha kreisten. Gleichzeitig schrie es in ihr: Nein, nein, nein, das will ich ja gar nicht, ich will es ja nur endlich begreifen!

Säuerlich sagte sie: »Was willst du denn nun eigentlich sagen?«

»Wahrscheinlich nichts Spezielles. Doch Mark und ich haben uns unterhalten. Es wäre natürlich das Einfachste, wenn wir ... eben einfach den bequemsten Weg wählen würden. Aber das haben wir schließlich schon immer gemacht, nicht? Wäre es denn nicht besser, du würdest versuchen – mich so zu nehmen, wie ich nun mal bin?«

»Ja, was für gräßliche Sünden hast du denn bloß zu verbergen?« wollte Mrs. Quest wissen, und das war humorvoll gemeint.

»Doch nicht so etwas ...« Martha setzte sich und lachte wieder.

»Ja, ich weiß doch nun auch nicht!« sagte Mrs. Quest.

»Ich auch nicht!«

Das war nun wirklich einmal ein Augenblick des ironischen Einverständnisses, und beide waren dankbar dafür. Doch Martha ging nach unten, um irgendeine Arbeit für Mark zu erledigen, und Mrs. Quest ging in die Küche, wo eine in ihren Gefühlen verletzte Mrs. Coles sich mürrisch gegen jede Aufforderung zu einem Schwätzchen sperrte. Denn das Gespräch hatte in der alten Dame den Eindruck geweckt, daß der Haushalt irgendeine Ungeheuerlichkeit verbarg, ein geheimes Laster, dem sie vielleicht auf die Spur kommen konnte, wenn sie es richtig anstellte.

Ein paar Tage lang passierte nichts. Dann erfuhr sie, daß Gäste zum Abendessen kommen würden.

»Keine offizielle Abendeinladung – etwas ganz Zwangloses!«

Damit sollte ihr doch irgend etwas bedeutet werden – was denn wohl? Mrs. Quest fragte sich, ob Martha vielleicht fürchtete, daß sie sich falsch anziehen könnte? Als sie nachfragte, stellte sich jedoch heraus, daß das nicht der Fall war: ein Tageskleid wäre absolut passend.

Sie sah dem Anlaß mit widerstrebendem Argwohn entgegen, und ihr wurde alles klar, als sie sah, daß sich im Empfangszimmer zwei farbige Herren aufhielten, die Sherrygläser in der Hand, und mit Martha und Mark sprachen. Dann war da noch eine recht hübsche, müde aussehende Frau, die Phoebe hieß und in irgendeiner Beziehung zu Mark stand, und ein komisch aussehender Mensch mit rötlichem Haar und so großen Brillengläsern, daß man von seinem Gesicht sonst nichts sah.

Mrs. Quest ärgerte sich darüber, daß Martha hatte denken können, sie würde sich nicht zu benehmen wissen. Demonstrativ schüttelte sie zwei schwarze Hände und fragte die Männer, woher sie kämen. Beide kamen aus Kenia. Sie wollte gerade etwas über die Mau-Mau sagen, als ihr aufging, daß es schließlich nicht ausgeschlossen war, daß Schwarze, die sich in diesem Haus aufhielten, »auf der Seite« der Mau-Mau waren, die, wie Mrs. Quest nun seit Jahren immer wieder gehört hatte, die reinsten Unholde waren. Und genauso verhielt es sich dann auch.

Während des ganzen langen Abendessens – das, wie sie feststellte, von Mark und Martha gemeinsam gekocht worden war –, saß die alte Dame still dabei und verfolgte ein Gespräch, bei dem man mit Selbstverständlichkeit davon ausging, daß die Mau-Mau im Recht und ihre eigenen Ansichten und das Verhalten der britischen Regierung widerwärtig waren. Gegen Ende des Abendessens beschloß sie, daß es die reine Feigheit wäre, nicht halbwegs klarzumachen, wo sie stand, und sie wählte eine Gesprächspause, um mit fester Stimme zu bemerken, daß es ihr gleichgültig sei, ob sie reaktionär sei, doch sie verabscheue den Kommunismus, der Afrika zugrunde richten würde. Woraufhin zuerst Phoebe, mit einem galligen, vielsagenden Blick in Richtung Mark, und dann die beiden Afrikaner, die verbindlich, aber bestimmt waren, erklärten, sie seien da ganz ihrer Meinung.

Martha, so sah sie, schien es mit Humor zu nehmen, während Mark wütend aussah.

Nun entspann sich eine heftige Diskussion, und Mrs. Quest befürchtete, daß man ihr die Schuld daran geben würde. Hier gab es viel böses Blut, das merkte sie. Phoebe vertrat Empfindungen, mit denen Mrs. Quest übereinstimmte, während Mark, kalt und rechthaberisch, widersprach. Ein kalter Mann, dachte sie, wieder diese gräßliche Art Logik. Das ging so bis zum Ende der Mahlzeit, und Mrs. Quest konnte nicht mehr folgen: Der Kopf tat ihr weh.

Wieder im Empfangszimmer, diskutierten die beiden Schwarzen mit Mark, wie man es am besten anstellte, um ein Buch herauszubringen, in dem ein anderer Standpunkt in Bezug auf Kenia vertreten wurde als der offizielle. Phoebe schaltete sich ein. Sie schien für die Afrikaner zuständig zu sein. Mrs. Quest mußte unwillkürlich denken, daß Phoebe schließlich nie in Afrika gewesen war und kein Recht hatte, so entschiedene Ansichten darüber zu hegen. Mrs. Quest sprach mit Jimmy Wood,

Marks Partner, hatte jedoch große Mühe, ihm zu folgen: Er scherzte und lachte zwar ununterbrochen, doch Mrs. Quest verstand nicht, was ihn so furchtbar amüsierte.

Unterdessen goß Martha auf der anderen Seite des Zimmers Kaffee ein und war eine stumme Beobachterin. Ihre Mutter hatte sie bislang noch nicht in dieser Rolle erlebt. Gerade als sie anfing, Jimmy Wood unerträglich zu finden, kam Martha zu ihnen und begann, sich mit beiden zu unterhalten. Na, jedenfalls war sie jetzt taktvoller als früher, das war immerhin schon etwas! Mrs. Quest verstand jedoch nicht, wovon gesprochen wurde. Es war die Rede von irgendeiner minderwertigen Rasse, die von irgendeiner Regierung mit Hilfe der Wissenschaft ganz bewußt zu dem Zweck geschaffen wurde, die gesamten untergeordneten Arbeiten einer Gesellschaft zu übernehmen. Sie hatte den Verdacht, daß Jimmy, und wahrscheinlich auch Martha, sie auf diese Weise wegen ihrer Einstellung in der Rassenfrage attackieren wollten – die sie jedoch vorsichtshalber gar nicht zum Ausdruck gebracht hatte. Plötzlich merkte sie, wie sie mit lauter Stimme sprach und dabei Blicke zu den beiden Afrikanern auf der anderen Seite des Zimmers hinüberschickte. Es ging um Steven, an den sie den ganzen Abend wehmütig gedacht hatte. »Das stimmt nicht«, sagte sie mehrmals hitzig und starrsinnig, daß die Schwarzen die Weißen haßten, noch kurz bevor sie von zu Hause weggegangen sei, habe sie nämlich einen kleinen schwarzen Jungen gehabt, Steven heiße der, und der habe ... Alle, auch die Afrikaner, hörten schweigend zu. Mrs. Quest hatte das Gefühl, Steven verraten zu haben, und man verstand sie ja doch nicht.

Sie hatte inzwischen gräßliches Kopfweh. Gerade als sie beschloß, sich taktvollerweise jetzt schlafen zu legen, betrat eine große, blonde Frau das Zimmer. Das war doch eindeutig ein Morgenrock, was die da anhatte? Der war allerdings sehr hübsch. Sie selbst ebenfalls. Mark bemühte sich höflich um sie. Martha verließ Mrs. Quest und ging zu ihr hinüber, um ihr Kaffee anzubieten. Man wurde einander vorgestellt. Mrs. Coldridge setzte sich, ließ sich etwas Kaffee eingießen, sprach ein bißchen mit Martha, setzte dann ihre Tasse unangerührt ab, nickte, lächelte und ging wieder, von Mark höflich zur Tür begleitet.

Jimmy bemerkte mit einer Art Kichern, er wäre froh, wenn sich das bei seiner Frau auch auf diese Weise auswirken würde. Mrs. Quest konnte ihn mit einemmal nicht einen Augenblick mehr ertragen. Was immer Marks Frau sonst noch alles sein mochte, jedenfalls war sie eine Dame: das war unendlich beruhigend. Jimmy hingegen! Wütend sagte Mrs. Quest sich, er sei gewöhnlich, das sei doch kein Gentleman, was hatte er hier überhaupt zu suchen – sie sagte gute Nacht und ging. Martha rannte hinter ihr her und sagte, sie dürfe sich wegen Jimmy nicht aufregen – sie selbst habe erst, als sie Jimmy kennenlernte, begriffen, was der Ausdruck »bei dem ist eine Schraube locker« bedeutete. Mrs. Quest merkte sehr wohl, daß Martha es gut meinte, doch sie war verärgert und sehr erregt und konnte nicht so reagieren, wie sie hätte sollen – das war ihr durchaus klar. Sie ging ins Bett, lag wach und sagte (sie mußte befürchten, daß sie laut sprach, denn sie hörte ihre eigene Stimme) alles, was sie während des Essens nicht gesagt hatte.

Martha kam am nächsten Tag mit keinem Wort auf das zu sprechen, was vorgefallen war.

Ein paar Tage später wurde sie gefragt, ob sie gern mit ein »paar anderen Leuten« ins Theater gehen würde. Martha setzte hastig hinzu, Phoebe wäre nicht dabei. Mrs. Quest erwiderte entschieden, sie habe nicht das geringste dagegen, mit Afrikanern ins Theater zu gehen, wenn sie gebildet und sauber seien, so rückständig sei sie nun auch wieder nicht.

Sie achtete darauf, daß sie sich am Nachmittag vor dem Theaterbesuch lange ausruhen konnte, denn sie wollte nicht noch einmal so erschöpft sein. Die Gesellschaft bestand aus Mark und Martha, Mrs. Quest, einer jungen Frau, die Patty Samuels hieß, einem jungen Mann namens Gerald Smith und einem Mädchen, Marks Nichte Elizabeth. Es war Mrs. Quest gleichgültig, wer alles dabei war, vorausgesetzt, es war nicht Jimmy Wood. Mrs. Quest mochte Gerald Smith, der eindeutig ein Gentleman war –

ganz reizend. Patty Samuels, die, wie Martha ihr warnend mitgeteilt hatte, krank gewesen war, wirkte nicht krank, schien ein ganz patentes Mädchen zu sein, wenn auch nicht gerade eine Dame. Elizabeth war zwar eine Dame, machte jedoch den Mund nicht auf.

Das Stück war von Shakespeare – eine Wohltat, man wußte, woran man war.

Es stellte sich heraus, daß es sich bei dem kleinen Theater um ein kommunistisches Theater handelte, was auch stadtbekannt war. Es war fast leer. Das Stück war *Der Sturm*, und es wurde in moderner Kleidung gespielt, und Caliban war ein Afrikaner. Im Programm stand zu lesen, das Stück sei, »wenn man so wolle«, eine Parabel über die Unterdrückung des schwarzen Mannes in Afrika. Anspielungen auf Kenia blieben nicht aus. Mrs. Quest gefiel es nicht. Sie fand es kindisch und geschmacklos – war jedoch entschlossen, das nicht zu sagen. Gottseidank hatten sie nicht auch noch die ganze Sprache umgemodelt, das war immerhin etwas.

Danach fuhren sie nach Haus, wo sie ausgiebig soupierten. Mark hatte alles gekocht. Weshalb hatte Martha das denn nicht getan? Mark antwortete, Martha habe sich nicht wohlgefühlt und sich hinlegen wollen. Mrs. Quest regte sich furchtbar auf: Sie war tief gekränkt. Warum hatte man sie denn nicht um Hilfe gebeten? Und was war denn mit Martha los?

Gar nichts, sagte Martha böse, doch Mrs. Quest würde sich damit nicht abspeisen lassen: Sie würde der Sache später auf den Grund gehen.

Mittlerweile saßen sie alle um den riesigen Küchentisch und zerfetzten die Inszenierung des *Sturm*, die sie gerade gesehen hatten, nach Strich und Faden. Sie sagten genau all das, was Mrs. Quest gedacht hatte, nur daß sie nicht diese überschlaue Sprache benutzt hätte. Offensichtlich repräsentierten diese Aufführung und das Theater alles, was an der kommunistischen Haltung gegenüber der Kunst schlecht war. Die Aufführung war sektiererhaft, dogmatisch, engstirnig, leblos, mechanistisch usw. Es stellte sich heraus, daß Gerald, der reizende junge Mann, Kommunist war und Patty ebenfalls, und daß beide einen großen Teil ihrer Zeit darauf verwendeten, dafür zu kämpfen, daß die Parteilinie geändert würde. Mrs. Quest hatte angenommen, daß jedes Mitglied der Kommunistischen Partei, das etwas an ihr auszusetzen hatte, erschossen wurde.

Später stellte sich dann heraus, daß weder Patty noch Gerald Kommunisten waren – sie waren es nicht mehr. Aber wenn das so war, weshalb erregten sie sich denn dann so furchtbar, und weshalb waren sie denn dann in das gräßliche Theater gegangen? Aber Patty sagte, sie habe beschlossen, dort mitzuarbeiten, weil die jemanden brauchten, der kein eingefleischter Reaktionär war. Wieder hatte Mrs. Quest Kopfschmerzen. Sie bedauerte sehr, nicht schon vorhin gesagt zu haben, was sie dachte, statt nur ja, sehr nett, sehr interessant zu sagen. Ehrlichkeit war letzten Endes doch die beste Politik, und so nutzte sie die nächste Gelegenheit, die sich bot, um Mark mitzuteilen, ihrer Meinung nach gäbe sein Roman über diese idealisierte Stadt im Irak – oder wo das nun war – kein unverfälschtes Bild des Kommunismus. Mark antwortete höflich, da sei er völlig ihrer Meinung. Bedeutete das, daß auch ihm ein Licht aufgegangen war, was es mit dem Kommunismus auf sich hatte?

Mrs. Quest hatte das Gefühl, schon wieder einen Fauxpas begangen zu haben, kam jedoch nicht dahinter, worin der bestanden haben mochte. Wie die alle über Afrika redeten – als ob sie die geringste Ahnung davon hätten! Sie ging bald nach oben, um sich schlafen zu legen, doch sie hatte ja den ganzen Nachmittag geschlafen, und beschloß also statt dessen, Martha ins Gebet zu nehmen, weil sie sie nicht aufgefordert hatte, bei der Zubereitung des Abendessens zu helfen. Und was mochte ihr fehlen? Sie ging nach unten und öffnete leise die Tür, um zu sehen, ob Martha schlief. Sie sah, daß kein Licht im Zimmer war, und wollte sich schon zurückziehen, als sie bemerkte, daß sich zwei Umrisse vor dem Fenster abzeichneten, und im Schein der Zigarettenglut konnte sie Martha und Mark erkennen, die nebeneinander am

Fußende des Bettes saßen. Sie zog sich zurück und hoffte nur, daß man sie nicht bemerkt hatte.

Am nächsten Tag sagte sie streng, sie hoffe, wenn Martha sich wieder einmal nicht wohlfühle, werde sie doch soviel Vertrauen zu ihrer Mutter haben, sie um Hilfe zu bitten. Martha sagte ja, das werde sie tun.

Mrs. Quest befand, daß sie nicht noch so einen langen verwirrenden Abend verkraften könne – jedenfalls für eine Weile. Sie begann mit ihrer Besuchsrunde: Einen Abend, einen Tag lang, ein Wochenende besuchte sie alte Freunde, mit denen sie sich dreißig Jahre lang geschrieben hatte.

Einst war das eine Gruppe lebensfroher junger Menschen gewesen, die alle »das Leben noch vor sich hatten«. Sie hatten musiziert, Liebhabertheater aufgeführt und waren ins Theater gegangen. Sie hatten für ihre Prüfungen gelernt und geflirtet, doch hatten sie nicht untereinander geheiratet: Sie hatten alle ziemlich spät geheiratet, erst, als sie es sich leisten konnten. Jener bemerkenswerte Prozeß, der aus einer Clique netter, durchschnittlicher Grünschnäbel aus dem Mittelstand lauter Leute macht, die andere Menschen lenken und leiten, hatte seine Wirkung getan; alle waren Beamte geworden und Kapitäne zur See und Richter und Oberinnen von Krankenhäusern. Die meisten außerhalb Englands. Die meisten hatten ihr Berufsleben außerhalb ihres Landes, das heißt in einer der Weltgegenden verbracht, die sie das Empire genannt hatten, oder in Ländern wie Japan und China. Was war denn jetzt von ihnen noch übrig? Vielleicht ein Dutzend alter Damen, die bei Verwandten lebten oder in Wohnungen innerhalb von Häusern, die ihnen früher ganz gehört hatten. Mit diesen alten Damen kam Mrs. Quest gut zurecht, und sie hatten keine Verständigungsprobleme. So tauschten sie ganze Abende und Wochenenden lang die ihnen eigenen Verständigungsfloskeln, während sie den Klatsch eines halben Jahrhunderts nachholten.

Wenn eine von ihnen sagte, die jungen Leute hätten heutzutage keinen Sinn für Verantwortung mehr und England werde von diesen ganzen Ausländern zugrundegerichtet und die Unterschicht (eine Bezeichnung, die sie untereinander ungeniert benutzten, die sie in Gegenwart ihrer Kinder freilich nie auszusprechen gewagt hätten) werde verzärtelt und bleibe den nötigen Respekt schuldig, dann wußte jede ganz genau, was damit gemeint war. Und da sie demzufolge keine Zeit mit Definitionen vertun mußten oder damit, anderer Menschen Anschauungen kennenzulernen, konnten sie ungehindert ihre Empfindungen austauschen, denn dies Bedürfnis führte sie überhaupt zusammen. Sie empfanden einen Gram, in den sich Verblüffung, Verwirrung mischten: Wie war das nur möglich, daß sie über Nacht (so empfanden sie es) von Menschen mit Verantwortung und Macht in Bettler verwandelt worden waren, die um das Privileg baten, für eine Enkelin einkaufen zu gehen oder mit der Nichte eines Vetters für die Prüfung zu lernen?

Mrs. Quest hatte, was diese Besuche anging, ein Gefühl, das ihre Großmutter gehabt hatte, wenn sie nach einem feinen Abendessen ihr Korsett ablegen konnte, doch die ganze Zeit grübelte sie, sorgte sie sich: Wenn Martha krank war, dann brauchte sie doch Hilfe, und sie, Mrs. Quest, war der Mensch, der ihr zur Seite stehen konnte. Doch aus irgendeinem Grund wagte sie nicht, unverblümt zu fragen, was Martha denn fehle. Diese ganze Geschichte, daß jemand krank war – und hatte sie nicht ihr ganzes Leben lang damit zu tun gehabt? –, war nicht so einfach zu handhaben, wie es schien. Was nun Martha anging, eine kranke Martha, da hatte Mrs. Quest unerfreuliche Erinnerungen, die bis in deren Backfischzeit zurückreichten. Die alte Dame konnte sich nicht mehr ganz genau an den Vorfall, an den Wortlaut in der damaligen Situation erinnern, doch als sie nachts wachlag und Gespräche noch einmal durchspielte, die stattgefunden hatten (so hätten stattgefunden haben können?), hörte sie sich selbst sagen: Das stimmt also nicht, daß du mir ständig Vorwürfe machst? Wie kann ich dich denn dann krank machen? Weshalb sollte ich dich krank machen wollen? Ich habe nur den Wunsch, mich um dich zu kümmern – worin besteht denn mein

Leben, wenn nicht darin, daß ich mich für andere aufopfere, für dich...

Sie konnte mithelfen, als Francis am Anfang seiner Ferien für zwei Tage nach Hause kam. Francis wirkte sich rundum beruhigend auf sie aus. Die Schule hatte sich überhaupt nicht verändert: Freunde ihres Bruders waren dortgewesen. Sie war als Mädchen zum Schulsportfest dortgewesen. Francis war sehr höflich, reinlich, hatte gute Manieren – alles genauso, wie ein Junge sein sollte, der von einer Schule mit einem solchen Namen kam. Sein Zimmer war ein richtiges Jungszimmer, mit Kricketschlägern, einem Silberpokal aus einem Hochsprungwettbewerb, Büchern, wie Jungen sie lesen. Sie bot ihm an, mit ihm in den Zoo zu gehen, erkannte dann jedoch, daß er dafür vielleicht schon zu alt war. Höflich fragte er, ob sie mit ihm zu einer Schülerausstellung in Earls Court gehen würde. Die Unternehmung strengte sie sehr an, sie mußten meilenweit gelaufen sein, doch sie lud ihn zum Tee ein und war sogar noch imstande, »ihn ein bißchen aufzuziehen«. Er errötete und wand sich und senkte den Kopf: Sie erinnerte sich, daß die Freunde ihres Bruders sich genauso verhalten hatten – ja, daß sogar sie selbst sich so verhalten hatte, wenn sie das durchmachen mußte, was man als »zwiebeln« oder »einen mal ein bißchen deckeln« bezeichnete. Wie Francis so dasaß mit seinem leuchtend roten, verlegenen Gesicht und seinen nackten blanken Knien, sehnte sie sich richtig danach, ihn in die Arme zu nehmen.

Francis sollte die Ferien auf dem Land verbringen – was seltsam schien, zumal sein Vetter Paul nach Hause kam.

Martha sagte, die beiden kämen nicht miteinander aus.

Mrs. Quest bemerkte, wie traurig das sei. Martha antwortete mit dem grimmigen Humor, den Mrs. Quest sich ständig von Martha erhoffte, doch jedesmal wirkungslos verpuffen ließ: »Doch damit sind wohl alle geschlagen, wie?«

Mrs. Quest wollte den Augenblick nicht verderben und sagte, und das war als Kompliment gemeint, Francis sei doch so ein netter, wohlerzogener kleiner Junge.

Martha sagte: »Stimmt, damit ist er auch noch geschlagen, der arme Kerl.«

Zorn packte Mrs. Quest, und sie sagte bissig, allerdings sei Paul, nach dem zu urteilen, was sie bislang von ihm mitbekommen habe, ganz anders, überhaupt nicht wie Francis.

Sie hatte eine starke Abneigung gegen Paul, so laut, wie der war mit seinem schrillen Geschrei, seiner Art, einen mit Beschlag zu belegen – jüdisch, doch das Wort fiel der Zensur zum Opfer, ehe sie es aussprechen konnte.

War ihre Abneigung gegen Paul denn so offensichtlich, ja, peinlich? Denn man schlug ihr vor, ob sie nicht vielleicht mit Francis aufs Land fahren wolle? Sie tat es mit bitteren Gefühlen, und die zwei Wochen, die sie dort verbrachte, waren in ihrer Erinnerung nachher dann der beste Teil ihrer Englandreise. Sie verbrachte ihre Zeit damit, mit Harold Butts über Blumen und Büsche zu reden: Man hätte gar nicht entscheiden können, wer von ihnen mehr wußte, der größere Liebhaber war. Und sie sprach mit Mary Butts über die Coldridges.

Mrs. Butts war die Diskretion selbst, doch was Mrs. Quest erfuhr, reichte aus, um sie in ihrem Entschluß, Martha zu helfen, noch zu bestärken. Sie fragte sich sogar, ob Martha nicht vielleicht von den Kommunisten Drogen bekommen oder irgendwie einer Gehirnwäsche unterzogen worden war, wie Mark möglicherweise auch?

Francis bekam sie während der zwei Wochen wenig zu Gesicht: Wie es sich für einen gesunden Jungen gehörte, verbrachte er seine Zeit in Wald und Feld, und während der Mahlzeiten war er still.

Als sie wieder in das Haus in der Radlett Street zurückkehrte, war Paul zu Schulfreunden gefahren. Weil sie, Mrs. Quest, wieder im Haus war?

Doch das kümmerte sie nicht. Es war offensichtlich, daß es Martha nicht gut ging, denn sie verbrachte auffällig viel Zeit in ihrem Zimmer. Ein-, zweimal klopfte Mrs. Quest und bekam keine Antwort: Die Tür war abgeschlossen. Mark war wohl nicht in der Fabrik, sondern hatte sich mit Martha eingeschlossen, um mit ihr zu schlafen? Oder tat Martha so, als schliefe sie? Oder war Martha weggegangen und hatte die Tür abgeschlossen, um ihre Mutter zu hindern, das Zimmer zu inspizieren?

Mrs. Quest nahm sich das ganze Haus vor und kam zu dem Schluß, daß es in einem entsetzlichen Zustand war: Das konnte auch gar nicht anders sein, denn in ihrer Jugend hatte man für solch ein Haus eine Köchin, zwei Hausmädchen und eine Putzfrau gebraucht. Hier gab es nur Mrs. Coles, eine fürchterliche alte Schlampe, und Martha. Mrs. Quest machte das Stockwerk gründlich sauber, in dem sie untergebracht war, ließ Vorhänge und Teppiche reinigen. Sie machte den Dachboden gründlich sauber, wobei sie auf interessante alte Kleider, Schriftstücke und Briefe stieß. Dann eines Tages, als Martha aus dem Haus gegangen war, fand sie die Tür unverschlossen und betrat ihr Zimmer, um es zu untersuchen. Nichts Beunruhigendes außer einem undefinierbaren Geruch nach Heimlichkeit, nach verborgenen Dingen. Doch Mrs. Quest nahm alle Kleider aus dem Schrank und besserte aus, was auszubessern war. Sie trug armeweise Kleidungsstücke in die Reinigung. Dann unterzog sie das Zimmer einer gründlichen Säuberung. Niemand sagte einen Ton, obwohl sie auf einen Rüffel gefaßt war. Dann überwand sie sich und stieg ein Stockwerk tiefer, wo sie Marks Schlafzimmer bis in den hintersten Winkel saubermachte. Danach kam sein Arbeitszimmer an die Reihe. Unterdessen erledigte Mrs. Coles ihr übliches Minimum an Arbeit und bemerkte, wer keine Arbeit habe, der mache sich welche – nur zu! Darüber war Mrs. Quest tagelang wütend. Sie – wie üblich! – war gezwungen, das Hausmädchen zu spielen, weil das Personal nicht arbeiten wollte und seine Arbeitgeber alles durchgehen ließen. Mrs. Coles kündigte. Mrs. Quest erklärte Mark und Martha in trotzigem Ton, sie brauchten keine andere Putzfrau zu suchen: Sie würde selbst eine einstellen. Sie hoffe doch zu wissen, wie man zu einer Putzfrau kam.

Unterdessen arbeitete sie. Sie arbeitete ohne Unterlaß. Von sieben Uhr morgens an, denn sie wachte früh auf, putzte und wusch und schrubbte sie und ging Martha aus dem Weg, die sehr beschäftigt schien oder sich jedenfalls entweder einschloß oder nicht im Haus war. Sie arbeitete bis zum Mittagessen, schlief dann den ganzen Nachmittag, und abends – sämtliche Einladungen von Mark und Martha zum Abendessen oder zu irgendeinem Ausgang lehnte sie ab – besuchte sie Freunde oder blieb im Zimmer und schrieb Briefe. Einmal stieg sie auch ins Kellergeschoß hinab und verbrachte dort einen verwirrenden Nachmittag mit Mrs. Coldridge, die ihr erklärte, sie fürchte, Dorothy werde sie umbringen, wenn sie hier anfinge, sauber zu machen. Später las eine Frau, die Mellendip hieß, ihr die Zukunft aus der Teetasse. Sie prophezeite ihr eine Flugreise in naher Zukunft. Außerdem erblickte sie (jedenfalls behauptete sie das) Gärten und Berge und Rosen im Satz am Tassenboden. Diese Mellendip (*eindeutig* keine Dame, was immer sie auch sonst sein mochte) machte auch einige beleidigende Bemerkungen über das Alter, indem sie beispielsweise sagte, das sei eine Zeit der heiteren Gelassenheit und der Sammlung, »wo man von dem Honig zehrt, den man zeitlebens zusammengetragen hat«. Oder besser gesagt, die Unverschämtheit ging Mrs. Quest erst später auf: Im Augenblick der Äußerungen selbst hatte sie das Gefühl gehabt, sich nett zu unterhalten. Mrs. Quest war zwanzig Jahre älter als Mrs. Mellendip – mindestens! Sie war alt genug, um die Mutter dieser Dame zu sein. Doch sie hatte dagesessen und sich die unverschämten Ratschläge von jemandem angehört, der doch wohl besser ihr zugehört hätte ... Sie ging nicht mehr ins Kellergeschoß. Allein schon diese Dorothy, unglaublich gewöhnlich! Was diese nette Mrs. Coldridge an der finden mochte, wußte sie wirklich nicht ...

Eines Abends kam Martha ins Zimmer ihrer Mutter, die gerade wieder Briefe schrieb, setzte sich, zündete sich eine Zigarette an und sagte: »Hör mal, Mutter, Mark kann sich ohne weiteres eine Putzfrau leisten!«

Diese Kriegserklärung hatte zufolge, daß Mrs. Quest erschreckt und verwirrt in Tränen ausbrach. Martha schwieg einen

Augenblick, sie war ganz blaß geworden, und legte dann immerhin die Arme um ihre Mutter, wenn Mrs. Quest auch nicht entging, daß es keine »echte« Umarmung war. Sie sagte: »Bitte, versuch doch einzusehen ...« Mrs. Quest wiederholte, sie wolle doch nur helfen, sie wolle sich nützlich machen, was hätte sie denn sonst noch vom Leben? Bald zündete Martha sich eine weitere Zigarette an und ging wieder nach unten.

Weinend schrieb Mrs. Quest an ihren Sohn. Sie fühle sich nicht gut. Sie sei sehr müde. Sie sei viel zu alt, um auf den Knien Fußböden zu schrubben und auf Leitern zu stehen, um Fenster zu putzen. Was sie brauche, seien ein paar Tage Ruhe im Bett, ihr sei wirklich nicht danach zumute, ständig diese ...

Martha brachte zu den Mahlzeiten das Essen auf einem Tablett hinauf, doch ihre Mutter fuhr vom Kissen hoch, sah schuldbewußt aus, streifte sich ungeschickt einen Morgenrock über, bestand darauf, in die Küche hinunterzugehen und sich ihr Essen selbst zuzubereiten. Sie war also weder krank, noch war sie nicht krank. Im Bett lag sie allerdings mit weggestreckten Armen und Beinen, weil sie sich vor Arthritis nicht rühren konnte.

In Dr. Lambs Zimmer erreichten der Dialog oder Monolog oder die Entwicklung, die die Vorgänge in der Radlett Street wie ein Schatten begleiteten, einen Höhepunkt.

»Sie wissen doch, Sie müssen ihr sagen, daß sie wieder abfahren muß?«

»Ja.«

»Ja, und?«

»Ich kann nicht, ich kann es nicht.«

»Weshalb können Sie es nicht?«

»Sie fährt doch sowieso irgendwann«, murmelte Martha.

»Das ist also eine Art passiver Widerstand, was Sie da machen?«

»Wenn ich tun würde, was Sie wollen – sie anbrüllen, schreien – das wollen Sie doch, stimmt's?«

»Das haben Sie doch nie getan, wie? Nicht ein einziges Mal im Leben?«

»Nein. Wenn ich das täte, das wäre also gesund, ich wäre erlöst?«

»Weshalb versuchen Sie's nicht?«

»Wen würde ich denn da anbrüllen? Das wäre ja, als schlüge man ein Kind!«

»Wenn man mal davon absieht, daß sie keins ist, nicht?«

»Ich sehe immer dies Gesicht, ihr Gesicht, dies schreckliche unglückliche, alte Gesicht...«

Er schwieg, als der Zirkel sich zum – wievielten? zum zehnten Mal? schloß.

»Was Sie sagen, was Sie ständig sagen, das taugt doch nichts, das bringt doch nichts ein – wenn das Intellektualisieren ist, daß man sich die ganze Zeit fragt, was denn mit uns allen los ist – denn das bin doch nicht nur ich. Man kämpft gegen seine Eltern an, das tut doch jeder – das muß man doch wohl? Wenn man das nicht tut, dann geht man unter. Ich habe also nicht gekämpft, nicht auf die richtige Weise. Doch darum geht es nicht. Was ist denn das für ein Kampf? Wer bekämpft denn da wen? Woher kommt es denn, daß wir alle uns von gräßlichen Eltern loskämpfen müssen, die uns Schaden zufügen? Was sind die denn in Wirklichkeit? Sie ist eine rührende alte Frau. Alle meine Freunde, alle, die ich kenne, müssen das. Das wird als selbstverständlich angesehen. Und es stimmt – man muß es machen. Doch war das denn schon immer so?« (Martha hörte ihrer eigenen Stimme zu und wußte dabei, es war wie die Stimme ihrer Mutter während eines dieser gemurmelten Monologe, denen sie entsetzt, fasziniert, hilflos zuhörte.) »Denn es geht ja die ganze Zeit auch noch um etwas anderes: Wenn entweder ich oder mein Bruder sagen würde: Na schön, wir geben nach. Nimm du unser Leben für uns in die Hand – dann würde sie nie wieder auch nur einen Tag krank werden, sie würden leben, bis sie neunzig oder hundert ist. Doch wenn ich sie rausschmeiße, unterzeichne ich damit ihr Todesurteil. Das weiß ich.«

»Sie haben also Schuldgefühle, weil Sie Ihre Mutter umbringen?«

»Nein, ich habe keine Schuldgefühle. Es ist doch nicht meine Schuld. Wenn das meine Schuld wäre, dann wäre es ja einfach. Oder wenn es ihre Schuld wäre. Doch ich wäre froh, wenn ich nicht immer vorher wüßte, was passieren wird. Das ist genauso, wie wenn man Paul und Francis beobachtet – man weiß schon, was in zwanzig Jahren an ihnen nagen wird. Das ist nicht ihre Schuld, nicht Lyndas Schuld, nicht Marks Schuld ...«

»Doch Ihre Schuld ist es?«

»Nein, Sie sind auf der falschen Fährte, glauben Sie mir ...«

»Wirklich?«

»Ja. Wenn ich mich in Schuldgefühlen wälzen würde, dann wäre das ein gutes Zeichen. Das ist doch kein Intellektualisieren? Nein, das fällt einem doch leicht. Nein. Und wenn Sie sagen, man soll sich diese anderen Fragen nicht stellen – wieso denn nicht? War das denn schon immer so? Was ist denn bloß mit uns passiert? Damit haben Sie Unrecht, Sie haben Unrecht, wenn Sie sagen: Was gibt es da zu fragen? Oder sind wir einfach nur Kinder, die nie für irgend etwas im Leben verantwortlich sind?«

»Vielleicht wäre Ihnen eher mit einem Historiker gedient oder einem Soziologen?« Der Sarkasmus, sorgsam abgewogen wie immer, berührte Martha nicht mehr.

»Na schön – einen anderen Experten für jede Art von Frage. Doch es ist immer dieselbe Frage.«

»Mrs. Hesse, was Sie möchten, ist, daß ich Ihre Mutter rausschmeiße, weil Sie nicht den Mut dazu haben.«

»Ja, ja«, murmelte Martha, »das stimmt. Ich weiß das. Doch welchen Unterschied macht das schon, wer es nun macht? Sie geht doch sowieso – sie bekommt nicht, was sie will, sie wird wieder abfahren müssen. – Werden Sie mit ihr sprechen?«

»Das war doch immer schon mein Vorschlag, glaube ich. Doch Sie waren dagegen.«

»Ich versuche, sie hierherzubekommen.«

»Wenn Sie es nicht können, dann zwingen Sie sich eben dazu!«

»Sie wird sich das Bein brechen oder so etwas.«

»Es gibt Krankenhäuser.«

»Krankenhäuser und Altersheime. *Was ist bloß mit uns los?*«

»Ich habe am Donnerstag um zehn Uhr Zeit.«

Mark und Martha hielten einander in den Armen, umgeben von einer Höhle weicher, schützender Dunkelheit.

»Wenn du möchtest, spreche ich mit ihr«, sagte Mark unendlich liebevoll.

»Das ist doch meine Schlacht, nicht deine.«

»Naja, Martha, wenn man so als neutraler Beobachter ...«

Nun mußten beide hilflos lachen, und dann begann sie zu weinen. »Tatsache ist doch, daß deine Mutter oben in dem einen Zimmer, in einem Bett liegt, und du bist ein Stockwerk tiefer in einem anderen. Wenn keine von euch dem ein Ende machen kann, dann werde ich es tun.«

»Nein, nein. Ich muß es selbstverständlich selbst tun.«

Martha saß in ihrem Zimmer und dachte daran, wie sie vor ein paar Wochen gekämpft hatte, um ihre eigene Erinnerung gekämpft hatte – welche Energie! Und wo war die geblieben? Sie zwang sich, zu ihrer Mutter hinaufzugehen. Sie stand vor ihrem Zimmer. Von drinnen kam der schmerzliche Monolog der alten Stimme. Sie zwang sich, die Tür zu öffnen und hineinzugehen. Die Stimme ertönte weiter.

Mrs. Quest hatte die schmerzenden Arme steif auf der Bettdecke ausgestreckt. Ihre Augen glänzten hell vor Wut. »Schmutzfinken«, sagte oder bemerkte sie, »Sex. Mehr haben die nicht im Kopf. Mehr können sie auch nicht. Na gewiß, wenn ich bereit wäre, mir meinen Lebensunterhalt damit zu verdienen, daß ich die Beine breit mache, dann könnte ich es auch in diesem Haus aushalten.«

»Mutter«, sagte Martha.

Mrs. Quest sah ihre Tochter an – oder besser, sie sah sie mit einem anderen Blick an, denn sie hatte sie auch angesehen, während sie ihren Monolog vorbrachte. »Ach, du bist das?« fragte sie wohlgemut.

Martha sagte: »Du meinst doch im Ernst kein Wort davon – warum sagst du denn so was?«

Sie starrte ihre Mutter an, die elende alte Frau, und versuchte, die Frau in ihr anzusprechen, die im Ernst kein Wort davon meinte.

Mrs. Quest begann zu singen: *»Lead, kindly Light...«*

»Ich möchte, daß du einen Freund von mir kennenlernst.«

»Wen denn, mein Herz?«

»Er heißt Dr. Lamb.«

Da geht's also wieder mal los, dachte Martha, wieder eins von diesen idiotischen Gesprächen. Naja, die haben wir ja geführt, solange ich denken kann.

»Ich kann mich gar nicht erinnern, daß du einen Dr. Lamb erwähnt hättest.«

»Ach nein?«

»Ich hab schon zuviele Ärzte gesehen im Leben. Ich fürchte, ich werde damit leben müssen. Schließlich haben viele alte Leute Arthritis.«

Schweigen. Martha sah in das unschuldige, verängstigte alte Gesicht auf dem Kopfkissen.

»Ich glaube, ich möchte das wirklich nicht.«

»Ich glaube aber, es könnte dir helfen.«

»Na mal sehen, wenn ich mich gut genug fühle.«

»Ich habe für halb zehn morgen ein Taxi bestellt. Ich komme rauf und helfe dir beim Anziehen.«

»Na schön, Kind, wenn dir soviel daran liegt.«

Martha ging. Draußen lehnte sie sich an, zu erschöpft, um auch nur einen Schritt zu tun. Fast wäre sie zusammengebrochen, wo sie stand, hätte sie sich wie ein Hund draußen vor die Tür gelegt. Drinnen sang Mrs. Quest: *»Rock of ages cleft for me.«* Dann: »Dreckschweine. Die erwarten von mir, daß ich denen ihren Mist nachräume, die Schweine. *Gelobt sei Gott in Ewigkeit.* Die denken wohl, ich bin ihr Dienstbote und mache die ganze Drecksarbeit...«

Als Martha am nächsten Morgen um neun nach oben kam, sprach die Stimme immer noch. Sie hörte auch nicht auf, als sie ins Zimmer trat, die Vorhänge aufzog und guten Morgen sagte.

Sie sprach weiter, während Mrs. Quest durch Martha hindurchblickte, als sähe sie sie nicht. »Hure«, sagte sie, »eine anständige Frau sollte sich überhaupt nicht unter einem Dach mit so einer ...«

»Mutter, das Taxi wird bald da sein.«

»Ich fühle mich dafür wirklich nicht gut genug«, sagte Mrs. Quest strahlend, »wie geht es dir denn heute? Besser?«

»Mir fehlt gar nichts.«

»Ich glaube nicht, daß ich mich heute aus dem Bett rühren kann«, sagte Mrs. Quest und duckte sich unter dem Bettzeug zusammen, das sie bis ans Kinn hochgezogen hatte wie einen Schild.

Martha rührte sich nicht vom Fleck. Plötzlich schlug Mrs. Quest die Bettdecke zurück, stand auf und begann, sich anzuziehen.

»Ein schöner Tag ist das heute«, sagte sie.

»Ja, wirklich.«

Als sie Hemd, Schlüpfer, Rock und Pullover über ihren uralten Körper gezerrt hatte, den sie achtlos, ja brutal vor Martha enthüllte, als verbuche sie damit einen Pluspunkt für sich, krallte sie sich plötzlich an eine Wand und sagte, mit diesen Schmerzen könne sie einfach nicht das Haus verlassen.

»Ich helfe dir«, sagte Martha. Sie half ihrer Mutter die Treppe hinunter. Mrs. Quest klammerte sich an Wände, Treppengeländer, Türklinken und kroch an zwei Stöcken ins Taxi.

Am Nachmittag kehrte sie zurück, stieg die Stufen hinauf und dann die Treppe zu ihrem Zimmer und begann zu packen. Martha ging zu ihr hinein, und Mrs. Quest sagte mit normaler, fast fideler Stimme: »Ich habe mein Ticket umgetauscht. Ich nehme morgen ein Flugzeug.«

»Wird es dir auch nicht leid tun, daß dir die Seereise dadurch entgeht?«

»Ach, ich weiß nicht. Das ist doch wirklich ziemlich ermüdend – diese großen Schiffe, die sind nicht so schön.«

Sie erwähnte Dr. Lamb nicht.

Martha rief ihn an, und er sagte, er habe am Fenster gestanden, als die Taxe mit der alten Dame vorgefahren sei. Sie war herausgeschlüpft, hatte den Taxifahrer bezahlt, und an der Eile, mit der es geschah, hatte man ablesen können, wie erpicht sie darauf war, Marthas Freund gegenüberzustehen. Sie rannte die drei Stockwerke hinauf, wurde von Dr. Lamb an der Tür begrüßt, sagte nur: »Ich bin Marthas Mutter« und stürzte dann ohne ein Wort ins Zimmer, nahm Platz und fing an, Martha anzuschwärzen. Sie fragte nicht: »Wer sind Sie eigentlich? Was für ein Arzt sind Sie denn?« Sie saß einfach da, und der Groll von Jahren und Jahren ergoß sich aus ihrem Mund, und er kreiste ausschließlich um Martha. Dr. Lamb hatte nur zugehört. Er hatte nur eine Frage gestellt: »Wenn Sie beide nicht miteinander auskommen, vielleicht sollten Sie sich dann ja besser nicht unter einem Dach aufhalten?«

»Oh, die braucht nicht zu denken, daß ich dort bleibe, nur damit die einen Dienstboten haben«, hatte sie darauf gesagt und ihr Klagelied fortgesetzt. Am Ende der Stunde hatte sie es überhört, als Dr. Lamb sie daran erinnerte, daß draußen bereits jemand warte, der zu ihm wolle. Zweimal, dreimal überhörte sie es. Dann plötzlich sprang sie auf und sagte: »Ein nettes Gespräch war das – Martha gibt mir nicht oft Gelegenheit, ihre Freunde kennenzulernen!« Sie hatte Dr. Lamb die Hand geschüttelt und war wieder die Treppen hinuntergelaufen. Rasch war sie außer Sicht verschwunden. Ging sie direkt zum Reisebüro? Das hatte sie nicht gesagt. Es war nicht erwähnt worden.

Als es Zeit wurde, daß sie zum Flughafen gefahren werden mußte, lehnte Mrs. Quest ab: Sie wolle den Flughafenzubringer nehmen – sie wolle niemandem lästig fallen.

Sie fuhren mit dem Taxi zum Air Terminal. Beide schwiegen und mieden den Blick der anderen, beiden war elend zumute, und sie hätten heulen mögen.

Sie schwatzten über Nichtigkeiten, bis Mrs. Quests Zubringer bereitstand. Als der Augenblick da war, wo sie für immer aus dem Leben ihrer Tochter verschwand, verzog Mrs. Quests Mund sich zu einem gepreßten kleinen Lächeln, und sie sagte: »Wenn ich bloß wüßte, was das eigentlich alles zu bedeuten hatte!«

»Ja«, sagte Martha, »das wüßte ich auch gern!«

Sie küßten einander höflich, tauschten Blicke komischer Verzweiflung, lächelten und schieden.

Martha kehrte nach Hause zurück, und der Zusammenbruch ließ nicht auf sich warten. Sie legte sich ins Bett. Einen Tag, zwei Tage, drei Tage blieb sie liegen. Sie hatte einen Termin bei Dr. Lamb. Sie sagte ihn ab. Dann sagte sie den nächsten ab. Sie verließ das Bett und begann, ihr Gedächtnis zu erproben: Na los, los, wie war das noch gewesen? War der Vorfall von damals noch vollständig vorhanden? Nein, sie hatte nichts von dem eingebüßt, was sie in der langen Schlacht vor Dr. Lamb gewonnen hatte. Aber es war noch erheblich mehr zu tun: Beispielsweise war der Besuch ihrer Mutter wie ausgelöscht, eine Lücke. Sie mußte diese Lücke wieder schließen. Sie ging zu Dr. Lamb. Es kam zu einem heftigen Gefühlsausbruch – schon lag sie wieder im Bett. Als sie wieder aufstand, wußte sie, sie konnte nicht länger zu Dr. Lamb gehen – das war eine Frage der Ökonomie, der seelischen Ökonomie. Sie brauchte Energie. Sie schrieb ihm einen Brief, worin sie ihm mitteilte, daß sie nicht mehr kommen würde und ihm dafür dankte, daß »er das getan hatte, weshalb sie vermutlich zu ihm gekommen sei«. Er antwortete, es freue ihn, daß er habe von Nutzen sein können, und legte die Rechnung bei.

Martha begann, sehr früh aufzustehen, um eine ruhige Stunde für sich zu haben, wo sie an ihrer Erinnerung arbeiten konnte, der Rettungsoperation. Sie verließ Mark ungern, und er mochte es nicht, wenn das Bett neben ihm beim Aufwachen schon kalt war, doch sie sagte, sie müsse das tun. Jetzt, da sie nicht mehr zu Dr. Lamb ging, bedeutete das, daß die beiden frühen Morgenstunden vor dem Frühstück mit Mark der Angelpunkt ihres Lebens waren. Und noch die Abendstunden. Sie wußte, Mark hatte sich auf die Abreise gefreut, weil sie dann wieder ihre Abende hatten: ganz für sich, geschützt, ausgegrenzt aus dem Leben; sie schliefen miteinander wie in einem Alkoven. Doch sie wollte ihre

Abende für sich allein, sie brauchte sie. Sie war wie durch ein Wunder wieder ein tatkräftiges Wesen geworden. Sie konnte wieder sagen: Heute will ich dies oder das tun, und tat es dann auch. Nach dem Abendessen ging sie in ihr Zimmer und arbeitete an ihrer Erinnerung, mit Hilfe ihrer Erinnerung. Die Wochen des Besuches ihrer Mutter kehrten zurück, jede einzelne Szene kämpfte sich gegen die Lethargie, den Schmerz, das Widerstreben ins Gedächtnis zurück. Danach kroch sie erschöpft ins Bett. Dann kam Mark zu ihr, um sie in den Arm zu nehmen und zu trösten. Das hatte sie gern, sehr sogar. Doch gleichzeitig wollte sie es auch nicht – sie mußte aufhören, ein hilfloses Wesen zu sein, das so bedürftig war und sich anklammerte.

Nicht, daß sie aufgehört hätten, Liebende zu sein – das waren sie immer noch, doch auf andere Weise.

Sie wußte, daß sie bald kein Liebespaar mehr sein würden. Und er war zutiefst verletzt, im tiefsten Innern seines Wesens, nicht an der Oberfläche, so daß man darüber hätte reden können. Zum zweiten oder zum dritten Mal hatte Mark alles gegeben, was Gutes in ihm war, seine ganze Kraft und Geduld und Zuneigung, und die Frau, die gesagt hatte: Rette mich, rette mich – war nicht gerettet worden oder zu einem Arzt gegangen, hatte ihn jedenfalls nicht gebraucht.

Sie planten oder beschlossen zwar nichts dergleichen, doch es war bald vorbei. Außerdem waren da die Kinder, und Paul war ein Wesen, dem man nichts verheimlichen konnte.

TEIL DREI

WIR KÖNNEN UNS DIE LUFT ALS EINEN OZEAN VORSTELLEN, IN DEN WIR EINGETAUCHT SIND. ÜBERALL IN DIESEM OZEAN WIRBELN UND STRUDELN STRÖMUNGEN, ERGIESSEN SICH STURZBÄCHE, SINKEN UND STEIGEN MASSEN, DIE SO HOMOGEN SIND WIE WALE, WENN SIE DAS GLEICHGEWICHT ZWISCHEN HEISS UND KALT HERZUSTELLEN SUCHEN.

LUFT IST EIN GEMISCH AUS GASEN UND FESTSTOFFEN, DAS ZU 78 PROZENT AUS GASFÖRMIGEM STICKSTOFF BESTEHT. STICKSTOFFVERBINDUNGEN BILDEN EINE WESENTLICHE NAHRUNGSGRUNDLAGE FÜR PFLANZLICHES LEBEN. DURCH DIE WIRKUNG VON BLITZEN WIRD STICKSTOFF SCHLAGARTIG IN CHEMISCHE VERBINDUNGEN EINGEBRACHT, DIE DER REGEN AUF DIE ERDOBERFLÄCHE HERUNTERWÄSCHT.

EIN BLITZSTRAHL IST NUR EIN FUNKE, DER ZWISCHEN WOLKE UND ERDE ODER WOLKE UND WOLKE ÜBERSPRINGT. DAMIT ES DIESEN FUNKEN GEBEN KANN, MUSS DER EINE ORT JEDOCH NEGATIV UND DER ANDERE POSITIV GELADEN SEIN.

DER BLITZ IST DER VATER DES IRDISCHEN FEUERS. ER WIRD GEBOREN IN DEN WOLKEN, DIE AUS SCHWEBENDEM WASSERDAMPF BESTEHEN. DIESER DAMPF GEHT ALS REGEN NIEDER, WENN SICH UM WINZIGE SCHMUTZPARTIKEL ODER ANDERE FESTE BESTANDTEILE TROPFEN BILDEN. SO SPIELT IN EINEM DRAMA, DAS SICH MEILEN ÜBER UNSEREN KÖPFEN VOLLZIEHT, DIE ERDE DIE ROLLE DES WIRTS FÜR DEN REGEN, DER IN DER LUFT HÄNGT, DORT WO DAS FEUER BEI DER SCHEIDUNG VON WOLKEN UND ERDMASSEN BETEILIGT IST.

VERSCHIEDENE BEMERKUNGEN ÜBER
DAS WETTER AUS SCHULBÜCHERN

1

Das Jahr 1956 war, wie jeder weiß, ein Höhepunkt, eine Wasserscheide, ein Wendepunkt, ein Scheideweg. Es ist inzwischen zu einem Jahr geworden, von dem man sagt: Ah, ja, *das* Jahr, natürlich! Als wären die Jahre Pflöcke in der Wand, an denen man eine bestimmte Erinnerung aufhängt oder denen man Sterne verleiht wie Hotels oder Restaurants. Das Jahr 1956 war ein Fünf-Sterne-Jahr, so wie 1942: Stalingrad; oder 1949: Geburt des kommunistischen China. Oder – freilich, in anderen Teilen der Welt mag man das anders beurteilen, ja selbst andere Menschen im selben Teil der Welt mögen es anders beurteilen. Harold Butts zum Beispiel neigte zu Äußerungen wie: »Das war in dem Jahr, wo der Majoran so gut gediehen ist«; und Iris auf der anderen Seite des Flusses würde sagen: »Warte mal, das war doch das Jahr, wo wir den neuen Teppich für das Zimmer vorn bekommen haben.« Das Jahr 1956 war besonders leicht als ungewöhnlich zu erkennen und zu erinnern wegen dieser einen Woche, in der sich gleichzeitig die Ungarn gegen ihre russischen Herren erhoben (unmöglich) und in Großbritannien Tausende kundtaten, was sie von der Rolle Großbritanniens in der sogenannten »Suez-Frage« hielten: unwahrscheinlich, denn seit langer Zeit hatte niemand gegen irgend etwas protestiert.

»Ungarn«; »Suez«; gewaltsam nebeneinandergestellt – das war einer jener Augenblicke, wo aufgrund eines zufälligen Zusammentreffens dies andere Schema sichtbar wird: wie wenn man in der Untergrundbahn in einem Londoner Stadtteil, den man alle drei Jahre aufsucht, plötzlich neben einem Mann sitzt, den man seit Monaten weder gesehen hat noch an ihn gedacht hat. Aber am Abend vorher hat man an ihn gedacht. Es ist also überhaupt nicht verwunderlich, daß er da sitzt mit seiner Aktentasche, genau neben einem. »Sie wohnen doch hier, nicht?« sagt er; »ich glaube, in dieser Gegend von London war ich schon seit – warten Sie mal, vier oder fünf Jahren nicht mehr.« Oder diese bemerkenswerten Begegnungen, die gewöhnlich mit dem Ausruf quittiert werden: »Wie klein die Welt doch ist!« Oder die Art von Zeichen und Anzeichen, mit denen die Gesetzmäßigkeiten, die am Werk sind, an sich gar nichts zu tun haben, wie beispielsweise die Geisteshaltung, die 1956 als Fünf-Sterne-Jahr einstuft und damit lediglich der Tatsache Tribut zollt, daß für einen vorübergehenden Augenblick ein anderes Schema sichtbar geworden ist.

Wenn man die Worte Suez, Ungarn und alles, was ihnen anhängt, Kommunismus, Revisionismus, Imperialismus etc. etc., einmal ohne diesen ganzen Ballast nimmt, dann bleibt schließlich übrig ... daß damals eine große Zahl von Menschen auf unterschiedliche Weise erklärte: Nein, Schluß jetzt damit! Und sie liefen auf den Plätzen dieser oder jener Stadt umher, mit Gewehren oder Handgranaten oder ohne, schreiend oder stumm, kontrolliert von Polizisten und Militär oder nicht, und als Ergebnis dieser Aktionen folgte dann – doch es ist nicht wahrscheinlich, daß auch nur zwei Menschen über das, was folgte, einer Meinung sind. Immerhin war es ein Jahr des Protests und der Aktivität und der lebhaften Meinungsverschiedenheiten, soviel stand fest. So daß die Menschen, die es miterlebt hatten, im Rückblick jetzt, um es kurz zu machen und eine eingängige Formel zu gebrauchen, sagen: 1956, und das deckt sich mit der Vorstellung von Wandel, von Aufbruch, von Aufräumen, von Bewegung.

Dabei war die Luft schon vor 1956 gründlich gereinigt worden.

Wenn eine schlimme Zeit vorbei ist, kann man nicht in einem bestimmten Augenblick sagen: So, das war's, jetzt ist es vorbei. In einer Atmosphäre, wo alles langsam, lustlos und düster, jedes Ereignis von Argwohn, Abneigung und Angst durchdrungen ist, tritt dann plötzlich ein Ereignis ein, dem diese Merkmale fehlen. Man betrachtet es jedoch mit Mißtrauen, da Mißtrauen zu dem Zeitpunkt das Element ist, in dem man sich bewegt, so als befände man sich tief in schmutzigem Wasser. Plötzlich treiben Blumen den Fluß hinab – doch es würde einem im Traum nicht einfallen, sie zu berühren, denn wahrscheinlich sind sie vergiftet, eine Falle.

Jahre später sagt man dann: Nein, nein, so war das überhaupt nicht, das war doch der Augenblick, als ...

Dem Anschein nach änderte sich in dem Haus in der Radlett Street nicht viel. Seine völlige Isolierung hatte aufgehört, als Phoebe und Arthur und Mary anfingen zu kommen. Sie hatten sich eingefunden, weil sie in ihrem eigenen Land in Bedrängnis geraten waren und auf Abneigung und Angst stießen, genau wie Mark. Und eine Zeitlang tauschten sie, wenn sie sich trafen, Neuigkeiten aus, die die anonymen Briefe betrafen, die sie erhielten, oder einen Besuch von der Polizei oder den Parteiausschluß, der Arthur angedroht wurde. Sie redeten die ganze Zeit darüber, wie ihre Briefe geöffnet und ihre Telefone angezapft wurden und wie dann, wenn man die Sache bei dieser oder jener Behörde »aufs Tapet brachte«, nie etwas dabei herauskam, als daß alles abgestritten wurde oder man ihnen erklärte, Großbritannien habe wie jedes andere Land auch das Recht, sich gegen trojanische Pferde zu schützen. Und die Gespräche mit Phoebe, Arthur und Mary waren auch weiterhin voller Klippen, die umschifft werden mußten, geradeso wie die Gespräche mit Gerald Smith, Patty und Bob Hasty, die in die Radlett Street kamen, weil es nach wie vor nur wenige Orte gab, wo sie ohne weiteres hingehen konnten, mit Vorsicht gehandhabt werden mußten.

Mit Patty war es, obwohl sie über ihren Zusammenbruch hinweg war, besonders kompliziert. Sie war auf einen unbekümmerten Anarchismus umgeschwenkt, der auf alle aufreizend wirkte, obwohl sie erkannten, daß hier ein Mechanismus am Werk war, der ihrem Selbstschutz diente. Denn jedesmal, wenn ihr jemand die Meinungen vorhielt, die sie (und das noch vor wenigen Monaten) tatsächlich vertreten hatte, lief er Gefahr, daß sie in Zornestränen ausbrach. Die Ex-Kommunisten (denn sie waren aus der Kommunistischen Partei ausgeschlossen worden oder hatten ihren Austritt erklärt) hatten von der Mutter des Kommunismus zu hören bekommen, daß sie Revisionisten seien, und waren nun damit beschäftigt, ihre Position auf eine Weise zu analysieren, die für sie selbst befriedigend war und dem neuen Begriff Revisionist alle Ehre machte. Sie waren jedoch kein bequemer Umgang, kamen mit der Richtung innerhalb der Linken, die von Arthur und Phoebe repräsentiert wurde, nicht gut aus und waren Mark keinerlei Hilfe, der mit seinem eigenen Prozeß der Selbstfindung beschäftigt war – der einmal mehr darin bestand, daß er stundenlang mit Martha redete, um sich über seine Gedanken klarzuwerden.

Während dieser Zeit kam Elizabeth, James' Tochter, oft zu Besuch. Lange Zeit war nicht recht dahinterzukommen, weshalb, denn sie sagte so wenig und schien niemanden gernzuhaben. Es stellte sich heraus, daß sie, eigentlich schon über das Alter hinaus, einen Kampf gegen ihre konservative Familie führte. Einmal mehr konnte man die heilsame Entdeckung machen, wie wenig die politischen Stürme die »ganz normalen Leute« berührten. Für sie, für Elizabeths Familie, Leute vom Land aus Norfolk, war Mark Coldridge ein Landesverräter. Daß der Wind sich in letzter Zeit gedreht hatte, war nicht bis zu ihnen durchgedrungen – wahrscheinlich wären sie in zehn Jahren höchst überrascht zu hören, daß Mark nun doch keiner sein sollte. Solange blieb es für sie der Gipfel nonkonformistischer Aufsässigkeit, Mark zu besuchen. Elizabeth pflegte geduldig abzuwarten, bis Mark allein war, und ihn dann so lange zu piesacken, bis er irgendwelche Bemerkungen oder Definitionen von sich gab, die sie mit nach Hause nehmen konnte, um ihre Eltern zu ärgern. Als Gegenleistung erzählte sie Mark, was diese über ihn sagten, und das war zumeist, daß er erschossen oder deportiert gehöre. Das ging monatelang so: Sie war fast dreißig und hatte so ziemlich die kostspieligste Ausbildung genossen, die das Land zu bieten hatte. Es war in erster Linie Elizabeth, die Mark daran hinderte zu erkennen, welch tiefgreifender Wandel sich vollzogen hatte.

Sie wurden befreit von Elizabeth durch den jungen Graham, der sich von einem manirierten Studenten in einen Jazzmusiker verwandelt hatte. Genauer gesagt, er spielte nicht selbst Jazz, ja, so mußte man argwöhnen, er hörte ihn nicht einmal sonderlich gern; er war nur gerade zu einer Zeit in Amerika gewesen, als der Jazz aufkam, und hatte sich dort einen neuen Wortschatz und eine Reihe neuer Attitüden zugelegt: Sie alle hatten damit zu tun, daß man mit Geduld zu leiden verstand, den Unzulänglichkeiten anderer Menschen mit Nachsicht begegnete, loyal zu seinen engen Freunden stand, seine Verzweiflung zu bemeistern suchte – mit einem Wort, mit den Merkmalen einer drangsalierten Minderheit, die sich in einer hochstilisierten und formalisierten Sprache ausdrückte. Bei Menschen, die sich ohne zwingenden Grund mit den Attributen der Selbstbehauptung schmückten, klang das nach einem romantischen Verzweiflungskult. Seit Werthers Zeiten hatte es keinen derartig gefühlsseligen Kult mehr gegeben. Bei Graham wirkte seine Neuerwerbung, als trüge er auch weiter leopardenfellgefütterte, leuchtend rote Capes – denn er war so tatkräftig, rührig, selbstsicher, tüchtig, und hatte überall ein Eisen im Feuer. Eins davon war die Filmindustrie. Er hatte ein Drehbuch geschrieben, das einem zu der Zeit willkommenen Schema entsprach: Russisches Kommunistenmädchen verliebt sich in kapitalistischen Jungen, beiden gemeinsam ist die Leidenschaft für traditionellen Jazz, den sie in irgendeinem Bistro in Paris gehört haben, bis dann . . . (Von dieser Geschichte wurde während der kurzen Endperiode des Kalten Kriegs ausgiebig und in immer neuen Abwandlungen Gebrauch gemacht). Im Falle Grahams sah es nicht so aus, als würde einmal ein Film daraus, doch er war der Ansicht, wenn sein Onkel als Ko-Autor firmieren würde, hätte es bessere Aussichten. Dies Ziel enthüllte er Mark in aller Unschuld, vielleicht eher so, als gewähre er ihm eine Gunst. Seine Erziehung hatte ihn gelehrt, daß die Menschen stets gewillt sein würden, ihm auf seinem Weg behilflich zu sein. In seiner neuen Sprache, wenn auch mit seinem alten Akzent, gestand er, mit der künstlerischen Seite hapere es bei ihm wohl ein bißchen, doch die Einfälle, die er habe, seien wirklich prima, einfach prima, und wenn Mark ein paar Wochen erübrigen könne – und außerdem wäre das doch sowieso ganz prima, mal nach Paris zu fahren und ein bißchen Motivsuche zu betreiben. Er war nicht imstande zu erkennen, daß Marks Vorstellungen nicht die seinen waren, weil er unfähig war, irgend jemandem zuzuhören. Wochenlang belagerte er das Haus in der

Erwartung, daß Mark verkünden würde, er sei startbereit. Doch hier traf er Elizabeth, eine Kusine oder Nichte, und die fand seine lässigen Redensarten über Sex, Drogen, Rassen und so fort nützlicher für den Guerillakrieg mit ihrer Familie, als Marks Politik es je sein konnte. Graham und Elizabeth segelten auf den Schwingen einer Liebesgeschichte aus dem Haus, die durch die Zeitungen ging und Mark eine erkleckliche Anzahl wütender Anrufe von Elizabeths Vater eintrug.

Mittlerweile nahm Mark nach anfänglichem Zögern die eine oder andere Essenseinladung an. Das war für ihn keineswegs ersprießlich, bis er erkannte, daß die Art, wie er die anderen sah, seine Gastgeber, die anderen Gäste, sich überhaupt nicht mit deren Selbstbild deckte. Sein auf Erfahrung beruhender Argwohn, daß hinter allem etwas anderes stecken müsse, war einfach – nicht angebracht. Oder jetzt nicht angebracht. Was er gelernt hatte, nämlich, daß man, wenn man in Bedrängnis war, froh sein konnte, ein halbes Dutzend Freunde zu haben, mußte er sich für die Zeit – und daß sie kommen würde, stand fest – aufheben, wenn es wieder angebracht sein würde. Natürlich handelte es sich dabei nur um das, was »jeder« wußte, schließlich kündeten ja tausend alte volkstümliche Sprüche, Lebensregeln und dergleichen von dieser Erkenntnis. Schon, doch er hatte sie gelernt. Dies neue London, das nach dem langen Frost entstand und wo es immer so charmant, so liebevoll, herzlich und so *ungeheuer* tolerant zuging und alle – mußte man den Eindruck haben – an schweren Gedächtnisstörungen litten, es machte sich recht gut, jedenfalls an seinen eigenen Zielen gemessen, die insgesamt unernster Natur waren.

Nachdem er jedoch gelernt hatte, daß man das Ganze nicht ernst nehmen durfte, ging er öfter und mit größerem Vergnügen zu diesen Einladungen. Er kam dann spät nachts von einer Party zurück und schaute bei Martha herein, um sie mit Bemerkungen über diesen oder jenen oder das Essen und die Kleidung zu unterhalten, wie man das nach Partys so tut.

Die Luft hatte sich geläutert, war leichter, lichter geworden, ohne daß man nun einen bestimmten Punkt hätte benennen können, an dem dieser Wandel eingetreten war. Irgendwann zu Beginn des Fünf-Sterne-Jahres sagte Mark am Frühstückstisch denn auch zu Martha: »Mein Gott, Martha, war das nicht eine schreckliche Zeit?«

Wenn man das feststellte, verwies man sie in die Vergangenheit. Sie blickten auf eine schlimme Zeit zurück. Sie hatten sie überstanden. Die Angst hatte sich verzogen, irgendwo anders hin. Die Angst trat nicht mehr nackt zu Tage – oder jedenfalls nicht dort, wo sie betroffen waren. Fünf Jahre, nein, sechs, waren endlos gewesen, als man sie durchgemacht hatte. Doch in der Erinnerung glitten sie ineinander und wurden zu einer Redensart oder einer stehenden Wendung – ein Pflock in der Wand, an dem man bestimmte Erinnerungen aufhängte.

Bei einem dieser Abendessen mochte jemand sagen: Eines Tages werden wir entdecken, wie nah wir damals einem Krieg waren. (Einem richtigen Krieg, nicht solchen Scharmützeln wie in Korea, Kenia, Zypern, Berlin.) Oder: Gott sei Dank, daß die Sowjetunion endlich die Atombombe hat, das schenkt uns eine Atempause. Oder sogar: Das ist doch nur amerikanische Propaganda, so etwas darf man doch nicht glauben ... Kurz, die ehrbarsten Leute machten Bemerkungen, die noch in den gerade vergangenen Drei-Sterne-Jahren 1954 und 1955 verräterisch und außerhalb linksradikaler Kreise nicht zu hören gewesen waren. Innerhalb derer wiederum sich, jedenfalls fürs erste, Mißtrauen gegenüber jedweder Regierungsform breitgemacht hatte – mit einem Wort, Anarchie herrschte, ein bitterer Nihilismus.

Die Menschen hatten alles vergessen. Schon jetzt? War das denkbar? Margaret beispielsweise ging wie in alten Zeiten im Haus ein und aus. Daß Mark sie bevorzugt mit Ironie behandelte, schrieb sie lieber der Tatsache zu, daß Lynda (»Das hat sie immer schon gemacht!«) Mark gegen sie aufgehetzt habe. »Weshalb hat sie mich bloß immer so gehaßt?« rief sie, und ihre schön geschnittenen Augen verschleierten sich. Wochenlang hatte Mark, nachdem klar geworden war, daß Margaret sich wieder als seine Mutter betrachtete, auf irgendein Wort der Erklärung, wenn schon nicht der Entschuldigung gewartet. Einmal bemerkte sie allerdings, daß die Leute nun, da dieser Stalin tot war, vielleicht ja wieder vernünftig würden. Das Ende einer Epoche. Grund, sich zu grämen? Ungläubigkeit, schließlich brüllendes Gelächter von Martha und Mark am Frühstückstisch. Margaret hatte angerufen, ein munterer Anruf und bereits der dritte innerhalb einer Woche, um zu fragen, ob Mark ein paar Pflanzen für das Haus wolle. Ja, das würde ihn sehr freuen, natürlich ... er hatte den Hörer aufgelegt und Martha angeschaut, und seine Miene verriet, daß er nur allzu bereit war, sich zu empören, wütend zu werden – alles mögliche. Schließlich hatte er sich jedoch am Kopf eines Tisches, auf dem die zusammengefaltete *Times* seiner Aufmerksamkeit harrte – wie früher der seines Vaters –, auf einen Stuhl fallen lassen und vor Lachen gebrüllt. Martha hatte mit eingestimmt. Sie hatten so lange gelacht, bis sie das Gefühl hatten, wenn sie jetzt nicht aufhörten, würden sie anfangen zu weinen. Das Ende einer Epoche. Doch Mark hatte seine Unschuld, seine Naivität verloren – je nachdem, wie man es sehen wollte. Er war – zynisch geworden, falls man dies Wort gebrauchen mochte.

Martha dachte: Sie haben ihn kaputt gemacht, er hat zuviel Federn gelassen. Denn irgendwie verband sich diese Zeit für sie mit einem Bild, das sie als sehr wirklichkeitsnah empfand – vielleicht stammte es aus einem Traum? Eine dumme, unwissende, halbbetrunkene Köchin, ein rechtes Trumm von einer Frau, steht auf strammen Beinen an einem ziemlich schmutzigen Küchentisch. In der Hand hält sie ein Büschel Wurzelgemüse, das sie gerade erst aus der Erde gerissen hat. Die eine Hand hat sie auf die ausladende Hüfte gestemmt. Mit der anderen drischt sie die Wurzeln gegen die Tischkante: Die Erde fliegt weg. Eine weiße Rübe rollt unter den Tisch. Die Frau wirft weiße Rüben, Mohrrüben, Pastinaken auf den Tisch und schneidet nachlässig die oberen Enden ab. Ein gewaltiger Stiefel stampft auf die heruntergefallene weiße Rübe. Sie wirft einen Blick darauf. Sie zögert, dann schnappt sie sich die zerquetschte Rübe und schon wandert sie mit den übrigen in die Suppe.

Mark war allein. Die Tage des selbsternannten Komitees waren vorüber. Überall in London, ja in ganz Europa, neue Gruppierungen, neue Vereinigungen, Leute im Gespräch, neue Versionen selbsternannter Komitees. Mark war das jedoch nicht mehr möglich.

In seinem Arbeitszimmer hatte er zwei riesige Weltkarten aufgehängt – einfach nur so, und, so schien es jedenfalls, ohne zu wissen, was er mit ihnen anfangen wollte. Als Martha fragte, wozu die gut seien, sagte er: Naja, er denke sich, vielleicht sei das ja keine schlechte Idee, wenn man sehe, was passierte – »was *wirklich* passiert, verstehst du!«

Eine Wand war alsbald den Atombomben, Wasserstoffbomben, großen Bomben, kleinen Bomben (dem, was ein Komitee in den Vereinigten Staaten »Babybomben« getauft hatte) und den Institutionen gewidmet, die sie herstellten und verkauften. Bald schon war die Wand mit roten Fähnchen gespickt, wie sie sein Vater hätte benutzen können, um die Schlachtverläufe in den verschiedenen Teilen der Welt nachzuzeichnen. Mit schwarzen Fahnen waren auf derselben Landkarte die Fabriken und Laboratorien gekennzeichnet, in denen die Stoffe für die biologische und chemische Kriegsführung und die Drogen, die zur Kontrolle und Manipulation des Gehirns eingesetzt wurden, erforscht, hergestellt und verkauft wurden. Mit gelben Fahnen waren auf dieser Landkarte die Gebiete mit Luftverschmutzung markiert und die Gewässer, die von Bombenexplosionen, radioaktivem Niederschlag, Atommüll, chemischen Pflanzenschutzmitteln und ausgelaufenem Öl vergiftet waren. Das Sammeln und Studieren des Materials zum richtigen Gebrauch all dieser kleinen Markierungen belehrte Mark alsbald darüber, wie wenig die Männer sich auskannten, die diese verschiedenen Techniken benutzten. Zum Beispiel machte man sich keine rechte Vorstellung von der Zirkulation der Luft rund um unseren Erdball, die alle möglichen Gifte in die Lungen und an die Haut von Mensch und

Tier bringen konnten. Folglich konnte diese Landkarte auch immer nur grobe Annäherungswerte bieten: Die Informationen waren nicht nur schwer erhältlich, unter amtlichem Verschluß, versteckt – mit einem Wort: Sie tischten einem Lügen auf –, sie beruhten auch noch auf Unwissenheit.

Die andere Wand hatte einen fast metaphysischen oder mittelalterlichen Aspekt. Die Markierungen mit ihren verschiedenen Farben bezeichneten Krieg, Hungersnöte, Aufstände, Armut, Gefängnisse. Diese Markierungen nahmen wie die auf der gegenüberliegenden Wand stetig um ein Vielfaches zu. Nationalistische Strömungen oder überhaupt Politik blieben auf beiden Karten unberücksichtigt.

Genaugenommen hatte das Arbeitszimmer die Stelle des selbsternannten Komitees eingenommen. Dies wurde durch die Tatsache bestätigt, daß verschiedene Exmitglieder des alten Komitees, die jetzt alle anderswo untergekommen waren, gegen Marks »Subjektivismus« protestiert hatten – denn das Wesen jedweden selbsternannten Komitees besteht nun einmal in der Bereitschaft, seine Neueinstufungen und Manipulationen nach nationalen und politischen Kategorien vorzunehmen. Landkarten, auf denen Kriege, Armut, Hunger etc., wie die mittelalterlichen Humores, verzeichnet sind, sind dieser Denkweise ein Greuel. Nach kurzer Zeit schon wurde außer Martha niemand mehr, oder besser gesagt, wurde keiner von den alten Freunden mehr ins Arbeitszimmer gelassen, und sie stellte fest, daß ihre Arbeit überwiegend darin bestand, Informationen in Berichten, Plänen, Zeitungen zu studieren und herauszuziehen, die den Landkarten noch dichtere Ansammlungen bunter Fähnchen bescherten. Ähnliche Arbeit hatte sie vor einem Jahrzehnt für Mrs. Van der Bylt getan, die unter Rubriken wie »Lebensmittelknappheit« vergleichbare Informationen in Aktenschränken aufbewahrte.

Nicht nur die Reaktion derjenigen, die doch noch vor kurzem seine Bundesgenossen gewesen waren, sondern auch die Aufnahme seines neuen Buches klärten Mark darüber auf, daß er über Nacht zum Reaktionär geworden war. Ein Rezensent tat das neue Buch mit den Worten ab: »Wer hat denn heutzutage etwas für Geschichten über gastfreundliche Tory-Mummys übrig, mögen sie auch gut geschrieben sein? Man müßte Mr. Coldridge wohl einmal klarmachen, daß wir in den dreißiger Jahren gegen den Faschismus gekämpft haben.« Der Verfasser kam frisch von der Universität und war ein Bruder eines Freundes von Graham Patten.

Ein Jammer, sagte Mark, daß das Buch nicht früher erschienen ist, und wenn auch nur zwei Jahre – für die damals vorherrschende elitäre Stimmung wäre es gerade das Richtige gewesen. Doch die Lage hatte sich verändert. Dahin waren die Tage des Elfenbeinturms, des l'art pour l'art und so weiter. Der Fortschritt war wieder in Mode gekommen.

Gleichzeitig lief für kurze Zeit ein Stück von ihm, und zwar an dem kleinen Theater *The Red Cockerel,* wo Patty arbeitete. Das war ihre Idee gewesen. Eines Abends hatte er gesagt, wie schade es sei, daß die ganze Arbeit über das Geschwisterpaar Aaron und Rachel und deren düsteres Schicksal umsonst gewesen sei: Es sei ein mißlungenes Buch. Da es zum großen Teil in Dialogform geschrieben war, konnte er es sich durchaus als Stück vorstellen. Patty nahm den Berg der getippten Manuskriptseiten mit und zog zusammen mit einem aufgeweckten Regisseur ein Stück heraus, das von Ereignissen handelte, die zum Widerstand gegen die Nazis im Warschauer Ghetto führten. Doch während sich das Klima der Buchbesprechungen gewandelt hatte, war das beim Theater noch nicht ganz der Fall. Dem *Red Cockerel* hatten sich seit Jahren keine Kritiker genähert, außer mit Herablassung oder Hohn. Marks Stück wurde von den ein, zwei Kritikern, die hingingen, für peinlich, naiv und einfältig befunden. Es wurde vor einem Publikum von zehn, zwanzig, dreißig Leuten gespielt. Doch damals war ihr Publikum sowieso niemals zahlreicher. Der aufgeweckte Regisseur, dem das britische Theater einige seiner interessantesten Arbeiten verdankte, war daran gewöhnt; Mark störte sich nicht sonderlich daran; Patty hingegen sehr –

sie war nach wie vor ein Mensch, der einfach nicht anders konnte.

Unterdessen vollzog sich eine interessante Entwicklung im Hinblick auf *Die Stadt in der Wüste*. Während der ganzen Zeit des Kalten Krieges hatte Mark in den Vereinigten Staaten keinen Verleger finden können: Die Verleger erklärten mit lobenswerter Offenheit, sie würden keinen Kommunisten verlegen. Nun wurde es veröffentlicht und von den Süchtigen der Science-Fiction-Literatur beifällig aufgenommen. Jimmys Roman, sein erster, kam zur gleichen Zeit heraus. Mark begann sich mit Science-Fiction-Autoren abzugeben. Natürlich wurde deren Arbeit in literarischen Kreisen damals nicht ernst genommen, doch er fand, daß ihre Art, die Welt zu betrachten, seiner eigenen näherkam als irgendeine sonst.

Mark war außerordentlich beschäftigt. Vor kurzem noch war er ein Mann, der nie das Haus verließ, außer um in die Fabrik zu gehen, ein Mann, der sich buchstäblich zu Hause verschanzt hatte, und jetzt war er nie mehr zu Haus, außer beim Frühstück, der einzigen Mahlzeit, die er und Martha gemeinsam einnahmen. Beide standen sehr früh auf, aus unterschiedlichen Gründen, und trafen sich in der Küche. Das Kellergeschoß schlief noch – würde noch einige Stunden schlafen. Das Telefon schwieg. Sie verbrachten vielleicht eine Stunde heiterer, liebevoller Vertrautheit miteinander. Ganz wie ein Liebespaar. Außer daß sie jetzt kein Liebespaar waren. Sie waren eher wie ein altes Ehepaar – so scherzten sie.

Es hatte keinen Augenblick gegeben, wo sie gesagt hatten: Nun ist es aus zwischen uns. Doch es war aus. Gelegentlich schliefen sie miteinander, aus Sympathie für einander und weil sie gerade dazu aufgelegt waren. Mark hatte kurze Affären – es kam vor, daß er beim Frühstück nebenher darauf zu sprechen kam. Martha hatte eine Affäre gehabt – mehr aus Neugier als aus echtem Bedürfnis. Sie wollte herausfinden, wie es augenblicklich um sie bestellt war, wie sie Mark erklärte. Die beiden waren sich einig, daß zwar nichts gegen Affären zu sagen sei, daß sie letztlich jedoch nicht viel bedeuteten. Doch fanden sie nicht wieder zu ihrem Liebesverhältnis zurück. Es blieb bei der latenten Möglichkeit, daß sie einander einst wieder lieben würden. Oder daß sie vielleicht immer noch Liebende wären, wenn nicht anderes dazwischengekommen wäre. Doch keiner von beiden war ein Mensch, dem es zu Gebote stand zu sagen: *Wenn doch nur* ... Das hatte man ihnen gründlich ausgetrieben. Da die Dinge so gewesen waren, wie sie gewesen waren, da Mark, da Martha so waren, wie sie waren, hatte nichts anderes geschehen können, und Gefühle des Bedauerns waren nicht angebracht. Mark mochte sagen: Ich muß aufpassen, daß ich mich nicht wieder zum Sankt Georg mache – sein Kürzel für das, so hoffte er jedenfalls, überlebte Bedürfnis, anderen Trost und Unterstützung zu gewähren. Und sie sagte: Naja, manche Frauen sind eben einfach zum Heiraten nicht geeignet. Denn jetzt, wo sie wieder auf den Beinen war, sich nicht mehr mit Mark im Belagerungszustand befand, konnte sie sich keinen Mann vorstellen, mit dem sie verheiratet wäre, keinen Mann, den sie gern heiraten würde. Was seinen Grund in der Tatsache hatte, so nahm sie an, daß sie in bestimmter Hinsicht mit Mark verheiratet war. Das war kein Scherz: Es entsprach in gewissem Sinne der Wahrheit.

Sie waren zwiespältige Menschen: er mit seiner Lynda, die er immer lieben würde, und sie mit – mit dem, was sie während der letzten drei, vier Jahre erworben hatte.

Es sieht so aus, als müsse mit jeder Schlacht mehr gewonnen werden als das Territorium, um dessentwillen sie geführt wird! Sie hatte mehr getan, als sie zu tun vorgehabt hatte. Es war, als hätte sie sich zentimeterweise aus dem Sog schalen, schmutzigen Wassers, einer abgestandenen grauen Trübheit befreit. Eine innere Erfahrung hatte die äußeren, die der schlimmen Zeit, wettgemacht. Sie war jetzt imstande, ganz schlicht zu sagen: Ich bin dafür voll entschädigt worden. Naja, jedenfalls reichlich. Es gab immer noch blinde Flecken, wie sie wußte, hinter denen sich allzu zähe schmerzliche Erfahrungen verbargen, die sich nicht so leicht auflösen ließen. Doch sie konnte ohne Mühe dies oder jenes

Haus, diesen oder jenen Ort, einen Garten oder ein Zimmer betreten und verlassen, Möbelstücke berühren, die genaue Jahreszeit durch das Gefühl, den Geruch des Sonnenlichts oder die Beschaffenheit einer bestimmten trockenen Luft erspüren. Sie konnte diese oder jene Zeit wieder durchleben, wenn sie wollte, so daß die Vergangenheit, wenn sie das wünschte, die Gegenwart umhüllte, durchdrang. Während sie mit Mark beim Frühstück saß, war sie imstande, an dem anderen Tisch zu sitzen, als Kind mit Vater und Mutter zu frühstücken. Wenn sie spät abends mit Mark sprach, kam Thomas ins Zimmer spaziert, und sie konnte ihn sagen hören: Na, Martha? Der Schmerz war nicht länger etwas, das einen verschlang, sondern eine Landschaft, die sie betreten und wieder verlassen konnte. Gefühle des Hasses und des Grolls waren Orte oder Zonen ihres Bewußtseins, die sie aufsuchen, einer Probe unterziehen konnte – wie jemand die Hand ins Wasser tauchen mochte, um herauszufinden, ob es unerträglich heiß ist oder nicht.

Doch (und das war der springende Punkt) dies ganze Ringen, die Anstrengung hatten sie soviel weiter gebracht, als sie erwartet hatte. Auf der niedrigsten Stufe hatte man es mit einem Mechanismus zu tun. Wenn es eine Frage des Überlebens ist, dann steht man an einem übervollen Tag, an dem man hundert Briefe zu erledigen hat und dafür sorgen muß, daß die Lebensmittel für die Kinder geliefert werden, eine Stunde früher auf. Unmöglich, hat man vorher gedacht, eine Stunde früher aufzustehen, so schwerfällig und unbrauchbar und schlaftrunken, wie du um die Zeit bist. Doch man tut es, wenn man muß und es eine Frage des Überlebens ist. Und wenn du nach dem Essen mit deinem Geliebten Brandy trinkst und dich das so benommen macht, daß du vor dem Schlafengehen nicht mehr arbeiten kannst, dann trinkst du weniger Brandy und ißt weniger und gibst sogar deinem Geliebten den Laufpaß, armer Mark, aus ihrem Herzen vertrieben um des – Überlebens willen. Und wenn du dasitzt und nach einem bestimmten Vorfall schürfen, ein bestimmtes Gefühl heraussieben willst und feststellst, daß du zu verkrampft und angespannt bist und die Muskeln dir zu weh tun, um dich konzentrieren zu können, dann machst du Bewegungsübungen, um die Anspannung loszuwerden. Niemals hatte Martha sich gesagt: Ich muß weniger schlafen, ich esse zuviel, ich bin körperlich schlapp, ich darf abends nicht soviel Brandy mit Mark trinken, doch sie hatte, während sie gegen die Finsternis ankämpfte, herausgefunden, daß sie fadentief in Schlaf und Lethargie und Faulheit und so fort versackt war – sie hatte überleben müssen.

Und sie hatte Entdeckungen gemacht. Sie hatte Türen gefunden, von deren Existenz sie nichts gewußt hatte. Sie hatte sich aus der Dunkelheit herausgekämpft, weil sie mußte, und hatte Regionen in ihrem Innern betreten, von deren Vorhandensein ihr nichts bekannt gewesen war.

Sie war wie eine Frau mit einem Geheimnis oder wie eine, die schwanger war, jedoch noch niemandem gesagt hat, daß sie schwanger ist. Doch sie hielt nach Menschen Ausschau, mit denen sie reden konnte, Menschen, die verstehen würden, wovon sie sprach. Denn es war doch gewiß nicht möglich, daß sie der einzige Mensch war, der derlei Entdeckungen gemacht hatte. Wo waren denn die anderen? Sie ging umher und horchte, ließ eine Anspielung, einen Hinweis fallen und wartete auf ein Echo, doch vorsichtig, insbesondere Mark gegenüber, denn sie war immer noch darum besorgt, daß er nicht denken sollte: erst Lynda und nun Martha. Nein, sie hielt nach Menschen Ausschau, die nicht denken würden, daß sie verrückt war.

Unterdessen nahm sie ihr Leben in acht, so daß sie eine freie Stunde vor dem Frühstück haben konnte und vor dem Schlafengehen abends nicht so müde war, daß sie nicht mehr »arbeiten« konnte, wie sie es ausdrückte. Denn sie wußte sehr wohl, daß die Martha, die sie während der letzten paar Jahre geschaffen hatte, zerbrechlich war und leicht wieder in der Dunkelheit verloren gehen konnte.

Was auch der Grund dafür war, weshalb sie nicht den Wunsch hatte, sich nach einem Ehemann umzusehen, wenn sie das Mark auch nicht erklären konnte. Sie war jetzt sechsunddreißig – nein, siebenunddreißig. Wenn sie jetzt keinen Mann fand, würde sie wahrscheinlich überhaupt keinen mehr finden. Doch das war eine abstrakte Überlegung, fast eine bloß formale, die ihr die Konvention eingab, so etwas wie »dem Alter angemessene Kleidung tragen«.

Die Wahrheit war, sie fürchtete die Ehe, wenn sie sie jetzt von außen betrachtete, und konnte gar nicht glauben, daß sie sich je in diesem Zustand befunden hatte. Was für eine Institution! Was für eine absurde Vereinbarung! Derlei Überlegungen stellte sie bei sich selbst an, Überlegungen, die sich ihr im Grunde anboten, insofern sie ihrer Situation durchaus angemessen waren – der einer unverheirateten Frau im noch heiratsfähigen Alter. Sich selbst konnte sie jedoch ganz präzise sagen, was sie fürchtete. Es war die Wiedergeburt der verliebten Frau. Wenn man mit einem Mann zusammen ist, »verliebt« ist oder sich im Zustand der Liebenden befindet, dann erwacht diese hungrige, unersättliche, niemals zur Ruhe kommende Frau, die braucht und wünscht und haben muß. Dies Wesen war mit Mark erwacht. Es konnte erneut erwachen. Denn die unstillbaren Hungergefühle und das Sichverzehren gehören nicht zur oberflächlichen Affäre oder zum freundschaftlichen Sex, sondern zur Ehe und zur »ernsthaften« Liebe. Gott bewahre.

Ausgerechnet die arme Dorothy war es, die das aussprach, die Worte in den Raum stellte, so daß sie sie näher in Augenschein nehmen konnte. Dorothy hatte ständig eine Stelle nach der anderen gehabt und solange verschiedene traurige Männer angezogen, bis sie in einem größeren Schreibwarengeschäft zur Ruhe gekommen war. Sie führte es mit einem Witwer, der beschlossen hatte, sie zu seiner Frau zu machen. Eine Zeitlang liebäugelte Dorothy mit dem Gedanken zu heiraten. Sie behandelte ihn sehr schlecht, wie sie es allem Anschein nach tun mußte, doch er kam wieder und wieder in die Kellerwohnung und konnte offensichtlich an Dorothy nichts entdecken, das nicht in Ordnung war, außer daß sie »Sicherheit brauchte«. Mit ihm war sie kokett, herrisch, eine beleidigte Königin – höchst anstößig mitanzusehen, zumal er gewillt war, sich das gefallen zu lassen. Zu Martha sagte sie in vernünftigem Ton und nicht ohne einen gewissen Humor, der gleichwohl traurig war: »Wenn man an dem Punkt angelangt, wo ein Mann so eine Art *Sache* ist, die dazu dient, einen ruhig zu halten – wissen Sie, was ich meine? Sie wissen schon – man ist schlechter Laune, man möchte nur schreien und mit Tassen schmeißen, und dann denkt man: Warum um Himmels willen schläft er nicht mit mir und stopft mir den Mund... Also, das ist wirklich das Ende von allem, finde ich. Ich meine, wer braucht denn so was?«

Tja, ganz richtig, wenn eine Frau an dem Punkt angelangt ist, wo sie mit einem Teil ihrer selbst die Verbündete des Mannes wird, der das arme, ausgehungerte Weibchen füttert, das in jeder Frau steckt, dann reicht es, ist es an der Zeit, sein Bündel zu schnüren.

Wenn es eine Überlebensfrage ist, kann der unkontrollierbare Sex kontrolliert werden. Und folglich hatte Martha sich der Schar von Frauen angeschlossen, die Affären haben, weil Männer für sie nicht länger die Erforschung unbekannter Möglichkeiten bedeuteten.

Die Möglichkeiten waren ausgeschöpft, lagen anderswo – irgendwo mußte es Menschen geben, die ihr etwas sagen, mit ihr reden, ihr etwas erklären konnten.

Martha durchwanderte London, ging auf Partys, sah sich um, hörte zu. Die Stadt hatte ihre graue Schäbigkeit verloren; jene schmutzige, zerstörte, kriegsgeprägte Stadt, in der sie angekommen war, wo das Essen ungenießbar, die Kleidung scheußlich war und die Menschen die Manieren einer drangsalierten Minderheit hatten – die gab es nicht mehr. Eine frische, sanfte Luft fächelte durch ihre Straßen, blies Farbe auf die Häuserwände, Lächeln auf die Gesichter, hob und versilberte die Blätter an den Bäumen. Es gab Läden, die Kleider verkauften, die man gern trug: Kleider zum Vergnügen, zum Spaß. Es gab überall Cafés, die trinkbaren Kaffee servierten und wo die Leute saßen und plauderten. Sie lief durch diese Stadt und hielt sich dabei das Bild der einstigen Stadt vor Augen, so daß eine lange Straße voller schick erleuchteter Gebäude hinter sich oder in sich eine Allee von alptraumhafter Verkommenheit barg, Dunkelheit und Helligkeit gleichzeitig, wobei das Licht eine äußerst zerbrechliche Hülle über lastender Dunkelheit abgab, denn diese hinfälligen alten Rümpfe waren gerade nur eben mit Farbe betupft worden: Hinter einer frisch wirkenden Oberfläche verbarg sich eine lastende Schäbigkeit, die zu zerbröckeln und vornüberzusinken drohte, wie das Haus in der Radlett Street, unter dessen weißen Außenflächen sich ein Bau verbarg, der von Krieg und Nässe angegriffen war. Und wohin man blickte, fieberhafter Wiederaufbau. Selbst wenn man auf den Plätzen herumging, die ein Synonym für Dauerhaftigkeit, Stabilität waren, war es, als bewegte man sich inmitten eines Erdbebens, das in Zeitlupe ablief. Irgendwo hat man im Hinterkopf eine bestimmte Vorstellung von einer Stadt, eher von einem Stadtzentrum, einem festgefügten Ding, das sich in Zeitlupentempo bewegt, nicht unähnlich dem Bild einer Stadt, wie Mark es entworfen hatte, wo die Straßen von Norden nach Süden und von Osten nach Westen verliefen und man sich generationenlang auf bekannte Wahrzeichen beziehen konnte. London jedoch wogte auf und ab, Häuser nahmen eine andere Gestalt an, brachen zusammen, ganze Straßen gingen in Schutt unter, und pfeilförmige Gebilde aus Beton reichten in die Wolken hinauf. Selbst die Straßendecke war niemals glatt, lag immer »offen«, wurde verändert, von Schaufeln durchdrungen, von Kratern durchlöchert, während Männer die feuchte Erde nach verworrenen Leitungen durchwühlten, denn es sah so aus, als gehöre die Vorstellung, eine große Stadt oder überhaupt eine Stadt verändere sich langsam, ja sei beinahe dauerhaft, einer Vergangenheit an, als man nicht so viele Röhren, Kabel, Kanäle und so viele verschiedene Maschinen gebraucht hat, um sie in Gang zu halten. Im Zeitraffer mußte eine Stadt jetzt aussehen wie ein Springbrunnen mit Schuttfontänen, die zwischen gewaltigen Maschinen in Kaskaden niedergingen, während die Gebäude vorübergehend Gestalt annahmen, ihre Farbe wechselten wie Pflanzen, sich wieder auflösten und erneut Gestalt annahmen.

Die alte Stadt war überall in Bewegung. Erregend. Genau der richtige Rahmen für die »Affäre«, die man mit Mark aufs angenehmste am Frühstückstisch erörtern konnte. Obwohl eigentlich kein besonderer Grund vorhanden war, weshalb man überhaupt eine haben mußte, weil für sie doch nun erwiesen war, daß die Hunger- und Mangelgefühle anderswohin gehörten.

Dies und ähnliches erörterten sie geradeso wie auf Bewährung entlassene Gefangene, die sich treffen und Bemerkungen über die Annehmlichkeiten austauschen, denen sie draußen, in der Freiheit, begegnet sind.

Denn keiner von beiden glaubte, daß dieser bequeme, sympathische, vergnügliche Zustand andauern würde.

Wie sollte so etwas auch andauern? In der Vergangenheit war das noch nie der Fall gewesen. Sie mußten also das Beste daraus machen, genießen, so lange es ging, und sie vor allem mußte alle verfügbare Zeit für ihre »Arbeit« nutzen, die stillen Stunden mit sich allein in ihrem Zimmer.

Der Aufruhr kam nicht von Lynda, wie sie erwartet hatten, sondern von den Kindern, die so lange Menschen gewesen waren, die über die Ferien oder übers Wochenende kamen, jedoch nicht wirklich im Haus lebten.

Paul kam als erster nach Hause.

Wäre er auf einer gewöhnlichen Schule gewesen, hätte man sagen können, er sei geflogen. Progressive Schulen werfen jedoch keine Kinder heraus: Das wäre schlecht für ihr »Image«. Weit häufiger jedoch als gewöhnliche Schulen »baten sie Kinder, die Schule zu verlassen«. Paul war schon einmal darum gebeten worden. Er stahl. Er hatte gestohlen (oder geklaut, um es weniger gewichtig auszudrücken), seit er dort war. Erst Kleinigkeiten wie Süßigkeiten und Socken und Krawatten, dann, als er größer wurde, Füllhalter und Fahrradpumpen und kleine Geldbeträge. Dann organisierte er mit ein paar Freunden kleine Diebstähle in den Läden des Dorfes unweit der Schule. Damals, das Ganze lag zwei Jahre zurück, hatte es eine gewaltige Szene gegeben; man hatte Paul angedroht, daß man ihn bitten würde, die Schule zu verlassen, und erst war Mark, dann Martha hingefahren, um eine Reihe von Gesprächen mit dem Kollegium und mit Paul zu führen.

Gespräche mit Paul verliefen ungeheuer offen, was sie, da sie als Erwachsene keinen Augenblick seine schmerzliche Geschichte vergessen konnten, als geradezu brutal empfanden. Paul gegenüber befand man sich immer in der Position, brutal sein zu müssen.

Er war etwa neun gewesen, als Martha ein Gespräch zwischen ihm und ein paar Freundinnen im gleichen Alter mitangehört hatte. Sie hatten alle draußen vor einem Fenster auf einer Gartenbank gesessen, während sie drinnen am Fenster saß.

Ein kleines Mädchen sagte: »Paul, du kannst nicht Marcias Freund sein.«

Paul sagte: »Wieso denn nicht, wenn ich Lust dazu habe?«

Ein anderes kleines Mädchen: »Dein Temperament verträgt sich nicht mit dem von Marcia.«

Erstes kleines Mädchen: »Du paßt nicht zu ihr.«

Paul: »Ihr seid doch nur eifersüchtig. Ihr wollt mich selber als Freund.«

Zweites Mädchen: »Ja, das stimmt, Rosie, das willst du doch nur, aber ich nicht. Ich will dich nicht als Freund, Paul, ich habe schon einen Freund für das Trimester.«

Paul: »Ich will keine von euch beiden. Aber ich bin Marcias Freund.«

Erstes kleines Mädchen: »Das wird nicht lange halten.«

Paul: »Hab ich vielleicht gesagt, daß es lange halten soll? Was hält schon lange!«

Da das die Atmosphäre war, in der er aufwuchs, war das Gespräch zwischen Paul und Martha bei der Gelegenheit ganz offen.

Paul: »Wenn ich stehle und es nicht zugebe, dann stehle ich Liebe. Das weiß doch jeder.«

Martha: »Die Ladeninhaber sehen das aber anders.«

Paul: »Die haben doch jetzt schon jahrelang eine progressive Schule vor der Nase, da ist es Zeit, daß sie umlernen.«

Martha: »Dein Direktor sagt, du mußt von der Schule runter.«

Paul: »Ich gehe aber nicht runter. Das ist genauso meine Schule wie seine.«

Martha: »Ich glaube nicht, daß er das auch so sieht.«

Paul: »Aber das sagt er doch die ganze Zeit.«

Martha: »Im Augenblick sagt er nur: Hör auf zu stehlen, oder geh von der Schule ab.«

Paul: »Wenn mich nie einer liebt, dann muß ich stehlen.«

Martha: »Dann wirst du, fürchte ich, von der Schule müssen.«

Paul: »Dann meint er also, das ist ebenso sehr meine Schule wie seine, solange ich tue, was er will!«

Martha: »Solange, wie du dich so benimmst, daß er keine Scherereien mit der Schulbehörde bekommt.«

Paul: »Wieso soll ich denn so sein, wie die Schulbehörde das will?«

Martha: »Du kannst euer Schulsystem reformieren, wenn du erwachsen bist.«

Paul: »Lynda liebt mich. Sonst keiner.«

Martha: »Sagt die vielleicht, daß du stehlen sollst?«

Paul: »Sag ihr, daß ich sie lieb habe. Nur *sie*.«

Martha: »Werde ich machen. Doch denk besser mal tüchtig nach, Paul. Du kannst unter einer Bedingung hierbleiben: daß du nicht wieder stiehlst. Es liegt ganz bei dir.«

Paul (schreit): »Das ist ungerecht, das ist ungerecht!«

Martha: »Wer hat denn behauptet, daß es gerecht ist? Was ist schon gerecht? Wiedersehen. Am besten rufst du Mark heute abend an und sagst ihm, wie du dich entschieden hast.«

Am selben Abend schickte er ein Telegramm mit dem Wortlaut: Ich beuge mich der Erpressung. Alles Liebe für Lynda. Paul.

Ein paar Trimester lang vorbildliches Betragen, doch seine

Leistungen waren sehr schlecht – plötzlich war er unter den Letzten der Klasse.

Mark sagte: »Du schmollst doch nur. Was du damit sagen willst, ist doch: Wenn ich nicht stehlen darf, dann arbeite ich auch nicht.«

Paul erwiderte: »Ich kann jederzeit arbeiten, wenn ich Lust habe, ich muß nicht, wenn ich nicht will.«

Dann kam ein Anruf von der Schule. Paul hatte mit zwei Freunden einen regelrechten Einbruch in einen Laden organisiert. Er hatte Waren im Wert von etwa 500 Pfund gestohlen. Der Einbruch, so die Polizei, »hätte das Werk eines professionellen Diebs sein können«. Die Kinder hatten Dinge gestohlen wie Tonbandgeräte, Kameras, Plattenspieler: Die Schule war förmlich davon überschwemmt worden. Sie hatten es nicht geschafft, die Sachen in aller Stille zu verkaufen, obwohl sie es versucht hatten.

Und nun wurde Paul gebeten, von der Schule abzugehen. Seine beiden Komplizen waren bereits abgegangen, da ihre wütenden Eltern sie heruntergenommen hatten.

Mark fuhr hin, um Paul mit dem Wagen abzuholen, kam jedoch ohne Paul zurück. Er hatte sich geweigert, einzusteigen, hatte auf dem Bett gesessen und geschmollt. Er sagte, er würde nicht abgehen.

Martha fuhr hin. Wie sie es schon so viele Male getan hatte, überquerte sie die grünen Sportplätze, ging an alten Häusern vorbei, die in Schulgebäude umgewandelt worden waren, sah die Scharen buntgekleideter Kinder in der sanften englischen Luft herumjagen und -wirbeln. Ein Junge blieb stehen, als er sie sah, und sagte, Paul lasse ihr etwas ausrichten: Er sei bereit, auf der und der Bank mit ihr zu sprechen.

Martha gelangte zu einer Bank unter einer Esche, von der aus man einen Blick auf ein Spielfeld hatte, das voller kricketspielender kleiner Jungen war, und wartete. Dann fand sich ein heftig schmollender Paul ein.

»Du mußt abgehen, das weißt du doch.«

»Ich gehe aber nicht.«

Neben ihr saß ein schmächtiger, gelenkiger, schwarzäugiger Junge, düster und schmollend. Er trug die Uniform seines Alters: Jeans und Pullover.

»Wenn du nicht mit nach Hause kommst, dann zwingen sie dich.«

»Das ist nicht mein Zuhause.«

»Du hast nun mal kein anderes.«

»Und wenn ich es nicht will?«

»Pech für uns. Was hast du statt dessen vor?«

»Wenn ich alt genug bin, dann laufe ich weg.«

»Wenn du alt genug bist, kannst du das tun.«

»Dann gehe ich zu meinem Vater nach Moskau.«

»Falls er in Moskau ist.«

»Falls er nicht tot ist, willst du wohl sagen.«

»Vielleicht ist er das, ich weiß es nicht.«

Eine lange Pause. Er beobachtete genau wie sie die Kinder beim Kricketspielen. Er war selbst ein guter Spieler.

»Du dachtest wohl, die schmeißen dich nicht raus, weil sie dich so sehr für die professionelle Leistung bewundern, die du da vollbrachst hast.«

Ihr blinder Versuch traf ins Schwarze. Er fuhr herum, in seinen schwarzen Augen stand der blanke Haß.

»Stimmt das etwa nicht?«

»Ich gehe nicht von der Schule.«

»Ich kann mir nicht vorstellen, daß sie dich von der Polizei abholen lassen.«

»Das ist meine Schule, das können die gar nicht.«

»Du wußtest doch, daß sie dich rauswerfen würden, wenn du es noch mal machst.«

Und dann kam der Augenblick der Niederlage. Er sackte zusammen, ein Häufchen Elend. Er hatte es nicht gewußt – er hatte es nicht geglaubt: Das war doch gar nicht möglich, daß sie ihn hier, wo er sein richtiges Zuhause hatte, oder jedenfalls war es das für ihn, rausschmeißen konnten.

»Wenn nicht noch zwei andere in die Sache verwickelt wären, wenn die anderen beiden nicht hätten abgehen müssen, dann mag sein, daß man es hätte ausbügeln können. Doch so nicht. Das wäre nicht fair, wenn du hierbliebest, das mußt du schon einsehen.«

»Fair!« schrie er.

»Ja, also kommst du nun mit? Die Sachen können sie dir nachschicken.«

»Nein.«

Er stand auf und stürzte zum Hauptgebäude zurück, in langen Sätzen wie ein gehetztes Wild. Er bewegte sich außerordentlich graziös. Als er an einer Gruppe von Kindern vorbeikam, die ihn grüßte, grüßte er mit einer Handbewegung und einem Ruf zurück.

Martha kehrte nach Hause zurück. Anrufe bei der Schule ergaben, daß er stumm auf seinem Bett saß. Einen Teil des Diebesguts hatte er ringsherum aufgetürmt. Er wartete. Wahrscheinlich auf die Polizei. Direktor und Kollegium redeten auf ihn ein, doch er gab keine Antwort. Er brachte die Erwachsenenwelt in eine Lage, wo sie sich irgendwann genötigt sähe, ihn mit körperlicher Gewalt zum Auto oder zum Zug schaffen zu lassen. Möglicherweise wartete er sogar darauf, daß die Polizei ihn nach Hause oder ins Gefängnis schaffen würde. Fürs erste jedenfalls saß er da.

Unterdessen sollten Francis' Ferien beginnen. Er war ein Jahr in Eton gewesen. Es gefiel ihm dort nicht, doch er hatte es selbst gewählt.

Jahrelang hatte er zwei oder drei Tage vor den Ferien angerufen und gefragt: »Kommt Paul?«

»Ja.«

»Dann fahre ich zu den Butts.«

Oder: »Nein, er verbringt die Ferien bei Freunden.«

»Ich komme mit dem Zug um elf Uhr zwölf.«

Es war nie diskutiert, zum Thema gemacht, offen geäußert worden. Mit Paul wurde alles beredet. Francis gegenüber konnte man überhaupt nichts äußern, mußte man vorsichtig, taktvoll, indirekt sein. Und Mark, der Paul gegenüber ungezwungen und offen war, konnte mit seinem Sohn überhaupt nicht reden.

Francis rief an. Er sagte: »Stimmt das, daß Paul von der Schule geflogen ist?«

»Ja.«

»Dann kommt er also nach Hause?«

»Vermutlich. So, wie es jetzt aussieht, wird er auf eine Tagesschule gehen.«

»Er ist also ein Dieb!«

»Ja, das ist er.«

Ein langes abwartendes Schweigen. Einer plötzlichen Regung folgend, sagte Martha: »Francis, ich finde, du solltest nach Hause kommen.«

Er sagte nichts. Doch er legte nicht auf.

Sie sagte: »Bitte, Francis.«

»Wenn das so ist, muß ich wohl.« Doch es klang erfreut. Hatte er darauf gewartet, daß man ihm das befahl?

Zwei Tage später war er da und ergriff Besitz von seinem Zimmer.

Mark stand eine Weile herum, sah seinen Sohn hilflos an, und Francis war höflich und sagte Ja und Nein, bis Mark ging.

Doch er wartete.

Francis war jetzt dreizehn. Er war ein kleiner Erwachsener, kein Kind. Er sah aus wie Mark. Wenn beide sich in einem Zimmer aufhielten, dann sah man Mark und seine kleinere Ausgabe, einen dunkelhaarigen, rundlichen, verschlossenen Jungen. Er war noch nicht in der Pubertät, war noch nicht aufgeschossen in das Stadium des linkischen, teils werbenden, teils abweisenden Charmes.

Innerhalb der letzten fünf Jahre konnte er nicht mehr als ein halbes Dutzend Monate in diesem Haus, seinem Zuhause, verbracht haben. Wenn er hier war, hatte er sich immer unerträglich brav benommen. Er benahm sich auch jetzt unerträglich brav. Martha fiel der kleine Junge wieder ein, der sich nächtelang in den Schlaf geweint hatte. Ob er sich daran erinnerte? Erwachsene schauen Kinder an und fragen insgeheim: Erinnerst du dich? Als ob das eine Rolle spielte, ob sie sich an dieselben Dinge erinnern oder nicht.

Doch er war da, wenn er auch in dieser Lakaienuniform eingetroffen war, von der er sagte, sie sei ihm unangenehm.

Martha und er saßen am Küchentisch. Sie goß Tee ein und bot belegte Brote an und wartete, wie man das tun mußte, auf den Augenblick, wo er irgendeinen Hinweis geben würde, was gesagt werden sollte.

Schließlich sagte sie: »Es sieht ganz so aus, als ob Paul jetzt hier leben wird – ständig.«

Er sagte nichts. Dann fragte er geradezu höhnisch, wie es dem Dünkel seiner Erziehung entsprach: »Eine Tagesschule?«

»Ja. Kein Gesetz schreibt vor, daß ein Junge auf ein Internat gehen muß.«

Wenn derlei vorschnelle Reaktionen abgeklungen waren, war er wieder er selbst; er hatte dem Tribut gezollt, was man ihn gelehrt hatte. Nun schien er nachzudenken.

»Na, wahrscheinlich gibt es auch gute.«

»Das würde mich wundern, wenn wir ihn an einer guten unterbringen könnten.«

»Ich habe bestimmt kein Mitleid mit ihm«, murmelte er unglücklich und errötete.

»Das heißt, du hast welches?«

»Ach, dem geht's bestimmt gar nicht schlecht.«

Erneutes Schweigen. Wieder wurde Tee eingegossen, und er machte sich Toast.

Er hatte ihr den Rücken zugekehrt, als er sagte: »Lynda freut sich bestimmt, wenn Paul die ganze Zeit hier ist, wie?«

Damit war der Augenblick gekommen. Er war da, wo er hinwollte. Sie sagte: »Bist du eigentlich nie auf den Gedanken gekommen, daß deine Mutter so etwas wie ihren Liebling aus Paul gemacht hat, weil sie dich nie zu sehen bekommt?«

Für Paul wäre diese Bemerkung nicht mehr gewesen, als was er als täglichen Umgangston von seiner Schule her gewöhnt war. Für Francis war es zu direkt.

Er ließ den Toast verbrennen, ließ ihn fallen, warf ihn dann in den Abfalleimer und setzte sich wieder hin. Er hatte sich dazu zwingen müssen, statt die Küche überhaupt zu verlassen. Er war jetzt bleich von der Anstrengung, auszuharren und sich Martha zu stellen.

Sie sagte: »Sie ist doch deine Mutter, nicht die von Paul.«

Er brabbelte: »Na, vielen Dank, doch davon merkt man herzlich wenig.« Dabei sah er sie jedoch flehend an.

»Warum gibst du dir nicht ein bißchen Mühe?«

Er stand auf und ging hinaus. Sie blieb niedergeschlagen zurück. Das war sinnlos gewesen, schloß sie. Doch einen Augenblick später kehrte er zurück, hatte sich dazu durchgerungen. Er setzte sich allerdings nicht hin.

»Aber wenn er jetzt die ganze Zeit hier ist!«

»Das ist doch kein – Wettbewerb. Sie ist deine Mutter. Du bist ihr Sohn.«

»Das sagt sich so leicht!«

»Und es gibt keinen Grund für dich, in Eton zu bleiben, wenn es dir nicht gefällt, das weißt du ja.«

»Habe ich denn gesagt, daß ich da weg will?«

»Nein, aber es gefällt dir doch nicht, oder?«

»Ich glaube nicht, daß einem das überhaupt gefallen soll«, sagte er ernsthaft und wollte eine Antwort.

»Na – weshalb sollte man denn keinen Spaß an seiner Schule haben? Schließlich wirst du ja noch lange Zeit hingehen, wie?«

Diesmal drehte er sich nach einem Augenblick, als es schien, er könnte wieder hinausgehen, zur Begutachtung einmal um sich selbst und führte ihr seinen Anzug und dessen Lächerlichkeit mit einem Ernst vor, der von Spott nur eben überdeckt wurde.

»Ist das etwa komischer als andere Sachen?« wollte er wissen.

»Wenn du möchtest, können wir uns ja mal nach Schulen in London erkundigen, die – geeignet sind.«

Sie meinte damit: Nicht solche, die du nach dieser Grundschule und einer kleinen Dosis Eton für allzu ausgefallen halten würdest. So verstand er sie auch.

»Ja, gut«, sagte er.

»Warum ziehst du diese Kluft nicht aus? Schließlich sind doch Ferien.«

»Ich dachte, das wär genau die richtige Aufmachung für einen Besuch bei Lynda.« Der spöttische Ton tat ihnen beiden gleichermaßen weh. Er lächelte erschreckt und verließ rasch die Küche. Ein paar Minuten später hörte sie ihn herunterkommen und zur Kellertür gehen. Er klopfte. Lyndas Stimme rief von drinnen: »Herein!«, und er ging hinunter.

Ein paar Stunden später kehrte er in die Küche zurück, wo Martha das Abendessen zubereitete.

Er hatte sich für den Besuch umgezogen, trug normale Kleidung und sah sehr müde aus.

»War Lynda allein?«

»Ich wäre nicht geblieben, wenn dieses Weib dagewesen wäre«, erklärte er und erwähnte diesen Gesichtspunkt zum erstenmal.

»Lynda braucht sie.«

»Geht es meiner Mutter besser?«

»Unverändert, würde ich sagen.«

»Sie ist verrückt«, brachte er heraus, und er sah Martha aufmerksam wartend an, um auch noch den kleinsten Krümel Information zu erhaschen, den ihre Miene ihm liefern würde. Von ihren Worten versprach er sich überhaupt nichts, sagte dieser begierige Blick.

»Aber das ist doch nur ein Teil ihrer Person, Francis.«

Er suchte ihr Gesicht ab, beugte sich sogar vor.

»Und ausgesucht hat sie sich das auch nicht.«

»Ich kann daran doch nichts ändern, oder? Wenn Paul mit dieser Uniform runtergegangen wäre, dann hätte sie das bestimmt lustig gefunden.«

»Hast du Lynda in der Uniform nicht gefallen?«

»Ich glaube nicht. Aber wenn Paul mit der käme, dann würden die beiden sich richtig darüber amüsieren.«

»Ja, aber Paul ist ja auch nicht ihr Sohn.« Sie sagte das mit Nachdruck und betonte es noch, indem sie sich vorbeugte und ihr Gesicht seinem eindringlichen Blick aussetzte.

»Ich glaube, wenn sie mit mir zusammen ist, geht's ihr nur schlechter«, sagte er, sehr blaß. Ihm schien schlecht zu sein. Er trat ans geöffnete Fenster.

»Ja, warum gibst du dir denn nicht mal ein bißchen Mühe – gib ihr doch eine Chance.«

»Na gut«, sagte er, »aber nur, solange die Ferien dauern.«

Drei Wochen lang gab sich Francis also Mühe. Und Lynda ebenfalls. Francis mochte Dorothy nicht. Folglich bat Lynda Dorothy, sich woanders aufzuhalten, wenn Francis herunterkam. Das ging so weit, daß sie Dorothy bat, sich für den Abend etwas vorzunehmen – spazieren zu gehen oder ins Kino. Es kam zu schrecklichen Szenen zwischen den Frauen: Man hörte, wie sie einander anschrien. Dann wurde geweint, und einige Gegenstände gingen zu Bruch.

Francis kam oft zu Martha herauf und saß dann da und beobachtete ihr Gesicht, als könne der Druck seines Unglücks sie zu einem Kommentar zwingen, der den Knoten lösen, verschwinden lassen würde.

»Ich finde, am besten, du läßt nicht locker«, sagte Martha.

»Ja, gut.«

Wenn Mark nach Hause kam, blieb Francis noch ein Weilchen und verlagerte seinen scharfsinnigen, ironischen Blick auf das Gesicht, das dem seinen so ähnlich und wie das seine so sehr auf der Hut war, wenn es um Gefühle ging. Nach einer Weile ging er unter irgendeinem Vorwand in sein Zimmer.

Eines Abends, als Mark nicht da war, kam er mit einem großen Buch in Marthas Zimmer. Er legte es auf einen Tisch und stellte sich dann daneben, um umzublättern. Sie trat zu ihm. Es war ein Buch mit unbeschriebenen Seiten und darin klebten seine Fotos und Presseausschnitte.

Er wollte, daß sie es sich ansah, und sie blätterte es durch.

»Du hast ein Abonnement bei einem Ausschnittdienst?«

»Ja.«

»Seit wann?«

»Seit es losging.«

Die Ausschnitte begannen im Jahr 1949. Seite um Seite des großen Buches war vollgeklebt mit dem, was die Zeitungen während der schlimmen Zeit über Mark gesagt hatten. Darunter war nichts, was nicht wehtat, und es war nicht auszudenken, was das auf die Dauer bei einem kleinen Jungen bewirken mußte, wenn er so etwas über seinen Vater las. Martha war entsetzt – sie mußte damit erst mal fertig werden. Sie setzte sich, zündete sich eine Zigarette an, und nun war es an ihr, ihn ratlos und hilfesuchend anzusehen.

Er blätterte unterdessen weiter um. Sie sollte noch weiter hineinsehen. Als sie nicht aufstand, trug er das Buch zu ihr und legte es ihr aufgeklappt auf den Schoß. Er war bei den letzten Seiten, die bereits voll waren, bei den Rezensionen des kürzlich erschienenen Buchs, die er unter dessen Titel, *Zu Gast bei einer Dame der Gesellschaft*, eingeklebt hatte. Darunter hatte er geschrieben: Meine Großmutter.

Es waren Rezensionen, die zum größten Teil besagten, daß Mark nicht auf der Höhe der Zeit sei, reaktionär und derlei Dinge.

»Hat mein Vater seine Meinung geändert?«

»Worüber, Francis?«

»Über den Kommunismus.«

»Ich glaube nicht, daß seine Meinung sich geändert hat – also nicht das, was er denkt. Was er fühlt hingegen schon.«

Er sah sie forschend an.

»Aber er ist jetzt nicht mehr Kommunist?«

»Er ist nie einer gewesen.«

Er nahm ihr das Buch ab, schloß es behutsam und setzte sich dann ans Fußende ihres Bettes. Er schaute auf den Baum draußen. Der alte schwarze Kater, der für seinen schmalen Schoß zu groß war, rollte sich neben ihm zusammen. Der Kater war genauso alt wie Francis: Er war ins Haus gekommen, als Francis geboren wurde. Er war Francis' Kater. Er streichelte ihn mit einer Hand und sah verloren aus.

»Dein Vater hat seinen Bruder geliebt«, sagte Martha.

»Ich verstehe es nicht«, sagte Francis rundheraus.

Martha erlebte zutiefst betroffen die seelische Kapitulation, zu der man genötigt ist, wenn die Jüngeren sich der Vergangenheit der Älteren bemächtigen, sie für ungültig erklären, wenn man so sagen kann, oder sie jedenfalls aus der Gestalt herauszerren, die sie bis dahin gehabt hat.

Sie sagte abweisend: »Es gibt ja auch nicht den geringsten Grund, weshalb du das verstehen solltest«, und setzte in mildem Ton hinzu: »Mark ist wirklich ziemlich beständig: Er ist immer seiner eigenen Linie gefolgt – es steckt eine seelische Logik darin. Was sich ändert, ist der – *Zeitgeist* oder wie immer man es ausdrücken will.«

»Ja, *schon*«, sagte er heftig, »aber das ist doch nur so ein verdammter *Witz.*«

»Es hätte leicht kein Witz mehr sein können«, sagte sie warnend und folgte damit ihrem Wissen, dem Wissen ihrer Generation, die erfahren hatte, was alles möglich ist. Er schaute sie jedoch ausdruckslos an, da das nicht einmal entfernt mit dem zu tun hatte, worauf es ihm ankam, nahm nach einer Weile das Buch an sich, *die Anklageschrift*, wie Martha es insgeheim nannte, ein eher trauriger Scherz, und ging damit hinaus.

Am nächsten Tag, als er wieder zur Schule zurück mußte, sagte er, er wünsche sich eine Liste der Schulen, die weder traditionelle Internate noch »wüst« progressiv seien.

Außerdem sagte er, er würde künftig über die Ferien nach Hause kommen. »Das muß ich ja wohl mal für eine gewisse Zeit«, sagte er auf diese hilflose Art, mit der er seine Standpunkte zu umreißen pflegte. »Aber auf eine Tagesschule kann ich nicht gehen. Ich kann das hier nur in kleinen Dosen verkraften. Allzu viel ist ungesund.«

Daß er imstande war, sich so zu äußern, relativ offen und direkt, zeigte, was die kurze Ferienzeit bewirkt hatte. Er war Pauls Offenheit ein gutes Stück näher gekommen.

Dann kehrte Francis für sein letztes Trimester nach Eton zurück.

Und Paul kam nach Hause, denn für ihn fingen nun die Ferien an. Er hatte fast einen Monat damit verbracht, entweder auf dem Bett zu sitzen oder den Erziehern die Stirn zu bieten, indem er in der Schule herumstolzierte, als stünde ihm das zu, und an den Mahlzeiten teilnahm. Zum Unterricht war er nicht gegangen – doch dazu wurden die Kinder dieser Schule nicht gezwungen, obwohl sie es alle taten, außer in solchen Augenblicken der Krise, und er hatte sich nicht davon abbringen lassen, an den Schulgottesdiensten teilzunehmen, einem Amalgam aus einem Dutzend christlicher Sekten, abgehalten von einem Lehrer. Er hatte um diese religiösen Exerzitien bislang einen Bogen gemacht, doch in diesem Monat versäumte er keine einzige. Es war nicht anzunehmen, daß der Schule seine Botschaft entgangen war. Er kam nach Hause, weil nun die Ferien anfingen, und da fuhren ja alle nach Hause. Er war nicht rausgeworfen worden, und er konnte sagen, man habe ihn zwar »gebeten, von der Schule abzugehen«, er habe es jedoch nicht getan.

Dorthin zurückkehren würde er jedoch nicht. Er wußte, daß er früher oder später auf eine andere Schule mußte.

Nun knisterte er geradezu vor Kampflust. Die Schule, sein Zuhause, war ihm verschlossen: Man hatte ihn im Stich gelassen, so empfand er es jedenfalls. Und die Buschtrommel, mittels derer das junge Volk sich von Schule zu Schule verständigte, hatte ihm zugetragen, daß Francis die ganzen Ferien zu Hause verbracht hatte, was bislang noch nicht ein einziges Mal der Fall gewesen war.

Sowie er eingetroffen war, ging Paul ins Kellergeschoß, um Lynda zu besuchen. Er traf sie mit einer Migräne im Bett an. Sie war kaum imstande zu sprechen. Paul verstand nur zu gut. Er schrie sie mit seiner schrillen Stimme an: »Na also gut, ich hasse dich, ich hasse *dich* auch!« Und er raste nach oben in sein Zimmer und schloß sich ein.

Lynda war auch weiter krank. Sie war zwar nicht kränker, als sie es häufig war, doch Dorothy, die sich um Francis' willen verraten und geopfert fühlte, wollte ihr nicht helfen. Vorher hatte Dorothy Lynda, wenn sie krank war, gepflegt, mit ihr gelitten, neben ihrem Bett gesessen. Jetzt gab Dorothy sich überaus beschäftigt.

Lynda, für die Francis' Anwesenheit eine Tortur vergeblicher, schuldbewußter Liebesmüh gewesen war und die sich mehr angestrengt hatte als sonst je in ihrem Leben, hatte sich zwar nach dem Augenblick gesehnt, wenn er in die Schule zurückkehren würde. Doch erklärte sie Martha, sie sei glücklicher als je zuvor. Sie wußte, daß sie jetzt, wo Francis sich ebenfalls bemühte und sie und das Kellergeschoß nicht länger als verbotenes Gebiet, »unrein wie die Aussätzigen«, behandelte, lernen konnte, mit ihm zusammen zu sein, sich nicht krank zu fühlen oder aufzuregen. In den nächsten Ferien, meinte sie, würde alles schon viel besser gehen. Jetzt mußte sie sich erholen.

Und sie brachte die nötige Energie für Paul nicht auf. Sie opferte Paul, ihren Spielgefährten, um ihres Sohnes willen. Sie war sich darüber völlig im klaren. Und als Paul, nachdem er ein paar Tage in seinem Zimmer geblieben und nur nachts heimlich nach unten gegangen war, um sich etwas zu essen zu holen und sich wieder zurückzuziehen, ehe ihn irgend jemand ansprechen konnte, ins Kellergeschoß gestürzt kam, um zu toben und zu flehen und anzuklagen, schloß sie einfach ihre Schlafzimmertür ab und zog sich die Bettdecke über den Kopf.

Ein paar Tage, nachdem Paul nach Hause gekommen war, stahl Lynda sich eines Morgens aus dem Haus, fuhr zu Dr. Lamb und verlangte, wieder in die Klinik eingewiesen zu werden. Wenn er es nicht tue, erklärte sie, dann würde sie wahrscheinlich Dorothy umbringen. Sie wollte jedoch nicht in die Klinik zurück, in der sie vorher gewesen war, weil sie Mark die Kosten ersparen wollte. Eine gewöhnliche staatliche Klinik tue es auch. Sie fuhr von Dr. Lambs Praxis direkt in die Klinik, und Martha schickte ihr nur ein paar Sachen. Dorothy saß wie ein Häufchen Elend im Kellergeschoß und war selbst von einem Zusammenbruch nicht weit entfernt.

Es stellte sich heraus, daß Lynda Dorothy gestützt hatte und nicht, wie sie sich eingebildet hatten, Dorothy dafür gesorg hatte, daß Lynda einigermaßen zurecht kam. Jedenfalls blieb Dorothy, die eine Stelle gehabt und ihre traurigen Verehrer zappeln lassen hatte, jetzt im Kellergeschoß, und zwar überwiegend im Bett.

Wenn Martha und Mark jetzt nach unten gingen, trafen sie nicht mehr auf ein Gespann von zwei Frauen, die sich bemühten, ihr prekäres Gleichgewicht zu wahren, sondern eine redselige, rachsüchtige Dorothy, die sich im Stich gelassen fühlte.

Alle möglichen Dinge stellten sich heraus. Da waren die Tabletten. Im letzten Jahr hatte Lynda die Tabletten abgesetzt. Sie war zu dem Schluß gekommen, daß es keinen Sinn hatte zu leben, wenn sie nicht ohne auskommen konnte. Denn wenn sie mit Hilfe der Tabletten lebte, die sie von der Klinik bekam, den Schlaftabletten, den Beruhigungsmitteln, den Aufputschmitteln und was es noch alles gab, dann war sie niemals »sie selbst«. »Nicht, daß die einem zur Gewohnheit würden, man kann einfach nicht mehr ohne sie auskommen«, erklärte Dorothy mit dem ätzenden Humor, der im Kellergeschoß gang und gäbe war, wenn es »munter« war und nicht »krank« und in Aufruhr. Nachdem sie die Tabletten abgesetzt hatte, hatte Lynda schlecht geschlafen, war anfällig und reizbar geworden: Sie hatte mehrmals angefangen, sie wieder zu nehmen, und dann erneut aufgegeben. In diesen Kampf war Francis mit seiner Entschlossenheit hineingeplatzt, Anspruch auf seine Mutter und sein Zuhause zu erheben. Lynda war immer noch nicht zu den Medikamenten zurückgekehrt. Dann der Konflikt wegen Paul: Sie liebte Paul, mußte ihn jedoch verraten. Dorothy, ihrerseits verraten, drängte sie, zu den Tabletten zurückzukehren. Dorothy selbst konnte nicht ohne sie auskommen. Zunächst hatte sie Lynda unterstützt, ihr beigestanden: Sie, Dorothy, war zwar für diesen Kampf nicht stark genug, doch wenn Lynda es schaffen konnte ... Dann schlug sie ins andere Extrem um, und Lynda fand Tablettenschachteln, wohin sie auch trat, die Dorothy dahingelegt hatte, die ja jede ihrer Schwächen kannte und genau wußte, wann sie am verletzlichsten war. Dorothy nahm mehr Medikamente, größere Dosen. Alles war gut und schön, wenn man mit Lynda im Kokon einer Euphorie oder Lethargie aus Tabletten lebte, doch wenn Lynda zu kreischen anfing, nicht schlafen konnte und nervös war, dann sah das schon anders aus. Jedenfalls waren die Tabletten das Schlachtfeld gewesen, auf dem sie ihre zahlreichen Meinungsverschiedenheiten ausgetragen hatten.

Dorothy wollte nicht ohne Lynda bleiben. Sie bat Dr. Lamb, sie in dieselbe Klinik zu schicken. Dr. Lamb hielt das nicht für ratsam. Allein schon deswegen nicht, weil Lynda es nicht wollte. Dorothy besuchte Lynda in der Klinik, doch Lynda, die unter Beruhigungsmitteln stand, sagte kaum etwas.

Dorothy merkte, oder bildete sich ein, daß Lynda sie loswerden wollte. Sie war überzeugt, daß der ganze Haushalt sie loswerden wollte.

Von Zeit zu Zeit kam sie im Morgenrock nach oben, und dann schrie sie oder erklärte mit einschmeichelnder Stimme, alle wollten nur, daß sie ginge.

Sie beruhigten sie, aber in Wahrheit hatte sie natürlich recht.

Sie mußten Paul von ihr fernhalten und sie von Paul. Sie hatten gehört, wie sie ihn angeschrien und ihn einen »Judenbengel« genannt hatte.

Paul sagte: »Sie ist eifersüchtig, weil ich hier lebe und sie nicht.«

Doch er sprach von einer Frau, die ihm eine liebevolle Mutter gewesen war, und Lynda nur eine Spielgefährtin. Seine Schule war nicht mehr da; Lynda war nicht mehr da; und Dorothy beschimpfte ihn.

Die Jungen gingen nun mal vor: Wenn Dorothy Paul »aufregte«, dann ...

Etwa einen Monat, nachdem Lynda in die Klinik zurückgekehrt war, schnitt Dorothy sich die Pulsadern auf, und zwar immerhin so tief, daß man ernsthaft besorgt sein mußte, und wurde ebenfalls in die Klinik gebracht, wenn auch nicht in Lyndas.

Unterdessen, ein Gespräch mit Paul.

Die Richtung, die es nahm, war eigentlich von Dorothy vorgezeichnet worden. Das Zusammenleben mit »Gestörten« gleicht einer Lektion über unsere eigene Gespaltenheit, unsere eigenen Ungereimtheiten und Widersprüche. Niemand verfügte über mehr Einsicht, was Paul betraf, als Dorothy, vorausgesetzt, er war nicht im selben Zimmer. Sie hatte gesagt: »Was Sie ihm beibringen müssen, ist, daß er kein Anrecht darauf hat, daß man ihn laufen läßt. Sonst wird er eines Tages aus allen Wolken fallen, weil er im Gefängnis sitzt.«

Martha: »Wenn das Trimester anfängt, mußt du wieder zur Schule.«

Paul: »Ich will aber nicht.«

Martha: »So ist nun mal das Gesetz.«

Paul: »Ich bleibe hier. Ich will nicht auf diese Schule.«

(Paul war in die städtische Schule des Bezirks aufgenommen worden.)

Martha: »Wenn du auf uns gehört hättest, uns geglaubt hättest, dann wärst du noch auf deiner Schule.«

Paul: »Und wenn ich nun versprechen würde, es nicht wieder zu tun, würden sie mich dann nehmen?«

Martha: »Nein, dazu ist es zu spät.«

Paul: »Ich will nicht mehr zur Schule gehen, ich denke gar nicht dran.«

Martha: »Du mußt mindestens noch drei Jahre zur Schule gehen. So ist das Gesetz. Ich habe das Gesetz nicht gemacht. Dein Onkel hat das Gesetz nicht gemacht. Das Gesetz sagt, daß du zur Schule gehen mußt, bis du fünfzehn bist. Hörst du zu, Paul?«

Er trug einen leuchtend roten Pullover und enge schwarze Hosen. Er drückte sich in einen großen Sessel unter dem Küchenfenster, ganz auf Abwehr eingestellt, umklammerte die Sessellehnen und schaute sie darüber hinweg an.

Martha: »Wenn du nicht zuhörst, dann bist du genauso dumm wie damals, als du nicht zugehört hast, als es um deine Schule ging. Wir haben dir genau gesagt, was passieren würde – doch du hast es nicht geglaubt. Es wäre klüger, wenn du es diesmal tätest.«

Er knirschte mit den Zähnen und haßte sie: Große, verloren blickende schwarze Augen starrten eine grausame Welt an und damit auch Martha. Doch nahm sie eher an, daß er zuhörte.

Martha: »Wenn du nicht zu diesem Haus gehörtest, wenn du nicht Marks Neffe wärst, privilegiert, einer von den Privilegierten, dann hieße es jetzt Borstal, Jugendgericht. Doch du bist privilegiert, du hast einen gewissen Spielraum. Allerdings nicht viel. Wenn du dich weigerst, zur Schule zu gehen, dann wirst du eine Weile untätig herumsitzen, und dann fängt die Behörde an, hier aufzukreuzen. Die Maschinerie wird in Gang gesetzt. Wenn sie einmal in Gang ist, dann – vielleicht denkst du mal darüber nach. Auf dich kommt dann nicht Borstal und nicht das Jugendkriminalamt zu, auf dich kommen Psychiater zu und eine Schule, die man für dich ausgesucht hat, weil du ein besonderer Fall bist. Wenn du das haben willst, dann nur zu.«

Paul saß zusammengekrümmt da, hielt die Sessellehnen mit beiden Händen umklammert, und der lange Blick, den er auf sie richtete, war gleichzeitig haßerfüllt und gerissen.

Im Zoo hatte Martha einmal einen Pavian gesehen, der mit dem Rücken zu den Leuten am Boden gehockt und irgend etwas auf dem Beton hin- und hergerieben hatte. Kratz, kratz machte der Gegenstand, den er in der Hand hatte. Mark hatte gescherzt: »Der schärft sich einen Stein!«

Es war gar kein Scherz gewesen. Das Tier hatte irgendwo einen Kiesel ergattert. Und wie? Vielleicht hatte es sich aus dem Käfig gereckt, um an einen Stein heranzukommen, den ein Kind nach ihm geworfen hatte? Jedenfalls hatte es einen Kiesel und versuchte, ihn zu schärfen. Traurig, peinvoll: Es war ein runder glatter Kiesel. Doch es war das einzige, was das Tier hatte. Nach einigen Minuten angestrengten Bemühens wandte es sich zur Seite, den Rücken immer noch den möglicherweise zuschauenden Feinden und Spionen zugekehrt, und sägte mit diesem ungeheuer runden, glatten Kiesel an seinem Käfiggitter. Es arbeitete und rieb und probierte und mühte sich. Dann, nachdem es den Kiesel sorgfältig unter irgendwelchem Stroh versteckt hatte, setzte es sich nieder, geschlagen, in die Schranken verwiesen, und drehte sich um, um die zuschauenden Menschen anzusehen: Martha und Mark. Der Ausdruck seiner Augen war derselbe gewesen, der jetzt in Pauls Augen stand. Welche haßerfüllten, rachsüchtigen Phantasien oder Fluchtpläne mochte dieser arme Pavian wohl gehegt haben, als er dort saß mit seinem runden Kiesel, seiner einzigen Waffe, seinem einzigen Besitz, den er unters Stroh geschoben hatte?

Martha sagte: »Paul, das Trimester beginnt in zehn Tagen. Wenn du vernünftig bist, bist du am ersten Tag in der Schule. Und bis dahin denkst du am besten ein bißchen nach. Der Einfluß deines Onkels hat Grenzen. Und sieh zu, daß du nicht in dies Räderwerk gerätst: Da draußen wartet ein großer, unpersönlicher Apparat – gescheite Leute halten sich da heraus.«

Er blieb stumm und beobachtete sie. Dann rutschte er aus dem Sessel und ging in sein Zimmer hinauf.

Von Lynda kam ein Anruf: Ob Martha sie wohl besuchen könne? Die bisherigen Botschaften hatten immer gelautet, daß Lynda weder Mark noch Martha sehen wolle.

Die Klinik lag in der Nähe einer Provinzstadt. Martha stieg in den Zug und fuhr durch das schmucke englische Land. Dann stieg sie in einen Bus um. Sie reiste durch das nette biedere Vorstadtengland – Gärtchen, Häuschen, die Familien, Mummy, Daddy und ein, zwei, drei Kinder, die alle zur Schule gingen, bis sie fünfzehn waren (die Unterprivilegierten) oder dreiundzwanzig, wenn ein Studium vorgesehen war. In der näheren Umgebung der Kleinstadt ein Birkenwald, dann eine mächtig lange, hohe rote Ziegelmauer. Der Durchlaß bestand in einem ordentlich gestrichenen grünen Eisentor. Sie trat in eine Art Park mit Bäumen, Büschen und Rabatten, zwischen denen alle möglichen Gebäude verstreut waren: große, kleine, manche wie Landhäuser, andere wie Kasernen oder Gefängnisse. Denn diese Heilanstalt war riesig und versorgte viele Tausende, von den sehr Kranken in den kasernenartigen Gefängnissen, über die die andern witzelten: Laßt alle Hoffnung fahren..., bis zu den Glücklichen wie Lynda. Lynda war nicht in einem kleinen Haus, sondern in einem Block mittlerer Größe untergebracht. Man näherte sich ihm durch ordentlich angelegte Rosenbeete, in denen ein paar Patienten arbeiteten. Daß das Patienten waren, erkannte man an ihrem Zustand träger Gleichgültigkeit. Martha lief durch blitzblanke Flure und Zimmer, in denen Menschen saßen und rauchten, fernsahen, miteinander sprachen, Karten spielten. Es war die unverwechselbare Atmosphäre der Heilanstalt, wo alles gedrosselt war, Bewegungen, Stimmen, Atmen, Empfindungen. Medikamente. Der Geruch von Medikamenten. Unter Tabletteneinfluß stehende, gebremste Menschen: Als hätten sie eine Traumwelt aus Wasser betreten und bewegten sich dort wie gebannt in einer anderen Dimension.

Lynda war auf einer Station oder in einem Zimmer, worin noch sechs weitere Betten standen. Es war sehr adrett und hell. Die unglaubliche Ordentlichkeit hatte geradezu etwas Verrücktes. Jedes Bett hatte einen Nachttisch, und zu jedem Bett gehörte ein Sessel.

Lynda saß auf ihrem Bett. Sie trug einen Morgenmantel von unbestimmtem Grau, der ziemlich schmutzig war. Und ihre schönen Hände waren um die Nägel herum blutig.

»Martha«, sagte sie sofort, rasch, aber mit einer gewissen Mühe, als kämpfe sie gegen die Trägheit an, die von den Tabletten herrührte, »ich muß hier raus.«

Martha setzte sich in den Sessel nicht weit vom Bett. Das Bett war sehr hoch. Ein Krankenhausbett. Der Sessel war sehr niedrig. Sie schaute zu Lynda auf, deren Gesicht sich fast unter der Zimmerdecke zu befinden schien. Sie erhob sich aus dem

Sessel und schwang sich nicht ohne Mühe neben Lynda auf das Bett.

»Aber, Lynda, Sie sind doch gar nicht verpflichtet, hier zu bleiben!«

Das war dumm. Zu vernünftig. Ein paar Augenblicke lang war man, wenn man diese Welt betrat, immer zu vernünftig. Sie mußte sich erst darauf einstellen.

»Die haben gesagt, sie würden mich hierbehalten – sie würden mich einsperren, letztes Mal, als ich mich dumm benommen habe.«

Martha wußte, Lynda wußte, daß das eine bloße Drohung war, Teil des Spiels: ungezogenes Kind, böses Kind, benimm dich, sonst ...

»Was sagt Mark denn?« wollte Lynda wissen und näherte ihr Gesicht dem Marthas: Das hübsche, kranke Gesicht, die ausdrucksvollen kranken Augen waren nur noch zwei Fingerbreit von Marthas entfernt. Sie wich ein bißchen zurück. Lynda ebenfalls. Gereizt stieß sie aus: »Jeder, der von draußen kommt, ist so ... Ihr habt eine Heidenangst, selber hier zu landen – das ist der Grund!«

Sie bebte vor Wut.

»Mark würde Sie gern besuchen kommen«, sagte Martha.

Lynda zitterte, wandte sich ab, suchte auf ihrem Nachttisch nach einer Schachtel, fand eine Tablette und schluckte sie.

»Ich bin gewalttätig geworden«, sagte sie, »das kommt manchmal vor. Die geben mir Spritzen und Pillen – dann setze ich mich zur Wehr und werde gewalttätig. Dann sagen die, sie bringen mich nach Haus Hoffnungslos. Immer wieder bitte ich sie, mir keine Tabletten zu geben. Ich kann ohne auskommen, sage ich. Doch die geben mir weiter welche. Erinnern Sie sich, wie Sie davon gesprochen haben, daß Sie Ihr Gedächtnis wiedergefunden haben und daß Sie das nicht hätten schaffen können, wenn Sie bis an die Haarwurzeln mit Medikamenten vollgestopft gewesen wären? Eben. Ich hab denen erklärt, ich hätte eine Freundin, die hätte das Gedächtnis verloren, doch nun sei es vollständig wieder da. Das ist doch ein geeignetes Beispiel, finden Sie nicht? Doch die dachten, ich spräche von mir selbst. Ich hatte vergessen, daß man seine Zunge hüten muß. Inzwischen steht das wahrscheinlich schon in meinen Unterlagen, daß ich das Gedächtnis verloren habe.«

»Lynda, weshalb kommen Sie denn nicht einfach nach Hause?«

»Ich weiß, daß Mark mich nicht zu Hause haben will.«

»Das ist nicht wahr«, sagte Martha sofort aus voller Überzeugung.

Lynda beugte sich zitternd vor, um Marthas Gesicht zu mustern. Sie stützte sich dabei mit beiden Händen ab. Eine Schwester erschien. Es war eine junge, tüchtig aussehende Frau. Sie zog einen Vorhang vor und rückte die Decke am Fußende eines Bettes zurecht. Sie schaute weder Lynda noch die andere junge Frau, die dösend in einem Sessel saß, direkt an, doch ihre Nase sagte ihr, ob Martha Lynda »aufregte«, und sie wußte auch so, was sie der Mutter Oberin und den Ärzten zu berichten hatte. Sie ging vorbei, bedachte Lyndas Besuch mit einem Lächeln, Lynda selbst mit einem Nicken, und verschwand.

»Diese Geschichte mit dem Gedächtnisverlust – der Arzt kommt von dem Thema nicht mehr los. Die glauben mir jetzt nichts mehr. Das Komische ist, ich denke jetzt selbst: An dies oder jenes kann ich mich nicht mehr erinnern. Schön, die meisten Menschen können sich an vieles nicht erinnern. Doch ich muß mir immer wieder sagen: Das ist ganz normal, wenn ich mich an dieses oder jenes nicht erinnern kann. Ich muß hier raus ...« Sie fing zu weinen an. »Ich kann das Heulen nicht verhindern – das sind diese verdammten Pillen.«

»Lynda, wollen Sie weg von hier? Nach Hause?«

Lynda seufzte, entspannte sich und hörte auf zu weinen.

»Darum geht es ja. Wissen Sie, weshalb ich hier reingegangen bin? Ich wußte, die würden mich mit Tabletten vollpumpen, sowie ich drin wäre. Dann wäre es deren Schuld. Nicht meine. Deshalb! Doch ich habe etwas entdeckt: Ich habe ein ganzes Jahr nichts mehr genommen. Und ich hatte gar nicht mitgekriegt, daß es mir besser ging – weil es mir eben wirklich besser ging. Ich hatte vergessen, wie das war, die ganze Zeit mit diesem Dreck zu leben. Ich dachte immer wieder, was hat das schon für einen Sinn, kannst sie ebensogut nehmen. Doch als ich hier wieder reinkam und wieder unter Tabletten stand, da habe ich erkannt, wie anders ich war. Man hat keinerlei *Willen*, man will nichts, man will einfach nur rumsitzen. Doch jetzt habe ich Angst. Wenn ich nach Hause komme ... Es hat keinen Sinn, wenn ich nach Haus komme und weiter Tabletten nehme. Dann könnte ich genausogut hierbleiben. Dorothy wird aber jetzt nicht da sein. Sie wissen ja.«

Worauf Lyndas Worte hinausliefen, war, daß sie allein sein würde. Sie wollte nicht allein sein.

»Sie könnten doch nach Haus kommen und versuchen – einfach dazuzugehören.«

Lynda belebte sich, sprach sichtlich darauf an. Das war es also.

»Schon, doch was ist mit Francis? Was wird aus ihm? Für Sie und Mark mag das angehen, ihr seid an mich gewöhnt.«

»Und Paul«, sagte Martha.

»Ja.«

»Ich finde, Sie sollten nach Haus kommen und es versuchen.«

»Können Sie wohl erst mal Mark fragen? Ich meine, es könnte doch sein, daß Mark nicht ...«

Sie fiel hintenüber auf das Bett und weinte, das zusammengeknüllte Taschentuch in der Faust, die sie gegen die Wange gedrückt hielt.

»Achten Sie gar nicht drauf«, murmelte sie, »ich heule und heule, warum, weiß ich auch nicht.«

Die Schwester kehrte zurück, lächelte Martha zu und trat ruhig neben Lyndas Bett.

»Mrs. Coldridge«, sagte sie, »hätten Sie Lust, jetzt aufzustehen und zum Abendessen runterzukommen?«

»Nein«, sagte Lynda.

»Ich finde schon, daß Sie es wenigstens versuchen sollten. Sie haben viel zu viel abgenommen. Sie wollen doch wohl nicht, daß wir Ihnen Insulin geben, wie?«

»Meinetwegen auch Arsen«, sagt Lynda.

»Kommen Sie schon, Mrs. Coldridge«, sagte die Schwester.

»Ach, meinetwegen, ich komme in einer Minute.«

Die Schwester war zunächst unschlüssig und ging dann. Lynda setzte sich auf.

»Sprechen Sie mit Mark«, sagte sie. Aufrecht sitzend streifte sie ihren Morgenrock ab. Sie war zweifellos sehr dünn. Die Schlüsselbeine stachen hervor, die Schulterblätter zeichneten sich ab. Sie beugte sich vor, zog etwas rosafarbenes Zusammengerolltes aus ihrem Nachtschrank, zog es sich über den Kopf, ließ sich mit einem dumpfen Aufprall vom Bett gleiten und entrollte das rosafarbene Etwas an ihrem Körper. Wenn es gebügelt und gepflegt war, mußte das ein sehr hübsches Kleid sein. Lynda stand in dem zerknautschten rosa Zeug, das schlotternd an ihr herabhing, und fuhr sich mit der schmuddeligen Hand durch das strähnige Haar.

»Ich sehe zu, daß ich was in den Magen kriege«, murmelte sie, »sprechen Sie mit Mark.«

Martha küßte sie und ging zwischen Blumenbeeten und Büschen und Bäumen davon.

Sie suchte Dr. Lamb auf.

Etwa eine Woche, bevor Dorothy sich die Pulsadern aufschnitt, hatte Martha unter anderen Bildern, die vor ihrem inneren Auge vorbeizogen (und in letzter Zeit sehr zahlreich waren) eine Szene mit Dorothy gesehen. In einem spitzenbesetzten schwarzen Unterrock, der Besatz war unter dem linken Arm zerrissen, beugte sie sich unten im Badezimmer über das Waschbecken. Martha sah das Ganze schräg von hinten, fast im Halbprofil. Dorothy wandte sich um, und von dem einen Handgelenk rann das Blut herab. In der Hand, von der das Blut herabrann, hielt sie ein Rasiermesser und sägte damit an der anderen herum. Was Martha daran beeindruckte, war die Sorgfalt, mit der

Dorothy das tat. Ihre Miene war rachsüchtig, und sie runzelte vor lauter Konzentration die Stirn. Auf dem einen Wangenknochen war ein bißchen Blut verschmiert.

Als Martha an dem Morgen, als diese Szene (tatsächlich) stattfand, ins Kellergeschoß kam, weil sie die Schreie der Putzfrau gehört hatte, war Dorothy in Ohnmacht gefallen. Sie trug einen schwarzen Spitzenunterrock, der unter dem Arm zerrissen war, und hatte im Gesicht und an beiden Handgelenken Blut.

Das war nun keineswegs das erstemal gewesen, daß so etwas passiert war, doch Martha grübelte darüber nach, ob sie sich verantwortungslos verhalten hatte. Hätte sie zu Dorothy hinunter gehen und sagen müssen: »Entschuldigen Sie, doch Sie werden sich in Kürze die Pulsadern aufschneiden – bitte tun Sie das nicht! Das heißt, falls Sie es nicht bereits früher getan haben. Sie werden einen schwarzen Unterrock tragen ...« usw.

Oder sie hätte Dr. Lamb anrufen können: Dorothy wird sich demnächst die Pulsadern aufschneiden, hätte sie sagen können. Sollte man ihr das nicht besser ausreden? Ja, ich weiß, daß sie früher schon mehrfach eine Überdosis Tabletten geschluckt hat, doch diesmal werden es die Pulsadern sein.

Zu Dorothy hätte sie, in die Rolle Rosa Mellendips geschlüpft, sogar sagen können: Hüten Sie sich vor einem schwarzen Spitzenunterrock, der unter dem einen Arm einen Riß hat!

Der Haken war, daß sie sich sowieso schon mächtig überwinden mußte, um überhaupt daran zu denken: Feigheit. Sie wußte, daß es Feigheit war, und sie näherte sich Dr. Lamb genaugenommen in einer Art seitlichem Krebsgang, der darin bestand, daß sie sich überlegte, wie sie bestimmte Fragen stellen konnte, ohne sich selbst bloßzustellen. Sie hatte Angst vor Dr. Lamb – vor der Maschinerie.

Doch sie hatte sonst niemanden, den sie hätte fragen können – das war das Ausschlaggebende. Sehr seltsam, wenn man darüber nachdachte. Sie fürchtete sich vor Dr. Lamb und der Macht, die er besaß, doch wenn es um bestimmte Fragen ging, gab es in dieser so komplexen und ach so hochentwickelten Gesellschaft keinen Menschen, den sie fragen konnte.

Es war ganz ausgeschlossen, daß je ein Mensch Dr. Lamb ohne ein bestimmtes angstvolles Beben gegenübertrat. Wenn er vor Gericht sprach oder Polizisten beriet oder das Urteil über diese oder jene kranke Person sprach – jedesmal, wenn ein zutiefst verwirrtes menschliches Wesen vor ihm saß, war das, was Dr. Lamb äußerte, die Wahrheit. Sehr, sehr seltsam, wie immer man es betrachten mochte.

Abgesehen von Dr. Lambs Frau oder Geliebten oder seinem Kind oder engem Freund gab es niemanden, der sich ihm ohne dies Beben nähern konnte – der stumme Rückzug des Sklaven hinter die Staketen.

Die Menschen nun, die wirklich Dr. Lambs Patienten wurden und sich dieser oder jener Behandlung unterziehen mußten, waren gezwungenermaßen bei ihm – Resultat direkten oder subtilen Drucks seitens der Gesellschaft, ihrer Familien, eines gewöhnlichen Arztes, der mit seinem Latein am Ende war. Dr. Lamb, mochte er nun gütig, grausam, insgeheim machtverliebt oder ein mit Einsicht begabter Mann sein, war stets in einer starken Position. Weil nämlich er es war – das hatte die Gesellschaft gesagt –, der alles überhaupt Denkbare über die menschliche Seele wußte. Oder sagen wir, während er als erster zugeben würde, daß sein Wissen nur ein vorläufiges sei, schlug sich das nicht in der Art und Weise nieder, wie die Patienten behandelt wurden.

Das war der Kern, der Schlüssel zu der gewaltigen Maschinerie von Psychiatern, Psychoanalytikern, Psychologen, Sozialarbeitern, Kliniken, Heilanstalten, die alle mit dem zu tun hatten, was für sie die geistige Gesundheit des Landes war. In jeder Situation, wo auch immer, gibt es stets so etwas wie den Kern der Sache, ein zentrales Faktum. Doch gewöhnlich wird jedes andere Faktum, werden Tausende anderer Fakten bemerkt, erörtert und behandelt. Die zentrale Tatsache hingegen wird gewöhnlich ignoriert oder nicht gesehen.

Die zentrale Tatsache war, daß niemand sich an Dr. Lamb wandte, wenn er nicht mußte. Wenn man sich an Dr. Lamb wandte, wandte man sich an die Macht. Es war schwer, sich eine so geartete Macht vorzustellen, allumfassend, willkürlich, völlig frei in ihrem Verhalten, ohne daß irgendwelche anderen Instanzen oder Mächte ihr Beschränkungen auferlegt hätten.

Eigentlich gab es nur eine einzige Beschränkung: War Dr. Lamb von Natur aus ein Mann, der gegenüber der Position, die er innehatte und die in einer nahezu grenzenlosen Macht gegenüber einem eingestandenen Unwissen bestand, eine gewisse Demut empfand?

Dr. Lamb saß nicht in seinem Sessel, sondern am Ende des Zimmers in Fensternähe, wo zwei kleine Sessel standen. Martha hatte am Telefon gesagt, dieser Besuch gelte nicht ihr selbst. Er bewies also Takt, Feingefühl. Heute würde man fast wie bei einem geselligen Anlaß vorgehen. Wenig später erschien ein kleines Tablett mit Tee.

»Ich habe Lynda gesehen«, sagte Martha, »ich war in der Klinik.«

»Aha«, sagte Dr. Lamb, »ich habe versucht, sie in einer anderen unterzubringen, doch so kurzfristig war keine Wahl möglich.«

Er entschuldigte sich für die Klinik.

»Würden Sie sagen, daß es Lynda schlechter gehe als vorher?«

»Natürlich habe ich nicht persönlich mit ihr zu tun. Doch ich habe heute morgen telefonisch mit dem Arzt gesprochen, der sie behandelt.« Er nahm die Brille ab und legte sie beiseite. Er sah sehr müde aus.

»Sie haben Mrs. Coldridge selbstverständlich früher schon besucht, in der Privatklinik? Sie müssen wissen, die enormen Honorare, die die Angehörigen zahlen, kommen nicht daher, daß die Behandlung dort besser wäre, im Gegenteil, die ist oft schlechter.«

»Ich nehme an, man hat das Gefühl, mehr Einfluß darauf zu haben, was vorgeht«, sagte Martha, »wenn man bezahlt . . .«

Er schaute sie an – scharfsinnig, doch er verstand nicht, worauf sie hinauswollte. »Geldverschwendung«, sagte er, »außer natürlich, die Angehörigen wollen jemanden einfach nur loswerden und zahlen, damit er komfortabel untergebracht ist – Gewissensberuhigung. Doch für jemanden, der wirklich krank ist, würde ich das nie empfehlen.«

»Lynda möchte wieder nach Hause«, sagte Martha.

»Sie hat um Einweisung gebeten. Sie kann heraus, wann sie möchte. Wenn sie allerdings in die Situation zurückkehrt, die, wenn Sie so wollen, der Auslöser war, dann ...«

Das war eine Frage. Er wollte wissen, was Lyndas Zustand ausgelöst hatte. Das bedeutete, der Arzt, der Lynda behandelte, wußte es nicht, oder Dr. Lamb hielt von diesem Arzt nicht viel, oder Dr. Lamb versuchte etwas herauszubekommen, was sie, Martha, betraf.

Martha sagte: »Lynda hat vor etwa einem Jahr die Tabletten abgesetzt. Das war das eine. Und dann hat ihr Sohn beschlossen, sich um einen engeren Kontakt zu bemühen. Das ist das Zweite. Und dann Dorothy – das Dritte.«

Er blickte sie an. »Ihr Sohn hat das beschlossen?« fragte er dann.

Panik begann Martha zu ergreifen. Sie sagte: »Mark und ich haben darüber gesprochen – naja, wir sprechen schon seit Jahren darüber. Sie wissen doch – Paul und Francis. Francis ist nie zu Hause wegen Paul. Paul wird jetzt immer zu Hause sein. Wir dachten ...«

»Es war Marks Idee?«

Martha wurde ums Haar von Schuldgefühlen überwältigt: Es war ihre Schuld. Sie wehrte sie ab.

»Die *Idee* stammte ebensosehr von ihm – doch der konkrete Vorschlag, daß wir versuchen sollten, Francis etwas mehr nach Haus zu holen, stammte von mir.«

Er schwieg.

»Ja, war das denn falsch?«

»Nicht, wenn sie es aushält.«

»Ich glaube, sie hätte es ausgehalten, wenn sie nicht diesen Kampf gegen die Tabletten geführt hätte. Und wenn Dorothy nicht eifersüchtig gewesen wäre.«

Martha dachte: Binnen fünf Minuten winde ich mich hier vor Schuldgefühlen. Weshalb denn? Ist das vielleicht angebracht? Hat er das bezweckt? Es fehlt nicht viel, und ich stürze gleich aus dem Zimmer und sage nicht, was ich sagen möchte ... Sie zwang sich dazu, ruhig sitzen zu bleiben.

»Was Dorothy angeht, damit werden Sie sich auseinandersetzen müssen, wenn es soweit ist. Augenblicklich geht es ihr eindeutig zu schlecht, als daß sie die Klinik verlassen könnte. Sie hat einen weiteren Selbstmordversuch unternommen. Was die Medikamente angeht: Wenn Patienten in Mrs. Coldridges Lage die Tabletten absetzen, dann landen sie gewöhnlich alsbald wieder in der Klinik.«

»Ja, genau das wollte ich fragen. Mal angenommen, Lynda wäre in die Klinik gekommen, und man hätte ihr keine Medikamente gegeben, was wäre denn dann gewesen?«

Er sagte nichts und sah sie forschend an.

»Worum es mir speziell geht: Wissen Sie, welche Auswirkung das hat, wenn jemand jahraus jahrein – in Lyndas Fall fünfzehn Jahre – immer mit irgendwelchen Medikamenten vollgepumpt wird?«

»Verstehe.«

Er verstand sehr wohl.

Ein ausgiebiges Schweigen folgte. »Mrs. Hesse, ich glaube nicht, daß es in England auch nur einen Arzt gibt, der mit der Situation zufrieden ist, in der er arbeiten muß. Wenn wir ideale Bedingungen hätten, ja, dann – doch wir haben sie nicht. In Mrs. Coldridges Fall kann ich mit Bestimmtheit sagen: Doch, sie sollte das nehmen, was wir ihr verschreiben.«

Dr. Lamb hatte damit die Verantwortung von sich gewiesen, was natürlich sein gutes Recht war.

Vor ein paar Jahren hatte ein Gesetz das Parlament passiert, das die Gitter von den Fenstern entfernt, die Türen entriegelt,

Zwangsjacken und Gummizellen in die Vergangenheit verwiesen, Kliniken geschaffen hatte, die zivilisiert waren. Naja, nicht ganz. Denn damit diese gesetzgeberische Wohltat Auswirkungen haben konnte, mußte eine beträchtliche Summe für neue Gebäude, Ärzte, Schwestern aufgewendet werden. Sie wurde aber nicht aufgewendet. (Sie wurde für den Krieg aufgewendet, das zentrale Faktum unserer Zeit, das als Selbstverständlichkeit gilt.)

Innerhalb der Dutzende von Nervenheilanstalten, die über das ganze Land verteilt und wie Gefängnisse gebaut waren, gab es Tausende von Menschen, die man in Zwangsjacken gesteckt, zwangsernährt, in Gummizellen gehalten, geschlagen hatte (denen man, das war das zentrale Faktum, den Willen gebrochen hatte), und die nun heruntergekommen, »menschliche Wracks« waren. Das war nicht die Schuld von Dr. Lamb, der sich einer Maschinerie bediente, die er nicht erfunden hatte. Wie die Pädagogen und der praktische Arzt und – wie alles andere auch, war er Teil eines bestimmten Sektors der Maschinerie, die angeblich nach einem Reißbrettentwurf funktionierte, während dieser Entwurf tatsächlich niemals realisiert worden war, weil nie Geld für Schulen, Krankenhäuser, Heilanstalten da war. Das Geld wurde für den Krieg ausgegeben. Tausende und Abertausende von Menschen überall im Land konnten sich nur auf den Tod freuen, sie waren die Opfer und Versehrten der Vergangenheit. Unterdessen befanden sich Hunderte und Tausende von Menschen überall im Land, und es wurden mit jedem Tage mehr, in einer Lage, die, wenn es nach Dr. Lamb ginge, viel besser wäre, doch war es nicht seine Schuld, wenn dem nicht so war.

An diesem Punkt wäre Martha beinah gegangen – aus Feigheit.

Sie sagte: »Ich möchte etwas herausbekommen. Ich versuche, herauszufinden – Sie sagen, Lynda sei schizophren?«

»Ja.« Er lächelte. »Sie sind es nicht, Mrs. Hesse.«

»Wissen Sie, was Schizophrenie ist?«

»Nein, wenn es auch verschiedene Theorien darüber gibt. Und wir können damit besser umgehen als früher.«

»Nehmen wir mal an, ich käme zu Ihnen und sagte: Ich höre Stimmen. Wäre ich dann schizophren?«

Er sagte in ganz selbstverständlichem Ton: »Das kommt darauf an. Was denn für Stimmen?«

»Und wenn ich Bilder sähe, unmittelbar vor meinen Augen?«

»Ungeheuer viele Menschen sehen Bilder, unmittelbar vor ihren Augen, gewöhnlich, wenn sie einschlafen und wenn sie aufwachen. Und hören Stimmen.«

»Das ist normal, nicht schizophren?«

»Völlig normal.«

»Wenn ich Ihnen nun erzählte ...«, fing Martha an, setzte dann jedoch neu an: »Nein, ich *erzähle* es Ihnen: Ich habe eine Szene gesehen, man könnte sagen, es war eine Vision – Dorothy, die sich die Pulsadern aufschnitt, wie sie es hinterher dann getan hat.«

Er verharrte reglos auf seinem Platz. Doch seine Gesichtsmuskeln strafften sich leicht – sie wußte, es war vergeudete Zeit, denn nun würde nur etwas Wohlüberlegtes kommen, nur diagnostische Fragen.

»Haben Sie je etwas von *déjà vu* gehört?«

»Ja. Und ich habe mich darüber informiert.«

»Dorothy hat schon vorher Selbstmordversuche unternommen«, sagte er, »wußten Sie das?«

»Ja. Sie hat es damals mit einer Überdosis Tabletten versucht, nicht?«

»Ja. Sie ist ein Selbstmördertyp.«

»Ich habe etwas gesehen, für das der Boden schon bereitet war?«

»Ja. Sie haben es phantasiert.«

»Was ist denn Phantasie, Dr. Lamb?«

Jetzt zögerte er, dann bedachte er sie mit einem liebenswürdigen, sanften Lächeln, fast, als wolle er sie necken. »Mrs. Hesse, Sie sind nicht krank, ich versichere es Ihnen.«

»Ach so. Sie denken, ich bin beunruhigt, weil Lynda und Dorothy beide wieder in der Klinik gelandet sind?«

»Sind Sie sicher, daß das nicht der Fall ist?«

»Ja, also dann ... Nein, ich will weitermachen. Wenn hier jemand säße und zu Ihnen sagte, Dr. Lamb, ich höre Stimmen – nein, nein, lächeln Sie nicht. Ich möchte wissen, was das war, was die gesagt haben, getan haben, das Sie bewogen hat, zu befinden: ›schizophren‹, und nicht nur einfach: ›Ach, das macht doch jeder‹?«

»Ich würde den Betreffenden fragen: In der Phantasie? Und die Antwort lautet dann: Nein, ich höre richtige Stimmen. Wirkliche. Wie Ihre oder meine, Mrs. Hesse.« Er sagte das mit Nachdruck und suchte dabei ihren Blick, halb forschend, halb um sicher zu gehen, daß er auch verstanden wurde.

»Eine imaginäre Stimme ist dann also die reine Phantasie – man hat so etwas wie einen Tagtraum. Das ist Phantasie?«

»Ja.«

»Eine *wirkliche* Stimme jedoch – das ist ernstzunehmen?«

»Eine typische Antwort wäre: Alle reden über mich, alle verhöhnen mich. Die wollen mich umbringen.«

Martha verkniff sich gerade noch den Einwand: »Vielleicht wollen die das ja auch!« Sie sagte: »Und was passiert dann?«

»Wir behandeln sie.«

»Und dann verschwinden die Stimmen und die Bilder?«

»Das ist die Absicht, ja.«

»Dr. Lamb, wenn jemand Stimmen hört, Bilder sieht, dann muß er sich doch anomal vorkommen – anders. Die Menschen wollen doch nicht anders sein als die anderen. Glauben Sie nicht auch ...«

Er sagte: »Es kommt zwei-, dreimal die Woche vor. Genau gesagt, der Mann, der vor Ihnen hier war, gehörte dazu. Ich sage dann folgendes: ›Ich weiß, Sie hören Stimmen. Ich weiß, daß das der Fall ist. Sie brauchen mich davon nicht erst zu überzeugen. Doch ich bin Arzt, eine Menge Menschen sitzen hier und sagen, sie hören Stimmen. Ich sage Ihnen: Es ist ein Trugschluß. Wir können den Zustand behandeln.‹ Ich versichere Ihnen, weder ich noch irgendeiner meiner Kollegen würde es darauf anlegen, daß sie sich anders fühlen oder das Ganze nur schlimmer wird.«

»Sie sagen also: ›Ich weiß, Sie hören Stimmen, ich weiß daß das der Fall ist, doch das ist ein Trugschluß‹?«

»Ja. Weil es stimmt«, sagte er mit sanfter Beharrlichkeit.

»Vielleicht gibt es ja verschiedene Arten von Stimmen?«

»Das schon. Manche sagen, die kämen aus der Luft oder aus Wänden. Andere sagen, die Stimmen kämen aus ihrem Kopf. Richtige Stimmen. Wie Ihre oder meine.«

»Das wirkliche Kriterium, der Test ist doch aber, ob dieser Mensch sagt, er *höre* wirklich Stimmen. Wenn er sagt, ja, so sei es, er denke sich das nicht aus, und wenn Sie ihm das nicht ausreden können, dann bleibt es dabei: Er unterliegt einem Trugschluß.«

»Ja, so ungefähr verhält es sich.«

»Wenn also jemand dabei bleibt, wenn er daran festhält, dann wird er wahrscheinlich als Schizophrener eingestuft und behandelt. Wenn er hingegen sagt ...«

»Mrs. Hesse«, sagte er wieder, »Sie haben mein Wort darauf, Sie sind nicht schizophren.«

»Ja. Doch nehmen wir einmal an, Dr. Lamb, ich würde darauf bestehen, daß ich Dorothys Selbstmord genauso gesehen habe, wie er passierte, und ich würde auch weiter darauf bestehen, und Sie würden sagen, nein, das hätte ich phantasiert, und dann würde ich wütend werden und Sie anschreien und nicht mehr aufhören und Sie beschimpfen, als was würden Sie mich denn dann bezeichnen?«

»Sie schreien aber nicht«, sagte er, »Sie sind gänzlich bei Vernunft.«

Er wartete, schrankenlos bereit, nett zu sein, zu beruhigen, und, wenn nötig – Tabletten zu verschreiben.

Sie sagte: »Schön, vielen Dank. Noch mal wegen Lynda – wenn sie nach Haus kommt, kann man wohl davon ausgehen, daß sie versuchen wird, ohne Medikamente auszukommen.«

»Naja, das liegt natürlich bei ihr. Doch an Ihrer Stelle würde ich versuchen, ihr das auszureden ... Ich glaube nicht, daß diese Zeit in der Klinik ihr gut bekommen ist. Sie wird Zeit brauchen, um darüber hinwegzukommen.«

»Werden Sie veranlassen, daß sie herauskann?«

»Mrs. Hesse, sie braucht nichts weiter zu tun, als dem Arzt zu sagen, daß sie raus will.«

»Aha. Ja, also dann vielen Dank. Bitte schicken Sie mir die Rechnung. Ich bin aus reiner Neugier zu Ihnen gekommen.«

»Na fein. Passen Sie auf sich auf!«

»Ja, das tue ich bestimmt.«

»Und wie geht es Ihrer Mutter?«

»Sie ist tot. Sie ist binnen eines Jahres nach ihrer Rückkehr gestorben.«

Er scherzte: »Und das war Ihre Schuld?«

»Wenn Sie das sagen, dann habe ich durchaus das Gefühl, daß das der Fall sein könnte – doch nicht, wenn ich darüber nachdenke.«

Lynda kam nicht sofort nach Haus. Es stellte sich heraus, daß die Klinik rettungslos überfüllt war, so daß die Patienten den Arzt nicht öfter sahen als einmal in der Woche, und eine Woche verstrich, weil der Arzt krank war. Schließlich schaltete Dr. Lamb sich ein, und sie kam nach Hause. Sie war tatsächlich furchtbar abgemagert, deprimiert, weinte leicht und war nur allzu bereit, sich wegen etlicher Fehler, vergangener wie gegenwärtiger, Vorwürfe zu machen.

Mittlerweile war Paul in die Schule gegangen. Er ging am ersten Tag des Trimesters hin und kehrte mit heftigen, bitteren Klagen zurück. Nach der Freizügigkeit der Schule, die er verlassen hatte, konnte er diese nur als hart empfinden. Allein schon wenn man bedachte, daß er mit vierzig Kindern in einer Klasse war.

Plötzlich hatte Martha wieder sehr viel zu tun. Plötzlich war keine Zeit mehr für ihre Sitzungen mit sich allein in ihrem Zimmer. Der frühe Morgen war damit ausgefüllt, Paul aus dem Bett zu holen, ihm Frühstück zu machen und ihn in die Schule zu schicken – ein zermürbendes Geschäft, ein Kampf von der ersten bis zur letzten Minute. Und Lynda, nun allein, brauchte Gesellschaft und viel Zuspruch.

Martha begann zu träumen. Ihre Nächte waren angefüllt mit phantastischen, ahnungsvollen oder alltäglichen Träumen. Es war, als bediene irgend etwas in Martha, das reden, zum Ausdruck gelangen, sich Gehör verschaffen, Ratschläge erteilen mußte, sich dieses Kanals oder eben jenes anderen – der Bilder oder Stimmen, wenn sie imstande war, ruhig in ihrem Zimmer zu sitzen, zu warten und zu horchen. Und als wäre es, wenn das nicht der Fall war, durchaus bereit, sich statt dessen des Traums zu bedienen.

2 Ein Besuch in Margaret Pattens Haus im Sommer 1958; keine Stippvisite, kein Besuch auf einen Sprung, um Kinder oder Pflanzen abzuholen, sondern ein Ereignis, das sorgsam aufgebaut, erwartet, geplant, als schmerzlich oder wenigstens mit lebhafter Anteilnahme erlebt wurde, und dessen man sich hinterher erinnerte. Ein Besuch, der typisch war, was das Durcheinander, die Verwirrung und allgemeine Gereiztheit bei derartigen Gelegenheiten betraf – denn so ging das nach wie vor vonstatten. Es schien undenkbar, daß diese Menschen sich einmal nicht uneins waren.

Margarets Einladung für den Nachmittag war zwanglos gewesen und in einem halben Dutzend Telefongesprächen, bei denen es um etwas anderes ging, wiederholt worden. Sie hatte immer schuldbewußter geklungen, sich aber lässig gegeben. Mark hatte gesagt: »Die führt was im Schilde.«

Sie stellte irgend etwas mit ihnen an. Was wollte sie bloß? Wochenlang hatte Mark nun schon versucht, sich mit ihr zu treffen, doch »richtig«, wie er es ausdrückte. Er hatte versucht, seine Mutter zu bewegen, mit ihm über ihren Sohn, seinen Bruder Colin, zu reden. Seit zwei Monaten war Mark nun schon aus Moskau zurück, und Margaret hatte lediglich Zeit gefunden, sich flüchtig am Telefon Bericht erstatten zu lassen, und dann noch einmal, als sie auf dem Weg ins Theater vorbeigeschaut hatte. Sie fand keine Zeit, um über Colin zu sprechen, wollte jedoch Mark und Martha als Erfüllungsgehilfen bei einem Plan dabei haben, den sie verfolgte. Ob diese beiden Zwecke – Marks und Margarets – in irgendeiner Weise miteinander verknüpft waren?

Vor ein paar Jahren, als der Kalte Krieg offiziell für beendet erklärt worden war – das heißt, als man ihn in den Zeitungen und im Fernsehen als solchen zu behandeln begonnen hatte –, hatte Margaret von einem alten Busenfreund, der kürzlich aus der Moskauer Botschaft zurückgekehrt war, wissen wollen, ob irgend etwas über Colins Verbleib bekannt sei. Er hatte das verneint. Man habe zwar auf dieser Ebene Nachforschungen angestellt, doch der Schluß liege nahe, daß er tot sei. Dann sagte ein

Freund von Patty, der mit irgendeiner Delegation in Moskau gewesen war, ein wieder anderer Freund habe einen Mr. Coldridge erwähnt, den er bei jemandem in der Wohnung getroffen habe. War Mark vielleicht in Moskau gewesen? Dann beantragte Mark, nachdem er Patty konsultiert hatte, die letztlich immer noch wußte, was gespielt wurde, und sei es auch nur rückblikkend, einfach ein Schriftstellervisum für die Sowjetunion. Er bekam es ohne Schwierigkeiten. In Moskau hatte er seine Dolmetscherin, eine unendlich hilfsbereite junge Frau, gefragt, ob es möglich sei, daß er sich mit seinem Bruder treffe. Er sagte es so, als wisse er mit Bestimmtheit, daß Colin sich nur in Moskau aufhalten konnte. Die Dolmetscherin gab sich zurückhaltend und meinte, sie wolle sich erkundigen. Nach etwa zwei Tagen, die ausgefüllt waren von Ballett- und Theaterbesuchen und verschiedenen Ausflügen, hatte die Dolmetscherin dann gesagt, selbstverständlich sei nicht das geringste dagegen einzuwenden, daß Mr. Coldridge seinen Bruder besuche, das sei doch nur allzu natürlich nach all den Jahren. Er habe folgende Telefonnummer . . .

Mark rief an, und die Stimme seines Bruders antwortete. Colin war offenbar unvorbereitet, jedenfalls wirkte es so, denn als er hörte, wer am Apparat war, trat ein kurzes Schweigen ein, und dann kam die Frage: »Wie hast du mich gefunden?« – »Ich habe die Nummer von Intourist«, sagte Mark.

Sie trafen sich eine Stunde später in Colins Wohnung, die keine halbe Stunde Busfahrt vom Hotel entfernt lag. Es war eine kleine, nette Wohnung in einem neuen Wohnblock, in dem Wissenschaftler untergebracht waren. So wie sie möbliert war, in diesem anonymen zeitgemäßen Stil, hätte sie sich überall in der Welt befinden können. Colin war mit einer reizenden Russin verheiratet, die Ballettunterricht gab. Sie hatte ein Kind aus erster Ehe. Ihr Mann war bei Stalingrad gefallen. Der Junge war fünfzehn. Dann gab es noch ein kleines Mädchen aus der jetzigen Ehe. Mark betrat einen familiären Schauplatz. Man hieß ihn überaus herzlich willkommen.

Als Mark Martha das geschildert hatte, hatte er sich auf diesen grimmigen Humor verlegt, der die Alternative zum Weinen ist – der Ton einer ganzen Generation. Doch damals in Moskau war ihm nicht danach zumute gewesen.

Während des Abends waren die Kinder mit Onkel Mark aus England bekannt gemacht worden. Das Essen war reichlich und sehr gut. Schließlich äußerte man sich zu Sally-Sarahs Tod. Man gab Mark zu verstehen, daß Selbstmord eine Form von moralischer Feigheit sei, typisch für den Kapitalismus, vielleicht ein Mangel an *esprit de corps*. Galina erklärte mehrmals, das Leben sei ein kostbares Geschenk; sie könne Menschen, die sich umbrächten, wirklich nicht verstehen. Sie sprach mit einer Mischung aus Sittenstrenge und Lebensbejahung. Mark ärgerte sich über sie und schämte sich deswegen: Ihr tragisch heldenhaftes Leben schien ihr jedes nur erdenkliche moralische Anrecht einzuräumen. Tugendhaftes Gehabe war ja vielleicht doch ein Zeichen von Tugend, so wie Ameisenhaufen in heißen Ländern anzeigen, daß tief darunter Wasser liegt. Schließlich, die Viktorianer ... Es scheint unvermeidlich, daß Revolutionen Viktorianer auf den Plan rufen. Colin fragte nach Paul und regte an, daß der Junge sie doch in Moskau besuchen solle. Mark wartete mit weiteren Informationen über Paul auf, und am Ende des Abends sah Colin rasch einen riesigen Haufen Schallplatten durch und fand ein paar Volkslieder als Geschenk für seinen Sohn. Colin und Galina drängten Mark gleichermaßen, sie doch zu besuchen, wenn er wieder nach Moskau käme. Sie stießen etliche Male auf Frieden und Freundschaft an. Mark war ins Hotelzimmer zurückgekehrt, wo er wie ein Wahnsinniger fluchend im Zimmer umherraste.

»Ich konnte es nicht glauben. Den ganzen Abend war mir, als wäre ich auf die falsche Bühne, ins falsche Stück hineingeraten. Alles schien völlig unwirklich zu sein. Ich fing an zu glauben, daß sich alles nicht wirklich zugetragen hatte. Ich rief Colin an. Es war ungefähr vier Uhr morgens. Ich könnte mir denken, daß ich übererregt war. Ich verlangte, daß wir uns sofort trafen. Er war kühl. Dann dachte ich, vielleicht war es nicht gerade feinfühlig von mir. Geheimpolizei – oder so. Doch nein, wenn ich zurückblicke, glaube ich, daß es einfach zu spät für einen Anruf war. Ich verlangte, daß wir uns allein trafen. Er sagte, selbstverständlich, er werde Galina fragen, und wenn sie nichts dagegen hätte, dann wäre er am nächsten Nachmittag im Park.«

Mark war in der Nacht nicht zu Bett gegangen. Vor allem beschäftigte ihn die Frage, weshalb man ihm die Telefonnummer gegeben hatte. Vielleicht galt er ja selbst als Spion? Derlei Vorstellungen beschäftigten ihn einige Stunden, doch am Ende kam er zu dem Schluß, daß wahrscheinlich etwas schiefgelaufen war. So war es schließlich meistens. In Großbritannien gab es sechs, nein, sieben Spionageorganisationen, die in der Hauptsache damit beschäftigt waren, sich gegenseitig zu bespitzeln: Das Hauptkennzeichen jeder Operation, von der man zufällig erfuhr, war stets, daß etwas schiefgelaufen war, und das auf eine farcenhafte, peinliche, lächerliche Weise. Die Sowjetunion wurde mehr und mehr zu einem prosperierenden, funktionierenden, stabilen Staat – zweifellos gediehen und wetteiferten die Spionageorganisationen auch hier. Vielleicht hatte irgendein Funktionär gedacht: Na schön, geben wir ihm mal die Nummer und warten ab, was dann passiert ... Oder vielleicht sogar: Sein Bruder? Selbstverständlich! Familienbande ... Man konnte sich sogar ein menschenfreundliches Lächeln vorstellen.

Trotzdem blieb, was Mark am empfindlichsten traf: diese Telefonnummer seines Bruders, säuberlich und deutlich auf irgendwelches Papier geschrieben, wie nebenher überreicht, als sei das das Normalste von der Welt. Wenn ihm das wieder einfiel, wurde er übellaunig, erregter, und als er seinen Bruder tatsächlich traf, war er am Ende seiner Nerven. Doch er erkannte sofort: Je mehr er sich aufregte, desto mehr entfernte ihn das von Colin, der sich heute noch natürlicher gab als am Tag zuvor.

In einem Park von »Kultur und Erholung« schlenderten sie auf und ab und aßen Eis. Eine Frage, die Schlüsselfrage, brannte Mark auf der Zunge: »Colin, weshalb hast du unser Land verlassen? Hattest du Angst? Hat man dich bedroht? Aus schlechtem Gewissen? Und wenn du weg mußtest, weshalb bist du später nicht zurückgekommen?«

Mark näherte sich immer wieder diesem Thema – um ihm dann doch im letzten Moment auszuweichen. Dabei hatte er das Gefühl, daß Colin durchaus auf derartige Fragen gefaßt war und sie erwartete. Doch ließ er sich nichts anmerken. Er schien außerordentlich guter Laune zu sein. Er sprach ausgiebig über Galina, mit der er glücklich war. Er sagte zwar nicht, daß sie eine angenehme Abwechslung gegenüber Sally-Sarah darstellte, doch im Grunde meinte er genau das. Er sprach über Galinas Sohn, dem es schwergefallen war, ihn, Colin, als Vater zu akzeptieren. Er bewies in diesem Punkt ein beträchtliches Maß an Einfühlungsvermögen und Einsicht. Die Zeit verging. Er sagte, um vier müsse er los: Er hatte vor, bis spätabends in seinem Institut zu arbeiten. Endlich kam Mark auf Colins Weggang von England zu sprechen. Colin schien peinlich berührt, als sei Mark bewußt taktlos. Mark konfrontierte ihn mit einer direkten Frage: Bist du gegangen, weil du unter Druck standest, und wenn ja, was für ein Druck?

Und nun begann Colin zu reden. Er sprach ausführlich und logisch, bis es Zeit für ihn war, zu gehen und sich von seinem Bruder zu verabschieden. Was er gesagt hatte, skizzierte im großen und ganzen einen Standpunkt, wie er in kommunistischen Kreisen vor zehn Jahren gang und gäbe gewesen war, und er blieb dabei völlig unpersönlich. Seine eigenen Empfindungen, Anschauungen kamen nicht vor.

So schieden sie voneinander.

Während des Rückflugs wurde Mark zwischen widerstreitenden Empfindungen oder Haltungen hin- und hergerissen. Er versuchte, die Tatsache, daß er ein Jahrzehnt im Schatten von Colins »Flucht in den Kommunismus« gelebt und die Verantwortung für Paul übernommen hatte, mit den Empfindungen in Einklang zu bringen, die das tatsächliche Zusammentreffen mit Colin in ihm ausgelöst hatten: Die Kluft, die sich in dessen Leben aufgetan hatte, machte alles früher Geschehene bedeutungslos. Doch es gelang ihm nicht, den Zwiespalt der Empfindungen, in dem er sich in bezug auf Colin befand, zu überbrücken.

Als er wieder in London war, erörterten Martha und Mark dies Problem, sie redeten, stritten und einigten sich schließlich auf ein paar grundlegende Fakten und Schlüsse. Colin war Wissenschaftler. Er war immer Wissenschaftler gewesen. Schon als kleiner Junge mit seinem ersten Chemiekasten hatte er gewußt, was er war. Als er Verrat begangen hatte, hatte er als Wissenschaftler gehandelt. In der Sowjetunion war er – Wissenschaftler. Nein, nicht auf einem wichtigen Posten, wie er ihn in Großbritannien wohl hätte erwarten können, weil er (und er ging davon aus, daß Mark darin einer Meinung mit ihm sei, daß man vernünftigerweise nichts anders erwarten dürfe) in der Sowjetunion auf alle Zeiten ein Sicherheitsrisiko darstellen würde. Doch sein Leben war die Wissenschaft und würde es auch weiterhin sein. Die ironische Wahrheit war, daß Colin sich nicht für Politik interessierte und sich nie dafür interessiert hatte. Er sagte, der kapitalistische Teil der Welt sei x, y, z, wie er gesagt hätte, die kommunistische Welt sei z, y, x, wenn er in Großbritannien geblieben oder nach Amerika gegangen wäre. Was immer er für ein Wissenschaftler sein mochte, in politischer Hinsicht war er ein Konformist.

Doch obwohl Großbritannien korrupt und dekadent etc. etc. war und seine eigene Familie als Paradebeispiel dafür gelten konnte, hatte er gesagt, wie sehr es ihn freuen würde, wenn seine Mutter sie einmal besuchen käme – die Sowjetunion würde ihr bestimmt gefallen.

Wochen nach Marks Rückkehr hatte Margaret immer noch keine Zeit gefunden, das mit ihm zu besprechen. Es war abzusehen, daß alles in die Vergangenheit entgleiten würde: ohne Diskussion, ohne klärende Worte, ohne Lösung.

Warum auch nicht? Warum sollte man es nicht dabei belassen? Weil Mark es nicht ertragen konnte. Colin, sein heißgeliebter Bruder, der einzige Mensch, dem er in ihrer gemeinsamen Jugend nahegestanden hatte, war ihm genommen, es war aus und vorbei. Doch er hatte sich nun einmal in den Kopf gesetzt, daß ihre Mutter – doch womit wollte er sie eigentlich konfrontieren? Martha vermochte nicht einzusehen, was er sich von Margaret erwartete. Ich bin schuld daran, bitte vergib mir!, würde sie vielleicht weinend ausrufen, und dann wäre das Vergangene begraben ... Vielleicht etwas in der Art. Oder Mark würde vielleicht beichten: Ich habe mich geirrt! Der Kommunismus ist ein Irrweg! Und dann würden sie einander umarmen.

Das Haus lag zufällig zehn Meilen näher als die Klinik, in der Lynda vor ein paar Jahren gewesen war. Doch wenn man zu Margaret fuhr, fiel es schwer, sich vorzustellen: Wenn ich jetzt auf dieser Straße weiterführe, dann ... Wie sie auch bei Besuchen Lyndas nicht gedacht hatte: Ich könnte eigentlich einen kleinen Abstecher machen und Margaret guten Tag sagen ... So sehr stehen Reisen im Zeichen des Ziels.

Die Einfahrt war unauffällig und lag etwas von der Hauptstraße entfernt, die viel befahren war und von Städten und Dörfern unterbrochen wurde, doch öffneten sich immer wieder flüchtige Ausblicke auf Feld und Wald. Das war das flache Land, wie es von denen erlebt wurde, die nicht in jene Einfahrt einbogen.

Überall auf diesen Inseln gibt es verkehrsreiche Hauptstraßen mit Dörfern und Schildern, die Städte und Dörfer anzeigen – man ist auf dem Land. Und an ihnen entlang reihen sich unauffällig die Einfahrten, zu denen manchmal ein Pförtnerhäuschen gehört. Da verbergen sich – wie viele wohl? Tausend Häuser? Zehntausend? Magische Häuser, die so etwas wie Luftwurzeln besitzen mußten, denn unzweifelhaft nähren sie sich von einer anderen Luft, als gewöhnliche Häuser sie atmen. Der Luft von Gärten vielleicht, von gezähmten Wäldern ...

Die Auffahrt zu Margarets Haus führte eine halbe Meile weit durch alte Bäume. Das Haus, weiß, urban, besaß einige Ausstrahlung. Es war georgianisch und gerade erst als Nationaldenkmal eingestuft worden. Wenn Mark sich ihm näherte, näherte er sich einem Haus, in dem man eben wohnte, Martha hingegen näherte sich einem unbewohnbaren Museum.

Jenseits des Hauses gab es einen Fluß. Zwischen Haus und Fluß erstreckten sich Rasenflächen. Auf den Rasenflächen gab es Büsche, die Schatten von Wolken, einen Teetisch, Menschen, Rosen: ein Sonntagnachmittag bei Margaret Patten.

Doch während der letzten drei, vier Jahre hatten die Gäste gewechselt. Ein Blick auf die Gesichter und die dazugehörenden Namen – doch nein, was immer sie sein mochte, zynisch war sie nicht, vielleicht sogar noch nicht einmal berechnend. Zu diesem Typ einer Gastgeberin gehörte Passivität. Vor zehn Jahren hatte es die Verleger, Kritiker, Experten, Schriftsteller des Kalten Krieges auf diesen Rasen geweht; sie waren nicht gänzlich verschwunden, den einen oder anderen konnte man noch beobachten, wie er in der Haltung des erfahrenen, des gesetzten Menschen, den Rücken den Rosen zugekehrt, unter den Gästen weilte, doch junge Leute überschwemmten das Grün, die neuen Sozialisten. Mit einem einzigen Blick erfaßte man, wenn man am Haus vorbei auf den Rasen hinuntersah, Graham Patten, Patty Samuels und eine ganze Schar von Leuten, die zu ihrem kleinen Theater gehörten. Denn innerhalb der letzten zwei Jahre hatte das Theater den Anschluß geschafft, und nirgendwo trat der Wandel so kraß in Erscheinung wie in diesem Garten, denn da waren all die Schauspieler, Schauspielerinnen, Regisseure von den beiden kleinen sozialistischen Theatern, die jahrelang vor leeren Häusern gespielt hatten und mit herablassenden Kommentaren hatten leben müssen und die nun mit einemmal die Stars der Theaterszene waren. Marks Stück beispielsweise, das man wegen des Temperaturumschlags wieder zum Leben erweckt hatte, war mit Erfolg gelaufen und enthusiastisch von den Kritikern besprochen worden, die sämtlichen Ursachen für ihren Frontwechsel auf den Grund gingen bis auf die ausschlaggebende, und war dann, ins Westend verlegt, dort etliche Monate gelaufen. Rachel und Aaron unterhielten sich mit Graham Patten, und Mark, der diese Szene unbemerkt beobachtete, zog sich mit

Martha in das Gartenzimmer zurück. Dies Zimmer war von Chintz, Grünpflanzen und Blumenarrangements bestimmt und führte in ein Morgenzimmer, das jetzt im Schatten lag. Wortlos standen sie nebeneinander und blickten durch die sonnenwarmen Fensterscheiben auf den sonnigen Rasen und die Menschen hinaus, die sich dort bewegten. Sie beobachteten die reizende, dunkeläugige Rachel, den temperamentvollen, gutaussehenden Aaron, das vom Verhängnis bedrohte Geschwisterpaar. Doch nicht hier drohte das Verhängnis, nein, hier waren sie völlig geborgen, denn es schien, als habe diese Szene, ein Sommernachmittag in England, schon immer existiert und werde auch weiter existieren, so als müsse man, zu welcher Jahreszeit auch immer, nur einfach an diese Glaswand treten und hindurchschauen, und schon bewegten sich dort lächelnde Menschen im federnden Gras neben den Rosen.

Margaret kam auf das Haus zu. Sie hatte sich nicht sehr verändert. Ihr Haar war in einem Herbstlaubbraun gefärbt, ihre Haut war zart, ihre Augen waren groß, grau, nachdenklich. Sie trug dunkelgrüne Leinenhosen und ein gelbes Baumwollhemd mit einem Stich ins Orange. Sie war, wie jedermann hier, außerordentlich dekorativ. Wenn man sie sah, wurde man sich der eigenen Kleider bewußt – wie sehr die Dinge sich doch geändert haben mußten, daß man soviel über Kleidung nachdenken, sie mit Vergnügen anschauen, berühren, sie bewundern und mit Neid betrachten konnte. Martha hoffte, daß es an ihrem Sommerkleid nichts auszusetzen gab – ehe sie von zu Hause weggefahren waren, war es ihr jedenfalls nicht so vorgekommen, und Mark murmelte, daß er sich, verdammt noch mal, hätte umziehen sollen.

Margaret kam herein. Jetzt, aus der Nähe, sah sie müde und traurig aus.

»Kommt ihr denn nicht nach draußen?« fragte sie und war bereits ungehalten.

»Nein.«

»Sind das denn nicht Freunde von euch? Graham ist auch da.«

»Um es genau zu sagen: Wir haben die Nacht mit ihm verbracht.«

Sie bedachte ihn mit einem ärgerlichen Blick und setzte sich.

»Ja, das hat er heute morgen erzählt. Dann können wir ja auch hier darüber sprechen.«

Mark sah wütend aus: Er glaubte, sie schäme sich Colins wegen immer noch so, daß sie das Geheimnis seines Verschwindens lieber aufrechterhalten wolle.

Im Plauderton bemerkte sie: »Graham sagt, er kenne einen Mann, der ein Buch über Colin schreibt – die ganze Affäre. Patty sagt, sie kenne ihn auch. Es ist möglich, daß er herkommt und mich um Material bittet.«

Mark war sehr weiß geworden. Ein schlimmes Zeichen. Sie blickte ihn verdutzt an.

»Ich finde wirklich, ihr könntet rauskommen – schließlich sind Rosie und Barney da, und die mögen euch doch so.«

Rosie und Barney waren Aaron und Rachel.

»Reizende Menschen«, murmelte Mark.

Sie bedachte ihn mit einem Blick, aus dem eine grenzenlose Bereitschaft sprach, alles nur Erdenkliche klaglos über sich ergehen zu lassen. Letzte Woche hatte sie ausgerufen: »Denkt bloß nicht, daß das noch dieser spießige alte Haufen ist, es sind die ganzen neuen jungen aufregenden Leute!«

Sie setzte sich in einen alten Rohrsessel neben einem Blumenständer voller rosa-weißer, geflammter Blüten.

Mark setzte sich auf eine Holzbank – seine Art auszudrücken, daß er es eilig hatte. Martha machte eine Art Kompromiß, indem sie sich neben ihn setzte, aber das Angebot einer Tasse Tee annahm.

»Wie geht es Lynda?«

»Sie wollte mitkommen, hat sich dann aber doch dagegen entschieden.«

»Francis hat geschrieben – er komme bald nach Hause, sagt er.«

»Er ist zu Hause. Er hat Ferien.«

Margaret seufzte erneut: Francis wollte von seiner Großmutter nicht allzuviel wissen. Sie hätte gern gewußt, warum er an diesem Nachmittag nicht dabei war – sie waren jedoch entschlossen, dazu nichts zu sagen, denn sie hätten entweder grob werden oder Lügen erfinden müssen.

»Und Paul geht es sehr gut«, sagte Mark, um es hinter sich zu bringen.

»Fein, fein ... Ich könnte doch Graham auf eine Tasse Tee hereinbitten«, sagte Margaret.

»Nein, wirklich, wir haben es eilig. Ich habe dir etwas von Colin auszurichten ...«

»Ach ja?«

»Er hat gefragt, weshalb du ihn denn nicht mal besuchen kommst.«

»Ja, warum eigentlich nicht«, sagte Margaret verdutzt. Sie genoß die Gelegenheit, sich etwas ausruhen zu können, regte sich nicht und ließ die Hand, die die Zigarette hielt, an der Seite herabbaumeln wie ins Wasser. Mark, von jeher schwierig, war es auch jetzt wieder (so ihr Eindruck), und er hatte offenbar nicht die Absicht, einen Hehl daraus zu machen.

»Und Galina – die ist doch nett, nicht?«

»Sehr nett«, sagte Mark.

»Ja, vielleicht könnten sie ja alle zusammen mal hier Ferien machen.«

Mark stand kurz vor der Explosion.

»Ich nehme an, das könnte gefährlich für sie werden«, sagte Martha.

»Ach, ich weiß nicht«, sagte Margaret.

»Er würde gehenkt, gerädert, gevierteilt – vor Gericht gestellt«, sagte Mark grimmig.

»Na, vielleicht wäre es doch besser, wenn er nicht käme. Zu schade. Wir haben nämlich nächste Woche ausgerechnet ein paar Russen hier. Die Stadt hat uns gebeten, sie unterzubringen. Zwei Schriftsteller, ein Ballettänzer und ein Zeitungsredakteur.« Sie lächelte wohlgefällig. An Mark und Martha vorbei blickte sie auf die gutgefüllten Grünflächen hinaus. Wie jede gute Gastgeberin oder besser gesagt: geborene Gastgeberin, genoß sie mit ziemlicher Gewißheit nicht so sehr den Anblick der Leute, die sie tatsächlich vor sich sah, sondern die Vision derer, die sie sich für nächste Woche oder nächstes Jahr vorstellte – wenn man doch nur sehen könnte, wer sich in zehn Jahren zwischen den Blumenbeeten dort unten bewegen würde!

Mark saß ziemlich weit vorgebeugt und starrte seine Mutter an. Sie wandte ihre Aufmerksamkeit von ihren Gästen ab, den wirklich vorhandenen und den bloß vorgestellten, und lächelte ihm zu. Sie erkannte sehr wohl, daß er sich innerlich wand vor Wut, Erregung, Groll. Sie hatte wirklich keine Ahnung, weshalb. Sie fragte sich, wie sie es anstellen sollte, *ihr* Thema, nämlich Graham, wieder ins Gespräch zu bringen.

»Vielleicht fliege ich nächstes Jahr mal hin – schließlich haben wir ja jetzt die Anschrift.«

»Ja, warum nicht?«

»Woran arbeitet er denn – ich hoffe doch, nicht immer noch an Bomben und dergleichen?«

»Ich hielt es für ratsam, ihn nicht danach zu fragen.«

»Achso – ja, das läßt man wohl besser. Und ich weiß nicht, wir würden ja auch sowieso nicht verstehen, was er sagt, nicht? Und Bomben sind ziemlich – naja, verglichen mit den anderen Sachen, die heute von allen so gemacht werden, da sollte man wohl noch froh sein, daß er kein Nervengas herstellt oder irgendwelche Bakterien oder so etwas.«

»Soweit ich gehört habe, ist er gerade damit beschäftigt. Na gut ... ich muß jetzt wirklich machen, daß ich wieder nach Hause komme.«

»Aber du bist doch gerade erst ...«

Sie erhob sich wie er; sie starrten einander ins Gesicht, verbittert, gequält und bar jeden Verständnisses für den anderen.

»Ich weiß nicht, weshalb du ... Ich weiß nur eins: Was dich betrifft, habe ich mir schwere Vorwürfe zu machen«, sagte sie leise und bitter. In ihren Augen glitzerten Tränen.

»Ach, was bringt das denn!«

»Nicht, daß ich deinen Standpunkt nicht zu verstehen versucht hätte!«

»Was ist daran denn so schwierig? Das ist einfach eine Frage der Loyalität. Wir haben unterschiedliche Vorstellungen von Loyalität.«

»Oh!« sagte sie hochaufgereckt, bereit, mit Ironie zu kontern, zum Angriff überzugehen, doch sein Ingrimm nahm ihr den Wind aus den Segeln.

»Von persönlicher Loyalität«, sagte Mark.

»Na, ich ...« Unvermutet lachte sie. Fast wäre sie lachend durch das Blumenzimmer und aus dem Haus hinausgegangen und zu ihren Gästen zurückgekehrt.

Marks Miene hielt sie jedoch zurück. »Es hat doch keinen Sinn«, sagte sie, »nicht, daß ich nicht darüber nachdächte. Du sagst so etwas wie – falsch oder richtig, er ist mein Freund, richtig oder falsch, er ist mein Bruder. Nun, das ist ja alles schön und gut, nicht, außer wenn gerade wirklich etwas passiert, und man lebt damit – nein, warte eine Minute, jetzt möchte ich mal aussprechen dürfen, das darf ich ja nie, oder? Ich bin einfach eine Verbrecherin, ich bin im Unrecht. Doch als Colin – das gemacht hat, da hat er auch nicht an mich gedacht, stimmt das nicht? An seine Familie? Nicht an seine Frau – er hat überhaupt nie an Sally gedacht – und auch nicht an Paul. Er verfolgte einfach irgendwelche hochgestochenen moralischen Ziele – alles andere konnte zum Teufel gehen, ich ebenfalls – und nun du, Mark. Was mir gegen den Strich geht, ist, daß du in allen Dingen immer so verdammt *moralisch* bist. Du bist im Recht. Ja, wieso denn eigentlich? Vielleicht hattest du recht, vielleicht aber auch nicht. Doch woher weißt du eigentlich, daß ich *nicht* recht hatte? Doch jetzt, wenn ich dir auch nur in die Nähe komme, spüre ich doch ...«

Sie stand da hochaufgerichtet und lachte, bitter, schonungslos. Ihr gegenüber Mark, der sich in seine altgewohnte Bitterkeit verkrochen hatte, seine Verständnislosigkeit – sie glühte vor Erregung, er hingegen war kalt und weiß. So mußte er in seinem

Hotelzimmer in Moskau ausgesehen haben, als er auf die Begegnung mit seinem Bruder wartete, und dann danach, nachdem er sich von seinem Bruder verabschiedet hatte. Was sie jetzt sahen, das war der Ausdruck seiner wahren Empfindungen, ehe daraus trockene Ironie oder Nachsicht wurde.

»Jedenfalls«, sagte Margaret, »wollte ich dich eigentlich fragen – ach, was hat das denn für einen Sinn! Du fühlst dich ja doch wieder nur auf den Schlips getreten, ohne daß ich wüßte, weshalb ...« Sie nickte Martha lächelnd zu, bedachte Mark mit einem Blick, der ebenso qualvoll war wie seiner, und entfernte sich, um zu ihren Gästen auf dem Rasen zurückzukehren.

»Los, komm«, sagte Mark, »es sei denn, du würdest lieber ...« Er wies mit einem Nicken auf die Gruppe draußen.

»Nein«, sagte sie.

»Was für ein haarsträubendes Leben du doch führst«, sagte er, »wieso solltest du eigentlich nicht ... Schließlich ist so was doch recht unterhaltsam, nehme ich an, die Leute unterhalten sich bestens ...«

Wann immer Margaret in der Nähe war, fing Mark um Marthas willen zu leiden an. Er erinnerte sich an das, was die Leute sagten, und kurze Zeit, eine Weile, einen halben Tag lang, eine Woche, brummelte er grüblerisch vor sich hin, daß er Martha ausbeute. Meistens kamen sie beide jedoch bestens mit dem zurecht, was sie jeweils zu tun hatten. Jetzt hoffte sie bloß, daß die Trostlosigkeit, die er wegen seiner Mutter empfand, nicht in Trostlosigkeit Marthas wegen umschlug.

»Ich mache mir sowieso nichts draus«, sagte sie, »und überhaupt, Lynda macht doch das Essen, und wenn da wieder haufenweise Kinder im Haus sind ...«

Hinter der Hausecke, wo die anderen sie nicht sehen konnten, küßte er sie. Ein Kuß einstiger Liebender, der sich wie ein Likör aus hundert verschiedenen Geschmackskomponenten zusammensetzte, von denen die stärkste heute die Wut war. Er ließ sie mit dem Ausruf los: »Verflucht noch mal, bin ich denn verrückt? Oder ist sie es?«

Vom Haus her näherte sich lächelnd Patty Samuels: ein hübsches jüdisches Mädchen – immer noch Mädchen, obwohl bereits an die vierzig, da sie die offene Bereitwilligkeit eines Mädchens besaß. Sie trug ein kurzes, grünweiß gestreiftes Kleid wie ein Nachthemd, das unten mit Rüschen besetzt war. Da sie kräftig gebaut war, verlieh ihr das ein ungeheuer gesundes Aussehen. Ihr Lächeln war wissend, als sie die beiden beobachtete, und wurde dann weich und verwirrt, als Mark sie ebenfalls küßte. Die drei standen dicht beieinander, zu viele gefährliche Regungen waren entfesselt worden, und hinter ihren lächelnden Augen zuckte die Wut.

»Ach Mark«, sagte Patty, »du bist immer so kompliziert! Warum läßt du nicht mal fünfe gerade sein? Es würde sie glücklich machen, und es ist doch wirklich schrullig, daraus ein Prinzip zu machen!«

»Was! Was hat sie denn gesagt? Was ist denn *das* nun wieder?«

»Weshalb hast du denn nicht gesagt, daß du nicht willst?«

»Was nicht will?«

Graham Patten näherte sich ihnen. Er legte den Arm um Patty: Man sollte stets den Arm um jemanden gelegt haben, wenn man gesehen wird. Er sah verärgert aus.

»Weshalb hast du dich denn anders besonnen, Mark?« wollte er wissen.

»Hör mal, ich fahre schlicht und einfach nach Hause – ich habe nicht die geringste Ahnung, wovon ...«

»Du hast ihr also nicht gesagt, daß du bei dem Komitee nicht mitmachen willst?«

»Darüber ist überhaupt nicht gesprochen worden.«

Graham, der sich eng an Patty geschmiegt hatte, die ihn lächelnd gewähren ließ, ließ den Arm sinken – er hatte sie vergessen. Sie schüttelte und zupfte sich wieder zurecht, wie ein Vogel nach dem Tauchen, während er sich vorbeugte und in dramatischem Ton ausrief: »Dann scheint hier ja ein höchst bedenkliches Mißverständnis vorzuliegen!«

»Bedenklich ist daran gar nichts. Ich hab dir gesagt, ich unterzeichne den Aufruf – meine Mutter hat damit nichts zu tun.«

Einen Augenblick lang spürte man förmlich, wie es in den Köpfen der beiden arbeitete. Patty und Graham tauschten kaum merklich einen Blick.

»Doch was ist denn nun los?« fragte Mark verdrießlich. »Was denn eigentlich? Sie kann doch unmöglich schon wieder irgend etwas vermasselt haben?«

»Falls ihr nach London zurückfahrt, könntet ihr mich mitnehmen«, sagte Graham.

»Nein, wir wollen bei Freunden in Bone Hill reinschauen.«

»Falls das die Mowbrays sind, grüßt sie bitte herzlich.«

Mark ging zum Wagen. Graham beobachtete ihn, und da Patty zu weit entfernt war, legte er den Arm um Martha.

»Ich frage mich, ob die Mowbrays wohl was dagegen hätten, wenn ich auch mitkäme – sie habe ich mal gut gekannt, eine liebenswürdige Person.«

Martha schwieg, damit er begriff, daß Mark gelogen hatte und keinen Wert auf Graham legte.

Doch in diesem Stadium seines Lebens konnte Graham sich nicht vorstellen, daß jemand keinen Wert auf seine Anwesenheit legen sollte.

Ein weiterer Abend mit ihm, möglicherweise mit ein paar von seinen Freunden, stand drohend bevor. Patty entfernte sich daraufhin taktvoll zu Mark, der schon im Wagen saß, und bemerkte: »Ich kläre nur schnell noch was mit Mark, Schatz, und dann ...«

Takt war mittlerweile Pattys Hauptbeschäftigung. Offiziell war sie Intendantin am *Royal Shilling*. Sie verbrachte den ganzen Tag und die halbe Nacht damit, die überfüllten Umlaufbahnen eines Dutzend aufgehender Sterne zu ebnen, indem sie mit den Zeitungen verhandelte oder auch mit Graham; sie war die mildtätige Sonne, um die die Menschen kreisten. Die Geduld, die Scharfsinnigkeit, die sie sich während ihrer langen, schlimmen Zeit zugelegt hatte, kamen ihr jetzt sehr zustatten. Der Erfolg und die Anerkennung hatten sie erwärmt, sie war hübscher geworden, doch dahinter verbarg sich eine ungeheure Tüchtigkeit. Graham hatte eine flüchtige Affäre mit ihr gehabt, und als er sie jetzt beobachtete, wie sie sich in den Wagen hineinlehnte, um mit Mark zu sprechen, fiel ihm wieder ein, daß sie früher auch eine Affäre mit Mark gehabt hatte. Neben ihm stand Martha, über deren Beziehung zu Mark die Leute Mutmaßungen anstellten.

Graham graste jetzt verliebt Marthas Nacken und Ohr ab, wozu er sich hinabbeugen mußte, denn er war ziemlich groß, während er die Miene eines jungen Mannes zur Schau trug, der einem Älteren seine Erfolge neidet.

»Schätzchen«, murmelte er, während er an Marthas Stirn vorbei den Wagen beobachtete, »weshalb kriege ich dich eigentlich nie zu sehen?«

Diese Frage war geprägt von dem neuen Stil, der noch kein Etikett hatte: Er hatte sich noch nicht durchgesetzt. Was er auch nicht konnte, weil der vorherrschende Wind sich in Warmherzigkeit und zärtlicher Fürsorge für andere ausdrückte. Wenn jemand murmelte: Ach, nun sei doch nicht so *dekadent*, dann zollte er nicht dem Witz oder der Unverschämtheit, einer gewissen Kaltschnäuzigkeit Tribut (so als wenn das letzte von den vier Assen, mit denen man gerade das Spiel gewonnen hat, aus dem Ärmel gerutscht ist, und jeder weiß Bescheid, ist aber zu verblüfft über eine derartige Geschicklichkeit, um zu protestieren), sondern einer bewußten Zurschaustellung der Homosexualität in Aufmachung oder Stimme, die, so wie die politische Atmosphäre war, nur eine Variante mutigen Protests sein konnte.

Martha mußte lachen und befreite damit beide aus der Umarmung. Erheiternd war allein schon die Tatsache, daß er letzte Nacht erst nach drei gegangen war. Oder besser gesagt, er war hinausgeworfen worden und hatte gezetert: »Ich hasse das, so früh zu Bett zu gehen, ich tue das nie!« Wenn er so lange geblieben war, erklärte er, dann wegen Phoebes Töchtern: Alles las *Lolita*, und wie jedermann war er dadurch mit einer Neigung bekannt gemacht worden, die, so behauptete er, sein zweites bitter ernstes Laster war. Phoebes Töchter hatten *Lolita* gelesen und waren geschmeichelt. Sie hatten sich jedoch um zehn verabschiedet, um schlafen zu gehen. Er hatte morgens früh angerufen, um sich für seine Grobheit zu entschuldigen. Er sagte, er habe sich eingebildet, er sei witzig. Das Problem war nur, daß der Ton dieser Zeit nicht zu Graham paßte, der doch angeblich einer ihrer Prototypen war.

In fünf, sechs Jahren wäre er durchaus mehr in seinem Element gewesen, doch unterdessen war er gezwungen, den Witz als Feind des Herzens zu betrachten – »ein Organ, das, ach, noch nie meine starke Seite gewesen ist«.

Drüben im Wagen sah man einen lächelnden, entspannten Mark.

»Sie ist wunderbar«, sagte Graham, »wie macht Patty das bloß? Wo immer sie ist, glücklich lächelnde Gesichter . . .«

Sie kam wieder zu ihnen. »Alles in Ordnung. Mark hatte seine Meinung überhaupt nicht geändert. Margaret hat das falsch verstanden.«

»Oh, fein – dann können wir das ja im Auto besprechen.« Er eilte zum Wagen, während Patty und Martha, die daran gewöhnt waren, die Achseln zuckten und ihn gewähren ließen.

»Ich glaube, Margaret hat Angst, daß John ins Gefängnis muß«, murmelte Patty, und das war als Warnung gemeint. Sie wollte sagen: Sieh doch zu, daß Mark sich beruhigt, denn Margaret ist so unvernünftig.

»Besteht denn die Gefahr?«

»Ja. Kenny hat letzte Woche sechs Monate bekommen.«

Sie schauten zu, wie Graham sich auf den Rücksitz setzte. Mark, der schon wieder ein finsteres Gesicht machte, bedeutete Martha durch ein Kopfnicken, daß sie kommen sollte.

Sie ging in die eine Richtung, und Patty kehrte auf den sonnenbeschienenen Rasen zurück.

Sie fuhren nach London, und der Besuch bei den Freunden in Bone Hill, den Mowbrays oder bei wem auch immer, wurde mit keinem Wort mehr erwähnt.

Der junge Graham trat mit Verve für die Homosexuellen ein,

gegen die kürzlich eine öffentliche Offensive eingeleitet worden war. Denn dies Jahr war es nicht der Kommunismus, der die Nation zugrunde richtete, sondern die Homosexualität. Die Leitartikler und die Kolumnisten wetterten und raunten und drohten und warnten allwöchentlich, und in diesem Netz war der arme John Patten gefangen worden. Angeblich hatte er im Green Park zur Unzucht aufgefordert. Ein vielköpfiges Komitee war ins Leben gerufen worden, hauptsächlich aufgrund von Grahams Bemühungen, und ein Appell war im Umlauf, und alle möglichen Persönlichkeiten des öffentlichen Lebens waren daran beteiligt. Mark hatte sich letzte Woche einverstanden erklärt, jeglichen Appell zu unterschreiben, hatte jedoch keinem Komitee beitreten wollen, denn das hielt er nicht gerade für seine Stärke. Folglich war es ihm gar nicht in den Sinn gekommen, daß das vielleicht der Grund sein könnte, weshalb Margaret ihn heute hierhaben wollte.

Nun wurde offensichtlich, daß Margaret den Eindruck haben mußte, Mark fühle sich nicht verpflichtet, für ihre Anliegen einzutreten, da sie doch für die seinen auch nicht eingetreten war.

Sie war zu ihren Gästen zurückgekehrt und hatte gemurmelt, Mark sei immer so schwierig. Das wurde so ausgelegt, daß er das aktuelle »Anliegen« nicht unterstützen wollte. Es überraschte niemanden. Sie wußten doch, daß er reaktionär war.

Beispielsweise als er gefragt wurde, weshalb er denn nach dem Erfolg von *Rachel und Aaron* kein neues Stück schreibe, hatte er geantwortet, er müsse es nicht, denn er habe ein privates Einkommen. Das war so unpassend, daß ihnen äußerst unbehaglich zumute war und sie sich geradezu genötigt fühlten, ihn in Schutz zu nehmen. Einem solchen Mann war es durchaus zuzutrauen, daß er sich weigerte, eine Petition zugunsten seines Stiefvaters zu unterzeichnen.

Graham bekam von Marks Stimmung nichts mit. Er sprach über die arme Margaret, und wie sie sich aufregte: allein schon wegen der Russen, die erwartet wurden. Sie hatte das Gefühl, daß man sie wahrscheinlich (selbstverständlich taktvoll) bitten würde, die Rolle der Gastgeberin lieber doch nicht zu übernehmen, selbst wenn John nicht ins Gefängnis gesteckt werden sollte. Und in einem Monat erwartete sie ein ganzes Haus voll Amerikaner, Romanschriftsteller und Lyriker.

Er redete weiter, während Mark schwieg und sich fragte, ob das wohl ein nachträglicher Vorwurf sein sollte, der früheren Schmälerungen von Margarets Gesellschaftsleben galt. Alles in allem schien es jedoch nicht der Fall zu sein: Graham hatte das vergessen, wie alle anderen auch.

Und das »Anliegen« war auch keineswegs der Grund, weshalb Graham hier im Wagen saß. Da er wieder einmal an einer Wendemarke stand, wandte er sich ratsuchend an seinen Onkel.

Seiner Karriere in der Filmindustrie war zwar nur eine kurze Blüte beschieden gewesen, doch er hatte das Gefühl, daß der Zeitaufwand sich gelohnt hatte. Was hatte er nicht von verschiedenen reichen, aber wohlmeinenden Männern für gute Ratschläge bekommen! Wenn der frische Wind, der gegenwärtig durch die anderen Künste wehte, die britischen Filme auch noch nicht erreicht hatte, so würde das zweifellos bald kommen, und dann würde man Graham Patten die Anerkennung nicht versagen können.

Ein paar Monate lang hatte er nichts mit sich anzufangen gewußt. Er hatte den Oxford-Absolventen in sich wieder zum Leben erweckt oder Gebrauch von ihm gemacht und ein Buch mit dem Titel *Graue Nächte* geschrieben, geistreiche, weltläufige und kenntnisreiche Essays, doch der Erfolg hatte ihm nicht behagt, und mittlerweile warf er sich auf die Jazzszene: Er führte ein paar amerikanische Musiker ein und hatte mit einer einheimischen Bluessängerin aus Brixton ein Verhältnis.

Plötzlich dann Ungarn und Suez im Fünf-Sterne-Jahr, wenn Suez ihn auch erst nachträglich beschäftigen durfte, denn er war wegen der Revolution in Budapest. Wie er später gestand, war er hingefahren, »weil es mich plötzlich drängte, die Sache am eigenen Leib zu erleben«. Dort überbrachte er »solidarische Grüße aus Großbritannien«, erlebte, wie einige Menschen getötet und andere aus dem Gefängnis entlassen wurden, und begegnete anderen Engländern, alle frisch von der Universität, die genauso romantisch waren wie er. In diesen erblickte er ein abstoßendes Spiegelbild. Nachdem er einen von ihnen volltrunken von einer Barrikade herunter über die Weltrevolution deklamieren gehört hatte, während er später behauptete, damit »mal was fürs Balliol getan« zu haben, packte ihn der Abscheu vor Amateuren. Ein paar Monate lang war er durch osteuropäische Länder und durch Rußland gereist und hatte dabei hauptsächlich die Theatersituation unter die Lupe genommen. Dann war er nach London zurückgekehrt, entschlossen, als Prophet des sozialistischen Realismus zu wirken – Brecht wollte er bringen, den zeitgenössischen Humanismus und den Revisionismus – letzteren in gedämpfter Form, wie sie dem britischen Schauplatz angemessen war. Der Haken war bloß – andere hatten bereits dasselbe unternommen, waren schon dabei, und jeder hielt sich für einen einsamen Vorläufer. Ein halbes Dutzend bestens ausgebildeter, einflußreicher junger Männer, die die Nase im Wind haben, können eine Menge ausrichten. Er gehörte zu denen, die das stagnierende, lebensferne Theater der frühen Fünfziger verändert haben. Doch das war genau sein immer wiederkehrendes Dilemma: Was nun? Wie er bereits gesagt hatte und nun erneut sagte: »Ich bin noch nicht dreißig, und höher hinauf geht's nun nicht mehr?«

Das war kein Scherz, denn wenn er sich auch mit Max Beerbohm verglichen und nebenher jeden anderen nur erdenklichen Vorteil aus seiner Lage gezogen hatte, die Tatsache blieb bestehen: Er hatte London erobert – was für andere Gipfel konnte es nun noch geben? Danach konnte es immer nur bergab gehen.

Mark hatte Amerika vorgeschlagen: Schließlich war es mindestens drei Jahre her, seit Graham dort gewesen war. Graham war nach New York zurückgekehrt und dort glänzend angekommen. Den Jazz hatte er damals von dort mitgebracht; jetzt brachte er den Marxismus mit, der noch den ganzen Zauber des Neuen besaß, denn kein Mensch konnte sich dort erinnern, je so etwas gehört zu haben, da die eigenen Kommunisten ja alle auf

Jahre hinaus zum Schweigen gebracht worden waren – entweder sie saßen im Gefängnis oder sie waren weggegangen, um in London Zuflucht zu suchen, oder sie hatten sich umgebracht oder waren in Nervenheilanstalten. Tatsächlich lag das Zeitalter Joe McCarthys so weit zurück, daß sich unsäglich viele Menschen nicht daran erinnern konnten und behaupteten, so etwas habe es nie gegeben. Eins stand jedenfalls fest: Kein Mensch glaubte, daß so etwas noch einmal passieren könnte. Wie Graham sagte, als er mit der Neuigkeit des Liberalismus und der Freiheitsliebe, die in Amerika herrschten, zurückkehrte: »Das sind ja alles so liebe, nette, wunderbare Menschen – glaub mir, Mark, ich fühlte mich da so gut aufgehoben wie damals, als ich nach Moskau gefahren bin.«

Doch als er wieder zurück war, was dann? Er setzte einige Hebel in Bewegung, um eine Aufführung des *Sturm* in die Wege zu leiten, der ganz unzweifelhaft Shakespeares Botschaft hinsichtlich der Unterprivilegierten war: Caliban war ein Afrikaner, und in den Erläuterungen im Programmheft wurden Vergleiche mit Südafrika gezogen. Er machte *Toad of Toadhall* für ein Theater in der Shaftesbury Avenue. Und was danach? Er brauchte ein neues Eroberungsfeld. Ob das Fernsehen geeignet wäre?

Das Problem war immer noch ungelöst, als sie die Hammersmith Bridge erreichten, wo ein Freund von Graham wohnte, der versprochen hatte, dem Komitee beizutreten. Die Selbstverständlichkeit, mit der dieser Mann sich einverstanden erklärt hatte, erinnerte Graham an Marks Unzugänglichkeit, und er begann Mark zu drängen, dem Komitee doch noch beizutreten. Mark sagte ja, vorausgesetzt, er müsse nicht zu Komiteesitzungen gehen. Graham, ein Neuling auf politischem Gebiet, hielt das für undurchführbar.

Dann entwickelte ihm Mark seinen Standpunkt, der darin bestand, daß es bei solchen Gelegenheiten, nämlich, wenn Mutter Britannien sich im Zustand moralischer Entrüstung befand, das beste sei, so wenig wie möglich zu sagen.

»Also wirklich, du schlägst doch wohl nicht vor, daß wir *überhaupt* nichts unternehmen sollen?«

»Keineswegs – ihr solltet soviel wie möglich so leise wie möglich unternehmen. Dann legt sich der Sturm – sonst werden Köpfe rollen und Sündenbücke hermüssen.«

»Legt sich der Sturm! Die ganze Situation ist einfach schandbar!«

»Das kann man wohl sagen. Doch wenn sie der Homosexualität überdrüssig sind, dann fangen sie mit etwas Neuem an, irgendwas ist immer an der Reihe.«

Graham konnte das nicht einsehen: Es geht eben doch nichts über Erfahrungen. Er glaubte, wenn er nur lange genug mit Mark rechtete, dann wäre Mark genötigt, seine Meinung zu ändern, da er, Graham, ja nun mal offensichtlich im Recht war und Mark gleichermaßen duckmäuserisch wie schlecht informiert.

Immer noch streitend, gelangten sie nach Hause, wo sie Patty vorfanden: Sie hatte sich mitnehmen lassen und wollte mit Mark und Graham sprechen.

Das Haus schien voll von Menschen aller Altersstufen zu sein. Aus mehreren Quellen kam Musik. Da die Küche und das Wohnzimmer besetzt waren, gingen die vier in das leere Eßzimmer.

Patty war offenbar nicht wohl in ihrer Haut, außerdem schien sie erregt.

Das war gewissermaßen die öffentliche oder berufliche Seite ihres Gemütszustands: Insgeheim war sie wütend, was etwas ganz anderes war, weil sie sich einen angenehmen Abend bei Margaret erhofft hatte, doch statt dessen nach London hatte jagen müssen, um die Leute zu beruhigen – wie üblich.

Als sie mit der Meldung, daß Mark die Petition unterzeichnen würde und Graham mit ihm habe nach London fahren wollen, zu den Gästen zurückgekehrt war, hatte Margaret gemurmelt: Na, dann ist ja alles in Ordnung.

Sie wäre nur allzu froh gewesen, die Sache auf sich beruhen zu lassen, doch die Dinge auf sich beruhen zu lassen, war gleichzeitig ihre Gabe und ihr Untergang: Dadurch, daß sie nichts sagte, zuließ, daß die Leute sich dachten, was sie wollten, befand Mark sich in einer schiefen Position. Sie wußte das, sah jedoch nicht recht ein, inwiefern das ihre Schuld war. Sie befand sich ja ebenfalls in einer schiefen Position, und zwar gewaltig, und alle Unannehmlichkeiten, die Mark auszustehen haben mochte, waren nichts im Vergleich mit den ihren.

Die Entdeckung, daß ihr dritter und, wie sie gehofft hatte, letzter Ehemann – zumindest *auch* – homosexuell war, hatte ihr Qualen bereitet – doch abgesehen von ein paar trockenen Bemerkungen Patty gegenüber, die ein großartiger Kumpel war, hatte sie nicht viel dazu gesagt, außer »in meinem Alter zählt sowieso nur die Gesellschaft des anderen, sonst nichts«. Für eine beachtliche Zahl von Frauen, die diese Gesellschaft des anderen entbehren mußten, war das eine brauchbare Richtschnur. Doch daß man sich auf diesen Standpunkt stellte, war eine Sache – eine ganz andere war, sich im Mittelpunkt einer öffentlichen Prinzipienschlacht zu befinden. Sie ärgerte sich über ihren Stiefsohn, konnte das jedoch nicht sagen. Weshalb mußten die Menschen bloß ständig auf irgendwelchen Podien stehen, Erklärungen abgeben und Unruhe stiften? (Ihre Haltung war, mit einem Wort, der Marks ziemlich ähnlich, nur daß keiner von beiden dies zu erkennen vermochte.) Es tat ihr furchtbar leid für ihren armen John, der gar nicht da gewesen war, weil er sich bei seiner betagten Mutter aufhielt, weit weg von dem ganzen Geschrei und dem Rampenlicht und den Menschen, die um sie, Margaret, herumwirbelten, während sie so pflichtbewußt zu ihm stand. Und eigentlich hätte sie wer weiß was darum gegeben, wenn man sich irgendein anderes Haus als Zentrum oder als eines der Zentren des Protests aussuchen würde. Doch das konnte sie nicht sagen.

Nun schwieg sie, während jemand, der noch nicht mitbekommen hatte, daß Mark Coldridge Margaret Pattens Sohn war, sich über dessen Zusammenleben mit zwei Frauen ausließ, über die Heterosexuellen, die weitaus unmoralischer seien als die Homosexuellen etc. etc. Das machte sie wütend, und der Kopf tat ihr weh. Denn wie viele Menschen war sie zwar gewillt, den Homosexuellen alles nur erdenkliche Glück und jeden Erfolg bei ihren privaten Angelegenheiten zu wünschen, doch wollte sie ungern soweit gehen, nun auch noch deren Anspruch auf moralische Überlegenheit zu unterstützen. Derselbe Mensch äußerte als nächstes, es überrasche ihn nicht, daß Mark Coldridge diese Haltung einnehme; seine Romane wiesen ihn als einen geborenen Reaktionär aus; als konservativ und wahrlich autoritär.

Woraufhin Margaret ihn anfuhr, das sei Unfug, Mark sei Kommunist, »ich dachte, das hätte sich herumgesprochen«.

Hatte es aber nicht; die neue Epoche hatte alle anderen ausgelöscht. Der Mensch, der gesprochen hatte, wurde im Flüsterton darüber aufgeklärt, daß er ihren Sohn attackiert hatte, und ihr Einwurf wurde auf ihren verständlichen Ärger zurückgeführt.

Nach einer Pause wechselte man das Thema, und jemand nahm Patty beiseite, um zu bedenken zu geben, daß Mark nicht mit dem Komitee in Verbindung gebracht werden dürfe, wenn er Kommunist war – das könne die Lage doch sehr erschweren. Wenn das so sei, sagte Patty darauf, dann dürfe sie das ebensowenig, denn sie sei in derselben Position.

Das Unbehagen war inzwischen allgemein. Die Atmosphäre des sonnigen Nachmittags war getrübt durch Verstimmungen, Peinlichkeiten und Zweifel. Jemand wollte wissen, um was es denn nun eigentlich gehe? Gute Frage, doch um das herauszufinden, war es bereits zu spät. Der Nachmittag war schiefgegangen. Margaret machte ihre Kopfschmerzen publik, und die Gäste fingen an aufzubrechen.

Patty wußte: So wie diese Kreise nun mal waren, die sich von Klatsch, Tratsch und Bosheit nährten, durfte Mark alsbald einen Anruf erwarten, der ihn über das Vorgefallene ins Bild setzen würde. Wahrscheinlich hätte er es dann endgültig satt und würde mit der ganzen Sache nichts mehr zu tun haben wollen. Patty wußte, worin ihre Aufgabe bestand: Genau das hier war ihre Aufgabe, dafür bekam sie ihr großzügiges Gehalt.

Sie würde wie immer den Blitzableiter spielen, gewissermaßen die Erdung übernehmen. Folglich stand sie jetzt im Eßzimmer, nun tatsächlich insgeheim wütend, sehnte sich nach ihrem Bett, einem schönen Buch und einem Glas kalter Milch, war dabei jedoch dem Anschein nach ausschließlich von der Sorge um das öffentliche Wohl erfüllt.

»Tut mir leid«, sagte Graham, »aber für Hexenjagden jeglicher Art bin ich nun einfach mal nicht zu haben. Und wenn Mark draußen bleiben muß, dann gehe ich auch raus.«

»Ach Blödsinn«, sagte Mark, »nun bausch das doch um Himmels willen nicht schon wieder so auf!«

Das Telefon klingelte. Es war Margaret, die Mark sagen wollte, er möge nichts auf »die Geschichten über sie« geben – nein, sie wolle jetzt nicht ins Detail gehen, doch was man ihm erzähle, sei nicht wahr, das sei alles.

Sie legte auf. Mark sagte: »Jetzt paß mal auf, Graham, vor drei Tagen habe ich dir gesagt, ich würde eine Petition unterschreiben. Und genau das werde ich tun. So einfach ist das alles.«

»Ach nein, wirklich, das ist doch zu . . .«, rief Graham und kam mit seinen Einwänden, unterstützt von Patty, die die beiden beobachtete, um zu wissen, wohin das Pendel gerade ausschlug, und Martha von Zeit zu Zeit einen Blick zuwarf, damit die nötigenfalls ein bißchen schüren oder dämpfen konnte.

Patty wußte, daß derlei gefühlsgeladene Auseinandersetzungen ihren Gang gehen mußten. Graham mußte ein gewisses Quantum moralischer Entrüstung über fehlgeleitete moralische Entrüstung verpulvern, und Mark, ein schwerblütiger, sturer Mensch, mußte finster vor sich hin blicken, bis Graham aufhörte, während Martha (»eine von den Schweigsamen, der Teufel soll sie holen!«) keine große Hilfe sein würde . . . Im Theater bewältigte Patty, wenn ein geeignetes weibliches Wesen dabei war, einen solchen Vorfall in ein paar Minuten. Jahrelang hatte Patty diese Funktion erfüllt, ohne sich dessen bewußt zu sein. Manchmal, wenn sie wußte, daß sie äußerlich schäumte und sich in temperamentvollen Ausrufen erging, während sie innerlich gelassen blieb, hätte sie sich gern mit einem jüdischen »Oi, oi, oi!« über sich selbst lustig gemacht. Und wenn die Leute gesagt hatten, sie sei hysterisch, dann hatte sie mit komischer Entrüstung gefragt: »Was, ich und hysterisch?« An einem bestimmten Punkt war sie sich über einen Mechanismus klargeworden, der da am Werk war. Sie hatte ihn häufig im Griff. Doch nicht bei diesen beiden Männern – einer so aufbrausend und gefühlsbetont, der andere so schwer zu entflammen.

Unvermittelt machte Martha der Sache ein Ende. Sie bemerkte: »In dem Fall, da die Leute mehr aufs Prinzipielle hinaus wollen, würde ich sagen, weder Mark noch du noch Margaret sollten sich daran beteiligen – ihr gehört alle zur Familie, und die Leute, die mit euch zusammenarbeiten, könnte das eher in Verlegenheit bringen ...« Woraufhin Graham sich überhaupt nicht mehr darüber beruhigen konnte, was für eine lächerliche Einstellung das sei – er wurde sehr grob. Daraufhin sagte sie nichts mehr. Er wütete also gegen eine stumme Frau, konnte es irgendwann nicht mehr aushalten und ging auf sie los. Das sah nach einem Angriff aus, mündete jedoch in ein paar überschwengliche Küsse: Oh, Gott, Martha, es tut mir so furchtbar, furchtbar leid, ich weiß gar nicht, was ...

Es war vorbei. Patty fragte sich, ob Martha das wohl beabsichtigt hatte.

Jedenfalls ging sie taktisch vor, als sie Graham bat, doch in die Küche zu gehen und Lynda zu fragen, ob sie den Tisch hier drinnen gedeckt haben wolle und für wie viele, und Mark bat, doch mal nachzusehen, ob mit Paul alles in Ordnung war.

Die beiden Frauen blieben allein zurück.

»Weiß der Himmel, wie du das durchstehst!« sagte Martha.

»Das ist das reinste Theater, Herzchen, das reinste Theater!«

»Das ist nicht bloß Theater – es ist alles auf einmal. Trotzdem ...«

Graham kam an der Tür vorbei und steckte den Kopf herein, um mitzuteilen, Lynda finde, sie sollten in der Küche essen.

Patty hatte einen Stuhl von dem langen, sehr offiziell wirkenden Tisch abgerückt, sich gesetzt, einen Augenblick außer Dienst, und rauchte mit geschlossenen Augen.

Das Zimmer wurde kaum benutzt. Alle zogen die Küche vor. Patty, ein vergnügtes, dickes Kind in ihrem flotten Kinderkleidchen, saß wie ein kleines Mädchen in der strengen, gravitätischen Erwachsenenszenerie.

»Hast du das alles mit Absicht gemacht?« fragte Martha plötzlich. »Sag doch mal!«

Das kleine Mädchen öffnete ein paar ungeheuer pfiffige dunkle Augen und zwinkerte Martha zu. Sie schloß sie wieder. »Menschenskind«, sagte Martha, »gerade eben kam mir so eine – klar. *Natürlich.*«

»Natürlich«, sagte Patty ermattet, »aber glaub's mir, es zermürbt einen völlig, völlig ... Glaubst du, ich kann mich vor dem Abendessen noch einen Moment hinlegen – falls ihr mich dazu einladet? Ich bitte darum. Ich könnte mein einsames Zimmer heute abend nicht ertragen.«

»Was ist denn aus Eric geworden?«

»Dreimal darfst du raten.«

In einer anderen Stimmung hätte Patty das ausgiebig erläutert. Doch in den Grundzügen blieb ihr Problem immer gleich. Sie war zu alt für eine »richtige« Ehe, sagte sie. Sofern sie nicht doch noch einen alten Mann oder einen mit einem verkrüppelten Gefühlsleben wolle, würde sie überhaupt nicht heiraten; fürs erste habe sie sich auf den »Dienstplan der älteren Frau« verlegt: »Ich nehme an, irgendwer muß das übernehmen – ist vermutlich eine soziale Funktion ...« Sie hatte sich nach der Möglichkeit erkundigt, ein Kind zu adoptieren.

Martha schickte sie zum Schlafen in ihr Zimmer hinauf und ging ins Wohnzimmer.

Dort saß Graham tief in den Polstern des großen Sofas, und die beiden Mädchen saßen links und rechts neben ihm. Er war völlig selbstversunken, die Hände zwischen die Knie geklemmt, das Kinn gesenkt, die Augen gerötet. Jill und Gwen, zwei blonde, strahlende, blauäugige halbe Portionen, saßen neben ihrem geistreichen Onkel Graham, starrten jedoch mit glühender Bewunderung ihren Vetter Francis und seinen hübschen Freund

Nick Anderson an, den er von der Schule mit nach Hause gebracht hatte. Die beiden nett aussehenden Jungen, die hübschen kleinen Mädchen beschäftigten sich ausschließlich miteinander. Außerhalb ihres magischen Zirkels beobachteten zwei Afrikaner, Freunde von Phoebe, mit höflicher Neugier eine Londoner Szene, und Graham machte keinen Hehl daraus, daß er Qualen der Begierde ausstand, denn mochte er auch noch soviel die Wangen und Dekolletés reifer Frauen abgrasen und sie küssen und tätscheln, solange sie es erlaubten, hier lag seine Wahrheit.

»Es geht dir doch hoffentlich gut?« forschte Martha, durchaus in der Absicht, sich über ihn lustig zu machen, und blickte ihn an. Und er hob die geschwollenen Lider und murmelte: »Nein.«

»Würdest du vielleicht so nett sein und mir beim Tischdecken helfen, liebster Graham?«

»Nein.«

»Ich gehe doch richtig in der Annahme, daß du zum Abendessen hierbleibst?«

»Ja.«

»Ich nehme an, Lynda weiß Bescheid?«

»Bestimmt!«

Martha ging in die Küche, wo Lynda allein mit dem Kochen beschäftigt war. Sie hatte ein Kleid an, was bedeutete, daß sie vorhatte, mit ihnen zu essen. Sie kochte in letzter Zeit häufig, flüchtete jedoch im letzten Moment nach unten: Viele Menschen regten sie auf.

Sie sah viel besser aus. Sie hatte etwas zugenommen. Der Kampf gegen die Tabletten war noch nicht gänzlich gewonnen, weil sie zuweilen Schlaftabletten nahm, doch wie viele Menschen taten das damals nicht, wie sie selbst sagte. Ein Jahr zuvor war sie plötzlich abermals zusammengebrochen, weil Mark sich erneut zu der Annahme verstiegen hatte, wenn es ihr besser ging, dann ginge es ihr gleich gut – er hatte erneut vorgeschlagen, sie solle wieder nach oben ziehen und seine Frau sein. Sie hatte sich geweigert, in eine Klinik zu gehen, sei sie nun staatlich oder privat, und das sogar, obwohl Dr. Lamb versprochen hatte, daß man ihr keine Medikamente geben würde. Sie traue ihm nicht, hatte sie gesagt. Unter vier Augen hatte sie Martha gesagt, daß sie sich außerdem selbst nicht traute. In einer Atmosphäre, wo alle Medikamente nahmen, wo von einem erwartet wurde, daß man sie nahm, würde sie das ebenfalls tun. Sie konnte nicht allein im Kellergeschoß bleiben, denn sie wußte, sie würde alles mögliche kaputtmachen und weinen und schreien, und Paul war jetzt die ganze Zeit im Haus, und Francis pendelte zwischen seiner neuen Schule und seinem Zuhause hin und her. Also was tat man am besten? Plötzlich dachte jeder an Dorothy und sprach von ihr – sie war tot.

Ein weiterer Selbstmordversuch war geglückt; sie glaubten, daß das nicht Dorothys Absicht gewesen sei. Wenn man daran dachte, wie nett Dorothy immer gewesen war, wenn Lynda sich »dumm benahm«, Lynda niedergeschlagen war, es ihr schlechter ging . . . Martha sah sich nach einer Wohnung um, wo Lynda sich ungestört dumm benehmen konnte. Sie fanden eine, zu einem enormen Preis. Lynda entdeckte, wie teuer die Wohnung war, und fing an, sich bittere Vorwürfe zu machen. Eine Krankenpflegerin zog mit Lynda in diese Wohnung und rief jeden Abend an, um über Mrs. Coldridges Befinden Bericht zu erstatten: Ein bißchen besser heute, glaube ich, nein, alles in allem nicht so gut, fürchte ich . . . Plötzlich kehrte Lynda nach Hause zurück, bat, die Pflegerin zu entlassen, und verkündete, es sei alles wieder in Ordnung. Die Pflegerin meldete, sie sei außerordentlich ruhig und manierlich gewesen.

Ruhig und ungeheuer bemüht war Lynda von da an stets gewesen. Eine schlimme Nervenbelastung war allerdings – das Verhältnis zwischen Lynda und Paul. Paul haßte Lynda jetzt, und dieser Haß nahm die schrillsten und grausamsten Formen an, was auch ein Grund war, weshalb es sie solche Mühe kostete, an den Mahlzeiten teilzunehmen. Lynda sagte einfach nur, sie könne Paul nicht verkraften. Sie verstand nicht, daß er auf die übelste Weise im Stich gelassen worden war. Sie glaubte nicht, daß sie auch nur das Geringste zu geben hatte, und folglich glaubte sie auch nicht, daß sie Paul während jener langen Periode etwas hatte geben können, wo sie tatsächlich seine einzige Freundin gewesen war. Es war ihr nicht klarzumachen, daß sie ihm etwas wegnahm, wenn sie sich nun zurückzog.

Wenn Francis in den Ferien nach Hause kam, bemühten Mutter und Sohn sich gemeinsam, so etwas wie eine Freundschaft aufzubauen. Denn sie waren wie zwei sehr alte Freunde, die voneinander getrennt gewesen waren und nun wieder zusammen sein durften. Sie waren geduldig, taktvoll, besonnen. Tage, eine Woche oder auch einen Monat ging alles gut, dann saß Lynda plötzlich steif da, lächelte allzu strahlend, beobachtete alles mit einer Wachsamkeit, der nichts entging, wobei sie jede eigene Geste und jedes Lächeln und jeden Blick zur Begutachtung freigab, während sie spürten, wie sie ihr ihrerseits preisgegeben waren. Und dann wurde Francis kreidebleich und ging in sein Zimmer. Dort weinte er. Wie er es schon als kleiner Junge getan hatte, so weinte er auch jetzt und kam dann, ohne sich zu schämen, mit verweinten Augen zum Essen herunter. Und Lynda, in ihrem Kellergeschoß, weinte ebenfalls.

Und dann, wenn sie sich die ganze Anstrengung und Spannung von der Seele geweint hatten, jeder für den anderen mit, dann machten sie sich an den nächsten Versuch.

Während der zwei Monate seit Marks Rückkehr aus Moskau war es mit Paul – doch Worte wie besser oder schlimmer schienen unangebracht. Einer der Spezialisten, die man zu Rate gezogen hatte, hatte gesagt, je ungezogener Paul sei, desto besser – Gehorsam, unauffälliges Betragen, Fügsamkeit, das sei alles schlecht. An dieser Elle gemessen, ging es Paul gut und Francis schlecht. Gewiß war Francis' extrem gutes Betragen schon immer beunruhigend gewesen – doch konnte das nicht ebenfalls eine Form des Selbstschutzes sein, hinter dem Francis wuchs und gedieh? Francis' Auftreten, seine Lebenseinstellung ermutigten allerdings nicht eben zu derartigen Fragen, zumal stets und überall schon Paul da war, der soviel Zeit, soviel seelischen Aufwand beanspruchte. Nach dem zu urteilen, was er von den

Erwachsenen forderte, war er viel schlimmer dran. Er war unausstehlich.

Als Mark aus Moskau zurückgekehrt war, hatte er eine Zeitlang die Schallplatten gar nicht erwähnt – er schämte sich für seinen Bruder. Dann saßen Martha und er und Lynda beisammen und versuchten, sich darüber klar zu werden, ob ein paar geschenkte Schallplatten und die vage Einladung, doch mal nach Moskau zu kommen, besser waren als nichts oder der Gipfel der Grausamkeit. Die Diskussion, die Ungewißheit dauerten ein paar Tage an. Welche Auswirkung das alles auf Paul hatte, blieb zweifelhaft, doch für die drei warf dieser Vorfall ein bezeichnendes Licht auf ihre Lage zu diesem Zeitpunkt. Äußerlich gesehen war alles so heiter und unbeschwert und liberal, der Strom der gutgelaunten Schlachtenbummler, die ins Haus kamen, riß nicht ab, eine freundlich optimistische Atmosphäre war die Regel, und doch war dies eine Welt, in der es, wenigstens ihrem Empfinden nach, durchaus die angemessenere Erziehung sein konnte, wenn man sagte: Mein lieber Paul, du bist entbehrlich wie jeder andere auch und kannst froh sein, daß du sogar Nachricht von deinem Vater hast – schließlich haben viele Menschen überhaupt keinen Vater mehr. Und verglichen mit neun Zehnteln der Weltbevölkerung hast du überhaupt keinen Grund zur Klage . . . Statt dessen saßen behutsame, einsichtige Erwachsene beisammen und redeten, planten und sorgten sich um das seelische Gleichgewicht und die Gesundheit dieser winzigen, begünstigten Zahl.

Ob man so überhaupt denken sollte? Ach, höchstwahrscheinlich nicht. Doch wie sollte man das wissen? Und war es, weil sie der Welt gegenüber anders eingestellt waren, sich auf einer anderen Wellenlänge befanden, eben ein anderes Weltgefühl oder doch jedenfalls eine andere Einstellung hatten, ihre Pflicht, dies nun auch an Paul und Francis weiterzugeben? Mußten die beiden nicht eher beschützt werden? Selbst dann, wenn man selbst nicht einen Augenblick glauben konnte, daß deren künftiges Leben sich überhaupt schützen ließ oder anders aussehen konnte als gefährlich und von Gewalt bestimmt?

Die Platten wurden in Packpapier gewickelt und versteckt, und nun warteten sie darauf, daß Paul eine bestimmte Frage stellte – schließlich wußte er ja, daß Mark in Moskau gewesen war. Doch Paul sagte nichts.

Schließlich ging Mark ins Pauls Zimmer hinauf, wo der Fernseher jetzt stand.

Paul hatte eine Sendung angesehen, die für viel kleinere Kinder gedacht war, und hatte sich auch nicht ablenken lassen, als er wußte, daß sein Onkel im Zimmer stand.

»Paul, ich möchte dir etwas sagen ...«

Er mußte es wiederholen, woraufhin Paul das Programm ausschaltete.

»Was denn?«

»Ich habe deinen Vater in Moskau gesehen.«

Paul sagte kein Wort. Er starrte den leeren Bildschirm an.

»Er hat mir das hier für dich mitgegeben.«

Mark legte die Platten auf einen Tisch, und Paul starrte sie einen Augenblick an, nickte und schaltete den Fernseher wieder ein.

Doch er hatte die Volkslieder seitdem unablässig gespielt.

Das Haus dröhnte von den herzergreifenden Plattenklängen, bis die anderen gezwungen waren, sich zu fragen, ob er ihnen damit sagen wollte: Genauso empfinde ich.

Er erwähnte Marks Reise oder seinen Vater nicht, noch wollte er Genaueres über das neue Leben seines Vaters wissen.

Seine schulischen Leistungen, immer schon schwankend, sanken erneut drastisch, und es kam ein Brief von seinem Lehrer.

Als er neu auf dieser Schule war, hatte er so lange nicht verschmäht zu glänzen, wie es brauchte, um zu demonstrieren, daß er jederzeit der Beste sein konnte, wenn es ihm paßte. Dann verlor er das Interesse. Er hörte nicht auf, zu erklären, daß er die Schule in dem Augenblick verlassen würde, wo das gesetzlich zulässig war.

Mark fand, man sollte ihn zwingen, weiterzumachen. Lynda

fand, man sollte ihm erlauben abzugehen. Unterdessen kämpfte Martha mit ihm.

Er versuchte jedoch, den Kämpfen mit Martha auszuweichen. Er kämpfte lieber mit Lynda, die sich aufregte, ihn womöglich anschrie – dann konnte er sich schlecht behandelt vorkommen.

Jedesmal, wenn Martha oder Mark aus dem Haus gegangen waren, spürten sie bei der Heimkehr Lyndas schlechtes Gewissen: Sie hatte wieder mit Paul gestritten.

An diesem Nachmittag sagte sie: »Paul war unten, um ein Glas Milch zu trinken.« Es klang, als kündige sie ein Verbrechen an.

»War er wieder frech?«

»Nein. Aber ich glaube, ich gehe doch lieber zum Essen runter. Ich sage Ihnen, es dauert nicht mehr lange, und ich verprügele ihn dermaßen ...«

»Hat er irgendwas wegen der Schularbeiten gesagt?«

»Ach, Martha – wen interessieren denn schon die Schularbeiten! Ich hab in meinem ganzen Leben keine gemacht.«

Die Küche war von guten Düften erfüllt. Ein Suppenkessel blubberte. In der Mitte des alten Tisches lag ein Brot von ungefähr einem Meter Länge. Der Salat stand zum Anmachen bereit. Mark sagte in letzter Zeit oft, wenn er in die Küche kam: »Diese Küche ist wieder genauso wie früher ...«, obwohl sie damals natürlich nie in der Küche gegessen hatten. Und Mark stand dann einfach da, sah Lynda bewußt nicht an und wartete, um zu erfahren, ob sie zum Essen oben bleiben würde, die Familie wiederherstellen, am Kopf des Tisches sitzen und die Suppe austeilen würde. Und sehr oft entfernte sie sich und vermied dabei ihrerseits, Mark anzusehen. Aber sie kochte. Sie kochte gut und mit Sorgfalt und hatte Vergnügen daran.

»Haben Sie Paul gesagt, daß Schularbeiten unwichtig sind?«

»Das sage ich doch immer zu Paul. Das macht ihn so wütend.«

»Ja, ich weiß.«

»Aber, Martha, ich weiß nicht, wie das kommt – ich möchte einfach nur – weshalb ist er mir denn jetzt bloß so zuwider?«

Vor ein paar Monaten hatte Lynda von früher gesprochen, als sie Paul geliebt und Paul soviel Zeit mit ihr verbracht hatte.

Eines Nachmittags hatte es zwischen Dorothy und Lynda einen heftigen Streit gegeben, den Paul miterlebt hatte. Lynda und Paul waren im Schlafzimmer gewesen und hatten eins ihrer Phantasiespiele gespielt. Worte, Musik, Schweigen, ihre Spiegelbilder hatten zusammen eine Geschichte ergeben, die kein Außenstehender verstehen konnte. Dorothy war ausgeschlossen, weil sie zu nüchtern war und alles verdarb. Entweder hatte dieses Spiel nun zu lange gedauert oder sie hatte schlechte Laune gehabt, jedenfalls hatte sie durch die Tür hindurch geschrien, Lynda solle nur ja nicht vergessen, daß sie weiter nichts als ein Kind sei.

Offensichtlich hatte Lynda zu einem der Vertreter von Dr. Lamb gesagt, wenn sie sonst zu nichts tauge, mit Kindern könne sie jedenfalls umgehen. Daraufhin hatte der Arzt gesagt: »Das liegt daran, daß Sie selbst ein Kind sind. Sie fühlen sich in Gesellschaft von Kindern sicher. Die stellen keine Ansprüche an Sie.«

Lynda hatte eingewandt, das stimme zwar, sie wisse das, doch sicherlich sei das doch auch etwas wert? Der Arzt hatte ihr zu verstehen gegeben, daß es sich um eine bestimmte Form der Regression handele, eine bestimmte Art, sich zu weigern, erwachsen zu werden.

Jedenfalls hatte eine Zeitlang jeder Besuch Pauls unten im Kellergeschoß einen Angriff Dorothys ausgelöst, die Lynda vorhielt, sie sei weiter-nichts-als-ein-Kind.

Sie hatte sich danach in Pauls Gegenwart nie wieder behaglich und gelöst fühlen können – behauptete sie jetzt. Sie gab jedoch zu, daß sie möglicherweise eine jüngere Regung in die Vergangenheit verlegte.

An den Abenden jedoch, wenn Martha sie unten besuchte und Lynda über die Kinder sprach, kam sie immer wieder darauf zu sprechen, gelangte aber über die eine Version nie hinaus. Sie führte ihren Kampf gegen sich selbst anderswo, so daß man den Eindruck haben mußte, es gebe da irgendeinen Knoten, eine

Sperre in ihren Empfindungen. Sie haßte Paul, und das war die Schuld von Dr. X. Sie konnte sich nicht einmal mehr an seinen Namen erinnern.

»Martha, wissen Sie, was ich finde? Ich finde, Sie und Mark sollten lieber aufpassen, denn, ich schwör's euch, demnächst kommt ihr nach Hause und stellt fest, daß Paul und ich einander umgebracht haben ...« Sie senkte die Stimme, doch aus ihrem Gesicht leuchtete heimtückische Freude, als sie die halboffene Tür anstarrte, hinter der Paul, wie jeder wußte, so oft stand, um zu lauschen. »Und noch etwas: Es wäre mir ein *Vergnügen* – und ihm ebenfalls. Ich würde ihn gern langsam töten, so richtig gemein, wissen Sie. Ich habe nicht gewußt, was Foltern ist, bis Paul zu mir gesagt hat: ›Du würdest mich wohl gerne foltern, Lynda – hab ich recht?‹ Und er hat natürlich recht. Ich würde jede Sekunde genießen. Irgendwas an seinem geschniegelten, schmierigen Aussehen – wissen Sie, als hätte er Furunkel an seinem hübschen Hinterteil und nähme den Eiter als Pomade. Ich würde ihn langsam mit einem Kissen ersticken und beobachten, wie er sich windet, oder ich würde ihn erdrosseln oder ... Und er hat genau dieselben Gefühle mir gegenüber ...« Mittendrin, sie spulte diesen Monolog rasch, leise, lächelnd und mit leuchtenden Augen ab, stand sie auf, ohne sich dessen im mindesten bewußt zu sein, ging zur Tür und schloß sie, für den Fall, daß jemand zuhörte – sie wollte die anderen, irgendwen, wahrscheinlich Paul selbst, vor sich schützen. »Und wissen Sie, warum? Ach, wenn man mal drüber nachdenkt, ist das doch nur allzu offensichtlich – es kommt, weil er so furchtbar arm dran ist. Das ist ja so ein armes krankes Geschöpf – verkrüppelt, genau wie ich. Kein Mensch kann uns ertragen. Niemand. Das ist die Wahrheit, glauben Sie mir – was die Leute nur zu gern täten, ist, uns einfach auszumerzen – die Gesunden würden uns alle einfach gern nehmen und ... Nur daß das nicht geht, weil wir so viele sind ... Einfach alle einsammeln und in den Gasofen, ja ...«

»Dürfte interessant sein, erst mal festzulegen, wer überhaupt gesund ist«, sagte Martha mit der matten, fast gelangweilten

Stimme, die angebracht war, wenn Lynda auf diese Weise loslegte. Das hatte sie inzwischen gelernt.

Lynda kam zur Besinnung und stand ihr mit ziemlich gerötetem Gesicht gegenüber. Ihr Atem ging rasch. »Na schön«, sagte sie, »aber etwas ist schon dran, nicht? Kommen Sie nach dem Abendessen runter, damit wir uns unterhalten können?«

»Wenn alle rechtzeitig gehen.«

»Arme Martha«, sagte Lynda, und der herzlose Unterton entging Martha nicht, der von Lyndas wundervollem, heiterem Lächeln begleitet war. »Doch, ich weiß, woran Sie denken. Sie denken, Sie müssen aufpassen, damit Graham nicht etwas Schlimmes mit Jill und Gwen anstellt. Doch wieso eigentlich nicht? Sollen sie doch alle machen! Und wieso soll ich eigentlich Paul nicht zu Tode foltern, wenn ... Wieso denn nicht ...«

Sie hielt inne, als Francis mit seinem Freund Nick die Küche betrat.

»Ißt du mit uns, Lynda?« fragte Francis.

»Nein, ich glaube nicht... Heute abend nicht... Gute Nacht, Kleiner...« Sie flüchtete. Francis schluckte seine Enttäuschung tapfer herunter.

»Ich sehe mal nach Paul«, sagte Martha, »kümmert ihr euch mal darum, daß genügend Plätze vorhanden sind, und sagt dann den anderen ...«

»Hör mal, Martha, wenn Paul noch mal so unfreundlich zu Nicky ist, dann verdresche ich ihn!«

»Aber zuerst ich«, sagt Nicky liebenswürdig.

Er war ein großer, schmaler, anmutiger englisch aussehender Junge, älter als Francis, ungefähr siebzehn. Nie hatte ihn jemand wütend oder unbeherrscht gesehen, er war die Ruhe und die Höflichkeit selbst. Als er jedoch von Paul sprach, verengten seine Augen sich für einen Sekundenbruchteil in genießerischem Haß.

»Meine Güte«, sagte Martha, »alle wollen heute abend den armen Paul verdreschen ... Eine halbe Stunde noch, Francis, denn essen wir ...«

Sie stieg die Treppe hinauf. Das Haus war, entsprechend den Menschen, die es bewohnten, in Bereiche oder Klimazonen aufgeteilt, von denen jede ihre eigene Ausstrahlung oder individuelle Prägung hatte: Marks Zimmer, unverwechselbar, selbst bei geschlossenen Augen, selbst wenn kein Ton zu hören war, wegen dieser Atmosphäre, die etwas Abgekapseltes, Ausdauerndes, Störrisches hatte; Francis' Zimmer, das genauso gelassen wurde, wie es seit Jahren war – ein Jungszimmer mit Krikketschlägern und Schmetterlingen in Glaskästen; Marthas Zimmer innerhalb des Mikroklimas der Platane, das wie eine Klimaanlage wirkte, das Haus von außen regulierend – Luftstrom, Feuchtigkeit, Wärme, Licht. Dann Pauls Bereich. Doch sogar die Treppe, die zu Pauls Etage führte, strahlte knisternde Gewitterstimmung aus, denn hier hatten auch die Stille oder der Schlaf nichts Friedliches. Selbst auf der Straße erwartete man, wenn man den Blick hob, daß aus den Maueröffnungen im dritten Stock ein böser blauer Strahl herausschießen würde, und war überrascht, nur zwei schmucke, hübsche Fenster zu erblicken, die dem Muster der Fensteröffnungen angepaßt waren, die das hohe, schmale Haus dem Licht zugänglich machten.

Auf dem Treppenabsatz, der zu Pauls Zimmer führte, verharrte man einen Augenblick, um Luft zu schöpfen und einen leichten Schwindel zu überwinden ... Das war schon eine unglaubliche Aufgabe, als Mensch mittleren Alters in einer Familie zu leben; als sei man eine Art Spezialinstrument, das auf Stimmungen, Bedürfnisse und Gemütsverfassungen geeicht war. Denn wenn man sich Paul näherte, brauchte man diesen Grad an Aufmerksamkeit, bei Francis jenen, und bei Lynda und Mark, da sprangen zwei verschiedene Schalter um oder wurden Meßgeräte in Gang gesetzt, und zwar automatisch. Nicht immer ging es automatisch: Auf Pauls Treppe machte man eine Pause, um Luft zu schöpfen und das nötige Gleichgewicht zu finden, und wußte ganz genau, weshalb man das tat.

Und während sie hier stand und sich (oder besser gesagt, die Oberfläche ihrer selbst) als eine Vielzahl von Spiegelsplittern oder -facetten oder -stückchen empfand, die die in anderen Menschen steckenden Eigenschaften widerspiegelten, schaute sie die ansteigenden Stufen an, die soviel schmaler und steiler waren als weiter unten im Haus, und die Kanten einer jeden Stufe, und bemerkte, daß der Teppich erneuert werden mußte. Doch der war noch nicht einmal fünf Jahre alt . . ., und das Treppengeländer war mit einem schlechten Lack gestrichen, der dick und klebrig geworden schien und abgekratzt und erneuert werden mußte. Und die Wandfarbe war streifig geworden. Doch dieser Teil des Hauses war vor drei Jahren renoviert worden.

Das ganze Haus war so wie hier oben: Nichts ging sichtbar entzwei oder blätterte ab, doch es wirkte ganz allgemein verwohnt und schäbig, und es schien in diesem Haus keinen Mittelpunkt zu geben, nichts, was es zusammenhalten konnte (wie es der Fall gewesen war, als es das Wohnhaus einer richtigen Familie war?). Es war eine einzige Ansammlung von kleinen, separaten Dingen, Oberflächen, Umrissen, die alle einer anderen Art von Pflege, einer anderen Art von Instandsetzung bedurften. Das war die Lage eines Menschen mittleren Alters, einer Stellvertreterin im Zentrum des Hauses, eines Menschen, der alles in Gang hält, in die Hand nimmt, eine Durchhalteoperation leitet. Es war ein ständiger Kampf mit Kleinigkeiten. Dabei war das Haus, seit Martha hergekommen war, zweimal renoviert worden – doch immer noch war nichts richtig, war alles zweitklassig und abgenutzt. Das war es, was in Wahrheit vor sich ging, nicht nur hier, sondern überall: Alles verfiel und zerfaserte und löste sich unter den Händen in seine Bestandteile auf . . . Ein Haufen Bruchstücke, wie ein zerschmissener Spiegel. Sie öffnete die Tür, und das Getöse des Fernsehers empfing sie. Auf dem Bildschirm wimmelte es von kämpfenden Männern, und die Schüsse waren ohrenbetäubend. Paul sah sie und schaltete den Apparat sofort auf ein Programm für kleine Kinder um. Er setzte sich wieder in seinen Sessel und kehrte ihr den Rücken zu. Er schmollte heftig und, man mußte schon sagen, höchst gekonnt. Er war bunt wie ein Eisvogel, und das ganze Zimmer, das bis auf kleine Bereiche, wo alle möglichen Gegenstände akkurat aufgebaut waren, ungeheuer unordentlich war, prangte in knalligen Farben. Wenn man näher hinsah, bemerkte man, daß die Grundelemente, die Grundstruktur in unansehnlichen, stocksteifen Stühlen, Betten, Regalen bestand. Doch das, was er sammelte, war immer glänzend und funkelnd. Und er sammelte unablässig – in der Schule, auf Märkten, im Tausch mit Freunden. Er kam selten ohne ein Schmuckstück oder ein Kissen oder ein Stück Seide nach Hause.

»Paul, hast du deine Schularbeiten gemacht?«

»Nein, und ich mache sie auch nicht.«

Dieser Wortwechsel, die Eröffnungszüge in einem bestens bekannten Spiel, ermöglichten es ihnen, sich zu entspannen. Martha setzte sich. Nur der Form halber bedachte Paul sie mit einem feindseligen Blick. Er beugte sich vor, um den Ton lauter zu stellen.

Die Gleich-wird's-lustig-Stimme, die im Rundfunk und im Fernsehen als kindgemäß betrachtet wurde, deutete die Bewegungen einiger herziger kleiner Marionettentierchen.

»Du versäumst deinen Western!« sagte Martha.

Sein säuerliches Lächeln räumte höchst widerstrebend ein: Ein Punkt für dich! und sagte Martha gleichzeitig: Ich hasse dich!

»Also mach mal das Ding aus, ich rede mit dir!«

Er schmollte, dann schaltete er den Apparat aus. Er seufzte übertrieben, verdrehte die Augen, drückte sich dann, ein resigniertes Bündel, in den Sessel und sah mit seinen dunkelblauen Hosen und dem leuchtend roten Pullover wie ein trauriger Vogel aus. Er starrte abwartend zu Boden.

Im Umgang mit Paul hatte Martha bei sich eine energische Autoritätsperson entdeckt oder besser gesagt, geschaffen, die sie erst entsetzt hatte und jetzt bloß noch erstaunte. Das Problem war, sie glaubte nicht daran – mochte diese Art, mit Kindern umzugehen, nicht und konnte niemals glauben, daß Paul sie nicht durchschaute, wenn sie Gebrauch von dieser speziellen

Rolle machte. Wenn man ihm etwas befahl, ihm Anweisungen erteilte, ihm etwas auftrug, dann wand er sich zwar und maulte, doch er gehorchte – oder jedenfalls oft, als wäre das Spiel Wirklichkeit. Einer der mittlerweile zahlreichen Psychiater, die Pauls wegen konsultiert worden waren, hatte behauptet, Paul brauche eine feste Hand. Mark hatte gesagt: Quatsch, dummes Zeug!, was bedeutete, daß er keinen Wert darauf legte, es auszuprobieren. Martha, bei Paul mit ihrem Latein am Ende, hatte die »feste Hand« ausprobiert, als zöge sie einen neuen Mantel an. Doch kam sie sich immer vor, als führte sie eine Scharade auf, selbst wenn ihr Auftreten seine Wirkung nicht verfehlte. Was vorkam, wenn es sich auch nicht vorhersagen ließ.

Da saß Paul, der die Verbitterung des Schwergeprüften zur Schau trug. Und da saß Martha und spielte die Autoritätsperson. Sie hatte Lust zu kichern. Als sie seinen Blick einfing, war sie außerstande, sich ein Lächeln zu verkneifen, er lächelte zurück, ein rasches, schönes, amüsiertes Lächeln, das sofort unterdrückt wurde. Denn so etwas war in den Spielregeln dieses speziellen Spiels nicht vorgesehen.

Jetzt konnte Martha entweder einfach weitermachen, womit sie einen erbitterten Kampf um jeden Zentimeter riskierte, oder es mit gutem Zureden und Genecke versuchen.

Sie war müde. Wie gern wäre sie in ihr Zimmer hinuntergegangen, hätte den Schlüssel umgedreht und den Abend allein verbracht. Doch das Alleinsein war in letzter Zeit ein Luxus, ein Segen, den sie sich halbstundenweise oder stundenweise zusammenstahl, wo sie konnte. Ein endloser Abend schien ihr bevorzustehen: das lange Abendessen mit so vielen Menschen, die untereinander zerstritten waren und beschwichtigt und notfalls gestützt und beschützt werden mußten; und dann, vielleicht würden Nicky und Phoebes Töchter über Nacht bleiben . . . Und dann wollte Lynda reden, und dann und dann . . .

Das war schon höchst eigenartig, daß man eine Frau mittleren Alters war und der Mensch, der lenkte und deichselte und in Gang hielt . . . Es war, als würde man mehr denn je zuvor gezwungen, sich auf den Punkt innerhalb der eigenen Persönlichkeit zurückzuziehen, von dem aus man beobachtete; wobei der stumme Beobachter selbst umgeben war von einer ganzen Reihe von Verteidigungsposten oder Nebenpersonen, die selbst auf der Hut waren – immerfort an der Arbeit, immerzu beschäftigt mit (und das war das Ausschlaggebende) früheren Versionen des eigenen Ich, denn wenn man mit jungen Leuten zusammen war, dann bedeutete das, daß man unablässig diese oder jene Szene, eine bestimmt Stimmung, einen Zustand wiederbelebte, denn es wurde ja nie etwas gesagt, das man nicht selbst bereits gesagt hatte oder gewesen war.

Abgesehen von Paul, denn Martha konnte sich nicht erinnern, jemals einem derart theatralischen Geschöpf begegnet zu sein, weder in sich selbst noch in anderen Menschen, die sie gekannt hatte ... gewiß, da war Stella gewesen. Doch sie war eine junge Ehefrau gewesen. Und natürlich Pauls Mutter, Sally-Sarah. Doch Martha selbst war, soweit sie sich erinnern konnte, nie im entferntesten wie Paul gewesen; während Francis oder auch Jill oder Gwen nie etwas sagten, das sie überraschte.

»Tja«, sagte Paul großzügig wie ein Gastgeber, »die Sendung habe ich ja nun ausgeschaltet, nicht?«

Martha entschied sich für den Kampf.

»Ja, schön. Dann kannst du dich jetzt an deine Hausaufgaben machen.«

»Ich glaube nicht, daß mir jetzt danach ist.«

Paul streckte sich und gähnte wollüstig, reckte beide Arme hinter den Kopf und führte dann den einen Handrücken mit einer anmutigen Gebärde vor den Mund. Über der Hand waren die Augen unter schweren Lidern mit einem Ausdruck des Überdrusses auf Martha gerichtet, der der Tatsache angemessen war, daß jemandem nach irgend etwas gerade nicht zumute war. Fast hätte sie Beifall geklatscht.

»Bis zum Abendessen ist noch eine halbe Stunde Zeit.«

»Du kannst mich nicht zwingen, meine Hausaufgaben zu machen.«

»Nein, das kann ich nicht. Aber ich kann dafür sorgen, daß du kein Abendessen bekommst.«

»Ich will gar kein Abendessen. Ich habe Milch getrunken.«

»Ach so, na schön, in dem Fall kriegst du eben außer der Milch nichts mehr.«

Martha hielt inne, verblüfft über sich selbst. Was sie da sagte, war reiner Blödsinn. Wenn Paul es darauf anlegte, konnte er herunterkommen, während alle beim Essen waren, und er wußte genausogut wie sie, daß sie ihm vor den anderen keine Szene machen würde, und würde mit den anderen essen. Und wenn er das nicht wollte, dann konnte er jederzeit, wenn keiner in der Küche war, herunterkommen und sich aus dem Eisschrank nehmen, was er wollte.

Das war bloß ein Ritual.

Schweigen. Er schnellte herum, von ihr weg, so daß sie ihn beobachten konnte, wie er, das Kinn in die Hand gestützt, schicksalhaft ins Weite starrte.

Dann sprang er plötzlich auf und sagte: »O. K., eine halbe Stunde dann also.«

Er begab sich in sein Schlafzimmer auf der anderen Seite des Treppenabsatzes, wo er, wie Martha sehr wohl wußte, wahrscheinlich keine Hausaufgaben machen, sondern vielleicht lesen würde. Was war mit dieser Schmierenkomödie also erreicht worden? Nichts.

Sie blickte auf den leeren Bildschirm. Soweit es sie betraf, war diese Szene, die sie gerade aufgeführt hatten, auch nicht realer, als was man auf dem Bildschirm sehen konnte, wenn man einen Knopf drückte.

Sie stellte den Fernseher laut an, damit jemand, der fragte: »Wo ist denn Martha?«, zu hören bekommen würde: »Die guckt sich die Nachrichten an.«

Das Schicksal des mittleren Alters – kämpfen, feilschen um diese kleinen zehn Minuten Pause, wo man ungestört war. Sie trat von dem Apparat zurück und erblickte in seiner kantigen, mit Drähten und Knöpfen versehenen Präsenz ein fremdes Wesen in diesem Zimmer, das dem Geist nach 18. Jahrhundert war. Von dem natürlich abgesehen, was Paul ihm hinzugefügt hatte. Doch man konnte sich der Farbenpracht entledigen, die Paul hierherein gebracht hatte, indem man von einem Ende zum anderen ging, die Gegenstände mit beiden Händen schnappte und einfach draußen vor der Tür absetzte – das war schon höchst eigenartig. Denn das ganze Zimmer schrie förmlich Paul, Paul, Paul. Persönlichkeit: Pauls Persönlichkeit, ein theatralisches Geschmolle, ein Blick aus halbgeschlossenen, ausdrucksvollen dunklen Augen und ein Glanz auf seinen Zimmern wie Licht auf einer Vogelschwinge. Mit Pauls Persönlichkeit kämpfte man. Lächerliche Kämpfe, wenn man sie fragte.

Wenn man ein kleines Baby zum erstenmal richtig ansah, nachdem seine Augen ihren milchigen Schleier verloren hatten, dann blickte man in Augen, die zeitlebens unverändert bleiben würden. Dann mochten die Augen einem Kleinkind gehören, das vor Wut brüllt, einem Wildfang, einem artigen Kind, einem tagträumenden Halbwüchsigen, jemandem, der sich im Bann der Liebe befindet – worauf es ankam, war, daß sich da nicht mogeln ließ, man um das kleine Baby und alles übrige nicht herumkam. Man selbst oder Paul mußte solange wie nötig schreiendes Baby sein, schmollender Halbwüchsiger, dann Frau mittleren Alters, deren Achtzehn-Stunden-Tag mit einer Million Details, Bruchstücke angefüllt war, reflektiert in dem facettenreichen Spiegel, den die eigene Persönlichkeit darstellte, die unablässig, jede Sekunde auf diese vergangenen Ichs, vergangenen Stimmen, vorübergehenden Besucher reagierte. Und es war schließlich gar nicht so albern, so absurd, auf dem Recht zu bestehen, daß man bei diesen lächerlichen Spielen – mach deine Hausaufgaben, vergiß nicht, daß Lynda krank ist, sei nett zu Paul – die ganze Zeit das Gefühl hatte, mit etwas anderem in Kontakt zu stehen, jener Person nämlich, die unbeirrbar mit dem immer gleichen Blick aus Augen blickte, die nur vorübergehend überzogen sind von Wut, Kummer, Gekränktheit . . . Wenn nämlich die notwendige Ration Gekränktheit oder Kummer oder Schmerz erst einmal ausgeteilt war, dann bestand die Entschädigung darin, daß man ja eigentlich mit der dauerhaften Person in Paul oder Francis oder sonst jemandem sprach.

Wenn sie das nicht glaubte, wäre es ihr nicht möglich gewesen, hierzubleiben, in diesem Haus, in dem die beiden problematischen Wesen Francis und Paul zum Teil unter ihrer Fürsorge, ihrer Verantwortung heranwuchsen. Denn all deren sonstige Erfahrungen, das, was das Leben ihnen zugeteilt hatte, war so abwegig, daß man sich bei ihnen nicht auf die Normalität stützen konnte wie gewöhnliche Leute, Familien das taten. (Was denn eigentlich für gewöhnliche Leute, Familien?)

Kaputt: Sie wurden kaputtgemacht. Sie *waren* kaputt gemacht worden, von Geburt her hatte man ihnen alles kaputtgemacht, an das ein gewöhnliches Kind (wer, wo?) sich halten konnte.

Die Gespräche gingen weiter – mit Francis überwiegend mittelbar; offen und in der Tat schockierend mit Paul; sie waren an sich schon wie eine Wachstumsphase, die jeder zu durchlaufen hatte (Kindheit, Pubertät etc.), weil sie soviel Unwirkliches an sich hatten, obwohl (wahrscheinlich *weil*) sie mit den Grundlagen der Sittlichkeit zu tun hatten.

Wenn man mit Paul zusammen war, stand man nackt, entwaffnet da, und das nicht nur wegen seiner Geschichte, sondern weil er schlicht und einfach keinen Sinn für Recht und Unrecht hatte. Wenn man die Lehrer und Direktoren und Psychiater und all ihre vielfältigen Vorschriften und Darstellungen einmal außer acht ließ, dann war alles ungeheuer einfach: Er war mit keinerlei moralischem Empfinden ausgestattet worden.

Seine außerordentliche Intelligenz ermöglichte ihm, sehr rasch, wie ein Affe, spitzzukriegen, was andere von einem erwarteten.

»Ich habe nur Liebe gestohlen, weiter nichts«, hatte er vor gar nicht langer Zeit von oben herab gesagt, und er hätte es immer noch sagen können.

Was dem jedoch diesen merkwürdigen Klang, diese beunruhigende Färbung verlieh, war, daß das zu einer Art Dogma wurde, weil es etwas war, das er aufgeschnappt, aus der Luft gegriffen hatte.

Wenn ein Kind stahl, stahl es Liebe, so hatte er gelesen oder gehört, oder er hatte es aus dem Klima seiner einstigen Schule herausgespürt, und jetzt sagte er das einfach so, wie andere Leute sagen mochten: »Sonntag ist der siebte Wochentag.«

»Ich weiß nicht, wer ich bin, verstehst du, deshalb stehle ich Dinge, die ein Symbol dessen sind, was ich sein möchte.«

Und dann schaute er Mark oder Martha, oder wer nun gerade in der Nähe war, beinah hoffnungsvoll und auf jeden Fall ratlos an, um festzustellen, ob sie zustimmten, ob dies eine akzeptable Formel war.

Oder er sagte: »Ich weiß nicht, wer ich bin, und folglich versuche ich ständig, meine Grenzen zu bestimmen.«

Dahinter dann die Wirklichkeit: eine gekränkte, wütende Fassungslosigkeit, weil das, was das Beste, das Gescheiteste war, das er zu leisten vermochte, nicht akzeptiert, nicht gemocht und gewürdigt wurde. Denn sein wirkliches Können, seine Talente erwiesen sich – beim Stehlen in der einen oder anderen Form. An der neuen Schule hatte er zwei Jahre lang keinen großen Coup gelandet oder kein größeres Geschäft getätigt, doch jeder wußte, daß er ständig – nein, nicht stiebitzte, das war ein zu betuliches Wort für Paul, aber kleine Diebstähle organisierte. Zu einem Akt der Kleptomanie hätte er sich nicht herabgelassen. Er war sehr entrüstet gewesen, als jemand behauptet hatte, er sei kleptoman – er habe absolut im Griff, was er tue, hatte er gesagt. Doch er traf die nötigen Vorkehrungen, damit ein halbes Dutzend Jungen in einen Laden einfallen und mit hundert Gegenständen wieder daraus auftauchen konnten, die von Paul vorher ausgesucht worden waren, dessen geübter Blick sie sorgfältig auf ihre Verkäuflichkeit geprüft hatte. Sämtliche Erwachsenen sahen untätig zu und beteten, daß er nicht zu weit ging, sich nicht so weit hinreißen ließ, daß er mit Schimpf und Schande von der

Schule flog, ehe er fünfzehn war – was nun in ein paar Monaten der Fall sein würde; daß er die Schule beenden konnte, wie das Gesetz es vorsah.

»Weshalb stiehlst du denn nicht, Martha?«

»Weil ich geschnappt würde.«

»Aber doch nur, weil du es so anstellen würdest, daß man dich schnappen muß.«

»Möglich.«

»Ja. Doch du könntest ja so stehlen, daß du nicht geschnappt wirst.«

»Weshalb sollte ich das denn tun?«

»Nehmen wir mal an, du wärst am Verhungern und hättest kein Geld, würdest du es dann tun?«

»Ich weiß nicht. Wahrscheinlich.«

»Aber ich will, daß du nachdenkst – du drückst dich einfach drum herum.«

»Na gut. Aber wahrscheinlich würde ich mir Arbeit suchen.«

»Angenommen, du bekämst keine?«

»Dann würde ich stehlen.«

»Hättest du dann ein schlechtes Gewissen?«

»Jetzt hör mal, Paul, das hatten wir doch alles schon – wenn du willst, daß ich sage: Marks and Spencer oder Selfridges merken noch nicht mal, wenn ihnen Waren im Wert von hundert Pfund fehlen, dann sage ich das. Das ist jedoch nicht ausschlaggebend. Ausschlaggebend ist, daß ich ein schlechtes Gewissen hätte. Ich bin so erzogen worden. Die moralische Seite daran interessiert mich nicht. Und du hast keine Gewissensbisse. Ja, und wie weiter? Es spielt jedoch gar keine Rolle, was du empfindest oder ich – wenn wir stehlen, werden wir ins Gefängnis gesteckt.«

»Nicht, wenn du nicht erwischt wirst.«

»Die meisten werden erwischt.«

»Nein, Martha ...« Und dann beugte er sich vor, ernsthaft, auf den Punkt seines Interesses konzentriert. Es war schon fast absurd, zu sehen, mit welcher dramatischen Intensität er sich hineinkniete, weil er ausgerechnet über diesen Punkt mit viel

Energie nachgedacht und gegrübelt hatte und sich da offensichtlich einiger Groll angestaut hatte. Er mußte eine Antwort haben. »Ich möchte, daß du wahrheitsgemäß antwortest. Glaubst du, daß es unrecht ist zu stehlen?«

»Das hängt davon ab, wen man bestiehlt.«

Sein Gesicht nahm einen verbissenen Ausdruck an, verfinsterte sich, er ballte die Fäuste – er brauchte irgendeine moralische Erklärung von Martha, ein endgültiges »recht« oder »unrecht«. Die Regeln der Kindererziehung schrieben vor: Ja, das ist recht, nein, das ist unrecht.

Sie brachte es nicht über sich.

»Das mußt du doch wissen, Martha. Entweder ist es moralisch richtig, oder es ist falsch.«

»Meiner Meinung nach ist es weder richtig noch falsch. Es hängt gänzlich von den Umständen ab. Alles hängt stets von den Umständen ab.«

Böse Blicke folgten ihr – enttäuscht.

»Weshalb fragst du denn nicht jemanden, der dir eindeutig sagt: schwarz oder weiß, wenn du das hören willst? Du weißt doch längst, wie meine Antwort aussieht!«

Ein Erröten, ein verlegener Blick, dann stellte sich langsam ein Lächeln ein, wie eine Spielmarke in dem Spiel, das er spielte – »eine für dich« oder »eine für mich«. »Du erziehst mich doch immerhin, nicht?«

»Zum Teil.«

»Wenn ich also mißraten bin, dann ist das deine Schuld.«

»Unsinn. Ach so, wenn du das willst – daß die Sozialarbeiter und Psychiater und die Gefängnisbeamten dann alle sagen: Armer Paul, er hat wirklich ein schweres Leben gehabt, armer, armer Paul. Doch von mir wirst du das nicht hören. *Und du wirst das auch nicht sagen!*«

An diesem Punkt zuckte flüchtig etwas auf, um dessetwillen das Ganze sich lohnte – es war nur ein Aufzucken, ein kurzer Augenblick, ehe das andere Spiel weiterging: der Augenblick, wo ihre Blicke sich in einem ernsthaften, verantwortungsvollen

Ausdruck trafen und irgendeine wirkliche Wahrheit mitgeteilt und geteilt wurde.

»Na schön«, maulte er, beleidigt und bereits auf dem Rückzug, »aber wenn ich je Schwierigkeiten bekomme, dann werde ich mich mit Vergnügen darauf berufen. Armer Paul, armer Paul, armer Paul, armer Paul ...«

»Wenn du rührselig werden willst, bitte – und sowieso ist an dem armen Paul nun bald nichts so Besonderes mehr dran. Wie viele Menschen haben es nicht schlecht und immer nur schlechter, und ich kann mir ganz genau die Situation vorstellen, wo du deine Trumpfkarte auftischst – armer Paul, Mummy tot, Vater zu den Kommunisten abgehauen, von verrücktem Onkel und seiner angeblichen Geliebten aufgezogen – und dann gucken die dich einfach nur so an, nur um nicht taktlos zu sein, weil es ihnen nämlich schlechter ergangen ist. Dann steht der Kaiser Paul ohne Kleider da ...«

»Na gut, Martha, wenn das also stimmt, auch wenn ich das nicht zugebe, weshalb soll man denn überhaupt versuchen, gut oder nett oder irgendwas zu sein ...«

»Weil du diese Frage stellen kannst – deshalb.«

»Ich werde das alles nicht sein!«

»Das ist deine Sache.«

Aus dem Fernsehapparat, der mit der Rückwand zu ihr stand, kamen menschliche Laute, die nach heftigen Auseinandersetzungen klangen. Dieser Apparat war der eigentliche Erzieher der Kinder der Nation. Francis, der ja soviel in der Schule war, sah nur wenig fern. Paul hingegen vier oder fünf Stunden täglich. Beide hatten hinsichtlich des Fernsehens verschiedene Phasen durchlaufen, wobei die interessanteste folgende war: Sie hatten aufgeschnappt oder gesagt bekommen oder gelesen, sich jedenfalls die Idee zu eigen gemacht, daß sie, die »Erben unserer Zukunft« etc. etc., mit einer Welt- oder Lebensanschauung gefüttert wurden, die nur in Töten und Gewalt bestand. Beide hatten diese Vorstellung dazu benutzt, um die Erwachsenenwelt zu attackieren. Sowie sie selbstbewußt die Bühne betreten hatten,

hatten sie erkannt, daß sie von Geburt an verdorben waren. Die Erwachsenen, die dem ohne Zögern aus ganzem Herzen zustimmten, waren soweit gegangen, dieselbe Voraussetzung auch für sich in Anspruch zu nehmen. Francis' Reaktion hatte darin bestanden, daß er darüber nachdachte: Dieser Vorgang hatte ihn einen Schritt weiter in Richtung Verantwortungsbewußtsein geführt. Paul, der jünger war als Francis, hatte sich hingegen noch in einem Stadium befunden, wo es ihm gar nicht genug Mord und Totschlag, Brandstiftung und abstoßenden Sex geben konnte. Es schien durchaus wahrscheinlich, daß er für den Rest seines Lebens darin verharren würde. Schließlich traf das auf eine erkleckliche Anzahl von Menschen zu.

Es war Zeit, zum Essen nach unten zu gehen. Also würde sie jetzt Treppe für Treppe hinabsteigen und Paul, Patty, Mark, Graham, Jill, Gwen etc. etc. gelassen, aber mit angemessener Bestimmtheit zum Essen rufen, im Ton einer Frau mittleren Alters, die die Fäden in der Hand hält. Sie war das Wesen geworden, das sie einst mehr gehaßt und gefürchtet hatte als jedes andere – die Hausmutter. Tja, was gab es schon für eine Alternative? Doch jetzt, wo sie hier angelangt war, eben diese Stelle einnahm (aber glücklicherweise verharrte man ja nie sehr lange in demselben Stadium, war der Aufenthalt in diesen Karawansereien von begrenzter Dauer), vermochte sie die Quelle ihres damaligen Unbehagens zu begreifen. Es rührte daher, daß man, weil man neun Zehntel seiner Zeit über andere Menschen nachdachte, einen Einblick gewann, der einen sogar selbst entsetzte. Macht. Wenn sie sich um fünfzehn Jahre zurückversetzte, in Mrs. Van der Bylts Wohnzimmer, dann war sie einerseits die Person, die dasaß und Mrs. Van halb amüsiert, halb wachsam beobachtete, nur darauf bedacht, ihr Innerstes zu schützen, während jene kleinen wachen graublauen Augen beobachteten und alles mitbekamen, und andererseits die Mrs. Van, die Martha anschaute und wußte: Sie wird dies oder vielleicht jenes tun; wenn ich jetzt diesen oder jenen Schritt unternehme, dann wird ihr das jedoch erspart bleiben; oder: Wenn sie sich hier und da die Finger verbrennt, *tant pis*, dann lernt sie jedenfalls ... unausstehlich!

Martha rief: »Paul, essen kommen!« Sie stieg die Treppe hinab, da sie wußte, er würde nicht antworten, sondern eine Viertelstunde zu spät zum Essen kommen, um sich nur ja nichts zu vergeben. Wo der Heizkörper letzten Winter ersetzt worden war, war der Putz, mit dem die Rohre in der Wand verdeckt worden waren, heruntergefallen. Sie notierte es sich im Geiste, wie ein General, der eine Stecknadel in eine Karte steckt – »Wand hinter Heizkörper auf Pauls Treppe« –, und ging mit einem lauten Klopfen und dem Ruf: »Patty, essen!« an ihrem Zimmer vorbei. Ein lautes Stöhnen war die Antwort, dann ertönte eine muntere Stimme: »Oh, mein Gott, muß ich wirklich aufstehen? Nie und nimmer!« Doch Patty würde binnen fünf Minuten am Tisch sitzen, frisch gewaschen und strahlend. »Mark, Graham, Francis ... Lynda, willst du's dir nicht noch mal überlegen ...«

In der Küche legte Francis zusätzliche Gedecke auf. Phoebe und ihre Kollegen waren noch hinzugekommen. Francis glühte vor Freude. Er liebte es, wenn Leute vorbeischauten, er liebte es, Menschen um sich zu haben, Gäste, eben die Atmosphäre eines zwanglosen, bewegten Familienlebens. Und er liebte es mit der ungläubigen Bemühtheit eines Liebhabers, der nicht auf Gegenliebe stößt – erst jetzt begriffen Martha und Mark, was Francis während der schlimmen Zeit gelitten hatte, als sein Vater ins Zwielicht geraten war und er keine Freunde gehabt hatte. Denn so war es gewesen. Es ging einem auf, wenn man ihn jetzt sah, so beglückt, weil er – normal sein durfte. Für ihn würde es jedoch nie das Normale sein. Freundschaft war ein Segen, ein Geschenk des Himmels, das gehegt werden mußte wie ein Schatz, wie die Liebe.

Wenn man Francis jetzt ansah, dachte man an Liebe. Er war sechzehn. Er war zum jungen Mann herangewachsen. Er war immer noch wie Mark. Martha, die Mark geliebt hatte, schaute Francis an und kannte ihn, doch ließ sie sich das nicht anmerken.

Er war ein recht großer, braunhaariger Junge mit einem offenen, ziemlich flachen Gesicht und den braunen Augen seines Vaters. Er besaß auch eine enorme Ähnlichkeit mit Lynda, doch die schien nicht körperlicher Natur zu sein. Lynda flackerte und schimmerte in ihrem Sohn in einem Lächeln oder einem Blick auf. Francis, sechzehn Jahre alt und vollauf damit beschäftigt, sich selbst zu finden, wie in dem Alter üblich, gewillt, sich zu behaupten, war gleichzeitig noch nie weniger er selbst gewesen. Seine Eltern flossen in ihn ein und wieder heraus, sein Körper glühte, und Martha und Patty gestanden einander, wie gut sie verstehen konnten, daß Männer Knaben liebten – denn hatten Mädchen etwa je einen solchen Augenblick des Aufblühens einer so perversen Schönheit? Der springende Punkt dabei war dessen Vergänglichkeit. Es war, als schaute man einen Krokus an, der nur einen Tag lang vollkommen ist. Und Francis' ganzer Körper, der vor diesem Augenblick und danach kräftig, zweckmäßig, in der Tat brauchbar sein mußte, war jetzt von einer so hemmungslosen Verletzlichkeit wie eine Blume. Und es waren nicht die Frauen in Martha und Patty, die dies Geschöpf beobachteten und hätten weinen mögen oder auf die Knie sinken – nein, in ihnen regte sich das männliche Geschöpf aus Urzeiten, das zugleich scheu war und Verehrung bezeugen wollte. Nicht Francis. Selbst wenn er Messer und Gabeln auf ein Tischtuch legte und Teller hinstellte, war er nicht Francis. Er war so schön, daß Marthas Kehle zu schmerzen begann. Sie setzte sich still an den Tisch und beobachtete ihn: In sechs Monaten wäre das alles vorbei. Unterdessen war er ungeheuer froh, so sein zu können wie alle, normal zu sein, denn er wußte ja: in fünf Minuten würden Freunde und die Familie hereinkommen, und sie würden alle zusammen lange am Familientisch sitzen und essen.

Und da waren auch schon Phoebes Töchter. Die waren ebenfalls schön. Blond, blauäugig, mit rosigen Wangen, liebreizend, doch ihnen fehlte diese wilde Glut. Sie waren vierzehn und fünfzehn, nahmen gerade erst Konturen an, »bekamen Stand« wie Gelee. Beide schauten Francis an und seufzten. Beileibe nicht so wie Martha oder Patty das tun mochten: hübsche Mädchen erblickten einen gutaussehenden Jungen. Um auch das Übrige zu sehen, mußte man einen verschwörerischen Bund mit der Zeit eingehen. Und als Nicky hereinkam, der seine poetische Zeit schon hinter sich hatte und wieder ganz gewöhnlich war, da verteilten die Mädchen ihre Aufmerksamkeit auf Nicky und Francis. Diese vier saßen am unteren Tischende, eine Enklave der Jugend. Nicht nur Francis beflügelte dieser Abend im Familienkreis: Jill und Gwen empfanden die Normalität oder diese Annäherung an die Normalität als eine Droge, die ihre Augen zum Glänzen brachte und ihre Wangen rosig färbte, so beglückt waren sie. Denn Phoebe und Arthur waren auch plötzlich von gemeinen Verbrechern wieder in bewundernswerte Mitbürger verwandelt worden, und ihre Namen, die jetzt genauso häufig in der Zeitung standen wie in der schlimmen Zeit, verbürgten inzwischen so etwas wie einen unerschrockenen gesunden Menschenverstand. Diese blühenden Kinder gestanden erst durch das Glück, das sie jetzt ausstrahlten, ein, wie furchtbar unglücklich sie gewesen waren, ohne das je zuzugeben.

Als nächste kam Phoebe mit zwei Afrikanern und einem Mann aus einem der Komitees. Er hieß Jim Troyes und war ein Mann in mittleren Jahren, ein Gewerkschafter aus Bradford. Er bewunderte Phoebe. Aus dem Benehmen der Mädchen ihm gegenüber ließ sich schließen, daß sie eifersüchtig auf ihn waren. Sie verdächtigten ihn wahrscheinlich, ihr Liebhaber zu sein, doch bis jetzt machte es sie so glücklich, ihre Mutter zu bewundern, daß das einzige Anzeichen für ihre Eifersucht in der Häufigkeit bestand, mit der sie versicherten, Jim zu mögen.

Als Graham hereinkam, schaute er als erstes, ob er zwischen den Mädchen sitzen und seine Qualen weiter durchleiden konnte, doch da war kein Platz für ihn. Er setzte sich zwischen Phoebe, die er lautstark bewunderte, und Patty, die den Rest des Abends damit verbringen würde, ihn ohne sein Wissen zu lenken. Mark setzte sich an den Kopf des Tisches. Nun waren alle da. Außer Paul. Ein einziger leerer Stuhl sprach Bände. Als Martha die

Suppe auszuteilen begann, erschien er, ohne von irgend jemand Notiz zu nehmen, marschierte zu seinem Stuhl und nahm Platz, allein inmitten einer Menge. Die Leute würden ihn (wenn nicht etwas unternommen wurde) unablässig mustern, ohne sich dessen bewußt zu sein, während die Spannung wuchs. Er würde sich plötzlich in den Vordergrund drängen, und dann gäbe es eine Explosion, die ihm einen dramatischen Abgang ermöglichte.

Martha machte Mark ein Zeichen. Der zog eine Grimasse und begann wie ein Schäferhund, der Schafe aus einer Herde aussondert, ein Gespräch, das Paul umgehend mit einbeziehen mußte, um ihn sozusagen zu entschärfen.

Es ging darum, Paul die Möglichkeit zu verschaffen, als Individuum von einsamer Größe wahrgenommen zu werden, ehe er gezwungen sein würde, das selbst zu besorgen. Zufällig bot sich dazu rasch Gelegenheit. Bald sprach alles über die Demonstration für Zentralafrika, die am Nachmittag stattgefunden hatte, und Mark fragte Paul, ob er mit den anderen zusammen daran teilgenommen habe. Paul äußerte mit schriller Stimme, er finde Demonstrationen kindisch. Seine Altersgenossen widersprachen und kritisierten ihn. Er blieb bei seiner Ansicht und wurde sehr rüde. Endlich gab er nach, und alle konnten in Ruhe weiteressen.

Es würde eine lange Mahlzeit werden einzig aus dem Grund, weil Phoebe anwesend und imstande war, Fragen zu einem halben Dutzend Themen zu beantworten, die alle interessierten. Es war sehr erfreulich, mitzuerleben, wie sie, nachdem sie so viele Jahre ein Schattendasein geführt hatte, zeigen konnte, was in ihr steckte. Ihr angespanntes Gesicht war weicher geworden; sie war alles in allem eine gutaussehende Frau. Jim Troyes, der ihr gegenüber saß, fand das bestimmt: Er beobachtete sie und lächelte dabei voller Zuneigung und Bewunderung. Ihre hübschen Töchter waren sichtlich stolz darauf, ihre Töchter zu sein, und wenn die Unterhaltung ins Stocken kam, beriefen sie sich auf ihre Unwissenheit auf diesem oder jenem Gebiet, so daß sie vielleicht die Gelegenheit nutzte, auch weiter als der einzige Mensch unter den Anwesenden zu erscheinen, der stets jedes Faktum und jede Zahl auf Abruf bereit hatte, ob es sich nun um die Organisation des nächsten Aldermaston-Marsches handelte oder darum, was gegenwärtig im friedlichen und unabhängigen Kenia los war. Die beiden Afrikaner, die am Nachmittag mit den Jungen demonstriert hatten, äußerten scherzhaft, sie hätten »wie alle Freunde von Phoebe« gerade erst ihre obligate Gefängnisstrafe wegen Aufwiegelei abgesessen, und das sei ein gutes Zeichen dafür, daß sie auch bald die Unabhängigkeit bekämen. Sie luden Phoebe ein, sie doch zu besuchen, wenn dies Ereignis eintrat: »wenn wir unsere Freiheit erhalten«. Die Schlichtheit, mit der sie von dem Wort Freiheit Gebrauch machten, erinnerte die Weißen an die Komplikationen, die für sie selbst damit verbunden waren. Das Thema wurde folglich im Interesse der guten Stimmung, die allgemein herrschte, rasch wieder fallengelassen.

Etwa von diesem Zeitpunkt an kamen in rascher Folge drei Anrufe. Einer von Margaret, die vor Angst in Tränen aufgelöst war, weil ein Journalist sie angerufen hatte, um zu erfahren, weshalb ihr Sohn sich geweigert habe, »ihrem« Komitee beizutreten. Zwei kamen von Journalisten, die wissen wollten, ob Mark eine Erklärung dazu abgeben wolle, weshalb er gegen die Reform des Gesetzes zur Homosexualität sei. Er erledigte diese Telefonate in einem anderen Zimmer, doch es war nicht zu übersehen, daß er verärgert war.

Graham fing an, sich lautstark darüber zu verbreiten, was für eine Ungerechtigkeit das sei, Männer wegen ihrer angeborenen Regungen etc. einzusperren, und den Afrikanern mußte erklärt werden, weshalb dieses Anliegen so wichtig war wie andere auch – zum Beispiel, sich für das Verschwinden der Rassenvorurteile in Großbritannien einzusetzen.

Doch während bestimmte politische Haltungen an diesem und den etlichen Tausend vergleichbaren Tischen als selbstverständlich galten, hatten andere die Macht, Ärger oder Alarm auszulösen. Ansichten über Südafrika und Zentralafrika, wie sie vor zehn Jahren nur von einem winzigen Häuflein Menschen, vorwiegend auf seiten der Linken, gehegt worden waren, galten jetzt bei einer so großen Anzahl von Menschen als selbstverständlich, daß sie den Namen »aufgeklärter Standpunkt« verdienten, doch wenn einer sagte, das Rassenvorurteil sei hierzulande ein ernstes Problem, waren alle peinlich berührt. Diese armen Kerle mußten ja überempfindlich sein, sagten die höflich lächelnden Gesichter. Graham versuchte, das Thema zu wechseln, das aufs Tapet zu bringen, was ihn an diesem Abend interessierte, doch Phoebe hörte weiter zu, während die beiden Afrikaner die jungen Leute höflich zu überzeugen versuchten, daß das Rassenvorurteil in Großbritannien »fast so schlimm« sei wie in Afrika. Francis entgegnete, das könne nicht stimmen, denn er habe einen farbigen Freund in der Schule, und der sei allgemein beliebt. Phoebe sagte, sie glaube schon, daß an dem, was Matthew und Freddie sagten, etwas dran sei, doch... Wieder versuchte Graham, ihre Aufmerksamkeit zu gewinnen, doch um böses Blut zu verhindern, fing Jim Troyes von der Haltung der Presse gegenüber den Homosexuellen zu sprechen an. Er sei absolut gegen die Homosexuellen gewesen und habe mit der Presse übereingestimmt, bis er Phoebe und ihre Freunde kennengelernt und entdeckt habe, daß er sich reaktionär verhalte. Phoebe, Jim und Graham erörterten Grahams Komitee, während Mark mit Paul zu reden begann – er hatte sich nicht genügend beachtet gefühlt, und prompt gab es erste Anzeichen für irgendeine Art von Anfall oder Demonstration. Patty erklärte Jill und Gwen, wie man ein Rindfleischgericht kochte, ohne irgendwelche Flüssigkeit zuzusetzen. Jill und Gwen beklagten sich plötzlich lauthals, daß sie nichts vom Kochen verstünden – ihre Mutter habe ja nie Zeit, es ihnen beizubringen. Man wurde daran gemahnt, wie prekär das Gleichgewicht zwischen Mutter und Töchtern war; daß Phoebe die Mädchen schwierig und die Mädchen Phoebe gefühllos fanden. Phoebe scherte aus ihrer Diskussion aus, um zuzuhören, und sagte dann, dies Gericht koche sie häufig, und sie verstehe nicht, weshalb Jill und Gwen hier wie zu kurz gekommene Waisenkinder reden müßten. Sie war ernsthaft ärgerlich.

»Ja, aber das stimmt doch, daß du es uns nicht beibringst, oder?« sagte Jill.

Um einen Streit zu verhindern, fing Patty von einem anderen Rezept zu reden an und kam auf Ernährung und Verkaufsstrategien zu sprechen. Im Handumdrehen war eine Runde von Feinschmeckern entstanden – denn zu dem Zeitpunkt war es nicht möglich, daß irgend jemand sich *nicht* für Essen und Kochen interessierte, so weit war das Pendel ausgeschlagen. Alsbald veranlaßte das Schweigen ihrer beiden Gäste aus Afrika, die einem Gespräch lauschten, das (als die Weißen es mit ihren Ohren hörten) plötzlich gefühllos und gierig klang, Phoebe zu der Bemerkung, sie dürften nun aber nicht denken, daß sie in diesem Land nichts im Sinn hätten als ihre Mägen. Höflich lächelnd erwiderte Matthew, wo immer sie hinkämen, sprächen die Leute vom Essen. Er gäbe was drum, wenn sein eigenes Volk in absehbarer Zeit auch nur in die Nähe eines solchen Lebensstandards käme.

Zum drittenmal hatten die Afrikaner bei dieser Mahlzeit oder diesem Seminar eine gewisse Abkühlung herbeigeführt.

Ein unverfängliches Thema mußte her. Es gab nur ein unverfängliches Thema, und das war die »Bombe« oder der Aldermaston-Marsch, und nun war Graham endlich zufriedengestellt, weil er Phoebe dazu bewegen wollte, im Fernsehen über dies Phänomen zu reden.

Das Problem war: Obwohl der Ostermarsch erst vor ein paar Monaten stattgefunden hatte, waren die realen Fakten der Situation bereits zu Mythen verwoben (noch schneller, als das mit öffentlichen Ereignissen gewöhnlich der Fall ist), und jetzt glich er bereits dem Phönix, der aus eigenem Antrieb emporgestiegen war. Dieser Aspekt interessierte Graham, doch als er darauf zu sprechen kam, lehnte es nicht nur Phoebe, sondern auch Patty höflich ab, auf dies Thema näher einzugehen.

Tatsache war, daß Phoebe aus ihrer politischen Ecke mit Gleichgesinnten und Patty aus einer anderen und ebenfalls mit Gleichgesinnten zehn Jahre lang, seit Kriegsende, Demonstrationen, Aufrufe, Komitees usw. usw. organisiert hatten, die sämtlich »dem Frieden« galten. Sie waren kommunistisch ausgerichtet, sozialdemokratisch ausgerichtet, pazifistisch, liberal, unabhängig, wurden mal von diesem, mal von jenem Land, diesem oder jenem Block unterstützt, wurden störrisch aufrechterhalten selbst in einem Klima des Argwohns, der Abneigung und der Feindseligkeit, wie es in diesem Land geherrscht hatte, und in Amerika verloren die Leute deswegen sogar ihre Pässe, gingen ins Gefängnis oder wurden auf verschiedene Weisen bedroht. Wenn Rußland irgendeine Art Friedenskonferenz organisierte, konnte man davon ausgehen, daß unsere Regierung die Visa für einreisende Delegierte verweigerte; wenn eine nichtkommunistische Organisation eine organisierte, wiesen die Russen in der Regel ihre sämtlichen Satelliten an, sich ihrem Boykott anzuschließen. Das alles war *ad nauseam* immer so weitergegangen: Jahrelang hatten die Leute sich abgemüht, »den Frieden« (ein Punkt auf einer langen Tagesordnung von »guten Sachen«) aus der Atmosphäre herauszuheben, in der nichts machbar oder durchsetzbar war oder man nichts bewirken konnte als böses Blut. Und es versteht sich von selbst, daß »die Jugend«, zu der auch Graham gehörte, dies ganze Treiben als im höchsten Grade absurd betrachtet hatte. Wenn nun achthundert Menschen an einem Karfreitag vom Trafalgar Square aus losmarschiert waren, dann war das nichts weiter gewesen als das, was bereits jahrelang unter wechselnden Vorzeichen geschehen war – mal unter Pattys, mal unter Phoebes bzw. dessen, für das die beiden jeweils eintraten. Die Organisatoren dieses Ostermarsches erwarteten nicht mehr, als daß wie gewöhnlich hundert oder fünfhundert oder tausend Leute auftauchten, die einander zum größten Teil kannten, hinterher wieder auseinandergingen, während die Zeitungen säuerliche Kommentare dazu abgaben, wenn überhaupt, und die meisten Bewohner dieser Inseln noch nie im Leben etwas davon gehört hatten. Doch am Ende jenes speziellen Osterwochenendes waren mehrere Tausend Menschen unter den schwarzweißen Bannern mitmarschiert, überwiegend junge, Zeitungen und Fernsehen brachten ausführliche Kommentare, und niemand hätte überraschter sein können als die Organisatoren.

Warum? Was war denn geschehen? Keiner wußte es.

Und diese, die interessanteste aller Fragen, hatte man sich entgehen lassen, zum Teil wegen der freudigen Überraschung, Zuspruch zu finden, wo es bislang keinen gegeben hatte, zum Teil, weil eine gute Sache andere nach sich zieht und plötzlich jeder, der über irgendwelche politische Erfahrung verfügte, so ungeheuer gefragt und beschäftigt war. Man konnte sich überhaupt nicht mehr vorstellen, daß junge Leute nicht an den meisten Wochenenden zu dieser oder jener Demonstration loszogen – gestern waren Francis, Nick, Gwen und Jill für den Frieden marschiert; heute hatten sie für Afrika demonstriert. Und praktisch alle, die sie trafen, waren auch auf diesem Marsch gewesen, der aus so vielen Menschen Brüder gemacht hatte.

Aber nun. Nun wollte Graham eine Einstundensendung mit dem Titel *Phönix Friede* machen. Aus irgendeinem Grund hatten sowohl Phoebe als auch Patty gereizt reagiert und verstummten immer wieder, so daß man bald denken mußte, sie zählten heimlich bis zehn. Graham ließ nicht locker. Vielleicht könnten sie ja zusammen eine Sendung schreiben? Jetzt konnte Martha sich das Lachen nicht mehr verkneifen, Patty kicherte, und Phoebe lächelte säuerlich.

Jimmy Troyes sagte: »O ja, das wäre mal eine gute Zusammenarbeit!«

»Ich begreife wirklich nicht, weshalb ihr euch die ganze Zeit so absurd aufführen müßt«, sagte Graham und wandte sich Mark zu.

Marks Einstellung war, daß eine »Sache« in dem Augenblick, wo sie unverfänglich oder gar populär geworden war, auch schon verlorengegeben werden könne – was sich in Südafrika und Rhodesien abspiele, bestätige die Richtigkeit seines Standpunkts.

Graham sagte, seine negative Einstellung sei einfach zum Davonlaufen.

Mark war anfangs nicht zum Ostermarsch gegangen: Er war seinem Naturell nach kein Demonstrant. Am vierten Tag, als die

Marschsäulen sich Aldermaston näherten, war Phoebe in der Radlett Street erschienen und hatte Marks Präsenz gefordert – da seien dermaßen viele Schriftsteller, Künstler, Schauspieler, »V. I. P.s«, wie sie es als gute Organisatorin ausdrückte, und fast hätte sie damit endgültig Marks Einverständnis verspielt, sich ebenfalls dort einzufinden.

Er erklärte, »es spreche einiges für die Annahme«, daß die einzige Friedensgarantie darin bestehe, jedes Land mit Bomben von genau der gleichen Schlagkraft auszurüsten. Angesichts einer solchen ziemlich behelfsmäßigen Weisheit sank nun der mutmaßliche Standpunkt seines Bruders ins Vergessen – der Grund, aus dem er wahrscheinlich in Ungnade gefallen und ins Exil gegangen war. Phoebe hatte vergessen, daß Mark das Problem vielleicht nicht mit ihren Augen betrachten könnte, denn sie sagte: »Also wirklich, Mark, so etwas kannst du doch wohl nicht glauben!«

»Weshalb denn nicht?«

»Das ist doch eine derartig negative Betrachtungsweise!«

»Na schön, ich gebe wohl besser nach – wenn *das* Wort erst mal ausgesprochen ist, dann ist es Zeit, die Vernunft bis auf weiteres in die Mottenkiste zu packen.«

»Ja, was glaubst du denn nun?«

»Glauben, glauben – weshalb sollte ich denn eher das eine glauben als das andere?«

»Was machst du denn dann mit diesen Landkarten in deinem Arbeitszimmer?«

»Das sind Fakten. Das grundlegende Faktum ist: Es gibt überall mehr und mehr und größere und gemeinere Bomben, ständig mehr und immer gemeinere Waffen. Wenn du glaubst, daß ein paar Tausend Leute, die auf dem platten Land auf und ab marschieren, daran etwas ändern können – dann herzliches Beileid!«

»Wenn du selbst nicht kommen willst, können wir dann wenigstens einen Fotografen herschicken, der dein Arbeitszimmer aufnimmt?«

»Selbstverständlich, nur zu. Was glaubst du wohl, wie viele Leute diese Aufnahmen je zu Gesicht bekommen werden? Was stellst du dir denn vor, wie viele davon Notiz nehmen, wenn sie sie zu sehen bekommen?«

Martha und Mark hatten die frühen Fernsehberichte über den Marsch angeschaut. Was immer man sonst vom Fernsehen halten mochte, es machte es jedenfalls schwieriger für »die« (insofern sie die Tatsachen verschleierten und verzerrten), »sich einfach alles rauszunehmen«. Vom Fernsehen würde man offenbar dasselbe sagen müssen, was man von der Presse sagte: Es war der Preis, den man für die Demokratie zahlen mußte.

Am vierten Tag, unmittelbar vor Schluß, war Mark hinausgefahren, um sich dem Marsch anzuschließen. Er trug einen korrekten Anzug und hatte seinen zusammengerollten Regenschirm bei sich. Er konnte Leute in lässiger Kleidung nicht ausstehen, er konnte keine unter Fahnen marschierenden Menschenmengen ertragen, haßte das Herbeten von Parolen und das Polizistenködern. Doch es half nun mal alles nichts. Der Ostermarsch schien wieder einmal eine Gelegenheit, »das Gute gegen das Schlechte zu verteidigen«. Als er von einem Journalisten gefragt wurde, weshalb er mitmarschiere, sagte er, weil er an die Demokratie glaube – eine so nichtssagende Antwort, daß der Journalist sich an jemand anderen wandte, der gewillt war, etwas zu sagen, das sich zitieren ließ.

Er hätte nichts äußern können, das nicht als »negativ« betrachtet worden wäre.

Er glaubte nun mal nicht, daß das oder letztlich überhaupt irgend etwas die Produktion von Waffen zu Rüstungszwecken aufhalten würde. Er glaubte nicht, daß irgendeine Regierung auch nur einen Pfifferling auf die öffentliche Meinung gab, es sei denn, sie ließ sich für taktische Zwecke einsetzen. Er glaubte, daß es in einem Jahrzehnt oder in zwei oder drei Jahrzehnten Krieg geben würde. Er nahm unter völlig falschen Voraussetzungen an diesem Marsch teil – ein Eindruck, der sich änderte, als er mit anderen Teilnehmern aus seiner eigenen Generation sprach und feststellte, wie viele seiner Meinung waren. Es sei doch besser, gegen das Verhängnis wenigstens zu protestieren, fanden viele, und man fand es erfreulich, mitzuerleben, wie Tausende von jungen Menschen einmal mehr gewillt schienen, die Lenkung der Geschicke der Welt als ihre Angelegenheit zu betrachten.

Daß er in dieser marschierenden Menschenmenge beobachtet worden und mit Francis, Gwen und Jill verwandt war, hatte zur Folge, daß Mark nun als »einer von uns« betrachtet wurde, der zum neuen progressiven London gehörte. Er meinte es gut; er hatte das Herz auf dem richtigen Fleck und so weiter, obwohl man ihn, wenn man ihn nicht kannte, natürlich nur für einen Reaktionär halten konnte.

Graham verbrachte den Rest der Mahlzeit damit, Marks Grad der Rückständigkeit genau zu definieren. Stendhal käme dem wohl am nächsten, oder vielleicht Alexander Blok?

Mark sagte, er habe Alexander Blok nie gelesen.

Die beiden Afrikaner gestanden, sie hätten auch nichts von ihm gelesen. Jura zu studieren sei doch nützlicher, als Literatur zu studieren, wenn man die Freiheit noch nicht habe. Der Kreis hatte sich geschlossen, und um weiteren Definitionen der Freiheit vorzubeugen, wies Patty darauf hin, daß es elf sei. Phoebe sprang auf – sie wollte zum Unterhaus, um ihrem Ex-Gatten Jim Troyes vorzustellen, der an Arthur Coldridges Unterstützung für irgendein neues Komitee interessiert war, das mit Vertrauensmännern zu tun hatte. Phoebe wollte Arthurs Unterschrift für eine Petition. Es ging um die Freilassung einiger Gefangener in Nordirland. Sie hatte die Petition bei sich: Alle unterschrieben. Graham hatte seine zugunsten der Homosexuellen dabei; er legte sie ihnen zur Unterschrift vor.

Graham machte sich davon, um sich mit seiner derzeitigen offiziellen Flamme zu treffen, einer jungen Frau aus Jamaika, die im allerneusten Nachtklub sang, und sagte nun schon zum zweitenmal den Nymphchen mit dem Blick eines Mannes gute Nacht, der jeglicher Poesie Lebwohl sagt. Er nahm Patty mit. Die Mädchen würden über Nacht bleiben – sie gingen mit Francis und Nick nach oben. Paul ging mit Mark in dessen Arbeitszimmer. Mark nutzte die Gelegenheit, wenn Paul tatsächlich einmal willig war, und sei es auch bloß, weil er sich von den Freundschaften der Gleichaltrigen ausgeschlossen fühlte, um ihn für seine Schularbeiten zu interessieren. Ein aussichtsloses Unterfangen: jeder wußte, daß Paul, sowie er erst einmal mit Mark in dessen Arbeitszimmer war, ihn mit Beschlag belegt hatte, das Interesse verlieren und wieder in seine eigenen Zimmer zurückkehren würde, wo er alsbald das Radio so laut laufen ließ, daß sich jemand beschweren mußte.

Martha ging zu Lynda hinunter.

An den meisten Abenden waren sie ein paar Stunden zusammen – was für Lynda, die spät schlafen ging, leichter war als für Martha.

Diese Einrichtung oder Gewohnheit war nie besprochen oder geplant worden – sie hatte sich ergeben. Inzwischen war sie für die beiden »Es« oder »Das«.

Es hatte während der Zeit begonnen, als Lynda aus der Klinik zurückgekehrt war und ohne Dorothy ihre Bemühungen aufgenommen hatte, ein normales Leben zu führen. Mark hatte sich daraufhin wieder dem Traum von Lynda als seiner Frau, von einer wirklichen Ehe hingegeben.

Woher wußte Martha das?

Tja, sie hatte ihn gehört. Eines Nachts, als sie im Bett lag, hatte sie Worten, Redensarten, Wortfolgen gelauscht, die ihr durch den Kopf gegangen waren. Ihre Aufmerksamkeit war anderswo gewesen, war dann zu den Worten zurückgekehrt, und sie war überrascht zu der Erkenntnis gelangt: aber an so etwas denke ich doch gar nicht – großer Gott, bin ich in Lynda verliebt? Entsetzt abgewehrt, waren die Redensarten, Worte verstummt. Schweigen. Dann, als ihre Gedanken sich entkrampft hatten, als sich erneut ein aufnahmebereites Dunkel eingestellt hatte, fingen die Worte wieder an. Wenn sie in Lynda verliebt war, dann mit einem Teil ihrer selbst, mit dem sie noch nie Bekanntschaft gemacht hatte – nicht einmal ahnungsweise. Das war die Sprache einer Schulmädchenschwärmerei! Diese unbekannte Person in Martha betete Lynda an, vergötterte sie, hätte sich gern ihr langes, weiches Haar um die Hände geschlungen und gesagt: Arme Kleine, armes kleines Mädchen, warum willst du denn nicht, daß ich für dich da bin?

Sieh mal an!, sagte Martha, wer hätte das gedacht – ich bin lesbisch und noch dazu kindisch wie ein Schulmädchen. Während sie dem lauschte, was sie eine Weile für ihre eigene Stimme hielt, hörte sie: »Wenn du nach oben kommst, Liebling, ich schwör's dir, ich verspreche es: Du kannst die Tür so lange geschlossen halten, wie ... Nur laß mich in der Nähe sein.«

Sie begriff, daß nicht sie selbst sprach, es war Mark. Wenn man seinem Unbewußten auch durchaus alle nur erdenklichen Zugeständnisse machte, so lag es doch jenseits jeder Vernunft, Verhaltensweisen zu übernehmen, die man schließlich jahrelang aus nächster Nähe als die von Mark erlebt hatte.

Das war nicht ihre Art, mit Worten umzugehen – das war Marks Art zu denken.

Dann fragte sie sich: Vielleicht *denke* ich ja nur, daß Mark das wahrscheinlich denkt?

Doch es war ausgeschlossen, etwas zu beweisen, zu entscheiden – es war wesentlich besser, das Ganze auf sich beruhen zu lassen.

Sie löste sich entschlossen davon und wandte ihre Aufmerksamkeit den üblichen praktischen Problemen zu. Am nächsten Tag beim Frühstück benutzte Mark einige der Wörter, die sie von ihm gehört hatte. Er gestand ihr ebenso verlegen wie verzweifelt, daß er versuchen wolle, Lynda wieder in sein Leben, in sein Zimmer zurückzuholen. »Wenn es für sie leichter ist, werde ich ihr jedoch versprechen, die Tür abgeschlossen zu lassen, bis sie das Gefühl hat ...«

Das war sehr eigenartig, diesen Mann in diesem traurigen und zugleich wildentschlossenen und verlegenen Ton über seine Pläne mit Lynda sprechen zu hören, nachdem man seine Gedanken unpersönlich und ohne ihre emotionale Färbung durch seinen Kopf hatte sickern hören.

Doch dann fing Lynda wieder an, »sich dumm zu benehmen«, um sich seiner Nachstellungen zu erwehren.

Martha dachte nicht mehr daran.

Später fing sie an, Paul zu hören. Zuerst wollte sie davon nichts wissen. Mein Gott, das war ja nicht weit davon entfernt, daß man jemanden belauschte oder anderer Leute Briefe öffnete. Außerdem war es fast unerträglich, Paul zu hören, so als hörte man ein Tier denken, das in der Falle saß.

Seine Phantasien drehten sich nur darum, Macht zu bekommen, in welcher Form auch immer. In seinen Tagträumen überbot, überholte, unterbot, triumphierte er, zwang er alle, höllisch aufzupassen, trieb er alle zur Flucht, mußten sich alle vor ihm in acht nehmen, drehte er den Spieß um und blamierte Leute bis auf die Knochen – unermüdlich; Abend für Abend, wenn das Radio oben abgestellt war, schien ein anderes eingestellt zu werden.

Doch, nach einer Weile – Fragen. Und sie wußte nicht, wie sie die beantworten sollte, und schon gar nicht, an wen sie sich mit eventuellen Antworten wenden sollte.

Zum Beispiel: Wenn ein Mensch denkt oder jedenfalls Phantasien, Worte, irgendwelche zusammenhängenden Vorstellungen durch seinen Kopf ziehen läßt (wie das Denken bei den meisten Menschen aussieht), und wenn das sechzehn Stunden täglich so weitergeht und dann selbstverständlich in anderer Form im Schlaf fortgesetzt wird, und wenn dann ein anderer, Martha zum Beispiel, diese oder jene einzelne Wendung, ein kleines Rinnsal von Worten mithört, dann muß man sich fragen: Wieso gerade diese Worte? Weshalb nicht andere? Was Mark dachte, was Paul dachte, erschien in ihrem Bewußtsein als kleines Rinnsal von Worten. Schnappte sie diese Worte in ihrer ursprünglichen Form auf? Oder war da irgendein Mechanismus vorhanden, der eher irgendeine Vorstellung als Worte aus Pauls oder Marks Gehirn aufschnappen und in Worte übersetzen konnte – wie einer dieser Simultanübersetzer auf einer Konferenz. Oder, so etwas sollte es ja geben, wie eine Art Computer, der eine Sprache in eine andere verwandelte. Oder vielleicht mußte man ja nicht von einer Vorstellung ausgehen, sondern von einer Empfindung. Wer wußte darüber wohl Bescheid? Wer konnte ihr das sagen? Denn obwohl es gewiß schien, daß der ursprüngliche Impuls in Worten erfolgt war, da das Gehörte unverkennbar Pauls oder Marks Ausdrucksweise war, so genügte es doch keineswegs, ja oder nein dazu zu sagen. Es war schließlich vorstellbar, daß irgendeine heiße Gefühlsaufwallung Pauls Martha schlagartig als Pauls Gefühl und niemandes sonst bewußt wurde, und dies Gefühl wurde dann in Paulsche Worte übersetzt.

Es sah so aus, als schnappte Martha eine Vorstellung oder eine Empfindung auf, nennen wir sie a, b, c, weil sie auf a, b, c »eingestellt« war. Denn es war eine interessante Tatsache, daß sie zwar Dinge aufschnappen mochte, die sie überraschten, ja sogar schockierten, weil sie in dem Augenblick nicht darauf gefaßt war, so etwas zu hören (aufzuschnappen), jedoch niemals eine Vorstellung, eine Wortfolge oder auch einen Impuls aufgefangen hatte, den sie nicht automatisch Pauls oder Marks Wesen hätte zuschreiben können. Das konnte entweder bedeuten, sie kannte die beiden so gut, daß ihr Verhalten für sie nichts Überraschendes mehr haben konnte – möglich; oder daß Impulse, Vorstellungen, Gefühle, die sie bei ihnen nicht erwartete, nicht mit ihnen verband, sich in den nächstliegenden Impuls, die nächstliegende Vorstellung oder Empfindung übersetzen ließen, die Martha akzeptieren würde. Auf die sie eingestellt war.

Und hier kehrte sie, in einem so seltsamen und bislang ganz unbeachteten Feld, zu der Regel oder dem Gesetz zurück, das in Rosa Mellendips Kreisen gültig war und in dem Paradox bestand, daß man nie erfahren konnte, was man nicht bereits wußte, obwohl dies »Wissen« einem selbst natürlich verborgen sein konnte.

In dieser Sphäre hörte man nichts, fing man nichts auf, das man nicht bereits wußte oder zu akzeptieren bereit war. Was keineswegs bedeutete, daß das, was man bereits gewußt hatte, nicht doch auch überraschend für einen war. Vielleicht handelte es sich eher um ein Erinnern – das war ein zutreffenderes Wort, oder eine Idee.

Und dann – doch die Fragen kamen rasch. Weshalb hörte sie denn Francis nicht? Soweit sie wußte, war das nicht vorgekommen. Oder Lynda? Manchmal schon, wenn sie mit ihr in einem Zimmer war, doch nicht zufällig, nicht wenn sie es nicht erwartete.

Wenn das Gefühl, wie behauptet wurde, der Leiter für derartige Impulse war, dann erklärte das auch, weshalb Paul am häufigsten »sendete« – denn mehr als irgend jemand sonst im Haus war er ein brodelnder Gefühlseintopf. Doch weshalb dann Mark und nicht Francis? Mark war ein verschlossener Mann, dessen Gefühle sich stets am Siedepunkt befanden, Francis ein Junge, bei dem es sich genauso verhielt. Keiner von beiden erlebte solche Gefühlsstürme wie Paul.

Sie kannte Mark sehr gut, Francis hingegen weniger. Sie meinte, Lynda nicht weniger zu kennen als irgend jemanden sonst ... weshalb war denn dann ...

Sie grübelte und rätselte und kämpfte mit Zweifeln und wünschte sich mehr denn je, daß es Menschen gäbe, mit denen sie reden, Menschen, die sie befragen könnte. Das andere Bedürfnis stellte sich wieder ein, fast konnte man von einer Gewißheit sprechen – sie würde ein Zimmer betreten, bei einer Gruppe von Männern stehenbleiben, die die Straße aufrissen, oder ein Mädchen hinter einem Ladentisch fragen, das Butter verkaufte, und sie oder er würde antworten: »Selbstverständlich gibt es jemanden, der Ihre Fragen beantworten kann, und zwar da und da ... Dort finden Sie einen Mann, der ...«

Eines Abends, als sie nach unten gegangen war, um nach Lynda zu sehen, ehe sie selbst zu Bett ging, fragte sie: »Lynda, kommt es vor, daß Sie mithören, was andere Menschen denken?«

Lynda fuhr herum und war entzückt: »Oh«, rief sie, »das haben Sie also getan? Ich habe schon darauf gewartet ...«

Und Martha kam sich augenblicklich ungeheuer dumm vor.

Was hatte Lynda denn die ganze Zeit auf so vielfältige Weise gesagt? Doch Martha hatte nichts gehört. Sie hatte nichts hören *können*. Sie hatte nichts gehabt, womit sie hätte hören können – Erfahrung ist nun mal durch nichts zu ersetzen.

Mit einem Wort, die Tür hatte sich, wie üblich, unmittelbar unter Marthas Augen geöffnet, wo sie nun schon lange Zeit offengestanden hatte, unbemerkt – hätte sie sich bloß die Mühe gemacht, gerade dort zu suchen statt an den falschen Orten!

Doch nachdem sie nun den einen Schritt getan hatte: was dann – erneut eine leere Wand, erneut eine Sperre.

Martha stieg Abend für Abend, wenn alle Tagesgeschäfte erledigt waren, zu Lynda hinunter, um an dem Teil des Tages mit ihr zu reden, wo sie allein und ungestört sein konnten.

Sie nannten es »arbeiten«.

Doch sie wußten nicht, wie sie es sonst nennen oder damit umgehen sollten.

Fragen. Es war ein privates, zaghaftes Streben nach – doch wenn sie gewußt hätten, wie man es nennen sollte, dann hätten sie schließlich auch gewußt, wo sie anfangen sollten. Und sie mußten verschwiegen sein, nicht, weil irgendeine Entscheidung gefällt oder ein Entschluß gefaßt worden wäre, sondern weil die Umstände das geboten.

Mark durfte sich nicht aufregen: Mark fand das alles höchst beunruhigend.

Die Kinder durften nicht von der ihnen angemessenen Erziehung abgelenkt werden, durften nicht dazu ermutigt werden, sich noch ungewöhnlicher vorzukommen, als das ohnehin schon der Fall sein mußte.

Die alten Freunde des Kellergeschosses, Mrs. Mellendip und die anderen, waren mit Dorothys Weggang auseinandergegangen – wenn Lynda auch bisweilen Rosa Mellendip noch sah, die wenigstens verstand, wovon die Rede war, wenn sie sich über das unterhielten, was sie interessierte. Doch Rosa war beschäftigt; sie war in letzter Zeit sehr erfolgreich in ihrem Beruf. Und dann neigte sie auch, wie alle Spezialisten, dazu, eher ungeduldig oder, was schlimmer war, nachsichtig zu reagieren, wenn ihnen danach war, Spekulationen anzustellen, die außerhalb ihres Gebiets – Handlesen, Kartenschlagen und Horoskope – lagen.

Irgendwo, das stand fest, gab es Menschen, mit denen sie reden konnten.

Sie jagten Ahnungen, Andeutungen von Einsicht hinterher, schrieben an Leute, die im Fernsehen oder in der Zeitung Bemerkungen fallenließen, die zu Hoffnungen Anlaß gaben. Sie schrieben Schriftstellern, nahmen Leute ins Kreuzverhör, denen sie begegneten und die vielleicht etwas sagten, das eine unverschlossene Tür zu verheißen schien. Sie machten Gebrauch von ihren Träumen, ihren Versprechern, ihren Phantasien, keineswegs in dem Sinne, den Dr. Lamb für wünschenswert gehalten hätte, sondern sie nutzten sie wie Landkarten oder Wegweiser eines Landes, das unmittelbar jenseits oder neben oder innerhalb der Landschaft lag, die sie sehen und berühren konnten.

Sie bestellten alle erdenklichen Zeitschriften, die vor allen anderen versteckt werden mußten und Namen hatten wie *Destiny* oder *Startime*, und untersuchten sie auf diese informativen Funken, die ja an den unwahrscheinlichsten Stellen aufblitzen konnten. Doch in diesem Bereich, der ihnen durch Rosa bereits bekannt oder teilweise bekannt war, war irgend etwas zu wohlfeil, zu gefällig. Jene Tür konnte allzu mühelos geöffnet werden und Einlaß in ein Gebiet gewähren, wo die Leute einander ungeheuer gut kannten, sich außerordentlich behaglich fühlten, und, alles in der Atmosphäre der eingeweihten Minderheit, die Wahrheiten teilten, die der Außenwelt vorenthalten blieben – abstoßend, wenn man sich auch davor hüten mußte, bloß weil man etwas widerlich fand, Gelegenheiten auszulassen, die einen dies und jenes lehren konnten.

Und dann war da diese Geschichte mit Jimmy Wood gewesen. Er hatte mittlerweile zwei sehr erfolgreiche »Raumfahrer«-Romane veröffentlicht. Die Handlungen beider Romane basierten auf der Existenz von Menschen, die mehr Sinne hatten als normal. Der letzte hatte von einem Konflikt gehandelt zwischen einer Rasse, die ein inneres Seh- und Hörvermögen hatte, und einer anderen, die diese Fähigkeiten mit Hilfe von Maschinen verdoppelte. Die Maschinen-Rasse rottete die andere mit der Begründung aus, sie sei anomal.

Martha, die das mit heimlicher Erregung gelesen hatte, lockte Jimmy in die Küche, um mit ihm zu reden. Da saß er nun, lächelnd wie stets, während sie aus ihm herauszukriegen versuchte, woher er seine Ideen für die Handlung nahm – eine Frage, die er naiv zu finden schien. »Die lagen in der Luft«, sagte er und setzte dann hinzu, daß »wir alle« über solche Ideen schrieben. Mit »wir alle« meinte er die anderen Verfasser von Weltraum-Literatur. Und dann ging er dazu über, eine neue Maschine zu beschreiben, an der er arbeitete und die bestimmte Zonen des Gehirns stimulieren oder zerstören konnte, doch nicht durch etwas so Plumpes wie Drähte, die man ins Gehirn einführte und unter Strom setzte, sondern durch Tonfrequenzen oder Schwingungen, die, wie Jimmy sagte, mit außerordentlicher Präzision benutzt werden konnten. Schon jetzt lag es im Bereich des Möglichen, eine Zone des Gehirns von der Größe einer Erbse anzupeilen ...

Ja, sagte Martha, doch mal angenommen, es gäbe keine Maschinen. Die Rasse, über die er geschrieben habe beispielsweise – habe er selbst je etwas erlebt, das vielleicht ...? Doch er hörte nicht zu. Hörte nicht zu in dem Sinne, daß er nicht zuhören konnte: Seine Erfahrung hatte keinen Bezug zu dem, was sie sagte. Er konnte nicht hören.

Mark ging oft mit Jimmy Wood in eine bestimmte Kneipe, in der sich Science-fiction-Autoren trafen. Er fand ihre Gesellschaft anregend, weil ihre Vorstellungen in den Büchern anerkannter und »literarischer« Schriftsteller normalerweise nicht auftauchten.

Er wäre jedoch genauso höflich-desinteressiert gewesen wie Jimmy, wenn Martha ihn gefragt hätte, ob er aus irgendeiner persönlichen Überzeugung oder Erfahrung dorthin gehe. Martha begleitete sie in diese Kneipe. Zirka zwanzig Männer und ein, zwei Frauen erörterten ihr Handwerk. Martha wandte sich unverdrossen an einen nach dem anderen und stellte ihnen, freilich nur tastende, Fragen. Das war an sich schon seltsam, daß sie so vorgehen mußte: Da hat ein Mann nun ein halbes Dutzend Bücher über Menschen geschrieben, die mit diesem oder jenem Sinn begabt sind, der in der Normalität nicht vorkommt, doch ist er peinlich berührt, wenn er gefragt wird, ob Menschen denn tatsächlich mit dem einen oder anderen dieser Sinne begabt sein könnten. Mehr als seltsam, wenn man es genau bedachte ... Doch Martha mußte mit der Meldung zu Lynda zurückkehren, daß sie eine Niete gezogen hatten. Sie zogen überall Nieten.

Doch innerhalb ihrer eigenen inneren Erfahrung war dies eine Zeit der Verheißung neuer Möglichkeiten. Es war, als öffneten sich in ihrem Kopf Türen gerade so weit, um eine neue Empfindung, die Ahnung von irgend etwas zuzulassen – und obwohl sie sich wieder schlossen, blieb doch etwas davon zurück. Nur für Lynda und Martha, nicht für die anderen, denen sie begegneten und die sie so begierig, wenn auch vorsichtig ausfragten? Dabei waren doch die Poesie, das Drama, alte Stücke voll von Anzeichen und Hinweisen auf das, wonach sie Ausschau hielten! Während jener Periode lasen beide Gedichte und Autoren, die sie seit Jahren nicht gelesen hatten, d. h. also, sie lasen sie wieder und begriffen, was das bedeutet, wenn »es einem wie Schuppen von den Augen fällt« – sie waren gefallen. Wo Passagen, Zeilen, Wörter obskur oder zweideutig geblieben oder einfach übersprungen worden waren, war plötzlich Licht. Was sie wollten, wonach sie Ausschau hielten, wonach sie suchten, war überall, sie waren davon umgeben wie von einer zarteren Luft, die in der banalen Alltagsluft schimmerte. Doch sie zu greifen, ein Netz daraus zu machen, das war eine andere Sache. Es war, als sei die entrückte Süße, die man im Traum erlebt, jene unirdische, unvorstellbare Süße, oder weniger sie selbst als das Bedürfnis oder der Hunger danach, Frage und Antwort, die gleichzeitig in demselben zarten hohen Ton erklangen – als sei diese Süße, die man sein ganzes Leben lang gekannt hatte und die quälend ungreifbar gewesen war, nähergerückt, ein bißchen näher, so daß man ständig mit einem Ruck den Kopf nach jemand wandte, den man nur flüchtig aus dem Augenwinkel gesehen hat, oder versuchte, seine Sinne zu verfeinern, um etwas zu erhaschen, das ganz dicht jenseits ihrer Reichweite lag ...

Sie nannten es arbeiten.

Dabei mochten sie die ganze Nacht allein in Lyndas Wohnzimmer sitzen, fast ohne ein Wort zu sprechen, doch lauschend, bemüht, aufnahmefähig, wach zu sein. Dabei mochte ein Einfall herausspringen oder auch nicht. Oder sie mochten das eine oder andere Wort heraushören, eine Redensart oder einen Gedanken, indem sie sie im Raum stehenließen, so daß sie ein Gefühl, ein Gespür, einen Geschmack dafür entwickeln konnten. Bisweilen unterhielten sie sich auch, wobei sie versuchten, nicht zu rational oder logisch zu sein, sondern das Gespräch einfach fließen zu lassen, da sich ja in den Lücken zwischen Worten, Sätzen etwas anderes einstellen konnte. Sie wußten nicht wirklich, was sie da taten oder wie sie es nun eigentlich taten. Doch aus diesem ganzen Material, das sie zusammengetragen hatten, ergaben sich für sie flüchtige Ahnungen einer neuen Art von Verstehen.

Dafür hatten sie ebenfalls kein Wort. Wenn sie darüber sprachen oder darumherumredeten, hatten sie die Neigung, wieder in ihre Unterhaltung über Lyndas Art von Verrücktheit zurückzuschlüpfen.

Vielleicht kam das daher, daß man in einer Gesellschaft, die so organisiert ist, oder besser: die sich so entwickelt hat, daß sie das, was einer als wahr erkannt hat, nicht zulassen will, es sei denn, diese Wahrheit äußere sich in pervertierter Form, durch den Wahnsinn, eben versuchen mußte, sie im Wahnsinn und seinen Varianten aufzuspüren.

Eine wesentliche Tatsache war doch: wäre Lynda nicht wahnsinnig gewesen, hätte sie nicht bestimmte Grenzen erprobt, dann hätten einige der Entdeckungen, die sie machten, sie so arg erschreckt, daß sie nicht hätten weitermachen können.

3 Das Haus bestand weiterhin, wenn nicht in zwei Lagern, so doch wenigstens in verschiedenen atmosphärischen oder klimatischen Schichten. Eine kleine Korrektur der Besetzung: Francis war nach oben gezogen, als er die Schule verlassen hatte, so daß die Reihenfolge von oben nach unten jetzt lautete: Francis, Paul, Martha, Mark, Lynda.

Ein paar Wochen vor der Abschlußprüfung kam Francis nach Hause und verlangte eine »Gipfelkonferenz«. Das war sein (scherzhafter) Ausdruck für derlei Sitzungen, die die halbe Nacht dauern mochten, was häufig der Fall war. Diesmal wollte er wissen, weshalb sie wollten, daß er die Prüfung machte. Nachdem sämtliche gesunden Begründungen, die dafür sprachen, von Mark, Martha und Lynda aufgeboten worden waren, während er, und offenbar durchaus nicht ohne gewissenhaft abzuwägen, zugehört hatte, erklärte er, er habe vor, die Schule sofort zu verlassen. Keiner von ihnen habe akademische Grade gebraucht, um sein Leben leben zu können, alle verachteten sie Prüfungen und das, wofür sie standen, und überhaupt, ständig treffe er Leute, die gerade von der Universität kamen, und wer wollte denn schon sein wie die? Und dann dieser Esel Onkel Graham, der sei so ziemlich das Beste, was die Universitäten hervorzubringen imstande seien.

Er kehrte zur Schule zurück, um seine Sachen zu packen und danach wieder nach Hause zu kommen. Sie glaubten halb, daß sein Entschluß auf die Nervosität vor den Prüfungen zurückzuführen sei und er sie schließlich doch ablegen würde. Nach Auskunft der Lehrer würde er anstandslos bestehen.

Doch er kam nach Hause. Er war sehr launisch. Erst verzweifelt lustig, dann schweigsam. Immer wieder erschien er im Arbeitszimmer seines Vaters, doch sie kamen immer noch nicht leicht ins Gespräch; in Marthas Zimmer, wo er, nachdem er eine Weile dort herumgelungert hatte, als hoffe er, sie würde vielleicht etwas Brauchbares sagen, dazu überging, sie mit Nachahmungen seiner Lehrer und Klassenkameraden zu unterhalten. Dann kam Lynda dran. Er verbrachte Stunden mit ihr, wollte sie ins Theater, in Lokale ausführen, verlangte, daß sie sich neue Kleider kaufen sollte. Sie tue nicht genug für sich: Alle sagten, wie schön sie sei. Lynda brachte das selbst fast zur Verzweiflung: Er behandelte sie wie seine Freundin, und sie kam nicht dahinter, weshalb, da er doch durchaus Freundinnen hatte.

Keiner von ihnen wußte, was zu tun war. Nachdem sie ganze Nächte damit verbracht hatten, die Ungereimtheiten, Widersprüchlichkeiten und das allgemein Unbefriedigende der Lage zu bedenken, gaben die Erwachsenen es auf. Schließlich kann man keinen Menschen zum Studieren zwingen. Später waren sie dann natürlich imstande zu erkennen, weshalb all diese Erwägungen zu nichts geführt hatten: Sie hatten Francis als Einzelfall behandelt. Doch er war nur einer von den vielen Tausend, die zu dem Schluß kamen, daß die Bildungsmöglichkeiten, die man ihnen bot, für sie nicht taugten. Wenn ein junger Mensch, der sich allein und hilflos fühlt, gegen Zwänge kämpft, die er für nahezu unüberwindbar hält, ist dieser Kampf immer indirekt, verzweifelt und schonungslos. (Vor langer Zeit hatte Martha denselben Entschluß gefaßt, hatte mit List, Rücksichtslosigkeit, Verzweiflung gekämpft und ohne recht zu wissen, was sie da eigentlich tat, außer, daß sie immer wieder gesagt hatte: Nein, nein, nein, ich will nicht.)

Jetzt besorgte Francis sich über Patty am Theater eine Arbeit hinter den Kulissen und fing sogleich hart zu arbeiten an. Er hatte immer schon hart gearbeitet. Innerhalb weniger Wochen, nachdem er von der Schule abgegangen war, verdiente er (worauf hinzuweisen er nicht versäumte) dasselbe, womit viele Männer auf diesen Inseln angeblich ihre Familien ernähren konnten.

Sie diskutierten weiter über seine Entscheidung, arbeiteten sich redend zu einer Art Übergangsbericht vor, der etwa folgendermaßen lautete: Die meisten Menschen, die sich diesem Haus aus irgendeinem Grund näherten, hielten es für selbstverständlich, daß alles, was in der Schule gelehrt wurde, außer ein paar untergeordneten Techniken wie Lesen, Schreiben und der Benutzung von Nachschlagewerken, Zeitverschwendung sei; daß alles, was man dort unter der Bezeichnung Geschichte oder Kunst oder Literatur lernte, besonders gefährlich sei, da es ja per definitionem nicht stimmen könne – notwendigerweise das Produkt von Afterhirnen sei, die vergängliche akademische Anschauungen repräsentierten, die wiederum zu vorübergehend unerschütterlichen Formeln erstarrt waren. Jeder, der etwas lernen wollte, konnte das in ein paar Wochen allein in einer Bibliothek oder mit einem Tutor tun, statt Jahre damit zu verbringen, wie es von Schulen und Colleges verlangt wurde. Die Erziehung in den modernen Gesellschaften war hauptsächlich eine Erziehung zum Konformismus. Solche Überzeugungen oder Anschauungen waren so tief in ihnen verwurzelt, daß es kaum mehr nötig war, sie ausdrücklich zu formulieren. Sie waren verinnerlicht. Von Zeit zu Zeit waren sie Francis zur Warnung oder als Anleitung in diesen oder ähnlichen Worten vorgehalten worden: Also, du mußt es nun mal tun, also werde irgendwie damit fertig, bring's hinter dich, doch nimm es nicht ernst. Mit anderen Worten, seine Familie hatte von ihm verlangt, daß er tüchtig oder doch wenigstens ausreichend arbeitete, während sie ihm gleichzeitig immer wieder eingeschärft hatte, daß das, woran er arbeitete, unwichtig, wenn nicht gar gefährlich sei. Von Heiligen war schon weniger verlangt worden. Die Schule – »halbprogressiv« – war ebenso verwirrend. Wie das ganze Dutzend (soviel dieser Art gab es etwa) beklagte sie gleichzeitig das Prüfungssystem wie auch das, wofür es stand; bestand sie darauf, daß alles, was sie ihren Schülern anbot, viel anspruchsvoller, besser, umfassender und tiefer war, als jegliches Lernen im Zeichen von Examen es sein konnte, war jedoch infolge des »Systems« gezwungen, genausoviel Zeit und Mühe darauf zu verwenden, ihre Schüler durch die Prüfungen zu pauken, wie jede gewöhnliche Schule.

Das waren also die »Grundzüge« des Zwischenberichts – ad acta gelegt und vergessen, als sie erkannten, was für eine weitverbreitete Bewegung das war, zu der Francis gehört hatte, ohne es zu wissen.

Noch viel später rückte Francis mit einem Vorfall heraus, der sich zugetragen hatte, als er etwa dreizehn war und, so behauptete er, ein Wendepunkt in seinem Leben gewesen war. Mark konnte sich daran nicht erinnern. Eltern haben so oft diese Augenblicke längst vergessen, die die Kinder wie Narben mit sich tragen. Francis hatte von seiner neuen Schule (der halbprogressiven) die »spielerischen« Prüfungsarbeiten in Geschichte und Englisch mit nach Hause gebracht. Da er nun mal Francis war, hatte er sie seinem Vater oder Martha nicht vorgelegt und gefragt, was sie davon hielten, sondern sie auf dem Küchentisch liegen lassen, wo Mark sie beim Frühstück sehen mußte. Mark hatte einen Blick auf den englischen Prüfungstext geworfen und dann wissen wollen, ob das ein Scherz sein solle – vielleicht handle es sich ja um eine Art Parodie? Francis hatte nichts dazu gesagt, sondern nur zugehört. Er hatte diese Prüfungsaufgaben ziemlich gut gelöst. Mark hatte sich nicht weiter geäußert – offensichtlich fand er den Text so lächerlich, daß man über diese Feststellung hinaus kein Wort mehr darüber zu verlieren brauchte. Die Geschichtsaufgabe (»Die Alte Welt – Ägypten, Kreta, Griechenland, Rom«) erfuhr dieselbe Behandlung. Mark abonnierte eine Zeitschrift, die über archäologische Entdeckungen berichtete: Er sagte zu Francis, er solle sich nicht mit dem Geschichtsunterricht der Schule aufhalten. Nach diesem Vorfall hatte Francis Englisch und Geschichte als Wahlfächer abgewählt und sich statt dessen auf Mathematik, Chemie und Biologie verlegt, Gebiete, wo man es, so hoffte er, mit ewigen Wahrheiten zu tun hatte.

Seine Rückkehr nach Hause brachte einige Veränderungen für den Haushalt mit sich. Der Dachboden war geräumig und bot nicht nur Francis Platz, sondern auch Nicky, der sich die meiste Zeit dort aufhielt – er kam mit seinen Eltern nicht zurecht. Jill und Gwen hätten ebensogut auch ganz einziehen können: Sie gingen zwar noch zur Schule, waren jedoch schlecht – aus Prinzip, behauptete Phoebe.

Der Dachboden vibrierte vor Politik – hauptsächlich der Nickys. Er war eher Anhänger des »Komitees der Hundert« als des Komitees für atomare Abrüstung. Er war außerdem Anarchist. Er war in den Anfängen des »Komitees der Hundert« noch nicht dabei gewesen, das schon nach nur wenigen Monaten in einem Mythos versunken war. (Die Erwachsenen hätten dies kleine öffentliche Ereignis durchaus als stützenden Beleg für ihre Geschichtsverachtung heranziehen können: Doch welches Ereignis ging denn nicht binnen Wochen in Lügen und Halbwahrheiten unter?)

Es ließ sich darüber streiten, ob Nicky seiner ganzen Anlage nach politisch war: Er war zufällig in die Politik hineingerissen worden. Bei einer Versammlung auf dem Trafalgar Square (da er Politik verachtete, war er aus bloßer Neugier hingegangen) hatte er mit einem Freund dagestanden und den Ablauf der Veranstaltung beobachtet, als ein paar Faschisten zu schreien und zu raufen angefangen hatten. Die Polizei hatte sich Nicky, von seiner hochgewachsenen, lebhaften Erscheinung angezogen, geschnappt, ihn auf den Rücken gelegt und sich über ihn hergemacht. Zu sechst hatten sie ihm in die Genitalien getreten, in die Nieren geboxt und ihn dann wie ein Bündel in einen Lastwagen verfrachtet, wo er wohl unter seinem Mantel, den sie ihm über den Kopf gezogen hatten, erstickt wäre, denn er war ohnmächtig geworden, wenn ihn nicht jemand befreit hätte. Auf der Wache hatte er seine Unschuld beteuert. Man warf ihm Tätlichkeit gegen die Polizei vor. Er hatte Mark angerufen, der einen Anwalt angerufen hatte, der wiederum routinemäßig geraten hatte, er solle sich schuldig bekennen, weil der Richter grundsätzlich dem Wort der Polizei Glauben schenke. Jung und durch und durch integer, wie er damals war, hatte Nicky sich geweigert und am nächsten Morgen vor Gericht seine Unschuld erklärt, während ein junger Polizist, den er vorher noch nie gesehen hatte, eine Erklärung vorlas, aus der hervorging, daß Nicky ihn getreten und angefallen habe. Der Richter hatte ihn zu vierzehn Pfund verurteilt und dazu bemerkt, »er sei ein junger Mann mit einem offensichtlichen Hang zur Gewalttätigkeit«.

Diese Erfahrung hatte ihn geradenwegs in eine militante Politik katapultiert. Wäre er nicht aus dem Mittelstand gewesen, dazu erzogen, in Polizisten eine Art Freund und Helfer zu sehen, hätte der Vorfall keine Auswirkung gehabt. Er war nun schon ein halbes dutzendmal verhaftet worden und hatte eine kurze Gefängnisstrafe hinter sich, weil er sich vor einem amerikanischen Luftwaffenstützpunkt »niedergelassen« hatte.

Francis, seit langem Nickys Freund, war gewillt, sich seiner politischen Führerschaft anzuvertrauen. Doch seine eigene Geschichte hatte zur Folge, daß Politik für ihn etwas peinvoll Ernstes war. Und es war kein Geheimnis im Haus, daß er sich unter vier Augen mit Nicky stritt, seinen politischen Standpunkt für grob vereinfachend und ein paar von Nickys Bundesgenossen für leichtfertig hielt.

Die Mädchen traten leidenschaftlich für das Komitee der Hundert ein. Wie Phoebe sagte: »Natürlich. Wie könnte es anders sein? Sie müssen ja irgendwie zeigen, daß sie mich hassen, und solange sie nicht gerade Torys werden, lasse ich sie eben!«

Gwen und Jill waren beide x-mal verhaftet worden, doch hatte man ihnen nie etwas Ernsthaftes zur Last gelegt. Sehr zu ihrem Kummer. Sie klagten, das käme daher, daß sie noch so jung waren oder weil ihr Vater Abgeordneter war. Die Wahrheit war wahrscheinlich, daß ihr Aussehen, sie waren immer noch ein einziger molliger, rosig-weißer Liebreiz, Polizisten, wie alle anderen auch, zu der Annahme verleitete, sie müßten durch und durch unschuldig sein. Nachdem sie auf diese Weise erneut diskriminiert worden waren, engagierten sie sich ungeheuer in Gruppen, deren Hauptenergien dahin gingen, Phoebe und ihre Gesinnungsgenossen zu beleidigen. Denn wie jede Blüte der Linken zuvor, so erfolgte auch diese Wiederauferstehung getreu der Regel, daß man mehr Zeit darauf verwenden mußte, Verbündete und Genossen zu bekämpfen als den Feind. Fünf oder sechs Jahre, nachdem sie als Extremistin gegolten hatte, der man verbrecherischen Landesverrat vorwarf und deren Post zumindest zur Hälfte aus Briefen voller Unflat und Drohungen bestanden hatte, mußte Phoebe nun feststellen, daß sie eine windelweiche Opportunistin und ein Feigling war.

Zunächst nahm sie es mit Humor; dann verging er ihr zusehends – sie fuhr zu Nanny Butts, um Urlaub zu machen. Aus dem Urlaub zurückgekehrt, rief sie Martha täglich mehrmals an, um sich über ihre Töchter zu beschweren. Sie sagte, sie litte unter Kopfschmerzen und Übelkeit und könne nicht schlafen. Phoebe hielt auch weiterhin nichts von »Psychologie«; sie glaubte statt dessen an Haltung. Dennoch erlitt sie einen Nervenzusammenbruch.

Margaret ebenfalls, doch in ihrem Fall wurde dieser Ausdruck niemals verwendet. Wie Mark erklären mußte: Die Oberschicht habe der Exzentrizität schon immer einen beträchtlichen Spielraum gewährt.

Ein paar Jahre lang war Margarets Haus ein Agitationszentrum für die Verfechter der Legalisierung der Homosexualität geblieben. Ihr Mann John war nicht ins Gefängnis gesteckt worden, wohl aber ein paar Freunde von ihm. Man war zu der Ansicht gelangt, daß er ein nichtpraktizierender Homosexueller sei, doch jetzt, wo er auf soviel Verständnis für seine Lage stieß, hatte er ein paar Verhältnisse und dachte eine Zeitlang sogar daran, Margaret zu verlassen.

Sie sagte nicht, was sie davon hielt. Ihr Haus war auch weiterhin voller reizender Menschen, und enge Freunde hatte sie nie gehabt.

Da eine gerechte Sache die andere nach sich zieht, warben die Leute, die gegen die Todesstrafe zu Felde zu ziehen begannen, sie an, und bald hatte man den Eindruck, daß es jedesmal, wenn man Margaret traf oder zu ihr hinausfuhr, eine neue Petition zu unterschreiben oder ein Komitee zu unterstützen galt. Bisweilen bemerkte sie lächelnd, sie sei ein alter Tory, eine Ewiggestrige, sie habe sich nie als Kreuzritter für irgendwelche Anliegen gesehen. Doch hinter dem Scherz verbarg sich bitterer Ernst. Insgeheim begriff sie nicht, wie sie sich je in diese Lage hatte begeben können – sie hatte John geheiratet, einen Gentleman, dessen literarische Neigungen ihr gefielen und dessen Sohn in dem Ruf stand, ein schlaues Kerlchen zu sein, und ehe sie sich's versehen hatte, war aus ihr eine Säule des Fortschritts geworden, und ihr Name war schon für ein paar Dutzend Schlagzeilen gut gewesen.

Das war Grahams Schuld. Schuld? Verhielt es sich etwa so, daß sie eigentlich gar nicht fand, das Gesetz über die Homosexualität sei reformbedürftig, die Todesstrafe müsse abgeschafft werden – und so weiter? Doch, natürlich fand sie das – wenn sie vor Johns Zeit mit Homosexualität auch nie etwas zu schaffen gehabt hatte, oder jedenfalls nicht so, daß sie sich herausgefordert fühlen mußte, und wenn auf der einen Seite auch einiges dafür sprach, daß die Todesstrafe altmodisch war, so war das auf der anderen Seite doch kein Anliegen, für das sie sich aus freien Stücken stark gemacht hätte. Ja aber – hatte sie denn irgendwer gezwungen, sich gerade dafür einzusetzen? Hatte ihr etwa jemand die Pistole auf die Brust gesetzt? Nein, selbstverständlich nicht, aber ... woher kam das bloß, daß Graham es für seine Pflicht hielt, den Horizont der Nation auf alle nur erdenkliche Weise zu erweitern? Nein, nein, es gab wirklich nicht das kleinste Bedenken, weshalb er nicht einer der führenden Köpfe beim Fernsehen werden sollte: Sie war stolz, daß sie diese Erfindung so früh schon begrüßt hatte, als man das Fernsehen in ihren Kreisen, von den Intellektuellen ganz zu schweigen, noch verachtet hatte. Mittlerweile machte »alle Welt« bei Fernsehsendungen mit, und alle sahen fern. Es war einfach nur, daß – ja, was war es denn nur? Nichts, das sie ganz genau definieren oder logisch hätte begründen können. (Weshalb sollte man denn auch in allem logisch oder zusammenhängend sein?) Es wurde einem bloß ein bißchen viel, das alles – und vor allem Graham. Ständig stand er kurz vor der Heirat – oder beinah, und überlegte es sich anders, ständig engagierte er sich gerade öffentlich für irgend etwas, kündigte er neue Sendungen an, die demnächst Gestalt annehmen würden oder auch nicht, gründete er ein neues Komitee, organisierte er eine Unterschriftenaktion. Doch, doch, sie mochte ihn sehr, sie war stolz auf ihn. Er war ein lieber, guter

Junge. Er war fast fünfunddreißig – *war es da nicht an der Zeit, daß er etwas ruhiger wurde?*

Sie wünschte nur ... Sie hatte nicht die geringste Ahnung, was sie wünschte oder bedauerte. Vielleicht wünschte sie sich ein leeres Haus und ein stummes Telefon und einen Mann, der nicht ebensogut einer ihrer Gäste hätte sein können, eine Errungenschaft an einer Abendtafel oder auf dem Rasen zwischen den Rosen, aber sonst nicht viel zu sehen. Jedenfalls nicht bei ihr.

Sie brach zu einem ausgedehnten Ferienaufenthalt in einem kleinen »unverdorbenen« Städtchen an der Costa del Sol auf, wo sich eine rein auf Sympathie beruhende Beziehung zu einem Fischer entspann, der im Sommer die Touristen mit seinem Boot herumfuhr. Er war etwa fünfundvierzig; er sah gut aus; er hatte Frau und Familie. Daß sie wahnsinnig verliebt war, merkte sie daran, daß sie das Gefühl hatte, ihr ganzes Leben vergeudet zu haben. Ein langer verworrener Brief erreichte Mark. Er wurde zwischen ihm und Martha besprochen. Es klang, als wollte sie gerettet werden. Von Mark? Doch Mark war nicht mitfühlend. Er war wütend; er äußerte sich abfällig. Gewiß hätte sie Mark niemals bitten dürfen – doch wen hätte sie sonst bitten sollen, und was wollte sie denn überhaupt? Ob Martha vielleicht hinfahren sollte? Doch jetzt, wo die jungen Leute, besonders Phoebes Töchter, von Paul ganz zu schweigen, sich in einem derart überhitzten Gemütszustand befanden, wollte sie nicht fahren. Hatte Margaret denn überhaupt keine Freunde? Es sah nicht so aus. Schließlich fuhr Patty Samuels. Margaret mochte Patty; Patty wiederum bewunderte Margaret. Patty fand Margaret in einem Zimmer, das sie für fünf Schilling pro Tag im Haus einer Witwe und ihrer verheirateten Tochter gemietet hatte. Ihre Mahlzeiten nahm sie in einem kleinen Restaurant ein, wo sie für ein reichliches Essen etwa sechs Schilling bezahlte. Der Fischer war ohne Angabe von Gründen nach Valencia gefahren. Margaret faselte allerhand über das einfache Leben und echte Werte und derlei. Patty war verständnisvoll und hörte ihr ein paar Tage lang zu. Sie erkannte, daß Margaret wirklich in schlechter Verfassung war, doch war dies eine Art Zusammenbruch, der nicht ohne weiteres zu erkennen war. Margaret war ein bißchen vage, redete eher unzusammenhängendes Zeug. Sie war sehr auf andere angewiesen, doch es war nichts Auffälliges zu sehen.

Patty nahm sie mit nach Hause, blieb ein paar Wochen bei ihr und stellte es nach außen so dar, daß Margaret sich in Spanien irgendeine Grippe geholt habe. John Patten fuhr erneut auf einige Zeit zu seiner betagten Mutter. Margaret, die ja wußte, daß ihre liebe, gute Patty nicht mehr lange bei ihr bleiben würde, ging auf der Suche nach Liebe und der Familie und den einfachen Werten ständig im Haus in der Radlett Street ein und aus.

Sie sagte zu Patty, sie bete ihre Enkelkinder an; doch aus verschiedenen Gründen befanden Paul und die zwei Mädchen und Francis sich gerade in einem Stadium, wo man das am allerwenigsten auch von ihnen erwarten konnte. Sie versuchte sie immer wieder für Ferienreisen, Ausflüge, Theaterbesuche zu ködern, wurde zurückgewiesen und litt folglich. Sie litt abscheulich, während Patty, solange sie bei ihr war, laut, ausgeglichen, humorvoll und praktisch blieb. Margaret erfuhr nicht, daß Mark deshalb so wenig Zeit für sie hatte, sogar noch viel weniger als gewöhnlich, weil Lynda sich wieder »dumm benahm« und er damit ohne die Hilfe einer Pflegerin fertigzuwerden versuchte.

Auf der Etage unter Francis verfolgte Paul seinen einsamen Kurs. Die beiden hatten einander so wenig zu sagen wie eh und je. Sie waren zusammen aufgewachsen, doch es war zweifelhaft, ob sie in all den Jahren mehr als ein halbes Dutzend Stunden freiwillig miteinander verbracht hatten. Sie nahmen die Mahlzeiten ein, ohne einander zu beachten. Wenn jemand ein Zimmer betrat, in dem die beiden sich gleichzeitig aufhielten, lasen oder nur dasaßen, hatte er das Gefühl, die beiden seien jeweils allein im Zimmer.

Paul sprach natürlich mühelos und ausgiebig darüber; Francis nur mit Mühe. Paul behauptete, Francis sei immer noch eifersüchtig, weil er ein Kuckucksei sei. Francis sagte, er glaube nicht, daß Paul und er dieselbe Wellenlänge hätten. Die Mädchen und Nicky erörterten das Ganze eingehend und versuchten von Zeit zu Zeit, die beiden Jungen etwas mehr zusammenzubringen, was hieß, daß sie Francis dazu bewegten, eine Treppe hinunterzusteigen und Paul zu besuchen. Dann saßen die beiden sehr höflich, im Grunde wie auf einer Bühne, verlegen, doch äußerst gutwillig, als würden sie von anderen beobachtet, die auf die ersten Anzeichen einer seelischen Verschmelzung oder Verbindung warteten ... Es ist nun einmal eine Tatsache, daß die Menschen sehr verschieden sind. Sie sind wesentlich verschiedener, als irgend jemand zugeben möchte. Warum ist das so schwer zuzugeben? Es ist, als gäbe man, wenn man das einräumt, Schlimmeres zu, eine Art Fehlschlag der Menschheit selbst, den Tod oder die vorläufige Besiegelung einer allen gemeinsamen Hoffnung. Es war auffällig, daß bei diesen seltenen Gelegenheiten, wenn jemand – gewöhnlich Jill und Gwen – doch wieder versucht hatte, Paul und Francis einander näherzubringen und gescheitert war, alle ziemlich geknickt waren und dazu neigten, sich wortreich für kleine, unwichtige Versehen zu entschuldigen, während Paul und Francis sich förmlich überschlugen, um einander Brot oder Salz beim Essen zu reichen, und Paul scherzhaft von Geschwisterrivalität sprach. Und als Paul sich dann Zena zulegte, die so ganz auf seiner Wellenlänge lag, und nicht mehr auf diese peinliche und anklagende Weise allein war, mit welcher Erleichterung vergaßen da nicht alle im Dachgeschoß das Bedürfnis oder die Pflicht, Paul mit einzubeziehen.

Er hatte die Schule verlassen. Drei Monate vor seiner Abschlußprüfung begann er, nachdem er bis dahin keinen Strich getan hatte, plötzlich verbissen zu arbeiten. Der Lehrer hatte vor der ganzen Klasse gesagt, bei dem Grips, den er, Paul, habe, müsse es eigentlich eine Kleinigkeit für ihn sein, die Prüfung in zehn Fächern achtbar zu bestehen. Paul hatte sich daraufhin in den Kopf gesetzt, die Prüfung in zehn Fächern abzulegen. Drei hatte er recht gut geschafft, zwei mit Ach und Krach bestanden, und in den restlichen war er durchgefallen. Alles in allem anerkennenswert, da er doch so wenig gearbeitet hatte. Doch nun zeigte sich zum erstenmal (oder jedenfalls war es das erste Mal, daß es ihnen aufgefallen war) jene Verhaltensweise, die Paul eigentümlich war und künftig in unterschiedlicher Form immer wieder auftreten würde. Man hatte ihn im Stich gelassen, das war jedenfalls sein Eindruck. Es war nicht seine Schuld, daß er so schlecht abgeschnitten hatte. Ganz und gar nicht. Als er die Nachricht erhielt, daß er nicht in zehn Fächern die Schlußprüfung bestanden hatte, schmollte er, bekam einen Anfall und rückte dann seinem Lehrer mit dem Vorwurf zu Leibe: »Sie haben Ihr Versprechen nicht gehalten!« Das war nun so verrückt, daß der Lehrer sich veranlaßt fühlte, bei Mark nachzufragen. Das zentrale Faktum hierbei war, daß er, wie alle Lehrer an staatlichen Schulen, dermaßen überarbeitet war, daß man von ihm nicht viel erwarten konnte. Er sagte: »Er führt sich auf, als hätte ich einen Vertrag mit ihm geschlossen – etwas in der Art! Vielleicht können Sie mir ja ein bißchen auf die Sprünge helfen und mir erklären ...«

»Er hat es gesagt! Er kann jetzt nicht so tun, als hätte er das nicht gesagt«, sagte Paul wieder und wieder. Er wollte nicht mehr in diese oder sonst eine Schule zurückkehren. Er schien jetzt zu glauben, daß er nur deshalb eingewilligt habe, über das Abgangsalter von fünfzehn hinaus noch ein Jahr zusätzlich auf der Schule zu bleiben, weil man ihm zehn ordentlich bestandene Fächer versprochen hatte. Die Schule ließ durchblicken, daß Paul einen Psychiater brauche.

Paul hatte schon etliche Erfahrung mit ihnen hinter sich, jedoch nur in kleinen Dosen. Dr. Lamb wurde einmal mehr konsultiert, und Paul wurde zum Gespräch bestellt, nicht von Dr. Lamb selbst, denn der war inzwischen in solch schwindelnde Höhen seines Standes vorgedrungen, daß er für derart riskante Fälle nicht mehr zu haben war, und Paul war ja genau das, sondern von einer weniger renommierten Koryphäe. Doch man vertrat die Meinung, Paul sei genau wie Lynda für eine Therapie einfach nicht geeignet. Es fehle dafür die notwendige Basis.

Was denn war die Basis? Wenn man es in die Gebrauchssprache übersetzte, waren sie wieder genau da, wo sie vorher gewesen waren: bei Pauls mangelndem Sinn für Recht oder Unrecht.

Der mochte ihm ja fehlen, doch irgend etwas hatte er doch bestimmt, vielleicht einen Sinn für Selbsterhaltung? Er verfolgte stets wachsam, was andere Menschen für eine Auffassung von Recht oder Unrecht hatten. Genügte das nicht? Alles in allem mußte man wohl folgern, daß es nicht genügte.

Paul wollte wissen, wann seine Therapie losgehen sollte, und erfuhr, daß überhaupt keine stattfinden würde. Zuerst sagte er: »Ihr bezahlt doch keine Schulgebühren für mich. Ich sehe also nicht ein, weshalb ihr das Geld für eine Analyse nicht aufbringen könnt.« Als nächstes sagte er: »Wenn ich das richtig verstehe, bin ich also zu krank, um behandelt zu werden? Wie gut muß es mir denn gehen, damit die mich zulassen?«

Es stellte sich heraus, daß Paul die Tatsache, daß er *keine* Therapie bekommen sollte, wieder nur als ein weiteres Symptom für seine Anomalität nahm. Deshalb vereinbarte Mark mit einer weniger anspruchsvollen Therapeutin, daß Paul eine Zeitlang zu ihr in Behandlung kommen sollte. Paul ging zweimal hin und kehrte dann mit der Bemerkung zurück, das sei eine blöde, alte Trine, und zu der gehe er nicht mehr.

Eine Weile tat er das auch nicht; er blieb in seinem Zimmer, sah fern, las ein bißchen und legte sich mit Martha an, die er durchs ganze Haus verfolgte, um Gelegenheiten zum Streit zu finden.

Gewöhnlich ergaben sie sich beim Essen. Er aß ungeheuer viel.

»Martha, würdest du sagen, daß ich soviel esse, weil ich mir damit Selbstsicherheit zulege?«

»Hat das einer von denen gesagt?«

»Zwei.«

»Vielleicht bist du ja auch verfressen?«

»Aber das ist doch kein Laster, das man heutzutage hat. Man kann zu dick sein – das ist ein Laster. Ich bin aber sehr dünn.

Folglich kann ich mich dumm und dämlich fressen, und doch ist es, an den heutigen Vorstellungen gemessen, kein Laster.«

»Dann nimm doch ruhig noch eine Portion.«

»Das war schon die zweite. Noch etwas, bitte ...«

Seine Zimmer waren sogar noch voller von seltsamen oder kuriosen oder schönen oder makabren Gegenständen. Vor gar nicht langer Zeit waren seine Sachen, die Kissen oder Stoffstücke oder der ganze Trödel, die seine Note, seine Aura gehabt hatten, wie eine exotische Haut über dem nüchternen Grundstock von Bett, Stühlen, Kommoden des alten Hauses gewesen. Doch nun waren die alten Möbel entfernt worden, und das Stockwerk gehörte ganz und gar Paul. Er trug Dinge von den Märkten und Läden und aus allen möglichen Ecken und Winkeln Londons, diesem gewaltigen Trödellager, zusammen. Sie waren nicht gestohlen. In letzter Zeit stahl er nicht. Er sah zwar überhaupt nicht ein, weshalb er das unterlassen sollte, doch andere sahen das nun mal anders – er war unbestreitbar großzügig, indem er sich auf ihren Standpunkt einließ. Er handelte und feilschte und tauschte. Er verwendete tagelang seine ganze Energie und Findigkeit darauf, diesen oder jenen alten Stuhl, Läufer oder Tisch zu bekommen – auf etwas, das leicht zu haben war, hätte er keinen Gedanken verschwendet.

»Ja, aber ich habe das doch nicht gestohlen, Martha – also weshalb machst du denn so ein Gesicht?« Er war verdrießlich oder fassungslos – er beugte sich dem Gesetz, er war fügsam und paßte sich ihren Regeln an – weshalb machten sie denn dann, machte sie denn dann immer so ein Gesicht?

Denn Martha wußte ganz genau, daß er den oder den Gegenstand für diesen Preis nicht hätte bekommen können, wenn der Eigentümer des Marktstandes oder der Händler oder die Hausfrau (er klopfte in ärmlichen Bezirken an die Türen und verschaffte sich mit Tricks und seinem Charme Einlaß) nicht von seiner Art, die so maßlos war, geblendet, wie betäubt gewesen wären. Das Spiel des Handelns und Feilschens folgte bestimmten Regeln, die zwar ungeschrieben waren, doch existierten sie.

So etwas wie Pauls Bedürfnis, unbedingt haben zu wollen, übers Ohr zu hauen, reinzulegen, ein Bedürfnis, das vor nichts halt machte, war darin nicht vorgesehen. Es wird oft so getan, als ginge es genau darum beim Feilschen und Handeln. Doch tatsächlich beruht das alles auf einer Art Gutmütigkeit. Irgendwo hinter diesem ganzen Treiben, diesem Austausch, der alle möglichen Dinge durch die Städte fluten läßt, steht die Anerkennung eines menschlichen Bedürfnisses, das den Tausch eines Sacks Kartoffeln an irgendeiner Straßenecke gegen ein Stück Geflügel, das aus dem Legealter heraus ist, ehrt. Paul hingegen wußte nur, daß es Regeln gab, die besagten, daß man sich nicht einfach etwas nehmen durfte.

»Was hast du vor? Willst du einen Trödelladen aufmachen?«

»Und wenn – ist daran irgendwas auszusetzen?«

»Nicht das geringste.«

»Aber es gefiele dir besser, wenn ich in irgendein Büro arbeiten ginge?«

»Weshalb machst du denn keinen Trödelladen auf?«

»Wieso soll ich Miete für irgendwelche Räume zahlen, wo ich mich hier doch ausbreiten kann? Wenn du diesen herrlichen Pudding morgen noch mal machst, gebe ich dir meinen neuen Kattun.«

»Ich mache ihn dir sowieso, wenn du ihn dir wünschst.«

Doch nach und nach wimmelte es in Marthas Zimmer von kleinen Gegenständen, an denen eine Elster ihre Freude gehabt hätte.

»Ach, ich weiß doch ganz genau, daß sie dir nicht wirklich gefallen! Doch du kriegst das Kissen hier, wenn du mir ein schwarzes Seidenhemd nähst!«

»Bedaure. Aber das brächte ich nicht über mich – das ist nun mal meine Generation. Schwarze Hemden nähen oder tragen werde ich nicht.«

»Gott, so was Lächerliches! Gott, ist das eine Gefühlsduselei!«

»Meinetwegen. Doch du hast ja vorher gewußt, was ich dir

antworten würde. Ich erfülle also voll und ganz deine Erwartungen.«

Das stimmte ihn verdrießlich, und er funkelte sie aus seinen attraktiven Augen pikiert an. Spiele. Die Spiele, die man spielen mußte. Sie spielte sie. Und eines Nachts hörte sie mit, was er sich ausmalte: *Wenn dieser dämliche Trottel Harry Singer sagt, er habe nicht vor, mir das Kissen endgültig zu überlassen, dann werde ich sagen, es sei gestohlen worden. Die Polizei findet es dann in Marthas Zimmer, und dann landet sie im Gefängnis.*

Als er Zena kennenlernte, arbeitete sie in einem Schuhgeschäft. Sie kam aus Birmingham und war von zu Hause weggelaufen. Sie war achtzehn und lebte bei einem »Freund« in der Wohnung. Der Freund, mutmaßte Martha, war ein ehemaliger Geliebter ihrer Mutter. Zena war Pauls weibliches Ebenbild – beweglich, schwarzhaarig, schwarzäugig. Stundenlang spielten sie in seinen Zimmern Spiele vor dem großen Spiegel, indem sie Tücher um sich drapierten und vor imaginären Fotografen posierten. Manchmal schlief sie dort.

»Martha, du glaubst bestimmt, daß wir miteinander ins Bett gehen. Ihr habt doch alle so eine schmutzige Phantasie.«

»Es interessiert mich nicht die Bohne, ob ihr miteinander ins Bett geht oder nicht.«

»Und weshalb nicht? Eigentlich sollst du doch wohl auf mich aufpassen, oder? Nehmen wir mal an, Zena würde schwanger?«

»Darum kümmern wir uns dann, wenn es soweit ist!«

»Da hast du's – schmutzige Phantasie! Wir schlafen nämlich gar nicht miteinander. Auf so etwas kämst du natürlich nie. Und sie lebt mit dem dreckigen alten Kerl zusammen, und er betet sie an, aber der darf sie nie anrühren. Sie hat das nicht gern, daß man sie anrührt.«

»Na, dann ist ja alles in Ordnung, nicht?«

»Das findest du aber gar nicht, stimmt's? Du hättest doch lieber, daß wir Tag und Nacht vögeln – das fändest du normal, stimmt's?«

»Jeder nach seinem Geschmack«, sagte Martha.

Pauls Phantasievorstellung, die, in lakonischen Worten, frei von jedem Gefühlsausdruck durch ihren Kopf tröpfelte, so daß sie wirkte wie ein temperamentvoll gezeichneter Comic, bei dem die Worte akkurat in einer kleinen Blase über die Handlung gedruckt waren: *Ich werd Martha sagen, daß Zena doch mit dem alten Schwein schläft. Ich werd sagen: Zena hat 'ne Geschlechtskrankheit. Sie nimmt übrigens dein Handtuch. Du hast doch nichts dagegen, wie?*

Paul sagte beim Frühstück: »Der Liebhaber von Zenas Mutter hat schmutzige Praktiken.«

»Arme Zena.«

»Wie willst du denn wissen, ob sie sich nicht von irgendeinem Handtuch was aufgelesen hat – die benutzen doch dasselbe Badezimmer!«

»Na, wir werden es wohl alle noch früh genug erfahren, wenn es soweit ist.«

»Schmutzig. Du bist schmutzig.« Seine Stimme war schrill, so elend war ihm zumute, und in seinen weitaufgerissenen Augen stand der Haß: Mit Haß beobachtete er die Außenwelt. Doch fern von dieser Welt, bei ihm und geborgen, war Zena. Am Tisch saßen sie einander gegenüber und bedachten einander mit sanften kleinen Blicken wie Küsse oder die Berührung von Katzenpfoten. Sie trugen Jeans, leuchtende Pullover und hatten schimmerndes schwarzes Haar. In Pauls Zimmer hockten sie einander gegenüber auf dem Fußboden, beteten einander an, ohne sich zu berühren.

Sie stiegen nebeneinander die Treppen hinunter, Hand in Hand, die sanften dunklen Blicke geradeaus gerichtet. Paul und Zena, Zena und Paul. Die anderen nannten sie die siamesischen Zwillinge.

»Dir ist doch klar, Paul«, sagte die ernsthafte Jill, »daß das für euch beide ein narzißtischer Vorgang ist?«

»Danke«, sagte Paul, »wir wissen das. Doch Liebe ist immer narzißtisch. Guck dir doch die meisten Ehepaare an – die sind sich nicht erst ähnlich geworden. Die waren gleich von Anfang an ähnlich. Deshalb haben sie einander ja gewählt, ob ihnen das bewußt war oder nicht. Doch die meisten von ihnen sind *häßlich. Abstoßend.* Sie wissen, daß sie häßlich sind, und deshalb suchen sie sich jemanden aus, der genauso *häßlich* ist, damit sie, wenn sie den Kopf aufs Kissen betten, in ihre eigenen *häßlichen* Gesichter starren können. Doch wir sind schön. Zena und ich sind ungeheuer schön.«

»Nun hört euch bloß den an!«

»Es stimmt. Und ihr könnt den Blick nicht von uns abwenden. Keiner von euch. Die ganze Zeit starrt ihr uns an.«

Unterhalb von Paul und Zena – Martha. Doch in keinem einzigen Lebensabschnitt war sie so wenig Martha gewesen wie jetzt. Zum Teil, weil Lynda wieder krank war; zum Teil wegen der jungen Leute. Nie war sie allein, immer erschöpft. Sie hielt einfach nur durch. Mach dir nichts draus: Alles geht einmal vorüber.

Sogar ihr Zimmer gehörte nicht ihr: Ständig flog die Tür unter dem Druck irgendeines dringenden Anliegens auf. Die anderen Zimmer in diesem Stockwerk, James' ehemaliges Zimmer und Francis' ehemaliges Zimmer, hatten nun neue Bewohner, gewöhnlich Gwen und Jill, die ja schließlich nicht in Francis' Zimmer übernachten konnten, auch wenn sie sich die meiste Zeit dort aufhielten. Nicht, daß sie hier gewohnt hätten: Sie wohnten, wie sonst auch, bei Phoebe, ihrer Mutter. Doch Phoebes Zusammenbruch hatte bewirkt, daß sich alle ständig stritten – oder ihre Streitereien hatten den Zusammenbruch bewirkt. Hier war's angenehmer. Oft kam die andere Familie, die Halbschwestern der Mädchen, ebenfalls her. Dieser Flur schien fest in der Hand der weiblichen Jugend – da wurde unaufhörlich in gedämpftem Ton geredet, wurden Haar und Gesicht zurechtgemacht –, und ständig platzte irgendeine in Marthas Zimmer, um sich, ohne sich länger mit Entschuldigungen aufzuhalten, als unbedingt nötig, Kleider und Schuhe von ihr zu holen. Da das eine der Funktionen war, die Frauen mittleren Alters für die jungen erfüllen, erfüllte sie sie – zunächst, weil sie *mußte,* dann aus Dankbarkeit für das, was ihr da eigentlich Gutes widerfuhr. Nachdem man ein, zwei

Jahre erlebt hatte, wie die einst gehüteten Habseligkeiten, Schuhe, Kleider, Schultertücher, Parfüms ständig zur Aufmachung irgendeines jungen Mädchens beitrugen, hatte all das reizende Brimborium weiblicher Attraktivität aufgehört, einem zu gehören. Es war, als habe man eine Schale oder eine Haut abgezogen, als sei ein Aspekt der eigenen Person fortgetrieben und Teil jenes zeitlosen und flüssigen Geschöpfs geworden, das man ›ein junges Mädchen‹ nennt und dessen Züge ebensosehr die der kleinen Gwen oder Jill waren wie ihre eigenen.

Und niemals wieder konnte sie ein Halstuch oder ein Paar Ohrringe kaufen, es sei denn die waren für irgendeine hierarchische Figur bestimmt, deren Funktion man vorübergehend zu erfüllen hatte, oder für eine Rolle in einem Stück. Die Verjüngung, die ein junges Mädchen ihrer Mutter oder sonst irgendeiner älteren Frau schenkt, ist eine Befreiung zum Unpersönlichen hin, eine Befreiung auch aus ihrer persönlichen Vergangenheit.

Jedesmal, wenn Martha Gwen oder Jill gern ins Gesicht hinein gesagt hätte, sie seien Monster – dann erinnerte sie sich an Martha Quest. Jenes Mädchen, das so rabiat, aufbrausend, grausam, kalt gewesen war und jede anständige oder unanständige Waffe benutzt hatte, um zu überleben, wie sie es hatte tun müssen, wie es jedermanns erste Aufgabe war, war von ihr abgestreift worden, war entschwunden, war nur noch eine Rolle, die für ein oder zwei Tage, ein, zwei Wochen, ein Jahr, ein halbes Dutzend Jahre von Gwen oder Jill oder irgend jemandem sonst übernommen wurde, der sie brauchte.

Es gab geschriebene Zeilen, die darauf warteten, gesprochen zu werden; es gab ein Stück, das wie eine Pflichtaufgabe war.

Phoebe, die offensichtlich nicht die geringste Ahnung davon hatte, daß sie sich aufführte, als sei sie auf eine Bühne getreten und in die Rolle einer Mutter mit halbwüchsigen Töchtern geschlüpft, sagte nun Verse auf, die Martha Wort für Wort von Mrs. Quest kannte. Es gab Augenblicke, da hörte sich Martha Dinge sagen, bei denen sie nicht mehr empfand – oder jedenfalls persönlich nicht mehr empfand –, als bei Sätzen, die von Phädra oder Lady Macbeth gesprochen wurden. »Wenn ihr so wenig Rücksicht zu nehmen bereit seid . . .«; »Wartet nur, bis ihr erst mal so alt seid wie ich . . .«; »Wenn ihr erst mal selbst Verantwortung zu tragen habt . . .«

Arthur Coldridge, der den Schoß seiner Tory-Familie mit achtzehn verlassen und sich mit seiner Mutter so furchtbar gestritten hatte, daß Margaret und er selbst heute noch Mühe hatten, wenigstens höflich zueinander zu sein, war bei der damaligen Flucht von seiner ersten Liebe, der Frau eines in Spanien gefallenen kommunistischen Dichters, unterstützt worden. Seine erste öffentliche Handlung war folglich ebenso sexuell wie politisch motiviert gewesen und hatte seine Ausbildung beendet. Seine moralischen Ansichten (die öffentlichen) waren liberal. Doch erklärte er Gwen und Jill wahrscheinlich zweimal wöchentlich, daß sie die Schule und (so hoffe er) die Universität fertigmachen sollten, ehe sie »mit Sex herumspielten«, und daß er hoffe, Phoebe sei streng mit ihnen, wenn sie später als zehn Uhr abends nach Hause kämen.

Manchen, die zu ihrer Generation gehörten, fiel es schwerer, die Zeilen aufzusagen, als anderen . . . Dabei war Martha der Überzeugung, daß »die Kinder« nie entzückter, nie mit größerem Genuß wütend waren, als wenn sie irgendeinem Stück volltönender traditioneller Morallehre zuhörten.

»Gott, wie ich dich hasse«, kreischte Jill dann, wenn Martha anhob: »Selbstverständlich darfst du dich nie beim erstenmal küssen lassen, wenn du mit einem Mann ausgehst.« »Gott, wie *verdorben* du bist«, jammerte sie. Doch eine Stunde später lag sie dann wieder quer über Marthas Bett, um über Kleider und die Liebe zu reden, als wäre nicht das geringste vorgefallen.

Und Paul wäre entzückt gewesen, wenn Mark oder Martha ihm Vorträge gehalten, das Schlimmste angenommen hätten, was sein Verhältnis zu Zena betraf. Paul stieg gern ins Kellergeschoß hinunter, um Lynda dazu zu provozieren, daß sie sagte, sie könne Zena nicht leiden oder sie finde, Paul sei faul. Lynda, das spürte er, hatte einen Sinn für Moral, anders als Mark, der einem nie etwas riet, und anders als Martha, auf deren Mißbilligung kein Verlaß war, insofern sie nie lange vorhielt.

Wenn Lynda ihn anschrie: »Du bist ein selbstgefälliges kleines Aas!«, dann glühte Paul vor Befriedigung.

Man sollte sich also zwingen, die Verse dieses uralten Stückes herzusagen, ob man daran glaubte oder nicht? Wieder und wieder kam sie auf diesen Punkt, den einzigen Punkt von Bedeutung, so mußte sie es empfinden, wenn es um Kindererziehung ging oder überhaupt darum, daß man irgendwie mit Kindern zu tun hatte: Von dem Augenblick an, wenn die Augen eines winzigen Babys sich auf ein Ziel richteten und dich ansahen, so offen und so ernsthaft und keinen Deut anders als dieser selbe Mensch, wenn er erwachsen ist, dich anschauen würde, war das so, als habe man Spiele zu spielen, indem man auf der Stelle trat, bis das Baby so groß geworden war, wie es diesen Augen entsprach. Es war nicht möglich, die Spiele ernst zu nehmen. Doch natürlich mußte das alles richtig gemacht werden, gespielt werden, wie es sich gehörte ... Dabei war doch alles absoluter Unsinn. Aber Martha lag wach und sorgte sich. Sollte ich nicht besser dies tun oder jenes ... Und Mark und Martha und Lynda setzten sich zusammen und beratschlagten voller Sorge: Was meint ihr? Müssen wir denn unbedingt? Wenn wir nun statt dessen ...

Und doch, wenn sie den grausamen Kampf hinter sich hatte, den sie mit Paul ausfechten mußte (denn wenn es eins gab, worin sich alle einig waren, Paul eingeschlossen, dann, daß man ihm niemals etwas durchgehen lassen durfte), dann war der einzig wirkliche Moment doch der, wenn Paul plötzlich ihren Blick einfing und sie sich einig waren in dem belustigten Eingeständnis: *Wie lächerlich das doch alles ist!*

Dann gingen die Spielchen weiter, und sie nahmen ihre Rollen wieder auf, Jüngling und Erwachsene, und jeder tat, was er zu tun hatte.

Genauso wie mit Jill und Gwen, den hübschen jungen Mädchen. Zwischen den beiden und Martha bestand ein gelassenes Einverständnis, sie hatten etwas übrig füreinander. Doch die

Spielchen gingen weiter, die Gekränktheit und die Blicke und die zugeknallten Türen und die Klagen über ihre Mutter, die Klagen über das Leben.

Was immer nun gerade für ein Spiel stattgefunden haben mochte, wenn es ausgestanden war, dann kamen eine oder beide in Marthas Zimmer, unkomplizierte, offene, durchaus reizende Mädchen, und blieben eine Stunde oder den ganzen Abend, und aus ihren Augen sprach die Intelligenz eines ganz kleinen Kindes oder eines reifen Menschen ... bis es wieder an der Zeit war, sich aus einem Teil jenes anderen Verhaltensschemas weiter heraus- oder hindurchzuarbeiten, dem Bedürfnis zu genügen, den heranwachsenden Menschen zu nähren und zu entwickeln.

Es war, als waberten ständig Nebelschwaden zwischen ihnen hin und her, als bewegten sich glühende Lichter, die immer da waren, auf sie zu und von ihnen fort, doch mit unerschütterlicher Zuversicht, während die Wellen, Ausläufer einer Störung, sich dazwischenschoben, eine Weile heftig schaukelten und stampften, bis sie eine andere Richtung nahmen, und dann schienen die Lichter wieder und nahmen Verbindung miteinander auf.

Die Mädchen kamen zu Martha, weil ihre Mutter krank war.

Der Ausbruch der Krankheit war dadurch beschleunigt worden, daß Phoebe sich bereit erklärt hatte, Jim Troyes zu heiraten, und die Heirat dann nicht zustande gekommen war. Eine Weile lang hatte alles ganz erfreulich ausgesehen. Alles freute sich, weil die so hart arbeitende Phoebe endlich ein bißchen Liebe und Zuneigung finden würde. Sogar etwas Glanz – denn Jim fand Phoebe nicht langweilig oder pflichtbesessen. Im Gegenteil, denn seine Erfahrung erstreckte sich in der Hauptsache auf die Lokalpolitik in verschiedenen Provinzstädten im Norden, und Phoebe unterschied sich sehr von den Frauen, mit denen er zusammengearbeitet hatte. Zum einen schon, weil sie die Exgattin des unerschrockenen Kreuzfahrers Arthur Coldridge war. Sie war in den politischen Kreisen Londons zu Hause, und die hatten einen viel größeren Radius als reine Labour-Kreise. Eigentlich war er ziemlich entsetzt, daß die politischen Grenzverläufe seiner bisherigen Erfahrung sich hier in London in einer Weise verwischten, daß er darin nichts anderes erblicken konnte als Prinzipienlosigkeit. (Wenn er London verließ, hatte er immer das Gefühl, eine moralische Bedrohung hinter sich zu lassen.) Und dann war Phoebe auch noch in der literarischen Welt zu Hause (diese stellte Mark Coldridge für ihn dar). Sie nannte ein Dutzend neuer afrikanischer Regenten beim Vornamen, die sämtlich ihre Freunde gewesen waren. Und doch brauchte diese vollendete und vielseitige Frau ihn. Er war rundum entzückt von Phoebe und bereit, auch von den kleinen Mädchen entzückt zu sein: Seine eigenen Kinder waren erwachsen. Er war geschieden.

Die kleinen Mädchen waren es dann, die der Geschichte den Garaus machten, obwohl man nicht leicht hätte sagen können, inwiefern. Später würden sie dann natürlich sagen: Gott, was war ich in dem Alter für ein scheußliches Mädchen ... Doch es war Pech für Phoebe, daß die Periode ihrer Scheußlichkeit mit der Anwesenheit von Jim Troyes zusammenfiel. Zunächst einmal behandelten sie ihn von oben herab: Sie waren gräßliche kleine Snobs. Er brachte Phoebe Pralinen mit, doch es war die falsche Marke; er brachte ihr üppige Blumensträuße, aus denen sie überall in der Wohnung höchst sinnreiche »Arrangements« machten. Er kaufte Theaterkarten, doch nicht für die Stücke, von denen »alle« gerade sprachen. Er bekam anfangs nicht gleich mit, daß man ihn von oben herab behandelte, und als er es dann merkte, rief er sie liebenswürdig, aber bestimmt zur Ordnung, und sie begannen, ihn zu respektieren.

Dann flirteten sie mit ihm. Er war bezaubert. Diese beiden rosaweißen kleinen Käfer mit ihrem honigdicken Haar und ihren herrlichen blauen Augen schienen einfach zu rührend. Arme vaterlose Mädchen, dachte er. Wenn sie einen richtigen Vater hätten, dann würden sie sich überhaupt nicht so benehmen – und vielleicht hatte er recht. Doch jedesmal, wenn Phoebe irgendein Zimmer betrat, so schien es, saß Jill auf der Lehne eines Sessels und Jim im Sessel, oder Gwen hockte zu seinen Füßen und starrte anbetungsvoll zu ihm hinauf. Und Jill gewöhnte sich an, ihm Gute-Nacht-Küsse zu geben und ihm nach Klein-Mädchen-Manier die Arme um den Hals zu werfen, wie sie es in einem Film gesehen haben mußte. Phoebe konnte das nicht aushalten. Sie fand insgeheim, daß Jill durchtrieben und grausam war. Sie war schließlich sechzehn – also keineswegs ein kleines Mädchen. Außerdem konnte Phoebe sich Jills Tagebücher zunutze machen, die sie herumliegen ließ, damit sie sie zu sehen bekam, und sie wußte folglich, was Jill von Jim und von ihr hielt.

Doch wenn sie einerseits auch wütend war, so traute sie sich andererseits selbst nicht. Ihre nicht gerade frohgemute, aber um so rigidere Ehrlichkeit sagte ihr, daß sie neidisch auf ihre Töchter war. Als sie jung gewesen war, hatte es keine hübschen Kleider und kein Make-up gegeben, und sie hatte das erste Mal einen Mann geküßt, als sie über zwanzig war. Sie freute sich jetzt aufrichtig für die Mädchen, daß sie es so gut hatten und hübsch und frei sein konnten. Doch sie verübelte es ihnen auch.

Sie begann, die Beherrschung zu verlieren. Sie verlor das Gleichgewicht, das Selbstvertrauen. Sie stritt sich mit Jim wegen der Mädchen. Er fuhr auf einen kurzen Urlaub nach Bradford, und während er dort war, schrieb sie ihm und brach die Verbindung ab. Und kaum hatte sie das getan, da begann Jill sie zu verspotten, weil sie »keinen Mann halten konnte, die arme alte Mummy, dazu fehlt ihr nun alles« etc.

An diesem Punkt war Phoebe dann zusammengebrochen. Sie wußte nicht, an wen sie sich wenden, zu wem sie gehen sollte. Sie ging zur Direktorin ihrer Töchter, und diese sagte, beide Mädchen seien sehr faul, doch nicht schlimmer als die meisten. Doch, doch, Jill scheine ihr ein vollkommen normales kleines Mädchen zu sein – Mädchen in dem Alter seien nun mal schwierig etc. Am Ende des Gesprächs hatte Phoebe gewaltige Schuldgefühle; die Direktorin hatte so geredet, als fehle es ihr, der Mutter, an Sympathie für ihre Töchter. Phoebe begann, nachts wach zu liegen, um herauszufinden, wo sie mit den Mädchen etwas falsch gemacht hatte. Doch sie kam nicht dahinter – oder hätte sie einen von denen heiraten sollen, die um ihre Hand angehalten hatten? Ja, natürlich hätte sie heiraten müssen, den Mädchen zuliebe ... Doch es war nun mal so, daß sie Arthur Coldridge geliebt hatte, und kein anderer war jemals auch nur halb soviel wert gewesen. Gewiß auch Jim Troyes nicht, der in Arthur einen Helden sah.

Jills Tagebuch, das sie monatelang ignoriert hatte, da man nun mal nicht anderer Leute Briefe oder private Aufzeichnungen las, bis es schließlich, aufgeschlagen und mit Unterstreichungen versehen, auf ihrer Frisierkommode landete, gab ihr zu verstehen, daß sie selbstsüchtig und neurotisch und kalt war: »eine Versagerin als Frau und als Mutter«.

Sie ging zu Martha und zu Mark, die behaupteten »das würde sich auswachsen«. *Die* hatten freilich gut reden, die legten ja keinen Wert auf ein normales Leben, normale Beziehungen, und jetzt hielten die Mädchen sich die meiste Zeit dort auf, und da hätte sie, Phoebe, ja erst gar nicht zu versuchen brauchen, ihnen ein normales, anständiges Leben zu ermöglichen, irgendeine verrückte Bleibe hätte es auch getan. Die traurige Wahrheit war jedoch, daß sie heilfroh war, wenn die Mädchen in der Radlett Street waren, denn sie hatte angefangen, sich vor dem Augenblick zu grausen, da sie, wenn sie an den Frisiertisch oder sogar an den Küchenausguß trat oder sich aufs Ohr legte, Jills Tagebuch finden würde, irgendwo aufgeschlagen, wo eine tödliche Botschaft an sie stand, die ihr durch und durch ging, so daß sie eine Zeitlang kaum atmen konnte und sich erst mal hinlegen und ausruhen mußte.

Sie ging zu ihrem Arzt, der sie zu einer Therapeutin schickte. Diese Beziehung dauerte ein paar verwirrende Monate, und das zentrale Faktum dabei war so schreiend offensichtlich wie die Tropensonne: Beide Frauen waren einfältig, was Menschen und deren Beziehungen untereinander anging. Beide waren Perfektionistinnen und herrschsüchtig und dogmatisch von Natur aus. Mrs. Johns war Freudianerin und wußte von ihrem ersten Gespräch an bereits alles über Phoebe. Phoebe glaubte an Selbstbeherrschung, Pflichterfüllung und gutes Benehmen selbst dort, wo andere diese Eigenschaften vermissen ließen – sie vermochte nicht einzusehen, was daran falsch sein sollte.

Der springende Punkt ist, daß niemand je in solchem Maße in moralische Verwirrung gerät, wie wenn er einem menschlichen Wesen gegenübersitzt, dem das Privileg zukommt, sich über den Zustand zu äußern, in dem man sich befindet, ohne von irgendwelchen Zweifeln, irgendeiner Ratlosigkeit geplagt zu werden ... Phoebe wußte recht gut, daß sie auf eine traurige Weise ein starrer, unbeweglicher Mensch war. Doch hier war sie nun und saß einem weiteren Exemplar dieser Art gegenüber! Wer war denn Mrs. Johns, daß sie sich erlauben konnte, sich über sie, Phoebe, zu äußern? Phoebe hoffte inständig, daß Mrs. Johns zu irgendeiner Schlußfolgerung kommen würde – irgendeine gab es doch bestimmt? Denn dem ganzen Gehabe der anderen konnte man entnehmen, daß es hier einige Wahrheiten gab, die der Erkenntnis harrten, doch jedesmal, wenn eine solche Wahrheit oder die Andeutung einer solchen auftauchte, hielt Phoebe die für suspekt. Beispielsweise schien Mrs. Johns anzunehmen, daß etwas an ihrer langen Freundschaft mit Arthur und dessen Frau, Phoebes Nachfolgerin, nicht stimmte. Wie Phoebe das sah, war ihr Entschluß, diese Beziehung aufrechtzuerhalten, der härteste ihres ganzen Lebens gewesen. Sie hatte ihren Stolz und eine Menge Kummer herunterschlucken müssen, um das fertigzubringen: Sie hätte Arthur viel lieber gänzlich aus ihrem Leben verschwinden lassen. Doch da waren die beiden Töchter, und es wäre ungerecht gewesen, ihnen den Vater wegzunehmen. Manchmal hatte sie gedacht, wenn sie Arthur nicht so häufig gesehen hätte, ihren Ehemann (sie dachte an ihn als ihren Mann – schließlich hatte sie danach nie wieder einen anderen gehabt!), dann wäre es ihr leichter gefallen, jemand anderen zu heiraten. Hatte sie sich falsch verhalten? Mrs. Johns fand das. Phoebe war nicht bereit, ihr darin zuzustimmen.

Und dazu Phoebes Engagement für die Politik. Mrs. Johns behauptete, die Politik habe hiermit nichts zu tun, und Phoebe versuchte, Zweifel anzumelden, was das betraf. Doch für Mrs.

Johns war Politik, daß man einmal alle fünf Jahre wählte und denen gegenüber Takt walten ließ, die für die Labour Party waren. Phoebe hoffte doch sehr, daß eine derartige Unwissenheit, was die Vorgänge im eigenen Land betraf, höheren Einsichten in das Mutter-Tochter-Verhältnis keinen Abbruch tat. Dann stellte sich heraus, daß Phoebes lange Karriere in der Politik »maskulin« war – sie konkurrierte mit Männern; sie wäre gern einer gewesen. Phoebe stimmte sofort zu: Natürlich hätte sie es, wenn man ihr die Wahl gelassen hätte, vorgezogen, ein Mann zu sein, weil Männern alles immer soviel leichter gemacht wurde – aber würde das denn nicht jede andere Frau genauso sagen, wenn sie ehrlich war? Mrs. Johns erblickte darin ein Eingeständnis von großer Bedeutung, doch Phoebe vermochte nicht zu begreifen, inwiefern. Doch, natürlich sei es hart für sie gewesen, ohne Mutter aufzuwachsen, doch natürlich sei es hart gewesen, niemals hübsche Kleider zu haben oder sich zurechtmachen zu dürfen, doch, natürlich habe sie sich unglücklicher gefühlt als andere Mädchen. Natürlich. Sie wartete darauf, daß Mrs. Johns endlich zu ihrer Schlußfolgerung käme, denn sie fühlte sich immer kränker und schlief überhaupt nicht mehr – davon war sie jedenfalls überzeugt. Ihr schien jeder Knochen im Leib weh zu tun. Doch das genügte ja nun nicht, daß man einfach schlappmachte, sich alles durchgehen ließ. Also ließ sie sich nie etwas anmerken und setzte ihr übliches, geschäftiges Leben fort.

Warum sie denn so angestrengt arbeite, wollte Mrs. Johns wissen.

Tja, das liegt mir nun mal, sagte Phoebe.

Sie verachte wohl Menschen, die nicht angestrengt arbeiteten, wie? Nein, das glaubte Phoebe nicht; doch sie kam noch einmal auf »den Anfang« zu sprechen, der für sie die Scheidung von Arthur Coldridge war, und fragte sich, ob das die richtige Entscheidung gewesen war, sich eine derart anstrengende Arbeit auszusuchen.

Denn natürlich hätte sie eine Menge Geld verdienen, ein viel bequemeres Leben führen können. Doch war das für sie nie eine

Versuchung gewesen: Sie war an einem bequemen Leben nicht interessiert. Und nun sah es so aus, als hätten ihre Töchter vielleicht darunter gelitten? Jill beklagte sich, sie habe ihre Karriere »immer wichtiger genommen als uns«. Stimmte das? Hätte sie denn statt dessen irgendsoeine richtige Karrierefrau werden sollen? Die Sorte, die einen Haufen Geld verdient und ehrgeizig ist? »Weil sich nie jemand um mich gekümmert hat . . .« hätte eine Tagebucheintragung von Jill beginnen können.

Jahrelang war Phoebe jeden Morgen um sechs aufgestanden, hatte die Wohnung sauber gemacht und für die Mädchen und sich das Frühstück zubereitet. Bis sie älter wurden und begriffen, daß nicht jeder schon, ehe der Tag mit dem Frühstück beginnt, ein paar Stunden auf den Beinen ist, hatten sie diese Mahlzeit mit ihrer Mutter genossen. Dann brachte sie sie zur Schule und ging zur Arbeit. Während der Mittagspause kaufte sie für die Familie ein. Für den Nachmittag waren Vereinbarungen getroffen worden, damit die Mädchen irgendwohin gehen konnten oder jemand zu ihnen in die Wohnung kam. Phoebe kam nach Hause, um das Abendessen für sie zu kochen und sich um ihre Hausaufgaben zu kümmern oder sie ins Bett zu bringen, ehe sie wieder wegging, um an irgendeiner Komiteesitzung teilzunehmen. Sie hatte jahrelang so gelebt. Keine Ferien, außer mit den Kindern – bisweilen hatte sie sich ein Wochenende frei genommen, um allein zu Nanny Butts zu fahren, während die Mädchen mit ihrem Vater zusammen waren. Doch sie hatte dafür gesorgt, daß sie hübsche Kleider und eine Menge Freunde hatten und Partys geben konnten genau wie die anderen Kinder. Sie hatte sich immer Mühe gegeben mit dem Essen. Sie war eine ausgezeichnete Köchin.

Als sie etwa zwei Monate bei Mrs. Johns in Behandlung war, mußte sie eine Sitzung verschieben, weil sie ein großes Essen für ein paar Amerikaner zuzubereiten hatte, die auf Besuch in London waren und sich für Afrika interessierten; es ging dabei um Gelder, die irgendein amerikanischer Fonds für den Schulbau in einem Gebiet geben sollte, wo es noch keine Schulen gab.

Am nächsten Tag fragte Mrs. Johns sie nach diesem Abendessen, und Phoebe beschrieb die einzelnen Gerichte. Das Thema dieses Abends erwähnte sie nicht, weil Mrs. Johns darauf doch nicht angesprochen hätte. Mrs. Johns gratulierte ihr daraufhin zu diesem neuen Schritt in Richtung Weiblichkeit. Phoebe fragte, was sie damit meine. Es stellte sich heraus, daß Mrs. Johns die Zubereitung eines Abendessens als eine weibliche Beschäftigung ansah, und damit gleichzeitig als etwas Löbliches.

Phoebe verstand nicht, worauf sie hinaus wollte. Schließlich machte sie geltend, daß sie immer schon gut und mit Vergnügen gekocht habe. Mrs. Johns murmelte ermunternd: »Gut... das ist wirklich sehr gut.«

Phoebe ging nach Hause, und der Verdacht ließ sie nicht mehr los, daß es für alles eine simple Erklärung gab: Mrs. Johns war nicht gerade sehr gescheit; oder falls sie es war, dann lebte sie in einer weltfernen Abgeschiedenheit, wo die Frauen nicht kochten, keine Hausarbeit machten, keine Kinder erzogen, sich nicht in irgendwelchen Stellungen behaupteten, Abflüsse und elektrische Leitungen reparierten und in ihrer freien Zeit Kleider nähten und den Garten versorgten.

Sie zog Erkundigungen ein. Es stellte sich heraus, daß Mrs. Johns einen Gatten hatte, der Dozent für Physik war, drei Kinder, ein Haus und bloß ein Au-pair-Mädchen. Mrs. Johns Leben war dem Phoebes eigentlich sehr ähnlich, außer daß das Au-pair-Mädchen meist das Kochen übernahm.

Phoebe gab es auf, Mrs. Johns oder die Psychotherapie verstehen zu wollen.

Als sie erfuhr, daß Phoebe vorhatte, »das Experiment zu beenden«, sagte Mrs. Johns, Phoebes Problem bestehe darin, daß sie nicht gern zugeben wolle, sie, Mrs. Johns, sei gescheiter als Phoebe.

Phoebe erwiderte, sie glaube nicht, daß Mrs. Johns tatsächlich gescheiter sei als sie selbst. Doch das sei nicht der Grund. Sie finde nur, daß sie nicht sonderlich miteinander zurechtkämen.

Zuerst war sie hysterisch wegen dieses Ausgangs und weinte. Dann fand sie zu einem trockenen Humor. Doch im ganzen hatte es ihr nicht viel eingebracht – da die Erkenntnisse und »die Psychologie« bei ihr nichts ausgerichtet hatten, kehrte sie zu ihrem alten Naturell zurück. Als der »Zusammenbruch« vorüber war, war sie mehr Phoebe denn je zuvor. Wäre sie nur imstande gewesen, den »Zusammenbruch« durchzuhalten, ihn zu ergründen, etwas daraus zu machen, Nutzen daraus zu ziehen; doch indem sie ihm den Rücken zukehrte, schlug sie die Chance aus, sich zu öffnen und zugänglicher zu werden. Statt dessen wurde sie noch verbissener, noch selbstbeherrschter.

Die Krise mit ihren Töchtern kam zu einem Ende, oder jedenfalls hatte man diesen Eindruck, als Jill zu Hause aufkreuzte, nachdem sie sich eine Woche lang bei Mark aufgehalten hatte, und von Phoebe, die es eilig hatte, zu einer Konferenz zu kommen, gesagt bekam, wenn sie nicht nach Hause komme und zu Hause bleibe, dann würde sie sich von dieser Wohnung trennen und sich eine kleinere besorgen: Sie sehe überhaupt nicht ein, weshalb sie Kindern zuliebe, die nie zu Hause waren, eine große, teure Wohnung unterhalten solle. Sie habe eine Woche Bedenkzeit, sagte Phoebe und ging.

Als das Tagebuch mit den rot markierten Passagen an diesem Abend auf ihrem Frisiertisch landete, warf Phoebe es in den Mülleimer.

Jill zog mit Sack und Pack in Marks Haus um. Gwen folgte ihrem Beispiel. Dann erfuhren sie, daß Phoebe die Wohnung tatsächlich zum Verkauf angeboten hatte. Es war also ernst. Sie kehrten schmollend und wutschnaubend zu einer Mutter nach Hause zurück, der es bitterer Ernst war: Sie hatte sich auf die Position zurückgezogen, sich auf keinerlei Diskussionen mehr einzulassen und nur noch mit eiserner Mißbilligung zu verlangen, daß sie »vernünftig« sein sollten. Es war alles gräßlich, und jeder wußte das. Wenn die Mädchen zu Besuch in die Radlett Street kamen, waren sie unglücklich und beschwerten sich, daß ihre Mutter sie hasse. Sie hatten das Gefühl, gehaßt zu werden. Phoebe hatte das Gefühl, gehaßt zu werden. Die drei sprachen kaum miteinander. Von Zeit zu Zeit rief eine in der Radlett

Street an oder schaute vorbei, um sich Rat zu holen, oder weil sie sich irgendwelche Vorschläge erhoffte. Wir alle leben mit der Überzeugung, daß es für jedes Problem eine Lösung geben müsse. Wenn Mark dies oder Martha das sagte, dann würde Phoebe dies oder das sagen, und dann konnten Jill oder Gwen dies oder das tun oder werden ... Irgendwo gibt es einen Knopf, und da braucht man nur draufzudrücken – zu dieser Annahme neigen alle. Doch in Wirklichkeit ging alles so weiter wie bisher.

Und in der Radlett Street arbeitete Lynda sich zu dem Augenblick vor, wo sie aufhören konnte, »sich dumm zu benehmen«.

Es war Francis, der der Auslöser für ihren Zustand gewesen war, doch alle, Lynda eingeschlossen, waren darauf bedacht, ihm diesen Verdacht zu ersparen. Aber schließlich war er jetzt kein Kind mehr, er war fast ein junger Mann. Als man ihm sagte, alles in allem sei es wohl besser, wenn er seiner Mutter eine Weile nicht zu nahe komme, nickte er, sprach von etwas anderem – und kam ein paar Tage später dann darauf zurück, indem er erklärte: »Wegen Lynda – es war teilweise ihre eigene Schuld, daß sie mir nicht gesagt hat, daß ich zuviel von ihr verlangt habe. Doch ich finde nicht, daß sie jetzt wieder ins andere Extrem zurückfallen soll. Zu ihrem eigenen Besten sollte sie mir erlauben, daß ich manchmal zu ihr runtergehe.«

Diese Botschaft wurde Lynda übermittelt, einer verdreckten Schlampe, die sich auf dem Boden sitzend hin und her wiegte und Mark, der Stunde um Stunde auf sie aufpaßte, den Rücken zugekehrt hatte. Die Botschaft erreichte sie. Nach einer Weile sagte sie, Francis solle am selben Abend herunterkommen. Dann nahm sie ein Bad, zog sich an, machte sich das Haar zurecht und setzte sich in Positur für seinen Besuch. Es war Nachmittag; Francis oben konnte es nicht erwarten, daß es endlich Abend wurde. Er kam herunter, nahm ihr gegenüber Platz und sagte sanft: »Hallo, Lynda, wie geht es dir denn?«

»Nicht berühmt.«

Ihr Lächeln war rührend. Sein Lächeln war schmerzlich. Sie

sprachen ein paar Minuten miteinander, dann bat sie ihn, wieder zu gehen: »Das ist peinlich für mich, verstehst du?« sagte sie.

Er küßte sie und ging. Er weinte. Bisher hatte er Lynda noch nie gesehen, wenn sie sehr krank war. Er schloß sich auf seinem Dachboden ein und kam ein paar Tage später wieder herunter, um Mark und Martha mit dem nachdrücklichen Wunsch nach einem ernsthaften Gespräch zu konfrontieren. Er wollte die ganze Geschichte der Krankheit seiner Mutter »von Anfang an« wissen.

Tja, das war nun nicht so leicht, doch sie taten ihr Bestes. Sie hatten ihm einen ganzen Berg ärztlicher Berichte zu zeigen. Wieder hörte er zu, nickte, ging und dachte nach. Dann kam er zurück und wollte wissen, ob sie nicht auch der Meinung seien, daß es gut wäre, wenn Lynda sich der Mühe unterzog, sich anzuziehen und ihn zu empfangen – regelmäßig, sagen wir, täglich.

Es war ihm ungeheuer wichtig. Sie selbst litten bei der Vorstellung, wie *er* leiden würde, wenn er eine Lynda sähe, die wie eine kranke Hexe oder schlimmer aussah. Doch wieder richteten sie Lynda die Botschaft aus, die sie mit einer Mischung aus Wut und Panik aufnahm. Sie wollte ihre Ruhe, laßt mich doch endlich in Ruhe, murmelte sie und knurrte und schrie: Ich will meine Ruhe haben! Das Geschrei war für Francis' Ohren bestimmt – und möglicherweise drang es bis zu ihm. Doch er war stur: Er habe sich schon etwas dabei gedacht, er sei überzeugt, daß er recht habe. Lynda sagte nein, nicht jeden Tag, doch ja, sie würde es versuchen ... Also zog sie sich an, wenn Francis ihr eine Nachricht herunterschickte oder sie anrief. Sie setzte ein Lächeln auf und saß am Tisch, um auf ihn zu warten.

Das Entscheidende war, daß sie dazu imstande war. In der Vergangenheit waren sie alle davon ausgegangen, daß offenbar irgendeine Art Schalter betätigt wurde, und dann fing Lynda an, sich selbst zu entgleiten. Das mußte sie dann durchstehen, und an einem bestimmten Punkt besserte sich ihr Zustand. Sie erinnerten sich, daß sie beim letzten Mal, als sie mit einer Pflegerin in einer Wohnung war, nur kurze Zeit dort geblieben war und sich still verhalten hatte (zur Überraschung aller) und dann in viel besserer Verfassung nach Hause zurückgekehrt war als sonst nach so kurzer Zeit.

Während des Anfalls oder Schubs hatte sie an Francis gedacht, in Abständen, doch mit dem Gefühl der Verantwortung.

Für ihn wiederum war das die Zeit gewesen, wo er erwachsen wurde. Ein paar Tage lang hatte er davon gesprochen, von zu Hause wegzugehen, seinen Job hinzuschmeißen, irgendwohin zu gehen, wahrscheinlich nach Amerika, doch er ging nicht, er stand es durch. Der Wandel, der sich in ihm vollzog, ging bis ins Physische: Von dem Jungen mit seiner wilden Schönheit war nichts übriggeblieben. Er war jetzt ein kräftiger, ruhiger, zurückhaltender junger Mann mit einem eindringlichen braunen Blick. Er strahlte Geduld, Hartnäckigkeit und Kraft aus. Er war einmal mehr Mark, wie er leibte und lebte, doch Mark behauptete, er sei viel besser und stärker als er in dem Alter. Die beiden, die die Ähnlichkeiten erkannten, versuchten, miteinander zu reden, sich miteinander abzugeben. Sie wußten, daß sie einander liebten, doch gewöhnlich endeten ihre Bemühungen kläglich in steifer Höflichkeit.

Und Mark hatte nicht mehr viel zuzusetzen nach dem, was er gegenwärtig für Lynda aufwendete. Denn so beherrscht und gutwillig sie ihrem Sohn gegenüber war, zu ihrem Mann war sie abscheulich und gab sich nicht die geringste Mühe.

Eine Weile hielt Martha es für durchaus möglich, daß Mark zusammenbrechen könnte. Er hielt das selbst für möglich. Alle drei, Mark, Martha und Lynda, waren in einem Dreieck voll äußerster Anspannung aufeinander bezogen, und das Alltagsleben war vorübergehend außer Kraft gesetzt. Denn Martha steckte tief mit drin, auch wenn sie Lynda kaum zu Gesicht bekam. Mark stellte sich auf den Standpunkt, daß es schließlich seine Entscheidung gewesen sei, Lynda im Haus zu lassen, statt sie in die Klinik zu schicken, und folglich müsse auch er und nicht Martha die nervliche Belastung tragen. Doch es stellte sich heraus, daß er allein damit nicht fertig wurde.

Vielleicht eine Woche nach Lyndas Zusammenbruch war Mark um vier Uhr morgens nach oben gekommen, um Martha zu wecken. Ihm war fast schlecht vor Erschöpfung, von der Anstrengung, selbst intakt zu bleiben, während Lynda zerfiel. Es war jedoch nicht nur Erschöpfung oder gewöhnliche Müdigkeit. Er kam zu Martha, um mit ihr zu schlafen. Nicht zum Vergnügen, nicht zum Trost, auch nicht aus einer Laune heraus oder aus Freundschaft. Er wollte Sex, um einer unerträglichen psychischen Anspannung Luft zu machen. Wenn sie es genau nehmen wollte, dann müßte man sagen, daß sie gewissermaßen als Sicherheitsventil herhalten mußte. Den Mark, der da zu ihr kam, hatte sie noch nie gesehen: Da war nichts mehr von Mark, dem weißen Ritter, Mark, dem Freund, Mark, dem einstigen Geliebten. Aus ihm sprach nichts als heftige, verzweifelte Verbissenheit, als stünde er unter Hochspannung oder als berge er eine Art Sprengladung, die ihn in Stücke reißen konnte, falls sie losging. Und in diesen Akt ging mehr von ihm ein als je zuvor – jedenfalls hatte sie diesen Eindruck. Sie kannte ihn nicht.

Sie konnten ihr Schlafzimmer nicht benutzen. Ihre Tagesrolle als Martha, die die Stellung hielt, als Hausmutter, Freundin der Jugend, bedeutete unter anderem, daß sie keine Privatsphäre besaß. Ihr Schlafzimmer konnte jederzeit betreten werden. Wenn sie die Tür abschloß, bummerten die anderen dagegen, bis ihnen aufgemacht wurde. Paul und Francis ließen ihr ein wenig Spielraum, die Mädchen hingegen überhaupt keinen. Und in sein Schlafzimmer wollte sie nicht gehen, weil es trotz allem und noch nach all den Jahren der Raum war, wo Mark mit Lynda verheiratet war. Es war sinnlos, daß er ihr versicherte, dies sei nicht der Fall – sie hörte, was er dachte, woran er dachte.

Sie gingen in sein Arbeitszimmer, das niemand unangemeldet betrat. An den Wänden wuchs die Zahl der Karten mit den Todesfabriken, den Giftfabriken, den Fabriken, die Instrumente zur Überwachung der Gedanken herstellten; der Karten, die Auskunft gaben über Hunger, Armut, Revolten und dergleichen; der Karten, auf denen vergiftete Luft und vergiftete Erde verzeichnet waren und die Gegenden, wo Unterwasserbomben explodiert waren, wo Atommüll im Meer versenkt worden war, wo Schiffe schmutziges Öl ins Meer abließen, wo die Binnengewässer tot oder am Absterben waren.

Auf der dicken Teppichschicht lagen die beiden, in dem Zimmer, das einst das Arbeitszimmer von Marks Vater gewesen war, hinter verschlossenen Türen, zwei Körper, die sich ineinander entluden, ehe Mark ein wenig schlafen, sich umziehen und erneut ins Kellergeschoß zu seiner Frau hinuntergehen mußte. Ein stummer, verzweifelter Akt – des Überlebens? Es hatte den Anschein. Mark sagte, er habe Angst. Sie hielten einander in den Armen, beide Gesichter tränenüberströmt von der gemeinsamen Nervenanspannung, und ruhten unter den Karten einer vergifteten Welt in einem schweigenden Haus. Oben mochten Paul oder Francis zu später Stunde noch Musik hören. Oder Paul stahl sich mit Zena in die Küche hinunter, um dort allein mit ihr zu essen. Oder Lynda wachte wieder auf: Sie hörten sie unter sich mit langsamen, schleppenden Bewegungen auf und ab gehen, und sie murmelte und sang dazu und warf irgendwelche Gegenstände um.

»Wozu machen wir das bloß? Lynda ist doch nur eine einzige Frau.«

»Was bleibt uns denn anderes übrig?«

»Ich setze mich hier hin und denke dann: Lynda ist doch nur eine einzige Frau.«

»So darf man aber nicht denken.«

»Ich denke aber so – und dieser Gedanke wird immer stärker. Es gibt bestimmt etwas, das wir tun müßten, etwas anderes, statt einfach nur abzuwarten, bis sie uns alle vergiftet haben. Oder vielleicht bin ich ja genauso verrückt wie sie, vielleicht verhält es sich so.«

»Es wird nicht lange dauern. Tut es doch nie.«

»Manchmal habe ich den Eindruck ... wie soll ich das erklären? Das ist so, als ob ... als wäre nicht *sie* wahnsinnig, sondern als gäbe es einen Wahnsinn an sich, Wahnsinn als eine bestimmte

Wellenlänge, der sie sich anschließt oder nicht, ganz wie ihr zumute ist. Und ich könnte es genauso mühelos – mich anschließen; oder der Wahnsinn schließt sich an mich an – er liegt in der Luft.«

»Oder an mich«, sagte Martha. Ihr Kopf lag auf seinem erschöpften Arm.

»Hm, ja. Ja – doch was soll ich denn machen? Zu einer Prostituierten gehen? Das könnte ich nicht. Habe ich nie getan.«

Martha hätte natürlich sagen können: »Oh, stehe gern zu Diensten!«, oder: »Du benutzt mich nur!«, oder »Für wen hältst du mich eigentlich?« – sie hätte sich sämtlicher Bemerkungen bedienen können, die für derlei Gelegenheiten parat lagen. Doch die entsprechenden Empfindungen stellten sich nicht ein. Sie gingen ihr durch den Kopf, ließen sich sozusagen in Augenschein nehmen, damit sie entschied, ob sie sie verwerfen oder davon Gebrauch machen wollte.

Was sie wirklich empfand, konnte sie Mark nicht erzählen, denn was hätte das Mark oder Lynda schon eingebracht?

Sie stand unter einer gereizten Anspannung, die ihr neu war. Es hatte nichts mit »befriedigt« oder »unbefriedigt« zu tun. Es hatte, so argwöhnte sie, überhaupt nicht viel mit Sex zu tun. Tag für Tag, Nacht für Nacht, wenn Mark aus dem Keller heraufkam, sowie Lynda für kurze Zeit schlief, um Martha in Beschlag zu nehmen und sie in seine Hochspannung einzuschalten, wurde sie von einer fieberhaften Elektrizität aufgeladen, wenn das das richtige Wort dafür ist. Sie wußte nicht, was sie damit anfangen sollte. Sie wußte nicht, was das war. Sie war verzweifelt. Doch was da in ihr lebendig wurde, war nicht die ewig unersättliche »liebende Frau«, Ehefrau, Geliebte etc. etc., Sex ... Was ist denn eigentlich Sex? Wir benutzen alle diese Worte, und was bedeuten sie am Ende? Das Wort muß für so viele verschiedene Erfahrungen herhalten, und wie das Wort Energie ist es eben das, was man daraus macht ... Bewegung, sie brauchte Bewegung. Sie zog einen besonders unauffälligen Mantel an und band sich ein Kopftuch um und lief durch dunkle Straßen. Für eine Frau ist es nicht eben ein Vergnügen, nach Mitternacht in London spazierenzugehen. Selbst dann nicht, wenn man nicht gerade von einer Energie geladen ist, die einen dazu prädestiniert, die Blicke sämtlicher sexhungriger herumschleichender Gestalten auf sich zu ziehen. Die Großstädte der Welt sehen nicht vor, daß Frauen nachts spazierengehen: Wälder oder eine Moorlandschaft sind da schon besser – weniger gefährlich, weniger furchterregend. Nach Mitternacht ist eine Frau in der Großstadt eine Frau, selbst wenn sie sich mit einem Mantel, der einst Mrs. Van der Bylt gehört hatte, und einem wenig kleidsamen Kopftuch verkleidet.

Sie dachte: Wenn ich ein Mann wäre, würde ich zu einer Prostituierten gehen.

Doch Mark tat das nicht.

Sie dachte: Müßte ich auf einen Mann, der mich in diese Lage versetzt, nicht wütend sein? Was für eine Lage denn?

Sie rief Jack an. »Martha! Na, das freut mich aber, glaub's mir! Ja. Wann? Eine Sekunde mal eben, ich werd mal sehen ...«

Sie wartete. Er klang unverändert, ein Junge vom Land, ungekünstelt und aufrichtig begeistert. Dabei klang er aber doch nicht ganz unverändert ... Martha lauschte in die Stille, während er die Lage mit irgendeiner Frau klärte oder in seinen Terminkalender schaute, und fühlte sich unbehaglich. Weshalb machte sie das denn überhaupt?

Er kam wieder an den Apparat und fragte: »Drei Uhr wäre besser als zwei – das geht doch?«

»Ja, prima.«

»Glaub mir, Martha, ich freu mich riesig, deine Stimme zu hören. Ich hab oft an dich gedacht, glaubst du mir das?«

»Doch ... natürlich.« Ihr war äußerst unwohl zumute. Das hörte sich ja an, als prüfe er etwas nach, fände er gerade etwas heraus oder versuchte es jedenfalls.

»Und die ganzen Jahre haben sich unsere Wege nie gekreuzt!«

»Das haben sie vermutlich, ohne daß wir es wußten.«

»Ja, da bin ich mir sicher! Martha, ich freu mich wahnsinnig auf den Augenblick, wo ich dich wiedersehe – das glaubst du mir doch, wie?«

Als das Gespräch vorüber war, hätte sie ihn fast wieder angerufen, um zu sagen, alles sei ein Mißverständnis, sie müsse sofort zum Südpol oder sonst etwas. Denn der Anruf hatte ein warnendes Prickeln in ihr ausgelöst: *Laß das!*

In der nächsten Nacht lief sie eine stille Wohnstraße entlang, in der nur noch zwei oder drei Fenster gelb im weißen Mondlicht leuchteten. Schmucke kleine Bäumchen standen wie Kinder, denen man erlaubt hatte, lange aufzubleiben, auf kleinen Flecken Gartenland, die die einzelnen Haustüren betonten, die sich alle nicht lumpen ließen; schimmernder Türklopfer, Briefschlitz, Klingel. Jedes Haus, das unter Farbe und Putz durch tausend Kunstgriffe abgestützt wurde, sah verläßlich und erstrebenswert aus. Dahinter lag still der Kanal und warf diskret das Mondlicht zurück. Woanders bewirkte der Mond, daß ganze Ozeane in ihrem Bett zu schaukeln begannen, polsterte er die Kopfkissen mit unangenehmen Träumen, veranlaßte er die Ärzte, die Dosis der Beruhigungsmittel für traurige Irre in Anstalten zu verdoppeln, brachte er Hunde zum Heulen und lockte die Fische empor, die das flutende weiße Licht anglotzten.

Jacks Tür, sie war schwarz, hatte einen Wolfskopf als Klopfer und einen Spion. Martha blickte auf eine winzige Öffnung und wußte, daß jemand drinnen sie voll im Blickfeld hatte. Fast wäre sie weggegangen. Die Tür öffnete sich. Jack, keinen Tag älter, ein Junge vom Land in einem grünen Pullover, der am Ellenboten einen Riß hatte, stand barfuß auf einem dicken Teppich. Hinter ihm öffnete sich die Diele, die in einem dicken teuren weißen Anstrich und dunkler Täfelung prangte und in der ein achteckiger Tisch stand, in den ein Mosaik aus farbigen Hölzern eingelegt war.

»Martha«, sagte er, »ich kann dir gar nicht sagen, wie sehr ich mich freue! Du hast mir gefehlt, glaubst du mir das?«

Braune Augen in einem glatten braunen Gesicht. Er wartete ab, was sie tun würde. Natürlich, das hatte er ja immer gemacht.

Sie trat ein und ging an dem Zimmer vorbei, wo einst der verrückte junge Kerl Posten bezogen hatte. Die Tür stand offen. Es war – das Wort dafür war Salon. Sie knipste das Licht an und betrachtete ein Zimmer, das einem Zimmer in einem französischen Schloß nachempfunden war. Es hatte nichts Englisches. Es war elegant, steif, aber auch lockend – es hatte etwas Doppelbödiges.

»Gefällt es dir? Gefällt dir, was ich hier gemacht habe?«

Das ganze Haus war so: an der Oberfläche eine solide, im Grunde eher bedrückende Förmlichkeit – darunter etwas anderes. Es war ein Phantasiehaus oder besser gesagt, eins, wo die Phantasie in Gang kam. Das Zimmer im ersten Stock hatte sich nicht verändert. Kahl mit seinem Ölöfchen, den verdunkelten Fenstern und dem aktionsbereiten Bett. Martha sagte, es erinnere sie an den Maschinenraum auf einem Luxusschiff. Er schaute sie wachsam an, argwöhnisch – er lachte nicht. Dann genehmigte er sich eine Ration Gelächter, verbrauchte sie und setzte sich im Schneidersitz aufs Bett. Er beobachtete sie.

Martha wußte zwar, daß sie nicht hätte herkommen sollen, ging aber trotzdem nicht. Neugier. Die Neugier ist noch mal der Katze Tod.

Sie dachte die ganze Zeit: Mein Gedächtnis spielt mir einen Streich. Ich weiß doch noch, wie das alles war, alles verkehrt – ich muß es doch noch wissen. Doch sie wußte, sie erinnerte sich nicht. Jack hatte sich verändert. Er hatte sich grundsätzlich und lebensentscheidend verändert.

Die Jahre seit damals, als sie hierhergekommen war, um mit ihm zu schlafen, hatte sie vor allem mit der Übung zugebracht, an dem festzuhalten, was an Menschen dauerhaft ist, während Stimmungen, Phasen, Stadien verflossen. Um was geht es denn sonst bei der Kindererziehung? Sie hatte sich dann geschult, das Dauerhafte an einem Menschen zu erkennen. Sie hätte schwören können, als sie letztesmal hier war, hatte sie Kontakt zu Jack gehabt, war er mit seiner ganzen Person auf sie eingestellt gewesen. Doch jetzt streckte sie immer wieder die Fühler aus, tastete, wartete, daß Jack sprechen, das Wort an sie richten würde. Es war wie mit Jimmy Wood – natürlich nur insoweit es sich um dies Warten auf Resonanz oder ein Echo handelte. Sie sagte immer wieder etwas zu Jack, doch Jack antwortete nicht.

Er saß abwartend auf seinem Bett. Sie saß auf einem recht hübschen alten Holzstuhl neben dem Heizofen. Sie hielt einen Becher Kakao in der Hand und blickte über nackte Dielenbretter hinweg zu Jack. Er wartete darauf, daß sie zu ihm kommen und sich neben ihn setzen würde, hatte jedoch nicht die Absicht, sie dazu zu ermuntern. Es herrschte eine Atmosphäre des – des Abwartens. Mehr noch, eines wachsamen, gespannten, von Dringlichkeit erfüllten Abwartens. Jack beobachtete, ohne daß man ihm das ansah, jede Geste, die sie machte, unter dem Aspekt, ob sie zu ihm hin- oder von ihm wegführte. Sie spürte förmlich, wie sein Wille sie umfing.

»Erzähl mir doch was über das Haus, Jack – du mußt bedenken, ich bin nicht auf dem laufenden!«

»Ja, von mir aus gern ... Also ...«

»Lebst du allein?«

»Du weißt doch, wie ich leben möchte. Ich habe mich nicht verändert.«

»Du möchtest alle deine Frauen unter einem Dach haben?«

Er nickte. In seinen Augen standen Tränen. Er hatte das nicht beabsichtigt, doch er blinzelte auch nicht, damit sie verschwanden. Er setzte sie ihrer Begutachtung aus.

»Bist du nicht mehr krank?«

»Nein.«

»Wirklich nicht? Es ist völlig weg?«

»Hast du Angst, daß ich dich anstecke?« Er klang verstimmt. Das verblüffte sie: Das hätte er früher niemals gesagt.

»Nein. Ich bin sicher, du würdest nicht zulassen, daß sich jemand etwas holt – doch man kriegt Tuberkulose ja auch nicht einfach so, oder?«

»Nein. Ich weiß nicht. Ich bin geheilt. Ich bin seit Jahren geheilt. Ich muß mich nur vorsehen.«

Scherzhaft sagte sie: »Du meinst, du mußt regelmäßig essen und früh schlafen gehen!«

Er schien zu leiden, hatte den Kopf gesenkt. Sanft sagte er: »Ich warte immer darauf, daß man mir vertraut. Glaub mir, Martha, ich hab mein ganzes Leben nichts anderes getan, als darauf zu warten.«

Alles klang falsch – nichts paßte zusammen. Sie stand auf, drauf und dran wieder zu gehen. Er hatte kaum merklich den Kopf gewandt, so daß er sie beobachten konnte, ohne diesen Eindruck zu erwecken.

»Du willst also gehen, Martha, ich verstehe. Es tut mir leid, glaub's mir. Doch laß mich dir, bitte, erst noch etwas über das Haus erzählen ...«

Sie setzte sich wieder. Sie spürte, daß er sich entspannte. Er begann mit sanfter, bedächtiger Stimme zu erzählen, wie er das Haus langsam abbezahlt, es ganz in seinen Besitz und in Ordnung gebracht hatte – doch sagte er nicht, wo er das Geld dafür herbekommen hatte. Er sagte: »Ich habe einen Teil des Hauses vermietet, bis ich das Geld hatte, um es in Ordnung zu bringen, und dann ... Ich möchte dir erzählen, was es mit dem Zimmer auf sich hat, das du gesehen hast – es hat dir gefallen, das habe ich gemerkt. Na schön, ich hab das Zimmer für Jeanne so eingerichtet. Ich wußte vorher nie, was ich damit anfangen sollte. Sie kommt von der Loire. Sie ist als Au-pair-Mädchen nach London gekommen. Und ihre Mutter arbeitete in einem dieser Schlösser. Als Kind ist Jeanne immer mit ihrer Mutter zum Schloß hinaufgegangen, um ihr zu helfen, sie war Putzfrau. Jeanne hatte immer von einem Zimmer wie dem hier unten geträumt. Ich habe es für sie gemacht.«

»Hat sie darin gewohnt? Wo wohnte sie denn?«

Er wartete ein Weilchen. Er schaute sie nicht an, doch entging ihm keine ihrer Reaktionen. Dann fuhr er fort: »Sie ist nicht hier. Sie war zu Besuch da. Aber das war ihr Zimmer – verstehst du, Martha?«

»Ja, gewiß.« Und wieder wandte sie sich an den alten Jack, als sie lächelnd sagte: »Na, wenn du für jede Frau, mit der du schläfst, ein Zimmer ausstatten wolltest ...«

Doch er wollte etwas anderes hören: Ein übertrieben demütiges Lächeln erschien in seinem Gesicht, und er sagte: »Glaub mir, Martha, es gibt überhaupt nichts, das ich für eine Frau, die ich liebe, nicht tun würde, nichts – das weißt du doch. Doch ist das nicht das, was ich möchte – daß die Frauen einfach nur so kommen und gehen –, ich möchte, daß jede Frau, die ich habe, für immer bei mir bleibt – das weißt du doch.«

Nun schaute er sie direkt an und wollte sie dazu bewegen, daß sie zu ihm kam. Sie wollte nicht, doch sie tat es. Sie setzte sich ans Fußende des Bettes. Sie erinnerte sich, daß sie früher dort auch schon gesessen hatte, und er hatte da gesessen, wo er jetzt saß. Er konnte das erfreute Lächeln nicht unterdrücken, mit dem er verbuchte, daß sie gekommen war. Und es war ein Lächeln der Genugtuung – wie bei einem kleinen Jungen, dem man seinen Willen gelassen hat. Er begann, gemächlich, über das Zimmer und Jeanne zu sprechen. Er beobachtete jede einzelne ihrer Reaktionen. Er beschrieb Jeanne, gemächlich, in allen Einzelheiten, sichtbar oder unsichtbar. Früher hätte er ein Mädchen aus dem Bedürfnis heraus beschrieben, sein Vergnügen an ihrer Schönheit zu teilen. Doch jetzt diente es dazu, Martha zu erregen. Obwohl sie das wußte, während sie beobachtete und zuhörte, erregte es sie. Er fuhr fort, den genauen Verwendungszweck verschiedener Möbelstücke in dem Zimmer unten zu beschreiben, und schilderte dann, wie Jeanne zunächst zögernd und dann mit Vergnügen mitgemacht hatte, als er Sofa, Fußbank oder Tisch aufgestellt oder erworben hatte.

Martha, die manipuliert wurde und sich dabei beobachtete, wie sie manipuliert wurde, wartete. Sie wartete darauf (wie ihr hinterher aufging), daß der »richtige« Jack wiederkäme, so daß sie dorthin zurückkehren konnten, wo sie aufgehört hatten. Sie wartete darauf, daß er mit dem gemächlichen Ritual der Erregung durch Atmosphäre, Blicke, allmählich anwachsende Spannung beginnen würde. Doch er fuhr fort, über Jeanne zu sprechen: die Brüste so und so, der Schoß so und so und die Achselhöhlen so und so. Und dann sprach er über ein anderes Mädchen, eine Olive. Und so entstand anhand seiner sexuellen Phantasien allmählich die ideelle Landkarte des Hauses. Zum Beispiel gab es da im Erdgeschoß ein sechseckiges Zimmer mit sechs Alkoven oder Nischen. Er stellte sich sechs nackte Mädchen vor (»alle natürlich freiwillig dabei, glaub mir, Martha, denn sonst würde es kein Vergnügen machen«), die in den Alkoven angekettet wären. Dann würde ein eigens dafür abgerichteter Schäferhund die Mädchen lecken und dadurch sexuell erregen. Währenddessen stünde er dabei und schaute zu. Er wäre vollständig bekleidet. Dann würde er sich schließlich entkleiden und den Mädchen, während er den Hund tätschelte, erlauben, ihn herbeizuflehen. Er stellte sich vor, wie die Mädchen kreischen und heulen und betteln würden. Dann würde er ihnen den Gefallen tun oder auch nicht. »Vielleicht gehe ich auch nur lächelnd weg. Stell dir mal vor, Martha – ich, völlig nackt, gehe mit dem Hund weg, während die kreischen und mich unflätig beschimpfen.«

Es ging rasch auf den Morgen zu. Er lebte zweifellos nach wie vor ohne Bezug zur Uhr. Doch sie würde zurück sein müssen, ehe es Morgen war. Sie schlüpfte mit ihm ins Bett, als sie begriff, daß er vergessen hatte, wie er früher gewesen war, daß er jetzt so war und nicht anders.

Jetzt wußte sie, inwiefern er sich verändert hatte. Er war grausam, hart, rücksichtslos geworden, er wollte nur noch herrschen und weh tun.

Es war, als wäre sie mit einem Mann zusammen, den sie noch nicht kannte.

Es war wie eine Belastungsprobe. Auf ihrer Seite: *Wieviel kann ich aushalten?* Auf seiner: *Was läßt sie sich alles von mir zumuten?*

Es war beinah Morgen, als sie sagte, sie müsse gehen. Er fragte nicht, wann sie wiederkäme. Statt dessen sprach er und beobachtete sie dabei mit einer fast theatralischen Durchtriebenheit (die so offensichtlich war, daß sie in Verwirrung geriet) von einem anderen Mädchen, davon, wie die es so oder so möge, und wie sie, dies Mädchen, dann doch habe einsehen müssen, daß er, Jack, zu Recht darauf bestand, daß sie sich dieser oder jener Laune von ihm fügte.

Ehe sie ging, fragte sie: »Jack, schläfst du manchmal noch so wie früher mit einer – erinnerst du dich?«

Er musterte sie auf seine neue verstohlene Art aus dem Augenwinkel, die jedoch so unverfroren war und bemerkt werden sollte. Er versuchte dahinter zu kommen, was sie meinte. Er hatte es vergessen.

»Es hat mir immer gefallen mit dir, Martha, das weißt du doch.«

»Ja, doch – du bist anders als früher. Wußtest du das schon?«

Mit dieser neuen Mischung aus Arroganz und Demütigkeit sagt er: »Man lernt schließlich nie aus.«

»Nein, ich meinte nicht . . . Ach naja, vielleicht bin ich ja auch anders geworden.« Sie sagte das, um unauffällig das Thema zu wechseln, doch nun war er hellwach und alarmiert. »Oh, nein, das bist du nicht, glaub's mir!« Die Vorstellung, daß sie annehmen könnte, sie sei anders geworden, erfüllte ihn mit aufrichtiger Empörung. Das verwirrte sie aufs neue.

»Meinst du damit, du bist anders, weil du älter geworden bist? Das stört mich nicht. Du kennst mich nicht, wenn du denkst, das machte mir was aus. Ach, wenn du doch nur Vertrauen zu mir haben wolltest!«

Er weinte fast – das war nicht gespielt.

Sie entfernte sich zwischen den wiederaufgebauten Häusern, als die Sonne rot über dem Kanal aufging.

Sie wußte überhaupt nicht, was sie denken sollte. Nur eins stand für sie fest: daß der Jack von vor zehn Jahren und der Jack von heute nicht derselbe Mensch waren. Und zwar im wörtlichen Sinne, ganz konkret. Aber was bedeutete das? Sie wußte es nicht.

Und sie wußte, daß das, was sich mit ihm abgespielt hatte, in seinem Haus, das eine raffinierte Bühne zur Verwirklichung perverser Phantasien war, nichts mit jener anderen elektrischen Spannung zu tun hatte, die sie von Mark bezog. Doch wurde beides »Sex« genannt.

Sie war zu Jack gegangen, weil sie von einer Rastlosigkeit getrieben war, die von Mark kam, der sie wiederum aus dem Kellergeschoß mitgebracht hatte, wo die kranke Lynda sich aufhielt. Aber Jack befand sich nicht auf derselben Wellenlänge. Sie war physisch erschöpft, physisch befriedigt. Sie war ebenso wach und lebendig wie ein Hochspannungsdraht, und ebensogut hätte sie nie zu Jack zu gehen brauchen.

Somit war es also sinnlos, erneut zu Jack zu gehen. Sie beschloß, es nicht mehr zu tun. Doch sie ging wieder hin. Schon deshalb, weil, wenn eine Frau mit einem Mann ins Bett geht, bestimmte psychologische Gesetze zu wirken beginnen, bestimmte Dinge ablaufen müssen. Eine Auswirkung oder ein Aspekt dieser Gesetzmäßigkeit bestand in folgendem Prozeß, der ganz von allein in Gang kam: seine Neugier, wie weit sie gehen würde; ihre Neugier, wie weit sie gehen würde: Es war ein Aspekt des Komplexes »männliche Vorherrschaft/weibliche Unterwerfung«.

Außerdem bewegte sie jedesmal, wenn sie von ihm wegging, derselbe Gedanke: Wo ist Jack? Dann dachte sie: Ich muß mir das nur einbilden, daß er jetzt so ist, wie er ist. Denn sie konnte sich so ungeheuer deutlich daran erinnern, wie er gewesen war. Oder sie dachte das Gegenteil: Ich denke mir das wohl nur aus, daß er vor zehn Jahren so und so gewesen ist. Doch sie wußte, daß sie sich das nicht nur ausgedacht hatte. Früher war er eine einzige einfühlsame physische Intelligenz gewesen. Jetzt war er dumm geworden. Jetzt war sein Körper ausschließlich Werkzeug einer Art schlauer Berechnung, die darauf aus war, eine Frau dem eigenen Willen zu unterwerfen, um sie zu erniedrigen – und zwar im moralischen Sinne. Es war ein absolut eindeutiger Prozeß, dem jegliche Ambivalenz abging. Er hatte es nötig, daß sein Kopf, sein Wille, indem sie sich der plumpsten Techniken bedienten, um eine Frau erst zu interessieren, dann zu erregen, sie schließlich körperlich in eine Lage brachten, wo sie sich seinen

Schikanen unterwerfen mußte. Dabei war das Ausschlaggebende für ihn keineswegs die physische Schikane – sie hätte schwören können, daß ihn nicht das interessierte, nein, es war der Zusammenbruch, der sie dorthin brachte, auf den er aus war. Dieses Bedürfnis war wesentlich für das, was er geworden war.

Man konnte verfolgen, wie er eine Art plumper psychologischer Technik anwendete, um jemanden sexuell und seelisch zu erwärmen. Aufschlußreich war dabei, daß die anderen Frauen ihn dabei ebenfalls beobachten mußten: Nur einer sehr dummen oder unerfahrenen Frau konnte entgehen, was er da tat.

Oder man mußte sich wenigstens halbwegs im klaren darüber sein, denn seine Plumpheit, das Übertriebene seines Vorgehens lösten eine gewisse Verwirrung aus. Sie hätte schwören können, daß er die ganzen Jahre zuvor weder theatralisch noch berechnend gewesen war.

Während all der Jahre, die Martha in Marks Haus verbracht hatte, war Jack hier in diesem Haus gewesen, aus dem er so etwas gemacht hatte wie das Bordell eines perversen Millionärs, und hatte wie eine Spinne im Netz der Frauen geharrt, die kamen und gingen.

Außerdem war er natürlich krank gewesen. Sein erschreckend magerer Körper, der ihm schon immer Angst gemacht hatte, hatte ihn monatelang an das Bett eines Sanatoriums und weitere Monate an das im Zimmer mit den nackten Dielen und den schwarzen Fenstern im ersten Stock seines Hauses gefesselt.

Jack behauptete, sie selbst, Martha, habe sich überhaupt nicht verändert. Es war ihm ein Bedürfnis, das zu glauben. Als er es wiederholt beteuert und darauf beharrt hatte, es sei nicht der Fall, war er das einzige Mal offen, ungekünstelt gewesen und hatte seine Spielchen beiseite gelassen – die mit sich selbst oder die mit ihr.

Es war wahrscheinlich, daß der einstige Jack zu irgendeinem Zeitpunkt, als er krank war, einfach gestorben oder verschwunden war, und dies neue Wesen hatte Einzug gehalten und von ihm Besitz ergriffen.

4 Ostermontag. Knightsbridge. Zu viert oder fünft untergehakt, kamen sie vorbei, unter den schwarzweißen Transparenten, schwarzbedruckten weißen Plakaten, eskortiert von Polizisten in dunklen Uniformen. Fahnen, Wimpel, Symbole, Pamphlete, Transparente, Abzeichen sagten das, was sie sagten, in Schwarz und Weiß. Im übrigen schob sich diese Menschenmenge in bunten Farben voran. Drei Stunden lang waren sie vorbeigezogen – eindrucksvoll. Von oben hatten die Hubschrauber mit den Fernsehkameras in Englands heckendurchwirkter Landschaft eine Straße erblickt, an der sich über eine Entfernung von fünf Meilen eine bewegliche Säule von Menschlein entlang wand, und sie waren niedergeschwebt, um soviel wie möglich aus diesem »nationalen« Phänomen herauszuholen, wie auch die Reporter bei ihren Schätzungen eher hoch gegriffen hatten als niedrig – sie hatten die Zahl eher auf zwöftausend veranschlagt statt kleinlicherweise auf sechstausend. Die Leute von der Öffentlichkeitsarbeit machten lieber soviel wie möglich daraus statt so wenig wie möglich. Warum wohl? Die einfachste Antwort wäre gewesen: »Nichts überzeugt so sehr wie der Erfolg«, es sei denn natürlich, man zog es vor, sich daran zu erinnern, daß das ursprüngliche Ziel des Ostermarsches ja nicht nur die Beendigung des Einsatzes von Atomwaffen zu Kriegszwekken, sondern das Ende der Atomwaffen überhaupt, das Ende jeglichen Krieges überhaupt gewesen ist.

Auch waren diese eindrucksvollen Zahlen (wahrscheinlich bewegten sie sich eher in der Mitte bei acht-, statt bei zwölf- oder sechstausend) nicht gar so eindrucksvoll, wenn man bedachte, daß jede kommunistische oder sozialdemokratische Maifeier fünf-, acht- oder zehntausend Menschen anzuziehen vermochte, nur war die Teilnehmerzahl gewöhnlich von ablehnenden Leitartiklern auf »ein paar Hundert« heruntergespielt worden, wenn der Ostermarsch überhaupt Erwähnung gefunden hatte, was einen natürlich zu Spekulationen über die Natur nicht nur der »Nachrichten«, sondern der Fakten selbst veranlaßte.

Denn es stand außer Zweifel, daß das eine ganz andere Erfahrung war, an einem Marsch »teilgenommen« zu haben, der in der Presse und im Fernsehen keinerlei Erwähnung gefunden hatte, als bei diesem hier mitzumachen, wo man gewiß sein konnte, daß sämtliche Zeitungen und das Fernsehen den Marsch über die Osterfeiertage »begleiten« würden.

Und nicht nur das; es war eine gänzlich andere Tatsache, eine Druckspalte zu lesen, die begann: »Die Aldermaston-Marschierer, zwei/drei/vier/fünftausend Menschen, brachen heute bei Sonnenschein/Nebel/Schnee/Regen auf, um . . .«, als ein Bild von etlichen Tausend Menschen unter den wie die Elstern gefärbten Transparenten zu sehen, wie es auch noch mal etwas ganz anderes war, mehrere Meilen in einem Zug unter dieser oder jener Garnitur von Transparenten zurückzulegen, ohne nachher auch nur ein Wort darüber in der Zeitung oder ein Bild auf einem Fernsehschirm zu finden.

In dieser Menge befanden sich einige, die seit Jahrzehnten unter Transparenten durch diesen oder jenen Teil der britischen Inseln liefen. Manchmal waren diese Wanderungen oder Züge beachtet worden, wie etwa die Hungermärsche, manche waren nahezu privat geblieben, wie eine nette Wanderung im Freundeskreis.

Von Zeit zu Zeit fühlen Menschen in einer Masse sich gedrängt, irgendwelche Empfindungen dadurch zum Ausdruck zu bringen, daß sie gemeinschaftlich irgendwelche Straßen entlang zu einem Ziel marschieren und dabei Spruchbänder und Fahnen tragen: Die Kreuzritter (um den Zeitraum etwas weiter zu fassen) hatten natürlich keine anderen Fortbewegungsmittel außer ihren eigenen Füßen oder Pferden. Doch seine Meinung zum Einsatz von Kernenergie zu Zerstörungszwecken brachte man nicht dadurch zum Ausdruck, daß man in Expreßzügen über die Kontinente hastete oder den Erdball in Jets umrundete, oder auch nur dadurch, daß man ein Auto durch die Länder lenkte, sondern indem man einen Fuß nach dem anderen auf die Erde setzte. Eigentlich seltsam. Nehmen wir einmal an, daß niemand von diesen Menschen etwas von jenen früheren Märschen, den

Kreuzzügen, gelesen hätte. Oder von den Pilgerreisen zu den heiligen Stätten – zu Fuß quer durch das Land. Würden sie dann, würden wir dann immer noch einen Fuß vor den anderen auf die Erde setzen und sagen: Nieder mit ... oder Weg mit ... oder Mehr Geld für ...? Ja, doch, das ist wohl mehr als wahrscheinlich. Sich auf den eigenen Beinen von einem Punkt zum anderen zu bewegen, um das gemeinsame Empfinden gegenüber einer Sache zum Ausdruck zu bringen, scheint irgendwie ein menschliches Urbedürfnis zu sein.

In anderen Teilen Großbritanniens waren an diesem Ostermontag junge Menschen, vorwiegend junge Männer, damit beschäftigt, in Rudeln durch die Straßen zu rasen, entweder auf Motorrädern oder zu Fuß, doch für oder gegen was die waren, wurde nicht genau gesagt oder verstanden. Auch über sie wurde ausgiebig berichtet, ja, man räumte ihnen, genau betrachtet, viel mehr Platz ein als den Friedensmärschen – denn die Homosexualität war wieder aus dem Rampenlicht des sittlichen Empfindens gerückt, und die Jugendkrawalle waren an ihre Stelle getreten.

Die meisten Menschen auf diesem Ostermarsch waren Teenager ... wahrscheinlich drei Viertel. Manche von ihnen neigten zur Gewalt. Wenn man rasch am Rand des Zuges entlanglief, von hinten nach vorn, oder still stand und ihn vorbeiziehen ließ, dann kam man sich vor wie in einem Fluß, der mal ruhig, mal aufgewühlt war. Streckenweise lief er rasch dahin – er wurde heftig; die Leute schrien Parolen und schürten die Wut; die Atmosphäre war hitzig. Ein paar Minuten später lief er wieder ruhig. Diejenigen, keineswegs alles nur Teenager, die das Hitzige brauchten, wurden von den Abschnitten des Zuges angezogen, wo das Schreien und die aggressiven Gesänge stattfanden. Andere begaben sich lieber in Abschnitte, wo die Leute schwatzten oder ohne große Anteilnahme sangen. Tatsache war jedenfalls, daß die Menschen auf diesem Ostermarsch, die durch die schwarzweißen Transparente vereint waren, außerordentlich verschieden waren und, außer dem Gärteig der Organisatoren, wenig gemeinsam hatten.

Diesen Gedanken behielt man jedoch, wie viele andere, besser für sich oder teilte ihn nur einem Freund der eigenen Altersstufe mit. Martha lehnte an einem Baum und wartete auf Lynda, die gesagt hatte, sie würde sich hier einfinden. Sie wartete außerdem auf Mark, der am Ende des Zuges sein mußte. Wie üblich wäre er beinah überhaupt nicht gekommen. Letzte Woche hatte er, ein zufälliges Zusammentreffen, zwei Besucher gehabt, einen Amerikaner und einen Ungarn, die beide der Meinung waren, der bekannte Marxist Mark Coldridge sei eine der Leitfiguren der Anti-Atom-Bewegung. Mark hatte versucht, sie beide an seinen Bruder Arthur zu verweisen, doch bekanntlich sind Schriftsteller reizvollere Exemplare als Politiker. Weshalb das so war? Wenn man das beantwortet, dann weiß man auch schon, weshalb die Universitäten Schriftsteller anstellen, damit sie Vorlesungen über »kreatives Schreiben« halten, obwohl doch dabei nie kreatives Schreiben in irgendeiner Form herauskommt. Dann kann man auch die Frage beantworten, weshalb Schriftsteller überhaupt eingeladen werden, Vorlesungen zu halten. Dann versteht man auch, weshalb Schriftsteller ...

Warum, wie, wo. Solche Fragen rührten der Aldermaston-Marsch und sein Geist gleich zu Hunderten auf, und dieser Geist war etwas eher Warmes, Großzügiges, man machte sich ein bißchen über sich selbst lustig und war zugleich sehr romantisch.

Fünf- oder acht- oder zwölftausend Menschen schlendern zur Osterzeit über einen feuchten Boden, um gegen das weltweite Arsenal der vergiftenden Waffen zu protestieren. Doch, eine scherzhafte Bemerkung, die im Verlauf der Demonstration immer wieder zu hören war, jedes Wochenende bezahlten im ganzen Land Hunderttausende von Menschen ein Vermögen, um in den Fußballstadien Teams von Männern dabei zu beobachten, wie sie einen kleinen Ball hin- und herkickten.

Bei dem allerersten Aldermaston-Marsch hatte ein großes, hübsches Mädchen eine Kinderkarre mit einem Kleinkind vor sich hergeschoben und ein kleines Pappviereck getragen, auf dem stand: Caroline sagt: Nein.

War das auch nur einen Pfifferling wert, was Caroline sagte? Tja, dieser Menschenauflauf zollte der Annahme Tribut, daß es durchaus darauf ankam, was Caroline sagte: gegen alle Vernunft und Wahrscheinlichkeit.

Doch wenn es irgendwoanders auf das angekommen wäre, was Caroline sagte, im Parlament beispielsweise, fände dieser Marsch dann jetzt statt? Sehr wahrscheinlich nicht, doch wer weiß.

Derlei negative Gedanken hegt man in England, wenn man an einem Baumstamm lehnt und zuschaut, wie fünf- oder zwölftausend Menschen vorbeimarschieren. In England sind wir privilegiert. Der ungarische Kommunist war ein Mann von etwa fünfundvierzig, eingesperrt und gefoltert unter Horthy, dann eingesperrt und gefoltert von den Nazis, dann eingesperrt und gefoltert von dem Kommunismus, der inzwischen als Stalinismus etikettiert worden war. Er erfreute sich einer herausragenden Stellung im unlängst liberalisierten Ungarn und strahlte eine ansteckende Begeisterung für die guten Eigenschaften der menschlichen Rasse aus. Als er mit Mark Mittag aß, konnte er nur gekochte Kartoffeln essen, da sein Magen infolge seiner verschiedenen Haftzeiten lange schon ruiniert war, und er hatte die meiste Zeit stehend zubringen müssen, da ihm der Rücken, der ihm bei einer der Folterrunden verrenkt worden war, weh tat, wenn er zu lange saß. Sein Ansinnen war, daß Mark »allen freiheitsliebenden Menschen zuliebe« weiter mitmarschieren und demonstrieren sollte, selbstverständlich nicht deshalb, weil diese Aktivitäten den geringsten Einfluß auf das Wettrüsten hätten – er hoffe nicht, daß Mark ihn für derart naiv halte, doch es war wichtig, daß die Jugend seines Landes, die Jugend Ungarns, in den Wochenschauen und Zeitungen sah, daß es Länder gab, wo die Menschen protestierten, protestieren konnten, das Recht hatten zu protestieren. Freiheit! Unabhängigkeit! Demokratie! Dafür solle Mark aufstehen und unter Transparenten von Aldermaston nach London marschieren: Was die Transparente nun konkret sagten, sei dabei nahezu unwichtig. Mark sagte ja, das sei der Grund, weshalb er mitmarschiert sei, doch sei das kein Standpunkt, der sich großer Sympathie erfreue. Woraufhin sein Gast ihm die Hand geschüttelt, ihn Genosse genannt hatte und zu irgendeinem Essen aufgebrochen war, das vom Arts Council organisiert worden war.

Der Amerikaner war ein junger Mann von fünfundzwanzig, der Sohn von Sozialisten. Sein Vater arbeitete als Angestellter in einem Lagerhaus, weil ein Joe-McCarthy-Ausschuß dafür gesorgt hatte, daß er an der Universität keine Arbeit mehr bekam, und seine Mutter befand sich infolge ausgedehnter Polizeiüberwachung in einer Nervenheilanstalt. Er kam zu Mark mit der Erklärung, es sei wesentlich, daß Mark und solche Leute wie er mitmarschierten, weil die Wochenschau und die Zeitungsberichte über die Demonstration es ihm und den »zwanzig Gleichgesinnten in den Vereinigten Staaten« erleichterten, junge Leute für politische Ziele auf die Beine zu bringen. »Sie tun mehr«, sagte Brandon Stone, »um das ungeschehen zu machen, was Joe McCarthy getan hat, als sonst irgend etwas, das irgendwo geschieht.« Er war aufgebrochen, um zu einer Versammlung der New Socialists über Armut in Amerika zu sprechen, wenn er auch wußte, daß das Zeitverschwendung war. Denn Amerika sei, darin seien sich alle einig bis auf die amerikanischen Armen, immer noch nicht nur einfach reich, sondern so reich, daß es gar keine Armen gab. Wenn man derzeit etwas anders äußere, müsse man sich auf ein nachsichtiges oder gereiztes Lächeln gefaßt machen, weil man so ein Schwarzmaler war oder es darauf anlegte, alles negativ zu sehen.

Freiheit. Unabhängigkeit. Gerechtigkeit.

Caroline sagt: Nein.

Mark war irgendwo unter den Marschierern. Am Abend zuvor hatte Phoebe, unermüdliche, tüchtige Organisatorin, die sie nun mal war, angerufen und wissen wollen: »Bist du nun dabei oder *nicht*?«

»War ich doch wohl bis jetzt noch jedesmal, oder?«

»Schon, doch du kannst einen schon aufregen. Wahrscheinlich

fängst du wieder an, kindisch zu werden?« Dieser säuerliche Ton war nicht etwa auf seine perversen Beweggründe für die Teilnahme zurückzuführen – sie hoffte bloß, daß er den Mund halten und nicht unverdorbene Menschen verderben würde. Nein, es ging darum, daß er, anders als »die ganzen anderen V. I. P. s«, *immer* noch nicht ganz vorn marschieren wollte, wo man sie auch sehen konnte.

»Was hat das denn dann überhaupt für einen Sinn, daß du mitmachst, wenn kein Mensch davon erfährt?« Auf diese Weise faßte sie die interessante Frage nach dem Wesen einer Tatsache zusammen: Die Frage, inwiefern eine Tatsache durch ihre Darstellung verändert wird. Denn es konnte keinen Zweifel daran geben: wenn Mark von Fernsehkameras und Zeitungsreportern aufgenommen worden wäre, dann wäre er mehr »dabei« gewesen, als wenn er nur im Text erwähnt wurde. Während das Mitmarschieren, sogar über »die gesamte Strecke«, genausogut war, wie überhaupt nicht zu marschieren, wenn er weder erwähnt noch fotografiert wurde. Ja, man konnte sagen, wenn man, sagen wir auf einem Sockel auf dem Trafalgar Square fotografiert wurde, ohne auch nur einen Fuß vor den anderen gesetzt zu haben, dann war man mehr »dabei«, als wenn man »die gesamte Strecke mitmarschierte«. Das heißt, vom Standpunkt eines Organisators aus betrachtet, der, wenn man ihn mit den Worten neckte: »Aber, Phoebe, ich lege doch immerhin Zeugnis ab!«, erwiderte: »Wen interessiert denn schon dein Gewissen?«

Zwischen Menschen wie Phoebe und Caroline mit ihrem Pappschild lagen tatsächlich Welten, was die Einstellung betraf.

»Ich begreife dich einfach nicht, Mark – du bist doch wohl nicht immer noch wütend auf die Zeitungen? Die sind diesmal alle auf unserer Seite.«

Mark, der den Blick über die Wände und die Decke seines Arbeitszimmers mit ihren tödlichen Botschaften wandern ließ, während er telefonierte, antwortete: »Es ist in der Tat nicht zu bestreiten, daß es völlig schnuppe ist, auf wessen Seite die sind. Es war albern, daß ich damals etwas darauf gegeben habe, und wenn der Wind sich wieder mal dreht, dann werde ich mich einfach nur daran erinnern, was man von ihnen zu halten hat.« Und als Miles Tangin, der inzwischen eine Nachrichtensendung beim Fernsehen machte, Mark am zweiten Tag entdeckte und ihm die Hand schüttelte, während ihm angesichts der Tausende von marschierenden Menschen vor Ergriffenheit die Augen feucht wurden, ließ Mark es sich nicht nehmen, ihm alle möglichen Ratschläge zu seinem neuen Buch zu geben. Denn Miles marschierte »einen Teil der Strecke« mit ihnen.

Wer waren »die« denn dies Jahr, die Teilnehmer des größten aller Aldermaston-Märsche? Das Phänomen hatte den Gipfel des Interesses erreicht. Doch warum? Wer wollte das wissen? Wer wußte schon, wie man eine solche Kurve auszuwerten hatte? Sie hatte unvermutet begonnen, sich gemäß ihrer eigenen Logik gesteigert, hatte ihren Höhepunkt erreicht und würde nun wieder abfallen. Auf dem Höhepunkt in diesem Jahr waren, wie bei allen vergleichbaren Höhepunkten des politischen Empfindens, Tausende von Menschen dabei, die zuvor nie auch nur im entferntesten etwas mit Politik zu tun gehabt hatten, sich alsbald wieder verlaufen und, aus diesem oder jenem Grund, alles auch nur im entferntesten Politische ziemlich widerlich finden würden. »Kindisch« – das Wort würde wieder aufkommen, dann, wenn es immer aufkommt – am Anfang einer restaurativen Zeit. Mittlerweile waren die Transparente dieselben, die man bei jeder Demonstration sah: C. N. D. . . . Peace . . . Labour . . . Kommunistische . . . Pazifistische . . . Gewerkschaften . . . Jugend . . . Junge soundso . . . Jüdische . . . Deutsche . . . Französische . . . Trotzkistische . . . Anarchistische . . . Und dann kamen die Theatergruppen, die Tänzer und Sänger.

Doch in der Hauptsache waren da Menschen aus der ganzen Welt, die agitierten und protestierten und meuterten und kämpften. Ein Tory-Reporter murmelte, wenn man auf diesen Haufen ein Bombe werfen könnte, dann wäre man auf ein Jahrzehnt die

Sorgen los. Dieser Standpunkt deckte sich im Grunde mit Carolines: Es kam durchaus darauf an, daß Menschen, einzelne nein sagten.

Ermutigend; abgesehen davon, daß, wenn man unter einem Baum stand und die Reihen vorbeiziehen sah, erkennbar wurde, auf welch kleiner Zahl von Menschen der Glaube ans Neinsagen beruhte.

Mal angenommen, man mußte hier stehen und konnte sich nicht dies oder jenes Gesicht herauspicken; mal angenommen, man wußte nicht, wie rasch zwölftausend zu ein paar Dutzend zusammenschmelzen konnten, wenn die Daumenschrauben angezogen wurden? So aber hielt man nach bestimmten Gesichtern Ausschau – eins hier, eins dort, und größtenteils so durchschnittlich, so unauffällig wie das von Phoebe.

Joss Cohens zum Beispiel. Nachdem er mitgewirkt hatte, eine breite Massenbewegung »oben im Norden« zu organisieren, war er von der Kolonialregierung des Landes verwiesen worden und lebte jetzt in Großbritannien, in Phoebes Wohnung, von wo aus er Afrikaner aus vielen Teilen Afrikas beriet, unterstützte, Geld für sie auftrieb. Er war jetzt ein untersetzter Mann, hinter dessen Brillengläsern die Augen jedoch so gescheit funkelten wie eh und je. Er hatte Botschaften von Jasmine, die sich demnächst in Südafrika wegen Hochverrats vor Gericht verantworten sollte. Es waren auf eine ziemlich banale Weise zuversichtlich gestimmte Botschaften. Die Worte waren mit Bedacht gewählt, damit sie problemlos in der Zeitung zitiert werden konnten und die »Sache« in ein günstiges Licht stellten. »Nieder mit den Nationalisten!« hieß die eine Botschaft, eine andere lautete: »Alle Männer und Frauen, die guten Willens sind, werden auch weiter kämpfen!« Doch wenn Jasmine jetzt hier gewesen wäre, dann wäre sie unauffällig gewesen, eine ziemlich phlegmatische Frau in guter, teurer Kleidung, und niemand hätte sich bemüßigt gefühlt, zweimal hinzusehen. Es war fast sicher, daß sie demnächst ins Gefängnis kommen würde, und es war nicht damit zu rechnen, daß die Haftstrafe kurz ausfallen würde.

Der Kern des Zuges setzte sich aus solchen Menschen zusammen. Doch wenn man ihn betrachtete, war einem, als hätte der Sozialismus beschlossen, einen Karneval zu veranstalten. In der Aufmachung vieler, die nach einem Phantasiekostüm oder einem Karnevalskostüm aussah, drückte sich ein gewisser trockener Humor aus, die Lust an der Parodie, das Bedürfnis, sich selbst hochzunehmen. Doch weshalb, denn was konnte praktischer sein als Jeans und Dufflecoats oder Phoebes blauer Plastikregenmantel und das blaue Kopftuch oder die Ölhautjacken ihrer Töchter? Vielleicht verhielt es sich ja so, daß jede große Menschenmenge wie eine Scharade wirken mußte, wenn es keine Einheitskleidung gab? Mark, der jeden Morgen um sechs aufstand, um seine Schuhe zu wienern, sich zu rasieren und seinen Tweedanzug und seinen Regenschirm abzubürsten, sah wie ein Gutsbesitzer aus und veranlaßte die Dufflecoatträger unter den Teenagern zu Hochrufen. Eine Gruppe junger Torys, die Nadelstreifenhosen, schwarze Mäntel und Melonen trugen (aus Prinzip, wie sie sich zu erklären bemüßigt fühlten), löste erneut Hochrufe aus – zustimmend ironisch. Es gab keinen Aufzug, kein Auftreten, das nicht wärmstens begrüßt wurde, und der vielleicht sprechendste Zwischenfall bei diesem Marsch war der, daß ein Tory-Mitglied, das sich über den Marsch ärgerte, neben dem Zug mit einem Koffergrammophon auf einer nassen Wiese stand und den Marschierern Beleidigungen zurief. Da man jedoch entweder nicht hören konnte, was er spielte (es war die Nationalhymne), oder nicht hören konnte, was er rief, nahm man ihn für einen exzentrischen Anhänger und brach in zustimmende Hochrufe aus. Ganz ähnlich beim ersten Marsch 1958, als der diensttuende Mann des Friedens von der Kathedrale in Reading seine Glocken geläutet hatte, als die Marschierer eintrafen, um seine Feindseligkeit zum Ausdruck zu bringen, die Marschierer jedoch gedacht hatten, er sei ihnen freundlich gesonnen, und ihn mit Hochrufen begrüßt hatten. Und ein feindlich gesonnener Zuschauer, der geschrien hatte: »'ne Bombe würde ich auf euch draufschmeißen, wenn ich eine hätte!«, wurde von ein paar Mädchen mit langem nassem

Haar und regenfeuchten Gesichtern einfach untergehakt und mitgezogen und saß am Ende teetrinkend unter tropfenden Bäumen auf einer Wiese und sang »When the Saints . . .«; und so weiter.

An den Abenden jedoch, wenn sie sich mit Brandy in Marks Arbeitszimmer aufwärmten, saßen Mark, Lynda und Martha (die Kinder nicht, die übernachteten irgendwo entlang der Route in Turnhallen) still beisammen, drei Menschen in der Mitte des Lebens, die sich durch ihre ganze Lebenserfahrung in nichts dazu ermutigt fühlten, auf die Nützlichkeit von Carolines Nein zu bauen. Sie saßen in Marks Arbeitszimmer und schauten die Wände an. Sie schauten die Wände an und tranken Tee und sprachen über den letzten Krieg, über den zu keinem Zeitpunkt irgend jemand die Kontrolle gehabt hatte, ja, den sich eigentlich kein Mensch hätte ausmalen können, ehe er stattfand. Sie dachten daran, daß Caroline, mit ihren Sandalen, mit ihrem langen Haar, das ihr den Rücken hinabfiel, und dem Kleinkind, das sie in der Karre vor sich herschob, nein sagte, und fragten sich, ob der Geist des Ostermarsches, seine lakonische Heiterkeit, seine milde Selbstparodie vielleicht so etwas darstellten wie einen Salut für das Wissen, das niemand wissen wollte, und ob nicht deshalb, weil die Verzweiflung zugleich ihr eigenes Gegenmittel ist, aus ihrem tiefsten Innern so etwas entspringen konnte wie ein Lachen.

Als Mr. Quest im Sterben gelegen hatte, hatte er sich in einem Augenblick außerordentlicher Hellsichtigkeit umgeschaut, diese Wesen angeschaut, die sich hektisch um sein Bett herum zu schaffen machten, diese Tiere mit Kleidern an, die mit Mündern und Nasen seltsame Geräusche machten, um sich zu verständigen und Gefühle auszudrücken, und dann hatte er bemerkt: »Komische Sache, das Lachen – wozu dient das denn bloß?« Sie hatten ihn nicht verstanden, und folglich war er verstummt und wieder zu einem alten Mann am Rande des Todes geworden, dem man Medikamente geben mußte.

Wenn man jeden Tag in der Frühe Marks Arbeitszimmer verließ, um sich dem Marsch anzuschließen, wo immer der unterdessen angelangt sein mochte, dann vertauschte man ein kaltes, klares Licht mit einem Karnevalslicht.

Dem Licht eines Kinderkarnevals, so sagten manche Leute kritisch oder beifällig. Nun ja, eine Möglichkeit, diesen Marsch zu betrachten, war, sich zu vergegenwärtigen, daß dreiviertel dieser Menschen Kinder waren, die entweder während des letzten Krieges oder bald danach geboren waren. Eine Weise, diesen Marsch »mitzumachen«, war tatsächlich, mit Kindern zu sprechen. Wenn man Tag für Tag so marschierte oder schlenderte, von Aldermaston mit seinen beeindruckenden Umzäunungen, seinen Polizeihunden und dieser Ausstrahlung offizieller Rechthaberei und Heimlichtuerei weiter nach Reading, der häßlichsten aller Städte, von Reading weiter nach Staines an seinem Flußufer, von Staines weiter nach Chiswick und schließlich dann durch London und seine zum Untergang verurteilten Straßen bis zum Hyde Park und dem Trafalgar Square, dann konnte das auf die Weise geschehen, daß man mit Menschen unter einundzwanzig sprach. Man konnte sich auch vornehmen, herauszufinden, welchen Stellenwert der letzte Krieg zu Beginn des Lebens dieser Menschen gehabt hatte. Dann fand man heraus, daß es unter ihnen wahrscheinlich niemanden gab, dessen Zeugung, Säuglingszeit, Kindheit oder Jugend nicht in irgendeiner Weise durch diesen Krieg »gestört« worden war (um den Ausdruck der Psychiater zu verwenden). Man konnte des weiteren Erkundigungen über die Eltern dieser Menschen einziehen, von denen die meisten sehr wahrscheinlich zutiefst in den vorletzten Krieg verstrickt gewesen waren. Tatsächlich gab es unter den Menschen, die bei diesem Marsch mitmarschierten oder den Marschierern nahestanden oder mit ihnen auf irgendeine Weise verbunden waren, nur wenige, in deren Leben sich nicht eine gewaltige Kluft auftat, in der, wenigstens vorübergehend, jegliche Zivilisation untergegangen war. Wahrscheinlich war nicht einer dabei, dessen Leben auch nur im entferntesten dem glich oder gleichen würde, das Thomas einst als »unter der Ulme geboren werden, leben, freien, heiraten, sterben und begraben werden« bezeichnet hatte.

Dies hier waren alles Menschen, denen schwerer Schaden zugefügt worden war. Und ihre Gespräche waren, wenn man von den Parolen und der vorübergehenden Erregung dieses großen Marsches einmal absah, außerordentlich vernünftig. Und ziemlich traurig. Allein schon deshalb, weil nur wenige glaubten, daß sie in dem Sinne eine Zukunft hatten, in dem ihre Großeltern dies Wort definiert hätten. Das waren Menschen, die, noch ehe sie zwanzig waren, wußten, was ihre Großeltern vielleicht auf dem Sterbebett gewußt hatten.

Das waren gleichzeitig Menschen, die gewillt waren, ihre Eltern vor unerfreulichen Realitäten zu beschützen. Beispielsweise war Martha einen Nachmittag lang hinter einer Gruppe Studenten hermarschiert oder geschlendert, die über die Gifte sprachen, die in den Hexenkesseln der Laboratorien der Welt brodelten und uns alle eines Tages in Kobolde oder Kröten verwandeln würden. Sie erörterten das Thema Kinder und inwiefern diese womöglich Genies oder Schwachsinnige werden würden; daß sie höchstwahrscheinlich irgendwelche Mutanten sein würden; und wie sie selbst sich verhalten würden. Der Vater eines der Mädchen kam vorbei, bekam einen Gesprächsfetzen mit und rief in scharfem Ton, sie sollten gefälligst nicht so negativ sein. Woraufhin die Studenten ihn höflich in ein unverfängliches Gespräch einbezogen, bis er besänftigt weiterzog und sie ihre Diskussion fortsetzen konnten. Was für Mutanten man wohl zu erwarten hatte? Woran man so einen wohl erkennen würde? Welche Eigenschaften des Gehirns, der Seele, der Phantasie man begrüßen und welche man fürchten würde? Vielleicht waren sie ja, im guten oder im schlechten, bereits Mutanten, nur, daß man das noch nicht wußte. Schließlich waren die Luft und der Boden und das Wasser ja schon so voll von radioaktiven Stoffen, daß wahrscheinlich bereits allerhand Veränderungen eingetreten waren. Und in dem Fall ... Das Gespräch ging weiter, bis es Zeit war, auf einer Wiese eine Essenspause einzulegen. Der Vater des Mädchens erschien und erkundigte sich scherzhaft, ob sie immer noch so pessimistisch gestimmt sei. Woraufhin sie ihn einen Bourgeois nannte und das Wort insofern korrekt gebrauchte, als sie darunter einen Menschen verstand, der die Sicherheit, die Bequemlichkeit, die Illusion den Wechselfällen und Abenteuern der Revolution vorzog. Doch hatte die Revolution sich in diesem Falle nach innen verlagert, steckte in der Struktur des lebenden Organismus selbst.

Dieser Vorfall war typisch. Die Diskussionen, die reihauf, reihab im Gang waren, waren den Parolen auf den Fahnen und Transparenten unendlich weit voraus, was auch der Grund dafür sein mochte, daß solch eine große Anzahl von Leuten Slogans wie »Schluß mit der Bombe« anstimmte, als fänden sie diese Silben absurd. Natürlich kann es keine anderen politischen Parolen geben als simple und infolgedessen absurde. Doch wahrscheinlich hat es nie eine politische Demonstration gegeben, bei der die Gespräche der Leute in diesem Ausmaß inhaltlich von den Aufschriften der Transparente abwichen, unter denen sie marschierten. In der Phantasie erforschten sie Welten voller ungeheurer Möglichkeiten, voller Veränderungen, Entdeckungen, Umwälzungen, und unterdessen stimmten sie Sprechchöre an wie »Schluß mit der Bombe« und »Nieder mit ...« und »Hände weg von ...«

Als Mark in Sicht kam, befand er sich, umgeben von Fünfzehnjährigen, die in gefiederte Quäkrohre bliesen und ulkige Hüte aufhatten, ganz am Ende des Zuges. Das Transparent über ihnen trug die Aufschrift: »Moxtoner Jungsozialisten für den Frieden«. Bei Mark befand sich Jimmy Wood. Sein jüngstes Buch handelte von einem menschlichen Mutanten, der von normalen Menschen unmöglich erkannt werden konnte, weil er dem äußeren Anschein nach völlig normal war. Seine Fähigkeiten waren jedoch übermenschlich. Diese jungen Leute hatten »Der Mann von nebenan« gelesen, von Mark Coldridge hingegen nie etwas gehört. Als der Schluß des Zuges sich schleppend in den Hyde Park hineinbewegte, schlugen die jungen Leute Jimmy alle möglichen Fähigkeiten vor, die die Menschheit nützlich finden mochte, wenn es nur gelänge, sie zu entwickeln. Jimmy schrieb sie mit ernster Miene auf die Rückseite eines Briefumschlags; Mark winkte Martha zu und hielt nach Lynda Ausschau.

Die Kapelle am Eingang spielte so laut »And When the Saints«, daß man zu reden aufhören mußte, bis man daran vorbei war.

In diesem Bereich des Hyde Park wogte ein Menschenmeer, ein ganzer Ozean. Es hieß, es wären hunderttausend Menschen da, vielleicht sogar zweihunderttausend. Nein, das war zu hoch gegriffen, doch so viele Menschen, wie man bei einem guten Fußballspiel erwarten konnte, standen und saßen im feuchten Gras oder schickten sich an, diese Zwischenstation wieder zu verlassen: Die Spitze des Zuges hatte den Park verlassen, als das Ende eintraf.

Und da war auch Lynda. Sie trug ihren fahlen zottigen Mantel, hatte das fahle Haar zu einem Knoten hochgebunden und lächelte mit fahlem Gesicht. Sie saß auf einem Jägerstuhl und versuchte, mit dickbehandschuhten Fingern eine Orange in ein Papiertaschentuch zu schälen. Sie konnte die Handschuhe wegen ihrer abgekauten Nägel nicht ausziehen.

Sie stellten sich zu ihr und beobachteten die Menschen, die alle damit beschäftigt waren, einander auf der Suche nach Freunden, Verwandten, Bundesgenossen aus anderen Ländern zu beobachten.

Sie alle empfanden diese Beschwingtheit, ein angenehmes Gefühl der Unwirklichkeit, das sich einstellt, wenn man große Menschenansammlungen beobachtet, die sich anscheinend aufs Geratewohl bewegen. Die Bäume im jungen Laub schienen sich zu bewegen, wie die Menschen, wie man selbst sich bewegte, und über den Himmel wanden sich prächtige Wolkenbänder. Lynda, Mark und Martha beobachteten. Bei einem eindrucksvollen Menschenauflauf mochte man Martha und Mark und Lynda dabei beobachten, wie sie an einem vorbeikamen und abermals vorbeikamen, Variationen eines einzigen Themas.

Zum Beispiel kam Francis mit Freund Nicky und einem kräftig gebauten, lebhaften Mädchen mit kurzem gelbem Haar und dunklen Augen vorbei. Nicky als Mädchen wäre wie Lynda, Francis wäre sein Vater – und wie viele verschiedene Gestalten hatte Martha nicht bereits verschlissen? Eine kräftige, dunkelhaarige Frau mittleren Alters, mit ergrauendem Haar, am Arm ihres Gatten, eines hochgewachsenen, dünnen, ziemlich gebeugten Mannes mit ergrauendem Haar, dessen blauer Blick abwesend und in sich gekehrt war, und bei diesem Paar ein rundliches Mädchen mit flachem Gesicht, glatt anliegendem weichem Haar und unverwandtem Blick. Martha, Lynda, Mark. Drei Studenten gingen vorüber, ein großes, ziemlich vorgebeugt gehendes blondes Mädchen mit ausdrucksvollen grauen Augen und eine stämmige Blonde, die mit einem rundlichen lächelnden Jungen Händchen hielt. Ein kräftig gebauter Mann, wahrscheinlich irgendein Journalist oder Schriftsteller, in Begleitung einer eher molligen, flachgesichtigen Frau mit braunen Augen, möglicherweise seiner Frau. Ein blonder großer Junge, vielleicht ihr Sohn, war bei ihnen. Martha, Mark, Lynda.

So kamen sie immer wieder vorbei. Auf dem dichten Frühlingsrasen, unter wogenden schimmernden Wolken.

»Deine Mutter ist da«, sagte Lynda.

»Überprüft garantiert ihre Gästeliste«, sagte Mark.

»Zum letztenmal«, sagte Lynda. Am Abend zuvor hatte Lynda, der es nicht sehr gut ging, gesagt, sie müsse heute dabei sein, denn sie habe das Gefühl, daß das der größte Ostermarsch überhaupt sein würde, und sie wolle ihn ansehen. Die Menge war viel größer als letztes Jahr. Nächstes Jahr, so dachten Phoebe und andere ihres Schlages, würde sie noch größer sein. Die nicht von der Hand zu weisende Richtigkeit ihres Standpunkts würde Jahr für Jahr größere Menschenmengen auf die Beine bringen, die schwarzweiße Abzeichen trugen, bis alles von Land's End bis John O'Groats in diesem Symbol prangte – und Schwerter auf der Stelle in Pflugscharen verwandelt würden. Etwas in der Art.

Doch nächstes Jahr würde Margaret nicht dabei sein.

»Ich gehe nach Hause«, sagte Lynda, »diese vielen Menschen. Ich komme mir vor wie in einem Bienenschwarm.«

Margaret schritt über den Rasen auf sie zu. Sie war keine wirkliche Anhängerin des Ostermarsches, doch so viele Freunde von ihr waren hier, daß sie überall dort, wo sie sich zur Mittagszeit vermutlich aufhalten würden, mit dem Auto Picknickkörbe hingeschafft hatte. Ihr Essen war natürlich sehr gut. Hinter ihr folgte lächelnd ihr Gatte John. Seitdem sich das öffentliche Interesse von der Homosexualität ab- und anderswohin gewandt hatte, war John Margaret im großen und ganzen ein besserer Gatte. In ihrem Bekanntenkreis scherzte man (als erster hatte Graham diesen Scherz gemacht), daß er sich nun nicht mehr bemüßigt fühle, sich als ganzer Kerl zu zeigen. Margaret war gerade von Moskau zurückgekehrt, wo sie ihren abspenstigen Sohn besucht und an vielen Banketten teilgenommen hatte: Augenblicklich wohnten gerade irgendwelche russischen Funktionäre bei ihr.

Sie beobachtete ihren Sohn, den Gutsherrn, der mit gespreizten Beinen dastand und seinen Regenschirm als Spazierstock benutzte, seine Frau, die eine Orange schälte, und Martha, die sich von Lyndas Orange bediente.

»Eine reizende *Ménage à trois*«, murmelte sie, weniger gehässig als bemüht, einer bestimmten Situation einen Namen zu geben.

»Himmel, so was sind wir also?« fragte Lynda.

»Wie soll ich denn das wissen?« sagte Margaret.

»Ich würde sagen, manchmal ja und manchmal nein«, sagte Martha.

»Wenn man mich fragt: Ich finde es absolut gleichgültig, wer hier was sagt«, sagte Mark.

»Ach, du ärgerst dich also? Das tut mir leid«, sagte Margaret, »nun kommt ihr bestimmt nicht zum Abendessen. Und dabei kommen so viele von euren Lieblingsbekannten.«

»Ich kann leider nicht«, sagte Mark.

»Meine Russen, diese Schätzchen, sind so furchtbar interessiert an deinem Buch über mich«, sagteMargaret, »sie denken daran, es zu übersetzen.«

Mark äußerte sich dazu mit keinem Wort. Margaret lächelte, nickte und kehrte zu ihren Gästen zurück. In ihrem Kielwasser folgte John.

Phoebe in ihren blauen Zellophanhüllen tauchte auf; ihre Miene war finster.

»Aber Phoebe, es ist doch so ein großer Erfolg«, sagte Lynda, »und so gut organisiert!«

»Das wäre es, wenn diese Irren nicht dabei wären!«

Und schon gesellte sich einer von den Irren zu ihnen, Francis. Wie immer bedachte er seine Mutter mit diesem wachsamen Blick, der nach Sturmwarnungen Ausschau hielt. Wie immer lächelte Lynda ihm zuliebe. Er nahm ein Stück Orange an.

»Wirklich«, sagte Phoebe, »weshalb müßt ihr Bande *unbedingt* alles verderben, weshalb bloß? Ich hatte wieder die Polizei auf dem Hals – was hat das denn für einen Sinn, daß ich Absprachen mit der Polizei treffe, wenn ihr euch dann doch an nichts haltet?«

»Mit anderen Worten«, sagte Francis, »du willst wissen, weshalb wir dich nicht alles machen lassen, wie du willst, wo du doch weißt, wie das geht, und wir nicht?«

»Nein, aber ...«

»*Doch.* Und ich bin noch nicht mal dabei, oder? Ich bin hier, auf der Seite von Recht und Ordnung!«

»Na schön, dann sag mal deinem Nicky, er soll mich heute abend besuchen, ich muß wirklich mit ihm darüber reden.«

»Ich werd's ihm jedenfalls mal *vorschlagen.* Und er wird heute abend wahrscheinlich im Gefängnis sein.«

Nicky hatte den Hauptstrom der Demonstranten verlassen und sich einer Demonstration des »Komitee der Hundert« vor der sowjetischen Botschaft angeschlossen. Persönlich billigte Phoebe diese Demonstration, wußte jedoch, daß viele Mitglieder ihres Komitees das nicht tun würden. Ihr Komitee hatte sich ausdrücklich von dieser Demonstration distanziert.

Mehrmals in der Woche rief Phoebe Francis an, damit er Nicky Verhaltensmaßregeln übermittelte. Francis blieb höflich.

»Und hast du Gwen gesehen?«

»Die ist bei Nick.«

»Ach, um Himmels willen, wenn sie jetzt *noch mal* festgenommen wird, dann wird sie wohl...« Sie hielt inne, während er abwartete. Er lächelte zuvorkommend.

»Und dann ist Jill wohl auch dabei?«

»Jill guckt nur irgendwo zu«, sagte er sanft.

Jill war vor ein paar Monaten von einem durchreisenden westindischen Jazzmusiker geschwängert worden. Sie hatte sich bis zur letzten Minute geweigert, eine Abtreibung vornehmen zu lassen. Phoebe hatte sie dazu gedrängt. Jill hatte ungefähr fünfzehn Stunden am Tag immer nur gesagt, Phoebes Ansinnen, sie, Jill, solle eine Abtreibung machen lassen, bedeute nur, daß ihr Einsatz für die Afrikaner die reine Heuchelei sei. Anderen gegenüber äußerte Jill, ihre Mutter müsse Farbige ja hassen, denn sonst müßte sie doch entzückt darüber sein, daß ihre Tochter »ein herziges kleines schwarzes Baby« bekam. Dieser Ausdruck trieb Phoebe fast zur Weißglut. Als etwa drei Monate vergangen waren, sagte Phoebe, nun sei es für eine Abtreibung wohl zu spät, und sie wolle Jill beistehen, wenn das Kind komme. Daraufhin beschloß Jill, nun doch eine Abtreibung vornehmen zu lassen. Doch bis zu dem Zeitpunkt, als sie ins Krankenhaus kam, waren fast vier Monate verstrichen, und die Sache hatte sie sehr mitgenommen. Sie hatte alle sehr mitgenommen.

Phoebe hatte sich seitdem auf Francis verlassen. Eine Frau, die nie um Hilfe bat, weil sie nicht glaubte, daß Hilfe möglich war, wandte sich nun, ohne es zu wissen, immerfort mit Tonfall, Gestik, Blick hilfesuchend an andere. Gewöhnlich an Francis, diesen Felsen des gesunden Menschenverstandes, Jills Freund.

»Ich habe ein Auge auf sie, mach dir keine Sorgen«, sagte Francis.

Ihr Lächeln war steif, rührend. Sich auf Francis zu verlassen, war nun nicht gerade das reinste Zuckerschlecken. Als sie sich bei ihm wegen Jills Benehmen beklagt hatte, hatte er lediglich erwidert: Wie warst du denn, als du siebzehn warst? Das hatte Phoebe in Wut versetzt – es war ungerecht. Ja, sie erkannte, daß es Francis auf die unmoralische Einstellung in dieser Sache gar nicht ankam (die Sorglosigkeit, die Gleichgültigkeit gegenüber dem Wohl des Kindes) – er sagte damit doch nur, daß mit siebzehn alle schwierig seien. Ganz offensichtlich war es für ihn nebensächlich, *inwiefern* man schwierig war. Phoebe grübelte erneut darüber nach, daß sie Jungfrau gewesen war, als sie Arthur geheiratet hatte, und in ihren eigenen Augen ein Mensch mit Prinzipien und Selbstbeherrschung.

Doch nun war sie auf Francis angewiesen, der sie, murrte sie insgeheim, behandelte, als sei sie genauso schlimm und grausam wie Jill. Als er sich wieder unter die Menge mischte, folgte sie ihm auf den Fersen wie einem eventuellen Erlöser. Es sah aus, als beschattete sie ihn: Die ziemlich gerötete Nase ragte über den Rand der blauen Plastikkapuze heraus, ihre Hände umklammerten alle möglichen Unterlagen und Pläne.

Bald darauf kam Paul mit der Theatergruppe vorbei, der er sich angeschlossen hatte. Zunächst bemerkte er die drei Menschen nicht, von denen er mit der für ihn charakteristischen Mischung von Unverschämtheit und Charme als von »seiner Familie im erweiterten Sinne« sprach. Er sprach mit einem Regisseur aus Hamburg, einem Mann, der dem Jungen mit einem Lächeln zuhörte, das besagte, daß er sich bestens unterhielt. Paul bemerkte die drei. Der Ausdruck in seinem Gesicht wechselte rasch und übergangslos: Zuerst sah er aus wie ein Tier, das etwas erblickt, das möglicherweise Gefahr bedeutet; dann leuchtete einen Augenblick die reine, spontane Herzlichkeit in seinem Gesicht auf; dann folgte ein Ausdruck, der von ihnen und allen anderen wahrgenommen werden sollte und der so etwas wie humorvolle Nachsicht angesichts des Absurden bedeutete; und schließlich kam ein Lächeln, das seiner Vorstellung nach so etwas wie weltmännische Gelassenheit ausdrückte. Er bedachte Zena an seiner Seite mit einem zärtlichen Klaps, der von einem weiteren

Lächeln begleitet wurde, das nachsichtig, milde war, und lief anmutig auf die drei zu. Unter den Leuten, mit denen er zusammengewesen war und die seiner Blickrichtung gefolgt waren, erkannten ein paar den Schriftsteller Mark Coldridge; möglichst unauffällig versuchte Paul mitzukriegen, welche das waren.

»Was denn – kriege ich nichts von der Orange?« fragte er Lynda, die ihm ein Stück reichte. Ihr durchaus liebevolles Lächeln sagte: Denk bloß nicht, daß ich dich nicht durchschaue! Die beiden hatten sich in letzter Zeit wieder miteinander angefreundet, oder jedenfalls hatte man einen Waffenstillstand geschlossen.

»Ja, ich weiß, ich weiß«, sagte Paul vernehmlich, »doch da ich nun mal ganz auf mich allein gestellt bin, da ich meinen Weg in dieser schlimmen Welt nun mal ganz allein machen muß, da müßt ihr schon damit rechnen, daß ich euch für meine Zwecke einspanne!«

»Ach, wer denkt denn so was«, sagte Mark.

Paul bedachte alle drei mit einem Lächeln, das zugleich liebevoll und schamlos war und rannte leichtfüßig zu seiner Gruppe zurück. Sie sahen, wie er als erstes Zena mit einem Blick und einer Berührung beruhigte, ehe er wieder auf seinen Platz neben der deutschen Theatergröße schlüpfte.

Sie sahen einander an, ließen sich ihre Gefühle jedoch nicht anmerken, weil Paul sich fünfzig Meter weiter weg den Hals verrenkte, um festzustellen, ob er vielleicht zu weit gegangen war. Seine Miene war besorgt. Sie winkten aus Leibeskräften. Hocherfreut winkte er zurück.

Im ganzen hatten sie ihre Freude an ihm.

Vor ein paar Monaten hatte er erklärt, »ihnen habe er es zu verdanken, daß er nicht mehr Bildung besitze als ein Arbeitersohn«, und er müsse sich offenbar selbst bilden, da sie es nicht taten.

Dann machte er sich daran, sich eine Bildung zuzulegen, oder besser gesagt, sich zu informieren, auf die gleiche Weise wie er die Sammelobjekte und den Plunder von den Londoner Märkten erwarb. Er heftete sich an Menschen oder Orte, die ihm Informationen bieten konnten. Heimlich verfolgte er sogar lehrreiche Fernsehsendungen – doch das sollte besser kein anderer wissen. Während der vier Tage des Ostermarsches hatte er sich an Leute, nicht unbedingt nur Berühmtheiten, gewandt, die ihm irgend etwas geben konnten, das er brauchte. Der Name des deutschen Regisseurs war augenblicklich in aller Munde. Vor dem Wochenende hatte Paul angekündigt, daß er binnen kurzem zu seinen Freunden zählen werde – »ihr werdet schon sehen!« Ein Freund von Francis, ein deutscher Junge, war kürzlich eine Woche lang bei ihnen gewesen, und Paul hatte entdeckt, daß er sprachbegabt war. Er hatte genug Deutsch gelernt, um mit dem Regisseur zu reden. Zu diesem Spiel gehörte, daß Paul sich in keiner Weise Marks Namen bedienen durfte – das heißt, nicht, ehe er nicht selbst einen Kontakt zu der jeweiligen Person hergestellt hatte, hinter der er her war. Diese Regel war, wie noch andere, gleich zu Anfang aufgestellt worden. Eine andere war, daß er nichts bezahlen durfte. Alles mußte ausschließlich mit Hilfe seines gewinnenden Wesens bewerkstelligt werden.

Die Erwachsenen beobachteten also, was vermutlich die Geburt eines Hochstaplers war; doch wieviel besser war das nicht als manch andere Zukunft, die man sich nur allzu leicht vorstellen konnte. Und außerdem, es gab noch andere Seiten an Paul – sein Verhältnis zu Zena beispielsweise. Auf sie konnte Paul bauen. Er war nicht länger in seiner Etage eingesperrt, mit all seinen schönen Stoffen und seinen Spiegeln und sonstigen Schätzen. Sie blieb dort, wenn er nicht zu Hause war, ein schweigsames, passives, schönes kleines Geschöpf, mit dem sonst niemand sprechen konnte. So war sie da, blaß und lustlos, und wartete auf Paul. Ihre Kindheit war so schlimm gewesen, oder jedenfalls hatte man diesen Eindruck, daß sie von niemandem etwas erwartete, sie war überrascht, wenn man ihr etwas anbot; und sie ging davon aus, daß man es ihr wieder wegnehmen würde. Paul, das wußte sie, würde sich bald davonmachen oder die Geduld mit ihr verlieren, wie es ihr schon mit so vielen anderen vor ihm ergangen war.

Doch Paul schickte sie nicht weg. Er wurde nicht unfreundlich. Er war sogar zu dem »Alten« gegangen, dem Exliebhaber ihrer Mutter, der als Rausschmeißer in einem Spielklub arbeitete, und hatte ihm erklärt, wenn er Zena irgend etwas antäte, ginge er, Paul, zur Polizei. Der Alte hatte sie hinausgeworfen. Paul hatte sie bei sich aufgenommen. Wie er sagte: Sie wohnt ja praktisch sowieso hier, also kommt es doch aufs gleiche raus! Er fuhr nach Birmingham, wo sich Zenas Mutter jetzt aufhielt, um herauszufinden, was mit ihr los war. Zena hatte lediglich gesagt: »Mum will mich nicht.« Das war zur Hälfte auch wahr. Die Mutter hatte schon etliche Kinder und würde wahrscheinlich noch weitere bekommen. Sie war gerade erst vierzig und besaß Zenas Passivität. Sie sprach mit teilnahmslosem Interesse von Zena, so als wäre das Mädchen nicht ihre Tochter. Paul fragte sie, ob Zena nicht mal übers Wochenende oder auf Urlaub herkommen könne. »Zena vermißt ihre Familie«, sagte er. Die passive Mutter hatte gemeint, das sei eine gute Idee, hatte jedoch nicht gesagt, wann Zena kommen sollte. Zena hatte das Gefühl, nicht willkommen zu sein. Daraufhin fuhr Paul mit Zena übers Wochenende zu ihrer Mutter – dieser Junge, der augenscheinlich nur Sinn hatte für das Schöne, den Erfolg, die Anerkennung, den Komfort, drangsalierte eine erschöpfte Frau und ihren ziemlich kranken oder wenigstens trunksüchtigen Mann, damit sie ein paar Tage nett zu Zena waren. Er hatte sogar den Abwasch erledigt und die kleinen Kinder gefüttert.

Doch sie wußten alle, daß Paul Zena eines Tages würde aufgeben müssen: Was konnte er anderes tun?

Die nächste, die, wieder mit einer anderen Theatergruppe, vorbeikam, war Patty Samuels. Sie hatte ihren derzeitigen jungen Begleiter bei sich, wieder einen von den neuen Schauspielern aus der Arbeiterklasse, die von den Provinzbühnen kamen. Sie sah nicht sonderlich vorteilhaft aus mit Regenmantel und Kopftuch: Sie wirkte wie eine handfeste jüdische Hausfrau. Er war gutaussehend, nutzte, wie viele seinesgleichen, selbstbewußt die Gunst der Stunde und war überhaupt darauf bedacht, sich nur ja nichts entgehen zu lassen. Er erspähte Mark. Sie beobachteten, wie er Patty aus der Reihe zu drängen versuchte, damit sie den Schriftsteller begrüßte. Patty sträubte sich – sie bedeutete ihnen sogar mit einem nachdrücklichen, gutmütigen Achselzucken und einem Zwinkern, was sie davon hielt: Mich dürft ihr dafür nicht verantwortlich machen!

Vor ein paar Wochen hatte sie angerufen, um ihnen mitzuteilen, daß dieser hier »der letzte Kampfhahn« sein werde – »ich schwöre es!« Mal abgesehen von allem anderen, die richteten sie zugrunde. Nicht daß da berechnende Schnorrer drunter wären – doch wer sei das denn schon? Die Kombination, wie Patty sagte, von warmherziger Mutterfigur, die ein gutes Gehalt hatte, und einem jungen Mann von Talent, der notwendigerweise zu wenig verdiente, war einfach *fatal* – sie mußte das sofort sein lassen. »Wenn dieser brave Junge sich davonmacht, muß ich bei dem nächsten einfach nein sagen.«

Unter Scherzen trug sie auch weiter zu deren Fortkommen bei, während sie, das war nicht zu übersehen, außer in finanzieller Hinsicht schlecht zurechtkam. Sie sagte, wenn sie nicht bereits einen Nervenzusammenbruch gehabt hätte, dann würde sie jetzt einen kriegen – »doch so nach und nach kriegt man alles mal über, sogar die neurotischen Zustände«. Sie sagte, daß ... Sie sagte eine ganze Menge, und alles lief auf dasselbe hinaus: Daß sie ihrer selbst überdrüssig war. Das Gefühl der Vergeblichkeit, die Schalheit, das krasse, grelle Licht der Selbstkritik, die jegliches Lebensstadium begleiten, wo man nur überlebte Verhaltensmuster wiederholt, ließen sie altern, zehrten an ihr. Doch sie konnte nicht aufhören. Es war ihr nicht gelungen, ein Kind zu adoptieren – sie kam dafür nicht in Betracht. Ihr gesunder Menschenverstand sagte ihr, daß die zuständigen Behörden recht hatten: Wieviel Zeit hätte sie schon für ein Kind, da sie doch den ganzen Tag arbeitete? Doch sie wünschte sich nun mal Kinder. Sie sagte, wenn sie den letzten jungen Mann rausgeschmissen habe, dann sei Schluß mit der Liebe, und der Gedanke, allein zu schlafen, sei ihr unerträglich. Wenn sie auf ihr Leben zurückblikke, so sagte sie, das doch von soviel harter Arbeit für die Politik, fürs Theater erfüllt gewesen sei, dann sei daran nichts wirklich greifbar gewesen als Männer, das Bett, der Sex.

Sie sagte das zu Mark, einem der Männer, während sowohl Lynda als auch Martha anwesend waren. Sie hatte es lachend gesagt, doch sie lachte ja ununterbrochen und konnte nicht aufhören zu reden und fragte ständig: Na, was meint ihr dazu? Was sagt ihr denn? Nun sitzt doch nicht so da, sagt mir lieber, was ich tun soll.

Und so fort.

Sie machte das mit all ihren Freunden, die in stabilen Verhältnissen lebten bzw., wie sie es ausdrückte, mit allen, »die es geschafft hatten, mit jemandem länger als ein Jahr das Bett zu teilen«. Sie machte sich Feinde, ging den Leuten auf die Nerven, die, so zeigte sich, wie gewöhnlich nicht zu erkennen vermochten, daß sie ziemlich krank war.

Sie erklärte Mark, er sei der absolut typische Engländer – das heißt, er sei nur imstande, eine Frau zu ertragen, wenn sie »im Ausland oder tot oder mit jemand anderem verheiratet war oder wenn er sie nur einmal wie Beatrice aus der Ferne gesehen hatte«. Und daß Mark das gar nicht aushalte, wenn es Lynda gut gehe, da würde er wegrennen.

»Wahrscheinlich würde er sich wahnsinnig in dich verlieben, Martha, wenn er aus der Ferne von dir träumen müßte, denn natürlich würdest du selbst Marks Verliebtheit ja gar nicht aushalten können oder jedenfalls nicht, daß er dich haben und behalten will, du bist Marks weibliches Gegenstück.«

Dies alles war kürzlich bei einem Abendessen gesagt worden. Lynda, Martha, Mark und Derek, der junge Mann aus Leeds, hatten sich jeder auf seine Weise aufgeregt. Der junge Mann war noch ziemlich neu in London und hatte gesagt, er sei diese »ungezwungenen Manieren der Intellektuellen« nicht gewöhnt.

»Wir sind sie auch nicht gewöhnt«, sagte Lynda, »ich bin keine Intellektuelle.«

»Oh, entschuldigen Sie bitte«, hatte er rasch gesagt und

schien geradezu zerknirscht. Aber schließlich war sie ja auch übertrieben böse geworden. Da sie selbst dies Gefühl hatte, sagte sie mit ihrem typischen Lächeln: »Ach, ich *bitte* Sie, das macht doch nichts ...«

Zum Dank überschwemmte er sie förmlich mit einer unverkrampften Herzlichkeit, die wiederum für ihn typisch war. Lynda, die für eine beruhigende, wärmende physische Ausstrahlung stets empfänglich war, lächelte abermals, und ihr Gesicht kehrte sich ihm zu wie eine Sonnenblume. Er sah ihr lächelnd tief in die Augen, doch dann fiel ihm Patty wieder ein, die mit höhnischer Miene zusah. Er setzte sich zurück und blickte auf seinen Teller nieder.

Für die Zuschauer war das, als hätte man einen großen Stein in einen kleinen Teich fallen sehen; unangemessen große Wellen waren hin- und hergeschwappt.

Dieser junge Mann, der jetzt fünfundzwanzig war, hatte alle Tugenden eingesetzt, die man brauchte, um aus der Provinz in die Stadt mit all ihren Talenten zu gelangen. Er war hartnäckig, ausdauernd, findig gewesen, hatte Integrität und Talent miteinander zu verbinden gewußt. Doch sowie er erst einmal in London war, entdeckte er, daß keine von diesen Eigenschaften auch nur annähernd so nützlich war, wie eine andere, die er für selbstverständlich gehalten hatte, eine unverhohlene menschliche Wärme, menschliche Anteilnahme. Er hatte im Zuge seiner autodidaktischen Bildungsbemühungen selbstverständlich auch D. H. Lawrence gelesen. Jetzt wurde ihm klar, worum es bei diesem Autor ging. Er begriff, daß er hier als Lawrencescher Typ galt.

Nicht, daß er sich je bewußt entschlossen hätte, sich in diesen Kreisen als Batterie zu betätigen, die ständig eine sexuell getönte menschliche Wärme absonderte, er stellte lediglich fest, daß genau das geschah. Manchmal sagte er sich grimmig, daß London verrottet sei, und besann sich auf seine provinziellen Tugenden.

»Ich meine«, schwatzte Patty, und ihr scharfsinniger Blick ruhte auf den wohlweislich gesenkten Lidern ihres jungen

Freundes, »ich kann mir einfach nicht vorstellen, daß einer von euch, ich meine, so ein Engländer wie du, Mark, wirklich mit seiner Auserwählten zusammenlebt und daran Vergnügen findet – das heißt, nicht nur gute Miene zum bösen Spiel macht oder verdrießlich und gehässig alles über sich ergehen läßt, so daß das arme Frauchen es auch mitkriegen muß, oder sich geistig einfach absentiert, wie die meisten das machen, während sie unentwegt weiter mit einer Frau zusammenleben.«

»Ich kann das«, hatte Derek sich entschieden zu Wort gemeldet.

»Ja, Schatz, aber du bist ja auch anders, nicht?«

In diesem Augenblick war Francis hereingekommen.

»Und nun halt den Mund«, sagte Mark zu Patty.

»Nicht vor den Kindern«, sagt Francis lächelnd, doch sein rundes Jungengesicht, das so verletzlich wirkte, wandte sich ihnen mißtrauisch und fragend zu.

»Und nicht vor mir«, sagt Lynda.

»Ach, mein Gott«, sagte Patty und versuchte, Francis in ihre Kumpelhaftigkeit einzubeziehen, indem sie ihn mit einem Lächeln bedachte, das ungezwungen sein sollte: »Francis ist doch kein kleiner Junge mehr.«

»Doch, bin ich«, sagte Francis, der blaß wurde und auf Distanz ging, »wenn du dich gerade über das ausläßt, was ich vermute, dann bin ich das ganz entschieden.«

Patty entging der Ernst, mit dem er sprach, und sie war drauf und dran, ihr Thema wiederaufzunehmen. Sie bekam unter dem Tisch einen Tritt von Derek. »Verflucht noch mal«, sagte sie, während sie sich hinabbeugte und sich den Knöchel rieb, »das nennt man wahrlich Takt, wie?«

»Nenn es, wie du willst, aber halt den Mund«, sagte Derek.

Später rief sie dann an, um zu sagen, wie leid es ihr tue – sie habe nicht beabsichtigt, irgend jemandem zu nahe zu treten.

Da sie Patty seither nicht mehr gesehen hatten, lag eine gewisse Spannung in der Luft, als sie mit Derek über das niedergetrampelte Gras auf sie zu kam.

Er stellte sich neben Mark und fing an, Anekdoten über die Tagesetappe des Ostermarsches zu erzählen.

»Komm, Schatz«, sagte Patty, »wir finden sonst nie im Leben unsere Gruppe wieder.«

»Eine Minute.«

Er beobachtete einen Teil der Menge, wo Leute Anstalten machten, sich vom Hauptfeld zu entfernen. Alsbald ging ein Transparent hoch, das sich an Stöcken in die Luft erhob wie ein Pferd oder eine Kuh, die sich auf die staksigen Beine stellt. Und darunter erblickten sie Graham Patten, der gleich nur ein paar Schritt entfernt vorbeikommen würde.

»Ach, nun komm aber«, sagte Patty ärgerlich, als sie erkannte, weshalb Derek dastand.

»Geh ruhig schon vor, Schatz«, sagte er, »ich hole dich schon ein.«

Patty rang sich zu einem Lächeln durch und trat dann schweigend zur Seite, um zu warten. Sie vermieden es, ihrem Blick zu begegnen.

Graham sah sie und drängte sich quer durch die Reihen, um zu ihnen zu gelangen. Er bedachte sie alle mit diesem wohlwollenden Lächeln eines Mannes, der an öffentliche Auftritte gewöhnt ist. »Hallo, Liebling ... Hallo, Liebling ...« murmelte er, während er Martha und Lynda küßte und dabei Mark zunickte, der sein eigentliches Ziel war. Er trat neben Patty und tätschelte ihr auf eine Weise den Hintern, die nicht sehr schmeichelhaft war. Ihr Kurs auf dem Sex-Index war arg gefallen, teilweise weil ihr neurotischer Angstzustand ihre berufliche Brauchbarkeit minderte, wenn ihre Brotgeber das auch nicht merkten, weil sie den wahren Grund für ihren unschätzbaren Wert nicht kannten, teilweise aber auch, weil diese verschiedenen jungen Männer, die sich ihrer bedient und sie verlassen hatten, boshaft waren. Und diese jungen Männer hatten mehr als irgend jemand sonst »das Sagen«, wenn es um Töne, Stimmungen, Tageskurse ging.

Wenn man sich mit Graham irgendwo aufhielt, wußte man unweigerlich ganz genau, welchen Marktwert man gerade hatte.

Patty sah nicht nur ärgerlich aus, sie wurde sogar blaß. Später am Abend sagte sie dann zu ihnen, bis zu dem Augenblick habe sie keine Ahnung gehabt, wie tief sie abgerutscht sei. Jetzt ertrug sie die zärtlich besitzergreifende, wenn auch herablassende Hand nicht, wie sie es hätte eigentlich tun sollen. Wütend brach es aus ihr heraus: »Ach, verdammt noch mal ...« Die Liebenswürdigkeit selbst, hob Graham die Brauen, entfernte sich einen Schritt von ihr und entzog ihr seine Aufmerksamkeit. Er wandte sich Mark zu, fand jedoch Derek neben sich.

Derek signalisierte mitfühlendes Verständnis für Patty, zugleich aber auch humorvolle Nachsicht gegenüber Graham.

Zwischen Graham und Derek wurden Botschaften hin- und hergefunkt: Sie trafen zum erstenmal aufeinander.

»Und dann dies Haar!« sagte Graham nach einer Pause. »Was für Haar! ...« Während er das sagte, blickte er dem jungen Mann mit einer Melancholie, die überhaupt nichts Gezwungenes hatte, direkt in die Augen. Gleichzeitig streckte er die Hand aus, um Pattys Haar zu streicheln. Sie war damit reichlich versehen; es befand sich in einem Zustand, den man vielleicht als reizvolle Unordnung bezeichnen konnte, doch es wurde grau.

Patty war mittlerweile zu wütend, um sich zur Wehr zu setzen. Gleichzeitig nahm sie mit scharfsinnigem Blick den Austausch zwischen ihrem jungen Freund und Graham zur Kenntnis und sezierte die vielfältigen Funktionen von Grahams Geste. Indem er ihr Haar streichelte, nachdem sie ihn abgewehrt hatte, beharrte er auf seinem Recht, so mit ihr zu verfahren. Außerdem brachte er sie in eine Lage, in der sie immer nur lächerlich wirken konnte, ob sie sich nun neuerlich zur Wehr setzte oder nicht. Zudem bedeutete er ihrem jungen Freund damit, daß er ältere Rechte hatte, daß er Patty (höchstwahrscheinlich) früher selbst einmal gehabt hatte. Und außerdem hatte er so etwas zu tun, während er sich von dem Schlag erholte, den die Begegnung mit dem jungen Mann bedeutete. Denn als die Frauen Derek aus Leeds mit der geschärften Aufmerksamkeit betrachteten, die Grahams unvermuteter, aufrichtiger Ernst in ihnen geweckt hatte, sahen sie einmal mehr, daß er ganz außerordentlich, ja frappierend gutaussehend war: in der Tat ein Held der Zeit. Sein Haar wie blasses Gold, eine Substanz von schimmernder Lebendigkeit (er trug es ziemlich lang), ließ Ohren von wachsamer Sensibilität frei; sein Blick war von gleichbleibender Intelligenz, sein Mund erinnerte irgendwie gleichzeitig an die Sensibilität eines Polizisten oder Preisboxers und erweckte den Eindruck, als sei er unablässig feucht von Küssen.

In allen Köpfen tanzten mit einemmal Liebesvorstellungen: Ohren, Hände, Hinterteile, Schenkel und Münder wirbelten um sie herum wie Blätter in einem Frühlingssturm, und als die Temperatur merklich anstieg, sagte Graham rasch atmend, wie um sich über sich selbst lustig zu machen: »Kühl wird mir und ...«

»Und ich«, sagte Patty, »werde dies Zitat *nicht* zu Ende sprechen!«

»Ach nein, jetzt doch noch nicht, noch nicht, wieso denn auch? Und ich würd's an deiner Stelle auch nicht tun.«

Graham blieb bei ihnen stehen, oder bei Derek, während die Reihen der Demonstranten sich aus dem Park herausbewegten. Er hatte vergessen, weshalb er sich zu ihnen gesellt hatte, nämlich, um Mark für seine Sendung zu gewinnen.

Er wollte sich schon den Marschierern wieder anschließen, als ihm das wieder einfiel, und er sagte zu Mark: »Hast du darüber nachgedacht?«

Mark sagte: »Das Problem ist, ich bin augenblicklich nicht knapp bei Kasse.«

Graham, der seinen Stiefbruder kannte, versuchte gar nicht erst herauszufinden, ob es beleidigend gemeint war. Er wußte, es war nicht der Fall. Andere Menschen fanden Mark oft verletzend.

»Macht's gut, bis bald, ihr lieben Schätzchen«, sagte er, wie es seine Art war, das zu verulken, was er zu sagen gezwungen war. Nach einem raschen, unbeabsichtigt langen Blick in die Augen des jungen Mannes riß er sich los und tauchte in der Menge unter. Derek schaute ihm nach: Alles deutete darauf hin, daß Grahams neue Fernsehserie außerordentlich erfolgreich werden würde.

Patty sagte: »Und ihr lieben Schätzchen geht wohl bald nach Haus?«

»Ja«, sagte Mark, »auf keinen Fall jetzt noch irgendwelche Ansprachen.«

»Dann komme ich mit, wenn ihr . . .« Sie schaute ihren jungen Freund an und sagte: »Du möchtest ja vielleicht lieber mit den anderen zusammenbleiben?«

Er strahlte vor Erleichterung. »Danke«, sagte er, »danke . . .« Er rannte schon über den Rasen, als er sich besann, noch einmal zurückkehrte, Patty hastig zu einem Kuß an sich zog und dann leichtfüßig unter den mächtigen nassen Bäumen davonlief und sich in der Menge verlor.

»Mein *Gott*«, sagte Patty laut. Sie mußte dem Schmerz einfach Luft machen, der sie plötzlich gepackt hatte. »O Gott. Tja, das war's dann wohl, was meint ihr?«

»Im großen und ganzen, ja«, sagte Lynda.

»Sieht so aus«, sagte Martha.

»Allerdings«, sagt Mark, »taugt er sowieso zu nichts, wenn ich mich nicht täusche, außer vielleicht . . .«

»Jaja, eben, ganz genau, völlig richtig«, sagte Patty und lachte wütend auf. Sie weinte, atmete heftig, redete zusammenhangslos vor sich hin, während sie mit ihr über den Rasen in die andere Richtung, auf Marble Arch zugingen.

»Ich weiß, wie blöd ich bin«, sagte Patty und packte Mark, der unmittelbar neben ihr ging, vor lauter Kummer so heftig am Arm, daß sie ihm den Regenmantel von der Schulter zog. Sie taumelte, mußte gestützt werden, und ihr Gesicht war rot und gedunsen wie das einer Betrunkenen.

Es war dringend nötig, sie nach Hause zu schaffen, damit sie sich hinlegen konnte. Aus irgendeinem Grund war gerade kein Taxi in Sicht. Sie standen wartend auf dem Trottoir, während Patty sich selbst verfluchte und weinte.

Lynda machte ein paar kalte, ungeduldige Bemerkungen.

Mark sagte: »Du redest wie eine alte Jungfer, Lynda!«

Lynda wurde leichenblaß. Sie faßte nach Marthas Hand wie ein kleines Mädchen. Ein Taxi fuhr vor. Besorgt, weil er unfreundlich zu seiner heißgeliebten Lynda gewesen war, sagte Mark: »Lynda, fahr du mit Martha schon mal los, ich komme mit Patty dann mit dem nächsten.«

»Ach wo«, sagte Patty, »um mich kümmert euch bitte nicht. Ich bin nur eine dumme Gans und habe es verdient, daß ...«

»Ja, ja«, sagte Mark und bugsierte sie in das Taxi, ehe er selbst einstieg. »Dann kommt eben ihr beiden nach«, sagte er und klopfte an die Scheibe, damit der Fahrer losfuhr.

Lynda und Martha standen und warteten, und Lynda hielt Marthas Hand umklammert.

Unter den Leuten, die die Straße, vom Park herkommend überquerten, befand sich auch Jack. Er neigte sich aufmerksam einem jungen Mädchen mit einem frischen Gesicht zu. Als er das Trottoir erreichte, erblickte er Martha, zögerte, beschloß dann, so zu tun, als hätte er sie nicht gesehen, und ging vorbei, wie ein altmodischer Herr um das Wohl des Mädchens (das irisch aussah) besorgt.

Martha hatte ihn lange Zeit nicht gesehen.

Sie hatte herausgefunden, wie er sein Geld verdiente. Er tat Mädchen für ein Bordell auf. Die waren jedoch in gewisser Weise vorbereitet, denn es war eine spezielle Art von Bordell.

Jack hatte Martha die Methoden geschildert, während sie immer wieder verblüfft ausgerufen hatte: Ja, aber ich begreife überhaupt nicht, weshalb ... Weshalb hast du denn ... Was soll das denn einbringen, daß man ... bis sie begriff, daß seine Art, mit ihr zu reden, eine Kombination aus einer ziemlich wurstigen, schnöden Brutalität, was seine Ziele anging, und einem geradezu pedantisch geduldigen und ernsthaft demütigen Beharren auf seinem »Ich möchte so gern, daß du mir glaubst, Martha, bitte glaub mir, Martha, daß ich ... Was ich mir vor allem wünsche, ist Vertrauen«, tatsächlich die Technik war, die er bei den Mädchen anwandte. Und es erübrigte sich zu fragen, weshalb, wieso, wozu, denn sie brauchte ja bloß ihre eigenen Reaktionen zu beobachten, um zu verstehen, wie das alles ablief.

Es war im wesentlichen ein Prozeß der Erniedrigung. Doch keiner, der direkt zum Ziel führte. Es hätte beispielsweise nicht genügt, sich irgendein Mädchen zu nehmen und es zu verprügeln oder zu vergewaltigen oder mit Gewalt in ein Bordell zu schaffen oder zu zwingen, sich diese oder jene sexuelle Handlung gefallen zu lassen. Das Mädchen mußte Schritt für Schritt einen Weg geführt werden, so daß sie ihre eigene Erniedrigung halbwegs verfolgen konnte und sich unterwarf. Es war ein Prozeß des seelischen Zusammenbruchs. Wenn Jack Zug um Zug schilderte, wie dies oder jenes unschuldige Mädchen (Jungfrauen waren am besten) dazu gebracht wurden, sich freiwillig bereit zu erklären, in dem Bordell zu bleiben, dann bedeutete dies ebenso den Zusammenbruch Marthas, weil sie bereit war, zuzuhören und sich darauf einzulassen. Denn es war darauf berechnet, darauf angelegt, Martha zu beeinflussen.

Beispielsweise mochte er von einem Mädchen hören, das neu in der Nachbarschaft war und in einer Wäscherei oder einem Laden arbeitete. Wahrscheinlich war sie aus der Provinz oder aus Irland oder vielleicht auch vom Kontinent. Er ließ sich gelegentlich dort blicken, wo sie arbeitete, und war stets korrekt, würdevoll und ernsthaft interessiert. Gewöhnlich bemerkte sie in diesem Stadium, daß ihr sein Auftreten gefiel – es war respektvoll, nicht wie das der meisten jungen Männer. Doch ließ er in diesem Stadium ein paar Bemerkungen fallen oder machte gelegentlich eine Geste, die ganz und gar nicht zu dieser auf Korrektheit bedachten, förmlichen Person paßten. So ließ er plötzlich eine Reihe gemeiner Schimpfworte vom Stapel oder kniff sie in den Hintern; was er machte, war unwichtig – es kam nur darauf an, daß es schnell geschah und sofort wieder hinter seinem herrenhaften Auftreten versteckt wurde, das zu ihm (er war doch ein Farmerjunge von der Hochsteppe) ungefähr so gut paßte wie der Zylinder zum Landarbeiter. Es hatte etwas beleidigend Unangemessenes an sich – und das war durchaus beabsichtigt.

Das Mädchen fragte sich dann, ob es sich die rüden Worte, die Geste nur eingebildet habe. Wenn sie darauf zu sprechen kam, dann mochte er eine überraschte oder schockierte Miene aufsetzen und sagen: »Wovon sprechen Sie?«

An einem bestimmten Punkt sagte er dann: »Ich habe einen Freund, der Sie gern kennenlernen würde.« Sie würde ein Café in der Nähe vorschlagen, er sein Haus. (Doch sagte er dann »das Haus meines Freundes« oder »meine Wohnung« – irgendwas, nur nicht die Wahrheit.) »Haben Sie etwa kein Vertrauen zu mir?« fragte er dann auf seine melancholische, resignierte Weise, wenn sie sich nicht entschließen konnte, zu ihm nach Hause zu kommen. Schließlich kam sie doch. Dort fand sie Jack dann als Türken oder vielleicht als Araber verkleidet, und wenn sie sagte: »Ja, Jack, was machen Sie denn in dieser Kostümierung?«, dann antwortete er: »Sie müssen sich irren. Ich bin Abdullah« – oder irgend etwas in der Art. Sie kicherte daraufhin nervös, während er ernst und zurückhaltend blieb und ihr zu verstehen gab, daß sie schlechte Manieren habe. Dann tranken sie türkischen Kaffee (»aus meiner Heimat eingeflogen«) oder aßen Türkischen Honig oder ähnliches. Das ganze Gespräch diente ausschließlich dem Zweck, daß sie bei seiner Scharade mitmachte. Die unterschiedlich ausfiel. Beispielsweise war er sein jüngerer Bruder. Oder es kam vor, daß noch jemand anderes da war: Ein anderes Mädchen, das er dazu bewegt hatte, als seine Schwester zu agieren. Oder auch einer der anderen Männer, die mit dem Bordell zu tun hatten, und der dann so tat, als sei er jemand, der er ganz offensichtlich nicht war.

Sie kehrte dann verwirrt zu ihrer Arbeit zurück und mußte, halb verwirrt, halb gekränkt und wütend immer wieder an diesen Vorfall denken. Er kam dann nicht sofort bei ihr vorbei – erst ein paar Tage später. Wenn er kam, sprach er mit keinem Wort über den Vorfall, bis sie es schließlich selbst tat. Dann sagte sie: »Aber Jack, weshalb haben Sie sich denn neulich Nachmittag für jemand anderen ausgegeben?«, oder: »War das wirklich Ihre Schwester?« Und dann verwahrte er sich wieder ernstlich gegen derlei Unterstellungen. Doch an einem bestimmten Punkt würde er dann (genau wie er zuvor die unpassenden Äußerungen oder Gebärden gemacht hatte) mit unvermuteter Vulgarität etwas sagen wie: »Ach, Sie durchschauen aber auch alles! Ich habe was übrig für Mädchen, die man nicht reinlegen kann!«

Noch während sie dann geschmeichelt lächelte, höchst erleichtert, daß die Farce vorbei war, und zugleich wütend, weil er sie erst für dumm gehalten hatte, hatte er sich bereits wieder hinter seine opernhafte Würde zurückgezogen. Dann ließ er sie eine Weile in Ruhe. Erst wenn er sicher sein konnte, daß er selbst und seine jeweilige Inszenierung zu einer Erinnerung geworden waren, die mehr Demütigendes als Vergnügliches an sich hatte, tauchte er wieder in der Wäscherei oder dem Laden oder wo auch immer auf. Er präsentierte sich dort im Zustand der moralischen Entrüstung. Zunächst verlegte er sich darauf, so zu tun, als sei er entschlossen, seine gekränkte Würde zu wahren, dann warf er ihr vor (als presse man ihm die Wahrheit ab), sie habe kein Vertrauen zu ihm, lasse sich von Klatsch beeinflussen und dergleichen mehr. Sie beteuerte natürlich ihre Unschuld. Doch um zu zeigen, daß sie ihm vertraute, mußte sie erneut zu ihm nach Haus (oder in seine Wohnung oder zu seinem Freund) kommen. Sie tat es, weil sie sich gleichermaßen zu Unrecht bezichtigt und zutiefst im Unrecht fühlte. In Jacks Haus wurde sie in eins der zweideutig ausgestatteten Zimmer geführt. Es wurde nicht viel gesagt, doch die Atmosphäre war sehr eindrücklich. Irgend etwas mochte herumliegen – eine Reitgerte oder eine Schlinge aus Nylon. »Ein Freund von mir hat sich letzte Woche erhängt – ich hatte ihn sehr gern.« Unterdessen wurde ihr auf einem Silbertablett Tee serviert, das von einem Mädchen oder einem jungen Mann hereingebracht wurde, die sich als Dienstboten ausgaben. An diesem Punkt würde sie wahrscheinlich die Nerven verlieren und gehen wollen. Doch er würde weiter nichts tun, um sie aufzuhalten, als zu sagen: »Sie wollen also gehen? Das finde ich sehr, sehr traurig. Sie glauben mir doch, wenn ich Ihnen sage, daß mich das sehr traurig macht?« Dann mochte sie ein für allemal gehen und den Vorfall aus ihrem Gedächtnis streichen – was selten vorkam. Es sah ganz so aus, als gäbe es nicht sonderlich viele willensstarke Frauen; oder kam es daher, daß er von vornherein die Richtigen aussuchte? Vielleicht verließ sie also nur das Haus, kehrte jedoch widerstrebend zurück – sie hatte sich nicht richtig verhalten, hatte sich unhöflich benommen. Dies Gefühl befände sich jedoch in einem heftigen Konflikt mit anderen wie Argwohn, Unbehagen, Furcht. Oder sie ging bis zur Haustür, machte dann jedoch einfach wieder kehrt und kam zurück: »Entschuldigen Sie, Jack«, mochte sie sagen, »ich möchte nicht, daß Sie mich für eine alberne Gans halten.«

Nun war sie reif für das nächste Stadium. Daran wandte Jack eine Menge Gedankenarbeit, denn es war vergnüglich, für ein bestimmtes Mädchen genau den richtigen Grad an »Unrecht« auszusuchen. Wie er sagte: »Beispielsweise tust du ein unverdorbenes Mädchen aus West-Irland auf, und wenn du die dazu kriegst, daß sie gerade etwas weitergeht beim Schmusen, als sie möchte, und das unter einem Kruzifix, dann hast du sie im Sack. Allerdings mußt du die richtige Art und Größe des Kruzifix' aussuchen.«

Es gab ungezählte Möglichkeiten. Beispielsweise war ein Mädchen darunter gewesen, das sich ihrer Großzügigkeit und Unkonventionalität gerühmt hatte. Mitten in einer formvollendeten Teestunde hatte sie ausgerufen: »Wo ist denn Ihr Klo, Jack, ich muß ganz dringend!« Gravitätisch hatte er sie zur Tür der Toilette geleitet, sie für sie aufgehalten und war dann ebenfalls eingetreten. Als sie zögerte, hatte er bemerkt: »Ob meine Mädchen mich wirklich lieben, erkenne ich untrüglich daran, daß sie mir beweisen, daß sie mir gehören, indem sie mich dabei bleiben lassen.« Das stürzte sie in grenzenlose Verwirrung. Allein schon, weil sie gar nicht gewußt hatte, daß sie »eins von seinen Mädchen« war. Und ebensowenig, daß es sich hier um Liebe handelte oder handeln könnte. Entweder bat sie ihn dann, hinauszugehen, oder sie hockte sich lächelnd nieder.

Bald würde das Mädchen sich dann zu fragen anfangen, weshalb es nicht geküßt wurde, was mit ziemlicher Sicherheit noch nicht der Fall gewesen war. Er sprach ausführlich über sein Sexualleben, in Ausdrücken, die ein unbestimmtes Grauen auslösen mußten, behandelte sie jedoch auch weiter formvollendet, wenn man von den gelegentlich aufblitzenden Obszönitäten oder unerwarteten Gesten einmal absah. Das Mädchen würde schließlich aus Nervosität oder Neugier den ersten Schritt tun. Und an diesem Punkt schritt Jack nun zu irgendeiner beeindruckenden Offenbarung seiner Gefühle, wobei es gleichgültig war, wie dies aussah. Beispielsweise indem er ihr erklärte, er liebe sie, »aber nicht auf diese Weise«. Oder er liebe sie auf sexueller Ebene, sehe jedoch sehr wohl, daß sie nicht so ein Mädchen sei, das sich »einfach nur mit Sex« zufriedengebe. Oder er sagte, er habe bereits fünf andere und sei sexuell nicht imstande, ihre Bedürfnisse zu befriedigen. Dann zerstreute sie seine Befürchtungen, und sie gingen in seinem bemerkenswerten Zimmer mit seiner schwarz-weißen Kargheit mitten in seinem Haus, das im übrigen wie ein Bordell war, ins Bett. (Dies war jedoch nicht das Bordell, es war woanders; dies war eine Stätte für Zusammenbrüche.) Wieder brachte er sie dahin, daß sie eine Stellung oder Technik akzeptierte, egal was, die gerade eben um einen Grad über das hinausging, was sie für zulässig hielt. Wenn der Akt vorbei war, wurde ihr dann unablässig versichert, daß dieser spezielle Akt nicht nur der Gipfel wahrer Sexualität war und Jack sein entschiedener Fürsprecher und ihre Begabung dafür enorm, daß er allerdings als indiskutabel betrachtet wurde von der konventionellen Welt (diese wurde nicht weiter definiert, doch wurde an dieser Stelle »die« im Unterschied zu »wir« eingeführt). Sie hatte obendrein ein außergewöhnliches sexuelles Vergnügen genossen, das, je nach Veranlagung, mit Schmerz gemischt gewesen war oder nicht, in das sich jedoch auch Augenblicke wütender Auflehnung und der Demütigung gemischt hatten, die *sie*, und nicht er, jedoch überwunden hatte.

Bald darauf, um Jack zu zeigen, daß sie ihm vertraute, saß sie dabei, während er mit jemandem schlief (gewöhnlich auf ganz andere Weise, als er es mit ihr tat), oder schlief selbst mit ihm, während ein Mann oder ein Mädchen zuschauten.

Nach einem jeden Beischlaf dieser Art empfand sie heftigen Widerwillen gegen ihn, gegen das, was sie getan hatte. Doch er bedrängte sie nie, versuchte nie, sie zu überreden, zwang sie nie, außer daß er vor dem Schaufenster des Ladens, wo sie arbeitete, auftauchte, blaß, niedergeschlagen, ein tragisches Gespenst von einem Mann, und dort ein, zwei Stunden verweilte und ihr vielsagende Blicke zuwarf. Um dann ohne ein Wort zu verschwinden. Wenn sie ihn anrief oder bei ihm vorbeischaute, bekam sie zu hören: »Ich kann ohne dich nicht leben, das weißt du doch.« Fünf Minuten später sagte er dann mit einem wegwerfenden Lachen: »Und du kannst nicht leben ohne ... (es folgte ein besonders drastischer, ekelhafter Ausdruck oder jedenfalls einer, den sie dafür halten würde). Stimmt das etwa nicht? Oh, *ich* kenne dich!«

Nach ein paar Monaten dieser Behandlung war ihr Wille gebrochen. Sie würde alles tun, was er verlangte, und fing an, auf die Straße zu gehen. Zunächst jedoch auf eine ausgeklügelte Weise: um ihm zu zeigen, daß sie ihm vertraute. Er suchte einen Mann für sie aus, wartete außerhalb des Zimmers, bis der Akt vorbei war, und nahm sie dann wieder mit zu sich nach Haus. Auf dem ganzen Weg dankte er ihr demütig. Das Geld wollte er zuerst gar nicht nehmen. Oft war es sie, die dann den zweiten Akt vorschlug, weil er nichts mehr davon verlauten ließ. Vielleicht konnte er sich ja des leisen Verdachts nicht erwehren, daß sie ihre Sache nicht gut gemacht hatte, der Kunde nicht zufrieden gewesen war. Nach angemessener Zeit zog sie dann in das Haus, das Jack und einem Mann aus Glasgow gehörte. Dort gab es etliche Mädchen. Sie bedienten Männer und Frauen, deren Vorlieben ebenso einem psychischen Sado-Masochismus galten wie dem körperlichen. Es konnte passieren, daß die Mädchen auf einen »normalen Bums« zu Jack kamen, wegen der ganzen Perversen, die in dem Haus verkehrten, das übrigens außerordentlich ertragreich war und viele hochangesehene Bürger zu seinen Kunden zählte. Jack suchte häufig öffentliche Veranstaltungen auf, um Kunden und neue Mädchen zu finden.

Die, die er beim Ostermarsch aufgelesen hatte, blieb ihm nicht lange erhalten – so mußte man aus seiner Miene schließen. Vor dem Eingang von Lyons ließ sie ihn stehen. Jetzt warf er einen flüchtigen Blick in Marthas Richtung und fragte sich, ob er zugeben sollte, daß er sie gesehen hatte. Doch er war zu dem Schluß gelangt, daß bei ihr nichts zu holen war. Das heißt, der Kampf Willen gegen Willen hatte mit einem Patt geendet. Nachdem sie begriffen hatte, daß ihre Wut darüber, daß er »so dumm war, nicht zu begreifen, daß sie jeden Schachzug von ihm durchschaute«, bereits Teil des Unterwerfungsprozesses war, hatte sie gesagt, sie wolle so und so und nicht so und so mit ihm schlafen. Er hatte gesagt, sie sei *unweiblich* – stets ein todsicherer Trick bei emanzipierten Frauen. Charakteristischerweise ließ sie sich dazu bringen, sich unweiblich vorzukommen, weil sie Verlangen nach weiblichen Formen der Befriedigung hatte. Alles wurde in Jacks Haus auf den Kopf gestellt und in sein Gegenteil verkehrt.

Doch ihm bereitete nur der Vorgang des *Zusammenbruchs* Genuß.

Was sie als einziges nie hatte herausfinden können, war, wie bewußt er sich dieser Techniken bediente, die mit denen der Folter identisch waren; und in bestimmten Armeen und in manchen Orden, wo der Wille des Novizen gebrochen werden muß, bediente man sich ihrer – auch bei manchen Spielarten der Psychoanalyse? Der gemeinsame Faktor dabei ist, daß ein Teil oder ein Bereich der Person, die manipuliert wird, zum Komplizen der manipulierenden Person gemacht werden muß.

Martha hatte gelernt, daß sie gut daran tat, sich in acht zu nehmen – nicht vor Jack allerdings. So hatten sie sich nach einer flüchtigen Wiederbegegnung getrennt.

Er musterte Lynda eingehend. Wie Martha ihn kannte, fühlte er sich von Lyndas krankem Aussehen und ihrem Gutsbesitzerinnenaufzug angezogen. Martha erkannte, daß es auf Messers Schneide stand, ob er zu ihnen herüberkommen würde. Sie fragte sich, welche Art von Annäherungsversuch er sich wohl ausdenken würde ... Ein Taxi kam, und sie winkte es heran. Er drehte sich ein kleines bißchen in ihre Richtung, damit er die beiden Frauen beim Einsteigen beobachten konnte. Als Lynda in die andere Richtung schaute, bedachte er Martha mit einem verschwörerischen Lächeln, das genaugenommen besagte: Kannst du mir die nicht beschaffen? Sie brachte es fertig, dies Ansinnen mit einem kühlen Lächeln und einem kurzen Nicken zu beantworten, und er konnte eine kleine Grimasse der Bewunderung nicht unterdrücken, in die sich gleichwohl Ärger mischte – er würde sich einige Minuten lang Erniedrigungen für sie ausdenken. Als das Taxi um die Ecke bog, kehrte er auf der Suche nach neuer Beute in den Park zurück, wo Hunderte von Menschen immer noch auf ihren Abmarsch warteten. Die Spitze des Zuges mußte schon längst Trafalgar Square erreicht haben.

Als Martha nach Hause zurückkehrte, stellte sie fest, daß Mark vergessen hatte, daß Leute kommen würden, und zum Arbeiten nach oben gegangen war. Doch Patty war durcheinander, Lynda war durcheinander – Mark und Martha würden daher das Abendessen bereiten müssen, eine noch unbekannte Zahl von Bädern organisieren und Kleider für die zurechtlegen, die naß geworden waren ... Erschöpft und schlechter Laune erledigten sie alles, während die unschöne Vorstellung von Patty, die oben das Ende der Liebe beweinte, es ihnen, zwei Menschen mittleren Alters, unmöglich machte, einander freundlich ins Gesicht zu schauen, denn für sie waren nicht nur sämtliche gegenwärtige Liebschaften unerträglich, sondern sogar ihre vergangenen Liebschaften wurden nichtig. Sie konnten nicht glauben, daß Mark und Martha oder eigentlich überhaupt irgend jemand je in jungen Armen gelegen haben, sich im Rhythmus ihrer eigenen Herzschläge auf- und abbewegt haben konnten, ohne die ganze Zeit an Patty oben zu denken.

Doch diese, die beklagenswerteste aller Krankheiten der

mittleren Jahre, hat ihr Gegenmittel in den Jungen mit ihrem unsterblichen Fleisch, und sobald das Haus von, so schien es, wenigstens zwei Dutzend Jugendlichen überschwemmt war, die baden wollten und einen Bärenhunger hatten, kam sogar Patty herunter, wieder vernünftig und mit gewaschenem Gesicht und ordentlich gekämmtem Haar.

Nach dem Abendessen gingen sie alle zusammen in Marks Arbeitszimmer hinauf – das hatte mittlerweile schon »Tradition« und ließ sich bis zum zweiten Ostermarsch zurückverfolgen. Sie mochten zwar alle über eine Tradition witzeln, die drei Jahre alt war – ins Arbeitszimmer gingen sie trotzdem hinauf.

Das Arbeitszimmer hatte mit einem Zimmer nichts mehr gemein. Vielleicht sah es eher wie ein mittelalterliches Zelt oder ein Pavillon aus, der mit Wandbehängen dekoriert oder vollgehängt war, die ein gemeinsames Motiv hatten: jedenfalls gab es hier kein freies Stück Wand mehr. Nicht einmal eine freie Decke, denn dort stand mittlerweile in Druckbuchstaben – Mark hatte sich einer Trittleiter bedient, um sie anzubringen – in schwarzer Tinte alles, was es an Fakten und Daten über die Raumfahrt gab, also etwa: 16. September 1959: *Eine Rakete von der Erde landet auf dem Mond.* Und dies Faktum oder diese Feststellung war mit einem Stern oder einer Markierung in irgendeiner Farbe versehen (Mark verwendete etwa ein Dutzend solcher Markierungen), die es mit einer oder mehreren Tatsachen oder Feststellungen in verschiedenen Bereichen des Zimmers verband. So war beispielsweise die erste Mondrakete (unter anderen Symbolen) mit einem malvenfarbenen Dreieck markiert; dieses malvenfarbene Dreieck kehrte in anderen Bereichen des Zimmers wieder, klebte neben Tatsachen objektiver und subjektiver Natur, von denen eine in einer maschinegeschriebenen Aufzeichnung bestand: *Nacht vom 14. 1959. Lynda träumt, daß ein gewaltiges, von einer weißen Schicht überzogenes Auge, das Mühe hat, nicht zu erlöschen, von einem Wurfpfeil oder einem normalen Pfeil durchdrungen wird: Tränenströme aus dem Auge, die alles mit einer dunklen Lache überschwemmen.* Ein anderes malvenfarbenes Dreieck stand in Beziehung zu einer Aufschrift auf der vierten Wand: *Untersuchungen sowjetischer Wissenschaftler zufolge ist der Mond ein lebender Organismus.* Und zu einer weiteren: *Muß nächste Woche aufpassen: Vollmond. Sonst gerate ich wieder völlig aus dem Häuschen* (Dorothys Handschrift).

Dieser spezielle Bereich des Zimmers hatte seinen Anfang mit ein paar Notizen genommen, die man nach Dorothys Tod unter ihren Habseligkeiten gefunden hatte. Es gab ganze Schachteln voll loser Blätter, Notizbücher usw. Es sah so aus, als hätte es mit einer Art Tagebuch angefangen, einem ganz gewöhnlichen Tagebuch aus routinemäßigen Eintragungen über häusliche Vorkommnisse, und als hätte Dorothy es benutzt, um sich wieder aufzurichten, um eine Ausgeglichenheit zu erlangen, die ihr den Weg in die Normalität ermöglichen würde. »Nicht vergessen: Glühbirnen mitbringen lassen« – diese Art von Notizen. Das hatte sich dann zu Berichten über häusliche Transaktionen entwickelt, zunächst als zusätzliche Hilfe, wenn es um Daten und Fakten ging, die offensichtlich bei eventuellen Auseinandersetzungen mit Firmen oder sogar bei Rechtsstreitigkeiten herangezogen werden sollten, und später, nach herben Enttäuschungen, zu einem Ventil, zu so etwas wie Briefen an sie selbst.

»3. März 1955. Männer haben Telefonbücher gebracht, nur für oben, nicht für uns. Hab ihnen gesagt, es würden noch weitere Exemplare gebraucht. Sie haben gesagt, sie brächten sie ›morgen‹. 4. März. Keine Telefonbücher. Fernamt angerufen. Der Anschluß sei dort nicht angemeldet, hieß es. Machte klar, daß das *nicht möglich sei.* Sie würden sich drum kümmern. 5. März. Kein Wort vom Fernamt. Bat Mark, ein Machtwort zu sprechen. Bot mir die alten Telefonbücher an. *Darum geht es aber nicht.* Rief Fernamt an. Wartete fünfzehn Minuten auf Verbindung. Geriet an Frau, die keinen Hinweis auf den ersten Anruf finden konnte. Sagte, sie würde sich erkundigen. Würde zurückrufen. Tat sie aber nicht. 6. März. Fernamt angerufen. Man erklärte mir, ich hätte von Anfang an die falsche Abteilung angerufen.

›Wir haben einige Neulinge hier.‹ Erhielt andere Nummer. Rief dort an: Ein Mr. Getnert sagte, er würde zurückrufen. Tat er aber nicht. 7. März. An Zentrale geschrieben. 8. März. Bestätigung meines Briefes von der Zentrale. 10. März. Ein Mann kam vorbei, um ›einer Beschwerde‹ nachzugehen. Ich bat um neue Telefonbücher. Er sagte, er werde sich darum kümmern. 11. März. Ein Mann brachte ein Telefonbuch. Nur A–D. Fragte nach den anderen dreien. Er sagte, die seien ihm ausgegangen, würde ›morgen‹ wieder vorbeikommen. 12. März. Keine Telefonbücher. Rief die Nummer an, die angeblich die richtige war. Nichts bekannt von den vorausgegangenen Telefonaten. Bat Mark, etwas zu unternehmen. Na schön, aber wenn man durch so etwas schon zum Querulanten wird, dann kann man ja *von vornherein alles aufgeben!* Bezahlen wir nun für diese Dienstleistung oder nicht? Er bot mir die fehlenden drei Bände an. Nahm sie. 20. März. Habe gestern abend für Rose nach einem Taxi telefoniert. Hatte diesen Taxistand einige Zeit nicht angerufen. Bekam Anruf vom Fernamt: Die Inhaberin des Anschlusses, den ich angerufen hätte, hätte sich beschwert – kein Taxenstand mehr, sondern Privatanschluß. Hätte mitten in der Nacht eine Frau aufgeweckt. Fernamt: ›Weshalb benutzen Sie denn die Telefonbücher nicht, die auf dem neusten Stand sind?‹ Ich erklärte es ihr. Sagte, sie würde sich drum kümmern.«

Das war eine der knappen Aufzeichnungen. Andere erstreckten sich über Monate.

Als die »linke Wand« angefangen worden war, sah man das allgemein als Scherz oder als geschmacklos oder als privaten Vergeltungsakt Lyndas der armen Dorothy gegenüber an. Doch es war schließlich Mark, der geduldig fortfuhr, die Wand zu schmücken oder zu füllen, und zwar durchaus ernsthaft, so daß sie ernsthaft über das nachdenken mußten, was er sagte: Nämlich, daß diese Wand den Faktor X repräsentiere; jene absolut klar zutage liegende, völlig unverhüllte, für jedermann sichtbare Tatsache, die jedoch niemand sah; die immer dieselbe war, ob nun eine Rakete nicht von ihrer Startrampe loskam oder ein elektrisches Bügeleisen bei der ersten Benutzung versagte oder ein Wohnblock oder ein paar Kühltürme zusammenbrachen.

Und wenn sie, »die Kinder«, jetzt nur »ja, klar« sagen wollten, ohne über die Ausweitungen und Konsequenzen dieser Tatsache nachzudenken, ja was dächten sie, »die Kinder«, sich denn dann eigentlich, warum er, Mark, soviel Zeit damit verbrachte, um an diesem vermaledeiten Zimmer herumzufrisieren? Sich selbst zuliebe vielleicht? – Na gut, teilweise schon, denn das half, die Gedanken zu ordnen, half, die einzelnen Tatsachen in einen Zusammenhang zu bringen, was nun einmal, da konnte man sagen, was man wollte, das Allerschwerste überhaupt war – doch nein, er tat es für sie! Soviel er gehört habe, sei er doch wohl für ihre Erziehung zuständig, oder vielleicht nicht? Weiß Gott machte er (und jetzt ging er zur Kollektivform über), machten *sie*, er und Lynda und Martha, dabei nicht immer eine glückliche Figur, doch wenn er ihnen *das* nicht vermitteln könne, was *dieses* Zimmer bedeute, mit allem, was an Rühmlichem und Grauenhaftem darin steckte, dann hätte er sich gleich gar nicht erst die Mühe zu machen brauchen, ihnen überhaupt Lesen und Schreiben beibringen zu lassen.

Der erste, der nach dem Abendessen oben im Arbeitszimmer war, war Paul, noch ganz rot im Gesicht – nicht nur vom Essen, sondern auch vor Stolz über seine Tüchtigkeit, denn er hatte eine Einladung von Karl Holdt in der Tasche, ihn doch eine Woche lang zu besuchen. Das war beim Abendessen verkündet und allgemein mit Applaus aufgenommen worden – der natürlich halb ironisch war, wenn Paul auch nie zu begreifen vermochte, weshalb seine Erfolge immer mit dieser Halbherzigkeit begrüßt wurden. Doch hinter seiner Freude verbarg sich eine Sorge, die auch der Grund dafür war, weshalb er sich so rasch zu den »Erwachsenen« gesellte, zu Martha, Mark und Lynda, die inmitten von Diagrammen und Schaubildern in den dicken Sesseln des Arbeitszimmers saßen und Brandy tranken wie Reisende, die gemeinsam noch einen Augenblick herumtrödeln, ehe der Aufbruch zu einer höchst gefährlichen Reise erfolgt.

Er setzte sich auf den Boden und schaute sie an.

»Du bist beunruhigt«, sagte Lynda, »weil Karl Holdt sagt, daß Zena nicht nach Deutschland mitkommen kann?« Paul nickte. »Und nun möchtest du, daß wir uns um sie kümmern, wenn du weg bist? Doch das ist nicht die Hauptsache?«

»Naja«, sagte er, »mir ist bloß gerade erst aufgegangen ...« Seine Augen füllten sich plötzlich mit Tränen. Das war nicht beabsichtigt gewesen – eine derartige Schwäche war für ihn der schlimmste Verrat an sich selbst überhaupt. Entsprechend aggressiv stieß er hervor: »Ja, schon gut, meinetwegen, aber ist euch überhaupt *klar*, daß Zena und ich schon mehr als zwei Jahre zusammen sind?«

»Was hat Herr Holdt denn dazu gesagt?«

»Aber ...«

»Ja, wer denn sonst? Du warst doch den ganzen Tag mit ihm zusammen! Und er hat ja offensichtlich Eindruck auf dich gemacht!«

»Was paßt euch denn an dem nicht?«

»Wer sagt denn so was?«

»Ach, ich dachte nur – ihr seid doch alle so deutschfeindlich. Und da dachte ich ... doch, doch, das seid ihr, einer wie der andere, ihr tut bloß immer so, als wärt ihr's nicht ... Ich wäre jedenfalls lieber Karl Holdt als einer von euch – das war heute ein großer Tag für mich, ein wichtiger Tag war das«, sagte er und beugte sich vor, als versuche er, ihnen das mit Hilfe seines guten Aussehens einzuprägen. Sein Aussehen war allerdings blendend. Er war noch nicht ganz achtzehn, ein Junge, sinnlich von Kopf bis Fuß, ein geschmeidiger, schöner Junge. Sein Charme war atemberaubend. Es war nicht diese lichtvolle Schönheit, die den gutaussehenden, aber letztlich doch recht gewöhnlichen Francis beehrt hatte, wenn auch nur flüchtig: Nein, sie steckte in ihm, in seinem Raubvogelgesicht, den dunklen feuchtschimmernden Augen, den tierhaften Bewegungen. Doch bewegte er sich völlig unbehelligt durch dies London, wo ein schöner Junge zehnmal mehr gefährdet war als das herrlichste Mädchen, weil –

weil er nicht interessiert war? Er behauptete immer noch, daß zwischen ihm und Zena nie mehr vorgekommen sei als Küsse. Er hielt das mit allem Nachdruck aufrecht wie einen Aspekt seiner Selbstachtung. Er verwendete Stunden auf seine Kleidung, sein Äußeres, verachtete jedoch jeden gnadenlos, der ihn attraktiv fand. Und in Augenblicken wie diesen, wo er anderen unbedingt die Bedeutung eines wichtigen Erkenntnisschritts in seinem Leben klarmachen wollte, beugte er sich einerseits vor, um den Reiz seiner dunklen, schwimmenden Augen und seinen gebieterischen Charme auszuspielen, schien andererseits jedoch gleichzeitig von dem Wunsch beseelt, die ihm eigene Schönheit durch einen Willensakt zum Verschwinden zu bringen oder zu verbannen – denn wie sollte ihn sonst jemand ernst nehmen können?

»Heute ist mir etwas aufgegangen, nicht nur, was Zena betrifft.«

»Ja, dann erzähl uns doch mal, was!« Das war Lynda.

»Dir ausgerechnet brauche ich es wohl nicht erst zu erzählen«, sagte Paul, als bereute er seine Worte.

»Ach ja?«

»Wenn du nicht einen reichen Mann hättest – na, eben Geld, wenn Martha nicht da wäre, was wäre dann wohl aus dir geworden?«

Lynda mußte erst mal Luft holen und bedeutete Mark, der schon tröstend oder beschwichtigend eingreifen wollte, mit einem Nicken, daß er still sein solle.

»Natürlich habe ich darüber nachgedacht«, sagte sie, »ich vermute, ich wäre wohl in – tja, ›laßt alle Hoffnung fahren‹. Kleiner Scherz«, setzte sie hinzu, »ich meine, ich wäre versackt – zerstört. Ein Wrack, von Medikamenten zerrüttet, in irgendeiner Nervenheilanstalt. Man würde sagen, ich sei furchtbar ›heruntergekommen‹ oder ...«

»Schon gut«, sagte Paul, denn ihre Stimme war höher und unsicher geworden.

»Ich hatte nicht vor, dich ... Karl Holdt hat gesagt – er war als Junge im Konzentrationslager, wußtet ihr das?«

»Wir kennen ihn ja nicht.«

»Ja. Zwei Jahre in dem Lager. Dann fünf in einem Flüchtlingslager. Er kam raus, als er achtzehn war – so alt wie ich jetzt.«

»Ja.«

»Er hätte meine Mutter sein können. Ich meine, wenn sie keine Frau gewesen und nach England gekommen wäre ...«

»Ja.«

»Als er gemerkt hat, daß ich Zena gern nach Hamburg mitnehmen wollte, hat er gesagt, nein, das gehe leider nicht.«

Pauls Kummer hätte fast wieder zu einem Tränenausbruch geführt; sein Gesicht war rot vor Anstrengung, sie zurückzuhalten.

Lynda sagte: »Was du sagen willst, ist doch wohl, daß du weißt, du kannst dich nicht ewig um Zena kümmern, und du glaubst auch nicht, daß wir das tun werden – und nun glaubst du, daß sie – nicht glücklich sein wird«, schloß sie lahm.

»Danke«, sagte er grimmig, »glücklich – schön gesagt. Ohne mich ... *Sie hat doch niemanden außer mir* ... Ja, aber Karl hat mit mir darüber gesprochen, er war wirklich *nett* – er wolle mir etwas klarmachen, hat er gesagt. Auf der ganzen Welt gibt es eine Schicht von Menschen – wie ein Fleck im Wasser – wie gefärbter Seetang –, von Menschen aus den Konzentrationslagern und den Arbeitslagern und so. Und was sie vom Leben wissen, ist so entsetzlich, daß kein gewöhnlicher Mensch sie ertragen kann – also halten sie den Mund. Das müssen sie. Karl hat gesagt, wenn sie nicht den Mund hielten, dann würden die gewöhnlichen Menschen die wieder einsperren.«

»Wie Zena?« fragte Lynda.

»Er hat gesagt, wir seien korrupt. Nein, alle. Er hat gesagt, wir seien alle so korrupt, daß wir das schon gar nicht mehr merken. Er hat gesagt, die beiden Weltkriege, besonders der Zweite Weltkrieg – *euer* Krieg – habe alle korrumpiert. Ich habe gefragt: Aber was wird denn dann aus Zena? Er hat gesagt, die Würmer werden ihre Freude dran haben.«

»Das ist sehr deutsch«, sagte Mark sofort angeekelt.

»Was soll denn das heißen?« sagte Paul kalt. »Meine Mutter war Deutsche! Sie lebte in Deutschland ... Deutsch, jüdisch ...« Er sah, daß sie sprachlos waren, und drängte weiter: »Ja, los doch, sagt doch mal! Ich glaube, eure Generation hat das Judentum nur für ihre eigenen Zwecke erfunden ...« Jetzt fing er an, hysterisch zu werden, doch er wußte, er war auf dem richtigen Weg, und hämmerte weiter auf sie ein, während er die Fäuste gegeneinander schlug: »Deutschland, Deutschland – aber das liegt gleich auf der anderen Seite des Ärmelkanals, nur ein paar Hundert Meilen weg, und die ganze übrige Welt hat sie nicht gehindert – weshalb also immer Deutschland, Deutschland?«

»Bitte, sei doch nicht so – hitzig«, bat Lynda, »das wirft mich nur wieder völlig aus dem Gleis!«

»Ja«, sagte Paul verbittert, »du kannst das sagen – aber Zena nicht. Karl hat gesagt: ›Deine kleine Freundin wird wahrscheinlich auf Drogen kommen – sie ist der Typ.‹ Friede ihrer Asche.«

»Na schön«, sagte Mark, »aber es klingt, als wäre das unsere Schuld. Bist du dir dessen bewußt? Wenn du nach Hamburg fährst und wir auf Zena aufpassen, dann wird das trotzdem nichts helfen – sie weiß ganz genau, daß ...« Er sprach nicht weiter.

»Schon gut, ich weiß schon«, sagte Paul wieder in diesem kalten Ton, »ihr denkt, daß ich sie verlassen will. Aber das will ich nicht. Es ist nur so, daß ...« Tränen strömten ihm auf einmal aus den Augen. »Ach, herrjeh«, sagte er, »die anderen ...« Er sprang auf und schob einen Stuhl unter die Türklinke, und als das nicht reichte, stellte er sich selbst mit dem Rücken davor.

Mark trat neben ihn, schob ihn beiseite und bezog selbst Posten. Paul stand todunglücklich am Fenster, hatte ihnen den Rücken zugekehrt und kämpfte gegen die Tränen an.

»Er hat es gesagt«, sagte Paul schließlich, und er hatte seine Stimme wieder in der Gewalt, »er hat gesagt: ›Du mußt begreifen, daß es Menschen gibt, bei denen du nichts ausrichten kannst – sie fallen aus dem normalen Leben heraus ...‹, doch ich habe darüber nachgedacht, und was ich verstanden habe, ist dies: Es gibt, es muß genauso viele Menschen geben, die mit dem normalen Leben nicht fertigwerden – wie normale Menschen. Denkt doch nur mal an die Menschen, die wir so kennen ... und das ist es, was Karl mit Korruptheit gemeint hat. Ich habe es erkannt, *nachdem* er gegangen war – er ging zu irgendeinem piekfeinen Essen. Er meinte *korrupt*. Gebrochen. Verdorben. Lebensuntüchtig. Friede ihrer Asche.«

Schritte auf der Treppe. Fröhliche Stimmen – da kamen sie, die »Kinder«. Mark trat von der Tür zurück. Paul senkte die Stimme und sprach rasch, um noch alles loszuwerden: »Ich weiß, was ihr denkt – ich gehe nach Hamburg und amüsiere mich prächtig, und Zena hat eben Pech gehabt – doch ich werde es nicht tun ... habt ihr das gehört? Ich weiß noch nicht, wie ich es anstelle, aber ich werde mich um sie kümmern. Irgendwie kriege ich das schon hin ... oder jedenfalls«, schloß er, »wenn ich fahre, dann nur für zwei, na, sagen wir drei Tage. Kann sie dann hierbleiben, bis ich wieder da bin?«

»Naja, das wäre ja nun nicht das erstemal, hm?«

Die Tür öffnete sich und ließ die anderen ein.

Paul verzog sich mit seinem verweinten Gesicht rasch in eine schlecht beleuchtete Ecke. Einen Augenblick später war er bereits imstande, sich lächelnd umzudrehen, auch wenn er vielleicht noch ein bißchen verschwollen aussah. *Komische Sache, das Weinen – wozu dient das bloß?*

Den Rest des Abends verhielt er sich still, beobachtete alle anderen neugierig und verriet seine Gemütsverfassung gerade durch diese Distanziertheit: Denn die Mitmenschen erscheinen einem nur dann bemerkenswert, wenn man sich selbst in gehobener Stimmung befindet. Viel später bezog er sich auf diesen Abend dann immer mit den Worten: »Ihr wißt doch, an dem Abend, wo ich beschlossen habe, daß ihr mir alle gestohlen bleiben könnt!«, oder er sprach von dem »Karl-Holdt-Abend«.

Patty trat ein, begleitet von ihrem jungen Freund, der zu dem Schluß gekommen war, daß er es allzu eilig gehabt hatte. Er war lammfromm, obwohl der Groll, den junge Menschen haben, wenn man sie zur Zielscheibe von Empfindungen macht, mit denen sie nicht gerechnet haben, sich in seinen unangemessen kontrollierten Blicken und Äußerungen verriet. Außerdem war er neugierig, was Patty anging, und versuchte tastend dahinterzukommen, was für ein Wandel sich in ihr vollzogen hatte. Während der sechs Stunden, die seit seinem Abgang im Hyde Park verflossen waren, hatte Patty alle Brücken hinter sich abgebrochen. Was nicht bedeutete, daß sie diesem oder einem anderen jungen Mann nicht doch wieder verfallen würde. Aus ihrem Verhalten sprach bereits diese Ironie, die am Anfang jener zweideutigen Entsagung steht: »Fleischlicher Liebe entratend, besitz ich sie ganz«, da es ja keine Augen, keine Münder gibt, die man nicht geküßt hat, wenn man erst einmal alle Augen, Münder, Hände auf einmal ist.

Etwa ein Dutzend Menschen hielten sich in dem kleinen Zimmer auf, und alle befanden sich in dieser Stimmung, die sich unmittelbar nach einer erhebenden öffentlichen Veranstaltung einstellt: Katzenjammer. Es war ihnen bewußt, daß sie vier Tage lang sehr wenig geschlafen, nur sporadisch, wenn überhaupt gegessen hatten, hellwach und voller Tatendrang gewesen waren und an jedem Tag das Fünf- oder Sechsfache dessen geschafft hatten, was sie normalerweise taten. Und morgen würden sie in den Käfig der Gewohnheiten zurückkehren. Im letzten Jahr hatten vier Jugendliche, die »nur so zum Spaß« den Marsch mitgemacht hatten, sich eine Woche später kurzerhand zur Armee gemeldet, weil sie »mal wer ganz anderes sein wollten«. Am Abendbrottisch hatte Francis sie dadurch verblüfft, daß er sagte, er verstehe das gut: Manchmal habe er auch Lust, so was zu machen. Es schien ernst gemeint. Jill versetzte es in Unruhe. Sie hatte sich an ihn geschmiegt und gesagt: »Wir lassen dich aber nicht zu den Soldaten!« Sie sagte das im Kleinmädchen-Ton des bockigen, verwöhnten Kindes, doch zugleich, als habe sie das Recht dazu. Den Älteren entging dies nicht. Francis hingegen bemerkte nichts, jedenfalls hatte man diesen Eindruck. Er schien offenbar zu glauben, daß er lediglich einem jungen Mädchen seinen Willen ließ. Gwen und Jill, die rechts und links von ihrem Vetter saßen, sahen nicht mehr aus wie ziemlich verwischte Tuschskizzen desselben Mädchens, das zugleich das Modell für Phoebe, Marjorie oder für noch ungeborene, noch nicht fertige Varianten war. Gwen war immer noch ein erfreulich anzuschauendes, pummeliges Mädchen, Jill hingegen war dünn, oder eher auf eine schöne Weise mager – eine Frau, die Francis anbetend anschaute.

Jimmy Wood war beim Abendessen dabei gewesen und war, so hatte man das Gefühl, aus demselben Grund mit ins Arbeitszimmer gekommen, aus dem er, nur einen Tag lang, beim Ostermarsch gewesen war: Er sei vorbeigekommen, hatte er gesagt, und da sei ihm der Gedanke gekommen, sich anzuschließen.

Jimmy saß auf dem Boden neben Brandon, dem Amerikaner, der mit seiner frischen Gesichtsfarbe wie ein Farmerjunge aussah und, genau wie Jimmy, die ganze Zeit lächelte. Doch Brandons Lächeln forderte zu Vergleichen mit Jimmys rosigen Strichlippen heraus, denn seins wirkte, als wollte er sagen: »Schlagt mich nicht!«

Beim Abendessen hatte er geflachst, in seinem eigenen Land sei er zwar ein Außenseiter als Radikaler, doch hätte er sich noch nie so sehr als Außenseiter empfunden, wie an diesem Wochenende, als er von Radikalen umgeben war, die alle glaubten – »widersprecht mir bitte, falls ich mich irre« –, daß es beim politischen Protest darum gehe, ein Problem darzustellen.

Er hatte das zweimal gesagt, doch seine Worte waren in dem summenden Geschwätz über Leute, Essen, die Ereignisse des Tages untergegangen. »Du siehst immer alles von der intellektuellen Warte«, hatte Gwen zu ihm gesagt, und er hatte ohne zu zögern ärgerlich zurückgegeben: »Nein, da liegt das ganze Problem!«

Jetzt kam er erneut darauf zu sprechen, indem er sagte: »Sir, ich würde gern noch mal auf das zurückkommen, was ich vorhin gesagt habe.«

Mark, ein Gutsherr und Debatten stets abhold, oder besser

gesagt, abhold seit dem Tod der selbsternannten Komitees, sagte zwar: »Dann mal los«, bot ihm jedoch gleichzeitig einen Schuß Brandy an, so als tauchte er den Schnuller eines Kindes in besänftigenden Sirup.

Brandon bemerkte es und sagte höflich: »Nein, ich möchte wirklich gern – weshalb staffieren Sie Ihr Zimmer so aus? Auf mich wirkt es, als würde lediglich ein Problem dargestellt.«

»Das ist aber doch wohl schon schwierig genug, wie?« sagte Mark steif. Seinen Altersgenossen war deutlich, daß er nahe dran war, sich davonzustehlen, ja, selbst ins Bett zu gehen, alles andere, nur um nicht derartige Gespräche führen zu müssen.

Lynda sagte plötzlich: »Nein, Mark, er sagt nämlich etwas, was du selbst auch findest – er drückt sich nur anders aus.«

»Danke sehr«, sagte der Junge mit der Höflichkeit seiner Nation.

»Na schön«, sagte Mark, »dann erzählen Sie mal.«

»Ich dachte, ich hätte schon ... Aber das ist nur ein Beweis mehr. Ich konstatiere etwas – und ich denke, es hat eine Veränderung bewirkt. Wie der Ostermarsch – das ist eine Feststellung. ›Wir wollen keinen Krieg.‹ Ende der Feststellung. Doch morgen, wenn alle wieder ihre Arbeit aufnehmen, wird sich nichts geändert haben.«

Protestgestöhn im ganzen Zimmer.

»Schon«, sagte Francis, »doch was sonst – wir wissen nicht, was wir machen sollen. Wenn wir das wüßten, würden wir's tun.«

»Aber wenn diese Feststellung nicht getroffen würde, was könnte denn statt dessen geschehen?« beharrte Brandon lächelnd. »Verstehen Sie, was ich meine?«

Martha ging jedenfalls auf, daß sie gerade miterlebte, wie jemand einen lichten Moment hatte: Einen dieser seltenen Augenblicke, wenn eine Tür sich knarrend öffnet und Licht auf eine Tatsache oder einen Gegenstand fällt, die man so gut kennt, daß man sie schon seit Jahren gar nicht mehr wahrgenommen hat. Er beugte sich vor, vibrierend vor Energie, und seine blauen Farmerjungenaugen leuchteten.

Er sagte: »In den Vereinigten Staaten treffe ich eine Feststellung: Ich will das Recht haben, ein politisches Wesen zu sein. Es ist von McCarthy aus Amerika rausgebürstet worden, doch ich will dies Recht haben. Das ist eine Feststellung. Vielleicht erzeugt sie noch weitere Feststellungen. Noch andere Menschen sagen vielleicht: Ich will das Recht haben, politisch zu sein, eigene Ansichten zu vertreten. Soweit, so gut. Verstehen Sie mich?«

»Nein«, sagte Mark ernst. Er gab sich Mühe.

Die meisten anderen hingen bereits anderen Gedanken nach – man sah es ihren glasigen Blicken an.

»Ich komme hierher«, sagte Brandon, »ich treffe eine Feststellung: In den Vereinigten Staaten stinkt einiges. Ihr tut uns und euch keinen Gefallen damit, indem ihr das ignoriert. Das ist eine Feststellung. Sie erzeugt vielleicht weitere Feststellungen, Menschen, die sagen, da stinkt einiges usw. Doch was dann? Verstehen Sie?«

»Gleiches aus Gleichem«, sagte Martha. Eine rein intellektuelle Folgerung, soweit es sie betraf, denn sie empfand nicht so wie er. Er wandte sich rasch nach ihr um, um zu erfassen, was sie sagte, doch da kein Verständnis hinter ihren Worten stand, blieb der Funke aus. Er stimmte aus reiner Höflichkeit zu: »Ja. Doch das ist noch nicht alles. Es sieht doch so aus, als wäre immer gerade genug Energie vorhanden, um eine Tatsache festzustellen, das Problem zu konstatieren. Und viel mehr dann nicht. Mit seiner Feststellung sind die Möglichkeiten bereits erschöpft. Verstehen Sie mich? Drücke ich mich klar genug aus?«

»Na«, sagte Mark, »wollen mal sehen. Nehmen wir mal an, Ihre Feststellung brächte wirklich andere Feststellungen hervor, und es würde wieder möglich, in den Vereinigten Staaten anderer Meinung zu sein – würde das dann widerlegen, was Sie behaupten?«

»Nicht, wenn das dann schon alles wäre. Nicht, wenn die Feststellung nur Feststellungen derselben Art hervorbrächte.«

»Oh«, sagt Lynda plötzlich, »ich verstehe. Oh, ja, nur allzu gut. Ja! Doch das bedeutet dann ja ...« Ihre Augen füllten sich mit Tränen. Sie zündete sich eine Zigarette an, um es zu verbergen.

»Ja«, sagte Brandon aufgeregt, »ja!«

Die anderen sahen bloß zu. Zwischen den beiden flackerte eine gewisse Erregung, und ein wenig teilte sie sich auch Martha mit.

Ein schmaler Spalt tat sich in ihrem Bewußtsein auf. Sie sagte: »Das ist wie mit Jimmy. Der schreibt Bücher über Telepathie und dergleichen – jetzt sind es gerade Mutanten. Doch nachdem er seine Feststellungen getroffen hat, ist Schluß. Den Schritt darüber hinaus kann er nicht gehen ... Jimmy, sehen Sie, wie seltsam das ist?«

»Mich interessieren die Möglichkeiten«, sagte er.

»Ja, doch Sie setzen eins einfach voraus – wo kommen denn die Einfälle her?«

»Ach«, sagte er lächelnd, »das ist kein Problem – ich zeige es Ihnen, wenn Sie wollen.«

»Aus anderen Raumfahrerromanen«, sagte Mark.

»Oh, nein«, sagte Lynda, »die stehen überall – man muß nur richtig hinsehen, von der Bibel über die Lyrik bis hin zu jeder einzelnen Ausgabe der Tageszeitung, oder wenn man bedenkt, wie man selbst ist ...« Die letzten Worte gingen unter, weil den anderen fehlte, womit sie sie hätten hören können.

»Beziehen Sie Ihre Geschichten aus der Bibel?« sagte Jill neckend zu Jim.

»Von der Bibel habe ich nicht die geringste Ahnung«, sagte er.

»Woher?« fragt Martha.

»Wenn Sie mal in die Fabrik rauskommen, zeige ich's Ihnen!«

»Abgemacht.«

Beinahe wäre, dank Jimmy, die Diskussion versickert. Doch Brandon begann wieder:

»Und dann dies Zimmer hier«, sagte er, »woher wollen Sie

denn wissen, daß das bloße Konstatieren nicht Ihre Kräfte erschöpft?«

»Ach so«, sagte Mark plötzlich, »jetzt verstehe ich, was Sie meinen. Ja.« Seine Stimme wurde lebhaft, und er sah den jungen Mann mit neu erwachtem Interesse an. »Ja. Doch Sie sehen ja, ich weiß einfach nicht, wie ich sonst weiterkommen könnte.«

»Danke«, sagte Brandon ernsthaft, »die meisten Menschen hätten sich nicht die Mühe gemacht, das nachzuvollziehen.«

»Ja«, sagte Mark, »doch jetzt dürfen Sie es wiederum nicht dabei belassen. Ich mußte das tun – Sie verstehen, ein Problem stellen, es umreißen. Doch nun – wie weiter? Ich sitze hier ganz allein und mache mir einfach nur ein Bild.«

»Und dann?« fragte Brandon ernsthaft.

»Ja, darauf warte ich ja gerade!«

»Noch jemand?« fragte Brandon.

»Ich«, sagte Francis, »ich komme allein hierher.«

»Ich auch«, sagt Paul.

»Ich auch«, sagte Martha.

»Soweit machen Sie sich also nur das Problem klar«, sagt Brandon.

Sie schwiegen.

»Weil zu mehr die Zeit nicht reicht?« Er ließ nicht locker, lächelte dabei jedoch sanft.

»Ich weiß nicht, ob das wirklich nur ein Konstatieren von Problemen ist«, sagteLynda, »bloß, weil Sie davon ausgehen, daß es bereits das Ende einer Sache ist, wenn man darüber nachdenkt – daß ein Gedanke etwas in sich Abgeschlossenes ist, ein Ende eben. Das trifft aber nicht zu.«

Er wandte sich lächelnd an sie. Jetzt war er derjenige, der nicht ganz mitkam.

»Ja«, sagte Lynda, »diese Erfahrung muß man wohl erst machen.«

Und damit war das Gespräch im Sande verlaufen. Brandon war zu sehr an Lynda interessiert, um es wieder in Fluß zu bringen. Er beugte sich vor und schaute sie an. Er hatte Respekt vor ihr, er wußte, sie hatte etwas gesagt, das wichtig für sie war und folglich wahrscheinlich auch für ihn – doch waren die Worte, die sie benutzt hatte, für ihn tot.

»Aber«, sagte sie, »das ist beides gleichermaßen schlimm, denn ob der Gedanke oder die Idee nun in diesem Zimmer am Ende ist – wie Sie das sehen –, oder hinausgeht, andere Gedanken verändert – wie *ich* das sehe –, es bleibt doch immer bei der ›Problemstellung‹. Das einzige, das von einigem Nutzen wäre, bestünde nicht darin, einfach nur einen Kieselstein irgendwie in einen Teich zu werfen, so daß die Wasseroberfläche sich kräuselt, doch man weiß vorher nicht, wie, sondern man müßte vielmehr wissen, wie man ihn zu werfen hat, damit die Ringe sich genau so bilden, wie man es vorausgesehen hat. Verstehen Sie?« Sie sprach ziemlich atemlos und rauchte hektisch, indem sie die Zigarette zwischen Daumen und Zeigefinger ihrer in apfelgrüner Seide steckenden Hand hielt. Die Anstrengungen des Tages hatten sie sehr mitgenommen: Sie sah abgezehrt aus.

Brandon kam zu dem Schluß, daß er eine Spinnerin vor sich hatte. »Die haben gesagt, daß sie spinnt«, dachte er und lehnte sich höflich lächelnd zurück.

Martha versuchte, Brandon Lyndas Worte zu erklären.

»Das ist wie mit diesem Marsch«, sagte sie. Brandon wandte sich ihr zu und die anderen ebenfalls. Doch ihre Stimme war leblos für sie geworden, ihre Aufmerksamkeit war dahin – sie merkte es daran, wie ihre Stimme gedämpft in einen Teich der Höflichkeit fiel.

»Als Phoebe und Patty und Leute wie sie während des Kalten Kriegs diese Friedensmärsche organisiert und Komiteearbeit gemacht haben, hätten sie als allerletztes die Ostermärsche vorausgesagt. Das will Lynda sagen, und es bleibt sich gleich, ob es sich nun um eine Aktion handelt, bei der man von einem Ort zum anderen läuft, oder um einen Gedanken, oder um eins von Marks Büchern. Mark schreibt ein Buch. Dann beobachtet er, was passiert, so wie einer vom Flußufer aus die Ringe an der Wasseroberfläche beobachtet, nachdem eine Wassermaus hineingetaucht ist.«

»Sie können einen Gedanken in Ihrem Kopf beobachten«, sagte Lynda, »Sie sehen den Impuls, der ihn auslöst. Dann tröpfelt der Gedanke durch Ihr Bewußtsein, stärker oder schwächer, je nach der Stärke des anfänglichen Impulses. Doch der Impuls muß nicht unbedingt diesen speziellen Gedanken erzeugt haben. Er hätte vielleicht auch einen anderen erzeugen können.«

»Was Lynda damit sagen will«, sagte Martha, »ist, daß Ihre Feststellung ›Ich will die Freiheit haben, sagen zu dürfen, was ich als politisches Wesen sagen möchte‹ ähnliche Feststellungen erzeugen könnte oder aber auch einen neuen McCarthy, der sagt: ›Ich werde nicht zulassen, daß du sagst, was du willst.‹«

Sie hörten, daß unten jemand ins Haus kam. Jill und Gwen wechselten Blicke. Noch vor kurzer Zeit waren derlei Blicke hörbar gewesen wie theatralische Seufzer, die auch bemerkt werden sollten und die deutlich besagten: Ach herrjeh, unsere gräßliche Mutter! Jetzt waren sie Privatsache und signalisierten private Absprachen.

Gwen sagte laut: »Ich gehe nach Hause. Kann Jill hierbleiben?«

Jill sah Francis an, der liebevoll zu der kleinen Jill sagte: »Na klar kannst du das. Kann sie doch, nicht, Martha?«

Phoebe kam auf der Welle eines Triumphgefühls herein, das schon vor Tagen eingesetzt und heute abend seinen Höhepunkt erreicht hatte, als sie den größten Ostermarsch überhaupt am Fernseher verfolgt hatte. Er war außerordentlich gut organisiert gewesen. Die Presse, das Fernsehen, die Polizei hatten ihre Hilfe nicht versagt.

Alle, die sie während mehrerer Tage getroffen hatte (und das hieß, Menschen von überall aus der Welt), waren Linke und gingen wie sie selbst davon aus, daß man demnächst eine Labour-Regierung haben würde. Nach den Schlußansprachen auf dem Trafalgar Square hatte sie sich mit ein paar Dutzend Leuten, die meisten unter vierzig, alle Anhänger der Labour Party, alle tüchtig, gut informiert, tatkräftig, zusammengesetzt. Sie hatten über die Zukunft gesprochen. Es konnte keinen Zweifel geben, daß die Torys, die jetzt ein katastrophales Jahrzehnt lang an der Macht waren, bald am Ende wären, und hier, unter ihnen, gab es alles, was man für eine tüchtige, progressive Verwaltung des Staates brauchte.

Als sie das Arbeitszimmer betrat, war ihr Gesicht gerötet, ihre Augen glänzten, sie war trunken vom reinen Geist hoffnungsvoller Zuversicht.

Zwischen ihr und den Menschen im Arbeitszimmer, die seit Stunden immer nüchterner geworden waren, bestand keine Verbindung.

»Meine Güte«, sagt sie lächelnd, »ihr seid aber ein schläfriger Haufen!«

Sie wollte wissen, über was sie geredet hatten. Brandon sagte: »Darüber, ob man mit politischen Aktionen irgend etwas erreicht oder nicht.«

»Ja dann«, sagte Phoebe ironisch. »Dann müßt ihr ja wirklich sehr müde sein!«

»Über *Veränderungen* überhaupt«, sagt Brandon, »darüber, ob sich etwas *ändert*.«

»Huch, so intellektuell«, sagte sie. Weil sie enttäuscht war, weil sie ungern die Hochstimmung einbüßen wollte, die sie beflügelt hatte, kam das heraus wie ein Vorwurf.

Alle erhoben sich. Phoebe rief, keinesfalls habe sie die Party vorzeitig beenden wollen.

Binnen fünf Minuten war niemand der jungen Leute mehr im Arbeitszimmer außer Gwen, die plötzlich blaß war vor Erschöpfung und mit allen Zeichen der Ungeduld darauf wartete, daß ihre Mutter sie nach Hause brachte.

Phoebe stand auf und ging.

Sie hörten ihre Stimme auf der Treppe: »Ich weiß auch nicht, wieso, aber ich muß mir jedesmal vorkommen wie ein Miesmacher, wenn ich nur in eure Nähe komme!«

Gwens Antwort war nicht zu verstehen.

Mark hob eine heruntergefallene Broschüre vom Boden auf: »Von Aldermaston nach London, der Ostermarsch«, mit dem schwarz-weißen Symbol, und heftete sie an die Wand. Mit einem orangefarbenen Aufkleber stellte er eine Beziehung her zu anderen Fakten, eine davon die geschätzten Verteidigungsausgaben der Vereinigten Staaten im Jahre 1961 – eine so enorme Ziffer, daß sie dem normalen Vorstellungsvermögen nichts sagte, so wie eine in Lichtjahren ausgedrückte Entfernung.

TEIL VIER

WENN MAN EINE ZELLE AUS DEM DARM EINER KRÖTE IN DEN KOPF EINER KRÖTE VERPFLANZT, DANN HAT DIE DARMZELLE ALLE INFORMATIONEN IN SICH GESPEICHERT, DIE SIE BRAUCHT, UM EINE KOPFZELLE SEIN ZU KÖNNEN.

EINE SCHULFUNKSENDUNG

VON EINEM REICH ZUM NÄCHSTEN SCHRITT DER MENSCH FORT UND ERREICHTE SO SEINEN GEGENWÄRTIGEN, VERNUNFTBESTIMMTEN, WISSENDEN, WIDERSTANDSFÄHIGEN ZUSTAND – INDEM ER FRÜHERE FORMEN DER INTELLIGENZ VERGASS. EBENSO SOLL ER AUCH ÜBER DIE GEGENWÄRTIGEN WAHRNEHMUNGSFORMEN HINAUSGEHEN ... ES GIBT NOCH TAUSEND ANDERE BEWUSSTSEINSFORMEN ...

DOCH ER IST EINGESCHLAFEN. ER WIRD SAGEN: »ICH HATTE MEINE ERFÜLLUNG VERGESSEN, NICHT WISSEND, DASS SCHLAF

UND PHANTASIE DER GRUND FÜR MEINE
LEIDEN WAREN.«
ER SAGT: »WAS ICH IM SCHLAF ERLEBE,
IST NICHT VON BELANG.«
KOMM, ÜBERLASS SOLCHE ESEL IHREN
WEIDEGRÜNDEN.
DER NOTWENDIGKEIT FOLGEND, ERWIRBT
DER MENSCH ORGANE. ALSO, BEDÜRFTIGER, SIEH ZU, DASS DEIN BEDÜRFNIS
WÄCHST...

DER MEISTER RUMI VON BALKH,
GEB. 1207 N. CHR.

SUFIS GLAUBEN, DASS DIE MENSCHHEIT SICH, UM ES EINFACH AUSZUDRÜCKEN, AUF EIN BESTIMMTES SCHICKSAL HINENTWICKELT. WIR ALLE NEHMEN AN DIESER ENTWICKLUNG TEIL. ORGANE ENTSTEHEN ALS ERGEBNIS DES BEDÜRFNISSES NACH BESTIMMTEN ORGANEN. DER ORGANISMUS DES MENSCHEN SCHAFFT ALS ANTWORT AUF EIN SOLCHES BEDÜRFNIS EINEN

NEUEN ORGANKOMPLEX. IN DIESEM ZEITALTER DER ÜBERSCHREITUNG VON ZEIT UND RAUM HAT AUCH DER ORGANKOMPLEX MIT DER ÜBERSCHREITUNG VON ZEIT UND RAUM ZU TUN. WAS DIE MENSCHEN GEWÖHNLICH ALS SPORADISCHE, GELEGENTLICHE AUSBRÜCHE TELEPATHISCHER UND PROPHETISCHER KRÄFTE BETRACHTEN, IST IN DEN AUGEN DES SUFI NICHT WENIGER ALS DIE ERSTE REGUNG EBEN DIESER ORGANE. DER UNTERSCHIED ZWISCHEN DEN ENTWICKLUNGEN BIS ZUR HEUTIGEN ZEIT UND DER GEGENWÄRTIGEN NOTWENDIGKEIT EINER WEITERENTWICKLUNG BESTEHT DARIN, DASS UNS WÄHREND DER VERGANGENEN VIELLEICHT ZEHNTAUSEND JAHRE DIE MÖGLICHKEIT EINER BEWUSSTEN FORTENTWICKLUNG GEGEBEN WAR. SO WICHTIG IST DIESE ÄRMER GEWORDENE WEITERENTWICKLUNG, DASS UNSERE ZUKUNFT DAVON ABHÄNGT.

IDRIES SHAH, DIE SUFIS

1 Mit einemmal hatte Martha nicht mehr soviel zu tun. Zum einen war sie nicht mehr die Mittelsperson, durch die erhebliche Lebensmittelmengen von den Märkten Londons den Familientisch erreichten. Zum anderen war sie nicht mehr eine Figur in diesen Moralitäten für die Jugendlichen, in denen Erwachsene durch Masken sprechen mußten, die nach ihrer Eignung ausgewählt waren, den »Unterdrücker« oder den »Beispielhaften« oder die »Erschreckliche Warnung« darzustellen. Wenn sie jetzt mit Francis, Paul, Jill und den anderen zusammen war, konnte sie sich als sich selbst empfinden und sagen, was sie selbst sagen wollte; sie verständigte sich mit Francis, Paul oder Jill und nicht mit irgendeinem geplagten oder wutentbrannten Usurpator. Mit einem Wort, »die Kinder« waren erwachsen geworden. Plötzlich war es, als träfen sich Freunde nach einer langen Trennung wieder, wenn Francis, Paul, Jill und die anderen hereinschauten, um ein bißchen zu reden, oder mit Mark, Martha und Lynda zu essen: Es herrschte so etwas wie eine zärtliche, ironische Neugier, wie sie denn, »da das alles vorbei war«, nun *wirklich* wären. Diese Ironie zollte der vergangenen (aber notwendigen?) Qual Tribut. Und zum Teil auch dem Gefühl, daß man etwas hinter sich gebracht, erledigt, durchgestanden hatte.

»*Das* hätten wir jedenfalls geschafft, wie?« mochten Martha oder Mark oder Lynda zueinander sagen, und dann versetzte gewöhnlich einer von ihnen: »Und was kommt als nächstes?«

Sie wußten es nicht. Doch sie wußten, es würde etwas sein, das auf dem aufbaute, was sie an sich selbst wie an den Kindern vervollkommnet hatten. Daß man sich durchgekämpft, daß man nicht gewankt hatte in diesem Sturm, dem Heranwachsen der Jüngeren, das bedeutete letztlich, daß man sich seiner eigenen Jugend entledigt hatte.

Geduldig jahrelang gesagt zu haben: Ich war so und so, ich habe das oder das getan, ich hatte dies oder jenes Gefühl; Francis, Paul, Jill und die anderen – sie waren ich, ich war, was sie sind; tja, für die Möglichkeit, das tun zu dürfen, stehen die Alten in der Schuld der Jungen. Doch dies wird natürlich nicht verstanden (diese spezielle Variante ironischer Liebe), bis die Jungen an dem Punkt angelangen, wo sie sich umwenden und sich ihrer eigenen Vergangenheit in ihren Kindern zukehren müssen. Und so kommt es bei diesem bemerkenswerten Verkehr zwischen Eltern und Kindern dazu, daß es sozusagen eine ganze Reihe von rückdatierten Schuldscheinen in der Währung einer zurückhaltenden und geduldigen Liebe gibt, die einer nach dem anderen fällig werden, wenn man am wenigsten damit rechnet: »Dann habe ich das also erledigt? Da bin ich also durch?« Oder, wenn man so will, das ist, als ob diese anscheinend toten Pflanzen, die wie geschwärzte Zweige aussehen, die sich in Ländern, wo es nicht häufig regnet, ans trockene Felsgestein klammern, dann, wenn das Wasser sie durchdringt, zu einem lebhaften, leuchtenden Grün werden.

Womit keineswegs gesagt werden soll, daß das Leben irgendeines der Jungen glatt oder konventionell verlief – wie hätte das auch sein können? Im Gegenteil, nicht einer von ihnen oder von ihren Freunden hatte die Absicht, sich so zu verhalten, wie (Margaret hielt ihnen das immer wieder vor Augen) frühere Generationen sich verhalten hatten. Das heißt, sie sagten nicht: Ich will Soldat werden, Seemann oder Bauer, ein Dieb oder sogar Bankdirektor oder Beamter. Sie waren alle großartige Freiberufler mit jeweils einem Dutzend Talenten geworden. Niemand, so sah es jedenfalls aus, legte Wert auf Auszeichnungen oder Erfolge; keiner hatte ein solides, gefestigtes mittleres Alter im Auge, oder wenn ihnen so etwas vorschwebte, dann arbeiteten sie jedenfalls nicht darauf hin.

Sie wurden, das war offensichtlich, von genau derselben heimlichen Leidenschaft oder dem Bedürfnis getrieben, das Lynda oder Martha oder Mark veranlaßte, zu sagen: »Das hätten wir also geschafft, wie?« Als gäbe es eine Generation, in der nicht eine zufällige Person, sondern Dutzende von Menschen, sehr viele in der Tat, dabei waren, sich zu häuten, geschärft und sensibilisiert zu werden, wobei die Formen des gewöhnlichen Lebens bloß als Werkzeuge, Methoden benutzt wurden.

Zum Beispiel Francis. Er war wohl überzeugt, daß er ans Theater gehörte; doch es wiederholte sich immer dasselbe Muster: Wenn ein Erfolg in greifbare Nähe rückte, dann lehnte er ab oder ließ sich in eine andere Richtung treiben. An dem kleinen Theater, wo er seine paar Pfund die Woche verdiente und gewissenhaft gelernt hatte, was er nur konnte, hatte man ihm, wobei Graham Pattens Einfluß mitspielte, angeboten, etwas in eigener Regie herauszubringen. Er sollte sich das Stück aussuchen, das er machen wollte, die Schauspieler bestimmen – kurz, jenen Schritt vorwärts machen, der den bisherigen Zustand beenden würde: daß er niemand besonderes war. Er war natürlich noch sehr jung – doch wie Graham sagte: »Mit fünfundzwanzig ganz oben angekommen zu sein, wie ich damals, war natürlich schon eine Leistung, doch jetzt, wo Jungsein alles ist, ist das das mindeste, was man erwarten kann.« Doch wenn Francis auch nicht ausdrücklich ablehnte, so wurde doch nichts aus der Inszenierung. Er fragte sich, ob es in London nicht zuviel Shakespeare zu sehen gab; er fragte, ob London wirklich eine weitere Ibsen- oder Tschechow-Inszenierung brauchte; er sprach von einem Stück, das von einem Mädchen geschrieben war, der Freundin eines Freundes. Dann war Jill krank, und er machte Ferien mit ihr, und während er weg war, schrieb er ein paar Nummern und ein paar Lieder für eine neue Revue. Er hatte seine Finger bereits in einer Show, die »satirisch« genannt wurde, und war mit den neuen Talenten befreundet, deren Gesichter durch das Fernsehen Millionen Menschen bekannt waren. Francis wäre *fast* schon einer von ihnen geworden, oder besser gesagt, das Gesicht und die Talente des »Clowns«, jener Gestalt seiner Kindheit, die in ihm steckte und für diese Gelegenheit herausgeholt worden war, waren eines flüchtigen Kommentars wert gewesen. Man bot ihm die Chance, in das Team einzutreten, das an einer neuen Fernsehshow arbeitete. Nicht, daß er je nein gesagt hätte oder sich nicht durchaus begeistert dazu geäußert hätte. Im Gegenteil, er schrieb etwas dafür und steuerte Ideen bei. Doch als es darauf ankam, war er nicht da. Er war mit Jill zusammen. Oder er war in Marks Arbeitszimmer, wo er Fakten und Zahlen zusammenstellte, sich von den Wänden und der Decke Ideen holte, zum Nutzen seiner Freunde. Oder er sprach mit seinem Vater oder mit Martha: Er klagte, er habe gar nicht gewußt, daß er ein satirisches Talent sei, bis die Zeitungen ihn darüber aufgeklärt hätten. Er klagte, daß er sich völlig fehl am Platz vorkomme; er empfinde nicht nur den gegenwärtigen Verdruß, sondern auch noch die Qualen der Vergangenheit. Er sei gezwungen, den Teil seiner Kindheit noch einmal zu durchleben, sich seiner zu erinnern, als sein Vater ein Staatsfeind gewesen sei. Und jetzt erforschte er gemeinsam mit seinem Vater und den beiden Frauen, mit denen sein Vater diese Zeit geteilt hatte, die Gegenwart. Immer wieder beteuerte er, selbst noch, während sich sein Gesicht unter der Anstrengung verzerrte, die ihn die Auseinandersetzung mit diesen Erinnerungen kostete, selbst noch, als er blaß wurde und schwitzte, daß er froh sei, daß es damals passiert sei, froh sei, alle möglichen Lehren daraus gezogen zu haben. Denn wenn man erst einmal die Erfahrung gemacht hatte, was alles möglich war (so schien er sagen zu wollen), weshalb sollte man sich dann noch dafür abstrampeln, mit einundzwanzig ein erfolgreicher Regisseur oder gar ein Satiriker zu werden?

Für manche Menschen setzt der Prozeß der Beschädigung so früh ein, daß es wie eine Vorankündigung wirkt: Reg dich wegen nichts mehr auf, damit fährst du am besten. Das Wort *Satire*, im landläufigen Sinne verwendet, bescherte ihm zum erstenmal in seinem Erwachsenenleben die Erfahrung der Sinnlosigkeit der Prozesse, denen wir unterworfen sind: Er hatte deren Grausamkeit passiv als Kind erlitten; nun versuchte er dies Paradox zu begreifen, daß die Gesellschaft, obwohl (oder weil?) sie noch nie so selbstbewußt aufgetrumpft hat wie jetzt, ein Organismus ist, der vor allem außerstande ist zu denken, dessen wesentliches Kennzeichen in der Unfähigkeit besteht, den eigenen Zustand zu diagnostizieren. Das ist wie bei diesen Meeresgeschöpfen, deren Tentakeln oder Arme mit Betäubungsgiften versehen sind – alles Neue, sei es feindlich oder nützlich, muß bis zur Bewegungsunfähigkeit betäubt oder wenigstens mit Gift oder einer alles verzerrenden Farbwolke umnebelt werden.

Der Prozeß ist, seiner unterschiedlichen Gewandungen ungeachtet, immer der gleiche. Da ist ein neues Phänomen oder eins, das als neu aufgefaßt wird – das Lebewesen, in eine mürrische Wachsamkeit versetzt, ganz angstvolle Abwehr, kennt nur noch eine Sorge: Wie kann man das Neue isolieren, jede Berührung mit ihm vermeiden? In dieser Gesellschaft wird dieser Vorgang durch Worte bewältigt. Ein Wort oder eine Wendung wird gefunden: Kommunismus, Verräter, Spionage, Homosexualität, Jugendgewalt – beispielsweise. Oder Zorn oder Engagement oder Satire. Das Organ (der Teil des Lebewesens, dem doch offenkundig die Funktion zugedacht ist, das Selbstverständnis zu mehren, also Presse, Kino, Fernsehen und was so unter den Leuten geredet wird, die Einfluß auf die Gesellschaft haben) findet ein Wort für das, was bedrohlich ist.

Anarchie, Verantwortungslosigkeit, Dekadenz, Selbstsucht – in diese Schachtel, hinter dies Etikett wird jede Verhaltensform gesteckt, die das Lebewesen nervös macht – sehr zur Überraschung oder zum Ärger der so beschriebenen oder etikettierten Menschen. Schließlich wird dieser Vorgang lächerlich selbst in den Augen des Lebewesens – rasch, rasch, ein neues Wort, ein neues Etikett, wie wär's mit »Engagement«? Oder »Mystizismus«? Irgendwas, das den Denkprozeß für eine Weile aufhält, irgendwas, das keimfrei macht oder unschädlich, etwas, das einteilt, in Schubladen ordnet.

Nach Tagen der langsamen, in sich gekehrten Selbsterforschung, so wie er stets seine Entscheidungen fällte, erklärte Francis, er wolle doch lieber kein »Satiriker« werden. Was ihn nicht daran hinderte, weiter Texte für seine Freunde zu schreiben. Gerade so, wie das Hineingleiten in die Entscheidung, die angebotene Inszenierung nicht zu übernehmen, ihn nicht hinderte, auch weiter so gewissenhaft am Theater zu arbeiten wie zuvor.

Sein innerer Mittelpunkt, sein Vegetationspunkt, war also

nicht der Ehrgeiz, der unter Umständen in ihm steckte? Doch wo war er sonst zu suchen?

Bei Jill; hatte ihre Beziehung anfangs nur darin bestanden, daß er für sie eingetreten war, ihr geholfen hatte, so war nun Liebe daraus geworden. Er lebte zwar zu Hause, so nahm die Familie an, weil er seine Zimmer unter dem Dach behalten hatte und sich tatsächlich oft darin aufhielt, doch sein Seelenleben spielte sich bei Jill ab. Sie wohnte in einer großen Wohnung in einem Londoner Stadtteil, der, vor nur vier Jahren noch verkommen, jetzt als schick galt. Francis bezahlte die Miete für die Wohnung. Jill wollte kein Geld von ihrer Mutter nehmen, die ihr ohnehin nicht viel hätte geben können. Jill haßte ihre Mutter nicht mehr und hatte die Jahre vergessen, die sich Phoebes Erinnerung als grausame Verfolgung eingeprägt hatten. Jill war jetzt bereit, die Freundin in ihr zu sehen. Mehr noch: Sie sehnte sich nach einer Mutter. Phoebe begriff das jedoch nicht; sie sah Jills Lebensweg als eine kontinuierliche Fortsetzung dessen an, was dem heranwachsenden Mädchen ein Bedürfnis gewesen war: sie, Phoebe, zu provozieren. Jill war kurz nach der Abtreibung vor fast drei Jahren wieder von demselben Mann schwanger geworden, dem Jazzmusiker aus Westindien. Als Phoebe und andere sie fragten, weshalb sie denn dann die erste Abtreibung habe machen lassen, antwortete sie: »Nur, damit die anderen zufriedengestellt waren.« Jill zog das kleine Mädchen groß, das sie, wenn die geringste Aussicht bestand, daß es Phoebe zu Ohren kommen würde, als ihre »kleine Pickaninni« bezeichnete. Sie hatte später noch ein Kind bekommen, niemand wußte, von wem. Francis behauptete, seins sei es nicht, half Jill jedoch dabei, die beiden Kinder aufzuziehen.

Mark konnte seinem Sohn nicht verzeihen, daß er wider alle Vernunft liebte – wie er selbst es getan hatte und immer noch tat. Das soll heißen, er wollte, was Francis tat, nicht als etwas akzeptieren, was dieser tun mußte. Er hörte nicht auf, dessen Notwendigkeit zu bestreiten. So daß Francis zwar Stunden mit seinem Vater im Gespräch über ihre Arbeit, über das, worin sie sich am nächsten kamen – ihre Besorgnis über die Zukunft –, verbrachte, doch wenn Mark Jill erwähnte, entschuldigte der Junge sich gewöhnlich und ging. Über Jill sprach er hingegen mit den beiden Frauen.

Lynda sagte: »Aber Francis, du bist ja genau wie dein Vater! Sieh mich doch mal an!« Und sie bot freimütig ihr schmerzgezeichnetes Gesicht, ihr ungepflegtes ergrauendes Haar, ihre nikotinverfärbten Finger mit den rostrot umrandeten Nägeln zur Begutachtung dar.

»Ja, ich glaube auch, daß ich ihm sehr ähnlich bin.«

»Bestimmt. Doch die entscheidende Frage ist ja nur, ob du diese eine nicht rasch hinter dich bringen kannst?«

Sein Lächeln war das Eingeständnis, daß er sehr wohl verstanden hatte, worum es ging, was für ein Bild sie von ihm hatten.

»Inwiefern?«

»Nachher hängt man fest, man verzettelt sich vielleicht ...«

»Tust du das denn, Lynda?«

»Ja. Es sei denn, ich komme da noch raus – komme los. Kann unabhängig werden. Ich muß es unbedingt versuchen.«

Lynda sagte das zu Martha und zu ihrem Sohn, nicht aber zu Mark: Die Träume dieser beiden seit endlosen Zeiten verheirateten Menschen gingen in entgegengesetzte Richtungen.

»Und wenn du es nicht schaffst?«

»Dann bin ich besiegt worden.«

»Wirklich? So einfach ist das?«

»Ja, ich glaube schon.«

»Und du, Martha? Was machst du?«

»Ich zahle Schulden ab.«

»Immer noch! Und jetzt, wo wir alle erwachsen sind?«

»Ich weiß nicht, worauf ich warte – auf irgend etwas.«

Denn obwohl Martha genau wußte, daß sie irgendeinen Schritt tun mußte, hatte sie doch keine Ahnung, wie dieser aussehen könnte. Die Antwort lag natürlich zum Greifen nahe: Es war immer – der nächste Schritt. Doch sie erkannte ihn nicht.

»Worauf es ankommt«, hatte sie beharrlich behauptet, versuchte es immer noch, »ist, daß wir das bewältigen müssen, was uns zugedacht worden ist – selbstverständlich. Da führt kein Weg drumherum. Doch verbring nicht dein ganzes Leben damit.«

»Wie mein Vater? Dir ist doch klar, daß du das damit sagst?«

Lynda sagte: »Jill ist ich – wenn du so willst, Jill war unvermeidlich, weil du mich als Mutter hast. Doch das sollte nicht dein ganzes Leben ausmachen!«

»Man fängt an, sich aus eigenen Kräften zu entwickeln, wenn man das bewältigt hat, was man mitbekommen hat. Bis dahin zahlt man Schulden ab«, sagte Martha.

Wieder fragte er: »Weshalb wollt ihr denn unbedingt, daß ich alles soviel besser machen soll als mein Vater? Wieso eigentlich?«

Dies war offenbar der Punkt, von dem er sich fürs erste nicht abbringen lassen wollte. Er empfand eine außergewöhnliche Liebe für seinen Vater – die eines Beschützers, als wäre Mark sein Sohn. Oft schien er darum besorgt, daß sein Vater vor den unschönen Realitäten des Lebens bewahrt wurde. So erfuhr Mark beispielsweise nichts von den Schwierigkeiten im Zusammenleben mit Jill. Lynda war es, die sie besuchte, die dafür sorgte, daß Jill etwas zum Anziehen für die Kinder und eine Art familiärer Unterstützung hatte. Denn Mark war der Meinung, Jill sei »neurotisch und unzulänglich«, und Margaret Patten lag dem Paar ständig mit Ratschlägen in den Ohren.

»Francis! Du kannst sie doch nicht heiraten – sie ist deine Kusine!«

»Ich habe ja gar nichts von Heiraten gesagt.«

Dabei wollte er sie heiraten, doch Jill hatte mit Lynda die traurige Selbsterkenntnis gemein, daß sie für das gewöhnliche Leben nicht geeignet sei, und wollte Francis nicht heiraten. Sie liebe Francis nicht, sagte sie. Vielleicht würde sie nie jemanden lieben. Was das denn sei, Liebe?, fragte sie. Was sie bisher von diesem Zustand, den man gemeinhin Liebe nenne, gesehen habe, flöße ihr keinen Respekt ein. Doch wenn Francis mit ihr zusammenleben wolle, dagegen habe sie nichts einzuwenden.

»Also dann«, sagte Margaret, »wozu diesen Zustand noch aufrechterhalten?«

»Du willst sagen, du möchtest, daß ich heirate und seßhaft werde, stimmt's, Granny?«

»Es gab mal eine Zeit, da habe ich mich darauf gefreut, Großmutter zu werden«, sagte Margaret, »die *bin* ich nämlich nun mal.«

Sie hatte erst kürzlich den Sprung von der Exschönheit zur älteren Dame vollzogen: Unauffällig (so glaubte sie) hatte sie sich einen steif aufgerichteten Oberkörper und steife weiße Locken zugelegt, wie eine altersangemessene Uniform. Doch irgend etwas stimmte daran nicht: Ihre Bewegungen waren vollkommen geschmeidig, einschmeichelnd, und ihre ausdrucksvollen grauen Augen verlangten begierig nach Zuwendung, wie die einer jungen Frau. Sie brauchte Bestätigung. Sie war darauf angewiesen, daß andere Menschen ihr Leben genauso sahen wie sie.

»Du meinst, Granny, ich sollte nur *einmal* heiraten und, na, sagen wir mal, zwei Kinder haben? Drei? Vier? Und ein Haus auf dem Land und eins in der Stadt? Und was noch?«

»Ich verstehe gar nicht, worauf du hinauswillst«, lenkte sie ein, doch ihr Ton war trotzig; »Ich habe ja wohl nicht gesagt, daß meine Lebensweise nun unbedingt nachahmenswert sei, oder?«

»Warum sagst du es denn nicht, wenn du es so empfindest? Da man sich sein Leben ja nicht aussucht, ist deins so gut wie andere auch. Doch es ist nun mal nicht mein Leben!«

Ein paar Wochen später gab es im Fernsehen einen Sketch mit dem Titel *Sie ist so gut wie andere auch.* Er stammte aus Francis' Feder und zeigte eine ältere Gastgeberin, bei der vor allem Literaten verkehrten und die den jungen Londoner Salonlöwen mit der immer gleichen Redensart auf den Fersen war: »Für viel bin ja vielleicht nicht gut, doch für euch bin ich gut genug!«

Margaret sah die Show, und noch ehe sie zu Ende war, hatte sie bereits Francis im Fernsehstudio angerufen.

»Francis, mein Schatz, hier ist deine Granny.«

»Oh, hallo, Granny!«

»Ich wollte dich zum Abendessen einladen – nein, nicht nur dich allein, Schatz, dich kann ich ja immer sehen, nein, dich und deine schlauen jungen Freunde!«

»Warum nicht, ich frage sie.«

Margaret veranstaltete dann die größte, feinste Dinner Party, die sie auf die Beine stellen konnte, wobei sie gleichzeitig mit den »Namen« aus der älteren Generation aufwartete, die die Jungen höchst wortreich und boshaft kritisiert hatten, und den jungen Löwen, die als die wildesten Bilderstürmer galten. Ein rundum großartig gelungener Abend. Alle mochten einander, und die Kritiken, die Boshaftigkeit und die Bilderstürmerei waren ab da in vielem modifiziert. Sie hatte, mit einem Wort, ihre Funktion erfüllt, ihren Beitrag dazu zu leisten, aus der literarischen und politischen und künstlerischen Welt Londons ein homogenes Ganzes zu machen. Francis brach sofort nach dem Essen auf, um zu Jill zurückzukehren, die, wie er sagte, Kopfschmerzen hatte – womit er seinem Standpunkt treu blieb und klar machte, daß Margaret für ihn nicht wichtig war.

»Willst du denn nicht reich werden?« wollte sie irgendwann wissen. »Ihr schlauen neuen Leute scheint das doch alle so spielend leicht zu finden?«

»Kein Bedarf«, antwortete Francis. »Solltest du dich nicht vielleicht besser hinter Paul klemmen als hinter mich?«

»Tut mir leid, wenn ich den Eindruck erwecke, ich *klemmte* mich hinter irgend jemanden . . .«

Paul, noch nicht zwanzig, war allerdings auf dem besten Wege, reich zu werden. Das dritte Stockwerk, wo er immer noch wohnte, war mehr denn je ein Lager schöner und seltsamer Gegenstände, auf denen er zwar kurze Zeit schlafen, sitzen oder aus denen er vorübergehend seine Garderobe bestreiten mochte, die jedoch immer schon auf halbem Wege zum Tausch oder Verkauf waren. Aus diesem Unternehmen hatte er bereits dreihundert Pfund zur Bank getragen. Er verkündete jedoch, er halte nach Wegen Ausschau, um an »richtiges« Geld zu kommen.

Er war so sehr ein Teil des jungen London, das sich (jedenfalls sah es so aus) mehr um Kleider und Möbel kümmerte als um irgend etwas sonst. Kleider und Möbel waren Pauls eigentliches Element – diesen Eindruck mußte man haben. Ein Modesalon? Innenausstattung? Er erwog beides, entschied sich aber für keins von beiden. Unterdessen hatte er auf einer Party ein Mädchen kennengelernt – sehr jung, hübsch und erst seit kurzem in London. Ihr Name war Molly Grinham, und sie wollte Sängerin werden. Sie sang nicht schlecht, und dazu kamen ihr Äußeres und eine gewisse geschickt ausgespielte Tapferkeit, die sich, wie er ihr gegenüber erklärte, verkaufen ließen. Er mochte sie gern. Er zog sie an, veränderte ihre Frisur, sorgte für Gesangsstunden – oder besser gesagt, Stimmbildung, was nicht dasselbe war, und gab ihr einen neuen Namen – Sally, weiter nichts, weil das an ein Waisenkind mit großen traurigen Augen denken ließ. Ihre Eltern hatten einen Lebensmittelladen in Tunbridge Wells. Paul hatte sie gerade einer neuen Popgruppe vorgestellt, und es sah so aus, als würden sie sie nehmen, als ein anderer Impresario in spe sie sah und ihr ein Angebot machte. Es bestand keinerlei Anlaß für Paul, den Kopf zu verlieren: Sein Rivale hatte nicht mehr zu bieten als er. Doch er verlor ihn. Er schrieb ihr einen ungeheuer vorwurfsvollen Brief: unsere Freundschaft, was ich für dich getan habe usw. Er enthielt außerdem die schneidende, angstvolle Wendung: »... und gemäß unserer vertraglichen Vereinbarung ...« Zu keinem Zeitpunkt hatte Paul sie darauf angesprochen, wie er für seine Bemühungen entschädigt werden sollte, allein schon deswegen nicht, weil es nicht seine Art war, wenn für ihn alles gut lief. Doch das Mädchen zeigte den Brief empört und erschreckt ihrem neuen Bewunderer. Dieser junge Mann trug den Brief zum Anwalt – einem dieser gerade noch im Rahmen der Legalität lavierenden Geschäftemacher, die sich in jenem jungen London eine goldene Nase verdienten. Paul erhielt einen Brief, verfaßt in vage drohendem Ton. Er suchte sich selbst einen Anwalt: Gerissene, halbseidene Anwälte leckten sich die Lippen. Mark hörte zum erstenmal davon, als Paul kam und um 200 Pfund bat. Wenn er, Paul, einem bestimmten Anwalt 200 Pfund bar in die Hand zahlte, dann »würde die Angelegenheit nicht gerichtlich verfolgt«. Was denn für eine »Angelegenheit«? Was Paul denn getan habe? Doch er war in Panik; wie als kleiner Junge war er bockig, rachsüchtig, unbeherrscht. Mark suchte seinen eigenen Anwalt auf. Es stellte sich heraus, daß Paul sich in der Tat dumm verhalten hatte. Er war mitten in der Nacht vor Sallys Wohnungstür aufgetaucht und hatte etwas von Betrug, von Polizei und wer weiß noch alles gebrüllt. Nachdem er die Tür ein bißchen mit den Füßen traktiert hatte und in Tränen ausgebrochen war, war er abgezogen. Mark sagte zu Paul, er werde erpreßt und solle überhaupt nicht reagieren. Doch die Angelegenheit war mit Vernunft nicht mehr zu meistern. Paul wollte die 200 Pfund. Er hatte das Gefühl, wenn er dem Anwalt die 200 Pfund gäbe, dann könnte ihm nichts mehr passieren. Was denn passieren? Das konnte Paul nicht sagen. Außerdem hatte Paul »gehört«, wenn Sally 200 Pfund hätte, dann könnte ihr neuer Manager ihr leichter Auftritte beschaffen ... Doch würde Sally, wandte Mark ein, bei weitem keine 200 Pfund kriegen. Eher nur 50, wenn die Anwälte sich erst mal bedient hätten. Es nützte alles nichts. Geld ist nie etwas anderes als eine Phantasiewährung: Es existiert nicht. Nie trat diese Wahrheit klarer zutage, als hier mit Pauls 200 Pfund, die ihm, wie er später sagte, »seinen Start ermöglichten«. Vor allem muß man bedenken, daß er ja schon 300 Pfund auf der Bank hatte. Doch dies Geld war das Ergebnis einiger Jahre hartnäckiger Arbeit, des sachkundigen Kaufens und Verkaufens. Das war kein märchenhafter Goldklumpen wie die 200 Pfund, die niemals auch nur den Status von Zahlen auf einem Scheck erreichten.

Endlich sagte Mark, wenn Paul 200 Pfund wegschmeißen wolle, obwohl er wisse, daß er 200 Pfund wegschmeiße, um damit die Taschen von Gaunern zu füllen, und dann würde er, Mark, ihm die 200 Pfund geben. Paul zerschmolz förmlich vor Dankbarkeit. Er rannte von einem zum anderen und erzählte, daß er gerettet sei, sein Onkel rette ihn. Sally war mittlerweile praktisch eine Gefangene in ihrer Wohnung, Pauls beraubt, der schließlich alles für sie getan hatte, sie eigentlich erst gemacht hatte. Sie kam nach einigem Nachdenken zu dem Schluß, daß sie das Instrument dafür war, Paul um 200 Pfund zu erleichtern. Sie schämte sich mittlerweile: Ihr neuer Beschützer war ein gemeiner Kerl, und rechtliche Schritte und vage Drohungen waren zu ihrem täglichen Brot geworden. Sie schlüpfte mitten in der Nacht aus der Wohnung und rief Paul an. Die beiden trafen sich heimlich bei Lyons. Sie weinten. Dann kehrte sie zu ihrem Beschützer zurück, um ihm zu eröffnen, sie würde ihn verlassen, wenn er Paul die 200 Pfund abnähme. Dies kostete sie ihren ganzen Mut; sie rechnete wenigstens mit Gefängnis. Daß sie keinerlei Verträge unterschrieben hatte, sagte ihr gar nichts: Wie Paul rechnete sie in einer ganz anderen Währung. Der junge Bursche erklärte sich hochherzig bereit, die Anwaltsgebühren selbst zu bezahlen, doch als Gegenleistung solle sie sich an ihn binden. Sie hatte das Gefühl, damit noch gut bedient zu sein. Folglich bekam Paul einen Brief, aus dem hervorging, daß er die 200 Pfund nicht zu bezahlen brauche. Paul kam sich vor, als hätte er 200 Pfund verdient.

Paul besaß zwei verschiedene Geldbeträge von unterschiedlicher Art. Der eine waren die 300 Pfund auf der Bank: Die waren seinem Gefühl nach irgendwie mit Goldbarren verknüpft, etwas dieser Art. Die Arbeit, die er hineingesteckt hatte, machte die Summe zu ehrlichem Geld. Die anderen 200 Pfund waren für sein Gefühl das »richtige« Geld, an das er die ganze Zeit hatte herankommen wollen.

So wurde Paul dazu gebracht, Geld zu verstehen: seine phantastische Natur. Während der ersten Wochen, nachdem er die 200 Pfund »gemacht« hatte, war Paul der reinste Sonnenschein und ging durchs Leben, als hätte er den Lageplan eines verborgenen Schatzes an sich gebracht.

Mit drei anderen jungen Männern kaufte er einen Frisiersalon in einem öden Viertel, das gleichwohl voller junger Leute war, die die Annehmlichkeiten des neuen London genießen wollten. Das Entscheidende bei dieser Transaktion war, daß er, Paul, bis zuletzt kein Geld ausgab, das heißt, durch eine ganze Reihe von Finten, durch Verzögerungen und Tricks gelang es ihm, nie einen Scheck über die 200 Pfund auszustellen, die sein Beitrag zu dem Geschäft waren. Doch die Summe existierte – denn als das Geschäft sechs Monate später für das Doppelte des Kaufpreises verkauft wurde, betrug Pauls Anteil 400 Pfund. Per Scheck an ihn gezahlt.

Aufgrund von absolut nichts, oder von nur ein paar Worten, *zweihundert Pfund* – und aufgrund dessen, wie die Menschen Paul sahen, empfanden, war ein weiteres ›nichts‹, nämlich ein Stück Papier, auf dem 400 Pfund geschrieben stand, in seinen Besitz gelangt, seins geworden ... In diesem Augenblick der Erleuchtung war alles möglich: Paul hätte sich durchaus in die höheren Sphären der Finanzwelt aufschwingen können, als Finanzberater auf Regierungsebene tätig werden – oder sich zum ehrbaren Gauner mausern können.

Doch es war, als hätte dieser Befreiungsakt, diese erstmalige Bekanntschaft damit, wie die Finanzen der ganzen Welt tatsächlich verwaltet werden, ihm genügt.

Er gab sich genießerisch allen möglichen Träumen hin, was sich alles anfangen ließe, doch was er tat, war, daß er, und diesmal ganz konventionell, indem er Schecks ausstellte, seine 400 Pfund dafür verwendete, mit seinen Freunden einen weiteren Frisiersalon zu kaufen. Sie alle hatten eine Nase, Geschmack, Elan – ein Jahr nach Pauls ersten 200 Pfund hatte er 1000 Pfund. Eintausend Pfund, den märchenhaften Goldklumpen.

Und nun saß er einige Wochen wie eine Glucke auf ihrem goldenen Ei, umhegte es, rollte es unter sich herum, trat es zärtlich mit den Füßen, wärmte es. Stunden verbrachte er so mit Mark, Martha und Lynda (einmal mehr eine wirkliche Freundin, die er liebte) und sprach über Geld. Oder vielmehr, die anderen hörten zu, da sie ja nicht zu dieser Welt der rasch erkannten Chancen, raschen Profite, raschen Geschäfte – des Märchengolds gehörten, in der ein vernünftiger Mensch als allerletztes auf die Idee verfallen wäre, sich eine anständige Stelle zu suchen und zu arbeiten.

»Ich weiß wirklich nicht, weshalb du so ein Gesicht machst, Martha – verstoße ich etwa gegen die Gesetze? Und dem Onkel gefällt das auch nicht. Weshalb denn? Und Lynda lacht mich aus – oh, ja, ich kriege das schon mit, wenn jemand mich auslacht. Macht nichts, ich liebe Lynda trotzdem, also soll sie ruhig lachen. Doch was stellt ihr euch denn für mich so vor, wollt ihr mir das mal sagen?«

Dann kaufte er eine Haushälfte in einer Gegend, die, was bisher noch niemand sonst gemerkt hatte, »im Kommen« war. Er stattet die Zimmer ausgefallen, aber schön mit seinem gesammelten Zeug aus. Und dann, nachdem er sich wochenlang damit gebrüstet hatte, wie er demnächst ein ständiges Einkommen aus dieser Goldmine beziehen würde, womit er dem handfesten Geld (Goldbarren und das alles) bereits auf eine, wie es schien, für ihn ganz untypische Weise Tribut zollte, quartierte er im Obergeschoß des Hauses – seine alte Freundin Zena ein. Die er nie aus den Augen verloren hatte, der er immer weiter geholfen hatte. Sie hatte die Radlett Street aus eigenem Antrieb verlassen, indem sie sich eines Nachts hinausgestohlen hatte, als Paul auf einer Reise war. Aus Stolz, sagte Paul. Doch er machte sie ausfindig und verhalf ihr zu einem Zimmer, das sie mit Freunden teilte. Dann war sie einige Zeit in einer Nervenklinik. Als sie herauskam, kehrte sie in die Radlett Street zurück. Und so ging das weiter: Sie war ein tapferes Mädchen, das sich ungeheuer bemühte und doch nie ganz ohne Hilfe auskam. Die Paul ihr angedeihen ließ.

Als er sie in sein neues Haus setzte, wußte er, daß sie keine Miete zahlen und daß diese »Goldmine« dadurch ganz erheblich an Wert verlieren würde. Und er versprach ihr, sie könne dort wohnen bleiben, was bedeutete, daß er nicht um eines schnellen Profits willen verkaufen konnte. Kurz gesagt, unmittelbar im

Bannkreis seiner Lieblingsvorstellung, seiner heimlichen Freude, seinem Angelpunkt, dem Geld und der romantischen Auffassung vom Geld, stieß man auf etwas, das keiner seiner Verwandten und Mentoren ihm zugetraut hätte – und er hatte für ihre Skepsis nur gutmütige Geringschätzung übrig: »Ihr habt wohl gedacht, ich würde jetzt zu so einem gemeinen alten Hauswirt, stimmt's, Lynda? Hm, Martha? Ach, ich weiß doch Bescheid! Doch wartet nur ab, das kommt vielleicht noch!«

Dann zog in das Haus noch ein anderes verlorenes Kind ein, ein Freund von Zena oder vielleicht auch ein Liebhaber. Jedenfalls jemand, der wie Zena zu einem normalen Leben nicht imstande war. Es dauerte nicht lange, da lebten in dem Haus, teilweise auf Pauls Kosten, ein halbes Dutzend junger Leute, die aus dem einen oder anderen Grund keine Eltern hatten oder nicht mit ihnen zurechtkamen und eine Bleibe brauchten.

Doch Pauls Kapital war damit blockiert. Was ihn veranlaßte, Mark zu bitten, ihm etwas zu leihen. »Nein, das Geld will ich gar nicht. Ich will nur hören, daß ich es kriege. Das kommt ja wohl auf dasselbe heraus, oder?«

Mark hatte, was er Paul nie erzählt hatte, tausend Pfund in treuhänderischer Verwaltung, die der Verkauf der Besitztümer von Pauls Vater eingebracht hatte, als der nach Moskau verschwunden war. Dies Geld gab er Paul jetzt. Paul nahm es mit der kopfschüttelnden Nachsicht in Empfang, wie man sie einem liebenswerten Dummkopf schuldig ist. Es war nicht zu übersehen, daß er sich keinen Menschen bei Verstand vorstellen konnte, der tausend Pfund hat und sie nur um fünf Prozent vermehrt. Drei Monate später kam er und sagte, er habe die Summe verdreifacht. Wie denn, wollten sie wissen. Doch wohl hoffentlich auf legale Weise! Er quittierte das mit Belustigung. Herrjeh, wie altmodisch sie doch waren! Wie schrullig!

Und er kaufte ein weiteres Haus. Märchengold war Pauls Sache nicht, es sei denn als Mittel zum Zweck oder zur Unterhaltung. Ziegelsteine, Mörtel, Sand, antike Möbel und Bilder – damit verbrachte er seine Tage. Unwahrscheinlich gutaussehend mit seinen blitzenden schwarzen Augen, den weißen Zähnen in dem ansehnlichen Gesicht, schön gekleidet, liebenswürdig, lebhaft, war er den ganzen Tag ununterbrochen beschäftigt, und abends ging er auf Partys und ließ sich mit dem neusten hübschen Mädchen sehen. Er schlief jedoch mit niemandem, weder mit Jungen noch mit Mädchen. Es lag ihm allerdings daran, daß man das Gegenteil glaubte. Er kam immer wieder einmal mit einem gepflegten, gutaussehenden Geschöpf nach Haus, nachdem er zuvor einen sehenswerten Abgang von einer Party veranstaltet hatte, und dann verbrachten sie die Nacht in einem prächtigen Himmelbett mit vier Säulen, das er für zehn Schilling auf irgendeinem Markt auf dem Land aufgetan hatte – sie verbrachten sie Händchen haltend oder einander umarmend, zärtlich, fürsorglich im Gefühl der Einsamkeit des anderen, aber ohne Sex.

Ein Zeichen der Zeit: Bei einer Londoner Konferenz, auf der eine feinsinnige *Hamlet*-Interpretation erörtert werden sollte, geriet Hamlet zugunsten eines dringlicheren Anliegens in Vergessenheit, und etwa fünfzig erwachsene Männer und Frauen sprachen einen Tag lang über »die Jugend«, und zwar in dem Jargon, den ein Komitee von Sozialarbeitern aus dem Mittelstand in bezug auf Slumbewohner benutzen würde oder eine Versammlung weißer Farmer in bezug auf ihre schwarzen Landarbeiter. Nichts an diesem Tag voller verdrießlicher, erbitterter oder nachsichtiger Äußerungen ließ auch nur andeutungsweise darauf schließen, daß die, über die die Anwesenden sprachen, in denselben Häusern lebten wie sie selbst, an denselben Tischen aßen, ja ihre eigenen Kinder waren oder jedenfalls hätten sein können.

Ein weiteres Zeichen der Zeit: Elizabeth, James Coldridges Tochter, die nach ihrer Affäre mit Graham einen ehrgeizigen Rechtsanwalt in Bristol geheiratet und zwei Kinder in die Welt gesetzt hatte, schrieb Mark plötzlich einen Brief und wollte den wirklichen Namen und den geographischen Ort seiner »Stadt« wissen. Sie wollte dort hinziehen. Auf die Mitteilung, daß sie, »er habe gedacht, das sei klar geworden«, nur in der Phantasie bestand, schrieb sie, weshalb er denn nicht eine ähnliche einrichte oder erbaue. »In dem Fall brauchst du mir nur Bescheid zu geben, und ich helfe mit.« Sie war gerade dabei, sich von ihrem Mann zu trennen, und hatte vor, sich um Rauschgiftsüchtige zu kümmern. Denn die Drogensucht hatte jüngst die Jugendgewalt als das Anliegen, das jeden Bürger fesselte, abgelöst.

Es war keineswegs das erstemal, daß Mark einen Brief bekam, worin jemand sich nach dieser Stadt erkundigte. War sie vielleicht in Algerien zu suchen? In den arabischen Ländern? Vielleicht verfügte er ja über Kontakte, die dem Absender weiterhelfen konnten?

Ansonsten war das Buch von der Bildfläche verschwunden – es war zutiefst unzeitgemäß. Genauso verhielt es sich mit seinem Kriegsbuch – der Zweite Weltkrieg hatte zwar Konjunktur, aber nur unter dem Aspekt des Abenteuers, haarsträubender Gefängnisausbrüche usw. Marks Roman traf den Ton nicht. Er hatte einen weiteren geschrieben, der ärgerliche Reaktionen ausgelöst hatte. Das Stück über Aaron und Rachel war endlich gestorben – aus heißem Herzen kommender Protest war absolut passé. Doch das vom Schicksal verurteilte Geschwisterpaar ließ Mark immer noch nicht los, weigerte sich zu sterben. Aus der Grübelei über die beiden, über Sally-Sarah, über Marthas Manuskript von Thomas, war eine neue Gestalt geboren worden, eine Zusammensetzung aus allen anderen (doch, so behauptete Mark, mehr Thomas' Kind als irgend jemandes sonst). Es war ein Junge, der nicht in den Konzentrationslagern des Zweiten Weltkriegs umgekommen war, der die Vertriebenenlager überlebt hatte und der, während er heranwuchs, nur von einer Idee beseelt war: nach Israel zu kommen. Dort gehörte er einer Generation an, die allem traditonell Jüdischen den Rücken kehrte, der Religion, der Geschichte, dem Talent zum Leiden. Er war ein Soldat, das und sonst gar nichts, und mehr als alles andere haßte er das Credo von der anderen Backe, von der Geduld, der Toleranz, dem Durchhaltevermögen. Sein Credo lautete schlicht: kämpfen, energisch zurückschlagen, wenn man geschlagen wird, aus welchem Grund auch immer. Sein ganzes Leben stand für ein einziges Bedürfnis: sich aus dem düsteren Blutopfer herauszuarbeiten, das für seine Eltern das Judentum war. Doch war er ein Mann, der den Tod suchte, zum Sterben ausgebildet, ausgerüstet war und darauf wartete. Er war zum Spiegelbild seiner Eltern und Vorfahren geworden, und seine Zukunft war wie die ihre von vornherein auf den Tod in einem Inferno angelegt.

Dieser Roman war kurz, trocken und verzichtete auf explizite Schlußfolgerungen. Marks Verleger hatte einer Veröffentlichung zurückhaltend gegenübergestanden: Er würde womöglich als antisemitisch aufgefaßt werden. Paul sollte ihn lesen, denn seine Mutter, ein immer noch fruchtbarer Geist, spielte schließlich keine unwichtige Rolle in diesem Buch. Lesen machte ihm jedoch keinen Spaß. Er sah stundenlang fern und beschwerte sich, die Sendungen seien schwachsinnig, er ging mit vielen Vorbehalten ins Kino, doch er las wie ein Siebenjähriger, Wort für Wort, und war froh, als die Plackerei vorüber war. Er erklärte Mark, er halte diesen ganzen Kram über das Judentum für Blödsinn. Er sagte, das sehe doch nun jeder, daß die Deutschen deshalb Deutsche seien, weil sie mitten in Europa eingekeilt waren – das sei ihre Geschichte und infolgedessen hieß das, deutsch sein. Und Marks Buch handelte von Juden, die im Mittleren Osten eingekeilt waren, Juden in der Defensive – was sollten also noch solche Wörter wie Jude und Deutscher, die Leute seien wohl alle plemplem, da sehe er lieber fern.

Francis las das Buch, fragte jedoch wie gewöhnlich mit seiner altbekannten leidgeprüften Miene besorgt, ob *denen* das wohl gefalle? Nein, nein, er wolle damit nicht andeuten, daß Mark Bücher schreiben solle, die gefielen, aber ... Und er zog die Schultern hoch, als nähme er eine Bürde auf sich, und reckte abwehrbereit das Kinn vor, wie ein kleiner Junge von acht oder neun Jahren es getan haben mochte, wenn er las, was die Journalisten über seinen Vater sagten.

Das Buch wurde ziemlich kühl aufgenommen. Beispielsweise wurde darauf hingewiesen, daß Mr. Coldridge ja kein Jude sei.

Er täte besser daran, über Themen zu schreiben, von denen er etwas verstand. Ein anderer Einwand war, er sei vielleicht ein zu oberflächlicher Autor, um sich derart gewichtiger Themen anzunehmen – denn mittlerweile hatte Marks Buch, das in seinen Augen von seinen Büchern am ehesten noch das Zeug zum Dauerbrenner hatte, verspätet und unerwartet genau die Stimmung der Zeit getroffen. *Zu Gast bei einer Dame der Gesellschaft* war wieder aufgelegt, fürs Fernsehen verfilmt, in Fortsetzungen in einer Zeitung abgedruckt worden, und es gab Anzeichen, daß ein Musical daraus werden würde. Marks Sekretärin war infolgedessen erneut sehr beschäftigt, und das trat nur ein paar Monate nach der Feststellung ein, daß die Kinder erwachsen waren und sie sehr wenig zu tun hatte.

In diesen Monaten, es waren sechs oder sieben, machte sie eine interessante Entdeckung. Lange Zeit hatte sie sich gefragt: Wenn ich nicht soviel zu tun habe, höre ich wohl zu träumen auf? Darunter verstand sie, daß der unsichtbare Mentor es, wenn sie nicht länger unter Druck stand, nicht mehr nötig haben würde, durch Träume zu reden, erklären, anzufeuern, voranzutreiben, weil sie dann ja Zeit und Energie für andere Methoden hätte. Doch was für Methoden? Sie wußte es nicht. Die Fähigkeiten, die sie während jener längst vergangenen Periode entwickelt hatte, als sie sich aus einem Brunnenloch herausgekämpft hatte, waren vermutlich noch da und konnten in Anspruch genommen werden, wenn sie sich auch oft über ihre Erinnerungen an jene Zeit wunderte und nicht glauben konnte, daß alles wirklich so stattgefunden hatte.

Jahrelang hatte sie, während ihre gesamte innere Anstrengung (nicht ihre, die ihres Mentors) in die Träume gegangen war, jenes lockende, gefährliche, reizvolle Gebiet vermessen, das unmittelbar hinter dieser Welt lag oder sogar mit ihr verschmolz, und wo verbotene Landschaften, Küsten, Länder und solche Länder, die als »offen« gekennzeichnet waren, ein jedes mit seiner deutlich unterschiedenen Luft und seinem Klima und den lebenden und toten Einwohnern, seinen Gärten und Wäldern und

Meeren und Seen, ihr so nahegerückt, so vertraut geworden waren, daß ein Stück Traum oder ein Geschmack aus einem Traum in eine Szene des Alltagslebens eindringen konnten, wenn man nur den Kopf wandte, oder durch einen bloßen Duft oder eine Redewendung oder das Lächeln einer Person ausgelöst wurde, die auf der Straße an einem vorüberkam und den Eindruck erweckte, als sei sie, sei er gerade in diesem Augenblick aus einer Landschaft herausgetreten, die man nur im Schlaf aufsuchte.

Und das stimmte schon, als die Monate begannen, in denen sie relativ untätig war, nahmen die Träume ab. Doch sie wußte nicht, wohin sie sich statt dessen wenden sollte, denn Lynda stand für das »Arbeiten« nicht zur Verfügung, sie unternahm gerade ein Abenteuer auf eigene Faust. Dann begann eine neue Periode der Geschäftigkeit für Martha, und sie nahm an, dasselbe gelte auch für die Träume. Doch nein, es stellte sich heraus, daß sie fürs erste in dieser Sphäre alles nur mögliche getan hatte. Sie erkannte es an den Anzeichen, die sich immer einstellen, wenn wir mit einer Sache oder einem Menschen oder einer Liebe, einem Land, einer Verhaltensweise abgeschlossen haben. Es war ein gewisser Widerstand spürbar. Wenn sie (Nicht *noch mal*! schien die Traumsprache aufzubegehren) einen Traumgarten betreten wollte, wo sie heimisch gewesen war, oder wenn sie erkannte, daß die nächste Folge einer Traumserie sich ankündigte, trat eine gewisse Schwerfälligkeit ein, es fehlte der nötige Schwung. Es war, als schmollte der Stoff, als wäre er verdrießlich geworden, wie ein Begrüßungslächeln, das mechanisch geworden ist. Nein, bis auf weiteres war das nicht der Weg, der sie weiter in jenes Land hineinführen würde, das die Illusion verschaffte, zu gleiten, und das auf so beglückende Weise frei von der Logik der Schwerkraft war; der der gewöhnliche Körper gehorchte, und wo selbst der Schmerz noch ein ungeduldiges Verlangen in sich barg, das seine Verheißung war.

Im Schlaf gab es kein Weiterkommen, und ihre Tage waren zu arbeitsam für jenen Prozeß des geduldigen Abwartens und Beobachtens, der entscheidend ist, wenn man jene seltenen Vögel, jene seltenen Gäste einfangen will. Sie arbeitete für Mark, sie arbeitete mit Lynda, bei *deren* Abenteuer, das, arme Lynda, wieder nur ein weiterer Versuch sein konnte, so wie alle, eben normal zu sein.

Schon vor Jahren hatte Lynda begonnen, bisweilen Mahlzeiten zuzubereiten, war dann jedoch eins von zwei Malen nach unten gegangen, während die anderen aßen. Dann, als das Haus nicht mehr so voller junger Menschen war und die Mahlzeiten weniger aufwendig, kochte sie und aß mit. Bald bestellte sie auch Fertiggerichte, und es kam sogar vor, daß sie aus dem Haus ging und Lebensmittel einkaufte. Sie dachte, vielleicht könnte sie eines Tages die Haushaltsführung übernehmen.

Diesen Fortschritt hatte sie dadurch erreicht, daß sie jegliche Medikamente aufgegeben hatte, einschließlich der Schlaftabletten. Wenn die Rezepte ihres Arztes routinemäßig eintrafen, gab sie sie Mark oder Martha mit der Anweisung, sie wegzuschließen und sie ihr selbst dann nicht herauszugeben, »wenn sie danach schrie«.

Marthas Aufgabe hatte von diesem Zeitpunkt an darin bestanden, sich taktvoll zurückzuziehen und Lynda zu ermöglichen, Marks Frau zu werden oder wenigstens in dem Maße seine Frau zu werden, wie sich damit vereinbaren ließ, daß sie nicht angerührt werden durfte, denn zum Schlafen ging sie immer nach unten.

Was Mark sich wünschte, braucht nicht erst gesagt zu werden; was Lynda hingegen als nächstes versuchte, war, sich wie ein normales geselliges Wesen zu betragen. Sie sagte, sie würde gern mal versuchen, ein Essen zu geben, ins Theater zu gehen oder Francis' und Pauls Einladungen Folge leisten, ihr London kennenzulernen.

Sie äußerte dieses Verlangen nahezu auf unpersönliche Weise, sozusagen im Namen ihrer Krankheit oder im Zuge eines Bemühens, dem sie den Beifall nicht versagen konnten, geradeso wie sie in der Vergangenheit verkündet hatte, daß sie jetzt wieder anfangen werde, »sich dumm zu benehmen«, und folglich eine Pflegerin oder Marks Fürsorge brauche.

Die Küche wurde zur Küche, war nicht länger das Herz des Hauses. Das Eßzimmer, das so lange Zeit nicht benutzt worden war, wurde wieder geöffnet und der lange polierte Tisch von den Büchern und Papieren befreit, die sich darauf angesammelt hatten. Leinenzeug wurde aus Schubladen herausgeholt, Silber und Porzellan, das von diesem Ehepaar Lynda und Mark nie benutzt worden war, einsatzbereit gemacht. Eine zusätzliche Putzfrau wurde eingestellt, und Lynda und Martha beschäftigten sich mit der Kleiderfrage.

Rohmaterial: Zwei Frauen in den Vierzigern. Lyndas Körper war für elegante Kleidung wie geschaffen; unbekleidet nichts als Haut und Knochen, doch schlank, hochgewachsen, biegsam. Martha war kleiner geraten, stämmiger. Doch sie befand sich wieder einmal in einer dünnen Phase. Sie würde den Ansprüchen genügen. Marthas ergrauendes Haar wurde, kurzgeschnitten und eher blond, zu einem stumpfen Silber eingefärbt, als zöge sie es vor, weiße Haare zu bekommen – wirklich ziemlich amüsant. Und Lyndas spröde Mähne fast grauen Haars wurde in eine glatte bronzefarbene Mähne verwandelt.

Doch, sie würden beide keine schlechte Figur machen. Sie standen in Pauls Zimmer, vor Pauls prächtigem Spiegel, betrachteten sich selbst, wie keine von beiden es seit langer Zeit getan hatte, und bedienten sich dabei dieses speziellen Blicks, der nicht an dem orientiert ist, was einem Liebhaber, den Freunden vielleicht gefallen könnte oder was man vielleicht gerne tragen würde, sondern an der Außenwelt, der Mode.

Paul schließlich war es, der darauf aufmerksam machte, daß Lynda Kleider im Schrank hängen hatte, die dreißig Jahre alt waren, und daß es völlig unsinnig sei, Kleider zu kaufen. Denn schon jetzt, in den frühen Sechzigern, war London in diesen ungeheuren Kleiderwirbel eingetreten, so als seien die Moden von fünfzig Jahren einfach auf und davon geflogen wie tote Blätter im Wind und als spiele es keine Rolle, was irgendeiner anhatte.

Oder, wenn man so will, es war wie eine Wochenschau, die Moden aus den Zwanzigern, den Dreißigern, den Vierzigern, aus der edwardischen, der viktorianischen Zeit willkürlich und ohne jegliche innere Logik, doch mit jener inneren Verzweiflung herauspickte, nach der der Zeit eigentlich der Sinn stand. Kleider parodierten, erinnerten, waren wie private Phantasien; sie machten sich lustig, spreizten sich und trieben Scherz, und Lynda und Martha übergaben Paul ein halbes Hundert Kleider, und er trug sie zu einem Modeschöpfer und sagte ihm, was er damit machen sollte.

So wurden sie, wenn auch nur für kurze Zeit, modebewußte Frauen.

Nun brauchten sie nur noch Gäste.

Was Gäste und Gastgeber angeht: Es ist eine interessante Tatsache, daß es von beiden nur sehr wenige gibt. Wenn man zu einem Mann sagt, von dem man gehört hat, daß er seit Monaten jeden Abend mit den Leuten verbringt, die gerade begehrt sind: »Wie ich höre, sind Sie derzeit ein äußerst begehrter Mensch«, dann kann er fast nicht anders, als zu erwidern: »Ich? Meine Güte, nein, ich lebe fast wie ein Eremit ...« Denn was für Exkurse an die Stätten der Geselligkeit, die gerade in Mode waren, er auch gemacht haben mag, sie dienten lediglich der Information, es waren mehr die des unbeteiligten Soziologen. Oder er wandelte auf den Spuren einer neuen Geliebten. Oder es galt, die Seele eines Freundes vor der ewigen Verdammnis zu retten. »Na sag mal, ich dachte eigentlich, du müßtest arbeiten, und statt dessen ... Verzeih, aber wo ich nun einmal so ein Bewunderer deines Talents bin ...« Was der Grund dafür ist, weshalb Ausländer zwar fast ein Jahrzehnt lang Pilgerfahrten nach London unternahmen, um an seiner kurzen Prachtentfaltung der Moden und der Geselligkeit teilzuhaben, dazu jedoch wenig Gelegenheit fanden, weil das halbe Tausend Menschen, die diesen Augenblick prägten, lediglich auf angenehme Weise ihre Zeit mit intimen Freunden verbrachten.

Ebenso gibt es auch nur wenige wirkliche Gastgeberinnen.

Margaret richtete ihr Leben, ihre Ehen, ihre Häuser auf das Ziel aus, Menschen zu bewirten, die für eine gewisse Zeit von dem Licht umflossen waren, das der Neid der anderen erzeugt, doch sie wurde böse, wenn jemand darauf anspielte. »Ich habe nie jemanden in meinem Haus gehabt, den ich nicht mochte, und ich hoffe, daß es dazu auch nie kommen wird!«

Das halbe Jahr lang, als das Haus in der Radlett Street eine Stätte der Gastlichkeit war, ließ sich also sagen, daß die Coldridges zu den sehr wenigen echten oder überlegten Gastgebern Londons gehörten.

Ihre Gäste waren (doch das Haus stand in dem Ruf, daß man nie wissen konnte, wem man dort begegnen würde): Margarets alte Freunde, die literarischen Kämpfer des Kalten Krieges, die schon wieder »gefragt« waren, diesmal hauptsächlich aufgrund des Gütezeichens, daß man mit einem der berühmten Spione befreundet war oder ihn wenigstens gekannt oder persönlich gesehen hatte; ihre neuen Freunde, die »Welle« oder der »Wind« oder die Impulse der späten Fünfziger; die Popsänger und Impresarios, die Friseure und Restaurantbesitzer – über Paul; die Kolumnisten und Kommentatoren von Presse und Fernsehen, die halb literarischen, halb politischen Figuren – über Graham Patten; die solide Schicht der linken Politiker – über Phoebe und Phoebes Exgatten Arthur, dazu die Organisatoren dieses oder jenes Protests, der verschiedenen Demonstrationen, Hilfsfonds, der Hungerhilfe ... diese ganzen Menschen strömten zusammen, es war ein ständiges Kommen und Gehen in diesem und vielleicht einem Dutzend anderer Häuser wie diesem, denen wie privaten Erweiterungen das halbe Dutzend Restaurants, Klubs, Bars zugeordnet waren, wo sie verkehrten, in die sie Geld gesteckt hatten und in die sie von Freunden geführt wurden.

Bestimmte Überzeugungen verbanden sie. Eine davon war, daß sie alle ungeheuer verschieden waren, da sie ja aus verschiedenen Schichten und aller Herren Ländern kamen. Das bedeutete, daß sie einander mit dieser Neugier begegneten, die durch eine gut geschulte Angriffslust gezügelt wird und unbedingt dazu gehört, wenn Menschen sich ineinander verlieben wollen. Eine weitere Überzeugung war, daß die Sozialgeschichte 1956 oder 57 oder 58 begonnen habe (den besternten Jahren, die diese Epoche ins Leben gerufen hatten), denn schon jetzt beherrschten die neuen Filmer, Dramatiker, Filmstars, Redakteure, die auf dieser Welle emporgekommen waren, alles, und die Raschheit und Leichtigkeit dieses Aufstiegs hatte im Hinblick auf die Zukunft eine Stimmung erzeugt, die man als harmlosen Optimismus bezeichnen kann. Es war erstaunlich, daß diese Stimmung sogar Menschen ansteckte, die allen Grund hatten, es besser zu wissen – Phoebe beispielsweise; die pflichtbewußten Linken. Drittens neigten sie dazu, die ganze Welt, von Großbritannien ganz zu schweigen, durch ihre Brille zu sehen – oder jedenfalls benahmen sie sich so. Es war eine Art Selbsthypnose, gerade so, als wäre die Stadt ein Zauberwald und jeder, der ihn betrat, verlöre sofort den Verstand. Die Tatsache, daß London sich außerhalb des Radius dieser paar Tausend Menschen nicht verändert, ganz davon zu schweigen, daß sich außerhalb Londons wiederum nur wenig geändert hatte, war vergessen, sobald man den Fuß in den Zauberwald setzte.

Wo, wie im Märchen, die ungeheuerlichsten Widersprüche nebeneinander existierten. Graham Patten beispielsweise war immer noch Marxist, und zugleich sagte er gern, daß alles in den Händen des Dutzends Männer liege, die zu seinem Jahrgang in Oxford oder Cambridge gehörten. Er sagte das mit Stolz. Wie sein Vater oder wie Marks Vater es getan haben könnten. Was ihn ebenso wie alle andern nicht hinderte, die neue Klassenlosigkeit zu begrüßen, die darin bestand, daß ein paar Talente aus der Provinz oder aus unteren Schichten von London angezogen und aufgesogen worden waren – genau wie es immer schon gewesen war.

Denn was diese Schicht von ein paar Tausend Menschen auszeichnete, war ihre Uniformität: Wenn man Anschluß suchte, mußte man so werden wie alle anderen. Es war eine Sub-Gesellschaft, die wie eine dieser großen Trommeln funktionierte, worin

Kieselsteine eingeschlossen und durcheinandergeschüttelt werden, damit sie geglättet und poliert werden, bis sie ganz gleich sind. Sie war wie homogenisierte Milch.

Dem äußeren Anschein nach war das ein Schauplatz der Auseinandersetzungen, des Wettbewerbs, der heftig aufeinanderprallenden Interessen. Große Unternehmen bekämpften einander, doch hinter den Kulissen arbeiteten sie zusammen und beschäftigten dieselben Firmen oder Leute. Die Zeitungen, die übrig geblieben waren, mochten sich zwar rechts, links oder liberal nennen, doch die Leute, die für sie schrieben, waren austauschbar, denn diese Leute schrieben gleichzeitig oder kurz hintereinander für alle Blätter. Dasselbe traf auf das Fernsehen zu. Die Programme trugen die Etiketten verschiedener Gesellschaften oder Institutionen, ließen sich jedoch nicht auseinanderhalten, denn dieselben Leute organisierten sie, produzierten, schrieben und spielten für sie.

Der Verschleißprozeß vollzog sich so rasch, alles ging so rasch, so als hätte irgendwo jemand ungesehen einen Zeitraffer betätigt, so daß Prozesse beschleunigt wurden, die sich früher langsam, im Lauf von Jahren vollzogen hatten. Früher mochte ein Wort, eine Wendung oder eine Vorstellung beispielsweise in »der Luft gelegen« und dann fünf Jahre benötigt haben, um die Presse, die Abendgesellschaften, das Radio, die Rezensionen, die Witze zu durchlaufen. Jetzt mochte die Ansicht, die stehende Wendung, die Vorstellung in der einen Woche auftauchen und in der nächsten bereits ausgebrannt sein. Unterdessen verkündeten Hunderte von Mündern mit demselben feierlichen, milden, aufrichtigen Blick diese neue Wahrheit, denn es handelte sich um eine Meinung, die den, der sie vertrat, unweigerlich mit dem Glanz höchster Glaubwürdigkeit umgeben mußte, da zu dieser Zeit alle so unfehlbar hochherzig waren.

Tatsächlich fiel es innerhalb dieses magischen Zirkels schwer, zu glauben, daß es irgendwoanders etwas Unerfreuliches geben könne, und um so weniger konnte man sich vorstellen, daß hier je wieder so etwas vorkommen könnte.

Oh, wie charmant alles war! Wie weltläufig! Wie tolerant! Wie bezaubernd die Leute gekleidet waren! Was für gute Köche wir waren, wie gut wir gegessen haben! Wie beglückend, daß sich in jedem Zimmer ein halbes Dutzend Schwarze oder Farbige aufhielten, die genauso waren wie wir, und ein halbes Dutzend Leute aus der Arbeiterklasse, alle gleichermaßen begabt und progressiv, alle harmonierten mühelos miteinander... Eine Tatsache, die an sich schon zu verbürgen schien, daß alsbald, wenn die Labour Party an die Regierung kam, von Land's End bis John O'Groats jedermann, ob Mann oder Frau, Neger oder Dockarbeiter, sämtliche Vorzüge genießen würde, die vorher an jemanden wie Mark Coldridge oder Graham Patten gebunden waren.

Doch von all den Persönlichkeiten, die sich in jenem Jahrzehnt in London tummelten, war Graham Patten auf die beständigste Weise das exemplarische Geschöpf. So liebenswürdig, so witzig wie eh und je, tummelte er sich nicht nur in »London«, sondern in der vergleichbaren Schicht von New York, Berlin, Paris, Warschau, und überall wußte man seine seltsame Eigenart zu würdigen, nämlich, daß er das soziale Äquivalent zu einem Stück Lackmuspapier oder einem Geigerzähler war. Was nicht heißen soll, daß er ein Chamäleon war – eher, daß er, als er das Mannesalter erreichte, dies London vorausgesehen hatte, das er verkörpern sollte, und das, noch ehe London etwas von seinem Schicksal ahnte. Andere Menschen, Stilrichtungen, Moden paßten sich ihm an. Seit er fünfzehn war, war er ein Dandy gewesen – das war noch vor der Zeit, als die Männer überall Pfauen und Kavaliere und Dandys wurden; »London« wurde sozialistisch, er blieb es. In seinem Gefolge entwickelte London eine zärtliche Nachsicht gegenüber allem, was es überhaupt gab. Und als er erst einmal begriffen hatte, daß das, was er einst als Versagen betrachtet hatte, eigentlich seine Stärke war, entwickelte er seine Vielseitigkeit. Er produzierte Stücke, inszenierte sie, spielte in ihnen, riet anderen Regisseuren, was sie herausbringen sollten, und kritisierte sie, wenn sie sich vergriffen. Er schrieb Bücher, manche witzig und herzlos, andere treuherzig und fortschrittlich. Er machte ein Restaurant mit dem Namen »The Daisy Chain« auf, wo eine seiner Geliebten kochte, und war Teilhaber von vielen Boutiquen. Sein Gefühlsleben war rege, denn außer, daß er ein paarmal geheiratet hatte, war er ständig unter Schmerzen verliebt in die neueste Londoner Errungenschaft welchen Geschlechts und welcher Hautfarbe auch immer.

Doch seine wirkliche Stärke war das Fernsehen, für das er gern eine Lanze brach. »Ja, ich weiß, doch man muß es als das nehmen, was es *ist* ...« Doch in diesem Medium rührte er wirklich an den Puls des *Jetzt*, hatte er wirklich etwas geboten, was kein anderer je geboten hatte oder bieten konnte, und zwar insbesondere in einer Diskussionssendung mit verschiedenen seiner Freunde, die alle bekannt waren und mit Kultur zu tun hatten. In dieser Sendung und in ihren vielen Varianten erreichte jene Kunstauffassung ihren Höhepunkt, die in der ersten Hälfte des neunzehnten Jahrhunderts geboren war und im wesentlichen in dem Bedürfnis bestand, sich mit dem Leben des Künstlers zu identifizieren. Man kann sich nur schwer eine bessere Methode vorstellen, wie man dies spezielle Bedürfnis befriedigen kann, als die, Woche für Woche Künstler jeder Sparte – Schriftsteller, Maler, Musiker – zu beobachten (oder, wenn es da an Nachschub mangelte, sonst irgendeine Art von »Persönlichkeit«), wie sie da in einem fingierten Wohnzimmer sitzen und eine Komödie aufführen, die darin besteht, daß man so tut, als existierten die Kameras nicht, als gäbe es statt dessen eine Gruppe enger Freunde, die nur der freimütigen, leidenschaftlichen, liberalen Welterkenntnis leben und sich just diesen Augenblick ausgesucht haben, um ihre Gedanken laut zu diskutieren. Hier nannten Menschen, die einander eine halbe Stunde vorher in der Vorbesprechung oder unter den Händen der Maskenbildnerin (im Spiegel – wie geht's? wie steht's?) kennengelernt hatten, beim Vornamen und erörterten die privatesten Details ihres Lebens, als wären sie allein mit intimen Freunden. Sie waren wie privilegierte Kinder bei einer Kindergesellschaft, wo arme Kinder staunend und neiderfüllt durchs Fenster hereinschauen. Doch die zuschauenden Kinder waren nicht länger neiderfüllt, im Gegenteil, ihr Verhalten war eine Form von Verachtung, denn sie waren es ja, die für die Kindergesellschaft bezahlten und diese Mitwirkenden aussuchten, die für sie ihre Phantasien auslebten, und wenn diese Mitwirkenden bereit waren, ihr eigenes Leben (eine Form des Opfers) beim Ausleben von Phantasien mitzuverwenden – um so besser, und was machte das auch schon?

Denn schließlich war mit dem Fernsehen ein unaufhörlicher Kommentar oder ein Spiegel des »wirklichen« Lebens geschaffen worden. Wenn man den Apparat bei Beginn der Tagesübersicht anschaltete, noch nicht ganz bei der Sache oder ein bißchen überdreht oder sehr müde, und dann mit gleichbleibender Aufmerksamkeit Stunde um Stunde zuschaute, wie kleine Figuren, verkleinerte Menschen, sich wie Cowboys anzogen oder wie Busfahrer oder wie Viktorianer, mit diesem oder jenem Akzent ausgestattet, in dieser oder jener Staffage, mal in einem Krankenhaus, mal in einem Büro oder einem Flugzeug, manchmal »wirklich« und manchmal nur in der Phantasie existent (das heißt, das Phantasieprodukt eines einzelnen oder eines Teams), dann war das genau das, was man sehen konnte, wenn man sein Augenmerk wieder nach draußen, dem Leben zuwandte: Es war, als hätte das äußerste Maß an Vielfalt eine gewisse Gleichheit oder Gegenstandslosigkeit geschaffen, als hätte die Menschheit ihre Einwilligung gegeben, ein nichtssagendes Geflacker von Menschen zu werden, die in wechselnde Kleidung gesteckt wurden, um einander zu töten (»wirklich« und »in der Phantasie«), oder verschiedene Sportarten zu treiben oder über Kunst, Liebe, Sex, Ethik zu diskutieren (in »Stücken« oder im »Leben«). Denn nach ungefähr einer Stunde ließ sich unmöglich mehr sagen, worin der Unterschied zwischen Nachrichten, Stücken, Wirklichkeit, Phantasie, Wahrheit und Unwahrheit bestand. Wenn jemand – nach einjährigem Exil an einem Ort, wo es kein Fernsehen gab, oder gar als Besucher vom Mars – für einen Abend zum »Zuschauen« vorbeigekommen wäre, dann hätte er durchaus glauben können, daß dieser stete Strom kleiner Bilder, die sich in Ton oder Ausstrahlung sehr ähnlich blieben, Teil eines einzigen unaufhörlichen Programms waren, das von irgendeinem tonangebenden Regisseur geschrieben oder wenigstens »ausgedacht« worden war, der, um die Monotonie zu durchbrechen, leichte Abweichungen hinsichtlich der Kostüme oder des Schauplatzes (Büro, Park, Ballett, Schule, Flugzeug) eingebaut hatte und dabei mit einem begrenzten Team von Schauspielern auskam – denn dieselben Leute mußten Dutzende verschiedener Rollen spielen.

Es war alles ausdruckslos und bedeutungslos wie abgepacktes Toastbrot, dabei mit seinen hektischen Ortswechseln, dem zusammenhanglosen Hin und Her aus dem Gemeinsten zusammengesetzt, was man sich vorstellen konnte, so als stünde man an einer Straßenecke und sähe ein halbes Dutzend Variationen des menschlichen Tiers in einem Dutzend Stilrichtungen, was Kleidung und Gesicht betrifft, vorübergehen, so wie die kleine Amanda Coldridge (die bald Francis' gesetzliche Stieftochter sein würde) einen Spaziergang die Straße hinab zu den Läden erleben mochte, flick, flick, flick, so bewegten die beeindruckenden, klobigen, ganz verschieden angezogenen Wesen sich gehend oder rennend oder redend an dem Geratter und Gedröhne metallener Gegenstände vorbei, während ein vierbeiniges Fellwesen, das höher reichte als sie und stark und übel roch, zwischen den Beinen dieser Wesen umherlief und eins von seinen Beinen hob, um an eine Hausecke aus feuchten Ziegelsteinen eine gelbe, schlechtriechende Flüssigkeit zu spritzen. Ein winziges Kind mit riesigen dunklen Augen, gesäumt von gebogenen schwarzen Wimpern, das eine sahnig braune Haut hatte (so, wie sie in weißem Kleid und weißen Schuhen daherkam, zeigte sie alle nur möglichen herrlichen Schattierungen von Braun), umfaßte ganz fest die Hand eines englischen blondhaarigen, blauäugigen Milch-und-Blut-Mädchens, das mit der anderen Hand einen Kinderwagen schob, und die vorbeigehenden Leute ließen den Blick rasch zu ihm hinunter zucken, dann zur Mutter hinauf, aus Augen, die sich mit einemmal verengten oder scharf blickten oder Kommentare abgaben, oder man beugte sich zu ihm hinab und entblößte sämtliche Zähne vor seinem Gesicht zu einem Lächeln, flick, flick, flick gingen sie vorbei, und genauso war es auch zu Hause, wenn Amanda in dem mächtigen Sessel gegenüber der Wand saß, auf der den ganzen Tag Bilder vorbeizuckten. Ihre Mutter saß nicht weit weg und stillte das Baby. »Mummy, Mummy, Mummy«, schrie sie, »guck mich an, hier bin ich, erstick das Baby, das ich so furchtbar lieb habe, oder schmeiß es weg«, und Jill: »Guck mal, was für ein schönes Pferd da im Fernsehen ist, Liebchen«, sagte Jill, während sie das neue Baby schwungvoll von der einen großen süßen Brust an die andere legte. Dann kam Francis herein, der nicht ihr Daddy war. »Nein, er ist nicht dein Daddy, Frankie ist dein Daddy«, und Francis kam zu ihr und schwang sie empor und drückte sie in einem gewaltigen Ausbruch zärtlicher Liebe an sich, worin sie beide geborgen waren, man brauchte vor nichts Angst zu haben, während sie beisammen saßen und beobachteten, wie die kleinen Bilder vorbeiflackerten. »Meine Güte«, sagte Jill, »der ist ja in Form heute abend«, als Arthur Coldridge sich in der Hitze der Debatte vorbeugte, energisch seinen Standpunkt vertrat und im Wechsel mit anderen Bildern auf dem Bildschirm kam und ging. »Wer ist das?« – »Mein Daddy.« – »Mein Daddy?« – »Nein, mein Daddy, der Mistkerl.« Oder als ein Gesicht erschien, dessen Mund sich verzog, sich bewegte und ereiferte: »Phoebe Coldridge, eine der Kandidatinnen für...«, sagte Jill: »Du lieber Himmel, guck dir *die* an...«, und Francis-nicht-ihr-Daddy, der sie liebte, sagte rasch: »Ich finde, sie macht ihre Sache ziemlich gut.« – »Wie immer, die alte Kuh«, und als das Baby irgendwo hinter dem gewaltigen Sessel zu krähen oder zu lachen anfing: »Mein Gott, schalt bloß den verdammten Apparat ab«, und Amanda hebt zu einem Geplärr an: »Nein, nein, nein, ich will noch... ich will noch...« – »Ach, dann laß ihn eben an, ich muß ihr jetzt sowieso Abendbrot machen. Bleibst du zum Essen, Francis?« – »Nein, ich muß wieder ins Theater.« – »Dann bis später.« – »Bis später, Schatz.«

Und weg ist Francis, der Mann, der kommt und geht, weg, flick, doch schon ist da eine große Dame, die wie Bonbons und Marmelade riecht, »das-ist-deine-Granny-Lynda«, und die läßt Pralinen, Flaschen mit Fruchtsirup, gefrorene Hühner, Blumen, genau wie in der Reklame im Fernsehen, in einem Haufen auf den Tisch fallen, und dann ist sie wieder weg, flick. »Wo ist denn meine Granny, Mummy?« – »Sie ist nach Hause gegangen, Liebchen.« Flick, flick, Gesichter, Leute, Tiere, angezogen und nicht angezogen, und die tragen Blumenkohl oder trinken Milch aus Bechern mit Fernsehbildern drauf oder bringen einander mit Pistolen um oder küssen sich, wieder und wieder dieselben Gesichter, als hätte bei einem gewaltigen Kostümfest die Gastgeberin alle Gäste gebeten, an der Tür dieselbe Maske aufzusetzen, die nur gerade immer ein ganz kleines bißchen von der anderen abwich, so daß eine, die zu einer Grimasse verzerrt ist, entweder LACHEN oder TRÄNEN oder ICH LIEBE DICH oder ICH STERBE sein kann, flick, flick, flick, wie die Gesichter der Menschen, die für eine kurze Zeit, ehe Lynda wieder aus der Bahn geriet, zum Mittagessen und zum Abendessen und zum Tee in die Radlett Street kamen, Gespenster, emporgeworfen wie Schaum auf dem Wellenkamm, reizende, weltläufige, freundliche intelligente Gespenster, so schön gekleidet, so wunderbar ausgestattet für ein Leben, das aus guten Gesprächen, Wohlergehen und gehörigem Nachdenken bestand.

Essen, Essen, Essen – und Kleider. Kleider und Möbel. Make-up und Kleider und Essen und die Ausstattung von Häusern.

Fünfzehn, zehn, sieben Jahre davor war Martha (und solche wie sie) durch ein London voller niedergeschlagener, Mangel leidender, plump auftretender Menschen gestreift und hatte nach einem Hauch Farbe, einem Hauch von Geschmack oder von Elan oder Ausstrahlung Ausschau gehalten; hatte von einem einzigen Restaurant geträumt, in dem es richtiges Essen gab, von Kleidern, die auch nur halbwegs ihren Vorstellungen entsprachen. Jetzt fragte sie sich, in welchem Ausmaß dieser Hunger wohl für das »London« der Sechziger verantwortlich gewesen sein mochte, das, jedenfalls mußte man diesen Eindruck haben, nie etwas anderes im Kopf hatte als Essen und Kleidung.

Wenn sie über Essen, Kleidung, Kultur und Politik diskutierten, vermischten die drei Gastgeber sich mit ihren Gästen und lösten keinerlei Erstaunen aus, außer bei sich selbst. Lynda insbesondere war der große Erfolg: Sie wurde von Menschen als normal akzeptiert, die, wenn sie überhaupt von ihr gehört hatten, in ihr so etwas wie ein schmerzliches halbes Geheimnis des Hauses sahen.

»Weißt du, Lynda, du warst immer so ein flüchtiges Wild, doch ich hab den anderen immer schon gesagt, daß du nur manchmal ein bißchen spinnst, und das darf dir nichts ausmachen, denn das tun doch heutzutage alle ...« Solches kam von Paul, der ihr den Weg ebnete.

Doch selbst wenn es heutzutage zum Leben gehört, daß jeder von Zeit zu Zeit spinnt, ist es doch merkwürdig, daß diese hochtalentierten und einsichtsvollen Menschen imstande waren, Lynda genau auf der Ebene zu begegnen, auf der sie sich präsentieren wollte. Sie war eine große, ziemlich schweigsame, lächelnde Frau, die auffallend schöne Kleider trug und nie ohne lange farbige Handschuhe auftrat (sehr raffiniert, das mußte man schon sagen ...), und wenn sie sich eine halbe Stunde von ihrer eigenen Party entfernte, um ein Telefongespräch zu führen, dann tat sie das und nichts anderes; und diese angestrengt blickenden, weit aufgerissenen Augen – naja, sie hatte eben sehr wahrscheinlich zuviel getrunken. Doch, Lynda trank bestimmt. Wer tat das denn nicht?

Ein-, zweimal kam es bei solchen Gelegenheiten vor, daß sie weniger die Nerven verlor, als ganz leicht schwankte und ziemlich närrische und flotte Reden schwang, doch wenn Mark und Martha sie unter ihre Fittiche nehmen wollten, stellten sie fest, daß das gar nicht nötig war. Eine Feststellung, die nicht ganz bedeutungslos war.

Tatsache war, daß die »absolut lebensuntüchtige« Lynda von

ihren Gästen, die anerkanntermaßen die derzeit sensibelsten und begabtesten Menschen waren, beurteilt wurde wie jeder andere.

Und verrückt? Aber iwo!

»Sie sagen, daß Lynda manchmal Zusammenbrüche hat?«

Höchst erstaunlich. Doch dieser Gedanke bringt einen auf den nächsten ... Wer ist denn nun verrückt? (Ein banaler Gedanke selbstverständlich, der jedoch nichtsdestoweniger seine nützlichen und seine riskanten Aspekte hat.) Lynda vor allen anderen und mit absoluter Gewißheit. Martha? Nun, es sprach einiges für die Annahme ... Mark? Mit Sicherheit *nicht*, er war ein Künstler. Graham Patten? Du lieber Himmel, nein, oder: wenn er es war, wer war es dann nicht? Jill? Doch daß jemand, und das praktisch aus Prinzip, uneheliche Kinder kriegte, war noch kein Beweis. Margaret? Ihr Mann John? Nein, nein, diese Überlegungen reichten nicht aus. Da befleißigte man sich besser schon der Demut der Psychiater (die sie in diesem Punkt und nirgends sonst an den Tag legten), wenn sie sagen, daß jemand, der mit dem gewöhnlichen Leben nicht fertig wird, vielleicht als nicht so ausgeglichen angesehen werden kann, wie es wohl wünschenswert wäre. Und da wären wir wieder bei Lynda. Lynda ließ sich gewiß in diese Rubrik einordnen. Martha? Jill ...

Wie stand es mit Dr. Lamb oder Mrs. Johns?

Nein, man wird sehen, daß man auf diese Weise bei seiner Suche nach einer Definition nicht weit kommt. Insbesondere, wenn ... Fest stand nur, daß während der sechs Monate, die Lynda Gastgeberin war, und zwar eine richtige, die von Martha und Mark nur in dem Maße unterstützt wurde, wie es recht und billig war, während der Zeit, als sie Tag und Nacht von Gästen umgeben war und alle nur zu Gebote stehende Energie dafür aufwendete, sich das Haar machen zu lassen, gutsitzende Schuhe zu finden und dazu passende Strümpfe zu tragen und für tadellose Menüs zu sorgen, diese Lynda, die so verrückt war wie eh und je und mit jedem Tag, der verging, mitgenommener wirkte, niemandem weiter auffiel, oder eben nur insofern, als sie auf einnehmende Weise »anders« war.

Ihre Handschuhe zum Beispiel: Sie bezauberten alle. Wenn sie gefragt wurde, weshalb sie die trage, dann sagte sie, weil sie immer an den Nägeln kaue, bis sie blutig seien. »Lyndas Handschuhe« wurden zu einer Art Familienscherz – unter Dutzenden von Menschen.

Gefragt, weshalb sie denn keine Liebschaften habe, antwortete Lynda: Eine Liebschaft könne sie nicht haben, weil sie ihre Handschuhe nie ablege. Diese Äußerung galt als der Inbegriff von witzig-frivol überhaupt.

Unterdessen hielten ihre beiden Gefährten, ihr Mann und Martha, wacker durch. Martha hatte ihren Spaß – mehr oder minder. Doch das wirkte sich zerstörerisch auf den Teil ihrer selbst aus, an dem ihr am meisten lag. Die halbe Nacht lang essen und trinken, um drei oder vier ins Bett gehen, dann spät aufstehen, sich bloß um seine Garderobe kümmern und Lynda in der Essensfrage und mit den Putzfrauen helfen, reden und reden und reden, jeden Tag ein Dutzend neue Leute kennenlernen, einer reizender und intelligenter als der andere – das war ungeheuer strapaziös. Martha konnte nicht begreifen, wie jemand längere Zeit so leben konnte, doch immerhin taten das ja viele Menschen. Sie war erschöpfter als Lynda, die wie aus einer Batterie mit einer nervösen Energie gespeist zu werden schien, die Martha unbekannt war. Sie war erschöpfter als Mark, der, zur Geduld entschlossen, seinen sonst raschen, aber ebenmäßigen Rhythmus gedrosselt auf Sparflamme umgeschaltet zu haben schien.

Zeichen der Zeit: Ein Londoner Händler, der für amerikanische Universitäten einkaufte, schrieb u. a. auch an Mark und fragte an, ob er irgendwelche Manuskripte von seinen Büchern besitze. Mark antwortete, den ersten oder auch den zweiten Entwurf vernichte er immer und ohnehin schreibe er mit der Maschine. Der Händler, der um ein Gespräch gebeten hatte, kam und erklärte, »im Interesse der Literatur« solle Mark frühe Entwürfe nicht vernichten, denn »wenn Studenten dann ihre Doktorarbeiten über Mark schrieben«, wie sollten die denn dann wissen, was sie von seiner Arbeit zu halten hatten? Außerdem solle Mark doch keine Schreibmaschine benutzen, »wenn er es irgend vermeiden könne«, denn gute Preise würden nur für handgeschriebene Werke erzielt. Autor X, der mit einem hochgerühmten Roman 341 Pfund verdient hatte, den er direkt in die Maschine geschrieben hatte, und der dringend Geld brauchte, um einen neuen schreiben zu können, habe sich drei Monate Zeit genommen, um den Roman mit allen möglichen Streichungen, Zusätzen, Anmerkungen noch einmal mit der Hand zu schreiben – und dies Kunstwerk habe er dann für 900 Pfund an eine amerikanische Universität verkauft. Paul war sehr wütend, weil Mark ihm nicht erlaubte, mit allen frühen Büchern von Mark dasselbe zu machen. »Jeder hat das schon mal gemacht«, sagte er. Nein, *natürlich* wolle Paul den Ertrag nicht für sich selbst, er kenne einen jungen Maler, der bitter nötig Geld brauche: Wenn Mark diesen jungen Mann nach eigenem Gutdünken eine Version von, sagen wir, *Der Stadt in der Wüste* anfertigen ließe, dann könne er das Gefühl haben, etwas Gutes zu tun – schließlich prüften die ja die Handschriften nie nach. Oder wie es denn mit einem imaginären Tagebuch stehe? Es wäre ein Vermögen wert, er, Paul, garantiere wenigstens zehntausend dafür. Na schön, wenn Mark so reich sei, daß es ihm nichts ausmache, 10 000 Pfund einfach wegzuwerfen, was denn dann mit den armen hungernden Menschen in welchem Lande auch immer sei? Paul kannte genau den richtigen Mann, der ein solches (getürktes) Tagebuch schreiben konnte – er hatte für den Romanautor Soundso bereits eins verfaßt.

Zeichen der Zeit: Der junge Mann, der in Marks Buch *Zu Gast bei einer Dame der Gesellschaft* der Erzähler war, war am Ende weggegangen, um im Spanischen Bürgerkrieg zu kämpfen. Jetzt konnte Mark sagen, was er wollte, er galt als Veteran des Spanischen Bürgerkrieges. Er sei zu dem Zeitpunkt in Amerika gewesen, sagte er; er habe sich damals nicht für Politik interessiert, wehrte er ab – doch es half alles nichts. Seine gegenteiligen Versicherungen wurden ihm als Bescheidenheit ausgelegt und dann (schließlich war er ja doch ein rechter alter Tory!) der Tatsache zugeschrieben, daß er auf der falschen Seite gekämpft habe und das nun vertuschen wolle. Der Schluß des Buches war damit die reine Heuchelei.

Dann erhielt er einen Brief vom *Daily Y*, worin man ihn bat, seine Erinnerungen an Francos Armee mitzuteilen. Ein Verleger bot ihm mehrere Tausend Pfund. Gleichzeitig bot man ihm, da Spione so gut ankamen, große Summen für seine persönlichen Erinnerungen an Spione, die vor zehn Jahren entwischt waren und die er – offensichtlich – alle gekannt hatte, da er ja seinen Bruder gekannt hatte.

Es war im Jahr der Gastlichkeit, als er errechnete, daß er, hätte er seine Erinnerungen an seinen Dienst unter Franco, seine Erinnerungen an Burgess, Maclean und die anderen geschrieben und Paul erlaubt, nachträglich die Reinschriften seiner Bücher zu besorgen, binnen sechs Monaten um die dreißigtausend Pfund hätte verdienen können, was natürlich alles der Tatsache zu verdanken war, daß er sich auf jene Beschäftigung einließ, ohne die ein Autor schlecht auskommt: sich in der literarischen Welt zu tummeln.

Da er damit jedoch dermaßen beschäftigt war, konnte er sonst nichts tun; sämtliche Arbeit für die Zukunft, jegliche gegenwärtige Arbeit, alle einstigen Arbeiten bis auf eine, waren verschluckt worden, nicht von dem Buch *Zu Gast bei einer Dame der Gesellschaft*, sondern von der Gestalt eines romantischen Revolutionärs (ob er nun rechts war oder links, spielte keine Rolle), der auf den spanischen Barrikaden gestanden hatte.

Dagegen kann man wahrscheinlich nichts ausrichten, außer, wie manche Schriftsteller entdeckt zu haben scheinen, man schreibt Romane und nennt sie Autobiografie.

Es ist buchstäblich niemandem mehr möglich, irgendein fiktives Buch anders als mit einem halben Blick auf das Leben des Autors zu lesen. Sowie sie überhaupt lesen können, werden den Leuten »die Biografie« des Künstlers, die Erfahrungen, die Ansichten von Künstlern neben dem eigentlichen Werk angeboten, das dadurch unendlich an Bedeutung verliert. Stücke, Romane,

Erzählungen, Gedichte werden in den Schulen in bezug auf das Leben ihrer Verfasser »unterrichtet«. Soundso war gesellig, Soundso war verrückt, X. war taub, Y. war eine Dame, Z. war ein Mann, Shakespeare war ein Homosexueller (»soll ich drum meine Erdensonne hassen, da Himmels Angesichte selbst verblassen?«, was konnte das *sonst* schon bedeuten?), und der moderne Schriftsteller XYZ hat viermal geheiratet und sich viermal scheiden lassen.

Angesichts einer hochgebildeten jungen Frau, die sich vorbeugt, um zu fragen: »Mr. Coldridge, als Sie in Spanien waren, haben Sie da ...?«, ist es Zeitverschwendung zu antworten: »Ich bin nie in Spanien gewesen«, denn ein leichter Schatten des Unmuts wird über ihr Gesicht ziehen, wenn sie denkt: Ich frage mich wirklich, weshalb er es nötig hat, so etwas zu sagen; was für eine Primadonna!, und dann wird sie fortfahren: »Aber als Sie damals in Spanien waren, haben Sie denn da ...«

»Es hat nicht den geringsten Zweck, daß Mr. Coldridge sagt, es sei nicht autobiografisch, jeder weiß doch schließlich, daß bei Margaret Coldridge alle zu Gast waren, die ...«

»Das autobiografische Element geht hier ein in die ...«

»Natürlich sind die meisten Romane eine Mischung aus Autobiografie und freier Erfindung ...«

So weit ist das verbreitet, daß man völlig sicher sein kann, wenn eine Gruppe von Freunden ein Buch schriebe oder ein paar passende Texte zusammensetzte und anonym ein Werk veröffentlichte, in der Hoffnung, daß sich vielleicht doch noch jemand zu der Überlegung bewegen ließe, ob es noch andere Möglichkeiten geben könnte, ein Buch (oder sogar ein Leben) zu betrachten, dann würden die Rezensenten etwa folgendes schreiben: »Es bleibt unerklärlich, weshalb die Autoren, deren Identität sich doch mühelos aus dem Zusammenhang erschließen läßt, zu einem solchen Mittel gegriffen haben, das ...« Und dann würden sie fortfahren, das Buch anhand der Parallelen zwischen dem Text und der bekannten oder phantasierten Tatsachen im Leben der Autoren zu analysieren.

Dieser Umgang mit Büchern funktioniert jedoch bloß bei *ernstzunehmenden* Autoren, niemals, beispielsweise, bei einem Jimmy Wood. Er hatte gerade eine Geschichte mit dem Titel *Die Krafthändler* veröffentlicht, deren »Handlung« darin bestand, daß ein bestimmter Typus von menschlichem Wesen gelernt hatte, die Energien anderer Lebewesen anzuzapfen und wie ein Vampir davon zu leben. Manche Menschen, denen auf diese Weise die Energie ausgesaugt wurde, wußten davon, andere nicht. Die, die es wußten, versuchten, diejenigen zu warnen, die es nicht wußten. Die Vampire taten alles in ihrer Macht Stehende, um die Opfer in ihrer Gewalt zu halten, ohne daß sie sich wehrten. Ein Krieg brach aus zwischen den Vampirmenschen und den Warnern. Als immer größere Teile der Menschheit in die gegenseitige Zerstörung hineingezogen wurden, wirkte der Krieg sich aus wie ein psychologisches Trojanisches Pferd, dessen Aufgabe darin bestand, Energie abzuführen, um einen anderen Planeten damit zu speisen, denn die Planeten waren eher Lebewesen als Feuerwirbel oder Klumpen aus Erde und Stein. Dieser Höhenflug der Phantasie fand im ersten Monat dreißigtausend Käufer und wurde für zwanzigtausend Pfund zur Verfilmung angekauft. Doch als Jimmy Wood an den Abendveranstaltungen in der Radlett Street teilnahm, hatte noch keiner von ihm gehört.

»Mark sagt, Sie seien Schriftsteller?«

»Ach, ich schreibe nur Space-fiction-Romane.«

Lynda geriet wieder aus dem Gleichgewicht. Diesmal geschah es nicht rasch und für jedermann sichtbar: Sie kämpfte dagegen an bis zum Schluß. Es war eine Niederlage für sie alle. Denn diesmal hatte Mark sich nicht dazu hinreißen lassen, gemeinsame Ferien vorzuschlagen oder anzuregen, daß seine Frau doch wieder zu ihm hinaufziehen sollte. Und Martha war stets im Hintergrund geblieben und hatte niemals Hilfe angeboten, es sei denn, Lynda hatte danach verlangt, und sie hatte sich niemals aufgedrängt. Für Mark und Martha war das eine Übung in einer mit ständiger Wachsamkeit kombinierten Selbstverleugnung gewesen. Das Persönliche war Lynda nicht aufgenötigt worden. Oder besser gesagt, *sie* hatten es Lynda nicht aufgenötigt.

Doch war »Persönliches« eigentlich das, was ihr zu schaffen machte, sie »aufregte« – Phoebe und die Kinder.

Für Lynda war es offenkundig, daß Jill Phoebe brauchte und daß Phoebe Jills wegen litt. Einer von beiden das zu erzählen, war reine Zeitverschwendung. Lynda hatte sich folglich eingeschaltet, und zwar indem sie – wie in diesem Spiel – den Platz der Person übernommen hatte, die unauffällig aus dem Kreis schlüpft, so daß zwei Gegner, ohne es gleich zu merken, einander plötzlich bei der Hand halten. Sie kaufte Geschenke für Jill und wußte den Anschein zu erwecken, als kämen sie von Phoebe, und (erfundene) Botschaften von Jill wurden Phoebe übermittelt. Gleichzeitig machte sie sich Sorgen wegen Francis und glaubte, daß man ihn gegen sein Bedürfnis beschützen müsse, sich im Dienst an dem traurigen Mädchen und ihren kleinen Kindern aufzuopfern.

Lynda bekam lange, trostlose Weinanfälle. Alles war ihre Schuld. Sie rief Phoebe an und erklärte ihr, es tue ihr leid, sie habe eher Schaden angerichtet als Gutes bewirkt.

Phoebe rief in der Radlett Street an, um zu fragen, ob Lynda wieder aus dem Gleis geraten sei.

Interessanterweise hatten weder Mark noch Martha dies bemerkt: denn mit Tränen und kummervoller Sorge um die ganze Menschheit, insbesondere jedoch um Jill und Francis und Phoebe, hatte noch nie eine Krankheit von Lynda ihren Anfang genommen.

Dann verkündete Lynda, sie sei krank, und schlug vor, Martha solle ihr diesmal hindurchhelfen, da Mark wieder arbeiten wollte.

Sie wußte, daß sie krank war, weil es ihr mit einemmal völlig gleichgültig war, daß ihre Bemühungen fehlgeschlagen waren. Eine Woche lang hatte sie die ganze Nacht wachgelegen und unaufhörlich geweint, doch fast von einem Augenblick zum anderen war ihr alles gleichgültig.

Sie versuchte jedoch, es nicht gleichgültig zu finden, daß sie wahrscheinlich Schaden angerichtet hatte.

Phoebe, die liebevolle Botschaften von Jill bekam, Jill, die Geschenke von Phoebe erhielt, warteten, daß die andere irgend etwas unternahm, doch nichts geschah.

Phoebe beschloß, Jill nicht zu belästigen, die schließlich ihr eigenes Leben führen mußte – sie nannte diese Haltung bei sich »sich anständig benehmen«. Sie war sehr einsam. Gwen war ausgezogen und wohnte mit ein paar Mädchen zusammen. Alles völlig normal und in Ordnung. Phoebe erklärte: »Junge Menschen müssen ihre Flügel ausprobieren«, und sagte nicht, daß sie von Gwen seit Monaten kein Wort gehört hatte.

Da sie sich ja vor allem anständig benehmen mußte, versagte Phoebe es sich, zu erzählen, daß Gwen an dem Tag von zu Hause weggegangen war, als Mary, Arthurs Frau, angerufen hatte, um ihr mitzuteilen, daß diese Ehe wahrscheinlich in die Brüche gehen würde. Gwen hatte diese Neuigkeit (die Phoebe ihr vorurteilsfrei, mit neutraler Stimme unterbreitet hatte – denn vor allem mußte man sich ja anständig benehmen) aufgenommen, als schlüge sie jemand, während ihr die Hände hinter dem Rücken gebunden waren: Sie war rot angelaufen und hatte mit wilden Blicken um sich geschaut. Phoebe wußte ganz genau, wie ihrer Tochter zumute war, wollte das jedoch nicht sagen, wollte Arthur nicht kritisieren. Dann ging Gwen kreideweiß hinaus und übergab sich.

Arthur hatte flüchtig mit dem Gedanken gespielt, Mary zu verlassen, um Joyce zu heiraten, eine seiner ergebenen weiblichen Bewunderinnen. Mary hatte flüchtig daran gedacht, Phil zu heiraten, einen reizenden Dozenten aus Cambridge – Fach Philosophie. Sowohl Arthur als auch Mary waren zu Phoebe gekommen, natürlich getrennt. Phoebe hatte sehr ruhig dagesessen und zugehört. Mary, ihrer Nachfolgerin gegenüber, hatte sie mit Variationen des Themas aufgewartet: Du mußt am besten wissen, was du tust. Doch Arthur gegenüber hatte sie plötzlich die Fassung verloren und war aufgesprungen und, mit den Armen wedelnd und schlagend, wie eine Windmühle mit gebrochenen Flügeln durchs Zimmer gerannt, bis sie sich ihm endlich würgend und grün im Gesicht zugewandt und gesagt hatte: »Ach, hau doch ab!«

Am nächsten Tag schrieb er ihr einen Brief, worin er sagte, er sei vermutlich unsensibel gewesen, doch er sehe in ihr seine engste Freundin. Der Antwortbrief, den sie sich jedoch nicht in den Kasten zu werfen erlaubte, war das Resümee von Jahren der Auflehnung, des Unglücks, der Vorwürfe. Als Arthur sie verlassen hatte, um Mary, die süße, hübsche, liebe, kleine Mary (die allerdings ein Spatzenhirn hatte, wie Phoebe insgeheim dachte, jedoch niemals sagte, da man sich ja anständig benehmen mußte) zu heiraten, hatte Phoebe gelitten. Als Arthur Mary verließ oder die Absicht hegte, fühlte Phoebe sich hingegen betrogen. Der Brief, den sie nicht abschickte, enthielt unter anderem die Worte: Wenn Du ihrer dann doch so schnell überdrüssig werden würdest, weshalb hast Du Dir denn dann überhaupt erst die Mühe gemacht, mich zu verlassen und mir den ganzen Kummer wegen der Mädchen aufzuhalsen?

Sie hatte nie zuvor angedeutet, daß ihr die Verantwortung für die Mädchen zu schaffen machte. Nach einigem Nachdenken beschloß sie, das auch jetzt nicht zu sagen. Als Arthur ungefähr einen Monat später anrief, um ihr mitzuteilen, er und Mary blieben zusammen, »der Kinder wegen«, benahm Phoebe sich anständig. Sogar in dem Maße, daß sie ihm nicht erzählte, daß Gwen von zu Hause weggegangen war und sich endgültig von ihnen beiden losgesagt hatte. Außerdem argwöhnte sie müde oder, wenn man so will, verbittert (obwohl sie sich das Recht, verbittert zu sein, nicht zugestand), daß Gwen alsbald wieder da sein und bei Arthur ein- und ausgehen würde, während sie sich von ihr, Phoebe, immer noch fernhielte. War das denn nicht immer schon so gewesen?

Arthur, wie üblich sehr beschäftigt, widmete sich der Politik: Mary ließ das Verhältnis mit ihrem Liebhaber noch eine Weile weiterlaufen, dann beanspruchten sie ihre Kinder, die im empfindlichsten Alter waren. Diese Kinder fingen an, Phoebe zu besuchen und machten traurige Scherze über »Familienzuwachs«. Phoebe war überrascht, als sie nach einer Weile erkannte, daß sie sie mochten; vor lauter Dankbarkeit vergoß sie (zu ihrer eigenen Überraschung) eines Abends gewaltige Tränenströme, als sie begriff, daß sie sie brauchten. Darauf widmete sie sich, weil ihre beiden eigenen Mädchen doch weggegangen waren und keine von beiden sie zu sehen wünschte, den Kindern von Arthur und Mary. Gwen besuchte (Phoebe hatte recht behalten) Mary und ihren Vater, die unter diesen wachsamen und mißtrauischen Blicken um jeden Preis »miteinander auskommen« mußten. Doch Phoebe war durch den (vorübergehenden) Riß in dieser Ehe mehr verletzt worden als irgend jemand sonst. Sie war mehr als verletzt worden. Für sie ging damit etwas zu Ende, sie verlor ihr weibliches Selbstwertgefühl, ja mehr noch, ihren Glauben an die Möglichkeit, daß an all diesen Ehen, Liebschaften, Bindungen, die alle auf so schäbige Weise gefährdet waren, irgend etwas Wertvolles dran sein könnte. Arthur Coldridge hatte ihr zweimal das Herz durchbohrt, beim zweitenmal auf schrecklichere Weise als beim erstenmal, und niemand verstand das außer ihr selbst.

Phoebe, die sich immer anständig benommen hatte, die sich niemals einen eifersüchtigen Blick oder ein eifersüchtiges Wort oder einen kleinlichen Gedanken gestattet hatte, die wurde jetzt blaß und kniff die Lippen zusammen, war bissig oder wandte den Blick ab, wenn sie mit Arthur in Sachen Politik unterwegs war und er sich einem Mädchen gegenüber einen freizügigen harmlosen männlichen Scherz erlaubte oder flirtete oder sich ein bißchen um den Bart gehen ließ.

Sie dachte: Wenn ich mir überlege, daß ich nachts endlose Jahre wachgelegen und mir Arthurs wegen die Augen ausgeweint habe . . . Wenn ich nur gewußt hätte, daß er sie ebenfalls verlassen würde! Und ihre Ansichten über Zensur, Moral, individuelle Freiheit waren künftig nicht mehr so liberal. Sie wußte, sie hatte im Grunde schon immer gemeint, daß die Menschen, solange sie noch jung waren, viel zuviel Aufhebens von der Liebe und derlei Dingen machten und daß man sie deshalb vor sich selbst schützen mußte, bis sie das Alter erreicht hatten, wenn sie es besser wußten. Doch wagte sie das Gwen gegenüber bei den äußerst seltenen Gelegenheiten, wenn sie einander sahen, nicht zu äußern, und zu Francis sagte sie, wenn er sie besuchen kam, nichts weiter als: »Paß schön auf dich auf, mein Lieber, du mußt wirklich auf dich aufpassen!« Denn sie fand, daß Jill seine Hingabe nicht verdient hatte.

Sie dachte darüber nach, daß es mittlerweile viele Dinge gab, die sie nicht laut sagte, und fragte sich, ob sie vielleicht nicht mehr so integer war wie früher. Vielleicht war sie ja demoralisiert von den nun schon bald dreizehn Jahren unter einer Regierung, die alles verkörperte, was sie haßte, während die Partei, die ihr den moralischen Halt gab, sich in einer scheinbar ewig währenden Opposition aufrieb? Vielleicht hatte das lange Ausgeschlossensein von dem, was sie in der Jugend als ihre Lebensaufgabe angesehen hatte, sie ja korrumpiert?

Hunderte von Menschen wie sie erhoben das zu einer Gewissensfrage. Sie wußte das, denn ihre Arbeit brachte es mit sich, daß sie viel unterwegs war. Diese Sache mit dem »moralischen Ausverkauf« oder dem »Gekauftwerden« wurde unter den jungen Reisenden in Sachen Partei ständig diskutiert, wenn alles andere erledigt war. Spätabends saßen die Männer und Frauen beisammen, meist in einem eher ärmlichen Haus (das einem Haus der Leute glich, für die sie ihrer Überzeugung nach kämpften), und das Gespräch führte weit, weit in jene Tage unmittelbar vor dem Ersten Weltkrieg zurück, als es auf Messers Schneide gestanden hatte, ob es zur Revolution kommen würde; und dann der Generalstreik, der *beinah* eine Revolution war, und Ramsay Macdonald und die Regierungskoalitionen, und jede Kampagne oder jeder Wendepunkt schien mit einer fatalen Schwäche behaftet: Immer gab es Männer, die »sich verkauften«, die die Handvoll Litzen oder Geld wählten. Doch wenn ihre Gedanken sich auch an dem Streckenverlauf jener Jahre entlang bewegten (»Die Geschichte der Labour Party«), so gab es da doch erhebliche Lücken: Erster Weltkrieg, Zweiter Weltkrieg, so als lägen diese Perioden außerhalb der Politik, als löschte das Geschäft des nationalen Überlebens alles übrige aus.

Zuletzt hatte man es nun mit fast dreizehn Jahren Opposition zu tun gehabt. Die Partei war zerrissen, gespalten, voller Gruppen, Parteiungen und Feindseligkeiten. Jede in der Opposition befindliche Gruppe ist so: das ist unvermeidlich. Doch Phoebe bekam das weniger zu spüren als viele andere in der Bewegung: Sie gehörte zu der Fraktion innerhalb der Partei – nicht zu der ganz außen, wo Arthur stand, sondern zu der, in der Linke und Zentrum verschmolzen, worin, so glaubte sie, ihrer aller Hoffnung lag. Eben dort, wo sie hingehörte, waren Wachstum und Weiterentwicklung zu erkennen: da waren die Neuzugänge, die Anhänger, wurde diskutiert, wurden Bücher veröffentlicht. Da gab es ein Ferment, das vital genug war, um die ganze Nation zu verändern! Das heißt, es wäre, wenn »das Volk« die Torys bald abwählen und sie an die Regierung bringen würde. Dreizehn Jahre waren eine allzu lange Zeit gewesen, um ohnmächtig zusehen zu müssen, wie alles immer nur schlimmer wurde. Denn wenn die eine Art von Demoralisierung immer nur befürchtet, überall gewittert, diskutiert wurde (die des »Ausverkaufs« oder des Abbröckelns), so war die andere aktuell und sichtbar, ein zentrales Faktum, das geradezu schreiend auf sich aufmerksam machte. Denn wenn Menschen wie Phoebe ihre Hoffnung nicht »aufs Volk« setzen konnten, dann nirgendwohin. Doch was »das Volk« während jener Jahre unterstützte, war eine Regierung, die korrupter und untüchtiger war als je zuvor eine in der Geschichte des Landes. Noch nie hatte es eine gegeben, bei der es so viele gebrochene Versprechen, finstere Machenschaften, Gleichgültigkeit gegeben hatte. Zu ihrer Zeit war Großbritanniens Unterjochung durch Amerika (die während des Kalten Krieges begonnen hatte, als die Nation wie hypnotisiert nach Rußland gestarrt hatte) bekräftigt und zu einem wirtschaftlichen Eckpfeiler ausgebaut worden; in diesen Jahren übernahm Großbritannien seine verwerfliche Rolle im Rüstungswettlauf: während dieser Jahre hatten peinlich groteske Ausflüge in die koloniale Kriegführung des 19. Jahrhunderts stattgefunden – Kenia, Zypern, Suez. Im Innern ging es mit dem Land sogar noch stärker bergab als während des Krieges: Die Schulen, Krankenhäuser, der ganze Dienstleistungssektor bedurften dringend der Modernisierung und versackten in Ineffektivität, die Alten starben in Armut und wurden vernachlässigt, Wissenschaft und Technik waren arme Verwandte des gewaltigen Geldverschwenders und -erzeugers, des Krieges; nirgends war etwas, wie es sein sollte, und dennoch begannen die Leitartikel der Tory-Presse – ein Ausdruck, den Phoebe genauso verwendete, wie sie es schon immer getan hatte – mit schöner Regelmäßigkeit: »Früher einmal war dieses unser Land in zwei Nationen gespalten, Arme und Reiche. Diese schlimme alte Zeit ist jedoch vorbei, und ...« Eine Art eingefleischter Beschränktheit, eine Blindheit hielt sich hartnäckig: So als sei kein Mensch imstande, zu sehen, was wirklich passierte. Und doch wählte »das Volk« die Konservativen nicht ab. Wie die Nachwahlen und die Kommunalwahlen und die Bezirkswahlen kamen und gingen, so schwankte die Popularität der Regierung, doch diese Schwankungen schienen nichts mit dem zu tun zu haben, was die Regierung gerade tat, oder damit, welche Versprechen sie brach, welche Gelegenheiten sie ungenutzt verstreichen ließ, schienen nichts zu tun zu haben mit guter oder schlechter Regierung.

Hier war der Punkt, wo Menschen wie Phoebe eine Strafe hinnehmen mußten, die ihnen wirklich Schaden zufügte: Denn wenn sie nicht an »das Volk« glauben konnten, wem konnten sie denn dann noch trauen? Die Konservativen gaben nie vor, an »das Volk« zu glauben. Wie sie in ihrem Zynismus auch laut verkündeten. Die Labour Party jedoch, die Labour-Bewegung war, konnte nichts anderes sein als eine Partei, eine Bewegung des Volkes – das, so schien es jedenfalls, sich nicht darum scherte, was für Lügen man ihm erzählte, wie oft es betrogen wurde und daß das Land in einen Morast der Untüchtigkeit hineinglitt. Man brauchte aber einen Glauben! Man mußte daran glauben, daß »das Volk« ein Born der Kraft und der Integrität war; man mußte an dem Wissen festhalten, daß das Volk, »wenn man ihm nur die Chance dazu gibt«, seinerseits glauben und vertrauen wird. Im innersten Wesen der Labour-Bewegung, dort, wo ihre Stärke liegt, da steckt auch diese Schwäche oder zumindest eine Anfälligkeit.

Denn diese »Geschichte der Labour-Bewegung« (sagen wir, um der Einfachheit willen, von 1910 bis 1965), die die beiden Weltkriege ausläßt, neigt außerdem dazu, auch die anderen gewaltigen Wogen der Massenbegeisterung auszulassen, den Kommunismus und den Faschismus. Doch hat jeder, den die Politik der letzten fünfzig Jahre nicht ganz kalt gelassen hat, einen gewaltigen Bammel gerade im Hinblick auf »das Volk« und auf das, wozu es (wir) imstande ist (sind). Es gibt doch auf der ganzen Welt nicht einen Staatslenker oder Politiker, der, was für ein Blatt er auch gerade spielen mag, dabei nicht immer ein entsetztes Auge auf die zu erwartenden Stimmungsbekundungen des Volkes hätte – doch dies scheint er sogar vor sich selbst zu verbergen.

Phoebe mochte ein Blatt Papier betrachten, auf dem die Zahlen geschrieben standen, die Milliarden und Abermilliarden Pfund, die für den Krieg, für Kriegsvorbereitungen, für Waffen ausgegeben wurden, die binnen eines Jahres überholt waren (jedoch ihren Zweck erfüllt hatten, der in der Erzeugung und dem Verbrauch von Geld bestand), für die Geräte, die (wenn irgend etwas schief ging, und es ging ja immer irgend etwas schief) die Luft, die Meere, den Boden, die Menschen vergiften würden; immer wieder mochte sie Stunden damit zubringen, derlei Formeln zu überschlagen, sich etwas darunter vorzustellen versuchen, sich zu wundern, denn sie waren ebenso mysteriös wie die, mit denen Entfernungen in Lichtjahren ausgedrückt wurden, und bei dem Gedanken, daß schon ein winziger Bruchteil jener Summe ausreichen würde, allen Menschen auf der Welt Schulen zu beschaffen, die Hungernden zu ernähren, würde sie immer noch wie eine Beschwörung vor sich hinmurmeln: Wenn das Volk uns an die Regierung bringt, dann ...

Und sie schärfte ihr Bewußtsein für die Frage nach der eigenen Integrität, der Einsatzbereitschaft. Sie hatte sich nicht verkauft! Sie hatte dazu genügend Gelegenheit gehabt. Wenn der Teufel den Köder für deine Seele auslegt, dann flüstert er nicht: Mit dieser Arbeit da bleibst du weit hinter deinen Möglichkeiten zurück – ich zahle dir das Zehnfache! Er sagt vielmehr: Was dir niemand nehmen kann, ist deine Integrität! Nein, nein, ich weiß, daß ich die niemals kaufen könnte, die ist unbezahlbar. Wieviel zahlen sie dir jetzt? 3000 Pfund? Schön, ich biete dir 4000 Pfund (die Lebenshaltungskosten steigen ständig), und alles, was ich von dir will, ist dein feines Gespür für Werte, deinen Realitätssinn ...

Phoebe und ihre Freunde waren Experten darin, die verschiedenen Varianten dieses Köders zu wittern, sich auszumalen, wie es in fünf Jahren um sie bestellt wäre, wenn sie den geraden Weg verließen. Meine Güte, seht euch die Geschichte der Partei doch bloß mal an!

Wenn Phoebe sich das interne Gerangel und den blühenden Klatsch und die schiere Gehässigkeit jener letzten Zeit am Ende von dreizehn Tory-Jahren ansah und sich der Überlegung nicht erwehren konnte: *Wenn wir drankommen, wie sollen wir denn dann um Himmels willen wieder an einem Strang ziehen können?* – dann fiel ihr das runde Dutzend leitender Positionen wieder ein, die sie ausgeschlagen hatte, und sie dachte an den hochsinnigen Kreuzritter Arthur Coldridge, der auf der Suche nach der Wahrheit durchs Land stapfte, statt Licht und Integrität in die oberen Ränge der Tory-Presse zu tragen; sie dachte an die hart arbeitenden, still ergebenen, getreulichen Reisenden der Labour-Bewegung überall in Großbritannien, und dann dachte sie: *Wenn wir drankommen, dann ...*

Das war die Zeit, als sich alles verschworen hatte, um zu bekräftigen, wie rätlich es war, sich anständig zu benehmen, sich anständig benommen zu haben. Zum Beispiel ihre Aufstellung als Kandidatin bei einer x-beliebigen Nachwahl. Sie wußte, in einer anders gearteten Partei hätte jemand wie sie mit ihren dreißig Jahren harter Arbeit und ihrem Expertenwissen im Rücken einen sicheren Sitz erwarten können und auch erhalten. Sie wurde hingegen in einem unbedeutenden Wahlkreis in den Wahlkampf geschickt: Es galt als selbstverständlich, daß Phoebe Coldridge, wohl wissend, daß sie nur verlieren konnte, die harte Wahlkampagne auf sich nehmen und die Kohlen für die Partei aus dem Feuer holen würde. Und entgegen allen Erwartungen wurde sie gewählt. Sie würde ein tüchtiges Parlamentsmitglied sein, das wußte sie, und dabei hatte sie nicht darum gebeten und auch nicht im entferntesten damit gerechnet.

Und dann die Angelegenheit mit »ihren« Afrikanern, von denen jetzt so viele Regierungsposten in Ländern bekleideten, aus denen man sie vor nur fünf, zehn Jahren ausgewiesen, in denen man sie ins Gefängnis gesperrt, zur Untergrundarbeit gezwungen hatte (natürlich war das den Torys zu verdanken gewesen; jegliches Versäumnis ihrer eigenen Partei auf diesem Sektor milderte sie zu kleineren Versehen ab) und in die sie, Phoebe, mittlerweile reiste, ein willkommener Gast, und um so willkommener, als sie verstand, wo die Willkommenheit aufhören mußte. Gelassen, freundlich, zu Ratschlägen bereit, wenn sie darum gebeten wurde, nahm sie offizielle Teeeinladungen von Männern an, die sie bewirtet, denen sie Geld gegeben und Unterkünfte besorgt, für die sie Rechtsbeistand beschafft und für deren Freundinnen sie Abtreibungen arrangiert hatte. Natürlich: Wenn sie Menschen beistand, die für eine gerechte Sache kämpften, hatte sie nie mit Belohnungen oder Bestrafungen gerechnet. Sie sah ihr eigenes Verhalten beispielsweise anders als das des im Exil befindlichen Joss Cohen, dessen geradezu höhnischen Einsatzeifer sie wenig überzeugend fand (einmal Kommunist, immer Kommunist!), und der jetzt (der Scherz stammte von Martha, was sie ja an sich merkwürdig hätte finden können, wenn sie es recht bedacht hätte – aber einmal Kommunistin, immer Kommunistin . . .) unter »Entzugssymptomen« litt. Joss, der sich wider

Willen seit Jahren in England aufhielt, nachdem er wegen seiner aufrührerischen Tätigkeit und der damit verbundenen Schandtaten seines Reviers verwiesen worden war, konnte jetzt wieder nach Afrika zurückkehren und tat es auch – häufig. Immer kehrte er aus diesem oder jenem Landesteil zu einem weiteren Aufenthalt in Phoebes Büro zurück und war eher wortkarg, was seine Afrikabesuche anging. Wie sich zeigte, hatte er nicht begriffen, daß das halbe Hundert Weiße wie er, die die afrikanische Sache zu ihrer eigenen gemacht hatten, für die Afrikaner, wenn sie erst einmal an der Macht waren, ebenso lästig waren wie die Helden nach Kriegsende für ihre Regierungen. Er hatte sich Gott weiß welche Zukunftsaussichten für sich ausgemalt, als Gefolgsmann oder Berater oder Regierungsmitglied in diesem oder jenem afrikanischen Staat, und wenn er an Männer herangetreten war, deren Genosse er in schwierigen Zeiten gewesen war, dann hatte er das genauso getan, als seien sie nicht inzwischen Premierminister oder Kabinettsminister geworden, während er selbst eine dubiose Figur blieb, wie sie jeder Regierung in welchem Lande auch immer suspekt sein mußte.

Das Herz war ihm gebrochen worden – um den Ausdruck zu benutzen, den man für einen Menschen verwendet, dessen Leben blockiert ist. Und er konnte es nicht glauben! Phoebe, die mit der gebotenen Diskretion zuhörte, schilderte er dann, wie er seinen alten Freund X angerufen habe und ein Mitglied des alten Colonial Civil Service am Apparat gewesen sei, der einst nicht nur ihn selbst, sondern auch den alten Freund X ins Gefängnis gesteckt hatte und jetzt in Diensten von X stand, als wäre die afrikanische Sache seit eh und je die seine gewesen – »Tut mir leid – wie war noch Ihr Name? Mr. X ist im Augenblick leider sehr beschäftigt – vielleicht wenden Sie sich besser schriftlich an ihn?«

Phoebe konnte sich eines Lächelns nicht erwehren; Joss konnte nicht lächeln. Das kam davon, wenn man – sich *nicht anständig benahm,* so sah es Phoebe.

»Phoebe«, sagte er, »na schön – doch wie würdest du dir denn vorkommen, wenn, sagen wir der Einfachheit halber mal, Aneurin Bevan je Premierminister geworden wäre und du riefest ihn an, weil du ein Glas Bier mit ihm trinken oder ein Freßgelage mit ihm veranstalten willst, und der Innenminister der letzten Tory-Regierung, der aus irgendeinem Grund sein Privatsekretär geworden ist, würde dir sagen: ›Er hat leider zuviel zu tun und kann Sie nicht empfangen‹?«

Und angesichts ihres Lächelns, das diesmal seinem gut gewählten Beispiel galt, rief er: »Du willst mir doch nicht erzählen, daß du nicht entsetzt wärst?«

Phoebe, die ja insgeheim auf »das Volk« setzte, sagte trocken, sie glaube nicht, daß er, Joss (der zwanzig Jahre dramatischer politischer Arbeit hinter sich hatte), für die gewöhnliche politische Kleinarbeit geeignet sei. Außerdem sagte sie noch, wenn er sich nützlich machen wolle, dann könne er anfangen, die Rassenvorurteile in Brixton oder Liverpool oder Notting Hill Gate zu bekämpfen, dafür brauche er nicht nach Afrika zu gehen; und schließlich sagte sie noch, für Leute, die aus irgendeinem anderen Grund in die Politik gingen, als dem Wunsch, zu dienen, habe sie nichts übrig.

Während der letzten paar Monate vor der Wahl, bei der die Labour Party endlich wieder ans Ruder kam, glich Phoebe wie einige andere auch eher einem aufgegangenen Teig, der zu lange neben dem Feuer gestanden hat. Sie hatte »nie etwas übrig gehabt« für Menschen, die den Tatsachen nicht ins Auge sahen; sie rühmte sich, sie erkennen und ihnen ins Auge sehen zu können, so schlimm sie auch sein mochten. Doch jetzt wurden ganze Tatsachenbereiche gelöscht oder zumindest ein bißchen verharmlost.

Beispielsweise war die Labour Party in der Vergangenheit immer nur in Zeiten akuter Krisen an die Macht gekommen, deren Ernst sie daran hinderte, etwas von dem zu tun, was sie der Wählerschaft versprochen hatte: Es war offensichtlich, daß das jetzt so eine Krisenzeit war.

Und abermals hatten die Menschen keine Ahnung, in welchem Zustand das Land sich befand: dafür hatte die »Tory-Propaganda« gesorgt. Ehe man etwas ausrichten konnte, mußten die Leute, die sie, wie sie vermutete, aus den falschen Gründen gewählt hatten, erst mal über die richtigen aufgeklärt werden – was immer seine Zeit brauchte.

Und abermals: nicht die gesamte Labour Party bestand aus Leuten wie ihr, die weitblickend, modern eingestellt, wissenschaftlich orientiert, nüchtern, gelassen und, überwiegend, jung waren, zehn oder fünfzehn Jahre jünger als Phoebe, die wiederum viel jünger war als die meisten Parlamentsmitglieder der Torys. Nein, und wenn die Partei an die Regierung kam, dann würden das nicht nur Leute sein wie Phoebe, die da regierten – weit davon entfernt; viele von denen waren schlimmer als Torys, fand sie.

Und abermals schien ihr die Gemütsverfassung oder die Stimmung »des Volkes« besonders ungeeignet für eine Labour-Regierung. Kein Mensch scherte sich gegenwärtig um etwas anderes als um sein Vergnügen oder ums Geldverdienen. Die jungen Leute waren alle vollkommen demoralisiert – eine Folge der langen Tory-Herrschaft, selbstverständlich. Nehmen wir mal Francis – der sagte, ihm sei's egal, ob nun die Roten oder die Torys am Ruder wären, das sei doch gehupft wie gesprungen. Und dann Paul – aber Paul schien ihr nun ein ganz besonders jämmerliches Exemplar zu sein. Oder ihre Töchter! Wie die beiden über Regierungsgeschäfte redeten, das war schon haarsträubend. Oder nehmen wir mal – wo fand man denn unter den jungen Menschen einen, der auch nur eine einzige vernünftige Vorstellung im Kopf hatte?

Phoebe bemerkte, daß sie der Jugend gegenüber etwas mehr Milde walten zu lassen begann, sie wählte ihre Worte, wich aus. Doch sollte sie das? War sie in diesem Punkt nicht korrupt?

Die jungen Leute, die sie kannte, hatten keinerlei Verantwortungsgefühl, *doch wenn die Labour Party drankam . . .* Sie träumte von neuen Heerscharen junger Menschen mit roten Transparenten in den Händen und nüchternem, gesundem Menschenverstand in den Herzen. Sie unternahm mit Arthur und Mary eine ausgedehnte Wahlreise durch Großbritannien, und sie hatte sich ihrem Mann (sie konnte ihn nun mal nur als solchen sehen, wie immer Mrs. Johns' Diagnose dieses Tatbestands ausfallen mochte) nie näher gefühlt, und wenn der Wagen vor einer Schule hielt, einer der gräßlichen Slumschulen, die offiziell gar nicht existierten, oder vor einem »College«, das man nicht mal Schweinen hätte zumuten mögen und das mit einem College nur den Namen gemein hatte, dann wußte sie, denn sie kannte ihn ja so gut, daß er genau wie sie von einer warmen Regung der Anteilnahme gepackt wurde, die ihm das Herz in der Brust schwellen ließ und die nicht nur diesen Kindern, sondern allen Kindern der Britischen Inseln galt: »Wartet nur – wenn wir erst mal dran sind, dann wird das alles geändert . . . Wenn das Volk uns wieder an die Regierung bringt, dann . . .«

2 Martha, die Lynda während ihrer schlimmen Zeiten bisher noch nie versorgt hatte, fragte Mark, wie sie sich verhalten solle. Er meinte, am besten wohl so vernünftig wie möglich.

Vernunft: Ja, ja, natürlich. Schließlich, wann war es denn nicht angebracht, sich vernünftig zu verhalten?

Doch da waren die, die behaupteten, Marks immer noch bestehende Ehe mit Lynda sei nicht vernünftig; andere, die darüber klagten, es sei doch nicht vernünftig, daß ein vielbeschäftigter Mann, der Verpflichtungen habe (gegenüber der Kultur, der Literatur und so fort), Monate mit einer Verrückten zubrachte, statt sie irgendwo unterzubringen, wo man für den Umgang mit Verrückten eingerichtet war. Wenn man denen wie Mark keine Beachtung schenkte und sich auf die Ebene der konkreten Details hinabließ, dann hätte man doch gern mal gewußt, ob Mark vielleicht vergessen hatte, wie er durch Lyndas Dummheiten nach oben getrieben worden war, um Martha gewissermaßen als Erdung zu benutzen? Sie bohrte nach. Mark hatte für jene Zeit jetzt folgende Worte: »Ich wäre nicht imstande gewesen, das zu tun und bei Verstand zu bleiben, wenn du nicht zu mir gestanden hättest.« Was darauf hinauslief, daß Mark es nicht vergessen hatte, er wollte nur nicht gern darüber nachdenken. (Ein- und dasselbe? Vielleicht war es das ja?) Er hatte das gewöhnliche Leben nicht aufgeben wollen (oder können), um sich in Lynda zu versenken. Und da er das gewöhnliche Leben nicht aufgegeben, sondern an der Vernunft festgehalten hatte, war er auch nicht imstande gewesen zu fragen: »Was ist denn los? Warum das? Was treibt mich denn dazu?« Wenn Martha jedoch alles aufgeben, sich hineinversenken wollte, dann war das ihre Angelegenheit. Er sagte, er habe Lynda nicht genützt, so daß er als Beispiel nicht recht tauge, wie? Mit einem Wort, er war beschäftigt, befand sich gerade in einer neuen Schaffensphase. Ein Buch, wie er immer wieder beteuerte, doch es schien weder ein Buch zu sein noch der Plan, eins zu schreiben. Er hatte sich aus dem gesellschaftlichen Leben wieder völlig zurückgezogen. Er hatte aufgehört, in den Kneipen zu verkehren, wo die »Science-fiction«-Schriftsteller zusammenkamen. Er verbrachte viel Zeit in der Fabrik und war von irgendeiner kämpferischen Auseinandersetzung mit Jimmy Wood beansprucht, denn es herrschte ein munterer Telefonverkehr.

»Ich hätte eher angenommen, daß ...«

»Tja, wenn das so ist, weshalb ...«

Lynda sagte: »Mark heckt irgendwas aus – o ja, ganz bestimmt!« Das geschah an einem Tag, als sie vernünftig war. Das heißt, man konnte mit ihr reden wie mit jedem anderen auch, selbst wenn sie verzweifelt und krank war. Das nächstemal mochte sie unerreichbar sein und hörte nicht oder hörte nur, wenn ihr danach war. Doch das alles war seltsamer, als es aussah. Schließlich war sie nicht aus der Bahn geraten und hatte angefangen, sich dumm zu benehmen, ehe alle Gäste gegangen waren und der Zeitpunkt günstig war. Und jetzt war wahrscheinlich diese Person da, die der anderen die Erlaubnis erteilt hatte, sich »dumm« zu benehmen, irgendwo hinter den geweiteten, angestrengten Augen, die Lynda Martha entgegenhielt wie einen Schutzschild, auf dem geschrieben stand: Nein, nein, ich bin nicht erreichbar!, oder sogar: Nein, es ist absolut niemand da.

Ihre Wohnung hatte wieder die Ausstrahlung von Hinterlist oder Scheinheiligkeit. Sie war immer noch auf eine solide Weise schön. Wie Lynda einmal gesagt oder geklagt hatte: »Wirklich, schöner wohnen mit Antiquitäten, als ob Christie oder Sotheby sie eingerichtet hätte.« Und damals, als diese Tische und Stühle und Schränke gemacht worden waren, hatte man noch für die Ewigkeit gebaut. Die Mißhandlungen, die sie durch Lynda und Dorothy erfahren hatten, hatten ihnen nur sehr wenig anhaben können. Martha konnte sich erneut eines Gedankens nicht erwehren, den sie schon früher gehabt hatte: Eine Woche streichen und ausbessern und aufräumen – und kein Mensch wäre je imstande, zu erraten, welches Grauen und wieviel Unglück diese Wohnung gesehen hat.

Nein, wenn jemand diese Räume zum erstenmal betrat, dann

würde er nur entzückt sein, sich angesichts der heiteren Gelassenheit der Möblierung und der dicken Teppiche und Läufer gleich wohl fühlen, nur daß einen alsbald ein Unbehagen beschlich, das nicht auf Anhieb erklärlich war.

Zum Beispiel gab es an den Wänden entlang einen freien Raum oder Laufgang, so als gäbe es eine zweite unsichtbare Wand, an die ein Tisch, Stühle, Bücherregale herangerückt waren. Und auch jetzt wieder machte die Tapete rundherum bis zu einer Höhe von vielleicht einem Meter fünfundsiebzig den Eindruck, auf unregelmäßige Weise schmuddelig und rostfleckig zu sein, was seine Erklärung in den Blutflecken von Lyndas abgekauten Fingerspitzen hatte. Und abermals nahm ein Paar Schuhe, das offenbar auf einem Stuhl vergessen worden war, beim näheren Hinsehen die Bedeutung eines Zeichens an, wie es eine umherziehende Zigeunerin oder ein Indianer für seine Freunde oder Stammesbrüder hinterlassen mochte: Ein Schuh war genau im rechten Winkel zum anderen hingestellt worden. Oder eins der bestickten Kissen der armen Dorothy, auf dem geschrieben stand: *Gott ist Liebe,* war unmittelbar neben einem Theaterplakat aufgebaut, auf dem eine im herkömmlichen Stil ausgestattete Hölle zu sehen war. Und immer so weiter: Nach wenigen Augenblicken war das, was wie eine vollkommen normale Anordnung von Zimmern ausgesehen hatte, zu einem Ort geworden, den es so schnell wie möglich zu verlassen galt – entweder das, oder zu einem Ort, den es zu studieren, aus dem es schlau zu werden, in den es sich zu versenken galt.

Lynda trug einen alten Flanellmorgenrock, den sie angelegt hatte wie Arbeitskleidung oder eine Uniform. Er war in der Taille säuberlich mit einer Kordel zusammengebunden, und die Ärmel waren hochgekrempelt, wie man das macht, um den Fußboden zu scheuern oder abzuwaschen. Ihre rotbraune, glänzende Haarflut, die von nachwachsendem strohigem Grau durchsetzt war, war im Nacken mit einem Band zusammengebunden. So hatte sie sich für die Aufgabe oder die Herausforderung gerüstet, krank zu sein.

Sie bewegte sich in dem Zwischenraum zwischen den beiden Wänden, der sichtbaren und der unsichtbaren, hin und her, den Rücken dem Zimmer zugewandt. Sie bewegte sich langsam und mit starrem Blick, den sie eindringlich an der Wand, der sie zugekehrt war, hinauf- und hinab- und hin- und hergleiten ließ. Die Handflächen preßte sie in wilder Verzweiflung dagegen, als würde sie die Wand auf diese Weise dazu bringen, nach außen zu fallen, so daß sie über Schutt und Ziegelsteine hinaustreten konnte. Oder die Bewegung ihrer Hände hatte etwas Abtastendes: Wie solide ist die Wand wohl? Oder: Woraus besteht die denn in Wirklichkeit – bist du sicher, daß sie nicht *weich* ist? Oder sie kehrte ihr den Rücken zu und das Gesicht dem Zimmer und ließ sich, indem sie sich vom Kopf bis zum Gesäß kerzengerade hielt, in kurzen Abständen mit einem dumpfen Aufprall dagegen fallen, und diese Bewegung schien auszudrücken: »Ich muß so weitermachen, ich muß solange bei irgendeiner Art von Tätigkeit bleiben, bis sie genügend Energie erzeugt, damit ich mich wieder umdrehen und weitermachen kann . . .« Nach einer kurzen erholsamen Zeit dieser nahezu geruhsamen oder meditativen Bewegung drehte sie sich dann wieder um und setzte ihren Rundgang entlang der Wand fort, tastend, drückend, hämmernd – rund und rund und rund. Wenn sie das Fenster erreichte, dessen Vorhänge vorgezogen worden waren, so daß eine hohe, weite Wiese aus dunkelgrünem Samt entstanden war, ertastete sie ihren Weg daran entlang mit leichteren, sanfteren Bewegungen der Finger, und während dieser Teile ihrer Reise mußte man sich fragen, ob ihr Drücken und Schieben, wenn sie vor der Wand stand, wirklich bedeutete: Kann ich raus? Wie stark bist du?, da das Fenster ja eine Öffnung war. Denn vielleicht bedeutete es ja etwas ganz anderes.

Martha saß in einem bequemen Sessel in der Zimmermitte und sah zu, und Lynda, die von Martha keine Notiz nahm, arbeitete sich voran. Trotzdem hatte Martha den Eindruck, daß Lynda sie zwar zu ignorieren schien und vielleicht sogar versuchen würde, glatt durch sie hindurchzugehen, wenn sie ihr bei ihrem Rundweg in die Quere kam, aber eigentlich darauf wartete, daß sie etwas sagte oder tat, denn in ihrer ganzen Haltung, auch der des Kopfes, selbst noch in den verstohlenen Änderungen der Blickrichtung deutete sich ein Trotz an, der zwar im Zaum gehalten wurde, aber nur darauf wartete, herausgefordert zu werden: *Ich tue doch nicht, was du sagst!* Doch Martha hatte keine Ahnung, was von ihr erwartet wurde – was Lyndas bisherige Erfahrung sie erwarten ließ. Als Lynda erschöpft in den Schlaf sank, zusammengesunken nahe der Wand wie eine Gefangene, die, von einer Kugel getroffen, hinter einer uneinnehmbaren Barrikade stirbt, ging Martha zu Mark hinauf. Es waren beinah zwei Tage vergangen, seit dieser Schub oder Anfall begonnen hatte. Martha war eingenickt, hatte im Sessel geschlafen, Lynda hatte, soweit sie wußte, gar nicht geschlafen. Mark war in seinem Arbeitszimmer. Er arbeitete nicht, sondern lag in einem tiefen Sessel und versuchte, in sich aufzunehmen, was die Wände sagten. (Es gab eine neue Wand, die an Scharnieren befestigt war und auf der sich die Fakten und Zahlen über Nervenheilanstalten, Irrenhäuser, Verrückte, geistig Behinderte in allen Ländern der Welt befanden.) Überdies machte er den Eindruck, als horchte er auf das, was im Kellergeschoß vor sich ging, oder vollzöge es im Geiste nach.

»Wenn Lynda unentwegt an den Wänden entlanggeht, was machst du dann?«

»Da ist ja nicht viel zu machen. Ich präge ihr immer wieder ein: ›Du bist nicht eingesperrt, Lynda, du kannst jederzeit hinaus, wenn du möchtest.‹«

»Aha – ich habe nämlich überhaupt nichts gesagt.«

»Naja, das ist doch so etwas wie ›den Kontakt zur Wirklichkeit aufrechterhalten‹ – etwas in der Art vielleicht?«

»Schon möglich.«

Als Martha gebadet und gegessen hatte, kehrte sie ins Kellergeschoß zurück und fand Lynda auf dem Fußboden sitzend vor; wie ein Kind saß sie da und wiegte sich summend vor und zurück. Sie wirkte zufrieden oder wenigstens schien sie sich weit genug in sich selbst zurückgezogen zu haben, um die Außenwelt nicht zu beachten. Sie erblickte Martha und schoß ihr einen haßerfüllten Blick zu. Das war theatralisch. Dann stand sie auf und fing mit ihrem Rundweg an, wobei sie Martha weiter mit ihren wütenden, forschenden Blicken bedachte.

Martha sagte probehalber: »Lynda, du bist nicht eingesperrt, du kannst jederzeit raus, wenn du möchtest – da ist die Tür.«

Das hatte erstaunlicherweise einen durchschlagenden Effekt – obwohl Martha halb damit gerechnet hatte. Lynda bewegte sich rascher, machte von den Fäusten Gebrauch, indem sie der Wand einige kurze, heftige Schläge versetzte und Martha dabei nicht aus den Augen ließ. Das war nun sehr theatralisch. Irgendwo in Lynda beobachtete irgendwer, was sie tat, so daß dieser herausfordernde Trotzblick, der Martha traf, wohl – komisch gemeint war? Nein, doch Martha verspürte den dringenden Wunsch, zu lachen – ganze Ausbrüche hysterischen Gelächters wurden unterdrückt. Lynda bewegte sich rascher vorwärts und wartete, daß Martha es noch einmal sagte. Martha schwieg, und Lyndas Bewegungen wurden wild und wütend, und ihre Augen weiteten sich bereitwillig zu einem Ausdruck von Raserei. »Lynda, das sind ganz gewöhnliche Wände. Du wohnst hier. Du kannst jederzeit rausgehen, wenn du möchtest.«

Und jetzt wirbelte Lynda zu Martha herum, schnappte sich einen schweren viktorianischen Ledersessel und hielt ihn über Marthas Kopf. Es war unglaublich, daß sie die Kraft dazu hatte, doch sie hielt ihn und sah Martha zähneknirschend an, und erst als Martha sich nicht rührte, sondern Lynda so gelassen, wie ihr das möglich war, ins Gesicht lächelte, setzte sie den Sessel zu Boden und brummelte kopfschüttelnd in sich hinein, so als wollte sie sagen: *Du kannst nicht hören, was ich sage, weil ich es nicht will.* Dann nahm sie ihren Rundgang entlang der Wand wieder auf. Rascher als vorher, unter wütendem Gemurmel und übertrieben wütenden Blicken, wie es der Rolle entsprach: Laß mich in Ruhe, du bist gar nicht da.

Also sagte Martha nichts mehr. Ob Lynda wollte, daß Martha

»vernünftig« war, so daß Lynda sich ihr widersetzen konnte? Oder ob Lynda wollte, daß Martha oder irgend jemand sonst da war, doch daß man sich nichts vorstellen, nichts sagen sollte – wollte sie bloß in Frieden gelassen werden? Wie auch immer: Lynda machte einen Tag, dann noch einen zweiten weiter, immer im Kreis, während Martha in dem Sessel saß. Lynda schlief während dieser Zeit nicht, und nach einer Weile, da Martha eben nicht sagte: »Das sind deine Wände, das sind keine Zellenwände«, fing sie an, sich langsamer zu bewegen, und Martha hatte den Eindruck, daß sie etwa eine Stunde lang an einem Fleck stand, Marthas Anwesenheit fast vergaß und den Kopf auf den Fäusten ruhen ließ, die wiederum an der Wand ruhten. Doch ihre Augen waren geöffnet. Sie hatte sich völlig in sich selbst zurückgezogen und schaute Martha niemals an, doch einmal döste Martha ein und merkte dann, daß Lynda an sie herankroch und ihr ins Gesicht starrte, so wie ein Kind zum erstenmal einen Frosch oder eine Ameise anstarrt oder sonst ein noch unbekanntes Lebewesen. Ein andermal sah sie, daß Lynda sich ein Kissen unter den Kopf geschoben hatte, damit er nicht immer herabsackte. Und einmal sagte Lynda in völlig normalem Ton: »Es ist kalt hier, sollen wir die Heizung anstellen?«

Doch sie aß nichts und trank nichts und hatte anscheinend kein Bedürfnis, sich hinzusetzen oder hinzulegen und zu schlafen. Ein weiterer Tag verging. Es gab eine kleine Krise, die schlimmer hätte verlaufen können, als Lynda von einem Gang ins Badezimmer mit ein paar Tabletten zurückkehrte, die sie auf der Handfläche ausgebreitet hatte. Sie schaute Martha nicht an, legte sie jedoch in einer Reihe auf den Tisch wie hübsche bunte kleine Spielzeuge oder Bonbons und tat so, als wollte sie sie herunterschlucken. Ihr Verlangen, Martha so weit zu reizen, daß sie hochschoß und ihr untersagte, sie einzunehmen, war so stark, daß Martha wirklich alle Mühe hatte, ruhig zu bleiben. Doch sie blieb ruhig. Dann wischte Lynda die Tabletten, ohne auch nur eine zu nehmen, mit der Kante der einen Hand auf den Handteller der anderen und ließ sie auf eine Untertasse fallen. Dort blieben sie dann, unberührt, als wollte Lynda sagen: Guck mal, du siehst ja, ich nehme sie *nicht*!

Und ab jetzt machte Martha sich Sorgen, weil Lynda nicht aß und trank. Sie war ohnehin immer zu dünn, doch jetzt war sie das reinste Skelett, dem man einen alten Morgenrock umgebunden hatte, und der Schädel trat in dem Maße immer stärker hervor, wie die Augen, die Wangen einsanken. Martha machte in der Küche eine Kleinigkeit zu essen zurecht und kam mit einem Tablett herein, das sie, ohne ein Wort zu sagen, auf einen Tisch stellte. Sofort verfiel Lynda wieder in ihre Trotzhaltung, funkelte Martha aus wütenden Augen an und murmelte unhörbar vor sich hin.

»Wenn du nicht ißt, wirst du noch krank«, sagte Martha, woraufhin Lynda sich das Tablett schnappte und es gegen die Tür schleuderte. Dann setzte sie ihren Rundgang fort. Martha holte Putzzeug und beseitigte zerbrochenes Geschirr, zerlaufene Eier und Milch. Lynda beobachtete sie, wie es ihre Art war: so, als sähe sie nichts, während sie alles beobachtete. Dann kam sie von der Wand auf den Teppich herüber, kniete sich hin und schleckte die Milch von einer halb zerbrochenen Untertasse. Sie beobachtete Martha, während sie das tat. Martha verspürte einen ungeheuren Drang, es ihr gleich zu tun. Doch sie erkannte, daß das kein bloßer Impuls war, der Lynda dazu gebracht hatte, auf dem Boden sitzend zu schlecken wie ein Tier. Sie hatte sich das ausgedacht, sie hatte gewußt, was sie tat. Und jetzt fand Martha, während sie neben Lynda auf dem Boden kniete, heraus, was *sie* tun sollte: Sie erkannte, daß ihr »wenn ich *das* tue, dann tut sie *das*« der Gegenpart zu Lyndas Berechnung war. Darin lag eine Gefahr. Welche Art von Gefahr? »Vernünftig«, »verständig« zu sein, war stets verkehrt – oder jedenfalls sah es so aus: Es war das, was sich als gefährlich herausgestellt hatte, was in drohend geschwungenen Sesseln und geschmissenen Tabletts endete. Sie dachte zwar: »Das ist gefährlich für mich, nicht für Lynda«, goß sich aber nichtsdestoweniger einen Fingerbreit Milch aus der Rundung eines umgekippten Glaskrugs auf einen Teller, hielt ihn an den Mund (sie ließ sich nicht auf alle viere nieder, um vom Boden zu trinken, sie trank symbolisch, schleckte nicht). Und jetzt verharrte Lynda nicht länger auf allen vieren, sondern setzte sich auf und schaute lächelnd zu. Es war ein säuerliches Lächeln. Triumphierend? Nein. Sie erkannte irgend etwas an, gab irgend etwas zu? Martha hatte keine Ahnung. Dann erhob Lynda sich, ging in ihre Küche und kam einen Augenblick später mit einem großen Glaskrug voll Wasser und einem Glas zurück. Sie goß sich mit unsicherer Hand Wasser ins Glas, wobei viel danebenging, und trank es. Ihre Zittrigkeit, die darauf schließen ließ, wie sehr sie geschwächt war, weil sie nicht gegessen, nicht geschlafen hatte, alarmierte Martha, doch sie zwang sich zur Ruhe. Lynda trank ein Glas Wasser nach dem anderen, ohne Martha anzuschauen, und das mit der Miene eines Menschen, der es verzweifelt eilig hat, wieder an seine eigentliche Aufgabe zu kommen, die darin bestand, die Wände zu prüfen oder herausfordern oder zur Kenntnis zu nehmen oder zu stützen. Was sie fortsetzte.

Es war erstickend in diesem großen, niedrigen Zimmer, wo wegen der zugezogenen Vorhänge die Lampen brannten und die Heizung ganz aufgedreht war. Doch Lynda wollte nicht hören, als Martha vorschlug, das Fenster zu öffnen. Es lag ein starker Schweißgeruch in der Luft. Lynda schwitzte schlimm. Lynda sollte baden. Lynda sollte schlafen. Lynda sollte essen, Lynda sollte, sollte, sollte . . . Die Zeit verging. Oben saß Mark wahrscheinlich in seinem Arbeitszimmer, »arbeitete« oder versuchte, was an den Wänden war, in einen sinnvollen Zusammenhang zu bringen. Draußen auf der Straße ging das Leben weiter. Man konnte die Arbeiter hören, die die Straße aufrissen, um die Kanalisation oder die Gasleitung oder die Stromkabel oder die Telefonleitung zu reparieren; irgendwo in der Nähe war ein Preßlufthammer zu hören. Überall um sie herum arbeitete, aß, schlief, redete, vergnügte sich London, doch hier hatte man das Gefühl, sich unter Wasser zu befinden, oder ausgesperrt zu sein oder das gewöhnliche Leben aus einer anderen Dimension zu betrachten.

Martha stellte fest, daß sie sich nach Bewegung sehnte. Sie sagte sich, daß sie ein aktiver Mensch sei, nicht dafür geschaffen, tagaus, tagein nur dazusitzen und jede Bewegung, jedes Wort zu kontrollieren. Ihre Glieder waren ruhelos und verlangten nach Betätigung. Dann begriff sie, daß ein Teil ihrer selbst sich gern Lynda bei ihrer Reise an den Wänden entlang angeschlossen hätte: Sie hatte gar keine Lust, die Wohnung zu verlassen. Selbstverständlich nicht – wie konnte sie nur je auf diesen ganz nebensächlichen Gedanken verfallen sein, daß es möglich sei, die Wohnung zu verlassen? Wie sollte Lynda hinauskönnen, so wie sie war, so preisgegeben bis auf die Haut, und sich einer Welt aussetzen, die sie »vernünftig« beurteilen würde? Und wie sollte Martha denn hinausgehen können, da sie doch ein Teil von Lynda war? Es konnte nicht mehr lange dauern, und sie würde ebenfalls aufstehen und an diesen Wänden entlang im Kreis herumgehen, um und um und um.

Dann war es also herzlos, daß sie hier als Beobachterin saß, während Lynda sich an ihrer Aufgabe abarbeitete? Ob sie sich Lynda anschließen sollte, wie sie (beinah) wie eine Katze oder ein Hund von einer Untertasse geschleckt hatte? *Beinah* ... sie hatte es nicht richtig getan.

Sie konnte es nicht ertragen, auch nur einen Augenblick länger stillzusitzen. Sie stand auf und hielt damit eben noch auf, was sich ihr als Explosion gestauter Energie anzukündigen schien, und nachdem sie eine Stelle des Teppichs gesäubert hatte, die immer noch fleckig war von verschütteter Milch, machte sie langsam Gymnastikübungen, ohne Lynda die geringste Beachtung zu schenken.

Sich zu bewegen, seine Muskeln zu benutzen nach langem Sitzen, langer Untätigkeit – was war das für eine Freude, was für ein Geschenk, ein Segen! Sie machte langsam weiter, genußvoll, indem sie sich streckte und beugte und reckte und sich die Rastlosigkeit aus dem Körper arbeitete. Und Lynda lehnte an der Wand und beobachtete sie. Keineswegs aggressiv, keineswegs aus dem Bedürfnis heraus, sich aufzulehnen oder sie zu reizen oder um auszudrücken: Laß mich in Ruhe, oder: du kannst mich nicht erreichen.

Als Martha mit ihren Übungen fertig war, sagte sie zu Lynda: »Ich gehe nach oben und bade – es wird eine Weile dauern.« Denn sie hatte sich überlegt: In all den Jahren, die Lynda in Kliniken gewesen war oder von Pflegerinnen oder von Mark bewacht werden mußte, hatte sie nie jemanden verletzt, auch sich selbst eigentlich selten. Es waren Gegenstände geworfen worden, ein-, zweimal hatte es einen Kampf gegeben, ein Fenster war kaputtgegangen. Es hieß, sie sei gewalttätig, sie sagte von sich selbst, sie sei gewalttätig, wenn sie sich gerade »dumm benahm«. Doch war es eine Tatsache, daß sie niemanden verletzte – nie war jemand verletzt worden. Martha hielt sich lange im Bad auf, zog sich um, aß. Sie schlief sogar etwa eine Stunde. Als sie wieder herunterkam, saß Lynda mitten auf dem Teppich. Lynda schaute Martha nicht an, stand jedoch auf und ging ins Badezimmer, um zu baden. Ausgiebig und indem sie recht viel Unordnung machte. Man hörte, wie mit Wasser herumgespritzt wurde, und da flog auch einiges durch die Gegend. Lynda sang und murmelte. Liedfetzen, Gesprächsfetzen, ein schrilles dreckiges Lachen. Es klang gemein, abstoßend, doch die Obszönitäten hatten fast etwas von einem hastig wiederholten Ritual. Lynda, die, wie die Frauen auf der Straße beim Anblick einer berüchtigten Hure oder eines Filmstars, oder auch wie Mrs. Quest, Unflätigkeiten rief, hatte sich entschlossen, diesen speziellen Bereich des menschlichen Gemüts aufzusuchen und hatte, wie Mrs. Quest, beschlossen, dort nicht ewig zu verweilen. Sie kam aus dem Badezimmer wie ein braves, reinliches Kind. Sie hatte einen anderen Morgenrock angezogen, diesmal einen aus dunkelrosa Baumwolle, und ihr Haar war frisch gewaschen und neu zusammengebunden. Sie ließ sich wieder auf dem Teppich nieder. Sie und Martha sahen einander an, und dieser Blick sagte auf Marthas Seite: Lynda, bist du gewillt, wieder normal zu werden? und auf Lyndas Seite: Nein, noch nicht, ich will nicht.

Und nun saß Lynda, wiegte sich und sang sich Liedchen vor, Kinderverse und Kinderlieder, während Martha die Überschwemmung im Badezimmer beseitigte und Lyndas schweißgetränkten Morgenrock wusch. Dann kam sie wieder herein und setzte sich hin. Die Zeit verging, Tage und Nächte. Sie schliefen nicht. Oder sie nickten nur eben ein, doch das war kein wirklicher, gesunder Schlaf. Lynda trank Wasser. Sie wollte nicht essen. Doch Martha beobachtete, wie sie mit den Fingerspitzen ein paar Brotkrumen auf dem Küchenbord aufpickte, und brachte deshalb Keksschachteln aus der Küche oben mit herunter. Mark kam aus seinem Arbeitszimmer, als er sie hörte. Sie bemerkte, daß sie ihn mittlerweile beobachtete, nicht feindselig, aber doch kritisch, aus derselben Distanz, aus der sie auch eine abwesend blickende Frau in einem verschossenen blauen Baumwollkittel, mit Fingern, die bis zu den Gelenken vom Nikotin verfärbt waren, beobachtete, die sich in einem von verbrauchter Luft und Rauch bestimmten Klima bewegte. Ein rasierter, sauberer, kräftiger Mann mit intelligenten Augen legte die Arme um diese Frau und fragte: »Ist alles in Ordnung mit dir?«

Sie lauschte aufmerksam: Was er sagte, klang ungewöhnlich, jedes Wort hatte ein Eigengewicht, das zur Aufmerksamkeit zwang – die Worte hatte sie noch nie gehört, bestimmt noch nie über sie nachgedacht. Ihr ging plötzlich auf, daß Lynda deshalb oft murmelte und ihre Worte vor Martha schützte, weil sie ihnen, ihrem Klang, lauschte und wußte, wenn Martha sich ihrer annahm, sie verwendete, dann würde sich das auf ihre wirkliche Bedeutung zerstörerisch auswirken. Sie hatte Mark nicht geantwortet und bemerkte jetzt seinen Ausdruck höchster Beunruhigung. In diesem wachen, klaren Zustand, in dem sie sich befand, war dieser Ausdruck, diese Beunruhigung wie andere Gefühlsregungen oder Reaktionen seinen Zügen so deutlich und frisch eingeprägt, als bemerkte sie zum erstenmal im Leben Beunruhigung, Besorgnis. Doch sie mußte sprechen; und indem sie zu einem normalen Lächeln und den richtigen Worten zurückfand, sagte sie: »Doch, mit mir ist alles in Ordnung, und ich glaube, mit ihr auch bald wieder.« Während sie sprach, erschien ihr das, was sie sagte, lächerlich: Diese Geräusche, die das Menschengeschlecht machte, wenn seine Angehörigen sich untereinander verständigten, waren absurd. Weshalb fanden diese Geschöpfe sich damit ab? Denn es war eine Tatsache, wenn Mark und sie, diese hagere Frau, die von einer nervösen Spannung vibrierte, die von irgendeiner wohlklingenderen oder zumindest stärkeren Melodie herrührte, während dieser Begegnung kein einziges Wort gesagt hätten, dann hätten sie sich immer noch ausreichend verständigt: Mark wußte, daß mit ihr alles in Ordnung war, trotz ihrer Erschöpfung und obwohl sie sichtlich vom Fleisch fiel – er hatte es beim ersten Blick gewußt, der Rest war reine Formalität, zu der man sich verpflichtet fühlte, weil das so Sitte war.

Er küßte sie. Lippen, ein Spalt im Fleisch eines Gesichts, wurden gegen ein dünnes Gewebe von Fleisch gepreßt, das sie davor bewahrte, sich gegen eine Doppelreihe von Zähnen zu pressen, in denen Metallklumpen steckten. Dann bewegten diese Lippen sich weiter, um den Spalt in ihrem Gesicht zu berühren, der dafür vorgesehen war, daß sie Essen oder Flüssigkeit durch ihn einführte oder Geräusche machte. Ein Kuß. Der Teil von Martha, der dies bemerkenswerte Ritual beobachtete, wurde von einem fürsorglichen Mitleid mit diesen beiden lächerlichen kleinen Geschöpfen ergriffen – so als legten sich unsichtbare Arme allesumfassend, friedlich, mütterlich um sie beide und wiegten sie wie Wasser.

Der Beobachter und Martha gingen mit Keksen und einer dikken Scheibe Rosinenkuchen nach unten. Ja, sie war wirklich weit in Lyndas Land vorgedrungen. Doch war sie auch – bei Verstand? Sie hatte sich bestimmt in der Hand, und Angst hatte sie auch nicht. Sie war neugierig und wütend auf sich selbst, weil sie das nicht schon längst getan hatte – meine Güte, diese Tür hatte (wie so viele andere, mußte sie wohl annehmen) die ganze Zeit offengestanden, sie hätte nur eintreten müssen, wann immer sie Lust dazu hatte. Und sie hatte es nicht getan, einfach nicht getan.

Lynda aß ein paar Kekse. Sie trank Wasser. Sie badete. Wieviel Zeit wohl seit dem erstenmal vergangen war? Wie lange waren Martha und Lynda jetzt an der Arbeit? Sie konnten sich mit Berechnungen nicht aufhalten. Sie schliefen nicht. Martha glaubte gar nicht mehr zu wissen, wie man schlief. Ungläubig blickte sie auf eine Welt zurück, wo die Menschen sich in regelmäßigen Abständen zum Schlafen niederlegten – doch an diesem Punkt hatte sie sich früher schon einmal befunden. Wann? Vor vielen Jahren. Wo? Ja, das war auf einem Boot, einem Schiff gewesen. Sie fühlte wieder das Schwingen und Schwanken des Schiffs und schmeckte die Salzluft. Auf diesem Schiff hatte sie denken müssen: Wie ungeheuerlich, daß die Menschen freiwillig, ja begierig ihr kostbares Leben im Schlaf vertaten.

Sie kannte diesen Bereich des menschlichen Bewußtseins, dem die Maschinerie des Alltagslebens mehr als absurd, ja, als beängstigende Falle vorkam, sehr gut. Und sie hatte ihn schon gekannt, ehe sie auf dem Schiff gewesen war. Seit wann? Woher? Ihr Bewußtsein schien ein dünnes, helles Gewebe zu sein, durch das ständig andere Gewebe, Eindrücke, Empfindungen hindurchzogen. Oh, das war lange vor der Fahrt nach England gewesen . . . Plötzlich war Martha in einem Zimmer, das sie vergessen hatte, und sah riesenhafte Menschen, Giganten vor sich, die damit beschäftigt waren . . . Ja, sie war ein Kind gewesen, sie hatte diese Empfindung als winziges Kind gehabt, das die Erwachsenen anschaute, als sie um einen Tisch herumsaßen, mit Kleidern, die sie wie ihre Puppen wirken ließen, und sie sprachen und lächelten einander mit aufgesetztem falschem Lächeln, falschen Mienen zu. Denn sie meinten nicht, was sie sagten. Sie hatten Angst voreinander oder mußten einander zumindest besänftigen. Das kleine Kind hatte diesen Vorgang »Lügen« genannt. Sie hatte (in welchem Alter wohl?; sie war immerhin klein genug gewesen, um ein Knie als groß und gefährlich zu empfinden, wie die stampfenden Beine eines Pferdes) diese Giganten beobachtet und als Feiglinge und Lügner eingeschätzt, die sich – unglaublich – mit Hingabe bedeutungslosen Handlungen und Ritualen widmeten, Anziehen und Ausziehen und Essen und Reden, und ihre Furcht voreinander war so gewaltig, das Mißtrauen so groß, daß sich nicht zwei von ihnen begegnen konnten, ohne vor Wachsamkeit zu erstarren und die Münder in die Breite zu ziehen und Gesten zu machen, die sagten: Ich tu dir nichts, wenn du mir nichts tust – sieh doch, ich bin so nett und freundlich, tu mir nichts ... Martha hatte das alles bemerkt, verstanden, hatte sich sogar in angstvoller Besorgnis, daß sie verschluckt werden könnte, gesagt: Laß dich da nicht reinziehen, erinnere dich daran, erinnere dich, *denk dran* – doch sie hatte sich nicht erinnert, sie war hineingezogen worden, sie war eine Lügnerin und ein Feigling geworden wie alle anderen.

Martha weinte bittere Tränen wegen der vergeudeten Jahre. Und Lynda, die auf dem Boden saß, schaute auf und bedachte sie mit einem wissenden Lächeln – das Martha mittlerweile sehr gut verstand. Es war nicht verbittert, es war nicht einmal tadelnd. Es war traurig. Martha weinte, und Lynda verhielt sich still, bis sie fertig war. Dann sagte sie: »Ja, doch wie kommt man raus, wie kommt man raus, *raus* ...« Und nahm ihre Rundwanderung wieder auf.

Martha saß dabei und sagte sich, genau wie sie es im Alter von – wieviel Jahren? gesagt hatte: Erinnere dich, *denk dran*, vergiß es nicht, wenn du ins normale Leben zurückkehrst, vergiß es nicht – doch gleichzeitig hatte sie Angst. Denn sie hatte sich das früher schon bei wachem Bewußtsein gesagt und war doch vergiftet und hypnotisiert worden, und was sollte verhindern, daß das nicht wieder passierte? Sie saß und beobachtete Lynda. Inzwischen verstand sie sehr gut, was Lynda da machte. Wenn sie gegen jene Wände drückte, sie taxierte, sie vermaß, dann erkundete sie die Beschaffenheit der Wände ihres eigenen Bewußtseins. Sie fragte: Warum kann ich nicht raus? Was hält mich hier drinnen fest? Weshalb ist das so stark, *wenn ich mir doch vorstellen, ja, mich halbwegs an das erinnern kann, was draußen ist?* Woher kommt das, daß ich innerhalb dieses Zimmers halb im Schlaf, betäubt, vergiftet bin und wie ein Mensch im Alptraum nach Hilfe schreie, doch kein Ton dringt aus meiner Kehle?

Lynda ging im Kreis und immer weiter im Kreis, weil sie sich einst, vielleicht vor langer Zeit, vielleicht als sie noch ein Kind war?, gesagt hatte: Denk dran, paß auf, daß du nicht einschläfst, und wenn du immer weitermachst und die Wände immer weiter nach einer Schwäche, nach einer dünnen Stelle abtastest, dann wirst du eines Tages einfach hinaustreten und frei sein.

Es wird so sein, als wären die Wände gerade nur an dieser einen Stelle zerbröckelt und verschwunden. Und das Zimmer wird wie eine schreckliche kleine Zelle erscheinen, die ein Tier verpestet hat.

Lynda saß auf dem Boden und wiegte sich. Vor und zurück und hin und her. Hin und her und ... immer weiter und weiter. Sie summte und sang, dann schwieg sie wieder. Dann sagte sie mit lauter Stimme ein Wort und lauschte ihm nach. Martha lauschte ebenfalls. Lynda sagte: »Brot«, und lauschte. Martha lauschte, und das Wort hallte von inneren Botschaften wider, eine so kostbar wie die andere, so als enthielte das Wort selbst kleine Wasserbomben, die im Bewußtsein hochgingen: Brot, Brot, Brot. Oder Lynda sagte »Wein« und lauschte.

Unaufhörlich fielen die Worte in den lauschenden Raum, den Marthas Bewußtsein darstellte. Sie wußte, wenn ein Mensch ein Wort nehmen und lauschen oder einen Kiesel oder Edelstein nehmen und ihn betrachten sollte, dann würde das Wort, der Stein am Ende seine eigene Bedeutung und überhaupt jede Bedeutung einbüßen. Doch sie hatte das vorher schon gewußt und hatte dies Wissen aus den Augen verloren ... Ihre Glieder, ihr Körper zuckten vor Rastlosigkeit. Sie wurde von kleinen Stürmen, Wellen gepackt, wie von – was? Es war ein Strom, der ihre Glieder mit der Sehnsucht erfüllte, zu zucken, zu tanzen. Lynda saß und wiegte sich, vor und zurück, hin und her, und es schien, als erzeugte Lynda dadurch, daß sie dasaß, sich bewegte, eine Energie, die in Martha eindrang und ihre Glieder durchprickelte und in ihr den Wunsch auslöste, zu tanzen, sich zu bewegen ... irgend etwas zu tun, doch sie konnte sich nicht erinnern, was.

Sie begriff, das war es gewesen, was Mark nach oben zu Martha getrieben hatte, um mit ihr zu schlafen. Zum Liebesakt. Was war das doch für ein ungeheuerlicher Ausdruck ... Liebe, Liebe ... Martha saß lauschend, während das Wort Liebe explodierte und sich fortzeugte. Und dachte an den Akt, dem sie sich so ungeheuer oft und mit so vielen verschiedenen Männern unterzogen hatte. Sie sah Martha vor sich, in unterschiedlichen Gestalten, von unterschiedlichem Körperumfang, je nachdem, um welche Zeit es sich gerade handelte, und ihre Glieder bewegten und verbanden sich mit diesem oder jenem Mann, immer auf dieselbe Weise, oder jedenfalls nahm es sich aus ihrer gegenwärtigen Perspektive so aus, doch subjektiv betrachtet, wenn sie sich wieder in den Akt hineinversetzte, war es nicht möglich, ein- und dasselbe Wort für das zu benutzen, was sie dabei empfunden hatte. Mark, wenn er nach oben gekommen war, besessen von derselben explosiven Kraft, die sie jetzt gepackt hielt, und sie geliebt, Sex gewollt, etwas getan hatte; Mark hatte sich einer Energie bedient, die sich sehr von der unterschied, die Jack eigen war, damals, vor so langer Zeit, als er aus ihren beiden Körpern so etwas wie Leitungen oder Leiter gemacht hatte für die Kraft, die sie bewegte und emporhob zu – sie konnte sich nicht mehr erinnern, wohin, sie wußte nur noch, daß es Verrat an ihr selber wäre, wenn es ihr nicht gelänge, einen Weg dorthin zurückzufinden. Und dann war da Thomas: Oh, gewiß, doch war das auch jetzt noch kein Name, den sie benutzen konnte, ohne daß eine Empfindung sie durchschoß wie die Flamme eines Flammenwerfers ... Wie schon vor Jahren saß sie da und murmelte vor sich hin: Wir verstehen noch nicht einmal die einfachsten Dinge von der Welt, nicht einmal die einfachsten Dinge. »Liebe«. »Sex«. »Orgasmus«. »Höhepunkt«. Das war alles Unfug, Worte, Klänge, erfunden von Halbtieren, die überhaupt nichts begriffen. Gewaltige Kräfte, so unpersönlich wie Donner oder Blitz oder Sonnenlicht oder die Bewegung der Ozeane, die der Mond zusammenzog und aufwarf und in ihren Betten umwälzte, jagten durch den Körper, und jetzt wußte sie recht gut, weshalb Mark blindlings nach oben gekommen und auf den nächsten freundlich gesonnenen Körper zugesteuert war, als er sich im Griff dieser Gewalt – oder *einer* Gewalt, einer dieser Gewalten befunden hatte. Nicht Sex. Nicht unbedingt. Es sei denn, man zog vor, daß Sex daraus wurde.

Jack hatte einmal gesagt: »die tausend Volt«. Er hatte vom Haß gesprochen. »Die tausend Volt Haß.« Tausend Volt Liebe? Tausend Volt – Mitleid? Nächstenliebe?

Als sie, Martha, zu Jack gegangen war, als Mark zu ihr gekommen war, um diese Energie zu erden, und als sie festgestellt hatte, daß Jack in den dazwischenliegenden Jahren zu einem Besessenen geworden war, sich einer Macht unterworfen hatte, die ... (Doch was für einer? Sie wußte es nicht, es sei denn, man wollte mit Kürzeln operieren wie »das Böse«, damit man nicht länger darüber nachdenken mußte), da hatte sie, weil sie es mußte, einfach nur diesen Ort in sich selbst gefunden, wo diese Gewalt eingedämmt, beherrscht, aufgehalten werden konnte. Sie hatte das tun müssen. Doch sie hatte seit jener Zeit vergessen, daß sie es nur deshalb erlernt hatte, weil sie es hatte erlernen müssen.

Mark, der an Lynda »angeschlossen« war, war zu Martha gekommen, Martha, die an Mark »angeschlossen« war, war zu Jack gegangen. Doch Jack hatte sich entfernt, hatte sozusagen einen Schritt vom Weg getan (mit irgendeinem Ausdruck dieser Art würde man sich wohl begnügen müssen), auf ein frisches Feld oder einen anderen Boden. Es gab eine Menge Wege, wie man das beschreiben oder darüber nachdenken konnte. Einer davon war: Jack hatte einer niedrigen, verkommenen Bewußtseinsform Macht über sich eingeräumt, fast wie einem mittelalterlichen Kobold oder einem ähnlichen Wesen. Im Mittelalter hätte man gesagt, er sei besessen. Eine Beschreibung, die auch nicht schlechter war als irgendeine andere. Oder man konnte sagen: Jack war ein Sadist geworden ... na prima, fein! Und wie weiter? Das war ungefähr genauso nützlich, wie wenn man sagte, er sei besessen. Es war eine Beschreibung.

Das Ausschlaggebende (für sie) bei diesem neuen Jack (oder der Schattenseite des alten, die nun nach außen gekehrt war?)

war jedoch, daß sie einfach nur deshalb imstande war, in sich selbst verschiedene Stränge oder Ebenen oder Schichten auseinanderzuhalten, weil er sich bis zu einem Extrem wegbewegt hatte, und sie infolgedessen gezwungen gewesen war, sie zu definieren, als Akt des Selbstschutzes. Frau kam zu Mann, weil sie Sex wollte und ihrer Reaktionen wegen, die erwartet wurden, bekannt waren, verstanden wurden. Frau erlebt diese neue Sache – Sadismus, Masochismus –, unterwirft sich zunächst, sträubt sich dann dagegen, verweigert sich, stellt Betrachtungen darüber an. Und, von beidem unterschieden, ein unpersönlicher Energiestrom, den sie von Mark mitgebracht hat, der ihn von Lynda hatte, die ihn ... von dem unpersönlichen Meer hatte.

Doch sie hatte durchaus gewußt, daß sie sich, indem sie diesen Strom zu Jack brachte, der jetzt (wie er in früheren Zeiten einmal befürchtet hatte) an den Haß »angeschlossen« war (ein Ausdruck, ebenso gut oder so schlecht wie jeder andere), in Gefahr begab. Sie hatte gewußt, daß sie in Gefahr war. Das unpersönliche Meer konnte genauso leicht zu den tausend Volt Haß werden, wie es Liebe werden konnte – noch sehr viel leichter, so wie die Menschen nun einmal waren.

Sie war gegangen, weil sie hatte gehen müssen. Da sie gehen mußte, hatte sie gelernt, zu beherrschen, was Mark von Lynda mitbrachte und was sie selbst zuerst als Bewegungsdrang erfahren hatte – einen Drang nach jeglicher Art von Bewegung, ob es nun Tanzen oder Laufen oder Gymnasikübungen waren; und das schon, ehe sie nachgedacht (und gehandelt) hatte. »Sex – doch wer denn? Ja, Jack.« Indem sie Jack verließ und zu Mark zurückkehrte, hatte sie sich beherrscht. Sie hatte vergessen, daß sie gelernt hatte, sich zu beherrschen. Doch indem man vergißt und immer wieder vergißt, führt das Leben einen zu bestimmten Punkten in einem selbst zurück, an jene Stelle, wo sich die Kontrolle befindet, wieder und wieder auf verschiedenen Wegen, und sagt ohne Worte: Dies hier ist ein Punkt, an dem du lernen könntest, wenn du nur wolltest. Wirst du es diesmal lernen oder nicht? Nein? Na schön, dann warte ich weiter. Wenn du jetzt nicht bereit bist, Pech gehabt! Ich finde schon Mittel und Wege, um dich wieder darauf zu stoßen. Wenn du dann bereit bist ...

Martha saß reglos in ihrem Sessel und spürte, wie sie bebte, fast auseinanderflog von der Gewalt, welcher auch immer, die in diesem Zimmer erzeugt wurde, und schärfte sich ein, was sie gelernt hatte, indem sie Jack verließ. Im wesentlichen bestand es darin, daß man sich still verhielt, standhielt, wartete. Sie saß still, und statt zuzulassen, daß ihre Gliedmaßen oder auch nur ihre Phantasie – war das dasselbe? – sie an den Wänden entlang führten, nach Bewegung lechzten, wie Lynda schaukelten, vor und zurück, und immer im Kreis herum, statt diese Energie auf welche Weise auch immer zu verschleudern oder zu benutzen, ließ sie sie anwachsen – ja, das war es, auch das hatte sie gelernt und vergessen – man mußte dafür sorgen, daß sie sich steigern konnte ...

Ihr Kopf wurde sehr klar, sehr hell, aufnahmefähig, eine sanft beleuchtete Blase über der Wildheit eines Körpers, dessen Glieder Bewegung wollten, zucken, ja, sogar tanzen, dessen Sex wach war, bereit, aufzuflammen und Forderungen zu stellen, in dem Wellen – von was? – kamen und gingen, strömend und verebbend wie von einem weiteren unsichtbaren Meer der Kraft. Wenn sie ganz still saß oder gleichmäßig auf und ab ging, dann blieb der Raum in ihrem Kopf unverändert oder erhellte und verdunkelte sich rhythmisch, wie im unregelmäßigen Rhythmus des Meeres. Sie hatte diese Helligkeit und Klarheit früher schon erlebt – ja, als sie vor langer Zeit durch London gelaufen war. Und auch damals war das die Belohnung fürs Nicht-Essen, Nicht-Schlafen gewesen, hatte ihr Kopf sich ihres Körpers bedient, um sie aus ihrem kleinen dämmrigen Alltagsgefängnis herauszuholen. Doch wie hatte sie nur zulassen können, daß das in Vergessenheit geriet? Wie war es möglich, daß sie nicht jeden Augenblick ihrer Zeit versucht hatte, diesen Zustand wiederzuerlangen, dorthin zurückzukehren, wo man wenigstens anfangen konnte, den Weg zu erkennen, der hinaus- und voranführte?

Martha saß oder ging sachte umher; sie horchte, aufnahmebereit, wartete. Und Lynda saß auf dem Teppich, wiegte sich, und manchmal summte sie oder sang sie leise vor sich hin, meist Kinderlieder, und manchmal schwieg sie. Die beiden nahmen keinerlei Notiz voneinander.

Martha hatte keine Mühe zu hören, was Lynda gerade dachte. Da sie jetzt feinfühliger war, weitaus feinfühliger als normalerweise, hörte sie besser. Normalerweise hörte sie gerade nur einen einzelnen Ausdruck oder ein Schlüsselwort oder ein, zwei Sätze, die zusammenfaßten, was in jemandes Kopf vorging. Jetzt war es fast so, als befände sie sich in Lyndas Kopf, denn der Wirrwarr von zusammenhängenden Worten und Wendungen, die durch bisher Erlebtes aufeinander bezogen sind, worin unser »Denken« überwiegend besteht (eine mechanische Verknüpfung von Vorstellungen wie Wurstketten), dieser Strom rann neben ihrem eigenen Strom durch ihr Bewußtsein oder verdrängte ihn manchmal. Lynda dachte gerade nicht über die Gegenwart nach, sondern darüber, was aus ihrem Leben geworden wäre, wenn sie nicht krank geworden wäre – »nicht so dumm gewesen wäre (Martha hörte jedes Wort), zu erzählen, was sie wußte«. Lynda stellte sich nicht etwa verbittert oder auch nur bekümmert, eher leidenschaftslos vor, wie sie gern ungestört auf dem Land aufgewachsen wäre, unter Brüdern und Schwestern, ihr Verhältnis zu ihren Eltern wäre unkompliziert gewesen, und wie sie dann einen Landwirt oder einen Gärtner geheiratet und eine große Familie gehabt hätte. Es war eine Phantasie, so schlicht und gesund wie Nanny Butts' Butterkuchen, so losgelöst von allem, was gegenwärtig passierte, daß sie den Eindruck erwecken mußte, Lynda sei launenhaft und verwöhnt, so als hätte sie gesagt: »Ich möchte in einem Marzipanhaus leben.« Und dann liefen ihre Gedanken weiter zu Mark: Wenn Mark sie doch bloß nicht zum Arzt geschickt hätte, wenn Mark ihr doch bloß vertraut hätte – und, noch davor, wenn ihr Vater sie doch bloß nicht zum Arzt geschickt hätte, und wenn sie, Lynda, doch bloß nicht gesagt hätte, was sie wußte, wenn sie doch nur genug gewußt hätte, um den Mund zu halten . . .

Hinter diesen Wortrinnsalen herrschte ein gewaltiges Geräuschchaos. Martha konnte es gerade eben noch hören. Sie dachte oder fragte sich: Ist das in Lyndas Kopf oder in meinem? Und dann, der Unmut angesichts ihrer eigenen Begriffsstutzigkeit (denn an diesem Punkt war sie doch nun weiß Gott oft genug gewesen, um sich nicht mehr fragen oder verwundern zu müssen) durchfuhr es sie wie ein Schock: selbstverständlich handelte es sich hier nicht um »Lyndas Bewußtsein« oder »Marthas Bewußtsein«, es war das menschliche Bewußtsein oder ein Teil von ihm, und Lynda sowie Martha konnten wählen, ob sie sich daran »anschließen« wollten oder nicht. Was sie gewußt hatte, sehr wohl gewußt hatte – diese Arbeit, das neue Territorium zu durchmessen, bedeutete, daß man ständig schmerzlich bemüht war, Entdeckungen zu machen, zu verstehen versuchte, Verbindungen herzustellen versuchte, daraus schlau zu werden versuchte – und dann fiel man wieder zurück, »vergaß man«, und dann erneut das Bemühen, voranzukommen – ein Kleinkind, das zu laufen versuchte, genau das war sie. Doch bestimmt bestand dafür gar keine Notwendigkeit, richtete das nichts aus, denn es konnte ja nicht gut sein, daß Lynda und Martha die einzigen beiden Menschen waren, die Landkarten von diesen Gebieten herzustellen versuchten. Es ging doch wohl eher darum, daß man die richtigen Führer suchte und fand.

Es war, als liefen eine Million Radioapparate gleichzeitig, und ihr Bewußtsein schloß sich rasch einem nach dem anderen an, so daß Worte, Wendungen, Lieder, Klänge hörbar wurden und wieder verklangen. Der Wirrwarr und das Durcheinander waren größer, wenn sie es zuließ, daß der Strom, der sie durchschoß, außer Kontrolle geriet, anschwoll und zuckte und flutete. Das Geräuschmeer ließ sich besser handhaben, wenn sie sich still und kontrolliert verhielt. Doch selbst dann war das nicht mehr als ein Sichanklammern. Martha trieb auf dem Strom dahin, ein kleines Boot auf einem eilenden Fluß oder ein winziges Flugzeug in einem Sturm, so daß ihr eigener Körper sich unter ihr aufbäumte und hin- und hergeworfen wurde, und Worte, schrille Schreie,

Schüsse, Explosionen, Sätze erklangen, verhallten oder dablieben. Wenn etwas blieb, dann konnte es, konnten sie stärker werden oder laut und andere Worte, Klänge, Redensarten derselben Art oder Struktur um sich versammeln, wie ein Stück Metall, das Partikel einer bestimmten Substanz anzieht, so daß sich ein Wort wie »Brot« zu der Redensart »Brot des Lebens« auswuchs, dann in einen hohen Gesang wie den einer Drossel ausbrach, der der Neunten Symphonie entstammte, sich dann ins Banale verläpperte – trocken Brot macht Wangen rot –, dann Bruchstücke von Rezepten von sich gab, in denen von Brotlaiben, im Steinofen gebacken, die Rede war, dann anzüglich wurde, höhnte, drohte, alles auf der Wellenlänge der Spottlust, bis dann plötzlich – während Martha (abermals) begriff, wie die Worte, Redewendungen, Klänge von jener Tonspur in einer genau festgelegten Relation zu irgendeiner Stimmung oder Regung in ihr selbst hereinkamen, erkannte sie, daß sie die Gewalt über sich verlor: Sie verlor die Gewalt über sich, weil sie nicht verhindert hatte, daß sie Angst bekam. Ihr ganzer Körper, Organismus vibrierte, bebte, wurde in Stücke gesprengt von der Gewalt, mit der das Geräuschmeer in sie eindrang. Ihr Kopf war ein Tollhaus, ein Chaos, doch als sie gerade losschreien, kreischen, die Beherrschung verlieren, vielleicht ihren rebellierenden Kopf gegen die Wand schlagen wollte, da fiel ihr Blick auf Lynda, die ruhig auf ihrem Teil des Teppichs saß, und sie erinnerte sich, daß Lynda vor ein paar Tagen während ihres langen Wegs immer an den Wänden entlang gesagt hatte: »Ich muß durch die Geräuschbarriere. Hier ist die Geräuschbarriere. Ich muß da durch.« Gerade als Martha wieder einfiel, daß Lynda das gesagt hatte, sagte diese: »Das kann man, doch es ist schwierig. Wenn du dich übermannen läßt, dann ist es schwierig, es wieder loszuwerden. Sei vorsichtig.« Diese Worte stürzten Martha zunächst in Panik, doch dann, als sie sich neben Lynda zu Boden warf und dachte, es sei nicht möglich, da »durch« zu kommen, und nun sei sie auf alle Zeiten dazu verdammt, von Klängen zertrümmert zu werden, die so gewaltig waren, als arbeiteten Preßlufthämmer im Innern ihres Gehirns, widersetzte sich, während sie anscheinend am Zerspringen war und bebte und zitterte, alles in ihr der Invasion, klammerte sie sich zu ihrem Schutz fest und hielt stand, behielt die Beherrschung, ließ nicht locker und beruhigte sich. Martha versank mit einemmal in Schlaf, war ganz weg, aber wahrscheinlich nur für wenige Augenblicke, ein paar Herzschläge lang. Als sie erwachte oder anfing zu erwachen, war ihr Körper ausgeruht und ihr Bewußtsein wieder an den Punkt zurückgekehrt, wo es sanft und klar und aufnahmebereit war, während der Klangozean nur ein leises zurückweichendes Geräusch in sicherer Entfernung war.

Sie ruhte mit dem Gesicht nach unten auf dem Teppich aus, die Augen geschlossen, leer im Kopf, als schaukele sie auf langgezogenen Wellen innerhalb eines Riffs, während sich jenseits davon die brüllende See brach.

Wie sie so ruhte und sich weigerte, das Geräuschmeer an sich heranzulassen, bemerkte sie, daß die kleinen bewegten Bilder vor ihren Augen entlangzogen. Kam man dieser sensibleren oder intelligenteren Instanz in sich, die sich (wer oder was?) durch Klänge oder durch kleine bewegte Bilder verständlich machen konnte oder, wenn man auf die richtige wache Weise schlief, auch durch Träume, näher, oder war man ihr schutzloser preisgegeben, wenn man sich in diesem gehobenen Zustand befand? War es so, daß etwas, das das Bedürfnis hatte, sich mitzuteilen, sich mitteilen *mußte*, wie Wasser einfach den bequemsten Kanal durch den Klumpen Verständnislosigkeit fand, der Martha in ihrem Alltags- oder ihrem Normalzustand war?

Lynda sagte: »Ich versuche ständig, Menschen zu finden, die Bescheid wissen, doch ich habe noch keine gefunden. Irgendwo müssen sie aber sein.«

Sie summte munter vor sich hin. *Wie viele Meilen bis Babylon? Nur mehr siebzig Stück. Komm ich dahin bei Kerzenlicht? Ja, und wieder zurück.* Diese Verse schienen voller Informationen zu stecken, die sich gerade eben noch Marthas Zugriff entzogen, doch an die sie eines Tages herankommen würde. Augenblicklich breiteten sich vor ihren Augen Gärten aus, die sich vertikal in ansteigenden Stufen erhoben, bis dorthin, wo die Fahnen von Fontänen sich unter ziehenden weißen Wolken bewegten, und das Wasser stürzte herab, tröpfelte, strömte, spritzte, sang. Sie roch Sonne auf nassem Laub.

Jetzt sah Martha Lynda in einem fahlen zottigen Mantel gegenüber einem dicklichen lächelnden indischen Herrn in einer Art Teestube oder Selbstbedienungsrestaurant sitzen.

»Ich sehe dich mit einem Inder in einem Restaurant«, sagte Martha.

»Oh, ja, das kann gut sein. Das muß der Blumenguru sein, weißt du, der war nämlich hier. Ich bin durch diese Bücher auf ihn gestoßen, du weißt schon. Ich habe mich bei Lyons mit ihm getroffen. Er saß die ganze Zeit nur lächelnd da und sagte: Gott ist Liebe. Und ich habe die ganze Zeit immer nur gesagt, ja, das ist wohl wahr – weil ich finde, daß Menschen wie wir nicht das Recht haben, über Gott zu reden, Martha.«

Martha, die diese Szene beobachtete und nicht wollte, daß sie durch ihr Reden verscheucht wurde, sagte nichts.

»Er hat mir eine große rosa Rose gegeben und gesagt: ›Das ist Liebe.‹ Also habe ich sie an mein Kleid gesteckt.«

»Nein, das hast du nicht, du hast mit der Rose in der Hand dagesessen«, sagte Martha rasch und ohne Betonung, um die Szene ruhig zu halten.

»Ach wirklich? Ich dachte, ich – dann habe ich gesagt: ›Ich weiß nichts über die Liebe. Andere Menschen müssen sich um mich kümmern. Ich habe nie gewußt, wie man das macht, jemanden lieben. Ich habe mein Kind geliebt, doch ich konnte mich nicht darum kümmern. Ich kann nicht einmal meinen Mann lieben. Ich habe ihn endlose Jahre unglücklich gemacht, weil ich nicht ertrage, daß er mich berührt.‹ Dann sagte er, die Große Mutter habe mich vielleicht zu einer ihrer Töchter erwählt, die von der Tyrannei des Fleisches befreit seien – der Wollust, sagte er. Darauf habe ich gesagt, Quatsch. Ich habe gesagt, wenn ich mit meinem Mann ins Bett gehen und ihn dadurch glücklich machen könnte, dann hätte ich das Gefühl, der Liebe einen Schritt nähergekommen zu sein. Er sagte, ich sei ein Opfer der westlichen Denkweise. Ich erwiderte, wenn Gott eine Rose sei, dann sei Gott auch Sex. Ob im Osten, ob im Westen, in der Heimat ist's am besten. Er saß und lächelte und lächelte, weil er im Innern genau wußte, daß ich das schon so sehen würde wie er, wenn ich erst mal die nötige Reife hätte – wie Dr. Lamb. Also stand ich auf und ging.«

»Du hast ihm die Rose zurückgegeben«, sagte Martha.

»Ach ja? War das da, als ich...«

Martha lachte. Es war traurig und komisch zugleich, der sanfte rundliche lächelnde Inder, während Lynda dort hochgewachsen, höflich lächelnd stand und ihren prächtigen fahlen Pelz mit der einen Hand festhielt und zugleich die rosa Rose umklammerte. Dann beugte sie sich plötzlich vor, um sie ihm zu überreichen, nicht in kränkender Absicht, sondern eher weil sie das Gefühl hatte, sie müßte höflich sein – wie ein kleines Mädchen.

Lynda verließ das Restaurant, und die Szene wurde ausgeblendet.

»Apparate«, bemerkte Lynda.

»Ja. Doch wie viele?«

»So viele wir wollen, nehme ich an...«

Martha war bestimmt ein Radio, Lynda ebenfalls. Martha war ein Fernsehapparat, nur war sie, anders als ein Fernsehapparat, nicht an die Zeit gebunden. Sie war eine Kamera: Man konnte von jedem Gegenstand oder jeder Person mit den Augen Bilder machen und sie hinterher herausholen, um sie eingehend zu betrachten, das heißt, das hing davon ab, wie konzentriert man war, wenn man sie betrachtete. Was sonst noch?

Lynda sagte: »In dieser ersten Klinik, wo Dorothy hinkam, als sie das erstemal krank war, hatte sie eine Freundin. Das war Hortense. Hortense erkannte an der Färbung der Luft, die die Ärzte umgab, in welcher Laune sie waren. Der Arzt vor Dr. Lamb war sehr schlimm, er hatte stets ein gräßlich schmutziges Gelb um sich, so wie Schwaden oder schlechter Atem, und wenn er wütend war, dann bekam es rote Streifen.«

»Ich habe Rot gesehen«, sagte Martha, »das war, als ich wütend war.«

»Deshalb kreischte sie auch immer, wenn er sich näherte, sie sagte, sie habe das Gefühl, erstickt zu werden. Also hat er Apparate an ihren Kopf angeschlossen. Nachdem sie die Apparate ein paarmal bekommen hatte, hat sie keine Farben mehr gesehen. Ich habe immer Bilder gesehen, ehe ich die Apparate am Kopf hatte.«

»Was Dr. Lamb wohl für eine Farbe hätte?«

»Ach, ich will es gar nicht wissen. Grau. Kalt. Ein helles kaltes Grau – in der Klinik, da gab es eine Schwester, die war immer rußschwarz, sagte Hortense, ein paar Schritt im Umkreis war die Luft um sie herum rußschwarz, außer, wenn sie Spritzen gegeben hat – dann stand sie lächelnd da, und das Schwarz wurde allmählich von Flammen durchbrochen, so wie bei den Feuern in der Hölle, doch das Wichtigste dabei ist, daß wir das alles ganz falsch verstanden haben. Wir sagen, wir Menschen erfinden Maschinen, doch wir stellen Maschinen her, die nur tun, was wir auch selbst tun können. Wenn wir die Maschinen nicht hätten, und jemand würde zu uns sagen: Ihr braucht keine Maschinen, das habt ihr alles im Kopf, ihr braucht keine Computer, es gibt menschliche Computer – vielleicht würden wir diese Maschinen dann niemals herstellen müssen. Wozu brauchen wir denn Maschinen? Um Gräben auszuheben und Straßen zu bauen, doch unsere Gehirne könnten auch Raketen und Weltraumsonden sein, wenn sie Radios und Fernsehapparate sein können.«

Das kam alles rasch, mit leiser Stimme, es war ein Murmeln, während sie vor- und zurück- und hin- und herschaukelte. Es war das monotone, selbstversunkene Murmeln des Wahnsinns, denn sie kümmerte sich nicht wirklich darum, ob Martha antwortete oder nicht. Oder vielleicht war dieser ebenmäßige, monotone Tonfall auch eine Weise, die Spur zu halten, so wie Martha nicht sprach oder immer im selben Tonfall sprach, um die Bilder nicht zu vertreiben. Oder vielleicht war das Murmeln auch eine Weise, Martha zu bedeuten: Unterbrich mich nicht; diese Art zu reden ist eine Art zu denken, ich finde raus, was ich denke, wenn ich spreche.

Doch wenn Lynda in der Nervenklinik so im Beisein einer Schwester, eines Psychiaters gesprochen hätte, dann hätten sie gesagt: »Mrs. Coldridge ist heute aber sehr durcheinander.«

Martha sagte: »Doch wenn das menschliche Gehirn eine Raumsonde oder eine Mondfähre oder ein Radargerät sein könnte, dann könnte es ebenso eine Bombe oder ein Desintegrator sein, und die Menschen würden es benutzen, um zu zerstören, sie sind dafür nicht geeignet.«

Martha lag mit dem Gesicht nach unten und mit geschlossenen Augen und betrachtete Gärten, phantastische Gärten, schöne Gärten ... niemals hatte sie gedacht, daß es solche Gärten geben könnte, sie hätte weinen mögen, so schön waren sie – Schwester, Schwester, ich sehe so wunderschöne Gärten!

»Wirklich? Sie halluzinieren heute ein bißchen, hm? – nehmen Sie schön diese Tablette hier, und gehen Sie schlafen.«

Lynda sagte: »Wie ein Mann, der eine Hand verloren hat, so benutzt der Mensch eine Maschinenhand. Doch du mußt vorsichtig sein, Martha, du darfst nicht sagen, was du weißt, sonst sperren sie dich ein. Die wollen Maschinen, die wollen keine Menschen ... Doch du kannst es schaffen. Früher dachte ich, ich könnte es schaffen, doch ich schaffe es nicht. Ich bin kaputt, weißt du! Mein Kopf ist ruiniert von den ganzen Medikamenten, mein Kopf taugt jetzt nichts mehr, und dann noch diese Elektroschocks, diese Maschine, die sie mir an den Kopf angeschlossen haben, als ich noch ein Mädchen war – seit damals bin ich nie mehr gewesen wie zuvor. Ich rede mir das manchmal ein, doch ich bin es nicht – du aber könntest es schaffen, du könntest dahinterkommen, bestimmt gibt es irgendwo Menschen, die Bescheid wissen.«

Das Wort *Medikament* hatte sich in Marthas Aufmerksamkeit festgehakt. Sie dachte: Wenn Medikamente diese Klarheit herbeiführen, sie noch steigern können, die Bilder vertiefen, die Tür öffnen können zu... Ihre Füße hatten sie emporgehoben und ins Badezimmer geführt. Lyndas Tabletten befanden sich in Flaschen, die vom einen Ende eines mindestens einen Meter breiten Regalbretts bis zum anderen nebeneinander aufgereiht waren. Wenn sie nun... Sie wurde von hinten an beiden Armen gepackt, und die Tabletten, die sie schon in der Hand gehalten hatte, fielen in die Wanne. Doch sie hatte halb damit gerechnet, daß Lynda ihr folgen würde; sie hatte sie sogar dazu aufgefordert, sich darauf verlassen: wie ein Kind die Aufmerksamkeit der Eltern provoziert. Lynda stieß Martha beiseite und ließ sich auf die Knie nieder, um die bonbonfarbenen Tabletten aufzulesen, die zu Boden gefallen waren. Die warf sie ebenfalls in die Wanne, drehte die Hähne auf und spülte alle weg. Dann kehrte sie, ohne Martha anzusehen, zu ihrem Platz am Boden zurück, und Martha kam und legte sich neben sie.

Lynda sagte: »Das hast du bloß gemacht, weil du Angst gekriegt hast, als ich gesagt habe, du mußt das machen, mußt da rauskommen. Du weißt, daß das sehr unangenehm werden wird, und da hast du gedacht, wenn ich Tabletten nehme, dann habe ich eine Ausrede, um es nicht versuchen zu müssen, weil ich dann zu kaputt bin – genau das hast du gedacht.«

Martha war müde. Doch sie war ruhelos. Sie hatte Lust, hinauszugehen und zu laufen, wie sie seit jenen ersten Monaten, als sie gerade in der Stadt eingetroffen war, nicht mehr gelaufen war. Sie mußte laufen, doch als sie den Vorhang beiseite zog und hinausschaute, war gerade die tote Zeit der Nacht, etwa zwei Uhr morgens.

»Wenn es hell ist, gehe ich spazieren«, verkündete sie und sank wieder auf den Fußboden, schon halb im Schlaf, doch sie sagte sich noch: Weck mich um neun.

Ihr Schlaf war von einem goldenen Licht getränkt, wie das klare Licht unmittelbar nach einem Unwetter, wenn die Sonne herauskommt, und der Himmel, die Blätter, die Erde, die Wolken schimmern und funkeln, und die letzten paar Tropfen aus der dahinfliegenden, entleerten Wolke in winzigen Goldspritzern zerplatzen. In all ihren Träumen war es um das Glück gegangen: Jener in die Ferne gehende hochgemute Hunger, jenes Verlangen, das so stark ist, daß es bereits von dieser Art Schönheit getränkt ist, nach der es sich sehnt, so daß die Sehnsucht und das, wonach man sich sehnt, in einem brennenden, süßen Schmerz verschmelzen. Aus einem solchen Schlaf, der nichts als Licht, Entzücken und Verheißung ist, aufzuwachen und einem solchen Tag entgegenzusehen... Martha wachte mit einem Schluchzer auf. Sie weinte, weil sie aufwachen mußte, und sah Lynda mit dem Gesicht zur Wand sitzen, vor- und zurückschaukeln, immer wieder, so daß ihre Stirn regelmäßig gegen die Wand schlug, wie bei einem Kind, das eine Spannung loswerden will. Martha erinnerte sich, daß Lynda in ihrem Traum im goldenen Sonnenlicht neben ihr hergelaufen war, ein lächelndes Mädchen, und wie sie beide auf einen Mann zugegangen waren, der eine ungeheure Zuversicht und Freude ausstrahlte, als er sie willkommen hieß. Das war Mark. Martha, aus dem Traum erwacht, erblickte eine schmutzige, säuerlich riechende schlampige Hexe, die am Boden saß und mit der Stirn gegen eine Wand schlug, die rostbraun war von winzigen Blutflecken. Das Licht zeichnete einen scharfen Umriß um die Vorhänge.

Es war neun Uhr.

Sie stand vom Fußboden auf, um auszugehen, und Lynda sagte: »Es sieht schrecklich aus draußen. Laß das lieber. Du wirst es bereuen.«

Es war ein schöner Tag, doch sie konnte nicht in dem Kleid ausgehen, das sie anhatte, denn das war zerknittert und roch. Sie badete schnell, konnte dann jedoch kein Kleid finden. Sie wollte jetzt nicht nach oben gehen, weil sie fürchtete, Mark zu stören, der dann sagen würde: Ist alles in Ordnung mit dir? Willst du, daß ich mitkomme? Sie zog Lyndas Mantel über den Unterrock und schlüpfte leise hinaus.

Der Tag war frisch und die Welt neu gestrichen. Sie stand auf dem Trottoir und schaute zu einem Himmel voller weicher, weißer sonnenheller Wolken hinauf. Sie hätte weinen mögen, weil es so schön war. Wie lange das wohl her war, seit sie zum letztenmal richtig zum Himmel hinaufgesehen hatte, der doch so schön war, selbst wenn er von hohen Gebäuden getragen wurde? Sie stand und starrte hinauf, bis ihre Augen von dem kristallinen Himmelsstoff mit seinen Wolkenklötzen wie Schneebänke aufgesogen schienen, sie schien durch die Augen in die Weite des Himmels zu strömen, doch dann drangen Geräusche an ihr Ohr, das Pflaster erbebte unter dem Getrappel von Füßen, und sie blickte hinab auf ein ungeheuer häßliches Geschöpf. Es stand da und beobachtete sie aus Augen, die wie farbige Gelatineklumpen aussahen, die von Haarfransen umgeben waren und in die von oben Haarsträhnen hineinhingen, und aus einer höckerigen Fläche aus rosiger wächserner oder teigähnlicher Substanz hervorquollen. Der Spalt unter dem Knubbel, in dem zwei Luftlöcher waren, war zu einer Grimasse verzogen, die besagte: Was treiben Sie denn hier? Was gibt's denn da oben? Entgeht mir irgend etwas, wenn ich nicht auch raufstarre? Als das Geschöpf merkte, daß sie es ansah, verzerrte die Grimasse sich, und in dem Spalt wurden schmutzige Zähne sichtbar, und das war, als bettelte ein Tier mit gespitzter Schnauze und halbentblößten Zähnen pfötchengebend, weil es sonst vielleicht gefressen wurde, doch enthielt das flehende Bitten, falls das Tier vorhatte zuzubeißen, ehe es angegriffen wurde, wohl auch eine Drohung. Dieses Geschöpf war nur im Bereich des Gesichts unverhüllt, denn alles übrige war von verschiedenen Materialien bedeckt, von der Schädeldecke, auf der eine Art bräunliche Schale saß, bis zu den Füßen, die in harten Schachteln aus glänzendem Material steckten. Der Rumpf selbst war in einen dicken haarigen Stoff eingeschlossen, der mit Öffnungen für den Kopf und die Füße versehen war und in den alle möglichen Schlitze, Löcher und Beutel eingearbeitet waren, die für die natürlichen Bedürfnisse gedacht waren oder irgendwelche Sachen und Werkzeuge aufnehmen sollten.

Dieses Wesen wollte ausschließlich nach der höckerigen Ebene aus rosigem Gewebe, das von Haarbüscheln umgeben war und worin sich die Augen befanden, beurteilt werden oder war nur an dieser Stelle den Blicken preisgegeben.

Es roch gräßlich, schien von einer starken Ausdünstung umgeben, die es auf Schritt und Tritt begleitete. Das Wesen sagte etwas, schien jedoch nicht sonderlich erpicht auf eine Antwort, denn als Martha weiterging, erschlaffte der breitgezogene Spalt zu einer Schnute, und es entfernte sich, indem es, torkelnd das Gleichgewicht haltend, eins der beiden Anhängsel unter dem Rumpf vor das andere setzte. Während es wegging, tauchte ein vierfüßiges, von einer Mähne langer schwarzer Haare bedecktes Wesen hinter einer Backsteinbrüstung auf und setzte, indem es das Hinterteil senkte, seinen Kot zwischen weiteren Wesen mit zwei Anhängsel ab, die sich näherten. Überall am Weg, wo sie langgingen, lagen Kothaufen, und die Laternenpfähle und Hausecken verströmten sämtlich einen starken Uringeruch.

Martha blickte zum Himmel hinauf, entzog den Blick auf diese Weise der Straße und ging rasch weiter. Der Himmel, oh, der Himmel! Und die Bäume auf dem Platz, in deren Zweigen sich ein sanftes Lüftchen regte, sandten ihr Botschaften zu, die so voller Freude, voller Frieden waren, daß sie schließlich ausrief: Oh, ihr Bäume, ich liebe euch, und du, Himmel, ich liebe dich!, und die Wolke dort oben, so absurd, so lieblich, wie sie da so weich, so weiß, so herzerfrischend in der blauen Luft herumzockelte, sie hätte sie zu gern in die Arme genommen und geküßt. Oh, mein Gott, betete sie, laß mir das, mach, daß ich das nicht verliere, oh, wie konnte ich das nur all die Jahre ertragen, das ganze Leben, tot zu sein und zu schlafen und nicht zu sehen, nichts zu sehen. Denn nun war alles so da, so präsent, existierte alles in einem Überschwang des Entzückens, bot sich ihr dar, bis sie das Gefühl hatte, alles sei nur eine Erweiterung ihrer selbst und umgekehrt, ihre Freude und die, die sie selbst empfand, sangen gemeinsam, so daß sie das Gefühl hatte, gleich würde sie vor lauter Glück Martha!, Martha! herausschreien, weil sie sie sah, sie spürte, nachdem sie ihnen so lange ferngewesen war.

Sie lief und lief, schaute, starrte, und ihre Augen wurden zu

Wolken, Bäumen, Himmel und zum warmen Gruß des Sonnenlichts auf der Flanke einer hohen, glühenden Mauer. Bis plötzlich das Stimmchen des Tutors in ihrem inneren Ohr sagte: »*Und nur der Mensch ist schlecht?*« Und sie ließ den Blick wieder sinken und wollte nur noch eins: schleunigst zurück, sich verbergen, Schutz suchen, irgendwohin, wo sie diese ganzen Wesen um sie herum nicht zu sehen brauchte. Was für eine ungeheuerliche Rasse oder Beinah-Rasse von halben, unvollständigen Geschöpfen! Da waren sie, alle weich wie bleiche Nacktschnecken oder dunkle Nacktschnecken, mit ihrem schlaffen, wabbeligen Körper, aus dem das Haar hervorsproß, und diesen hufartigen Dingern an den Füßen und den Haarbüscheln oder -mähnen, die oben auf dem Schädel wuchsen. Um sie herum wimmelte es von ihnen, diesen kugeligen, knochigen Köpfen, an denen beiderseits Fleischlappen herausragten, dann die Erhebung in der Mitte mit den Luftschlitzen darin, und die Augen, Wackelpeteraugen, die sich kullernd bewegten, als führten sie ein eigenständiges Leben, wie selbständige Lebewesen, winzige Zwillingstierchen, die in der Gesichtshaut lebten, doch hatten diese Organe, die Augen, einen Ausdruck, der im Widerspruch zu ihrer Funktion, zu sehen, zu beobachten stand, denn sie kam an einem Augenpaar nach dem anderen vorbei, und alle sahen halb betäubt, halb schlafend, glasig aus, so als seien diese Wesen hypnotisiert oder vergiftet worden. Denn diese Menschen liefen in ihren verpesteten und ekelerregenden Straßen umher, die voller Dreck und Abfall und Papierfetzen lagen, als seien sie sich ihres Vorhandenseins gar nicht bewußt, als seien sie anderswo: Und sie waren tatsächlich anderswo, denn nur eins von hundert dieser Halbtiere hätte sagen können: »Ich bin jetzt hier und mir bewußt, daß ich hier bin und merke, was um mich herum vorgeht«, denn jedes einzelne war vollauf damit beschäftigt, sich auszumalen, wie es, er, sie bei einer Auseinandersetzung mit dem Hauswirt oder dem Kaufmann oder dem Kollegen die Oberhand behielt, oder wie es mit jemandem schlief, oder wie sein Kind dies oder jenes getan hatte, oder wie es bald etwas essen würde. Es war schmerzlich auf eine

Weise, wie sie nie einen Schmerz gekannt hatte, es erfüllte sie mit Scham und Kummer, hier unter ihresgleichen herumzulaufen und sie so zu sehen, wie Besucher aus einem Raumschiff sie vielleicht sehen würden, wenn sie in London oder sonst einer großen Stadt niedergingen, um dann zu berichten: »Dieser spezielle Planet ist dichtbesiedelt von fehlentwickelten Tieren, die ...«

Denn ihre Augen waren halb unbrauchbar: Viele trugen korrigierende Glasstückchen vor diesen verdorbenen oder mißratenen Organen. Ihre Ohren waren unzulänglich: Viele trugen Apparate, damit sie wenigstens die Laute hören konnten, die ihre Genossen ausstießen. Und ihre Münder waren voll von Metall und fremden Stoffen, die ihre verrottenden Zähne verstärkten, sofern sie nicht gänzlich mit künstlichen Zähnen ausgerüstet waren, weil man ihnen die eigenen entfernt hatte; und ihre Eingeweide waren voller Medikamente, weil sie keinen normalen Stuhlgang hatten; und ihre Nervensysteme waren von den Medikamenten betäubt, die sie nahmen, um den Schaden zu lindern, den sie sich dadurch zugefügt hatten, daß sie es vorzogen, in tosendem Lärm zu leben, und weil ihr Leben in Furcht und Unruhe und Anspannung verlief. Und sie stanken. Sie rochen abscheulich, gräßlich, selbst noch durch die lieblichen oder beißenden Chemikalien hindurch, die sie benutzten, um ihren Geruch zu verbergen. Sie lebten in einer Luft, die war wie eine dicke Suppe aus Benzin und Dämpfen und Schweißgestank und Gasen aus ihren Gedärmen und schlechtem Atem, der von dem Rauch aus ihren Lungen herrührte, den sie als Betäubungsmittel einsogen.

Das Beängstigendste an ihnen war jedoch, daß sie sich in schlafwandlerischem Zustand durch ihr Leben bewegten: Sie waren sich ihrer selbst, der anderen Menschen, dessen, was um sie herum vorging, nicht bewußt. Nicht einmal die Jungen, wenn die auch besser als die Alten zu sein schienen. So mochte eine Gruppe von ihnen beisammenstehen und die Vorübergehenden betrachten. Dann standen sie, die Gesichter umrahmt von fülligem Zottelhaar, und die Schlitze in ihren Gesichtern gingen in die Breite bei den Geräuschen, die sie machten, um sich zu verständigen, oder wenn sie eine Reihe geräuschvoller Keuchlaute ausstießen, wodurch sie Überraschung oder das Bedürfnis anzeigen konnten, sich von irgendeiner Spannung zu befreien. Doch nicht einmal die hörten zu, wenn ein anderer etwas sagte, hörten nur darauf, welche Laute sie selbst erzeugten. Jeder von ihnen schien in einem unsichtbaren Käfig eingeschlossen, der sie daran hinderte, an den Gedanken, dem Leben oder den Bedürfnissen ihrer Gefährten teilzuhaben. Sie waren zutiefst isoliert, abgekapselt, eingeschlossen in ihre abstoßend verkümmerten Körper, hinter ihren träumerischen, betäubten Blicken und vor allem in dem Netz von Wünschen und Bedürfnissen, das es ihnen unmöglich machte, an irgend etwas anderes zu denken.

Sie lief und lief, schnell, weil sie nur wegwollte, bis sie zu einem Tuch oder einer Fläche aus schimmernder Substanz kam und ein Wesen erblickte, das auf sie zukam, ein untersetztes Wesen mit einem fahlen Pelz über dem Kopf, die Augen schreckgeweitet, als befände es sich vor irgend etwas auf der Flucht oder suchte nach einem Versteck. Dies, so erkannte sie einen Augenblick später, war sie selbst, Martha, die gerade eben noch beim Anblick einer sonnenbeschienenen Wolke über einer luftdurchfächelten Laubmasse vor Freude vergangen war.

Sie floh die Oxford Street hinunter, den Blick auf den schmalen Streifen blauer Luft darüber gerichtet, in der das goldene Licht hing wie nach einer Explosion, und stellte sich vor, wie der Weltraumfahrer, wenn er von der Blase aus goldenen Gasen, die sich um ihre eigene Achse drehte, davonschoß, vielleicht sagen und damit bereits die Worte für seinen Bericht formulieren würde: »Die dritte Kugel aus fester Substanz außerhalb des zentralen Wirbels aus strahlendem Licht, der in seiner Umlaufbahn in einer Art flacher spiralförmiger Formation ein Sortiment von solchen Klumpen oder Bällen aus unterschiedlichem festen oder gasförmigen Stoff festhält, ist die Erdkugel oder der Erdball, auf dem die in Abteilung II B, 3 beschriebenen Wesen leben. Sie schienen zu keinem Zeitpunkt Notiz von irgendeinem Mitglied unserer Mannschaft zu nehmen. Ihr Wahrnehmungs- und Unterscheidungsvermögen ist entweder verkümmert oder immer noch in einem Ausmaß unterentwickelt, daß wir ohne weiteres unter ihnen leben und arbeiten konnten, solange es nötig war, ohne mehr zu tun, als uns ihrer Kleidung und ihres Kommunikationssystems zu bedienen (teilweise vernünftig-oral) und ihnen die Tatsache zu verheimlichen, daß unser Sehvermögen, Gehör etc. tausendmal entwickelter sind als ihrs. Sie sind so empfänglich für Schmeichelei, daß man mit ihnen alles machen kann, vorausgesetzt man verhindert, daß sie ihre Unterlegenheit wittern. Denn sie sind so eitel, daß sie bestimmt jedes Wesen töten oder ins Gefängnis werfen oder verstümmeln würden, das sie verdächtigen, besser ausgestattet zu sein als sie selbst.«

In ihrem Kopf herrschte ein grelles Geschepper. Ob sie das irgendwoher aufschnappte? Nein, es war Musik, die aus einem Laden kam. Sie betrat das riesige Geschäft, hatte das Gefühl, in der dreckigen Luft zu ertrinken und drängte sich durch eine quirlende Menge von Wesen, die mit dem Vorgang beschäftigt waren, Gegenstände zu erwerben, und das mit einem solchen Gelärme und einem solch erregten Gedränge, daß Martha sich fast der Magen umdrehte. Sie suchte sich einen Platz auf einer Treppe, von wo aus sie hinunterblicken konnte. Unter ihr ein Raum, der vollgestopft war mit allen nur erdenklichen Gegenständen, Kreationen von Menschenhand, und Menschen, Menschen, Menschen. Diese Menschen, Bewohner eines der reichsten Länder der Welt, Günstlinge der Menschheit, die niemals aufhörten, über Gesundheit, Schönheit, Eleganz zu sprechen, nachzudenken, sich darüber zu belesen, daran zu arbeiten, waren damit beschäftigt, das zu kaufen, dessen es zum Erwerb oder Erhalt dieser Eigenschaften bedurfte – und nun seht sie euch an! Wenn man in dies Meer hinabstarrte, um ein Gesicht zu finden, das nicht betäubt war vor Angst oder Tagträumerei, nicht gefangengenommen von Phantasievorstellungen, nicht von Wut oder von Sorge oder Gier verzerrt, dann konnte man sich die Augen ausschauen ... Wo war auch nur ein Mensch, der gesund war, keine Brille, keinen Hörapparat, keine falschen Zähne hatte, der gut schlief, der nicht ein halbes Dutzend Medikamente nahm, der nicht zu Ärzten und Psychiatern ging? Dies war eines der begünstigten Länder der Welt, ein Land, das von anderen beneidet wurde, und dies hier waren wiederum die Begünstigten dieses Landes. Mal angenommen, man schlösse die Tür zu diesem Warenhaus für einen Tag und setzte ein Forscherteam hinein, das unter diesen mehreren Tausend Menschen zehn herausfinden sollte, die einfach intakt waren, deren Organe normal waren und die gut schliefen und keine Medikamente nahmen. Zehn? Nehmen wir mal an, diese Forscher suchten nach zehn, die selbst bestimmen konnten, wieviel sie aßen, wieviel Rauch sie in ihre Lungen einsogen und mit wieviel Alkohol sie sich betäubten und wie sie sich sexuell betätigten. Würden sie zehn finden?

Jetzt fiel Martha ein, daß Lynda ihr vorausgesagt hatte, daß sie sich so fühlen würde, sie gewarnt hatte. Sie wollte zu Lynda zurück. Sie kämpfte sich durch die Menschenmassen nach draußen durch. Sie hatte kein Geld dabei, sie würde laufen müssen. Sie flüchtete durch diese Spezies hindurch, ihre eigene, nur noch von dem Wunsch beseelt, sich zu verstecken. Sich zu verbergen, ihre eigene Häßlichkeit zu verbergen, zu verbergen, was sie dachte.

Sie rannte an Bäumen und dem Sonnenlicht auf dem Platz vorüber: Ja, der Preis, den man dafür zahlte, daß man wach war, daß man in diesen Stand der Gnade aufgenommen wurde, war das hier – daß man nicht unter seinesgleichen umhergehen konnte, ohne sie oder sich zu sehen, wie sie, wie wir sind. Das wollte sie nicht wieder erleben, nicht so bald – sie rannte zum Kellergeschoß zurück, schnell, nur schnell.

In den Zimmern unter dem wuchtigen Haus, im Kellergeschoß, brannten die Lampen hinter zugezogenen Vorhängen, und Lynda saß genau da, wo Martha sie verlassen hatte, und schlug den Kopf gegen die Wand.

Martha warf das Tierfell ab, das sie als Verkleidung benutzt hatte, und legte sich mit dem Rücken auf den Fußboden. Das niedrighängende Deckenlicht warf einen orangefarben glühenden, gelbgesprenkelten Lichtschein in einem weiten Kreis an die Decke. Das orangefarbene Glühen, die gelben Pünktchen schienen in einer Flut von weißem Licht enthalten oder darin eingeschlossen, die man sich mehr vorstellte als sah, die aber da war und sich zur Sichtbarkeit verstärkte, während sie hinaufstarrte. Und nun, unmittelbar hinter dem Weiß, war da ein bläulicher Schatten, als wäre Blau die Grundfarbe von Orange, Gelb und Weiß, ein leuchtendes sanftes Blau, eine Glocke von sanft glühendem bläulichem Licht, die immer da war, die man jedoch nicht anschaute oder gewahrte, es sei denn, man lag auf einem Fußboden, ausgepumpt von Fasten und Schlafmangel und dem Umherlaufen in einer Welt voller betäubter Krüppel, die die eigenen Mitmenschen waren – oh, die Vorstellung, noch einmal hinausgehen zu müssen, war ihr unerträglich, das würde sie nicht tun, auch wenn diese Spaziergänge unter defekten Halbtieren gleichzeitig bedeuteten, daß man durch Bäume, Wolken, Blumen und ein Licht lief, das aus einer anderen Welt unmittelbar hinter dieser zu stammen schien, nach der es sie mit einem solchen Hunger verlangte, daß sie hätte laut herausschreien mögen. Sie würde mit Lynda im Kellergeschoß bleiben. Sie würde nie einen Schritt vor die Tür tun. Sie und Lynda würden hier unten leben, und Mark würde ihnen Essen und sonstigen Nachschub durch die Tür hereinreichen, die eine Falltür wäre, wie sie in ein Unterseeboot führt oder in den Bauch eines Schiffes. Und hier würden sie leben. Weshalb sollten sie das Bedürfnis haben, hinauszugehen, wo sie doch Radioapparate, ihre eigenen eingebauten Fernseher, Radar, Zeitmaschinen hatten . . . sie kicherte. Sie hörte dies Geräusch losgelöst von sich, wie eine Blase, die im Wasser nach oben steigt. Es war eine Spielart des Lachens. Lachen waren die Geräusche, die die Spezies auf der Straße machten, wenn sie zweierlei Formen von Tatsachen oder Informationen in Zusammenhang zu bringen genötigt waren, die sich voneinander unterschieden, oder die aus verschiedenem Stoff waren, denn ihre Gehirne waren in solchem Maße in Fächer unterteilt, daß ihr Organismus jedesmal aus dem Gleichgewicht geriet, wenn sie zwei oder drei verschiedene Tatsachen auf einmal verkraften oder wenigstens handhaben mußten, denn dazu waren sie nicht hinlänglich ausgerüstet. Das war das Lachen: Eine Art Mechanismus zur Erhaltung des Gleichgewichts, ein Schockabsorber. Doch Kichern war der Rückzug angesichts einer Tatsache, der man unbedingt ins Auge sehen sollte.

Lynda kicherte ungeheuer viel, wenn es ihr am schlechtesten ging. Sie sagte sogar selbst, es sei ein schlechtes Zeichen, wenn sie anfinge zu kichern. Nun lag Martha da und kicherte. Sie hatte keine Lust, aufzuhören. Sie lag hinter einer Barriere, die im Kichern bestand.

An den äußeren Befestigungen machte sich schockartig so etwas wie ein Alarm oder ein Warnzeichen bemerkbar. Doch auf diese Art Alarm wollte sie nichts geben. Oder jetzt nicht. Sie dachte: Lieber wahnsinnig, wenn der Preis dafür, es nicht zu sein, darin besteht, daß man ein Klumpen Lethargie ist, der jede List anwenden wird, um nur ja ein Klumpen, um wahrnehmungsunfähig und schwerfällig zu bleiben.

Sie würde auf dem Fußboden liegen und die Scheiben der Laterna magica betrachten... Sie schloß die Augen, sah den Lichtschein von der Decke durch die Lider und wartete auf die Bilder. Doch ihre Lider blieben dunkel. Weshalb? Weshalb manchmal Bilder und manchmal keine? Weshalb manchmal die Tonspur und dann wieder nicht? Warum gab es das bei manchen Menschen nur manchmal im Leben? Weshalb gab es manche Menschen, die eine oder mehrere dieser Fähigkeiten besaßen und keine Angst hatten, sie zu erweitern, während andere sie schleunigst unterdrückten oder versteckten oder sich damit in dunkle Ecken flüchteten? Weshalb mußten manche Menschen andere, die diese Fähigkeiten besaßen, verletzen, während manche anderen ihnen halfen, sie weiterzuentwickeln?

Die ersten Anfänge dieser Fähigkeit reichten in die Kindheit zurück, in die Augenblicke unmittelbar vor dem Einschlafen oder dem Erwachen: ein schwaches Aufblitzen von Farbe, ein paar Bilder vielleicht oder ein Musikfetzen, oder sie hatte wie zur

Warnung oder zur Mahnung ihren Namen rufen gehört: *Erinnere dich, erinnere dich daran* . . . Ja, ungeheuer viele Menschen erlebten das, doch da sie ordentliche, gut gedrillte, fügsame, folgsame Menschen waren, hörten sie auf das, was die Ärzte oder die Priester sagten, und damit hatte es sich: Sie waren bereit, das Zeugnis ihrer eigenen Sinne zu verleugnen, sie rannten davon. Und wie jede andere vernachlässigte Fähigkeit, kam sie außer Gebrauch, sie verkümmerte.

Später hatte sie Erfahrungen dieser Art gemacht, wenn sie sehr müde oder ein bißchen krank war oder sehr angespannt, oder wenn sie mit jemandem schlief, das jedoch nur mit Jack.

Und dann, während sie um ihr Gedächtnis rang, hatte sich irgend etwas geöffnet, verändert – denn zu diesem Zeitpunkt war aus den Bildern, Tönen mehr geworden als Blitze oder etwas, das gelegentlich vorkam, von da an konnte es häufig vorkommen. Aber nicht gesteuert . . . Mal angenommen, man könnte lernen, das zu steuern . . . *wie bloß?*

Wo waren die Menschen, die das wußten? Es konnte doch einfach nicht sein, daß es auf der Welt keinen Menschen mehr gab, der nicht vor lauter Angst gehorsam geworden war?

Nein. Da war zum Beispiel Rosa Mellendip, eine vollkommen vernünftige Frau, wenn sie auch an ihre Karten und ihre Teeblätter glaubte. Ja, doch das war nicht die Sphäre, wo man finden konnte, was man brauchte. Das war eine gemütliche, selbstzufriedene, stagnierende Welt, Spiegelbild und Schattenseite der orthodoxen wissenschaftlichen Welt, die ebenso gemütlich, selbstzufrieden, stagnierend war. In der einen herrschte ein Rationalismus, der einst nützlich gewesen war, ein Schematismus von Denkgewohnheiten, der schon überholt war durch das, was an seinen Außenposten geschah. Die andere war davon geprägt, daß sie in Opposition zur »Wissenschaft« entstanden war und sich dann als Domäne einer nachsichtig hingenommenen Minderheit behauptet hatte, und erweckte denselben Eindruck der Leblosigkeit.

Anderswo gab es das Gefühl des krassen Wandels, der Erschütterung alter Denkweisen, des Flusses und der Bewegung im Leben – das heißt, in dem, was man erlebte, in dem, was man lernte. Da war eine prickelnde, aufreizende Lebendigkeit, war Vitalität am Werk. Nicht jedoch in den Brackwassern des »Rationalismus«, die in der offiziellen Kultur bestanden, und nicht im Spiegel dieser offiziellen Kultur, einer Mrs. Mellendip – mittlerweile eine reiche Frau (die mit ihrem Geld klug und vorausschauend umging, wie eine gute Geschäftsfrau das tun soll, und im übrigen genauso menschenfreundlich und hilfsbereit war wie alle anderen auch) und eine ziemlich angesehene. Denn »jeder« ließ sich augenblicklich die Zukunft voraussagen, und von ihrem Büro in Kensington aus beriet sie einige der größten Unternehmen im Land in der Frage, wie deren Aktivitäten mit denen der Sterne in Einklang zu bringen waren. An ihr war jetzt nichts Zwielichtiges oder Dubioses, Nicht-Vorzeigbares mehr; das Blatt hatte sich für sie gewendet, denn, wie sie auf ihre hausbackene Art sagte, mit der sie gleichwohl den Eindruck abgründiger Weisheit zu erwecken verstand: »Was hoch steigt, wird tief sinken.« Sehr wahr, doch es war eben diese Apotheose Rosa Mellendips als hochangesehener Person, die das Ende der beiden Welten konformistisch/rational und nonkonformistisch/exzentrisch signalisierte; denn man kann sicher sein, wenn eine einst abgelehnte Bewegung oder Strömung innerhalb der Gesellschaft auf einmal von denen geduldet wird, die sie vorher bekämpft haben, dann haben beide wohl demnächst von irgendwo anders her mit einer Wasserbombe zu rechnen.

Doch die prickelnde Lebendigkeit, so als würde der Stoff des gewöhnlichen Lebens von einer besonders lebendigen Atomart durchdrungen oder bombardiert – dies Gefühl vermittelte sie ihrer Welt nicht mehr als, sagen wir, Graham Patten, dessen (sehr populäre) Sendungen über »das Okkulte« noch jedesmal den Eindruck erweckt hatten, daß hier auf Oberstufenniveau eine Debatte zwischen Musterschülern stattfand, wobei die einen auf der »literarischen Seite« *(Es gibt mehr Dinge zwischen*

Himmel und Erde . . .) und die anderen auf der »wissenschaftlichen Seite« standen.

Und es war genau diese in der Luft liegende prickelnde Lebendigkeit, diese gärende Hefe, die Martha bewog, an jener frühesten Erfahrung ihres Lebens festzuhalten, die sie dann wieder und wieder hatte machen müssen, so daß sie sie kannte, wie man Dinge kennt, die Teil des eigenen Wesens geworden sind, ein Wissen, das das eigene Handeln bestimmt, weil man selbst dies Wissen ist. Sie wußte: Wenn sie diese spezielle Empfindung hegte, die für sie die Echtheit, die Unwiderstehlichkeit des Vegetationspunktes besaß, dann stand sie dabei nicht allein, andere empfanden dasselbe, denn der Vegetationspunkt war niemals, konnte niemals nur der Marthas, konnte nicht nur das Eigentum oder Territorium eines Individuums sein. Nein, wenn sie etwas erlebte und Fragen stellte, dann erlebten andere wie sie ebenfalls etwas und stellten Fragen, hielten andere nach ihr Ausschau, wie sie nach ihnen Ausschau hielt. Irgendwo nicht weit weg gab es Menschen, zu denen sie sagen konnte »Fernsehen« oder »Radio«, »Zeitmaschine«, »Kamera« – oder was immer für Kürzel sich gerade anboten, und dann würden diese Menschen nicht antworten: »Sie haben Wahnvorstellungen/Sie sind krank/Das denken Sie sich nur aus.«

Noch würden sie, wie in Rosa Mellendips Land, sagen: »Natürlich, *wir* wissen das doch . . .«, als gäbe es dazu nichts mehr zu sagen, weil bereits alles gesagt worden war. Noch würden sie einen wie in Jimmy Woods Sphäre überrascht ansehen, wenn man andeutete, daß eine Beziehung zwischen dem, was Menschen schrieben, und dem, was sie dachten, denkbar sei.

Dabei hatte gerade Jimmy Wood ein kleines Wegzeichen errichtet. Er hatte zu Martha gesagt, wenn sie in die Fabrik käme, würde er ihr zeigen, wo er die Handlungen für seine Geschichten herbekam. Sie hatte sich vorgestellt, daß er sie vielleicht auffordern würde, ihr Auge an ein Mikroskop zu halten und sich den heftigen Überlebenskampf von mikroskopisch kleinen Tierchen anzusehen, als der sich ein bißchen Blut oder Gewebestückchen entpuppen, wenn das Auge wie ein Taucher in jene Dimension hinabsteigt; oder durch ein Teleskop zu schauen, um zu beobachten, wie die Sterne kreisten, sich spalteten, einander fraßen, explodierten, tanzten, sangen – für jemand anderen vielleicht mikroskopisch kleine Lebewesen. Doch das war nicht eingetreten.

Im Lagerraum der Fabrik, zwischen Regalen voller Maschinen und ausgetüftelter Apparate, solchen, die, wie Jimmy sagte, »noch nicht ausgereift waren, doch das werde vielleicht noch, wenn er irgendwann auf den Dreh komme«, standen Bücher, die man wohl auf Rosa Mellendips Bücherborden erwartet hätte, doch niemals hier.

Da gab es Bücher über die Rosenkreuzer und die alten Alchimisten; buddhistische Bücher und die Varianten des Yoga, die sich auf etwa ein Dutzend beliefen; da gab es Zoroastrismus und esoterisches Christentum; Abhandlungen über das I Ghing; Zen, Hexerei, Magie, Astrologie und Vampirismus; gelehrte Traktate über den Sufismus; die Werke der christlichen Mystiker. Kurz, hier stand eine Art kondensierter Bibliothek, die alles enthielt, was von der offiziellen Kultur und Gelehrsamkeit verworfen wurde.

Es stellte sich heraus, daß Jimmys unglückliche Frau (die jetzt bei ihren Schwestern das Dasein einer Witwe führte, obwohl Jimmy sie von Zeit zu Zeit besuchte, um sie aufzufordern, wieder mit ihm zusammenzuleben, denn soweit es ihn betraf, kamen sie bestens miteinander aus) sich vor einigen Jahren auf die Astrologie verlegt hatte, ziemlich genau zu der Zeit, als Jimmy aufs Geratewohl ein bißchen Science-fiction gelesen und entschieden hatte, das könne er genausogut. Schreiben überstieg eindeutig nicht die Fähigkeiten eines gewöhnlichen Menschen, zumal ein Mark Coldridge an seiner Seite arbeitete. Was den Stoff anging, so hatte er mehr Ahnung von Wissenschaft als die Autoren dieser Bücher. Handlungen boten sich in Hülle und Fülle an. Die meisten davon waren jedoch bereits verwendet worden, wie er entdeckte, als er sich gründlich durch die enormen Berge von Science-fiction las. Es kam eindeutig nicht darauf an, neue Handlungen zu erfinden, sondern darauf, alte Vorstellungen auf andere Weise neu zu entwickeln. Ein Artikel über Yoga in einer Nummer von *Destiny*, die seiner Frau gehörte, veranlaßte ihn, in eine Buchhandlung zu gehen, die auf derartige Literatur spezialisiert war. Und was er dort fand, löste seine Probleme. Denn da er ja keine literarische Bildung besaß und, wie er gestand, keinen Sinn für Stil oder Geschmack, ließ er sich durch eine altmodische oder blumige oder unbeholfene Sprache nicht abstoßen und war imstande, überall Einfälle oder Informationen herauszuholen, wo welche vorhanden waren. Von diesem Material war er zu altem alchimistischem Material geführt worden, das überwiegend nicht übersetzt war und unbenutzt in den Regalen von Museen und Universitäten herumlag und für ihn voller Überraschungen und nützlicher Anregungen steckte.

Und an diesem Punkt war Martha – wie, so schien es, schon sehr oft bei Jimmy – an die Barriere der Verständnislosigkeit gestoßen, die sie immer noch nicht einzuschätzen wußte. Da saß er in seinem staubigen kleinen Lagerraum hinter dem zweckmäßigen, stromlinienförmigen Büro, ein naturwissenschaftliches Genie, behauptete Mark beharrlich, besser als jeder Computer, sagte er, da man ihm Dutzende von Fakten und Zahlen eingeben konnte, und prompt kam er mit der Antwort, als wären irgendwelche Knöpfe gedrückt worden. Er war ein Erfinder von Maschinen und soviel wert wie eine ganze Bibliothek des naturwissenschaftlichen Wissens. Doch wenn Martha zu ihm sagte: »Aber Jimmy, wie sehen Sie das denn alles ...«, dann konnte sie ihre Frage nicht zu Ende sprechen. Der springende Punkt dabei war: Man muß damit rechnen können, daß eine Frage auch ankommt, ehe man sie stellen kann. Sein rundes, rosiges Gesicht über seinem runden (vermutlich) rosigen Körper kehrte Martha sein unentwegtes gummirosa Lächeln und die Oberfläche runder, starrender Brillengläser zu. Und nein, er war nicht verlegen. Verlegenheit ist nicht einmal ein menschliches Kennzeichen: Ein intelligenter Hund oder eine intelligente Katze hingegen werden, wenn in ihrer Gegenwart auf eine wenig einfühlsame Weise von ihnen gesprochen wird, den Kummer an den Tag legen, den man Verlegenheit nennt.

Jimmy hatte nichts dagegen, daß man ihm Fragen stellte, hatte nichts dagegen, daß man ihm auf den Zahn fühlte, wäre wahrscheinlich bereit gewesen, solange Martha nur wollte, jedes Problem zu erklären, das sie erklärt haben wollte. Doch es war sinnlos, zu Jimmy Sachen zu sagen wie: Welche Auswirkung hat dies Material, haben diese Ideen denn auf Sie, auf das Wesen eines Jimmy Wood? Glauben Sie, daß die Wissenschaft an einem bestimmten Punkt vor drei-, vierhundert Jahren ein höchst bedeutsames Kind mit dem Bade ausgeschüttet hat? Was halten Sie denn von diesen Fähigkeiten, über die Sie schreiben, die Telepathie, das zweite Gesicht, Levitation und wie sie alle heißen? Hätten Sie Lust, selbst derlei Fähigkeiten zu entwickeln, wenn das möglich wäre? Was halten Sie von ...? Denn wenn sie auch nur in die Nähe dieser Art von Fragen kam, dann schaute er sie aufmerksam an, um zu begreifen, worauf sie hinauswollte, und antwortete dann, indem er ihr ein Buch reichte, worin derlei Überzeugungen oder Phänomene beschrieben oder vorgeschrieben oder empfohlen wurden. Oder er überreichte ihr mit einem eifrigen Lächeln, das besagte: *Ich gebe mir doch alle Mühe, Ihren Wünschen entgegenzukommen*, ein Exemplar seines letzten Romans.

Erst wenn man dem Extrem oder dem Reintyp von irgend etwas oder von einer Person begegnet, kann man beginnen, die Dinge, Menschen in der Mitte, die vom unreinen oder halbherzigen Typ, zu begreifen. In Jack hatte Martha die Bekanntschaft mit diesem Typ gemacht und wenigstens begonnen, die Existenz solcher Menschen zu verstehen: Ein Mensch, der aus seinem Körper, seinem animalischen Wesen heraus funktionierte, begriff. Darin lebte er, hatte er seinen Mittelpunkt.

Und in Jimmy begegnete sie jemandem, der – *worin* lebte, *worin* seinen Mittelpunkt hatte? Das war leicht zu beantworten: in seinem Kopf. So leicht wie es war, in bezug auf Jack »Körper« zu sagen – wieder ein Kürzel, unbeholfene Worte für etwas, das wir nicht verstehen. Das Wort Kopf schließt beispielsweise »Intuition« ein, das selbst wiederum Variationen und Extreme einschließen kann. Das Wort »Kopf« würde nicht genügen: war es doch so, daß Jimmy zwar mit einer Abteilung des menschlichen Bewußtseins geboren worden war, die so hoch entwickelt war wie überhaupt möglich, doch ging das zu Lasten aller anderen Fähigkeiten. Mark behauptete »scherzhaft«, er sei ein menschlicher Computer. Prima, fein, sehr hilfreich, bis einem wieder einfiel, daß das Ausschlaggebende an einem Computer ist, daß er von Menschen programmiert wird. Martha, resigniert nach all den Definitionen und Definitionsversuchen, sagte: Bei dem ist eine Schraube locker. Lynda sagte: Der ist nicht ganz da. Seine Frau sagte: Mir graut's vor ihm, ich kann es nicht ändern, ich weiß, daß das gemein von mir ist.

Martha fragte ihn, ob sie diese ganzen Bücher in den Regalen ausleihen dürfe. Sie stapelte sie in Wäschekörbe, die Wäschekörbe in einen Wagen und fuhr damit nach Haus. Dort unterzog sie sich abermals diesem Prozeß, den Kern, das Wesentliche eines Gegenstandes bloßzulegen, wenn sie für diesen Gegenstand reif war. Sie blieb mit den Büchern in ihrem Zimmer, fuhr mit dem Wagen die Buchhandlungen ab und kaufte noch mehr Bücher. Beschaffte sich alle Bücher, die eventuell ergiebig sein könnten, was immer sie auch zu dieser Annahme veranlassen mochte.

Sie war mit zwei hauptsächlichen Schlußfolgerungen aus diesem Lernprozeß hervorgegangen. Die eine lautete, daß all diese verschiedenen Überzeugungen oder Anschauungen von denselben Abläufen, denselben psychologischen Wahrheiten handelten. Sie las in verschiedenen Sprachen oder Dialekten über dieselbe Sache. Das traf auf alles zu, von den Gedichten des hl. Johannes vom Kreuz bis zu den Bewußtseinszuständen, wie sie in den Upanishaden beschrieben werden. Die zweite war die doch unleugbar bemerkenswerte Feststellung, daß ihre Erziehung, die Erziehung ihrer ganzen Generation (und wie vieler Generationen davor?) so zugeschnitten, programmiert worden war, daß von diesen Informationen kein Wort an ihr Ohr dringen konnte, es sei denn in einzelnen Bruchstücken, Redensarten, Begriffen, denen sämtlich das Odium der »Schrulligkeit«, »Exzentrizität«, Zwielichtigkeit, Unbehaglichkeit anhaftete.

Diese zweite Schlußfolgerung war merkwürdig aufschlußreich. Beispielsweise hatte sie, ehe sie sich diesem Material auch nur genähert hatte, den Widerwillen, das Widerstreben niederkämpfen müssen, das ihr von ihrer Umwelt eingepflanzt worden war. Bestimmte Terminologien waren abstoßender als andere. Bei manchen Ausdrücken und Worten war der »Scheuklappenfaktor« (um einen Begriff dafür zu prägen) so stark, daß sie sich zwingen mußte, nicht länger zu kichern, oder anzufangen, sich bei unsichtbaren Kritikern für ihre Interessen zu entschuldigen. Worte wie »prana«, »Aura«, »astral« hatten eine besonders starke Ausstrahlung, dabei ließen sie sich mühelos in Begriffe aus anderen Systemen übersetzen, die keinen solchen Widerwillen hervorriefen, der ja eine Form der Angst ist. Diese Reaktionen waren gleichzusetzen mit denen, die sie in der Politik erlebt hatte. Geradeso wie sie sich einstmals in dem Gemütszustand befunden hatte, der als »rechts« etikettiert wird, und die »linken« Etiketten und Anschauungen gehaßt und gefürchtet, dann aber auf »links« umgeschaltet hatte, während die Zielscheiben dessen, was sie haßte und fürchtete, wechselten, so daß sie seitdem stets imstande gewesen war, sich nach Belieben in diese beiden Haltungen hineinzuversetzen, so begab sie sich jetzt in alle möglichen geistigen Positionen (doch wurden diese über das Gefühl erreicht oder gefühlsmäßig nachvollzogen, vom Gefühl nicht angetastet, gefühlsmäßig aufrechterhalten) und blickte jeweils von dem einen Standort dann auf den nächsten. Die Mechanismen waren immer genau dieselben, ob sie nun politischer, religiöser, psychologischer oder philosophischer Natur waren. Drachen bewachten die Ein- und Ausgänge zu jeder einzelnen Facette im Spektrum des Glaubens oder der Meinungen. Und die Drachen waren immer derselbe Drache, gleichgültig, mit welchen Namen sie belegt wurden. Der Drachen war die Angst; Angst davor, was andere Menschen denken mochten, Angst davor, anders zu sein, Angst davor, allein dazustehen, Angst vor der Herde, der wir angehören, Angst vor der Abteilung der Herde, der wir angehören.

Sie hatte Angst davor gehabt, diese Stoffmassen in Angriff zu nehmen – die sich dann, als sie sie endlich bewältigt hatte, als soviel ergiebiger erwiesen hatten als erwartet. (Das allein schon war ein Beleg dafür, wie leicht wir uns Angst machen lassen.) Überall stieß sie auf einen Schimmer von Leben, die unverwechselbare Note oder das Pochen der Vitalität, den unmißverständlichen Pulsschlag. Doch wenn ihnen auch allen dieselbe Botschaft oder dieselbe zentrale Aussage gemeinsam war, nur daß sie sich unterschiedlicher Stile, Wortkonstellationen, Begriffe, historischer Assoziationen, Wissenszweige bedienten, so stieß sie doch nirgendwo auf die Tür, die, das wußte Martha, irgendwo sein mußte. Oder besser gesagt, es gab zu viele Türen.

Und so empfand auch Lynda, die sie gebeten hatte, diese Bücher zu lesen. Lynda sagte, das hätte sie alles schon in der Anfangszeit mit Rosa Mellendip »erledigt« – sie sähe nicht, was das einbrächte, für sie sei das nichts.

Als sie Mark darum bat, nahm er ein halbes Dutzend der Bücher, las sie zumindest teilweise durch, und brachte sie Martha dann mit diesem verhaltenen, zögernden Ausdruck zurück, der genauso deutlich wie Worte sagte: Ich bin für so was nicht zugänglich. »Na gut«, sagte er, »aber was besagt das schon, selbst wenn irgend etwas Wahres dran sein sollte«, denn er war bereits vollauf mit etwas anderem beschäftigt, ja, man kann sagen, er war besessen von der nächsten Zukunft – der der Menschheit – und brachte seine Tage mit seinen Tabellen, seinen Zahlen, seinen Landkarten, den aus Dorothys Tagebuch herausgerissenen Seiten und Thomas' Manuskript zu.

»Wenn die Gebeine der Vorfahren unseres Volkes erst unter den Wassermassen vermodern, die diesen Ort überschwemmen werden, und die Geister ertrunken und ihre Münder voll Wasser sind, so daß sie den Stamm nicht mehr hegen und beschützen können, der sie im Tode ernährt, so daß sie selbst am Leben erhalten werden können – dann wird der Stamm in Lastwagen an einen hochgelegenen, dürren Ort Hunderte von Meilen von hier geschafft werden, und die weiße Polizei und die schwarze Polizei werden ihn bewachen. Das wird dann der Tod dieses Stammes sein, wenn die Ahnen und die Kinder vom Wasser getrennt sind. Danach wird das Feuer über das hochgelegene Gelände zu dem neuen Dorf kommen und es zerstören. Viele werden verbrennen. Viele werden nach jener Nacht nicht mehr den Mut haben weiterzuleben. So wird unser Volk sterben.« *Thomas' Anmerkung dazu:* »Der alte Mann, der Bruder der Häuptlingsfrau, sprach gestern abend. Er war in einer Art Trance. Es war nach einem Biertanz. Er sagte, er sehe eine Flut oder etwas ähnliches für diesen Teil des Tals voraus. Diese Wilden glauben, daß die Geister der Toten durch die Gedanken von Lebenden ernährt werden. Die Geister wiederum beschützen dann ihre Angehörigen, indem sie sie vor Gefahren warnen und so fort. Eine Meile von hier steht auf einem Felsen ein Baum. Das ist ein heiliger Ort. Der Medizinmann bringt dort bei Neumond Bier und Kaffernmais hin. Beim letzten Vollmond kam eine Herde von Elenantilopen an diesen Ort und warf die Krüge um. Ihre Hufspuren in der biergetränkten Erde wurden hart. Der Wind blies das Getreide in die Abdrücke. Der Tau ließ das Getreide sprießen. Die Hufspuren der Tiere unter dem heiligen Baum waren grün markiert. Grün auf trockenem Boden. Ein Zeichen: Dies Jahr gibt es eine gute Ernte.« Darüber stand quer mit Rotstift geschrieben: *Eine Hand wäscht die andere.*

Anmerkung von Mark: Dies wurde fast zehn Jahre vor der Fertigstellung des Kariba-Staudamms geschrieben, wodurch das Tal überflutet wurde.

Wenn Martha nicht zu Lynda hinsah, sondern lag und lauschte, dann ergaben das regelmäßige dumpfe Aufprallen ihres Kopfes an der Wand, das unregelmäßige Atmen, das ihr rasches Gemurmel begleitete, eine völlig andere Art von Botschaft als die, die Martha vernahm, wenn sie nur dem leisen Gemurmel allein lauschte. Doch Martha wußte, daß dieses dumpfe Aufprallen, wie das Geräusch, das die Frauen beim Getreidestampfen machen, für Lynda weniger Geräusch war als die Empfindung in ihrem Kopf, wenn sie ihn gegen die Wand prallen ließ, und das meiste an dem Gemurmel war auch nur für Lynda selbst bestimmt. Lyndas Weise, das zu erleben, war, daß alles, das Aufprallen, Atmen und das leise Reden, privat war – alles außer einem einzelnen lauten oder lauteren Wort, das sie in der Absicht einstreute, sich mit Martha zu verständigen, und das Martha manchmal verstand und manchmal nicht. Wie »Wahnsinn«, das im Crescendo wiederholt wurde: Wahnsinn, Wahnsinn, Waaahnsinn, WAHNSINN, WAAHNSINN – das Martha durchaus verstand. Doch während Lynda gerade nur dieses gelegentliche Wort als Brücke zu Martha auffaßte, war Martha, ob sie Lynda nun ansah oder ihr zuhörte, imstande, Lynda durch alles hindurch, mit Hilfe des Ganzen, des Anblicks, Klangs, Geruchs, des *Gespürs* für Lynda, zu verstehen, zu verstehen, was Lynda in dem Augenblick gerade war.

Lynda war nach innen gekehrt, versuchte, für sich zu bleiben, weil sie sich mit jemandem stritt.

Sie verteidigte sich gegen irgend jemanden, gegen irgend etwas. Martha erkannte mit einemmal, daß Lynda immer in einer Geräuschwelt lebte, oder nahe dran, von ihr bedroht war. Als sie sich das vorzustellen versuchte, graute es Martha. Großer Gott, allein der Gedanke, diesem Geräuschmeer auch nur für eine Weile nahezukommen, nahe genug, daß es einen zu überwältigen drohte, reichte schon aus, um ihr Angst zu machen. Lynda wurde hingegen oft davon überschwemmt. Manchmal lebte sie endlose Tage unter diesem lärmenden Ozean. Und nicht nur Lynda – wie viele Menschen wohl noch?

Da gab es Menschen, deren Mechanik durcheinandergeraten war, und die waren wie Radioapparate, die, statt auf ein Programm eingeschaltet zu sein, gleichzeitig auf ein Dutzend eingeschaltet waren. *Und die nicht wußten, wie man sie abschalten konnte.* Schon bei der bloßen Vorstellung dieser Hölle wollte man nur noch wegrennen und sich die Ohren zuhalten. Martha konnte nicht weglaufen. Sie wußte, irgendwann mußte sie sich ins Unerforschte vorwagen. Weil sie noch nicht einmal begonnen hatte, die nötigen Fragen zu stellen. Sie wußte nicht, welche Fragen sie stellen sollte. Ehe sie das wußte, würde sie etwas wagen müssen.

Sie lag und lauschte mit ihren gewöhnlichen Ohren gewöhnlichen Geräuschen. Lyndas Gemurmel, ihr Atem, dann ihr eigener Atem wurden ungeheuer laut; dann hörte sie Geräusche von der Straße draußen, als kämen sie hier aus dem Zimmer, Schritte, Stimmen, einen Preßlufthammer, der gerade die Straße aufriß. Sogar das regelmäßige, gleitende Schaben ihres Ärmels, der sich beim Atmen auf dem Teppich bewegte, wirkte auf ihre Nerven wie eine Eisenfeile – dann verschwanden die Außengeräusche, verstummten. Das innere Geräuschmeer drang vor, wurde lauter, und als sie sich ihm näherte oder zuließ, daß es in ihr aufstieg, da kam der Feind, den sie aus längst vergangenen Zeiten kannte, ein Bedürfnis zu lachen, zu weinen, zu schreien, ein Gefühlssturm, den ihre angespannten Nerven in ihr entfesselten. Ja – Hysterie. Dies Land, das Geräuschland oder Geräuschmeer, die Wellenlänge, auf der die Stimmen plappern und wüten und singen und lachen, und Musik und Kriegslärm und Vogelgesang und jedes nur erdenkliche Geräusch gleichzeitig erklingen – wurde von ihr oder jedenfalls diesmal über die Hysterie betreten. Na also schön, dann würde sie eben hysterisch. Sie spannte den Körper an, gerade so, als würde sie gleich unter starke elektrische Spannung gesetzt, während sie angestrengt zuhörte und sich nicht darum kümmerte, ob sie hysterisch würde – denn wer war schließlich ihre Gefährtin? Die arme Lynda, der das keine Angst machen würde. Martha schrie laut auf – schluchzend, unterwürfig; sie stand Entsetzliches aus. Die eine der Stimmen machte sich selbständig und rückte ganz nah an ihr inneres Ohr heran. Sie war laut, oder sie war sanft, sie war munter, oder sie erging sich in intimen Anzüglichkeiten, doch gleichbleibend war eine gewisse Feindseligkeit, eine Abneigung gegen Martha, und Martha begehrte laut dagegen auf – dann mußte sie sich entschuldigen, Abbitte leisten, sie hatte das Bedürfnis, zu gefallen und sich Absolution zu erkaufen – sie kroch auf dem Teppich, weinend, während die Stimme sich in haßerfüllten Anschuldigungen erging.

Lynda war von der Wand hergekommen, kniete jetzt neben ihr und blickte zu ihr herab. Über Martha lehnte ein bis auf die Knochen abgemagertes Wesen mit gelblicher, übelriechender Haut, mit ausdrucksvollen, angsterfüllten wasserblauen Kugeln, die in seinem Gesicht steckten. Lynda sagte: »Nein, Martha, nicht, nicht, nicht, Martha«, wie eine hängengebliebene Schallplatte.

Doch einen Augenblick lang konnte Martha nicht aufhören. Dann sah sie, wie Lynda sich hochrappelte und auf die Tür zusteuerte, auf die Luke zwischen dieser und der Oberwelt. Sie wollte Mark holen. Da setzte Martha sich auf und kappte die Verbindung zum Geräuschmeer. Sie bebte am ganzen Leibe, als wäre sie ein Gerät, das zwar dafür eingerichtet war, unter Strom zu stehen, bei dem sich jedoch irgendein Teil infolge einer Erschütterung gelockert hatte. Sie sagte: »Laß nur, Lynda!«

Lynda kam zurück und fragte: »Geht es wirklich wieder?« Sie nahm Marthas Antwort mit einem Nicken vorweg und sagte: »Das darfst du nicht machen, Martha. Ich kann das nicht ertragen.« Und sie setzte sich wieder auf ihren Platz an der Wand. Martha war böse, doch natürlich, klar, sah sie ein, es war vernünftig, Lynda war nicht so stark wie sie. Wenn sie, Martha, herausfinden wollte, was es mit dem Geräuschmeer auf sich hatte, dann mußte sie allein, unabhängig sein.

Lynda sagte: »Du darfst nicht eingesperrt werden, Martha. Ich kann das nicht machen, aber du kannst es. Und wenn du es machst, dann machst du es für mich mit.«

Diese Botschaft fand Martha völlig einleuchtend. Sie nickte: Selbstverständlich, die, die das konnten, hatten auch eine Verantwortung denen gegenüber, die es nicht konnten. Sie würde es für Lynda tun. Doch – eins nach dem anderen. Jetzt mußte sie normal sein, denn Lynda sollte sich nicht aufregen müssen, weil sie die Beherrschung verlor. Es kam darauf an, irgendwo einen Ort zu finden, wo sie allein sein konnte und sich niemand aufregen mußte. Doch später – wenn Lynda bereit war, sich wieder besser zu fühlen.

Denn einmal fragte sie oder erklärte sie mitten in ihrem Gemurmel: »Sollen wir jetzt aufhören, Martha? Ja, ich glaube – bald. Nur noch nicht sofort...«, und fuhr mit ihrer privaten Unterhaltung oder ihrem Streit fort.

Lyndas Widerpart war, wie Martha plötzlich klar wurde, nachdem sie gerade nur einen Vorgeschmack von ihm, ihr gehabt hatte, ehe sie zurückkehren und Verantwortungsgefühl zeigen mußte, genau derselbe hämische, übelwollende Feind, der – das war jetzt klar – nicht ihr persönlicher Feind war, sondern in einer großen Zahl von Menschen stecken mußte. In jedem? Jedem in dieser speziellen Kultur? Muß man ihn, sie, kennenlernen, ihm entgegentreten, sich mit ihm einigen oder ihn überwinden? Gab es eine Möglichkeit, ihn zu umgehen oder nicht? Wer war er? Weshalb gab es ihn? So lauteten die Fragen, die sie sich stellen wollte – wenn sie dazu imstande war. Doch nicht jetzt. Jetzt mußte sie erst auf Lynda warten.

In Gedanken schon bei der Zeit, wo sie auf eigene Faust Nachforschungen anstellen konnte, lauschte sie Lynda. Indem sie sich sozusagen zurücknahm, versuchte sie, zuzuhören, aus Lyndas Monolog schlau zu werden. Sie hatte den Eindruck, daß die lauteren, isolierten Worte ihr als Zeichen, Hinweise zugespielt wurden. *Wahnsinn* war eins, *Arzt* ein weiteres. *Sündenbock... ängstlich ... allein...*, bis es sich schließlich verhielt wie bei dem Spiel, bei dem man ein Dutzend Wörter angesagt bekam und aufgefordert wurde, um sie herum eine Geschichte zu erfinden. Sie horchte. Plötzlich begann sie zu verstehen – sie erkannte, daß dies einer der Momente im Leben war, wo man, nachdem man Tage, Stunden oder Monate oder Jahre einen bestimmten Stoff in seinem Kopf um- und umgewälzt, darüber nachgedacht, damit gerungen hatte, plötzlich alles in einer einleuchtenden Ordnung vor sich sah und alles plötzlich einen Sinn ergab.

Statt passiv, untätig auszuharren, wie eine Maschine, während Lyndas Redestrom vorbeifloß, wurde sie ein Teil davon, und die Hinweise oder Signale sprangen an ihren Platz. Sie verstand, was das war, was Lynda da gerade sagte, was sie, arme Lynda, seit Jahren gesagt, zu sagen versucht hatte.

Zunächst einmal ging Martha auf, daß die Worte oder die Atmosphäre, die sie umgaben, nicht die der jetzigen Lynda, sondern die eines Mädchens waren. Eines jungen Mädchens. Ein junges Mädchen im Innern dieses verschlampten, übelriechenden Weibs stritt mit – dem Widersacher. War es denkbar, daß Lynda gezwungen gewesen war, diesem Widersacher in ihr (in jedem) zu früh oder allein entgegenzutreten, und daß sie ihn nie hatte besiegen können? War es möglich, daß jemand in dieser Schlacht besiegt und wie Lynda auf alle Zeiten »krank«, »untauglich für ein normales Leben« werden konnte, weil er diesem verborgenen Selbsthasser gegenübertreten mußte, als er nicht stark genug war?

All die Jahre, die Martha nun hier war, in diesem Haus gewesen war, an Lyndas Leben und ihrer Ehe und ihrem Kind teilgehabt hatte, war sie ein Trottel, ein Holzklotz gewesen, der nicht einmal das Nächstliegende verstand – nämlich daß Lynda niemals hätte krank werden müssen. Sie betrachtete diese arme, geschundene Kreatur mit den großen Augen, die, wie einst die von Thomas, bis in die tiefsten Tiefen von einem Licht erfüllt waren, in das man sich hineinlehnen konnte, sie waren wie Teiche oder Wolken oder Bäume –, und sie wurde überwältigt von Verständnis, Einsicht, Wissen; ihre Gedanken überschlugen sich, so daß sie nicht Schritt halten konnte.

Was mit Lynda passiert war, war ungefähr folgendes: Ihr Vater war in London nach dem Ersten Weltkrieg ein junger Mann gewesen, zu einer Zeit also, wo Jungsein einem an sich schon Wert verlieh und das aus demselben Grund wie heute – wenn das Leben bedroht ist, erwerben die Jungen einen pathetischen

Glanz und haben jedes Anrecht darauf, sich zu vergnügen. Im heiteren London der ununterbrochenen Partys hatte er Lyndas hübsche Mutter geheiratet. Jahrelang waren sie arm gewesen, wie damals nach Kriegsende alle in ihrem Milieu, und sie bekamen ein Kind, Lynda, das Aushängeschild der Ehe, die nicht glücklich war. Sie »beteten sie an« und verzichteten ihretwegen auf eine Trennung oder Scheidung. Noch ehe sie sprechen konnte, hatte Lynda schon diesen Scharfsinn, dies untrügliche Gespür eines Kindes erworben, dessen Eltern sich ständig etwas vorzuwerfen haben, die sich jedoch in Scheingefechte flüchten und lieber über eine Teekanne streiten als über das, worum es eigentlich geht, weil es eben weniger verfänglich ist, über eine Teekanne zu streiten. Lyndas Antenne für atmosphärische Störungen und Spannungen und das, was hinter den Worten steckte, war das erste Organ, das sie ausbildete. Die Ehe, die auf eine unerfreuliche Weise weiterbestand, hatte sich auf ein Schema eingespielt, zu dem gehörte, daß Lyndas Mutter viel Zeit bei ihren Eltern auf dem Land verbrachte: »Für ein Kind ist das doch schön, auf dem Land aufzuwachsen.« Lynda war ein Landkind gewesen und war geritten, und wenn ihre Eltern zusammentrafen, beobachtete sie sie, und sämtliche Sinne waren in Alarmbereitschaft. Sie wußte genau, was sie voneinander dachten. Als sie elf war, starb ihre Mutter. Lynda wollte lieber bei ihren Großeltern leben als bei ihrem Vater in London, doch ihr Vater wollte ihr ein guter Vater sein und seiner Tochter ein Zuhause geben. Er verliebte sich in eine Frau, die in jeder Hinsicht für eine zweite Ehe geeignet war, eine Kriegerwitwe, liebenswürdig, freundlich und intelligent. Doch sie hatte Angst gehabt, einen Mann mit einer Tochter zu heiraten, oder gemeint, Angst haben zu müssen, oder hatte jedenfalls zuviel Aufhebens darum gemacht, denn Lynda bekam das Gefühl, der Liebe ihres Vaters im Wege zu sein. Alle drei verbrachten die Ferien in Somerset. Lynda behauptete, als die Ferien vorbei waren, die neue Frau könne sie nicht leiden. Sie hatte das ihrem Vater gesagt, und ihr Vater war wütend darüber. Er *wußte*, daß seine zukünftige Frau

Lynda mochte. Sie hatte es gesagt, und sie war keine Frau, die die Unwahrheit sagte. Lynda wußte jedoch genau, was die Frau dachte: daß sie verzogen und »schwierig« sei.

Lynda sagte, das sei kein Problem, dann würde sie eben weiter bei ihrer Granny und ihrem Grandpa leben. »Die haben mich gern«, sagte sie, »und außerdem bin ich ja sowieso bald erwachsen.« Das hatte sie in vernünftigem Ton gesagt, denn sie hatte es als vernünftig empfunden. Doch ihr Vater war wütend geworden, weil er dachte, das, was sie gesagt hatte, sei eine Anschuldigung. Gewaltige Tränen- und Wutausbrüche und Zusammenstöße folgten. Lynda war vierzehn – ein schwieriges Alter, darin waren sich alle einig. Es stimmte nicht, daß Rosemary sie nicht mochte. Sie würden alle noch einmal zusammen Ferien machen, diesmal in Frankreich, und einander richtig kennenlernen. Zuerst war Lynda sehr still und manierlich. Dann wurde sie hysterisch und schrie, sie wisse, daß Rosemary sie hasse und ihr den Tod wünsche. Sie habe gehört, wie sie das gedacht hatte. Auf diese Bemerkung hatte ihr Vater mit einer Mischung aus Wut und Entsetzen reagiert. Was das denn heißen solle, sie habe sie denken gehört – ob sie wahnsinnig sei? Und so fort. Rosemary suchte ihr Heil in der Flucht.

Für Lynda war dies eine Zeit, wo sie überhaupt nicht wußte, was sie von sich halten sollte. Als Kind war sie die meiste Zeit allein gewesen. In der Schule hatte sie wohl ein, zwei Freundinnen gehabt, doch war sie von Natur aus eine Einzelgängerin, und sie hatte stets gewußt, was die Leute dachten. Das tat sie den Ärzten kund, die zu Rate gezogen wurden. War das denn nicht bei allen so? Denn Lynda hatte nicht gewußt, daß nicht jeder hören konnte, was andere dachten. Sie hatte angenommen, daß das so sei. Sie hatte nicht gewußt, daß es nicht normal war. Nun bekam sie von einem Arzt nach dem anderen zu hören, sie sei nicht gesund – sie leide unter Wahnvorstellungen. Sie begann sich aufzulehnen, darauf zu pochen, daß sie nicht log und nur phantasierte – dann fing sie an zu kreischen und um sich zu schlagen. Der Arzt hasse sie, sagte sie – sie höre doch, was er dachte. Der Arzt war nicht Dr. Lamb, sondern eine frühere Version von ihm, viel weniger welterfahren und feinsinnig, und er wandte Methoden an, die sich erheblich von denen unterschieden, die Dr. Lamb über ein Jahrzehnt später anwandte. Lynda war in eine teure private Nervenklinik eingeliefert und dort mit Elektroschocks behandelt worden. Sie bekam ein halbes Dutzend, und dann wurden sie abgesetzt. Dann machte man eine Insulinkur mit ihr. Lyndas Befinden habe sich erheblich gebessert, sagte der Arzt. Denn Lynda sei kooperativ geworden. Wenn man ihr erklärte, sie sei krank, dann schwieg sie. Sie hatte in der Klinik beobachtet, daß Patienten, die entlassen werden wollten, taten, was man von ihnen verlangte, und über jegliche Symptome Stillschweigen bewahrten. Folglich versuchte sie, es ebenso zu halten. Doch von Zeit zu Zeit wurde sie wild – einmal, als eine andere Patientin mehrmals gewaltsam in einem Eiswasserbad untergetaucht wurde und sie den Versuch unternahm, das zu verhindern. Und einmal, als sie ihr mit Elektroschocks drohten, weil sie ungehorsam gewesen war.

Lynda wurde entlassen und kehrte zu einem Vater zurück, der sein Bestes tat, um ihr nicht zu verargen, daß er wegen seiner kranken Tochter die künftige Frau eingebüßt hatte, und der gewillt war, Lynda zu helfen, damit sie normal sein konnte. Ein paar Jahre lang hatte Lynda dann einen stummen Kampf um die »Realität« geführt. Sie fand, es ginge ihr schlechter, wenn man sagte, es gehe ihr besser. Allein schon die Stimmen, einst freundlich und hilfreich, waren jetzt gräßlich. Es war, als hätte sie einen haßerfüllten Feind im Kopf, der behauptete, sie sei gemein und schlecht und ungehorsam und grausam gegen ihren Vater. Vorher war es gewesen, als hätte sie einen Freund in der Nähe, der ihr »alles mögliche erzählt und ihr Gesellschaft geleistet« hatte. Doch inzwischen versuchte sie, sich wegen des grausamen Quälers in ihrem Kopf anständig zu benehmen. Sie schwieg, verwandte viel Aufmerksamkeit auf ihre Kleidung (weil sie bemerkt hatte, daß »die« das als gutes Zeichen ansahen), war schön und lebte ständig im Zustand entsetzlicher Angst.

Dann hatte sie Mark kennengelernt. Sie hatte angenommen, sie liebe Mark, denn wenn sie seine Gedanken mithörte, dann wußte sie, er war ein gütiger Mensch. Doch sie quälte sich mit dem Gefühl herum, daß er nicht wußte, wie es um sie stand. Sie traute sich nicht, mit ihm darüber zu reden. Und was weitaus schlimmer war: seit sie Elektroschocks bekommen hatte, kam es periodisch vor, daß sie sich benommen, unsicher fühlte und die Beherrschung zu verlieren fürchtete. Und so heiratete sie Mark und verließ ihren Vater, der sie, geknebelt und wehrlos, den Ärzten überlassen hatte, wo sie dann gekämpft und sich zur Wehr gesetzt hatte und mittels Tabletten und Injektionen niedergeknüppelt, von Schwestern gepackt und kreischend zur Schocktherapie geschleppt worden war.

Sie klammerte sich an Mark, »Oh, rette mich, rette mich!«, doch wenn er mit ihr schlief, hatte sie das Gefühl, angegriffen zu werden, bis sie erneut unter den Attacken ihres inneren Widersachers zusammenbrach, der behauptete, sie sei grausam und unfreundlich zu Mark, und ihren Hafen in der Nervenklinik bei Dr. Lamb fand, der die Stimmen immer für lange Zeit hatte vertreiben können, indem er ihr Medikamente gab, die sie ständig in einem Zustand hielten, in dem sie nicht zu wissen brauchte, daß sie ein Seelenkrüppel war.

Und folglich hätte Lynda niemals krank zu werden brauchen.

Diese Tatsache, so offensichtlich, wenn sie einem erst einmal klargeworden war, war von den Menschen, die ihr am nächsten standen, von Mark und Martha, nicht erkannt worden, selbst da nicht, als Martha einiges wußte, das es so offensichtlich machte. Irgend etwas ermöglicht es dem menschlichen Bewußtsein, in der einen Abteilung Tatsache A zu speichern, die zu Tatsache B in einer anderen Abteilung paßt, doch die beiden Tatsachen können Jahre, Jahrzehnte, Jahrhunderte nebeneinander existieren, ohne je zusammenzukommen. Es ist zumindest nicht ausgeschlossen, daß die fruchtbarste Art, das menschliche Hirn zu beschreiben, die folgende ist: »Es ist eine arbeitsteilig funktionierende Maschine; sie setzt sich aus Teilen zusammen, die getrennt voneinander in gegeneinander abgeschlossenen Abteilungen funktionieren.« Oder: Die Rechte weiß nicht, was die Linke tut.

Die zivilisierte menschliche Rasse wußte, daß ihre primitiven Mitglieder (die Buschmänner zum Beispiel) alle möglichen Sinne einsetzten, von denen sie selbst keinen Gebrauch machte: Vorahnung, Telepathie, »Visionen« etc. Sie wußte, daß vergangene Kulturen, darunter einige sehr hoch entwickelte, diese Sinne und Fähigkeiten angewendet hatten. Sie wußte, daß es Menschen in ihrer Mitte gab, die zu bestimmten Zeiten behaupteten, Erfahrungen mit solchen Fähigkeiten zu machen. Doch sie war offensichtlich außerstande, diese Fakten zusammenzufügen und sich dadurch klarzumachen, daß sie Menschen verrückt nannte, wenn diese bloß ansatzweise über bestimmte Fähigkeiten verfügten.

Mal angenommen, Lynda wäre eine Fünfzehnjährige in einer Gesellschaft gewesen, wo es nicht als krank galt, »Stimmen zu hören«, sondern wo dies eine Fähigkeit war, die manche Menschen besaßen. Eine beachtliche Zahl, wenn sie sie nicht unterdrückten. Mal angenommen, sie wäre jemandem begegnet, der die Möglichkeit angesprochen hätte, daß das mit schlechter Laune zu erklären sei, wenn sie ihre zukünftige Stiefmutter sagen hörte, sie hasse sie, sie wolle sie umbringen, daß das eine Art übellauniger Regung sei, die jeder haben konnte und die man wieder vergaß. Dieser Mensch hätte Lynda, die ja ein vernünftiges Mädchen war und vernünftig sein wollte, fragen können: »Möchtest du nach deinen Phantasien beurteilt werden, Lynda? *Denk nach* – bist du dann so, wie du es dir vorstellt, wenn du gerade in schlechter Verfassung bist?« Oder mal angenommen, der Arzt hätte zu denen gehört, die nur auf den rechten Augenblick warten; die sehr wohl wissen, wie die Wahrheit aussieht, doch ihr Wissen verbergen müssen, weil sie die Vorurteile ihres Berufs kennen. Er hätte ihr helfen, ihren Vater trösten und beraten – und ihr empfehlen können, zu schweigen, wenn sie nicht eingesperrt werden wollte.

Aber sie hatte kein solches Glück gehabt, war zum seelischen Krüppel gemacht worden, ehe sie zwanzig war.

Wie Hunderttausend andere. Wahrscheinlich Millionen. Wie viele wird man nie erfahren. Diese verkrüppelten, zerstörten Menschen werden nur eine weitere unserer Statistiken füllen wie die »grob geschätzten« vierzig Millionen Toten des Zweiten Weltkriegs oder die x Millionen, die während einer Hungersnot sterben, obwohl sie mit Hilfe dessen, was in die Mülleimer von Amerika oder Großbritannien wandert, am Leben erhalten werden könnten.

Bald, wahrscheinlich im nächsten Jahrzehnt, würde die Wahrheit eingestanden werden müssen. Sie würde unmutig eingestanden, poliert, abgemildert werden. Und geradeso, wie wir jetzt sagen: »Eine primitive, auf Unwissenheit beruhende Furcht war schuld daran, daß sie ein paar Jahrhunderte lang Hexen verbrannt und ertränkt haben«, so werden wir bald sagen: »Als sie aufhörten, Hexen zu foltern und umzubringen, sperrten sie Menschen mit bestimmten Fähigkeiten in Irrenhäuser und erklärten ihnen, sie seien Mißgeburten, und zwangen sie mit Hilfe von Foltermethoden, darunter Elektroschocks, Einzelhaft, Eiswasserbäder und Zwangsernährung, zur Anpassung. Sie wandten jede Form von moralischer und physischer Erniedrigung an. Als die Methoden der Gesellschaft, zu überwachen und zu manipulieren, raffinierter wurden, entdeckte man, daß die extremen Mittel physischer Gewaltanwendung weniger wirksam waren als Medikamente, die die Opfer ihres moralischen Muts und ihrer Fähigkeit beraubten, sich zu widersetzen. Und noch wirksamer als die Medikamente waren die Techniken der Überzeugung und der Gehirnwäsche. Auf diesen Wegen wurden die Mitglieder der Bevölkerung, die überdurchschnittliche Fähigkeiten besaßen (die Menschen, die man jetzt für die Hauptträger der Evolution hält) systematisch zerstört, entweder durch Angst, so daß ihre Entwicklung von Anbeginn gehemmt wurde (was für die Mehrzahl zutraf), oder indem man sie mit denen auf eine Stufe stellte, die Geburtsfehler aufwiesen ...«

Irgendwann in absehbarer Zeit würde Dr. Lamb sagen: »Ja, es sieht so aus, als hätten wir einen Fehler gemacht.« Dr. Lamb?

Vermutlich jemand, der tief in diesem Beruf steckte. Es ist ein gesunder Grundsatz, daß man nach irgendwelchen abwehrenden Reaktionen gegen eine Sache zuallererst im Zentrum dieser Sache selbst Ausschau halten soll. Bis dahin ist man gut beraten, wenn man sich vorsieht.

Schluchzend lag Lynda auf dem Fußboden: »Nein, Doktor, nein, Doktor, nein, das bin ich nicht, das stimmt nicht, Sie sind das, wie wollen Sie denn wissen, daß Sie das nicht selbst sind? Kein Mensch hat so was gesagt, Sie sind doch nicht Gott, warum sagen Sie das, wenn es nicht stimmt, nein, ich bin nicht grausam, ich bin keine Mörderin, ich bin nicht schlecht, ich denke schreckliche Dinge, Doktor, oh, ich bin schlecht, ich will Menschen umbringen, ich will Menschen weh tun, bitte, geben Sie mir nicht diese Spritze, bitte, bitte, Doktor, ich werde ganz dumm und wirr im Kopf davon, bitte nicht, ja, ja, lieber das, ja, geben Sie mir meine Tabletten, geben Sie mir meine Tabletten, bitte, bitte, bitte ... Oh, ja, bestrafen Sie mich, ich bin schlecht, ich möchte Sie umbringen, ich möchte alle umbringen, ja, bestrafen Sie mich ...« Endlos, kreischend, falls ein tonloses Wispern ein Kreischen sein kann – ein formalisiertes Kreischen also –; eine Lynda, die sich erinnerte oder das abermals durchlebte oder ein Ritual anwendete, um einer Wiederholung vorzubeugen: »Nein, nein, nein, das bin ich nicht, Sie irren sich ... Ja, ich bin schlecht ... Martha, wollen wir jetzt aufhören?«

Lynda ließ sich auf den Rücken rollen und schlief auf der Stelle ein. Martha tat es ihr nach.

Als sie aufwachten, badeten sie, zogen sich an, aßen und bestärkten einander nach Kräften in dem Entschluß, zum Friseur zu gehen, da ihr Realitätsgefühl, das heißt, ihr Gefühl dafür, wie sie sich in der Außenwelt betragen sollten, noch schwach war.

Fast einen Monat hatten sie im Kellergeschoß verbracht. Die gewöhnliche Welt war ungewöhnlich: Schön oder grotesk, blitzte alles auf, was ihre frisch gewaschenen Augen wiedererkannten.

Sie wollten Mark mit ihrer Rückkehr unter die Menschen überraschen, doch er war nicht in seinem Arbeitszimmer.

Lyndas Haar, zu einem anmutigen Knoten gewunden, war rötlichbraun gefärbt. Ihre Augen, die jetzt riesengroß waren, waren durch silberne, jadegrüne und aschgraue Schminke noch unterstrichen. Ihr Make-up kaschierte die hervortretenden Knochen der Gesichtspartien. Nach den Wochen am Rande des Verhungerns war ihre Brust zwar verschwunden, und von einem Hinterteil war auch nichts mehr zu sehen, doch in einem Zwanziger-Jahre-Kleid ihrer Mutter, das aus grauem Chiffon war und dessen Rock vom einen Knie (dem rechten) zum linken Knöchel in einer Diagonale abfiel wie ein gezackter Blattrand, und mit einer dreißig Zentimeter langen Zigarettenspitze in mattem Silber, die zu ihren ellbogenlangen silbergrauen Handschuhen paßte, sah sie zugleich ungeheuer elegant und auf eine faszinierend morbide Weise schön aus.

Marthas Haar war hellbraun und, wie es der neuen Mode entsprach, kurzgeschnitten zu einem schimmernden Helm – schließlich war es ja im Kellergeschoß geopfert worden. Ein Hauch von Gesundheit hatte ihr immer schon gut gestanden, so fand sie, und ihr Gesicht war in einem sehr blassen Rosa mit einer Spur Aprikose geschminkt. Ihre Augen mit den zentimeterlangen, angeklebten nerzbraunen Wimpern, schwarzem Lidstrich und zimtbraunem Lidschatten waren äußerst ausdrucksvoll. Um zu kaschieren, daß sie übertrieben dünn war, denn Schlüsselbeine und Hüftknochen stachen mächtig hervor, trug sie eine edwardische Bluse mit einem Fischbeinkragen aus elfenbeinfarbenem Tüll und einen nachschleppenden granatfarbenen Taftrock, der so eng war, daß sie nur vorsichtig auf der Stuhlkante sitzen konnte. Die Taillenweite war 50 Zentimeter. Dieser Rock hatte Margarets Schwester gehört. Sie mußte ihren BH mit zusammengerollten Strümpfen ausstopfen, um den authentischen, niedrig sitzenden Ammenbusen hinzukriegen.

Während sie auf Mark warteten, tranken sie seinen besten Brandy und studierten die verschiedenen neuen Anordnungen des Materials an seinen Wänden, die überwiegend mit der Zunahme von Geisteskrankheiten und fehlenden Behandlungsmöglichkeiten zu tun hatten. Die Blätter aus Dorothys Tagebuch waren in die Bereiche nahe der Decke verlegt worden, von der aus Raketen und Raumschiffe zur Erkundung von Sternen und zur Erforschung des Problems, wie man so viele Menschen wie möglich töten und verwunden konnte, aufstiegen. Auf einem Stuhl stehend, las Martha: »Wieder Gasgesellschaft angerufen. Sagten, sie würden jemanden vorbeischicken. Zeit, die vergangen war, bis ich jemanden am Apparat hatte: zwölf Minuten. Hab denen gesagt, sie möchten bitte anrufen, ehe sie kommen. Kam aber niemand. *Nächster Tag.* Hab angerufen, um zu fragen, wann der Mann denn nun käme. Zeit, um durchzukommen: acht Minuten. Mädchen sagte, das wisse sie nicht: Sowie sie den Auftrag weitergeleitet hätte, läge das nicht mehr bei ihr. Mußte aus dem Haus. War zwei Stunden weg; Mann kam, während ich weg war. Lynda schlief – fühlte sich nicht gut. Rief Gasgesellschaft an. Mädchen sagte, sie würde nachhaken. Bat, vorher anzurufen. Nächster Tag. Mann kam um neun Uhr. Guckte sich Tür von Gefrierfach an. Sagte, er würde Meldung machen. Ging wieder. Nächster Tag. Gesellschaft angerufen. Mädchen sagte, sie wolle sich erkundigen. Nachmittags kam anderer Mann. Sagte, er würde den Hersteller des Eisschranks informieren – dafür wären sie nicht zuständig. Würde zwei Wochen dauern. *Drei Wochen später.* Gasgesellschaft angerufen, um nachzufragen. (Anschluß besetzt – dauerte *zwanzig Minuten!*) Mädchen sagte, sowie Firma erst einmal unterrichtet wäre, läge Angelegenheit nicht mehr in ihren Händen. Schlug vor, daß ich Firma anrufen sollte. Rief Firma an. Konnte niemanden kriegen. Sagten mir, Filiale schickte Männer in Ealing herum. Sie würden dort noch mal mahnen. Bat, anzurufen, ehe wer käme. *Zwei Tage später.* Mann kam, als Lynda und ich nicht im Haus waren. Rief Gasgesellschaft und Firma an. *Fünf Tage später.* Mann von Firma kam. Hat gesagt, sie würden neue Gefrierfachtür liefern. Würde dreißig Schillinge kosten. Wollte wissen, weshalb ich neue Tür bezahlen sollte, hätte ja wohl nach drei Jahren noch nicht kaputtgehen dürfen. Erklärte, ganz im Vertrauen, Modell sei veraltet, tauge nichts, gäbe inzwischen neues Modell. Schlug vor, neuen Eisschrank zu kaufen. Lehnte ab. Sagte, er brächte neue Tür, wenn ich eine bestellen wollte. *Zehn Tage später.* Kam mit Tür: falsche Größe. Schlug vor, ich sollte Eisschrank ohne Gefrierfachtür laufen lassen. Ginge auch ohne; Betriebskosten seien allerdings höher. Ich sagte nein, ich brauchte Tür. Zwei Tage später. Kam mit Tür. Nächster Tag. Tür falsch angebracht. Fiel runter und zerbrach. Rief Firma an. Keine Unterlagen über Geschäftsvorgang. Versuchte es bei der Filiale. Sagten, junger Mann sei nach Acton versetzt. Erklärte ihnen, was los war. Sagten, sie würden jemanden vorbeischicken...«

Dies Fragment klebte neben einem Bericht über irgendeine Rakete in den Vereinigten Staaten, die nicht von der Startrampe losgekommen war.

Es gab ein Epos, das Meisterstück der armen Dorothy, das aus gut fünfzig Seiten einzeilig beschriebenen Konzeptpapiers bestand und in allen Einzelheiten schilderte, was es mit dem neuen Herd auf sich gehabt hatte, der mit einer defekten Tür geliefert worden war, was den Besuch von circa zwanzig Männern, einen Zeitaufwand von drei Monaten und, als ein Mechaniker an irgend etwas drehte, was sein Vorgänger gerade erst falsch angeschlossen hatte, beinah eine Explosion zur Folge gehabt hätte.

Es hatte sich einiges an Post angesammelt.

In einem Brief stand, das Haus würde, da es abgerissen oder saniert werden solle, demnächst zwangsweise von der Stadt angekauft.

Ein anderer von Maisie lautete:

»Meine liebe Matty! Erinnerst Du Dich noch an Deine alte Freundin? Ja, ich bin's! Das Leben hat sich für mich nicht groß verändert. Doch ich wohne jetzt in Gokwe. Hast du gehört – daß ich *verheiratet* bin? Da kann man's mal wieder sehen! Wenn man verheiratet ist, dann wär man froh, man wär's nicht, und die ganze Einsamkeit vorher, als man niemanden hatte, um sich anzulehnen und für jemanden da zu sein, ist vergessen. Und wie geht's Dir zur Zeit so? Ich schreibe Dir, um Dir zu sagen, daß meine Rita einen Englandbesuch machen wird. Kann sie bei Dir wohnen? *Falls das Umstände macht, hab bitte keine Scheu, das offen zu sagen.* Sie ist ein liebes Mädchen, auch wenn die Mutter das sagt. Sie freut sich sehr darauf, Dich zu besuchen. Ich erzähle ihr oft von den alten Zeiten und dem Spaß, den wir gehabt haben, als wir jung waren.

So, das ist erst mal alles.

Maisie Canfield

(Er heißt Dennis, abgekürzt Denny.)«

Dann lagen da noch ein paar Blätter auf Marks Schreibtisch, die überschrieben waren: *Memorandum an mich selbst.* Er war damit jedoch noch nicht sehr weit gediehen:

»Es besteht jetzt kein Zweifel mehr, daß es innerhalb der nächsten ein, zwei Jahrzehnte um das Überleben der Menschheit gehen wird – allerdings um ein Überleben bestimmter Gefahren, von denen man sich gegenwärtig keine Vorstellung macht, da die kommende Katastrophe in der Form, die sie dann tatsächlich annehmen wird, genausowenig vorausgesehen wird wie die bisherigen Kriege. Wir können davon ausgehen, daß die Regierungen handeln werden wie in der Vergangenheit und daß der einzelne selbst dafür verantwortlich sein wird, vorausschauend zu planen, Vorsorge zu treffen für ...«

Bis hierher war er gekommen. Wenig später kam Paul herein, angenehm überrascht, sie hier vorzufinden: Onkel Mark habe ihn gebeten, ein Auge auf sie zu haben, weil er irgendeine dringende Reise unternehmen müsse – nach Schottland, glaube er.

Sie sähen ja beide einfach hinreißend aus – ob sie auf einer Schönheitsfarm gewesen seien? Nein? Jetzt müßten sie ihm aber wirklich die Freude machen, sich auf der Stelle von ihm zum Abendessen ausführen zu lassen.

Paul war genau der Mensch, den Martha sehen wollte: Wenn sie ein paar ungestörte Wochen verbringen wollte, wo sie so exzentrisch sein konnte, wie sie wollte, ohne daß die Wachhunde der Gesellschaft etwas davon hätten, dann brauchte sie jemanden mit einem Haus oder einer Wohnung.

Er führte sie ins Café Royal – so, wie sie angezogen waren, sagte er, könnten sie nirgendwo anders hingehen: Sie seien eine Sensation. Sie sähen aus wie Figuren aus zwei bestimmten Romanen – Lynda, fand er, hatte etwas von *Liebenden Frauen*, während Martha wie eine Neue Frau von Bernard Shaw aussah.

3

Unter Marthas Altersgenossen gab es keine Person oder Gruppe, zu der sie sagen konnte: Verschafft mir die nötige Ungestörtheit, damit ich mein eigenes Wesen erforschen kann – versprecht mir, keine Ärzte, Psychiater und Polizisten zu rufen. Und wer waren denn dann diese jüngeren Menschen, zu denen sie genau das ohne große Umstände sagen konnte?

Pauls Haus war inzwischen voll. (Ein weiteres ebenfalls, das ihm wie dieses zur Hälfte gehörte.)

Es hielten sich etwa zwanzig Menschen darin auf, die meisten unverheiratet, nur im Kellergeschoß gab es ein Ehepaar mit zwei Kindern. Der Mann war Alkoholiker gewesen, war es zeitweise immer noch und hatte folglich Schwierigkeiten, seinen Arbeitsplatz längere Zeit zu behalten. Er verdiente seinen Lebensunterhalt als Tischler, da seine eigentliche Laufbahn, die des Architekten, am Alkohol gescheitert war. Er zahlte Paul keine Miete, kümmerte sich jedoch um das Haus. Sein Name war Briggs; er hatte die vorsichtige, wachsame Art derer, denen ein innerer Feind stets auf den Fersen sitzt, und sein Gesicht (das sympathisch, freundlich, wenn auch ständig wehmütig gerötet war, wie ein Sonnenuntergangshimmel) veränderte sich nicht im mindesten, als sie ihm erklärte, worauf es ihr ankam. Paul hatte natürlich bereits darum gebeten, daß man sie in Ruhe ließ. Er nahm an, sie wolle mit Drogen experimentieren, und kam ihr mit der Bemerkung entgegen, er bedauere es, daß Drogen noch nicht »im Schwange« gewesen waren, als der Alkohol ihn in die Fänge bekommen habe. Sie erwiderte, nein, sie sei an Drogen nicht interessiert, doch er nickte, als wollte er sagen: Völlig richtig, mit solchen Eingeständnissen muß man vorsichtig sein. Das stellte sich dann als der Paß heraus, unter dem sie in diesem Haus reisen konnte. Einer nach dem anderen kamen sie zu ihr, um ihr mitzuteilen, daß sie Marihuana oder Haschisch geraucht oder LSD oder Meskalin genommen hätten oder manchmal noch nähmen oder sich vorgenommen hätten, diese Sachen auszuprobieren, wenn die Umstände günstig seien, oder sie hätten Freunde, die das taten. Man bedachte sie mit einer Menge freundlicher Ratschläge oder bot ihr Hilfe an. Die Leute, die auf demselben Flur und darunter wohnten (sie befand sich im obersten Stockwerk des Hauses), waren natürlich von größtem Interesse. Unter ihr wohnten zwei junge Frauen, die in der Marktforschung arbeiteten. Beide hatten von Zeit zu Zeit Zusammenbrüche, und dann versorgten sie einander unter Aufsicht eines Arztes, der ihnen Beruhigungspillen verschaffte. Die eine war Rose, die andere Molly. Beide sahen abgekämpft, erschöpft aus. Sie gehörten zu den Menschen, denen schon die Bewältigung eines durchschnittlichen Alltags über den Kopf wächst. Sie kamen zurecht, aber darüber hinaus hatten sie nicht mehr viel zuzusetzen. Sie erklärten Martha, wenn sie etwas wolle, dann müsse sie dreimal auf den Fußboden klopfen, doch im übrigen würden sie sie in Ruhe lassen. Es ergab sich, daß sie dann, als sie vor Entsetzen angesichts des Selbsthassers nicht mehr ein und aus wußte, tatsächlich einmal auf den Boden klopfte, doch glücklicherweise waren sie nicht da. Sie sah sie nicht mehr wieder bis zu dem Augenblick, als sie sich zum Abschied bei ihnen bedankte.

Innerhalb der Wohnung der jungen Frauen teilte sich ein ebenso trauriges wie höfliches junges Paar, Junge und Mädchen, ein Zimmer. Es stellte sich jedoch heraus, daß sie verheiratet waren. Sie war als Schülerin schwanger geworden. Dieser Junge hatte sie geheiratet. Er liebe sie, sagte er, und es würde ihm Freude machen, das Kind mit großzuziehen. Dies Baby wurde in ein Wohnschlafzimmer in Islington hineingeboren. Es schrie unaufhörlich. Eines Nachts schlug der Junge das Baby. Es starb eine Woche später. Eine Sozialarbeiterin und ein Arzt vertuschten die Sache. Das Mädchen wurde wieder schwanger (absichtlich, nicht zufällig), und beide freuten sich: Sie liebten Kinder, erklärten sie allen, die es hören wollten. Sie waren noch keine zwanzig. Er arbeitete als Packer in einer Chemikalienfirma. Während Martha die Stationen des Kreuzwegs hinter sich brachte, auf dem sie sich dem Ende ihres Aufenthalts in diesem Haus näherte, kam er ins Zimmer und war zufriedengestellt, als sie erklärte, was in ihrem Inneren vorging, denn dann konnte sie nur eine Konvertitin sein wie er. Sie mußte jedoch aufpassen, daß sie den Namen Gottes für den Teufel einsetzte, der sie eigentlich auf ihrer Reise begleitete; soviel Wert wird einem einzigen Wort beigemessen. Daß Gott sie so sehr haßte, folterte und bestrafte, erschien ihm ein Zeichen der Gnade; daß der Teufel das tun könnte, entsetzte ihn hingegen so, daß er anbot, einen Priester zu rufen.

In dem großen Zimmer auf der anderen Seite des Flurs wohnte Zena. Paul hatte ihre Stimme ausbilden lassen. Sie sang manchmal in einem Klub oder auf einer privaten Party. Nicht sonderlich gut – es war vielmehr sie selbst, die sich geschickt in Szene setzte und sich vermarktete; sie, die andere Menschen so sehr brauchten, daß sie nicht viel mehr tun mußte als da zu sein, ein Angebot. Ihre Ausstrahlung, dies Erloschene, Ausgelöschte, ihre angsterfüllte Sexualität, ihre tapfere Passivität kam einem bestimmten Geschmack der Zeit in einem solchen Maße entgegen, daß sie tatsächlich »jeder« kannte. Sie war eigentlich ein bestimmter Typ von Kurtisane. Viele Herren waren gewillt, sich ihre Vergnügungen etliches kosten zu lassen, sie zahlten dafür, daß sie sie auf Partys begleitete, daß sie öffentlich mit diesem Mädchen gesehen wurden, das die Inkarnation des OPFERS war. Es kam sogar vor, daß sie mit ihnen schlief, doch gab sie nicht im mindesten vor, daß ihr das Vergnügen machte. Ihre Einstellung war: Wenn euch das Freude macht, was mich so ungeheuer langweilt, dann bitte, es soll mich nur freuen ... Die Geldgeschenke oder den Schmuck, den sie bekam, gab sie aus bzw. benutzte sie oder gab sie anderen, ließ sie herumliegen oder verlor sie. Es lag ihr nichts daran. Da ihr absolut an gar nichts etwas lag, ließ sie sich einfach treiben und lächelte ihr liebliches, einsames Lächeln. Dies Zimmer war ihre private Zuflucht, es gehörte nur ihr. Niemand kam hierher außer Paul. Etliche Male während Marthas Aufenthalt in dem Haus kam sie spät nachts mit einer Tasse Kaffee herein. »Paul hat mich gebeten, mal nachzusehen, ob Ihnen nichts fehlt, Martha – gut, dann gehe ich wieder.«

Ebenfalls auf der anderen Seite des Flurs wohnte Bob Parrinder, der schon eher gewillt war, aktiven Anteil zu nehmen. Er war ungefähr siebenundzwanzig, groß und sehr dünn – doch es ist einfacher zu sagen, wäre Lynda ein Mann gewesen, dann hätte sie wie er, wäre er eine Frau gewesen, hätte er ausgesehen wie Lynda. Er hatte ungefähr drei Jahre in der Obhut von Psychiatern verbracht und dann beschlossen, auf sie zu verzichten, selbst um den Preis, daß er ab und zu sehr krank wurde, und dann kümmerte sich eine seiner Freundinnen um ihn. In der Zwischenzeit verdiente er am Rande der Filmindustrie mit allen möglichen Arbeiten seinen Lebensunterhalt. Er zog einen unmittelbar in seinen Bann und besaß eine Menge Autorität – die Menschen fühlten sich zu ihm hingezogen. Er erteilte Ratschläge, half, übernahm gern Verantwortung und hatte ein Mädchen nach dem anderen. Er war ein Typ, der in dieser halbversteckten oder besser gesagt, sich halb versteckt haltenden Londoner Schicht in der Tat sehr häufig anzutreffen war. Er war eine Art selbsternannter Prophet oder Mentor, der alle möglichen Arten von Menschen, und nicht etwa nur willensschwache, als Anhänger und Jünger um sich versammelte. Martha, die ihm gegenüber nur erklärte, sie sehne sich nach einer Zeit der »Einkehr« – sie wählte dies Wort, weil er seinem ganzen Wesen nach einen Hang zum Christlichen hatte –, erteilte er ungeheuer viele Ratschläge in bezug auf das Seelenleben, sagte aber auch, seine Freundin Olive würde mit dem größten Vergnügen für sie einkaufen und ein Auge auf sie haben, wenn er arbeiten ging. Olive, ein schönes dunkelhaariges Mädchen mit einem Baby, das nicht von ihm war, hatte diesen Ausdruck verzückter Selbstaufopferung, die solche jungen Männer leicht in jungen Frauen auslösen, doch war es allzu exzessiv, um von Dauer sein zu können, dachte Martha, und es gab bereits gewisse Zeichen für eine Abnutzung. Bobs Socken zu waschen, war eine Sache, Martha zu bedienen selbstverständlich eine andere, selbst wenn Bob es befahl. Sie sagte, das Baby koste sie sehr viel Zeit, und wenn Martha irgend etwas brauche, dann solle sie einfach klopfen.

Eigentlich war soweit alles sehr zufriedenstellend, und Martha konnte sich nun in ein großes Zimmer einschließen, das, weil sie Paul darum gebeten hatte, einen dicken schalldämpfenden Teppich hatte. Dann stand noch ein breites Himmelbett aus Messing darin. Paul wollte so viel Geld dafür haben, daß er es nicht verkaufen konnte. Er hob es auf für später: Der Wert konnte ja nur steigen. Außerdem gab es ein paar Sessel und eine ganz ordentliche Imitation eines Queen-Anne-Schreibtischs, der, so behauptete Paul, schon bald eine Menge wert sein würde: Wenn die Antiquitäten alle ausverkauft wären, dann würden ihre Kopien (wenn sie nur alt genug waren) wertvoll, und zweifellos würden dann zu gegebener Zeit wieder *deren* Kopien...

Sie hatte ungefähr drei Monate zur Verfügung. Das war nicht sehr lange, doch dann würde Maisies Rita eintreffen. Es war völlig unbestimmt, wie lange Rita in London bleiben würde, und da es bekanntlich immer später ist, als man glaubt, und das Haus in der Radlett Street sie nicht sehr dringend zu brauchen schien, konnte sie es ebenso auch jetzt gleich machen.

Lynda ging es gut. Sie war mit Francis und Jill und allen möglichen neuen Komplikationen beschäftigt. Der arme Mark lag sich nun endlich mit Jimmy Wood in den Haaren. Mark bekam einen rasenden Wutanfall nach dem anderen, und dazwischen war er immer wieder völlig abgekapselt und wurde vor Kummer schier zerfressen. Er hatte herausgefunden, daß Jimmy bereits seit zehn Jahren von ihm selbst konstruierte Apparate verkaufte, mit denen man Teile des menschlichen Gehirns durch Stromstöße zerstören konnte. Diese Apparate waren Weiterentwicklungen derjenigen, die bereits völlig legal verwendet wurden. Jimmys Apparate zeichneten sich durch viele interessante Möglichkeiten aus, und er verkaufte sie an Forschungsinstitute, wo sie gegenwärtig an Tieren ausprobiert wurden. Er hatte (auf Anforderung) außerdem eine Weiterentwicklung dieser Apparate vervollkommnet, die von Regierungen dazu verwendet werden sollten, das Gehirn von Menschen zu zerstören, die als gefährlich betrachtet wurden und die schwach, hilflos oder unbekannt waren und verschwinden konnten, ohne daß Protest oder jedenfalls viel Protest zu erwarten war. Jimmy hatte bereits etwa ein Dutzend verkauft, doch zu solchen Vereinbarungen und Bedingungen, daß Mark, den Papierkram langweilte, Schwierigkeiten hatte, sie in den Büchern aufzuspüren. Jimmy war jetzt drauf und dran (das Problem war nur, daß die Leute offenbar nicht glauben wollten, daß es dafür einen Verwendungszweck gab – aber Kriegsministerien sind immer aufgeschlossener als jede andere Abteilung eines Staatsapparats), einen Apparat oder ein Gerät zu verkaufen, das künstlich telepathische Fähigkeiten, das »zweite Gesicht« etc. stimulieren konnte. Verschiedene Andeutungen, die er in alten Manuskripten oder dubiosen »esoterischen« Büchern gefunden hatte, waren in die Erfindung dieses Apparates eingegangen, doch der Haken war, wie er bereitwillig zu bedenken gab, »es schien einiges darauf hinzudeuten«, daß Gehirne, die auf diese Weise stimuliert wurden (Jimmy fürchtete, daß der Apparat immer noch sehr unvollkommen war), durchaus zerstört werden konnten. Worauf es also hinauslief, war, daß die interessierten Regierungen oder Ministerien über einen großen Vorrat an entbehrlichem Menschenmaterial verfügen mußten, und zwar über Material, das willenlos war oder so behandelt werden konnte, daß es willenlos wurde, denn diese Erweiterungen der menschenähnlichen Maschinen würden sehr rasch »ausbrennen« und mußten ständig ersetzt werden. Jimmy stellte sich eine Menschenbank vor, die wahrscheinlich in einer Art Kaserne oder ähnlichem untergebracht wäre, selbstverständlich gut genährt und gepflegt würde, die alle Annehmlichkeiten wie Sport und Unterhaltung zur Verfügung hätte und deren Funktion einzig und allein darin bestünde, daß die, die ihr angehörten, sich dann, wenn Bedarf war, in das Zimmer eines bestimmten Gebäudes führen und mit Jimmys Apparat behandeln lassen mußten, wodurch sie eine kurze Zeit wie ein Radio oder ein Telefon funktionierten. Als er, zuerst von einem ungenannt bleibenden Kriegsministerium, dann von Mark gefragt wurde, was denn der Sinn der Sache sei – weshalb sollte man sich denn mit Menschen abgeben, wenn es doch Apparate gab –, geriet Jimmy wie ein Organismus, der in seinen Funktionen behindert wird, in höchste Aufregung. Bestimmt könne man sich doch Situationen ausmalen, wo es passender sei, einen Menschen mit derartigen Fähigkeiten zu haben statt einer Maschine? Man stelle sich beispielsweise eine Gruppe von Menschen vor, die auf fremdem Territorium spionieren – wenn die einen solchen Menschen dabei hätten, wäre das von unschätzbarem Wert für sie! Natürlich, daß dieser Mensch letztlich nicht viel mehr wäre als ein Zombie, konnte (unter Umständen) ein Nachteil sein, doch das ganze Projekt sei ja noch im Experimentierstadium. Er, Jimmy Wood, werde durch alle möglichen Gesetze an der Forschungsarbeit gehindert, doch jeder wußte, daß in Kriegszeiten oder an den Insassen bestimmter Heilanstalten sogar in Friedenszeiten, gewisse Forschungsarbeiten durchgeführt werden dürften. Jimmy, der in einem sanften, doch zugleich erregten Ton sprach (endlose Stunden lang, während Mark nur zuhörte), malte sich hier etwas aus, das die Grundlage für einen seiner nächsten Weltraumromane hätte sein können. Der namentlich nicht bekannte Herr aus dem ungenannten Kriegsministerium hatte im Scherz gesagt, er glaube, Mr. Wood nehme die Weltraumliteratur für Realität. Er hatte aber darum gebeten, über die weitere Entwicklung auf dem laufenden gehalten zu werden.

Kurz gesagt, seit Jahren kniete Jimmy sich nun schon in Aktivitäten, die Mark grauenhaft finden mußte, und hatte daraus gar keinen Hehl gemacht, hatte überhaupt nicht versucht, Mark zu täuschen. So sagte er beispielsweise, wenn sie einen Rundgang durch die Fabrik machten: »Das hier ist für Projekt 25 A – Sie wissen ja, ich habe Ihnen davon erzählt.« Oder in den Aktenordnern fand Mark Eintragungen wie: Forschungsarbeit in Sachen 25 A.

Das Gespräch ging viele Tage weiter. Mark saß in dem Büro, wo er nun schon so viele Jahre gesessen und Jimmy Wood mit seinem Brennstoff, mit Gesprächen, versorgt hatte, und redete jetzt (während er sich krank fühlte, wütend war, sich Vorwürfe machte, dabei jedoch so ruhig wie möglich blieb), weil er versuchen wollte, wie er Martha sagte, »Jimmy endlich zu knacken«. Der springende Punkt jedoch war, daß Jimmy sich nie auf Marks Sichtweise einließ – die, so nahm Mark an, falls er dieses Wort überhaupt in Anspruch nehmen durfte, eine ethische war. Wenn man ihn über Projekt Soundso, Gerät Soundso befragte, dann redete Jimmy, erläuterte, redete unaufhörlich auf seine sprunghafte, sanfte, informative Weise, bis man ihn unterbrach – oder ihm den Strom abdrehte. Wenn man Jimmy fragte, ob er das für eine gute Sache halte, aus Menschen Zombies zu machen, oder sie auf diese oder jene Weise zu behandeln, ohne sie (vermutlich) vorher zu fragen, dann antwortete er etwas wie: »Aber wenn man diesen Bereich stimuliert – sehen Sie sich das Modell an, Mark – hier –, dann kann man wahrscheinlich davon ausgehen, daß diese Funktion die Oberhand über Funktion X gewinnen wird – verstehen Sie, Mark?«

Das alles war noch im Gange, als Martha mit einem Kuß von Mark Abschied nahm (doch nicht für lange Zeit, denn sie würde bestimmt ab und zu in der Radlett Street hereinschauen) und sich aufmachte, um ihre Zeit der »Einkehr« zu beginnen.

Es war in der Tat etwas Ungeheuerliches, dies menschliche Bewußtsein. Mark, ein integrer Mensch, wie man ihn wahrscheinlich mit der Lupe suchen mußte, hatte fast zwanzig Jahre mit einem Menschen zusammengearbeitet, dessen Handlungen (Überzeugungen besaß er ja nicht) allem zuwiderliefen, was Mark teuer war, doch aus *irgendeinem Grunde* hatte Mark nicht vermutet, daß es sich so verhielt, oder er hatte nicht – was? Sich deswegen weiter keine Gedanken gemacht? Sich nicht darum gekümmert? Wenn Jimmy Wood morgen verhaftet wurde, weil man ihm eine fast pathologische Gleichgültigkeit gegenüber allen Vorstellungen von menschlichem Anstand zur Last legte, dann würde (oder sollte) Mark mit ihm verhaftet werden. Aber selbstverständlich würde Jimmy nicht verhaftet werden, weil er ja lediglich »zum menschlichen Wissen beitrug«. Trotzdem, wenn man Mark diesen Fall als rein hypothetischen vorführte, wobei er selbst, wenn auch indirekt, beteiligt wäre, dann würde er sich hassen und verachten. Doch zwanzig Jahre lang hatte er mitgemacht, hatte er nicht zwei und zwei zusammengezählt.

Martha, die seit Jahren Tür an Tür mit Lynda lebte und, wie sie gemeint hatte, obendrein im innigsten Einverständnis, hatte doch nicht bemerkt, was geradezu zum Himmel schrie – obwohl Lynda so wenig daran glaubte, jemand würde es hören, auch Martha traute sie das nicht zu, daß es meist nur in Augenblicken der Selbstverteidigung von den anderen (und sogar von ihr selbst) als wilde Aggressivität gehört wurde; nur durch »Gebrabbel« mitgeteilt werden konnte, das von jemandem (Martha) entziffert werden mußte, der endlich im selben Erfahrungsbereich angelangt war.

Es war immerhin interessant, daß diese Entdeckungen, ihre in bezug auf Lynda, Marks in bezug auf Jimmy Wood, und die Überlegungen, zu denen sie Anlaß gaben, mit Marthas Entschluß zusammenfielen, ihr eigenes Bewußtsein einer Herausforderung zu unterziehen.

Allein in dem verlassenen Zimmer, hoch über lärmerfüllten Straßen voller Menschen, doch gefangen in einem mit Teppichen ausgelegten Raum, den niemand betreten würde, sofern sie nicht nach jemandem rief, wurde sie – ungeheuer ängstlich. Das hatte sie nicht erwartet. Das sagte sich so hin: Ja, natürlich ist das gefährlich, sehr riskant; etwas anderes war es, sich wirklich in Gefahr zu begeben.

Und ihr war auch nicht wirklich klar, wie sie das anstellen sollte, außer daß sie aus der Vergangenheit wußte, wenn sie nicht aß, sehr wenig schlief, wach blieb, dann schärfte und verfeinerte sich ihr Wahrnehmungsvermögen. Doch die beiden Male früher waren nicht geplant gewesen, sie hatte damals überhaupt nichts beabsichtigt.

Jetzt hörte sie auf zu essen, trank jedoch Tee und Kaffee, und hörte auf zu schlafen. Sie lief ununterbrochen im Zimmer auf und ab, dessen dicker Teppich Molly und Rose unter ihren Füßen Verdruß ersparte.

Sie wußte, daß es Bereiche gab, die sie wahrscheinlich durchqueren mußte: beispielsweise die Geräuschschicht. Es war wahrscheinlich, daß sie hysterisch werden würde – wie in der Vergangenheit. Dafür gab es gewisse Belohnungen – o ja, daran erinnerte sie sich durchaus, wenn auch keineswegs deutlich, lediglich als Tatsache. Wenn sie auf jene Zeit zurückblickte, als sie gerade in London angekommen war, und dann auf die noch nicht lange zurückliegende Zeit mit Lynda, dann erinnerte sie sich an die Intensität, die dichtgedrängten Erfahrungen – nach denen sie sich jetzt sehnte. Doch sie hatte keine bestimmten Vorstellungen, was sie erwartete.

Sie rannte und rannte im Zimmer auf und ab, rauchte, trank Kaffee und weckte sich wieder, wenn ihr die Augen zufielen.

Sie dachte an die arme Lynda – und Mitleid überflutete sie. Sie dachte an Mark, den armen Mark, allein in seinem Haus, ohne seine Freundin Martha und ohne Lynda, die er (wenn er das auch noch nicht wußte) schon bald ganz verlieren würde – Lynda verließ ihn. Oh, armer Mark, wie grausam sie, Martha, doch war: wie herzlos von ihr, so etwas zu tun, zu sagen: Mark, du hast nun mal das Pech, daß du nur von exzentrischen Frauen umgeben bist, doch ich verschwinde mal eben für eine Weile, um in ein noch gänzlich unerforschtes Gebiet vorzudringen! Nein, das hatte sie nicht gesagt, sie hatte es für sich behalten und heruntergespielt. Trotzdem, wie konnte sie Mark so behandeln – und wie entsetzlich hatte sie den armen Mark immer schon behandelt! Wie kalt, mit welcher Endgültigkeit hatte sie ihn vor vielen Jahren aus ihrem Leben entlassen, aus der Liebe, armer Mark, der so Schlimmes mit Lynda durchgemacht hatte, armer Mark, der so wenig Wärme im Leben empfangen hatte und der von ihr, Martha, weggeschickt worden war, so daß er eine Reihe unwichtiger Affären haben mußte, die ihn langweilten ... das war alles nur ihre Schuld! Sie war herzlos und ...

Als sie das Land der Geräusche betrat, prallte sie unvorbereitet auf den entfesselten Selbsthasser ... ja, natürlich, halb hatte sie damit gerechnet, es sogar gehofft, doch ach, wie mächtig der

Feind war, wie entsetzlich gebieterisch, wie schwer zu bekämpfen ... die Tage vergingen. Jemand, der Martha beobachtet hätte, hätte eine Frau gesehen, die am Boden lag, den Kopf aufschlug, weinte, schrie, klagte, eine beträchtliche Anzahl von offiziellen und inoffiziellen Gottheiten anrief, einen unbekannten Angreifer der Grausamkeit und der Herzlosigkeit bezichtigte, ein paar Augenblicke lang ausgestreckt am Boden lag, anscheinend eingeschlafen war, dann aufsprang, als habe ihr Gewissen oder ein Befehl sie elektrisiert, so daß sie sich in irgendeine hektische, aber absurde Aktivität stürzen mußte, wie etwa, den Fußboden aufzuwaschen, oder auch energisch die Kaffeetassen in der Küche zu spülen oder sogar heftige Gymnastikübungen zu machen, während ihr die Tränen über das Gesicht liefen und sie murmelte und rechtete: kein sonderlich lehrreicher oder erbaulicher Anblick. Eher ein Anblick zum Fürchten, ein beunruhigender Anblick – doch das hing davon ab, wer ins Zimmer kam. Es war ein Mann, den sie noch nicht kennengelernt hatte und der im zweiten Stock wohnte und gehört hatte, daß sie »auf dem Trip« sei – er wollte nur mal nachsehen, ob alles in Ordnung war. Martha stellte zu ihrem Erstaunen fest, daß sie nicht so weit weggewesen war, um sich nicht sofort zusammenzureißen und sich in aller Ruhe vernünftig unterhalten zu können. Sie sagte, es sei LSD (alles, wenn ich nur meine Ruhe haben kann, murmelte sie insgeheim), und sie sei ausreichend daran gewöhnt. Er ging, und sie machte weiter.

Sie war vollkommen in der Gewalt dieses selbsthassenden Wesens oder dieses Aspekts ihrer selbst. Gewissensbisse? Nein, es war eher so, daß ihr ganzes Leben von innen nach außen gekehrt wurde, so daß sie es seitenverkehrt betrachtete und überhaupt nichts entdecken konnte, was gut war. Alles war dunkel, grausam, herzlos, alles war »schlecht«. Oh, sie war schlecht, sie war gemein, oh, wie ungeheuer böse und schlecht und gemein sie war.

Die Zeit verging.

Es war die banalste und normalste aller Überlegungen, die sie rettete – sie war nun schon zwei Wochen hier, und sie vertat kostbare Zeit. Schließlich war es in dieser Gesellschaft der sechziger Jahre etwas so Seltenes, daß ein Mensch es schaffte, drei Monate vollkommener Einsamkeit und Ungestörtheit für sich zu haben – und nun vertat sie die! Weil (und jetzt erkannte sie, was für ein ungeheures Glück das war) Ritas Besuch unmittelbar bevorstand, und bis dahin mußte sie normal und tüchtig sein.

Man konnte nicht sagen, daß sie imstande war, den Selbsthasser mit einem Schlag oder gänzlich zu überwinden – nein. Er, sie (es?) war zu stark. Doch es gelang ihr, ihn zeitweise beiseite zu stoßen, indem sie Aufzeichnungen auf den Blättern machte, die sie für diesen Zweck auf einem Tisch in einer Zimmerecke bereitgelegt hatte.

Der Selbsthasser. Das ist der Punkt, an dem Lynda besiegt worden ist. Sie wird das nie los.

Neben dieser Notiz gab es einen ganzen Wald von Unterstreichungen, Ausrufezeichen und alle möglichen anderen Zeichen, die Martha in einer Art Verzweiflung dorthingesetzt hatte. Die sollten sie hinterher daran erinnern, daß diese Wortfolge so wenig von dem sagte, was sie sagen wollte, nur ein dünnes Gekratze an einem Felsen, ein rührendes Kürzel für das waren, was sie wußte. Denn die Komplexität dessen, was vor sich ging (später sagte sie, es sei gewesen, als habe sie ein Dutzend Jahre intensiven Lebens in ein paar Wochen zusammengepreßt), und das Tempo, mit dem sie lernte, waren so enorm, daß sie die ganze Zeit von der Angst geplagt wurde, sie würde vergessen, vergessen, vergessen, alles, was sie lernte, vergessen. Denn sie erinnerte sich daran, daß man vergaß. Oh, ja, man war entsetzlich vergeßlich. Das war jetzt beispielsweise das dritte Mal, daß sie das Land der Geräusche durchmaß (wenn sie diesmal auch von dem Selbsthasser begleitet war), und erst, indem sie es wieder tat, erinnerte sie sich an das, was sie vorher gelernt hatte.

Doch so mangelhaft ihre Experimente waren, so sehr ihr auch graute, so unzulänglich sie selbst bei diesen Versuchen war, sie begegnete *tatsächlich* Bewußtseinszuständen (Bereichen, Abteilen, Zonen, Wellenlängen, Ländern, Orten), die sie von früher kannte, und sie erkannte bestimmte Merkmale, die ihnen eigen waren, wieder. Da herrschte also keineswegs ein einziges Chaos, nicht einfach ein Durcheinander: Man konnte aus dem allen tatsächlich einigermaßen schlau werden, indem man seine gewöhnlichen Fähigkeiten einsetzte – Erinnern, Urteilen, Vergleichen, Verstehen. Kurz, man konnte hier in dieser ungewohnten Sphäre seinen gesunden Menschenverstand ebenso gebrauchen wie im gewöhnlichen Leben.

Und indem man seinen gesunden Menschenverstand gebrauchte ...

Wenn man Martha jedoch von außen betrachtete (eine Frau, die schreiend auf dem Teppich lag oder saß und so sehr von einem Gedanken gepackt war, daß ihre Muskeln sich verkrampften), mochte es einem schwerfallen, ihr die geistige Ruhe zuzutrauen, von der sie tatsächlich profitierte ... Vielleicht ließ man die ausführlichen Schritt-für-Schritt-Berichte dieser »Arbeit«, die Martha machte, besser beiseite und verließ sich auf ihre Aufzeichnungen.

Die natürlich unzulänglich waren, doch das wäre ein Schilderungsversuch ja auch.

Die Frau, die weinend auf dem Teppich lag – was wäre subjektiver? Sie so zu sehen, als solche zu beschreiben, oder die Inhalte ihres Denkens zu beschreiben?

Die Frau, die mit qualvoller Geschwindigkeit kritzelte, um alles festzuhalten, ehe es vorbeiflog: wäre es subjektiver, ihre verkrampfte Haltung, ihren verbissenen Ausdruck zu beschreiben, oder die Aufzeichnungen zu transkribieren?

Vielleicht lieber die Aufzeichnungen, die wie kleine Wegweiser oder Fußspuren für andere Menschen sein konnten, die sie dann nützlich finden mochten oder nicht.

Die erste Notiz nach der über den Selbsthasser lautete: *Weshalb konnte Lynda sich nicht ins Freie emporarbeiten? Ich kann ihn ins Wanken bringen, kann ihn abwehren. Starke Empfindungen, Gedanken können im Gehirn eine Art Furche schaffen, und wenn man die einmal hat, dann kommt man da nicht raus? Ich habe furchtbare Angst. Wenn ich ihn nun nie mehr los würde?*

Doch bald wurden, in dem Maße, wie die Notizen und Kommentare sich häuften, zahllose Blätter vollgeschmiert und bekritzelt, erfolgte die Niederschrift so rasch, daß sie nicht mehr die Zeit hatte, auf ihre Lesbarkeit zu achten.

Man muß wach genug sein, um einen Gedanken dann mitzubekommen, wenn er gerade geboren wird. Das nennt man unterscheiden. Gedanken haben unterschiedliche Eigenschaften. (Das Wort Eigenschaften war umkringelt und obendrein durch ein Kästchen hervorgehoben, damit sofort ins Auge fiel, daß Martha sich später daran erinnern, es besonders betont haben wollte.) *Die Unterschiede sind jedoch gering. Man sollte beispielsweise einen mitgehörten Gedanken von den Worten des Selbsthassers zu unterscheiden lernen.*

Ja. In einem Bewußtsein stellen sich verschiedene Qualitäten des ... Wenn man einen Gedanken von Lynda hört, ist das etwas anderes. Inwiefern? Kein Gefühl. Erinnere dich daran, erinnere dich daran. Worte, die ohne gefühlsmäßige Anteilnahme durch deinen Kopf rieseln: das ist dann wahrscheinlich mitgehört, der Gedanke eines anderen Menschen. Der Selbsthasser ist gefühlsgeladen. Geh weg, geh weg, oh, bitte, um Gottes willen, geh weg, ich ertrage das nicht, man stelle sich das vor, Menschen leben ihr ganzes Leben mit dir im Kopf, arme, arme, arme Lynda, wie hält sie das nur aus, zur lebenslänglichen Hölle verurteilt. Geh weg.

Plötzlich, ja, heute war das Jack. Das ist der Punkt, wo Jack besiegt worden ist. Man hat sich seines Körpers bemächtigt. Sein Körper ist prächtig. Körper ist neutral. Verwendungsfähig. Körper kann nicht schlecht sein. Ein gemeines, übles, hinterlistiges Bewußtsein bedient sich seines Körpers. Sein Körper sagt: Ich will nicht grausam sein. Wenn sein Körper grausam sein wollte, dann würde das in jedem Fall schon ausreichen, was Jack tut. (Das unterstrichen und hervorgehoben und durch Zeichen betont.) *Sein Geist hingegen, der will weh tun. Ein gemeiner kleiner Geist, wie Jungen, die Fliegen die Flügel ausreißen.*

Zwei Tage sträubte Martha sich. Sie wollte nicht weitermachen. Sie war unmittelbar mit bestimmten Aspekten ihres eigenen Charakters konfrontiert – es ging um Sadismus, Masochismus, die Freude am Wehtun. Physisch. Doch daß sie hier nicht stehenbleiben konnte, schien der Preis dafür zu sein, daß sie überhaupt weitermachen konnte – der höhnende, hassende, spottende Quäler in ihrem Kopf schmollte und sagte wie ein Schulkind: Na schön, wenn du nicht spielen willst, dann gehe ich eben zu ... und ging oder schwieg. Martha schreiend, weinend, sie wand sich vor Scham, scheute vor der Erinnerung zurück, machte jedoch schließlich weiter.

Sie schrieb: *Schon seit Tagen ... na also schön, ich weiß. Das nächstemal, wenn ich lese, daß ein Mann ein Kind erwürgt und vergewaltigt hat, dann weiß ich Bescheid. Oder weshalb die Todesstrafe früher öffentlich war und weshalb die meisten Briten immer noch danach verlangen, daß sie öffentlich sein soll. VERGISS NICHT, DASS DU ES WEISST.*

Sie schrieb: *Drei Tage so weiter, glaube ich. Die Gefolterte und der Folterer. Ich bin beides. Bin nicht nur der Quälgeist. Bilder auf dem Fernsehschirm: Rauch aus einer Gaskammer im Konzentrationslager. Dann, zuerst getrennt, dann ein und dasselbe, das zerlumpte Stück Weigerung (ich), das in die Gaskammer gestoßen wird, und die uniformierte Frau (ich), die gestoßen hat.*

Sehr ökonomisch, dieser Cutter in meinem Kopf. Schneidet den Film sehr schön ...

Auf dem Bildschirm ein halbes Dutzend (symbolisierte) Persönlichkeiten. Darunter beispielsweise Carrolls altes strickendes Schaf. Daneben ein schwerfälliger, stampfender, geiler Stier. Ein Stier sieht rot. (Sehr komisch. Du machst sehr schlechte Witze. Nein, nein, nein, einige sind natürlich auch glänzend.) Da stiert der Stier. Haha.

Muß Tage später sein. Habe plötzlich begriffen. Er (wer?)

zeigt mir Charakterzüge (meine) und ihr Gegenteil (ebenfalls meine). Ich bin so vernagelt. Es war vor einer Woche vollkommen offensichtlich, bin nur nicht dahintergekommen. Und nun merk's dir.

Eine Zeitlang kam Martha nicht weiter. Und zwar passierte ungefähr folgendes: Sie stellte fest, daß sie schlagwortartige Wendungen benutzte, oder sie hatte Gefühlsregungen, die dem direkt entgegengesetzt waren, was die nüchterne und rationale Martha glaubte. Zum Beispiel stellte sie fest, daß sie sich des Vokabulars von Antisemiten bediente; zunächst waren das nur versteckte, subtile Annäherungen an den Antisemitismus, dann wurde es jedoch so schlimm, daß sie ein paar Stunden lang wie Goebbels redete. In panischer Angst quälte sie sich ab – der totale Verlust ihrer Persönlichkeit. Denn aus ihrem tiefsten Innern stöberte sie zwar immer wieder einen Ausdruck oder eine Vorstellung auf, die das verkörperten, was sie dachte, doch wurden die sofort wieder von ihrem Schatten verschluckt. Das stürzte sie in einen Zustand heftigen Entsetzens und der Scham. Dann bemerkte sie, daß es sich eher um ein peinliches Berührtsein handelte, fast ein soziales peinliches Berührtsein, so als ertappe man sie bei einem gesellschaftlichen Fauxpas und als habe sie Angst vor dieser Entdeckung. Sie schämte sich (schämte sich aufrichtig) ihrer eigenen Oberflächlichkeit. Doch ehe das richtig verstanden und durchgearbeitet werden konnte, wurde sie auf Haßgefühle gegen die Schwarzen umgepolt. Dann beobachtete sie sich erneut, wie sie sich der Ausdrücke und Empfindungen des Hasses bediente – der Schwarzen auf die Weißen, der Weißen auf die Schwarzen, der Deutschen und der Juden, der Araber und der Engländer – etc. etc. Bis ihr schnatterndes Bewußtsein und der »Fernsehapparat« wie ein Haßprogramm waren, das zum Ergötzen irgendeines internationalen Irren zusammengestellt worden war.

Woher kommt das bloß, daß ich so lange brauche, um etwas zu begreifen, das doch völlig offensichtlich ist? Ich bin so dumm. Natürlich: Ich werde auf Hassen gepolt, was die Kehrseite dieses ganzen schönen Liberalismus ist. Doch damit, daß wir alle so nette Liberale sind, ist noch lange nicht gesagt... Ja, weshalb erzählt er (wer?) mir das? Weiß ich das denn nicht schon?... Naja, ich... Das kommt daher, daß ich immer wieder vergesse, daß ich nicht sagen darf: vernünftig, zivilisiert etc. etc. Und dabei denken, ich wär das alles. Ich bin das, was die Menschheit ist. Ich bin ›Die Deutschen sind der Spiegel und der Katalysator Europas‹ und gleichzeitig ›Dreckiger Hunne, Gemeiner Nazi‹.

Oh, Gott, ich bin so müde. Ich bin so müde. Wieviel Volt sind das denn wohl die ganze Zeit?

Kreischendes Selbstmitleid und Hysterie.

Ist das das, was in den Büchern immer als ›Gegensatzpaare‹ bezeichnet wird?

Liebe, Haß, Schwarz, Weiß, Gut, Schlecht, Mann, Frau.

Irgendwann in dieser Situation stand Bob Parrinder plötzlich im Zimmer. Martha lag schreiend auf dem Fußboden. Seine hübsche Freundin stand hinter ihm in der Tür, das Baby auf dem Arm. Sie trug ausgeblichene Jeans, einen braunen Pullover, und ertrank förmlich in ihren Haarfluten. Er lächelte. Martha schaute zu diesem ungeheuer großen, diesem riesengroßen Mann auf, dessen Kopf sich in der Nähe der Decke befand. Sie setzte sich auf, und er war nicht mehr so weit oben.

Bob Parrinder war mitfühlend. Sein hungriger Blick verriet, wie gern er teilhaben wollte. Er war hier, wie Martha verstand, weil er Streit oder Krach mit seinem Mädchen hatte – wenn er zu ihr, zu Martha kam, in irgendeiner Weise über sie gebot, dann würde das wohl dem Mädchen etwas beweisen? Das Mädchen, dachte Martha, war eigentlich kein sehr nettes Mädchen. (Vor zehn Minuten oder auch zehn Stunden hatte sie Wörter wie nett, gemein abgeschafft.) Martha mochte das träge, dumme, sture Gesicht nicht. Sie mochte die Selbstherrlichkeit des jungen Mannes ebensowenig, doch sie dachte: Wenn man diesen Unfug mal beiseite läßt, ist er nett, er hat Persönlichkeit.

Martha saß mit ausgestreckten Beinen, das Gewicht auf den

Händen, die sie hinter sich auf den Boden stützte, und sagte zu ihm: »Wissen Sie eigentlich, was Sie in Wirklichkeit wollen?«

Der Mann kniete sich jetzt neben sie und wurde zu einem sehr dünnen, sanft lächelnden Mann mit weichfallendem blondem Haar. Doch sie wußte, er wollte dominieren und kontrollieren.

»Sind Sie sicher«, sagte er, »daß Sie sich nicht lieber etwas ausruhen sollten oder so etwas?«

»Ja, bin ich«, sagte Martha verstimmt.

»Tja, wenn Sie sicher sind . . .«

»Wissen Sie eigentlich, was Sie in Wirklichkeit wollen?« forschte Martha. Denn nun erschien es ihr ungeheuer dringlich, daß sie ihm etwas mitteilte, so daß er verstand und dadurch von seiner eigenen Variante albernen Benehmens erlöst wurde. Sie konnte es tun, indem sie ihm einfach nur etwas *sagte*. (Als ob sie im Grunde nicht gerade gelernt hätte, daß man Erfahrungen brauchte, um verstehen zu können!)

»Nein, sagen Sie's mir!« sagte er lächelnd.

»Sie möchten jemanden haben, der Sie herumkommandiert. Der Ihnen sagt, was Sie zu tun haben.«

Sein Lächeln erlosch schlagartig, und sein Mund drückte die Entschlossenheit aus, seinen Ärger nicht zu verraten.

»Das glaube ich nicht.«

»Und ich weiß es.«

Das träge Mädchen, das mit gekreuzten Füßen an der Tür lehnte, wechselte das Standbein und lachte, als wollte sie ihr Einverständnis kundtun.

»Das stimmt *genau*, finde ich, Bob«, sagte sie im reinsten Kensingtoner Slang.

»Es stimmt *überhaupt* nicht.«

»Doch«, sagte Martha. »All ihr jungen Blockführer, ihr könnt es gar nicht abwarten, euch und eure Jünger dem nächsten Guru oder Gauleiter anzuvertrauen. Blinde, die die Blinden führen.«

»Ich bin sicher, eine Tasse Suppe oder so etwas würde Ihnen guttun. Olive, wir haben doch bestimmt noch eine Tasse Suppe von heute mittag?«

»Möchten Sie ein bißchen Suppe?« fragte Olive Martha.

Das Baby fing an, sich zu beschweren. Olive lud es sich auf die eine ihrer schönen Hüften und ließ es auf und ab hüpfen. Das sah aus wie ein Tanz – ein einseitiger oder verkümmerter Shimmy. Ihre Brüste schwangen und marschierten, eins, zwei, eins, zwei.

Martha fiel nach hinten auf den Fußboden und lachte. Sie lachte und lachte.

Als sie aufhörte, merkte sie, daß Bob lächelnd darauf wartete, daß sie ihm sagte, weshalb sie lachte. Die Deckenverzierung hinter seinem Kopf sah aus wie ein rechteckiger Heiligenschein oder eine Aura. Sie lachte erneut.

»Wissen Sie, was eine Aura ist?« fragte sie ihn. Denn sie hatte selbst gerade in diesem Augenblick erst verstanden, was es war.

»Manche Menschen haben so was. Sie haben weißes oder gelbes Licht um den Kopf. Statt Grün wie schlechter Atem oder Zornrot oder Tüchtiggrau.«

»Das ist interessant«, sagte er lächelnd.

Das Baby fing halb zu lachen, halb zu weinen an, wie Babys es tun, wenn sie von ihrer Mutter oder sonst jemandem aufgemundert werden und sich zwar verpflichtet fühlen zu lachen, gleichzeitig jedoch wütend sind und nur zu gern schlagen, beißen oder kratzen würden, wenn sie dürften. Ein schluchzendes Lachen. Ein lachendes Schluchzen.

»Ich möchte keinesfalls unfreundlich sein«, sagte Martha und befleißigte sich einer geradzu betulichen Höflichkeit, »doch ich habe nicht allzuviel Zeit, weil Rita bald kommt. Das ist Maisies Tochter. Aber die kennen Sie natürlich nicht. Und ich muß folglich zusehen, daß ich hier fertig werde, ohne daß ich in der Klapsmühle ende – die Zeit wird langsam knapp.«

»Aha«, sagte er, »verstehe.« Er klappte seine Beine hoch und wurde zu einer Bohnenstange, die bis an die Decke reichte.

Martha sah, jetzt würde er gehen und sich mit dem Mädchen streiten, das ihr die Suppe nicht bringen würde (als sie das erkannte, raste ihr Magen vor Hunger), und sie würden nicht oder jedenfalls so bald nicht wiederkommen. Sie hatten das Gefühl, daß Martha wahrscheinlich Hilfe brauchte; sie wollten jedoch ihren eigenen Verhaltenskodex nicht brechen, indem sie den Arzt oder die Polizei oder den Tischler von unten riefen, der es vielleicht tun würde. Also wäre es wohl das Einfachste, wenn sie so bald nicht wieder zu Martha gingen. Gesegnet seien die Feigen und die Trägen: Was ersparen sie einem nicht für eine Menge Ärger!

Diese Unterbrechung hatte Auswirkungen auf die Vorgänge im Zimmer. Der Hasser zog sich ein Stück zurück.

Ich bin in Boschs Land. Ich weiß, wo Bosch seine Bilder herbekommen hat. Großer Gott, sieh dir das an . . .

Ist das denn immer hier? (Da?) Wo denn. Ich verstehe sehr wohl, weshalb es in den Büchern immer heißt, man soll sich nicht allzu sehr dafür interessieren. Man könnte sein Leben damit zubringen, einfach immer nur fernzusehen.

Bosch-Land. Wenn ich malen würde, und ich malte dies, dann wäre ich eine Fälscherin. Sind Fälscher wohl Menschen, die sich ans Bosch-Land anschließen?

Weshalb bin ich bloß so dumm? Habe verstanden. Wenn ich nicht Bescheid wüßte und mich versehentlich an den Hasser anschließen würde, dann bliebe ich ein Hasser. Ob Hitler sich wohl versehentlich an den Hasser angeschlossen hat? (Zum Beispiel.) Eine Nation kann demnach – an dies oder jenes angeschlossen werden? Eine Nation kann durch einen Mann oder eine Gruppe von Männern an – an alles nur Erdenkliche angeschlossen werden. Hier ist Martha. Jetzt bin ich gerade so angeschlossen, daß ich Juden, Schwarze, Weiße, Deutsche, Amerikaner hasse – hasse, hasse, hasse. Jetzt gerade nicht angeschlossen. In zehn Minuten aber vielleicht schon wieder angeschlossen.

Das ist die Dali-Landschaft. Jetzt bin ich an Dalis Geist angeschlossen. Wenn ich zeichnen, malen könnte, dann würde ich dies hier malen, das Dali-Bild. Weshalb schließt sich denn nur Dali ans Dali-Land an? Nein, Dali und ich. Folglich Dali und – jede Menge andere. Doch die Schwester sagt: Sinnestäuschun-

gen. Wenn sie nichts weiß, dann denkt sie nicht: Dies hier ist Dali-Land. Sie denkt: Das ist aber ein albernes Bild. Wenn sie gebildet ist, sich auskennt, dann denkt sie: Ich bin eine Plagiatorin. Oder: das muß doch ein Dali-Bild sein, das ich noch nicht gesehen habe? (Was es vielleicht auch ist.)

Er hätte nicht so viele malen können. Warum denn nicht? Plagiate. (Denk darüber mal nach, wenn du Zeit hast.) Mark schreibt irgend etwas. Dann treibt es durch die Luft. Jemand kann sich anschließen. Die Stadt in der Wüste wird in der Photosphäre fotokopiert. *(Oh, sehr komisch. Ha. Für den hast du nur einen halben Lacher verdient.)*

Eine wie ein Osterlamm
Eine wie ein Hahnenkamm
Eine wie ein Trampeltier
Eine wie ein Pampasstier
Eine würde gerne heulen
Würgen, beißen, tödlich kränken
Eine gibt es, die ist rüde
Und dann eine, die ist prüde
Und dann eine, die ...

Um Gottes willen, hör auf, schluchzte Martha, und preßte die Hände gegen die Ohren, als dies gräßliche Da-da-da-da-da ihr die Trommelfelle zermahlte.

Während sie mit dem Gesicht nach unten lag, die Nase in einem dicken Plüschteppich, der schwach nach Staub roch, schlug das Meer der Geräusche über ihr zusammen, verschluckte sie.

Beinah.

Eine ist im Kopfe tüchtig
Eine, die macht alles richtig
Eine, die hat ...

Mit geschlossenen Augen beobachtete sie die Bilder, die in Übereinstimmung mit den hüpfenden Reimen vor ihren Augen vorbeizogen, wie bei einem Kinderbuch mit Versen. »Eine wie ein Osterlamm«, das war Lewis Carrolls strickendes Schaf mit dem Schal.

Ach, wie kannst du gütig sein
Und dann wieder wie gemein . . .

Gott, bin ich dumm. Ist doch offensichtlich: das, woraus ich mich zusammensetze!

Martha kniete neben dem niedrigen Tisch und kritzelte und kritzelte, Bemerkungen, Worte – Gedächtnisstützen für sie selbst später – lauschte dabei jedoch den hüpfenden Versen und hielt die Augen geschlossen, um sowenig wie möglich von dem Fernsehprogramm zu versäumen.

Martha, ein atmendes Individuum aus facettiertem Grün, das Himmel, Haus, Trottoir, Wolken, Mann, Frau und Hund reflektierte, eine abgezehrte Frau in einem alten Frotteebademantel, sah die Facetten ihrer Persönlichkeit vorbeimarschieren – schaute und kritzelte, *vergiß nichts.*

Um Gottes willen, vergiß nichts. Oder du mußt es noch mal machen.

Es ist später, als du glaubst.
Taghell ist der Mondenschein
Komm, wir tanzen Ringelreih'n . . .
Ich bin das Geschöpf meines eigenen Bewußtseins.
Ich bin das Geschöpf meines eigenen Bewußtseins
Ich bin . . .

Worte, Worte, Worte, Worte. Wenn die Worte kommen, dann kommt die Wirklichkeit schon nach.

Paul trat ins Zimmer. Sie war auf dem Fußboden eingeschlafen. Wie immer sah er unglaublich gut aus. Schön, in seiner Kleidung, der es irgendwie gelang, Eleganz mit einem halben Lachen darüber zu verbinden, saß er auf der Kante seines Himmelbetts und betrachtete Martha skeptisch.

Sie schaltete blitzschnell um auf gesunden Menschenverstand, aus einem alten Reflex heraus alarmiert: Hier war eins von den »Kindern« – sie benahm sich unverantwortlich.

»Ich bin's nur«, sagte er.

Sie ließ sich wieder auf den Rücken sinken. Er zündete eine Zigarette an und reichte sie ihr.

»Du siehst nicht gerade blühend aus«, bemerkte er. »Ich nehme jedoch an, du weißt, was du tust.«

Sie war dabei gewesen, in einen Bereich des Entsetzens abzugleiten. Einen, der ihr noch neu war. Sie war erleichtert, daß er gekommen war und daß sein Eintreffen ihr die Fassung wiedergegeben hatte.

Sie setzte sich auf, machte ihm Tee, sprach mit ihm: alles, um auszuprobieren, bis zu welchem Grade sie ihm gegenüber normal auftreten konnte. Im Innern ihres Kopfes klingelte, hämmerte, dröhnte die Welt der Geräusche, die vom Selbsthasser wie ein Orchester dirigiert wurde. Doch das Zusammensein mit Paul dämpfte sie schon bald.

Weil das der Fall war, war sie in der Lage, ihm eine Nachricht an Mark mitzugeben: Ja, sie sei imstande, heute abend in das Restaurant zu kommen. Margaret war außer sich, daß das Haus von der Stadt angekauft wurde. Sie wollte Pläne, Kampagnen – zumindest eine Familienkonferenz. Sie hatte bereits etliche Drähte gezogen.

Gefragt, ob er auch zu dem Essen kommen werde, sagte Paul durchaus liebenswürdig: »Na, dazu habe ich wohl kein Recht, hm? Es ist schließlich nicht mein Haus.«

Das sollte keine Klage oder Beschwerde sein und war frei von Gehässigkeit. Er empfand es so. Schließlich hatte er ja *dies* Haus – die Hälfte davon und die Hälfte eines zweiten ähnlichen.

Würde Francis denn dabei sein? Man hatte ihn dazu aufgefordert, doch er fand, die Erwachsenen würden das schon alles bestens erledigen.

Martha zog ein Kostüm an, schminkte sich und sah im Spiegel, daß kein Mensch auf die Idee kommen konnte, daß sie nach sämtlichen Maßstäben dieser Gesellschaft eine tobende Irre war. Der Selbsthasser war, was ja nur allzu logisch war, zum Teufel geworden und kommentierte oder beschrie oder verhöhnte oder kritisierte jede einzelne ihrer Gesten, jeden Gedanken, jede Erinnerung. Ihr Wille war auf Widerstand eingestellt, während sie gleichzeitig lauschte und versuchte, weder ängstlich noch nachtragend zu sein. Sie würde den Teufel ins Restaurant ausführen, und es war unbedingt erforderlich, daß das niemand erriet. Daß Paul nichts davon gemerkt hatte, war ein gutes Omen.

Das Restaurant war eines dieser kleinen teuren französischen mit guter klassischer Küche. Die Ausstattung war auf bescheidene Weise hübsch und erinnerte an französische Provinzhotels.

Die Gäste:

Mark. Er war schweigsam, düster und mit seinen eigenen Gedanken beschäftigt.

Martha, in Begleitung des Teufels.

Lynda. Schweigsam und ziemlich krank aussehend: Sie hatte jetzt endgültig beschlossen, Mark zu verlassen und »ein richtiger Mensch ohne Requisiten« zu werden. Als sie ihren Aktionsradius erweitert hatte, hatte sie festgestellt, daß sie nicht so stark war, wie sie gedacht hatte. Sie hatte eine Woche lang mit Sedativa gelebt und somit einen argen Rückschlag erlitten.

Margaret, die wütend und unglücklich war.

Ihr Gatte John, der angespannt war. Er hatte in letzter Zeit viel getrunken, weil er sich in den Gehilfen des Zeitungshändlers in Marleybridge verliebt hatte, und diese Leidenschaft bekämpfte er nun mit Alkohol.

Phoebe, inzwischen stellvertretende Ministerin der neuen Regierung mit zahlreichen Aufgabenbereichen. Alles, was die Regierung tat, ging gründlich daneben, so als habe die ganze Welt (so empfand sie es) sich gegen sie verschworen, und so war auch sie wütend. Und obendrein ungeheuer müde, da sie völlig überarbeitet war. Sie hatte seit Tagen nichts Anständiges gegessen, hatte, während sie wartete, einen Sherry getrunken und war ein bißchen beschwipst.

Arthur, der innerhalb der neuen Regierung keinen Posten erhalten hatte, weil er zu links war. Er war genau in derselben Lage, in der er sich immer schon befunden hatte: Nichts von allem, woran er glaubte und für das er eintrat oder wofür er sich im Leben eingesetzt hatte, wurde von dieser, seiner Labour-Regierung in Angriff genommen, so daß er sich auch nicht vor den Kopf gestoßen fühlte. Er wartete immer noch, ein energiegeladener, ansehnlicher Mann von fast sechzig, daß die Zukunft beginnen würde.

Seine Frau Mary, die sich diese Woche in einen reizenden Jungen verliebt hatte, einen Tischler, der im Badezimmer neue Regalbretter anbrachte. Als ihr daran deutlich wurde, daß sie jetzt endgültig eine Frau mittleren Alters war, war sie in eine Krise geraten und aus dem Haus gestürzt, hatte sich ein Großmutterkleid aus Wolle gekauft, und das trug sie jetzt. Ihr Arthur hatte gesagt, er finde nicht, daß das Kleid ihr stehe – daraufhin hatte sie befunden, daß dieser Mann sie nie verstanden habe bzw. »überhaupt nie irgend etwas, das mit Gefühlen zu tun hat«. Dieser Gedanke hatte sich in dem kleinen ironischen Lächeln in ihrem hübschen Gesicht festgesetzt, das jetzt vom vielen Weinen aufgelöst war. Das Lächeln verharrte dort, unbeirrt, bis das Thema *die Jugend* auf den Tisch kam.

Elizabeth, die den Nachmittag mit Mark verbracht hatte, um eine ideale Gemeinschaft »irgendwo in einem neuen freien Land« zu planen. Sie hatte den ganzen Nachmittag Brandy getrunken, war angespannt – und kribbelig vor Enttäuschung. Sie konnte Mark einfach nicht verstehen, der doch eine vollkommene Stadt geschildert hatte und nun nicht gewillt war, eine aufzubauen. Sie war an diesem Nachmittag mehrfach in Tränen ausgebrochen und sehr ausfällig geworden. Mark hatte, als ihm aufging, daß sie sich mitten in einem Nervenzusammenbruch befand, Dr. Lamb angerufen, der sie morgen empfangen würde. Sie heftete ihre hungrigen Blicke auf Mark.

Dies war eine Familienkonferenz.

Sie waren Margarets wegen hier. Zuerst einmal bestellten sie das Essen, und so lange hielt sie noch an sich.

Einmal Pâté Maison, einmal Pâté Campagne, zweimal Muscheln, zweimal Artischocken, einmal Avocado. Alle tranken Muscadet, außer Arthur, der Scotch trank.

Margaret sagte, es sei eine Schande, daß das Haus in den Besitz der Stadt überführt werden sollte, selbst wenn es (was nach allem, was sie gehört hatte, wahrscheinlich war) mit nur geringen Veränderungen als Verwaltungsgebäude weitergenutzt werden sollte. Sie hatte eine Petition vorbereitet, und die mußten sie alle unterschreiben. Sie förderte eine Petition aus ihrer Handtasche zutage und darüber hinaus noch eine Auswahl weiterer: eine zugunsten der Exilierten Fidel Castros in Amerika, eine zugunsten irgendwelcher Gefangener in Südafrika, eine für den Dritte-Welt-Laden und einen Brief an die *Times*, worin es um einige Schriftsteller ging, die in der Sowjetunion zu Gefängnisstrafen verurteilt worden waren. Woraufhin Phoebe, ohne auch nur ein Wort zu verlieren, ihrerseits einige Petitionen aus der Handtasche holte. Sie hatte ebenfalls eine wegen Südafrika und den Brief an die *Times*, doch obendrein noch einen Rundbrief über politische Gefangenschaft und Folter in Portugal, eine Erklärung oder eidesstattliche Erklärung in bezug auf irgendein polizeiliches Vorgehen, die für den *New Statesman* bestimmt war. Alle unterschrieben Phoebes Papiere, bis auf Margaret, die die Beschwerde über die Polizei nicht unterschreiben wollte, weil aus dem letzten (Tory-)Regierungsbericht eindeutig hervorgegangen war, daß sie sich nichts hatte zuschulden kommen lassen und daß derlei Beschwerden ausschließlich das Werk von Unruhestiftern waren. Alle unterschrieben Margarets Papiere, bis auf die Petition wegen der Opfer Fidel Castros, die nur von Elizabeth unterschrieben wurde.

Blieb nur noch das Problem mit dem Haus. Margaret fuhr Mark an, so wie er hier herumsitze, scheine ihm das offenbar nichts auszumachen, aber schließlich lebe er doch in dem Haus, oder etwa nicht? Er sagte kurz angebunden, er bezweifle sehr, daß das eine Rolle spiele, ob einer nun in diesem Haus lebte oder in irgendeinem anderen – dazu würde die Zukunft, wie es aussah, allzu barbarisch ausfallen. Als man sich an Lynda wandte, kam sie von irgendwo ganz weit her, lächelte und sagte: Sie sei sicher, Mark habe recht. Margaret hatte ganz offensichtlich nicht vorgehabt, sich vor allen anderen auch an Martha zu wenden, wie sie es unter vier Augen garantiert getan hätte, doch nun tat sie es.

Martha, die mit einem Ohr dem wütenden Gehöhne des Teufels über ihre Kaltschnäuzigkeit lauschte, die sich darin äußerte, daß sie Avocados aß, während die Welt in Flammen aufging, erwiderte, ihr Haus sei es doch nicht. Das war auf seine Weise so unverschämt wie dieselbe diesbezügliche Äußerung Pauls. Die Familie betrachtete sie, Marks Geliebte (?) oder doch wenigstens Gefährtin, mit gerade noch gezügelter Mißbilligung.

Sie sagte: »Ich habe meine Schuldigkeit doch getan, nicht? Ich trage ja nichts Nützliches mehr bei.«

In ihrem Ohr höhnte der Teufel: *Falls du das überhaupt je getan hast.*

Mark schoß ihr einen warnenden Blick zu: Besprich das mit mir, nicht vor den anderen.

»Geht das denn hier niemanden etwas an?« sagte Margaret.

»Selbstverständlich geht es uns etwas an«, sagte Lynda geistesabwesend, »es war immer ein schönes Haus.«

»Ja, und wo wollt ihr alle wohnen?« fragte Margaret.

Nun fanden Lyndas, Marks und Marthas Blicke einander – dieser Augenkontakt war ein gewisser Trost für sie. Die drei waren unendlich weit voneinander entfernt, und das schmerzte sie. Die unmittelbar bevorstehenden Trennungen machten sich stark bemerkbar.

Die anderen, die diese instinktive Bestätigung, daß die drei einander immer noch brauchten, mitbekamen, ließen die Frage auf sich beruhen.

Jetzt war es an der Zeit, erneut zu bestellen.

Margaret nahm *Canard.* Phoebe nahm *Filet en croûte.* Martha *Boeuf Stroganoff.* Mary sagte, sie würde den Gang gern überspringen, bestellte dann jedoch *Boeuf,* um ihnen die Freude nicht zu verderben. John nahm *Coq au vin.* Mark *Poulet.* Arthur bestellte gegrillten Lachs. Lynda bestellte Lachs, den sie dann nicht aß.

»Was ist denn mit den Kindern?« fragte Margaret. »Warum sind sie nicht da?«

»Elizabeth ist doch da«, sagte Mark, der nett sein wollte.

Elizabeth sagte verbittert, sie habe nie ein Zuhause gehabt, und es sehe ganz so aus, als werde sie auch nie eins haben.

Lynda, die auf Francis angesprochen wurde, sagte, es spräche alles dafür, daß er vorhabe, sein Zusammenleben mit Jill fortzusetzen.

Phoebe: »Schön dumm von ihm.«

Martha, die auf Paul angesprochen wurde, sagte, sie vergäßen wohl ganz, daß Paul schließlich selbst Hausbesitzer sei, obwohl er kaum über zwanzig war.

»Der wird uns wahrscheinlich allen eines Tages die Mieten erhöhen«, sagte Margaret bitter, und in ihren Augen funkelten Tränen.

»Was ist denn mit euren Kindern?« sagte Phoebe zu Arthur und Mary.

»Ach *die*«, sagte Mary bitter, »diese egoistischen kleinen Biester. Ich kann es gar nicht erwarten, zu erleben, wie sie zurechtkommen, wenn sie mal in unserem Alter sind, die sind ja dermaßen ...«

Szene der Zeit: Ein Raum voller Menschen mittleren Alters, freudig dem Essen zusprechend, die halbe Zeit mit Gewichtsproblemen beschäftigt, ständig nach irgendeiner Diät lebend, die meisten Raucher – eine todbringende Angewohnheit, wie sie im Vorspann jeglicher nur existierender Reklame belehrt wurden –, die meisten von ihnen an Schlaftabletten und Beruhigungsmittel gewöhnt, sämtlich Alkoholtrinker und manche von ihnen betrunken – man spricht über die Jugend.

Die Jungen nahmen Drogen. Sie waren verantwortungslos. Sie waren egoistisch. Sie waren schmutzig. Sie waren selbstgefällig. Sie hatten keinerlei Interesse an Politik – das war Phoebe, die in forderndem Ton immer wieder sagte: Wenn sie bloß rausgehen und für die Partei werben wollten – dann brauchten sie keine Drogen zu nehmen!

Margaret, Phoebe, Arthur und Mary waren sich hierin vollkommen einig und begannen, während die Teller abgeräumt wurden, einen Brief an den *Observer* zu entwerfen, in dem es um die Frage ging, weshalb die Jugend sich nicht für Politik interessierte. Margaret meinte, das liege daran, daß sie als Kinder nichts auszustehen gehabt, es zu leicht gehabt hätten. Arthur stimmte zu.

Während des Kaffees wurde dieser Entwurf fertiggestellt, und dann fragte Lynda Mark, ob sie nach Hause fahren könnten. Unendlich erleichtert sagte Mark sofort ja. Martha wartete ebenfalls nur darauf, gehen zu können.

»Aber wir haben doch überhaupt nichts geregelt«, sagte Margaret wieder und wieder kläglich, fassungslos angesichts dieses Trios und blickte von einem zum anderen, während ihre Hand mit dem silbern-türkisfarbenen Füllhalter über dem Briefentwurf verharrte.

Elizabeth, die ja krank war, mußte mit ihnen aufbrechen.

Martha bat darum, bei Paul abgesetzt zu werden.

Lynda sagte zu ihr: »Man sollte doch eigentlich annehmen, wenn es einen Teufel gibt, dann gibt es auch einen Gott.«

Martha sagte: »Ich weiß nicht, wie du das aushältst, immer so weiterzumachen. Ich würde mich umbringen.«

Lynda sagte: »Man gewöhnt sich an alles.«

Mark sagte zu Martha: »Wann kommst du zurück?«

»Hm, wie wär's in sechs Wochen?«

»Könntest du es nicht etwas eher einrichten, es gibt gewisse Dinge ...« Er sprach von Elizabeth, die neben ihm saß und ihm ihr Profil zuwandte. Im Halbdunkel des Wageninneren verliehen ihre halbgeöffneten Lippen, ihre ruhige, gerundete Stirn ihr das Aussehen eines unternehmungslustigen Mädchens. Vielleicht sah sie sich ja in diesem Augenblick selbst so. Doch sie war längst über dreißig und sah bei Licht sogar älter aus.

Lynda sagte: »Elizabeth, hast du deinen Mann und die Kinder verlassen?«

»Natürlich nicht«, sagte Elizabeth entrüstet, »ich habe beschlossen, einen Fleck zu finden, wo sie wirklich *leben* können, weiter nichts. Marks Stadt gefällt mir nun mal, das ist alles.«

»Ich sehe zu, daß ich es in vier Wochen schaffe«, sagte Martha.

Lynda sagte: »Mark braucht dich noch früher.«

»Ach nein«, sagte Mark hastig, »bitte, Martha, nicht wenn ...«

»Wenn ich jemanden lieben würde, jemanden wirklich, wirklich lieben würde, dann würde ich ihn nicht verlassen, keinen Augenblick lang!« sagte Elizabeth.

»Na gut, drei Wochen«, sagte Martha.

In ihrem Kopf hatten während dieses Wortwechsels wahre Titanenkämpfe stattgefunden. Wie gern hätte sie jetzt aufgehört! Oh, wie müde sie war, wie verwirrt, wie ängstlich ... Sie spürte, sie hat die denkbar beste Ausrede, um zu Paul zu sagen: Danke, doch jetzt ist es genug, jedenfalls fürs erste – und nach Hause zurückzukehren.

Nach Hause? Binnen weniger Monate gäbe es das nicht mehr.

Außerdem, drei Wochen Ungestörtheit, großer Gott, nur ein Dummkopf würde das einfach wegwerfen, denn wer weiß, wann sich eine solche Gelegenheit wieder bieten würde?

Halb waren ihre Vorstellungen bei Mark zu Hause, dem armen Mark, der jetzt eine Nacht damit zubringen würde, diese verrückte Nichte Elizabeth vor dem Überschnappen zu bewahren, und der keine Freundin an seiner Seite hatte, die ihm beistehen konnte. Die andere Hälfte drängte danach, so rasch wie möglich in ihre Klause zurückzukehren.

In ihrem Zimmer überprüfte sie ihren Körper, das Instrument, das Empfangsgerät. Sie hatte eine Menge gegessen: sie hatte nicht eben wenig getrunken. Es würde wenigstens vierundzwanzig Stunden dauern, bis sie sich wieder in einem empfangsbereiten Zustand befand.

Empfangsbereit wofür?

Man nahm immer an, daß ... Entscheidend war jedoch, daß sie überhaupt nichts wußte und entsprechende Risiken einging: Es war durchaus möglich, daß sie in der Obhut von Dr. Lamb endete – wieso nicht? *Das kann mir genauso passieren!* Das sagten alle ununterbrochen. Es konnte ihr passieren. Es passierte ihr bereits. Wenn sie jetzt in Dr. Lambs Behandlungszimmer träte und sagte: Ich habe folgende Symptome – dann wäre es passiert.

Glücklicherweise war sie nicht so dumm.

Doch hatte sie keine blasse Ahnung, was in dieser Maschine, diesem Mechanismus, System, Organismus nun eigentlich vorging. Wer wußte das schon? Wußte das überhaupt jemand? Jedenfalls nicht Dr. Lamb!

Wenn sie es nicht verstand, dann konnte sie es doch immerhin beschreiben, konnte es aufzeichnen. Vor allem konnte sie sich erinnern.

Dieser Urlaub vom Teufel hatte ihn immerhin geschwächt, wie sie erkannte, als sie imstande war, das seelische Mobiliar des Zimmers mit dem zu vergleichen, das vor ihrem Ausgang da gewesen war.

Sie war imstande, ihn eine Weile im Zaum zu halten, ihren Zusammenbruch in Tränen und schreiendem Selbstmitleid vorerst noch hinauszuzögern. In der Zwischenzeit kniete sie, wie ein Baby, das tief Luft geholt hat für einen Wutschrei, ihn jedoch um der größeren Wirkung willen noch zurückhält, neben dem Tisch und kritzelte Aufzeichnungen, rasch, rasch, ehe der (unausweichliche, wie sie wußte) Absturz in die Selbsterniedrigung kam.

Worte wie diese. Gedanke tritt ins Bewußtsein. Wenn bewußt, Gedanke in Worte gefaßt. Wenn nicht, wenn gewöhnlicher Assoziationsgedanke, ist er nicht in Worten. Worte dann, wenn man zurücktritt, um zu schauen. Das erste Wort schießt dann in andere Worte und Vorstellungen, wie ein Blitzstrahl. Nein, wie Wasser, das plötzlich leblosen Zweig von Meeresboden hochhebt. Worte wuchern so schnell, daß du sie nicht mitkriegen kannst. Ein Wort, dann eine Vorstellung, zu der das Wort anregt. (Wer hat zu dem Wort angeregt?) Du denkst: Meine Vorstellung? Wessen? Bring das erste Wort oder den Ausdruck oder die Vorstellung dazu, stillzustehen, so daß du sie anschauen kannst. Dann kannst du fragen: Ist das ein mitgehörter Gedanke? Wessen? Weshalb? Oder ist das etwas, das von dem unsichtbaren Mentor gespeist wird? Wenn du den Gedanken abbrichst, ihn ganz aus dem Bewußtsein vertreibst, kann er sich zurückziehen und als Klang wiederkehren. Dieser Klang kann lauter werden. Er kann sich verschiedener Stimmen bedienen, bekannter und unbekannter. Wenn bekannt, verbindest du diesen einen Gedanken wahrscheinlich mit einer bestimmten Person. Dieser Gedanke kann ebensogut aus einer Zimmerecke oder von einem anderen Teil deines Körpers oder einem Stuhl oder sonst irgend etwas kommen. Das Bewußtsein ist außerdem ein Bauchredner. Der Teufel beispielsweise, ehe ich zum Essen ging – sprach aus den Zimmerecken.

Wesentlich ist, bewußt zu sein in dem Augenblick, wenn Gedanke in Bewußtsein eintritt, sonst ein verlorener Gedanke.

Da wären wir also wieder: Wenn du etwas nicht weißt, dann kannst du es nicht wissen. Du kannst nur etwas erfahren, was du bereits zu wissen beginnst. »Ich kann dir nichts sagen, was du nicht weißt.«

Und wieder: Jede Anschauung, jede Gefühlsregung, jeder Gedanke haben zum Ausgleich ihr Gegenteil, das unsichtbar, aber immer da ist. Treib einen Gedanken, ein Gefühl bis ins äußerste Extrem, und schwupps, schon kippst du ins Gegenteil rüber.

Ich bin gut und freundlich und intelligent. Ich bin schlecht und grausam und dumm.

Jajaja, ist ja gut, nur bleib mir noch eine Minute vom Hals.

Der junge Mann in Virginia Woolfs Geschichte, der verrückt war. Der hörte die Vögel auf Altgriechisch reden.

Onomatopöie. Denk darüber nach!

Eine Empfindung. Angst zum Beispiel. Du kannst zusehen, wie sie in einen Gedanken übertritt – wenn du schnell genug bist.

Ein Körper ist eine Maschine zur Umwandlung einer Art von Energie in eine andere.

An dieser Stelle unterlag Martha erneut dem Teufel.

Die Hölle (eine von ihnen?) ist heiß. Das Licht dort ist grell. Sie hat irgendwie eine klebrige Ausstrahlung. DAS WICHTIG-

STE VON ALLEM IST, sie hat einen Pulsschlag. Der ist zugleich regelmäßig und unregelmäßig. Wie eine verrückte Uhr, wie bei diesen Paraffinlampen, die aufflammen, ehe sie ausgehen, doch sie brennen mit einer regelmäßigen Unregelmäßigkeit. Eine Art wilder hysterischer Puls, doch regelmäßig. Gleichzeitig jedoch schwach und unwichtig. Eine Grellheit aus Schwarz und Weiß. Ein klebriges Gefühl. Licht ohne Schatten. Monster. Erst siehst du nur Menschen wie du und ich. Dann siehst du, sie, wir sind deformiert, unsere Gesichter sind vor Gier und Wut verzerrt. Der Mann aus dem Lebensmittelgeschäft, ein korpulenter Mensch mit langsamen Bewegungen, hochrot im Gesicht. In der Hölle grinst er heimtückisch – du erkennst, daß er Hundezähne hat, Fangzähne, unter-menschlich ist. Gesichter wie Embryos, halbfertig. Eine Galerie von Menschengesichtern, Teufel. Gewöhnliche Menschen. Gesichter sind Leerstellen, die Masken aufsetzen können, gute und böse. Haß, Neid, Gier, Angst gleiten so rasch über die Gesichter der Menschen, daß du sie gerade noch mitbekommst.

In diesem Stadium war es nun soweit, daß Martha vom Teufel durch die Stationen des Kreuzwegs geführt wurde. Sie wußte nichts von diesem Ritual, war niemals darin unterwiesen worden und hatte auch keinen von den Menschen, die es vollzogen, so nahe gekannt, daß es sie berührt hätte. Doch es war, als kennte sie es, als kennte sie seine Bedeutung. Von diesem Augenblick, als Pontius Pilatus seine Hände in Unschuld wusch, bis zu dem Zeitpunkt, als sie, Martha, die gleichzeitig der Teufel war, sich dreinschickte, ans Kreuz gebunden zu werden, so furchtbar waren ihre Verbrechen, wurde sie sozusagen von der haßerfüllten, geißelnden Zunge des Teufels, der sie selbst war, ihr selbsthasserisches Ich, durch dieses Ritual gepeitscht. Doch obwohl sie nicht imstande war, diesem Ritual den Gehorsam zu verweigern, war sie durchaus imstande, sich gegen den Jungen zu schützen, der sie während dieses Rituals besuchen kam: Der Junge, der unbeabsichtigt das Baby getötet hatte, das zu beschützen er versprochen hatte und der nun für diese Sünde, die er begangen hatte, Buße tat. Er war ein zierlicher, blonder Junge, der viel jünger aussah als neunzehn. Er sah wie ein ernster Schuljunge aus. Er setzte sich auf die Kante des großen Himmelbetts, rang die Hände im Schoß und weinte, während er Martha erklärte, wie Gott ihn aus Liebe strafe und wie das, wenn Martha gestraft wurde, aus der Liebe Gottes käme. Als er ging – er mußte ziemlich früh aufstehen, um zu seiner Arbeit als Packer bei der Chemikalienfabrik in Tottenham zu kommen, nahm Martha weiter Instruktionen vom Erzfeind entgegen, bis das Spiel zu Ende gespielt war. »Aber das habe ich immerhin geschafft, das habe ich hinter mir«, sagte sie böse zum Teufel, versagte sich weiteren Instruktionen und legte sich hin, um eine Weile zu schlafen.

Martha war nun nicht mehr imstande, die Hölle zu verlassen. So dachte sie. Erschöpft sagte sie immer wieder »genug« und legte sich dann in der Hölle zum Schlafen nieder. Im Schlaf verfolgten sie die gräßlichsten Alpträume. Doch sie erinnerte sich, wie sie als Kind einmal über lange Zeit Angst davor gehabt hatte, einzuschlafen, weil dann die Alpträume kamen, und wie sie alle möglichen Tricks und Techniken angewendet hatte, um sie zu überlisten. Die fielen ihr jetzt wieder ein, und sie machte davon Gebrauch. Ihr ging auf, daß sie zwar glaubte, endgültig verloren, auf immer in diesem Meer eingeschlossen zu sein, trotzdem aber sagen konnte: Ich bin müde, ich will schlafen – und es dann tat. Oder, wenn sie schlief, sagen konnte: Ich bin in der Hölle, wach auf!, und dann aufwachte. Oder vor dem Einschlafen Rituale vollführte, die die Alpträume verscheuchen konnten, wie sie sie als Kind in ihrer Not erlernt hatte.

Dieser Gedanke lockerte den Griff von Teufel und Hölle.

Vertrieb sie jedoch nicht: Sie war immer noch neugierig.

Wenn all diese unter-menschlichen Wesen Aspekte meiner selbst sind, dann bin ich eine Galerie von Mißgeburten und Ausschußprodukten der Natur.

Siehe oben. Dummkopf. Lernst es wohl auch nie. Diese Dinge sind nun mal da. Immer. Ich kann wählen, ob ich sie sein will oder nicht. Ich kann sie sammeln, wie der Staub von einem magnetisch aufgeladenen Staubtuch gesammelt wird. Oder auch nicht.

In der Hölle ist die ganze Zeit das Licht an.

In Gefängniszellen und in Folterzellen und in den geschlossenen Abteilungen der Heilanstalten brennt das Licht immer.

Der Mensch versteht den Teufel sehr gut. Der Teufel hat ihm alles beigebracht, was er weiß.

Ganz dunkel oder ganz hell. Monster und Sadisten schaffen diese Bedingungen. Monster und Sadisten leben unter diesen Bedingungen.

Das Gesicht von Bob Parrinder. Sein Gesicht ist noch nicht ganz fertig. Er ist ein wichtigtuerischer kleiner Boss. Sein Gesicht wie eine Landschaft vor Sonnenaufgang. Schatten und Licht werden es füllen. Wenn ich ihm die Maske der Selbstüberschätzung vorhielte wie in einem Moment gestern abend, als er sagte: Oh, ja, natürlich verstehe ich das alles, dann würde er vor Scham sterben. Olives Gesicht: Das, was sie ist.

Mr. Briggs, der Tischler, sagt: Ein Brief für Sie, Mrs. Hesse. Sein Gesicht wie ein Blumenkohl, verfärbt sich gelb und vermodert an den Säumen. Darunter müde und sehr ängstlich.

Pauls Gesicht: Sally-Sarahs kleiner Paul, als er am Daumen lutschte und sein Gesicht gegen die seidene Brust seiner Mutter legte.

Eine Woche lang schrieb Martha nichts. Sie war zu weit in die Hölle vorgedrungen. Doch nicht so weit, daß sie nicht beobachtet hätte, wie die Tage vergingen: noch fünf Tage Zeit, noch vier Tage Zeit und so weiter. Im Innern ihres Kopfes hämmerte ihr Feind, oder Stimmen konnten von einer Wand oder einem Stuhl kommen (nicht zufällig, begann sie zu begreifen. Sie steuerte das, wußte jedoch nicht, wie. Doch das zu lernen war jetzt keine Zeit). Sie hatte in das Haus in der Radlett Street im Zustand der Tauglichkeit zurückkehren wollen, würde das jedoch tun müssen, während der Teufel immer noch an ihren Kräften zehrte. In diesem Stadium glaubte sie, daß sie ihn nie mehr loswerden würde – wie die arme Lynda würde sie ihn auf alle Zeiten mit sich herumtragen. Sie glaubte, die letzten paar Wochen hätten sie rettungslos hineingetrieben in diesen Dauerzustand, wo sie an das Geräuschmeer angeschlossen blieb, und dessen hauptsächliche, unablässig hämmernde, niemals schlafende Stimme sei die des Teufels, die Stimme des Selbstbestrafers.

Sie badete. Sie trank Tee. Aß Toast. Sie räumte das Zimmer auf, das aussah, als sei ein Zyklon hindurchgegangen. Sie zog sich an und musterte sich.

Wieder war sie viel zu dünn. Sie sah abgezehrt aus. Doch bis zum Eintreffen von Maisies Tochter waren es noch drei Wochen, und in der Zwischenzeit würden Mark und Lynda sie zweifellos wieder hochpäppeln. Morgen würde sie zum Friseur gehen... Während ihr diese praktischen Gedanken durch den Kopf gingen, wich die Hölle ein, zwei Schritte zurück.

Sie sammelte ihre sämtlichen Aufzeichnungen und Kritzeleien ein, und ehe sie sie zwecks künftiger Prüfung gebündelt in eine Schachtel packte, schrieb sie:

1. Diese Angelegenheit ist nicht nur sehr gefährlich, sondern auch ungeheuer unergiebig. Es muß andere Wege geben, sich dem auszusetzen. Und Drogen kommen auch nicht in Frage. Ich habe mich im Überschreiten der Grenze geübt.

2. Wenn ein Diktator eine Partei oder ein Land kontrollieren will; wenn eine Priesterkaste ihre Herde kontrollieren will; wenn irgendein Machtsüchtiger sich irgendwo eine manipulierte Gruppe schaffen will, dann muß er, muß sie den Selbsthasser verkörpern. So einfach ist das also. *Und es ist sehr leicht durchführbar.*

3. Ich war umgekrempelt wie ein Handschuh oder ein Kleid. Ich war wie das Negativ einer Fotografie. Oder ein Spiegelbild. Ich habe meine Unterseite gesehen. Die nicht ich ist – nicht mehr als meine Oberseite ich ist. Ich bin der Beobachter, der Zuhörer...

Schließlich und endlich: Das zentrale Faktum. Wenn ich je irgendwann zu einem Arzt oder Psychiater gegangen wäre, dann wäre es aus gewesen. Ich befinde mich jenseits der Grenze. Doch selbst wenn ich hier bleibe, kann ich zurechtkommen (wie Lynda). Warum? Weil ich gerade nur das kleine bißchen Bescheid weiß, um mich nicht niedertrampeln zu lassen. Wenn ich zu irgendeinem Zeitpunkt während dieser Behandlung nachgegeben hätte, wäre ich weggefegt worden. Ohne zu wissen, was ich (durch Lynda) weiß, wäre ich nicht imstande gewesen, mich über Wasser zu halten. Dank Hinweisen und Anspielungen in den Büchern, dank meiner eigenen Erfahrung, dank Lynda – doch ohne die hätte ein Arzt oder ein Psychiater nur die Sprache des Selbsthassers anzuwenden brauchen, und dann wäre es vorbei gewesen. Finis, Martha! Nun hol mal schön deine Apparate vor, hol mal deine Medikamente vor! Ja, ja, Sie wissen es am besten, Doktor, ich werde tun, was Sie sagen: Etwas anderes würde ich mich gar nicht trauen.

Klassische Definition der Paranoia: »Das Gefühl, gekränkt zu werden . . ., begünstigt die heimlich gehegten Machtvorstellungen . . . Solch ein Individuum kann leicht mit dem Gesetz in Konflikt geraten, entweder unmittelbar als Täter (z. B. Mörder) oder als Kläger (Prozesse), eine Entwicklung, die er für das natürliche Ergebnis seiner enormen, nur eben unerkannten Wichtigkeit und des Neids und der Bosheit einer schnöden Welt hält . . . Eine eindrucksvolle Fassade der Vernünftigkeit, Ernsthaftigkeit und der ›Normalität‹ kann diese Psychopathologie in alarmierendem Ausmaß tarnen.«

Das Haus war leer. Lynda hatte eine Nachricht hinterlassen, die besagte, daß sie bei Jill und Francis war. Jill glaubte, erneut schwanger zu sein, von wem, wußte sie nicht. Marks Botschaft besagte, er habe Elizabeth zu Nanny Butts geschafft. Die Ärzte meinten, ein paar Wochen Ruhe würden, mit Unterstützung der verordneten Medikamente, wahrscheinlich bewirken, daß sie in einem vernünftigen Zustand wieder zu ihrem Mann und ihren Kindern zurückkehrte.

Es gab einen Brief von Maisie, der das Datum von Ritas Ankunft in etwa einem Monat enthielt.

Das *Memorandum an mich selbst* auf Marks Schreibtisch war inzwischen beträchtlich länger geworden.

1. Wir sind alle hypnotisiert von Armageddon, dem Blitz, der heller ist als eine Million Sonnen, der apokalyptischen Konvulsion, dem Zwei-Minuten-Krieg, dem sofortigen Tod. Die Bevölkerung in stärkerem Maße als die Regierung, die Regierungen jedoch ebenfalls. Alle Welt ist wie geblendet von der näherrükkenden Auslöschung, wie ein Tier hypnotisiert ist von dem mächtigen Gedröhne eines näherkommenden Autos.

2. Das verhindert die Vorbereitung, die psychologische ebenso wie die körperliche, auf das, was zu erwarten ist. Zu erwarten aber sind örtlich begrenzte katastrophale Vorkommnisse, die Vergiftung eines Landes oder eines Gebiets; der Tod eines Teils der Welt; die Verseuchung eines Gebiets für einen gewissen Zeitabschnitt. Diese Ereignisse sind die Fortentwicklung dessen, was

3. bereits passiert. Ein mit Atomsprengköpfen bestückter Bomber stürzt in Spanien ab. Alle nur erdenklichen Dementis, Ausflüchte werden gemacht. Es kann als ein Leitsatz gelten, daß sämtliche Regierungen lügen – das ist unvermeidlich. Naive Menschen meinen, eine Verschwörung bestünde darin, daß sieben Männer um einen Tisch sitzen und ein machiavellistisches Komplott aushecken. Eine Verschwörung ist hingegen eine Atmosphäre oder ein Geisteszustand, in dem Menschen sich dazu getrieben fühlen, vielleicht jene Dinge zu tun, die sie als einzelne niemals tun könnten oder zu Zeiten, wo ein anderes Klima herrscht, niemals tun könnten. Seit dem letzten Krieg haben die Regierungen unablässig alle nur vorstellbaren Angriffs- und Verteidigungswaffen gehortet, und es hat ungezählte Unfälle, überwiegend unbedeutendere, gegeben oder es hat oftmals die Gefahr solcher Unfälle bestanden – doch die Bevölkerung hat nie davon gehört, noch würde sie je dahinterkommen, es sei denn durch eine Panne oder einen an der »Verschwörung« Beteiligten (Regierung, Ministerium, Kommission, Fabrik etc.), der trotz Gehirnwäsche den Mund nicht halten kann und zu plaudern an-

fängt, oder wenn so etwas passiert wie der Absturz eines Bombers, der mit Atomsprengköpfen bestückt ist. *Was passieren wird, ist nur die Fortentwicklung dessen, was bereits im Gange ist und was seit 1914, seit es grünes Licht für die Massenvernichtung gegeben hat, außer Kontrolle geraten ist und sich immer mehr beschleunigt hat.* Bestimmte Gebiete der Welt sind bereits vergiftet, verseucht, bedroht usw. In fünf Jahren, oder zehn, fünfzehn, zwanzig, wird irgend etwas »Unvorhersehbares« passieren; etwa die Bevölkerung eines Landes wird durch eine mysteriöse Krankheit dezimiert, die von einer Fabrik ausgeht, die Bakterien produziert; oder von einem Giftcontainer, der in einem (unzerstörbaren) Behälter auf dem Meeresboden versenkt worden ist, nun nach oben gespült wird oder explodiert oder ausläuft; oder im Augenblick einer extremen Krise zwischen irgendwelchen Ländern gibt die eine Seite infolge einer Panne, in einem Anfall von Hysterie Waffen frei, die ihren Gegner oder sogar sich selbst total zerstören werden – etwas in der Art.

4. Es kann als absolut unumstößlicher Leitsatz gelten, daß die Bevölkerung die Wahrheit nicht erfahren wird; zu neunzig Prozent deshalb nicht, weil die betreffenden Regierungen selbst nicht wissen werden, was die Wahrheit ist, genauso im dunkeln tappen werden wie alle anderen auch; und zu zehn Prozent aus Panik, Gier, Hysterie, *Angst vor den eigenen Mitbürgern.*

5. Infolgedessen sollten Gruppen von Menschen, die sich dieser Situation bewußt sind, . . .

Hier brach das Memorandum ab.

Martha rief Lynda an.

Die ihr mitteilte, Jill habe ihr mitgeteilt, sie werde nicht noch einmal eine Abtreibung machen lassen, »nur um euch allen einen Gefallen zu tun«. Francis habe gesagt, sie müsse tun, was sie wolle.

Nur, sagte Lynda, wo sollen die alle künftig bloß wohnen? Da waren Francis, Jill, die Kinder. Gwen war auch noch zu ihrer Schwester gezogen. Dann gab es zwei weitere neue Mitbewohner. Der eine war Nicky Anderson aus den alten Aldermaston-

Zeiten. Er hatte einen schlimmen Zusammenbruch gehabt nach einem Gefängnisaufenthalt. Man hatte ihm erklärt, er sei paranoid. Das hatte zu dem Zeitpunkt überzeugend geklungen – die »klassische« Definition von Paranoia konnte auf eine unvorbereitete Person schwerlich anders denn überzeugend wirken –, und sowieso war er durch alle möglichen Dinge in einem sehr geschwächten Zustand gewesen. Danach, als er aus der Obhut der Ärzte in die seines alten Freundes Francis gelangte, ging ihm auf, daß es in der ganzen Geschichte keinen Revolutionär oder Reformer gegeben hat, der sich durch derlei Methoden nicht hätte ausschalten oder entmutigen lassen können. Es war nicht einfach gewesen, an diesen Fortschritten in Richtung Selbstwertgefühl festzuhalten – ohne Francis' Hilfe wäre nicht daran zu denken gewesen –, und nun hatte er gefragt, ob er bei dem Paar wohnen bleiben könne. Er hatte eine Freundin, die während seiner Krankheit nett zu ihm gewesen war, da sie selbst früher krank gewesen war. Seine Eltern hatten ihn verstoßen (oder jedenfalls war das sein Eindruck – sie würden ihn nur als bußfertigen Paranoiker wieder in den Schoß der Familie aufnehmen, sonst nicht), und er sagte, er wolle mit diesem Mädchen gern zusammenleben. Also war sie auch eingezogen. Er hatte kein Geld, und sie hatte ihn bislang ausgehalten. Es gab keinerlei Anzeichen dafür, daß dies Paar Francis' und Jills Wohnung wieder verlassen würde.

»Die sind ja alle so *furchtbar* traurig«, sagte Lynda, »doch ich nehme an, sie haben Furchtbares mitmachen müssen. Und ich habe Furchtbares mitmachen müssen. Vielleicht hat mein armer Papa ja auch Furchtbares mitmachen müssen? Wo er doch die ganze Zeit immer von dem Krieg damals geredet hat... Doch jetzt ist es nicht nur Jill, es ist auch Gwen. Gwen hat einen Job als Bunny, weil ihr der Sex bis zum Hals steht, sagt sie. Und Jill will nicht mit Francis schlafen, weil sie Sex haßt, sagt sie. Und sie sagt, sie weiß auch nicht, was in sie fährt, wenn sie mit einem Mann in einer Kneipe zusammen ist, und dann wird sie wieder schwanger, weil sie kein Verhütungsmittel dabei hat.«

»Armer Francis«, sagte Martha.

»Und armer Mark«, sagte Lynda, »ich bin eine gemeine Frau, das weiß ich sehr wohl.«

»Lynda, bist du sicher, daß du dir nicht zuviel aufládst?«

»Wie könnte ich mir denn *jemals* im Leben zuviel aufladen – nach dem ganzen Unglück, das ich allen bereitet habe?«

Martha holte Lynda, um sie nach Haus zu bringen, damit sie sich ausruhte: Die Person, die aus Lynda sprach, erkannte sie nur allzu deutlich wieder.

Lynda kam zwar mit, sagte jedoch, es sei nur für kurze Zeit. Wenn sie dadurch endgültig überschnappen werde, daß sie draußen in der Welt bleibe und arbeite, dann werde sie eben überschnappen. Sie werde ihr Leben nicht so zu Ende bringen, daß entweder Mark oder Martha sich um sie kümmern müßten. Sie war heftig, weinerlich, wollte sich nur noch selbst bestrafen.

Marthas vom Teufel heimgesuchter Kopf schwirrte von Lyndas Echos.

Alsbald jedoch bemerkte sie, daß ihr eigener Teufel, weil sie sehr viel zu tun hatte und sie sich Lyndas wegen große Sorgen machte, sich zurückzog. Nachdem sie erst zu ängstlich gewesen war, um allzu genau hinzuhören, weil ihn das womöglich zu noch Schlimmerem provozierte, zu ängstlich, Worte, Wendungen zu denken, die ihn »auslösen« konnten (wie einen Malariaanfall!), wurde sie nun nachlässig, was ihn betraf. Alsbald war der Teufel, einstmals höhnisch, auftrumpfend, anklagend, heftig, zu einem albernen quengelnden Stimmchen geworden, das vom Geräuschmeer aufgeschluckt wurde – war er einfach nur ein Stimmchen unter vielen. Und bald war die Angelegenheit ganz vorbei – erledigt. Ihr Bewußtsein gehörte wieder ihr allein.

Sie war geistig so gesund wie jeder andere.

Vor Ritas Ankunft tauchten jedoch die Maynards auf, und zwar in Gestalt eines Briefes, den Martha selbst jetzt noch unwillkürlich als Vorladung empfand, in der sie aufgefordert wurde, sich am nächsten Tag zum Mittagessen in dem und dem Restaurant in Chelsea einzufinden. Der Brief kam aus einem Hotel:

Was zu denken gab, da die Maynards doch so viele Verwandte in England hatten. Und die Wahl des Restaurants ebenfalls, denn es war eins des halben Dutzend Restaurants, die im »Swinging London« als »schick« galten.

Sie hatte natürlich von Zeit zu Zeit etwas über die Maynards gehört, doch nicht viel mehr, als daß Richter Maynard in den Ruhestand getreten und Binkie Maynard, der immer noch mit seiner Kriegerwitwe verheiratet war, Alkoholiker war, oder doch nicht weit davon entfernt, und ein wichtiges Ministerium leitete.

Tatsachen: 1. Sie mußten mittlerweile weit über siebzig sein. 2. Es konnte nur einen Grund geben, weshalb sie sie sehen wollten – Rita. 3. Was immer sie über ihren Lebensstil gehört hatten, sie mußten es notwendigerweise mißbilligen.

Das Restaurant hieß *Charlie's and Johnny's Eateria*, kurz *Charlie's* genannt. Als Martha hereinkam, bemerkte sie die Maynards sofort, zwei sehr alte Leute, die an einem nicht besonders guten Tisch saßen. Sie schauten durch sie hindurch, weil sie sie nicht erkannten. Das war insofern erklärlich, als sie aus ihrer Magerkeit etwas zu machen versuchte, indem sie ein Schlauchkleid aus weißem Leinen trug und, zum kastanienbraunen Haar, eine Sonnenbrille.

Sie trat zu ihnen, begrüßte sie, setzte sich, wobei sie sich ungezwungen gab, um ihren Ausdruck – nicht bloß der Überraschung, sondern des Gekränktseins, zu überspielen, der, wie Martha verstand, weniger ihr persönlich zuzuschreiben war als einem London, das in solcher Fülle unangenehme Phänomene hervorbrachte.

Sie waren in der Tat alt und schienen es an diesem Schauplatz der Jugend und derjenigen, die jung erscheinen oder sich an den Düften der Jugend laben wollten, um so mehr zu sein. Sie wurden von einem reizenden kleinen Kellner, wahrscheinlich einem Italiener, bedient, der ein erdbeerrotes keckes Musselinhemd mit Rüschen und eine winzige gestreifte Schürze mit gekräuseltem Rand trug, die halb verbarg, halb zur Schau stellte, was die engen weißen Hosen hervorheben sollten. Sämtliche Kellner hatten hübsche kleine Hintern, schimmernde Zausköpfe, wirkten wie nicht mehr ganz frische Flittchen in einem guten Hause.

Die Gerichte hatten Namen wie »Bobby's Own Stew«, »Our Own Bread«, »Salade Nikki-oise«, »Tommy's Pie« und waren sehr gut, wie sich dann herausstellte.

Die Maynards, zwei eingeschrumpfte alte Leute, deren kräftige dunkelhäutige Gesichter jetzt knochig waren, in Kleidern, die sie im London vor fünfzig Jahren hätten tragen können, schauten aus ihrer Ecke hervor und hielten herzlich wenig von dem, was sie sahen.

Sie aßen Steak und tranken Claret und sagten sehr wenig zu Martha, was über Fragen hinausging wie: »Reisen Sie viel?« und: »Wie ich höre, haben Sie schon eine ganze Weile gutes Wetter?« Mit einem Wort, sie brauchten Hilfe, um anfangen zu können – eine Tatsache, die Martha verständlicherweise in Verwirrung stürzte, da es ihr so schwer fiel zu glauben, daß das möglich sein sollte.

Vielleicht sollte sie »Matty« wiederbeleben, auch wenn ihr das nach so langer Zeit schwer fiele? Doch als sie probehalber ein-, zweimal den »verrückten« Ton anschlug oder es mit kessem Humor versuchte, erntete sie lange, bekümmerte Blicke – nicht der Kritik, sondern der Verständnislosigkeit.

»Natürlich«, sagte Mrs. Maynard pikiert, »wenn alles nur für die Jugend ist, hat man das Gefühl, man zieht sich besser gleich in eine Ecke zurück und stirbt.«

Martha erkannte, daß sie, die Frau mittleren Alters, von ihnen als »Jugend« betrachtet wurde.

Folglich redete sie alles mögliche belanglose Zeug und dachte dabei, daß ihr danach war, die Arme um die beiden zu legen, ihre alten Feinde. Ja, da waren sie nun, die beiden, die einen so gewaltigen Einfluß auf sie gehabt hatten, daß sie rückblickend sagen konnte, sie waren von all ihren Erziehern die wertvollsten gewesen. Er, Mr. Maynard, hatte ihr den unschätzbaren Dienst erwiesen, ihr mit allem Nachdruck, so daß sie unmöglich etwas mißverstehen konnte, diese tödlichste aller Waffen gegen alles, was jeder junge Mensch (wenigstens eine Zeitlang) braucht, wünscht, ersehnt, vorgeführt zu haben: Er hatte ihr in Gestalt einer vollendeten, vernichtenden Ironie die Ungläubigkeit vorgeführt, sie gegen das Gefühl der Lächerlichkeit abgehärtet. Sie, Mrs. Maynard, hatte ihr die häßlichste Seite der Macht vorgeführt, die nämlich, die indirekt, subtil, versteckt ist, und das um so eindrücklicher, als sie, die sie ausübte, vollkommen davon überzeugt gewesen war, daß sie immer recht haben mußte, und nie den geringsten Selbstzweifel hegte.

O je, was hatte die betrunkene Köchin da für eine Leistung vollbracht, als sie die Maynards so gänzlich fertigmachte, fix und fertig, so daß denen nach all den Jahren der Machtausübung nichts blieb als ein verdrießliches Greisentum. Tatsächlich konnte man sich schwerlich vorstellen, wie es bitterer und schmerzlicher hätte für sie ausgehen können.

Mrs. Maynard hatte immer geherrscht, intrigiert, Fäden gezogen – kraft Government House oder mächtigen Verwandten in England. Doch jetzt war Government House *der* Feind für sie, mußte es sein, auch wenn sie die Regierung in ihrem jetzigen Land haßte, die sich nur noch aus den Zambesiern der zweiten und dritten Generation zusammensetzte, die sie verachtete, ungehobelt, grob und untauglich für irgendwelche Verantwortung fand. Sie hatten nicht eine Spur von »daheim« an sich, dabei war doch »daheim« (England) das gewesen, was beide Maynards vor Jahrzehnten verabscheut hatten – was sich, als sie es jetzt wieder besuchten, für sie so sehr verändert hatte, daß sie daran nichts finden konnten, was sich bewundern oder mögen ließ. Als ihr Land (*Ihr* Land, wo es doch von Tölpeln beherrscht wurde, die untüchtig waren und unfähig, auch nur sich selbst zu beherrschen?) sich von ihrem eigentlichen Land abgeschnitten hatte (das von skrupellosen sozialistischen Agitatoren gelenkt wurde, die nichts über die Schwarzen wußten), als sie sich auf dem Kontinent Afrika (ihrer Heimat) umgeschaut hatten und auch nicht einen Staat entdecken konnten, sei er nun schwarz oder weiß, der so geführt wurde, wie Staaten ihrer Überzeugung nach geführt werden sollten – da hatten sie (allerdings nur flüchtig und ohne rechte Überzeugung) daran gedacht, daß sie vielleicht irgendwo in England (vielleicht in Devon, da hatten sie enge Verwandte) irgendeinen sympathischen Fleck Erde finden könnten. Deshalb waren sie auf Besuch zu einem Halbbruder, Richie Maynard, gekommen, der in Devon eine große Landwirtschaft hatte, und schon am ersten Wochenende war eine Enkelin von einer der neuen Universitäten gekommen und hatte einen westindischen Freund mitgebracht, mit dem sie dann (allem Anschein nach) die Nacht verbracht hatte.

Mr. Maynard hatte dem Halbbruder Vorhaltungen gemacht, der jedoch erwidert hatte, seine Politik sei die des langen Zügels – das Mädel würde schon von selbst genug davon bekommen und sich dauerhaft an jemanden von der eigenen Hautfarbe binden, und glücklicherweise habe Peregrine (der Sohn), Vater des Mädchens, soviel Verstand, das einzusehen.

Damit, so Mr. Maynard, stelle man einen farbigen Jungen aus einem Slum in Trinidad auf dieselbe Ebene, auf die, vor fünfzig Jahren, er, Mr. Maynard, Myras wegen gestellt worden war. Als schwarzes Schaf aus irgendeiner entlegenen Kolonie habe er Myra den Hof gemacht, der man ebenfalls den Zügel lang gelassen hatte – sie führen nächste Woche nach Hause, teilten sie Martha mit.

»Das ganze Problem ist«, erklärte Mrs. Maynard, und einen Moment lang blitzte etwas von ihrer alten auftrumpfenden Willenskraft auf, »die Menschen haben überhaupt kein Verhältnis mehr zum Dienen, sie sind nur noch für sich selbst da. Ich habe meine Großnichten und -neffen gesehen. Sie verschwenden aber auch nicht den kleinsten Gedanken an die Zukunft.«

Martha merkte, wie sie Mr. Maynard beobachtete, der den Claret probierte, als könne auch der nicht mehr sein, was er einmal war. Sie wartete auf das, worauf sie sich, was ihn betraf, schließlich immer hatte verlassen können: eine dieser unfehlbaren, welterfahrenen Äußerungen, mit denen er anderen nur zu gern den Wind aus den Segeln nahm.

Er hatte sich wieder in seinen Sessel zurücksinken lassen, den Kopf gesenkt, den Unterkiefer auf der Brust, die Hand über dem Claret-Glas.

»Keiner von uns beiden«, sagte Mrs. Maynard entschieden, »ist so jung wie früher – mein Mann muß sich beispielsweise mit dem Herzen in acht nehmen.«

»Ach, so schlimm ist das gar nicht, nicht so schlimm«, sagte er wütend.

»Nein, aber trotzdem, mein Lieber...« Ihre Augen ruhten auf seinem Weinglas, und er lehnte sich zurück und ließ es geschehen, daß der kleine Kellner mit dem Glas und der halbleeren Weinflasche in ihrem Flaschenkorb davontänzelte.

»Ich habe eine Spur Arthritis«, zog sie Martha ins Vertrauen, »doch ich mache ja in letzter Zeit auch nicht mehr viel – ich mache Gartenarbeit. Gartenarbeit ist meine Gymnastik.«

Die Mahlzeit war fast vorüber.

»Wie geht es denn Maisie – sehen Sie sie überhaupt?« fragte Martha.

Die Blicke der beiden alten Leute suchten einander.

»Sie ist in ziemlich kläglicher Verfassung«, sagte Mrs. Maynard, »aber etwas anderes war ja von ihr auch kaum zu erwarten.«

»Ja, ja, ja«, murmelte Mr. Maynard.

Schuldbewußt? Es hörte sich so an; Martha war sich nicht sicher.

»Und Rita?«

»Mein Mann sieht sie bisweilen, während sie auf mich keinen Wert zu legen scheint«, sagte Mrs. Maynard.

»Nun aber, Myra...«, protestierte Mr. Maynard, der schnaubend seine Wangen aufblies und offenbar irgendein höchst erbauliches privates Geheimnis hütete.

»Doch«, sagte sie, »aber ich habe gehört, daß sie Sie besuchen kommt?«

»In ein paar Tagen«, sagte Martha.

»Wir denken ja nun daran, eine Zeitlang nach Hause zu fahren, und da fanden wir...«

Der Blick, mit dem sie Martha bedachte, war ein Appell. *Unfair!* Eine alte Martha fällte dieses Urteil. Was für ein Recht hatte sie dazu? Doch es nützte nichts: Mrs. Maynard beugte sich auf ihre alte zupackende Art vor, das weiße Haar fiel ihr in Strähnen um das Gesicht, doch ihre blitzenden dunklen Augen und bebenden Lippen bewirkten, daß sie wie ein forsches junges Mädchen aussah.

Sie versenkte eine beringte Hand in ihre Handtasche. Geldbündel erschienen.

»Das war so ein Einfall. Vielleicht könnten Sie sie ja überreden. Eine weiterführende Schule?«

Ein Kellner zog angesichts des Stapels Fünfpfundnoten die Brauen hoch und machte sich einen Spaß daraus, rundherum die Krümel wegzubürsten. Prompt schnellte Mrs. Maynards Hand vor, um den Stapel zu beschweren, bis er fertig war.

»Aber wie alt ist Rita denn?« fragte Martha.

»*Das* ist nicht der springende Punkt. Sie hat nur keine Ahnung, von nichts. Und ihr Akzent ...« Mrs. Maynards Stimme, der selbst fünfzig Jahre kolonialer Aussprache nichts hatten anhaben können, verklang.

Martha schwieg. Sie sah Mr. Maynard hilfesuchend an.

»Weiß Rita denn Bescheid?« fragte sie, als der alte Mann nichts sagte.

»Weiß der Himmel, was die alles weiß!« sagte Mrs. Maynard und richtete den rührend trotzigen Blick anklagend auf ihren Gatten. Wieder blies er die Backen auf und ließ die Luft, pff, pff, pff, durch die Lippen entweichen. Seine Frau strafte das Kunststück des alten Mannes mit Verachtung und starrte ihn weiter an.

Er streckte die Hand nach seinem Glas aus.

»Brandy«, sagte er zu Nikki oder Colin oder Bobby, oder welche beiden das auch sein mochten, die da mittlerweile wie ein Zwillingspärchen an der Wand lehnten. Beide beobachteten die Szene mit unverhohlenem, amüsiertem Interesse.

»Aber selbstverständlich!« rief der eine und *»Mais certaine-*

ment!« der andere, und Brandy-Flasche und Gläser standen wie von Zauberhand auf dem Tisch.

»Mir auch, bitte«, sagte Martha und verbündete sich mit ihm, während Mrs. Maynard, die ja immer recht hatte, sagte: »Wenn du unbedingt den nächsten Herzanfall haben willst...«

»Alkohol wirkt gefäßerweiternd«, sagte er bestimmt, legte den Kopf zurück und trank das Glas in einem Zug leer. Bobby oder Ivor füllte sein Glas wieder.

»Oder wenn sie keine weiterführende Schule besuchen will«, sagte Mrs. Maynard, »dann könnten Sie vielleicht...« Sie schob Martha einen Haufen Banknoten zu.

Martha sagte: »Aber was will *sie* denn?«

»Na also«, sagte Mr. Maynard, »jetzt kommen wir der Sache schon näher. Doch Myra will nicht einsehen...«

»Ich sehe alles ein«, sagte sie, »doch wir alle müssen manchmal Dinge tun, die wir nicht mögen. Was immer jedoch *sie* für richtig oder falsch hält, irgend etwas muß mit ihr geschehen. Ich denke da beispielsweise an ihre Kleidung.«

Jetzt taxierte sie blitzschnell Marthas Kleidung, erinnerte sich, wie unpassend sie die immer schon gefunden hatte, besann sich aber, daß sie auf Martha angewiesen war.

»Das Leben, das sie führt, ist gräßlich, gräßlich, gräßlich«, rief sie, »jeden Abend tanzen gehen, und sie ist verrückt nach Jungs, gräßlich.«

»Myra, sie ist längst über zwanzig, lange schon«, sagte ihr Gatte.

Tränen ergossen sich über Mrs. Maynards altes Gesicht. Nikki oder Colin, der mit der Cognacflasche bereitstand, schnalzte mit der Zunge, tz tz tz, schüttelte den Kopf und seufzte voll Mitgefühl, während er sie mit einem Charme anlächelte, der sie bewegte, sich aufrecht hinzusetzen, die Schultern zu straffen und ihn wütend anzufunkeln.

»Also wirklich, ich *weiß* nicht«, sagte er erst in B. B. C.-Englisch und dann im schönsten Cockney, »nee wirklich, ich weiß nich, Leute gibt's...«

Er entfernte sich beleidigt.

»Unglaubliche Leute«, sagte Mrs. Maynard, »und sie sind einfach überall, wo man auch hingeht.«

»Wie lange sind Sie denn schon hier?« fragte Martha.

»Zwei Wochen. Mehr als genug. Dies Land ist ...« Und jetzt sagte sie endlich, was sie dachte.

»Was ist denn hier eigentlich los? Ich meine, das sind doch nicht nur die Kleider. Ich nehme an, als Mädel habe ich auch gern hübsche Kleider gehabt. Mädels sind nun mal Mädels, doch man muß ja das Gefühl haben, daß ... und ...« Das ging ein paar Minuten so weiter und endete mit den Worten: »Und wenn man sich vorstellt, daß ihr uns entmachten wolltet. *Ihr uns* entmachten!«

»Und immer noch könntet«, sagte Mr. Maynard zu Martha.

»Da habe ich meine Zweifel«, sagte Martha.

Sie blickten sie argwöhnisch an: Vielleicht hatte sie sich ja geändert?

Alle drei verlegten sich auf die Diplomatie, und Mr. Maynard sagte rasch: »Doch wir haben mit all dem ja nichts mehr zu tun. Ich bin pensioniert, wissen Sie!«

»Und das ist nicht nur hier so, sondern überall!« sagte Mrs. Maynard mit bebenden Lippen.

»Na komm, trink einen Schluck Brandy, Myra, tut dir gut«, sagte ihr Gatte und schaute sich nach einem Kellner um, sah jedoch nur zwei Rückenansichten, die ihnen ostentativ zugekehrt waren.

»Nein«, sagte sie und begann, sich nach ihren Sachen umzusehen, um die Möglichkeit eines Brandy ein für allemal auszuschließen.

»Die Rechnung, bitte«, sagte Martha zu einer der Rückenansichten. Sie erntete ein kühles Nicken: Da sein Charme, sein wahres Ich zurückgewiesen worden waren, war er entschlossen, ihnen die kalte Schulter zu zeigen.

Martha schob Mrs. Maynard die Banknoten wieder zu.

»Nein, behalten Sie sie. Heben Sie sie für sie auf.«

»Wir können es ihr vermachen«, sagte Mr. Maynard.

»Ja, doch hoffen wir nur, daß es ihr nicht nur einen Augenblick etwas nützt«, sagte Mrs. Maynard.

»Ich bin sicher, sie findet schon irgend etwas, wofür sie es ausgeben kann.« Mr. Maynard bot seiner Frau die Stirne, die ihn unter Tränen anfunkelte.

Sie verließen das Restaurant.

Draußen sagte Mrs. Maynard zu Martha: »Vielleicht könnten Sie uns ja wissen lassen, wie Rita zurechtkommt?« Das war eine Bitte, die ihr sichtlich schwerfiel, so daß sie zwar herrisch herauskam, ihre Augen jedoch bittend und bekümmert blickten.

»Doch, natürlich tue ich das«, sagte Martha und hatte tatsächlich die Absicht.

Mrs. Maynard nickte ihrem Gatten zu, und sie wandten sich um, dem Straßenrand zu. Eine orangefarbene Londoner Sonne ergoß sich heißglitzernd in die Schlucht zwischen den Gebäudezeilen, in denen es von Geschäften nur so wimmelte, die Perükken, Kleidung, Lebensmittel, Schmuck, Möbel feilboten, die Stück für Stück den Stempel des Augenblicks trugen, das heißt, nicht ganz ernstgenommen werden wollten. Die alten Leute hielten den Blick starr geradeaus gerichtet, als sie zwischen Trauben von Jugendlichen davongingen, die entweder witzig gekleidete Jungen und Mädchen waren, für die die Welt ein einziger Jahrmarkt war, oder geschmacklose Exhibitionisten mit überentwikkelten, entblößten Schenkeln, Metern von falschem Haar, Gesichtern, die hinter dunklen Gläsern versteckt waren, Schnauz- oder Vollbärten – allem, was zu täuschen vermochte. Je nachdem, wie man es ansah.

Die beiden Ex-Konsuln sahen nicht rechts und nicht links: Sie flüchteten, als könnte alles, was sie sahen, sie aus dem Gleichgewicht bringen.

Martha schaute ihnen nach, bis sie außer Sicht waren, und ging mit ihrer Handtasche nach Hause, die so prall war von all dem Geld, daß sie sich nicht mehr schließen ließ. Als sie es zählte, stellte sich heraus, daß 800 Pfund für Ritas (Rita Maynards) Ausbildung bereitlagen.

4 In einem Haus zu sitzen, das demnächst abgerissen, verlassen, auf die eine oder andere Weise umgemodelt werden soll, ist eine höchst eigenartige Form des Ausharrens. Hier, wo Türklinke und Hüfte genau auf gleicher Höhe sind, soll mal ein Regal entlanglaufen? Die Linie vom Kopf zum linken Knöchel entspricht genau der künftigen Trennwand? Oder, so wie die Fußböden nun mal angehoben und dann wieder gesenkt wurden, geht man mit seinen Füßen ungefähr um Armeslänge unterhalb dieses Fußbodens (dieser Zimmerdecke), wie er jetzt existiert, durch die Luft, wenn er sich demnächst in Staub und Putz- und Gipsbrocken auflöst?

Insbesondere in Staub.

Ein hektischer Übergang. Das war das Kennzeichen der achtzehn Monate gewesen, seit Rita Gale (Canfield?) hier eingetroffen war. Mehr denn je und genauso, wie Martha es von früher her kannte, war ihr Leben (wieder und immer wieder) eine Art Bahnsteig, der den Zügen zur Verfügung stand, die in kurzen Abständen in alle möglichen Richtungen abfuhren.

Als sie an einem Sommernachmittag Abrechnungen für Mark machte, konnte sie überall im Haus das Kommen und Gehen von Menschen hören.

Da die Wohnung in Nordlondon von Spekulanten gekauft worden war, zogen Francis und Jill mit ihrer Schar hier ein. Drei Kinder. Gwen. Gwens Freund. Nick. Nicks Freundin. Ein früherer Freund der Freundin. Das Baby der Freundin dieses früheren Freundes, da diese Freundin an einer Überdosis Rauschgift gestorben war. Jill war wieder schwanger. Diesmal von Francis. Lynda hatte zu ihm gesagt: Wenn du nicht der Vater von wenigstens zwanzig Kindern sein willst, von denen keins von dir ist (da Jill wahrscheinlich wie eine viktorianische Frau jährlich bis zur Menopause eins in die Welt setzen würde), siehst du besser zu, daß du nicht weiter einer der Männer bleibst, mit denen sie keine Lust hat zu schlafen. Francis hatte darüber nachgedacht, wie es seine Art war, hatte zunächst seine Mutter mit Spott und Wut angegriffen, war dann jedoch zu dem Schluß gelangt, daß an dem, was sie sagte – wenn man die Wortwahl mal beiseite ließ –, eine Menge dran war. Die beiden dachten daran zu heiraten. Insbesondere, nachdem Jill verkündet hatte, daß sie mit Francis lieber schlafe als mit allen anderen und daß sich womöglich doch noch etwas finden lasse, das für diese Beschäftigung sprach. Sie hatte nie zuvor, sagte sie, Sex mit einem *Freund* erlebt.

Während dies Haus zwangsweise verkauft oder fast verkauft war, sah es doch so aus, als würden die Formalitäten sich ein paar Monate hinziehen, wie das gewöhnlich der Fall ist, und der Francis-Jill-Haushalt fand, sie könnten diesen Zeitraum ebensogut ausnutzen, ehe es zum Amt für Kommunalsteuern oder Stadtplanung wurde oder abgerissen.

Sie gingen alle davon aus, daß sie, wenn es weiterziehen hieß, gemeinsam weiterziehen würden, wie eine Karawane, und dabei garantiert noch einige weitere Mitglieder des Menschengeschlechts um sich versammeln würden, wenn sie gingen. Kurz gesagt, wie Paul waren sie, indem sie Wohnorte, Häfen, Heimstätten für die Traurigen, Verlorenen, Kranken und Verstoßenen zur Verfügung stellten, gleichzeitig auch Anziehungs- oder Vegetationspunkt für Menschen, die es vor einer sehr spät einsetzenden Reife wahrscheinlich nicht zu etwas Rechtem bringen würden, später dann allerdings ... Doch es war viel zu früh, dazu etwas zu sagen.

Paul und Francis, Öl und Wasser, die sich niemals zum Vergnügen oder aus Anhänglichkeit oder um ihrer gemeinsamen Kindheit willen unter diesem Dach trafen, sahen sich jetzt oft, weil sie erwogen, irgendwo einen Bauernhof zu kaufen, auf dem ihre Freunde, als Selbstversorger und auf den allernötigsten Kontakt zur Gesellschaft beschränkt, leben konnten. Keiner von beiden benutzte das Wort »Sozialismus« oder »Kommune« oder »Kibbutz« oder »Kollektiv«.

Francis sollte einen Anteil aus dem Verkaufserlös dieses Hauses haben ... etwa 5000 Pfund. Paul würde den größten Teil des Geldes aufbringen. Obwohl er doch dem Glanz des Geldes, seiner Beschaffung, seinem gewinnbringenden Einsatz lebte, war er jetzt bereit, das meiste davon aufs Spiel zu setzen. Er würde selbst nicht auf dem Bauernhof leben. Er gehörte nun mal in die Stadt, aber er war gewillt, seinen Anteil an einem der Häuser, ein anderes Haus, das er ganz besaß, eine Boutique und einen Frisiersalon zu verkaufen. Schließlich, sagte Paul, habe er ja eine Begabung fürs Geldverdienen, Francis hingegen nicht. In seinen Augen war es nicht wichtig – er hatte keinen Zweifel, daß er in fünf Jahren wieder dort stehen würde, wo er jetzt stand, nur daß er wahrscheinlich noch reicher wäre.

Unten packte Lynda ihre Sachen, um mit ihrer neuen Freundin Sandra, die Lynda als Säugling behandelte und herumkommandierte wie einst die arme Dorothy, in eine Wohnung zu ziehen. Sandra, eine stattliche, schmachtende Blondine, der zahllose Sommersprossen ein gutmütiges Aussehen verliehen und die deshalb das Haar in kurzen Zöpfchen mit Babyschleifchen tragen konnte, wenn ihr danach war, war, wie Dr. Lamb Mark mitteilte, »sehr gestört, wenn sie es einmal war, für normale Belange sonst aber völlig tauglich«. Tauglich oder gestört, Mark konnte sie überhaupt nicht ausstehen, und alle fanden sie beschwerlich: Sie glaubte nicht nur an fliegende Untertassen von anderen Planeten – das tat ja schließlich fast jeder –, sondern stand auch noch in telepathischer Verbindung mit einem dämonischen Liebhaber, der Kapitän auf einer solchen war. Sie tröstete Lynda, sie »brauche sich nicht zu sorgen, Algavious (sie nannte ihn kurz Al) würde sie, Lynda, zusammen mit ihr, Sandra, schon hier wegholen, wenn es an der Zeit war«.

Lynda machte ein weiteres Mal eine sehr schlimme Zeit durch. Sie hatte Mark und das Haus verlassen und war in das Zimmer in Pauls Haus gezogen, um herauszufinden, ob sie allein zurechtkam. Mark hatte das tief getroffen – ein tieftrauriger Augenblick, der mit Ritas Ankunft zusammentraf. Dort hatte Lynda nicht die Einsamkeit, sondern viele Freunde gefunden. Und da sie sich nun einmal danach sehnte, einen Ausgleich für ein Leben zu schaffen, das sie als absolut egoistisch und verfehlt betrachtete, war sie alsbald mit Olives Baby, Bobs Einbrüchen seiner Persönlichkeitsstruktur, Mollys und Roses Zusammenbrüchen beschäftigt. Sie verlor das Gleichgewicht, nicht unter dem Druck der Einsamkeit, sondern weil sie sich übernahm. Dann wurde sie durch ein Mißgeschick auch noch in eine Krise Pauls hineingezogen. In den Besitz dieses Hauses teilte er sich mit einem jungen Geschäftsmann aus guter Familie und mit orthodoxen Gewohnheiten, der in das flotte junge London hineingeflattert, dann jedoch ebenso wieder hinausgeflattert war. Dieser Ausflug hatte ihn mit Paul in Kontakt gebracht. Er hatte sich eingebildet, das Haus würde unter normalen geschäftlichen Gesichtspunkten vermietet. Er entdeckte, daß die Hälfte der Bewohner dort mietfrei wohnten und andere nur sehr wenig zahlten. Die Atmosphäre des Hauses verstörte ihn, als er eines Nachmittags hereinschaute. Da war allein schon die Tatsache, daß er Lynda gerade mitten in einem schlimmen Anfall antraf. Sie saß auf dem Fußboden, schlug den Kopf gegen die Wand und sang vor sich hin. Er schloß auf Drogen und geriet in Panik wegen der Polizei. Paul erklärte, als er zur Rede gestellt wurde, daß Lynda seine Stiefmutter sei. Außerdem, sagte er, wenn das Haus auch an Miete nicht viel einbringe, so habe es seinen Wert inzwischen doch verdoppelt – also worüber beklage er, Percy Dodlington, sich eigentlich? Percy drohte mit rechtlichen Schritten. Paul verlor den Kopf und schrieb einen Brief: Unsere Freundschaft ... Vertrauen ... Gemäß unserer vertraglichen Absprache ... Werde ich Klage einreichen, wenn ..., wie er es, ach, so oft schon getan hatte. Lynda war plötzlich der Mittelpunkt eines Krachs, der drohte, bis vors Gericht zu gehen. Paul fand sie im Bett, wo sie sich weinend vorwarf, alle ins Unglück gestürzt zu haben – sie sei nutzlos, sie wäre besser tot. Martha war weg, um mit Nanny Butts (Harold Butts war gestorben) zu besprechen, ob sie sich um die drei kleinen Kinder kümmern wolle, und Mark war mit Rita unterwegs, um irgend etwas zu organisieren. Paul fuhr mit Lynda zu Dr. Lamb und der sorgte dafür, daß sie in den schönen neuen Flügel einer alten Klinik kam, und dort ging es Lynda dann in der Tat sehr schlecht. Der Arzt war diesmal einer von der neuen, nichtdidaktischen Schule, die sich weigerte, irgend etwas von dem alten Jargon zu übernehmen, und er versorgte sie mit einem Medikament, das, wie er ihr versicherte, neu und wunderbar sei. Lynda nahm es begierig: Sie wollte ja nur ihren Versuch wiederaufnehmen, normal zu sein, und dieses Medikament, sagte Dr. Bentin, würde das bewerkstelligen. Sie bekam neue Symptome, die sie entsetzten. Als sie gefragt wurde, worin die bestünden, sagte sie, sie sähe andauernd solche Sachen. Sie wurde beruhigt und getröstet; dies Medikament schien für sie nicht geeignet, doch das nächste, das sie bekommen würde, wäre es bestimmt. Die Symptome hielten an.

Etwa zu dem Zeitpunkt kam Martha dann von ihrem Besuch bei Nanny Butts zurück. Die hatte gesagt, einerseits tue sie nichts lieber, als sich der drei lieben Kleinen anzunehmen, doch andererseits habe sie das Gefühl, wirklich zu alt dafür zu werden, wo sie doch nun weit in die siebzig gehe – ob sie ihre Nichte Pauline vorschlagen dürfe, ein sehr braves Mädchen. (Pauline zog in die Wohnung in Nordlondon und wurde Kindermädchen der drei Kleinkinder und die Freundin von Gwens Freund, nachdem Gwen und er sich getrennt hatten.) Lynda war in einem großen Raum, dessen glänzender senffarbener Anstrich Martha Übelkeit verursachte, und sah zusammen mit etwa fünfzig Patienten und Schwestern fern. Sie war Martha gegenüber schroff und lustlos. Martha fragte, ob sie sie allein sprechen könne. Lynda kam übellaunig mit und setzte sich mit ihr bei zugezogenen, lakenartigen Vorhängen auf die Bettkante: Ungestörtheit. Lynda verhielt sich Martha gegenüber, als seien zwei völlig verschiedene Haltungen bis zu einem Punkt miteinander verquirlt worden, wo sie beinah verschmolzen – wie bei dem »Marmorpudding« der Kindheit. Sie behandelte sie abwechselnd von oben herab, schreckte vor ihr zurück, mauerte, um dann gleich danach oder auch gleichzeitig den Eindruck zu erwecken, daß sie sehnsüchtig nach Verzeihen und Hilfe verlangte.

Der Arzt hatte Martha gesagt, Lynda habe schlimme Wahnvorstellungen.

Martha erinnerte Lynda an ihre gemeinsamen Erfahrungen. Die Lynda, die sich daran erinnern konnte, war entweder nicht da oder traute sich nicht zuzugeben, daß sie da war.

Lynda hatte über einen Zeitraum von etlichen Tagen eine Reihe von Visionen gehabt oder Bilder (auf dem inneren Fernsehapparat) gesehen, und ihre Träume waren wie Standfotos aus den Visionen gewesen. Die zeigten Landschaften, die Lynda sämtlich bekannt waren, wie etwa das Land um Nanny Butts' Häuschen oder um Margarets Haus und solche aus ihrer Kindheit. Sie wirkten, als habe eine Art Rauhreif alles überzogen, so daß sie beim ersten Anblick aufgeschrien hatte, England sei vergiftet worden, es sähe aus wie eine vergiftete Maus, die tot in der Ecke liegt. Denn alles hatte ausgesehen wie ein schwach phosphoreszierender oder juwelenbesetzter Leichnahm. Sie hatten ihr höhere Dosen gegeben und sie für ein paar Tage zum Tiefschlaf in ein kleines Zimmer gebracht. Doch als der Schlaf sich verflüchtigt hatte, fing sie wieder an zu träumen. England werde vergiftet, schrie sie, irgendein Feind injiziere England einen tödlich glitzernden Tau.

Der junge Dr. Bentin war sehr nett gewesen, hatte ihr erklärt, was sie da tue, sei ihre eigene Selbstverwünschung, ihren Selbsthaß nach außen auf ihr Land zu projizieren. Lynda war durchaus bereit gewesen, das zu akzeptieren, denn weiß Gott verwünschte sie sich selbst: Sie wußte, daß sie nutzlos, verkommen, zu nichts zu gebrauchen war.

Sie verringerten die Dosis; noch ein paar Tage lang hatte sie Wahnvorstellungen. Diesmal sagte sie jedoch nichts, weil sie sich an frühere Zeiten erinnerte.

Doch sie hatte beschlossen, in der Klinik zu bleiben. Sie hatte Sandra kennengelernt, die (wie Lynda sehr wohl wußte), auf Lynda angewiesen war, während sie den Anschein erweckte, sich um sie zu kümmern. Ohne Lynda konnte Sandra nichts erwarten, als irgendwo allein ein Zimmer zu mieten. Sie hatte kein Geld und Kinder, die bereits erwachsen waren und sie nicht mochten. Eine höchst gewöhnliche Geschichte.

Lynda wollte mit Sandra als Freundin und Gefährtin in der Anstalt bleiben. Doch es war ein neues System eingeführt worden: Niemand wurde mehr dazu ermuntert, in der Anstalt zu bleiben, wenn er hinauskonnte. Lynda und Sandra baten und beantragten und ersannen alle möglichen Tricks, spielten jedes Spielchen, das ihnen zu Gebote stand, um drinbleiben zu können, ohne jedoch Medikamente nehmen zu müssen. Doch nein, Dr. Bentin setzte ihnen eine Frist von drei, vier Wochen bis zur Entlassung. Er würde dafür sorgen, daß sie ausreichend Medikamente bekamen. Es war ein absoluter Reinfall.

Lynda wollte nicht mehr in die Radlett Street zurückkehren. Sie hatte das Gefühl, sonst wieder in den alten Kreislauf einzutreten. Vor über fünfzehn Jahren war sie mit Dorothy und Rezepten für ihre Medikamente »nach Hause« gekommen – für andere Medikamente, allerdings, das stimmte. Sie glaubte nicht, daß sie von denen, die sie jetzt nahm, jemals loskommen würde. Außerdem wollte sie auch keine »solchen Sachen« mehr sehen. Es war schlimm genug, sie zu hören. Folglich hörte sie Martha einen ganzen Nachmittag zu und starrte zu Boden oder wandte sich mit übertriebenen Seufzern des Überdrusses ab, während die andere ihr vorhielt, »Sachen zu sehen«, dürfe einem doch keine Angst machen – ob sie das denn völlig vergessen habe? Nein, hatte Lynda nicht, denn während sie schmollte oder Martha mit verhaltener Wut ansah, streckte sie plötzlich die schmutzige Hand aus und streichelte scheu die von Martha, so als wollte sie sagen: Gib nichts darauf, hier bin ich ja, so wie Katzen eine Pfote ausstrecken, um zu sagen: Hast du mich ganz vergessen?

Und als Martha sagte: »Du bist einfach vorübergehend ein bißchen aus dem Gleis geraten, weiter gar nichts«, nickte sie rasch ein paarmal, während ihre Augen sich mit Tränen füllten. Doch einen Augenblick später schoß sie Martha einen melodramatischen Haßblick aus dem Augenwinkel zu.

Lynda war mit Sandra nach Hause, ins Kellergeschoß, zurückgekehrt, weniger als sechs Monate, nachdem sie es verlassen hatte, um zu lernen, auf eigenen Füßen zu stehen.

Und jetzt packte sie, um erneut auszuziehen.

Wenn man sie fragte, wie es ihr gehe, sagte sie: »Mir geht's ausgezeichnet, danke!«, und machte dazu eine ruckartige, zitternde, knappe Bewegung mit dem Kopf. Aber Martha kam es so vor, als sei Lynda schließlich doch besiegt worden. Sie erwähnte jetzt mit keinem Wort mehr, daß sie ohne Medikamente auskommen wolle, sie sagte nicht: »Ich weiß, was ich weiß«, und: »Man muß nur den Mund halten« – oder machte irgendeine ihrer kleinen Gesten der Selbstachtung. Sie ging einmal wöchentlich, wie auch Sandra, zu Dr. Bentin oder einem Kollegen, und genau wie sie und Dorothy es getan hatten, schlossen die beiden ein enges, alles andere abwehrendes Bündnis, gegen das niemand ankam. Die Tropfen, Sedativa, Aufputsch- und Schlaftabletten regelten ihre Tage und Nächte.

Auf der anderen Seite des Flurs in Marks Schlafzimmer war Rita dabei, für Mark zu packen: In wenigen Tagen würden sie nach Nordafrika aufbrechen. Martha hatte (während sie Penny um Penny, Schilling um Schilling, Pfund um Pfund – und, da es sich hier um Geld des neuen Coldridge-Esse-Perkins-Plans handelte – Hunderte um Hunderte Pfund zusammenrechnete) nebenan gehört, wie Rita wie ein kleines Kind immer wieder sang: »Barbara, Barbara, komm mit mir nach Afrika, wo die kleinen Negerlein ...« Doch dann war für eine Weile Ruhe eingetreten, woraus Martha schloß, daß sie miteinander im Bett waren. Wie Rita oft genug erklärte: »Wer wollte ihm das verdenken! Ich meine, wenn man bedenkt, daß seine Frau ihm niemals eine richtige Frau war!«

Ehe Rita ankam, hatte Martha geträumt – sie wurde daraus einfach nicht schlau, obwohl der Eindruck ungeheuer lebhaft gewesen war –, sie gehe in Marks Schlafzimmer und finde Maisie dort nackt in Marks Bett sitzend vor, während er selbst schlief. Das war die Maisie der Vorkriegszeit gewesen, ein frisches, pummeliges Mädchen mit goldenem Ringelhaar in einem sinnlichen Nacken. »Martha«, sagte diese junge Getreidegöttin, »dein Problem ist, daß du Mark nie gegeben hast, was er haben wollte.« – »Ich weiß das, Maisie«, hatte die Traum-Martha kleinlaut geantwortet, »doch siehst du denn nicht ein, ich mußte doch dafür sorgen, daß nicht alles den Bach runterging – siehst du das nicht?« – »Na, dann ist es ja ein Glück, daß du mich hast, hm?« hatte Maisie gesagt, die in gerüschten rosa Kissen (von der geschmacklosesten Sorte) gelegen und einen majestätischen weißen Arm ausgestreckt hatte, um ihn um Mark zu legen. »Ja, vielen Dank«, hatte die Traum-Martha gesagt. Und war erwacht, von einem wilden schmerzlichen Gram erfüllt, den nur ein Traum mit sich bringen kann, voller Erinnerungen an Thomas.

Durch die Sperre der Zollabfertigung am Flughafen war ein großes kräftiges dunkelhaariges Mädchen mit kurzem, lockigem schwarzem Haar gekommen. Der direkte dunkle Blick, die starken schwarzen Brauen der Maynards verliehen Rita eine atemberaubende, gar nicht anheimelnde Schönheit. Sie war in ihrem Auftreten alles in allem zu bestimmt für den Geschmack der sechziger Jahre, der Püppchen, Kätzchen, Babys, Schulmädchen, Engelchen, Spielgefährtinnen – jedenfalls eher kleine Dinger bevorzugte. Folglich hatte Paul ihr schon am allerersten Abend erklärt: »Das Beste wäre wohl, daß ich mich erst mal deiner annehme«, woraufhin sie erwidert hatte: »Weshalb?«

Und in der Tat – weshalb? Und was regte Mrs. Maynard denn nur so auf? Wenn Ritas Kleider für London nicht das Richtige waren, dann deshalb, weil sie peinlich konventionell und zu lang und gänzlich phantasielos waren. Sie hatte allerdings einen gewaltigen Akzent, doch das war ja auch nicht anders möglich. Sie war zwar in keiner Hinsicht elegant zu nennen – doch wann wären die Maynards das denn je gewesen? Kurz, Martha ertappte sich dabei, wie sie (genau wieder wie als junges Mädchen) über die privaten Maßstäbe nachgrübelte, die die Maynards offenbar für sich aufstellten und die schlechterdings von niemandem geteilt werden konnten, die absolut nichts mit Schönheit, Herzlichkeit oder Charme oder Intelligenz zu tun hatten und die für die Maynards das einzige Erfolgskriterium waren, das zählte. Es war doch wohl nicht gut möglich, daß die Maynards hofften, Rita in eine Dame verwandeln zu können?

Warfen sie ihr vor, daß sie keine war? Erst als Martha Rita wirklich sah, erkannte sie, wie stark diese Obsession sein mußte, die sie für sich als »Das Blut der Maynards« bezeichnete. Denn was mußten da wohl über einen Zeitraum von fünfundzwanzig Jahren für Träume geträumt, für Hoffnungen genährt, für Mängel und Bedürfnisse empfunden worden sein, um aus Rita jemanden zu machen, der dringend der Verbesserung bedurfte?

Sie löste Marthas Problem, wie man wohl einen Menschen begrüßt, den man seit dessen Kleinkindalter nicht mehr gesehen hat, indem sie ihren Koffer absetzte, Martha die Arme um den Hals warf und sie küßte. Es schien nicht viel zu fehlen, und sie hätte gemurmelt: »Endlich bin ich daheim!« Auf der Fahrt zum Haus redete sie – lieferte Neuigkeiten nach langer Trennung. Sie spazierte mit einer so strahlenden Seligkeit in das Haus, daß man ihr unmöglich jetzt schon erzählen konnte, daß es wahrscheinlich abgerissen würde. Und als sie es erfuhr, konnte es keinen Zweifel geben, daß Rita diejenige war, die am meisten unter seinem Ableben zu leiden haben würde.

Mark war bei der ersten Mahlzeit im Haus zwar dabei, doch war er zu dem Zeitpunkt völlig von seinem Unglück in Anspruch genommen, denn er hatte gerade erfahren, daß Lynda vorhatte, ihn zu verlassen. Er sprach kaum, und es sah nicht so aus, als hätte Rita ihm viel Beachtung geschenkt.

Paul schaute an dem Abend herein, so gutaussehend und so lässig wie immer, und nachdem sie »Weshalb?« gefragt hatte, entspann sich der folgende Dialog:

»Weil das nicht genügt, so wie du jetzt bist.«

»Genügt wozu?«

»Du könntest absolut klasse sein, ehrlich!«

Sie schaute ihn an. In ihrem Gesicht stellte sich langsam ein Ausdruck reinster, unverhohlenster, höchst zutraulicher, sexuell getönter Selbstsicherheit ein, als habe man eine Seite oder zwei aus einer Illustrierten à la »Herz im Spiegel« vor Augen. Er errötete, wurde bockig und sagte aufsässig: »Du bist vermutlich ziemlich sexy.«

»Schönen Dank«, sagte Rita und lachte herzlich, denn wie sie Martha gegenüber hinterher erklärte, hatte sie noch nie jemanden wie ihn kennengelernt.

»Tja, wenn du deine Haare nicht anders zurechtmachst und dir ein paar andere Kleider besorgst, gehe *ich* jedenfalls nicht mit dir aus.«

Ihr Zartgefühl ließ es nicht zu, daß sie zurückgab, wenn er nicht wollte, dann würden sich erfahrungsgemäß immer noch andere finden, die dazu bereit waren.

Er mißverstand ihr Lächeln und drängte: »Ich bring dich morgen zu Madeleine. Die schneidet dir die Haare.«

Madeleine war Londons zweitschickste Friseuse und eine Freundin von ihm.

Nun bemerkte er, daß sie peinlich berührt war – allerdings seinetwegen. Es war nun zwar nicht das erstemal, daß er dieser Verlegenheit bei einem Mädchen begegnete, die nur aus dessen Zartgefühl zu erklären war – das erlebte er oft. Doch bei Rita war sie überwältigend unverblümt, wie ein Vorwurf von Demeter oder einer jungen Boudicca.

Er warf sich vor ihr in die Brust, sozusagen ein einziger Aufschrei: Aber ich bin die Krönung aller Wünsche, die ein gescheites Mädchen nur hegen kann!

Und sie konterte lächelnd mit ihrem: Du siehst zwar sehr gut aus, aber . . .

Die beiden machten den ganzen Abend so weiter, doch am Ende erklärte sie sich ziemlich freundlich einverstanden, sich von ihm einkaufen führen zu lassen – nein, morgen nicht, da habe sie zu tun, »aber bald, ich verspreche es«.

Francis und Jill kamen, um sie kennenzulernen und luden sie ein, sie zu besuchen. Das tat sie dann auch. Sie war ein Teil der Familie geworden. Mark sagte: »Sie ist uns ja auch sehr willkommen, doch es ist mehr so, als wäre sie wieder zu Hause.«

Ja, das stimmte, und aus ihrem Auftreten, was immer sie gerade tat, ob sie nun Martha oder Mark gegenüber munter drauflosplauderte oder Paul bevormundete, strahlte ein verborgenes, freudiges Selbstvertrauen aus, so als trüge sie einen magischen Talisman, der sie, das wußte sie, nicht im Stich lassen konnte.

Martha dachte anfangs, ihre ganze Art, diese muntere, herzliche Ungezwungenheit, sei einfach Maisies Wesen, das hier – sozusagen – ihre Krönung erfuhr, den nötigen Spielraum in einer einfühlsamen Umgebung fand, um sich zu entfalten. Denn das konnte kein Zuckerschlecken gewesen sein, in jener gräßlichen kleinen Bergarbeiterstadt aufzuwachsen. Und es konnte ebensowenig ein Zweifel daran bestehen, daß ihr Naturell ganz das von Maisie war, wie sie ihr ganzes Aussehen von den Maynards hatte.

Doch Martha täuschte sich. Eine Weile ging ihr nicht auf, wie sehr sie sich täuschte, obwohl sie sogar etwas versuchte, was sie stets vermied (das war schließlich wie Lauschen oder anderer Leute Briefe lesen!). Sie versuchte mitzuhören, was Rita dachte. Es war schwierig: Sie befand sich einfach nicht auf Ritas Wellenlänge. Und als es ihr gelang, ein paar Wendungen aufzuschnappen, da klangen sie wie ein Dialog aus einem altmodischen romantischen Roman, denn sie drehten sich alle darum, daß jemand »erkannt wurde«, »sich endlich beweisen konnte«, seiner »heimlichen Bestimmung folgte« und so fort.

Endlich kam dann eines Abends sehr spät in der Küche bei Kakao und Keksen und Zigaretten alles heraus.

Rita war bis zum Alter von zehn Jahren in der Stadt, die als Bergarbeitersiedlung begonnen und sich deren Charakter bewahrt hatte, als sie zu einer der »Städte« der Kolonie wurde, bei ihrer Großmutter aufgewachsen. Fünftausend weiße Einwohner gab es da, die sie ausnahmslos vom Sehen oder vom Namen her kannte, und ein paar Tausend schwarze Einwohner, die sie nie zu sehen bekam. Alles drehte sich um das Bergwerk, und zur Unterhaltung gab es nur Bars und das Kino. Rita ging zur Schule und sah ihre Mutter nur gelegentlich. Dann war Maisie zu einem ausgedehnten Besuch gekommen. Vermutlich konnte sie dem lustigen Leben allmählich keinen rechten Geschmack mehr abgewinnen, oder sie hatte entdeckt, daß sie ihre Tochter liebte. Doch sie war dort geblieben und hatte einen Ingenieur aus dem Bergwerk geheiratet, und alle vier, Großmutter, Rita, Maisie und der neue Ehemann, hatten zusammen in dem winzigen Slumhaus mit dem Wellblechdach gelebt, von dem aus man über eine sandige Straße und ein Gärtchen voller Zinnien und Cannas auf die Fördertürme blickte. Dann war die Großmutter gestorben, und was das für Rita bedeutet hatte, ließ sich unschwer an ihrem Gesicht ablesen, als sie es erzählte. Die Ehe war weder besonders gut noch besonders schlecht. Maisie trank, war jedoch auf ihre nachlässige Weise gutmütig. Der Ingenieur hatte in trunkenem Zustand zwar Wutanfälle, war jedoch nett zu Rita, während er Maisie damit in den Ohren lag, daß sie so faul und dick war. Auf Ritas Frisierkommode stand ein großes Bild von Maisie: Sie hatte eine Entzündung am Auge gehabt, um die sie sich nicht gekümmert hatte, so daß sie jetzt ständig einen rosa Lidschatten über dem einen Auge trug. Außerdem hatte sie einen leichten Schlaganfall gehabt, so daß der eine Mundwinkel leicht herabhing, was ihr einen mürrischen, säuerlichen Ausdruck verlieh. Doch Rita hatte nach ihrem elften Geburtstag nicht mehr viel Zeit in der Bergarbeiterstadt verbracht. Eines Tages waren nämlich die Maynards aufgetaucht und hatten angeboten, Rita auf ihre Kosten in das Internat bei den Nonnen in der Stadt zu schicken. Maisie hatte dagegen nichts einzuwenden gehabt. Rita war von da an acht Jahre in der Klosterschule gewesen, hatte die Ferien bei ihrer Mutter und einmal sogar bei den Maynards verbracht. Doch sie konnte Mrs. Maynard nicht ausstehen, sagte sie – einmal habe gereicht.

Sie war beliebt und umgänglich, kam in der Schule gut genug mit, um nicht aufzufallen, las haufenweise Illustriertenliebesgeschichten, wurde oft von Mr. Maynard zum Tee oder ins Kino eingeladen – und hatte im Alter von fünfzehn die auf der Hand liegende Tatsache erkannt, daß Mr. Maynard ihr Vater sein mußte. Sie habe immer schon das Gefühl gehabt (erzählte sie

Martha), daß ihr richtiger Vater nicht der Flieger McGrew war. Wenn Maisie betrunken war, dann weinte und seufzte sie und sprach von den Männern, an die sie sich erinnerte, und eine Weile hatte Rita herausgehört, daß »ein roter Kommunist aus Griechenland« ihr Vater sei. »*In vino veritas* – wie es so schön heißt«, sagte Rita, denn ihre Mutter hatte einmal feierlich geschworen, es sei nicht Andrew.

Und als Rita dann den einen Schritt getan hatte, der sie von der Entdeckung der Wahrheit trennte – denn sie brauchte dazu nur in den Spiegel zu schauen –, und zu Maisie gesagt hatte: »Es überrascht mich, daß Mrs. Maynard sich daran nicht stört!«, hatte Maisie nur erwidert: »Blut ist eben dicker als Wasser!«

Und dabei war es geblieben.

Rita war also jahrelang von Mr. Maynard, ihrem Vater, finanziell versorgt, ausgeführt, eingeladen und mit Kleidern beschenkt worden – das war ihr Eindruck gewesen. Und sie wollte das Haus der Maynards nicht mehr betreten – aus Zartgefühl, weil sie Mrs. Maynard nicht verletzten wollte. Mr. Maynard mochte sie – ein lieber, guter, alter Mann sei das, sagte sie. Sie hatte sich offenbar so etwas ausgemalt wie die unbezähmbare Leidenschaft eines alternden Mannes, der seiner Jugend ade sagte und deren glückliches Ergebnis sie war. Glücklich war es für sie ja gewesen: Ihr Erbe waren die Maynards und das, wofür sie standen oder gestanden hatten. Eines Tages würde eine Nachricht oder die Mitteilung eines Anwalts eintreffen, eine Tür sich öffnen, ein Weg sich auftun – und dann wäre es soweit. Und nun war es soweit – hier war sie, bei Martha, der alten Freundin ihrer Mutter, und dies Haus war ihre Zukunft.

Binkie erwähnte sie einmal: Er sei ein bißchen dümmlich, fand sie. Ganz und gar nicht der richtige Sohn für die Maynards. Er kam mit ihnen nicht aus. Das mußte schrecklich bitter für sie sein. Natürlich, Männer tranken, das wußte sie schon – in einer Bergarbeiterstadt aufzuwachsen, war eine gründliche Schule fürs Leben. Doch Trinken und Trinken war zweierlei. Und seine Frau – haben Sie die je kennengelernt, Martha? Naja, das war so eine von diesen Beamtengattinen, wissen Sie, und wirklich, ihre beiden Jungen – sie, Rita, sei einmal mit einem von denen ausgewesen, und das habe ihr gereicht. Doch sie rede nicht gern schlecht über andere.

Also fuhr sie mit ihrer Geschichte fort. Maisies Tochter lag es nicht, unverblümt zu sagen: »Es überrascht mich nicht, daß er mich, die Tochter seiner Lust, einem Idioten wie Binkie und Binkies verkorksten Stiefkindern vorzieht«, doch daß sie seine Vorliebe durchaus verstand und guthieß, ging eindeutig aus dem glücklichen Lächeln hervor, mit dem sie erzählte, wie er, Mr. Maynard, immer sie und nie die anderen ausgeführt und immer an ihren Geburtstag gedacht und nie ein Weihnachtsfest ausgelassen habe. Woraufhin Martha achthundert Pfund in Fünfpfundnoten hervorholte, die sie ausgeben konnte, wie sie wollte. Tränen füllten Ritas Augen, nicht solche der Überraschung, natürlich nicht – denn sie wußte, sie gehörte zu denen, denen das Glück in den Schoß fiel. »Oh, der ist so nett, Martha, wenn Sie wüßten, wie nett er war!«

Martha schob die Eröffnung der Wahrheit auf, indem sie dachte: Ach, ich bin sicher, das macht nichts, wenn ich es ihr später erzähle.

»Zu allen ist er immer so nett. Caroline – es macht Ihnen doch nichts aus, daß ich sie erwähne? Ja, also ich habe sie in der Schule manchmal gesehen, doch wir waren nicht *wirklich* befreundet, wissen Sie, das sind richtige Beamtentypen, das ist nicht so meine Richtung. Doch eines Nachmittags hat er Caroline und mich zusammen ausgeführt, und dann sahen wir uns manchmal, wie Schulfreundinnen. Zu ihr ist er auch lieb. Aber nicht so lieb wie zu mir. Er ist oft bei ihr zu Hause. Er verbringt dort so viel Zeit wie bei sich zu Hause. Doch ich kann mir vorstellen, für einen Mann mit so einem guten Herzen muß ein Haus ohne Kinder ein trauriger Ort sein. Ich werde oft ganz traurig, wenn ich an ihn denke, an seine Art, wie er an Caroline und mir hängt. Doch auch wenn ich das selbst sage, Martha, ich weiß, daß ich sein Liebling bin. Gegen solche Gefühle kann man sich nun mal nicht wehren.«

Für die Frauen mittleren Alters, die sich solchen Leitsätzen wie: »Ohne Wahrheit keine Freiheit« – und dergleichen verschrieben haben, ergeben sich sehr interessante Augenblicke, wie beispielsweise der, mit einer Rita konfrontiert zu werden. Nicht, daß Maisies Tochter entsetzt gewesen wäre zu hören, daß Mr. Maynard, inzwischen über siebzig, immer noch seine lebenslängliche Liaison mit Mrs. Talbot aufrechterhielt, auch wenn die inzwischen eine betagte Dame war, ans Bett gefesselt und ständig in der Obhut einer Pflegerin – sie war jetzt ein bißchen schrullig, hieß es. Oder daß Mr. Maynard gleich in zweifacher Hinsicht sentimentale Regungen für Caroline empfand – einmal für Marthas Tochter und zum anderen für das Stiefkind der Tochter seiner ewigen Geliebten. Selbstverständlich nicht. Sie würde das alles sehr rührend finden. Vielleicht war es das ja auch; vielleicht war ja Martha diejenige, die im Unrecht war. (Sie erinnerte sich, daß Maisie ebenfalls dieses Gefühl in ihr geweckt hatte, weil für sie außer Zweifel stand, daß das Herz stets besser ist als ein häßlicher, kritischer, nörglerischer Kopf.) Und was machte das schon aus, daß es Binkie und nicht Mr. Maynard war, der Rita gezeugt hatte, da dieser doch wie die alten Maynards höchstwahrscheinlich ebenfalls der Meinung wäre, das Blut sei die Hauptsache. Und außerdem – wer hatte denn sonst Mr. Maynard je lieb und gut gefunden? Und außerdem, Blut hin oder her, wer würde denn Binkie als Vater wollen, wenn er Richter Maynard haben konnte? So ging die Wahrheit vor Rita weniger mit Pauken und Trompeten unter, als daß sie sich mit einem verlegenen Lächeln verdrückte. Martha hatte das Gefühl, anstandshalter eine Träne für Mrs. Maynard vergießen zu müssen, die eben mit solcher Unwiderruflichkeit um eine Enkeltochter gebracht worden war – doch wessen Schuld war das denn?

Auf wen es ankam, war Rita, die sich so von Grund auf wohl in ihrer Haut fühlte, wenn eben das Martha auch immer wieder zu der Überlegung veranlaßte: Wo sollte denn dies Glückskind bloß irgend etwas finden, das seinen Erwartungen entsprach?

Fürs erste übernahm sie das Haus, ohne darum gebeten worden zu sein: Sie schien das Gefühl zu haben, wenn es da ein Haus zu führen gab, dann war es offensichtlich an ihr, das zu tun. Sie kümmerte sich um die Briefe unter Marks Post, die er und Martha am lästigsten gefunden hatten – denn wie von vielen Schriftstellern, so nahm man auch von ihm an, daß er eine Art private Beratungsstelle für persönliche Fragen unterhielt. Mark weigerte sich, auch nur einen Finger dafür zu rühren, Martha hingegen schwitzte und litt bei deren Beantwortung, denn was sollte man solchen Menschen bloß sagen, die der Überzeugung waren, daß ein paar Worte auf einem Blatt Papier derart unglückselige Verstrickungen lösen könnten? Rita kannte derlei lächerliche Hemmungen nicht. Sie wußte instinktiv, was unglückliche Menschen brauchten, nämlich einen Menschen, der ihnen ihre Aufmerksamkeit schenkte, und sie schrieb Seiten um Seiten voller Ratschläge, wann immer jemand darum bat. (»Sie sagen, Sie sind niedergeschlagen, wenn Sie über Ihr vergeudetes Leben nachdenken? Damit ist doch niemandem geholfen! Sie müssen den Kopf oben behalten und an andere denken!«) Auch London genoß sie, wenn auch auf ihre Weise, die ein paar Beobachtern anzeigte, daß sie das Ganze als eine Art Vorspiel zu einer schicksalhaften Bestimmung betrachtete. Sie kam mit einer enormen Zahl der verschiedensten Menschen zurecht, da Maisies Tochter selbstverständlich zu erkennen wußte, daß der unliebenswürdige Witz eines Graham Patten, genau wie die Bärbeißigkeit des alten Bergarbeiters Saul Baines, den Wunden zuzuschreiben war, die ihm das Leben geschlagen hatte. »Solche Menschen haben oft ein trauriges Herz, wenn man es genau besieht!« Lynda, zu der sie auf Besuch mitgenommen worden war, war »genau wie die Frau des Posthalters in Gokwe; die muß manchmal in die Klapsmühle verschwinden, wenn ihr alles zuviel wird, wie die ganze Hetze vor Weihnachten«.

Sie zog mit Paul umher. Er war in sie verliebt. Sie behandelte ihn mit mütterlicher Festigkeit. Er verkündete Gott und der Welt, er werde Rita heiraten, die genau die Richtige für ihn sei. Er führte sie auf Partys, ins Theater, in sämtliche neuen Filme, und sie hatte an allem ihren Spaß: Sie war unfähig, sich zu langweilen. Mehr noch, er führte sie aus, noch ehe sie entschieden hatte, daß er in Kleiderfragen einen sehr guten Geschmack hatte, so daß sie noch ihre eigenen trug. Von ihren Haaren ganz zu schweigen. Als er sie zu Madeleine brachte, dem Genie mit der Schere, und Paul sagte, sie könne es doch vielleicht wenigstens mal *versuchen*, hatte sie gesagt: *Nein*, sie lasse sich das Haar nicht glätten. Sensation! Wahrscheinlich gab es außer Rita in London nicht ein Mädchen, das kurzes lockiges Haar hatte – was ja auch schlimmer gewesen wäre, als verkrüppelt oder häßlich zu sein. Während sie vor dem Spiegel gesessen und ihre Locken glattgedrückt hatte (die tatsächlich in nur wenigen Jahren Mode und nahezu ein Muß sein würden), hatte sie wissen wollen, wie das denn käme, daß bei dem Abendessen am Tag zuvor sieben Frauen zwischen siebzehn und siebzig mit genau demselben Haarschnitt gewesen seien, »Madeleines Schnitt«. Madeleine antwortete, »ein Haarschnitt muß sich wie eine Mode logisch aus dem vorhergegangenen Stil entwickeln«. »Ja, aber ich will ich selbst sein«, sagte Rita.

Angesichts dieses Akts der Rebellion war Madeleine ins Grübeln geraten, während ihre Schere sozusagen zwischen Ritas Locken meditierte. Dann hatte sie einen jungen Mann vom Ende des Salons heranzitiert. »Carlos«, hatte sie entschieden gesagt, »von jetzt an werden Sie sich um Miss . . . äh, wie war doch noch Ihr Name? – Haar kümmern.«

Rita fand sich daraufhin vor einem anderen Spiegel wieder, mit Carlos, dessen Schere unentschlossen in der Luft verharrte. »Machen Sie einfach nur das, was ich jetzt auch habe – nur besser –, schließlich kann man ja davon ausgehen, daß Sie das besser machen können als die in Gokwe!« Sein Schere verharrte minutenlang reglos, während er mit sich rang, um dann endlich hervorzustoßen, es sei ihm »einfach unmöglich, außerhalb des gegenwärtigen Stils zu schneiden – seine Schere brächte das einfach nicht über sich!« Infolgedessen hefteten sich jedesmal, wenn sie irgendein Zimmer betrat, entsetzte oder neugierige Blicke an ihren Lockenkopf, und sie erwarb sich im Handumdrehen den Ruf ungeheurer Charakterstärke.

»Ja«, sagte sie bescheiden, »doch ich bin schließlich Zambesierin, wir sind von Natur aus eigenwillig, obwohl ich durchaus einsehe, daß in London jeder so sein muß wie alle anderen, ich meine, ihr seid eben so erzogen worden, nicht?« Diese Art Betrachtungen lösten immer wieder ganz erhebliche Mißstimmungen aus, doch sie war durchaus imstande, damit fertigzuwerden. Politik, so erklärte sie, sei nichts für sie, obwohl sie sich schon sehr früh im Leben mit der Rassenfrage beschäftigt habe. Es sei ein Jammer, daß die Schwarzen und die Weißen einander nicht als Menschen kennenlernen könnten, denn dann würden sie ja gar nicht anders können, als einander zu mögen – das sei doch immer so, wenn Menschen einander wirklich kannten, nicht? Manchmal hätte sie richtig Lust, bestimmten Leuten den Hintern zu versohlen, sie wolle ja nicht sagen, wem, doch wo ein Wille sei, da sei auch ein Weg, und sie sei überzeugt, am Ende werde sich das Gute schon durchsetzen.

Auf dieser Basis – daß sie sehr originell sei – wurden sie und Paul überallhin eingeladen. Endlich hielt er bei einer Gelegenheit, die er eigens eingefädelt hatte und die bestens geeignet war, in aller Form um ihre Hand an. Sie lehnte mit der Begründung ab, ihr Herz gehöre einem anderen.

Für Paul war das ein schwerer Schlag – wahrscheinlich war ihm seit dem Tod seiner Mutter nichts Schlimmeres widerfahren. Er machte gute Miene, es ging ihm jedoch ziemlich schlecht, und er fuhr allein weg, um sich zu erholen.

Doch hatte Ritas Ablehnung, die Art ihrer Ablehnung etwas Heilsames.

Das Problem war, daß Paul seit Jahren mit einer sexuellen oder romantischen Illusion gelebt hatte; wie viele Männer, und das ist gänzlich dem guten Herzen (oder, wenn man so will, der Feigheit) der Frauen zuzuschreiben, weil sie es nur selten fertigbringen zu sagen: Nein, nein, du bist häßlich, du bist grobschlächtig, du schnarchst, du hast einen schlechten Atem, du kannst nicht richtig mit jemandem schlafen, oder ich mag die Art nicht, wie du über deine Frau redest. Nun war Paul gewiß sehr gutaussehend. Sex war, insbesondere in diesem London (und er hatte ja nie ein anderes kennengelernt), wo jeder jung war und jeder sexuelle Erlebnisse hatte, für ihn immer etwas gewesen, das er tun mußte oder wenigstens vorgab zu tun. (Das Mädchen, mit dem er immer noch die meiste Zeit verbrachte und zu dem er immer wieder zurückkehrte, war Zena, mit der er zwar nie ausging, in deren Armen er jedoch keusche Nächte verbringen mochte.) Im übrigen waren tausend Frauen einmal mit ihm ins Bett gegangen, hatten jedoch entdeckt, daß sie ihre Ehemänner oder früheren Liebhaber liebten, oder hatten sich unglücklicherweise ausgerechnet in dieser Woche zur Monogamie oder einer festen Liebschaft entschlossen; fühlten sich leider gerade nicht gut oder empfanden für ihn wie eine Schwester. Oder wollten, wenn sie andere Frauen kannten, die mit ihm im Bett gewesen waren, gar nicht erst mit ihm ins Bett gehen – nein, nein, das Problem war nicht, daß er nicht attraktiv gewesen wäre wie ein wahrer Herzensbrecher, doch das Äußere war trügerisch und der Klatsch ein Lügner – genau gesagt, hier waren Jungfrauen am Werk.

Rita sagte zu ihm: »Aber Paul, du und ich, wir würden nicht zusammenpassen, verstehst du, weil ich keinen Mann heiraten würde, der nicht eine Menge Geküsse und Geschmuse braucht!«

»Aber wie willst du denn wissen, was ich brauche?« sagte Paul. »Du willst ja nicht mit mir ins Bett gehen!«

»Also jetzt sei aber nicht so albern, Paul! Warum spielst du mir denn hier was vor? Das kränkt mich wirklich, und das meine ich ernst!«

»Aber ich verstehe gar nicht, weshalb du das sagst!«

»Ach, Paul, nun hör aber auf! Dein Problem ist, du bist nicht realistisch, ich meine – das ist doch albern, oder? Weil daraus nichts als Unglück entstehen wird. Nein, was du tun mußt, ist, dir ein nettes, warmherziges Mädchen suchen – älter als du wäre wahrscheinlich nicht schlecht, doch sie sollte nicht zu sehr hinter so etwas her sein, ich meine, eine Menge Mädchen sind das gar nicht, die tun bloß so, weil sie wollen, daß die Leute viel von ihnen halten. Doch du bist nun mal nicht leidenschaftlich, Paul, weißt du! Du bist herzlich, du hast ein warmes Herz, doch du bist kein leidenschaftlicher Mensch. Also mußt du das so machen. Du möchtest ein Mädchen finden, das von einem Mann möchte, daß er sehr nett ist, so daß sie ihrerseits nett sein kann, doch sie sollte nicht zu sehr aufs Bett erpicht sein, weil du das nicht mögen würdest, jedenfalls nicht wirklich.«

Nachdem Paul sich verabschiedet hatte, war Rita ohne Begleiter. Erst jetzt wurde deutlich, daß sie ihn die ganze Zeit schon so gesehen hatte. Der arme Paul war benutzt worden – die Mädchen benutzten ihn nur. Außerdem war er ein Schutzschild gewesen, denn Rita akzeptierte keinen der jungen Männer, die jetzt vorstellig wurden. Sie war viel zu Haus, eine Tochter des Hauses, eine Hilfe für Martha und für Mark. Oder sie rief Lynda in Pauls Haus an und lud sich zum Tee ein. Dort bot sie dann an, Besorgungen zu machen, da sie sich gern nützlich machte, wie sie sagte. Unterdessen beobachteten sie – die älteren Frauen – ohne allzu viele ausdrückliche Kommentare jenes großartige Phänomen, die zielstrebige Rücksichtslosigkeit des Weibchens, das mit unbeirrbarer Zuversicht auf der Fährte ist, obwohl die Ziele und, gewissermaßen parallel dazu, die Selbsterkenntnis in so weiter Ferne lagen, daß es im Moment nur aus Passivität bestand, heimlich seufzte und Tränen vergoß und radikal abmagerte. (Da sie ohnehin abnehmen mußte, war das nur recht und billig.)

Auch darf man nicht etwa glauben, daß Mark nichts mitbekommen hätte. Im Gegenteil. Er sagte, das Mädchen schwärme für ihn, und das sei für einen Mann in seinem Alter doch sehr schmeichelhaft. Es kam vor, daß er das in Marthas Bett sagte, denn sie tröstete ihn gerade über den Verlust Lyndas hinweg – wenn er sich auch immer noch einzureden versuchte, daß sie zurückkehren würde. Und er tröstete sie, weil sie deprimiert war, da sie wußte, ihr Leben mußte sich demnächst einschneidend verändern, doch hatte sie keine Ahnung, wie oder wann das geschehen sollte.

Doch es gehe ihm auf die Nerven, sagte er, diese liebeskranken Augen Tag und Nacht auf sich geheftet zu sehen – konnte man die Göre denn nicht irgendwie hier herausbekommen? Er brauche seine ganze Energie für seine Zukunftsentwürfe, und eines Tages würde es dem Mädchen noch passieren, daß sie vergewaltigt würde – er sei ja schließlich auch nur ein Mensch aus Fleisch und Blut, und wenn er sie noch mal im Nachthemdchen auf seinem Bett drapiert beim Sockenstopfen antreffen würde, dann könne er für nichts mehr garantieren. So scherzte er.

Graham Patten wurde angerufen. Der wiederum, gerade in einer schon beängstigenden Leidenschaft für seine erste Frau entflammt (sie würden demnächst zum zweitenmal heiraten), sagte, er könne zwar nicht persönlich einspringen, wolle jedoch sehen, was sich sonst noch zur Erweiterung ihrer Interessen tun ließe. Rita trat also für eine Weile in Grahams Reich ein. Nach ein paar Wochen rief er wieder an und erklärte, er wisse zwar, erdnahe Frauen seien augenblicklich sehr begehrt, doch das Problem sei, die Bauern seien politisch immer so reaktionär, und er müsse seinen Ruf als Marxist schützen.

Folgendes war passiert. Es versteht sich von selbst, daß es auf sämtlichen Partys zu dieser Zeit nur so wimmelte von Progressiven, die sich mit dem Stand der Dinge in Zambesia befaßten. Eine junge Frau war auf Rita zugeschossen und hatte gerufen, sie, Rita, solle sich was schämen, doch die »Geschichte würde sich bald rächen«. Rita hatte, eine Reflexhandlung, augenblicklich mit einer ganzen Reihe von Erklärungen geantwortet, die wie bei Jefferson oder Wilberforce von flammender moralischer Empörung und erhebenden Empfindungen getragen waren, woraufhin die junge Frau sie als Freiheitskämpferin an ihre Brust gedrückt und sie eingeladen hatte, in der kommenden Woche auf einer öffentlichen Veranstaltung zu sprechen. Rita sagte nein, ließ sich dann jedoch dazu überreden: Sie war ein Mädchen, das es nicht ertragen konnte, als verantwortungslos bezeichnet zu werden. Bei einer Diskussionsverstaltung der Zambesischen Unabhängigkeitsbewegung ließ Rita dann noch eine Menge weiterer rhetorischer Erklärungen über Freiheit und Unabhängigkeit vom Stapel, und ihre Zuhörer begrüßten dies kostbare Wesen, eine weiße Liberale, auf das wärmste. Erst ganz allmählich dämmerte ihnen, daß sie im Grunde eine entschlossene Befürworterin des Rebellenregimes von Zambesia war. Verwirrung allerorten und Entschuldigungen von beiden Seiten – womit Ritas Standpunkt bestätigt wurde, daß die Menschen einander mögen sollten ... Das Problem war nur, daß man den jungen Unabhängigen Zambesiern in der Schule nicht beigebracht hatte, daß (vereinfacht ausgedrückt) ein junger Nazi, sagen wir 1938, nicht gesagt hätte: »Ich bin ein brutaler Rassist, der Europa in Schutt und Asche legen und der Freiheit ein für allemal den Garaus machen wird.« Im Gegenteil, er hätte geklungen wie – Jefferson. Was nun Rita anging, so hatte sie die jungen weißen Zambesier in so hochsinnigen idealistischen Formeln ihren Standpunkt klarmachen hören, daß deren Ansichten ihre Wirkung auf sie nicht verfehlten. Diese Ansichten reproduzierte sie nun auf Verlangen ... Diese Erfahrung bestärkte sie mehr als irgend etwas sonst in ihrem Entschluß, der Politik aus dem Wege zu gehen, und das um so mehr, als die Freien Zambesier dann bei Graham Patten anriefen, um sich über seine Freunde zu beschweren ... Er verzieh Rita unter der Bedingung, daß sie es nicht wieder tun würde.

Das führte zum nächsten, entscheidenden Vorfall. Rita war auf einer Party, auf der die Crème von Leinwand und Bühne vertreten war (gut abgelagerter 1958er Jahrgang), und als sie gerade schon wieder als Faschistin attackiert wurde, erkannte sie, daß die junge Frau, von der die Angriffe ausgingen, eigentlich ein Mann war. Sie fing an, irgend etwas Defensives von den Hintern beider Seiten, der schwarzen wie der weißen, zu murmeln, die versohlt gehörten, erhielt eine undurchschaubare Antwort und ging weg, um sich allein in eine Ecke zu setzen und den Schauplatz zu beobachten. Als erstes sah sie, daß praktisch überhaupt keine Frauen da waren, auch wenn dem äußeren Anschein nach das Gegenteil der Fall war. Dann erkannte sie, daß die Gäste in der Tat die Darsteller der Stücke waren, die sie an den letzten beiden Abenden gesehen hatte – *Romeo und Julia* und *Othello*, die beide ausschließlich mit Männern besetzt gewesen waren. Da die Theater und die Schauspieler weltberühmt waren, bestürzte es sie, daß sie die Szene vor ihren Augen abstoßend fand – obwohl sie doch nicht als altmodisch gelten wollte. Sie hielt nach Graham Ausschau, der, tröstlicherweise, in eine Frau verliebt war, wenn auch auf eine verwirrende Weise – doch er und seine Frau hatten sich gestritten und hatten die Party getrennt verlassen.

Sie wurde von einem Mann gerettet (sie musterte ihn eingehend, um sicher zu gehen, daß er nicht bloß wie einer angezogen war), der sie aufforderte, doch einen Kaffee zu trinken und nicht so traurig dazusitzen – »er war auch nicht politisch«. Rita, die den Boden unter den Füßen verloren hatte und den Tränen nahe war, hatte das Gefühl, es wahrscheinlich mit einem Helden zu tun zu haben (da Helden ja gütig waren), und so vertraute sie ihm all ihre moralischen Bedenken an. Er war außerordentlich witzig. Rita wußte, daß er witzig war, und genoß es auch, doch irgendwann sagte sie zu ihm: »Bitte, machen Sie Ihre Witze langsam, nicht, weil ich die nicht verstünde, doch da, wo ich herkomme, da haben die Leute nun mal nicht so hohe Ansprüche.« Das tat er dann auch. Er führte sie zum Essen aus, wo Graham und seine letzte Ex-Geliebte es gerade seiner ehemaligen und zukünftigen Gattin und deren gegenwärtigem Liebhaber heimzahlten, indem sie sich ausgerechnet dort zeigten, wo sie (die Gattin) unweigerlich anzutreffen war – dies Restaurant war immer der Schauplatz derartiger Ehekräche. Rita erklärte ihrem neuen Freund, sie für ihren Teil stelle sich unter einer Ehe etwas Ewiges vor. Er erwiderte, seiner Ansicht nach habe sie damit völlig recht. Rita ging dann mit diesem beruhigend integren Mann in dessen Wohnung, wo sie sich dann endgültig nicht mehr auskannte. Es war klar, daß sie miteinander schlafen würden, denn das hatte er gesagt, und tatsächlich gingen sie schließlich auch ins Bett, wo er noch eine Menge weiterer witziger Bemerkungen machte, die alle mit Hintern und Busen und seiner Neigung zu jeweils nur dem einen, nicht aber dem anderen zu tun hatten. Schließlich, nachdem er gesagt hatte, »es sei weiß Gott Pech, doch sie habe zuviel von beidem«, hatte er ihr auf seinem Plattenspieler ein bißchen Bach vorgespielt, und am Morgen, als sie aufwachten, brachte ihnen dann eine muntere junge Sekretärin das Frühstück ans Bett, die sich durch Ritas Anblick nicht im geringsten aus der Fassung bringen ließ. Als ihr Gastgeber ins Badezimmer gegangen war und Rita aufstand, um sich im Spiegel anzuschauen (denn wie sie Martha später erklärte, konnte sie kaum glauben, daß sie das alles wirklich erlebte), sah sie neben dem Bett vier Reitpeitschen der Größe nach aufgereiht liegen. Es war nun nicht so, daß Rita in bezug auf das gute alte London gänzlich unwissend gewesen wäre, schließlich hatte sie sich ja nun schon monatelang umgetan (wenn auch mehr in Pop-, Boutiquen- und Fernsehkreisen, wo es, so meinte sie, wohl etwas altmodischer zuging), doch es fiel ihr sehr schwer, sich mit Peitschen in Verbindung zu bringen. »Ich dachte immerzu: Aber ich mag doch keine Pferde. Ich mag keine Reitertypen.« Schließlich, als die Sekretärin mit der *Times* hereinkam und verkündete, Mr. Bravington Poles-Warren käme gleich aus dem Bad, ging Rita auf, daß sie nackt auf einem vergoldeten Stuhl vor dem Spiegel saß, während die andere schwungvoll die Peitschen wegräumte, als legte sie Akten ab. Rita kam der Gedanke, daß die Peitschen hingelegt worden sein könnten, um die Sekretärin zu beeindrucken: Es hatte nichts darauf hingedeutet, daß sie, Rita, hatte gepeitscht werden sollen. Sie musterte die Sekretärin – die ein vollkommen normales Mädchen zu sein schien. Doch vielleicht war sie ja nur ein armes Mädchen, das ein hohes Gehalt verdienen mußte, um eine verwitwete Mutter zu unterstützen oder etwas in der Art. Sie dachte an ihren Gefährten der letzten Nacht und sagte immer wieder bei sich: Der arme Kerl, was muß der für eine unglückliche Kindheit gehabt haben und sein trauriges Herz hinter einem tapferen Lächeln verbergen. Doch nachdem sie gebadet hatte, brachte er sie nach unten, um ihr ein Taxi zu besorgen, und bestand darauf, mit ihr in das Süßigkeitengeschäft unmittelbar unter seiner Wohnung zu gehen, und nachdem er die Verkäufer mit Guten Morgen, Schatz, guten Morgen, Petronella, guten Morgen, Süße, guten Morgen, George, begrüßt hatte, kaufte er Rita eine Riesenschachtel Pralinen vom Kontinent. Einmal mehr erlebte Rita, daß etwas nicht ihr zuliebe geschah, sondern eine Art Angeberei, diesmal vor den Verkäufern, war.

Plötzlich, nachdem sie eine zermürbende Nacht und einen Morgen hindurch den sanftmütigsten, gutwilligsten Takt bewiesen hatte, verlor sie die Nerven. Vor allen Leuten in dem Geschäft sagte sie: »Sie kaufen mir die bloß, weil alle wissen sollen, daß ich die letzte Nacht mit Ihnen verbracht habe. Wie viele Mädchen haben Sie hier wohl hergebracht, nachdem Sie sie grün und blau gehauen haben? Na, jedenfalls, wenn Sie glauben, daß richtige Männer es nötig haben, Mädchen zu schlagen, dann haben Sie wohl noch nie einen aus der Nähe gesehen.« Worauf sie mit Tränen der Wut aus dem Laden stürzte.

Zu Hause sagte sie zu Mark, sie glaube nicht, daß die Freunde von Graham besonders nett seien – sie hoffe doch, nicht zu engstirnig zu sein?

Sie weinte. Sie war sehr niedergeschlagen. Sie legte Martha die Arme um den Hals wie ein kleines Mädchen und sagte, warum, wisse sie auch nicht, aber sie wolle immerzu nur weinen und weinen. Als Mark sie dann in bleicher, tränenreicher Schönheit und blaßblauem Georgette auf seinem Bett vorfand, wie sie ihm gerade die Knöpfe an die Hemden nähte, erzählte sie ihm die ganze Geschichte, und da nun mal eins zum anderen führt ...

Martha addierte Pennys zu Pennys und Hunderte von Pfund zu Hunderten von Pfund und dachte, während sie mit halbem Ohr dem lauschte, was höchstwahrscheinlich ein Liebes-Schweigen war: »Ich frage mich, ob Rita daran gedacht hat, daß es wahrscheinlich keine gescheiten Windeln zu kaufen geben wird in ...« Doch sie waren noch nicht hundertprozentig sicher, wohin sie gehen wollten: Es war irgendein kleines Dorf am Rande einer Halbwüste.

Marks Memorandum an sich selbst (das noch unvollendet war) ging weiter:

6. Folglich sollten sich Gruppen von Menschen, die sich dieser Lage bewußt sind, daranbegeben, flexible Vorbereitungen zu treffen, die auf der begründeten Annahme beruhen, daß binnen (?) Jahren, wahrscheinlich zehn oder fünfzehn, eine, zwei oder drei Zonen der Welt, *höchstwahrscheinlich dicht bevölkerte* (vgl. Karten B und B a und Dorothys Notizen) auf Dauer oder vorübergehend unbewohnbar sein werden.

7. Bei sämtlichen Vorbereitungen ist die unvermeidliche Feindseligkeit der Regierungen zu berücksichtigen, die sich eher mittelbar als offen äußern wird. Das bedeutet, daß jegliche Organisation wissenschaftlich unabhängig sein muß. Doch ist dies ja wieder ein Zeitalter von Söldnern – wir können mieten, was wir haben wollen.

8. Es müssen Plätze in solchen Teilen der Welt gefunden werden, die weniger anfällig für die Verseuchung durch Wind, Regen etc. und geeignet sind, eine große Zahl von Menschen aufzunehmen.

9. Die Vorbereitungen sollten wahrscheinlich auch militärischer Natur sein. Wenn sich eins mit Sicherheit voraussagen läßt, dann, daß alles sich im Zustand der Panik befinden wird, da die Gerüchte, Gegengerüchte, amtlichen Dementis nicht abreißen, während Katastrophen eintreten, fast eintreten, halb eintreten. Ein heilloses Durcheinander wird der vorherrschende Zustand sein.

10. Der erste Schritt ist demnach die Geldbeschaffung.

11. Dazu brauchen wir folgende ...

Der Grundstock für den Fond war Marks Versprechen, seinen Anteil aus den 5000 Pfund Verkaufserlös des Hauses einzulegen. Rita bot an, was ihr von den achthundert Pfund geblieben war. Martha, die immer weiter gut verdient und wenig ausgegeben hatte, steuerte zweitausend Pfund bei, wobei sie, wie pflichtbewußte Bürger das bei derlei Gelegenheiten tun, bedachte, daß das, was für sie eine so große Summe war, mal gerade dazu ausreichte, daß die Organisation sich ein paar Briefmarken kaufen konnte. Es war alles sehr ermutigend, aber wohl kaum genug, um die ganze Maschinerie bereitzustellen, die Marks Vorausschau nach zahlreiche Menschen vor Tod und Untergang retten sollten. Es war jedoch genug, um wissenschaftliche Beratung einzukaufen, die sich dann als die von Jimmy Wood herausstellte. Mark hatte seine Verbindung zu ihm einfach dadurch gekappt, daß er sich aus der Fabrik zurückgezogen hatte: Jemand anderes hatte sie gekauft, und Jimmy hatte die Leitung behalten. Mark hatte Jimmy erklärt, weshalb er nicht länger mit ihm zusammenarbeiten könne. Jimmy hatte gesagt, das tue ihm leid. Eine Woche später war er in der Radlett Street aufgetaucht, als wäre nichts geschehen, um ihm mitzuteilen, daß er eine sehr aufregende Idee für ein neues Gerät habe, das . . . Sein neuer Partner oder Arbeitgeber hatte noch nicht begriffen, daß Jimmy nicht arbeiten würde, wenn er nicht durch Gespräche angefeuert wurde, also kam Jimmy zu Mark, um zu reden. Erst da begriff Mark endlich, glaubte er endlich, daß es Menschen gibt, denen mit moralischen Urteilen nicht beizukommen ist. Sie sind für ihre Handlungen nicht verantwortlich. Da Jimmy nun viel im Haus war, wurde er um Rat gefragt, doch man konnte Jimmy nicht in dieser oder jener Frage um Rat bitten, die mit dem Einsatz von Krankheitserregern zu Kriegszwecken, mit radioaktivem Niederschlag, Luftverschmutzung etc. etc. zu tun hatten, außer ganz vage. Weil zu Jimmy bloß irgend jemand zu sagen brauchte: »Ich höre, Sie haben mit diesem hirnrissigen aufrührerischen Vorhaben zu tun . . .«, und wenn dieser Mensch dann genug redete, dann würde Jimmy ebenfalls reden – er konnte sich das einfach nicht verkneifen. Mark behauptete folglich, es gehe um einen Roman, in dem angeblich bestimmte Vorfälle passierten – Jimmy war mit seinen Ratschlägen ungeheuer freigebig.

Mittlerweile war Jimmy obendrein auf seine Weise ein bißchen eine literarische Berühmtheit geworden. Eines Tages saß er in einer Kneipe und sprach vor ein paar Journalisten über ein neues Buch. Dabei kam er zufällig auch auf Mark Coldridge zu sprechen und erzählte ihnen, Mark plane einen neuen Roman, in dem es etwa um folgendes gehe ... Als Mark dann von einem dieser Journalisten auf dieses neue Buch angesprochen wurde, dachte er: Warum eigentlich nicht? Es bietet schließlich eine ziemlich gute Tarnung, während man Nachforschungen anstellt und alles mögliche in die Wege leitet. Es hörte sich so an, sagte dieser freundliche junge Mann (denn die Journalisten hatten sich seit der schlimmen alten Zeit ungeheuer verändert: Einbrüche in die Privatsphäre, schlechte Manieren, Schikanen welcher Art auch immer waren seit langem schon vergessen, galten nach den neuen Richtlinien des Presserats als gänzlich überholt), als könnte das eine Fortsetzung zur *Stadt in der Wüste* werden. Ganz richtig, sagte Mark, das kann es durchaus. »Und hat es schon einen Namen?«

Mark antwortete (doch Schlagfertigkeit ist nun mal nicht jedermanns Sache): »Sohn der Stadt.« – »Sonnenstadt?« – »Ja, warum nicht?«

In einer Klatschspalte stand ein Absatz darüber, und damit war die Sache erledigt. Allerdings nicht ganz. Wochen später erhielt Mark einen aufgeregten Brief von einem gewissen Wilhelm Esse Perkins, einem amerikanischen Industriellen, der diesen Absatz gelesen hatte (er war ein großer Freund Londons und der englischen Kultur und hielt sich stets durch englische Zeitungen auf dem laufenden), während er sich auf einer geschäftlichen Wochenendreise in Peru befand. Er wollte Mark unbedingt sprechen und war durchaus bereit, nach London herüberzufliegen, um sich mit ihm zu treffen, falls ihm das recht wäre. Es schien, als habe etwas in diesem Absatz »unmittelbar ins Schwarze getroffen«. Jedenfalls hatte sich Mr. Perkins sofort bei seiner Rückkehr nach New York ein Exemplar von *Eine Stadt in der Wüste* gekauft und, noch ehe er es ausgelesen hatte – Mark solle nicht etwa denken, er sei von Natur aus ein impulsiver Mensch –, beschlossen, Mark sei der Mann, um ihm dabei zu helfen, entsprechend den Leitlinien, wie sie in dem Buch vorgezeichnet waren, eine ideale Stadt zu erbauen. Er habe immer schon viel von einem aufgeklärten Despotismus gehalten, sagte er. Seine Aufgabe sah er in der Geldbeschaffung und die Marks in der Planung und der Errichtung dieser Stadt. Später würden sie dann eine Art Komitee oder Trust ins Leben rufen (das aus geeigneten interessierten Leuten zusammengestellt würde, doch die Einzelheiten konnten ja später noch ausgearbeitet werden), dessen Funktion es wäre, einen aufgeklärten Despoten zu wählen. Sie würden diesen Posten auf normalem Weg ausschreiben, völlig offen und ohne irgendwelche Zimperlichkeit vorgehen und sich vor allem Zeit lassen, denn es liege ja auf der Hand, daß es von ausschlaggebender Bedeutung sei, ob dieser Despot auch der richtige Mann für das Geschäft sei.

Das alles hatte Mr. Perkins binnen einer halben Stunde nach seiner Ankunft in London erzählt, die am Tag stattfand, nachdem er Marks Brief erhalten hatte, worin der geschrieben hatte, er freue sich darauf, Mr. Perkins kennenzulernen, wenn er nächstesmal in London ... etc.

Doch weshalb war Wilhelm Esse Perkins so versessen darauf, sein ganzes Geld so überstürzt für derlei philanthropische Projekte aufs Spiel zu setzen? Es war ganz einfach: Er stand unter dem Eindruck einer plötzlichen Bekehrung, wie sie in den Siebzigern dann so verbreitet sein sollten. Was sie ausgelöst hatte, war, daß er zufällig einen geheimen, streng vertraulichen Bericht gelesen hatte (den die Chemiker ihren Arbeitgebern vorenthielten), in dem die Ergebnisse bestimmter chemischer Untersuchungen in einer der Fabriken festgehalten waren, an der er beteiligt war. Nun darf man beileibe nicht denken, daß Marks bescheidene kleine Fabrik (mit einem Kapital von 15 000 Pfund) oder die Produkte dieser Fabrik (ein paar Apparate für Krankenhäuser, ein paar Geräte zur Manipulation oder Umstrukturierung oder Auslöschung menschlicher oder tierischer Gehirne) mit dem Vermögen und dem Aktionsradius Mr. Perkins' vergleichbar gewesen wären, der x-facher Millionär war und Laboratorien von einer Größenordnung besaß, die durch ihre Produkte den Gesundheitszustand ganzer Kontinente beeinflußten, doch was Mark passiert war, war auch Mr. Perkins passiert – daß sie dies feststellten, kaum daß sie sich wirklich zusammengetan hatten (gleich und gleich gesellt sich gern), überraschte keinen von beiden mehr als normalerweise üblich, wenn solche Dinge im Leben vorkommen. Mark kam zunächst zu dem Schluß, daß es sich bei Mr. Perkins um einen Fall von moralischem Übereifer handele (denn als solcher wirken die Versuche anderer Menschen, zur Wahrheit vorzustoßen, immer auf uns), sah jedoch bald ein (Rita vor allem raufte sich bei dem Gedanken an das viele Geld, das der andere hatte, unablässig die Haare), daß dieser Mann unter Umständen die Lösung seines Problems sein könne. Der Haken war nur (zumindest als sie sich das erstemal trafen), daß sie offenbar nicht ein einziges gemeinsames Ziel hatten. Sie hatten lediglich einen gemeinsamen guten Grund für Gewissensbisse. Doch während sie endlose Gespräche miteinander führten, befanden sie sich stets in Marks Arbeitszimmer, das ja bei jeglichen Diskussionen, die dort stattfanden, eine so starke Suggestion ausübte, und es stellte sich nach und nach heraus, daß ihre Ziele letztlich gar nicht so weit auseinander lagen. Mr. Perkins würde seine Visionen von der Schönheit der Stadt verwerfen, da mit deren Verwirklichung in naher Zukunft wahrscheinlich nicht zu rechnen war, und Mark würde einen wohltätigen Diktator akzeptieren – ihm ging auf, daß er das ohnehin bereits getan hatte: Er war durchaus bereit, den Rest seines Lebens (das seinem Gefühl nach kurz sein würde) in Übereinstimmung mit einem derartigen System zu verbringen. Woran Mr. Perkins gelegen war, war, *Gutes zu tun*, und die Art des Guten, das getan werden sollte, war, wenn man der Sache näher auf den Grund ging, herzlich gleichgültig. Woran Mark gelegen war, war Geld.

Das Ergebnis dieser Begegnungen Marks mit Mr. Perkins in seinem Arbeitszimmer war, daß ein großes Gebiet eines leider sehr trockenen Sandbodens in Tunesien erworben wurde. Sie besaßen es noch nicht, doch sie hatten die Erlaubnis, darauf zu bauen. Sie konnten sich mit der Regierung nicht recht einig werden, die in ihnen ein paar besonders gewitzte Spekulanten aus der Tourismusbranche sah, denn weshalb jemand ein Feriengebiet in einer Wüste aufziehen sollte, leuchtete nicht unmittelbar ein. Ein Heer von Spionen und Informanten und Informationshändlern jeder Couleur war hektisch damit beschäftigt, herauszufinden, was die Coldridge-Perkins-Company nun wirklich im Sinn hatte. Kein Mensch glaubte ihnen, wenn sie erklärten, was sie da machten.

Was zugegebenermaßen vor allem im Reden bestand – jedenfalls augenblicklich. Mark befand sich wieder einmal in einer Art selbsternanntem Komitee.

Und innerhalb von drei Tagen würden Mark und Rita zu einem nordafrikanischen Dorf mit ein paar Hundert Einwohnern aufbrechen, wohin Patty Samuels und John Patten alsbald nachkommen würden. Beide hatten beschlossen, sich künftig dieser Arbeit zu widmen. Sie und Willy Perkins würden in den nächsten paar Monaten in London ein Organisationsbüro einrichten und ein weiteres in Amerika. Währenddessen würden Mark und Rita weitab von England ihr Baby zur Welt bringen (die Scheidung von Lynda würde noch ein paar Monate in Anspruch nehmen) und geeignete Einheimische anstellen (Leute, die mit dem Gebiet vertraut waren oder dort lebten) und sich überhaupt ganz allgemein an das akklimatisieren, was in ihren Plänen als Punkt A bezeichnet wurde. Punkt B, wahrscheinlich an der Westküste Irlands gelegen, sollte dann als nächstes entwickelt werden. Ein Punkt C war bereits in Aussicht genommen.

Eine beträchtliche Geldsumme würde demnächst zur Verfügung stehen. Die Person, die Marthas Posten erben würde – Patty Samuels? –, würde Millionen Pfund zu Millionen Pfund zählen. Doch bis dahin wäre die ganze Sache natürlich so riesig, daß sie ganze Bataillone von Anwälten und Buchhaltern brauchen würden. Schon jetzt hatte Willy Perkins sich ein paar erstklassige Anwälte in New York eingekauft, die mit nichts anderem beschäftigt waren, als Schwierigkeiten aus dem Weg zu räumen.

Dieser Nachmittag und Abend, für Martha wahrscheinlich einer der letzten auf dem Territorium der Coldridges, würde sich vermutlich zu einem Gipfel der Komplikationen und der widerstreitenden Empfindungen entwickeln.

Vor Wochen, als John Patten seiner Frau mitgeteilt hatte, er habe das Gefühl, einen nützlichen Beitrag zu dem neuen Vorhaben leisten zu können, hatte Margaret gesagt, selbstverständlich brauche er sich ihretwegen keine Sorgen zu machen. Das war ehrlich gemeint gewesen. Seine zuvorkommende Aufmerksamkeit am Rande ihres gesellschaftlichen Lebens würde ihr zwar fehlen, doch so nebeneinander her zu leben, wie sie es seit Jahren taten, und sich immer nur zu bemühen, Verständnis für die Bedürfnisse des anderen zu haben, die sich mit den eigenen nicht vereinbaren ließen, hatte beide unglücklich gemacht. Er sagte, er werde ihr das Haus überlassen, so daß sie nach Belieben Gebrauch davon machen könne – seinerseits rechne er nicht damit, viel in England zu sein.

Inzwischen war John, ein alternder, fast schon alter Mann, der über so lange Zeit alle mit seiner gedämpften, behutsamen Art beeindruckt hatte, so daß sie vergessen hatten, daß es ja früher einmal etwas gegeben haben mußte, was gedämpft werden mußte, in einem späten Anfall von Tatkraft plötzlich zu neuem Leben erwacht; er lernte Arabisch, war um fünfzehn Jahre verjüngt. Margarets Reaktionen auf die Eröffnung, daß sie künftig allein leben würde, waren eine Verjüngung ebenfalls um fünfzehn Jahre, die Anschaffung neuer Garderobe und die Renovierung des Hauses. Die beiden verziehen einander, daß es sie so froh machte, einander loszuwerden.

Margaret hatte gesagt: »Wir machen eine große Abschiedsparty für euch alle.« Das war großzügig, denn sie billigte oder teilte den neuen Enthusiasmus nicht. Nachdem sie sich jedoch zu einer Party verpflichtet hatte, lag sie nachts wach und grübelte über die traurigen Geschicke ihrer Familie nach – denn wen sollte sie bloß einladen?

Mark und – wen? Margaret konnte Rita nicht ausstehen,

meinte jedoch, daß die beiden um des Babys willen heiraten sollten. Sie hatte Lynda zwar nie gemocht, fragte sich jedoch, ob man Lynda neben Rita nicht ebenfalls bitten sollte. Das ärgerte Mark, weil Lynda *selbstverständlich* gebeten werden sollte.

Und schließlich, welches Recht hatte Margaret überhaupt zu irgendwelcher Mißbilligung? (Das räumte sie lieber selbst rasch ein, ehe jemand, wahrscheinlich Francis, darauf hinweisen konnte.) Wenn Oscar Enroyde nach England kam, dann wohnte er mit seiner jeweiligen Frau immer bei Margaret, und sie und John und Oscar und die jeweilige Frau fanden übereinstimmend, daß der Vorzug, zivilisierte Menschen zu sein, jeden Schmerz und jede Peinlichkeit wert sei. Na, also schön, dann würden Lynda und Rita eben beide kommen und Martha ebenfalls. Dann war da noch Sandra – nein, das war nun doch zuviel verlangt, hier würde Margaret die Grenze ziehen. Dorothy war schlimm gewesen, Sandra aber war gräßlich. Also wurde Lynda ohne ihre Freundin eingeladen und antwortete, ohne sie käme sie nicht. Mark beklagte sich bei Margaret, die die Einladung daraufhin auf Sandra ausdehnte: vergebens, denn keine wollte mehr kommen.

Francis wurde mit Jill gebeten, doch Margaret hatte hinzugesetzt, sie hoffe, daß »nicht mehr als höchstens die Hälfte der ganzen Menagerie« die Zeit finde zu kommen. Francis hatte daraufhin geantwortet, »zufällig« zögen sie an diesem Tag gerade um, und die Menagerie sei zu beschäftigt, um zu kommen. Später stellte sich dann heraus, daß in Margarets Zimmer in der Radlett Street eine gewaltige Party stattfinden würde, zu der mindestens hundert junge Leute eingeladen waren.

Als Margaret Wind davon bekam, rief sie Francis an und machte ihm tränenreiche Vorhaltungen. Francis sagte, er sei ganz ihrer Meinung, daß es absurd sei, zwei Partys zu veranstalten – ob er seine Freunde vielleicht mit zu ihr bringen könne?

Es würden also zwei Partys stattfinden.

Gestern nun hatte Margaret angerufen und gesagt, sie dürften nicht zuviel erwarten – ihre Party sei nur ein kleines zwangloses Beisammensein – es sei ja offensichtlich, daß zu ihrer Party überhaupt niemand kommen wolle.

Es war verständlich, daß sie nun verstimmt und traurig war: Die Parole wurde ausgegeben, daß »jeder« zu ihrer Party zu erscheinen habe, und sei es auch nur für eine Stunde.

Die erste Wagenladung, die aufbrach, bestand aus Mark, Rita, Paul und Jill. Rita, im sechsten Monat schwanger, trug dunkelroten Chiffon. Paul hatte das Kleid ausgesucht. Paul suchte all ihre Kleider aus. Sie sah großartig aus, sagten alle, und das stimmte auch.

Lynda kam vom Kellergeschoß herauf, um zu erklären – und es war deutlich, daß sie sich dafür ein etwas größeres Publikum erhofft hatte –, sie komme nicht. Sie fand Martha in ihrem Schlafzimmer.

Martha ließ ihr die nötige Zeit, damit sie von dem Auftritt, den sie vorbereitet hatte, auf so etwas wie zumindest den Versuch umschalten konnte, sich von ihrer besten Seite zu zeigen. Doch Lynda war müde vom Packen und hatte nicht geschlafen. Sie war ungekämmt, ihre Finger waren aufgesprungen und blutig, und sie hatte nur Martha vorgefunden, bei der sie sich nicht die Mühe machen mußte, sich wegen Sandra stark zu machen, und der sie bereits alles gesagt hatte, was sie auf dem Herzen hatte.

Sie setzte sich und beobachtete Martha, die ein ziemlich langweiliges Kleid anzog, eines, das für eine Vielzahl von Gelegenheiten »passend« ist.

Martha war also auch nicht gerade in ihrer besten Verfassung.

Im Spiegel sah Martha Lyndas Gesicht, das halb abgewandt war. Sie schaute an ihr vorbei auf die Platane hinaus.

Lynda sagte: »Weißt du schon, was du machen wirst?«

Sie schien vollkommen vernünftig. Eine schwarze Katze, die Nachfolgerin des alten schwarzen Katers, stolzierte um den Türpfosten herum und sprang ihr auf den Schoß.

»Noch nicht.«

Lynda und sie hatten dies Gespräch schon früher geführt – sie machten jetzt also Konversation.

»Ich nehme an, du verabscheust Sandra genauso wie alle anderen, so daß es wohl keinen Zweck hat, zu fragen, ob du so lange bei uns bleiben willst, wie du noch in der Luft hängst.«

»Ich habe nichts dagegen, in der Luft zu hängen.«

Vor gut fünfzehn Jahren war Martha nach London gekommen, ohne die geringste Vorstellung, was sie tun würde, und alles hatte sich wie von selbst ergeben.

Sie hatte zu Lynda gesagt: »Ich bin damals einfach ins kalte Wasser gesprungen. Das werde ich jetzt auch wieder tun. Warum auch nicht? Als ich es damals getan habe, bin ich bei euch Bande gelandet. Es hätte schlimmer kommen können.«

»Nicht viel«, hatte Lynda gesagt und gekichert.

Beim Gedanken an dies Gespräch fing Lynda an zu kichern, und Martha lachte ebenfalls.

»Mark möchte, daß ich dahin komme und ihm beim Aufbau seiner Flüchtlingslager helfe.«

»Ja, ich weiß. Ich soll auch mit. Vielleicht mache ich das auch – schließlich dürfte das nützlich sein, nehme ich an.«

»Eigentlich nicht.«

»Wer weiß?«

»Ich«, sagte Lynda ernst. Doch als Martha sich vom Spiegel abwandte und Lynda direkt ansah, um darauf einzugehen, stand die andere mit einem raschen, düsteren, ausweichenden Blick hastig auf, fischte sich eine Zigarette aus Marthas Schachtel und sagte: »Es tut mir leid, wenn Margaret gekränkt ist, weil ich nicht komme, doch sie wird ja so viele Leute dahaben, daß es ihr gar nicht weiter auffallen wird.« Sie ging nach unten.

Von ihrer Tür (die wohl bald wessen Tür sein würde?) rief Martha nach oben: »Francis, Francis, bist du fertig?«

»Komme schon.«

Er kam jedoch nicht. Also ging sie hinunter, um in Margarets Zimmer auf ihn und die anderen zu warten – Phoebe und Gwen sollten mit ihnen fahren.

In Margarets Zimmer waren ein nett aussehender Junge und ein hübsches dunkelhaariges Mädchen gerade dabei, gewaltige Korbflaschen mit Wein, goldenem, rotem und rosafarbenem, für die Party heute abend aufzubauen.

Sie hatte die beiden bislang noch nicht gesehen. Ob die wohl auch eingezogen waren?

Wenn ja, wo sollten sie denn Platz finden, um . . . Doch das war nicht mehr ihre Angelegenheit. Die Gabe der Fürsorglichkeit war ihr abhanden gekommen. Oh, ja, sie war wirklich schon halb auf und davon. Die Verantwortung für dies Haus lag nicht mehr bei ihr; sie trug nichts mehr bei, hielt nichts mehr zusammen: Die Durchhalteoperation war lange schon vorbei.

Ein Stich? Nur ein leiser.

Es würde ihr nichts ausmachen zu gehen.

Es würde ihr nichts ausmachen, wieder – was würde es sein? In einem Zimmer zu leben? Einem kleinen Hotel?

Nein, das alles war kein Problem, beunruhigte sie nicht. Was sie insgeheim mit Sorge erfüllte (einer Sorge, die sie früher mit Lynda hätte teilen können, jetzt jedoch nicht mehr), war, daß sie seit jenem letzten »Schub« oder jener letzten »Sitzung«, ganz kurz vor Ritas Ankunft, die nun schon viele Monate zurück lag, überhaupt keinen Fortschritt mehr gemacht hatte. Sie war wieder schwerfällig und stumpf geworden. Ihre Träume, diese getreulichen Monitoren, hielten sie zwar darüber auf dem laufenden, was gerade los war, doch diese Berichte waren trostlos genug. Ihre anderen Sinne waren strikt zweckgerichtet, und Überraschungen waren weit und breit keine in Sicht.

Und die Menschen waren ebenfalls schwerfällig und stumpf, und es war nicht leicht, mit ihnen zusammenzusein. Immer wieder schaute sie sie an und dachte: So bist du nicht, das weiß ich – doch was bist du denn dann? Das Paar da am Ende des Zimmers beispielsweise, das neben den Korbflaschen Reihen von Gläsern aufstellte, der blonde Junge mit dem offenen Gesicht und das hübsche Mädchen – ja, die waren das, was sie waren, irgendwelche Unterströmungen waren da nicht zu finden.

Doch eine Sache hatte sie gelernt, die wichtigste überhaupt, daß man nämlich immer nur weitergehen, einen Schritt nach dem anderen tun mußte: Dieser Prozeß hatte seine eigene zwingende Logik. Und es war eben dieser Prozeß, der sie, wie in der Vergangenheit auch, unweigerlich an den Punkt führen würde, wo sie, indem sie sich, unablässig sanft vor sich hinmurmelnd, fragte: Wo? Was ist es? Wie? Was kommt als nächstes? Wo ist der Mann oder die Frau, die . . ., zu sich zurückfinden würde. Ganz gewiß. Doch es gibt Zeiten, es gibt in der Tat Zeiten, da erscheint es einem schwieriger, einen Fuß nüchtern vor den anderen zu setzen, als mit Teufeln zu ringen oder Gefahren herauszufordern – die sich rückblickend dann allerdings zahm genug ausnahmen. Sie hatte also vergessen, wie das war? Ja, ihre Erinnerung an die letzte Zeit war abgestumpft. Sie erinnerte sich an alles – nur nicht daran, wieviel Angst sie gehabt hatte. Ja, das war an sich schon ein Fehler, eine Gefahr. Sie war dabei zu vergessen, sie hatte vergessen, immer vergaß man . . .

Und da kam Francis herein, um einiges stattlicher, als er früher gewesen war, ein eher groß ausgefallener, rundgesichtiger junger Mann mit strubbeligem Haar, der keinen Hehl daraus machte, daß er einige Verantwortung auf seinen Schultern ruhen hatte.

»Martha«, sagte er, »von mir aus können wir los.« Zu dem jungen Paar sagte er ganz selbstverständlich: »Um acht bin ich wieder da. Ihr könntet den Reis in der Brühe kochen und schon mal etwas Suppe aufsetzen. Und könntet ihr bitte in einer halben Stunde mal nach den Babys sehen? Leslie muß dann weg, und Claire sagt, sie hat es satt, sich dauernd um Babys zu kümmern.«

Die beiden nahmen diese Instruktionen bereitwillig entgegen, und er geleitete Martha zum Wagen hinunter, wo Gwen bereits mit Phoebe wartete. Mutter und Tochter begannen, durchaus mit den allerbesten Absichten, sich miteinander zu unterhalten, so daß diese Wagenladung schließlich schweigend das Haus erreichte.

Es war sofort klar, daß eine riesengroße Party im Gang war.

Aus dem Haus, das allmählich in Dunkel gehüllt wurde, fiel ein anheimelndes Licht auf die Rasenflächen, auf denen zahlreiche Menschen zwischen Rosen herumschlenderten, die ihre Anwesenheit nur durch ihren Duft verrieten. Als die vier nur eben das Haus durchquerten, um noch etwas die Abenddämmerung zu genießen, war jeder Raum hell erleuchtet und gedrängt voller Menschen.

Ein heißes, lärmerfülltes Haus voller Menschen, doch dort, wo das Grundstück zum Fluß abfiel, waren verwischte Stimmen zu hören und Gesichter zu sehen, die dem Himmel zugewandt waren.

Wenn jemand eine Gastgeberin ist – dann ist man das und nichts anderes. Margarets erste großzügige Regung war gewesen, ein glanzvolles Fest ihrem Sohn und seinem Projekt zu Ehren zu veranstalten. Doch die erste Gästeliste war aufgrund der alten Querelen und Barrieren zusammengeschrumpft. Bei dem Gedanken an eine kleine Party bäumten sich sämtliche Instinkte noch einmal auf.

Es mußten zwei- oder dreihundert Leute da sein, die ein höchst ungewöhnliches Spektrum ergaben. Ganze Gruppen von Fremden zogen aneinander vorbei, und die meistgehörten Worte waren: »Wer ist das denn – kennen Sie den?« Die am wenigsten zahlreichen Gäste waren die, denen zuliebe die Idee der Party überhaupt aufgekommen war. Die »Familie« war entweder gar nicht vertreten oder kam und ging früh.

Die Künste hatten, wie nun schon seit vielen Jahren, die Oberhand. Insbesondere das Theater in seinen sämtlichen Ausprägungen bis hin zu Film und Fernsehen. Es gab auch ein paar Ballettänzer, ein paar Choreographen, einen neuen Sopran aus Wales.

Graham saß mit einem indischen Regisseur, einem polnischen Regisseur, einem russischen Dichter und einem amerikanischen Dichter in einer Ecke. Die Stars der Party waren jedoch eindeutig nicht sie, sondern ein paar Veteranen der Friedensbewegung, die gerade erst aus Nordvietnam zurückgekehrt waren.

Ihre Reisekosten waren vom *Daily X* bezahlt worden, deren Herausgeber Miles Tangin war. Sie befanden sich in einer Diskussion mit zwei jungen Männern, Bekannten von Oscar Enroyde, die gerade eben ihren Beitrag zum Kampfgeschehen in Vietnam abgeleistet hatten, woraus der eine mit einer Verwundung an der Hüfte, der andere unversehrt hervorgegangen war. Graham schaute, während er die Unterhaltung in seiner Gruppe in Gang hielt, zu dieser hinüber und stellte Überlegungen an, wie er sie wohl in eine Fernsehsendung hineinbekäme, damit sie diese (freundschaftlich verlaufende) Diskussion zum Nutzen des großen Publikums wiederholen konnten.

In einem anderen Zimmer befand sich Rosa Mellendip mitten in einem Gespräch mit einem ihrer Kunden, einem Mann, der rund ums Mittelmeer eine Kette von Ferienzentren leitete. Mit ihrem lebendigen Gesicht, ihrem weißen Haar und einem schneidigen weißen Kostüm, das wie eine Dienstuniform wirkte, konnte sie ein ganzes Zimmer beherrschen – das voller Menschen war, die hofften, ihren Blick auf sich ziehen und auf diese Weise ein paar kostenlose Ratschläge ergattern zu können, wie sie es auch bei Psychoanalytikern zu tun pflegten. Der ungeheuer reiche, tüchtige Mann (der es aus eigener Kraft geschafft hatte und der immer noch auf dem Weg nach oben war) wirkte neben ihr geradezu wie ein Bittsteller.

Doch es war nicht in diesem Raum, wo erfahrene Margaret-Beobachter nach Vorzeichen Ausschau hielten.

Auf einer niedrigen Steinmauer an einem vom Fluß überspülten Teil des Gartens entdeckte Martha Mark, und sie setzte sich neben ihn. Ein paar Meter entfernt flirtete Rita mütterlich mit Paul. Gwen erklärte einem jungen Amerikaner, der nicht in Vietnam kämpfen wollte, daß es für ihn und seine Freunde massenhaft Platz in der Radlett Street gäbe. Phoebe setzte John Patten auseinander, daß er sich vor der Verantwortung drücke, wenn er nach Nordafrika gehe. Er solle lieber Stimmwerbung für die Nachwahl der Labour Party machen, die im nächsten Monat in diesem Distrikt anstand.

Margaret saß unter einer ausladenden Eiche neben ein paar Bischöfen und einer Tochter aus königlicher Familie, mit ihrem einst bürgerlichen Gatten. Bei ihnen befanden sich auch Oscar Enroyde und ein Geschäftspartner von dieser Seite des Atlantiks, ein Mann, der eine Schlüsselposition beim britischen Industrie-Verband innehatte. Dann gab es da noch ein paar diskret nach Macht riechende Herren, darunter Hilary Marsh, der zwar aus dem Außenministerium ausgeschieden war, jedoch die angenehme Tätigkeit als Berater von Industriellen in bestimmten heiklen internationalen Fragen ausübte.

Vielleicht ein Dutzend Schritt entfernt war diese Gruppe gerade noch zu erkennen, und ihre Stimmen waren ein angenehmes Gemurmel.

»Tja«, sagte Mark, »da haben wir sie ja alle beieinander.«

»Ich fürchte, es ist so«, sagte Martha.

Vor vielen Jahren, in einem der selbsternannten Komitees – welches war das noch gewesen? Ach ja, es war in der Zeit gewesen, als »jeder« Kommunist war –, da war Großbritanniens Version einer faschistischen Phase kennerhaft vorhergesagt worden. Da war sie nun im Anzug – bereits auf dem Sprung, nach Gentleman-Art freundlich, hinterhältig. Da war sie: die großen Geschäftsleute, gestützt von der in Grundbesitz und Hausbesitz engagierten Kirche (die gleichwohl kumpelhaft, salopp, modern, tolerant auftreten würde) und das Königshaus, solide und auf seine engstirnige Weise traditionsbewußt (sein Auftreten ungezwungen, kameradschaftlich, liebenswürdig), und alle Befehlsempfänger Amerikas – natürlich nicht direkt, da alles Unverhüllte, Direkte dem Geist dieser altbewährten Partner abträglich war, sondern indirekt durch die Gruppen internationaler Bankiers und halb im Verborgenen bleibender, halboffizieller Berater.

Während sie ihre Beobachtungen anstellten, tauchte Graham Patten auf. Er stand auf der Terrasse, das Licht im Rücken, um sich einen Überblick über die Aufteilung des Gartens zu verschaffen, durchquerte dann auf dem Weg nach unten eine dunkle

Stelle und stieß im Zwielicht auf Margarets Gruppe. Er gesellte sich zu ihr. Sie fingen den Halbsatz auf (er sprach mit einem für seinen fortschrittlichen theologischen Standpunkt bekannten Bischof): ». . . und wenn Sie sich in diesen Dialog einschalten könnten, dann dürfte es meines Erachtens kein Problem sein . . .« Hinter ihm wogte eine ganze Corona von Dichtern und Schriftstellern und bildenden Künstlern und Pop-Sängern heran, die sich im taufeuchten Gras im Kreis um die herum niederließen, die man als die Stützen der Gesellschaft bezeichnet.

»Es würde mich überhaupt nicht überraschen«, sagte Martha.

»Ich fürchte, es ist so«, sagte Mark.

In diesem Augenblick materialisierte eine purpurrote Woge aus dem Dunkel, und Rita schob sich zwischen sie und ließ sich unter Küssen und Umarmungen nieder.

»Ich fahre mit Paul nach Hause«, sagte sie. »Ihr wollt wohl noch nicht mitkommen, oder?«

Auf ihren Knien ruhte das unbekannte Baby, und sie hatte die kräftigen jungen Arme behutsam um die Wölbung gelegt.

»Ach, mir reicht's«, sagte Mark. Er stand auf. Martha sah zu, wie Francis seine Wagenladung einsammelte und Mark die seine. Ob sie sie vergessen hatten? Nein, Francis kam hergerannt, um zu fragen, ob sie auch schon gehen wolle. Martha sagte, sie werde später schon jemanden finden, der sie mitnähme. Sie spazierte die langgestreckten Rasenflächen auf und ab, die sich unter den prächtigen Bäumen federnd und naß anfühlten, während einer nach dem anderen an ihr vorbeilief, um ins Haus zu gehen. Die Sterne kamen heraus.

Nun waren die Stimmen und die Geräusche derer, die sich entfernten, verklungen, und man konnte den Fluß ruhig unterhalb seiner Ufer fließen hören. Die Luft war erfüllt vom Duft des Wassers und der Blumen.

Ruhig ging sie auf und ab, während das Haus zu dröhnen begann: Die Band hatte losgelegt. Sie lief am Fluß entlang, während die Musik pochte, und empfand sich als eine schwere, unempfängliche, unsensible Masse, die wie ein Planet, der dazu verurteilt war, immer auf einer Seite dunkel zu sein, nur nach vorn schauen konnte, ein kurzsichtiger Suchscheinwerfer, der blind war außerhalb des winzigen dreidimensionalen Pfads, der sich unmittelbar vor den Augen auftat, und auf dem der Umriß eines Baums, einer Rose auftauchte und dann wieder im Dunkel untertauchte. Mit der Lockstimme ihrer Einsamkeit dachte sie: Wo? *Wo* denn bloß? Wie? Wer? Nein, doch *wo*, wo ... Dann Schweigen und die Ankündigung einer Wiederholung. *Wo?* Hier. Hier?

Hier, wo denn sonst, du Närrin, du arme Närrin, wo wäre es denn je anders gewesen ...?

England, Juli 1967 bis Juli 1968

R.A.F.-Angehöriger »Opfer des Portoner Nervengases«
(Bericht im *Observer*, August 1968)

Das Verteidigungsministerium hat zugegeben, daß der ehemalige Angehörige der Royal Air Force, Fliegerleutnant William Cockayne, 50, während seines Dienstes als Waffenoffizier in Porton Down Opfer der Einwirkung von Nervengas geworden ist.

Dies wurde letzte Woche in einem Schreiben an Mr. James Dickens, Parlamentsabgeordneter für den Wahlbezirk Lewisham West, offiziell zugegeben.

Wörtlich heißt es in diesem Schreiben: »Während seines Dienstes in Porton meldete er sich zweimal bei dem dortigen Lazarett krank. Beim ersten Mal, am 5. August 1953, litt er unter Miosis (Pupillenverengung), die von einer schwachen Einwirkung eines Nervenkampfgases ausgelöst worden war. Er wurde mit Codein behandelt, und die Beschwerden traten nicht wieder auf. Höchstwahrscheinlich war die Ursache eine praktische Übung zur Erprobung der Anfälligkeit von Panzern, die den Akten nach am 5. August 1953 stattgefunden hat. Das Auftreten einer leichten Miosis infolge schwacher Einwirkungen von Reizmitteln war für die Stabsangehörigen von Porton damals nichts Ungewöhnliches. Die Betroffenen waren normalerweise binnen weniger Stunden ohne jegliche Behandlung völlig wiederhergestellt.«

Mr. Dickens ersucht gegenwärtig das Ministerium für Soziale Sicherheit dringend, einem Nervengasspezialisten die Genehmigung zu einer neuen Analyse des Kampfstoffes zu erteilen. Mr. Cockayne hat vierzehn Jahre lang versucht, die Ursache für eine Reihe von Nervenzusammenbrüchen feststellen zu lassen. Er hat drei Selbstmordversuche begangen.

Er diente von 1952 bis 1954 in der geheimen Rüstungsabteilung der chemischen und mikrobiologischen Versuchsanstalt von Porton. Im Jahre 1952 forderte Churchill die Einrichtung einer Sonderabteilung zur Entwicklung eines Gaswaffensystems in Porton. Die Abteilung war Cockayne zufolge nicht dem Verteidigungsministerium oder den Streitkräften unterstellt, sondern ausschließlich Downing Street 10 verantwortlich.

»Das Problem, worum es ging«, behauptet er, »war die Entwicklung einer Waffe, die ein möglichst großes Gebiet abdecken konnte. Ein Insektenvertilgungsmittel, das vom Flugzeug aus gesprüht wird, bestreicht nur eine begrenzte Fläche. Ich hatte mit Panzern in Porton nichts zu tun. Dafür war die Armee zuständig.«

Cockaynes Erklärung, wie der Unfall zustande kam, ist folgende: Eines Abends habe er sich während einer Party im Kasino bereiterklärt, einen Wissenschaftler zu seinem Labor zu begleiten.

»Der Wissenschaftler war ein bißchen betrunken. Als wir ins Labor kamen, öffnete er eins von den Gläsern, schraubte den Deckel ab – es war noch mit einem Gummistopfen versiegelt – und sagte ungefähr: ›Hier ist das Dreckszeug. Da ist genug drin, um Salisbury auszuradieren. Los, nimm mal 'ne Prise!‹

Wie ein Trottel habe ich das auch gemacht. Eine Art Reflexhandlung, nehme ich an. Das nächste, woran ich mich erinnere, ist, daß ich auf dem Weg zu den Squashplätzen zusammengebrochen bin und in mein Quartier zurückkriechen mußte.«

Wenn es auch gegenwärtig keinen Beweis dafür gibt, daß die Einwirkung von Nervengas, wie immer sie zustande gekommen sein mag, die Ursache für den nachfolgenden Zusammenbruch war, so steht doch fest, daß Cockayne seitdem mehr oder minder ein kranker Mann ist, der von unverständlichen Depressionsanfällen heimgesucht wird (ein Symptom für Nervengasvergiftung).

Mehrere Ärzte haben ihn untersucht, ohne je eine spezielle Ursache für seinen Zustand feststellen zu können. Eine Zeitlang wurde er als Alkoholiker eingestuft und behandelt.

Sein Problem bis heute besteht darin, die Leute dazu zu bewegen, das ernst zu nehmen, was oberflächlich betrachtet wie die freierfundene Geschichte eines Kranken aussieht.

In dem Brief des Ministeriums heißt es: »Aus den Unterlagen

geht nirgends hervor, daß er, als er seinen Dienst bei der R.A.F. 1954 quittierte, irgendeine Beschwerde des Inhalts eingereicht hätte, daß seine Gesundheit infolge einer Nervengasvergiftung beeinträchtigt sei. Noch liegt irgendein Beweis dafür vor, daß die schwache Dosis Nervengas, mit der er 1953 in Berührung gekommen ist, irgendwelche dauerhaft schädlichen Auswirkungen gehabt hat.«

ANHANG

Diverse Dokumente, privater und offizieller Natur, datiert auf den Zeitraum zwischen 1995 und 2000, im Besitz von Amanda, der Stieftochter Francis Coldridges. Sie wurden von ihr vernichtet, ehe das Nationalgebiet Nord (vormals Nord-China) von den Streitkräften des Nationalmongolischen Gebiets überrannt wurde.

I

Aufruf

Es ergeht die Aufforderung an alle Überlebenden aus Zerstörungszone II (Britische Inseln), soweit sie sich erinnern, *ihre persönlichen Erfahrungen* während der Ereignisse, die zur Katastrophe führten, während der Wochen der Krise und der anschließenden Flucht niederzuschreiben. Es ist eine allgemein bekannte Tatsache, daß das Ausmaß der Zerstörung des historischen Materials und der menschlichen Erzeugnisse, anhand deren die Geschichte sich rekonstruieren ließe, beträchtlich ist, da ja eine erhebliche Zahl der bedeutendsten Museen der Welt, ihrer Bibliotheken und Archive entweder zerstört oder verseucht oder vorübergehend oder auf Dauer versiegelt sind. Überall waren die Menschen außerordentlich hilfsbereit und haben viel Zeit geopfert. Doch das verfügbare Material für die Aufzeichnung der letzten dreißig Jahre ist spärlich und unzusammenhängend. *Um es noch einmal hervorzuheben:* Was benötigt wird, sind persönliche Erinnerungen in größtmöglicher Detailliertheit und mit Namens-, Orts- und Zeitangaben. Dies Material kann in jeder Botschaft des Nationalmongolischen Gebiets überall in der Welt abgeliefert oder auf dem Postweg dorthin gerichtet werden.

gez. (Unterschrift unleserlich)
i. A. Konservator für Geschichtliche Studien
Nationalmongolisches Gebiet

II

Von X30 (Francis Coldridge, stellvertretender Leiter der Rekonstitutions- und Rehabilitationszone bei Nairobi) an X32 (Amanda, geborene Coldridge, Ehefrau von Mao Yuan, Büroangestellte bei der Provisorischen Verwaltung), in der Anlage Dokument I (s. o.)

[In den nachstehenden Briefen wurden für alle Orts- und Personennamen wie für die Daten Codes benutzt. Wo vorausgesetzt werden kann, daß sie dem Leser vertraut sind, sind Namen eingesetzt worden.]

Liebste Amanda,
diese Dokumente scheinen überall zu sein: meines Wissens überall in Afrika, und ich nehme an, ebenso in Nord- und Südamerika. In Amerika laufen sie als Verlautbarung der Mexikanischen Zentralregierung. Ich schicke sie Dir für den Fall, daß Du sie noch nicht kennst. Denn wenn nicht, dann wird es demnächst der Fall sein. Ich *nehme an*, daß es keinen offiziellen Kontakt zwischen Deinem Drittel von China und dem Nationalmongolischen Gebiet gibt und auch keinen zwischen Euch und dem Nationalgebiet Süd – und ebenfalls keinen zwischen diesen beiden Zonen. Kurz gesagt, der Witz, daß China gegenwärtig das System früherer Zeiten wiederholt – mit Kriegsherrn, die über einzelne Gebiete herrschen, und den ständigen Grenzverschiebungen, ist also Wahrheit? Auch, daß sämtliches schriftliche Material über Leute ausgetauscht wird, die den verschiedenen Armeen angehören, da es außer der militärischen nur wenig Mobilität im Land gibt? Sorge also dafür, daß unsere Leute in Deinem Nationalgebiet, in dem Nationalgebiet Süd und in dem Nationalmongolischen Gebiet *(vor allem die)* gewarnt werden, daß dieser Aufruf ein Mittel ist, um an Namen und Informationen heranzukommen, und zwar zu dem Zweck, uns bewegungsunfähig zu machen oder auszulöschen. Die älteren Leute werden wohl kaum eine Warnung brauchen – aber die jüngeren? Trifft es nicht nach wie vor zu, selbst

nach der Erfahrung der letzten Jahrzehnte, daß die Menschheit aus ihren Erfahrungen nichts lernen kann?

Sorge dafür, daß die nachfolgende Information verbreitet *und auch verstanden wird.*

Die Menschheit als Masse hatte von jeher kein Gedächtnis. Die Geschichtsschreibung, die Tätigkeit von Historikern ist immer schon eine Art Ersatzgedächtnis gewesen, eine Annäherung an die tatsächlichen Ereignisse. In manchen Epochen ist dies falsche Gedächtnis den Ereignissen näher gewesen, in anderen blieb es ihnen sehr fern – *manchmal absichtlich.* Absichtliche Verfälschungen gab es in früherer Zeit zum Beispiel in der Form, daß die Funktionäre der jungen christlichen Kirche den Inhalt dessen auslöschten oder gründlich verzerrten, was die ersten Christen wirklich lehrten; in Form von Berichten über die Inquisition (insbesondere den offiziellen Begründungen für die Vernichtung der Albigenser) und die Unterdrückung der Hexerei. In solchen Zeiten wird »Geschichtsschreibung« zur vorsätzlichen Verzerrung, statt, wie es gewöhnlich der Fall ist, der schmutzige Rauch zu sein, der nach dem Feuer der Ereignisse in der Luft hängt. Die wahren Fakten werden dem Gedächtnis übereignet und verbal weitergegeben; oder niedergeschrieben und zur Unterrichtung der wenigen verborgen gehalten. Die vorsätzliche Schaffung falscher Geschichte findet gegenwärtig an Euren Grenzen des Nationalmongolischen Gebiets statt; ebenso in Mexiko, in Brasilien und in Kenia (den neuen Herrschaftszentren der Welt), und zwar aufgrund dessen, was in das normale menschliche Wissen eingegangen ist – das heißt, in das Bewußtsein des Mannes auf der Straße vor und während der Zeit der Zerstörung. Es ist unsere Aufgabe, abzuwenden, was passieren könnte; nämlich daß es innerhalb eines halben Jahrhunderts, das heißt, wenn das, was von der Menschheit noch übrig ist, nicht erneut Harakiri begangen hat, keinen wahren Bericht über die Ereignisse in der Epoche der Zerstörung geben wird, außer in bestimmten sorgfältig ausgewählten, vorbereiteten und erhaltenen menschlichen Gehirnen, denen die Aufgabe einer sorgfältigen Übermittlung an ähnliche Gehirne obliegt. Du kennst die Memorys, und wir halten Ausschau nach ein, zwei sicheren Plätzen zur Aufbewahrung des schriftlichen Materials – die wir jedoch noch nicht gefunden haben. Der Zweck dieses Briefes ist, Dich zu bitten, dafür zu sorgen, daß unsere Leute, die in Deiner Obhut sind, diese Tatsachen begreifen, und daß das, was immer sie persönlich wissen oder erinnern mögen, mit aller Sorgfalt einem der Memorys anvertraut wird, *niemals* jedoch dem Papier, es sei denn, es bestünde keinerlei Zweifel an der Echtheit des Ansinnens.

Und jetzt schreibe ich als meinen persönlichen Beitrag zu den Aufzeichnungen nieder, was ich als Wahrheit erfahren habe.

Ich beginne mit dem Augenblick, als wir und unsere Freunde London verlassen haben, um auf dem Land zu leben.

Ende der sechziger Jahre verließen etwa dreißig von uns London und zogen nach Wiltshire: unsere Freunde, Freunde von Paul oder Freunde von Freunden. Wir hatten nichts gemeinsam, nicht einmal das ausdrückliche Verlangen nach »dem einfachen Leben« oder den Wunsch »auszusteigen« – oder sonst irgendeinen der Beweggründe, weshalb ähnliche Gruppen oder Bewegungen junger Leute die konventionelle Gesellschaft verließen, um irgendeine Art von Gemeinschaft aufzubauen. Als wir das taten, hatten wir keine Motive oder Gründe oder Begründungen: Wir taten es, weil es vernünftig schien. Wenn ich jetzt zurückblicke, verwundert mich sehr, wie das alles vonstatten ging. Allein schon die Tatsache, daß gar nicht viele Jahre später diese Menschen und ihre Freunde und Familien zu den wenigen gehörten, die davonkamen. (Was glaubst *Du* denn, wie viele das waren? Ich habe gerade die korrigierten Zahlen gesehen. Alle bislang von den Controls bekanntgegebenen Zahlen liegen beträchtlich daneben, selbst meine auf persönlichen Erfahrungen beruhende Schätzung – die Hälfte dessen, was ich und Check annehmen, oder eher weniger, ist wahrscheinlich. Das sagt mir, daß sehr viele Menschen bereits als nichtrehabilitierbar vernichtet worden sein müssen.)

Jetzt mache ich mir Gedanken über Dinge, die damals nicht wichtig waren, und versuche herauszuarbeiten, was von Bedeutung sein könnte. Ein Punkt ist, daß von unseren Leuten (höchstens fünf- oder sechshundert, als unsere »Gemeinschaft« auf ihrem Höhepunkt angekommen war) nach den allgemein akzeptierten Maßstäben nur sehr wenige als »ordentliches Menschenmaterial« ausgewählt worden wären – um den Ausdruck zu gebrauchen, der amtlicherseits während der letzten Phase soviel verwendet wurde. Wenige gehörten auch nur annähernd in den Bereich, der als »durchschnittlich« oder »normal« oder gar »wünschenswert« klassifiziert würde. Natürlich benutzten selbst die Offiziellen in dem Maße, wie das Jahrzehnt voranschritt oder der allgemeine Wahnsinn sich steigerte, solche Begriffe mit mehr Vorsicht, doch steht fest, daß die Menschen, die sich zu uns hingezogen fühlten, per definitionem diejenigen waren, die »exzentrisch« oder ein bißchen krank oder kaputt oder einfach nicht imstande waren, mit den Anforderungen jener Gesellschaft fertig zu werden. Aus dem einen oder anderen Grund waren alle nicht gewillt oder nicht imstande, entsprechend den Normen der Zeit zu leben – die um so verbissener als Normen verteidigt wurden, als die Gesellschaft immer verrückter und verrückter wurde.

Ich wiederhole: Das sind Überlegungen, die ich *jetzt* anstelle – auf derlei Gedanken wären wir damals zuletzt gekommen. Im Gegenteil, was bemerkenswert an uns war, ist, daß wir in dieser Hinsicht unbefangen waren. Das kam vielleicht daher, daß so viele von uns auf die eine oder andere Weise mit der Psychiatrie in Berührung gekommen waren: Es war vielleicht eine extreme Gegenreaktion. Und die meisten von uns waren auch mit der Politik in Berührung gekommen: Wir waren also gebrannte Kinder. Jedenfalls erkannten wir, aus welchem Grund auch immer, erst Mitte der siebziger Jahre an dem Interesse, das andere Leute an uns hatten, daß unser hervorstechendes Merkmal darin bestand, keine Ideologie, keinen Plan, keine Verfassung oder Philosophie zu besitzen. Wir waren eine gewachsene Gemeinschaft. Leute hatten begonnen zusammenzuleben. Andere schlossen sich uns an. Wir zogen aufs Land, weil es sich dort mit den Kindern billiger und leichter leben ließ. Typisch dafür, wie jemand zu uns stoßen konnte, war Martha; als sie zu Besuch kam, bot sie an, dazubleiben und sich um den Haushalt zu kümmern, während Deine Mutter und ich mit Euch Kindern eine Ferienreise machten, und danach zog sie dann ganz von London zu uns, um sich im Kindergarten nützlich zu machen. Da ich gerade von ihr spreche – falls Du diese Mitteilung samt dem Material, das ich vor einem Jahr abgeschickt habe, noch nicht erhalten haben solltest: Ich glaube, daß Martha am Leben ist. Vor ziemlich kurzer Zeit jedenfalls war sie bestimmt noch am Leben. Sie ist irgendwo auf einer Insel, will jedoch keine Angaben über die Lage machen, *weil sie Angst hat, gerettet zu werden.* Ich habe sie mehrmals gehört, doch der Empfang war schlecht.

Anfangs hatten wir einen Bauernhof von ungefähr hundert Morgen mit ein paar Gebäuden. Die wurden bewohnbar gemacht, und wir haben Gemüse und Obst angebaut und ein paar Kühe gehalten. Ein paar von uns hatten Geld. Andere hatten keins. Einige arbeiteten sehr hart, andere nicht. Doch es gab keinen ausgeprägten Sinn für Mein und Dein noch irgendwelchen Groll, weil manche weniger nützlich waren als andere. (Am Anfang nicht und dann noch eine ganze Weile lang nicht – das kam daher, daß wir überhaupt keine Richtlinien formuliert hatten, ja, kaum verstanden, was mit uns geschah.) Wir lebten auch nicht alle am selben Fleck, denn bald vergrößerten wir uns. Beispielsweise als Nanny Butts starb, da übernahmen wir deren Häuschen samt Land, und Gwen und ihr Mann, die schon immer gern als Gärtner hatten arbeiten wollen, setzten Butts' Arbeit fort: Sie zogen Pflanzen zum Verkauf und betätigten sich als Berater in Gartenfragen. Doch das Gefühl der Zusammengehörigkeit blieb bestehen, auch wenn wir getrennt von einander lebten. Das kam nicht auf irgendeine formelle Weise zum Ausdruck, wie bei Versammlungen oder Diskussionen. Jedenfalls nicht am Anfang: Später gab es dann einmal im Monat eine Diskussion, doch die verpflichtete niemanden zu irgend etwas. Ich wiederhole: Damals ist uns das nicht als ungewöhnlich aufgefallen. Doch jetzt verwundere ich mich darüber. Hat es denn unter all den vielen Utopias oder idealen Gemeinschaften jemals eine gegeben, die keine irgendwie geartete religiöse, politische oder theoretische Basis hatte? Ich glaube nicht. Und sie alle wuchsen, gediehen oder erloschen, wie es den Gesetzmäßigkeiten des Wandels entspricht. Unsere natürlich ebenfalls. Wenn wir nicht das einschneidende Schockerlebnis gehabt hätten, daß wir damals wirklich aufbrechen mußten, als wir gingen, dann hätte es bestimmt einiges Ungemach gegeben, da bin ich ziemlich sicher – wir hätten uns durch Streitereien aufgespalten, wären schließlich auseinandergegangen. Doch davon später. Seitdem ist mir (wie es damals in dem unseligen Fernsehprogramm immer hieß) oft die Frage gestellt worden: »Wie erklären Sie sich diese Harmonie?« Ich weiß es nicht. Vielleicht kam es daher, daß nie irgend jemandem etwas abverlangt wurde: Alle gaben aus freien Stücken. Doch jetzt führe ich etwas an, was ich damals zu denken gar nicht imstande gewesen wäre, wie ich es auch nicht öffentlich gesagt hätte, wenn ich es hätte denken können: Ich glaube, daß wir unbewußt wußten, was passieren würde, daß wir so etwas wie den Schatten einer Vorahnung hatten und daß das die normalerweise gültigen Gesetze der Handlung außer Kraft setzte oder jedenfalls im Keim erstickte; und daß dieser Schatten aus der Zukunft sich bei allen bemerkbar machte, jeden berührte, und daß dies die Erklärung für den aberwitzigen Charakter jenes Jahrzehnts war. Doch manche Menschen brachte er auch zur Besinnung, ernüchterte sie, beschleunigte ihre Reife und förderte ihre Entwicklung.

Doch lassen wir diese Möglichkeit einmal beiseite. Hier ist noch ein anderer Gedanke. Ich habe einmal von einer »idealen Gemeinschaft« gelesen, die von einem Wiener Arzt in den Anfängen der Psychoanalyse aufgebaut worden war. Diese Gruppe ächtete Eifersucht, Sinn für Eigentum und Neid – sozusagen durch einen gemeinschaftlichen Willensakt. Als diese Gemeinschaft zerbrach, hieß es, das liege daran, daß die Paare, aus denen sie bestand, um der Kinder willen zu heiraten anfingen. »Wir konnten sexuelle Eifersucht überleben, nicht jedoch den Besitzinstinkt, wenn es um die Kinder ging.« Nun, das hätte von unseren Leuten auch gesagt werden können. Das heißt, wenn unsere »Familie« nach solchen Richtlinien aufgebaut gewesen wäre, dann hätten wir wohl gesagt: Wir waren von Zwietracht und Zerfall bedroht, als wir die meisten kleinen Kinder hatten. Doch nehmen wir einmal an, unsere Richtschnur wäre gewesen: Wir sind Pazifisten und ächten die Gewalt. Dann hätten wir sagen können: Die gefährliche Zeit für uns kam, als wir von Gewalt bedroht waren und eine private Schutzpolizei aufstellen mußten, um uns zu schützen.

Deshalb möchte ich auch nicht sagen, daß sich bei uns der Geist der Zwietracht dann bemerkbar machte, als die Leute uns wegen unserer philosophischen oder religiösen Basis Fragen zu stellen begannen und wir uns daraufhin fragten, was uns denn nun *wirklich* zusammenhielt.

Ich betone das so, weil es immer schon ein üppiges Angebot an Theorien über das Entstehen, die Existenz und die Gründe für den Zusammenbruch utopischer Gemeinschaften gegeben hat und, wenn die Menschheit wieder genügend Energien für derlei Luxus angesammelt hat, zweifellos erneut geben wird.

Die paar Anfangsjahre waren eine Zeit, in der wir alle sehr beschäftigt und sehr glücklich waren. (Persönlich sehr glücklich: Deine Schwester wurde geboren, unser fünftes Kind, und das zweite Kind von Gwen, Deine Kusine, und Deine Mutter mochte die Art schlichter Arbeit, wie sie auf einem Bauernhof anfällt, sehr.) Doch unsere harte Arbeit und unser Vergnügen machten uns ziemlich blind für das, was draußen vorging. Ich habe ja schon gesagt, wir hatten übertriebene Gegenreaktionen. Wir machten so weiter – während Martha uns schon warnte. Dasselbe tat mein Vater, entweder in Briefen, oder wenn er uns besuchen kam. Sie behaupteten, wir seien naiv, und es sei dumm von uns, uns nicht vorzubereiten. Doch wir waren so glücklich, fern von London zu sein. Wenn wir dorthin fuhren, kehrten wir mit den Worten zurück, es sei gräßlich dort: Es wurde zunehmend beängstigend und gräßlich. Also mieden wir es. Dann kam es zu einigen Veränderungen in den Städten und Dörfern auf dem Lande. Inwiefern? Ja, da muß man wohl die Atmosphäre beschreiben! Zunächst war es nur die Atmosphäre. Ich kann nur anregen, daß ein Memory mal versuchen soll, eine Atmosphäre zu »sammeln« – sagen wir, erst mal die von 1970 und dann die von 1975, und dann versuchen soll, ob er ein Gefühl für den Wandel vermitteln kann. Wenn ich zurückblicke, erkenne ich, daß es, solange ich denken kann, und die alten Leute sagen noch länger, geradezu eine Sucht gegeben hat, was Daten, Jahrzehnte, Perioden, Zeitabschnitte betraf. Das kommt daher, weil das Lebens»gefühl« sich von Jahrzehnt zu Jahrzehnt, ja, selbst von Jahr zu Jahr so stark verändert hat. Und das Tempo wuchs immer noch. Wir hatten das Gefühl, von einer beängstigenden Beschleunigung erfaßt worden zu sein. Doch genau das ist es, was ich nicht zu beschreiben weiß. Du mußt es erspüren. Und vielleicht wird Dir das schwerfallen: Du und die anderen Kinder, Ihr sagt, jene Jahre waren die reinste Seligkeit, und Ihr erinnert Euch daran als eine Art Goldenes Zeitalter – vor dem Biß in den Apfel.

In den Jahren 1969 und 1970 spitzte die Wirtschaftskrise sich zu, die (wie es inzwischen zur Regel geworden war) durch beträchtliche Anleihen bei internationalen Organisationen getarnt wurde, deren Pochen auf »Stabilität« dann zum National Government der frühen siebziger Jahre führte. Diese Krise hatte keine unmittelbaren Auswirkungen auf uns – jedenfalls nicht in wirtschaftlicher Hinsicht. Die Menschen, die dadurch betroffen waren, waren diejenigen, die sowieso schon betroffen waren – die arbeitende Bevölkerung, die Alten, alle, die ein niedriges festes Einkommen hatten. Was uns jedoch unmittelbar betraf, was jeden unmittelbar betraf, war die gespanntere Atmosphäre, die nichts mit dem »alles ist machbar« der sechziger Jahre zu schaffen hatte. Die neue Regierung trat für Ordnung, Selbstdisziplin, formelle Religionsausübung, Anpassung und Autorität ein. In Amerika begann das neue Zeitalter unter dem Signum »Frömmigkeit und Härte« (das von einem gewissen Dr. Spock vorausgesagt worden war, als er 1968 wegen Nonkonformismus verurteilt wurde) im Jahre 1969. In Großbritannien kam es ein paar Jahre später in Schwung. Das war eine Regierung, die die Briten dazu brachte, etwas zu schlucken, was bis dahin noch keine Regierung vorzuschlagen oder – besser gesagt – einzugestehen gewagt hatte. Denn was zuvor als unselige Zwänge betrachtet wurde, die heruntergespielt wurden und für die man sich entschuldigen mußte, wurde jetzt zur bürgerlichen und nationalen Tugend. Schon in den Fünfzigern war die Reglementierung von einzelnen durch das Anzapfen von Telefonen, Öffnen von Post, informelles Schnüffeln in allen möglichen Formen eingeführt worden. In den Siebzigern aber wurden derlei Gepflogenheiten als selbstverständlich betrachtet, ja, gutgeheißen. (Alles, was zur Erweiterung des Geschäftslebens und dem »Aufschwung der Nation« beitrug, war gut; alles, was das nicht tat, war schlecht. Derlei Devisen trugen angeblich zu einer Atmosphäre der Disziplin und der Ordnung bei und waren ebenfalls gut.) Gut war auch die finsterste aller Entwicklungen: daß man alle nur erdenklichen Informationen über die Bürger zusammenfassen ließ, nicht von der Regierung und der Polizei, sondern von Firmen (mit zentralisierten Computern), und diese Informationen wurden dann von Polizei und Regierung benutzt. Es war eine logische Entwicklung innerhalb einer Gesellschaft, in der die Bedürfnisse der Industrie Vorrang vor allem anderen hatten.

Zugleich war das jedoch eine Regierung voller Widersprüche. Sie trat für eine nationale Kampagne gegen Korruption und Dekadenz ein – praktisch waren damit jedoch die Sitten gemeint, die in den späten fünfziger und den sechziger Jahren gebilligt worden waren, das heißt, es trat eine Wende zum Puritanismus ein, zuerst im Hinblick auf die Sexualität, dann wurde die Überbewertung von Essen, Kleidung, Möbeln und so fort ins Visier genommen. (Das geschah teilweise aus Furcht vor dem Unmut, der in der Hälfte der Welt laut wurde, die hungerte oder am Verhungern war.) Nun bedeutete das nicht, daß wir weniger ans Essen, an Einrichtung, Kleider und so weiter gedacht hätten. Eine Zeitung mochte eine Kampagne für »Schlichtheit und Opferbereitschaft« initiieren, doch wenn man sich umstellen wollte, dann erforderte das einen erheblichen Aufwand an Zeit und Geld. Während wir jedoch soviel Aufmerksamkeit auf die Probleme an der Oberfläche verwendeten, blieb die Grundstruktur der Wirtschaft unangetastet: Sie hatte sich seit ihrer Konsolidierung nach dem Zweiten Weltkrieg dadurch im Gleichgewicht gehalten, daß sie ständig Spritzen vom Internationalen Währungsfonds erhielt (der eigentlich ein amerikanischer war), und zwar als Gegenleistung dafür, daß sie als gefügiger Teil der amerikanischen Militärmaschinerie funktionierte. Die Arbeiter waren verdrossen und aufsässig, doch alles in allem arbeiteten sie: Jeder Druck der öffentlichen Meinung, dem von Polizei und Militär Nachdruck verliehen wurde, hatte gewöhnlich zur Folge, daß sie mehr Stunden für weniger Lohn arbeiten mußten.

Ich merke gerade, was ich geschrieben habe, ist irreführend: Der letzte Teil dieser Niederschrift schildert ein »faschistisches« Regime – als solches wurde es von seinen Feinden bezeichnet –, das sich irgendwo auf der Welt befinden könnte. Doch diese Zeit der glatten, insularen Angepaßtheit mit ihrem häßlichen Amalgam aus Kirche, Königshaus, Industrie, den respektierlichen und den früher nicht respektierlichen Künsten (Pop in allen seinen Variationen) im Verein mit der offiziellen Wissenschaft und der offiziellen Medizin, war zugleich ein Zeitalter der Anarchie, die mit jedem Monat schlimmer wurde. Es war so, als stünden Kapitän und Offiziere in Habachtstellung zum Flaggengruß auf der Kommandobrücke eines sinkenden Schiffes, während die Besatzung und die Passagiere tanzten und tranken und randalierten, wenn sie von Zeit zu Zeit auch den mürrischen, in Selbsthypnose erstarrten Offizieren zu Gefallen in eine betrunkene Parodie des Grüßens verfielen. Doch wie soll man die Atmosphäre beschreiben? Versuch, einen Memory dazu zu bringen, daß er einen von diesen »Appellen« am Fernsehschirm »einfängt«, wenn sich eine Diskussionsrunde, bestehend aus einem Herzog, dem Seniorchef einer inländischen Ladenkette, einem besuchsweise im Land weilenden Bankier aus der Schweiz und einem Vertreter des Gewerkschaftsbundes »an die Nation wandte«, um sich zum nationalen Aufschwung zu äußern. Hinterher standen dann ganze Reihen von Popsängern und alle möglichen anderen volkstümlichen Idole auf und sangen auf Kommando *Land of Hope and Glory* und *Jerusalem*. Draußen auf den Straßen gab es unterdessen eine Ausgangssperre, weil es vielleicht wegen der Absetzung eines Fußballspiels oder wegen des heißen Wetters zu Krawallen gekommen war oder weil zwischen den bewaffneten privaten Leibwächtern zweier großer Konzernherrn eine Schießerei stattfand. Denn diese Kombination aus einem lächelnden, herablassenden, mit Samthandschuhen vorgehenden Establishment und ständigen Gewaltausbrüchen war die »besondere Note« oder das »Klima« jener Zeit vor der Katastrophe – geradeso, als hielte ein Mann vor einem gutgekleideten Publikum eine Rede über bürgerliche Tugenden, doch wenn er sich umdreht und nach einem Wasserglas auf dem Tisch des Podiums langt, dann entblößt er den flammend unanständigen Hintern eines Affen.

Doch ich schreibe das alles von der Warte aus, von der man die Dinge hinterher betrachtet: Dann wirken sie isoliert, alles läuft schneller ab, ist weniger beängstigend, weil man es inzwischen verstanden hat. Wir begriffen nur sehr allmählich, was vor sich ging, weil wir auf unseren Bauernhöfen blieben und Menschen waren, die keine Lust hatten, sich für Politik zu interessieren.

Das allererste Symptom des allgemeinen Zusammenbruchs war ein altbekanntes: *Nichts funktionierte*. Ich erinnere mich an das Arbeitszimmer meines Vaters (Deines Großvaters, Marks) unmittelbar, bevor das Haus geräumt wurde: Er riß das Material von den Wänden herunter bis auf eine Sache. (Der Inhalt dieses Arbeitszimmers, seine Fakten, seine Einteilung, ist projiziert worden; der Schlüssel dazu ist im Besitz von 7 X 40, die mittlerweile eingetroffen sein müßte – sie ist vor vier Monaten von

Mombasa aufgebrochen.) Diese eine Sache war das Modell einer Weltraumrakete, ein Wunder an technischer Präzision und obendrein eins, das eine einzigartige Pionierleistung vollbracht hat: Sie tötete die Besatzung, weil an einem unwichtigen elektrischen Ausrüstungsteil von der Art eines Allerweltslichtschalters ein Defekt aufgetreten war. Dies Faktum oder Ereignis beschloß den Überblick meines Vaters über *seine* Zeit. Ich sah keinen Grund, weshalb ich damit nicht hätte einverstanden sein sollen.

Nichts funktionierte. Ein Wagen, für den man zweitausend Pfund bezahlt hatte, wurde stumpf, weil die Lackierung minderwertig war; es konnte zwei Tage dauern, bis man die passende Schraube aufgetrieben hatte, mit der man ein neuerworbenes Haushaltsgerät wieder in Gang bekam; eine neue Straße wurde drei Monate, nachdem sie eingeweiht worden war, rissig; die Dienstleistung, die einem geboten wurde, entsprach nicht dem, was man dafür bezahlt hatte – es sah so aus, als ließe sich gegen derlei Unzulänglichkeiten schlechterdings nichts unternehmen, und alsbald prägten sie den öffentlichen Dienst wie ein Zeichen nationaler Integrität. Wir glaubten, wir zögen es vor, Entbehrungen und Unbequemlichkeiten in Kauf zu nehmen, weil wir damit den Interessen der Nation dienten. Wir auf unseren Bauernhöfen und in unseren Dörfern begannen schon früh, auf alles Überflüssige zu verzichten, obwohl wir das nie zu einem Grundsatz erhoben hatten. Unser Lebenstil war schlicht, obwohl er es nicht hätte sein müssen, denn wir hatten unsere Geldquellen. Wir »wählten« nicht »die Armut«. Der Grund war vielmehr, daß die ganzen Apparate und Geräte mehr Ärger machten, als sie wert waren, und daß die gewöhnliche Organisation des Lebens dadurch so kompliziert wurde, weil nie etwas funktionierte, so daß wir es vereinfachten.

Ich glaube, so empfanden die meisten Menschen wirklich. Ein Elektriker, der einen Draht verlängerte, verfluchte ihn unbewußt aus seinem Haß auf das, wofür dieser Draht stand. Alsbald ging er dann kaputt und ließ Sicherungen und Kabel durchbrennen. Er wußte nicht, was er getan hatte. Ähnlich war ein Anwachsen von Unfällen aller Art zu beobachten. Das war so etwas wie ein seelisches Ludditentum: ein unbewußtes »Nein« zu dem Leben, das von uns erwartet wurde. Unbewußt, unerkannt, inoffiziell – denn wenn man zu dem Elektriker oder dem Mechaniker, der mit seiner Nachlässigkeit den Flugzeugabsturz verursacht hatte, oder zu den Männern, die das Feuer in der Fabrik verschuldet hatten, gesagt hätte: »Wollt ihr unseren nationalen Aufschwung vermasseln?« dann hätten sie durch die Bank geantwortet: »Natürlich nicht«, und hätten es auch geglaubt.

Halb geglaubt. Ich glaube, es handelte sich um ein ähnliches Phänomen, das unter Hitler bei manchen Deutschen festzustellen war: Sie nannten das »innere Emigration«. Es war eine Art von verweigerter Kooperation, eine Art Suspendierung des normalen Lebens. Etwas dieser Art vollzog sich auch unter bestimmten kommunistischen Herrschern, ein plötzliches Absinken in den Schlendrian, wo man zuließ, daß alles schiefging, jedoch ohne daß dies je einer beschlossen oder sich auch nur wahrzunehmen erlaubt hätte. Wie immer es sich verhalten haben mag, das auffälligste Element der frühen siebziger Jahre war jedenfalls, daß nichts funktionierte, daß alles aus dem Leim ging – das heißt, unter dem Aspekt des alltäglichen Lebens, wo man auf Bus oder Zug angewiesen war oder auf die Post. Oder besser gesagt, in kleinen Bereichen funktionierte etwas mit äußerster, unmenschlicher Präzision, doch klappte der Kontakt zu anderen Bereichen nicht: Eine Maschine oder eine Institution konnte glänzend funktionieren, doch nur wenn sie isoliert betrachtet wurde. Die nächste Maschine oder eine Schwesterinstitution konnte sich im Zustand heilloser Anarchie befinden. Unterdessen sprach die Regierung von nichts anderem als »nationalem Soundso«, britischem Dies und britischem Das, und befleißigte sich dabei der grandiosen Sprache des Imperialismus oder der gefühlsseligen Sprache der Kriegszeiten.

Wir allerdings führten alles in allem ein ungestörtes, von dieser Entwicklung nicht weiter berührtes Leben wie alle vergleichbaren Gemeinschaften überall im Land. So wäre es auch geblieben, wenn da nicht die Tatsache gewesen wäre, daß Deine Großmutter (die Mutter Deiner Mutter) innerhalb dieser Regierung eine wichtige Rolle spielte und daß mein Vater wegen seiner Rettungsprogramme berühmt war und die Leute ständig durcheinanderbrachten, wofür wir eintraten. Ein (angeheirateter) Verwandter, ein gewisser Graham Patten (er ist bei der Katastrophe umgekommen, vermutlich in einem Regierungsbunker), schlug seiner Frau vor (er war ein paar Jahre lang stellvertretender Kultusminister in der Nationalregierung), daß man im Fernsehen eine Sendung über uns bringen sollte. Seine Frau hatte seine Sendereihe übernommen, als er Regierungsfunktionär wurde. Das war eigentlich nett gemeint gewesen: Sie »meinten es gut«. Wir waren nicht sehr erbaut von der Idee, doch wir kamen uns zugleich unvernünftig vor. Schließlich würde das wenigstens unsere Freunde erfreuen, wenn schon sonst niemanden. Man bedeutete uns immer wieder, wie selbstsüchtig es von uns sei, daß wir uns von allem fernhielten: Wir sollten Farbe bekennen. Wir erklärten uns bereit, und dann tat es uns leid. Die Sendung selbst war peinlich, ziemlich dümmlich. Der springende Punkt dabei war, daß zu dem Zeitpunkt niemand an die Möglichkeit einer unorganisierten, unreglementierten, undoktrinären Lebensform zu glauben vermochte. Das hatten wir nicht vorausbedacht. Folglich betonte die Sendung alle Punkte, die für uns nicht von Wichtigkeit waren – daß es keine Satzung gab, keine rechtlichen Vereinbarungen, daß manche von uns Geld hatten und andere nicht und immer so weiter. Die Sendung hieß »Ein Experiment mit dem Urkommunismus«, dauerte anderthalb Stunden und besetzte eine »Nische«, die für Sendungen mit sehr anspruchsvollem moralischem und kulturellem Niveau reserviert war, die einmal monatlich stattfanden. Für uns war das ein Reinfall. Martha und andere hatten uns davor gewarnt, das Wort »Kommunismus« zuzulassen. In den siebziger Jahren war dies Wort genauso belastet wie in den Fünfzigern, doch diesmal blieb das vage. In den fünfziger Jahren hatte es ganz einfach Sowjetunion bedeutet, und es haftete ihm das Odium des Verrats und der

Spionage an. Zwanzig Jahre später meinte man damit alles, was nicht gut war – eine Art Aufhänger für unangenehme, beängstigende Assoziationen, die nie definiert wurden. Na, jedenfalls wurden wir dies Wort nun nie mehr los. Das hatte zwei schlimme Ergebnisse zur Folge, eins, das unmittelbar eintrat, und eins von Dauer. Zuerst einmal wurden wir von Banden überfallen, die von Birmingham heruntergekommen waren. Sie zerschmissen eine Menge Scheiben, brannten einen strohgedeckten Schuppen nieder und stahlen zwei Autos – also nichts Schlimmes. Kleinigkeiten, wenn man bedenkt, welche Schäden später bei solchen Plünderungstouren »nur so aus Jux« angerichtet wurden. Und von nun an waren wir vor den Nachbarn als möglicherweise gefährliche Exzentriker bloßgestellt und konnten auf alle Zeiten der aufmerksamen Bemühungen der Polizei sicher sein. Doch der wahre Schaden war bei uns selbst angerichtet worden. Zum erstenmal herrschte eine ungute Atmosphäre. Plötzlich saßen die Leute in »Diskussionsgruppen« oder »Aussprachen« oder »Debatten« und theoretisierten über uns und über andere Lebensweisen. Ein paar Leute gingen weg. Einer schrieb in einer lokalen Tageszeitung einen Artikel: »Wie die Roten mich an der Nase herumgeführt haben« – doch fünf Minuten, bevor er ging, hatte er noch unter Tränen versichert, er wisse, nie wieder im Leben werde er so glücklich sein. Die Behörden fingen an, Erkundigungen einzuziehen. Zunächst ging es lediglich darum, daß die Inspektoren des Erziehungsministeriums herausfinden wollten, inwieweit wir die Kinder indoktrinierten. Da gab es nichts herauszufinden, doch sie glaubten das nicht und kamen immer wieder unangemeldet vorbei. Damals galt es allgemein als absolut selbstverständlich, daß der Staat und nicht die Eltern das letzte Wort haben sollten, wenn es um die Kindererziehung ging. Die Sozialarbeiter waren ebenfalls äußerst rührig. Ziemlich viele von uns waren irgendwann einmal in der Obhut von Sozialarbeitern und Psychiatern gewesen (doch das ließ sich natürlich von anderen Menschen genauso sagen), und wir mußten erleben, daß längst schon geschlossene Akten wieder geöffnet und einer erneuten Prüfung unterzogen wurden. Zum Beispiel gab es da ein Paar, dessen Kind wahrscheinlich infolge einer Mißhandlung durch den Ehemann gestorben war – der zu dem Zeitpunkt achtzehn gewesen war. Doch mittlerweile hatten sie zwei weitere Kinder bekommen und machten ihre Sache durchaus gut, außer daß der Mann schlimme Depressionen bekam, als er überzeugt war, daß »sie ihn schon zu fassen kriegen würden«. Ein gewissenhafter Sozialarbeiter fing an, die Familie zu besuchen. Er konnte die Idee nicht mehr loswerden, daß man ihn ins Gefängnis stecken würde. Die beiden verloren die Nerven und flüchteten sich wie die Verbrecher im Mittelalter, die sich in den Schutz des Altars begaben, in eine katholische Institution. Sie hinterließen keine Anschrift – zweifellos, weil sie dachten, daß das für uns einfacher wäre. Doch natürlich wurden wir hinterher von Beamten belästigt, die sie suchten.

Zu dieser Zeit verließen uns auch Nicky und seine Familie. (Sie kamen alle während der Katastrophe um.) Seine Akte wies ihn als professionellen Unruhestifter aus. (Über den in der Computerzentrale zusammengeschlossenen »Verbraucherpool« und »Arbeitgeberpool«.) Die Polizei versuchte herauszufinden, ob er den Bauernhof als Basis für Agitationsarbeit in den Fabriken von Reading benutzte, wo die Industrie in einigen Schwierigkeiten steckte. Die Fragen der Polizei setzten den Prozeß der eigenen politischen Standortbestimmung in Gang: *Dürfen* wir eigentlich so leben, während Großbritannien in Flammen steht?

Das löste solche Streitigkeiten aus, daß wir alle übereinkamen, versuchsweise zu unseren vorprogrammatischen Zeiten zurückzukehren. Der Wirbel würde sich legen, befanden wir, wenn wir uns weigerten, uns zu irgendwelchen prinzipiellen Erklärungen provozieren zu lassen. Ja, er legte sich dann auch, aber nur teilweise, und mit der Zeit der Unschuld war es endgültig vorbei.

Allein schon deshalb, weil wir es hielten wie so viele andere Organisationen oder reiche Familien oder Klubs: Wir sorgten selbst für unsere Sicherheit. Wir bildeten aus den Reihen der jungen Männer unsere eigene Schutztruppe. (Selbstverständlich heimlich – doch bisher hatten wir noch nie etwas heimlich getan.) Wir hatten zu dem Zeitpunkt nur die Wahl, uns entweder selbst zu schützen oder uns von der Polizei schützen zu lassen. Die Polizei war zwar »unbewaffnet« geblieben, weil die britische Polizei das immer gewesen war – war jedoch mit einer Vielzahl von Waffen wie Tränengaspistolen, »humanen« Anti-Krawall-Geschossen etc. ausgerüstet. Von der Polizei beschützt zu werden, war kompliziert. Damals standen sie alle im Sold irgendeines Verbrechersyndikats. Nicht unmittelbar natürlich. Auf dem Land funktionierte das so: Die großen Bauern bezahlten einzeln oder gruppenweise in die Fonds der Verbrechersyndikate. Das lief nicht unter dem Namen Schutzgeld, doch insofern waren die Syndikate auch nicht kriminell. Die Fonds hatten gewöhnlich Namen wie: »Wächter der britischen Freiheit«, und die Syndikate waren wiederum mit der Industrie verquickt. Alle waren mit den Netzen der Mafia und dem altgedienten Ku-Klux-Klan verknüpft, und zwar nach demselben Schema, das in Amerika über Jahre funktioniert hatte. Doch auf dem bescheidenen Niveau einer englischen Grafschaft hieß das natürlich nur, daß reiche Bauern, die weniger reiche Bauern als Gegenleistung für Beiträge an die Fonds schützten, für ihre Höfe wiederum den Schutz der Polizei beanspruchen konnten, die von der einen oder anderen Gruppe bezahlt wurde. Solche einander befehdenden Gruppen könnten ebensogut Ableger einer zentralen Organisation sein, doch damals war das Verbrechen ohnehin überall schon ganz schön zentralisiert. In den Städten funktionierte das ähnlich: Bereiche oder Distrikte standen unter dem Patronat einer bestimmten Persönlichkeit, gewöhnlich einer sehr angesehenen, die mit der Polizei zusammenarbeitete, die den Distrikt beschützen sollte. Daß dieser Schutz wahrscheinlich hauptsächlich wegen der Schlägertypen des Schirmherrn eines angrenzenden Bezirks vonnöten war, der sein Geschäftspartner und möglicherweise sogar ein persönlicher Freund war, leuchtete natürlich nicht ein: Es leuchtete hingegen ein, wenn es dabei um die Einnahme und Ausgabe von Geld ging. Denn jeder zahlte irgend jemandem in irgendeiner Form Schutzgebühren. Unsere Leute zahlten der Polizei Geld, doch das diente dem Zweck, daß sie uns in Ruhe ließen, während wir selbst auf uns aufpaßten.

Doch ich muß versuchen, die Gewalttätigkeit jener Zeit zu beschreiben: Es war eine Fortsetzung der Gewalt, wie es sie in den sechziger Jahren gegeben hatte. Ihr wesentliches Merkmal war ihre Richtungslosigkeit, ihre Sinnlosigkeit, so, wie wenn in den sechziger Jahren Fußballfans Eisenbahnabteile aus reinem Vergnügen zertrümmerten oder Straßenbanden Telefonzellen zerstörten oder Halbwüchsige die dunkle Straße hinunterrasten und Milchflaschen gegen die Bordsteine oder Kraftfahrzeuge schmissen.

Schon lange Zeit vorher war es in den Vereinigten Staaten gefährlich gewesen, in den Großstädten nachts herumzulaufen. Bisweilen in bestimmten Gebieten sogar bei Tage. Jahrelang war man dort, wenn man sich bewegen sollte, auf Gedeih und Verderb auf die Polizei angewiesen gewesen, oder man stand unter dem Schutz irgendeiner Bande. (Mitte der siebziger Jahre war herausgekommen, wie lange Zeit schon die Vereinigten Staaten von einer nur teilweise verborgenen Verschwörung, die Verbrecherwelt, den militärischen Apparat, die vom Krieg profitierenden Industrien und die Regierung zusammenschmiedete, beherrscht worden war.) Ob man es nun vorzog, sich von den Schlägertypen der Gangstergruppen beschützen zu lassen, oder aber von der Polizei, oder bewußt ein Wohngebiet wählte, das sicher und gut beleumundet war und wo man lebte, wie die Juden einst in Ghettos gelebt hatten – in Amerika waren die Bürger jedenfalls schon lange an eine organisierte Barbarei gewöhnt, die sich nun auch in Großbritannien langsam und kaum merklich ausbreitete. Nichts wurde je beim Namen genannt, und für jede einzelne Freiheit, die wir aufgaben, gab es stets einen guten patriotischen Grund. Es tut mir wirklich leid! Daß eine Generation sich bei der nächsten für »das Durcheinander, das wir angerichtet haben« entschuldigte, das war am Ende ein stehender, trauriger Witz.

Ich erinnere mich an eine lächerliche Szene. Ich besuchte Deine Urgroßmutter Margaret (sie starb während der Katastrophe) zu einer Zeit, als Dein Großvater, Mark, mich für seine Rettungsvorhaben zu gewinnen versuchte. Wir wurden von einem Chauffeur vom Bahnhof abgeholt, der eingestellt worden war, weil er Karate konnte, und während des Nachmittags kam der Mann von dem angrenzenden Besitz herüber, um mitzuteilen, daß Banden aus Südlondon unsere Gegend durchstreiften und wir die Wachhunde losmachen sollten. Deine Urgroßmutter brach in Tränen aus und entschuldigte sich bei Deinem Großvater für »die Wirtschaft, die sie angerichtet hätten«. Mein Vater war sehr bewegt. Er entschuldigte sich bei mir für die Verbrechen seiner Generation. Ich bildete mir ein, als ein Unschuldiger der Bußfertigkeit der Geschichte teilhaftig zu werden – als ich bemerkte, daß Du mit im Zimmer und gezwungen warst, im Haus zu spielen, weil es von Kidnappern nur so wimmelte, und daß es an der Zeit war, daß ich mir schon mal meinen Vers zurechtlegte, den ich dann irgendwann an Dich richten würde.

Doch wer beteiligte sich denn nun an diesen ganzen Krawallen und mutwilligen Gewaltakten?

Manchmal waren das Banden junger Männer, die zu einer Fabrik oder Straße gehörten und die beschließen mochten, mit Autos loszufahren oder sogar in Rudeln loszulaufen wie die Wölfe, um irgendwo alles kurz und klein zu schlagen. Oder es waren Männer und Frauen gemeinsam – doch die randalierten gewöhnlich im Bereich ihres eigenen Wohnbezirks. Manchmal waren es Studenten. Manchmal war es eine halborganisierte Miliz, die von einem Großbauern oder einer Fabrik beschäftigt wurde und einem Abend oder ein Wochenende lang der Erkenntnis frönte, daß angreifen doch vergnüglicher sei als verteidigen. Doch fanden diese Schlachten und Krawalle mittlerweile eher zwischen Studenten und Studenten, Arbeitern und Arbeitern, einem Straßenzug und einem anderen, einer Gruppe starker Männer und einer anderen statt und nicht zwischen Öffentlichkeit und Polizei, die mehr den Charakter von Schiedsrichtern annahmen oder sogar als Mitglieder feindlicher Gangs gegeneinander antreten mochten.

Abgesehen von den Plünder- und Zerstörungsunternehmen zur bloßen Unterhaltung, spielten die gewaltsamen Auseinandersetzungen sich eher unter hochfliegenden Parolen ab. Sie waren überwiegend patriotischer Natur oder das Gegenteil, denn diese Schlagworte hatten vieles von den parteipolitischen Zwistigkeiten absorbiert. Doch die Kämpfe fanden auch weiterhin zwischen »Faschisten« und »Sozialisten« statt, wenn auch im Lauf der Zeit immer weniger. Das kam nicht daher, daß es Rechtsgerichtete und Linksgerichtete gab, sondern daher, daß diese Etiketten von *Agents provocateurs* in Straßenkämpfen so geschickt eingesetzt wurden, daß die altehrwürdigen Transparente der sozialistischen und kommunistischen Demonstrationen befleckt wurden. Einst hatte jeder mehr oder minder genau gewußt, was das Wort »Sozialist« bedeutete. Jetzt bedeutete es für viele Menschen die Bande, die den Kricketplatz Seiner Lordschaft letzte Woche in ein Schlachtfeld verwandelt hatte. Die Kämpfe fanden wie in den alten Western eher zwischen Bösewichten und Rechtschaffenen statt. Von den frühen siebziger Jahren an kam es immer wieder vor, daß einzelne Gruppen oder selbst ganze Städte plötzlich in einen Zustand verfielen, der dem des Kindes gleicht, das verspricht, »brav zu sein«. Eine Universität versprach plötzlich »Solidarität mit dem Land«, gelobte ihm Gehorsam oder sagte ihm Unterstützung zu. Das war wie diese Wellen fieberhafter Opferbereitschaft, wie sie unter Stalin vorkamen. Doch fast immer, wenn das eintrat, fand sich eine Minderheit in der Fabrik oder der Institution oder eine andersdenkende Fabrik oder Gewerkschaft, die »lieber unabhängig blieben«. Die sprachen (behaupteten ihre Gegner) »den Gewerkschaftsjargon der dreißiger Jahre«. Dies wurde unter dem National Government gleichbedeutend mit der Behauptung, die betreffende Gruppe oder Gewerkschaft sei aufrührerisch, antibritisch, gefährlich und habe Strafe verdient. Irgendeine Gruppe führte die Bestrafung dann durch, während die Polizei zuschaute.

Es gab auch Rassenkrawalle, doch nicht so schlimme, wie die Leute befürchtet hatten: Schwarze und Weiße verdroschen einander im Rahmen des allgemeinen Durcheinanders. Die Regierung neigte, was diese kämpferischen Auseinandersetzungen anging, eher dazu, ein Auge zuzudrücken. Eigentumsdelikte hingegen wurden hart bestraft – dazu gehörten auch die Wellen von Gewalttätigkeit, die immer häufiger und heftiger wurden und wo wahllos kaputtgeschlagen, Feuer gelegt und geplündert wurde. Solch eine Welle mochte in einer Großstadt anfangen (gewöhnlich im Sommer, der Sommer war in der ganzen Welt in zunehmendem Maße für die Gewaltausübung auserkoren worden), mit Brandstiftung und Verwüstungen und Diebstählen, und dann über das ganze Land fegen, ein Prozeß, der einen Monat dauerte. Dann mochte eine Weile Ruhe eintreten, während die Nation am Bildschirm oder in den Zeitungen die Geschichten verfolgte, wie Rädelsführer und Bandenchefs geschnappt und bestraft wurden. Unser Bestrafungssystem wurde auf den Kopf gestellt: Für Diebstahl und Beschädigung fremden Eigentums gab es höhere Strafen als für Körperverletzung oder Mord. Die ganze Zeit hindurch wurde die Wiedereinführung des Galgens, wurden strengere Haftbedingungen, wurde die Prügelstrafe propagiert. Für Eigentumsdelikte wurde die neunschwänzige Katze wiedereingeführt, der Strang für tätliche Angriffe gegen bestimmte Kategorien von Leuten, Polizisten und Regierungsmitglieder beispielsweise. Die Bürger nahmen die Sache selbst in die Hand, wenn sie mit den Gerichtsurteilen nicht einverstanden waren. Es gab seltsame Hinrichtungen durch den Strang, bei denen Selbstmord vorgetäuscht wurde, Leute wurden in aller Stille zusammengeschlagen und so weiter.

Und ich schäme mich zu sagen, daß wir, während sich dies alles entwickelte, unser Bestes taten, um es zu ignorieren. Doch gleichzeitig behaupte ich steif und fest, daß sich nichts geändert hätte, wenn wir das nicht getan hätten! Ich fing erst an, mir ernsthaft Gedanken zu machen, als Nicky uns verließ. Ich nehme an, daß meine Einstellung ungefähr lautete: Die Lage wird immer schlimmer, aber das war ja schon immer so. Nicky ging, und Deine Mutter und ich waren bestürzt. Wir alle waren seit der Teenagerzeit eng befreundet. Wir waren sogar eng befreundet, als wir politisch nicht einer Meinung waren. Das war jedoch gewesen, ehe wir London verließen. Auf dem Bauernhof interessierte er sich nicht für Politik. Ich kann schwören, daß er kaum in die Zeitung schaute. Natürlich taten das auch nur sehr wenige von uns. Doch als er mit seiner Familie nach London zurückkehrte, wurde er wieder politisch aktiv. Es war eine Wiederholung seiner ersten Bekanntschaft mit der Politik, so als wollte er sagen: Ihr behauptet also, ich sei ein Agitator! Na schön, dann bin ich eben ab jetzt einer! Doch beim allerersten Mal, als das passierte, war er fünfzehn, und selbst damals scherzte er darüber, darüber, wie er zur Politik gekommen war. Inzwischen war er über dreißig. Ich besuchte ihn in London, konnte jedoch nicht mit ihm reden: Er war fanatisch. Später schrieb er mir einen Brief. Das sah ihm gar nicht ähnlich. Dessen Tenor war, wenn ich es mal etwas verrückt ausdrücken will, als röhrte er vor Vergnügen, während er mir von einem Unfall erzählte, bei dem seine Familie umgekommen war. In dem Brief stand, er habe mit einem Freund eine Wette abgeschlossen, daß er jedes beliebige gebildete Publikum (etwa an einer Universität) einfach nur dadurch in Aufruhr versetzen oder zu Unmutsbekundungen veranlassen könne, daß er schilderte, wie das Bankwesen funktionierte oder das Pachtsystem oder eine Versicherungsgesellschaft, oder ihnen ein paar Abschnitte aus dem alten sozialistischen Buch *The Ragged Trousered Philanthropists* vorlas. Es mußte nur ein Mittelstandspublikum sein. Sein Aufhänger war dabei, daß die Bildung des Mittelstands überall dort Lücken aufwies, wo es um die Herrschaftsmechanismen im eigenen Land ging – was unter dieser Regierung nur stärker geworden war. Ein Arbeiterpublikum würde irgend etwas sagen wie: Geh in den Wald und sammle Pilze; das gebildete Publikum hingegen würde in Aufruhr geraten, und zwar nicht etwa aus Wut über die plötzlich aufgedeckten Unzulänglichkeiten, sondern aus Wut darüber, daß man sie zum

Narren gehalten hat. Das war immer ein explosiver Augenblick im Leben eines solchen Menschen. Nachdem er die Wette abgeschlossen hatte, trat er in Sussex, Essex und Reading erfolgreich den Beweis an. Dann wurde er wegen Tätlichkeiten gegen die Polizei vor Gericht gestellt und zu fünf Jahren verurteilt. Ich besuchte ihn. Ich erkannte ihn nicht wieder. Er war wie Lehrers Liebling, ein braver Junge. Er sprach davon, daß er sich eine Strafminderung wegen guter Führung erhoffe; hatte sich bereits Vergünstigungen verdient. Er sagte, er verdiene diese Strafe, er sei »dem Richter dankbar«.

Ich fuhr nach Hause und machte mir klar, daß er in meinen Augen wie ein Betäubter oder Vergifteter wirkte. Nicht wegen seiner Bekehrung zur Anpassung. Sondern wegen der Plötzlichkeit, mit der sie erfolgt war. Ich fing an, darüber nachzudenken, was denn nun wirklich los war. Ja, natürlich hätte ich das schon vorher tun sollen. Doch als ich mich endlich hinsetzte und mir sagte, daß ich träge und blind gewesen sei – da ging mir auf, daß ich eigentlich schon eine ganze Menge mitbekommen hatte. Dieser plötzliche Wandel bei einem Menschen war nicht neu. Solche Dinge geschahen ständig. Da schickte einem ein alter Freund einen verrückten Brief voller falscher Anschuldigungen; eine Woche später begegnete man ihm, und er hatte ihn buchstäblich vergessen oder benahm sich, als habe er in einem Haßanfall eher allgemeiner Natur eine Bombe placiert, doch das Pech habe es gewollt, daß man zufällig derjenige war, der die Ladung abgekriegt hatte. Jemand, den du noch nie gesehen hast, schreibt dir einen Brief, in dem er dir die heftigsten Vorwürfe macht, weil du sein Leben ruiniert hast. Du wirst nie erfahren, wieso. Von einer Frau, die du für nett und anständig gehalten hast, hörst du, sie habe etwas gestohlen und hinterher überall verbreitet, ein anderer sei's gewesen, oder sie habe eine Verleumdungskampagne gegen irgend jemanden initiiert. Und auch im öffentlichen Leben waren zu der Zeit die scheinheiligsten Entschuldigungen gang und gäbe und Neuanfänge, nachdem man »etwas falsch gemacht hatte«, an der Tagesordnung. So erließ die Regierung erst dramatisch den Ausweisungsbefehl gegen jemanden oder veranlaßte die Auflösung einer Organisation, und zwar ohne jede Vorwarnung oder Erklärung vor der Öffentlichkeit und im Namen der Demokratie. Einen Monat später wurde dann zugegeben, daß man da einen Fehler begangen habe.

Immer wieder verloren die Leute vorübergehend den Verstand und fanden dann, über sich selbst verblüfft, zu ihm zurück. Deshalb nahm ich auch an, daß Nickys Bekehrung zum Musterknaben der Polizei und Modellgefangenen, der dankbar war für das, was man ihm angetan hatte, nicht von Dauer sein würde. Und sie war es auch nicht. Er brach aus dem Gefängnis aus und tauchte irgendwo unter. Ich habe ihn nie wiedergesehen.

Ich fing an zu lesen und zu studieren und versuchte zu verstehen, was vor sich ging. Ich fuhr nach London und studierte die letzten Jahrgänge der Zeitungen in den Zeitungsfilialen. Ich erkannte, daß unser Zustand, gemessen an dem, was man in der guten alten Zeit als »aufgeklärten Standpunkt« bezeichnet hatte, schon seit Jahren zweifelsfrei feststand. Wir *waren* vergiftet. Unsere Nervensysteme waren zerrüttet – vor allem vom Lärm, den wir durch Straßenverkehr und (insbesondere) Flugzeuge zu erdulden hatten; die Luft, die wir atmeten, war verbraucht und voller toxischer Substanzen; wir waren krank von den Medikamenten, mit denen wir uns vollpumpten – Aspirin zum Beispiel, das manche Menschen konsumierten wie Bonbons oder Zigaretten, und Abführmittel in jeglicher Form und Beruhigungsmittel und Schlaftabletten. Unsere Nahrung war vergiftet von Konservierungsstoffen und den Giftstoffen, die auf den Feldern gesprüht wurden, und dem Atommüll, der ins Meer geworfen wurde. Die Luft war in zunehmendem Maße durchsetzt von radioaktiven Stoffen – schon in den sechziger Jahren gaben sie in bestimmten Teilen der Vereinigten Staaten Schulkindern keine Milch mehr, weil die, die schlecht ernährt waren, den Grad der Radioaktivität, den die Milch aufwies, nicht vertragen konnten.

All diese Tatsachen waren bekannt gewesen und erörtert worden. Manchmal kam es zu einem Aufruf oder einem Protest, der dann wieder einschlief. Staatlicherseits bestritt man stets, daß eine Bedrohung existiere, und wies alle Verantwortung von sich. Man behauptete, es bestehe keinerlei Gefahr. Sie handelten in gutem Glauben. Jedes einzelne von diesen Dingen für sich genommen ließ sich ertragen, damit hätten wir fertigwerden können. Doch wenn man sie alle zusammennahm, dann ließ sich nicht leugnen – daß wir uns langsam selbst in den Wahnsinn trieben. Die Menschheit hatte sich selbst verrückt gemacht, und diese plötzlichen Ausbrüche sinnloser Gewalt bei einzelnen und in Gemeinschaften waren frühe Symptome. Indem wir aus der Stadt weggezogen, damit einem Teil des Lärms entkommen waren (dem schlimmsten – dem Flugzeuglärm allerdings nicht), und Nahrungsmittel produziert hatten, die weniger verseucht waren als die käuflichen, hatten wir für die Kinder das Richtige getan. Die Menschen auf unseren Bauernhöfen waren gelassener, gesünder, glücklicher, weniger neurotisch als die meisten anderen, und das trotz der Tatsache, daß so viele von ihnen als Ausgestoßene der konventionellen Gesellschaft so ungünstige Startbedingungen gehabt hatten – doch das besagte noch nicht viel, denn die Atmosphäre wirkte sich auch auf uns aus. Plötzlich mußten wir mit Ausbrüchen und Raserei in unseren eigenen Reihen fertigwerden. Die passierten innerhalb unserer privaten Schutzpolizei: was nur logisch war. Unter den Frauen kamen hysterische Anfälle vor, die zwar rasch wieder vorbeigingen, aber beängstigend waren, wenn sie stattfanden – da kam es zu Selbstmorddrohungen und Morddrohungen gegen die Kinder; was habe das denn für einen Sinn, die Kinder dazu zu erziehen, ein anständiges und ehrliches Leben zu führen, wenn doch nicht zu übersehen war, daß unsere kleine Enklave der Stille und der Einfachheit demnächst zerstört werden würde, und zwar durch die inneren Zwänge genauso wie durch die äußeren. Dann wurden ein paar Babys mit Mißbildungen geboren – alle etwa zur selben Zeit, innerhalb eines Zeitraums von achtzehn Monaten. Unser Arzt sagte, es sei ein zufälliges Zusammentreffen. Etliche von uns bekamen eine Art Mononukleose (eine Blutkrankheit) und hatten

Mühe, sie wieder loszuwerden. Es war eine sprunghafte Zunahme von Migräneanfällen zu verzeichnen. Ehen, die bislang glücklich gewesen waren, gingen in die Brüche – darunter auch meine eigene.

Doch ich fand mich in die Atmosphäre ganz am Anfang meiner Kindheit zurückversetzt: Die Tatsachen waren zwar bekannt, aber niemand wußte, was man tun sollte. Es war nicht nötig, nach außergewöhnlichen Begründungen für die Krawalle und die Krankheiten und die Hysterie und das alles zu suchen: Die Gründe waren für alle greifbar, lagen auf der Hand, und das seit Jahren, doch die Menschen konnten nicht zwei und zwei zusammenzählen, oder wenn sie es konnten, dann waren sie vor Verzweiflung wie betäubt.

Und eine Zeitlang war ich das auch, wegen Deiner Mutter. Ganz am Anfang war unsere Ehe gar keine gewesen: Es war eine Art verzweifeltes Bündnis gegen das, was wir »die ganze Wirtschaft, die unsere Eltern angerichtet haben« nannten. Später, als wir von London weggingen, waren wir dann glücklich miteinander. Und dann verliebte Deine Mutter sich plötzlich heftig in einen Neuankömmling in unserer Gemeinschaft und zog mit ihm zusammen. Es passierte über Nacht – im wörtlichen Sinne. Sie lernte ihn eines Nachmittags kennen und verließ mich am nächsten Morgen. Wir konnten nicht einmal darüber reden: Sie war für mich eine Fremde geworden. Die Kinder, auch Du, blieben bei mir, das heißt, in meinem Häuschen. Jill hatte plötzlich den Verstand verloren, wie andere vorher, zur selben Zeit und künftighin.

Und das geschah in immer stärkerem Maße, weil wir immer mehr unter Druck gesetzt wurden. Doch inzwischen glaube ich, daß es mehr war als das – hinzu kam das instinktive Wissen, das ich anfangs schon erwähnt habe: eine Art Verzweiflung angesichts der Zukunft. Der unmittelbaren Zukunft.

Ich machte damals selbst eine Krise durch. Ich hätte ebenfalls abgleiten können in diese – was immer diese allgemeine Krankheit auch war. Weil daran nicht viel fehlte, glaube ich, daß ich diese Krankheit durchschaut habe. Diese plötzlichen Anfälle von Unzurechnungsfähigkeit, der Selbstentäußerung, die Gewaltausbrüche und so fort waren eine Weise, um kundzutun: Ich werde damit nicht fertig, es ist zuviel für mich, ich bin für nichts verantwortlich. Nehmen wir einmal an, ein Mann in einer Heilanstalt zerstört in einem Anfall von Raserei sein Bett und sein Bettzeug und seinen Nachttisch. Weshalb? Er hat gelernt, daß er den Arzt oder die Schwester oder den Direktor nicht zerstören kann. Und wozu auch? Vor langer Zeit hat er gelernt, daß es sinnlos ist, sich vorzustellen, daß man Lehrer verprügelt oder die alte Frau im Kellergeschoß. Was wollte er denn töten? Seinen Vater? Seine Mutter? Seine Schwester? Das spielt keine Rolle. Vor langer Zeit hat ein ungeheurer Kummer von ihm Besitz ergriffen, er weiß, daß er irgendwo sein Geburtsrecht verloren hat, er ist sich untreu geworden, er wird auf alle Zeiten von einer süßen Wahrheit ausgeschlossen sein, die er einst wie Luft durch alle Poren eingesogen hat. Er würde sich gern umbringen – doch er wagt es nicht. Verdrossen murmelt er vor sich hin: Dafür würden sie mich auch wieder nur bestrafen, ich kenne die doch, gleich hinter der Grenze würden sie schon auf mich warten . . .

Ich war allein und unglücklich. Ich liebte Deine Mutter, und da war sie, ganz in meiner Nähe, auf demselben Bauernhof, auf der anderen Seite des Hofes, mit ihrem neuen Liebhaber. Und es war buchstäblich so, als sähe sie mich nicht. Sie sagte immer nur: Hallo, Francis, wie geht's? Mit einem bezaubernden Lächeln. Doch nur, wenn ich direkt vor sie hintrat und sie zwang, zur Kenntnis zu nehmen, daß ich noch da war und die Kinder ebenfalls. Vor allem wußte ich genau, wie unglücklich Ihr Kinder Euch fühltet, wenn Eure Mutter Euch wie x-beliebige Fremde behandelte. Das hatte ich am eigenen Leibe kennengelernt.

Doch am meisten quälte mich Eure Hilflosigkeit – ich meine, die Hilflosigkeit von uns allen. Ich sah in der Menschheit oder jedenfalls in meinen Landsleuten (ich bin bis heute nicht imstande, mich auch nur einen Deut um »die Welt«, andere Länder zu scheren, wie unsere Familie das von jeher praktiziert hat) Wesen, die von einem Zauberer mit einem Bannfluch belegt worden waren. Ich empfand mich als den einzigen vernünftigen Menschen unter lauter Maniaks. Monate verbrachte ich auf diese Weise. Meine Arbeit für die Bauernhöfe und die Gemeinschaft wurde von Freunden erledigt, und ich ließ niemanden an mich heran außer Euch Kindern.

Während dieser Zeit unternahm ich lange Spaziergänge. Ich lief durch Wiltshire und Somerset. Es war nicht leicht. Es war allein schon nicht leicht, dort langzulaufen, wo man wollte. Ein Vorstoß, daß künftig alle gezwungen sein sollten, Kennkarten bei sich zu tragen, war zwar von einem Volk, das immerhin noch imstande war, Nein zu sagen (ein Hoffnungsstrahl, den viele von uns überschätzten), zurückgewiesen worden, doch wurde man unaufhörlich von Polizisten, Wächtern, Leuten mit und ohne Uniform zur Rede gestellt, da man ständig an Zäunen oder Grenzen angelangte, die man nicht überschreiten durfte. Außerdem mußte man jeglicher Gruppe ausweichen, insbesondere wenn es sich um junge Männer handelte, denn anscheinend reichte das Zusammensein einer größeren Zahl von Menschen schon aus, um den Funken der Aggression zu zünden – gewöhnlich plötzlich und ohne Vorwarnung.

Dieser Teil von England war mehr oder minder im Besitz des Militärs. Es befanden sich dort ein Dutzend verschiedenartige militärische Einrichtungen. Selbstverständlich war Salisbury Plain, das einst die geheiligten Stätten Englands beherbergt hatte, schon seit langem in den Händen des Militärs. In aller Stille war dann mehr und mehr britischer Boden dem Militär übereignet worden. Immer mehr Forschungsstätten, die mit Kampfgasen, chemischen Kampfstoffen und Seuchenerregern für militärische Zwecke zu tun hatten, waren entstanden. Ebenso immer mehr Atommeiler zu industriellen und Forschungszwecken. Truppenübungen und militärische Ausbildung hatten zugenommen. Doch wurde weniger dagegen protestiert. Sie waren weniger auffällig. Ein neues Forschungsinstitut wurde einem Krankenhaus oder einer Universität angegliedert, und sein wahrer

Zweck blieb verborgen. Eine Truppenübung blieb unbemerkt, weil weniger Leute, dafür aber mehr Spezialisten daran teilnahmen. Der Himmel war voll von allen möglichen hochgeheimen Waffen, doch nur wenige Menschen blickten überhaupt je zum Himmel hinauf, und wenn, dann hielt man diese Flugobjekte für fliegende Untertassen oder Raumschiffe von anderen Planeten – sehr zur Erleichterung der Behörden.

Zu dieser Zeit überschlugen sich die Gerüchte förmlich und die Dementis ebenfalls. Niemand und jeder glaubte den Gerüchten, die so phantastisch waren, wie man sich das überhaupt nur ausdenken konnte (doch nicht so phantastisch wie die Wahrheit), und niemand und jeder glaubte den Dementis. Die Leute gaben nichts mehr darauf. Oder es handelte sich inzwischen um eine neue Art von Lebewesen, das gleichzeitig glauben und nicht glauben konnte. Fliegende Untertassen und Besucher aus dem Weltraum, gutartige ebenso wie bösartige: Armeen, die in durchsichtigen Raumschiffen (weshalb sie auch so schwer zu sehen waren) landeten und wieder abhoben, Schwärme von Tieren, die vermutlich auf der Lauer lagen, um die Weltherrschaft zu übernehmen; phantastisch hochentwickelte Zivilisationen und solche von überwältigender Schönheit, die an der inneren Erdoberfläche gediehen (in einem Erdball, der so hohl war wie ein Pappkopf) – alles und jedes war gleichzeitig wahr und unwahr.

Unsere Regierung, die sich nach wie vor benahm, als regierten hier vernünftige Männer ein Volk von Vernünftigen, deckten eine Bevölkerung, die entweder verdrossen oder mit brüllendem Gelächter oder Krawallen oder Brandstiftung reagierte, unablässig mit feierlichen oder empörten Dementis oder Erklärungen ein. Das soll nun nicht heißen, daß die Regierung nicht geglaubt hätte, was sie da sagte. Das tut eine Regierung normalerweise durchaus. Doch tappte diese Regierung in bezug auf ihre eigenen Handlungen in stärkerem Maße als üblich im dunkeln, was teilweise daher rührte, daß sie schließlich nur ein Vertreter oder Diener des internationalen Banksystems war, und teilweise daher, daß ein so wesentlicher Teil ihres Aufgabenbereichs von obskuren Technikern übernommen wurde, deren Namen niemals jemand erfahren wird. Denn schon damals war diese Schichtung etabliert, die das Prinzip der Welt ist, in der wir gegenwärtig leben: eine horizontale Organisation fast ohne nationale Kennzeichen – was jedoch damals ebensowenig wie heute die fieberhaften, virulenten Ausbrüche von Nationalismus verhindern konnte. Nur ein kleines Beispiel: Ich weiß (check:Key), daß Chemiker in Forschungsinstituten in Großbritannien, Rußland und den Vereinigten Staaten zu ihrer eigenen Erbauung und im Interesse der Wissenschaft kodierte Informationen austauschten, und das, obgleich ein solches Vorgehen, wäre es entdeckt worden, ihnen vermutlich lebenslänglich eingetragen hätte, in Rußland und in den Vereinigten Staaten Todesurteile. Doch wer sollte das schon herausbekommen? Riesige, kostspielige Spionageorganisationen hielten nach Spionen Ausschau. Sie fanden auch Spione in Hülle und Fülle. Doch unter ihrer Nase vollzog sich die ganze Zeit dieser ungestörte Austausch zwischen Männern, die sich dieser herkömmlichen Denkweise nicht verpflichtet fühlten. Wenn eine Regierung also unter Aufbietung ihrer ganzen Amtsherrlichkeit, der aufgereihten Bataillone, der Adler und Trompeten, diese oder jene Erklärung abgab – dann mag sie das guten Glaubens getan haben oder nicht, doch spielte das keine Rolle, weil die Dinge bereits zu sehr ins Schleudern geraten waren.

Auf diesem Schleuderkurs, während der letzten paar Jahre, war dann ... aber ich vergesse ganz, daß Du sie ja selbst miterlebt hast. Doch Du warst noch ein Kind und konntest sogar am Ende noch sagen: Wir waren glücklich. Es war ein Goldenes Zeitalter. Du hast gesagt, das stimme sogar noch für die Zeit, als wir aufbrachen, uns aufspalteten, ein abgekapseltes, halb verborgenes Leben zu führen begannen. Die Welt kann beben, als hätte sie den Veitstanz, doch man kann, wenn man ein ordentliches Haus, ein Stück Meer, über das die Brise hinstreicht, und eine große abschüssige Wiese aussucht, für Kinder, die man liebt, ein Goldenes Zeitalter schaffen. Wir haben die Welt von Euch ferngehalten, trotz der Besuche der Schulinspektoren, der

Sozialarbeiter, der Polizisten, trotz der Flugzeuge, die über unsere Köpfe hinwegheulten und an unseren Nerven zerrten, trotz allem. Doch jetzt, wenn ich aus der prickelnden, stillen, vergleichsweise reinen Luft dieses Landes zurückblicke, das noch halb leer ist, dann weiß ich, daß ich damals ebenfalls mehr als nur ein bißchen verrückt war. Verzweiflung war meine Krankheit.

Auf dem Höhepunkt meiner schlimmen Zeit geschahen zwei Dinge – beide in derselben Woche. Das eine war ein Brief von meinem Vater, worin er sagte, er werde langsam alt und müde. Er war noch keine sechzig, doch er wollte, daß ich seine Arbeit für die Rettungsorganisation übernahm. Und dann suchte mich als zweites Martha auf, um mir mitzuteilen, meine Mutter, die sich damals in einer Nervenheilanstalt bei . . . befand, wolle mich dringend sehen, um mit mir zu reden. Martha machte ein paar Andeutungen bezüglich dessen, was sie mir mitteilen wollte – ich reagierte mit heftiger Ablehnung. Die Wahrheit war, ich hatte vom Phantastischen die Nase voll. Ich wollte damit nicht mehr behelligt werden. Wir mußten uns alle zwar ständig mit Besuchern von anderen Planeten und grünen Männern und Herden lauernder beobachtender Tiere (die malte man sich als eine Art Werwölfe aus) herumschlagen, doch ich hatte es gründlich satt. Ich erinnere mich, daß ich zu Martha gesagt habe, ich hätte keine Zeit für den Okkultismus von Frauenzeitschriften. Sie erwiderte ironisch, vielleicht versäumte ich da ja etwas. Wir waren beide verärgert und hatten alle Mühe, wenigstens taktvoll zu sein. Ich sagte, ich würde meine Mutter besuchen, doch irgendwelche »Wahrsagerei« würde ich mir nicht anhören. Martha sagte: »Bitte, hör Lynda an, bitte, hör sie doch wenigstens an!« Ich versprach es ihr und machte mich auf, um meinen Vater im Haus Deiner Urgroßmutter zu besuchen – bei dieser Gelegenheit kam es dann zu der Szene mit dem »schlechten Gewissen der Generationen«, die ich Dir schon geschildert habe.

Mein Vater hatte Rita und seine neue Familie bei sich. Seine Kinder waren ungefähr im selben Alter wie meine. Das machte mich traurig für meine Mutter. Ich wußte, daß sie dieser Traurigkeit nicht bedurfte, doch das hinderte mich nicht daran, sie zu empfinden. Mein Vater bot an, uns alle in einem seiner Lager unterzubringen, von denen er drei in verschiedenen Regionen in Nordafrika hatte. Er sagte, seiner Meinung nach habe es keinen Sinn mehr, in Großbritannien zu bleiben – es bürge für nichts mehr, woran einem zivilisierten Menschen gelegen sein könne. Margaret war wütend. Sie stand absolut hinter der Regierung, sie war immer noch rege, obwohl sie damals schon über achtzig war. Sie sagte, es mangele ihm an patriotischem Empfinden. Sie sprach, als sei er für die Scharen von Menschen, die das Land verließen, persönlich verantwortlich zu machen.

In Parenthese: In jenen Jahren verließen mehr Menschen als je zuvor Großbritannien, um nach Kanada, Australien, Neuseeland, in verschiedene Teile Afrikas zu gehen. Das waren diese Leute, die, nachdem sie so viele Möbel und Englisches jeder Art mitgenommen hatten wie möglich, überall Gemeinschaften aufgebaut haben, die Namen tragen wie »Little England«, »Newest England«, »England Again« und englischer sind, als England selbst je gewesen ist. Ich habe letzte Woche dreihundert Meilen von Nairobi entfernt ein Dorf gesehen, in das Nanny Butts hätte hineinspazieren können, fast ohne einen Unterschied zu bemerken. Und Teile von Afrika, die einst von erbitterter Feindseligkeit gegenüber Großbritannien erfüllt waren, dulden inzwischen eine rührselige Sehnsucht nach einem England, das es nie gegeben hat, und nach einer edlen Kaste weiser Staatslenker, die es ebensowenig gegeben hat. Jetzt, wo England verschwunden ist, gibt es einen Urtyp von England und einen englischen Beamten, wie ihn Kipling sich in einem optimistischen Moment erträumt haben könnte und in dem sich hochsinnige, unbestechliche Integrität paaren mit dem einfühlsamsten, zartfühlendsten Gespür für die Empfindungen anderer Menschen.

Jenes Wochenende voller Streit und Tränen jedoch . . . Mein Vater stritt mit seiner Mutter, wie immer. Beide beknieten mich, der eine, weil ich England verlassen, der andere, weil ich bleiben sollte. Und nun muß ich gestehen, daß ich drauf und dran war, zu unseren Freunden zu gehen und ihnen den Aufbruch zu empfehlen. Der Wirbel um die Rettungsprojekte hatte sich gelegt. Sie waren Teil der internationalen Organisationsmaschinerie. Das Rote Kreuz, die Unesco, die Vereinten Nationen machten davon Gebrauch. Die Scharmützel, die im Mittleren Osten an der Tagesordnung waren, sorgten dafür, daß die Lager ständig von Heimatlosen und Hungrigen besetzt waren, doch wenn mein Vater und seine Mitarbeiter auch froh waren, sich nützlich machen zu können, so war das doch nicht das, was mein Vater beabsichtigt hatte. Doch ihn dazu zu bewegen, das zu definieren, ist mir nie gelungen. Wenn er den Bedürftigen helfen wollte, dann tat er das ja bereits, doch ich vermute, er wollte mehr als nur Menschen retten. Etwas wie die verpflanzten »Little Englands« oder »England Agains«, doch in einem viel umfassenderen Sinne und vielleicht erweitert auf so etwas wie den europäischen Geist – was immer das war. Doch er träumte von etwas Unbestimmtem und Wunderbarem, da bin ich mir sicher. Jedenfalls, wir kamen an dem Wochenende damals nicht miteinander zurecht; es fiel uns schwer, ins Gespräch zu kommen. Dennoch lockte mich die Aussicht auf eine Farm von mehreren Tausend noch unerschlossenen Hektar in Libyen, die uns, wie er sagte, zur Verfügung stand.

Während wir miteinander sprachen, rief Lynda aus ihrer Klinik an und bat ihn, noch einmal zu ihr zu kommen und mit ihr zu reden. Es stellte sich heraus, daß er sie am Vormittag besucht hatte. Da verstand ich auch, weshalb er sich in dieser Stimmung befand – er war spröde, unzugänglich und traurig. Rita drängte ihn, doch noch einmal zu Lynda zu fahren – sie sei eine liebe Frau, wenn auch nicht gerade übermäßig gescheit. Doch er war wütend auf Lynda: Sie hatte ihn vor allen möglichen bevorstehenden Katastrophen gewarnt. Sie hatte gesagt, sie habe vor, mich ebenfalls zu warnen. Wir waren beide nicht froh darüber, daß wir beide ausschließlich dann Verständnis für den anderen aufbringen konnten, wenn wir uns über Lynda ärgerten. Ich erinnere mich noch an seine Worte: »Sie entfaltet mit ungeheurer Klarheit die ganze Landschaft ihrer Paranoia.« Er sagte, er glaube, daß sich ihr Befinden sehr verschlechtert habe. Er sagte, er glaube, Martha übe einen schlechten Einfluß auf sie aus. Das war nun ein neuer Zug an ihm, und er bestürzte mich. Die ganzen Jahre meiner Kindheit hindurch hatte ich immer wieder bittere Empfindungen in bezug auf dies Dreieck – mein Vater, meine Mutter und Martha – gehegt. Später hatte es mich dann eher mit Stolz erfüllt, weil sie soviel Nettigkeit und Großzügigkeit ausstrahlten. An dem Abend wurde mir klar, daß mein Vater sich nur deshalb leistete, böse auf Martha zu sein, weil er meine Mutter selbst jetzt noch so sehr liebte, daß er es nicht ertragen konnte, irgendwelche Kritik an ihr üben zu müssen. Rita erkannte das ebenfalls und sagte zu ihm: »Aber du sagst doch immer, Martha sei Lynda immer eine gute Freundin gewesen!« Mein Vater konnte nicht aufhören; er war sehr unglücklich. Rita ging schlafen. Ich ging zu Bett und ließ ihn allein dort sitzen. Es war ein schrecklicher Abend. Doch am selben Abend noch beschloß ich, alles zu tun, um uns zum Aufbruch nach Libyen zu bewegen. Ich war fast schon entschlossen, meine Mutter nicht zu besuchen, ehe nicht die nötigen Schritte abgewickelt waren. Da siehst Du, wie ich ums Haar alle in einen sicheren oder fast sicheren Tod geführt hätte, denn ein paar Jahre später raffte die Beulenpest fast alle Leute auf dieser Farm hinweg.

Am nächsten Morgen erwachte ich und hatte im Schlaf beschlossen, daß ich vor allem anderen meine Mutter besuchen würde. Ich kehrte auf den Bauernhof zurück, lud Martha in den Wagen, und wir fuhren zusammen hin. Lynda verließ ihre Klinik, und wir nahmen uns Zimmer in einem Hotel in . . . Es waren die bemerkenswertesten paar Tage in meinem Leben. Ich war natürlich auch in einer ungewöhnlichen Stimmung nach den Monaten einsamen Unglücks und verzweifelt wegen der Dinge, die ich selbst unter den Menschen, die ich am meisten liebte, mitansehen mußte.

Was ich bisher niedergeschrieben habe, ist wahrscheinlich eher von persönlichem Interesse für Dich als von allgemeinem

Nutzen. Es steht nichts darin, das jemanden in starkem Maße persönlich involviert. Ich schicke es also über Route C. Wenn es vor der zweiten Hälfte ankommt, erwarte die über Route G. Wenn Du gesehen und verarbeitet hast, was drinsteckt, und ein Memory es aufgenommen hat, dann verbrenne es.

Ich schließe mit lieben Grüßen und ...

(Es schlossen sich allerlei Botschaften an Leute aus der alten Gemeinschaft an, die sich zum Nationalgebiet Nord durchgeschlagen hatten.)

III

Zweiter Teil von Francis Coldridges Brief an seine Stieftochter; in der Anlage Dokumente IV, V und VI.

Im Anschluß an den Tod ihrer Freundin Sandra Hill wurde meine Mutter sehr krank, und sie geriet in eine Nervenheilanstalt, in der sie noch nicht gewesen war. Sie befand sich in 4B und wurde von einem Dr. YN2 geleitet, er jetzt mit einem Dr. YR14 in Argentinien zusammenarbeitet (check:Key). Sie bezeichnete diesen Mann als »den Menschen, nach dem ich vierzig Jahre lang gesucht habe«. Er wiederum hatte nach jemandem Ausschau gehalten wie sie, für den er folgende Definition hatte: »Eine Patientin von beträchtlicher Intelligenz, die zwar einem breiten Spektrum verheerender Behandlungen ausgesetzt war, sich jedoch genügend innere Festigkeit bewahrt hat, um objektiv zu sein.« Das zitierte sie schmunzelnd. Sie begannen, unter dem Deckmantel der Psychotherapie miteinander zu arbeiten. Erst jetzt geht mir wieder auf, daß Du wahrscheinlich gar nicht wissen wirst, was das war. Lynda hat eine Menge repräsentatives Material gesammelt und zusammengestellt. Das letzte, was ich über dessen Verbleib gehört habe, ist, daß es nach Delhi gelangt ist. Die Therapie oder die Analyse war ein Verfahren, das angeblich verdrängte oder unbewußte Triebregungen bei neurotischen Menschen freisetzen sollte. Ein Arzt oder ein ähnlicher Spezialist begab sich mit einem Patienten in eine Art Symbiose. Das konnte alle möglichen Resultate haben; das üblichste war, daß der Patient von dem Arzt abhängig wurde und nicht imstande war, sich von diesem Arzt oder später sonst einer Autoritätsperson zu lösen. Das war am leichtesten zu durchschauen.

Ein anderes Resultat, das jedoch weniger offensichtlich war, weil noch niemand auf den Gedanken gekommen war, danach Ausschau zu halten, war, daß die Ärzte von ihren Patienten abhängig wurden – sozusagen von ihnen genährt wurden. Ein bestimmter Typus von Arzt, der jahrelang eine bestimmte Gruppe von Patienten behandelt hat, erzeugte eine Art Seelengemeinschaft, von der er selbst ein Teil war und innerhalb derer jeder von jedem abhängig war. Du wirst Dich erinnern, daß zwischen den einzelnen keine andere Interaktionsform zulässig war als die verbale (der Gebrauch von Worten oder das Zurückhalten von Worten) – ein interessanter Widerspruch, wenn Du an die Grundvoraussetzung dieser Art von Therapie denkst. Die Frage der unfreiwilligen Hypnose oder Telepathie in dieser Art Situation war noch gänzlich unerforscht. Die Vorstellung, daß ein Arzt in der Rolle als Führer einer Herde eine Art Sündenbock oder Stoßdämpfer für ein Kollektiv verschiedenartiger individueller Psychen sein könnte, war noch nicht einmal ansatzweise vorhanden. Darüber wird in Delhi offiziell und inoffiziell geforscht – beides am Institut.

Jedenfalls konnte Dr. YN2 sich dieses Vorwands bedienen, um sehr viel Zeit mit meiner Mutter und später auch noch mit anderen zuzubringen. Die Heilanstalt war schlecht. Das heißt, es war eine von den vielen, die aus Ansammlungen überalterter, nicht modernisierungsfähiger Gebäude bestehen und voller hoffnungslos beschädigter Menschen sind. Es gab jedoch einen modernen Flügel. Sie fanden bald noch etwa zwanzig weitere Leute, auf die die zitierte Definiton paßte. Doch nur fünf hatten das entscheidende Qualifikationsmerkmal, daß man auf ihre Diskretion bauen konnte, selbst wenn sie sich in einer seelischen Krise befanden. So entstand diese Arbeitsgruppe. Später fanden sie noch ein weiters halbes Dutzend Kliniken (check: Key), wo Ärzte unabhängig voneinander nach denselben Richtlinien an den Grundlagen einer Diagnose der bislang nicht begriffenen Krankheit Schizophrenie arbeiteten. Die Ärzte hatten sämtlich Verbindungen nach draußen zu Einrichtungen oder Menschen, deren medizinisches Wissen das einschloß, was als »mystisch« oder »esoterisch« bezeichnet worden war. Sie setzten ihre Arbeit getarnt bis zur Katastrophe fort. Leider ist ein erheblicher Teil dieser Arbeit zerstört worden, obwohl wir sie zu retten versucht haben. Manches wurde, als wir es veröffentlichen wollten, von Ärzten verworfen, die zu konditioniert waren, um irgend etwas außerhalb der gängigen Orthodoxie wahrnehmen zu können. Andere wiederum fingen an, sich dafür zu interessieren, hatten jedoch Angst vor ihren Kollegen: Das war wahrscheinlich der konservativste und hierarchischste Berufsstand in Großbritannien. Um meine Mutter zu zitieren: »Seit der Geburt der modernen Wissenschaft ist jeder Mensch mit einer konventionellen Erziehung in den Zustand unterwürfiger Selbstbezichtigung versetzt worden, genötigt worden, seiner Meinung abzuschwören, indem man einfach nur zu dem Mittel griff, ihm vorzuhalten, er sei abergläubisch. Dies Wort hat in unserer Generation erfüllt, wozu frühere Generationen der Inquisition bedurften . . . dies Wort und das Lächerlichmachen.« Ich fand dies unter den Aufzeichnungen für ein Buch, das sie zu schreiben plante, doch sie sind leider während der Katastrophe verlorengegangen.

Nichtsdestoweniger waren, als es auf das Ende zuging, überall Ärzte der Wahrheit nah. Was heute unglaublich erscheint, ist, daß sie nicht erkennen konnten, was ihnen ins Auge sprang. Doch sie waren arg behindert durch ihre »wissenschaftliche Methode«, die vor Jahrhunderten entwickelt worden und für manche Dinge zwar nützlich, für andere aber untauglich war. Doch sie war heilig geworden, religiöse Empfindungen waren damit verhaftet – sie konnten sie nicht über Bord werfen.

Obendrein krankten sie an demselben Problem wie ein modern eingestellter Papst, der zu der Überzeugung gelangt ist, daß es an der Zeit sei, seine Herde dazu zu bewegen, die Geburtenkontrolle zu akzeptieren. Millionen Frauen und ihre Mütter hatten die unbeschränkte Fruchtbarkeit akzeptiert, um Gott und der Jungfrau wohlgefällig zu sein. Da mußte einer schon ganz schön mutig sein, wenn er ihnen erklären wollte, daß ihre Leiden und Opfer infolge der neuen Enzyklika überholt seien.

Da hätte einer also schon ein mutiger Mann sein müssen, um aufzustehen und die schlichte Ankündigung zu machen, daß Millionen Menschen, denen nicht sonderlich viel gefehlt hatte, aller nur erdenklichen Folterung und Mißhandlung ausgesetzt worden seien – doch voilà!, jetzt sei den Fachleuten plötzlich ein Licht aufgegangen.

Der Schock mußte aufgefangen werden.

Unterdessen arbeiteten Menschen in verschiedenen Gegenden der Britischen Inseln in aller Stille weiter, und was typisch war für die damalige Zeit: sie waren sich zwar zumeist über einander im klaren und halfen einander sogar, doch blieben sie unorganisiert und voneinander getrennt und bedienten sich, ohne sie jemals ausdrücklich auszusprechen, der alten Losungen, die in Zeiten des Dogmatismus und der Verfolgung stets wiederbelebt werden: Stillschweigen, Heimlichkeit, Doppelzüngigkeit.

Bis hierhin kam ich ungefähr am Abend des ersten Tages, den ich mit meiner Mutter und Martha im *White Hart Hotel* von ... verbrachte. Obwohl ich natürlich jetzt Dinge hineinbringe, die ich erst später erfuhr, die später eintraten. Wir sprachen beim Essen darüber, und danach tranken wir zusammen Brandy. Ich trennte mich von den beiden alten Damen ziemlich früh unter dem Vorwand, daß sie beide ruhebedürftig seien. Die Wahrheit war, daß ich über alles nachdenken wollte. Zwei alte Damen – ich sehe mich jetzt so, wie ich damals war.

Ich legte mich gelassen ins Bett und dachte über die Mitteilungen nach, die sie mir gemacht hatten. Ich wachte auf – fassungslos vor Wut, wütend auf sie und mich selbst, so als hätten sie versucht, mich reinzulegen, und ich wäre leichtgläubig gewesen. Ich blieb den Tag über in meinem Zimmer. Ich ließ ihnen durch das Zimmermädchen mitteilen, daß ich sie nicht sehen wolle. Ich befand mich in physischer wie in psychischer Hinsicht in einem unbehaglichen Zustand, so als habe man ein Reizmittel in eine Flüssigkeit gerührt, wobei mein normales Wesen die Flüssigkeit war, und jetzt befand sich alles in einem wütend abwehrenden Gärprozeß. Sie ließen sich nicht blicken – absichtlich natürlich, wie wir hinterher erörterten. Sie hatten diese Reaktion erwartet, da sie dieselbe oder eine ähnliche Reaktion selbst erlebt hatten.

Am nächsten Tag ging ich verdrießlich zu ihnen. Sie waren geduldig.

Wir tranken Whisky, während sie »mich baten, doch zu bedenken«, welche Reaktionen eine jede Regierung, eine jegliche machthabende Instanz (wenn ich nur an meine eigenen Erfahrungen mit der Politik, politischen Methoden und Stimmungen zurückdächte) an den Tag legen würde, wenn sie erführe, daß ein beträchtlicher Anteil der Bevölkerung verschiedene außersinnliche Fähigkeiten besitzt – nicht als theoretische Möglichkeit, sondern als erwiesene Tatsache. Wir erörterten das, machten fast ein Spiel daraus. Es wurde äußerst amüsant. Es gab damals (wie heute) nicht eine Regierung, die meinte, ohne ein kompliziertes Netz von Kontrollen regieren zu können. Den Bürgern wurden Informationen gegeben oder vorenthalten, so daß sie dann in lebenswichtigen Angelegenheiten nicht wußten, was ihnen mitgeteilt und was vorenthalten wurde. Die Ortsveränderungen der Menschen wurden kontrolliert. Der Paß beispielsweise wurde nicht als Recht, sondern als Belohnung für gutes Benehmen gewährt, wie die jeweilige Regierung es definierte. Es gab umfassende, miteinander verzahnte Systeme der Spionage und Gegenspionage – in unserem Land allein gab es sieben Spionageorganisationen, deren Energie zum guten Teil darauf verwendet wurde, sich gegenseitig zu bespitzeln. Seit dem Zweiten Weltkrieg hatte man uns immerfort erzählt, wieviel von unserem Geld wir für Reisen ausgeben konnten und wohin man fahren konnte, doch die Bedingungen, unter denen es möglich war, zu reisen, wurden immer mehr auf staatliche Bedürfnisse abgestellt. Briefe wurden geöffnet, Telefone angezapft, Akten zur Person schwollen an. Nun stell Dir also vor, welchen Knacks eine Gruppe Menschen mit normalen telepathischen Kräften diesem System möglicherweise zufügen würde – na schön, Du bist mit derlei Vorstellungen vertraut, doch ich schreibe, zum Nutzen der Forscher, die Reaktionen eines Menschen vor nur fünfundzwanzig Jahren nieder, der zum erstenmal derlei – für Dich sehr einleuchtende – Fakten erwog. Sich allein schon die Möglichkeiten der gewöhnlichen Telepathie vorzustellen – ich erinnere mich, daß wir uns damit während des Abendessens unterhielten. Bei Kaffee und Brandy wandten wir uns von der Regierung ab und dachten an die Industrie, die Herstellungsverfahren unter Verschluß hält, aus Angst, daß konkurrierende Firmen sich ihrer Verfahren bedienen könnten. Wir dachten an die zentralisierten Computer, in denen unsere gesamten lebenswichtigen Tatsachen gespeichert waren – gewissenhaft und nicht auf gut Glück oder wie es gerade kam. Wir dachten an die Börse und die Rennbahnen und die Lotterien – was für die meisten Menschen selbstverständlich immer das A und O ist. Wir dachten an die geheimen wissenschaftlichen Prozesse, wie sie in den Laboratorien ablaufen.

Am Ende des Abends befand ich mich im Zustand der Euphorie. Ich kann mich nicht erinnern, noch einmal etwas Ähnliches erlebt zu haben. Mein ganzes Leben hatte ich mitangesehen, wie die Machtbefugnisse der Regierung wuchsen, die Freiheiten der gewöhnlichen Menschen jedoch abnahmen. Ich hatte die allmähliche Verstärkung der Kontrolle in jedem Lebensbereich erlebt. Die Atmosphäre wurde ständig düsterer, bedrückender, beengender. Diese Regierung, unter der wir damals lebten, deren Maßstäbe alle mit Geld zu tun hatten, damit, wie man welches verdiente, wie man es ausgab, wie man es überwachte, deren Parolen jedoch alle vom Opfer und der Selbstaufopferung tönten, hatte einen Autoritarismus geschaffen, der ebensosehr durch Stimmungsmache wie durch Gesetze regierte – und hier saßen wir nun lachend und stellten uns vor, wie in den einzelnen Menschen (und immer rascher, beschleunigt vielleicht durch die Strahlungen und Gifte, denen wir uns aussetzten) Kräfte heranwuchsen, die bewirken konnten, daß diese ganze Maschinerie überflüssig, altmodisch, überholt war. Ich erinnere mich, der Abend endete mit der Vorstellung, daß alle existierenden Regierungsformen so überflüssig waren wie Dinosaurier: Die Regierung, die mit Heimlichkeiten, Lügen, Tricks oder auch nur mit Dummheit arbeitete – war tot. Das altangestammte Recht des individuellen menschlichen Bewußtseins, das besser Bescheid wissen mußte als jede weltliche oder religiöse Autorität, war wieder in seine Rechte eingesetzt – allerdings auf einer höheren Ebene und in einer neuen Form, die unerreichbar war für irgendwelche Gesetzesformeln. Wir zitierten abwechselnd Blakes »was jetzt bewiesen wird, ward einst nur vorgestellt« und zogen es vor, uns auch nicht ein einziges Mal an die dunkle Seite der menschlichen Phantasie zu erinnern.

Ich ging gutgelaunt ins Bett, voller Optimismus. Ich wachte, wie schon am Vortag, übellaunig und wütend auf, wie ein in der Falle sitzendes Tier. Ich war über meine Reaktion erstaunt. Ich erinnerte mich an den Tag davor, doch das half auch nichts. Ich haßte meine Mutter, und ich haßte Martha, Wellen reinsten, erbitterten Hasses überliefen mich, die aus der Luft zu kommen schienen, mich überfluteten und verebbten und mich mit der üblichen ironischen Zärtlichkeit zurückließen, die ich für die beiden empfand. Die letzten beiden Abende erschienen mir wie Exkursionen in die Manie, und doch konnte ich sie nicht als Hirngespinst oder »Einbildung« oder Spekulation auffassen, weil beide alte Damen wiederholt gesagt hatten, daß sie mich hergebeten hätten, um genau dies mit mir zu besprechen. Doch erst als ich mein Bewußtsein dazu beschwatzt oder es mit List und Tücke dahingebracht hatte, daß es sagen konnte: »Naja, es ist wirklich ein amüsantes Spielchen gewesen«, war ich imstande, den Haß abzuwehren und mich wieder an das zu begeben, was ich tun wollte – über alles in Ruhe nachdenken. Denn ich wußte, was es mit diesem Haß auf sich hatte. Ich hatte schon soviel Zeit darauf verwendet zu kämpfen. Unsere Gemeinschaft in Gang zu halten, war wegen der zunehmenden Repressalien anstrengend genug; und dann saß mir unablässig meine frühe Kindheit im Nacken, an die ich selbst jetzt noch nicht ohne Schmerzen zurückdenken kann. Doch ich wußte sehr gut, was das war, was Lynda und Martha wollten. Und ich wollte nicht kämpfen und mich bloßgeben und Risiken eingehen müssen – ja, ich bin sicher, daß Du jetzt lächelst, wenn Du auf das zurückblickst, was passiert ist. Doch ich haßte sie dafür, daß sie mich daran erinnerten, daß es immer noch Kämpfe auszufechten galt, und ich wußte, daß das der Grund war.

Den ganzen Nachmittag saß ich an einem Fenster, das auf eine sanftgrüne Wiese mit Ulmen hinausging, die einen unsichtbaren Fluß säumten. Auf dem Tisch, wo das Zimmermädchen das Teetablett hingestellt hatte, lag eine Zeitung mit der üblichen geballten Ladung Grausamkeit, Gewalt und Grauen. Zwischen jenem lieblichen englischen Schauplatz und der Zeitung bestand keinerlei Zusammenhang, oder jedenfalls keiner, den ich herstellen konnte. Doch als ich dasaß, fiel mir wieder ein, daß die euphorische Unterhaltung am Abend zuvor damit begonnen hatte, daß sie mich aufforderten, doch einmal zu bedenken, wie eine Regierung auf die Entdeckung reagieren würde, daß einige Bürger seelische Fähigkeiten besaßen, die (wenn man von allem anderen mal absah) als erstes alle »offizielle Heimlichtuerei« hinfällig machen würden. Sie hatten mich nicht gebeten, mich eine übermütige Stunde lang an der Vorstellung zu ergötzen, in welche Fassungslosigkeit und welches Unbehagen das den Staat stürzen würde. Ja, und nun dachte ich nach. Und das, was ich vorherzusehen imstande war, erschreckte mich.

Wieder setzte ich mich mürrisch mit ihnen zum Abendessen. Sie neckten mich. Wir besprachen meine psychologische Reaktion vom Vortag und von diesem Tag und deren Gründe. Meine Mutter gab mir zu bedenken, daß es sie ihre Gesundheit und über lange Strecken ihren Verstand gekostet habe, daß sie ungeachtet eines orthodoxen Klimas an der Beweiskraft ihrer Sinne festgehalten habe. Es hatte sie den größten Teil ihres Lebens gekostet. Martha sagte, in ihrem Fall habe es ein Jahrzehnt des privaten Experimentierens ohne irgendeine Anleitung und Unterstützung außer Ahnungen und einer ausdauernden Veranlagung bedurft. Doch sie glaube, sie habe Glück gehabt, daß sie sich keine dauerhaften Schäden zugezogen habe.

Ich war den »gefährlichen Gedanken« nur drei Tage ausgesetzt gewesen ... Ich erkannte, daß sie um Nachsicht baten. Sie waren zärtlich. Sie bedachten mich scherzhaft mit flehenden Blicken – es sei doch keine Zeit mehr zu verlieren, sagten sie immer wieder. Zeit wozu? Doch ich »begriff« dies Flehen um Aufmerksamkeit für das, was sie eigentlich sagen wollten, nicht. Wir fuhren statt dessen fort, im Stil des vorigen Abends zu reden, indem wir frühere historische Epochen betrachteten, als die Regierungen, Kirchen oder Fürstenhöfe bestimmte Zeugnisse unterdrückt haben mochten und aus welchem Grund das wohl geschehen war. (Auch diese Vorstellungen werden Dir wieder abgedroschen vorkommen – ich bitte Dich jedoch, nicht zu vergessen, daß sie Mitte der siebziger Jahre von einem gebildeten Menschen als Schock empfunden wurden.) Wir verweilten bei der Unterdrückung der Hexerei in England. Die alten Damen hatten Interessantes dazu zu sagen (check: Key). Dann ergingen wir uns wieder ausgiebig in der Phantasievorstellung, was wohl passieren würde, wenn man sich irgendeine Londoner Straße – es sollte eine ziemlich kurze sein, wo die Leute einander wenigstens vom Sehen kannten – aussuchen und das Gerücht verbreiten würde, in diesem oder jenem Haus lebten Leute, die hören konnten, was andere dachten, durch die Wände sehen konnten, »wußten«, wann jemand log. Ich weiß noch, wir sprachen darüber, als handele es sich um einen Roman, den mein Vater geschrieben haben könnte, wenn er das Romanschreiben nicht aufgegeben hätte. Wir kamen zu dem Schluß, daß es nicht lange dauern konnte, bis dieser Haushalt beschloß, woanders hinzuziehen – wenn sie nicht unter irgendeinem Vorwand eingesperrt wurden, wahrscheinlich wegen Störung der öffentlichen Ruhe und Sicherheit.

Mir wurde klar, daß meine Mentorinnen hocherfreut waren, daß die Unterhaltung in diesem Stil fortgeführt worden war, als meine Mutter mich fragte, ob ich es falsch fände, daß sie (sie und ihre Verbündeten) im geheimen arbeiteten. Es fiel mir nicht leicht, ihr darin beizupflichten, daß sie das Richtige taten, und ich wußte, ohne den langsamen Prozeß der letzten drei Tage, wo man mir Schritt für Schritt Eröffnungen gemacht hatte, gegen die mein ganzer Organismus sich auflehnte, hätte ich mich sofort über die Unverantwortlichkeit eines solchen Verhaltens verbreitet, darüber, daß solche Informationen um des Fortschritts willen mit anderen geteilt werden müßten etc. etc.

An jenem Abend erzählten sie mir, ein bestimmter Wissenschaftler, der nach orthodoxen Kriterien über ASW arbeite, sei von seiner Regierung angesprochen worden, die eventuelle Telepathen in der Spionage einsetzen wollte. Und schon Anfang der sechziger Jahre hatten die Russen davon gesprochen, Astronauten mit telepathischen Fähigkeiten einzusetzen – ein legitimer Schritt, doch von welcher Regierung konnte man wohl erwarten, daß sie es damit bewenden lassen würde?

Sie erklärten mir, »sie alle« – das hieß, nicht nur die Ärzte und die Menschen, die in aller Stille in den Anstalten arbeiteten, sondern auch die Freunde außerhalb betrachteten ihre Arbeit, ihre Experimente an sich selbst als eine Art Gut, das ihnen zum Wohle der Menschheit anvertraut sei. Es wurden einem keinerlei Gelübde oder Eide oder Versprechen abverlangt oder gegeben, doch sie gingen davon aus, daß die Beschaffenheit der Staatsgewalt in unserer Zeit nicht zuließ, daß man ihr zutrauen konnte, mit einer derartigen Versuchung fertigzuwerden. Nicht nur um ihrer selbst willen, sondern auch um andere Menschen (Menschen, die ihre eigenen Möglichkeiten vielleicht noch gar nicht kannten) vor Gefahren zu schützen, mußten sie schweigen, in aller Stille, Heimlichkeit und Zuversicht weiterarbeiten, um eine in der Entwicklung begriffene menschliche Fähigkeit vor der falschen Art von Aufmerksamkeit zu bewahren.

Das war ein Appell an meine Verschwiegenheit. So verstand

ich es jedenfalls. Ich erinnere mich, daß es mir ein kindisches Vergnügen bereitet hätte, wenn man mir Zusagen, Gelübde, so etwas abverlangt hätte. Sie baten mich, zu bedenken, daß doch jede Art von Geheimkult oder geheimer Gruppe, ganz zu schweigen von Institutionen wie dem Militär, den Gerichtshöfen, Religionen, Eide und Gelöbnisse verlangten: Der Verrat ist in den formalen Eiden bereits angelegt. Gelöbnisse hatten nur unter Freunden irgendwelchen Wert, wo sie gar nicht erst abgelegt werden brauchten: Ein Eid, der irgend etwas wert war, hatte damit auch schon seine Überflüssigkeit bewiesen.

Ich ging in gehobener Stimmung zu Bett – und wachte auf wie ein Tier, das von Wespen gestochen wird. Mittlerweile war ich auf diese Art Reaktion gefaßt und konnte sie analysieren. Mein Hirn beobachtete den Aufruhr meiner Empfindungen, wie es vorkommt, wenn man von einem Anfall heftiger Verliebtheit gepackt wird oder gegen seinen Willen von einer Abneigung gegen jemanden.

Als die Abenddämmerung sich über die Flußniederung zu senken begann, fand ich meinen gesunden Menschenverstand wieder und begann über das nachzudenken, was Dir am interessantesten überhaupt erscheinen mag – darüber, daß ich keine Fragen gestellt hatte, nicht einmal die, die geradezu zum Himmel schrie. Ich war bis ins einzelne darüber aufgeklärt worden, daß in meinem eigenen Land, unter meiner Nase, seit Jahren Gruppen von Menschen, mittlerweile mehrere Dutzend, ernsthaft mit dem experimentierten, was man üblicherweise als das »Okkulte« bezeichnete. Ob sie auf irgend etwas Interessantes gestoßen seien, hätte ich fragen können, allein schon deshalb, weil ja keine Woche verging, wo nicht irgendwelche Armageddons oder taufrischen Paradiese prophezeit wurden.

Ich hatte nicht gefragt, weil mein Gehirn wie betäubt oder vollgestopft von einem Übermaß an neuen Mitteilungen gewesen zu sein schien: Jede Begegnung mit meiner Mutter und Martha war eine Berg- und Talfahrt zwischen neuen Informationen und meinen eigenen Empfindungen.

An diesem Abend beim Essen stellte ich die auf der Hand liegende Frage, und meine Mutter erteilte mir die schlichte Antwort: Ja, vor allem sieht es so aus, als würde dem Land demnächst eine Art Unfall zustoßen – wahrscheinlich ziemlich bald, doch wir wissen nicht, wann.

Das erörterten wir den Rest des Abends. Ich erinnere mich (gelinde gesagt: mit Interesse) an meinen Gemütszustand. Ich dachte: »Ja, selbstverständlich, irgendwann, irgendwo mußte das ja mal passieren.« Und: »Jeder hat unbewußt irgend etwas der Art erwartet.« Und: »Na gut, in dem Fall sollte man wohl ...«

Meine Mutter war ihres Wissens die erste gewesen, die diese Vorahnung in Gestalt einer »Vision« gehabt hatte. Dann hatten auch noch andere sie gehabt. Das Problem war nur, daß die »Visionen« oder die Träume zwar miteinander übereinstimmten, der Zeitpunkt jedoch schwer zu bestimmen war. »Diese Zone unseres Bewußtseins weiß nichts von unserem Zeitmaß.« Es sah so aus, als würde die Katastrophe mit Radioaktivität zu tun haben. Das Land würde für einige Zeit unbewohnbar sein. Es würden gewaltige Verluste an Menschenleben zu beklagen sein.

Ich ging zu Bett, während ich vage Pläne für meine Freunde und meine Familie machte, und als ich am Morgen aufwachte, befand ich mich nicht (wie an den drei vorangegangenen Morgen) im Zustand finsterer Wut, sondern war verwundert über mich selbst. Ich konnte nicht glauben, was ich gehört hatte. Das schreibt sich leicht. Ich meine damit aber nicht, daß ich glaubte, Lynda und Martha erzählten Lügen oder befänden sich auf einem Irrweg. Ich meine ganz speziell, daß ich zwar akzeptierte, was sie sagten, es jedoch einfach nicht aufnehmen konnte. Wenigstens neun Zehntel meines Wesens glaubten nicht daran, *weil sie nicht gehört hatten, was Lynda gesagt und was ich geantwortet hatte.* Die Erinnerung an Dostojewskis Bericht über den Mann, der am nächsten Morgen gehängt werden sollte, half mir auf die Sprünge. Er schlief gut und träumte lustvoll. Er frühstückte und wurde zum Schaffott geführt, während er den Himmel und die Straßen um sich herum betrachtete, als habe er unendlich viel

Zeit zur Verfügung. Er hatte das Gefühl, nicht die mindeste Eile zu haben. Und als er begnadigt wurde, waren seine ganzen Vorsätze, ein neues Leben anzufangen, sich den Sinn dafür zu bewahren, daß die Zeit ein Schatzhaus und jede Minute kostbar war – vergessen. Er verfiel sofort wieder in den gewöhnlichen somnolenten Zustand aller Menschen.

Mehrere der Wesen, die seine Persönlichkeit ausmachten, hatten die Neuigkeit, daß er gehängt werden sollte, niemals mitbekommen. Wahrscheinlich wären sie immer noch dabei, »sich's wohlgehen zu lassen«, wenn die Falltür sich öffnete.

Als interessante psychologische Tatsache will ich Dir noch erzählen, daß ich den ganzen Tag über, nachdem ich von Lynda – der ich vertraute und glaubte – erfahren hatte, daß mein Land bestenfalls noch eine Handvoll Jahre zu leben hatte, darüber nachdachte (ich tat das damals bereits seit ein paar Wochen), wie man auf der anderen Seite der Dorfstraße ein Haus kaufen könnte, um den Kindergarten zu erweitern, und an welchen Auktionen in der Gegend man sinnvollerweise teilnehmen sollte, um es billig möblieren zu können.

Gleichzeitig beschäftigte mich das, was ich erfahren hatte, versuchte ich, »es aufzunehmen«.

Naja, das dauerte eine ganze Weile. Ich sagte mir immer wieder: Das, was du jetzt vor Augen hast, wird ziemlich bald so tot sein wie der Kadaver einer vergifteten Maus – Lyndas Ausdruck. Unterdessen bewunderte ich frohgemut Bäume, Himmel, die Blumen im Garten der alten Butts, als ich meiner Kusine Gwen und ihren Kindern einen Besuch abstattete. Ich mußte feststellen, daß ich über die Aufzucht einer Rinderrasse auf einem unserer Höfe diskutierte. Ich erinnere mich, daß ich einen ganzen Vormittag damit verbrachte, einem jungen Hund die Vorderpfote zu schienen – und dann plötzlich mußte ich weinen. Wenigstens ein Teil von mir hatte »es aufgenommen«. Er begann langsam Wirkung zu zeigen, während die Neuigkeit mein ganzes Wesen durchdrang.

Dies Problem nahm ich dann mit auf den Heimweg, d. h. Martha und ich; sie hatte mir mitgeteilt, daß vier Leute von uns bereits in aller Stille an der Arbeit gewesen und bereit seien, bei der Aufgabe mitzuhelfen, unseren Freunden auf eine Weise klarzumachen, was passieren würde, um eine Panik oder die Art Geringschätzigkeit zu vereiteln, die ein Vetter der Panik ist und die Menschen daran hindert, weiterzudenken.

Wir bedienten uns keiner der herkömmlichen Methoden, wie eine Versammlung einzuberufen oder einen Rundbrief loszuschicken. Denn derlei Dinge entsprachen nicht dem Geist der »Bewegung«, die ja keine war und der die Leute »beitraten«, indem sie einen von uns mochten und sich irgendwo in der Nähe niederließen und mit jemandem zusammen wohnten. Nachdem wir eine Zeitlang nicht gewußt hatten, was wir tun sollten, verhielten wir uns so, wie wir es in jeder anderen Frage auch getan hätten, und fingen einfach an, mit Freunden zu reden. Ich weiß nicht, was ich erwartet oder befürchtet hatte. Eine hektische Betriebsamkeit oder einen wütenden Aufstand gegen das Verhängnis. Doch nichts geschah. Alsbald sprachen wir bereits über eine wahrscheinliche Verseuchung unseres Landes, darüber, was man tun konnte, wie man die Menschen retten konnte. Doch während jener letzten Tage waren eine Menge Kulte und Bewegungen am Wirken; eine Menge »Prophezeiungen« und Voraussagen, manche zutreffend, manche nicht, lagen in der Luft. Wo immer man mit Leuten sprach, konnte man feststellen, daß zwar ungeheuer viele insgeheim eine Katastrophe erwarteten, jedoch nichts dagegen unternahmen. Na ja, was konnte man auch schon tun? Das heißt, wenn man versuchte, mehr Leute aufmerksam zu machen als nur die Freunde.

Und dann hatte man ja auch noch mit dem Staat zu rechnen. Es ist wirklich sehr schwierig, zu schildern, welche »Stimmung« von diesen staatlichen Kräften ausging. Denn jetzt ist alles so in Schichten unterteilt und kodifiziert und unflexibel – notwendigerweise, natürlich, wenn die halbe Welt Ödland ist, und es mit so vielen Millionen Heimatloser, Verseuchter und Hungriger fertigzuwerden heißt. Wir haben eine Verwaltung, die in jedem

Land genau gleich aussieht, obwohl die Abgrenzungen zwischen ihnen so starr und feindselig sind. Die Verwaltung ist privilegiert und vergleichsweise unabhängig. Die Lawinen menschlichen Mülls haben nur, was die Wohltätigkeit für sie tun kann. Aber wir wissen doch alle mehr oder minder, woran wir sind. Damals mußte die Regierung oder überhaupt jede Art von einflußreicher Instanz behandelt werden wie ein hysterischer oder ein labiler Mensch. Sie war empfindlich. Sie nahm Anstoß. Sie gewährte Vergünstigungen und entzog sie wieder. Sie mußte besänftigt und umschmeichelt werden. Eine ungeheuerliche Zeit! Das einzige, worauf man bei ihr nicht hoffen konnte, war Beständigkeit oder gesunder Menschenverstand.

Und beim Staat würde man es (in noch ärgerem Maß als bei sich selbst und seinen Freunden) mit der Reaktion zu tun bekommen, die ich am Morgen erlebt hatte, nachdem ich von der kommenden Katastrophe gehört hatte, und mich mit der Frage beschäftigte, wie ich an ein neues Haus herankommen und es billig möblieren könnte. Diese psychologische Reaktion wäre notwendigerweise hundertmal schlimmer bei einer amtlichen Instanz, einer organisierten Gruppe von Menschen als bei einzelnen oder kleinen Gruppen. Und außerdem konnten wir nichts Bestimmteres sagen als: Es sieht so aus, als würde diese Katastrophe innerhalb eines Zeitraums von fünf bis zehn Jahren stattfinden. Daß sie schlimm werden würde, daß die Genauigkeit der Voraussage jedoch um so größer werden würde, je näher dieser Zeitpunkt heranrückte, denn einiges von dem, was die Leute »gesammelt« haben, wiese darauf hin, daß etliche auf sie hören und mit ihren Familien entkommen würden.

Unmittelbare praktische Maßnahmen: Wir wollten dafür sorgen, daß es an der Westküste Irlands Orte gab, wo die Menschen hinkonnten, wenn es soweit war. Westküste deshalb, weil der Wind überwiegend von West nach Ost weht. Wir kauften ein Ferienhaus für die Kinder, und eine Familie zog dort ein, um sich darum zu kümmern, während wir nach anderen Häusern Ausschau hielten.

Und jetzt begann eine groteske und niederschmetternde Zeit. Wir konnten die Leute nicht dazu bringen, sich in Bewegung zu setzen, irgend etwas anderes zu tun, als nur zu reden. Der Zufall kam uns zu Hilfe. Es hing mit dem Kauf des ersten Hauses in Irland zusammen. Zwischen uns und Paul war es zu einem Krach gekommen. Nicht zu einem ernsthaften Krach, eher zu einer Abkühlung. Es kam zwar vor, daß er uns übers Wochenende besuchte, und wir trafen uns auch in London. Doch wir witzelten darüber, daß wir uns aus den Augen verloren hätten. Ich sagte ihm, wenn er mehr Zeit mit uns verbrächte, dann würde er sich uns gegenüber auch nicht fremd fühlen. Doch sein Leben war nun mal das schicke London, waren die Dutzende von Leuten, die er jede Woche traf. Er hatte eine Art Sandkastenliebe geheiratet, die später eine Art Prostituierte im Stil der sechziger und siebziger Jahre war. Nicht wirklich eine Prostituierte – Sex war nicht das, was die anboten oder was man von ihnen wollte. Mädchen wie Zena wurden für ihren *Stil* gepriesen, eine hochtheatralische, selbstbewußte Ausstrahlung des Tenors: »Ich bin eine verlorene Seele«. Sie ließen sich lustlos treiben und stellten ihre seelischen Wunden zur Schau wie Orden oder als wollten sie sagen: Da seht ihr, was ihr aus mir gemacht habt! Doch ich grolle euch deshalb nicht. Schlagt mich ruhig noch mal! (Du merkst wohl, ich konnte sie nicht leiden – und die Antipathie hat sich bis heute nicht gelegt! Und gegen eine Frau, die tot ist . . . Paul starb mit ihr. Er starb, als er sie aus dem verseuchten Gebiet herauszuschaffen versuchte, doch sie wollte nicht weg.) Als Ehepaar lebten sie in zwei getrennten Hälften desselben Hauses, und ich glaube nicht, daß sie sich öfter sahen als vor ihrer Heirat. Selbstverständlich hatten sie keine Kinder! Paul ging mit ihr auf große Partys oder zu Theaterpremieren. In den Zeitungen sah man Fotos von ihnen: Mr. und Mrs. Paul Coldridge. Sie waren ein unglaublich gutaussehendes Paar, wie ein Pärchen prachtvoller Schmetterlinge, die sich nebeneinander auf einem Zweig niedergelassen hatten. Wenn er uns besuchte (immer ohne sie), dann sagte er, wonach er sich sehne, sei unser einfaches Leben, doch nach zwei oder drei Tagen kehrte er unweigerlich nach London zurück. Er war sehr reich.

Er hatte sich schon sehr früh meinem Vater und Willy Perkins mit ihrem Coldridge-Esse-Perkins-Rettungsunternehmen angeschlossen. Doch öffentliche Philanthropie und der Erwerb von Reichtum gingen Hand in Hand. Er gab das Geld immer weg – und es strömte nur so zu ihm zurück. Ich habe nie einen so großzügigen Menschen gekannt. Er gab jedem Geld, von dem er auch nur hörte, daß er welches brauchte. Wenn er übers Wochenende zu uns kam, gab er unseren Freunden Hunderte – insbesondere denen, die Kinder hatten.

Und plötzlich bekam ich einen Brief von ihm, der – wahnsinnig war. Es war ein wahnsinniger Brief. Ich ging damit zu Martha. Sie meinte: Gar nicht beachten, irgendsoeine Kurzschlußhandlung von ihm, das sei doch immer so gewesen. Das gäbe sich schon wieder. Zuerst könne ich ihn ja mal besuchen. Noch ehe ich nach London aufbrechen konnte, kam ein weiterer Brief. Er bezichtigte uns, dicke Geschäfte mit Spenden, Kochbüchern und was noch allem zu machen. Der Hauskauf in Irland sei »hinter seinem Rücken« geschehen. Wir hätten ihn betrogen. In London rief ich ihn an. Er schimpfte in den schrillsten Tönen. Im Hotel servierte man mir eine Zahlungsaufforderung. Das Ganze war noch verrückter geworden. Paul wollte die Hälfte der ursprünglichen Summe zurückhaben, die er uns am Anfang gegeben hatte. Davon waren willkürliche Summen abgezogen, beispielsweise für »seine zwölf Tage Aufenthalt 1971« oder »Auslagen für frisches Obst und Sahne im Jahr 1973«. Derlei Dinge. Der springende Punkt dabei war, daß die Summe, die er wollte, für ihn gar nichts war – sie belief sich zu dem Zeitpunkt auf fünftausend Pfund. »374 Pfund für den Anstrich des Hauses meines alten Freundes Jack Sumerson im Jahr 1970«. Wahnsinnig. Ich suchte einen Anwalt auf, obwohl ich mir schon denken konnte, was der sagen würde. Wollte man diese Angelegenheit vor Gericht verhandeln, wäre das einer dieser Fälle, bei dem sämtliche Betroffenen sich zum Narren machen. Wir hatten im Hinblick auf sein

Geld nie getrennte Abrechnungen gemacht – wie wir auch das Geld aller anderen nie getrennt abgerechnet hatten. Das entsprach dem Geist der Sache nicht. Leute legten Geld ein – und das war's.

Ehe ich nach Wiltshire zurückkehrte, gelang es mir, ihn zu sprechen. Er war zwar noch nicht wieder der alte, doch er war auch nicht mehr der Mensch, der einen Anwalt beauftragt hatte, mir ein aberwitziges Schriftstück zuzusenden. Er war niedergeschlagen und verdrossen und sah aus wie jemand, der schon seit Tagen arges Kopfweh hat. Ich erkannte, daß ich hier ein weiteres Beispiel für dies Phänomen vor mir hatte – daß jemand für eine Stunde, einen Tag, eine Woche von Sinnen ist. Ich wußte, er würde sich wieder fangen. Was auch der Fall war. Er kam nach Wiltshire runter, beteuerte immer wieder, wie leid ihm das Ganze täte, und wußte sich sein Verhalten auch nicht zu erklären. Mittlerweile stand es in allen Zeitungen. Paul war ein hochherziger Philantrop, von einer freilich etwas unberechenbaren, impulsiven Großzügigkeit, der von seinem Rudel schäbig gesinnter exzentrischer Bekannter ausgenutzt worden war. Wir wurden als eine Art finstere Geheimgesellschaft präsentiert, die an das unmittelbar bevorstehende Ende der Welt glaubte und aus undurchschaubaren privaten Rücksichten überall höchste Besorgnis und Mutlosigkeit verbreitete. Angeblich nahmen wir Geld von unseren Opfern, um uns die Taschen zu füllen. Reporter und Detektive kamen zu uns. All das war so ziemlich das übliche Schlammaufwühlen, reine Routine, und es war daran nichts Neues oder gar Überraschendes. Es war auch leeres Gewäsch, weil die Beschuldigungen vage waren und keine Antwort zuließen: Die Bezichtigungen wurden gemildert, zurückgenommen, abermals gemildert, durch andere ersetzt – das alles verursachte eine unangenehme, von Mißtrauen bestimmte Atmosphäre.

Es wäre leichter gewesen, wenn wir irgendein Etikett gehabt hätten, eine Tarnung. Was die Ermittler in einen fieberhaften Argwohn stürzte, war, daß wir keine hatten. Wir machten unerfreuliche Wochen durch. Es war ein Nervenkrieg. Ich erkannte ihn von Kindheitserlebnissen aus dem längst vergessenen Kalten Krieg wieder. Die Absicht war, uns einzuschüchtern. In Großbritannien stützte sich die Regierung in Zeiten der Spannungen immer auf Drohungen. Und nicht einmal der Drohung mit Gefängnis oder physischer Mißhandlung – soziale Ächtung, soziale Mißbilligung reichten aus. Was sie von uns wollten, war eine Art Widerruf nach dem Modell all derer, die in letzter Zeit stattgefunden hatten. Wir sollten öffentlich versprechen, brav zu sein, sozusagen früheren bösen Gedanken abschwören, etwas in der Art. Wir taten es nicht. Plötzlich erließ die Regierung die Anordnung, daß wir uns auflösen sollten. Das hatten wir nicht erwartet. Schon deswegen nicht, weil sie das vor dem Gesetz genötigt hätte, herauszufinden, wer »wir« waren. Wir kannten uns ja selbst kaum. Wie würden die das wohl definieren? Während wir das noch mit allen Konsequenzen zu verarbeiten suchten – die Anordnung war von Phoebe Coldridge unterzeichnet, Deiner Großmutter –, wurde sie ebenso willkürlich wieder zurückgezogen.

Dann beschlossen wir, wegzugehen. Die Entscheidung wurde »aus dem hohlen Bauch« getroffen, d. h. im Grunde ohne jegliche formale Diskussionen. Die Detektive, die zu dem Zeitpunkt keinen Zentimeter von uns wichen, waren insofern noch verblüffter, als nach ihren geistigen Maßstäben überhaupt keine Entscheidung gefällt worden war. Es ging vonstatten wie bei den Zugvögeln. Wir blieben nicht zusammen – das heißt, nicht innerhalb eines Gebiets. Es gab nichts, wofür man hätte zusammenbleiben können. So viele andere Gruppen von Menschen waren »abgesprungen«, wie der alte Ausdruck dafür lautete, und lebten ungestört an allen möglichen Orten zusammen. Wenn von uns jemand wegging, dann ließ er Individuen zurück, keine Lebensweise. Einfach leben ist einfach leben, das ist eine Sache des Temperaments. Vielleicht fünfzig Leute gingen in andere Gegenden, wo sie Freunde hatten, und verbreiteten auf diese Weise die Information, daß irgendeine Art Unglück zu erwarten sei. Und unauffällig zogen Gruppen und Familien zur Westküste und lebten dort wie vorher, ohne Aufhebens oder irgendwelche Forderungen und ohne Aufmerksamkeit zu erregen. Als wir umzogen, warst du zwölf oder dreizehn, also wirst Du Dich genausogut wie ich daran erinnern, wie wir lebten und wie wir uns vorbereiteten. Ich füge die Namen all derer bei, die ich noch weiß und die noch am Leben sind, und auch ihren gegenwärtigen Aufenthaltsort, sofern er mir bekannt ist, außer von denen, die bei Dir im Nationalgebiet Nord sind. Ich werde Leute in Delhi bitten, Dir das Material zu schicken, das Lynda anhand der Arbeit, die sie und ihre Gruppe und die verbündeten Gruppen geleistet haben, zusammengestellt hat.

Die Namen sind gegliedert in a) Die Leute, die ohne jeden Anlaß bei uns waren, diejenigen eingeschlossen, die erst im letzten Moment zu uns stießen aufgrund unseres Angebots, wir würden uns um jeden kümmern und jeden retten, der zu uns an die Küsten kam. Natürlich habe ich nicht sämtliche Namen; das Durcheinander war am Ende zu groß. b) Die kleinere Gruppe der Leute mit ASW-Fähigkeiten, die so auf die anderen aufgeteilt waren, daß jede Gruppe eine Art besonders qualifizierter Stütze hatte. Diese Namen dürfen nicht schriftlich aufbewahrt werden, nur im Gedächtnis. c) Diejenigen, die Großbritannien vor dem Unglücksfall verließen, um Menschen in anderen Ländern vor möglichen Auswirkungen zu warnen. d) Diejenigen, von denen wir glauben, daß sie vielleicht immer noch im versiegelten Großbritannien sind, entweder im Schutzbunker (Du weißt ja, daß das für möglich gehalten wird) oder auf einer der Inseln.

Grüße bitte Deinen Mann von mir. Ich war letztes Jahr als brüderlicher Gast zur Panasiatischen Konferenz im Nationalmongolischen Gebiet eingeladen. Ich habe unter irgendwelchen Vorwänden abgesagt, für den Fall, daß das nicht ohne Einfluß auf meine Aussichten bliebe, von Eurer Regierung zu der Konferenz über Pan-Europa und Rußland eingeladen zu werden. Was meinst Du – gibt's da irgendwelche Aussichten? Ich würde Deinen Mann gern kennenlernen. Alle Liebe für Dich und die Kinder . . .

IV

Öffentliche Erklärung zum Auflösungsbescheid, ergangen an die Gemeinschaft auf der White Boar Farm und den umliegenden Gehöften. Unterzeichnet von Phoebe Coldridge in ihrer Eigenschaft als Ministerin.

Wir haben diesen Schritt im Interesse der Gemeinschaft als ganzer und zur Wahrung der Demokratie unternommen. Dies ist ein besonders unerfreulicher Kult, der Familien auseinanderreißt, vorgibt, eine »gesunde« Lebensweise zu ermöglichen, während er Grundsätze verbreitet, die denen, wie sie von der Mehrheit der Menschen in diesem Land vertreten werden, abträglich sind und, wie wir aus zuverlässiger Quelle wissen, ein unlauteres Finanzgebaren begünstigen. Wir haben folglich die Auflösung der Gemeinschaft angeordnet.

V

Teil eines Briefes von Paul Coldridge an Phoebe.

. . . und damit bringst Du mich vielleicht in eine Lage! Ich frage mich, wie sehr das Ganze meine Schuld ist? Die Anwälte haben das Pferd beim Schwanz aufgezäumt. Ich war in der Woche krank, sonst hätte ich sie niemals tätig werden lassen. Gestern kam ein Inspektor zu mir. Ich wurde gefragt, ob ich bereit sei, nötigenfalls vor Gericht gegen sie auszusagen. Ich habe gesagt nein, natürlich nicht. Du wirst doch wohl nie im Ernst angenommen haben . . . [eine Zeile ausgestrichen] Jill ist [drei Zeilen ausgestrichen] glücklicher, als ich sie *je* erlebt habe. Ich *weiß*, daß das nicht Dein Lebensstil ist, ebensowenig wie meiner. Doch, ich stimme zu, wenn es heißt, das sei ansteckend. Als ich letztesmal unten war, hatte ich das Gefühl, daß sie sich immer mehr von den Problemen der Normalbürger *entfernten*. Doch, ich habe Freunde dort. Ich bin eine Art Vaterfigur für sie. Ja, das hört sich wohl komisch an! Ich habe das Gefühl, daß es gefährlich ist, Dir so etwas zu sagen, Phoebe (ich *kann* einfach nicht glauben, daß so etwas jetzt wirklich passiert!), doch ich habe gleich zu Anfang Geld hineingesteckt, und Francis konnte damit machen, was er wollte. Die Anwälte haben das mißverstanden. Francis ist sehr tüchtig. Ich will sagen, das *letzte*, was ich möchte, ist, daß *irgend jemand* annimmt, er sei imstande gewesen, Spenden zu mißbrauchen! Ja, er ist wohl bisweilen eigenmächtig – aber bedenk doch, welche Verantwortung er hat! Alle bürden ihm irgend etwas auf, und dann mäkeln sie, wenn es schiefgeht – eine alte Geschichte, *stimmt's Phoebe?* Bitte, bitte, ich bitte Dich wirklich inständig, wenn Du irgend etwas unternehmen kannst, das . . .

VI

Brief von Phoebe an Paul. Der Umschlag trägt den Stempel Persönlich und Vertraulich; der Brief ist per Hand zugestellt worden.

Die Anordnung ist rückgängig gemacht worden, wie Du mittlerweile wahrscheinlich weißt. Ich habe auf Anraten meiner Beamten hin gehandelt. Natürlich sieht die Sache nach Deinem Brief etwas anders aus. Ich brauche Dich wohl nicht erst zu bitten, von Deinem oder diesem Brief nichts an die Öffentlichkeit dringen zu lassen? Ich werde eine weitere Presseerklärung herausgeben, aus der hervorgeht, daß wir die Sache gern fallenlassen möchten.

Mein persönlicher Eindruck ist, daß diese sogenannten Stätten des »einfachen Lebens« verboten werden sollten. Natürlich sehe ich auch, wie attraktiv sie sind – wer sähe das nicht? Doch das ist eine selbstsüchtige Lebensweise. Es entzieht dem Land viele tüchtige Arbeitskräfte. Wenn doch bloß das ganze Gesindel und die Unruhestifter verschwinden und sich auf Bauernhöfen zu schaffen machen würden – doch nein, es müssen Menschen sein, die dem Land etwas geben könnten, wenn sie nicht fänden, daß sie Besseres zu tun haben. Wenn man bedenkt, in welchem Zustand unser armes Land sich befindet und daß jede Hand zum Zupacken gebraucht wird, dann überrascht es mich nicht, daß die

Öffentlichkeit so feindselig gegen diese Leute eingestellt ist. Die Tatsache, daß meine Töchter diese Lebensweise gewählt haben, hat damit nichts zu tun. Ich hoffe, man traut mir in meinem Alter zu, daß ich öffentliche und private Empfindungen auseinanderhalten kann. Ich darf vielleicht noch sagen, daß Gwen sich zwar freundlicherweise gelegentlich noch mit mir trifft, ich von Jill hingegen seit Jahren nicht einmal mehr eine Postkarte bekommen habe. Auch Francis beehrt mich nicht etwa mit seinem Vertrauen. Meine Enkel sehe ich nie. Und wie geht es Dir? Weshalb hast Du denn nicht um ein Gespräch gebeten oder mich aufgesucht, statt zu schreiben? (Netter und sicherer!!) Wenn Ihr Euch je die Mühe gemacht hättet, ein bißchen Kontakt zu halten, die Sache zu erklären, dann wäre dieser unselige Vorfall nicht passiert. Unselig für diese arme Regierung, doch ich nehme nicht an, daß das irgendeinen von Euch interessiert. Ich habe gehört, Deine Anstrengungen zugunsten des Coldridgeschen Wanderzirkus finden allgemeine Anerkennung.
Mit herzlichen Grüßen,
Deine Phoebe

VII

Teil eines Briefes von Martha Hesse an Francis Coldridge. Er stand in einem alten Schulheft. Als es in Francis' Hände gelangte, wickelte er es in SCHUTZPAPIER extrastark *und schrieb auf die Außenseite: Von der verseuchten Insel Faris vor der Nordwestküste Schottlands. Gefährliches Material.*

Ob ich nun auch wirklich an Dich schreibe, Francis? Hoffentlich. Ich werde bald sterben und habe deshalb das Gefühl, ich sollte alles aufschreiben. Erinnerungen sind kostbar geworden. In welchem Ausmaß das der Fall ist, werden die Jungen herausfinden, wenn sie von hier weggehen. Ich weiß, Du kannst Dir denken, wo wir sind. Ich kann mir auch denken, wo Du bist. Ich habe Dich oft gehört. Es war wohl eine schlimme Zeit für Dich? Ich habe Deinen Vater gehört. Er ist sehr unglücklich. Ich habe versucht, mit ihm zu sprechen – war aber nie sehr gut. Kann es sein, daß ich ein-, zweimal mit Dir gesprochen habe? Ich habe jedoch immer Angst, zuviel zu sagen, es könnte ja sein, daß die falschen Leute es aufschnappen: Es hat nämlich noch keine Gruppe von Menschen auf eine Insel verschlagen, die so wenig erpicht darauf war, gerettet zu werden – überrascht Dich das? Wenn dieser Brief für Dich bestimmt ist, lieber Francis, dann brauche ich erst dort anzufangen, wo die letzte Panik einsetzte. Den Rest kennst Du ja.

Während der letzten drei Wochen verlor ich den Kontakt zu Dir. Das war drei Jahre, bevor ich zu dem Schluß gelangte, daß Du mit Deiner Gruppe heil davongekommen bist. Mein Problem war, daß ich Lynda verlor. Wir hatten geplant, daß jede Einheit einen erstklassigen »Hörer«, einen erstklassigen »Seher« dabei haben sollte. Unserer war Lynda (die damals beides war). Wir hatten nicht im mindesten vorausgesehen, welch ungeheures Durcheinander entstehen würde. Da war vor allem unser Entschluß, etwas dagegen zu unternehmen, daß so viele von uns schon Bekanntschaft mit der Heilanstalt gemacht hatten: das spielte nachher überhaupt keine Rolle. (Das war 1977, Du erinnerst Dich gewiß.) Am Schluß, als die reine Hysterie herrschte, schleppten sie sowieso alle und jeden rein und sperrten sie mit der Begründung ein, das seien alles Verrückte. Lynda hatte schon einige Zeit außerhalb der Anstalt gelebt, doch sie nahmen sie fest und steckten sie in eine Geschlossene Abteilung. Diese Festnahmen liefen unter der Bezeichnung »jemanden zu seinem eigenen Schutz in Gewahrsam nehmen«. Das Aberwitzige war dabei, daß diejenigen, die sich bereits in Anstalten befanden, sich genauso ungehindert bewegen konnten wie sonst auch. Die anderen hingegen, die ihnen bei ihrem großen Fischzug ganz am Schluß ins Netz gegangen waren, konnten das nicht. So daß während der letzten Wochen einige unserer besten Leute eingesperrt wurden und erst in allerletzter Minute herauskamen. Wenn überhaupt. Sie konnten uns überhaupt nicht helfen, als wir sie am meisten brauchten. Sie erreichten als letzte die Abfahrtsstellen. Ich hörte, daß Lynda rausgekommen war, sah sie jedoch nicht wieder.

Ganz am Schluß, als ich vorn am Pier stand und auf die vergangenen sechs Monate zurückblickte, dachte ich mir, daß wir alles ganz anders hätten machen müssen. (Sechs Monate, weil wir doch davon ausgehen konnten, daß wir vier bis sechs Monate vor dem Ereignis gewarnt werden würden.) Unser Plan, wenn wir endgültig Bescheid wüßten, also vier bis sechs Monate vorher, einfach aufzustehen, eine Ankündigung zu machen, zu warnen und die nötigen Konsequenzen zu ziehen, war schlecht durchdacht. Unser Fehler bestand darin, daß wir nicht mit der Massenhysterie gerechnet hatten. Wir dachten wohl, weil alle seit langer Zeit schon so überdreht und gewalttätig waren, könnte es schlimmer gar nicht mehr kommen. Wir hatten nicht damit gerechnet, daß die Gerüchte über die drohende Katastrophe aus dem Land einen einzigen Hexenkessel machen würden. Viele Menschen mit einer gewissen Sehergabe, die jedoch nie zur Entfaltung gelangt war (wahrscheinlich wären sie böse geworden oder hätten sich geängstigt, wenn sie von dieser Gabe erfahren hätten), »schnappten« Bruchstücke der Zukunft »auf«. Und die betrafen England nur zum Teil. Ebensoviele Gerüchte drehten sich um die Überflutung New Yorks und New Jerseys, die teilweise Überflutung Virginias – verblüffend genaue Vorhersagen. Aber der allgemeine Effekt war doch der: Es erhob sich ein Wehgeschrei aus tausend Kehlen, unsere nicht ausgenommen – und wenn die Menschen Angst haben, sind sie grausam und dumm. Eine schlichte Tatsache. Vermutlich ist das Wichtigste, wenn man eine schlimme Zeit erwartet, in der die Menschen sich mit Sicherheit fürchten werden, sich gegen die Panik und die Grausamkeit zu wappnen.

Wir haben uns zu sehr vom Verstand leiten lassen. Wir setzten Anzeigen in alle Zeitungen, die sie annahmen, sprachen bei Fernsehauftritten gewissermaßen nebenher unsere Warnungen aus und riefen zu Versammlungen auf. Eine Versammlung in der Caxton Hall fiel auf einen jener Abende, als die Straßen voller

»Tänzer« waren. Sie waren wie die Horden, die, in längst vergangenen Zeiten, vom Veitstanz gepackt wurden. Wir saßen im Saal und warteten, daß Leute kämen. Dann taumelten ein halbes Dutzend Menschen herein und sagten unter Gekicher, sie wüßten zwar, daß sie zum Untergang verurteilt seien, doch das sei ihnen egal, und taumelten wieder hinaus. Das waren keine jungen Leute, sondern betrunkene Frauen, betrunkene Männer. Oder vielleicht waren sie gar nicht betrunken: Das war nicht ohne weiteres zu erkennen. Doch so sah das aus, was sich am Schluß abspielte. Es war, als wären die Menschen verdammt. Als scherte es sie nicht, was passierte. Jedenfalls am letzten Morgen, als unsere Gruppe von der Küste abgeholt werden sollte, stellten wir fest, daß fast alle, die kamen, persönlichen Kontakt zu einem von uns hatten: Sie waren ansprechbar gewesen, weil sie irgendeinem von uns persönlich vertrauten oder jemanden mochten. Ob sich das bei Deiner Gruppe wohl genauso verhielt? Natürlich kamen im letzten Augenblick noch eine Menge, weil wir überall Flugblätter mit Adressen hingelegt hatten. Und manche kamen und sagten beispielsweise: Ich bin gekommen, weil ich das Gefühl hatte: bei denen bist du gut aufgehoben. Und Leute brachten Kinder, die sie von der Straße weggeholt hatten, wo sie angsterfüllt herumgerirrt waren. Ein Schwarzer kam mit seinem zehnjährigen Sohn zu mir und sagte: Nehmen Sie sich seiner an. Er ging wieder weg, weil er möglichst noch andere retten wollte. Ich weiß nicht, was aus ihm geworden ist. Und natürlich waren eine Menge Menschen vor der Katastrophe weggegangen, weil wir immer gesagt hatten: Wenn Ereignisse eintreten, die Sie davon überzeugen, daß unsere Vorhersage einer Katastrophe für den und den Tag stimmt, dann gehen Sie weg, so schnell Sie können.

Kannst Du Dir vorstellen, daß unsere Gruppe ein paar Tage lang nicht mit Bestimmtheit wußte, in welcher Form das Unglück eingetreten war?

Wir waren im Nordosten und halfen unseren Leuten und allen, die bereit waren, sich anzuschließen, nach Westen hinüberzukommen. Die Regierung dementierte die Gerüchte über die Gaswolke. Die Leute behaupteten, infolge irgendwelcher Zerstörungsakte ströme Erdgas aus den Nordseevorkommen aus, habe sich bereits über weiten Teilen Nordostenglands ausgebreitet und werde durch eine Warmluftschicht dort festgehalten. Andere behauptete, radioaktive Raketen von einem russischen U-Boot, das seit einigen Wochen als vermißt gegolten hatte, seien gesunken und verströmten ihre Gifte in die Nordsee. Wir wissen immer noch nicht, ob da irgend etwas dran war! Aber als wir ablegten, quollen die Strände über von stinkenden Fischen, die Vögel fielen tot vom Himmel, und noch meilenweit landeinwärts reichte das schleichende Verderben, das vom Meeresrand ausging. Die politische Führung gab Erklärungen ab und nahm sie wieder zurück. Wir dürfen wohl annehmen, daß zu dem Zeitpunkt niemand die Wahrheit kannte. Jedenfalls wurde der Teil Englands als erster abgeriegelt, und außer den Entseuchungskommandos kam niemand mehr rein oder raus. Und zu der Zeit waren wir bereits an unseren Ablegeplätzen an verschiedenen Punkten der Küste. Dann kam die Meldung, und auch ihr wurde sofort widersprochen, daß ein Trakt der Forschungsstation in Porton Feuer gefangen habe, und in dem ganzen Durcheinander sei eine Art Nervengas freigesetzt worden, das nun alle bedrohe. Wir sollten Ruhe bewahren und uns beim nächstgelegenen Krankenhaus melden. Nach allem, was ich mitbekommen habe, könnte das gestimmt haben und wäre dann nicht einfach nur ein Gerücht unter den vielen anderen gewesen, die wie eine Feuersbrunst oder ein Sturmwind über das Land fegten. Am selben Morgen ging das Gerücht, in Aldermaston sei ein Unglück passiert, und das halbe Land sei bereits zum Untergang verurteilt. Dies Gerücht fiel zeitlich zusammen mit der Rundfunkmeldung, in Oxfordshire sei ein chinesisches Flugzeug abgestürzt. Ein Pilot habe »die Freiheit gewählt«, indem er sich eines Militärflugzeugs bemächtigte, das bis obenhin voll war mit besonders verheerenden atomaren Kampfmitteln, die zur Lieferung an die Guerillatruppen in Brasilien bestimmt waren. Seine Bruchlandung habe England den Rest gegeben. Diese Meldung wurde nicht von einem Regierungsvertreter durchgegeben. Das gesamte offizielle England war bereits in die unterirdischen Schutzbunker hinabgestiegen.

Einige davon befinden sich immer noch dort – ich glaube das wirklich, Francis. Ich weiß, es klingt absurd. Wenn ich auch weiß (gesehen habe), daß die Einsatzkommandos England in regelmäßigen Abständen Besuche abstatten, um festzustellen, ob es schon zur Rehabilitation und zum Wiederaufbau taugt, so weiß ich doch auch, daß es keine Karte und kein Verzeichnis sämtlicher unterirdischer Bunker gibt, die in Großbritannien in einem dichten Netz existieren. Von manchen weiß man, wo sie ungefähr liegen, von anderen nicht. So rächt sich die übertriebene Geheimhaltung, die paranoide Eifersucht zwischen den verschiedenen Militärbehörden, die einander solche Informationen nicht anvertrauen mochten. Es ist vorstellbar, daß mehr als fünfzehn Jahre nach dem Ereignis immer noch Überlebende wie die Maulwürfe in ihren gemauerten Tunnelgängen hocken und sich nicht nach oben wagen. Ich glaube, das ist der Fall. Ich habe sehr viele »Bilder« gesehen. Doch mag sein, daß das alte waren, keine aus jüngster Zeit, ich weiß es nicht.

Am Ende erfolgte die Meldung darüber, was passiert war, größtenteils über private Rundfunksender, die für diesen Zweck errichtet worden waren. Die Menschen, die nicht tot waren oder im Sterben lagen oder den sicheren Tod erwarteten, sollten sich zu den westlichen Küsten durchschlagen und dort abwarten. Denn kein Flugzeug würde es wagen, im Inneren des verseuchten Großbritannien zu landen.

An unserem speziellen Stützpunkt an der Küste hatten wir alle nur erdenklichen wissenschaftlichen und medizinischen Hilfsmittel zusammengetragen und Leute versammelt, die zu ihrem Gebrauch ausgebildet waren. Wir hatten Geld und alle möglichen Tauschwaren. Wir hatten auch Nahrungsmittelkonzentrate und jede Menge warmer Kleidung und Decken und Felle. Denn in diesem letzten und »technisch fortgeschrittensten« aller

Kriege bewahrheitete sich mehr denn je zuvor: das erste, woran es in Kriegszeiten mangelt, ist Wärme.

Wir hatten all diese Dinge um uns herum aufgestapelt und standen und beobachteten die Scharen der Flugzeuge, die aus allen Himmelsrichtungen herbeigeflogen kamen. Sie landeten, wo sie irgend konnten, nahmen ihre menschliche Fracht auf, schafften sie an irgendwelche Plätze in Kanada, Neufundland oder in der Karibik und kamen wieder zurück. Überall am Horizont tauchten Schiffe auf und strebten auf uns zu. Man hatte den Eindruck, daß alle Welt mit unermüdlicher Tüchtigkeit und Unerschrockenheit im Einsatz war, um Rettungsarbeit zu leisten, nachdem einmal mehr etwas Entsetzliches geschehen war, das durchaus vorhersehbar und vermeidbar gewesen wäre.

Es gab keinen bestimmten Grund, daß unsere Gruppe gerade zu diesem Zeitpunkt aufbrach und nicht zu einem anderen. Als wir mit unseren Säuglingen und Bündeln so dastanden, fiel mir eine Geschichte aus dem Zweiten Weltkrieg wieder ein, die mir jemand erzählt hatte. Ein Mann befand sich auf dem »unsinkbaren« Schlachtschiff *Repulse*, als es binnen weniger Minuten von japanischen Kampffliegern versenkt wurde. Er war Offizier. Er stand am Fuß der Treppe, die sich infolge der Schlagseite des Schiffes bereits geneigt hatte. Männer gingen an ihm vorbei nach oben, sehr rasch, aber diszipliniert, da sie wußten, das Schiff hatte nur noch wenige Minuten, und diejenigen, die am Ende der Schlange darauf warteten, die Treppen hinaufzukommen, würden sterben. Mein Freund stand da und schaute zu. Ein Offizierskamerad ging an ihm vorbei und sagte: »Kommen Sie nicht mit?« Das veranlaßte ihn, sich dem Strom der Männer anzuschließen. Es war irgendein Gefühl des Anstands oder sogar die pure Höflichkeit, die ihn bewogen hatten, stehenzubleiben und zuerst die anderen durchzulassen, während doch jede Sekunde über Leben und Tod entschied. Für uns war es keine Frage von Sekunden, Minuten, Stunden oder auch nur Tagen. Wir wußten, daß wir bei dem starken Wind, der von der Küste ostwärts blies, eine Weile in Sicherheit waren.

Wir warteten gemeinsam ein paar Stunden, umgeben von weinenden, flehenden Menschen. Und von Menschen, die gefaßt und vernünftig waren, von Kindern, die von ihren Eltern getrennt und allein waren.

Unsere Gruppe setzte sich in Bewegung und bestieg ein kleines Schiff, wie sie zu Vergnügungsfahrten entlang der Küste benutzt werden. Mit den Kindern waren wir über hundert, und dazu kam eine gewaltige Menge Gepäck. Am Schluß entledigten wir uns in aller Eile der Gepäckstücke, die die Instrumente und Arzneimittel enthielten: Wir würden bald jenseits des Atlantik sein und damit in guter Obhut und würden ohne diese Dinge auskommen können.

Das Meer war sehr ruhig. Doch als das Land außer Sicht war, drehte der Wind, wir hatten Seegang und gerieten in einen bösen Sturm. Wir waren überzeugt, wenn er vorüber wäre, würden wir von einem der großen Schiffe aufgenommen werden, von denen dieser Teil des Atlantiks nur so wimmelte. Doch unser Schiff taugte nur dazu, in geschützten Gewässern von Hafen zu Hafen zu fahren. Einen Tag lang hielt es sich gut, dann fielen die Maschinen aus. Fast eine Woche lang wurden wir vom Sturm nordwärts getrieben. Wir konnten nicht glauben, daß das Schiff noch lange mitmachen würde, die Wellen waren einfach zu hoch. Mehrere Menschen starben: an der Kälte, an dem irrsinnigen Rollen und Stampfen und an der Seekrankheit. In der zischenden, pfeifenden Finsternis eines Unwetters wurden wir eines Morgens an die Küste dieser Insel geschmettert. Das Schiff saß in einem solchen Neigungswinkel zwischen den Felsen fest, daß wir alle wie die Maikäfer in der Ecke einer Zigarrenkiste aneinandergepreßt wurden. Als es hell war, sahen wir, daß Ebbe war und am Bug des Schiffes der Strand anfing. Noch mehr Menschen waren gestorben. Wir rollten die Leichen vom schrägstehenden Deck ins Meer: Später wurden sie angespült, und wir mußten sie begraben. An einem kühlen Morgen, die Sonne verbarg sich hinter dem zornigen Rot eines Wolkenschleiers, taumelten wir an Land.

Dreiundsiebzig von uns waren übriggeblieben. Wir waren auf einer Insel, die vor gar nicht langer Zeit noch bewohnt gewesen war. Etwa ein Dutzend verlassene Steinhütten in recht gutem Zustand gab es. Es waren Schafe und ein paar Rinder auf der Insel. Beide sehr verwildert. Den ersten Tag verbrachten wir damit, unsere Sachen vom Schiff herunterzuschaffen, wenn die Gezeiten es zuließen. Wir dachten, das Boot würde zerschellen, doch das geschah nicht. Es war zwischen den Felsen festgekeilt. Die Insel mißt ungefähr fünfzig mal zwölf Meilen. Wir nehmen an, daß wir uns vor der Westküste Irlands befinden. Ihren Namen wissen wir nicht.

Zuerst standen wir vor den Problemen des physischen Überlebens.

Nach wie vor ist das schlimmste Problem die Wärme. Wir hatten ordentliche warme Sachen und Decken – vor fünfzehn Jahren. Wir haben unsere Schafe gezähmt und machen uns anständige Lammfellkleidung. Doch an Brennmaterial sind wir immer knapp. Die Insel ist mit niedrigem Gestrüpp bewachsen, das als Brennmaterial nur wenig hergibt. Wir verwenden getrockneten Seetang und Treibholz. Zum Heizen machen wir jedoch nur während der schlimmsten Winterkälte Feuer an und sind entsprechend abgehärtet. Ein paar der alten Leute starben in den ersten Wintern vor Kälte.

Vielleicht waren aber auch die Strahlen schuld. Wir verloren während der ersten drei Jahre weitere dreißig Menschen, die an unerkannten Krankheiten starben. Einer von ihnen war unser Arzt. Bei ihnen allen traten Blutungen auf – sie bluteten aus Mund, Nase, Augen, Anus, Vagina, Ohren. Oder die Haut wurde wie leprös, und das Fleisch schrumpfte ein. Oder die Leute bekamen schreckliche Kopfschmerzen, wie Migräne, nur gingen sie nicht wieder weg wie Migräne. So daß sie es nicht mehr aushalten konnten und sich umbrachten. Von Anfang an gingen die, die krank wurden, von den Gesunden weg ans andere Ende der Insel, wo sie sich Steinhütten bauten und die Zeit, die ihnen noch blieb, gemeinsam verbrachten.

Ein paar wurden verrückt. Doch bei aller Erfahrung, die wir hatten, fiel es uns nicht leicht zu sagen, wer nun verrückt war und wer nicht. Eine Frau, die andere umzubringen versuchte, mußten wir anbinden. Wir fesselten sie mit Stricken. Dann wurde sie wieder vernünftig, und wir machten sie los. Während der Jahre bis zu ihrem Tod mußten wir sie immer wieder wochenlang festbinden wie ein Tier und füttern wie ein Baby. Wenn sie merkte, daß es wieder soweit war, kam sie jedesmal und bat darum, festgebunden zu werden. Wir wissen nicht, was das für eine Krankheit war. Lynda wüßte es oder sonst jemand, der sich wie sie mit Heilanstalten auskennt.

Die Ernährung war nie ein Problem. Wir hatten glücklicherweise Saatgut bei uns. Einer von uns hatte es »für alle Fälle« mitgebracht. Neben den warmen Sachen war es das Beste, was wir hatten. Wir schlachten die Schafe und essen das Fleisch, auch Rindfleisch, aber selten. Wir haben Milch für die Kinder. Wir fangen Fische und haben eine Wildentenart gezähmt und züchten sie.

Wir haben noch mehr Steinhäuser gebaut, und zwar an drei verschiedenen Stellen. Als Mörtel verwenden wir Lehm mit etwas Sand und zerdrückten Schalen von Möweneiern.

Wir haben manchmal Witze darüber gemacht, daß ein Tourist vor zwanzig Jahren auf der Suche nach dem einfachen Leben Tage bei uns hätte verbringen können, ehe er überhaupt gemerkt hätte, daß mit uns wohl irgend etwas nicht ganz stimmte! Wir haben alles Lebensnotwendige. Doch wann hatte man, ehe die schlimme Zeit anbrach, wohl zuletzt eine Gemeinschaft ohne Hund, ohne Katze, ohne Esel, Ziegen, Pferde, Maultiere, ohne einen Kanarienvogel im Bauer, ohne Tabak, Süßigkeiten, Zucker oder Tee oder Kaffee gesehen?

Vielleicht würde unser hypothetischer Besucher mit der Liebe zum einfachen Leben das ja alles noch schlucken, doch was würde er wohl davon halten, daß es kein Radio, kein Fahrrad, kein Moped, keine Schreibmaschine gibt? Gemeinschaften ohne Strom für Beleuchtung, Herde und Kühlschränke muß es ja wohl gegeben haben. Aber ich bin sicher, keine ohne Öl. Wir benutzen Kerzen aus Hammeltalg als Lichtquelle und Seife aus Talg und Sand.

Einen Mangel empfinden wir aber doch als Unglück: Es hätte hier ja schließlich gut ein paar Bienen geben können, aber wir sind nie auf welche gestoßen. Ein paar von uns Älteren lechzen nach etwas Süßem; die Jüngeren kennen »süß« vom Geschmack der Pastinake und der Roten Bete als einen Geschmack unter vielen. Sie lutschen an salzverkrusteten Felsstückchen. Wir erklären ihnen, was für Essen in der modernen Zeit auf den Tisch kommt, wir erklären ihnen Maschinen, Konfektionskleidung, die Verkehrsmittel, Wolkenkratzer und die Methoden der Kriegsführung. Wir sprechen über Bibliotheken, tragen Gedichte vor und erzählen ihnen Geschichten aus allen Ländern der Welt, beschreiben Orchester, Opern, Ballette, ein gesellschaftliches Ereignis wie den Ball und seine Tänze. Sie hören ernsthaft zu und merken sich alles, weil sie wissen, daß sie eines Tages mit solchen Dingen zurechtkommen müssen. Vorerst tragen sie Lammfellkleidung oder Kleidungsstücke aus alten Decken; sie haben von Hand zusammengestoppelte Schuhe aus Rinderhaut an; ihr Essen besteht aus dem, was die Steinzeitmenschen aßen. Und es wird auf offenen Feuerstellen in Aluminiumtöpfen vom Schiff gekocht, mit den Gerätschaften einer modernen Küche zubereitet.

Und von diesen Kindern möchte ich Dir erzählen.

Als wir ankamen, hatten wir ein halbes Dutzend Babys, Kleinkinder, zwei davon elternlos, ein Dutzend größere Kinder, die Hälfte elternlos, ein paar junge Leute, die sich bald zu Paaren zusammentaten, wie auch die älteren oder alten Erwachsenen. Selbst die Babys, mit denen wir hergekommen sind, sind fast erwachsen: Sie fangen an, Paare zu bilden. Sie sind siebzehn, achtzehn, und sie machen den üblen Nachgeschmack vergessen, den wir von den herangewachsenen Babys unserer toten Kultur noch haben. Vielleicht wären diese Kinder ja besser dran, wenn sie hierblieben? Gemessen an der kleinen Zahl, die hier an Land gegangen ist, haben wir eine Menge Kinder in die Welt gesetzt. Und keines ist gestorben. Sie sind sehr gesund. Oder jedenfalls glauben wir das. *Wir wissen es nicht.* Du mußt bedenken, daß wir manche Phänomene, die hier auftreten, nicht deuten können, weil uns die Mittel fehlen. Wir haben keine Geigerzähler, keinerlei Mittel, um irgendwelche Schadstoffe oder eventuelle Verschmutzungen von Meer und Land zu messen. Wir haben nicht einmal so etwas wie einen Regenmesser, ein Thermometer oder Barometer. Wir wissen nur, daß manche Insekten Feuchtigkeit, andere Trockenheit bevorzugen, daß Wolken bestimmte gleichbleibende Merkmale haben und die Vögel zu bestimmten Jahreszeiten weiterziehen. Wie wir auch sehen, daß unter Insekten und Vögeln und Fischen schrecklich viele Mißbildungen auftreten. Das heißt, wir Älteren sehen das so. Die Jungen sehen es mit anderen Augen: eine Vogelart ist mal so und mal so. Wenn ein Baby geboren wird, stehen wir da, um einen ersten Blick zu erhaschen, und wenn es dann kommt und der alten Vorlage entspricht, ist uns, als hätten wir etwas lebendig und unversehrt einer Vernichtungskatastrophe entrissen. Bis jetzt haben wir keine Überraschung erleben müssen. Das heißt, keinerlei Schock in physischer Hinsicht: Gliedmaßen, Augen, Nasen, alles war an der richtigen Stelle.

Gestern sah ich, wie ein sechzehnjähriges Mädchen, das sein erstes Kind erwartet, am Strand kniete und einen angeschwemmten Fisch betrachtete. Der Fisch war sozusagen doppelt – nein, nicht wie Siamesische Zwillinge. Es war ein Fisch, der in einen anderen Fisch eingeschlossen war, wobei der äußere Fisch von einer zarteren, feineren Durchsichtigkeit war, und es war schwer zu sagen, ob der eingesperrte Fisch sterben mußte, weil er in den umhüllenden Fisch eingeschlossen war, oder ob der zarte äußere Fisch durch seine innere Bürde überfordert war und deshalb starb.

Doch soweit wir das wissen können, mag ein solcher Fisch mittlerweile der übliche Bewohner anderer Weltmeere sein, wo solche Geschöpfe wachsen und gedeihen, und mag sein, daß sie nur sterben müssen, wenn sie sich in unsere kalten nördlichen Gewässer verirren ... Du denkst vielleicht, ich scherze? Doch Du mußt bedenken, daß zu Beginn unseres Aufenthalts hier die Luft und die Gewässer Großbritanniens gerade erst vergiftet worden waren und die Meere an seinen Küsten ebenfalls. Bedenke doch, daß die Katastrophen an der amerikanischen Ostküste gerade erst passiert waren. Wir wußten ja nicht, wie arg der Schaden war, den die Welt sich zugefügt hatte. Wir wissen es immer noch nicht. Wir sind ausschließlich auf unsere Sinne angewiesen. Und wir haben nur mittelmäßige Seher und Hörer unter uns. Wenn wir anfangs hinhörten (und das ging Monate um Monate nach der Katastrophe so weiter), war da nichts als ein einziges kreischendes, wimmerndes, heulendes Tollhaus von Lauten, als flehte die ganze Menschheit um Gnade und Hilfe. Und noch immer gerät man allzu leicht auf diesen Kanal. Wir hatten keine Ahnung und wissen immer noch nicht, ob das Ereignis in Großbritannien nicht anderswo alle möglichen Kriege ausgelöst hat und ob es mittlerweile nicht vielleicht mehr als zwei kranke Zonen gibt. Wir wußten nicht, ob wir der Luft, die über unsere Köpfe strich, den Meeresströmen, die uns umgaben, überhaupt trauen konnten. Wochen und Monate waren wir von einem nur mühsam kontrollierten Entsetzen gelähmt, denn jeder Atemzug konnte unser Tod sein, und vor der Panik bewahrte uns nur, daß wir alle Hände voll zu tun hatten, um uns mit der nötigen Nahrung und Wärme zu versorgen.

Auf der Insel gibt es kleine Flüsse. Wir beobachteten sie, um herauszufinden, wie es um ihre Fische und die Vögel dort bestellt war. Wir behielten das Meer im Auge. Nichts geschah. Dabei wußten wir: bei einem Wind, der nun fast immer von Südwesten und Westen nach Osten und Nordosten über die britischen Inseln wehte, konnte es nicht lange dauern, bis die Winde alles, was es an Radioaktivität gab, in unser aller Atemluft gemischt hätten. Alle beobachteten wir von Minute zu Minute unseren Gesundheitszustand, die Gesundheit unserer Kinder, die der Neugeborenen. Viele starben – dann hörten diese anfänglichen Todesfälle auf. Deshalb glaubten wir, daß sie von der verseuchten Atmosphäre zum Zeitpunkt der Explosionen herrührten.

Während immer noch Menschen starben, entdeckten wir eines Tages, daß entlang der ganzen West- und Südwestküste haufenweise tote und sterbende Fische und Seehunde lagen. Danach ließen wir keinen einzigen Tropfen Seewasser mehr an einen von uns heran, noch aßen wir Fisch oder rührten wir Treibholz an oder gingen auch nur ans Wasser, bis eines Tages ein paar Kinder, die von einer Stelle, von der man die westliche See überblickt, Ausschau gehalten hatten, angerannt kamen und sagten, sie hätten dort Seehunde spielen sehen.

Das war in dem Jahr, als die Angst uns fast zu Boden drückte; die Niedergeschlagenheit war so stark, daß wir nur mit Mühe der Versuchung widerstanden, einfach in jene todbringende See hineinzulaufen und uns darin zu ertränken. Aber im selben Jahr geschah es dann, daß wir eine Art hohen lieblichen Ton wahrnahmen, wie den einer Flöte, die gerade noch in Hörweite erklingt. Wir alle spürten ihn. Wir sprachen darüber, hielten ihn für ein Anzeichen unseres nahenden Todes. Die Luft schien von einer strahlenden Verheißung durchdrungen. Doch wie lautete diese Verheißung? Liebe? Freude? Es war, als ließe das grauenerregende Antlitz der Welt sich einfach herumdrehen, und schon zeigte es ein engelhaftes Lächeln. Während dieses Jahres geschah es auch, daß viele von uns, wenn sie allein oder in Gruppen auf den Klippen oder entlang der Flüsse im Innern der Insel spazierengingen, auf Leute trafen und mit ihnen sprachen, die weder zu unserer Gemeinschaft gehörten noch irgend jemandem glichen, den wir gekannt hatten – wenn auch einige von uns von ihnen geträumt hatten. Es war, als wäre der Schleier zwischen dieser Welt und einer anderen so dünn geworden, daß Erdenmenschen und Menschen von der Sonne miteinander spazierengehen und einander Gesellschaft leisten konnten. Als diese so schreckliche und so wundervolle Zeit vorbei war, fragten sich manche, ob wir nicht einem Massenwahn verfallen waren. Doch wir wußten, daß das nicht stimmte. Von der Zeit an schöpften wir aufgrund dessen, was man uns erzählt hatte, wieder Mut und fühlten uns in unserer Überzeugung bestärkt, daß es für unsere Rasse eine Zukunft gab.

Und von da an schoben wir jeden Gedanken an Rettung beiseite. Wir wußten zwar, viel Aussicht bestand ohnehin nicht, doch jetzt verkehrte sich dieser Wunsch geradezu ins Gegenteil. Wir wußten, daß Flugzeuge Großbritannien überflogen, um auszumachen, ob sich in diesem stummen Leichenhaus wieder Leben zu regen begann – doch wie denn? Sollten die Bäume Blätter und Früchte zu tragen beginnen, die noch kein Mensch gesehen hatte? Erwartete man Kröten, groß wie Bulldoggen? Zwergenwüchsige oder riesenhafte Kinder, Frucht verzweifelter vergifteter Begattungen, als Großbritannien starb? Sollten die Berge Kristalle züchten, die sich menschengleich bewegten? Wir sahen diese Flugzeuge manchmal südwärts durch den Himmel schneiden. Wir wußten: nicht weit von uns fuhren Schiffe vorbei. Wir sahen ihren Rauch.

Doch gab es keinen Grund, weshalb jemand unsere Insel ansteuern sollte. Auf der Karte war sie wahrscheinlich als ehemals bewohnt und nun verlassen eingezeichnet. Durchaus möglich, daß die Steinhütten, die wir vorgefunden hatten, von einem Außenposten im letzten Weltkrieg stammten. Wenn ein Flugzeug darüber wegflog, würden sie nichts bemerken, es sei denn, sie wollten es ganz genau wissen und flögen deswegen extra niedrig. Rauch steigt von unseren Schornsteinen nur während der drei bitterkalten Monate auf, wo es normalerweise eine niedrighängende dünne Wolkendecke gibt. Das Kochen erledigen wir gemeinschaftlich und so unaufwendig wie möglich einmal am Tag. Wir tragen Lammfell und bewegen uns zwischen weißlich grauen Felsen auf einer vorwiegend grauen Erde. Wenn ein Mensch in einem grünen Stück Getreidefeld oder in den Gemüsebeeten ins Blickfeld geraten sollte, würde er aussehen wie ein Stein oder ein Schaf.

Wenn wir gerettet werden wollten, so könnte es uns jetzt wohl gelingen: Wir könnten unsere gesamten Vorräte an Heizmaterial verbrennen, um Rauchsignale zu geben. Oder ich könnte einem Mann in Kanada, zu dem ich eine deutliche Verbindung habe, genaue Angaben machen, statt mich unbestimmt auszudrücken. Er ist Trapper, und sein Leben ist dem unseren ziemlich ähnlich. Vermutlich ist das der Grund, weshalb ich mich so mühelos mit ihm in Verbindung setzen kann. Doch wir haben beschlossen, unsere Kinder fernab von dem aufzuziehen, was in der Welt geschieht. Wir betrachten jedes Jahr als einen Segen, in dem sie robuster werden und in sicherer Entfernung von Menschen aufwachsen, die ihnen übelwollen. Immerhin haben wir erfahren, daß es Leute gibt, die bereit sind, sich um sie zu kümmern, wenn man uns gerettet hat.

Einige von ihnen sind sehr verletzlich, bzw. sie wären es, falls die Welt noch immer so sein sollte, wie sie war.

Du kannst Dich doch erinnern, daß vor einem halben Jahrhundert, als Du ein Kind warst, ein Roman über ein paar Kinder geschrieben wurde, die alle gleichzeitig mit überdurchschnittlichen Fähigkeiten geboren wurden? Was der Autor falsch gemacht hat, ist, sich Kinder auszudenken, die von Geburt an ganz gleich waren, mit denselben Vorzügen begabt, und sich über dieselben Kanäle verständigten.

Unsere Kinder, insbesondere die später geborenen, unterscheiden sich hingegen mit zunehmendem Alter immer mehr voneinander. Wenn ein Lebewesen einer plötzlichen Dosis Strahlen ausgesetzt wird (wie man Atome in den Laboratorien mit Neutronen bombardierte, um deren Struktur zu verändern), wird es dann vielleicht krank oder hat Blutungen oder wird schwachsinnig oder entwickelt sich in irgendeiner unbekannten Weise?

Drei von unseren Kleinen sind schwachsinnig. Oder besser, wir nehmen es an. Sie sehen durchaus normal aus und schlafen und essen gut. Doch sprechen sie im Alter von sechs Jahren noch nicht. Dabei sieht es so aus, als hätten sie untereinander Verbindung. Stumm machen sie sich gemeinsam auf, sitzen in der Sonne, spielen mit Kieseln oder Blumen und sind zufrieden. Wenn es an der Zeit ist, daß jedes von ihnen zu seiner Familie zurückkehrt, tun sie das klaglos. Doch es sieht aus, als wären ihre Familien – wir alle – Fremde für sie. Es liegt ihnen nicht viel daran, mit uns zusammen zu sein. Sie sind nicht taub oder stumm – sie kennen Wörter. Wir glauben, daß sie zurückgeblieben sind – doch weiß man das so genau?

Dann gibt es einige, die »hören« können wie keiner von uns oder irgend jemand von denen, mit denen wir zusammengearbeitet haben – selbst Lynda nicht. Als sie noch winzig klein waren, schienen sie oft Musik zu hören. Ein-, zweimal bekam ich durch sie ein Stück davon mit. Sie lagen dann da, lächelten und horchten. Später hörten sie die Laute des Entsetzens und des Unglücks mit, die jetzt überall ertönen, und sie weinten angsterfüllt. Noch später fingen sie an, nach Erklärungen zu fragen. Damals ging uns auf, wie die Menschen es vor der Katastrophe mit ihren Kindern gehalten hatten: sobald sie überhaupt etwas begriffen, hatte man sie mit der Tatsache vertraut gemacht, daß sie in eine Welt mordlustiger Tiere hineingeboren worden waren. Doch wurden sie sachte dafür abgerichtet, Stückchen um Stückchen verdorben. Unsere Kinder hingegen können das nicht verstehen. Es stimmt nicht, daß kleine Kinder einander weh tun wollen, daß sie sich von Natur aus benehmen wie Erwachsene. Sie müssen das erst beigebracht bekommen. Oder jedenfalls die Kinder hier tun das nicht. Es kommt so selten vor, daß sie jemandem weh tun oder miteinander kämpfen, daß ein kleiner Junge, der »andersgeboren« war (ihr Ausdruck), sich stets aus freien Stücken von den anderen fernhielt, als sie nicht dulden wollten, daß er sich so benahm, wie es ihm paßte. Er wurde unter Erwachsenen groß: Wir betrachten das als Rückfall. Für die Kinder war er einer, der das Pech gehabt hatte, als Streitsüchtiger geboren worden zu sein, so als hätte er eine Hasenscharte.

Eine andere Gruppe von Kindern machte, als sie noch ganz klein waren, immer wieder die Augen fest zu und lachten und wollten sie gar nicht wieder aufmachen. Sie schauten die Bilder hinter ihren Lidern an. Diese Fähigkeit schwand in dem Maße, wie sie älter wurden, aber nicht ganz. In den Jahren zwischen sechs, sieben und, sagen wir, zwölf schienen derlei Fähigkeiten in der Versenkung zu verschwinden. Doch sie kehrten zurück, wenn das nicht unterbunden wurde. Ich wüßte gern, wie viele Kinder in früheren Zeiten diese Fähigkeit zwar besaßen, sie jedoch einbüßten, weil man sie deswegen verlachte oder sie bestrafte, weil sie »Lügen erzählten«.

Die Kinder, die »sehen«, und die Kinder, die »hören«, neigen, solange sie noch sehr klein sind, dazu, sich in getrennten Gruppen zu halten. Später tun sie sich zusammen und teilen miteinander, was sie haben. Manche haben beide Fähigkeiten, doch ist es eher die Regel, daß die eine stärker ausgebildet ist als die andere.

Ich halte diese Dinge nur fest. Ich erkläre oder definiere nichts. Es ist möglich, daß alles, was ich über diese Kinder sage, nur für diese Zeit auf dieser Insel zutrifft. Es ist ein Ort mit einer ungewöhnlich schönen Luft, einer intensiven Luft, wenn man das so sagen kann. Manchmal hat man den Eindruck, als gäbe es in dem gewöhnlichen Licht noch eine andere Art von – allerdings sehr feinem, zartem – Leuchten. Und unser ganzer Lebenszusammenhang, unser Essen, Schlafen und Zusammensein, hat einen nur schwer beschreibbaren Klang, so als wären wir ein Halbton oder ein übergreifender Akkord einer Symphonie, die außerhalb der Hörweite, auf Eisbergen, Wäldern und Bergen gespielt wird. Es entsteht eine Art Transparenz, ein kristalliner Schimmer.

Es sind die Kinder, die davon etwas mitbekommen haben, die dafür empfänglich sind – und daß wir mit ihnen zusammen sind, bedeutet, daß wir selbst wach und sensibel sein müssen, soweit uns das zu Gebote steht . . . Dabei wurden diese Kinder eine Zeitlang sogar ganz ohne Bücher und alle Mittel zum Schreibenlernen erzogen.

Doch wenn sie von hier weggehen und ins gewöhnliche Leben zurückkehren, werden sie, dank einigen Anschaffungen, die wir vor etwa vier Jahren gemacht haben, gemessen an normal erzogenen Leuten – wenn es die noch gibt –, nicht schlecht gerüstet sein.

Wie gesagt, das Schiff war zwischen Felsen eingekeilt. Es begann in den Winterstürmen auseinanderzubrechen. Als es ganz auseinanderbrach, nahmen wir die Maschinen und die Planken an uns. Unter uns waren drei Männer, die sich darauf verstanden, aus einem großen Boot ein kleines zu bauen. Es war jedoch sehr simpel und taugte eigentlich nur dazu, damit die Küste entlangzurudern. In einer Schönwetterperiode, die länger anzuhalten versprach, fuhren zwei Männer südostwärts, wo wir Wolken aus dem Meer aufsteigen sahen wie über festem Land. Während sie unterwegs waren, unterhielten wir Tag und Nacht auf einer Erhebung ein Feuer, um ihnen den Rückweg zu weisen: Sie hatten keinerlei Instrumente, da die alle kaputt waren. Sie fanden eine Insel. Sie meinen, daß sie etwa achtzig oder hundert Meilen von hier entfernt ist. Auch sie war bewohnt gewesen, doch diesmal sah es so aus, als hätten die Menschen sie zum Zeitpunkt der Katastrophe fluchtartig verlassen, denn in den Häusern gab es alle möglichen Möbel und anderes mehr. Der Name dieser Insel ist Huig – keiner hat je davon gehört. Es gab dort ein Lädchen, das zugleich Postamt war. Dort fanden sich Stifte und Papier. Es gab auch Illustrierte und ein paar Bücher, doch die Bücher mitzubringen lohnte nicht. Sachen wie Zucker und Marmelade und Tee rührten sie aus Angst vor Verseuchung nicht an. In manchen Häusern gab es Radios, doch sie gingen nicht. Fahrräder, ein Moped, eine Schreibmaschine – auf das alles verzichteten sie am Ende, weil uns das nötige Zubehör fehlte. Schließlich nahmen sie nur ein paar Teller und Bestecke, ein paar verwilderte Kartoffeln (denn die hatten wir nie gehabt, ein großer Mangel) mit zurück und ein paar Hühner, die verwildert, aber gesund waren. Es gab noch ein paar Kleidungsstücke wie Jacken und Pullover, aber an Kleidung war insgesamt nicht viel zurückgeblieben.

Damit beluden sie das Boot und brachen auf einer spiegelblanken blauen See nach Nordwesten auf. Es blieb jedoch nicht ruhig. In fliegender Fahrt kamen sie mit einem steifen Wind in ihrem winzigen Segel zurück, das nur für eine leichte Brise gemacht war. Mit knapper Not gelang es ihnen, an unserem Strand nahe dem Feuer zu landen. Sie, und wir, hatten ein oder zwei bange Stunden, als wir dachten, sie würden an unserer Insel vorbei und nach Norden treiben. Wir erwägen zwar immer noch, es im Sommer bei gutem Wetter noch einmal zu versuchen und Huig vielleicht als Ausgangsbasis für weitere Expeditionen zu benutzen, doch wir haben es noch nicht getan.

So haben wir denn den Kindern (nicht den dreien, die möglicherweise unter- oder überentwickelt sind) Lesen und Schreiben beigebracht. Das sind Künste, die ihnen nutzlos erscheinen. Wir sagen ihnen, daß sie für ihre Rückkehr ins gewöhnliche Leben etwas lernen müssen. Sie fragen uns, was sie denn davon haben, wenn sie lesen können. Du weißt, das Boot brachte Illustrierte aus Huig mit, die wir jedoch, obwohl wir ganz aufgeregt waren, als wir sie sahen, vor den Kindern verbergen wollten: Wir schämten uns. Und die Kinder waren so höflich, weiter keine Notiz davon zu nehmen. Und nun muß ich nur noch von denen sprechen, die wir die »neuen Kinder« nennen. Es sind sieben, alle zwischen vier und fünf. Wir haben nicht sofort gemerkt, daß sie außergewöhnlich waren. Im Gegenteil, sie sind ganz und gar gewöhnlich, wenn man so will. Sie sprachen, liefen, spielten wie normale Kinder. Alle »sehen« und »hören« sie. Da das Eigenschaften sind, die wir verstehen, können wir sie erkennen; doch was für Eigenschaften haben sie, über die wir gar nichts wissen? Es sind drei Mädchen und vier Jungen. Ein kleiner Junge ist schwarz, das erste Kind des Kindes, das an dem Tag, als wir auf unsere Rettung warteten, meiner Obhut anvertraut wurde. Eins ist braun, wir denken, vielleicht maurisch oder arabisch oder mit einem ähnlichen Erbteil: ein Elternteil ist portugiesisch. Dann drei flachsblonde und zwei braunäugige mit hellbraunem Haar.

Tja, was unterscheidet sie denn nun von den anderen? Es ist nichts, das man messen oder aufzählen könnte, doch wir alle fühlen es und insbesondere die anderen Kinder. Vor allem sind sie erwachsen – nein, natürlich nicht körperlich, sondern geistig, seelisch. Man spricht mit ihnen, als wären sie erwachsen – nein, das ist es nicht; man spricht mit ihnen, als wären sie uns anderen überlegen – was sie auch sind. Eine sanfte, starke Autorität geht von ihnen aus. Sie müssen nicht davor bewahrt werden zu erfahren, wie es um die menschliche Rasse in diesem Jahrhundert bestellt ist – sie wissen es. Ich weiß nicht, wie sie dazu kommen. Es ist – wie soll ich es audrücken? –, als wären das Geschöpfe, die diese Geschichte in sich tragen und über sie hinausgelangt sind. Wir nehmen einen Platz innerhalb eines Verstehens ein, das wir uns nicht einmal annähernd vorstellen können. Diese sieben Kinder sind für uns – doch wir haben kein Wort dafür. Am ehesten ließe sich noch sagen, daß sie unsere Schutzengel sind. Sie behüten uns.

Ich stelle mir diese Menschen – äußerlich kleine Kinder – draußen in der Welt vor – es ist mir unerträglich. Sie sagen uns, wir sollten keine Angst haben. Sie behaupten, noch drei Jahre, und Großbritannien wird wieder freigegeben, wird sich wieder mit Leben füllen. Man wird die Inseln vor seinen Küsten absuchen. Wir, diese Gemeinschaft, wird weggeholt und nach Amerika gebracht werden. Dort werden wir uns dann in alle Winde zerstreuen. Die sieben werden nicht an einem Ort bleiben, sondern sich über die ganze Welt zerstreuen. Ich werde dann tot sein. Wann das genau sein wird, können wir nur mutmaßen. Doch jetzt haben wir Sommer 1997. Der nächste Winter wird streng werden und mich wegholen. Deshalb schreibe ich alles nieder, woran ich mich erinnern kann und was ich für wichtig halte. Joseph, das schwarze Kind, wird zu Dir in das Lager bei Nairobi kommen, und Du wirst Dich seiner annehmen. So sagt er. Er sagt, noch andere wie sie würden an versteckten Plätzen überall in der Welt geboren, und eines Tages würde die ganze menschliche Rasse sein wie sie. Leute wie Du und ich seien eine Art Versuchsmodell, und die Natur hätte mittlerweile genug von uns.

Ja, mein lieber Francis – nach all diesen Jahren kann ich Dir also dies wundervolle Kind schicken ... Er wird Dir alles erzählen und viel besser, als ich es kann.

Wenn Du Kontakt zu Amanda hast, sag ihr doch bitte von mir . . . (etc.)

VIII

Von M'tuba Selinge, Chef des 3. Zentrums für Rekonstitution und Rehabilitation, Nairobi, an seinen Stellvertreter Francis Coldridge.

Lieber Francis,
in einem Schub von fünfzig Anwärtern auf Wiedereingliederung, die gerade aus Little England (Los Angeles) eingetroffen sind, befinden sich fünf Überlebende von einer Insel vor Schottland (*Unglaublich!*). Auch ein paar, die in Höhlen im Lake District entdeckt worden waren, als die Bergungskommandos letztes Jahr dort tätig wurden. Letztere sind nicht rehabilitierbar. Ich habe sie ins Geschlossene Lager Nr. 7 geschickt. Unter den fünfen ist ein Achtjähriger, der Joseph heißt. Nachname Batts. Vater schwarz, Mutter weiß. Er ist als 3/4-Negroider eingestuft worden (nach dem Äußeren). Seine Eltern sind in Little England (LA) und absolvieren die Tests ersten Grades. Er hat darum gebeten, daß man ihn zu Dir schickt. Es scheint, auf der Insel war auch eine Frau namens Martha Hesse (inzwischen verstorben), die eine Verwandte von Dir war. Sie hat sich viel mit diesem Kind abgegeben. Die Eltern haben der Familienfreistellung zugestimmt. Sie werden höchstwahrscheinlich ohnehin frühestens in vier Jahren aus den Tests entlassen. Da scheint doch schon *wieder* irgendein administratives Kuddelmuddel in der Hauptsammelstelle passiert zu sein. *Dies Kind hat binnen drei Monaten nach seiner Ankunft die Erlaubnis erhalten, die Hauptsammelstelle zu verlassen!* Weiß der Himmel, was die sich da eigentlich vorstellen. Dr. Kalinde hat ihn untersucht. Er stuft ihn als unterentwickelt, Kategorie 7, und ungeeignet für höhere Schulbildung ein. Jedoch als arbeitstauglich, Stufe 3. Vielleicht kannst Du auf der Gemüseplantage Arbeit für ihn finden?

Herzliche Grüße, M'tuba

Wie wär's morgen abend mit Schach? Um neun. Wir haben eine Kiste Bristol Sherry aus Brasilien geschickt bekommen.

IX

Notizen, die nach Mark Coldridges Tod unter seinen Papieren gefunden wurden.

Was für eine Art Unzurechnungsfähigkeit steckt bloß dahinter, daß Menschen, die sich um ganz andere Dinge kümmern sollten, in der Verwaltung landen? Letzte Woche fand ich in einer Schiffsladung Plunder aus Tel Aviv, die sie freundlicherweise auf den Kais von Alexandria abgesetzt hatten, ein altes Exemplar meines ersten Buches, das ich als ganz junger Kerl mit Anfang zwanzig geschrieben habe. Mit dem, was darin steht, hätte ich ohne weiteres alles voraussagen können, was passiert ist, seit ich den Verstand verloren habe – und ein Verwaltungsmensch geworden bin. Mein Ausbruch ist damit zu erklären, daß ich gestern die gesamten Beträge zusammengerechnet habe, die innerhalb von dreißig Jahren durch unsere Hände gegangen sind: 1.900.000.000 Pfund. Neunzehnhundert Millionen Pfund. Natürlich sind solche Summen bedeutungslos. Vor der Weltkrise wäre das etwas anderes gewesen. Dennoch kann ich es nun mal nicht lassen, von jener vollkommenen Stadt zu träumen, einer kleinen, herrlichen Stadt mit Gärten und Springbrunnen, die man mit dem Geld irgendwo erbauen könnte. Und das, obwohl die Städte sich mittlerweile doch wie Menschen weigern, sich einfach in den nächsten Verbrennungsofen schaufeln zu lassen.

Ich sitze in einem Tal voller Zelte und Barracken, die, nachdem der epidemische Ausbruch der Asiatischen Grippe sie vor drei Monaten geleert hatte, bereits wieder gefüllt sind.

Nehmen wir einmal an, Will Perkins und ich hätten dieses ganze internationale Geld nicht angenommen, das uns fast von Anfang an an die Kette gelegt hat . . . Aber schließlich hatten wir ja vor, in der ganzen Welt Zufluchtsstätten für die Menschen zu planen, die infolge unschwer vorherzusehender Katastrophen heimatlos werden würden. Und genau das habe ich getan. Es war eigentlich alles nur eine Frage der richtigen Einteilung. Doch irgendwo in meinem Hinterkopf muß sich warnend der baldige Tod Englands abgezeichnet haben, und schon regte sich das Bedürfnis zu retten und zu bewahren – nichts als Torheit und Anmaßung. Reiner Blödsinn. Das Ende war schon gekommen, da dachte ich immer noch: Gewiß doch, wir treiben sie da weg, wir beschützen sie, wir wärmen und nähren sie, und nachher – bringen wir sie wieder zurück und setzen sie mit sanfter Hand wieder auf ihrem heimischen Boden nieder! Ein Land lieben ist wie einen Menschen lieben – nichts als süße Phantasien und Herzschmerzen. Was liebt man denn da? Wenn man sagt: seine Geschichte, dann bedeutet das: den Mut und die Standfestigkeit einiger Männer und Frauen. Oder wie es dort aussieht und riecht – doch die Welt ist voller Menschen fern der Heimat, die den Wind oder die Sonne in fremden Ländern zu Hilfe nehmen, um sich den Geschmack der heimatlichen Luft oder das Gefühl der heimatlichen Sonne zu vergegenwärtigen. Oder man kann sagen: meine Vorfahren wandelten auf diesem Boden und alles daran setzen, den eigenen Füßen diese Wahrheit nahezubringen; doch jener Boden und was sie dort sahen, ist längst dahin. Doch das Wort England, England schmerzt mich so sehr – ich strecke die Arme aus vor Verlangen. Sie werden Shakespeare lesen und Gedichte vortragen. Sie werden versuchen, Harold Butts' Garten neu anzulegen. All die lieblichen Landstriche und anständigen Menschen, dahin, dahin, und ich denke wieder und wieder: Wie sollten sie denn gerettet worden sein, wie denn bloß? Mittlerweile ist jener Massenmord zwanzig Jahre alt, und ich sitze hier im heißen staubigen Mondlicht in einem Tal voller Zelte mit dreißigtausend Menschen, die alle ernährt und gekleidet sein wollen, die meisten von ihnen keine dreißig Jahre alt. Ich bin über achtzig und sollte es nun wirklich gut sein lassen, sollte imstande sein, es ein für allemal bleiben zu lassen. Ich kann nicht. Ich leide Qualen, und ich wüte und gräme mich. Nichts haben wir zuwege gebracht, und ich weiß nicht, mit wem ich darüber sprechen soll. Lynda ist tot,

Martha ist tot, und mein Sohn hat mir nicht verziehen, daß ich *ihm* nicht verzeihen konnte, als er das Leben mit seinen misthaufenverliebten Naturkostfreunden nicht aufgeben wollte, das ich für eine exzentrische Liebhaberei hielt. Als ich letztes Jahr nach Nairobi flog, um ihn zu sehen, war er höflich. Oh, doch, er war sehr nett. Wir machen ähnliche Arbeit, er und ich; ich zwischen Zelten voller Überlebender der Flutkatastrophen im Mittleren Osten, er zwischen Lehmhütten, die von Überlebenden aus Großbritannien bewohnt werden.

Er sagt: »Ich setze meine Hoffnung in die Zukunft der Welt.«

Ich erwiderte: »Bitte, überzeuge mich.« Ich weiß, ich habe es falsch angestellt. Ich hörte es selbst: Meine Stimme klang spröde und ablehnend.

Wir spielten die ganze Nacht Schach und tranken Cognac. »Freigegeben von der Kommission zur Reinhaltung von Nahrungsmitteln«. Affentheater. Alle Lebensmittel, alle Waren, die ganze Menschheit ist genehmigt, freigegeben, ist eingeteilt und nochmals unterteilt nach Reinheitsgraden – während die Luft und der Boden der ganzen Weltkugel von Gift nur so strotzen, so daß es für Pflanzen oder Menschen oder selbst für die Katzen und Hunde in unseren Häusern alsbald keinerlei Reinhaltungsnormen mehr geben wird. Wir leben unter Mißgebildeten und Monstern und wandelnden Leichnamen, regiert von Bürokraten, einem weltumspannenden Netz, das in 119 Divisionen eingeteilt ist. Ich bin einer von ihnen. Mark Coldridge, Verwalter, Klasse 13.

Als Verwalter esse ich Lebensmittel Erster Kategorie und trinke ›Cognac‹ von Weinbergen, deren Rebstöcke alle in den letzten fünf Jahren neu gesetzt worden sind. Es gibt wieder Moden. World Centre – Brasilien. Ja, die hatten immer schon eine Nase für ... Alles nur Farce, Farce, Farce. Mein Sohn blickt hoffnungsvoll in die Zukunft der Welt. Er sagt, es gebe Anlaß zur Hoffnung, es geschehe etwas Gutes, so etwas wie ein Neubeginn. Es hört sich an wie ein altes sozialistisches Flugblatt. Bald, sagt er, würde man England neu bepflanzen, und ein geschichtlicher Neubeginn sei da.

Er hat an einem der frühen Erkundungsflüge über den britischen Inseln teilgenommen. Er lügt, wenn er erzählt, was er da gesehen hat. So wie ich lüge, wenn die Menschen mich fragen, was ich denn gesehen habe, als ich über die verwüsteten Gebiete des Mittleren Ostens geflogen bin. All die alten Städte, die Olivenbäume, die Weinberge, die Felder, alles ist weg und hat die Kulturen unter ihnen eingeschmolzen in gläserne Meere, so daß es, wenn man unter einer heftigen, wütenden Sonne hinunterschaute, war, als schaute man auf ein Eismeer, worin eine Welt versunken und erfroren war.

Wir sahen Ninive und Tyros, Sodom und Gomorrah und Rom, Karthago, Baalbek und Cordoba – doch das war jedesmal gänzlich ohne Bedeutung. Eine Wüste, die einmal ein Friedhof war, wird zu einem Ort, wo keine Städte errichtet werden. So einfach ist das. Wir leben am Rande, an den fruchtbaren Säumen der Sahara, der Wüste Gobi und der arabischen Wüsten, zu denen einst Gärten und Städte und Obstbäume gehörten. Wir sagen, hier habe es einst Kulturen gegeben.

Bald werden neue Menschen (mit zwei Köpfen und fünfzig Fingern – ich kann es nicht ändern, ich bin den ganzen Nachmittag unter den monströsen Kindern in der Klinik gewesen) am Rand der neuen Wüste leben, und sie werden anfangen, sich durch eine Glaskruste zu bohren, um neue Gegenstände für die neuen Museen der Welt zusammenzuraffen. Ich habe davon gehört, daß es Menschen gibt, die zurückkriechen in die prächtigen toten Gebäude am einstigen Flußlauf der Themse. Es heißt, sie sei von der Quelle bis zum Meer von Algen verschlammt wie ein einziges riesiges Stück Seetang.

Und wie weiter? Ach, wieviel brüderliche Liebe und Fürsorge gibt es jetzt nicht auf der Welt! Wie wir uns alle für die armen Kinder aufopfern! Wäre nur ein Hundertstel dieser ganzen Liebe und des ganzen Geldes *vorher* aufgewendet worden, um einer so einfachen Tatsache, daß eine Bombe hochgeht, wenn man eine Zündschnur anzündet, Gehör zu verschaffen, dann ...

Zwei Jahrzehnte lang hat die Welt keine Kriege, keine Gefangenen, keine Armeen gekannt. Nur die Armeen der Rettungsarbeiter.

Wir haben keinen Feind. Die menschliche Rasse ist endlich geeint. Vor langer Zeit scherzten wir gern darüber, daß wir nicht aufhören würden, einander zu bekämpfen, bis einer einen Feind auf einem anderen Planeten erfände – oh, je, als was dieser Scherz sich entpuppt hat! Mittlerweile sind wir unablässig damit beschäftigt, möglichst Zeichen des *Andersseins* aneinander zu entdecken – vermutlich ein Fortschritt.

Wir sind jetzt alle Brüder – bis auf die, die sich vielleicht noch als etwas anderes erweisen.

Doch wenn man einmal annimmt, wir hätten *vor* den Katastrophen bemerkt, daß wir keinen Feind hatten? Schon damals waren unsere Armeen Söldnerheere – keine Regierung konnte für die letzten unserer »kleinen« Kriege einfach einen Einberufungsbefehl erteilen. Unter anderer Bezeichnung (alles lief unter falschen Namen) fochten Söldnerheere Streitigkeiten aus, deren Namen sich jeden Monat änderten. Die Söldner waren die in den Tod Verliebten, die, die wußten, daß sie den Tod liebten, ehe die Taten der Menschheit bewiesen, daß wir alle ihn liebten. Sie unterstanden Offizieren, denen die Lebensaufgabe abhanden gekommen war – Männern von Englands Internaten, Amerikas Offiziersschulen, Rußlands Militärschulen. Eine garstigere Rasse Wilder hat es nie und nirgendwo gegeben, doch wir fanden uns mit ihnen ab, weil alle übrigen verschont blieben von dem absurden Feindschaftstheater. Der Feind war Rußland. Dann, als man entdeckte, daß Amerika und Rußland Verbündete waren (heimlich lange verbündet gewesen waren, ehe die Welt es erfuhr), wurde China zum FEIND. China hatte sich schon vor langer Zeit in Provinzen aufgespalten, die einander bekriegten, aber wir mußten einen Feind haben, und so wurde der Krieg gegen den Kommunismus (oder den Kapitalismus) unter Einsatz aller Reichtümer der Menschheit geführt, mit Psychopathen und Sadisten und solchen, die sterben wollten, ehe sie mußten. Und der Rest tappte umher und kümmerte sich um den eigenen Kram;

und ich und ein paar andere Narren spielten Gottvater, indem wir ein paar Häuflein Heimatlose und Verhungernde retteten, während wir zuließen, daß unsere Regierungen den Tod ganzer Nationen sicherstellten.

Letzte Nacht träumte ich von Lynda. Mein Sohn träumt auch von ihr, sagt er. Er sagt, sie sei nicht tot. Ich will nicht fragen, was er damit meint. Ich kann diese gräßliche Mischung aus Ironie und Johanniterorden und Tausendundeinernacht, die es ihnen allen (Lynda, Martha, Francis) angetan hatte, nicht ausstehen. Er sagt, Martha lebt. Er »fühlt« das. Ich werde nicht fragen, warum oder wie oder wo. Wenn sie den Gedanken an gute Geister als tröstlich empfinden, warum nicht. Ich kann nicht mit ihm reden.

Mit wem kann ich reden, wer teilt meine Empfindungen?

Meine junge Frau. Aber das ist sie natürlich gar nicht, nur die Eitelkeit eines alten Mannes kann sich das einreden. Sie ist eine Frau von sechzig, die ihre Zeit damit zubringt, sich um Kinder zu kümmern, die ihre Eltern verloren haben, denn ihre eigenen Kinder sind tot. Es waren auch meine, natürlich, aber nie so sehr die meinen wie – ist das schlimm, so zu empfinden? Vermutlich sollte man imstande sein, seinen Gefühlen nachzuhelfen. Ich werde das hier verbrennen, alles wegwerfen. Was ich empfunden habe, war immer schon absurd. Lynda und nochmals Lynda und wieder Lynda. Lynda und England. Und es ist immer noch Lynda und England und Francis, doch der behauptet, seine Mutter spreche mit ihm, und er glaubt an die glorreiche Zukunft der Menschheit.

Ritas Kinder starben an der Beulenpest in derselben *Woche, als Lynda starb*. Im Lager vor Addis Abeba kamen sie zu mir, um mir mitzuteilen, daß die Pest *abermals* ausgebrochen sei. Wir hatten gemeint, es sei vorüber. Ich ging hinunter, um mir die ersten Opfer anzusehen. Da ich diese Hölle bereits zweimal durchgemacht hatte, war ich hart geworden. Als ich durch die Zeltreihen zurückging, wo alle schweigend abwarteten – im Gebet zweifellos –, schoß Lynda hinter einem Lastwagen hervor. Diesmal war es ein jemenitischer Araber, zwanzig Jahre alt, mit ihrem Gesicht, ihren weitgeöffneten blauen Augen, ihrem Lächeln.

Ich gab ihm etwas Geld und ließ ihn aus dem Dorf etwas für mich besorgen. Die Massenvernichtung des Fleisches im Laufe unseres Lebens macht es einem schwer zu glauben, daß da zwischen der äußerlichen Beschaffenheit eines Gesichts und dem Geist auch nur der mindeste Kontakt besteht. Wenn man durch ein Lager geht, wo sich an zwanzig Stellen die Pestopfer türmen – soll man dann noch glauben können, daß irgendein Gott sich die Mühe machen würde, in derart verstümmelten Leibern Wohnung zu nehmen?

Der Junge kam mit ein paar Zigaretten und dem Wechselgeld zurück. Ich scherzte, so daß ich Lyndas Lächeln sehen konnte. Er ging hinaus und saß im Mondlicht an einer Mauer. Sein Schatten auf dem bleichen Sand war purpurfarben. Am nächsten Morgen war er nicht da. Ich hatte ihn nicht nach seinem Namen gefragt. Bei zwanzigtausend Leuten im Lager versuchte ich gar nicht erst, ihn herauszufinden. Eine Woche später ging ich an einer Grube vorbei, die die täglichen Pestopfer aufnehmen sollte, und dort sah ich ihn, wie die anderen aufgestapelt. Meine Kinder waren ebenfalls dabei.

Dreißig Jahre Zusammenleben mit Rita, die geheiratet zu haben ich nie bereut habe, konnten mir nicht soviel bedeuten wie das Lächeln jenes Jungen in der Nacht, als er sich an der Lehmmauer niederhockte – wegen Lynda, die tot ist. Und ebenso quälte es mich früher, daß Martha, die die Kinder großzog und mir das Haus führte und zuverlässig und anständig war, mir nicht soviel bedeutete wie jene Augenblicke, wenn Lynda sich wohlfühlte und nach oben kam, um ein bißchen bei uns zu sitzen, ehe sie wieder in jenes gräßliche, morbide Loch unter unseren Füßen hinabstieg.

Das ist alles verrückt, ich weiß es wohl.

Ich sehe keinen Sinn darin, noch weiterzuschreiben – welchen Sinn hat es überhaupt je gehabt? Für wen? Wozu?

Ich schreibe jede Nacht, wenn im Lager Ruhe herrscht und

Rita schlafen gegangen ist, aber ich weiß nicht, weshalb oder an wen. An Lynda vermutlich oder an Martha.

X

Amtliche Mitteilung, als Anlage zu einer privaten Briefsendung. Von Tsien Pu (Amandas Gatten) an Francis Coldridge, Nairobi.

Wir haben Ihr Visum auf Ihren Angestellten Joseph Batts ausgedehnt. Wir setzen Ihr Einverständnis voraus, daß er aufgrund seiner Herkunft aus Seuchengebiet B den vorgeschriebenen Monat in Quarantäne verbringt, ehe er die Einreiseerlaubnis erhält. Es ist zulässig, daß er sich Parks und Gärten ansieht, deren Entfernung zur Stadt sieben Meilen nicht überschreitet. Es ist zulässig, daß er an Gartenbaukursen teilnimmt. Ich darf wohl davon ausgehen, daß es sich bei Ihrer Angabe, er sei zehn Jahre alt, um einen Schreibfehler handelt?
Mit freundlichem Gruß etc.

Anmerkungen der Verfasserin

Dies ist der fünfte und letzte Band des Zyklus' *Kinder der Gewalt.* Der erste war *Martha Quest* (*Martha Quest*, 1952); der zweite *Eine richtige Ehe* (*A Proper Marriage*, 1954); der dritte *Sturmzeichen* (*A Ripple from the Storm*, 1958); der vierte *Landumschlossen* (*Landlocked*, 1965).

Als ich diesen Zyklus zu schreiben begann, war Sambia Nordrhodesien und Rhodesien war Südrhodesien. (Ich habe fünfundzwanzig Jahre in Rhodesien gelebt, ehe ich zur unerwünschten Einwandererin erklärt wurde.) Ich habe für die von Weißen beherrschte Kolonie, die in diesen Büchern beschrieben wird, den Namen Zambesia benutzt, weil ich nicht den Eindruck erwecken wollte, daß meine Beschreibung ausschließlich auf die Verhältnisse in Südrhodesien zutrifft. Mein Zambesia ist eine Zusammensetzung aus verschiedenen, von Weißen beherrschten Teilen Afrikas, und einige seiner Merkmale sind, wie ich seitdem entdeckt habe, Merkmale jeglicher herrschenden Minderheit, welcher Hautfarbe auch immer. Mit »Zambesia« ist jedoch nicht Sambia gemeint, das 1964 geboren wurde.

Dies Buch ist, was die Deutschen einen *Bildungsroman* nennen. Diese Romangattung war eine Zeitlang aus der Mode, was nicht bedeutet, daß an ihr etwas auszusetzen wäre.
Doris Lessing

Verlagsgemeinschaft Ernst Klett Verlag –
J. G. Cotta'sche Buchhandlung
Die Originalausgabe erschien 1969 unter dem Titel
»The Four-Gated City« im Verlag
MacGibbon & Kee Ltd., London,
als fünfter Band der Romanfolge
Children of Violence

Printed in Germany 1984
Design: Heinz Edelmann
Satz: Hans Janß, Pfungstadt
Druck und buchbinderische Verarbeitung:
May & Co., Darmstadt

CIP-Kurztitelaufnahme der Deutschen Bibliothek

Lessing, Doris:
Kinder der Gewalt: Romanzyklus in 5 Bd. /
Doris Lessing. – Stuttgart: Klett-Cotta
Einheitssacht.: Children of violence (dt.)
→ Lessing, Doris: Die viertorige Stadt. – 1984

Lessing, Doris:
Die viertorige Stadt / Doris Lessing.
Aus dem Engl. übersetzt von
Karin Kersten u. Iris Wagner.
– Stuttgart: Klett-Cotta, 1984.
(Kinder der Gewalt / Doris Lessing)
Einheitssacht.: The four-gated city (dt.)
ISBN 3-608-95085-0

Doris Lessing

Der Mann, der auf und davon ging

Erzählungen Band 1
Aus dem Englischen übersetzt von Adelheid Dormagen
433 Seiten, Leinen, ISBN 3-12-905011-6

Die Frau auf dem Dach

Erzählungen Band 2
Aus dem Englischen übersetzt von Adelheid Dormagen
561 Seiten, Leinen, ISBN 3-12-905021-3

Mit diesen beiden Erzählbänden liegen die gesammelten Erzählungen von Doris Lessing aus dem Zeitraum von 1953 bis 1972 vor. Dem Leser wird es damit möglich, Vergleiche anzustellen zwischen der Romanautorin und der Kurzgeschichtenautorin Doris Lessing. Viel Verwandtes läßt sich finden; und einige Erzählungen lesen sich tatsächlich wie Vorstudien zu den Romanen: dieselbe schmerzhafte Ernsthaftigkeit, der bittere Humor, die präzise Sprache und die immer wieder überraschende Intensität der Beschreibung etwa von Landschaften, von Räumen, von Straßen, von Parks. Die Menschen, die in diesen Räumen wohnen, sich auf diesen Straßen begegnen, werden mit einer Schärfe beobachtet, die nur der Lessing gelingt – als beschriebe sie Wesen einer fremden Spezies. Keine komplexen psychologischen Erklärungen sind nötig: wenn etwa die Frau in der Erzählung »Zimmer neunzehn« erkennt, daß sie vollkommen ersetzbar ist: durch eine Putzfrau, die sich um das Haus kümmert, durch ein au-pair-Mädchen, das sich um die Kinder kümmert, durch eine Geliebte, die ihre Stelle bei ihrem Ehemann einnimmt; und sich deshalb in ein anonymes Hotelzimmer zurückzieht, wo sie nichts tut, wo sie nichts ist, und sich schließlich das Leben nimmt, als ihr Geheimnis entdeckt wurde. Eine beunruhigende Geschichte über die scheinbar so gut funktionierenden Spielregeln des Zusammenlebens.
Nicht alle Geschichten sind so verzweifelt, aber in allen Geschichten geht es um Brüche im Umgang von Menschen mit Menschen. Und das ist ein Thema, das Doris Lessing immer – seien es Erzählungen, seien es Romane – beschäftigt.

Klett-Cotta